Frederick Forsyth, geboren 1938, wurde mit neunzehn Jahren jüngster Jet-Pilot der Royal Air Force. Er arbeitete als Journalist für Reuter in Paris, Brüssel, Madrid, in der Bundesrepublik, der DDR und der Tschechoslowakei, dann als Fernsehreporter der BBC. 1969 schrieb er die Biafra-Story. Weltbestseller wurden seine Romane »Der Schakal«, »Die Akte Odessa« und »Die Hunde des Krieges«, die auch erfolgreich verfilmt wurden. Frederick Forsyth lebt als freier Schriftsteller in Irland.

Vollständige Taschenbuchausgabe
Droemersche Verlagsanstalt Th. Knaur Nachf., München
Lizenzausgabe mit freundlicher Genehmigung
des Verlags R. Piper & Co.
Umschlaggestaltung Adolf Bachmann
Umschlagfoto Studio Mall
Druck und Bindung Clausen & Bosse, Leck
Printed in Germany · 3 · 50 · 585
ISBN 3-426-01319-3

Gesamtauflage dieser Ausgabe: 120 000

Frederick Forsyth
Der Schakal
Die Hunde des Krieges

Knaur

ISBN 3-426-01319-3   800

Der Schakal

Erster Teil: Der Plan 7
Zweiter Teil: Die Jagd 191
Dritter Teil: Das Ende 341

Erregend und faszinierend ist diese Geschichte des Schakals, des Killers, der von der OAS angeheuert wurde, um den französischen Staatspräsidenten zu beseitigen. Für eine astronomische Summe übernimmt er den Job – unter einer Bedingung: allein zu arbeiten. Mit dem eiskalten Kalkül eines Profis entwirft er seinen Plan, in der Gewißheit, daß nichts und niemand ihn daran hindern wird, sein Vorhaben durchzuführen.
In London, Wien, Kopenhagen, Brüssel, Mailand und Paris – in den Hauptstädten Europas – bereitet er seine todsichere Operation vor. Als ein brillanter Verwandlungskünstler entschlüpft er immer wieder seinem Verfolger Claude Lebel, dem besten Detektiv Frankreichs. Wie sich diese Jagd zu einem atemberaubenden Wettlauf mit der Zeit steigert, wie der todbringende Einzelgänger sein Opfer ins Visier nimmt und auch in einer verzweifelten Situation nicht aufgibt, weiß Forsyth mit geradezu unerträglicher Spannung zu erzählen. Und was er schildert, ist nicht bloße Erfindung. Es hat Attentate auf den französischen Staatspräsidenten gegeben, und der Autor hat die Polizeiberichte wie die politischen Hintergründe sorgfältig studiert. Nicht zuletzt die Authentizität verleiht dem romanhaften Geschehen eine Dichte und eine Hochspannung, die den Leser von der ersten bis zur letzten Seite nicht losläßt.

Die Originalausgabe dieses Werkes erschien unter dem Titel
»The Day of the Jackal«
1971 by Hutchinson & Co. Ltd., London
© Frederick Forsyth 1971
Übersetzung aus dem Englischen von Tom Knoth
© der deutschen Übersetzung bei R. Piper & Co., München 1972
Alle Rechte vorbehalten durch Verlag R. Piper & Co., München

Erster Teil: Der Plan

Erstes Kapitel

Es ist kalt um 6 Uhr 40 in der Frühe eines Pariser Märztages, und es scheint noch kälter zu sein, wenn zu dieser Zeit ein Mann von einem Exekutionskommando füsiliert werden soll.
Am 11. März 1963 stand zu jener Stunde ein Oberstleutnant der französischen Luftwaffe im Gefängnishof des Fort d'Ivry an einem in den Kies getriebenen Pfahl, hinter welchem man ihm die Hände zusammenband, und starrte mit langsam schwindendem Zweifel auf den Zug Infanteristen, der ihm gegenüber in zwanzig Meter Entfernung Aufstellung genommen hatte.
Schritte, unter denen der Kiesboden knirschte, brachten ein kaum merkliches Nachlassen der Spannung, als Oberstleutnant Jean-Marie Bastien-Thiry die Binde auf die Augen gelegt und ihnen das Licht für immer genommen wurde. Das Gemurmel des Priesters bildete den monotonen Kontrapunkt zum Klicken der zwanzig Gewehrschlösser, als die Soldaten ihre Karabiner durchluden und spannten.
Jenseits der Mauern sicherte sich ein stadteinwärts fahrender Berliet-Laster mit schmetterndem Hupsignal das Vorfahrtsrecht, als ein kleineres Fahrzeug seinen Weg kreuzen wollte. Die Hupe, die das vom Führer des Infanteriezugs gegebene »Legt an!«-Kommando übertönt hatte, verhallte in der Ferne. Als dann die Gewehrsalve krachte, löste sie mit dem sekundenlangen Aufflattern eines himmelwärts gescheuchten Taubenschwarms im Weichbild der erwachenden Stadt kaum mehr als einen flüchtigen örtlichen Reflex aus. Und der Knall des Sekunden später abgegebenen Gnadenschusses wurde vom anschwellenden Lärm des Verkehrs, der von außerhalb der Mauern herüberdrang, vollends verschluckt.
Mit der Hinrichtung des Offiziers als des Chefs eines organisierten Geheimbundes ehemaliger Armeeangehöriger, die dem Präsidenten der Republik Frankreich nach dem Leben trachteten, sollte weiteren Anschlägen auf den Präsidenten ein Ende gemacht werden. Die Ironie des Schicksals wollte es jedoch, daß sie einen neuen Anfang setzte. Um aber davon zu berichten, muß zuvor erklärt werden, wie es dazu kam, daß an jenem frühen Märzmorgen im Hof des südöstlich von Paris gelegenen Militärgefängnisses ein von Schüs-

sen durchsiebter Leichnam in den Fesseln, die ihn an den Pfahl banden, zusammensank ...

Die Sonne war endlich hinter die Mauern des Palastes gesunken, und die längerwerdenden Schatten, die jetzt über den Innenhof krochen, brachten eine willkommene Linderung. Am heißesten Tag des Jahres betrug die Temperatur in Paris um 19 Uhr noch dreiundzwanzig Grad Celsius. Überall in der vor Hitze verschmachtenden Stadt verstauten Familienväter ihre nörgelnden Ehefrauen und greinenden Kinder in Automobile und Zugabteile, um mit ihnen das Wochenende auf dem Land zu verbringen. Es war der 22. August 1962, der Tag, an dem der Präsident der Republik, Charles de Gaulle, auf Beschluß einer Handvoll Männer, die sich außerhalb der Stadtgrenzen bereithielten, sterben sollte.
Während die Bevölkerung der Metropole sich zur Flucht vor der Hitze in die an Flüssen und Stränden herrschende relative Kühle rüstete, wurde hinter der prächtigen Fassade des Elysée-Palastes die Kabinettsitzung fortgesetzt. Stoßstange an Stoßstange waren auf dem braunen Kies des jetzt in wohltuendem Schatten abkühlenden Hofes sechzehn Citroën-DS-Limousinen im Halbkreis aufgefahren.
Die Fahrer, die nahe der Innenhoffassade des Westflügels, dort, wohin der Schatten zuerst gefallen und wo es jetzt am kühlsten war, herumstanden, ergingen sich – nach der Art von Leuten, die ihre Arbeitstage größtenteils damit verbringen, auf einen Wink ihrer Herrschaft zu warten – in müßigen gegenseitigen Frotzeleien. Das vage Murren über die ungewöhnlich lange Dauer der Kabinettsitzung hörte erst auf, als gegen 19 Uhr 30 auf der obersten der sechs zu den Spiegelglastüren führenden Treppenstufen ein mit Ketten und Medaillen behängter Diener erschien und dem Wachtposten ein Zeichen gab. Halbgerauchte Gauloises wurden von den Fahrern fallen gelassen und im Kies ausgetreten. Die Sicherungsbeamten und Wachtposten in ihren Schilderhäusern beiderseits der Einfahrt zum Hof erstarrten in militärischer Haltung, und das massive Eisengitter schwang auf.
Die Fahrer saßen schon am Steuer ihrer Limousinen, als die erste Gruppe von Ministern hinter den Spiegelglasscheiben erschien. Der Diener öffnete die Türen, die Mitglieder des Kabinetts wünschten einander ein angenehmes Wochenende und stiegen die Stufen hinab. Die Limousinen hielten nacheinander am Fuß der Treppe, der Diener öffnete den Schlag zum Fond und verbeugte

sich, dann bestiegen die Minister ihre Wagen und fuhren an den salutierenden Posten der Garde Republicaine vorbei auf die Rue Faubourg St-Honoré hinaus und davon.
Innerhalb von zehn Minuten waren alle fort, bis auf zwei langgestreckte Citroën DS 19. Beide fuhren jetzt langsam am Fuß der Treppe vor. Der erste, der den Stander des Präsidenten der Französischen Republik führte, wurde von François Marroux gesteuert, einem vom Trainings- und Ausbildungszentrum der Gendarmerie Nationale in Satory abkommandierten Polizeifahrer. Schweigsam wie immer, hatte er sich an den Scherzen der Ministerfahrer im Hof nicht beteiligt. Daß er de Gaulles ständiger Chauffeur geworden war, verdankte er seinen eiskalten Nerven und der Fähigkeit, sehr sicher und sehr schnell zu fahren. Den zweiten DS 19 fuhr ebenfalls ein Gendarm aus Satory.
Um 19 Uhr 45 tauchte eine weitere Gruppe hinter den Glastüren auf, und wiederum erstarrten die Männer auf dem Kiesboden in »Habt acht!«-Stellung. Wie üblich in dunkelgrauem doppelreihigem Anzug und dunkler Krawatte, erschien de Gaulle hinter den Spiegelglasscheiben. Mit altmodischer Höflichkeit geleitete er Mme. Yvonne de Gaulle zunächst durch die Türen und nahm dann ihren Arm, um sie die Stufen hinab zum wartenden Citroën zu führen. Am Wagen trennten sie sich, und die Gattin des Präsidenten bestieg den Fond des ersten Wagens durch dessen linke hintere Tür. Der General stieg von rechts dazu und setzte sich neben Mme. de Gaulle.
Ihr Schwiegersohn, Oberst Alain de Boissieu, zu der Zeit Stabschef der Panzer- und Kavallerieeinheiten der französischen Armee, überzeugte sich, daß beide Türen fest geschlossen waren, und nahm dann neben Marroux auf dem Beifahrersitz Platz.
In den zweiten Wagen stiegen zwei Männer aus der Gruppe von Beamten, die das Präsidentenehepaar die Treppe hinab begleitet hatte. Henri d'Jouder, der ungeschlachte Leibwächter vom Dienst, ein Kabyle aus Algerien, lockerte den Halfter des schweren Revolvers unter seiner linken Achselhöhle und lehnte sich in das Polster zurück. Von diesem Moment ab würde er seine Blicke unaufhörlich wandern lassen, weniger zu dem vorausfahrenden Wagen als vielmehr über das Pflaster und die Straßenecken, die sie passierten. Nach einer letzten Anweisung an einen der zurückbleibenden diensttuenden Sicherungsbeamten setzte sich der zweite Mann allein in den Fond. Es war Kommissar Jean Ducret, Chef der persönlichen Sicherungsgruppe des Präsidenten.

Zwei weißbehelmte Polizisten warfen ihre Motorräder an und fuhren, von der Innenhoffront des Westflügels herkommend, langsam aus dem Schatten heraus und auf das Portal zu. Drei Meter Abstand voneinander haltend, stoppten sie vor der Einfahrt und blickten zurück.

Marroux steuerte den ersten Citroën von der Treppe fort, bog in Richtung auf das Tor ein und hielt hinter den motorisierten Vorreitern. Der zweite Wagen folgte. Es war 19 Uhr 50. Wieder schwang das eiserne Gitter auf, und der kleine Konvoi brauste an den zu Ladestöcken erstarrenden Wachtposten vorüber in die Rue Faubourg St-Honoré. Am Ende des Westflügels angelangt, bog er nach links in die Avenue Marigny ein.

Unter den Kastanienbäumen am Straßenrand saß ein junger Mann in weißem Sturzhelm auf einem Motorroller und wartete, bis der Konvoi vorbeigefahren war. Dann stieß er sich vom Bordstein ab und folgte ihm.

Für ein Wochenende im August war der Verkehr normal. Man hatte keine die Abfahrt des Präsidenten betreffende Vorwarnung gegeben. Lediglich das Heulen der Motorradsirenen machte die diensttuenden Verkehrspolizisten auf den herannahenden Konvoi aufmerksam, und nur unter beträchtlichem Aufwand an hektisch winkenden Gesten und schrillen Pfiffen auf ihren Trillerpfeifen gelang es ihnen, den Verkehr zu stoppen.

Auf der baumbeschatteten Avenue beschleunigte der Konvoi seine Geschwindigkeit und schoß auf die sonnenbeschienene Place Clemenceau hinaus, die er schnurstracks in Richtung auf den Pont Alexandre III überquerte. Im Windschatten der Regierungswagen fahrend, war es für den jungen Mann auf dem Motorroller nicht allzu schwer, sich an den Konvoi anzuhängen.

Hinter der Brücke folgte Marroux den motorisierten Polizisten in die Avenue du Maréchal Gallieni und von dort in den breiten Boulevard des Invalides. Der Fahrer des Motorrollers wußte nun, was er hatte wissen wollen: die Route, auf welcher der General Paris verlassen würde. An der Ecke der Rue de Varenne nahm er das Gas weg und steuerte auf ein Café zu. Mit langen Schritten durchquerte er den Raum, in dessen hinterem Teil sich das Telefon befand, holte eine metallene Marke aus der Tasche, steckte sie in den Schlitz des Apparats und wählte eine Ortsnummer.

Im Pariser Vorort Meudon hatte Oberstleutnant Jean-Marie Bastien-Thiry auf den Anruf gewartet. Er war fünfunddreißig Jahre alt, im Luftfahrtministerium tätig, verheiratet und Vater dreier Kinder. Hinter der konventionellen Fassade seines Berufs- und Familienlebens nährte er eine tiefe Bitterkeit gegen Charles de Gaulle, der seiner Überzeugung nach Frankreich und die Männer, die ihm 1958 die Rückkehr an die Macht ermöglichten, durch die Preisgabe Algeriens an die algerischen Nationalisten schmählich verraten hatte.

Er persönlich hatte durch die Aufgabe Algeriens nichts verloren, und es waren keine persönlichen Beweggründe, von denen er sich leiten ließ. Er fühlte sich als Patriot und war überzeugt, seinem Land einen Dienst zu erweisen, indem er den Mann tötete, der es, wie er meinte, verraten hatte. Es gab Tausende und aber Tausende, die dachten wie er, aber nur wenige von ihnen zählten zu den Mitgliedern der geheimen Armeeorganisation, die sich verschworen hatten, de Gaulle zu beseitigen und seine Regierung zu stürzen. Bastien-Thiry war einer dieser Männer.

Er nippte an einem Glas Bier, als der Anruf kam. Der Kellner reichte ihm das Telefon herüber und ging dann zum anderen Ende der Theke, um den Fernseher leiser zu stellen. Bastien-Thiry lauschte ein paar Sekunden, flüsterte: »Sehr gut, danke«, in die Muschel und legte den Hörer auf.

Sein Bier hatte er schon bezahlt. Er verließ die Bar, schlenderte auf die Straße hinaus, schlug die zusammengefaltete Zeitung, die er bis dahin unter dem Arm getragen hatte, auf und blätterte demonstrativ zweimal um.

Auf der anderen Seite der Straße trat eine junge Frau hinter der zugezogenen Spitzengardine vom Fenster ihrer im ersten Stock gelegenen Wohnung zurück und sagte, indem sie sich den zwölf Männern zuwandte, die in dem Zimmer herumsaßen: »Er nimmt Route Nummer zwei.«

Fünf von den zwölf Männern waren noch ganz junge Burschen, Amateure im Handwerk des Tötens; sie hörten auf, ihre Finger zu kneten, und fuhren hoch. Die sieben anderen waren älter und weniger nervös. Der Ranghöchste unter ihnen, Alain Bougrenet de la Tocnaye, fünfunddreißig, verheiratet und Vater von zwei Kindern, ein aus einer Familie adliger Großgrundbesitzer stammender Mann der extremen Rechten, fungierte bei dem von Bastien-Thiry geleiteten Anschlag als verantwortlicher Unterführer.

Der gefährlichste war der neununddreißigjährige Georges Watin, ein breitschultriger OAS-Fanatiker mit eckiger Kinnlade. Ehedem landwirtschaftlicher Berater in Algerien, war er nach zwei Jahren

als einer der schießwütigsten Killer der OAS wieder aufgetaucht. Einer alten Verwundung wegen wurde er »Das Hinkebein« genannt.
Als die junge Frau die Nachricht bekanntgab, stürmten die zwölf Männer über die Hintertreppe und den Hof in eine Seitenstraße, auf der sechs teils gestohlene, teils gemietete Wagen geparkt waren. Es war 19 Uhr 55.

Bastien-Thiry hatte Tage gebraucht, um den geeigneten Tatort für den Mordanschlag zu bestimmen, Geschwindigkeit, Entfernung und Abstand der heranbrausenden Wagen sowie die Feuerkraft zu errechnen, die erforderlich war, um sie zu stoppen. Schließlich hatte er sich für die Avenue de la Liberation entschieden, eine schnurgerade, lange Ausfallstraße, die zur großen Kreuzung von Petit-Clamart führt.
Der Plan sah vor, daß die mit Karabinern ausgerüsteten Scharfschützen der ersten Gruppe etwa zweihundert Meter vor der Kreuzung das Feuer auf den Wagen des Präsidenten eröffnen sollten. Sie würden hinter einem am Straßenrand geparkten Lieferwagen in Deckung liegen und schon aus einem extrem flachen Schußwinkel heraus auf die herannahenden Fahrzeuge zu feuern beginnen, um ein Maximum an Treffern zu gewährleisten. Nach Bastien-Thirys Berechnung mußte der erste Citroën zu dem Zeitpunkt, da er mit dem geparkten Lieferwagen auf gleicher Höhe war, bereits von hundertfünfzig Geschossen durchlöchert sein. Sobald das Automobil des Präsidenten gestoppt war, würde der zweite OAS-Wagen, aus einer Seitenstraße kommend, heranpreschen und den Begleitwagen der Polizei aus kürzester Distanz zusammenschießen. Beide Gruppen würden nur wenige Sekunden benötigen, um den Insassen des Präsidentenwagens den Rest zu geben, und dann zu den drei in einer anderen Seitenstraße zur Flucht bereitgestellten Automobilen rennen. Bastien-Thiry, der dreizehnte Mann der Gruppe, würde seinerseits auf Vorposten als Späher fungieren.
Um 20 Uhr 05 hatten die Trupps Stellung bezogen. Die zusammengefaltete Zeitung unter dem Arm, stand Bastien-Thiry an einer vom Hinterhalt etwa hundert Meter in Richtung Paris entfernten Bushaltestelle. Durch Winken mit der Zeitung würde er Serge Bernier, der als Führer des ersten Kommandos hinter dem geparkten Lieferwagen stand, das Zeichen geben, das dann von diesem an die ihm zu Füßen im Gras liegenden Scharfschützen weitergegeben wurde.

Bougrenet de la Tocnaye würde, das »Hinkebein« Watin mit der Maschinenpistole im Anschlag neben sich, am Steuer des Wagens sitzen, der die Sicherheitspolizei auszuschalten hatte.
Als am Straßenrand in Petit-Clamart die Schußwaffen entsichert wurden, hatte General de Gaulles Konvoi den dichteren Straßenverkehr von Paris hinter sich gelassen und die weniger befahrenen Avenuen der Vorstädte erreicht. Hier beschleunigte er seine Geschwindigkeit auf hundert Stundenkilometer. François Marroux, der die gereizte Unruhe des hinter ihm sitzenden Generals spürte, warf einen Blick auf seine Armbanduhr und erhöhte, sobald sich der Straßenverkehr weiter gelichtet hatte, das Tempo abermals. Die beiden motorisierten Vorreiter fielen zurück, um sich an den Schluß des Konvois zu setzen. De Gaulle schätzte derart ostentative Ankündigungen ohnehin nicht und verzichtete auf sie, wann immer er konnte. In dieser Formation erreichte der Konvoi die Avenue de la Division Leclerc in Petit-Clamart. Es war 20 Uhr 17. Anderthalb Kilometer voraus sollte Bastien-Thiry die Folgen seines Irrtums, der ihm übrigens, bis ihn die Polizei Monate später in der Todeszelle darüber aufklärte, verborgen blieb, in wenigen Minuten zu spüren bekommen. Beim Aufstellen des Zeitplans für den Anschlag hatte er anhand eines Kalenders ermittelt, daß am 22. August die Dämmerung um 20 Uhr 35 hereinbrechen würde – immer noch spät genug selbst dann, wenn de Gaulle sich seinerseits verspäten sollte, was in der Tat der Fall war. Aber der Kalender, den der Luftwaffen-Oberstleutnant zu Rate gezogen hatte, bezog sich auf das Jahr 1961. Am 22. August 1962 brach die Dämmerung um 20 Uhr 10 ein. Dieser Unterschied von fünfundzwanzig Minuten sollte für die Geschichte Frankreichs entscheidend sein.
Um 20 Uhr 18 machte Bastien-Thiry den mit einer Geschwindigkeit von über hundert Stundenkilometer auf der Avenue de la Liberation heranbrausenden Konvoi aus. Aufgeregt winkte er mit seiner Zeitung.
Hundert Meter weiter spähte Bernier von der anderen Straßenseite aus wütend zu der in der sinkenden Dämmerung nur undeutlich erkennbaren Gestalt an der Bushaltestelle hinüber. »Hat der Oberstleutnant schon mit der Zeitung gewinkt?« fragte er, ohne von irgendeinem seiner Männer eine Antwort zu erwarten. Er hatte die Frage kaum ausgesprochen, als er in Höhe der Bushaltestelle das Haifischmaul des Präsidentenwagens in Sicht kommen sah.
»Feuern!« schrie er den mit angeschlagenen Karabinern rechts und links vor ihm im Gras liegenden Schützen zu. Sie eröffneten das

Feuer, als der Konvoi praktisch schon auf gleicher Höhe mit ihnen war, und mußten mit einem Vorhalt von neunzig Grad auf ein bewegtes Ziel schießen, das sie mit einer Geschwindigkeit von mehr als hundert Kilometer pro Stunde passierte.

Daß der Wagen dennoch von zwölf Geschossen durchlöchert wurde, zeugte von der eminenten Treffsicherheit der Scharfschützen. Die meisten Kugeln durchschlugen die Rückfront des Citroën. Zwei Reifen wurden durch Feuereinwirkung zerfetzt, und obgleich sie mit Schläuchen gefüllt waren, die sich selbsttätig abdichteten, bewirkte der plötzliche Druckabfall, daß der Fahrer über den ins Schleudern geratenen Wagen vorübergehend die Kontrolle verlor. Das war der Augenblick, in dem Marroux' Fahrkunst de Gaulle das Leben rettete.

Während der beste Scharfschütze, Ex-Legionär Varga, die Reifen durchsiebte, leerten die anderen, auf das sich rasch entfernende Rückfenster des Wagens haltend, ihre Magazine. Mehrere Geschosse durchschlugen die Karosserie, und eines zerschmetterte das Rückfenster, wobei es die Nase des Präsidenten nur um wenige Zentimeter verfehlte.

Der neben dem Fahrer sitzende Oberst de Boissieu drehte sich zu seinen Schwiegereltern um und schrie: »Deckung!«

Mme. de Gaulle barg den Kopf im Schoß ihres Gatten. Der General machte seinem Unmut über den Zwischenfall mit einem ungehaltenen »Was, schon wieder?« Luft und wandte sich zum Rückfenster, um hinauszublicken.

Marroux umklammerte das bebende Lenkrad und drehte es, wobei er langsam den Gashebel durchtrat, sacht in die Richtung der Schleuderbewegung. Nach einem vorübergehenden Geschwindigkeitsabfall zog der Citroën rasch an und schoß wieder vorwärts, auf die Kreuzung mit der Avenue du Bois zu, der Nebenstraße, auf der das zweite Kommando der OAS-Männer lauerte. Unmittelbar hinter dem Citroën folgte der von keinem einzigen Schuß getroffene Sicherungswagen.

Die hohe Geschwindigkeit der beiden heranpreschenden Automobile stellte den mit laufendem Motor in der Avenue du Bois wartenden Bougrenet de la Tocnaye vor die Wahl, sie entweder abzufangen und dabei, indem er sich von den aufeinanderprallenden Metallteilen in Stücke reißen ließ, Selbstmord zu begehen, oder den Gang um Bruchteile von Sekunden zu spät einzulegen. Er entschied sich für letzteres. Und so war es, als er aus der Seitenstraße hinausschoß und in die Fahrtrichtung des Konvois einschwenkte,

nicht de Gaulles Wagen, mit dem er in gleicher Höhe fuhr, sondern der mit dem Scharfschützen d'Jouder und Kommissar Ducret besetzte Sicherungswagen.
Den Oberkörper bis zur Hüfte aus dem rechten Seitenfenster gelehnt, richtete Watin seine Maschinenpistole auf das Rückfenster des ihm unmittelbar vorausfahrenden DS 19 und schoß das Magazin leer. Hinter der zersplitterten Glasscheibe war das hochmütige Profil des Generals deutlich erkennbar.
»Warum schießen diese Idioten nicht zurück?« fragte de Gaulle vorwurfsvoll.
Aus dem zwischen seinem und dem Wagen der OAS-Killer bestehenden Abstand von drei Metern versuchte d'Jouder zum Schuß zu kommen, aber der Polizist auf dem Motorrad nahm ihm die Sicht. Ducret befahl dem Fahrer, sich an den Wagen des Präsidenten zu hängen, und in der nächsten Sekunde hatten sie die OAS hinter sich gelassen. Die beiden motorisierten Vorreiter, von denen der eine fast aus dem Sattel gehoben worden wäre, als de la Tocnayes Wagen plötzlich aus der Seitenstraße herausgeschossen kam, schlossen jetzt rasch auf und nahmen wieder ihre vormalige Position ein. In dieser Formation durchraste der Konvoi den Kreisverkehr der Kreuzung von Petit-Clamart und setzte seinen Weg in Richtung Villacoublay fort.
Zu gegenseitigen Beschuldigungen hatten die am Tatort verbliebenen Männer der OAS keine Zeit. Das mußte auf später verschoben werden. Sie ließen die drei beim Überfall benutzten Fahrzeuge zurück, sprangen in ihre bereitgestellten Fluchtwagen und verschwanden in der hereinbrechenden Dämmerung. Über sein im Citroën eingebautes Sprechfunkgerät rief Ducret Villacoublay und berichtete kurz, was geschehen war. Als der Konvoi zehn Minuten später die Ortschaft erreicht hatte, bestand de Gaulle darauf, sogleich zum Flugplatz, wo der Hubschrauber wartete, weitergefahren zu werden.
Dort eingetroffen, wurde der Wagen von Offizieren und Honoratioren umringt, welche die Türen aufrissen, um der sichtlich mitgenommenen Mme. de Gaulle beim Aussteigen behilflich zu sein. Die Glassplitter von den Aufschlägen seines Jacketts abschüttelnd, entstieg der General dem zerschossenen Fahrzeug auf der anderen Seite. Er überhörte die angstvollen Beschwörungen der ihn umdrängenden Offiziere geflissentlich, umschritt den Wagen und bot seiner Frau den Arm.
»Kommen Sie, meine Liebe«, sagte er, »wir fliegen heim.«

Abschließend gab er den Mitgliedern des Luftwaffenstabs seine Meinung über die OAS kund: »Nicht einmal richtig schießen können sie.« Damit wandte er sich um, half seiner Frau beim Besteigen des Hubschraubers und nahm neben ihr Platz.
D'Jouder stieg hinzu, und der Hubschrauber, mit dem der General und seine Gattin für ein Wochenende aufs Land flogen, hob ab.
Auf der Landebahn war François Marroux mit aschfahlem Gesicht am Steuer des Citroën sitzen geblieben. Aus dem Reifen sowohl des rechten Vorder- als auch des rechten Hinterrads war die restliche Luft entwichen, und der DS fuhr auf Felgen. Ducret beglückwünschte Marroux mit ein paar gemurmelten Worten und machte sich daran, Ordnung zu schaffen.

Während die Journalisten in aller Welt Spekulationen über den Mordanschlag anstellten und ihre Kolumnen mangels Fakten mit unverbindlichen Vermutungen und persönlichen Betrachtungen füllten, startete die Sûreté Nationale, unterstützt sowohl vom Geheimdienst als auch von der Gendarmerie, die umfassendste Polizeiaktion der französischen Geschichte. Sie sollte sich schon bald zur größten Menschenjagd entwickeln, die das Land je erlebt hatte, und nur noch von der Großfahndung nach einem anderen Attentäter übertroffen werden, der in den Polizeiakten noch heute unter seinem Decknamen »Der Schakal« geführt wird, weil sein bürgerlicher Name unbekannt geblieben und seine Lebensgeschichte nie veröffentlicht worden ist.
Ein erster Erfolg konnte am 3. September verzeichnet werden. Wie so oft war es eine routinemäßig vorgenommene Ausweiskontrolle, die auf eine wichtige Spur führte. Eine Polizeistreife hielt außerhalb der südlich von Lyon gelegenen Stadt Valence auf der von Paris nach Marseille führenden Nationalstraße einen Privatwagen mit vier Insassen an. Sie hatte an diesem Tag bereits Hunderte gestoppt, um Ausweise zu kontrollieren. Einer der vier Männer hatte keine Papiere bei sich. Er behauptete, sie verloren zu haben. Daraufhin wurde er mitsamt den drei anderen zu einem Routineverhör nach Valence gebracht.
Dort stellte sich rasch heraus, daß die übrigen drei Insassen, abgesehen davon, daß sie ihn ein Stück mitgenommen hatten, mit dem vierten nichts zu tun hatten. Man ließ sie frei. Von dem vierten Mann wurden lediglich Fingerabdrücke angefertigt und nach Paris geschickt, weil man seine Identität überprüfen wollte. Zwölf Stunden später traf die Auskunft ein: Die Fingerabdrücke waren die

eines 22jährigen fahnenflüchtigen Fremdenlegionärs, aber der Name, den er angegeben hatte – Pierre-Denis Magade –, stimmte. Magade wurde nach Lyon in die Zentrale des *Service Regional der Police Judiciaire* gebracht. Während er in einem Vorzimmer auf seine Vernehmung wartete, fragte ihn einer seiner Bewacher scherzhaft: »Na, und in Petit-Clamart – wie hat sich das abgespielt?«
Magade zuckte hilflos mit den Achseln. »Also gut«, sagte er, »was wollen Sie wissen?«
Acht Stunden lang lauschten Polizeibeamte gebannt und kratzten emsige Stenografenfedern über Stöße von Papier, während Magade »sang«. Als er endete, hatte er die Namen jedes einzelnen der am Attentat von Petit-Clamart Beteiligten sowie die neun weiteren Mitwisser genannt, die in der Planungsphase der Verschwörung und bei der Beschaffung von Waffen, Gerät und Fahrzeugen kleinere Rollen gespielt hatten – zweiundzwanzig Namen insgesamt. Die Jagd begann, und diesmal wußte die Polizei, wen sie suchte.
Nur ein einziger Mittäter entkam ihr und wurde bis zum heutigen Tag nicht gefaßt: Georges Watin. Dem Vernehmen nach soll er, wie die meisten Ex-Bosse der OAS, unter ehemals frankoalgerischen Siedlern in Spanien leben.
Im Dezember waren Ermittlung und Anklagevorbereitung gegen Bastien-Thiry, Bougrenet de la Tocnaye und die anderen Verschwörer abgeschlossen, und im Januar 1963 wurde die Gruppe vor Gericht gestellt.
Während man den beiden Hauptangeklagten und ihren Mittätern den Prozeß machte, sammelte die OAS alle ihr verfügbaren Kräfte zu einer neuerlichen Großoffensive gegen das gaullistische Regime, das diese von seinen Geheimdiensten mit unbarmherzigen Gegenangriffen beantworten ließ. Hinter den gefälligen äußeren Formen des pariserischen Lebensstils wurde unter dem Firnis von Kultur und Zivilisation im Untergrund ein grausamer und erbitterter Krieg geführt.
Der französische Geheimdienst trägt die offizielle Bezeichnung *Service de Documentation Exterieure et de Contre-Espionage*, die unter der Abkürzung SDECE allgemein bekannt ist. Zu seinen Aufgaben zählen sowohl die Spionage außerhalb als auch die Spionageabwehr innerhalb Frankreichs, wobei sich die Aufgabenbereiche der einzelnen Dienste gelegentlich überschneiden. Die Abteilung I versieht ausschließlich nachrichtendienstliche Aufgaben und ist in diverse, durch den Buchstaben R (Renseignement = Infor-

mation) gekennzeichnete *bureaux* gegliedert. Diese Unterabteilungen sind im einzelnen das *Bureau* R 1 (Nachrichtenauswertung), R 2 (Osteuropa), R 3 (Westeuropa), R 4 (Afrika), R 5 (Mittlerer Osten), R 6 (Ferner Osten), R 7 (Amerika/Westliche Hemisphäre). Die Abteilung II ist mit der Spionageabwehr betraut, die zusammengelegten Abteilungen III und IV sind für das Sachgebiet Kommunismus zuständig; VI ist für die Finanzen und VII für die Verwaltung verantwortlich.

Die offizielle Bezeichnung für die Abteilung V besteht aus einem einzigen Wort, das ihre Tätigkeit gleichwohl treffend wiedergibt, und lautet: Aktion. Die Abteilung ist nahe der Porte des Lilas in einem unauffälligen, gleich hinter dem Boulevard Mortier im Pariser Nordosten gelegenen Gebäudekomplex untergebracht, von dem aus die hundert eisenharten Burschen des Aktionsdienstes in den Kampf geschickt werden. Diese Männer, die in ihrer Mehrzahl korsischer Herkunft sind, verkörpern einen Typus, der James Bond ähnlicher ist als alles, was die Wirklichkeit bislang in Fleisch und Blut hervorgebracht hat. Sie waren zunächst durch spezielle Trainingsmethoden in Spitzenkondition gebracht und dann zur Polizeischule nach Satory versetzt worden, wo man sie in einem vom regulären Schulungsbetrieb hermetisch abgeschlossenen Sonderlehrgang mit allen bis dato bekannten Formen der Zerstörung und Vernichtung vertraut machte. Sie wurden Experten im Kampf mit leichten Waffen, im waffenlosen Zweikampf, in Judo und Karate. Sie absolvierten Spezialkurse in funktechnischer Kommunikation, in Demolierung und Sabotage, Menschenraub, Brandstiftung und Mord sowie Verhörtechniken mit und ohne Anwendung von Foltermethoden.

Einige von ihnen sprachen nur Französisch, andere beherrschten mehrere Fremdsprachen und kannten sich in allen Hauptstädten der Welt aus, als seien sie dort zu Hause. Sie waren berechtigt, in Ausübung ihres Dienstes zu töten, und machten nicht selten von diesem Recht Gebrauch.

Als die Aktionen der OAS zusehends bedenkenloser und brutaler wurden, entschloß sich General Guibaud, der Leiter des SDECE, seine Männer loszuketten und auf die OAS zu hetzen. Einige von ihnen traten der Geheimorganisation bei und gelangten bis in deren höchste Gremien. Dort beschränkte sich ihre Tätigkeit auf die Übermittlung von Informationen, auf denen dann die gezielten Aktionen ihrer außerhalb der OAS verbliebenen Kollegen basierten. So wurden viele OAS-Kuriere, die in geheimer Mission nach

Frankreich oder in Länder entsandt worden waren, die mit Frankreich Auslieferungsabkommen geschlossen hatten, aufgrund von Informationen verhaftet, welche die in die OAS eingeschleusten Männer des Aktionsdienstes geliefert hatten. In anderen Fällen wurden steckbrieflich gesuchte Männer, die sich nicht nach Frankreich locken ließen, außerhalb des Landes brutal ermordet. Viele Angehörige verschwundener OAS-Mitglieder sind nach wie vor überzeugt, daß der Aktionsdienst diese Männer liquidiert hat.

Nicht daß die OAS ihrerseits Lektionen in Gewalttätigkeit nötig gehabt hätte. Ihre Mitglieder haßten die ihrer Untergrundtätigkeit wegen »*les barbouzes*« – die »Bärtigen« – genannten Männer des Aktionsdienstes mehr als jeden Polizeibeamten. In den letzten Tagen des zwischen OAS und gaullistischen Behörden ausgetragenen Kampfes um die Macht in Algerien gerieten sieben *barbouzes* lebendig in die Hände der Geheimorganisation. Ihre Leichen wurden später, von Balkonen und Laternenpfählen baumelnd, ohne Ohren und Nasen aufgefunden. In dieser Weise ging der Untergrundkrieg weiter, und die ganze Wahrheit darüber, wer von wem in wessen Keller zu Tode gefoltert wurde, wird nie ans Licht kommen.

Die außerhalb der OAS verbliebenen *barbouzes* hielten sich dem SDECE ständig zur Verfügung. Einige von ihnen, die vor ihrer Anwerbung schwere Jungens gewesen waren, hatten ihre alten Kontakte zur Unterwelt niemals abreißen lassen und konnten auf diese Weise so manches Mal, wenn es im Auftrag der Regierung eine besonders schmutzige Arbeit zu verrichten galt, die Hilfe ihrer alten Freunde in der Unterwelt in Anspruch nehmen. Diese Praktiken waren es vor allem, die den in Frankreich kursierenden Gerüchten von einer Jacques Foucard, Präsident de Gaulles rechter Hand, unterstehenden »Parallel«-Polizei Nahrung gaben. In Wirklichkeit existierte eine solche »Parallel«-Polizei nicht; die ihr zugeschriebene Tätigkeit blieb den Gorillas des Aktionsdienstes und den zeitweilig angeheuerten Gangsterbossen aus dem *milieu* vorbehalten.

Auf Vendetten haben sich die Korsen, die sowohl die Pariser als auch die Marseiller Unterwelt kontrollierten, von jeher verstanden, und nach der Ermordung der sieben *barbouzes* in Algerien begannen sie eine Vendetta gegen die OAS. In gleicher Weise, wie die korsische Unterwelt 1944 den Alliierten bei ihrer Landung in Frankreich Hilfsdienste leistete (wahrlich nicht zu ihrem Schaden übrigens – bald darauf nahm sie das organisierte Laster an der

Côte d'Azur weitgehend in eigene Regie), kämpften die Korsen in den frühen sechziger Jahren in ihrer Vendetta gegen die OAS wiederum für Frankreich. Viele OAS-Männer waren *pieds noirs* – in Algerien geborene französische Siedler – und den Korsen vom Typ her sehr ähnlich, und zeitweilig steigerte sich der Krieg zum Brudermord.

Während die Verhandlung gegen Bastien-Thiry und seine Kameraden ihren Fortgang nahm, eskalierte auch die Kampagne der OAS. Ihr Führer war Oberst Antoine Argoud, der hinter den Kulissen schon als eigentlicher Anstifter der Verschwörung von Petit-Clamart gewirkt hatte. Argoud verfügte über einen geschulten Intellekt und dynamische Energie; er war Absolvent der zu den besten Hochschulen Frankreichs zählenden École Polytechnique und hatte unter de Gaulle als Leutnant für die Befreiung Frankreichs von den Nazis gekämpft. Später befehligte er ein Kavallerieregiment in Algerien. Als hervorragender, wenngleich unbarmherziger Soldat war der kleine, drahtige Mann bereits 1962 zum Operationschef der exilierten OAS avanciert.

Erfahren in der Technik psychologischer Kriegführung, hatte er sogleich erkannt, daß der Kampf gegen das gaullistische Frankreich auf allen Ebenen, mit Terror, Diplomatie und unter Anwendung wirksamer Public-Relations-Methoden, aufgenommen werden mußte. Es entsprach diesem Konzept, daß er eine Serie von Interviews plante, die der ehemalige französische Außenminister Georges Bidault als Vorsitzender des den politischen Flügel der OAS repräsentierenden Nationalen Widerstandsrates westeuropäischer Zeitungen und Fernsehstationen gewähren sollte, um der Weltöffentlichkeit die Gründe für die unversöhnliche Gegnerschaft der OAS zum gaullistischen Regime in »würdiger« Form darzulegen.

Auch hierbei kam Argoud die ungewöhnliche Intelligenz zugute, die ihn einst zum jüngsten Obersten der französischen Armee werden und jetzt als den gefährlichsten Mann der OAS gelten ließ. Er organisierte für Bidault eine Reihe von Interviews mit Zeitungs-, Rundfunk- und Fernsehjournalisten, bei denen der alte Politiker die weniger ruhmreichen Aktionen der OAS zu bemänteln oder herunterzuspielen verstand. Der offenkundige Erfolg der von Argoud initiierten Propagandaaktion Bidaults beunruhigte die französische Regierung nicht weniger als die terroristische Taktik und die Welle der in Paris und überall in Frankreich in Kinos und Cafés explodierenden Plastikbomben.

Am 14. Februar wurde dann ein weiteres Komplott zur Ermor-

dung General de Gaulles aufgedeckt. Für den darauffolgenden Tag war ein Vortrag des Präsidenten in der École Militaire auf den Champs de Mars angesetzt gewesen. Der Plan sah vor, daß de Gaulle beim Betreten des Saales vom Dach des angrenzenden Gebäudes aus hinterrücks niedergeschossen werden sollte.
Jean Bichon, einem Hauptmann der Artillerie namens Robert Poinard und Mme. Paule Rousselet de Liffiac, einer Englischlehrerin an der Militärakademie, wurde später wegen des geplanten Attentats der Prozeß gemacht. Der Mordschütze hätte Georges Watin sein sollen, aber das »Hinkebein« entkam wiederum. In Poinards Wohnung fand man einen Karabiner mit Zielfernrohr, und die drei Verschwörer wurden verhaftet. In der Verhandlung wurde erklärt, daß Feldwebelleutnant Marius Tho, mit dem sie darüber beratschlagt hatten, wie Watin mit seinem Gewehr unbemerkt in die Akademie geschmuggelt werden könne, schnurstracks zur Polizei gegangen war. General de Gaulle nahm wie vorgesehen an der militärischen Veranstaltung teil, machte aber – wenngleich nur ungern – die Konzession, in einem gepanzerten Wagen vorzufahren. Als Anschlag war das Ganze unglaublich dilettantisch geplant gewesen; aber es hatte de Gaulle doch außerordentlich verstimmt. Am Tag darauf bestellte er Innenminister Roger Frey zu sich, schlug mit der Faust auf den Tisch und machte Frey als dem für die nationale Sicherheit verantwortlichen Minister unmißverständlich klar, daß er die fortgesetzten Anschläge nunmehr satt habe.
Man beschloß, an einigen der OAS-Verschwörer zur Abschreckung der anderen ein Beispiel zu statuieren. Über den Ausgang des Verfahrens gegen Bastien-Thiry, das vor dem Obersten Militärgerichtshof verhandelt wurde, hatte Frey keinerlei Zweifel, denn der Angeklagte war seinerseits bemüht, eingehend darzulegen, aus welchen Gründen er Charles de Gaulles Beseitigung als unerläßlich erachtete. Was dennoch not tat, war eine Maßnahme, deren abschreckende Wirkung stärker und unmittelbarer beeindruckte als Gerichtsurteile.
Am 22. Februar landete die Kopie eines Memorandums, das der Direktor der Abteilung II des SDECE (Spionageabwehr/Innere Sicherheit) dem Innenminister zugeleitet hatte, auf dem Schreibtisch des Aktionsdienstchefs. Der Inhalt sei hier auszugsweise wiedergegeben:
»Es ist uns gelungen, den Aufenthaltsort des ehemaligen Obersten der französischen Armee, Antoine Argoud, eines der Hauptdrahtzieher der subversiven Bewegung, ausfindig zu machen. Er ist nach

Westdeutschland entflohen, wo er, den Informationen unseres dortigen Abwehrdienstes zufolge, einige Tage zu verbleiben beabsichtigt...
In Anbetracht dieses Umstandes sollte es möglich sein, Argoud zu stellen und gegebenenfalls zu ergreifen. Da der an die zuständigen westdeutschen Sicherheitsbehörden gestellte Antrag unseres Spionageabwehrdienstes abgelehnt worden ist und die genannten Behörden jetzt annehmen, daß unsere Agenten Argoud und anderen OAS-Verschwörern auf der Spur sind, müßte das Unternehmen, soweit es die Person Argouds betrifft, mit blitzartiger Schnelligkeit und unter äußerster Geheimhaltung ausgeführt werden.«
Die Aufgabe wurde dem Aktionsdienst übertragen.
Am 25. Februar nachmittags traf Argoud, von Rom kommend, wo er mit anderen OAS-Führern zu einer Besprechung zusammengetroffen war, wieder in München ein. Anstatt sich sogleich in die von ihm in der Unertlstraße gemietete Wohnung zu begeben, fuhr er im Taxi zum Hotel Eden-Wolff, wo er offenbar für eine geplante Konferenz ein Zimmer reserviert hatte.
Zu der Konferenz ist er nie erschienen. In der Hotelhalle traten zwei Männer auf ihn zu, die ihn in akzentfreiem Deutsch ansprachen. Argoud, der die beiden offenbar für deutsche Kriminalbeamte hielt, griff in seine Brusttasche, um seinen Paß hervorzuziehen. Er fühlte, wie seine Arme mit schraubstockartigem Griff gepackt wurden, während seine Füße sich vom Boden hoben. Man schleifte ihn zu einem wartenden Wäschereiauto hinaus. Er versuchte zum Schlag auszuholen und wurde von einem Sturzbach französischer Flüche überschüttet. Eine harte Faust traf seine Nase, eine andere schlug ihm in die Magengrube, ein Finger tastete nach dem neuralgischen Punkt unter seinem Ohr, und sein Bewußtsein erlosch.
Vierundzwanzig Stunden später klingelte in der *Brigade Criminelle* der *Police Judiciaire* am Quai des Orfèvres Nr. 36 in Paris das Telefon. Eine heisere Stimme, die behauptete, im Auftrag der OAS zu sprechen, erklärte dem Sergeanten, der den Anruf entgegennahm, Antoine Argoud befände sich, »säuberlich verschnürt«, in einem hinter dem PJ-Gebäude geparkten Lieferwagen. Wenige Minuten später wurde die Tür des Lieferwagens aufgerissen, und vor den Augen der staunend im Halbkreis versammelten Polizeibeamten taumelte Argoud heraus.
Seine Augen, die vierundzwanzig Stunden lang verbunden gewesen waren, vermochten nichts zu erkennen. Argoud mußte gestützt werden, um nicht zusammenzusinken. Sein Gesicht war mit ge-

trocknetem Blut bedeckt, das von dem Faustschlag auf die Nase herrührte, und seine Mundhöhle schmerzte von dem Knebel, den die Polizeibeamten daraus entfernten. Befragt, ob er Oberst Antoine Argoud sei, flüsterte er tonlos: »Ja.« Auf bis heute nichtgeklärte Weise hatte ihn der Aktionsdienst in der vorhergegangenen Nacht über die Grenze geschafft, und der anonyme Anruf bei der Polizei wegen des auf ihrem eigenen Parkplatz für sie hinterlegten »Pakets« war nur ein für die vom Aktionsdienst bevorzugte Art von Humor kennzeichnender Scherz gewesen.

Eines aber hatte der Aktionsdienst nicht bedacht: Die Ausschaltung Argouds wirkte sich auf die OAS zwar ungemein demoralisierend aus, zugleich aber hatte sie zur Folge, daß nun Argouds schattenhafter Stellvertreter, der wenig bekannte, aber nicht minder intelligente Oberstleutnant Marc Rodin, die Leitung der auf die Beseitigung de Gaulles abzielenden Operationen übernahm. Und das sollte sich für die Regierung als ein schlechter Tausch erweisen.

Am 4. März verkündete der Oberste Militärgerichtshof sein Urteil über Jean-Marie Bastien-Thiry. Er und zwei andere Angeklagte wurden zum Tode verurteilt, desgleichen drei weitere Mittäter – unter ihnen das »Hinkebein« Watin –, die flüchtig waren.

Am 8. März lauschte General de Gaulle drei Stunden lang schweigend den von den Anwälten der Verurteilten vorgebrachten Gnadengesuchen. Zwei der Todesurteile verwandelte er in lebenslängliches Zuchthaus, aber im Falle Bastien-Thirys blieb es bei der erkannten Strafe.

Noch in der Nacht wurde der Oberstleutnant der Luftwaffe von seinem Anwalt über die Entscheidung des Präsidenten unterrichtet. »Das Datum ist auf den 11. März festgesetzt«, sagte der Anwalt seinem Klienten, und als dieser weiterhin ungläubig lächelte, platzte es aus ihm heraus: »Man wird Sie erschießen!«

Bastien-Thiry schüttelte lächelnd den Kopf.

»Sie verstehen das nicht«, sagte er dem Anwalt. »Kein französisches Erschießungskommando wird seine Karabiner auf mich in Anschlag bringen.«

Er täuschte sich. Die Hinrichtung wurde in den 8-Uhr-Nachrichten über Radio Europa Eins in französischer Sprache bekanntgegeben. In den meisten europäischen Ländern konnte die Meldung gehört werden. In einem kleinen Hotelzimmer in Österreich setzte sie eine Kette von Überlegungen und Aktionen in Gang, die General de Gaulle in größere Lebensgefahr bringen sollte als je zuvor in seiner gesamten militärischen und politischen Laufbahn.

Zweites Kapitel

Marc Rodin knipste sein Transistorradio aus und erhob sich vom Tisch, auf dem das Frühstück fast unberührt geblieben war. Er ging zum Fenster hinüber, zündete sich eine weitere Zigarette an und starrte auf die Landschaft hinaus. Der spät einsetzende Frühling hatte die Schneedecke noch nicht aufzutauen vermocht.
»Hunde.« Er stieß das Wort leise und voller Haß aus. Rodin war in jeder Weise das völlige Gegenteil seines Vorgängers. Hochgewachsen und mager, mit einem vom Haß ausgezehrten, totenähnlichen Gesicht, pflegte er seine Gefühlsregungen für gewöhnlich hinter der Maske einer ganz ungallischen Kälte zu verbergen. Ihm hatten die Tore der École Polytechnique, deren Absolvierung seiner Beförderung dienlich gewesen wäre, nicht offengestanden. Der Sohn eines Schusters war noch keine Zwanzig gewesen, als er in den Tagen, da die Deutschen Frankreich überrannten, in einem Fischerboot nach England entkam, um sich dort als einfacher Soldat freiwillig zum Dienst unter dem Zeichen des Lothringer Kreuzes zu melden.
Die Beförderung zum Sergeanten und später zum Feldwebelleutnant hatte er sich in den blutigen Schlachten von Nordafrika unter Koenig und in der Normandie unter Leclerc verdient. Die Offizierslitzen, die er nach Herkunft und Erziehung nie erhalten hätte, verdankte er seiner im Kampf um Paris bewiesenen Tapferkeit vor dem Feind, und nach dem Krieg hatte er vor der Wahl gestanden, in das Zivilleben zurückzukehren oder in der Armee zu verbleiben. Aber auf welchen Beruf hätte er zurückgreifen sollen? Er verstand sich auf nichts anderes als das Schusterhandwerk, das er von seinem Vater erlernt hatte; zudem erkannte er, daß die werktätige Klasse seines Landes von den Kommunisten, die bereits die Résistance und die innerfranzösische Bewegung des Freien Frankreich kontrollierten, weitgehend beherrscht wurde. Er blieb daher in der Armee, um in den folgenden Jahren als aus dem Mannschaftsstand hervorgegangener Offizier eine neue Generation gebildeter Jungen die Kriegsschulen absolvieren und sich die gleichen Offizierstressen beim theoretischen Unterricht im Klassenzimmer verdienen zu sehen, für die er hatte Blut und Wasser schwitzen müssen. Daß sie rascher als er befördert und ihm auch sonst vorgezogen wurden, verbitterte ihn.
Ihm blieb nur übrig, sich in ein Kolonialregiment versetzen zu lassen, zu den Haudegen und Rabauken, die das Kriegführen besorg-

ten, während die aus Wehrpflichtigen rekrutierten Einheiten auf den Exerzierplätzen paradierten.
Innerhalb eines Jahres nach seiner Abkommandierung zur kolonialen Fallschirmtruppe in Indochina war er Kompanieführer geworden; er lebte unter Männern, die so dachten und sprachen wie er. Auch dem Sohn eines Schusters konnten Beförderungen winken – nach Fronteinsatz und abermaligem Fronteinsatz. Als der Krieg in Indochina zu Ende ging, war er Major, und nach einem enttäuschenden Jahr in Frankreich wurde er nach Algerien geschickt.
Der französische Rückzug aus Indochina und das in Frankreich verbrachte Jahr hatten seine latente Bitterkeit in einen verzehrenden Haß auf alle Politiker und Kommunisten – was für ihn ein und dasselbe war – verwandelt. Nur ein Frankreich, das von Soldaten geführt wurde, konnte für immer aus dem Würgegriff der Verräter und Speichellecker, die das öffentliche Leben beherrschten, befreit werden. Und nur in der Armee hatte diese Brut nichts zu melden.
Wie die meisten Frontoffiziere, die ihre Männer hatten sterben sehen und gelegentlich auch die schaurig zugerichteten Leichen derjenigen hatten begraben müssen, die lebend in die Hand des Feindes geraten waren, sah er im Typus des Soldaten das wahre Salz der Erde, den Mann, der sein Blut opferte, damit die Bourgeoisie daheim ein behagliches Leben führen konnte. Nach acht im indochinesischen Dschungel verbrachten Jahren des Kämpfens erkennen zu müssen, daß den meisten Zivilisten im Mutterland das Soldatentum und seine Tugenden vollkommen gleichgültig waren; die von Linksintellektuellen verfaßten Schmähungen des Militärs zu lesen, die auf Lappalien wie dem Erhalt lebenswichtiger Informationen dienenden Folterungen von Kriegsgefangenen basierten – dies alles hatte Marc Rodin zu einem blinden Eiferer gemacht.
Er war nach wie vor überzeugt, daß die Armee, sofern sie nur von seiten der Kolonialverwaltung, der Regierung in Paris und der Bevölkerung des Mutterlandes genügend unterstützt worden wäre, den Viet Minh geschlagen hätte. Die Preisgabe Indochinas war ein ungeheuerlicher Verrat an den Tausenden jungen Männern gewesen, die dort hatten fallen müssen – umsonst, wie sich jetzt erwies. Einen Treubruch wie diesen, das schwor sich Rodin, konnte und durfte es nie wieder geben. Algerien würde das beweisen.
Als er sich im Frühjahr 1956 in Marseille nach Algerien einschiffte, war er nahezu ein glücklicher Mann, glücklicher jedenfalls, als er es je zuvor gewesen war und je wieder sein sollte.

In den darauffolgenden zwei Jahren zäher, erbitterter Kämpfe geschah nur wenig, was ihn an seiner Überzeugung hätte irre werden lassen können. Zugegeben, mit den Rebellen fertig zu werden, war nicht so leicht, wie er anfangs geglaubt hatte. Wie viele Fellachen er und seine Männer auch immer erschossen, wie viele Dörfer auch immer sie dem Erdboden gleichmachten, wie viele FLN-Terroristen auch immer sie zu Tode folterten – der Aufstand breitete sich aus, bis er das ganze Land erfaßt hatte und auch auf die Städte übergriff.
Was not tat, war mehr und wirksamere Unterstützung aus Paris. Schließlich handelte es sich hier ja nicht um einen Krieg in irgendwelchen entlegenen Gegenden des Kolonialreiches. Algerien, das war Frankreich – ein von drei Millionen Franzosen bevölkerter Landesteil, um den man kämpfte, wie man um die Normandie, die Bretagne oder die Seealpen kämpfen würde.
Als Rodin zum Oberstleutnant befördert wurde, verlagerte sich sein militärischer Aufgabenbereich von den Stützpunkten draußen auf dem Lande in die Städte, zunächst nach Bône, dann nach Constantine. Von den Stützpunkten aus hatte er die ALN bekämpft – eine irreguläre Truppe zwar, aber doch eine Kampftruppe. Sein Haß auf sie verblaßte gegen die kalte Mordlust, die ihn der gemeine, hinterhältige Krieg in den Städten lehrte, ein Krieg, der mit Plastikbomben geführt wurde, die das Reinigungspersonal und andere algerische Bedienstete in von Franzosen bevorzugten Cafés, Supermarkets und Parks legten. Die Maßnahmen, die Rodin ergriff, um Constantine von dem aufständischen Gesindel zu säubern, das sich nicht scheute, diese Bomben mitten unter französische Zivilpersonen zu werfen, brachten ihm in der Kasbah den ehrenvollen Beinamen »Der Schlächter« ein.
Um die FLN und ihre Armee, die ALN, endgültig zu vernichten, fehlte es einzig und allein an wirksamer Hilfe aus Paris. Wie die meisten Fanatiker machte der verbohrte Glaube auch Rodin blind gegen offenkundige Tatsachen. Die steigenden Kosten der Kriegführung, die kritische Lage der von der Bürde eines zusehends aussichtsloser werdenden Krieges schwer belasteteten französischen Wirtschaft, die Demoralisation der Wehrpflichtigen – in Rodins Augen waren das lediglich Bagatellen.
Im Juni 1958 kehrte General de Gaulle als Ministerpräsident an die Macht zurück. Souverän liquidierte er die korrupte und zerrüttete Vierte Republik und gründete die Fünfte. Als er dann seinerseits jenes von den Generälen im Munde geführte Wort vom

»französischen Algerien« aufnahm, das ihn ins Matignon zurück und im Januar 1959 in den Elysée-Palast bringen sollte, ging Rodin auf sein Zimmer und weinte. Und als de Gaulle Algerien besuchte, war es Rodin, als habe sich Zeus persönlich aus dem Olymp herabbemüht. Die neue Politik, dessen war er gewiß, würde nicht lange auf sich warten lassen. Die Kommunisten würden aus ihren Ämtern entfernt, Jean-Paul Sartre und seine Gesinnungsfreunde ohne Zweifel wegen Verrats erschossen, die Gewerkschaften zur Räson gebracht. Das Mutterland würde endlich zum Schutz seiner Bürger in Algerien wie auch zur Unterstützung seiner die Grenzen der französischen Zivilisation sichernden Armee wirksame Maßnahmen beschließen.

Rodin war dessen so sicher wie der Tatsache, daß die Sonne allmorgendlich im Osten aufgeht. Als de Gaulle indes die ersten Schritte einleitete, um Frankreich seinen eigenen Vorstellungen gemäß zu reformieren, führte er dies zunächst auf gewisse, anfänglich nicht zu vermeidende Fehler zurück. Man mußte dem großen alten Mann schon ein wenig Zeit lassen. Den ersten Gerüchten über vorbereitende Gespräche mit Ben Bella und der FLN vermochte er keinen Glauben zu schenken. Obschon er mit dem vom großen Jo Ortiz angeführten Siedleraufstand von 1960 sympathisierte, war er noch immer der Meinung, daß die mangelnden Fortschritte, die bei der endgültigen Vernichtung der Fellachen zu verzeichnen waren, nichts anderes als ein taktisches Manöver de Gaulles darstellten. *Le Vieux* würde, da gab es gar keinen Zweifel, schon wissen, was er tat. Hatte er sie nicht ausgesprochen, die goldenen Worte vom »französischen Algerien«? Als dann schließlich der unwiderlegbare Beweis erbracht war, daß Charles de Gaulles Konzept von einem erneuerten Frankreich ein französisches Algerien nicht vorsah, zersprang Rodins Weltbild wie eine zu Boden geschmetterte Vase. Rodin führte sein Bataillon – von ein paar Duckmäusern abgesehen, die hinter den Ohren noch nicht trocken waren – geschlossen in den Putsch von 1961.

Der Putsch mißlang. Mit einem einzigen, beängstigend schlauen Trick wurde er, noch ehe er an Boden gewonnen hatte, von de Gaulle vereitelt. Als in den Wochen, die den angekündigten Gesprächen mit der FLN vorausgingen, Tausende von simplen Transistorradios an die Truppe ausgegeben wurden, hatte dem keiner der Offiziere sonderliche Bedeutung beigemessen. Die Radioapparate wurden als harmlose Zerstreuung für die Soldaten angesehen, und viele der Offiziere billigten die Idee sogar ausdrücklich. Die

von Hitze, Flöhen und Langeweile geplagten Jungen empfanden die über Ätherwellen aus Frankreich kommende Rock 'n' Roll- und Schlagermusik als willkommene Ablenkung.
Die Wirkung der Stimme de Gaulles war weniger harmlos. Als dann die Loyalität der Armee auf die entscheidende Probe gestellt wurde, schalteten in den Kasernen ganz Algeriens Zehntausende zwangsrekrutierter junger Soldaten ihre Radios ein, um die Nachrichten zu hören. Anschließend vernahmen sie dieselbe Stimme, der Rodin im Juni 1940 gelauscht hatte. Auch die Botschaft war nahezu gleichlautend: »Ihr steht vor einer Gewissensentscheidung. Frankreich, das bin ich, das Werkzeug seines Schicksals. Hört auf mich. Gehorcht mir.«
Manche Bataillonskommandeure fanden anderntags nur noch eine Handvoll Offiziere und die meisten ihrer Sergeanten vor. Die Meuterei war niedergeworfen – per Rundfunk.
Rodin hatte mehr Glück als manche seiner Kameraden. Hundertzwanzig seiner Offiziere hielten zu ihm. Das war darauf zurückzuführen, daß die von ihm befehligte Einheit einen höheren Prozentsatz in Indochina und Algerien bewährter altgedienter Soldaten aufwies als die Mehrzahl sonstiger Formationen. Gemeinsam mit den anderen Putschisten gründeten sie die geheime Armeeorganisation, die sich verschworen hatte, den Judas im Elysée-Palast zu beseitigen.
Auf verlorenem Posten zwischen der triumphierenden FLN einerseits und der loyalen französischen Armee andererseits, versäumte die OAS keine Gelegenheit, wahre Orgien der Zerstörung zu veranstalten. Während der letzten sieben Wochen, in denen die französischen Siedler ihren in lebenslanger Arbeit erworbenen Besitz für ein Ei und ein Butterbrot verkauften und die vom Krieg heimgesuchte Küste flohen, ließ sich die geheime Armeeorganisation an dem, was sie nicht hatten mitnehmen können, in einem letzten, absurden Racheakt ihre Zerstörungswut aus. Als auch das vorüber war, blieb den OAS-Führern, deren Namen der Regierung bekannt waren, nur die Flucht ins Exil übrig.
Im Winter 1961 wurde Rodin zum Stellvertreter Antoine Argouds, des Stabschefs der exilierten OAS, ernannt. Das Flair, die strategische Begabung und der Einfallsreichtum, von denen die nunmehr in die Städte des Mutterlandes getragenen OAS-Aktionen zeugten, gingen auf das Konto Argouds; die glänzende Organisation, die taktische Geschicklichkeit und die listenreiche Schläue auf das Rodins.

Wäre er nichts weiter als ein hartgesottener Fanatiker gewesen, hätte man Rodin einen zwar gefährlichen, aber doch berechenbaren Mann nennen können. Es gab eine Menge anderer Männer dieses Kalibers, die in den frühen sechziger Jahren bereit gewesen waren, sich für die OAS zu schlagen. Aber Rodin war mehr als das. Der alte Schuhmacher hatte einen Sohn großgezogen, der präzise denken konnte, wenngleich diese Fähigkeit weder durch eine entsprechende Schulbildung noch durch den Dienst in der Armee jemals gefördert worden war. Rodin hatte sich selbst fortgebildet, und das auf seine eigene Weise.
Solange es um Frankreich und die Ehre der Armee ging, zeigte er sich als ebenso blinder Eiferer wie jeder andere OAS-Führer. Wenn er sich jedoch einem rein taktischen Problem gegenübersah, konnte er dem mit konzentriertem logisch-pragmatischem Denken zu Leibe rücken, das wirksamer war als alle fanatische Begeisterung und sinnlose Gewalttätigkeit.
Eben diese Fähigkeit war es, die er auf das Problem, mit dem er sich am Vormittag jenes 11. März befaßte, methodisch ansetzte: das Problem, wie man Charles de Gaulle umbringen konnte. Er war nicht so töricht zu meinen, daß es leicht zu lösen sei. Im Gegenteil, das Debakel von Petit-Clamart und der mißlungene Anschlag in der École Militaire hatten das Problem ungemein erschwert. Einen Killer anzuwerben, war jederzeit möglich. Die Schwierigkeit lag darin, einen Mann oder einen Plan zu haben, welcher einen einzigen durchschlagenden Faktor aufwies, der so wenig vorherzusehen war, daß er alle den Präsidenten seit den jüngsten Vorkommnissen konzentrisch umgebenden Sicherheitsmechanismen ausschalten konnte.
Seit Petit-Clamart hatte sich die Lage grundlegend geändert. Die Unterwanderung der höheren Chargen und Kader der OAS durch Agenten des Aktionsdienstes hatte alarmierende Ausmaße erreicht. Die kürzlich erfolgte Entführung von Rodins eigenem Vorgesetzten Argoud machte deutlich, zu welchen Anstrengungen der Aktionsdienst entschlossen war, um die Führer der OAS in Gewahrsam zu nehmen und zu verhören. Dafür war man sogar bereit, scharfe Demarchen der deutschen Regierung in Kauf zu nehmen.
Zwei Wochen nachdem der seither endlosen Verhören unterzogene Oberst Argoud dingfest gemacht worden war, wurde es auch für die letzten OAS-Führer Zeit, sich abzusetzen oder unterzutauchen. Bidault fand an Publicity und öffentlicher Selbstdarstellung auf einmal keinen Geschmack mehr. Andere Mitglieder des Nationalen Widerstandsrates (CNR) flohen, von Panik ergriffen, nach

Spanien, Amerika und Belgien. Urplötzlich setzte eine rasch steigende Nachfrage nach falschen Papieren und Flugtickets zu entlegenen Orten ein.
Das alles hatte sich auf die Moral des Fußvolkes der OAS verheerend ausgewirkt. In Frankreich legten jetzt Männer, die bisher bereit gewesen waren zu helfen, steckbrieflich gesuchte Kameraden zu beherbergen, Waffenkisten zu schleppen, Meldungen weiterzugeben und Informationen zu übermitteln, mit einer gemurmelten Ausrede den Telefonhörer auf. Nach dem Fehlschlag von Petit-Clamart und den Verhören der Festgenommenen mußten drei ganze *réseaux* schleunigst stillgelegt werden. Mit genauen Informationen versorgt, durchsuchte die französische Polizei ein Haus nach dem anderen, hob ein Waffenlager nach dem anderen aus und deckte zwei weitere auf die Beseitigung Charles de Gaulles abzielende Konspirationen auf: Als die Verschwörer zu ihrer zweiten Besprechung zusammentraten, wurden sie von einem Riesenaufgebot an Polizei gestellt.
Knapp bei Kasse, im Begriff, sowohl die nationale und internationale Unterstützung als auch ihre Mitglieder – und damit ihre Glaubwürdigkeit – zu verlieren, drohte die OAS von den massierten Aktionen des französischen Geheimdienstes und der Polizei zermalmt zu werden.
Die Exekution Bastien-Thirys konnte die Moral nur noch weiter untergraben. Es würde schwer sein, Männer zu finden, die in dieser Phase des Kampfes bereit waren, sich für die Sache einzusetzen. Und die Gesichter derjenigen, welche auch jetzt noch weitermachen wollten, hatten sich jedem französischen Polizisten ins Gedächtnis gegraben – und einigen Millionen Staatsbürgern ebenfalls. Jeder neue Plan würde, weil er zu diesem Zeitpunkt eine Vielzahl von Vorbereitungen wie auch die Koordination verschiedener Gruppen erforderte, »auffliegen«, noch bevor der Attentäter auch nur näher als hundert Kilometer an de Gaulle herangekommen wäre.
Am Ende seines stummen Zwiegesprächs mit sich selbst murmelte Rodin: »Ein Mann, den keiner kennt ...« Er überflog die Liste derjenigen, von denen er wußte, daß sie nicht davor zurückschrecken würden, einen Präsidenten zu ermorden. Über jeden einzelnen von ihnen existierte im französischen Polizeiministerium eine Akte, die so dick war wie die Bibel. Weshalb würde er, Marc Rodin, sich sonst in einem obskuren österreichischen Gebirgsdorf versteckt halten?
Gegen Mittag hatte er dann plötzlich die Lösung gefunden. Er ver-

warf sie zunächst, kam aber doch immer wieder auf sie zurück. Wenn sich ein solcher Mann finden ließe – sofern es ihn überhaupt gab ... Mit verbissener Geduld begann er, einen neuen, auf diesen Mann zugeschnittenen Plan auszuarbeiten, den er dann einer scharfen, alle nur denkbaren Hindernisse und Einwände berücksichtigenden Prüfung unterzog. Der Plan bestand sie und erwies sich, selbst was das Problem der Sicherheit betraf, als hieb- und stichfest. Kurz bevor die Mittagsstunde schlug, zog sich Rodin den Wintermantel über und ging hinunter. Vor der Haustür traf ihn der Wind, der die Straße entlangfegte, mit voller Wucht. Er ließ Rodin zusammenfahren, befreite ihn jedoch augenblicklich von den dumpfen Kopfschmerzen, die ihm die zahllosen in dem überhitzten Zimmer gerauchten Zigaretten verursacht hatten. Er wandte sich nach links und stapfte durch den knirschenden Schnee zum Postamt in der Adlerstraße. Dort gab er eine Reihe kurzgefaßter Telegramme auf, in denen er seine sich unter Decknamen in Süddeutschland, Österreich, Italien und Spanien verbergenden Gesinnungsfreunde davon unterrichtete, daß er sich in den folgenden Wochen auf eine geheime Mission begeben und daher für sie vorübergehend nicht erreichbar sein würde.

Auf dem beschwerlichen Rückweg zu seiner bescheidenen Unterkunft wurde ihm klar, daß manche seiner Kameraden jetzt glauben mochten, auch er wolle sich nur verdrücken und vor der drohenden Entführung oder Ermordung durch den Aktionsdienst in Sicherheit bringen. Er zuckte mit den Achseln. Sollten sie doch denken, was sie wollten. Zu langatmigen Erklärungen war jetzt keine Zeit mehr.

Obschon die im indochinesischen Dschungel und in der algerischen Wildnis verbrachten Jahre seinen Geschmack nicht gerade kultiviert hatten, fiel es ihm schwer, das Tagesgericht der Pension – Eisbein mit Nudeln – hinunterzubringen. Am frühen Nachmittag hatte er Koffer und Aktentasche gepackt, die Rechnung bezahlt und das Haus verlassen. Er war bereit, sich in einsamer Mission auf die Suche nach einem bestimmten Mann – genauer: dem ganz bestimmten Typ eines Mannes – zu begeben, von dem er nicht einmal wußte, ob es ihn überhaupt gab.

Als Rodin den Zug bestieg, schwebte eine Comet 4 B in die auf Landebahn Null-vier des Londoner Airport zuführende Flugschneise ein. Die Maschine kam aus Beirut. Unter den Passagieren befand sich ein hochgewachsener, blonder Engländer. Sein Gesicht wies eine von der Sonne des Nahen Ostens herrührende Bräune auf.

Nach den zwei Wochen, in denen er die unbestreitbaren Freuden des Libanon genossen und das für ihn sogar noch erfreulichere Vergnügen gehabt hatte, die Transferierung eines ansehnlichen Geldbetrags von einer Bank in Beirut auf eine andere in der Schweiz bestätigt zu erhalten, fühlte er sich ungemein fit und entspannt.
Weit, weit hinter ihm im sandigen Boden Ägyptens und lange schon begraben von der ebenso empörten wie ratlosen ägyptischen Polizei, lagen die Leichen zweier deutscher Raketeningenieure, beide mit einem sauberen Einschußloch im Genick. Ihr Hinscheiden hatte die Entwicklung der Al-Zafira-Rakete Nassers um einige Jahre zurückgeworfen und einem zionistischen Millionär in New York zu der angenehmen Gewißheit verholfen, sein Geld nicht umsonst ausgegeben zu haben.
Nachdem der Engländer die Zollkontrolle rasch passiert hatte, nahm er sich ein Taxi und fuhr nach Mayfair in seine Wohnung.

Rodins Suche endete erst nach neunzig Tagen, und alles, was er vorzuweisen hatte, waren drei schmale Dossiers, jedes in einem der Schnellhefter steckend, die er ständig in der Aktentasche mit sich führte.
Es war Mitte Juni, als er nach Österreich zurückkehrte und sich in Wien in der Pension Kleist, Brucknerallee, ein Zimmer mietete. Auf der Wiener Hauptpost hatte er zwei kurze Telegramme aufgegeben, eines nach Bozen, das andere nach Rom, um seine beiden engsten Mitarbeiter zu einer dringenden Besprechung zu zitieren. Innerhalb von vierundzwanzig Stunden waren die beiden Männer in Wien. René Montclair war mit einem gemieteten Wagen aus Bozen gekommen, André Casson per Flugzeug aus Rom. Beide reisten unter falschem Namen und mit gefälschten Papieren, denn sowohl in Italien als auch in Österreich führten die dort residenten Agenten des SDECE Montclair und Casson als dringend gesuchte OAS-Anhänger in ihren Akten und gaben eine Menge Geld aus, um an Grenzübergängen und auf Flughäfen Agenten und Informanten anzuwerben.
André Casson traf als erster in der Pension Kleist ein, sieben Minuten vor Beginn der auf elf Uhr angesetzten Besprechung. Er ließ das Taxi an der Ecke Brucknerallee halten und verwandte ein paar Minuten darauf, sich vor dem Schaufenster eines Blumenladens die Krawatte zu richten, bevor er sich mit raschen Schritten in die Pension begab.
Rodin hatte sich wie immer unter einem von zwanzig nur seinen

engsten Mitarbeitern bekannten falschen Namen eingeschrieben. Jeder der beiden Herbeigerufenen hatte am Tag zuvor ein mit »Schulze« unterzeichnetes Telegramm erhalten. Rodins Codenamen wechselten vereinbarungsgemäß in zwanzigtägigem Rhythmus.
Casson blickte den jungen Mann hinter dem Empfangstisch fragend an. »Herr Schulze, bitte?«
»Zimmer vierundsechzig. Werden Sie erwartet, mein Herr?«
»Allerdings, ja«, entgegnete Casson und stieg rasch die Treppe hinauf. Im ersten Stock ging er den Korridor entlang bis zum Zimmer Nummer vierundsechzig. Als er die Hand hob, um an die Tür zu klopfen, wurde sie von hinten beim Gelenk gepackt. Er wandte sich um und starrte in ein blauwangiges Gesicht über ihm. Unter den zu einem Gestrüpp schwarzer Haare zusammengewachsenen Brauen blickten Augen auf ihn herab, die keinerlei Gefühlsregung, geschweige denn Neugier verrieten.
Der Mann war ihm gefolgt, als er an einem vier Meter entfernten Alkoven vorüberkam, und obwohl der Veloursteppich abgetreten war, hatte Casson keinen Laut gehört.
»*Vous désirez?*« sagte der Riese in einem Tonfall, als könne ihm nichts gleichgültiger sein als die Beantwortng seiner Frage. Aber der Griff, mit dem er Cassons Handgelenk gepackt hielt, lockerte sich nicht.
Einen Augenblick lang drehte sich Casson der Magen um, weil er an Argouds Verschleppung aus dem Eden-Wolff-Hotel in München denken mußte. Aber dann erkannte er in dem Hünen einen polnischen Fremdenlegionär aus Rodins Kompanie in Indochina und Algerien. Er erinnerte sich, daß Rodin Viktor Kowalsky gelegentlich zu Spezialaufgaben heranzog.
»Ich habe eine Verabredung mit Oberst Rodin, Viktor«, entgegnete er leise.
Die Nennung seines eigenen wie auch des Namens seines Herrn bewirkte, daß Kowalskys Brauen sich zu einem noch dichteren Dickicht runzelten.
»Ich bin André Casson«, fügte er hinzu.
Kowalsky schien nicht beeindruckt zu sein. Er langte mit der Linken um Casson herum und pochte an die Tür von Zimmer vierundsechzig.
Drinnen antwortete eine Stimme: »*Oui?*«
Kowalsky trat nahe an die hölzerne Türfüllung heran. »Ich habe einen Besucher«, knurrte er, und die Tür öffnete sich einen Spaltbreit. Rodin blinzelte hindurch und machte sie dann ganz auf.

»Mein lieber André! Tut mir leid, das.« Er nickte Kowalsky zu. »Schon gut, Corporal. Ich habe diesen Mann erwartet.« «Casson rieb sich das rechte Handgelenk, das der Pole endlich losgelassen hatte, und trat in das Zimmer. Rodin wechselte auf der Schwelle noch ein paar Worte mit Kowalsky und schloß dann die Tür wieder. Der Pole ging zum Alkoven zurück, wo er erneut Posten bezog. Rodin schüttelte Casson die Hand und führte ihn zu den beiden Sesseln, die vor der Gasheizung standen. Obschon es Mitte Juni war, herrschte regnerisches, kühles Wetter, und beide Männer waren an das heiße Klima Nordafrikas gewöhnt. Rodin hatte die Gasheizung voll aufgedreht. Casson zog seinen Mantel aus und setzte sich.
»Solche Vorsichtsmaßnahmen haben Sie doch sonst nie getroffen, Marc«, bemerkte er.
»Es ist nicht meinetwegen«, entgegnete Rodin. »Wenn irgend etwas passieren sollte, werde ich schon allein klarkommen. Aber ich muß ein bißchen Zeit gewinnen, um diese Papiere da loszuwerden.« Er deutete auf den Schreibtisch am Fenster, auf dessen Platte ein dicker Heftordner neben seiner Aktentasche lag. »Deswegen habe ich Viktor mitgebracht. Was auch immer los sein mag, er wird mir die sechzig Sekunden verschaffen, die ich brauche, um die Papiere zu vernichten.«
»Sie müssen ziemlich wichtig sein.«
»Schon möglich.« Rodins Tonfall war dennoch eine gewisse Befriedigung anzumerken. »Aber warten Sie ab, bis René da ist. Ich habe ihn wissen lassen, daß er um elf Uhr 15 kommen soll, damit Sie beide nicht zugleich eintreffen und mir Viktor aus der Ruhe bringen. Er wird nervös, wenn er zu viele Gesichter um sich hat, die er nicht kennt.«
Bei dem Gedanken an das, was zu erwarten stand, wenn Viktor mit dem schweren Colt unter der linken Achselhöhle nervös werden würde, gestattete sich Rodin – was nur selten geschah – ein schmales Lächeln.
Es klopfte. Rodin durchquerte das Zimmer und brachte seinen Mund nahe an die Türfüllung: *»Oui?«*
Diesmal war es René Montclairs Stimme. Sie klang nervös und gepreßt:
»Marc, um Himmels willen...«
Rodin riß die Tür auf. Zwerghaft im Vergleich zu dem polnischen Hünen hinter ihm, die Arme in dessen eisernem Griff, stand Montclair da.

»Ça va, Viktor«, murmelte Rodin. Kowalsky ließ Montclair los, der erleichtert das Zimmer betrat und eine Grimasse zog, als er Casson sah, der ihn aus dem Sessel neben der Gasheizung angrinste. Rodin schloß die Tür, bat Montclair wegen der ungewohnten Art des Empfangs um Entschuldigung, trat auf ihn zu und schüttelte ihm die Hand. Montclair zog den Mantel aus, unter dem er einen verknitterten, schlechtgeschnittenen dunkelgrauen Anzug trug. Wie so viele ehemalige Militärs nur an Uniformen gewöhnt, wirkten sowohl Montclair als auch Rodin in Zivil alles andere als elegant.
Als Gastgeber bestand Rodin darauf, daß die zwei Männer es sich in den beiden einzigen Sesseln des Zimmers bequem machten. Er selbst würde auf dem Stuhl hinter dem einfachen Tisch, an dem er zu arbeiten pflegte, Platz nehmen. Zuvor holte er aus dem Ankleideschrank eine Flasche französischen Cognac und hielt sie, indem er seine Besucher fragend anblickte, in die Höhe. Beide Gäste nickten. Rodin goß ein großzügig bemessenes Quantum in jedes der drei Gläser und reichte Montclair und Casson je eines hinüber. Sie tranken stumm, und die beiden Besucher spürten, wie die angenehme Wärme des Alkohols das innerliche Kältegefühl, das sie in diesen Breiten nur selten verließ, zu verdrängen begann.
René Montclair, ein untersetzter, kleiner Mann, der sich, den Nacken auf das Kopfende des Bettes gestützt, im Sessel zurücklehnte, war wie Rodin aktiver Armeeoffizier gewesen. Aber im Unterschied zu diesem hatte er nie ein Frontkommando innegehabt. Den größeren Teil seines Lebens hatte er in verschiedenen Armeeverwaltungen verbracht und die letzten zehn Jahre in der Buchhaltungs- und Besoldungsabteilung der Fremdenlegion. Seit dem Frühjahr 1963 war er Schatzmeister der OAS.
Der einzige Zivilist unter ihnen war André Casson. Feingliedrig und von kleinem Wuchs, kleidete er sich korrekt, wie er es als Bankdirektor in Algerien gewohnt gewesen war. Er fungierte als Koordinator der OAS und des CNR in den Großstädten des französischen Mutterlandes.
Beide Männer galten wie auch Rodin selbst innerhalb der OAS als »Falken«, wenngleich aus unterschiedlichen Gründen. Montclair hatte einen Sohn gehabt, einen neunzehnjährigen Jungen, der vor drei Jahren seinen Militärdienst in Algerien ableistete, während sein Vater die Besoldungsstelle der außerhalb Marseilles stationierten Stamm- und Ersatzabteilung der Fremdenlegion leitete. Den Leichnam seines Sohnes bekam Major Montclair nie zu sehen; er war von der Legionärspatrouille, die das Dorf einnahm, in welchem

die Guerillas den jungen Soldaten gefangengehalten hatten, im Steppensand begraben worden. Aber später erfuhr Montclair die Einzelheiten dessen, was man dem Jungen angetan hatte. Auf längere Dauer bleibt in der Fremdenlegion nichts geheim. Die Leute reden.
In Algerien geboren, war André Casson in noch stärkerem Maß als Montclair in die Geschehnisse verstrickt. Sein ganzes Leben hatte um sein Geschäft, sein Haus und seine Familie gekreist. Die Hauptgeschäftsstelle der Bank, für die er arbeitete, befand sich in Paris, so daß er auch nach der Räumung Algeriens nicht stellungslos gewesen wäre. Als es jedoch 1960 zum Aufstand der Siedler kam, nahm er als einer ihrer Führer in seinem Geburtsort Constantine aktiv daran teil. Seine Stellung hatte er dennoch behalten können; als aber ein Bankkonto nach dem anderen geschlossen wurde und die Geschäftsleute mit dem Ausverkauf ihrer Lagervorräte begannen, erkannte er, daß die Tage der französischen Herrschaft in Algerien gezählt waren. Kurz nach dem Militäraufstand, der sich an der Empörung über die neue gaullistische Politik und das Elend der kleinen Siedler und Händler entzündet hatte, die als ruinierte Leute in ein jenseits des Meeres gelegenes Land fliehen mußten, das viele von ihnen nie gesehen hatten, leistete Casson einer OAS-Einheit dabei Vorschub, seine eigene Bank um 30 Millionen alter Francs zu berauben. Seine Mittäterschaft wurde von einem jüngeren Kassierer entdeckt und gemeldet, und damit war seine Laufbahn als Bankangestellter beendet. Er schickte seine Frau und seine beiden Kinder zu Verwandten nach Perpignan und trat in die OAS ein. Seine persönliche Kenntnis einiger Tausend OAS-Sympathisanten, die jetzt in Frankreich lebten, war für die Organisation besonders wertvoll.
Marc Rodin nahm hinter seinem Tisch Platz und sah seine beiden Besucher nachdenklich an. Gespannt erwiderten sie seinen Blick, ohne jedoch Fragen zu stellen.
Mit analytischer Sorgfalt begann Rodin die Lage zu referieren und kam zunächst auf die wachsende Zahl der Fehlschläge und Niederlagen zu sprechen, welche die OAS in den letzten Monaten erlitten hatte. Seine Gäste starrten bedrückt in ihre Gläser.
»Wir müssen den Tatsachen ins Auge blicken. In den vergangenen vier Monaten haben wir drei schwere Schläge eingesteckt. Der mißlungene Versuch in der École Militaire, Frankreich von dem Diktator zu befreien, ist nur das letzte in einer langen Kette derartiger Unternehmen, von denen nicht einmal gesagt werden kann, daß es gelang, sie auch nur richtig ins Rollen zu bringen. Die einzigen bei-

den Versuche, bei denen es unseren Leuten tatsächlich glückte, nahe genug an ihn heranzukommen, sind an elementaren Fehlern in Planung und Ausführung gescheitert. Ich brauche hier nicht in die Einzelheiten zu gehen, die Sie ja ebenso gut kennen wie ich. Die Verschleppung Antoine Argouds hat uns eines unserer fähigsten Führer beraubt. Ungeachtet seiner Loyalität der gemeinsamen Sache gegenüber, kann angesichts der vermutlich auch die Verwendung von Drogen einschließenden modernen Technik, die bei seinen Verhören benutzt werden dürfte, kein Zweifel bestehen, daß die gesamte Organisation in punkto Sicherheit aufs äußerste gefährdet ist. Antoine wußte alles, was es zu wissen gab, und wir müssen jetzt wieder ganz von vorn anfangen. Das ist auch der Grund, weswegen wir hier in einer obskuren Pension sitzen und nicht in unserem Hauptquartier in München. Noch vor einem Jahr wäre es nicht derart katastrophal gewesen, wenn wir wieder von vorn hätten anfangen müssen. Damals konnten wir noch auf die enthusiastische Hilfe von Tausenden patriotisch gesinnter Freiwilliger zählen. Jetzt ist das keineswegs mehr so sicher. Der Mord an Jean-Marie Bastien-Thiry erschwert die Dinge noch weiter. Ich kann es unseren Sympathisanten nicht verdenken. Wir haben ihnen Resultate versprochen und keine geliefert. Sie haben ein Recht darauf, Resultate zu erwarten und nicht Worte.«

»Schon gut, schon gut. Worauf wollen Sie hinaus?« fragte Montclair. Beide Zuhörer waren sich völlig darüber im klaren, daß Rodin recht hatte. Niemand wußte besser als Montclair, daß die durch Banküberfälle in ganz Algerien beschafften Geldreserven zur Deckung der laufenden Unkosten benötigt wurden und die Geldspenden rechtsorientierter Industrieller spärlicher zu fließen begannen. Seit kurzem begegnete man ihm, sobald er diesbezüglich vorstellig wurde, nicht selten mit schlecht verhehlter Geringschätzung. Casson seinerseits war sich bewußt, daß seine Drähte zum Untergrund in Frankreich mit jeder Woche rarer, daß bisher als sicher geltende Häuser laufend durchsucht wurden und seit der Gefangennahme Argouds viele Franzosen ihre Unterstützung der OAS eingestellt hatten. Bastien-Thirys Exekution konnte diese Entwicklung nur beschleunigen. Die zusammenfassende Darstellung, die Rodin gegeben hatte, entsprach der Wahrheit, die zu hören darum doch um keinen Deut angenehmer wurde.

Rodin fuhr unbeirrt fort, als sei er nicht unterbrochen worden.

»Wir haben jetzt einen Punkt erreicht, an dem das vordringlichste Ziel unserer der Befreiung Frankreichs dienenden gemeinsamen

Sache, die Beseitigung des Tyrannen, ohne die alle unsere sonstigen Pläne vergeblich bleiben müssen, mit traditionellen Mitteln praktisch unerreichbar geworden ist. Meine Herren, ich zögere, noch weiter patriotisch gesinnte junge Männer auf Unternehmen anzusetzen, die kaum eine Chance haben, der französischen Gestapo länger als ein paar Tage verborgen zu bleiben. Kurz, es gibt in unseren Reihen zu viele ›Sänger‹, zu viele unsichere Kantonisten, zu viele Spitzel.
Die Geheimpolizei hat diesen Umstand für sich zu nutzen gewußt und die Bewegung so vollständig infiltriert, daß selbst die Beschlüsse unserer höchsten Gremien nicht geheim bleiben. Sie scheint innerhalb von wenigen Tagen, nachdem eine Entscheidung getroffen ist, genauestens über das, was wir vorhaben, wie wir es durchführen wollen und mit welchen Leuten, im Bild zu sein. Es ist zweifellos unangenehm, diesen Tatsachen ins Auge zu sehen, aber ich bin überzeugt, daß wir einen verhängnisvollen Irrtum begehen würden, wenn wir es unterließen. Meiner Auffassung nach bleibt uns zur Lösung unserer vordringlichsten Aufgabe, der Beseitigung des Diktators, nur ein Weg, der das ganze Netzwerk von Spionen, Agenten und Spitzeln umgeht und die Geheimpolizei auf diese Weise ihrer Vorteile beraubt, um sie in eine Situation zu bringen, von der sie nicht nur nichts ahnt, sondern die sie, selbst wenn sie von ihr wüßte, ihrerseits nicht kontrollieren, geschweige denn verhindern könnte.«
Montclair und Casson blickten auf. In dem Pensionszimmer herrschte Totenstille, die nur von dem Prasseln an die Fensterscheibe schlagender Regentropfen unterbrochen wurde.
»Wenn Sie mit mir in der Beurteilung der Lage, so wie ich sie geschildert habe, übereinstimmen«, fuhr Rodin fort, »dann werden Sie einräumen müssen, daß alle diejenigen, von denen wir wissen, daß sie fähig und willens wären, den Großen Hexenmeister umzulegen, auch der Geheimpolizei keine Unbekannten mehr sein dürften. Sie alle wären Freiwild, sobald sie französischen Boden beträten, gehetzt nicht nur von der regulären Polizei, sondern auch verraten von den Barbouzes und den Spitzeln. Meine Herren, ich glaube, daß die einzige Alternative, die uns bleibt, darin besteht, einen Außenseiter zu verpflichten.«
Montclair und Casson, die ihn zunächst verständnislos angestarrt hatten, begannen zu begreifen.
»Was für einen Außenseiter?« fragte Casson schließlich.
»Bei dem Mann unserer Wahl – wer immer das auch sein mag –

müßte es sich um einen Ausländer handeln«, sagte Rodin. »Er wäre kein Mitglied der OAS oder des CNR. Kein Polizeibeamter in Frankreich würde ihn kennen und sein Name wäre auf keiner Fahndungsliste und in keiner Kartei verzeichnet. Die Schwäche aller Diktaturen besteht darin, daß sie von einem gewaltigen bürokratischen Apparat abhängig sind. Was nicht in den Akten steht, existiert nicht. Der Attentäter wäre in diesem Fall eine unbekannte und daher nichtexistente Größe. Er würde mit einem ausländischen Paß reisen, den Auftrag erledigen und in sein eigenes Land zurückkehren, während das französische Volk sich erhebt, um die Reste des verräterischen de Gaulleschen Pöbels davonzujagen. Ob es unserem Mann gelänge, der Polizei zu entgehen, wäre dabei nicht unbedingt von entscheidender Bedeutung, da wir ihn ohnehin sofort nach Übernahme der Macht befreien würden. Einzig und allein ausschlaggebend ist vielmehr, daß er unerkannt und ohne Verdacht zu erregen, einreisen kann. Das ist etwas, was zur Zeit keinem von uns möglich sein dürfte.«
Seine beiden Zuhörer schwiegen nachdenklich eine Weile, während sich die Umrisse von Rodins Plan in ihrer Vorstellung deutlicher abzuzeichnen begannen.
Montclair stieß einen leisen Pfiff aus.
»Ein professioneller Killer also.«
»Genau das«, erwiderte Rodin. »Es wäre töricht anzunehmen, daß sich ein Außenseiter bereit fände, einen solchen Auftrag etwa uns zuliebe oder gar aus reinem Patriotismus ohne Gegenleistung auszuführen. Nur ein echter Profi verfügt über das Höchstmaß an Erfahrung und Kaltblütigkeit, das für eine Spezialaufgabe wie diese erforderlich ist. Und ein solcher Mann arbeitet nur gegen Geld – viel Geld«, fügte er mit einem raschen Blick auf Montclair hinzu.
»Aber woher wissen wir, ob wir so einen Mann überhaupt finden?« fragte Casson.
Rodin hob die Hände. »Eins nach dem anderen, meine Herren. Daß es eine Fülle von Einzelheiten auszuarbeiten gilt, bedarf keiner Diskussion. Was ich zuvor von Ihnen wissen will, ist, ob Sie dieser Idee grundsätzlich zustimmen oder nicht.«
Montclair und Casson blickten einander an, wandten die Köpfe dann wieder Rodin zu und nickten.
»*Bien.*« Rodin lehnte sich so weit zurück, wie ihm dies die steile Rückenlehne seines Stuhls gestattete. »Damit wäre Punkt eins geklärt – und Übereinstimmung im Grundsätzlichen erzielt. Punkt zwei betrifft die Sicherheit, von der das Gelingen des Vorhabens

weitgehend abhängt. Meiner Auffassung nach ist die Zahl derjenigen, die über jeden Verdacht erhaben sind, verschwindend klein und nimmt ständig weiter ab. Womit nicht etwa gesagt sein soll, daß ich irgendeinen unserer Kameraden in der OAS oder im CNR für einen potentiellen Verräter der gemeinsamen Sache hielte. Aber die alte Binsenweisheit, daß die Bewahrung eines Geheimnisses um so gefährdeter ist, je mehr Eingeweihte es gibt, hat sich bekanntlich oft genug bestätigt. Und absolute Geheimhaltung ist das A und O dieses Plans. Je weniger davon wissen, desto besser.
Selbst in den Reihen der OAS sitzen Agenten, die verantwortliche Posten innehaben und der Geheimpolizei laufend unsere Pläne verraten. Mit diesen Männern wird eines Tages abgerechnet werden, im Augenblick aber sind sie noch ungemein gefährlich. Unter den Politikern des CNR gibt es einige, die zu zimperlich oder zu feige sind, um sich das Ausmaß und die Konsequenzen der Sache, der sie sich angeblich auf Gedeih und Verderben verschworen haben, ganz klarzumachen. Ich könnte es nicht gutheißen, wenn das Leben eines Mannes – wer auch immer er sein mag – dadurch, daß man diese Leute ohne zwingenden Grund über seine Existenz informiert, in gänzlich überflüssiger Weise gefährdet würde.
Ich habe Sie, René, und Sie, André, herbeigerufen, weil ich von Ihrer absoluten Loyalität unserer Sache gegenüber überzeugt bin und weiß, daß Sie schweigen können. Zudem, René, ist Ihre Mitarbeit als Schatz- und Zahlmeister bei dem Vorhaben, an das ich denke, schon wegen des Honorars, das jeder professionelle Killer ohne Zweifel verlangen wird, unerläßlich. Ihre Mitarbeit, André, wird dagegen nötig sein, um dem betreffenden Mann die Unterstützung einer Handvoll absolut zuverlässiger Männer in Frankreich für den Fall zu sichern, daß er auf sie zurückgreifen muß.
Aber ich sehe keinen Grund, warum die Kenntnis der Einzelheiten des Plans irgend jemandem außer uns dreien zugänglich gemacht werden sollte. Ich schlage daher vor, daß wir einen dreiköpfigen Ausschuß bilden und die gesamte Verantwortung für das Vorhaben, seine Planung, Ausführung und Finanzierung selbst übernehmen.«
Wieder herrschte Schweigen. Schließlich fragte Montclair:
»Sie meinen, wir sollten weder den Rat der OAS konsultieren noch den CNR verständigen? Das werden die nicht mögen.«
»Erstens werden sie nichts davon erfahren«, entgegnete Rodin gelassen. »Wenn wir die Idee allen vortragen wollten, wäre eine Plenarsitzung erforderlich. Das allein würde schon Aufmerk-

samkeit erregen und die Barbouzes zu verstärkter Tätigkeit veranlassen, um herauszubekommen, aus welchem Grund die Plenarsitzung einberufen wurde. Zudem kann nicht ausgeschlossen werden, daß womöglich irgendein Mitglied eines der beiden Räte nicht dichthält. Wenn wir andererseits jedes Mitglied einzeln aufsuchen wollten, würde es Wochen dauern, bis wir auch nur die grundsätzliche Zustimmung aller eingeholt hätten. Dann würden sie Einzelheiten wissen und über jede neue Planungsphase genauestens orientiert werden wollen. Sie wissen doch, wie diese verdammten Politiker und Komiteemitglieder sind. Sie wollen immer alles erfahren, bloß um mitreden zu können. Sie selbst tun überhaupt nichts, aber jeder einzelne von ihnen kann die gesamte Operation durch ein einziges Wort, das ihm in der Trunkenheit oder aus Unbedachtsamkeit entschlüpft, aufs schwerste gefährden.
Zweitens wären wir, falls der Plan die Billigung des gesamten Rats der OAS wie auch des CNR fände, darum in der Sache doch um keinen Schritt vorangekommen, aber nahezu dreißig Leute wüßten von ihr. Dagegen ständen wir, falls wir uns entschlössen, die Verantwortung selbst zu tragen, und die Sache ginge schief, deswegen doch nicht schlechter da als heute. Selbstverständlich hätten wir Beschuldigungen und Vorwürfe zu gewärtigen, aber mehr doch nicht. Gelingt der Plan jedoch, dann sind wir an der Macht, und niemand wird uns zu dem Zeitpunkt noch zur Rechenschaft ziehen wollen. Die Frage nach der genauen Art und Weise der Beseitigung des Diktators dürfte dann eine rein akademische geworden sein und nur noch die Historiker interessieren. Kurzum, sind Sie bereit, mir als einzige Mitarbeiter bei der Planung, Organisation und Ausführung des Unternehmens, das ich Ihnen soeben erläutert habe, zur Seite zu stehen?«
Wiederum blickten Casson und Montclair einander an, wandten die Köpfe dann Rodin zu und nickten. Es war das erste Mal, daß sie seit der drei Monate zuvor erfolgten Verschleppung Argouds mit ihm zusammentrafen. Als Argoud Stabschef war, hatte sich Rodin stets im Hintergrund gehalten. Jetzt erwies er sich seinerseits als nicht weniger profilierter Führer. Der Chef der Untergrundbewegung und der Schatzmeister waren beeindruckt.
Rodin blickte beide an, stieß langsam den Rauch seiner Zigarette aus und lächelte.
»Gut«, sagte er, »dann können wir uns jetzt den Einzelheiten zuwenden. Die Idee, einen professionellen Killer zu engagieren, kam mir an dem Tag, an dem ich über das Radio die Nachricht von dem

Mord an dem armen Bastien-Thiry hörte. Seither habe ich nach dem Mann gesucht, den wir brauchen. Daß solche Leute schwer zu finden sind, versteht sich; sie machen keine Werbung. Ich bin seit Mitte März auf der Suche gewesen, und das Ergebnis liegt hier vor.«

Er hielt drei Hefter hoch, die auf dem Tisch gelegen hatten. Neuerlich hoben Montclair und Casson die Brauen, wechselten einen Blick und schwiegen.

Rodin fuhr fort. »Ich halte es für das beste, wenn Sie die Dossiers jetzt lesen und wir dann anschließend unsere erste Wahl treffen könnten. Ich persönlich habe mir alle drei nach vorrangiger Eignung für den Fall notiert, daß der an erster Stelle Angeführte den Auftrag entweder nicht übernehmen kann oder nicht übernehmen will. Von jedem Dossier existiert nur ein Exemplar, so daß Sie sich in der Lektüre abwechseln müssen.« Er griff in den Ordner und entnahm ihm drei dünnere Akten, von denen er eine Montclair und eine Casson überreichte. Die dritte behielt er in der Hand, warf aber keinen Blick darauf, da er alle drei Akten genau kannte.

Es gab wenig genug zu lesen, und wenn Rodin die Dossiers »kurz« genannt hatte, so war das eine deprimierend akkurate Bezeichnung gewesen. Casson hatte das ihm ausgehändigte Papier als erster durchgelesen, sah Rodin an und schnitt ein Grimasse.

»Ist das alles?«

»Männer wie diese machen es einem nicht leicht, Einzelheiten über sie in Erfahrung zu bringen«, entgegnete Rodin. »Sehen Sie sich einmal den hier an.« Er reichte Casson das Dossier, das er in der Hand hielt.

Kurz darauf hatte auch Montclair seine Lektüre beendet und reichte das Dossier Rodin zurück, der ihm seinerseits dasjenige gab, welches Casson gerade gelesen hatte. Beide Männer vertieften sich neuerlich in das Studium der Papiere. Diesmal war es Montclair, der zuerst aufblickte. Er sah Rodin an und zuckte mit den Achseln.

»Nun – allzuviel läßt sich daraus nicht ersehen, aber von solchen Burschen haben wir bestimmt fünfzig auf Lager. Pistolenhelden kommen im Dutzend billiger ...«

Casson unterbrach ihn.

»Einen Augenblick. Warten Sie, bis Sie das hier gelesen haben.« Er schlug die letzte Seite auf und überflog die restlichen Sätze. Als er fertig war, schloß er den Ordner und blickte zu Rodin auf. Der OAS-Chef verriet mit keiner Miene, welche Wahl er selbst getroffen hatte. Er nahm das von Casson gelesene Dossier und reichte

es Montclair weiter. Dann gab er Casson den dritten Hefter. Vier Minuten später hatten beide Männer die Lektüre beendet.
Rodin sammelte die Dossiers ein und legte sie auf den Tisch zurück. Er nahm den Stuhl mit der geraden Rückenlehne, drehte ihn herum, rückte ihn an die Gasheizung heran und setzte sich, die Arme auf der Lehne, rittlings darauf. In dieser Haltung wandte er sich an seine beiden Besucher.
»Nun, ich sagte Ihnen ja, daß der Markt klein ist. Es mag mehr Männer geben, die diese Art von Arbeit verrichten, aber ohne Zugang zu den Akten eines funktionierenden Geheimdienstes lassen sie sich verflucht schwer aufspüren. Und vermutlich dürften die besten ohnehin in keinerlei Akten zu finden sein. Sie haben alle drei Dossiers gelesen. Bezeichnen wir sie für den Augenblick lediglich als den Deutschen, den Südafrikaner und den Engländer.
André?«
Casson zuckte mit den Achseln. »Für mich ist es keine Frage. Seinem Dossier zufolge – sofern es der Wahrheit entspricht – ist der Engländer den anderen haushoch überlegen.«
»René?«
»Ich bin der gleichen Ansicht. Der Deutsche ist schon ein bißchen alt für eine solche Sache. Abgesehen von ein paar Jobs, die er gegen die Israelis im Auftrag der von ihnen gejagten Nazis erledigt hat, scheint er auf politischem Gebiet nicht allzu viele einschlägige Erfahrungen gesammelt zu haben. Zudem dürften seine Motive gegen die Juden persönlicher Art sein und daher nicht wirklich professionell. Der Südafrikaner mag sich darauf verstehen, Niggerpolitiker wie Lumumba abzuschlachten, aber das qualifiziert ihn noch lange nicht dazu, dem Präsidenten der Französischen Republik eine Kugel in den Leib zu schießen. Außerdem spricht der Engländer fließend Französisch.«
Rodin nickte nachdrücklich. »Ich hatte auch nicht angenommen, daß sich noch irgendwelche Zweifel ergeben würden. Noch bevor ich mit der Zusammenstellung der Dossiers fertig war, schien mir das Ergebnis der Wahl schon eindeutig festzustehen.«
»Sind Sie sich, was diesen Engländer betrifft, auch ganz sicher?« fragte Casson. »Hat er diese Aufträge tatsächlich ausgeführt?«
»Ich war selbst überrascht«, sagte Rodin, »und habe deswegen zusätzliche Zeit auf ihn verwendet. Falls Sie absolute Beweise wollen – die gibt es nicht. Und wenn es sie gäbe, wäre das ein schlechtes Zeichen. Es würde bedeuten, daß er überall als unerwünschter Ausländer gelten müßte. Tatsächlich aber liegt nichts gegen ihn vor,

was man ihm nachweisen könnte. Es gibt nur Gerüchte; im übrigen ist seine Weste weiß wie Schnee. Selbst wenn die Briten ihn auf der Liste haben sollten, können sie hinter seinen Namen nur ein Fragezeichen setzen. Das genügt aber nicht, um ihn in die Akten der Interpol aufzunehmen. Und die Wahrscheinlichkeit, daß die englischen Behörden den SDECE auf einen solchen Mann aufmerksam machen würden, wäre selbst dann, wenn eine offizielle Anfrage vorläge, nur gering. Sie wissen, wie sehr die beiden Geheimdienste einander hassen. Selbst Bidaults Londoner Aufenthalt im letzten Januar erwähnten die Briten mit keiner Silbe. Nein, für einen Auftrag dieser Art bringt der Engländer alle Voraussetzungen und Vorzüge mit – mit Ausnahme eines einzigen.«
»Und der wäre?« fragte Montclair rasch.
»Ganz einfach. Er wird nicht billig sein. Ein Mann wie der kann viel Geld verlangen. Wie steht es um die Finanzen, René?« Montclair hob die Schultern. »Nicht allzu gut. Die Ausgaben sind ein bißchen zurückgegangen. Seit der Argoud-Affäre haben sich die CNR-Helden in billige Hotels verkrochen. Sie scheinen an Fünf-Sterne-Hotels und Fernsehinterviews keinen Gefallen mehr zu finden. Andererseits sind unsere Einnahmen äußerst spärlich geworden. Wie Sie bereits sagten, müssen wir etwas unternehmen, wenn wir nicht schon sehr bald am Ende sein wollen.«
Rodin nickte grimmig. »Das dachte ich mir. Wir müssen von irgendwoher Geld auftreiben. Andererseits wäre es sinnlos, wenn wir uns auf eine solche Aktion einließen, bevor wir wissen, wieviel wir dazu brauchen werden ...«
»Woraus folgt«, schaltete sich Casson ein, »daß der nächste Schritt sein wird, den Kontakt mit dem Engländer aufzunehmen und ihn zu fragen, ob er den Job übernehmen wird und zu welchem Preis.«
»Allerdings. Sind wir uns darin einig?« Rodin sah nacheinander beide Männer an. Sie nickten. Rodin warf einen Blick auf seine Uhr. »Es ist kurz nach eins. Ich habe einen Agenten in London, dem ich jetzt telefonisch Weisung geben werde, den Mann zu kontaktieren und ihn zu fragen, ob er herkommen kann. Wenn er sich bereit erklärt, die Abendmaschine nach Wien zu nehmen, könnten wir nach dem Essen hier mit ihm zusammentreffen. In jedem Fall werden wir Bescheid wissen, sobald mein Agent zurückruft. Ich habe mir erlaubt, für Sie beide in diesem Stockwerk benachbarte Zimmer reservieren zu lassen. Ich halte es für sicherer, von Viktor beschützt zusammenzubleiben, als ohne Schutz getrennt zu wohnen. Nur für den Fall der Fälle, versteht sich.«

»Sie waren Ihrer Sache ziemlich sicher, stimmt's?« fragte Casson ein wenig pikiert darüber, daß seine Meinung sich als vorhersehbar erwiesen hatte.
Rodin zuckte mit den Achseln. »Es war langwierig und umständlich genug, diese Information zu beschaffen. Je weniger Zeit von jetzt ab verschwendet wird, um so besser. Wenn wir die Dinge vorantreiben wollen, sollten wir auch Dampf dahinter machen.«
Er stand auf, und die anderen beiden erhoben sich ebenfalls. Rodin rief Viktor und befahl ihm, in die Halle hinunterzugehen und sich die Schlüssel für die Zimmer fünfundsechzig und sechsundsechzig geben zu lassen. Während er auf Viktors Rückkehr wartete, sagte er zu Montclair und Casson:
»Ich muß vom Hauptpostamt aus telefonieren und nehme Viktor mit. Ich darf Sie bitten, gemeinsam in einem Zimmer zu verbleiben, solange ich fort bin, und die Tür abzuschließen. Öffnen Sie nur auf mein Zeichen hin; ich werde dreimal pochen, eine Pause machen und dann noch zweimal pochen.«
Das Zeichen entsprach dem vertrauten Kampfruf »Algérie Française«, nach dessen Rhythmus Pariser Autofahrer in den vergangenen Jahren auf die Hupe gedrückt hatten, um ihrer Mißbilligung der gaullistischen Politik Ausdruck zu geben. »Übrigens«, fuhr Rodin fort, »hat einer von Ihnen eine Pistole?«
Beide Männer schüttelten den Kopf. Rodin ging an den Schreibtisch und holte eine MAB 9 mm hervor, die er zum persönlichen Gebrauch mit sich zu führen pflegte. Er überprüfte das Magazin, ließ es zurückschnappen und lud durch. Er reichte sie Montclair.
»Kennen Sie sich mit dem Ding aus?« fragte er.
Montclair nickte. »Das will ich meinen«, sagte er und nahm die Pistole an sich.
Viktor erschien mit den Schlüsseln und eskortierte die beiden Männer auf Montclairs Zimmer. Als er zurückkehrte, knöpfte sich Rodin gerade den Mantel zu.
»Kommen Sie, Corporal«, sagte er. »Gehen wir.«

Als sich an jenem Abend die Dämmerung zu nächtlicher Dunkelheit verfärbte, näherte sich die aus London kommende BEA-Vanguard dem Wiener Flughafen Schwechat. Der blonde Engländer im Heck des Flugzeugs lehnte sich in seinem Fenstersitz zurück und blickte auf die unter der rasch an Höhe verlierenden Maschine hinwegschenden Einflugfeuer hinaus. Es bereitete ihm immer wieder Vergnügen, sie näher und näher kommen zu sehen, bis es fast gewiß er-

schien, daß das Flugzeug auf dem Gras des Vorfeldes aufsetzen würde. Im allerletzten Augenblick wurden der nur undeutlich erkennbare, schwach beleuchtete Grasboden, die numerierten Tafeln zu beiden Seiten der Piste und schließlich die Platzbefeuerung selbst weggewischt, um von dem ölig geschwärzten Beton der Landebahn abgelöst zu werden. Dann erst setzten die Räder auf. Die Exaktheit des Landemanövers befriedigte ihn. Er schätzte Präzision.
Nervös blickte ihn der neben ihm sitzende junge Franzose aus dem französischen Reisebüro am Piccadilly Square von der Seite her an. Seit dem Telefonanruf, der in der Mittagspause gekommen war, befand er sich in einem Zustand gelinder Erregung. Vor nahezu einem Jahr hatte er, auf Urlaub in Paris, der OAS seine Dienste angetragen, aber lediglich den Bescheid erhalten, an seinem Schreibtisch in London zu verbleiben. Briefliche oder telefonische Weisungen, die ihn unter seinem korrekten Namen erreichten, jedoch mit den Worten »Lieber Pierre« begannen, seien unverzüglich genauestens auszuführen. Bis zum heutigen Tag, dem 15. Juni, war nichts geschehen.
Die Dame in der Telefonvermittlung des französischen Reisebüros hatte ihm gesagt, sie habe »Vienne« für ihn in der Leitung, und dann, um einer Verwechslung mit der gleichnamigen französischen Stadt vorzubeugen, hinzugefügt: *»Vienne en Autriche.«* Verwundert hatte er den Anruf entgegengenommen, um eine Stimme zu hören, die ihn »Mein lieber Pierre« nannte. Es hatte ein paar Sekunden gedauert, ehe er sich seines eigenen Codenamens erinnerte. Nach der Mittagspause hatte er Kopfschmerzen vorgeschützt, die angegebene Wohnung in einer kleinen Nebenstraße der South Audley Street aufgesucht und dem Engländer, der ihm die Tür öffnete, die Botschaft überbracht. Über das Ansinnen, innerhalb von drei Stunden nach Wien zu fliegen, war diesem keinerlei Erstaunen anzumerken gewesen. Er hatte gelassen einen leichten Koffer gepackt, und die beiden waren im Taxi zum Flugplatz Heathrow hinausgefahren. Wortlos hatte der Engländer ein Bündel Banknoten gezückt, um zwei Retourtickets in bar zu zahlen, nachdem der Franzose hatte eingestehen müssen, daß er nicht daran gedacht habe, Bargeld mitzunehmen, und nur Paß und Scheckbuch bei sich trüge. Seitdem hatten sie kaum ein Wort gewechselt. Der Engländer hatte weder danach gefragt, wohin sie in Wien gehen, noch, wen sie dort treffen und warum sie dies tun sollten – es wäre auch vergebens gewesen, denn der Franzose wußte es ebenso wenig. Seine Anweisungen schrieben ihm lediglich vor, vom Londoner Flughafen aus zu-

rückzurufen und seine Ankunft mit der BEA-Maschine auf dem Wiener Flughafen Schwechat zu bestätigen. Dort, so war ihm bei dem Anruf gesagt worden, sollte er sich umgehend am Informationsschalter melden. Alles das machte ihn nervös, und die souveräne Gelassenheit des Engländers neben ihm war nicht geeignet, ihn ruhiger zu stimmen.
Am Informationsschalter in der Haupthalle reichte ihm das hübsche österreichische Mädchen, nachdem er seinen Namen genannt und es in die Fächer des Regals geschaut hatte, einen Notizzettel, auf dem lediglich vermerkt war: »Rufen Sie die Nummer 61 44 03 an. Verlangen Sie Schulze.«
Er wandte sich um und ging auf die Reihe öffentlicher Telefonzellen an der gegenüberliegenden Wand zu. Der Engländer tippte ihm auf die Schulter und deutete auf den Kiosk, der die Aufschrift »Wechselstube« trug.
»Sie werden ein paar Münzen brauchen«, sagte er in fließendem Französisch. »Nicht einmal die Österreicher sind derart großzügig.«
Der Franzose bekam einen roten Kopf und marschierte zur Wechselstube, während der Engländer es sich auf einer der gepolsterten Bänke an der Wand bequem machte und sich eine weitere englische King-Size-Filterzigarette ansteckte. Kurz darauf kehrte sein Reisebegleiter mit einigen österreichischen Banknoten und einer Handvoll Kleingeld zurück. Der Franzose trat in eine leere Zelle und wählte. Am anderen Ende der Leitung meldete sich Herr Schulze und gab ihm knappe, präzise Anweisungen. Es dauerte nur ein paar Sekunden, dann hatte er eingehängt.
Der junge Franzose ging zu der Sitzbank zurück, und der Engländer blickte ihn fragend an. »*On y va?*« fragte er.
»*On y va.*« Als der Franzose sich zum Gehen wandte, zerknüllte er den Zettel mit der Telefonnummer und warf ihn auf den Boden. Der Engländer hob ihn auf, strich ihn glatt und hielt ihn in die Flamme seines Feuerzeugs. Sie flackerte einen Augenblick lang auf, und der Zettel zerfiel in schwarze Flocken, die unter der Sohle des eleganten Wildlederstiefels verschwanden.
Schweigend verließen sie das Flughafengebäude und bestiegen ein Taxi.
Im Zentrum der Stadt waren die Straßen vom Neonlicht gleißend hell erleuchtet und vom Automobilverkehr so gründlich verstopft, daß das Taxi erst nach vierzig Minuten vor der Pension Kleist hielt.
»Hier trennen wir uns. Ich habe Anweisung, Sie herzubringen und dann mit dem Taxi weiterzufahren. Sie sollen gleich zum Zimmer

Nummer vierundsechzig hinaufgehen. Dort werden Sie erwartet.«
Der Engländer nickte und stieg aus. Der Taxifahrer drehte sich fragend zu dem Franzosen um.
»Fahren Sie weiter.«
Während das Taxi die Straße hinunterfuhr und in der Dunkelheit verschwand, wanderte der Blick des Engländers von der altertümlichen Frakturschrift auf dem Straßenschild zu den großen römischen Ziffern der Hausnummer über dem Eingang der Pension Kleist hinauf. Schließlich warf er seine halbgerauchte Zigarette fort und betrat die Pension.
Der diensttuende Portier stand mit dem Rücken zu ihm hinter dem Empfangstisch, aber die Tür knarrte. Der Engländer machte keine Anstalten, an die Portiersloge heranzutreten, sondern ging sogleich auf die Treppe zu. Der Portier war im Begriff, den Besucher zu fragen, wen er zu sprechen wünsche, als der Engländer in seine Richtung blickte, ihm wie einem beliebigen Hotelbediensteten flüchtig zunickte und »Guten Abend!« sagte.
»Guten Abend, mein Herr«, erwiderte der Portier automatisch, und im nächsten Augenblick war der blonde Mann, jeweils zwei Stufen auf einmal nehmend, ohne dabei den Eindruck sonderlicher Eile zu erwecken, bereits die Treppe hinaufgegangen. Oben angelangt, blieb er einen Moment lang stehen und blickte den Korridor entlang. Am anderen Ende befand sich Zimmer Nummer achtundsechzig. Rückwärts zählend, rechnete er sich aus, wo Nummer vierundsechzig sein müßte.
Die Entfernung zwischen ihm und der Tür von Zimmer vierundsechzig betrug etwa sechseinhalb Meter; zur Rechten wurde die Korridorwand von zwei Türen unterbrochen, zur Linken von einem schmalen, zum Teil mit einem Vorhang aus rotem Velours verhängten Alkoven. Er unterzog den Alkoven einer eingehenden Betrachtung. Unter dem bis auf etwa zehn Zentimeter über dem Fußboden herabhängenden Vorhang war die Spitze eines einzelnen schwarzen Schuhs sichtbar.
Der Engländer drehte sich auf dem Absatz um und ging zur Portiersloge zurück.
»Geben Sie mir Zimmer vierundsechzig, bitte«, sagte er. Der Portier sah ihn einen Augenblick unschlüssig fragend an, gehorchte dann aber. Nach wenigen Sekunden trat er von dem kleinen Klappenschrank zurück, nahm den Hörer des Telefons auf dem Tresen ab und reichte ihn dem Engländer.
»Wenn der Gorilla im Alkoven nicht innerhalb von fünfzehn Se-

kunden verschwunden ist, fliege ich sofort zurück«, sagte der blonde Mann und legte auf. Dann stieg er wieder die Treppe hinauf.
Oben angekommen, wartete er, bis sich die Tür von Nummer vierundsechzig öffnete und Oberst Rodin erschien. Er starrte einen Moment zu dem Engländer hinüber und rief dann leise: »Viktor.« Der hünenhafte Pole trat aus dem Alkoven heraus und blieb, vom einen zum anderen blickend, abwartend stehen. Rodin sagte: »Es ist in Ordnung. Er wird erwartet.«
Kowalsky ließ den Engländer, der jetzt auf den Oberst zuging, nicht aus den Augen.
Rodin führte den Besucher in das Zimmer. Das Mobiliar war umgestellt worden, und der Raum wirkte jetzt wie die Schreibstube einer Musterungskommission. Von Papieren übersät, diente der Schreibtisch als Tisch des Vorsitzenden. Dahinter stand der Stuhl mit der hohen Lehne, den jetzt zwei weitere, aus den angrenzenden Zimmern herbeigebrachte Stühle flankierten. Montclair und Casson, die auf ihnen Platz genommen hatten, blickten dem Engländer neugierig entgegen. Vor dem Tisch stand kein Stuhl.
Der Engländer sah sich in dem Raum um, entschied sich für einen der beiden Sessel und drehte ihn so, daß er dem Tisch gegenüber stand. Als Rodin Viktor mit neuen Instruktionen versehen und endlich die Tür hinter ihm geschlossen hatte, saß der Engländer bereits bequem zurückgelehnt in dem Sessel und starrte seinerseits unverwandt Casson und Montclair an.
Rodin nahm auf seinem Stuhl hinter dem Tisch Platz. Sekundenlang fixierte er den Mann aus London. Was er sah, mißfiel ihm keineswegs, und er war ein Experte in der Beurteilung von Männern. Der Besucher war etwa einsachtzig groß, Anfang Dreißig und von schlankem, athletischem Wuchs. Er sah fit aus, seine regelmäßigen, aber nicht sonderlich auffallenden Gesichtszüge waren gebräunt, und seine Hände lagen ruhig auf den Armlehnen des Sessels. Auf Rodin machte er den Eindruck eines Mannes, der auch in kritischen Situationen die Kontrolle über sich selbst nicht verlor. Was ihn störte, waren einzig die Augen des Engländers. Sie erwiderten ungerührt den kritischen Blick, mit dem man ihn musterte, und wirkten offen und klar, sofern man von dem fleckigen Grau der Iris absah, das einen unwillkürlich an den nebligen Frost eines frühen Wintermorgens denken ließ. Rodin brauchte ein paar Sekunden, um zu entdecken, daß sie bar jeden Ausdrucks waren. Was auch immer sich in diesem Menschen abspielen mochte, das Grau seiner Augen blieb undurchdringlich wie eine Rauchwand und verriet

nichts. Rodin beschlich ein Gefühl des Unbehagens. Wie jedem von Systemen und vorgeschriebenen Prozeduren geprägten Menschen mißfiel ihm alles Unberechenbare und daher Unkontrollierbare.
»Wir wissen, wer Sie sind«, begann er ohne Übergang. »Es ist daher an der Zeit, daß ich mich Ihnen vorstelle. Ich bin Oberst Marc Rodin –«
»Ich weiß«, sagte der Engländer. »Sie sind der Stabschef der OAS. Sie sind Major René Montclair, Schatzmeister, und Sie Monsieur André Casson, Chef der Untergrundbewegung in der Metropole.« Während er sprach, blickte er die drei Männer der Reihe nach an und griff nach einer Zigarette.
»Sie scheinen ja eine ganze Menge zu wissen«, warf Casson ein.
Der Engländer steckte sich eine Zigarette an, lehnte sich zurück und stieß einen dichten Strahl von blauem Rauch aus. »Meine Herren, sprechen wir doch offen miteinander. Ich weiß, wer Sie sind, und Sie wissen, was ich bin. Unsere beiderseitige Tätigkeit – sowohl Ihre als auch meine – ist keine ganz alltägliche. Sie werden gejagt, während ich ohne Überwachung reisen kann, wohin ich will. Ich arbeite gegen Geld, Sie tun es aus Idealismus. Aber wenn es um konkrete Einzelheiten geht, sind wir allesamt Praktiker, Profis der gleichen Branche. Wir brauchen einander also nichts vorzumachen. Sie haben Erkundigungen über mich eingezogen. Es ist schlechthin nicht möglich, derartige Nachforschungen anzustellen, ohne daß dies demjenigen, dem sie gelten, zu Ohren kommt. Selbstverständlich habe ich wissen wollen, wer sich so angelegentlich für mich interessiert. Es hätte jemand sein können, der sich an mir rächen, oder auch jemand, der mich engagieren will. Es war wichtig für mich, das herauszubekommen. Als ich erfuhr, welche Organisation es war, die ein solches Interesse an mir bekundete, genügten zwei Tage, die ich in der französischen Abteilung des Zeitungsarchivs im Britischen Museum verbrachte, um mich über Sie und Ihre Organisation ausreichend ins Bild zu setzen. Der Besuch Ihres kleinen Laufjungen am heutigen Nachmittag war daher für mich keine allzu große Überraschung mehr. *Bon.* Ich weiß, wer Sie sind und wen Sie repräsentieren. Was ich gern wüßte, ist, was Sie wollen.«
Minutenlang herrschte Schweigen. Casson und Montclair sahen Rodin fragend an. Der Fallschirmjäger-Oberst und der Killer fixierten einander unverwandt. Rodin kannte sich mit gewalttätigen Männern zu gut aus, um nicht schon jetzt zu wissen, daß der, welcher ihm gegenübersaß, der gesuchte Mann war. Von diesem Augenblick an waren Montclair und Casson nur noch Randfiguren.

»Da Sie über uns schon so gründlich unterrichtet sind, will ich Sie nicht mit einer Darlegung der Motive und Ziele unserer Organisation, die Sie zutreffend als idealistisch bezeichnen, langweilen. Wir meinen, daß Frankreich derzeit von einem Diktator regiert wird, der das Land zugrunde richtet und seine Ehre besudelt. Wir meinen, daß sein Regime nur gestürzt und Frankreich den Franzosen wiedergeschenkt werden kann, wenn diesem Mann zuvor das Leben genommen wird. Von den sechs Versuchen, die unsere Anhänger unternommen haben, um ihn zu beseitigen, wurden drei bereits in der frühen Planungsphase aufgedeckt, einer am Vortag des Anschlags verraten und zwei ausgeführt, die jedoch mißlangen.
Wir erwägen – wohlgemerkt: erwägen! – gegenwärtig, die Dienste eines Profis in Anspruch zu nehmen, der dieser Aufgabe gewachsen ist. Wir wollen jedoch nicht unser Geld verschwenden. Als erstes müßten wir wissen, ob Sie einen solchen Auftrag für ausführbar halten.«
Rodin hatte seine Karten geschickt ausgespielt. Die im letzten Satz enthaltene Frage, auf die er die Antwort bereits wußte, ließ in den grauen Augen erstmals so etwas wie einen Anflug von Ausdruck erkennbar werden.
»Es gibt auf der ganzen Welt keinen einzigen Mann, der gegen die Kugeln eines Mörders gefeit wäre«, sagte der Engländer. »De Gaulles Exponierungsquote ist sehr hoch. Selbstverständlich ist es möglich, ihn zu töten. Die Schwierigkeit liegt darin, daß der Mörder kaum eine Chance hat, mit heiler Haut davonzukommen. Ein Fanatiker, der bereit ist, bei dem Mordanschlag selbst draufzugehen, bietet noch immer die sicherste Gewähr für das Gelingen eines Attentats auf einen Diktator, der sich der Öffentlichkeit aussetzt. Ich stelle fest«, fügte er nicht ohne Bosheit hinzu, »daß es Ihnen ungeachtet Ihres Idealismus bislang nicht gelungen ist, einen solchen Mann aus Ihren Reihen zu rekrutieren. Sowohl Pont-de-Seine als auch Petit-Clamart mußten fehlschlagen, weil sich niemand fand, der bereit gewesen wäre, sein eigenes Leben zu riskieren, um einen Mißerfolg auszuschließen.«
»Selbst jetzt gibt es noch genügend französische Patrioten, die –« protestierte Casson erregt, aber Rodin winkte ab. Der Engländer hatte Casson nicht einmal eines Blickes gewürdigt. »Und wie beurteilen Sie die Chancen für einen Profi?« wollte Rodin wissen.
»Ein Profi handelt nicht aus Leidenschaft, ist also ruhiger und läuft folglich weniger Gefahr, elementare Fehler zu begehen. Da er kein Idealist ist, wird er schwerlich dazu neigen, sich im letzten Augen-

blick Gedanken darüber zu machen, ob durch die Explosion – oder welchen Effekt die von ihm verwendete Technik auch immer haben mag – außer dem Opfer noch andere Personen zu Schaden kommen könnten. Und als Profi, der er ist, wird er die Risiken bis ins letzte kalkuliert haben. Die Aussichten auf pünktlichen Erfolg sind deswegen bei ihm weit sicherer als bei jedem anderen, aber er wird nicht daran denken, auch nur in irgendeiner Weise aktiv zu werden, ehe er nicht einen Plan entwickelt hat, der es ihm nicht nur ermöglicht, den Auftrag zu erfüllen, sondern auch ungeschoren davonzukommen.«
»Halten Sie es für denkbar, daß ein solcher Plan, der einem Profi die Möglichkeit gäbe, Charles de Gaulle zu töten und sich in Sicherheit zu bringen, ausgearbeitet werden könnte?«
Der Engländer zog ohne Hast an seiner Zigarette und sah minutenlang aus dem Fenster. »Im Prinzip ja«, sagte er schließlich. »Im Prinzip ist dergleichen immer möglich, sofern es nur von langer Hand geplant und mit genügender Sorgfalt vorbereitet wird. Aber in diesem Fall wäre es doch außerordentlich schwierig. Weit schwieriger als bei anderen Zielen.«
»Warum das?«
»Weil de Gaulle vorgewarnt ist – nicht in bezug auf den einzelnen Versuch als solchen, wohl aber im Hinblick auf die Absicht im allgemeinen. Alle großen Männer lassen sich von Leibwächtern und Sicherheitsbeamten beschützen; wenn jedoch im Verlauf von ein paar Jahren kein ernst zu nehmender Anschlag auf das Leben des großen Mannes stattfindet, läßt die Wachsamkeit nach, werden die Überprüfungen zur reinen Formsache, die Sicherheitsvorkehrungen zu bloßer Routine. Das eine Geschoß, das sein Ziel erwischt und erledigt, kommt völlig unerwartet und löst daher eine Panik aus, die dem Täter die Flucht ermöglicht. In unserem Fall wird von reduzierter Wachsamkeit und zur Routineangelegenheit gewordenen Sicherheitsmaßnahmen keine Rede sein können, und wenn die Kugel ins Ziel trifft, wird es viele geben, die nicht in Panik geraten, sondern die Verfolgung des Täters aufnehmen werden. Es ließe sich schaffen, aber es wäre bestimmt einer der schwierigsten Jobs, die es gegenwärtig auf dieser Welt gibt. Denn Ihre Versuche, meine Herren, sind nicht nur fehlgeschlagen, sie haben die Aufgabe auch für jeden anderen ungemein erschwert.«
»Falls wir uns entschlössen, einen professionellen Killer zu engagieren, der diesen Job für uns übernimmt –« begann Rodin.
»Sie müssen einen Profi engagieren«, unterbrach der Engländer.

»Und warum, bitte? Es gibt noch immer genug Männer, die willens wären, diese Arbeit aus rein patriotischen Gründen zu verrichten.«
»Ja, Watin und Curutchet gibt es immer noch«, entgegnete der Blonde. »Und zweifellos müssen irgendwo auch noch weitere Degueldres und Bastien-Thirys existieren. Aber Sie drei haben mich weder zu einem unverbindlichen Schwätzchen über die Theorie des politischen Mordes hergerufen, noch auch, weil etwa die Killer bei Ihnen plötzlich rar geworden wären. Sie haben mich hergerufen, weil Sie sich reichlich spät darüber klargeworden sind, daß Ihre Organisation von der französischen Geheimpolizei so weitgehend unterwandert ist, daß kaum eine Ihrer Entscheidungen längere Zeit geheim bleibt, und auch deswegen, weil das Gesicht jedes einzelnen von Ihnen jedem Polizisten in Frankreich bekannt ist. Deswegen brauchen Sie Außenseiter. Und damit haben Sie recht. Wenn der Job ausgeführt werden soll, muß ein Außenseiter damit beauftragt werden. Bleibt nur die Frage, wer und für wieviel. Nun, meine Herren, ich finde, Sie haben sich die Ware jetzt lange genug angeschaut, meinen Sie nicht?
Rodin sah Montclair von der Seite her an. Montclair nickte. Casson ebenfalls. Der Engländer schaute gelangweilt zum Fenster hinaus.
»Werden Sie de Gaulle umlegen?« fragte Rodin schließlich. Seine Stimme war ruhig, aber die Frage schien in dem Raum nachzuhallen. Wie aus weiter Ferne kommend, richtete sich der Blick des Engländers auf ihn, und wieder ließen seine Augen jeglichen Ausdruck vermissen.
»Ja, aber es wird Sie eine Menge Geld kosten.«
»Wieviel?« fragte Montclair.
»Sie müssen begreifen, daß dies ein Job ist, wie man ihn nur einmal in seinem Leben übernehmen kann. Der Mann, der sich darauf einläßt, wird nie wieder arbeiten können. Die Aussichten, nicht nur nicht gefaßt zu werden, sondern auch unentdeckt zu bleiben, sind außerordentlich gering. Es muß demnach bei diesem einen Job für den Täter so viel herausspringen, daß er für den Rest seiner Tage ein angenehmes Leben führen und sich darüber hinaus gegen zu erwartende Racheakte von seiten der Gaullisten schützen kann.«
»Sobald wir die Macht übernommen haben«, sagte Casson, »werden uns auch die nötigen Mittel zur Verfügung stehen . . .«
»Es kommt nur Barzahlung in Frage«, erklärte der Engländer. »Die Hälfte des Betrages ist als Vorschuß fällig, die andere bei Erledigung des Jobs.«
»Wieviel?« fragte Rodin.

»Eine halbe Million.«
Rodin sah Montclair an, der eine Grimasse schnitt. »Das ist viel Geld – eine halbe Million Neuer Franc...«
»Dollar«, korrigierte der Engländer.
»Eine halbe Million Dollar?« schrie Montclair und sprang von seinem Stuhl auf. »Sind Sie verrückt geworden?«
»Nein«, sagte der Engländer ruhig, »aber ich bin der beste Mann und daher auch der teuerste.«
»Ich bin ganz sicher, daß wir weit günstigere Angebote einholen könnten«, bemerkte Casson erregt.
»Gewiß«, bestätigte der Blonde gleichmütig. »Sie werden einen billigeren Mann bekommen und dann feststellen, daß er sich mit Ihrer Anzahlung von fünfzig Prozent aus dem Staube gemacht hat oder sich darauf hinausredet, daß es aus irgendwelchen Gründen nicht möglich war, den Auftrag auszuführen. Wenn Sie den besten Mann engagieren wollen, müssen Sie zahlen. Eine halbe Million Dollar, das ist der Preis. Wenn man bedenkt, daß Sie dafür Frankreich zu gewinnen hoffen, schätzen Sie den Wert Ihres Vaterlandes sehr niedrig ein.«
Rodin, der sich an dem Wortwechsel nicht beteiligt hatte, gab sich geschlagen.
»*Touché*«, sagte er. »Die Sache ist nur, wir haben keine halbe Million Dollar in bar, Monsieur.«
»Das ist mir klar«, antwortete der Engländer. »Wenn Sie die Arbeit getan haben wollen, werden Sie die Summe irgendwo auftreiben müssen. Ich brauche den Job nicht, verstehen Sie. An meinem letzten Auftrag habe ich genug verdient, um ein paar Jahre lang gut leben zu können. Aber die Vorstellung, so viel zu haben, daß man sich gänzlich aus dem Geschäft zurückziehen und zur Ruhe setzen kann, reizt mich. Deswegen wäre ich bereit, gegen diesen Preis eine Reihe ungewöhnlich hoher Risiken in Kauf zu nehmen. Ihre Freunde hier verlangen ihrerseits einen weit höheren Preis – nämlich Frankreich. Und doch lehnen Sie den Gedanken, daß sich gewisse Risiken dabei kaum werden vermeiden lassen, empört ab. Tut mir leid, aber wenn Sie die von mir genannte Summe nicht auftreiben können, werden Sie wieder damit anfangen müssen, Ihre eigenen Pläne zu entwickeln und zuzusehen, wie sie einer nach dem anderen von der Polizei durchkreuzt werden.«
Er drückte seine Zigarette aus und erhob sich halb aus dem Sessel. Rodin stand gleichfalls auf.
»Bitte setzen Sie sich, Monsieur. Wir werden das Geld beschaffen.«

Beide nahmen wieder Platz.
»Gut«, sagte der Engländer. »Aber da wären noch einige Bedingungen.«
»Ja?«
»Der Grund, weshalb Sie auf die Dienste eines Außenseiters angewiesen sind, ist die notorische Durchlässigkeit Ihrer Organisation für Informationen aller Art, die der französischen Geheimpolizei auf diesem Wege zur Kenntnis gelangen. Wie viele Ihrer Mitglieder sind über die Idee, daß man überhaupt einen Außenseiter – von mir ganz zu schweigen – für diesen Job engagieren sollte, unterrichtet?«
»Nur wir drei in diesem Zimmer hier. Ich habe die Idee am Tag nach Bastien-Thirys Hinrichtung ausgearbeitet und seither alle Ermittlungen auf eigene Faust und ohne Mitwirkung anderer durchgeführt. Es gibt keine weiteren Mitwisser.«
»Dann muß es so bleiben«, sagte der Engländer. »Sämtliche Protokolle, Akten und sonstigen schriftlichen Unterlagen müssen vernichtet werden. Außerhalb Ihrer drei Köpfe darf nichts zu finden sein. In Anbetracht dessen, was im Februar mit Argoud geschehen ist, behalte ich mir vor, die Sache abzublasen, falls einer von Ihnen dreien festgenommen wird. Bis der Auftrag ausgeführt ist, sollten Sie sich daher an irgendeinem möglichst sicheren, gut bewachten Ort aufhalten. Einverstanden?«
»*D'accord*. Sonst noch etwas?«
»Wie die Aktion selbst, so bleibt auch die Planung ausschließlich mir überlassen. Die Einzelheiten werden niemandem mitgeteilt, auch Ihnen nicht. Kurz, ich verschwinde von der Bildfläche. Sie werden nichts mehr von mir hören. Sie haben meine Londoner Adresse und Telefonnummer, aber ich werde beide aufgeben, sobald ich meine Abreise in die Wege geleitet habe. Im übrigen werden Sie mich dort ohnehin nur im dringendsten Notfall kontaktieren. Darüber hinaus wird es keinerlei Kontakt geben. Ich lasse Ihnen den Namen meiner Schweizer Bank da. Wenn ich von ihr erfahre, daß die ersten 250 000 Dollar eingezahlt worden sind, und sobald ich meinerseits alle erforderlichen Vorbereitungen abgeschlossen habe, nehme ich meine Tätigkeit auf – und zwar zum jeweils späteren der beiden Termine. Ich werde mich weder über das von mir als notwendig erachtete Maß hinaus unter Zeitdruck setzen lassen noch irgendwelche Einmischungen dulden. Ist das klar?«
»*D'accord*. Aber unsere Leute im französischen Untergrund können Sie mit wichtigen Informationen versorgen, die für Sie von be-

trächtlichem Wert sein dürften. Einige von ihnen sitzen in sehr hohen Stellungen.«
Der Engländer überlegte kurz. »Gut. Wenn Sie soweit sind, schicken Sie mir per Post eine einzelne Telefonnummer, möglichst eine Nummer in Paris, damit ich sie von überall in Frankreich aus direkt anrufen kann. Ich werde niemandem meinen Aufenthaltsort angeben, sondern die Nummer nur anrufen, um die jeweils letzten Informationen über die Sicherheitsverhältnisse in der Umgebung des Präsidenten zu erhalten. Aber der Mann am anderen Ende der Leitung sollte nicht wissen, weswegen ich in Frankreich bin. Sagen Sie ihm nur, daß ich in Ihrem Auftrag reise und seine Unterstützung benötige. Je weniger er erfährt, desto besser. Lassen Sie ihn lediglich als Nachrichtenauswertungsstelle fungieren. Seine Quellen sollten sich ausschließlich auf solche Informanten beschränken, die aufgrund ihrer Stellung in der Lage sind, wichtige Interna zu melden und kein überflüssiges Zeug, das ich in jeder Zeitung nachlesen kann. Abgemacht?«
»Selbstverständlich. Sie wollen gänzlich allein und auf sich selbst gestellt operieren, ohne Freunde und ohne Zufluchtsort. Wie Sie wünschen. Wie steht es mit falschen Papieren? Wir haben da zwei ausgezeichnete Fälscher an der Hand.«
»Danke, die beschaffe ich mir selbst.«
Casson schaltete sich ein. »Nach dem Muster der Résistance unter der deutschen Besatzung habe ich in Frankreich eine Organisation aufgezogen, die völlig intakt ist. Zu Ihrer Unterstützung könnte ich Ihnen das gesamte Netz uneingeschränkt zur Verfügung stellen.«
»Nein, danke. Ich ziehe es vor, auf meine vollständige Anonymität zu bauen. Sie ist die beste Waffe, die ich habe.«
»Aber angenommen, es geht etwas schief und Sie müssen untertauchen...«
»Nichts wird schiefgehen, es sei denn durch Ihre Schuld. Ich werde operieren, ohne mit Ihrer Organisation Kontakt aufzunehmen und ohne meinerseits von ihr kontaktiert zu werden – und das aus dem gleichen Grund, aus dem Sie mich kommen lassen mußten: Weil es in Ihrer Organisation von Agenten und Spitzeln nur so wimmelt, Monsieur Casson.«
Casson sah aus, als würde er gleich explodieren. Montclair starrte blicklos auf das Fenster und versuchte sich darüber klarzuwerden, wie er rasch eine halbe Million Dollar auftreiben könnte. Rodin blickte den ihm gegenübersitzenden Engländer nachdenklich an.
»Beruhigen Sie sich, André. Monsieur wünscht allein zu arbeiten.

Soll er doch, wenn er das unbedingt will. Jedenfalls werden wir die halbe Million nicht einem Mann zahlen, der genauso gehätschelt und gepäppelt werden muß wie unsere eigenen Scharfschützen.«
»Was ich wissen möchte«, murmelte Montclair, »das ist, wie wir soviel Geld so schnell aufbringen sollen.«
»Bedienen Sie sich Ihrer Organisation, um ein paar Banken auszurauben«, schlug der Engländer leichthin vor.
»Das ist ausschließlich unser Problem«, sagte Rodin. »Gibt es noch irgendwelche Punkte, die zu klären wären, bevor unser Besucher nach London zurückfliegt?«
»Was hindert Sie, die erste Viertelmillion einzukassieren und sich nie wieder blicken zu lassen?« fragte Casson.
»Ich sagte Ihnen bereits, *messieurs*, daß ich mich zur Ruhe setzen will. Ich lege keinen Wert darauf, von einer ganzen Armee ehemaliger Fallschirmjäger aufgespürt und um den halben Erdball gejagt zu werden. Um mich vor ihnen zu schützen, müßte ich mehr Geld ausgeben, als mir die Sache eingebracht hätte. Es wäre bald alle.«
»Und was«, insistierte Casson, »hindert uns zu warten, bis der Auftrag ausgeführt ist, und Ihnen dann die Auszahlung der zweiten Viertelmillion zu verweigern?«
»Der gleiche Grund«, antwortete der Engländer ungerührt. »In dem Fall würde ich mich auf eigene Rechnung an die Arbeit machen. Und das Ziel wären dann Sie, meine Herren. Ich glaube jedoch nicht, daß dergleichen nötig sein wird. Was meinen Sie?«
Rodin unterbrach den Wortwechsel. »Nun, wenn das alles ist, sollten wir unseren Gast nicht länger aufhalten. Oh, da wäre noch eine Kleinigkeit. Ihr Name. Wenn Sie anonym bleiben wollen, sollten Sie sich einen Decknamen zulegen. Haben Sie diesbezüglich schon irgendwelche Ideen?«
Der Engländer überlegte einen Augenblick. »Da wir von der Jagd gesprochen haben – was hielten Sie von der Bezeichnung ›Der Schakal‹? Ginge das?«
Rodin nickte. »Ja, das wäre ausgezeichnet. Tatsächlich gefällt mir der Name sogar ausnehmend gut.«
Er geleitete den Engländer zur Tür und öffnete sie. Viktor trat aus seinem Alkoven und kam näher. Rodin lächelte erstmals und reichte dem Mörder die Hand. »Wir werden in vereinbarter Weise das Weitere veranlassen, sobald wir können. Würden Sie Ihrerseits inzwischen schon einmal mit den allgemeinen Vorausplanungen beginnen, damit nicht allzuviel Zeit verlorengeht? Gut. Dann also *bon soir*, Monsieur Schakal!«

Viktor blickte dem Besucher nach, der so leise davonging, wie er gekommen war. Der Engländer verbrachte die Nacht im Flughafenhotel und flog mit der ersten Morgenmaschine nach London zurück. In der Pension Kleist sah sich Rodin ganzen Salven von Vorwürfen und verspäteten Einwänden von seiten Cassons und Montclairs ausgesetzt, die beide von der zwischen 21 Uhr und Mitternacht vergangenen Stunden sichtlich mitgenommen waren.
»Eine halbe Million Dollar«, wiederholte Montclair unermüdlich, »wie, zum Teufel, sollen wir eine halbe Million Dollar auftreiben?«
»Möglicherweise werden wir die Anregung des Engländers aufgreifen und ein paar Banken ausrauben müssen«, entgegnete Rodin.
»Ich mag den Mann nicht«, sagte Casson. »Er arbeitet allein, ohne Helfer. Solche Männer sind gefährlich. Man hat sie nicht unter Kontrolle.«
Rodin beendete die Diskussion. »Hören Sie, wir haben einen Plan entwickelt, uns auf einen von mir gemachten Vorschlag geeinigt und einen Mann gesucht, der fähig und bereit ist, den Präsidenten der Republik Frankreich gegen Geld zu ermorden. Ich verstehe ein bißchen was von solchen Männern. Wenn es irgend jemand schafft, dann er. Wir haben die Weichen gestellt. Tun wir weiter unsere Arbeit, und lassen wir ihn seine verrichten.«

Drittes Kapitel

Während der zweiten Hälfte des Juni und den ganzen Juli des Jahres 1963 hindurch wurde Frankreich von einer Serie gegen Banken, Juwelierläden und Postämter gerichteter Gewaltverbrechen heimgesucht, die damals ohne Beispiel war und sich in diesem Ausmaß seither nicht wiederholt hat. Die Einzelheiten jener Welle von Einbrüchen und Überfällen sind heute aktenkundig.
Von einem Ende des Landes bis zum anderen wurden Bankangestellte von Pistolen, Schrotflinten mit abgesägtem Lauf und Maschinenpistolen nahezu tagtäglich bedroht. Einbrüche in Juwelierläden häuften sich in den genannten anderthalb Monaten so sehr, daß die örtlichen Polizeikräfte nicht selten, kaum daß sie die Aussagen zitternder und oft auch blutender Juweliere und ihrer Angestellten aufgenommen hatten, schon zu einem weiteren gleichartigen Überfall innerhalb ihres Distrikts gerufen wurden. Zwei Bankangestellte wurden bei dem Versuch, Widerstand zu leisten, erschossen.

Gegen Ende Juli hatte sich die Situation derart verschärft, daß die Männer des *Corps Républicain de Sécurité*, der jedem Franzosen unter der Abkürzung CRS geläufigen Spezialeinheit zur Niederwerfung von Aufständen und Bekämpfung von Sabotageakten, zusammengerufen und erstmals mit Maschinenpistolen bewaffnet wurden. Die Bankkunden gewöhnten sich rasch an den Anblick eines oder zwei blauuniformierter Gardisten, die mit umgehängter Maschinenpistole in der Schalterhalle Wache standen.
Von den geschädigten Bankiers und Juwelieren, die den Behörden Laxheit vorwarfen, unter Druck gesetzt, verstärkte die Polizei die nächtliche Überwachung der Banken durch vermehrte Kontrollgänge und erhöhten Einsatz von Streifen – jedoch ohne Erfolg, denn die Räuber waren keine professionellen Einbrecher, die sich darauf verstanden, im Schutze der Dunkelheit Tresorkammern aufzusprengen, sondern maskierte Gangster, schwer bewaffnet und entschlossen, beim geringsten Anlaß zu schießen.
Die Überfallgefahr bestand bei Tage, während die Bankschalter geöffnet waren und die Juweliere ihre Kunden bedienten. Überall im Lande, am hellichten Tag, konnten plötzlich ein paar bewaffnete und maskierte Männer auftauchen und »Hände hoch!« befehlen.
Drei Bankräuber wurden gegen Ende Juli bei verschiedenen Überfällen angeschossen und festgenommen. Zwei von ihnen waren kleinere Betrüger und Schwindler, von denen man wußte, daß sie die Existenz der OAS als Vorwand zu anarchistischem Treiben benutzten, und bei dem dritten handelte es sich um einen Deserteur aus einem der ehemaligen Kolonialregimenter, der zugab, der OAS anzugehören. Aber trotz eingehender Verhöre in der Polizeipräfektur konnte keiner der drei überredet werden, über die Hintergründe dieser urplötzlich im ganzen Land auftretenden Serie von Raubüberfällen mehr auszusagen, als daß ihm sein *»patron«* (Bandenchef) das Objekt – eine Bank oder ein Juweliergeschäft – genannt habe. Über kurz oder lang kam die Polizei zu dem Schluß, daß den Festgenommenen der Zweck der Raubüberfälle nicht bekannt war; man hatte ihnen einen Anteil an der Beute versprochen, und da sie nur kleine Diebe waren, hatten sie getan, was man ihnen auftrug.
Die französischen Behörden brauchten nicht allzu lange, um sich darüber klarzuwerden, daß die OAS hinter dem Ganzen stand, und auch, daß sie aus irgendeinem Grund sehr rasch Geld benötigte. Warum, das sollte die Polizei freilich erst Wochen später, in den ersten vierzehn Tagen des August, herausfinden, und das dann auf eine ganz andere Weise.

Innerhalb der letzten beiden Juniwochen spitzte sich die Situation in einer derart bedrohlichen Weise zu, daß *Commissaire* Maurice Bouvier, der hochgeschätzte Chef der *Brigade Criminelle* der *Police Judiciaire*, mit der Aufklärung der beispiellosen Welle von Gewaltverbrechen beauftragt wurde. In seinem überraschend kleinen, von Papieren und Akten überbordenden Büro im Hauptquartier der PJ am Quai des Orfèvres Nr. 36 wurde eine graphische Darstellung angefertigt, auf der die Höhe der geraubten Geldbeträge und, soweit es sich um Juwelen handelte, der annähernde Kaufwert der gestohlenen Schmucksachen abzulesen war. In der zweiten Julihälfte überstieg der Gesamtbetrag bereits die Summe von zwei Millionen Neuer Francs oder 400 000 Dollar. Selbst wenn man davon eine Summe abzog, die zur Deckung der mit jedem der organisierten Raubüberfälle zunächst verbundenen Unkosten ausreichen mochte, und darüber hinaus einen weiteren Betrag in Abzug brachte, der zur Entlohnung der Deserteure und kleinen Gewohnheitsverbrecher diente, die sie ausführten, blieb nach Schätzung des *Commissaire* eine beträchtliche Summe Geldes übrig, deren Verwendung ungeklärt war.

In der letzten Juniwoche landete auf dem Schreibtisch von General Guibaud, dem Leiter des SDECE, ein vom Chef seines ständigen Büros in Rom verfaßter Bericht. Er besagte, daß die drei Männer an der Spitze der OAS, Marc Rodin, René Montclair und André Casson, sich gemeinsam im obersten Stockwerk eines in unmittelbarer Nähe der Via Condotti gelegenen Hotels eingemietet hatten. Der Bericht erwähnte darüber hinaus, daß die drei Männer, ungeachtet der zweifellos nicht unbeträchtlichen Kosten eines Hotelaufenthalts in einem so exklusiven Viertel, das gesamte oberste Stockwerk für sich und das darunter befindliche für ihre Leibwächter reserviert hatten. Sie ließen sich Tag und Nacht von nicht weniger als acht bewährten ehemaligen Fremdenlegionären bewachen und gingen grundsätzlich nicht aus. Zunächst hatte man angenommen, daß sie zu einer Konferenz zusammengetroffen seien; als aber ein Tag nach dem anderen verging, gelangte der SDECE zu der Ansicht, sie trägen lediglich ungewöhnlich umfangreiche Sicherheitsvorkehrungen, um nicht Opfer einer Kidnapping-Aktion zu werden, wie sie bereits Antoine Argoud gegolten hatte.

General Guibaud, der den Bericht als Routinesache ablegte, konnte bei dem Gedanken an die drei Top-Männer der Terroristenorganisation, die sich jetzt ihrerseits in ein römisches Hotel verkrochen hatten, ein grimmiges Lächeln nicht unterdrücken. Trotz der zwischen dem französischen Außenministerium am Quai d'Orsay und dem Bonner Auswärtigen Amt noch immer schwelenden Verstimmung wegen der flagranten Verletzung westdeutscher territorialer Hoheitsrechte, die sich der französische SDECE bei der gewaltsamen Entführung Oberst Argouds aus dem Münchner Eden-Wolff-Hotel hatte zuschulden kommen lassen, glaubte Guibaud, Grund genug zu haben, mit den Männern seines Aktionsdienstes, die den Coup ausgeführt hatten, zufrieden zu sein. Die Vorstellung angsterfüllt davonlaufender OAS-Bosse war an sich schon eine Belohnung. Der General verdrängte das ihn beim Studium der Akte Marc Rodins beschleichende leichte Unbehagen und ließ die Frage, warum ein Mann wie Rodin es so rasch mit der Angst bekommen sollte, unbeantwortet. Als Mann von beträchtlicher Erfahrung auf seinem Spezialgebiet und genauer Kenntnis der Realitäten von Politik und Diplomatie wußte er, daß er schwerlich damit rechnen konnte, jemals die Genehmigung zur Vorbereitung und Durchführung eines weiteren Menschenraubs zu bekommen. Was es in Wahrheit mit den umfänglichen Vorsichtsmaßnahmen auf sich hatte, welche die drei OAS-Bosse zu ihrer eigenen Sicherheit trafen, dämmerte ihm erst sehr viel später.

In London verbrachte der Schakal die beiden letzten Juniwochen und die ersten vierzehn Tage des Juli mit gründlichen Vorbereitungen. Seit dem Tag seiner Rückkehr war er damit beschäftigt, sich nahezu jedes gedrucke Wort von oder über Charles de Gaulle zu beschaffen und zu lesen. Am Ende des Artikels über den französischen Staatspräsidenten in der Encyclopaedia Britannica, den er im Lesesaal der öffentlichen Bibliothek seines Stadtviertels nachschlug, fand er eine Zusammenstellung einschlägiger Werke über seinen Gegenstand.
Daraufhin bestellte er unter Angabe eines falschen Namens und einer Deckadresse in der Praed Street in Paddington bei einer Reihe bekannter Buchläden die wichtigsten Titel, die ihm innerhalb weniger Tage dorthin mit der Post zugestellt wurden. Während er allnächtlich in seiner Wohnung bis in die frühen Morgenstunden kreuz und quer und diagonal in ihnen las, begann sich in seiner Vorstellung ein ungemein detailliertes Bild vom Bewohner des Elysée-Palastes zu formen, das von dessen Kindheit bis zur unmittelbaren Gegenwart reichte. Von den Informationen, die er auf diese Weise sammelte, war vieles von keinerlei praktischem Nutzen, aber hier und da wurde eine Angewohnheit oder eine Eigenart deutlich,

die er sich in einem kleinen Schulheft notierte. Besonders aufschlußreich für den Charakter des französischen Staatspräsidenten war der dritte Band seiner Memoiren, in welchem Charles de Gaulle auf seine persönliche Einstellung zum Leben, zu seinem Land und seinem Schicksal, wie er es auffaßte, näher einging. Der Schakal war weder ein langsamer noch ein dummer Mann. Er las gierig, plante sorgfältig und besaß die Fähigkeit, Informationen auf die bloße Möglichkeit hin, daß sie ihm später einmal von Nutzen sein könnten, in enormer Menge im Gedächtnis zu speichern.
Aber wenngleich ihm die Lektüre der Werke von und über Charles de Gaulle ein nahezu vollständiges Bild vom stolzen, hochfahrenden Wesen des französischen Staatspräsidenten vermittelte, vermochte sie ihn doch der Lösung des zentralen Problems, das ihn ständig beschäftigte, seit er am 15. Juni in Rodins Wiener Pensionszimmer den Mordauftrag angenommen hatte, um keinen Schritt näherzubringen. Am Ende der ersten Juliwoche hatte er auf die Frage, wann, von wo aus und wie der tödliche Schuß abgegeben werden sollte, noch immer keine Antwort gefunden.
Schließlich suchte er den Lesesaal des Britischen Museums auf, und nachdem er einen Antrag auf Benutzung der Bibliothek zu wissenschaftlichen Zwecken wie üblich mit seinem falschen Namen unterschrieben hatte, begann er sich durch die alten Jahrgänge der führenden französischen Tageszeitung »Le Figaro« hindurchzuarbeiten.
Wann genau er auf die Lösung kam, ist nicht bekannt. Aber die Wahrscheinlichkeit spricht dafür, daß es an einem der drei auf den 7. Juli folgenden Tage geschah. Innerhalb dieser drei Tage war der Mörder, ausgehend von dem Keim einer Idee, die von einem 1962 geschriebenen Leitartikel herrührte, und daraufhin die betreffenden Nummern der alle Amtsjahre de Gaulles seit 1945 umfassenden Archivexemplare überprüfend, auf die Lösung seines Problems gestoßen. In diesem Zeitraum wurde ihm klar, an welchem Tag sich Charles de Gaulle weder durch Krankheit oder von schlechtem Wetter noch auch durch seine persönliche Sicherheit betreffende Überlegungen davon abhalten lassen würde, sich erhobenen Hauptes der Öffentlichkeit zu zeigen, Von diesem Augenblick an traten die Vorbereitungen des Schakals aus der Forschungs- und Erkundungsphase in die der praktischen Planung.
Unzählige Stunden des Nachdenkens vergingen, in denen er, unablässig die gewohnten King-Size-Filterzigaretten rauchend, in seiner Wohnung auf dem Sofa lag und zur crèmefarben gestrichenen

Zimmerdecke hinaufstarrte, bevor auch die letzte Einzelheit in den Gesamtplan eingefügt werden konnte.
Nicht weniger als ein Dutzend Ideen war von ihm erwogen und verworfen worden, bis der Plan, den er dann befolgen sollte, seine endgültige Form fand und damit dem »Wann« und »Wo«, über die er bereits entschieden hatte, das fehlende »Wie« hinzugefügt wurde.
Der Schakal vergaß keinen Augenblick, daß Charles de Gaulle im Jahre 1963 nicht nur der Präsident Frankreichs, sondern auch der bestbeschützte und schärfstbewachte Mann der westlichen Welt war. Ihn umzubringen war, wie sich später erwies, wesentlich schwieriger, als Präsident John F. Kennedy zu ermorden. Dabei wußte der Schakal nicht einmal, daß französische Sicherheitsexperten, denen die amerikanischen Behörden Gelegenheit dazu gegeben hatten, die zum persönlichen Schutz Präsident Kennedys getroffenen Sicherungsmaßnahmen zu studieren, mit einer ziemlich verächtlichen Meinung über eben diese vom amerikanischen Geheimdienst praktizierten Sicherungsmaßnahmen zurückgekehrt waren. Wie berechtigt die Ablehnung der amerikanischen Methoden durch die französischen Experten war, sollte sich im November 1963 erweisen, als John F. Kennedy von einem halbverrückten und in Sicherheitsdingen völlig ignoranten Amateur erschossen wurde, während Charles de Gaulle weiterlebte, um Jahre später zurückzutreten und in Frieden auf seinem Landsitz zu sterben.
Was der Schakal dagegen wußte, war, daß die Sicherheitsbeamten, gegen die er antrat, zum mindesten zu den besten der Welt gehörten; daß der gesamte Sicherheitsapparat, der Präsident de Gaulle umgab, sich in einem Zustand permanenter Vorwarnung befand, der ihn auf die bloße Möglichkeit eines auf das Leben seines Schützlings geplanten Anschlags hin sofort reagieren ließ, und daß die Organisation, für die er, der Schakal, arbeitete, ihrerseits von Spitzeln und Geheimagenten unterwandert und durchsetzt war.
Auf der Habenseite konnte er lediglich seine Anonymität sowie die cholerische Weigerung seines Opfers verbuchen, den eigenen Sicherheitsexperten irgendwie entgegenzukommen. Der Stolz, die Dickköpfigkeit und die absolute Verachtung jedweder ihm drohenden Gefahr würden den französischen Staatspräsidenten zwingen, am festgesetzten Tage aus der Deckung herauszutreten und, gleichgültig, welche Risiken damit verbunden waren, ein paar Sekunden lang ein weithin sichtbares Ziel abzugeben.

Im Ausrollen vollführte die soeben gelandete SAS-Maschine aus Kopenhagen-Kastrup vor dem Londoner Flughafengebäude eine letzte Schwenkung, die sie in die vorgesehene Position brachte, glitt noch ein paar Meter weiter und blieb dann stehen. Nach wenigen Sekunden erstarb das Heulen der Triebwerke, und kurz darauf wurde die Treppe herangerollt. Der lächelnden Stewardeß ein letztes Mal zunickend, verließen die Passagiere einer nach dem anderen das Flugzeug und stiegen die Treppe hinunter.
Der blonde Mann auf der Aussichtsterrasse schob seine dunkle Sonnenbrille über die Stirn hinauf und blickte durch sein Fernglas. Die sich treppabwärts bewegende Prozession der Fluggäste war die sechste an diesem Morgen, der er seine Aufmerksamkeit widmete. Aber da die Terrasse bei dem warmen Sonnenschein von Menschen überfüllt war, die auf ankommende Passagiere warteten und sie, sobald sie aus ihren Flugzeugen heraustraten, zu entdecken und durch Winken auf sich aufmerksam zu machen hofften, fiel sein Verhalten niemandem auf.
Als der achte Fluggast aus der Tür ins Helle hinaustrat, beugte sich der Mann auf der Terrasse unwillkürlich vor, während sein Blick dem Ankömmling die Treppe hinunter folgte. Der Passagier aus Dänemark, ein Priester oder Pastor, war mit einem dunkelgrauen geistlichen Anzug und steifem hohem Kragen bekleidet. Dem aus der Stirn gekämmten eisengrauen Haar nach zu urteilen, das er mittellang trug, mochte er Ende Vierzig sein, aber sein Gesicht wirkte entschieden jünger. Er war hochgewachsen, hatte breite Schultern und sah körperlich fit aus. Seine Figur glich annähernd derjenigen des Mannes, der ihn von der Terrasse aus beobachtete.
Während die Fluggäste der Ankunftshalle zustrebten, um sich der Zoll- und Paßkontrolle zu unterziehen, verstaute der Schakal den Feldstecher in seiner Aktentasche und begab sich ohne Hast durch die geöffnete Glastür in die ein Stockwerk tiefer gelegene Haupthalle.
Fünfzehn Minuten später hatte der dänische Geistliche die Zollkontrolle passiert und betrat, mit Koffer und Reisetasche bewaffnet, die Haupthalle. Er schien von niemandem abgeholt zu werden und steuerte auf den Schalter von Barklay's Bank zu, um Geld zu wechseln.
Den Angaben zufolge, die er sechs Wochen später der dänischen Polizei gegenüber machte, bemerkte er den blonden jungen Engländer nicht, der, offenbar darauf wartend, daß er an die Reihe kam, neben ihm in der Schlange stand und ihn eingehend durch die dunk-

len Gläser seiner Brille fixierte. Jedenfalls erinnerte sich der Däne nicht, den Mann gesehen zu haben.
Aber als er die Haupthalle verließ, um den BEA-Bus zum Cromwell-Road-Terminal zu besteigen, ging der Engländer, der seine Aktentasche trug, nur wenige Schritte hinter ihm, und beide fuhren mit demselben Bus in die Stadt.
Am Terminal mußte der Däne ein paar Minuten warten, bis sein Koffer aus dem an den Bus gekoppelten Gepäckanhänger geholt worden war. Dann machte er sich, den mit einem Pfeil und dem internationalen Wort »Taxi« versehenen Exit-Schildern folgend, auf den an einer Reihe von Check-in-Schaltern vorbeiführenden Weg zum Ausgang.
Währenddessen ging der Engländer um das hintere Ende des Busses herum und quer über das für abgestellte Autobusse reservierte Areal zum Parkplatz des BEA-Personals hinüber, auf dem er seinen Wagen stehengelassen hatte. Er legte die Aktenmappe auf den Beifahrersitz des offenen Sportwagens, stieg ein und ließ den Motor an. Dicht an der Mauer des Terminals zu seiner Linken entlangfahrend, stoppte er nach wenigen Metern. Von hier aus konnte er, nach rechts blickend, die lange Reihe der unter den Arkaden wartenden Taxis übersehen. Der Däne bestieg das dritte Taxi. Gleich darauf scherte es aus der Reihe aus, bog in die Cromwell Road ein und entfernte sich in Richtung Knightsbridge. Der Sportwagen folgte ihm.
Das Taxi setzte den ahnungslosen Pastor vor einem kleinen, aber behaglichen Hotel in der Half Moon Street ab, während der Sportwagen am Hoteleingang vorbeischoß und wenige Augenblicke später vor einer freien Parkuhr an der Ecke Curzon Street stoppte. Der Schakal verschloß die Aktenmappe im Kofferraum, kaufte sich beim Zeitungshändler am Shepherd Market die Mittagsausgabe des »Evening Standard« und betrat fünf Minuten später das Hotelfoyer. Er mußte fünfundzwanzig weitere Minuten warten, bis der Däne nach unten kam und seinen Zimmerschlüssel bei der Empfangsdame abgab. Als sie ihn an den Haken gehängt hatte, schwang der Schlüssel noch ein paar Sekunden lang hin und her, und der in einem der Armsessel des Foyers sitzende Mann, der, offenbar in Erwartung eines Freundes, seine Zeitung gesenkt hatte, als der Däne auf dem Weg ins Restaurant des Hotels an ihm vorüberging, merkte sich, daß der Schlüssel die Nummer 47 trug. Als sich die Empfangsdame ein paar Minuten später in das hinter der Rezeption gelegene Hotelbüro begab, um dort telefonisch Theaterkarten für einen

Gast zu bestellen, schlich der Mann mit der dunklen Sonnenbrille rasch und unbemerkt die Treppe hinauf.
Ein etwa vier Zentimeter breiter Streifen flexiblen Glimmers erwies sich als ungeeignet zum Öffnen der Tür von Zimmer Nr. 47. Mit Hilfe eines biegsamen kleinen Palettenmessers, das den Glimmerstreifen verstärkte, gelang der Trick dann aber doch, und die Schloßfeder sprang mit einem metallischen Klicken zurück. Da er lediglich zum Lunch hinuntergegangen war, hatte der Pastor seinen Paß auf dem Nachttisch zurückgelassen. Innerhalb von dreißig Sekunden war der Schakal wieder auf dem Korridor. Er hatte das Heft mit den Traveller-Schecks in der Hoffnung, daß die Behörden den Dänen unter Hinweis auf das Fehlen jeglicher Anzeichen eines Diebstahls davon zu überzeugen versuchen würden, daß er seinen Paß woanders verloren haben müsse, unberührt gelassen. Und genauso geschah es denn auch. Lange bevor der Däne seinen Kaffee ausgetrunken hatte, war der Engländer ungesehen entkommen, und erst sehr viel später am Nachmittag informierte der Däne nach gründlicher und ratloser Suche im ganzen Zimmer den Hotelmanager über den Verlust seines Passes. Der Hotelmanager durchsuchte das Zimmer ebenfalls und wandte, nachdem er eindringlich auf den Umstand verwiesen hatte, daß alles andere, einschließlich des Scheckheftes, an seinem Platz verblieben war, seine ganze Beredsamkeit auf, um dem Dänen klarzumachen, daß keinerlei Notwendigkeit bestehe, die Polizei in sein Hotel zu rufen, da er seinen Paß offenkundig irgendwo anders auf der Reise verloren habe. Der Däne, der ein freundlicher Mann und seiner Rechte auf ausländischem Boden nicht sonderlich sicher war, stimmte ihm wider besseres Wissen zu. Am Tag darauf meldete er seinem Generalkonsulat den Verlust, erhielt einen ersatzweise ausgestellten Reiseausweis, mit dem er nach Abschluß seines vierzehntägigen Aufenthalts in London die Rückreise nach Kopenhagen antreten konnte, und vergaß die Angelegenheit. Der Angestellte des Generalkonsulats, der ihm die Ersatzpapiere ausgehändigt hatte, machte den Verlust eines auf den Namen Per Jensen, Pastor an der Sankt Kjeldskirke in Kopenhagen, ausgestellten Reisepasses in Form eines entsprechenden Vermerks aktenkundig und vergaß dann die Angelegenheit ebenfalls. Das war am 14. Juli.
Zwei Tage später erlitt ein amerikanischer Student aus Syracuse im Staate New York den gleichen Verlust. Er war soeben im Transatlantik-Gebäude des Londoner Flughafens eingetroffen und hatte am Schalter des American Express seinen Paß vorgewiesen, um den

ersten seiner Traveller-Schecks einzulösen. Das ausgezahlte Geld steckte er in eine Innentasche seiner Jacke und den Paß in einen mit einem Reißverschluß versehenen Beutel, den er anschließend wieder in seiner kleinen ledernen Reistetasche verstaute. Ein paar Minuten später stellte er die Tasche für einen Moment ab, um einen Gepäckträger herbeizuwinken, und nach drei Sekunden war sie verschwunden. Zunächst beschwerte er sich bei dem Gepäckträger, der ihn zum Auskunftsschalter der PanAm brachte, von wo aus er an den nächsten Beamten der Flughafenpolizei verwiesen wurde, der ihn zur Polizeiwache geleitete, auf welcher er dann sein Mißgeschick zu Protokoll gab.

Nachdem eine Überprüfung ergeben hatte, daß die Handtasche unmöglich von irgend jemandem in der irrtümlichen Annahme, sie gehöre ihm, mitgenommen worden sein konnte, wurde ein Bericht aufgenommen und der Vorfall als vorsätzlicher Diebstahl gemeldet.

Man entschuldigte sich dem hochgewachsenen, athletischen jungen Amerikaner gegenüber in aller Form wegen des bedauerlichen Unwesens, das Taschen-, Reise- und Handtaschendiebe vorzugsweise in öffentlichen Gebäuden trieben, und informierte ihn eingehend über die zahllosen Vorkehrungen, mit denen die Flughafenbehörde ausländische Fluggäste vor Diebstählen zu schützen suchte. Der Amerikaner hatte den Anstand seinerseits zuzugeben, daß einer seiner Freunde auf der Grand Central Station in New York in ganz ähnlicher Weise beraubt worden sei.

Der Bericht wurde zusammen mit einer Beschreibung der verschwundenen Reisetasche, ihres Inhalts sowie des in dem Beutel befindlichen Passes und der Papiere allen Dienststellen der Londoner Polizei routinemäßig zugestellt und sein Eingang dort aktenkundig vermerkt. Als aber Wochen vergingen, ohne daß sich für den Verbleib der Tasche oder ihres Inhalts irgendwelche Anhaltspunkte ergeben hätten, geriet auch dieser Vorgang in Vergessenheit. Inzwischen war Marty Schulberg auf sein Konsulat am Grosvenor Square gegangen, hatte den Diebstahl seines Passes gemeldet und Reisepapiere ausgestellt bekommen, mit denen er nach der vierwöchigen Rundreise, die er gemeinsam mit einer ihm befreundeten Austauschstudentin durch das schottische Hochland unternehmen wollte, in die Vereinigten Staaten zurückfliegen konnte. Der Verlust wurde auf dem Konsulat registriert, dem State Department in Washington gemeldet und anschließend von beiden Ämtern vergessen.

Wie viele Flugpassagiere bei ihrer Ankunft vor einem der beiden für eintreffende Überseefluggäste reservierten Gebäude des Londoner Flughafens von der Aussichtsterrasse aus durchs Fernglas gemustert wurden, wird nie genau festzustellen sein. Trotz ihres Altersunterschiedes hatten die beiden Männer, die ihrer Pässe verlustig gingen, einiges gemeinsam. Beide waren etwa ein Meter siebzig groß, breitschultrig und schlank, beide hatten blaue Augen und Gesichtszüge, die denen des unauffälligen Engländers, der sie beobachtet und beraubt hatte, nicht unähnlich waren.
Im übrigen war Pastor Jensen achtundvierzig Jahre alt, grauhaarig und trug beim Lesen eine goldgefaßte Brille; Marty Schulberg war fünfundzwanzig, hatte kastanienbraunes Haar und eine dicke Manager-Hornbrille, die er ständig trug.
Das waren die Gesichter, deren Paßbilder der Schakal auf dem Sekretär in seiner Wohnung hinter der South Audley Street ausgiebig studierte. Er verbrachte einen Tag damit, Maskenbildner, Optikerläden sowie ein Herrenausstattungsgeschäft aufzusuchen, um sich ein Paar blaugefärbter Klarsicht-Kontaktlinsen, zwei Brillen – eine goldgefaßte und eine mit schwerem schwarzem Gestell –, eine vollständige Garnitur, bestehend aus einem Paar schwarzer Mokassins, T-Shirt, Slip, crèmefarbener Hose und himmelblauer Windjacke mit Reißverschluß und angestricktem Kragen und Manschetten aus roter und weißer Wolle, alles das *Made in USA*, zu besorgen, ferner ein weißes Hemd mit gestärktem hohem Kragen und schwarzer Krawatte, wie sie von Geistlichen getragen zu werden pflegen. Aus jedem der drei letztgenannten Artikel trennte er das Firmenschild sorgfältig heraus.
Sein letzter Besuch an diesem Tag galt einem von zwei Homosexuellen betriebenen Laden in Chelsea, in welchem es Herrenperücken und Toupets zu kaufen gab. Hier erhielt er eine Tinktur, die das Haar mittelgrau, und eine zweite, die es braun tönte, zusammen mit ebenso präzise wie diskret erteilten Instruktionen darüber, wie die Flüssigkeit aufzutragen sei, um eine möglichst echt aussehende Färbung innerhalb kürzester Zeit zu erzielen. Er kaufte auch mehrere kleine Haarbürsten zum Auftragen der Tinkturen. Ansonsten – und abgesehen von der kompletten amerikanischen Garnitur – tätigte er in keinem der Läden mehr als jeweils einen einzigen Kauf. Am nächsten Tag – es war der 18. Juli – brachte »Le Figaro« auf der Innenseite eine kurze Notiz. Sie besagte, daß Kommissar Hyppolite Dupuy, stellvertretender Leiter der *Brigade Criminelle* bei der *Police Judiciaire*, in seinem Büro am Quai des Orfèvres in Paris einen

Schlaganfall erlitten habe und auf dem Transport in ein nahe gelegenes Krankenhaus verstorben sei. Zu seinem Nachfolger habe man Kommissar Lebel, den bisherigen Leiter der Mordkommission, ernannt, der in Anbetracht der in den Sommermonaten besonders starken Arbeitsüberlastung aller Abteilungen der Brigade seine verantwortungsvolle Tätigkeit in der neuen Stellung unverzüglich aufnehmen werde. Der Schakal, der täglich alle in London erhältlichen französischen Zeitungen las, hatte die Meldung überflogen, weil ihm in der Überschrift das Wort »*Criminelle*« ins Auge gesprungen war, aber über ihren Inhalt nicht weiter nachgedacht.
Bevor er seinen Beobachtungsposten auf dem Londoner Flughafen bezog, hatte er beschlossen, während des gesamten Zeitraums des bevorstehenden Mordunternehmens unter falschem Namen zu operieren. Es gehört zu den einfachsten Dingen der Welt, sich einen britischen Paß zu verschaffen. Der Schakal bediente sich hierbei einer Methode, wie sie von den meisten Söldnern, Schmugglern und Banditen benutzt wird, wenn sie sich, um Staatsgrenzen überschreiten zu können, eine andere Identität zuzulegen wünschten. Auf der Suche nach kleinen Ortschaften, die für seine Zwecke geeignet erschienen, unternahm er zunächst eine Autotour durch die Home Counties des Themsetals. Nahezu jedes englische Dorf hat eine hübsche Kirche nebst einem kleinen Friedhof, der sich in ihren Schatten schmiegt. Auf dem dritten Friedhof, den der Schakal aufsuchte, fand er einen Grabstein, der ihm für seine Pläne geeignet erschien. Er war für den im Jahre 1931 im Alter von zweieinhalb Jahren verstorbenen Alexander Duggan errichtet worden. Wäre das Kind der Duggans am Leben geblieben, würde es im Juli 1963 nur um wenige Monate älter als der Schakal gewesen sein. Der Vikar zeigte sich dem Besucher gegenüber, der im Vikariat erschien, sich als Amateurgenealoge ausgab und behauptete, sich als solcher für den Stammbaum der Familie Duggan zu interessieren, freundlich und hilfsbereit. Der Besucher hatte gehört, daß es hier eine Familie Duggan gäbe, die sich vor Jahren in diesem Dorf niedergelassen habe, und war gekommen, um sich, übrigens durchaus bescheiden, ja sogar ein wenig schüchtern, zu erkundigen, ob die Eintragungen im Kirchenbuch ihm wohl auf seiner Suche weiterzuhelfen vermochten. Der Vikar war die Freundlichkeit selbst, und das auf dem Gang zur Kirche der Schönheit ihres normannischen Baus gezollte Kompliment wie auch der in die hierfür vorgesehene Büchse gesteckte Beitrag zum Renovierungsfonds taten ein übriges, um die Atmosphäre vollends aufzulockern. Das Kirchenbuch wies aus, daß

beide Eltern Duggan im Verlauf der letzten sieben Jahre verstorben waren, und natürlich auch, daß ihr einziger Sohn Alexander vor mehr als dreißig Jahren auf dem Friedhof eben dieser Kirche begraben worden war. Der Schakal blätterte in den Seiten des Geburts-, Heirats- und Sterberegisters für das Jahr 1929 und entdeckte unter den im April jenes Jahres vorgenommenen Eintragungen den in schnörkliger geistlicher Schönschrift vermerkten Namen Duggan.
Alexander James Quentin Duggan, geboren am 3. April 1929 in der St.-Markus-Gemeinde, Sambourne Fishley.
Er notierte sich die Einzelheiten, dankte dem Vikar überschwenglich und ging. Wieder in London, wandte er sich an die zentrale Meldestelle für Geburten, Eheschließungen und Sterbefälle, wo seine Visitenkarte, die ihn als Partner eines Anwaltsbüros in Market Drayton, Shropshire, auswies, wie auch seine Erklärung, daß er den Aufenthaltsort der Enkel einer kürzlich verstorbenen Klientin seiner Firma, die ihnen ihren Grundbesitz vermacht habe, ausfindig zu machen versuche, von einem hilfsbereiten jungen Behördenangestellten ohne Rückfragen akzeptiert wurden. Eines dieser Enkelkinder sei Alexander James Quentin Duggan, geboren in Sambourne Fishley am 3. April 1929.
Englische Beamten pflegen sich im allgemeinen freundlich und entgegenkommend zu zeigen, wenn sie höflich um eine Auskunft gebeten werden, und der junge Behördenangestellte machte darin keine Ausnahme. Eine Überprüfung der Akten ergab, daß die eingetragenen Daten des betreffenden Kindes mit den vom Auskunftsuchenden angegebenen genau übereinstimmten; ferner, daß es am 8. November 1931 bei einem Verkehrsunfall ums Leben gekommen sei. Gegen Zahlung einer Gebühr von wenigen Shilling erhielt der Schakal eine Fotokopie sowohl der Geburts- als auch der Sterbeurkunde. Auf seinem Heimweg suchte er eine Filiale des Arbeitsministeriums auf, um sich ein Paßantragsformular aushändigen zu lassen, hielt dann vor einem Spielzeugladen, wo er für 15 Shilling einen Setzkasten für Kinder kaufte, und schließlich an einem Postamt, auf dem er eine Postanweisung über 1 Pfund ausfüllte.
In seiner Wohnung füllte er das Antragsformular auf den Namen Duggan aus, wobei er Alter, Geburtsdatum usw. bis auf die Personenbeschreibung korrekt angab. Er nannte seine eigene Größe, Augen- und Haarfarbe und schrieb unter »Beruf« schlicht »Geschäftsmann« hin. Den vollen Namen der Eltern, der auf der Geburtsurkunde des Kindes stand, trug er ebenfalls ein. Als Referenz machte er den Reverend James Elderly, Vikar an der St.-Markus-

Kirche in Sambourne Fishley, namhaft, den er an jenem Vormittag aufgesucht hatte und dessen voller Name samt seines juristischen Doktortitels praktischerweise auf einem Schild an der Kirchentür prangte. Die Unterschrift des Vikars fälschte er in magerer Handschrift mit verdünnter Tinte und spitzer Feder, und mit Hilfe des Setzkastens verfertigte er einen Stempel mit der Aufschrift: »St.-Markus-Pfarrkirche, Sambourne Fishley«, den er mit festem Druck neben den Namen des Vikars placierte. Die Fotokopie der Geburtsurkunde, das ausgefüllte Antragsformular sowie die Postanweisung schickte er dem Paßamt in der Petty France zu, und die Sterbeurkunde vernichtete er. Vier Tage später, als er gerade die Ausgabe des »Figaro« jenes Morgens las, erhielt er die Benachrichtigung, daß der nagelneue Paß seiner Deckadresse zugestellt worden sei. Er holte ihn sich nach dem Lunch ab. Am nächsten Nachmittag sperrte er die Wohnung zu und fuhr zum Flughafen hinaus, wo er ein Ticket nach Kopenhagen buchte, und zwar, um die Benutzung eines Scheckhefts zu vermeiden, gegen bar. Im doppelten Boden seines Handkoffers, einem Geheimfach, das kaum dicker als eines der gängigen Publikumsmagazine und so gut wie unauffindbar war, befanden sich 2000 Pfund, die er seiner im Tresor einer Anwaltsfirma in Holborn verwahrten Privatkassette entnommen hatte.

Der Besuch in Kopenhagen war kurz und verlief geschäftsmäßig. Bevor er den Flughafen Kastrup verließ, buchte er bei der Sabena für den Nachmittag des folgenden Tages einen Flug nach Brüssel. Als er die Innenstadt erreichte, waren die Geschäfte bereits geschlossen. Er nahm sich im Hotel D'Angleterre am Kongens Nytorv ein Zimmer, aß vorzüglich im »Seven Nations«, flirtete auf einem abendlichen Bummel durch den Tivoli-Park mit zwei dänischen Blondinen und lag um ein Uhr morgens in seinem Hotelbett.

Am nächsten Tag kaufte er bei einem der besten Herrenausstatter Kopenhagens einen leichten Anzug in klerikalem Dunkelgrau, ein Paar schlichte schwarze Schuhe, ein Paar Socken, eine Garnitur Unterwäsche und drei weiße Hemden mit festem Kragen. Er achtete sorgfältig darauf, nur solche Artikel zu kaufen, die auf der Innenseite den Namen ihres dänischen Herstellers auf einem kleinen Stoffschild trugen. Bei den drei weißen Hemden, die er nicht benötigte, ging es ihm lediglich um die Schildchen, die er heraustrennen und an das priesterliche Hemd, den runden hohen Kragen und das Bäffchen annähen würde – drei Bekleidungsartikel, die er sich unter der Vorspiegelung, er sei ein kurz vor dem Empfang der Weihen stehender Theologiestudent, in London besorgt hatte.

Sein letzter Einkauf in Kopenhagen war ein in dänischer Sprache verfaßtes Buch über die bedeutendsten Kirchen und Kathedralen Frankreichs. Zum Lunch nahm er in einem am Seeufer gelegenen Restaurant im Tivoli-Park einen kalten Imbiß zu sich, und um 15 Uhr 15 bestieg er die Maschine nach Brüssel.

Viertes Kapitel

Weshalb sich ein Mann von so unbestreitbaren Gaben wie Paul Goossens in mittleren Jahren eine derart schwerwiegende Verfehlung hatte zuschulden kommen lassen können, war nicht nur seinen wenigen Freunden, sondern auch seinen um einiges zahlreicheren Kunden und nicht zuletzt der belgischen Polizei ein Rätsel geblieben. In den dreißig Jahren, in denen er als hochgeschätzte Fachkraft in der *Fabrique Nationale* in Liège arbeitete, hatte er sich auf einem technischen Spezialgebiet, auf dem Exaktheit absolut unerläßlich ist, den Ruf unfehlbarer Präzision erworben. Und was die Aufrichtigkeit seines Charakters betraf, so hatte es niemals auch nur den Schatten eines Zweifels gegeben. Darüber hinaus war er in jenen dreißig Jahren zum hervorragendsten Experten der Firma für alle Waffenarten und -typen geworden, die sie produziert und die von der winzigsten Damen-Automatic bis zum schwersten Maschinengewehr reichen.

Auch in den Kriegsjahren war sein Verhalten vorbildlich gewesen. Zwar hatte er nach der Besetzung in der dann von den Deutschen geleiteten Waffenfabrik für die Rüstung der Nazis weitergearbeitet, aber eine spätere eingehende Überprüfung seiner beruflichen Laufbahn ergab zweifelsfrei, daß er im Untergrund für die Résistance gearbeitet, sich privat an der Gewährung sicheren Unterschlupfs für abgeschossene alliierte Flieger beteiligt und in der Fabrik einen Sabotagering geleitet hatte, der dafür sorgte, daß ein beträchtlicher Prozentsatz der hergestellten Waffen entweder nicht zielgenau feuerte oder beim fünfzigsten Schuß explodierte und die deutschen Schützen tötete.

Goossens war ein so bescheidener und zurückhaltender Mann, daß seine Verteidiger alles das später mühsam aus ihm herausholen mußten, um es in der Verhandlung triumphierend zu seiner Entlastung vorzubringen. Es trug wesentlich zur Milderung seines Strafmaßes bei, und die Geschworenen waren von seinem zögernden

Eingeständnis beeindruckt, daß er sich über seine Tätigkeit während des Krieges deswegen ausgeschwiegen habe, weil ihm nachträglich erwiesene Ehrungen und verliehene Orden nur in Verlegenheit gebracht hätten.
Zu dem Zeitpunkt, als in den fünfziger Jahren ein ausländischer Kunde bei der Abwicklung eines einträglichen Waffengeschäfts um eine beträchtliche Summe Geldes geprellt worden und der Verdacht auf ihn gefallen war, hatte er die Stellung eines Abteilungsleiters bekleidet, und seine eigenen Vorgesetzten waren diejenigen gewesen, welche die von der Polizei hinsichtlich des hochgeschätzten Monsieur Goossens' geäußerten Mutmaßungen am entschiedensten zurückgewiesen hatten.
Sogar vor Gericht hatte sich sein Generaldirektor für ihn eingesetzt. Aber der Vorsitzende war der Auffassung, daß der Mißbrauch einer Vertrauensstellung ein besonders strafwürdiges Vergehen sei, und verurteilte ihn zu zehn Jahren Gefängnis. In der Berufung wurde die Strafe auf fünf Jahre herabgesetzt. Wegen guter Führung war er nach dreieinhalb Jahren entlassen worden.
Seine Frau hatte sich von ihm scheiden lassen und die Kinder mit sich genommen. Mit dem Leben, das er früher als Vorortsbewohner in einem schmucken, von Blumenbeeten umgebenen Einzelhaus in einem der reizvolleren Außenbezirke von Liège (davon gibt es nicht viele) verbracht hatte, war es vorbei. Mit seiner Karriere bei der F. N. ebenfalls. Er bezog eine kleine Wohnung in Brüssel und später, als sein blühendes Geschäft, das die Unterwelt halb Westeuropas mit illegalen Waffen versorgte, steigende Einnahmen abwarf, ein Haus außerhalb der Stadt.
Seit den frühen sechziger Jahren war er in einschlägigen Kreisen als »L'Armurier« – »Der Büchsenmacher« – bekannt. Jeder belgische Staatsbürger kann sich in jedem Sport- oder Waffengeschäft gegen Vorlage einer Identitätskarte, die seine belgische Staatsangehörigkeit ausweist, eine tödliche Waffe – sei es einen Revolver, eine Automatic oder ein Gewehr – besorgen. Goossens benutzte nie seine eigene Karte, da jeder Waffen- und anschließende Munitionskauf vom Waffenhändler gebucht und der Name des Käufers sowie die Nummer seiner Identitätskarte eingetragen werden muß. Goossens benutzte die Identitätskarten anderer Leute, entweder gestohlene oder gefälschte.
Er stand in engen Geschäftsbeziehungen zu einem der erfolgreichsten Taschendiebe der Stadt, der, sofern er nicht gerade auf Staatskosten im Gefängnis gastierte, mühelos jede Brieftasche aus jeder

beliebigen Reise-, Einkaufs-, Hand- oder Anzugtasche entwenden konnte. Goossens kaufte die Brieftaschen gegen Barzahlung direkt bei dem Dieb. Er hatte darüber hinaus einen Meisterfälscher an der Hand, der sich, nachdem er in den späten vierziger Jahren durch die Produktion großer Mengen französischer Francs in Schwierigkeiten geraten war, auf denen er versehentlich das »u« der »Banque de France« ausgelassen hatte (er war noch sehr jung gewesen damals), mit viel mehr Erfolg auf das Fälschen von Pässen verlegt hatte.
Übrigens war es niemals Goossens selbst, der sich, wenn er für einen Kunden eine Feuerwaffe beschaffen mußte, dem Waffenhändler gegenüber mit einer säuberlich gefälschten Identitätskarte auswies, sondern stets irgendein arbeitsloser kleiner Gauner oder ein Schauspieler ohne Engagement.
Von seinen »Mitarbeitern« kannten nur der Taschendieb und der Fälscher seine wahre Identität. Desgleichen wußten einige seiner Kunden von ihr, vornehmlich die Bosse der belgischen Unterwelt, die ihn nicht nur ungestört seinen Geschäften nachgehen ließen, sondern ihm auch, weil er für sie nützlich war, einen gewissen Schutz gewährten, indem sie, wenn sie gefaßt wurden, hartnäckig jede Auskunft darüber verweigerten, woher sie ihre illegalen Waffen bezogen hatten.
Das hinderte die belgische Polizei zwar nicht, sich über einen Teil seiner Tätigkeit durchaus im klaren zu sein, aber es hinderte sie, ihn jemals mit den in seinem Besitz befindlichen Waren zu erwischen oder sich Zeugenaussagen zu sichern, die vor Gericht aufrechterhalten worden wären und zu seiner Verurteilung geführt hätten. Die Polizei kannte die kleine, aber vorzüglich ausgerüstete Werkstatt, die er sich in seiner umgebauten Garage eingerichtet hatte, sehr wohl, wiederholte Razzien hatten jedoch nichts weiter zutage gefördert als gußeiserne Medaillons und Souvenirs, die Brüsseler Denkmälern nachgebildet waren. Bei ihrem letzten Besuch hatte Goossens dem Oberinspektor als Zeichen seiner Hochschätzung für die Hüter von Gesetz und Ordnung feierlich eine Nachbildung des Maeneken pis überreicht.
Er hatte keinerlei ungute oder sonstwie geartete Vorgefühle, als er am späten Vormittag des 21. Juli 1963 auf den Besuch eines Engländers wartete, für den sich einer seiner besten Kunden telefonisch verbürgt hatte – ein ehemaliger Söldner im Dienste Katangas, der inzwischen zum Boß einer Unterweltorganisation aufgestiegen war, deren Beschützerdienste sich die Freudenhäuser der belgischen Hauptstadt etwas kosten ließen.

Der Besucher erschien, wie vereinbart, um 12 Uhr, und Monsieur Goossens führte ihn in sein kleines Büro neben der Werkstatt.
»Würden Sie bitte die Brille abnehmen?« fragte er, nachdem sein Besucher Platz genommen hatte, und fügte, als der Engländer zögerte, hinzu: »Sehen Sie, ich halte es für wichtig, daß wir einander für die Dauer unserer Geschäftsverbindung so weitgehend wie nur möglich vertrauen. Trinken Sie etwas?«
Der Mann nahm die dunkle Brille ab und starrte den kleinen Büchsenmacher, der zwei Gläser einschenkte, fragend an. Goossens nahm hinter seinem Schreibtisch Platz, trank einen Schluck Bier und fragte: »Womit kann ich Ihnen dienen, Monsieur?«
»Ich nehme an, Louis hat Ihnen meinen Besuch avisiert?«
»Gewiß«, nickte Goossens. »Sonst wären Sie nicht hier.«
»Hat er Ihnen von meiner Tätigkeit erzählt?«
»Nein. Nur, daß er Sie von Katanga her kennt, daß er sich für Sie verbürgt, daß Sie eine Feuerwaffe benötigen und daß Sie bereit sind, in bar zu zahlen – Sterling.«
Der Engländer nickte bedächtig. »Nun ja, da mir bekannt ist, was für ein Geschäft Sie betreiben, sehe ich keinen Grund, warum Sie nicht auch über meines Bescheid wissen sollten – um so mehr, als die Waffe, die ich brauche, mit gewissen Zubehörteilen versehen werden müßte, die einigermaßen unüblich sein dürften. Ich bin auf die – ah – Beseitigung von Männern spezialisiert, die mächtige und reiche Gegner haben. Daß solche Männer zumeist selbst reich und mächtig sind, liegt auf der Hand. Es ist nicht immer so ganz leicht. Sie haben die nötigen Mittel, um sich von Spezialisten beschützen zu lassen. Ein solcher Job erfordert sorgfältige Planung und vor allem die richtige Waffe. Ich habe gerade einen derartigen Job übernommen. Ich brauche ein Gewehr.«
Goossens trank einen Schluck Bier und nickte seinem Gast wohlwollend zu.
»Ausgezeichnet, ich verstehe. Ein Spezialist, wie auch ich einer bin. Ich habe das Gefühl, das wird eine wirklich interessante Aufgabe. An welche Art von Gewehr denken Sie?«
»Wichtig ist nicht so sehr der Typ des Gewehrs. Worum es geht, das sind vielmehr die Beschränkungen, die durch die Art des Jobs bedingt sind, und die Frage, woher man ein Gewehr nimmt, das unter diesen Beschränkungen zufriedenstellend funktioniert.«
Monsieur Goossens Augen leuchteten vor Vergnügen.
»Eine Waffe also«, meinte er verklärt, »die für einen ganz bestimmten Mann und eine ganz bestimmte Aufgabe unter ganz be-

stimmten, unwiederholbaren Umständen nach Maß angefertigt werden müßte. Sie sind bei mir an die richtige Adresse geraten, Monsieur. Doch, doch, das würde mich schon reizen. Ich bin froh, daß Sie gekommen sind.«
Der Engländer mußte über den professionellen Enthusiasmus des Belgiers lächeln. »Ich auch, Monsieur«, sagte er.
»Nun, dann erzählen Sie mir zunächst einmal, welcher Art diese Beschränkungen sind.«
»Die Beschränkungen betreffen hauptsächlich die Maße, nicht die der Länge, sondern die des Umfangs der beweglichen Teile. Kammer und Verschluß dürfen nicht dicker sein als das ...« Er hob die rechte Hand, deren Mittelfinger die Daumenkuppe mit dem Endglied berührte und so ein »o« bildete, dessen Durchmesser keine sechseinhalb Zentimeter betrug.
»Das bedeutet meiner Ansicht nach, daß es kein Mehrladegewehr sein kann, weil eine Gaskammer zu groß wäre. Aus dem gleichen Grund kommt auch ein Federmechanismus nicht in Frage«, sagte der Engländer. »Mir scheint, es wird sich nur um ein Bolzengewehr handeln können.«
Goossens sah zur Decke hinauf, während er sich im Geiste das Bild von einem Gewehr zu machen versuchte, dessen Verschlußteile sich, wie es sein Besucher wünschte, durch außerordentliche Schlankheit auszeichneten.
»Gut, weiter.«
»Andererseits darf es keinen Bolzen mit einem Riegel haben, der wie bei der Mauser 7.92 oder der Lee Enfield .303 seitlich herausragt. Der Bolzen muß sich zum Einlegen des Geschosses in die Kammer mit Daumen und Zeigefinger fassen und spielend leicht auf der Kammerbahn zur Schulter hin zurückschieben lassen. Ebensowenig darf es einen Abzugbügel geben, und der Abzug selbst muß abnehmbar sein, damit er erst unmittelbar vor dem Feuern aufgesetzt zu werden braucht.«
»Warum das?« fragte der Belgier.
»Weil der ganze Mechanismus in einem röhrenförmigen Behälter untergebracht und transportiert werden muß und der Behälter nicht auffallen soll. Zu diesem Zweck darf sein Durchmesser aus Gründen, auf die ich noch zu sprechen kommen werde, nicht größer sein, als ich eben angegeben habe. Ist es möglich, einen abnehmbaren Abzug herzustellen?«
»Gewiß, möglich ist fast alles. Natürlich könnte man ein Einzelladegewehr entwerfen, das zum Laden wie eine Schrotflinte aufge-

klappt wird. Das würde den Bolzen gänzlich überflüssig machen, aber ein Gelenk erfordern und wäre insofern wohl nicht unbedingt von Vorteil. Außerdem müßte ein solches Gewehr von Grund auf neu entworfen, angefertigt und dabei das für Kammer und Schloß benötigte Metallstück gewalzt werden. Keine ganz leichte Aufgabe in einer so kleinen Werkstatt, aber doch zu schaffen.«
»Wie lange würden Sie dazu brauchen?« fragte der Engländer. Der Belgier zuckte mit den Achseln und hob die Hände. »Ein paar Monate schon, fürchte ich.«
»So viel Zeit habe ich nicht.«
»In dem Fall wird es nötig sein, sich ein im Handel erhältliches Gewehr zu beschaffen und daran die entsprechenden Änderungen vorzunehmen. Bitte, fahren Sie fort.«
»Gut. Die Büchse muß außerdem leicht sein. Sie braucht kein schweres Kaliber zu haben, das Geschoß wird schon seine Wirkung tun. Der Lauf muß kurz sein, nach Möglichkeit nicht länger als dreißig Zentimeter...«
»Aus welcher Entfernung werden Sie feuern müssen?«
»Das steht noch nicht fest, aber vermutlich werden es nicht mehr als hundertdreißig Meter sein.«
»Wollen Sie einen Kopf- oder einen Brustschuß abfeuern?«
»Es wird wahrscheinlich ein Kopfschuß sein müssen. Möglicherweise bleibt mir nichts anderes übrig, als auf die Brust zu zielen, aber der Kopf ist sicherer.«
»Mit größerer Sicherheit tödlich, ja, wenn Sie treffen«, sagte der Belgier. »Aber sicherer zu treffen ist die Brust. Zumindest, wenn man eine leichte Waffe mit kurzem Lauf über eine Entfernung von hundertdreißig Meter benutzt – und das womöglich unter hinderlichen Umständen. Aus Ihrer Unbestimmtheit, was diesen einen Punkt betrifft – ob Kopf- oder Brustschuß –, schließe ich, daß irgend jemand dazwischentreten könnte?«
»Ja, das könnte schon sein.«
»Glauben Sie, daß Sie die Chance haben werden, einen zweiten Schuß abzugeben – wo Sie doch einige Sekunden benötigen, um die leere Patronenhülse herauszunehmen, eine zweite einzulegen, den Verschluß zu betätigen und neuerlich zu zielen?«
»Das halte ich für so gut wie ausgeschlossen, es sei denn, ich hätte einen Schalldämpfer aufgesetzt und das Ziel mit dem ersten Schuß so weit verfehlt, daß von keinem Umstehenden etwas bemerkt worden wäre. Aber auch wenn ich gleich mit dem ersten Schuß die Stirn treffe, brauche ich den Schalldämpfer, um mir die Flucht zu si-

chern. Es müssen ein paar Minuten verstreichen, bevor irgend jemand aus der näheren Umgebung des Getroffenen auch nur annähernd begreift, aus welcher Richtung der Schuß gekommen ist.«
Der Belgier, der jetzt nicht mehr zur Zimmerdecke hinauf, sondern auf den Schreibblock vor sich starrte, nickte mehrmals.
»In diesem Fall wird es besser sein, wenn Sie Explosivgeschosse verwenden. Ich kann Ihnen eine Handvoll davon zusammen mit dem Gewehr zurechtmachen. Sie wissen, was ich meine?«
Der Engländer nickte. »Glyzerin oder Quecksilber?«
»Oh, Quecksilber, würde ich meinen. Das ist hübscher und sauberer. Gibt es noch weitere Punkte zu besprechen, die das Gewehr betreffen?«
»Ich fürchte, ja. Um die Waffe möglichst schlank zu halten, sollte nicht nur der Schaft, sondern auch der Kolben entfernt werden. Zum Feuern müßte es eine Schulterstütze erhalten, deren drei Teile sich wie beim Sten-Gewehr auseinanderschrauben lassen. Und schließlich muß es sowohl mit einem hundertprozentig funktionierenden Schalldämpfer als auch mit einem Zielfernrohr ausgestattet sein. Beides muß sich zur Lagerung und zum Transport abschrauben lassen.«
Der Belgier dachte sehr lange nach und trank gemächlich schluckend sein Bier aus. Der Engländer wurde ungeduldig.
»Also, wie ist es – werden Sie es schaffen?«
Goossens schien aus seinen Träumereien zu erwachen. Er lächelte, um Entschuldigung bittend.
»Verzeihen Sie. Es ist ein recht komplexer Auftrag. Aber ja, selbstverständlich schaffe ich das. Schließlich habe ich bislang noch jeden gewünschten Artikel produzieren können. Was Sie da beschrieben haben, ist recht eigentlich eine Jagdexpedition, bei der die Ausrüstung gewisse Kontrollen passieren muß, ohne Mißtrauen zu erwecken. Auf einer Jagdexpedition braucht man ein Jagdgewehr, und das ist es, was Sie bekommen werden. Kein .22er-Kaliber-Gewehr, denn das ist für Hasen und Kaninchen gedacht, aber auch keine .300er-Kanone wie die Remington, weil die sich niemals auf die von Ihnen gewünschten Größenmaße reduzieren ließe.
Ich glaube, das Gewehr, an das ich denke, wäre schon richtig für Ihre Zwecke. Ein erstklassiges Präzisionsgewehr, das hier in Brüssel in einigen Sportgeschäften zu haben ist. Außerordentlich zielgenau gearbeitet, dabei leicht und schlank. Wird viel für die Gamsjagd und zum Erlegen von anderem Kleinwild benutzt, dürfte aber mit Explosivgeschossen für lohnendere Ziele genau das Richtige sein.

Sagen Sie, wird der – hm – Gentleman sich rasch, langsam oder überhaupt nicht bewegen?«
»Letzteres.«
»Dann ist es kein Problem. Die Anfertigung einer aus drei getrennten Stahlstreben bestehenden Schulterstütze sowie eines abschraubbaren Abzugshahns ist bloßes Handwerk. Die Befestigung des Schalldämpfers am Ende des Laufs wie auch dessen Kürzung um zwanzig Zentimeter kann ich selbst vornehmen. Man verliert an Zielgenauigkeit, wenn man den Lauf verkürzt. Schade, schade. Sind Sie Scharfschütze?«
Der Engländer nickte.
»Dann werden Sie auf hundertdreißig Meter Entfernung mit einem Zielfernrohr bei unbewegtem menschlichem Ziel kaum Schwierigkeiten haben. Was den Schalldämpfer betrifft, so werde ich den selbst bauen. Schalldämpfer sind alles andere als kompliziert, aber im Handel schwer zu bekommen, besonders die langen für Gewehre, weil die zur Jagd nicht gebraucht werden. Nun, Monsieur, Sie sprachen vorhin von zylindrischen Behältern, in denen Sie das zerlegte Gewehr unauffällig transportieren wollen. Woran hatten Sie gedacht?«
Der Engländer stand auf und ging zum Schreibtisch hinüber. Über den kleinen Belgier gebeugt, ließ er seine Hand in die Innentasche seiner Jacke gleiten, und eine Sekunde lang schien in den Augen des kleinen Mannes Furcht aufzuflackern. Zum erstenmal bemerkte der Belgier, daß die Augen des Engländers von dem Ausdruck, den sein Gesicht zeigte, gänzlich unberührt blieben und von grauen, streifigen Flecken wie von Rauchschleiern durchzogen waren, die jede Regung, welche sich dort verraten mochte, undurchdringlich verbargen. Aber der Engländer holte nur einen silbernen Kugelschreiber hervor.
Er drehte Goossens Schreibblock zu sich herum und fertigte mit raschen Strichen eine Skizze an.
»Können Sie das erkennen?« fragte er dann und schob den Block wieder dem Büchsenmacher zu.
»Aber natürlich«, erklärte der Belgier, nachdem er einen Blick auf die präzis gezeichnete Skizze geworfen hatte.
»Gut. Also, das Ganze besteht aus einer Anzahl hohler Aluminiumröhren, die zusammengeschraubt sind. Dieses Rohrstück hier« – er deutete mit der Spitze des Kugelschreibers auf eine Stelle des Diagramms – »enthält eine Strebe des Gewehrkolbens und das da die andere. Beide sind in den Röhren verborgen, die zusammen diesen

Teil ergeben. Das dort ist die Schulterstütze des Gewehrs und also der einzige Teil, der einen doppelten Zweck erfüllt, ohne im geringsten verändert zu werden. Und hier« – er tippte mit der Spitze des Kugelschreibers auf einen anderen Punkt der Skizze, während sich die Augen des Belgiers vor Überraschung weiteten –, »an der dicksten Stelle, wird die Röhre mit dem größten Durchmesser montiert, die die Kammer mit dem darin befindlichen Bolzen aufnimmt. Von hier ab verjüngt sie sich zum Lauf hin ohne Unterbrechung. Da das Zielfernrohr die Visiereinrichtung überflüssig macht, gleitet das Ganze aus diesem Teil heraus, wenn die Röhre aufgeschraubt wird. Die letzten beiden Abschnitte – hier und hier – enthalten das Fernrohr und den Schalldämpfer. Und dann die Geschosse – die sollten in dem kleinen Stumpf dort unten verwahrt werden. Wenn das ganze Ding zusammengesetzt ist, muß man es für genau das halten, wonach es aussieht. Sobald man es in seine sieben Abschnitte zerlegt, können die Geschosse, der Schalldämpfer, das Zielfernrohr, das Gewehr und die drei Streben, welche die Schulterstütze bilden, herausgenommen und zu einem voll funktionsfähigen Gewehr zusammengesetzt werden. O. K.?«
Der kleine Belgier blickte noch einige Sekunden länger unverwandt auf das Diagramm. Dann stand er langsam auf und streckte dem Engländer die Hand hin.
»Monsieur«, sagte er bewundernd, »das ist eine geniale Konzeption. Absolut unerkennbar und doch ganz einfach. Genauso werde ich es Ihnen machen.«
Der Engländer zeigte sich weder erfreut noch verstimmt.
»Gut«, sagte er. »Dann kommen wir jetzt zur Frage des Termins. Ich werde die Waffe in etwa vierzehn Tagen brauchen. Läßt sich das einrichten?«
»Ja. Ich kann das Gewehr innerhalb von drei Tagen besorgen. Die notwendigen Änderungen müßten in einer Woche zu machen sein. Der Kauf des Teleskops ist kein Problem. Hinsichtlich der Wahl des Fabrikats können Sie sich ganz auf mich verlassen, ich weiß, was bei einer Distanz über hundertdreißig Meter, von der Sie sprachen, gebraucht wird. Das Kalibrieren und die Festlegung der Nulleinstellung des optischen Geräts bleibt besser Ihrem eigenen Belieben überlassen. Die Anfertigung des Schalldämpfers, das Aufladen der Geschosse und die Konstruktion des äußeren Behälters – ja, das ist in der vorgesehenen Zeit zu schaffen, wenn ich alles andere zurückstelle. Dennoch wäre es besser, wenn Sie, für den Fall, daß in letzter Minute noch irgendwelche Einzelheiten zu besprechen sein sollten,

um einen oder zwei Tage früher kämen. Könnten Sie in zwölf Tagen wieder hier sein?«
»Ja, ab nächster Woche, von heute an gerechnet, kann ich in den darauffolgenden sieben Tagen jederzeit kommen. Aber vierzehn Tage sind der äußerste Termin. Ich muß am 4. August wieder in London sein.«
»Sie werden die bis ins letzte Detail Ihren Wünschen entsprechend angefertigte Waffe am 4. August vormittags in Empfang nehmen können, sofern es Ihnen möglich sein wird, am 1. August zu abschließender Diskussion und Abholung hier einzutreffen, Monsieur.«
»Gut. Bliebe noch die Frage Ihres Honorars und Ihrer Auslagen zu klären. Haben Sie eine Ahnung, wie hoch sie sich belaufen werden?«
Der Belgier überlegte eine Weile. »Für einen Job solcher Art und die Arbeiten, die damit verbunden sind, für den Gebrauch der Werkzeuge und für meine eigenen Spezialkenntnisse muß ich ein Honorar von eintausend englischen Pfund fordern. Ich gebe zu, das ist mehr als der übliche Preis für ein einfaches Gewehr, aber dies ist kein einfaches Gewehr. Es muß ein Kunstwerk werden. Ich glaube, der einzige Mann in Europa zu sein, der in der Lage ist, Ihnen genau das zu liefern, was Sie benötigen, eine wirklich perfekte Arbeit. So wie Sie auf Ihrem Gebiet, Monsieur, bin ich auf meinem der Beste. Für das Beste muß man zahlen. Dazu kämen dann noch die Anschaffungskosten der Waffe, der Geschosse, des Fernrohrs und der Rohmaterialien – sagen wir, alles in allem weitere zweihundert Pfund.«
»Gemacht«, sagte der Engländer. Er langte wiederum in seine Brusttasche und holte ein Bündel Fünfpfundnoten hervor. Sie waren in Päckchen zu je zwanzig Scheinen sortiert. Er zählte fünf Päckchen ab.
»Ich würde vorschlagen«, fuhr er fort, »daß ich, um meinen guten Glauben zu demonstrieren, eine Anzahlung in Höhe von fünfhundert Pfund als Vorschuß und zur Deckung der Unkosten leiste. Die restlichen siebenhundert Pfund werde ich mitbringen, wenn ich in elf Tagen wiederkomme. Sind Sie damit einverstanden?«
»*Monsieur*«, sagte der Belgier und steckte das Geld sorgsam in seine Brieftasche, »es ist ein Vergnügen, mit jemandem ein Geschäft abzuschließen, der ein Profi und ein Gentleman zugleich ist.«
»Und noch etwas«, fuhr der Engländer fort, als sei er nicht unterbrochen worden. »Sie werden Ihrerseits keinen weiteren Versuch ma-

chen, Louis zu kontaktieren. Sie werden weder ihn noch sonst jemanden fragen, wer ich bin und was es mit meiner wahren Identität auf sich hat. Auch werden Sie nicht herauszufinden suchen, für wen ich arbeite, und ebensowenig, gegen wen. Falls Sie dergleichen dennoch versuchen sollten, bekomme ich todsicher Wind davon. In diesem Fall werden Sie sterben. Sollte sich bei meiner Rückkehr nach hier herausstellen, daß irgendein Versuch unternommen worden ist, die Polizei zu informieren oder mir eine Falle zu stellen, werden Sie ebenfalls sterben. Ist das klar?«
Goossens war schmerzlich berührt. Im Gang stehend, blickte er zu dem Engländer hinauf, während sich in seinen Eingeweiden kalte Furcht zu regen begann. Er war vielen skrupellosen Männern der belgischen Unterwelt begegnet, die ihn aufgesucht hatten, um spezielle oder unübliche Waffen in Auftrag zu geben oder auch einfach einen regulären, stumpfnasigen Colt Special. Das waren harte Männer. Aber der Besucher von jenseits des Kanals, der einen bedeutenden und sorgsam bewachten Mann zu töten beabsichtigte – keinen Gangsterboß, sondern einen großen Mann, möglicherweise einen Politiker –, hatte etwas Unnahbares und zugleich Unerbittliches an sich.
Der Belgier dachte einen Moment lang daran, sich gegen die Unterstellung zu verwahren, besann sich dann jedoch eines Besseren. »Monsieur«, sagte er leise, aber deswegen doch nicht weniger eindringlich, »ich will gar nichts über Sie wissen, überhaupt nichts. Das Gewehr, das Sie erhalten, wird keine Seriennummer tragen. Sehen Sie, für mich ist es wichtiger, sicherzustellen, daß von dem, was Sie tun, nicht etwa eine Spur zu mir führt, als meinerseits zu versuchen, mehr über Sie in Erfahrung zu bringen. *Bonjour, monsieur.*«
Der Schakal trat in den strahlenden Sonnenschein hinaus und winkte zwei Straßenecken weiter ein leeres Taxi heran, das ihn in die Stadt zurück und zum Hotel Amigo fuhr.
Er vermutete zwar, daß Goossens, um Gewehre erwerben zu können, einen Fälscher beschäftigte, zog es jedoch vor, sich einen Mann seiner Wahl zu suchen. Wieder war ihm Louis, sein Kumpan aus den alten Tagen in Katanga, dabei behilflich. Nicht, daß es sonderlich schwierig gewesen wäre. Brüssel hat eine lange Tradition als Zentrum der Identitätskarten-Fälscherindustrie, und nicht wenige Ausländer wissen die Leichtigkeit, mit der man sich dort auf diesem Gebiet helfen lassen kann, zu schätzen. In den frühen sechziger Jahren hatte sich Brüssel darüber hinaus zur Operationsbasis der Söldner entwickelt, denn damals waren die französischen und südafrika-

nischen bzw. englischen Einheiten, die später in diesem Gewerbe dominieren sollten, noch nicht im Kongo aufgetaucht. Seit dem Verlust Katangas trieben sich mehr als dreihundert arbeitslose »Militärberater« des alten Tschombé-Regimes, von denen viele im Besitz mehrerer falscher Ausweise waren, in den Bars und Kneipen des Bordellviertels herum.
Der Schakal traf seinen Mann in einer Bar hinter der Rue Neuve, nachdem Louis die Zusammenkunft vereinbart hatte. Er stellte sich vor, und die beiden zogen sich in einen Eckalkoven zurück. Der Schakal zog seinen Führerschein hervor, der auf seinen eigenen Namen lautete, vor zwei Jahren vom London County Council ausgestellt und noch zwei Monate gültig war.
»Der gehörte einem Mann, der nicht mehr am Leben ist«, erklärte er dem Belgier. »Da ich in Großbritannien Fahrverbot habe, brauche ich eine neue Vorderseite mit meinem eigenen Namen darauf.«
Dann legte er dem Fälscher den auf den Namen Duggan ausgestellten Paß vor. Der Mann warf einen Blick darauf, sah, daß er erst vor drei Tagen ausgestellt worden war, und lächelte den Engländer durchtrieben an.
»*En effet*«, murmelte er und sah sich den aufgeschlagenen kleinen roten Führerschein genauer an. Nach ein paar Minuten blickte er auf. »Keine Schwierigkeit, Monsieur. Die britischen Beamten sind Gentlemen. Scheinen nicht für möglich zu halten, daß amtliche Ausweise gefälscht werden können, und treffen daher keine nennenswerten Vorsichtsmaßnahmen. Dieser Fetzen« – er wies auf das kleine Papier, das auf die erste Seite des Ausweises geklebt war und die Nummer der Lizenz und den vollen Namen des Inhabers trug – »könnte mit einem Spielzeug-Setzkasten angefertigt werden. Das Wasserzeichen ist leicht nachzumachen. Das Ganze ist überhaupt kein Problem. War das alles, was Sie von mir wollten?«
»Nein. Da wären noch zwei weitere Ausweise.«
»Ah. Nehmen Sie es mir nicht übel, aber es kam mir merkwürdig vor, daß Sie mich wegen einer so simplen Sache kontaktiert haben sollten. Es muß bei Ihnen in London genügend Männer geben, die dergleichen in zwei Stunden für Sie erledigen. Diese beiden anderen Ausweise – was sind das für welche?«
Der Schakal beschrieb sie ihm bis in die letzten Einzelheiten. Die Augen des Belgiers verengten sich, während er scharf nachdachte. Er holte eine Schachtel »Bastos« heraus, bot dem Engländer, der ablehnte, eine Zigarette an und entzündete sich selbst eine.

»Das ist nicht so einfach. Mit der französischen Identitätskarte ginge es schon. Es gibt genügend davon, nach denen man arbeiten kann. Sie verstehen, man muß nach einem Original arbeiten, um die besten Resultate zu bekommen. Aber die andere. Also, von der Sorte habe ich in meinem Leben noch keine gesehen, glaube ich. Das ist eine ganz ungewöhnliche Aufgabe.«
Er schwieg, während der Schakal einen vorbeikommenden Kellner beauftragte, ihre Gläser nachzufüllen. Als der Kellner gegangen war, fuhr er fort.
»Und dann das Foto. Das wird nicht leicht sein. Es muß einen Unterschied im Alter, in der Haarfarbe und -länge zeigen, sagen Sie. Wer falsche Papiere braucht, will meist sein eigenes Bild darauf haben und eine geänderte Personenbeschreibung dazu. Aber ein neues Foto zu machen, das Ihnen, so wie Sie heute aussehen, noch nicht einmal ähnlich sein soll, das kompliziert die Dinge.«
Er trank sein Bier, während er den Engländer unverwandt anstarrte, zur Hälfte aus. »Um das zu schaffen, ist es nötig, einen Mann zu finden, der annähernd das Alter des Inhabers der Karten und zudem eine gewisse Ähnlichkeit mit Ihnen hat, jedenfalls soweit es Kopf und Gesicht betrifft, und ihm das Haar in der Länge zu schneiden, die Sie verlangen. Als nächstes muß dann eine Fotografie dieses Mannes auf die Karte praktiziert werden. Und von da ab läge es bei Ihnen, Ihre Maske dem Äußeren dieses Mannes anzupassen, und nicht andersherum. Können Sie mir folgen?«
»Ja«, sagte der Schakal.
»Das wird ein bißchen dauern. Wie lange bleiben Sie in Brüssel?«
»Nicht lange«, sagte der Schakal. »Ich muß ziemlich bald abreisen, aber ich könnte am 1. August wiederkommen. Von da ab könnte ich drei Tage bleiben. Am Vierten muß ich nach London zurück.«
Der Belgier dachte eine Weile nach und starrte dabei unverwandt auf das Foto in dem vor ihm liegenden Paß. Schließlich klappte er ihn zu, und nachdem er sich auf einem Stück Papier, das er aus seiner Tasche holte, den Namen Alexander James Quentin Duggan notiert hatte, reichte er ihn dem Engländer zurück. Den Führerschein und das Stück Papier steckte er ein.
»Geht in Ordnung. Aber ich muß zwei gute Porträtfotos von Ihnen haben, die Sie im Profil und en face zeigen, wie Sie jetzt aussehen. Das braucht seine Zeit. Und Geld. Es sind Extrakosten damit verbunden ... Es kann möglich sein, daß ich mit einem Kollegen, der sich auf Taschendiebstahl versteht, nach Frankreich gehen muß,

um die zweite dieser beiden Karten, von denen Sie sprechen, zu besorgen. Selbstverständlich werde ich es zunächst in und um Brüssel herum versuchen, aber es ist nicht ausgeschlossen, daß eine solche Reise unumgänglich wird ...«
»Wieviel?« unterbrach ihn der Engländer.
»Zwanzigtausend Belgische Francs.«
Der Schakal überlegte einen Augenblick. »Etwa hundertzwanzig Pfund Sterling. Gut. Ich werde Ihnen hundert Pfund anzahlen, und den Rest bekommen Sie bei Lieferung.«
Der Belgier erhob sich. »Dann machen wir jetzt am besten die Porträtfotos. Ich habe ein eigenes Studio.«
Sie fuhren im Taxi zu einer etwa drei Kilometer entfernten kleinen Kellerwohnung, die sich als das verschmutzte, schäbige Atelier eines Fotografen erwies, der laut Firmenschild darauf spezialisiert war, Paßfotos aufzunehmen, auf deren Entwicklung der Kunde warten konnte. Im Schaufenster prangten die unvermeidlichen Fotos von jener Art, die der Passant für die Höhepunkte der bisherigen Arbeit des Inhabers halten mußte – zwei gräßlich retuschierte Porträts geziert lächelnder Mädchen, das Hochzeitsbild eines Paars, das unsympathisch genug aussah, um die Einrichtung der Ehe schlechthin in Frage zu stellen, und zwei Babyfotos. Der Belgier ging die Treppe hinunter zur Ladentür voran, schloß sie auf und führte seinen Gast hinein.
Die Sitzung dauerte zwei Stunden, in denen der Belgier eine Geschicklichkeit im Umgang mit der Kamera bewies, wie sie der Schöpfer der im Fenster ausgestellten Fotos unmöglich besitzen konnte. Eine große Kiste in der Ecke, die er mit seinem eigenen Schlüssel aufschloß, enthielt eine Anzahl teurer Kameras und Blitzlichtgeräte sowie Unmengen maskenbildnerischer Artikel einschließlich diverser Haarfärbe- und Bleichmittel, Toupets und Perücken, ferner Brillen in großer Auswahl sowie einen Schminkkasten.
Mitten in der Sitzung kam dem Belgier eine Idee, welche die Suche nach einem Ersatzmann, der für das endgültige Foto posierte, überflüssig machte. Während er die Wirkung der auf das Make-up des Schakals verwandten halbstündigen Arbeit studierte, begann er plötzlich in der Kiste zu kramen und holte eine Perücke hervor.
»Was halten Sie hiervon?« fragte er.
Die Perücke war eisengrau und *en brosse* geschnitten.
»Meinen Sie, daß Ihr eigenes Haar, in dieser Länge geschnitten und in diesem Ton gefärbt, so aussehen könnte?«

Der Schakal nahm die Perücke und sah sie sich näher an. »Wir können es ja versuchen und dann sehen, wie es auf dem Foto wirkt«, schlug er vor.
Und es klappte. Nachdem er sechs Aufnahmen von seinem Kunden gemacht hatte, kam der Belgier mit einer Anzahl feuchter Abzüge aus der Dunkelkammer. Gemeinsam beugten sie sich über den Tisch, auf dem ihnen das Gesicht eines alten, erschöpften Mannes entgegenstarrte. Seine Haut war aschgrau, und die dunklen Ringe unter seinen Augen zeugten von Müdigkeit und Schmerz. Der Mann war bartlos, aber das graue Haupthaar ließ darauf schließen, daß er ein Fünfziger sein mußte, und noch dazu kein sonderlich robuster Fünfziger.
»Ich glaube, es wird gehen«, meinte der Belgier.
»Das Dumme ist nur, daß Sie eine halbe Stunde lang mit allen möglichen Kosmetika an mir herumarbeiten mußten, um diesen Effekt zu erzielen. Dazu kam dann noch die Perücke. Ich kann das unmöglich alles selbst schaffen. Dabei haben wir hier künstliches Licht, während ich die Papiere, die ich benötige, bei Tageslicht vorweisen muß.«
»Aber genau das ist nicht der Punkt, um den es sich dreht«, erwiderte der Belgier rasch. »Es geht weniger darum, daß Sie nicht der genaue Abklatsch des Fotos sind, sondern vielmehr darum, daß das Foto nicht der genaue Abklatsch von Ihnen ist. Das Gehirn eines Mannes, der Ausweise kontrolliert, arbeitet folgendermaßen: Zuerst sieht er dem Inhaber des Ausweises ins Gesicht, dann verlangt er die Papiere. Und dann schaut er sich das Foto an. Der erste Eindruck von dem Gesicht des vor ihm stehenden Mannes hat sich ihm schon eingeprägt. Das beeinflußt sein Urteil. Er achtet auf übereinstimmende, nicht auf abweichende Details.
Zweitens mißt dieser Abzug hier zwanzig mal fünfundzwanzig Zentimeter, während das Foto auf der Identitätskarte nicht größer als drei mal vier sein wird. Drittens sollte eine allzu genaue Ähnlichkeit vermieden werden. Wenn die Karte schon vor einigen Jahren ausgestellt wurde, ist es ganz ausgeschlossen, daß der Mann sich inzwischen kein bißchen verändert haben sollte. Auf dem Foto hier haben wir Sie in einem offenen gestreiften Hemd mit festem Kragen. Vermeiden Sie es zum Beispiel, dieses Hemd oder überhaupt Hemden mit offenem Kragen anzuziehen. Tragen Sie eine Krawatte, ein Halstuch oder einen Sweater mit Rollkragen.
Und schließlich ist keine der Veränderungen, die ich an Ihnen vorgenommen habe, schwer zu simulieren. Die Hauptsache ist selbst-

verständlich das Haar. Es muß einen Bürstenschnitt bekommen und grau gefärbt werden – vielleicht sogar noch grauer als auf dem Foto, aber jedenfalls nicht weniger grau –, bevor Sie das Foto vorweisen. Lassen Sie sich, um den Eindruck von Alter und Hinfälligkeit zu verstärken, einen drei Tage alten Stoppelbart stehen. Rasieren Sie sich dann mit einem Klapprasiermesser, aber schlecht, und schneiden Sie sich an ein paar Stellen. Alte Männer tun das häufig. Und was die Haut betrifft – also die ist sehr wichtig. Um Mitleid zu erregen, muß sie grau und schlaff wirken, möglichst wächsern und kränklich aussehen. Können Sie sich ein paar Stückchen Kordit besorgen?«
Der Schakal hatte den Ausführungen des Fälschers voller Bewunderung gelauscht, wenngleich sein Gesicht davon nichts verriet. Zum zweitenmal an ein und demselben Tag war er einem Profi begegnet, der sich auf seinem Gebiet wirklich auskannte. Er beschloß, sich Louis in angemessener Form erkenntlich zu zeigen – nachdem der Job erledigt war.
»Das müßte sich schon machen lassen«, sagte er zurückhaltend.
»Zwei oder drei Körnchen Kordit, zerkaut hinuntergeschluckt, erzeugen innerhalb einer halben Stunde ein Gefühl leichter Übelkeit, das unbehaglich, aber nicht weiter schlimm ist. Sie bewirken außerdem, daß die Gesichtshaut grau und schweißig wird. Wir haben diesen Trick in der Armee angewandt, wenn wir uns vor Extradienst oder Gewaltmärschen drücken wollten.«
»Herzlichen Dank für die Information. Und was das andere betrifft – glauben Sie, daß Sie die Papiere rechtzeitig liefern können?«
»Rein technisch gesehen, dürfte es kein Problem darstellen. Die einzige Schwierigkeit, die noch verbleibt, ist die Beschaffung eines Originals des zweiten französischen Dokuments. Da wird die Zeit vielleicht ein wenig knapp werden. Aber wenn Sie in den ersten Augusttagen zurückkommen, kann ich sie, glaube ich, allesamt für Sie fertig haben. Sie – äh – sprachen von einer Anzahlung zur Deckung der Unkosten . . .«
Der Schakal griff in die Innentasche seiner Jacke und zog ein einzelnes Bündel von zwanzig Fünfpfundnoten hervor, das er dem Belgier überreichte.
»Wie setze ich mich mit Ihnen wieder in Verbindung?« fragte er.
»Auf die gleiche Weise wie heute, würde ich vorschlagen.«
»Das ist mir zu unsicher. Womöglich ist mein Kontaktmann unerreichbar oder gerade nicht in der Stadt. Ich hätte dann keine Möglichkeit, Sie zu finden.«

Der Belgier überlegte kurz und sagte dann: »Ich werde an jedem der drei ersten Augusttage von 18 bis 19 Uhr in der Bar, in der wir uns heute getroffen haben, auf Sie warten. Wenn Sie nicht kommen, ist die Sache, was mich betrifft, abgeblasen.«
Der Engländer hatte die Perücke abgenommen und sich mit einem in eine Abschminkflüssigkeit getauchten Handtuch das Gesicht abgewischt. Schweigend band er sich die Krawatte und schlüpfte in seine Jacke. Dann wandte er sich an den Belgier.
»Es gibt da ein paar Dinge, über die zwischen uns keine Mißverständnisse aufkommen sollten«, sagte er. Seine Stimme, aus der alle Freundlichkeit gewichen war, klang jetzt kalt, und das Grau seiner auf den Belgier gerichteten Augen hatte den farblos-bleichen Ton undurchsichtiger Nebelschwaden. »Wenn Sie alles besorgt und erledigt haben, werden Sie sich, wie vereinbart, in der Bar einfinden. Sie werden mir den neuen Führerschein liefern und die aus dem alten entfernte Seite zurückgeben, desgleichen mir alle Negative und Abzüge der Fotos, die Sie eben aufgenommen haben, aushändigen. Sie werden den Namen Duggan wie auch den des ursprünglichen Eigentümers dieses Führerscheins vergessen. Den Namen auf den beiden französischen Ausweisen, die Sie anfertigen werden, können Sie nach eigenem Gutdünken aussuchen, vorausgesetzt, daß er einfach und in Frankreich gebräuchlich ist. Nachdem Sie mir die beiden Ausweise ausgehändigt haben, werden Sie auch diesen Namen vergessen. Sie werden mit niemandem über diesen Auftrag sprechen. Falls Sie gegen irgendeine dieser Bedingungen verstoßen, werden Sie sterben. Haben wir uns verstanden?«
Der Belgier starrte ihn ein paar Sekunden lang wortlos an. In den vergangenen drei Stunden war er zu der Auffassung gelangt, daß es sich bei dem Engländer um einen nicht sonderlich bedeutenden Kunden handelte, der nichts weiter vorhatte, als in Großbritannien einen Wagen zu fahren und sich in Frankreich aus irgendwelchen persönlichen Gründen als älterer Mann zu verkleiden. Vielleicht ein Schmuggler, der Rauschgift oder Diamanten von einem einsamen bretonischen Fischerdorf nach England transferierte. Aber eigentlich doch ein recht sympathischer Typ. Jetzt änderte er seine Meinung.
»Voll und ganz, Monsieur«, sagte er.
Wenige Sekunden später war der Engländer in die Dunkelheit der Nacht hinausgetreten. Erst fünf Querstraßen weiter nahm er ein Taxi, das ihn zum Amigo zurückbrachte. Es war Mitternacht, als er dort ankam. Er ließ sich eine Flasche Mosel und ein kaltes Brat-

hähnchen aufs Zimmer bringen, badete ausgiebig, um die letzten Spuren des Make-up zu beseitigen, und ging schlafen.
Am anderen Morgen zahlte er die Hotelrechnung und bestieg den Brabant-Expreß nach Paris. Es war der 22. Juli.

Um die gleiche Zeit saß der Chef des Aktionsdienstes des SDECE an seinem Schreibtisch und blickte auf die beiden Schriftstücke, die vor ihm lagen. Es handelte sich um Kopien zweier von Agenten oder anderen Dienststellen übermittelter Routineberichte. Beide trugen oben auf der Seite eine Verteilerliste mit den Namen der zu ihrer Lektüre autorisierten Abteilungschefs. Sie enthielten auch seinen eigenen Namen, der mit einem Kreuzchen versehen war. Beide Berichte waren an diesem Morgen eingetroffen, und normalerweise würde Oberst Rolland sie überflogen, ihren Inhalt irgendwo in seinem unglaublichen Gedächtnis gespeichert und die Berichte dann unter verschiedenen Stichwörtern abgelegt haben. Aber es hatte da einen Namen gegeben, der in beiden Berichten aufgetaucht war, einen Namen, der seine Aufmerksamkeit erregte.
Bei dem Bericht, der zuerst eingetroffen war, handelte es sich um ein abteilungsinternes Memorandum von R 3 (Westeuropa), das die Zusammenfassung einer Meldung ihres ständigen Büros in Rom enthielt. Sie besagte, daß Rodin, Montclair und Casson noch immer in ihrer Zimmerflucht im obersten Stockwerk des römischen Hotels hockten, wo sie sich nach wie vor von acht Fremdenlegionären bewachen ließen. Sie hatten das Gebäude, seit sie am 18. Juni eingezogen waren, nicht ein einziges Mal verlassen. Aus Paris waren zusätzliche Beamte der Abteilung R 3 nach Rom beordert worden, um die dortigen Agenten bei der Tag und Nacht aufrechterhaltenen Überwachung des Hotels zu unterstützen. Die Anweisungen aus Paris lauteten unverändert dahingehend, daß nichts unternommen, die Beobachtung jedoch fortgesetzt werden solle. Drei Wochen zuvor hatten die Männer im Hotel ein bestimmtes Schema festgelegt, nach welchem sie die Verbindung mit der Außenwelt aufrechtzuerhalten pflegten (siehe R 3 / Rom-Bericht vom 30. Juni), und es seither beibehalten. Der Kurier war stets Viktor Kowalsky.
Oberst Rolland nahm den ledernen Aktenordner zur Hand, der neben der abgesägten 10,5-cm-Granatenhülse lag, die ihm als Aschenbecher diente und schon jetzt von »Disque Bleue«-Stummeln halb gefüllt war, und schlug ihn auf. Sein Blick glitt rasch über die Zeilen des R 3 / Rom-Berichts vom 30. Juni, bis er den Absatz fand, den er gesucht hatte.

Täglich, so hieß es da, verließ einer der Wachposten das Hotel und ging aufs Hauptpostamt. Dort war ein offenes *Poste Restante*-Fach auf den Namen eines gewissen Poitiers reserviert. Die OAS hatte, offenbar aus Furcht, es könnte ausgeraubt werden, kein mit einem Schlüssel versehenes Postfach genommen. Die gesamte für die Männer an der Spitze der OAS bestimmte Post war an Poitiers adressiert und wurde vom diensttuenden Beamten am *Poste Restante*-Schalter verwahrt. Ein Versuch, den Mann durch Bestechung dazu zu bewegen, die Post einem Agenten von R 3 auszuhändigen, schlug fehl. Der Beamte hatte seinen Vorgesetzten das ihm gestellte Ansinnen gemeldet und war durch einen dienstälteren Kollegen ersetzt worden. Möglich, daß die Post für Poitiers jetzt von der italienischen Sicherheitspolizei kontrolliert wurde, aber R 3 war angewiesen, sich nicht mit der Bitte um Zusammenarbeit an die Italiener zu wenden. Der Versuch, den Beamten zu bestechen, war zwar fehlgeschlagen, aber man hatte geglaubt, die Initiative ergreifen zu müssen. Jeden Tag wurde die über Nacht im Postamt eingetroffene Post dem Leibwächter ausgehändigt, der als ein Viktor Kowalsky, ehemaliger Korporal der Fremdenlegion und Angehöriger der von Rodin in Indochina geführten Kompanie, identifiziert war. Kowalsky mußte offenbar über entsprechende falsche Papiere, die ihn gegenüber dem Postamt als Poitiers auswiesen, oder über eine Vollmacht verfügen, die vom Postamt akzeptiert wurde. Wenn Kowalsky Briefe aufzugeben hatte, pflegte er neben dem Briefkasten in der Haupthalle des Gebäudes bis fünf Minuten vor der Entleerung auszuharren, die Briefe durch den Schlitz zu werfen und dann wiederum abzuwarten, bis der Kasten geleert und sein Inhalt zum Sortieren in die hinteren Räume des Gebäudes gebracht wurde. Jedweder Versuch, in den Prozeß der Absendung oder des Empfangs von OAS-Post einzugreifen, würde notwendig mit einem Grad an Gewalttätigkeit verbunden sein, wie er von Paris ausdrücklich untersagt worden war. Zuweilen führte Kowalsky von der für Überseegespräche vorgesehenen Zelle aus Ferngespräche, aber auch hier waren alle Versuche, die angerufene Nummer in Erfahrung zu bringen oder das Gespräch abzuhören, fehlgeschlagen.

Oberst Rolland klappte den Lederdeckel des Aktenordners zu und nahm sich auch den zweiten der beiden an diesem Morgen eingetroffenen Berichte nochmals vor. Es war ein Polizeibericht der *Police Judiciaire* in Metz, aus dem hervorging, daß bei der routinemäßig durchgeführten Razzia einer Bar ein Mann vernommen worden sei, der dabei zwei Polizisten angeschossen habe. Auf der Polizeiwache sei besagter Mann aufgrund seiner Fingerabdrücke als der fahnenflüchtige Fremdenlegionär Sandor Kovacs, ein 1956 aus Budapest geflohener gebürtiger Ungar, identifiziert worden. Kovacs, das besagte eine von der PJ Paris am Schluß des Berichts aus Metz angefügte Notiz, sei ein berüchtigter OAS-Bandit, der wegen seiner Mittäterschaft an einer Serie terroristischer Morde an staatsloyalen Beamten der algerischen Distrikte Bone und Constantine seit 1961 gesucht werde. Zu jener Zeit habe er vorwiegend gemeinsam mit einem anderen bis heute nicht gefaßten OAS-Killer operiert, einem ehemaligen Korporal der Fremdenlegion namens Viktor Kowalsky. Ende der Mitteilung.

Rolland sann nochmals über die zwischen den beiden Männern bestehende Verbindung nach, wie er dies schon in der vergangenen Stunde getan hatte. Schließlich drückte er einen Knopf des Sprechgeräts und antwortete auf das aus dem Apparat dringende *»Oui, mon colonel?«*:

»Bringen Sie mir die Personalakte Kowalsky, Viktor, sofort.«

Innerhalb von zehn Minuten lag ihm die aus dem Archiv herbeigeholte Akte Kowalsky vor, und er verbrachte eine weitere Stunde mit deren Lektüre. Mehrmals kehrte sein Blick zu einem ganz bestimmten Satz zurück. Während andere, in weniger aufreibenden Berufen beschäftigte Pariser unten auf den Trottoirs den Bistros und Cafeterias entgegenstrebten, in denen sie ihr Mittagsmahl einzunehmen pflegten, beraumte Oberst Rolland eine dienstliche Besprechung an, bei der außer ihm selbst sein persönlicher Sekretär, ein Schriftsachverständiger der drei Stockwerke tiefer untergebrachten Dokumentationsabteilung sowie zwei Gorillas seiner privaten Prätorianergarde anwesend waren.

»Meine Herren«, sagte er, »mit unfreiwilliger, aber unerläßlicher Unterstützung eines hier nicht Anwesenden werden wir jetzt einen Brief entwerfen, schreiben und abschicken.«

Fünftes Kapitel

Kurz vor 13 Uhr lief der Brabant-Expreß in die Gare du Nord ein. Der Schakal nahm sich ein Taxi, das ihn zu einem kleinen, jedoch ungemein behaglichen Hotel in der von der Place de la Madeleine abgehenden Rue de Suresne brachte. Es war kein Hotel in der Preislage des D'Angleterre in Kopenhagen oder des Brüsseler Amigo, aber der Schakal hatte seine Gründe, die ihn für die Dauer dieses Aufenthalts in Paris ein bescheideneres und weniger bekanntes Haus vorziehen ließen. Da war einmal der Umstand, daß er längere Zeit bleiben würde, und zum anderen die weitaus größere Wahrscheinlichkeit, hier in Paris jemandem, der ihn in London unter seinem richtigen Namen flüchtig gekannt haben mochte, zufällig wiederzubegegnen, als in Kopenhagen oder Brüssel. Draußen auf der Straße würden die dunklen Gläser seiner Brille, die im strahlenden Sonnenlicht der Boulevards zu tragen ganz normal war, seine Identität hinreichend schützen. Die mögliche Gefahr bestand darin, auf dem Korridor oder in der Halle eines Hotels gesehen zu werden. Was er in dieser Phase um jeden Preis vermeiden wollte, das war, von irgend jemandem mit einem fröhlichen »Na so was – Sie hier wiederzusehen!« angehalten und womöglich in Hörweite eines Empfangschefs, der ihn als Mr. Duggan kannte, mit seinem richtigen Namen angesprochen zu werden.

Nicht daß sein Aufenthalt in Paris in irgendeiner Weise geeignet war, Aufmerksamkeit zu erregen. Er verbrachte seine Tage mit der beflissenen Geschäftigkeit eines Touristen. Am ersten Tag kaufte er sich einen Stadtplan von Paris, auf dem er anhand eines mitgebrachten kleinen Notizbuchs die Plätze und Bauwerke, die er unbedingt sehen wollte, ankreuzte. Diese besuchte und besichtigte er sodann mit bemerkenswerter Ausdauer, wobei er der architektonischen Schönheit sein besonderes Augenmerk widmete oder doch, wo von solcher nicht die Rede sein konnte, ihrer historischen Bedeutung ständig eingedenk war.

Er verbrachte drei Tage damit, in der unmittelbaren Umgebung des Arc de Triomphe umherzustreifen oder das Bauwerk und die Dächer der die Place de l'Etoile säumenden Gebäude von der Terrasse des Café de l'Elysée aus in Augenschein zu nehmen. Wer ihm in jenen Tagen nachspioniert hätte (was niemand tat), wäre überrascht gewesen, daß sogar die Architektur des verdienstvollen Monsieur Haussmann einen so glühenden Bewunderer gefunden haben sollte. Gewiß hätte kein noch so scharfer Beobachter auch nur ahnen können, daß der gepflegt aussehende, elegant gekleidete englische Tourist, der in seinem Kaffee rührte und stundenlang unverwandt zu den Dächern der umstehenden Gebäude hinaufstarrte, insgeheim Schußwinkel, Entfernungen von den oberen Stockwerken bis zur Ewigen Flamme, die unter dem Triumphbogen flackerte, und die Chancen, über Feuerleitern zu entkommen und unerkannt in der flanierenden Menschenmenge unterzutauchen, berechnete.

Nach drei Tagen verließ er die Gegend des Etoile und besuchte die Gedenkstätte für die Märtyrer der französischen Résistance auf dem Montvalérien. Hier traf er mit einem Blumenstrauß ein; und ein Wärter, den diese Geste gegenüber seinen ehemaligen Résistance-Kameraden von seiten eines Engländers rührte, veranstaltete ihm zu Ehren eine ausgedehnte Einzelführung durch die Gedenkstätte. Er dürfte kaum bemerkt haben, daß der Blick des Besuchers immer wieder von deren Portal fort- und zu den hohen Gefängnismauern hinüberwanderte, die jede Möglichkeit, von den Dächern der umgebenden Gebäude aus direkte Einsicht in den Hof zu nehmen, verwehrten. Nach zwei Stunden verabschiedete er sich mit einem höflichen »Thank you« sowie einem großzügigen, aber nicht exzessiven Trinkgeld.

Er suchte auch die Place des Invalides auf, die von dem an ihrem südlichen Ende gelegenen Invalidendom, der Herberge der Grabstätte Napoleons und dem Hort des Ruhms der französischen Armee, beherrscht wird. Die von der Rue Fabert gebildete Westseite des weiten Platzes interessierte ihn am meisten, und einen ganzen Vormittag lang saß er vor dem Eckcafé, das sich dort befindet, wo die Rue Fabert an die kleine dreckige Place de Santiago du Chili grenzt. Vom siebten oder achten Stockwerk des hinter ihm befindlichen Gebäudes aus – dem Eckhaus Nr. 146 der die Rue Fabert in einem Winkel von neunzig Grad schneidenden Rue de Grenelle – mußte ein Scharfschütze seiner Schätzung nach die Vorgärten des Hôtel des Invalides, den Eingang zum inneren Hof, den größten Teil der Place des Invalides sowie zwei oder drei Straßen kontrollieren können. Ein für Nachhuten zu hinhaltendem letztem Widerstand, nicht aber ein für Attentate geeigneter Ort. Zum einen betrug die Entfernung zwischen den oberen Fenstern und dem kiesbestreuten Weg, der vom Invaliden-Palast dorthin führte, wo die Wagen am Fuß der Treppe zwischen den beiden Tanks vorfahren würden, mehr als zweihundert Meter. Zum anderen würde die Sicht von den Fenstern des Hauses Nr. 146 aus zum Teil durch die obersten Zweige der Lindenbäume, mit denen die Place de Santiago dicht bepflanzt war und von denen die Tauben ihren grauweißen Tribut der geduldigen Statue Vaubans auf die Schultern fallen ließen, beeinträchtigt sein. Schweren Herzens zahlte er seinen Vittel Menthe und ging.

Einen Tag verbrachte er in der unmittelbaren Umgebung der Kathedrale von Notre-Dame. Hier, im Labyrinth der Ile de la Cité, gab es Hintertreppen, -höfe und schmale Gänge, aber die Entfer-

nung vom Portal der Kathedrale zu den am Fuß der Treppe geparkten Wagen betrug nur wenige Meter, und die Dächer der Gebäude an der Place Parvis waren zu weit weg, die derjenigen am winzigen Square Charlemagne dagegen zu nah und von den Sicherheitskräften auch allzu leicht durch Beobachter zu kontrollieren.
Sein letzter Besuch galt dem Platz am südlichen Ende der Rue de Rennes, den er am 28. Juli in Augenschein nahm. Ehedem Place de Rennes genannt, war der Platz, als die Gaullisten die Macht im Hotel de Ville übernahmen, in »Place du 18 Juin 1940« umbenannt worden. Der Schakal ließ seinen Blick zu dem nagelneuen Straßenschild an der Hausmauer wandern, und die Erinnerung an etwas, wovon er im vergangenen Monat gelesen hatte, stellte sich wieder ein. Der 18. Juni 1940 war der Tag gewesen, an welchem der einsame, aber stolze Mann im Londoner Exil sich an das Mikrophon begeben hatte, um den Franzosen zu verkünden, daß sie zwar eine Schlacht, nicht aber den Krieg verloren hatten.
Irgend etwas an diesem für die Pariser der Kriegsgeneration von Erinnerungen erfüllten Platz, mit der gedrungenen Masse der Gare Montparnasse an seiner Südseite, veranlaßte den Schakal stehenzubleiben. Sein Blick umfaßte die weite, asphaltierte Fläche, die jetzt vom Mahlstrom des den Boulevard du Montparnasse entlang dröhnenden und sich mit anderen Strömen aus der Rue d'Odessa und der Rue de Rennes vereinigenden Verkehrs gekreuzt wurde. Er sah zu den hohen, schmalen Häusern zu beiden Seiten der Rue de Rennes zurück, deren Fenster ebenfalls auf den Platz hinausgingen. Langsam umschritt er ihn bis zur Südseite und schaute durch die Gitterstäbe des Geländers in den Innenhof der Gare Montparnasse. Der Hof war erfüllt vom Lärm der Taxis und Privatwagen, die täglich Zehntausende von Pendlern vom Bahnhof abholten oder zu ihm brachten. Länger als ein halbes Jahrhundert hindurch einer der großen Pariser Kopfbahnhöfe, sollte er noch in jenem Winter zu einem stummen Klotz werden, der über den menschlichen und geschichtlichen Ereignissen brütete, die in seinen rauchgeschwärzten Hallen stattgefunden hatten. Der Bahnhof war zum Abbruch vorgesehen*.
Der Schakal drehte dem Geländer den Rücken zu und blickte nach Norden die breite Rue de Rennes hinauf. Vor ihm lag die Place du 18 Juin 1940 – der Platz, an welchem, dessen war er ganz si-

---

* Anm. d. Verf.: Die Fassade der alten Gare Montparnasse wurde 1964 abgerissen, um einem Hochhaus Platz zu machen. Das neue Bahnhofsgebäude erhebt sich heute etwa 500 m südwestlich davon.

cher, Charles de Gaulle sich am vorgesehenen Tag ein letztes Mal einfinden würde. Was das betraf, stellten die anderen Plätze, die er in der vergangenen Woche aufgesucht hatte, bloße Möglichkeiten dar; dieser dagegen, darüber bestand keinerlei Zweifel, bedeutete eine Gewißheit. In Kürze würde es keine Gare Montparnasse mehr geben; die Arkaden, die auf so vieles hinabgeblickt hatten, würden verschwinden, und der Vorhof, der die Schmach der abziehenden Besatzer und die Befreiung von Paris erlebt hatte, würde einer Cafeteria für Büroangestellte weichen. Aber bevor das geschah, würde er, der Mann im *képi* mit den beiden goldenen Sternen, noch einmal hier erscheinen. Indes betrug die Entfernung vom obersten Stockwerk des Eckhauses auf der Westseite der Rue de Rennes bis zur Mitte des Vorhofs etwa hundertdreißig Meter...

Der Schakal musterte die Stadtlandschaft vor ihm mit geübtem Auge. Beide Eckhäuser der Rue de Rennes, die sich dort befanden, wo die Straße in den Platz einmündete, boten ganz offenkundig die günstigsten Möglichkeiten. Die nächsten drei Häuser, weiter die Straße hinauf, offerierten einen engen Schußwinkel in den Vorhof zum Bahnhof und kamen ebenfalls in Frage. Jenseits dieser Häuser wurde der Winkel zu eng. Desgleichen waren die ersten drei Gebäude am Boulevard du Montparnasse, der den Platz in gerader ost-westlicher Richtung kreuzte, geeignet. Hinter ihnen wurde der Winkel wiederum zu eng und die Entfernung zu groß. Sonstige Gebäude, die den Platz beherrschten und nicht zu weit entfernt waren, gab es nicht – es sei denn, das Bahnhofsgebäude selbst. Aber das würde abgesperrt und sein oberes Stockwerk mit den auf den Vorhof hinausgehenden Fenstern von Sicherheitsbeamten besetzt sein. Der Schakal beschloß, als erstes die drei Eckhäuser auf der westlichen Seite der Rue de Rennes näher in Augenschein zu nehmen, und schlenderte zu einem auf der Ostseite gelegenen Eckcafé, dem Café Duchesse Anne, hinüber.

Hier nahm er, nur wenige Meter vom lärmenden Straßenverkehr entfernt, auf der Terrasse Platz, bestellte sich einen Kaffee und starrte zu den Häusern auf der anderen Straßenseite hinüber. Er blieb drei Stunden. Später lunchte er in der gegenüberliegenden Hansi Brasserie Alsacienne und studierte die Häuserfronten der Ostseite. Nach dem Essen schlenderte er auf und ab und machte sich mit den Eingängen der in Frage kommenden Apartmenthäuser vertraut. Auf diese Weise gelangte er schließlich bis zu den ersten Häusern des Boulevard du Montparnasse, die jedoch Büros neue-

ren Datums beherbergten und von geschäftigem Leben erfüllt waren.
Am nächsten Tag war er wieder da, schlenderte an den Häuserfronten entlang, kreuzte die Fahrbahn, um sich unter den Bäumen auf eine der Straßenbänke zu setzen und nochmals die oberen Stockwerke zu inspizieren. Fünf- oder sechsgeschossige Steinfassaden, gekrönt von einem umgitterten First, dann die steile, von Mansardenfenstern unterbrochene Schräge des mit schwarzen Ziegeln gedeckten Dachstuhls, der ehedem die Unterkünfte der Dienstboten beherbergte und jetzt ärmeren Pensionären als Wohnung diente. Die Dächer, und möglicherweise auch die Mansarden, würden an dem betreffenden Tag vermutlich überwacht werden. Es mochte sogar Beobachtungsposten auf den Dächern geben, die, den Feldstecher auf die gegenüberliegenden Fenster und Dächer gerichtet, zwischen den Kamingruppen umherkrochen. Aber die Höhe des unmittelbar unter dem Dachboden gelegenen obersten Stockwerks war ausreichend, vorausgesetzt, man konnte weit genug vom Fenster weg im Schatten sitzen, um nicht vom gegenüberliegenden Haus aus gesehen zu werden. In der schwülen Hitze jenes Sommers würde das offene Fenster nicht auffallen. Aber je weiter man den Stuhl ins Zimmer hinein rückte, desto enger wurde der Schußwinkel zum Vorhof des Bahnhofs hinunter. Aus diesem Grund schied das jeweils dritte Haus zu beiden Seiten der Rue de Rennes aus. Damit blieben dem Schakal vier Häuser, unter denen er wählen konnte. Da es zu der Tageszeit, zu welcher er seiner Schätzung nach zum Schuß käme, Nachmittag sein und die Sonne bereits im Westen, aber immer noch hoch genug am Himmel stehen würde, um über das Dach des Bahnhofsgebäudes hinweg in die Fenster der auf der Ostseite der Straße gelegenen Häuser zu scheinen, entschied er sich schließlich für eines auf der Westseite. Um ganz sicher zu gehen, wartete er an jenem 29. Juli bis 16 Uhr und stellte fest, daß die Sonne die obersten Fenster der Häuser auf der Westseite nur mit einem schrägen Strahl erreichte, die Häuser auf der Ostseite dagegen noch immer voll beschien.
Am nächsten Tag bemerkte er die Concierge. Es war der dritte Tag, an dem er entweder auf einer Caféterrasse oder auf einer Straßenbank saß, und er hatte sich eine Bank ausgesucht, die nur wenige Meter von den Eingängen der beiden Mietshäuser entfernt war, für die er sich noch immer interessierte. Ein paar Schritte hinter ihm und nur durch die Breite des Bürgersteigs, über den endlose Schwärme von Passanten dahineilten, von ihm getrennt,

saß die Concierge in ihrem Hauseingang und strickte. Einmal kam ein Kellner aus einem benachbarten Café zu einem Plausch herübergeschlendert. Er nannte die Concierge Madame Berthe. Es war eine reizende Idylle, der Tag war warm, die Sonne strahlte und reichte, solange sie noch im Südosten und Süden über dem Bahnhofsdach auf der anderen Seite des Platzes hoch am Himmel stand, zwei bis drei Meter weit in den dunklen Hauseingang hinein. Die Concierge war eine gemütvolle großmütterliche Person, und aus der Art, wie sie »*Bonjour Monsieur*« flötete, wenn gelegentlich jemand das Mietshaus verließ oder betrat, wie auch aus dem fröhlichen »*Bonjour, Madame Berthe*«, das sie jedesmal zur Antwort erhielt, schloß der auf der fünf Meter entfernten Straßenbank sitzende Beobachter, daß sie beliebt sein mußte. Eine mitleidige Natur, die für die weniger gut Weggekommenen dieser Erde ein Herz hatte: Kurz nach 14 Uhr erschien eine Katze, und innerhalb weniger Minuten kam Madame Berthe, die vorübergehend ihre Portiersloge im hinteren Teil des Parterres aufgesucht hatte, mit einer Untertasse voll Milch für das Tier, das sie »ma petite Minette« nannte, zurück.

Kurz vor 16 Uhr packte sie ihr Strickzeug zusammen, steckte es in eine der geräumigen Taschen ihrer Schürze und schlurfte auf ihren Pantoffeln die Straße hinunter zur Bäckerei. Der Schakal stand von der Bank auf und betrat das Mietshaus. Er zog es vor, statt des Aufzugs die Treppen zu benutzen, und rannte lautlos nach oben.

Die Treppen umliefen den Liftschacht und erreichten bei jeder zum hinteren Teil des Gebäudes führenden Wendung einen kleinen Absatz. Auf jedem zweiten Stockwerk gelangte man von diesem Absatz aus durch eine Tür in der hinteren Mauer des Hauses zu einer eisernen Feuertreppe. Vor dem sechsten – dem obersten – Stock, über dem sich lediglich der Dachboden befand, öffnete der Schakal diese Tür und blickte hinunter. Die Feuertreppe führte in einen Innenhof, auf den die Hintereingänge der anderen Häuser gingen, welche die Ecke des hinter ihm befindlichen Platzes bildeten. Auf der gegenüberliegenden Seite des Hofs wurde die Masse der Gebäude von einer nach Norden verlaufenden schmalen, überdachten Passage unterbrochen.

Der Schakal schloß die Tür leise, schob den Riegel wieder vor und stieg die letzte halbe Treppe zum sechsten Stock hinauf. Von hier aus führte am Ende des Korridors eine schmalere Treppe zu den oberen Dachböden. Der Korridor hatte zwei Türen zu Wohnungen, die auf den inneren Hof hinausgingen, und zwei weitere zu

Wohnungen im vorderen Teil des Hauses. Sein Orientierungssinn sagte ihm, daß eine dieser beiden Wohnungen Fenster haben müsse, die auf die Rue de Rennes oder halb seitlich zum Platz und darüber hinaus zum Vorhof des Bahnhofs hinausgingen. Das waren die Fenster, die er so lange von der Straße aus beobachtet hatte.
Auf dem einen der Namenschilder neben den Klingelknöpfen der beiden vorderen Wohnungen stand »Mlle Béranger«, auf dem anderen »M et Mme Charrier«. Er lauschte einen Augenblick, aber aus keiner der Wohnungen drang ein Laut. Er untersuchte die Schlösser; beide waren in das Holz eingelassen, das überaus hart und von beträchtlicher Stärke war. Die Schloßzapfen an den Innenseiten der Türen waren vermutlich von der Art jener stählernen Riegel, wie sie die um ihre Sicherheit so besorgten Franzosen bevorzugten, und wahrscheinlich auch von der doppelt verschließbaren Sorte. Er würde Schlüssel benötigen, von denen Mme Berthe gewiß irgendwo in ihrer kleinen Loge für jede Wohnung mindestens einen verwahrte.
Ein paar Minuten später lief er die Treppe, über die er hinaufgekommen war, lautlos wieder hinunter. Alles in allem hatte er sich keine fünf Minuten lang in dem Haus aufgehalten. Die Concierge war inzwischen zurückgekehrt. Durch die Milchglasscheibe der Tür zu ihrer Loge sah er im Vorübergehen flüchtig ihre verschwommenen Umrisse. Im nächsten Augenblick hatte er sich nach rechts gewendet und mit großen Schritten den von einem Bogen überwölbten Hauseingang erreicht.
Er ging nach links ein Stück weit die Rue de Rennes hinauf, kam an zwei weiteren Mietshäusern und einem Postamt vorbei und bog, der Fassade des Postamts noch immer folgend, in die erste Querstraße – die Rue Littré – ein. Am Ende des Postgebäudes befand sich eine enge, überdachte Passage. Der Schakal blieb stehen, um sich eine Zigarette anzuzünden, und blickte, während die Flamme aufflackerte, verstohlen die Passage entlang. Sie führte zu dem von der Nachtschicht der Telefonvermittlung benutzten Hintereingang des Postamtes. Jenseits des tunnelartigen Durchgangs war ein sonnenbeschienener Hinterhof zu sehen. Auf der gegenüberliegenden beschatteten Seite konnte er die letzten Sprossen der Feuerleiter des Hauses erkennen, das er gerade verlassen hatte. Der Schakal machte einen tiefen Zug aus seiner Zigarette und ging weiter. Er hatte seinen Fluchtweg entdeckt.
Am Ende der Rue Littré wandte er sich wiederum nach links und folgte der Rue de Vaugirard bis zum Boulevard du Montparnasse.

Er hatte die Ecke erreicht und hielt, den Boulevard hinauf- und hinunterblickend, Ausschau nach einem freien Taxi, als ein Polizei-Motorradfahrer heranbrauste, seine Maschine aufbockte und von der Mitte der Kreuzung aus den Verkehr anzuhalten begann. Mit schrillen Pfiffen seiner Trillerpfeife stoppte er alle aus der Rue de Vaugirard wie auch die aus der Richtung des Bahnhofs den Boulevard hinunter kommenden Automobile. Der Gegenverkehr von Duroc her wurde gebieterisch an den rechten Straßenrand verwiesen. Kaum hatte er sämtliche Fahrzeuge zum Stillstand gebracht, als auch schon das entfernte Heulen von Polizeisirenen aus der Richtung Duroc hörbar wurde. Von der Ecke der Rue de Vaugirard aus den Boulevard hinunterblickend, sah der Schakal fünfhundert Meter weiter einen aus dem Boulevard des Invalides kommenden Automobilkonvoi über die Kreuzung der Rue de Sèvres hinweg auf sich zufahren. Vornweg knatterten zwei lederbekleidete Motorradfahrer in weißen Helmen, die im Sonnenlicht blinkten, und ließen ihre Sirenen aufheulen. Hinter ihnen wurden die Haifischmäuler zweier Citroën DS 19 sichtbar. Der Polizist, der mit dem Rücken zum Schakal auf der Kreuzung stand und den Verkehr regelte, wies, den gebeugten rechten Arm mit der Handfläche nach unten über die Brust gelegt und so die Vorfahrt des herannahenden Konvois signalisierend, mit straff ausgestrecktem linkem Arm zur Avenue du Maine.

Nach rechts geneigt, kurvten die beiden Motorradfahrer, gefolgt von den Limousinen, in die Avenue du Maine. Aufrecht hinter dem Fahrer im Fond des ersten Wagens sitzend und starr geradeaus blickend, wurde sekundenlang eine hochgewachsene, mit einem dunkelgrauen Anzug bekleidete Gestalt sichtbar. Der Schakal erhaschte einen flüchtigen Blick auf das hocherhobene Haupt und die unverkennbare Nase, bevor der Konvoi vorbeigebraust war. Das nächstemal, wenn ich dein Gesicht sehe, schwor er der blitzartig entschwundenen Erscheinung, werde ich es scharf eingestellt im Fadenkreuz meines Zielfernrohrs haben.

Dann fand er ein Taxi und ließ sich in sein Hotel zurückfahren.

Ein Stück weiter den Boulevard hinauf, nahe der Métro-Station Duroc, der sie soeben entstiegen war, hatte eine andere Gestalt die Vorbeifahrt des Präsidenten mit mehr als dem üblichen Interesse beobachtet. Sie war im Begriff gewesen, die Straße zu überschreiten, als ein Polizist sie zurückwinkte. Sekunden später schoß der aus dem Boulevard des Invalides kommende Automobilkonvoi über die kopfsteingepflasterte Place Léon Paul Fargue in den Boulevard du Montparnasse. Auch sie hatte das unverkennbare Profil im Fond des ersten Citroën gesehen, und ihre Augen hatten in leidenschaftlichem Haß gefunkelt. Noch als die Wagen lange schon vorübergefahren waren, hatte sie ihnen nachgestarrt, bis sie sah, daß der Polizist sie mißtrauisch von oben bis unten zu mustern begann. Rasch hatte sie ihren Weg zur anderen Straßenseite fortgesetzt.

Jacqueline Dumas war damals sechsundzwanzig Jahre alt und von beträchtlicher Schönheit, die sie vorzüglich zur Geltung zu bringen verstand, da sie als Kosmetikerin in einem teuren Salon hinter den Champs Elysées arbeitete. Am späten Nachmittag des 30. Juli beeilte sie sich, rechtzeitig in ihre bei der Place de Breteuil gelegene kleine Wohnung zurückzukehren, um sich für ihr Rendezvous am Abend zurechtzumachen. Sie wußte, daß sie sich in wenigen Stunden nackt in den Armen ihres Liebhabers finden würde, den sie haßte, und sie wollte so schön aussehen, wie es ihr nur möglich war.

Noch vor wenigen Jahren war das nächste Rendezvous alles gewesen, was in ihrem Leben zählte. Sie stammte aus gutem Haus, und ihre Familie bildete eine engverbundene, von starkem Zusammengehörigkeitsgefühl erfüllte kleine Gruppe. Ihr Vater war ein verdienter Angestellter eines Bankhauses, ihre Mutter die typische Hausfrau und *maman* der französischen Mittelklasse, sie selbst im Begriff, ihren Kosmetikkurs zu beenden, und ihr Bruder Jean-Claude damals dabei, seinen Militärdienst abzuleisten. Die Familie wohnte in dem Pariser Vorort le Vésinet, nicht gerade in dessen bester Gegend, aber doch in einem recht hübschen Haus.

Das Telegramm des Ministeriums der bewaffneten Streitkräfte war eines Tages gegen Ende des Jahres 1959 zum Frühstück gebracht worden. Es besagte, daß der Minister es unendlich bedaure, Madame und Monsieur Dumas vom Tod ihres Sohnes Jean-Claude, Soldat im Ersten Kolonialen Fallschirmjägerregiment in Algerien, Mitteilung machen zu müssen. Seine persönliche Habe werde der schwergetroffenen Familie so rasch wie möglich übersandt werden. Eine Zeitlang war Jacquelines private Welt wie zerstört. Nichts mehr schien einen Sinn zu haben – weder die stille Geborgenheit im Schoß der Familie in le Vésinet noch das Geplauder der anderen Mädchen im Schönheitssalon über den Charme Yves Montands oder *le Rock*, den jüngst aus Amerika importierten Modetanz. Das einzige, was ihr wie eine sich ewig um dieselbe Spule drehende Bandaufnahme im Kopf herumging, war der Gedanke daran, daß der kleine Jean-Claude, ihr so verletzliches und sanftes geliebtes Brüderchen, das Krieg und Gewalttätigkeit immer gehaßt und sich nichts sehnlicher gewünscht hatte, als mit seinen Büchern allein gelassen zu werden, in einem Gefecht irgendwo in einem gottverlassenen algerischen *wadi* erschossen worden war. Sie begann zu hassen. Es waren die Araber, die widerwärtigen, dreckigen und feigen »melons«, die ihr das angetan hatten.

Dann war François gekommen. Ganz plötzlich war er eines Morgens an einem Sonntag im Winter erschienen, als die Eltern das Haus verlassen hatten, um Verwandte zu besuchen. Es war im Dezember gewesen, Schnee hatte auf der Avenue gelegen und auch den Gartenpfad bedeckt. Andere Leute waren blaß und verfroren, und François sah braungebrannt und fit aus. Er fragte, ob er Mademoiselle Jacqueline sprechen könne. Sie sagte »*C'est moi même*«, und was er denn wünsche? Er sagte, daß er den Zug führe, dem der gefallene Soldat Jean-Claude Dumas zugeteilt gewesen sei, und daß er einen Brief zu überbringen habe. Sie bat ihn hereinzukommen.

Der Brief war einige Wochen, bevor Jean-Claude fiel, geschrieben worden, und er hatte ihn auf der Patrouille im Djebel, auf der sie nach einer Bande von Fellachen Ausschau hielten, die eine ganze Siedlerfamilie niedergemacht hatte, in der inneren Brusttasche seiner Uniformjacke verwahrt. Sie hatten die Guerillas nicht aufgespürt, waren aber auf ein Bataillon der ALN, der kampferprobten regulären Truppe der algerischen Nationalbewegung FLN, gestoßen. In der anbrechenden Dämmerung hatte es ein erbittertes Gefecht gegeben, bei dem Jean-Claude einen Lungendurchschuß erhielt. Bevor er starb, übergab er den Brief seinem Zugführer.

Jacqueline las ihn und weinte ein wenig. Der Brief erwähnte die letzen Wochen nicht, sondern beschrieb lediglich das Kasernenleben in Constantine, die Nahkampfübungen und die strenge Disziplin. Den Rest erfuhr sie von François: Er berichtete ihr von dem fünf Kilometer langen Rückmarsch durch das Unterholz, während die ALN sie überholte und einkreiste; von den verzweifelten Funkrufen nach Luftunterstützung und dem Eingreifen der Kampfbomber mit ihren heulenden Triebwerken und donnernden Raketen. Und davon, wie ihr Bruder, der sich freiwillig zum Dienst in einem der härtesten Regimenter gemeldet hatte, um zu beweisen, daß er ein Mann war, auch wie ein solcher zu sterben wußte, während er im Schatten eines Felsbrockens auf die Knie eines Korporals Blut hustete.

François war sehr zartfühlend ihr gegenüber gewesen. Als Mann war er hart wie die Erde der kolonialen Provinz, die ihn in vier Kriegsjahren zum Berufssoldaten gestählt hatte. Aber gegenüber der Schwester eines seiner Männer war er zartfühlend und sanft. Das nahm sie für ihn ein, und so stimmte sie seinem Vorschlag, in Paris zu Abend zu essen, gern zu. Abgesehen davon befürchtete sie, ihre Eltern könnten zurückkehren und sie überraschen. Sie wollte nicht, daß sie erführen, wie Jean-Claude gestorben war, denn beide hatten es verstanden, sich in den seither vergangenen zwei Monaten dem Schmerz zu verschließen und ihr gewohntes Leben weiterzuleben. Beim Essen beschwor sie den Leutnant, ihren Eltern nichts von alldem zu sagen, und er versprach es ihr.

Sie selbst aber konnte nicht genug erfahren über den Krieg in Algerien; sie mußte wissen, was in Wahrheit geschah, worum es in Wahrheit ging, was die Politiker in Wahrheit bezweckten. General de Gaulle hatte im vergangenen Januar als Premierminister die Präsidentschaft erlangt und war von einer Woge vaterländischer Begeisterung als der Mann, der den Krieg beenden und Algerien dennoch Frankreich erhalten würde, in den Elysée-Palast getragen worden. Es geschah aus François' Mund, daß sie erstmals die Bezeichnung »Verräter Frankreichs« für den Mann hörte, den ihr Vater bewunderte.

Solange François' Urlaub währte, trafen sie sich allabendlich nach ihrer Arbeit im Schönheitssalon, in dem sie seit Januar 1960, als sie ihre Kosmetikprüfung abgelegt hatte, beschäftigt war. Er berichtete ihr von dem Verrat an der französischen Armee, von den geheimen Verhandlungen, welche die Pariser Regierung mit Ahmed Ben Bella, dem Führer der FLN, aufgenommen hatte, und von der bevorstehenden Übergabe Algeriens an die *melons*. In der zweiten Januarhälfte war er in seinen Krieg zurückgekehrt, und in Marseille hatte sie noch einmal eine kurze Zeit mit ihm allein verbringen können, als es ihm gelang, eine Woche Urlaub zu erhalten. Seither hatte sie auf ihn gewartet, und in ihren geheimsten Gedanken war er ihr zu einem Symbol alles dessen geworden, was an junger französischer Männlichkeit gut und sauber und aufrichtig war. Sein Foto, das bei Tag und am Abend neben ihrem Bett auf dem Tischchen stand, hielt sie im Schlaf unter dem Nachthemd an ihren Bauch gepreßt. Sie wartete den Herbst und Winter 1960 hindurch auf ihn.

Auf seinem letzten Urlaub im Frühjahr 1961 war er wiederum nach Paris gekommen, und als sie die Boulevards entlangschlender-

ten, er in Uniform, sie in ihrem schönsten Kleid, fand sie, daß er der stärkste, bestgewachsene und hübscheste Mann der Stadt war. Eine ihrer Arbeitskolleginnen hatte sie mit ihm zusammen gesehen, und am nächsten Tag machte die aufregende Nachricht von Jacquis schönem »*para*« im Schönheitssalon die Runde. Sie selbst war gar nicht da; sie hatte ihren Jahresurlaub genommen, um die Zeit ganz mit ihm verbringen zu können.
François war erregt. Es lag etwas in der Luft. Die Nachricht von den Gesprächen mit der FLN hatte sich allgemein herumgesprochen. Die Armee, die richtige Armee, würde dem nicht mehr lange tatenlos zuschauen, prophezeite er. Daß Algerien französisch blieb, war für sie beide, den kampferprobten 27jährigen Offizier und die ihn anbetende 23jährige werdende Mutter, ein Glaubensartikel.
François hat nie erfahren, daß er Vater werden sollte. Im März 1961 kehrte er nach Algerien zurück, und am 21. April meuterten mehrere Einheiten der französischen Armee gegen die Pariser Regierung. Nur eine Handvoll wehrpflichtiger Dienender schlich sich aus den Kasernen, um sich im Büro des Präfekten zu melden. Die Berufssoldaten ließen sie laufen. Innerhalb einer Woche kam es zu Kämpfen zwischen den Meuterern und den loyalen Regimentern. Anfang Mai fiel François im Gefecht mit einer regierungstreuen Armee-Einheit.
Jacqueline, die seit April keine Briefe mehr erwartet hatte, war, bis man ihr im Juli die Nachricht überbrachte, arglos geblieben. Sie mietete sich eine Wohnung in einem billigen Pariser Vorort, um sich dort mit Gas zu vergiften. Der Versuch mißlang, weil der Raum nur ungenügend abzudichten war, aber sie verlor das Baby. Im August nahmen ihre Eltern sie auf ihre alljährliche Sommerreise mit, und bei ihrer Rückkehr schien sie sich gut erholt zu haben. Im Dezember begann sie ihre aktive Untergrundarbeit für die OAS.
Ihre Motive waren einfach: François, und nach ihm Jean-Claude. Sie sollten gerächt werden, gleichgültig, mit welchen Mitteln, und gleichgültig auch, was es sie und andere kosten würde. Von dieser Leidenschaft abgesehen, gab es nichts mehr auf der Welt, wofür es sich zu leben lohnte. Ihre einzige Klage war, daß man sie nur Botengänge machen, Meldungen weitergeben und gelegentlich einen mit Plastik-Explosivstoff gefüllten Brotlaib in ihrer Einholtasche an seinen Bestimmungsort bringen ließ. Sie war überzeugt, mehr tun zu können. Ließen sie die nach jedem Bombenanschlag auf Cafés und Kinos an den Straßenecken postierten *flics* bei der

Durchsuchung wahllos herausgegriffener Passanten denn nicht regelmäßig schon auf ein bloßes Senken ihrer seidigen langen Wimpern, ein leichtes Schürzen ihrer vollen Lippen hin unbehelligt?
Nach dem Petit-Clamart-Vorfall hatte einer der nicht zum Zuge gekommenen flüchtigen Killer drei Nächte in ihrer Wohnung bei der Place de Breteuil verbracht. Es war ihr großer Augenblick gewesen, aber dann hatte der OAS-Kämpfer den Unterschlupf gewechselt. Einen Monat später war er gefaßt worden, hatte aber über seinen Aufenthalt in ihrer Wohnung kein Wort verlauten lassen. Um sicherzugehen, wurden sie jedoch von ihrem Zellenleiter instruiert, ein paar Monate lang, bis Gras über die Sache gewachsen sei, nicht mehr für die OAS zu arbeiten. Es war Januar 1963, als sie wieder Meldungen zu übermitteln begann.
Und so ging es weiter, bis dann im Juli ein Mann sie aufsuchte. Er war in Begleitung ihres Zellenleiters gekommen, der ihm gegenüber großen Respekt an den Tag legte. Er hatte keinen Namen. Ob sie bereit sei, eine Spezialaufgabe für die Organisation zu übernehmen? Selbstverständlich. Eine vielleicht gefährliche, gewiß aber unangenehme Aufgabe? Auch das.
Drei Tage später zeigte man ihr einen Mann, der aus einem Apartmenthaus trat. Sie saßen in einem geparkten Wagen. Ihr wurde gesagt, wer es war und welche Stellung er bekleidete. Und was sie zu tun hatte.
Mitte Juli hatten sie, offenkundig per Zufall, Bekanntschaft geschlossen, als sie in einem Restaurant in unmittelbarer Nähe des Mannes saß und ihn mit scheuem Lächeln um das auf seinem Tisch befindliche Salzfaß bat. Er war gesprächig geworden, sie zurückhaltend scheu geblieben. Dieses Verhalten erwies sich als genau richtig. Ihre Sprödigkeit reizte ihn. Die Unterhaltung, die der Mann führte und der sie artig folgte, belebte sich. Innerhalb von vierzehn Tagen hatten sie eine Affäre miteinander.
Sie verstand genug von den Männern, um sehr rasch über die generelle Richtung und Beschaffenheit ihrer Wünsche Bescheid zu wissen. Ihr neuer Liebhaber war leichte Eroberungen und erfahrene Frauen gewohnt. Sie spielte die Scheue, war aufmerksam, aber keusch, nach außen hin kühl, jedoch nicht ohne gelegentlich durchblicken zu lassen, daß sie ihren erlesenen Leib eines Tages, sofern nur der Richtige käme, willig hingeben würde. Das zog. Sie zu gewinnen, wurde für den Mann zu einer Angelegenheit von höchster Priorität.
Ende Juli wies sie ihr Zellenleiter an, daß ihr Zusammenleben in

Kürze beginnen solle. Das einzige Hindernis stellten die Frau und die Kinder des Mannes dar, von denen er nicht getrennt lebte. Am 29. Juli reiste sie zum Landhaus der Familie im Loiretal ab, während der Mann seiner Arbeit wegen in Paris zurückbleiben mußte. Wenige Minuten nach der Abreise seiner Familie hatte er bereits im Salon angerufen und darauf bestanden, daß Jacqueline und er noch am gleichen Tag in seinem Apartment gemeinsam zu Abend aßen.

In ihrer Wohnung angekommen, warf Jacqueline Dumas einen Blick auf ihre Armbanduhr. Sie hatte drei Stunden Zeit, um sich für den Abend herzurichten, und obschon sie beabsichtigte, ihre Vorbereitungen mit größter Sorgfalt zu treffen, würden dazu zwei Stunden genügen. Sie zog sich aus, duschte und sah, während sie sich vor dem in die Innenseite der Schranktür eingelassenen Standspiegel abtrocknete, mit teilnahmsloser Gleichgültigkeit zu, wie das Handtuch in kreisender Bewegung ihre Haut frottierte, und als sie die Arme hochstreckte, um ihre vollen, von zarten rosa Knospen gekrönten Brüste zu heben, geschah es ohne jenes Vorgefühl kommender Entzückungen, das sie noch stets empfunden hatte, wenn sie wußte, daß François' Handflächen sie bald zärtlich liebkosen würden.

Sie dachte mit Widerwillen an die bevorstehende Nacht, und ihre Bauchmuskeln strafften sich vor Ekel. Sie würde, das gelobte sie sich, durchhalten und es hinter sich bringen, egal, welche Art von Liebe er von ihr verlangte. Aus einer Kommodenlade holte sie das Foto von François hervor, aus dessen Rahmen er ihr mit dem gleichen, leise ironischen Lächeln zuzunicken schien, das seine Lippen immer umspielt hatte, wenn er sie über die ganze Länge des Bahnsteigs hinweg auf ihn zulaufen sah, um von ihm in die Arme genommen zu werden. Das weiche braune Haar, das khakifarbene Uniformhemd mit der breiten, muskulösen Brust darunter, an der den Kopf zu bergen sie vor langer, langer Zeit so sehr geliebt hatte, das Abzeichen mit den stählernen Fallschirmjägerschwingen, das sich an ihrer heißen Wange so kühl anfühlte, alles das war noch immer da – auf Fotopapier. Sie lag auf dem Bett und hielt François über sich, der auf sie hinunterblickte, wie er es getan hatte, wenn sie sich liebten. Und seine Frage: »*Alors, petite, tu veux...?*« wäre auch jetzt wieder ganz überflüssig gewesen. Wie stets flüsterte sie: »*Oui, tu sais bien...*« und schloß die Augen. Sie glaubte ihn in sich zu fühlen, seine ganze heiße und harte, pochende Kraft, meinte seine ihr leise ins Ohr geraunten Koseworte und

schließlich den erstickten Befehl: »*Viens, viens ...!*« zu hören, dem sie noch immer gehorcht hatte.
Sie öffnete die Augen und starrte zur Zimmerdecke hinauf. »François«, flüsterte sie und preßte das erwärmte Glas des Fotos an ihre Brüste, »hilf mir, bitte, hilf mir heute nacht.«

Am letzten Tag des Monats war der Schakal ungemein beschäftigt. Er verbrachte den Vormittag auf dem Flohmarkt, wo er, eine zusammenlegbare, billige Reisetasche mit sich führend, von Stand zu Stand ging. Er kaufte ein speckiges schwarzes *beret*, ein Paar ausgetretener Schuhe, eine nicht allzu saubere Hose und, nach langem Suchen, einen ausgedienten schweren Militärmantel. Er würde einen Mantel aus leichterem Stoff vorgezogen haben, aber Militärmäntel sind selten für den Hochsommer geschneidert, und die der französischen Armee werden aus Duffel angefertigt. Der Mantel war jedoch lang genug, selbst an ihm, dem er, und darauf kam es ihm an, ein gutes Stück bis unters Knie reichte.
Im Weggehen fiel sein Blick auf einen Stand voller Orden und Medaillen, die zumeist alt und fleckig waren. Er suchte sich eine Kollektion aus und erwarb sie zusammen mit einer Broschüre, welche die französischen Militärmedaillen mitsamt Ordensbändern auf verblichenen Farbabbildungen zeigte und den Betrachter anhand ausführlicher Bildunterschriften darüber aufklärte, für welche Schlachten oder tapferen Handlungen sie verliehen zu werden pflegten.
Nach einem leichten Lunch bei Queenie's in der Rue Royale ging er in sein nahes Hotel, zahlte seine Rechnung und begann zu packen. Seine jüngsten Anschaffungen wurden im doppelten Boden eines seiner beiden teuren Koffer verstaut. Aus der Medaillensammlung stellte er mit Hilfe der erworbenen Broschüre eine Ordensschnalle zusammen, die von der *Médaille Militaire* für Tapferkeit vor dem Feind über die *Médaille de la Libération* bis hin zu fünf den Angehörigen der Streitkräfte des Freien Frankreich im Zweiten Weltkrieg verliehenen Gefechtsauszeichnungen reichte. Er verlieh sich selbst Medaillen für die Teilnahme an den Kämpfen bei Bir Hakeim, in Libyen, Tunesien und der Normandie sowie das Abzeichen für die Angehörigen der von General Philippe Leclerc befehligten Zweiten Panzerdivision.
Die restlichen Medaillen wie auch die Broschüre deponierte er in zwei auf dem Boulevard Malesherbes an Laternenkandelabern befestigten Papierkörben. Der Empfangschef seines Hotels unterrich-

tete ihn, daß der bequeme Etoile-du-Nord-Expreß nach Brüssel um 17 Uhr 15 von der Gare du Nord abfuhr. Er erreichte den Zug, speiste ausgezeichnet zu Abend und traf in den letzten Stunden des Juli in Brüssel ein.

Sechstes Kapitel

Der Brief an Viktor Kowalsky traf am folgenden Morgen in Rom ein. Als der hünenhafte Pole vom Postamt zurückkehrte, wo er die an Monsieur Poitiers adressierten Briefe in Empfang genommen hatte, und die Hotelhalle durchschritt, rief ihm einer der Pagen nach: »*Signor, per favore ...!*«
Schroff wie immer, wandte er sich um. Spaghettifresser waren eine Sorte Mensch, die er grundsätzlich nicht zu beachten pflegte. Er übersah sie, wenn er durch die Hotelhalle zum Aufzug stapfte. Der dunkeläugige Junge, der auf ihn zutrat, hielt einen Brief in der Hand.
»*E una lettera, signor. Per un Signor Kowalsky. No cognosco questo signor ... E forse un francese ...*«
Kowalsky verstand kein Wort von dem italienischen Redeschwall, begriff aber den Sinn und vor allem, daß es sein eigener Name war, den der Hotelpage, wenn auch in falscher Aussprache, genannt hatte. Er riß ihm den Brief aus der Hand und starrte auf den in ungelenker Schrift gekritzelten Namen und die Adresse. Kowalsky war unter falschem Namen gemeldet, und da er keine Zeitungen las, wußte er nicht, daß ein Pariser Blatt vor drei Tagen berichtet hatte, daß die drei ranghöchsten OAS-Führer sich im obersten Stockwerk des Hotels verbarrikadiert hatten.
Was ihn betraf, so hätte niemand wissen sollen, wo er sich aufhielt. Und doch freute er sich über den Brief. Er bekam nur selten Post, und wie die meisten einfachen Leute empfand er die Ankunft eines Briefes als ein größeres Ereignis. Daß unter den im Empfang beschäftigten Hotelangestellten keiner einen Gast dieses Namens kannte und niemand mit dem Brief etwas anzufangen wußte, hatte Kowalsky dem Redeschwall des kleinen Italieners, der jetzt mit treuen Hundeaugen zu ihm aufblickte, als sei er der Hort menschlicher Weisheit und könne das Dilemma lösen, immerhin entnommen. »*Bon. Je vais demander*«, sagte er gnädig.
Der Italiener blickte ihn noch immer fragend an.

»*Demander, demander*«, wiederholte Kowalsky und deutete nach oben. Der Italiener begriff.
»*Ah, si. Domandare. Prego, Signor. Tante grazie . . .*«
Kowalsky ließ ihn stehen und fuhr im Lift zum achten Stock hinauf, wo er beim Verlassen des Aufzugs vom in der Rezeption des Stockwerks postierten Wachhabenden mit gezogener Pistole empfangen wurde. Eine Sekunde lang starrten die beiden Männer einander an, dann sicherte der Posten seine Waffe und steckte sie wieder ein. Außer Kowalsky war niemand im Aufzug gewesen. Das Ganze war eine reine Routinesache, die sich jedesmal abspielte, wenn das Licht über der Fahrstuhltür ankündigte, daß der Aufzug höher als bis zum siebenten Stock hinauffahren würde.
Neben dem diensthabenden Mann am Empfangstisch gab es einen weiteren, der die Tür zur Feuerleiter am Ende des Korridors bewachte, und einen dritten, der auf dem Treppenabsatz postiert war. Obschon das Hotelmanagement nichts davon wußte, waren sowohl die Treppe als auch die Feuerleiter mittels Schreckminen gesichert, die nur durch Betätigung eines die Stromzufuhr zu den Zündern regulierenden Schalters unter dem Empfangstisch entschärft werden konnten.
Der vierte Mann hielt auf dem Dach über dem neunten Stock, in dem die Bosse wohnten, Wache. Im Falle eines Überraschungsangriffs würden drei weitere Männer, die Nachtschicht gehabt hatten und jetzt in ihrem Zimmer am Ende des Korridors schliefen, in wenigen Sekunden geweckt und einsatzbereit sein. Die Fahrstuhltür im neunten Stock war von außen zugeschweißt worden, aber sobald das Licht über der des achten Stocks anzeigte, daß der Lift zum neunten hinauffuhr, wurde Alarm geschlagen. Es war nur ein einziges Mal geschehen, und das rein zufällig. Ein Page, der Drinks heraufbringen wollte, hatte den Knopf »Neun« gedrückt. Die Unart war ihm rasch abgewöhnt worden.
Der Wachhabende am Empfangstisch telefonierte mit dem neunten Stock, um die Ankunft der Post zu melden, und gab Kowalsky ein Zeichen, nach oben zu gehen. Der Ex-Korporal hatte den an ihn gerichteten Brief bereits in seine innere Jackentasche gesteckt, während er die für seine Chefs bestimmte Post in einem an sein linkes Handgelenk geketteten Stahletui trug. Sowohl die Kette als auch der flache Stahlbehälter waren mit Schnappschlössern versehen, zu denen nur Rodin die Schlüssel besaß. Ein paar Minuten später waren beide vom OAS-Chef aufgeschlossen, und Kowalsky kehrte in sein Zimmer zurück, um zu schlafen, bevor er den

Wachhabenden am Empfangstisch am späten Nachmittag ablöste. Auf seinem Zimmer im achten Stock las er schließlich den Brief, wobei er mit der Unterschrift begann. Er war überrascht, daß er von Kovacs sein sollte, den er seit einem Jahr nicht gesehen hatte und der so schlecht schreiben konnte, daß Kowalsky sich mit dem Lesen schwertat. Aber mit einiger Mühe gelang es ihm dann doch, den Brief zu entziffern. Er war nicht lang. Kovacs schrieb, er habe an dem Tag, an dem er diesen Brief abschickte, einen Bericht in der Zeitung gesehen, der ihm von einem Freund vorgelesen worden sei und besagt, daß Rodin, Montclair und Casson sich in dem Hotel in Rom versteckt hielten. Er habe angenommen, sein alter Kumpel Kowalsky würde bei ihnen sein, und daher auf die Möglichkeit hin, ihn auf diesem Weg zu erreichen, den Brief geschrieben.

Es folgten mehrere Sätze des Inhalts, daß die Dinge in Frankreich, wo an jeder Straßenecke *flics* die Ausweise kontrollierten und noch immer Anweisungen zu neuen Einbrüchen in Juwelierläden kämen, von Tag zu Tag schwieriger würden. Er selbst habe bei vier solcher Überfälle mitgemacht, schrieb Kovacs, und ein Vergnügen sei das, weiß Gott, nicht gewesen, schon deswegen nicht, weil man das ganze Zeug habe abliefern müssen. Da habe er sich in den guten alten Zeiten in Budapest weit besser gestanden, obwohl die nur zwei Wochen gedauert hätten.

Der letzte Satz berichtete davon, daß Kovacs vor einigen Wochen Michael getroffen habe, und Michael habe gesagt, daß er Jo-Jo gesehen habe, die gesagt habe, daß die kleine Sylvie krank sei und Leuko-irgendwas hätte. Jedenfalls hatte es damit zu tun, daß mit ihrem Blut etwas nicht in Ordnung sei, aber er, Kovacs, hoffe, daß sie bald wieder gesund würde, und Viktor solle sich keine Sorgen machen.

Aber Viktor machte sich Sorgen. Der Gedanke daran, daß die kleine Sylvie krank war, beunruhigte ihn sehr. In den sechsunddreißig gewalttätigen Jahren seines Lebens hatte es nicht sonderlich vieles gegeben, was Viktor Kowalsky unter die Haut gegangen war. Als die Deutschen in Polen einmarschierten, war er zwölf Jahre alt gewesen, und ein Jahr älter, als seine Eltern in einem grauen Lastwagen abgeholt wurden – alt genug, um zu wissen, was seine Schwester in dem großen, hinter der Kathedrale gelegenen Hotel tat, das von den Deutschen übernommen worden war und von ihren Offizieren rege besucht wurde. Seine Eltern hatten sich so sehr darüber empört, daß sie sich bei der Dienststelle des Militärbefehlshabers beschwerten. Er war alt genug, sich den Partisanen anzuschließen. Seinen ersten Deutschen hatte er mit fünfzehn getötet. Er war siebzehn Jahre alt, als die Russen kamen, aber seine Eltern hatten sie stets gefürchtet und gehaßt und ihm schaurige Geschichten von dem erzählt, was sie den Polen antaten, und so trennte er sich von der Partisanengruppe, die später auf Befehl des Kommissars exekutiert wurde, schlug sich nach Westen in die Tschechoslowakei durch und landete schließlich in einem Lager für Displaced Persons in Österreich. Man hielt den hochaufgeschossenen, grobknochigen Jungen, der nur Polnisch sprach und vom Hunger geschwächt war, für einen der unzähligen hilflosen Entwurzelten, die ziellos im Nachkriegseuropa umherwanderten. Amerikanische Verpflegung ließ ihn rasch wieder zu Kräften kommen. Eines Nachts im Frühjahr 1946 entwich er aus dem Lager, machte sich per Anhalter auf den Weg nach Italien und von dort in Begleitung eines anderen Polen, den er im DP-Lager kennengelernt hatte und der Französisch sprach, nach Frankreich. In Marseille verübte er einen nächtlichen Ladeneinbruch, brachte den Besitzer um, der ihn überrascht hatte, und war neuerlich auf der Flucht. Sein Kumpan trennte sich von ihm und gab Viktor den Rat, zur Fremdenlegion zu gehen. Er unterschrieb am nächsten Morgen, und noch ehe die polizeilichen Ermittlungen im vom Krieg zerstörten Marseille richtig angelaufen waren, befand er sich in Sidi-bel-Abbès. Marseille war damals noch immer das große Importzentrum für amerikanische Lebensmittel, und dieser Lebensmittel wegen verübte Morde gehörten zur Tagesordnung. Der Fall wurde binnen kurzem zu den Akten gelegt, weil sich kein der Tat unmittelbar Verdächtiger, finden ließ. Kowalsky war damals neunzehn, und die alten Kämpen der Fremdenlegion nannten ihn anfänglich »*petit bonhomme*«. Dann zeigte er ihnen, wie gut er killen konnte, und von da ab nannten sie ihn Kowalsky.

Sechs Jahre Indochina beseitigten vollends, was in ihm von einer normalen, zivilisierten Maßstäben angepaßten Persönlichkeit übriggeblieben sein mochte, und danach wurde der hünenhafte Korporal nach Algerien versetzt. Zwischendurch schickte man ihn jedoch auf einen sechsmonatigen Waffenlehrgang nach Marseille. Dort lernte er Julie, eine kleine, aber bösartige Hure, die mit ihrem Zuhälter Schwierigkeiten hatte, in einer Hafenbar kennen. Kowalsky beförderte den Mann mit einem einzigen Schlag, der ihn erst zehn Stunden später das Bewußtsein wiedererlangen ließ, sechs Meter weit quer durch den Schankraum. Noch Jahre danach hatte

der Mann Artikulationsschwierigkeiten, so übel war sein Unterkiefer zugerichtet worden.
Julie gefiel der riesenhafte Korporal, und ein paar Monate lang begleitete er sie als ihr ständiger »Beschützer« regelmäßig auf ihrem nächtlichen Heimweg von der Arbeit in ihre schlampige Dachbodenkammer am Vieux Port. Ihre Beziehung bescherte beiden, besonders aber ihr, ein beträchtliches Maß an körperlicher Lust, hatte jedoch mit Liebe nur wenig zu tun; und als sie entdeckte, daß sie schwanger war, noch weniger. Sie behauptete, das Kind sei von ihm, und er mag ihr das geglaubt haben, weil er es glauben wollte. Sie sagte ihm auch, daß sie es nicht haben wolle und eine alte Frau kenne, die es ihr wegmachen würde. Kowalsky schlug sie und drohte ihr, sie umzubringen, wenn sie das täte. Drei Monate später mußte er nach Algerien zurückkehren. Er hatte sich inzwischen mit einem anderen Exilpolen angefreundet, einem Josef Grzybowski, genannt Jo-Jo, der Pole, der als Invalide aus dem Indochinakrieg gekommen war und sich mit einer lustigen Witwe zusammengetan hatte, die auf dem Hauptbahnhof einen fahrbaren Imbißstand die Bahnsteige hinauf- und hinunterschob. Seit sie 1953 geheiratet hatten, betrieben sie das Geschäft gemeinsam, und Jo-Jo hinkte hinter seiner Frau her, nahm das Geld entgegen und gab Kleingeld heraus, während sie die Snacks austeilte. An seinen freien Abenden suchte Jo-Jo mit Vorliebe die von den Legionären aus den nahen Kasernen frequentierten Kneipen auf, um von den alten Zeiten zu reden. Es waren meist junge Burschen, die man seit seinen längst vergangenen Tagen in Tourane in die Fremdenlegion aufgenommen hatte, aber eines Abends war er auf Kowalsky gestoßen. Und Jo-Jo war es gewesen, den Kowalsky wegen des Babys um Rat gefragt hatte. Jo-Jo hatte ihm den Rücken gestärkt. Schließlich waren sie beide einmal Katholiken gewesen.
»Sie will sich das Kind wegmachen lassen«, sagte Viktor.
»*Salope*«, sagte Jo-Jo.
»Dreckstück«, pflichtete ihm Viktor bei. Sie tranken weiter und starrten trübe in die Spiegelglasscheibe hinter der Theke.
»Nicht anständig gegen den kleinen Kerl«, meinte Viktor.
»Sauerei«, stimmte ihm Jo-Jo zu.
»Hab' noch nie ein Kind gehabt«, sagte Viktor nach einigem Nachdenken.
»Ich auch nicht, obwohl ich verheiratet bin und alles«, entgegnete Jo-Jo.
Irgendwann lange nach Mitternacht trafen sie eine Abmachung

und stießen mit der Ernsthaftigkeit der total Betrunkenen darauf an. Am nächsten Morgen fiel Jo-Jo sein feierliches Versprechen wieder ein, aber er wußte nicht, wie er es Madame beibringen sollte. Er brauchte drei Tage dazu. Ein- oder zweimal redete er vorsichtig um den heißen Brei herum, dann platzte er, als die Dame neben ihm im Bett lag, mit der Sache heraus. Zu seiner Erleichterung war Madame hocherfreut. Und so war denn alles klar.
Viktor kehrte nach Algerien zurück, wo er Major Rodin, der jetzt ein Bataillon befehligte, wieder zugeteilt wurde, und zog mit ihm in einen neuen Krieg. In Marseille überwachten Jo-Jo und seine Frau die schwangere Julie und bedachten sie abwechselnd mit Drohungen und Schmeicheleien. Als Viktor Marseille verließ, war sie bereits im vierten Monat, und wie Jo-Jo dem Zuhälter mit dem gebrochenen Unterkiefer, der sich sehr bald wieder eingefunden hatte, unmißverständlich zu verstehen gab, kam eine Abtreibung nicht mehr in Frage. Der Bursche hatte inzwischen begriffen, daß es nicht ratsam war, sich mit Fremdenlegionären, und sei es auch nur ein Veteran mit einem Holzbein, ernstlich anzulegen; er stieß obszöne Verwünschungen gegen die vormalige Quelle seines Einkommens aus und sah sich anderweitig um.
Ende 1955 gebar Julie ein blauäugiges, goldhaariges Mädchen. Mit Zustimmung der Mutter reichten Jo-Jo und seine Frau einen vorschriftsmäßig ausgefüllten Adoptionsantrag ein, der genehmigt wurde. Julie nahm ihr altes Leben wieder auf, und die Jo-Jos hatten eine Tochter. Sie unterrichteten Viktor brieflich, den auf seinem Strohsack in der Kaserne ein seltsames Glücksgefühl überkam. Aber er sprach mit niemandem darüber. Soweit er zurückdenken konnte, hatte er nie etwas besessen, was ihm nicht, sobald er anderen davon Mitteilung machte, fortgenommen worden war.
Ungeachtet dessen hatte er drei Jahre später, bevor ihn ein langfristiger Kampfauftrag in die algerischen Berge führte, den Vorschlag des Kaplans, sein Testament zu machen, akzeptiert. Von selbst wäre er schon deswegen nie auf die Idee gekommen, weil er in den wenigen dienstfreien Tagen regelmäßig seinen gesamten aufgelaufenen Sold in den Kneipen und Bordellen der Städte auszugeben pflegte, und was er sonst besaß, gehörte der Legion. Aber der Kaplan versicherte ihm, daß es in der heutigen Legion keineswegs unüblich sei, ein Testament zu machen, und mit freundlicher Hilfe des Geistlichen setzte Kowalsky seines auf. Er vermachte seine gesamte Habe der Tochter des derzeit in Marseille wohnhaften ehemaligen Fremdenlegionärs Josef Grzybowski. Eine Kopie dieses

Dokuments wurde zusammen mit seinen restlichen Personalunterlagen dem Ministerium der bewaffneten Streitkräfte in Paris übersandt und im dortigen Archiv abgelegt. Als Kowalskys Name den französischen Sicherheitsbehörden im Zusammenhang mit den 1961 in Bone und Constantine verübten Terrorakten zur Kenntnis gelangte, wurde seine Personalakte zusammen mit vielen anderen ausgegraben und Oberst Rollands Aktionsdienst übersandt. Ein Besuch bei den Grzybowskis in Marseille folgte, und die Geschichte war heraus. Aber Kowalsky erfuhr nie etwas davon.
Er hatte seine Tochter zweimal in seinem Leben gesehen, das erstemal 1957, als er am Oberschenkel verwundet und auf Genesungsurlaub nach Marseille geschickt worden war, und dann wieder 1960, als er Oberstleutnant Rodin, der als Zeuge bei einer Militärgerichtsverhandlung in Marseille erscheinen mußte, dienstlich begleitete. Beim ersten Besuch war das kleine Mädchen zwei, beim nächsten viereinhalb Jahre alt gewesen. Mit Geschenken für die Jo-Jos und Spielzeug für Sylvie beladen, war Kowalsky angekommen. Das kleine Kind und sein bärenstarker Onkel Viktor hatten sich gut verstanden. Aber er sprach mit niemandem darüber, nicht einmal mit Rodin.
Und jetzt hatte sie Leuko-irgendwas, und Kowalsky war den restlichen Vormittag hindurch außerordentlich beunruhigt. Nach dem Mittagessen ging er nach oben, um sich das Stahletui für die Post ans Handgelenk ketten zu lassen. Rodin erwartete einen wichtigen Brief aus Frankreich, der weitere Einzelheiten über die Höhe der Gesamtsumme enthielt, die durch die von Cassons kriminellen Untergrundelementen während des letzten Monats verübten Banküberfälle und Einbrüche erbracht worden war, und wollte daher, daß Kowalsky am Nachmittag nochmals zum Postamt ging.
»Was ist Leuko-irgendwas?« brach es unvermittelt aus dem Korporal hervor.
Rodin, der ihm die Kette ans Handgelenk schloß, blickte überrascht auf.
»Davon habe ich noch nie etwas gehört«, sagte er.
»Es ist eine Blutkrankheit«, fügte Kowalsky hinzu.
Casson, der in einer anderen Ecke des Hotelzimmers saß und in einem Magazin blätterte, lachte.
»Sie meinen Leukämie«, sagte er.
»Ja. Was ist das, Monsieur?«
»Es ist Krebs«, sagte Casson. »Blutkrebs.«
Kowalsky sah Rodin an. Er traute Zivilisten nicht.

»Aber die Quacksalber können es doch heilen, *mon colonel?*«
»Nein, Kowalsky, Leukämie ist unheilbar. Da kann man nichts machen. Warum?«
»Ach, nichts«, murmelte Kowalsky, »ich hab' nur so was gelesen.«
Dann ging er. Wenn Rodin überrascht gewesen war, daß sein Leibwächter, von dem niemand angenommen hätte, daß er jemals etwas Komplizierteres als seinen Tagesbefehl durchgelesen hatte, auf ein solches Wort gestoßen sein sollte, so ließ er es sich jedenfalls nicht anmerken, und der Vorfall geriet bei ihm rasch in Vergessenheit. Denn mit der Nachmittagspost war der erwartete Brief gekommen, der besagte, daß sich das gesamte Guthaben der OAS auf schweizerischen Bankkonten jetzt auf mehr als 250 000 Dollar belief.
Rodin war zufrieden, als er sich hinsetzte, um den Banken zu schreiben und die Überweisung des Betrags auf das Konto des gedungenen Killers zu veranlassen. Wegen der restlichen Summe machte er sich keine Sorgen. Wenn Präsident de Gaulle erst einmal tot war, würden die Bankiers und Industriellen der extremen Rechten, die die OAS in früheren und erfolgreicheren Tagen finanziert hatten, nicht anstehen, ihrerseits die anderen 250 000 Dollar beizubringen. Dieselben Leute, die seine dringenden Bitten um einen weiteren Vorschuß noch vor wenigen Wochen mit dem fadenscheinigen Hinweis abgelehnt hatten, der »Mangel an Initiativen und eindrucksvollen Erfolgen«, den die patriotischen Kräfte in den letzten Monaten gezeigt hätten, habe ihre Aussichten, jemals von den bei früheren Gelegenheiten investierten Geldern etwas wiederzusehen, erheblich vermindert – dieselben Leute würden sich um die Ehre reißen, die Militärs, die in Kürze die neuen Herren des wiedergeborenen Frankreich wären, finanziell nach Kräften zu unterstützen.
Bei Einbruch der Dunkelheit hatte er die Anweisungen an die Banken aufgesetzt, aber als Casson die von Rodin verfügten Instruktionen las, denen zufolge die schweizerischen Bankhäuser das Geld an den Schakal überweisen sollten, erhob er Einwände. Er machte geltend, daß eine eminent wichtige Zusage, die sie alle drei ihrem Engländer gemacht hatten, darin bestand, ihm einen Kontaktmann in Paris zu nennen, der in der Lage war, ihn mit den jeweils neuesten Informationen über die Aktivitäten des französischen Präsidenten wie auch jede mögliche Änderung der seine Person betreffenden Sicherheitsvorkehrungen zu versorgen. Diese Informationen könnten, ja würden für den Killer von entscheidender Be-

deutung sein. Den Schakal zum gegenwärtigen Zeitpunkt von der Überweisung des Geldes in Kenntnis zu setzen, hieße, so argumentierte Casson, ihn zu vorzeitigem Handeln ermutigen. Wann der Mann zuschlagen wolle, war ausschließlich ihm selbst überlassen, dabei würden ein paar Tage keinen entscheidenden Unterschied machen. Was dagegen sehr wohl den Unterschied zwischen einem Erfolg und einem weiteren, dann aber gewiß letztmaligen Fehlschlag bewirken könne, das seien die dem Killer verfügbaren Informationen.

Er, Casson, habe mit der heutigen Post Nachricht erhalten, daß es seinem wichtigsten Repräsentanten in Paris gelungen sei, einen Agenten in unmittelbare Nähe eines zu de Gaulles engstem Mitarbeiterstab zählenden Mannes zu placieren. Schon in wenigen Tagen würde dieser Agent in der Lage sein, über den jeweiligen Aufenthaltsort, die Reisepläne und jedes vorgesehene öffentliche Auftreten des Generals – über Dinge also, die nicht mehr im voraus angekündigt zu werden pflegten – laufend verläßliche Informationen zu erhalten. Ob Rodin daher seine Instruktionen bitte noch ein paar Tage zurückhalten würde, bis er, Casson, in der Lage sei, dem Killer eine Pariser Telefonnummer zu nennen, unter der er die für das Gelingen seines Auftrags so entscheidend wichtigen Informationen erhalten könne?

Rodin ließ sich Cassons Einwände lange durch den Kopf gehen und kam endlich zu dem Schluß, daß er recht habe. Keiner der beiden Männer konnte wissen, wie der Schakal vorzugehen beabsichtige, und in der Tat würden die Instruktionen an die Schweizer Banken, gefolgt von der Übersendung des Briefs mit der Pariser Telefonnummer nach London, den Killer in keiner Weise zu einer Änderung seines Zeitplans veranlaßt haben. Keiner der Terroristen in Rom konnte ahnen, daß der Schakal den Tag schon festgelegt hatte und seine Vorbereitungen und Absicherungen gegen unvorhergesehene Zufälle mit der Präzision eines Uhrwerks fortsetzte.

Den Colt locker in der geübten Hand, saß Kowalsky, eine hockende bullige Gestalt, die mit dem Schatten des Ventilationsschachts der Klimaanlage verschmolz, in der heißen römischen Nacht auf dem Hoteldach und sorgte sich um ein kleines Mädchen, das mit Leuko-irgendwas in Marseille im Bett lag. Kurz vor Anbruch der Dämmerung kam ihm eine Idee. Er erinnerte sich, daß Jo-Jo, als er ihn das letztemal sah, davon geredet hatte, sich Telefon in seine Wohnung legen zu lassen.

Am gleichen Morgen, an dem Kowalsky seinen Brief bekam, verließ der Schakal das Hotel Amigo in Brüssel und fuhr per Taxi zur Ecke der Straße, in der Goossens wohnte. Er hatte den Büchsenmacher vor dem Frühstück angerufen und sein Kommen für 11 Uhr angekündigt. Um 10 Uhr 30 traf er an der Straßenecke ein und verbrachte eine halbe Stunde damit, auf einer Bank in einer nahen öffentlichen Anlage sitzend, hinter einer aufgeschlagenen Zeitung hervor die Straße zu beobachten.
Sie erschien ihm ruhig genug. Um Punkt 11 Uhr stand er vor der Tür des Büchsenmachers, der ihn einließ und in das vom Korridor abgehende kleine Arbeitszimmer führte. Als der Schakal eingetreten war, schloß Goossens die Haustür ab und legte die Kette vor. Im Büro drehte sich der Schakal zu ihm um.
»Irgendwelche Schwierigkeiten?« fragte er. Der Belgier blickte verlegen drein.
»Nun ja, ich fürchte schon.«
Der Killer sah ihn aus halbgeschlossenen Augen von oben bis unten kalt an.
»Sie sagten mir, wenn ich am 1. August zurückkäme, könnte ich das fertige Gewehr am vierten mitnehmen«, entgegnete er. »Das ist vollkommen richtig«, sagte der Belgier. »Und ich versichere Ihnen, die Schwierigkeit hat nichts mit dem Gewehr zu tun. Das ist fertig, und ich halte es, ehrlich gesagt, für eines meiner Meisterwerke. Schwierigkeiten hat mir der andere Teil des Auftrags bereitet, bei dem ich ganz von vorn anfangen mußte. Kommen Sie, ich zeige es Ihnen.«
Auf der Tischplatte lag ein etwa sechzig Zentimeter langer, fünfundvierzig Zentimeter breiter und zehn Zentimeter hoher Attachékoffer. Goossens öffnete ihn und ließ den Deckel zurückfallen. Der untere Teil des Koffers war in sorgfältig geformte Kästchen gegliedert, deren jedes den Umriß desjenigen Gewehrteils aufwies, den es enthielt.
»Das ist nicht etwa der ursprüngliche Gewehrkasten«, erklärte Goossens. »Der wäre viel zu lang gewesen. Ich habe den Koffer selbst gebaut. Es paßt alles.«
Entlang der oberen Wand des Koffers war der Lauf mit dem Verschluß untergebracht, deren Länge zusammen nicht mehr als fünfundvierzig Zentimeter betrug. Der Schakal hob den Lauf heraus und untersuchte ihn. Er war sehr leicht und sah aus wie der Lauf einer Maschinenpistole. Der Verschluß enthielt einen schmalen Bolzen, der nach rückwärts in einem gerändelten Riegel endete,

welcher seinerseits nicht über die Kammer, in die der Bolzen gebettet war, hinausragte.
Der Engländer nahm den gerändelten Riegel zwischen Daumen und Zeigefinger seiner Rechten und drehte ihn ruckartig im Gegenuhrzeigersinn. Der Riegel rastete aus und legte sich nach links. Als der Engländer an ihm zog, glitt er zurück und ließ die schimmernde Kehlung sichtbar werden, in welcher das Geschoß liegen würde, sowie das dunkle Loch am hinteren Ende des Laufs. Er stieß den Riegel wieder nach vorn und drehte ihn jetzt im Uhrzeigersinn. Geschmeidig rastete er ein.
Unmittelbar unter dem rückwärtigen Ende des Bolzens war eine runde Stahlscheibe von etwas mehr als einem Zentimeter Dicke angeschweißt worden, deren Durchmesser zwei Zentimeter betrug. Der obere Teil der Scheibe wies eine halbmondförmige Perforation auf, die dem Bolzen nach hinten freien Durchlaß gewährte. Im Zentrum der Scheibe befand sich ein Loch von etwas mehr als einem Zentimeter Durchmesser, dessen Ränder, offenbar zur Aufnahme einer Schraube, gerillt waren.
»Das dient zur Befestigung der Streben für die Schulterstütze«, sagte der Belgier.
Der Schakal bemerkte, daß außer den Flanschen entlang der Unterseite des Schlosses vom Holzschaft des ursprünglichen Gewehrs nichts mehr geblieben war. Die beiden Löcher, in denen die den Holzteil mit dem Gewehr verbindenden Schrauben gesessen hatten, waren sorgfältig gedichtet und gebläut worden.
Er drehte das Gewehr herum und betrachtete die Unterseite. Unter dem Verschluß befand sich ein schmaler Schlitz, durch den die Unterseite des Bolzens zu sehen war, der die Zündnadel, die das Geschoß abfeuerte, enthielt. Durch beide Schlitze hindurch ragte der Stumpf des Abzugs; er war in Höhe des Verschlußmantels abgesägt worden.
An dem Stumpf befand sich ein angeschweißter Metallknopf, der ebenfalls ein gerilltes Loch aufwies. Schweigend reichte Goossens dem Engländer ein zweieinhalb Zentimeter langes, gekrümmtes und an einem Ende gerilltes Metallstückchen. Der Schakal führte das gerillte Ende in das Loch ein und drehte die Abzugzunge rasch mit Zeigefinger und Daumen fest. Als sie angeschraubt war, ragte sie unterhalb des Verschlusses heraus.
Der Belgier griff in den kofferartigen Behälter, der geöffnet auf dem Tisch lag, und hielt eine einzelne, schmale Stahlstange hoch, die an einem Ende ein Gewinde aufwies.

»Die erste Strebe für die Schulterstütze«, sagte er.
Der Killer paßte das Ende der Stahlstange in das Loch hinten am Verschluß ein und schraubte sie fest. Von der Seite gesehen, ragte die Stange in einem abwärts geneigten Winkel von dreißig Grad rückwärts aus dem Gewehr heraus. Fünf Zentimeter vor ihrem gerillten Ende war sie flach gewalzt und durch die Mitte dieses abgeflachten Teils in schräger Richtung ein Loch gebohrt worden.
Goossens hielt eine zweite Stahlstange hoch.
»Die obere Strebe«, sagte er.
Auch sie wurde eingeschraubt, so daß jetzt beide Streben – die obere in einem flacheren Winkel als die untere – nach hinten aus dem Gewehr herausragten wie ein spitzwinkeliges Dreieck, dem die Basis fehlte. Goossens ergänzte sie. Die Schulterstütze war gekrümmt, etwa fünfzehn Zentimeter lang und üppig mit schwarzem Leder gepolstert. An beiden Enden der Schulterstütze befand sich ein kleines Loch.
»Hier gibt es nichts anzuschrauben«, sagte der Büchsenmacher. »Drücken Sie es nur gegen die Enden der Streben.«
Der Engländer tat es, und die Schulterstütze rastete ein. Von der Seite betrachtet, sah das Gewehr mit Abzug und einem Kolben, dessen Umrisse von den beiden Streben sowie der Schulterstütze gebildet wurden, jetzt viel normaler aus. Der Schakal brachte es in Anschlag, zielte, die linke Hand an der Unterseite des Laufs, den rechten Zeigefinger um den Abzug gekrümmt, auf die gegenüberliegende Wand und drückte durch. Im Verschluß machte es leise »klick«.
Er drehte sich zu dem Belgier um, der in jeder Hand eine etwa fünfundzwanzig Zentimeter lange schwarze Röhre hielt.
»Schalldämpfer«, sagte der Engländer. Er nahm ihm die gereichte Röhre entgegen und betrachtete den mündungsnahen Teil des Laufs, der mit feinen Rillen versehen war. Der Schakal streifte das breitere Ende des Schalldämpfers über den Lauf und schraubte es fest. Der Schalldämpfer ragte über die Mündung hinaus wie eine lange Wurst. Der Engländer streckte die Hand aus, und Monsieur Goossens reichte ihm das Zielfernrohr.
In Längsrichtung war oben auf dem Lauf eine Anzahl zweibahniger Nuten eingefräst, in welche die gefederten Klammern an der Unterseite des Zielfernrohrs gedrückt wurden, um die parallele Richtung von Lauf und Teleskop zu gewährleisten. Auf der rechten Seite des Zielfernrohrs wie auch oben auf ihm waren winzige Einstellschrauben angebracht, die zum Adjustieren des Fadenkreu-

zes in der Optik dienten. Wieder hob der Engländer das Gewehr, kniff das linke Auge zu und blinzelte mit dem rechten, zum Schein zielend, durchs Fernrohr. Dem flüchtigen Beobachter mochte er wie ein Gentleman erscheinen, der sich in einem eleganten Waffengeschäft am Piccadilly Square ein neues Jagdgewehr zeigen ließ. Aber was noch vor zehn Minuten eine Anzahl merkwürdig aussehender Einzelteile gewesen war, war kein Jagdgewehr mehr; es war eine weitreichende, schallgedämpfte Mordwaffe. Der Schakal setzte sie ab. Er wandte sich dem Belgier zu und nickte zufrieden.
»Gut«, sagte er. »Sehr gut. Ich beglückwünsche Sie. Eine hervorragende Arbeit.«
Goossens strahlte.
»Bleibt noch, die Nulleinstellung vorzunehmen. Außerdem muß ich ein paar Probeschüsse abgeben. Haben Sie Patronen da?«
Der Belgier griff in die Tischlade und holte eine Schachtel mit hundert Geschossen heraus. Die Siegel der Schachtel waren aufgebrochen, und sechs Patronen fehlten.
»Ich habe sechs herausgenommen und als Explosionsgeschosse hergerichtet«, sagte der Büchsenmacher. »Der Rest ist zum Üben da.«
Der Schakal nahm die Schachtel, schüttelte eine Handvoll Patronen in seine geöffnete Linke und betrachtete sie. Für die Aufgabe, die einer unter ihnen zugedacht war, erschien sie fast lachhaft klein, aber er sah, daß sie von der extralangen Sorte dieses Kalibers waren, und wußte, daß die zusätzliche Explosivladung dem Geschoß eine sehr viel höhere Geschwindigkeit und damit erhöhte Zielgenauigkeit und Wirkungsweise verleihen würde. Im Gegensatz zu den meisten auf der Jagd verwendeten Kugeln waren diese Patronen nicht stumpf, sondern zugespitzt und die Patronenköpfe noch dazu nicht wie jene aus Blei, sondern aus einer Kupfer-Nickel-Legierung gegossen. Es waren Schießwettbewerbspatronen vom gleichen Kaliber wie das Jagdgewehr, das er in der Hand hielt.
»Wo sind die richtigen Geschosse?« fragte er.
Goossens ging wieder zum Tisch hinüber und holte ein in Seidenpapier gewickeltes Päckchen hervor.
»Normalerweise verwahre ich dergleichen selbstverständlich an einem sicheren Platz«, erklärte er, »aber als Sie mir sagten, Sie kämen, habe ich sie bereitgelegt.«
Er öffnete das Päckchen und schüttete den Inhalt auf seinen weißen Schreibblock. Auf den ersten Blick sahen sie genauso aus wie die Patronen, die der Engländer jetzt wieder in die Pappschachtel

zurückschüttete. Als er seine Hand geleert hatte, nahm er eines der auf dem Schreibblock liegenden Geschosse und schaute es sich genauer an.

Vom Kopf der Patrone war die Kupfer-Nickel-Schicht sorgfältig weggeschliffen worden, so daß man an dieser Stelle die Bleifüllung sehen konnte. Die scharfe Geschoßspitze war geringfügig gekürzt und in sie ein winziges, etwa einen halben Zentimeter tiefes Loch gebohrt worden, das der Länge der Geschoßkappe entsprach. In diese Öffnung hatte Goossens ein Tröpfchen Quecksilber gegossen und sie dann mit einem Tropfen flüssigen Bleis verschlossen. Nachdem das Blei erhärtet war, hatte Goossens es ebenfalls so lange zurechtgeschliffen, bis die Geschoßspitze wieder ihre ursprüngliche Form aufwies.

Der Schakal kannte diese Geschosse, hatte selbst jedoch nie Gelegenheit gehabt, eines zu verwenden. Viel zu umständlich in der Herstellung, um in größerer Anzahl benutzt zu werden, von der Genfer Konvention verboten, weil von noch weit verheerenderer Wirkung als das simple Dumdumgeschoß, würde das Explosivgeschoß krepieren wie eine kleine Granate, wenn es den menschlichen Körper traf. Beim Feuern wurde das Quecksilbertröpfchen in seinem Hohlraum durch die Vehemenz des vorwärtsschießenden Projektils in ganz ähnlicher Weise zurückgeschleudert, wie ein Autofahrer durch plötzliche Akzeleration in das Polster seines Sessels gepreßt wird. Sobald das Geschoß auf Fleisch, Knorpel oder Knochen traf, bewirkte die plötzliche Minderung seiner Geschwindigkeit, daß das Quecksilber nach vorn gegen die plombierte Geschoßspitze gepreßt wurde, wobei es das Blei nach außen bog wie die Finger einer gespreizten Hand oder die Blätter einer aufblühenden Blume. In dieser Form würde es sich seinen Weg durch Nerven und Gewebe bahnen und dabei Fragmente seiner selbst in einem Umkreis von der Größe einer Untertasse im Fleisch zurücklassen. Traf es den Kopf, so würde ein solches Projektil nicht aus ihm wieder austreten, sondern alles, was sich in ihm befand, zerreißen und durch den Druck der freigewordenen Energie die Schädeldecke sprengen.

Der Killer legte das Geschoß sorgfältig wieder auf das Seidenpapier zurück. Der sanfte kleine Mann neben ihm sah ihn fragend an.

»Die scheinen mir in Ordnung zu sein. Sie verstehen wirklich etwas von Ihrem Handwerk, Monsieur Goossens. Wo also liegt denn nun die Schwierigkeit, von der Sie sprachen?«

»Ich meinte die Röhren, Monsieur. Die waren viel schwerer an-

zufertigen, als ich angenommen hatte. Zunächst habe ich Aluminium genommen, wie Sie es vorgeschlagen hatten. Aber verstehen Sie bitte, daß ich zuerst das Gewehr erworben und hergerichtet habe. Deswegen bin ich erst vor ein paar Tagen dazu gekommen, mich mit den anderen Dingen zu befassen. Ich hatte gehofft, es würde relativ einfach sein, mit meiner Erfahrung und den Geräten, die ich in der Werkstatt habe. Um die Röhren so schmal wie möglich anfertigen zu können, habe ich sehr dünnes Metall gekauft. Es war zu dünn. Als ich es in meiner Maschine hatte, um es für die Montage mit Schraubengewinden zu versehen, war es, als hätte ich Silberfolie genommen. Schon unter geringfügigem Druck verlor es jede Form. Um einen Durchmesser zu erhalten, der groß genug war, damit der breiteste Teil des Verschlusses hineinpaßte, hätte ich, sofern ich ein dickeres Metall verwendet hätte, etwas bauen müssen, was nicht so aussieht, wie wir es uns vorgestellt haben. Es würde einfach nicht natürlich gewirkt haben. Deswegen habe ich mich für rostfreien Stahl entschieden. Es war das einzig Mögliche. Er sieht aus wie Aluminium, ist aber etwas schwerer. Da er stärker ist, darf er auch dünner sein. Er hält das Gewinde aus und ist immer noch stark genug, um nicht zu verbiegen. Aber natürlich ist er schwieriger zu bearbeiten, und es dauert etwas länger. Ich habe gestern damit angefangen...«
»Schon gut. Was Sie sagen, klingt logisch. Aber ich brauche die Dinger, und sie müssen einwandfrei sein. Wann kann ich sie haben?«
Der Belgier hob die Schultern. »Das ist schwer zu sagen. Ich habe alle Bestandteile da, es sei denn, es treten noch andere Schwierigkeiten auf. Was ich bezweifle. Ich bin sicher, daß die letzten technischen Schwierigkeiten so gut wie überwunden sind. Fünf Tage, sechs Tage – vielleicht eine Woche...«
Der Engländer ließ sich seine Verstimmung nicht anmerken. Sein Gesicht blieb ausdruckslos, während er den Ausführungen des Belgiers lauschte.
»Also gut«, sagte er schließlich. »Das bedeutet, daß ich meine Reisepläne abändern muß. Möglicherweise sind die Folgen nicht so katastrophal, wie ich annahm, als ich das letztemal hier war. Das wird bis zu einem gewissen Grad von dem Ergebnis eines Telefongesprächs abhängen, das ich zu führen habe. Auf jeden Fall muß ich mich mit dem Gewehr vertraut machen, und das kann ebensogut in Belgien geschehen. Ich werde es also mitnehmen, dazu die normalen Patronen und eine von den hergerichteten. Was ich

brauche, ist eine einsame, abgelegene Gegend, wo mich niemand stört, wenn ich die Waffe über eine Distanz von hundertdreißig bis hundertfünfzig Meter im Freien ausprobiere. Wohin würde man in diesem Land fahren, um entsprechende Bedingungen vorzufinden?«
Goossens überlegte einen Augenblick. »In die Ardennen«, sagte er schließlich. »Es gibt dort ausgedehnte Waldgebiete, wo man stundenlang niemandem begegnet. Sie können an einem Tag dort sein und zurückkommen. Heute ist Donnerstag, morgen fängt das Wochenende an, und möglicherweise gehen die Leute in den Wäldern picknicken. Ich würde Montag, den fünften, vorschlagen. Dienstag oder Mittwoch bin ich dann hoffentlich mit dem Rest fertig.« Der Engländer nickte.
»Einverstanden. Dann nehme ich jetzt das Gewehr und die Munition mit und melde mich am Dienstag oder Mittwoch nächster Woche wieder bei Ihnen.«
Der Belgier schien Einwendungen machen zu wollen, aber sein Kunde kam ihm zuvor.
»Ich glaube, ich schulde Ihnen noch siebenhundert Pfund. Hier« — er ließ ein paar Päckchen gebündelter Banknoten auf den Schreibblock fallen — »sind weitere fünfhundert. Die noch ausstehenden zweihundert Pfund erhalten Sie, sobald Sie mir das restliche Gerät übergeben haben.«
»*Merci, monsieur*«, sagte der Büchsenmacher und steckte die zwanzig 25-Pfund-Noten ein. Stück für Stück nahm er das Gewehr auseinander und bettete die Einzelteile sorgsam in die mit Flanell ausgeschlagenen Kästen des Attachékoffers. Das Explosivgeschoß, um das der Killer gebeten hatte, wurde in Seidenpapier gewickelt und in das für die Reinigungslappen und -bürsten vorgesehene Fach gelegt. Als der Koffer geschlossen war, reichte er ihn mitsamt der Munitionsschachtel dem Engländer, der die Munition in die Tasche steckte und den Attachékoffer in die Hand nahm.
Höflich geleitete Goossens ihn hinaus.
Der Schakal war rechtzeitig zum Lunch wieder in seinem Hotel. Bevor er in den Speisesaal ging, stellte er den Koffer mit dem zerlegten Gewehr in den Garderobenschrank, schloß ihn ab und steckte den Schlüssel ein.
Am Nachmittag schlenderte er zum Hauptpostamt hinüber und verlangte, mit einer Nummer in Zürich verbunden zu werden. Es dauerte eine halbe Stunde, bis die Verbindung zustande kam, und weitere fünf Minuten, bis Herr Meier an den Apparat geholt wor-

den war. Der Engländer meldete sich, indem er zunächst eine Nummer und dann seinen Namen nannte.
Herr Meier entschuldigte sich für einen Augenblick und war nach zwei Minuten wieder da. Der Tonfall seiner Stimme, der eben noch vorsichtige Zurückhaltung verraten hatte, war wie ausgewechselt. Kunden, deren Guthaben in Dollar und Schweizer Franken stetig wuchs, verdienten mit ausgesuchter Höflichkeit behandelt zu werden. Der Mann in Brüssel stellte eine Frage, und wiederum entschuldigte sich der schweizerische Bankmanager, um diesmal in weniger als dreißig Sekunden die gewünschte Auskunft zu geben. Er hatte offenkundig die Bankauszüge und Unterlagen des Kunden aus dem Safe holen lassen und durchgesehen.
»Nein, mein Herr«, sagte er. »Wir haben Ihre Anweisung hier vorliegen, daß Sie per Luftpost-Expreßbrief unterrichtet zu werden wünschen, sobald neue Einzahlungen erfolgt sind, aber bisher ist in dem von Ihnen genannten Zeitraum nichts überwiesen worden.«
»Danke, Herr Meier. Ich frage nur, weil ich seit zwei Wochen nicht in London war und es für möglich hielt, daß in der Zwischenzeit etwas gekommen sein könnte.«
»Nein, es ist nichts gekommen. Sobald etwas eingezahlt wird, werden wir Sie unverzüglich benachrichtigen.«
Noch ehe der von Herrn Meier geäußerte Schwall guter Wünsche verebbt war, hängte der Schakal ein, erlegte die geforderte Gebühr und ging.
Kurz nach 18 Uhr betrat er die Bar in der Nähe der Rue Neuve, wo der Fälscher ihn bereits erwartete. Der Engländer erspähte einen freien Eckplatz und forderte den Fälscher mit einem Kopfnicken auf, sich zu ihm zu setzen.
»Fertig?« fragte er, als der Belgier an seinen Tisch kam.
»Ja, alles fertig. Und beste Arbeit, das muß ich selber sagen.«
Der Engländer streckte die Hand aus. »Zeigen Sie her«, befahl er.
Der Belgier zündete sich eine von seinen »Bastos« an und schüttelte den Kopf.
»Bitte begreifen Sie, Monsieur. Hier gibt es zu viele Neugierige. Außerdem brauchen Sie gutes Licht, um sie sich anzusehen, besonders die französischen Karten. Ich habe sie im Studio.«
Der Schakal maß ihn mit einem kalten Blick und nickte dann.
»Gut, also gehen wir dahin, wo wir unter uns sind und ich sie mir genau anschauen kann.«
Wenige Minuten später verließen sie die Bar und fuhren im Taxi zur Ecke der Straße, in der sich das Kellerstudio befand. Es war

ein warmer Abend, die Sonne schien noch immer, und der Schakal trug wie stets im Freien seine dunkle Sonnenbrille, die wie eine Skibrille große Partien seiner oberen Gesichtshälfte bedeckte und ihn davor schützte, erkannt zu werden.

Die Straße war jedoch so eng, daß kein Sonnenstrahl in sie drang. Ein alter Mann kam ihnen entgegen, aber er war von Gicht gebeugt und schlurfte mit gesenktem Kopf dahin.

Der Fälscher ging vor dem Schakal die Treppe hinunter und schloß die Tür auf. Im Studio war es fast so dunkel, als sei es draußen bereits Nacht. Nur ein paar Streifen trüben Tageslichts sickerten zwischen den an der Innenseite der Scheibe neben der Tür befestigten schaurigen Fotos hindurch, so daß der Engländer im Vorraum die Umrisse des Sessels und des Tisches erkennen konnte. Durch den geteilten Samtvorhang ging der Fälscher ihm voran in das Studio und schaltete das Oberlicht ein.

Aus seiner inneren Jackentasche zog er einen braunen Umschlag hervor und breitete den Inhalt auf dem kleinen runden Mahagonitisch aus, der bei Porträtaufnahmen als Requisit diente. Dann trug er das Tischchen in die Mitte des Raums unter die Lampe. Die beiden Scheinwerfer auf der winzigen Bühne an der hinteren Wand des Studios blieben ausgeschaltet.

»Bitte, Monsieur.« Er lächelte breit und deutete auf die drei Ausweise, die auf dem Tisch lagen. Der Engländer nahm den ersten zur Hand und betrachtete ihn unter dem Licht. Es war sein Führerschein. Ein auf die erste Seite geklebter Zettel bekundete, daß Mr. Alexander James Quentin Duggan, wohnhaft in London W. 1., berechtigt sei, innerhalb des Zeitraums vom 10. Dezember 1960 bis zum 9. Dezember 1963 einschließlich Motorfahrzeuge der Gruppen 1a, 1b, 2, 3, 11, 12 und 13 zu fahren. Darüber war die Nummer des polizeilichen Kennzeichens (eine fiktive Nummer natürlich) angegeben und als ausstellende Behörde das »London County Council« mit dem Zusatz »Road Traffic Act 1960« vermerkt, und ganz oben schließlich stand »Driving Licence«, sowie »Fee of 15/- received«. Soweit der Schakal es beurteilen konnte, war es eine perfekte Fälschung; für seine Zwecke jedenfalls schien sie ihm vollkommen ausreichend zu sein. Das zweite Dokument war eine auf den Namen André Martin ausgestellte französische Identitätskarte, die das Alter ihres in Colmar geborenen und in Paris wohnhaften Inhabers und dreiundfünfzig Jahren angab. Um zwanzig Jahre gealtert, mit grauem, bürstenartig geschnittenem, wirrem Haar, starrte ihm aus dem auf eine Ecke der Karte gekleb-

ten Foto sein eigenes Gesicht mit leidender Miene entgegen. Die Karte selbst war fleckig und hatte Eselsohren.
Das dritte Exemplar interessierte ihn am meisten. Die Fotografie, mit der es versehen war, unterschied sich ein wenig von derjenigen auf der Identitätskarte, denn das Ausstellungsdatum beider differierte um einige Monate, weil die Verlängerung, hätte es sich um echte Ausweise gehandelt, vermutlich nicht zum gleichen Datum fällig gewesen wäre. Das Foto auf dem Ausweis, den er in der Hand hielt, war ebenfalls vor fast zwei Wochen aufgenommen worden, zeigte ihn jedoch in einem dunkleren Hemd und mit der Andeutung eines Stoppelbarts um das Kinn herum. Dieser Effekt war das Resultat geschickter Retuschen, die den Eindruck vermittelten, daß es sich bei den beiden Fotografien um zu verschiedenen Zeitpunkten aufgenommene Porträts eines und desselben Mannes in jeweils anderer Bekleidung handelte. In beiden Fällen hatte sich das handwerkliche Können des Fälschers als ausgezeichnet erwiesen. Der Schakal blickte auf und steckte die Ausweise ein.
»Sehr hübsch«, sagte er. »Genau das, was ich suche. Gratuliere. Wenn ich nicht irre, bekommen Sie noch fünfzig Pfund.«
»Das stimmt, Monsieur.« Der Fälscher lächelte erwartungsvoll.
Der Engländer zog ein einzelnes Päckchen von zehn Fünfpfundnoten aus der Tasche und hielt es ihm mit spitzen Fingern unter die Nase. Bevor er das Bündel losließ, sagte er: »Etwas fehlt noch.«
Der Belgier versuchte vergeblich, so zu tun, als verstände er nicht. »Monsieur?«
»Die erste Seite des Führerscheins. Die echte, die ich wiederhaben wollte.«
Es konnte kein Zweifel darüber bestehen, daß der Fälscher Theater spielte. Er hob die Brauen in übertriebener Überraschung, als sei ihm die Sache eben erst wieder eingefallen, ließ das Päckchen Banknoten los, drehte sich auf dem Absatz um und entfernte sich, die Arme auf dem Rücken, mit gesenktem Kopf, als sei er in tiefes Nachdenken versunken, ein paar Schritte vom Schakal. Dann kehrte er um und kam zurück.
»Ich hatte gedacht, daß wir uns über dieses Papierchen noch ein wenig unterhalten könnten, Monsieur.«
»Ja?« Der fragende Tonfall des Schakals war so unbeteiligt wie sein Gesicht, das keinerlei Gefühlsregung verriet, sein Blick kalt und ausdruckslos.
»Tatsächlich, Monsieur, befindet sich die erste Seite Ihres Führerscheins, auf der Ihr – wie ich annehme – richtiger Name steht,

nicht hier im Studio. Oh, bitte, bitte –« er gestikulierte, als ginge es darum, jemanden, der von plötzlicher Angst gepackt war – wovon beim Engländer wahrlich keine Rede sein konnte –, beruhigen zu müssen. »Sie wird an einem absolut sicheren Ort verwahrt, in einer nur mir zugänglichen Kassette im Tresor einer Bank. Sie verstehen, Monsieur, daß ein Mann, der wie ich in einer etwas riskanten Branche tätig ist, sich absichern muß.«
»Was wollen Sie?«
»Nun, *cher monsieur*, ich hatte auf Ihre Bereitschaft gehofft, mit mir aufgrund der Tatsache, daß sich besagtes Papierchen in meinem Besitz befindet, einen zusätzlichen Handel auf Basis einer Summe abzuschließen, die allerdings um einiges über der zuletzt hier in diesem Raum erwähnten von hundertfünfzig Pfund liegen würde.«
Der Engländer seufzte leise, als sei ihm die Fähigkeit des Menschen, sich seine eigene Existenz auf dieser Erde durch unnötige Komplikationen zu erschweren, schlechthin unbegreiflich. Ob er den Vorschlag des Belgiers erwog, war ihm nicht anzumerken.
»Sind Sie interessiert?« erkundigte sich der Fälscher artig. Er spielte seine Rolle, als habe er sie sorgfältig einstudiert. Das schlechtkaschierte Angebot, die vermeintlich subtilen Anspielungen erinnerten den Schakal an einen zweitklassigen Gangsterfilm.
»Ich habe schon öfter mit Erpressern zu tun gehabt«, sagte er, und es war keine Beschuldigung, sondern eine in sachlichem Tonfall getroffene nüchterne Feststellung.
»Aber Monsieur, ich bitte Sie. Ich bin doch kein Erpresser! Was ich Ihnen vorschlage, ist lediglich ein kleines Zusatzabkommen. Sie erhalten das gesamte Paket für eine bestimmte Summe. Schließlich habe ich nicht nur das Original Ihres Führerscheins, die entwickelten Abzüge und sämtliche Negative ihrer Fotos in meiner Kassette, sondern leider« – er hob bedauernd die Hände – »auch eine weitere Aufnahme von Ihnen, die Sie ohne Ihr Make-up hier in diesem Studio im Scheinwerferlicht zeigt. Ich bin sicher, daß Ihnen diese Dinge, sofern sie in die Hände der britischen oder französischen Behörden gelangten, beträchtliche Schwierigkeiten verursachen dürften. Sie sind offenkundig ein Mann, der sich in der Welt auskennt und zahlt. Aber um die Unannehmlichkeiten des Lebens zu vermeiden...«
»Wieviel?«
»Eintausend Pfund, Monsieur.«
Der Engländer erwog den Vorschlag und nickte leichthin, als sei die Angelegenheit für ihn von rein akademischem Interesse.

»Diese Summe wäre es mir schon wert, das Material zurückzubekommen.«

Der Belgier lächelte triumphierend. »Ich bin sehr froh, das zu hören, Monsieur.«

»Aber die Antwort ist nein«, fuhr der Engländer fort, als dächte er noch immer angestrengt nach. Die Augen des Belgiers verengten sich. »Aber wieso? Ich verstehe nicht. Sie sagten doch, es sei Ihnen tausend Pfund wert, die Sachen zurückzubekommen. Dann ist doch alles klar. Wir beide sind es gewohnt, mit gesuchten Dingen zu handeln und dafür bezahlt zu werden.«

»Aus zwei Gründen«, sagte der Schakal. »Zum einen habe ich keinerlei Beweis dafür, daß von den Negativen der Fotos keine Kopien existieren und auf die erste Geldforderung nicht weitere folgen werden. Und zweitens – wer sagt mir, ob Sie das Material nicht einem Freund gegeben haben, der, aufgefordert, es herauszugeben, plötzlich erklärt, er habe es nicht mehr, es sei denn, ich mache weitere eintausend Pfund locker.«

Der Belgier sah erleichtert aus. »Wenn das alles ist, was Sie beunruhigt, dann sind Ihre Befürchtungen grundlos. Zunächst einmal läge es schon deswegen nicht in meinem Interesse, das Material einem Partner anzuvertrauen, weil ich damit rechnen müßte, daß er es nicht wieder herausrückt. Ich kann mir nicht vorstellen, daß Sie sich von tausend Pfund trennen, ohne das Material bekommen zu haben. Es gibt also keinen Grund für mich, warum ich es hätte weggeben sollen.

Und was die Möglichkeit weiterer Geldforderungen betrifft, von der Sie sprachen, so besteht sie nicht. Eine Fotokopie des Führerscheins würde die britischen Behörden nicht beeindrucken, und selbst wenn man Sie mit einem gefälschten Führerschein erwischte, so würde Ihnen das zwar Unannehmlichkeiten bereiten, aber doch nicht so schwerwiegende, daß es sich, um sie abzuwenden, verlohnte, mir weitere Zahlungen zu leisten. Wenn dagegen die französischen Behörden erführen, daß ein gewisser Engländer sich als der nichtexistente Franzose André Martin verkleidet hat, würden sie Sie sicherlich festnehmen, falls Sie unter diesem Namen einreisten. Aber wenn ich tatsächlich mit weiteren Forderungen an Sie herantreten wollte, wäre es für Sie viel sinnvoller, die Ausweise wegzuwerfen und einen anderen Fälscher zu finden, der Ihnen neue anfertigt. Dann brauchten Sie nicht mehr zu befürchten, als André Martin in Frankreich verhaftet zu werden, weil André Martin zu existieren aufgehört hätte.«

»Und warum sollte mir genau das nicht jetzt möglich sein«, fragte der Engländer, »wo es mich doch vermutlich kaum mehr als nochmals hundertfünfzig Pfund kosten dürfte, die Papiere ein zweites Mal anfertigen zu lassen?«
Der Belgier gestikulierte mit beschwörend erhobenen Händen.
»Ich baue darauf, daß Ihnen die Bequemlichkeit und der Zeitfaktor das Geld wert sind. Ich glaube, daß Sie diese André-Martin-Papiere und mein Schweigen sehr bald brauchen. So rasch sind neue Papiere nicht zu bekommen, und so gute überhaupt nicht. Die, die Sie jetzt haben, sind perfekt. Also brauchen Sie die Papiere und brauchen Sie mein Schweigen, und beides jetzt. Die Papiere haben Sie. Mein Schweigen kostet eintausend Pfund.«
»Also gut, wenn Sie es so darstellen. Aber was veranlaßt Sie zu glauben, ich hätte tausend Pfund hier in Belgien bei mir?«
Der Fälscher lächelte nachsichtig.
»Monsieur, Sie sind ein englischer Gentleman. Das sieht jeder. Und doch wollen Sie sich als französischer Arbeiter mittleren Alters maskieren. Ihr Französisch ist fließend und fast akzentlos. Deswegen habe ich als Geburtsort von André Martin Colmar angegeben. Sie wissen, daß Elsässer französisch ähnlich wie Sie mit einem ganz leichten Akzent sprechen. Sie geben sich in Frankreich als André Martin aus. Perfekt, eine absolut geniale Idee, kein Zweifel. Wer käme jemals darauf, einen alten Mann wie Martin zu durchsuchen? Also sind Sie, was immer Sie auch vorhaben mögen, ein wichtiger Mann. Vielleicht Rauschgift? Soll in gewissen englischen Kreisen ja heutzutage sehr beliebt sein. Und Marseille ist einer der wichtigsten Umschlagplätze. Oder Diamanten? Was weiß ich? Aber das Geschäft, in dem Sie sind, ist einträglich. Englische Mylords verschwenden nicht mit Taschendiebstählen auf Rennbahnen ihre Zeit. Bitte, Monsieur, hören wir doch auf, uns gegenseitig etwas vorzumachen, *hein?* Sie rufen Ihre Freunde in London an und bitten sie, Ihnen telegrafisch tausend Pfund auf Ihre hiesige Bank zu überweisen. Dann tauschen wir morgen abend unsere Päckchen aus, und – hopp! – kann es losgehen mit der Reise, was meinen Sie?«
Der Engländer nickte mehrmals wie in schmerzlicher Rückschau auf ein Leben voller Irrtümer. Plötzlich hob er den Kopf und lächelte den Belgier freundlich an. Es war das erste Mal, daß der Fälscher ihn lächeln sah, und er fühlte sich ungemein erleichtert, daß dieser ruhige Engländer die Sache so gelassen nahm. Das übliche sich Drehen und Wenden, die Suche nach einem Ausweg, nun

ja. Aber kein wirklich schwieriger Fall. Der Mann hatte schließlich doch noch gespurt.
»Also gut«, sagte der Engländer, »ich gebe mich geschlagen. Bis morgen mittag kann ich mir tausend Pfund kommen lassen. Aber ich stelle eine Bedingung.«
»Bedingung?« Der Belgier war sofort wieder mißtrauisch.
»Wir treffen uns nicht hier.«
Der Fälscher war überrascht. »Was haben Sie gegen dieses Studio einzuwenden? Es ist ruhig und abgelegen ...«
»Ich habe eine ganze Menge gegen dieses Studio einzuwenden«, entgegnete der Engländer. »Sie haben mir gerade erzählt, daß Sie hier in diesem Raum heimlich ein Foto von mir gemacht haben. Ich lege keinen Wert darauf, daß unsere morgige kleine Übergabezeremonie von dem leisen Klicken einer Kamera unterbrochen wird, mit der sich einer Ihrer Freunde rücksichtsvollerweise hier irgendwo versteckt hält ...«
Sichtbar erleichtert, lachte der Belgier laut auf.
»Da brauchen Sie keine Angst zu haben, *cher ami*. Dieser Laden gehört mir, und niemand kommt hierher, den ich nicht dazu aufgefordert habe. Ich muß da sehr vorsichtig sein, verstehen Sie, sehr diskret, denn ich betreibe hier noch ein Nebengeschäft mit Fotos für die Touristen, wenn Sie wissen, was ich meine. Sehr gefragt übrigens, diese Arbeit, aber doch nicht ganz das Genre, das für ein Studio an der Grande Place geeignet ist ...«
Mit Daumen und Zeigefinger ein O formend, hob er die linke Hand und bewegte den durch die kreisförmige Öffnung gesteckten Zeigefinger seiner Rechten mehrfach hin und her.
Der Engländer zwinkerte, grinste dann breit und fing schließlich an zu lachen. Der Belgier lachte ebenfalls über den Witz. Der Engländer klatschte dem Belgier auf die Oberarme, und seine Finger, die sich um deren Muskeln legten, packten unvermittelt stahlhart zu und hielten den Belgier, der weiter die obszöne Geste vollführte, fest im Griff. Der Fälscher lachte noch immer, als er einen fürchterlichen Schmerz in seinen Genitalien verspürte.
Ruckartig schnellte sein Kopf nach vorn, während seine Hände, die mitten in ihrer Pantomime erstarrt waren, zu den zerquetschten Hoden hinabfuhren, in die der Mann, der ihn mit eisernem Griff gepackt hielt, sein rechtes Knie gerammt hatte. Sein Lächeln wurde zu einem Schreien, einem Gurgeln, einem Röcheln. Halb bewußtlos, sackte er in die Knie und versuchte dann, sich vornüber fallen und auf die Seite rollen zu lassen. Er krümmte sich vor Schmerzen.

Der Schakal beugte sich rittlings über den Rücken der zusammengesunkenen Gestalt, ließ seinen rechten Arm um den Hals des Belgiers gleiten, packte mit der rechten Hand den eigenen linken Oberarm, während seine Linke sich um den Hinterkopf des Fälschers legte. Mit einem kurzen, harten Ruck drehte er ihm den Hals seitlich nach hinten um. Das Knirschen, mit dem die Wirbelsäule brach, war vermutlich nicht sehr laut, aber in der Stille des Studios klang es, als krache ein Schuß aus einer kleinen Pistole. Der Körper des Fälschers bäumte sich ein letztes Mal auf und sackte dann in sich zusammen wie eine Stoffpuppe. Der Schakal hielt ihn noch einen Augenblick in seinem Griff fest, bevor er ihn mit dem Gesicht nach unten auf den Boden fallen ließ. Der Kopf des Toten drehte sich zur Seite, und zwischen seinen zusammengepreßten Zähnen stand die fast durchgebissene Zunge leicht hervor, während die starren Augen auf das verschlissene Muster des Linoleumfußbodens gerichtet und die Hände noch immer um das Genital gekrallt waren. Der Engländer ging rasch zu den Vorhängen, um sich zu vergewissern, daß sie gänzlich zugezogen waren, und kehrte dann zu der Leiche zurück. Er drehte sie herum, tastete die Taschen des Fälschers ab und fand die Schlüssel schließlich in dessen rechter Hosentasche. In der hinteren Ecke des Studios stand die große Kiste mit den Requisiten und Schminkkästen. Der vierte Schlüssel, mit dem er sie zu öffnen versuchte, paßte endlich, und er verbrachte zehn Minuten damit, die Kiste zu leeren und den Inhalt in unordentlichen Haufen auf dem Fußboden aufzutürmen.
Dann packte er die Leiche des Fälschers unter den Achseln und schleifte sie zur Kiste hinüber. Sie ging bequem hinein, weil sich ihre Glieder leicht krümmen und den Begrenzungen der Kiste anpassen ließen. In wenigen Stunden würde der Rigor mortis einsetzen und die Leiche in der jetzt auf dem Boden der Kiste eingenommenen Position erstarren lassen. Dann begann der Schakal, die Gegenstände, die er herausgeholt hatte, wieder in die Kiste zurückzulegen. Perücken, Damenunterwäsche, Toupets und was sonst noch weich und nicht sperrig war, stopfte er in die zwischen den Gliedern verbliebenen Hohlräume. Obenauf packte er die Makeup-Pinsel und Schminktöpfe, und zum Abschluß folgte eine aus den restlichen Cremetuben, mehreren Paaren schwarzer Netzstrümpfe, zwei Negligées und einem Morgenmantel bestehende Schicht, welche die Leiche vollständig bedeckte und die Kiste bis zum Rand füllte. Der Schakal mußte ein bißchen nachdrücken, um den Deckel zu schließen, aber dann rastete das Schloß ein.

Er hatte seine Hand mit einem aus der Kiste stammenden Stoffetzen umwickelt, bevor er die Flakons und Schminktöpfe anfaßte, und zog jetzt sein eigenes Taschentuch hervor, um damit das Schloß und die Außenflächen der Kiste abzuwischen. Dann steckte er das Bündel Fünfpfundnoten ein, das auf dem Tisch liegengeblieben war, wischte auch diesen ab und stellte ihn wieder dorthin an die Wand zurück, wo er gestanden hatte, als er gekommen war. Schließlich schaltete er das Licht aus und setzte sich in einen der an der Wand stehenden Sessel, um den Anbruch der Dunkelheit abzuwarten. Nach ein paar Minuten holte er seine Zigarettenschachtel hervor, steckte sich eine Zigarette an und deponierte die restlichen zehn in eine der Seitentaschen seines Jacketts, um die Schachtel als Aschenbecher zu benutzen und den aufgerauchten Stummel darin zu verwahren.

Er gab sich keiner Täuschung darüber hin, daß das Verschwinden des Fälschers nicht allzu lange unentdeckt bleiben würde, hielt es jedoch für wahrscheinlich, daß ein Mann wie der Belgier periodisch in den Untergrund oder auf Reisen gehen mußte. Wenn es einigen seiner Freunde auffiel, daß er sich in den Kneipen und Bars, in denen er normalerweise anzutreffen war, nicht mehr blicken ließ, so würden sie es vermutlich diesem Umstand zuschreiben. Nach einer gewissen Zeit mochte eine Suche beginnen, an der sich vor allem Leute beteiligen würden, die mit dem Fälscherhandwerk oder dem Pornogeschäft zu tun hatten. Möglicherweise kannten einige von ihnen das Studio und würden sich dorthin begeben, um die Tür verschlossen zu finden. Wer in das Studio eindrang, mußte es durchsuchen, das Vorhängeschloß der Kiste erbrechen und sie leeren müssen, bevor er die Leiche entdeckte.

Ein Mitglied der Unterwelt, das dies täte, würde – so vermutete der Schakal – in der Annahme, daß der Fälscher mit einem Gangsterboß aneinandergeraten sei, der Polizei die Angelegenheit nicht melden. Kein manischer Pornoliebhaber würde nach einem im Affekt der Leidenschaft begangenen Mord die Leiche so sorgfältig versteckt haben. Aber irgendwann müßte es die Polizei erfahren. Zu dem Zeitpunkt würde zweifellos ein Foto veröffentlicht werden und der Barmixer sich vermutlich daran erinnern, daß der Fälscher seine Bar am Abend des 1. August in Begleitung eines hochgewachsenen blonden Mannes verlassen hatte, der einen Glencheck-Anzug und dunkle Augengläser trug. Aber es war höchst unwahrscheinlich, daß in den kommenden Monaten irgend jemand die Kassette des Ermordeten untersuchen würde, selbst wenn er sie unter seinem eigenen Namen registriert haben sollte.

Er hatte mit dem Barmixer kein Wort gesprochen, und die Bestellung der beiden Biere bei dem Ober derselben Bar war zwei Wochen zuvor erfolgt. Der Kellner würde schon ein phänomenales Gedächtnis haben müssen, wenn er sich an den kaum merklichen ausländischen Akzent erinnern wollte, mit dem sie ausgesprochen worden war. Die Polizei würde eine routinemäßige Fahndung nach dem blonden Mann veranstalten, aber selbst wenn sie dabei auf den Namen Alexander Duggan stieße, hätte sie den Schakal damit noch lange nicht gefunden. Nach sorgfältigem Abwägen aller kalkulierbaren Umstände kam er zu dem Schluß, daß ihm mindestens ein Monat Zeit verblieb, und mehr brauchte er ohnehin nicht.
Die Tötung des Fälschers war so beiläufig geschehen wie das Zertreten eines Kakerlaken. Der Schakal rauchte entspannt eine zweite Zigarette und schaute hinaus. Es war 21 Uhr 30, und über die enge Straße hatte sich tiefe Dunkelheit gesenkt. Leise verließ er das Studio und schloß die äußere Tür hinter sich ab. Niemand begegnete ihm, als er rasch die Straße hinunterging. Etwa einen Kilometer vom Studio entfernt, ließ er die Schlüssel in ein Siel fallen und hörte sie in einigen Metern Tiefe auf das Kanalisationswasser klatschen. Er kehrte in sein Hotel zurück, wo er ein spätes Abendessen einnahm.
Den nächsten Tag – es war Freitag – verbrachte er mit Einkäufen in den Arbeitervororten Brüssels. In einem auf Camping-Ausrüstungsartikeln spezialisierten Geschäft erstand er ein Paar Wanderstiefel, lange Wollsocken, eine grobe Drillichhose, ein gewürfeltes wollenes Holzfällerhemd und einen Rucksack. Unter seinen anderen Erwerbungen befanden sich mehrere Lagen von dünnem Schaumgummi, ein Einkaufsnetz, ein Bindfadenknäuel, ein Jagdmesser, zwei dünne Pinsel, ein Topf mit rosa und ein weiterer mit brauner Farbe. Er überlegte sich, ob er an einem Obstkarren eine große Melone kaufen sollte, nahm aber davon Abstand, weil die Melone über das Wochenende wahrscheinlich verderben würde.
Wieder im Hotel, benutzte er seinen neuen Führerschein, der wie sein Paß auf den Namen Alexander Duggan ausgestellt war, um für den folgenden Morgen einen Leihwagen zu bestellen, und beauftragte den Empfangschef, ihm über das Wochenende ein Einzelzimmer mit Bad oder Dusche in einem Badeort an der See reservieren zu lassen. Obwohl im August nahezu alle Häuser ausgebucht waren, gelang es dem Mann, ihm in einem kleinen Hotel in Zeebrügge ein Zimmer mit Blick auf den malerischen Fischereihafen zu bestellen.

Siebtes Kapitel

Während der Schakal in Brüssel seine Einkäufe tätigte, hatte Viktor Kowalsky mit den Schwierigkeiten zu kämpfen, die sich ergeben, wenn man in einem Land, dessen Sprache man nicht spricht, eine internationale Fernsprechauskunft erhalten will.
Da er nicht Italienisch sprach, wandte er sich hilfesuchend an die Angestellten des Hotelempfangs, und nach einigem Hin und Her gab schließlich einer von ihnen zu erkennen, daß er ein wenig Französisch könne. Mühsam versuchte Viktor ihm klarzumachen, daß er einen Mann in Marseille, Frankreich, anzurufen wünsche, aber die Telefonnummer nicht wisse.
Ja, den Namen und die Adresse kannte er. Der Name war Grzybowski. Der Italiener verstand den Namen nicht und bat Kowalsky, ihn aufzuschreiben. Das tat Kowalsky, aber der Italiener, der nicht glauben mochte, daß irgendein Name mit drei Konsonanten beginnen könne, sprach ihn, in der Meinung, das von Kowalsky geschriebene »z« solle ein »i« sein, »Grib..« aus, als er das internationale Fernamt in der Leitung hatte. Im Marseiller Fernsprechverzeichnis gebe es keinen Josef Gribowski, ließ das Telefonfräulein am anderen Ende der Leitung den Italiener wissen. Der Hotelangestellte wandte sich an Kowalsky und erklärte ihm, eine Person dieses Namens existiere nicht.
Weil er jedoch ein gewissenhafter Mann war und darauf bedacht, einem Ausländer behilflich zu sein, buchstabierte er den Namen noch einmal laut, um sicherzugehen, daß er ihn richtig verstanden hatte.
»Ça n'existe pas, monsieur. Voyons ... G, r, i ...«
»Non, g, r, z –« unterbrach Kowalsky.
Der Hotelangestellte sah ihn fragend an.
»Excusez-moi, monsieur. G, r, z? G, r, z, y?«
»Oui«, bestätigte Kowalsky. »G, R, Z, Y, B, O, W, S, K, I.«
Der Italiener zuckte mit den Achseln und ließ sich nochmals die Telefonvermittlung geben.
»Verbinden Sie mich bitte mit der internationalen Fernsprechauskunft.«
Innerhalb von zehn Minuten hatte Kowalsky Jo-Jos Telefonnummer, und eine halbe Stunde später war die Verbindung hergestellt. Die Stimme des Ex-Legionärs in Marseille war schlecht zu verstehen, weil es in der Leitung knackte, und Jo-Jo schien die schlimme Nachricht, die er seinem Freund brieflich hatte zukommen lassen,

nur zögernd zu bestätigen. Ja, er sei froh, daß Kowalsky anrief, er habe seit drei Monaten versucht, seine Adresse ausfindig zu machen.
Ja, das mit der Krankheit der kleinen Sylvie stimme unglücklicherweise. Sie sei immer schwächer und dünner geworden, und als schließlich ein Arzt die Krankheit diagnostiziert hatte, schon bettlägerig gewesen. Jetzt läge sie nebenan im Schlafzimmer der Wohnung, von der aus Jo-Jo telefonierte. Nein, es sei nicht die gleiche Wohnung, sie hätten sich eine neuere und größere genommen. Was? Die Adesse? Jo-Jo nannte sie Kowalsky, der sie sich, die Zunge zwischen den gespitzten Lippen, aufschrieb.
»Wie lange geben ihr die Quacksalber noch?« brüllte er in den Hörer. Nachdem er seine Frage dreimal wiederholt hatte, schien Jo-Jo sie begriffen zu haben. Es entstand eine lange Pause.
»*Allo? allo?*« rief Kowalsky, als keine Antwort kam.
»Eine Woche, vielleicht auch zwei oder drei«, sagte Jo-Jo.
Ungläubig starrte Kowalsky in die Muschel, legte dann wortlos den Hörer auf die Gabel und stolperte aus der Telefonzelle. Nachdem er die Gebühren für das Gespräch bezahlt hatte, holte er die Post ab, ließ den Deckel des an sein Handgelenk geketteten Stahletuis zuschnappen und ging ins Hotel zurück. Zum erstenmal seit vielen Jahren waren seine Gedanken in Aufruhr geraten, und es gab niemanden, bei dem er sich zur Entgegennahme von Befehlen hätte melden können, die das Problem mit Gewalt gelöst haben würden.
In seiner Wohnung in Marseille – es war dieselbe, in der er schon immer gelebt hatte – legte Jo-Jo den Hörer auf, als ihm klar wurde, daß Kowalsky eingehängt hatte. Er drehte sich um und sah, daß die beiden Männer vom Aktionsdienst, von denen jeder einen 45er-Polizei-Spezial-Colt in der Hand hielt, sich nicht vom Fleck gerührt hatten. Die Waffe des einen war auf Jo-Jo, die des anderen auf dessen Frau gerichtet, die mit aschfahlem Gesicht auf dem Sofa saß.
»Hunde«, sagte Jo-Jo voller Haß. »Scheißkerle.«
»Kommt er?« fragte einer der beiden Männer.
»Er hat nichts davon gesagt. Er hat einfach eingehängt«, sagte der Pole.
Die Knopfaugen des Korsen starrten ihn unverwandt an.
»Er muß kommen. Wir haben unsere Anweisungen.«
»Nun, Sie haben es doch gehört. Ich habe gesagt, was Sie wollten. Es muß ihm einen Schock versetzt haben. Er hat einfach eingehängt. Ich konnte ihn nicht daran hindern.«

»Es wäre besser für Sie, wenn er käme, Jo-Jo«, wiederholte der Korse.
»Er wird kommen«, sagte Jo-Jo resigniert. »Wenn er kann, wird er kommen, wegen des kleinen Mädchens.«
»Gut. Dann haben Sie Ihre Rolle ausgespielt.«
»Dann machen Sie, daß Sie hier herauskommen«, brüllte Jo-Jo. »Lassen Sie uns in Ruhe.«
Der Korse stand auf, behielt aber die Pistole in der Hand. Der zweite Mann blieb, den Blick unverwandt auf die Frau gerichtet, sitzen.
»Wir gehen«, sagte der Korse, »aber Sie kommen beide mit uns. Wir können nicht zulassen, daß Sie hier in der Gegend herumquatschen oder in Rom anrufen. Das werden Sie doch einsehen, was, Jo-Jo?«
»Wohin bringen Sie uns?«
»In ein hübsches kleines Hotel in den Bergen, wo es viel Sonne und frische Luft gibt. Wird Ihnen guttun, Jo-Jo.«
»Für wie lange?« fragte der Pole dumpf.
»So lange, wie es nötig ist.«
Der Pole starrte zum Fenster auf das Gewirr der Gassen und Fischstände hinaus, das sich hinter der Postkartenkulisse des Alten Hafens versteckt.
»Gerade jetzt ist die Touristensaison auf dem Höhepunkt. Die Züge sind voll. Der August bringt uns mehr ein als der ganze Winter. Das wird uns auf Jahre hinaus ruinieren.«
Der Korse lachte, als fände er diese Vorstellung besonders belustigend.
»Sie müssen es als Gewinn und nicht als Verlust betrachten, Jo-Jo. Sie tun es schließlich für Frankreich, Ihre Wahlheimat.«
Der Pole fuhr herum. »Ich scheiße auf die Politik. Es ist mir egal, wer an der Macht ist und welche Partei alles auf den Kopf stellen will. Aber Leute wie Sie kenne ich. Mein ganzes Leben lang habe ich sie immer wieder getroffen. Ein Typ wie Sie würde auch für Hitler oder Mussolini oder die OAS arbeiten, wenn für Sie dabei etwas herausspringt. Für jeden würden Sie arbeiten. Die Regierungen wechseln, aber solche Hunde wie Sie bleiben immer die gleichen –« schrie er und hinkte auf den Mann mit der Pistole zu, deren kurzläufige Mündung unverändert auf ihn gerichtet war.
»Jo-Jo«, schrie die Frau auf dem Sofa. »Jo-Jo, *je t'en prie. Laisse-le.*«
Der Pole verstummte und starrte seine Frau an, als sei er sich ihrer

Gegenwart erst jetzt bewußt geworden. Er sah nacheinander alle drei im Zimmer Anwesenden an, deren Augen auf ihn gerichtet waren – die seiner Frau mit beschwörendem, die der Geheimdienst-Gorillas mit kaltem Blick. Anschuldigungen, die doch nichts änderten, waren sie gewohnt. Der Ranghöhere der beiden deutete zum Schlafzimmer
»Los, packen Sie jetzt Ihre Sachen. Sie zuerst, dann die Frau.«
»Was wird mit Sylvie? Sie kommt um vier aus der Schule und dann ist niemand da, um sie hereinzulassen«, klagte die Frau.
Der Korse starrte noch immer ihren Mann an.
»Unsere Leute werden sie von der Schule abholen. Wir haben schon alles arrangiert. Die Direktorin ist unterrichtet worden, daß die Großmutter im Sterben liegt und die ganze Familie ans Totenbett gerufen wurde. Alles wird sehr diskret gehandhabt. Also los, beeilen Sie sich jetzt.«
Jo-Jo zuckte mit den Achseln, warf seiner Frau einen letzten Blick zu und ging, gefolgt von dem Korsen, ins Schlafzimmer, um zu packen. Seine Frau zerknüllte ihr Taschentuch zwischen den Fingern. Nach einer Weile blickte sie auf.
»Was – was werden sie mit ihm machen?« fragte sie den anderen Aktionsdienst-Agenten. Er war jünger als der Korse und stammte aus der Gascogne.
»Mit Kowalsky?«
»Mit Viktor, ja.«
»Ein paar Herrschaften wollen mit ihm sprechen. Das ist alles.«
Eine Stunde später saßen die Grzybowskis im Fond eines großen Citroën, der sie in ein abgelegenes kleines Gebirgshotel im Vercors brachte.

Der Schakal verbrachte das Wochenende an der See. Er kaufte sich eine Badehose, sonnte sich am Strand von Zeebrügge, badete mehrmals und durchstreifte die kleine Hafenstadt, um die einst britischen Matrosen und Soldaten verzweifelt gekämpft hatten. Möglicherweise hätten sich einige der bärtigen alten Männer, die auf der Mole saßen und ihre Angeln nach Seebarschen auswarfen, auf Befragen an das Blutbad, das hier vor sechsundvierzig Jahren stattgefunden hatte, erinnert. Aber er fragte sie nicht danach. Die einzigen englischen Stimmen, die man an diesem Tag am Strand hören konnte, waren die einiger englischer Familien, die die Sonne genossen und dabei ihre in der Brandung badenden Kinder im Auge zu behalten versuchten.

Am Sonntagmorgen packte er seine Koffer und fuhr gemächlich durch die flämische Landschaft. Er schlenderte in den engen Gassen von Brügge und Gent umher, aß in Damm im Siphon-Restaurant ein über dem Holzfeuer gebratenes Steak und fuhr am Nachmittag nach Brüssel zurück. Bevor er sich schlafen legte, bat er darum, anderntags frühzeitig mit Kaffee am Bett geweckt zu werden, bestellte sich ein Lunchpaket zum Mitnehmen und erklärte, daß er in die Ardennen zu fahren beabsichtige, um dort das Grab seines während der letzten deutschen Offensive zwischen Bastogne und Malmedy gefallenen Bruders zu besuchen. Der Empfangschef zeigte sich ungemein mitfühlend und gelobte, daß der Schakal sich darauf verlassen könne, zum Antritt seiner Pilgerfahrt rechtzeitig geweckt zu werden.

In Rom verbrachte Kowalsky ein weit weniger erholsames Wochenende. Er trat seinen Wachdienst, zu dem er bei Tage als Wachhabender am Empfangstisch im achten Stock und in der Nacht als Posten auf dem Dach des Hotels eingeteilt war, pünktlich an. In der wachfreien Zeit schlief er nur wenig und lag zumeist in seinem an einem schmalen Gang im achten Stockwerk gelegenen Zimmer auf dem Bett, rauchte und trank den herben Rotwein, der für die acht der Leibwache angehörenden Ex-Legionäre gallonenweise angeliefert wurde. Den Vergleich mit dem algerischen *pinard*, der in der Feldflasche jedes Legionärs zu gluckern pflegte, hielt der saure italienische *rosso* nicht aus, fand Kowalsky. Aber er war besser als gar nichts. Wie immer, wenn es weder Befehle von oben gab, die ihm die Verantwortung abnahmen, noch gültige Dienstanweisungen, die ihm die Entscheidung leichtmachten, brauchte er sehr lange, um zu einem Entschluß zu kommen. Aber am Montagmorgen hatte er sich entschieden. Er würde nicht lange fort sein, vielleicht nur einen Tag, möglicherweise auch zwei Tage, sollte es mit den Anschlüssen nicht klappen. In jedem Fall war es etwas, was geschehen mußte. Er würde dem *patron* hinterher alles erklären. Er zweifelte nicht daran, daß der *patron* ihn verstehen würde, obschon er bestimmt wütend wäre. Er hatte auch erwogen, dem Obersten alles zu erzählen und ihn um achtundvierzig Stunden Urlaub zu bitten. Aber er war sich ganz sicher, daß der Oberst, obwohl er ein beliebter Offizier war, der zu seinen Männern hielt, wenn sie in Schwierigkeiten geraten waren, ihn nicht gehen lassen würde. Er würde die Sache mit Sylvie nicht verstehen, und Kowalsky wußte, daß er sie ihm nicht erklären könnte.

Er konnte nie etwas mit Worten erklären. Er seufzte tief, als er am Montagmorgen in aller Frühe aufstand, um die Wache abzulösen. Der Gedanke, daß er sich zum erstenmal in seinem Leben als Legionär unerlaubt von der Truppe entfernen würde, beunruhigte ihn außerordentlich.

Der Schakal stand zur gleichen Zeit auf. Er duschte und rasierte sich und machte sich anschließend über das ausgezeichnete Frühstück her, das auf einem Tablett neben seinem Bett stand. Dann holte er den Koffer mit dem zerlegten Gewehr aus dem Schrank und umwickelte jedes Einzelteil sorgfältig mit mehreren Lagen Schaumgummi, um die er eine Schnur band. Die Pakete kamen zuunterst in seinen Rucksack, darüber packte er die Farbtöpfe und Pinsel, die Drillichhose und das Holzfällerhemd, die Socken und die Stiefel. Das Einholnetz verstaute er in einer der äußeren Taschen des Rucksacks, die Patronen in der anderen.
Er wählte eines seiner üblichen gestreiften Hemden, wie sie 1963 Mode waren, und entschied sich für einen taubengrauen leichten Sommeranzug und schwarze Mokassins von Gucci. Eine gestrickte schwarze Krawatte vervollständigte das Ensemble. Den Rucksack in der Linken tragend, ging er zu seinem auf dem Parkplatz des Hotels abgestellten Wagen hinunter und schloß ihn im Kofferraum ein. An der Rezeption ließ er sich das Lunchpaket aushändigen, nickte dem Empfangschef, der ihm eine gute Fahrt wünschte, freundlich zu und verließ das Hotel. Um 9 Uhr hatte er Brüssel hinter sich gelassen und jagte auf der alten E 40 in Richtung Namur. Die strahlende Sonne, unter der sich das flache Land ringsum zu erwärmen begann, ließ bereits erkennen, daß es ein brennendheißer Tag werden würde. Auf seiner Straßenkarte war die Entfernung bis Bastogne mit vierundneunzig Meilen angegeben, und er würde noch ein paar weitere Meilen fahren müssen, um südlich der kleinen Stadt in den Hügeln und Wälder einen geeigneten Platz zu finden. Er schätzte, daß er die hundert Meilen bis zum Mittag spielend geschafft haben würde, und drehte den Simca-Aronde kräftig auf, als er ihn in der wallonischen Ebene neuerlich in eine lange, flache Gerade lenkte.
Noch bevor die Sonne ihren Höchststand erreichte, hatte er Namur und Marche durchfahren und näherte sich Bastogne. Hinter der kleinen Stadt, die 1944 von General von Manteuffels Tiger-Panzern zerschossen worden war, bog er in die nach Süden in eine zunehmend hügelige Landschaft führende Straße ein. Der Wald

wurde dichter, die kurvige Straße immer häufiger von großen Ulmen und Buchen verdunkelt und schließlich nur noch selten von einzelnen zwischen den Bäumen einfallenden Sonnenstahlen zerschnitten.
Etwa sieben Kilometer hinter Bastogne fand der Schakal einen schmalen Weg, der in den Wald führte, und nach weiteren anderthalb Kilometern einen vom Weg abzweigenden Pfad, der sich im Waldinneren verlor. Er bog in ihn ein und brachte den Wagen nach ein paar Metern hinter dichtem Buschwerk zum Halten. Er rauchte eine Zigarette und lauschte dem Ticken des abkühlenden Motors, dem Windhauch, der in den obersten Ästen spielte, und dem entfernten Gurren eine Wildtaube.
Schließlich stieg er aus, öffnete den Kofferraum und legte den Rucksack auf die Kühlerhaube. Stück für Stück wechselte er die Kleidung, legte den makellosen taubengrauen Anzug sorgfältig zusammengefaltet auf den Rücksitz und schlüpfte in die Drillichhose. Er fand es warm genug, ohne Jacke zu gehen, und er vertauschte Hemd und Krawatte mit dem Holzfällerhemd. Zuletzt entledigte er sich seiner eleganten Stadtschuhe und Socken, zog die Wollstrümpfe an und schlüpfte in die kurzen Stiefel, in die er die Aufschläge seiner Drillichhose steckte.
Dann packte er die Einzelteile des Gewehrs aus und setzte es Stück für Stück zusammen. Den Schalldämpfer steckte er in eine Hosentasche, das Zielfernrohr in die andere. Er entnahm der Munitionsschachtel zwölf Patronen und ließ sie in die linke Brusttasche seines Hemdes gleiten, das noch immer in Seidenpapier gewickelte einzelne Explosivgeschoß in die rechte.
Als das Gewehr zusammengesetzt war, legte er es auf die Kühlerhaube und holte die Melone aus dem Kofferraum, die er, bevor er am Abend zuvor in sein Hotel zurückgekehrt war, an einem Obststand gekauft und über Nacht im Wagen gelassen hatte. Er verschloß den Kofferraum, steckte die Melone zusammen mit dem Farbtopf, den Pinseln und dem Jagdmesser in den leeren Rucksack, schloß den Wagen ab und ging in den Wald. Es war kurz nach zwölf.
Innerhalb von zehn Minuten hatte er eine langgestreckte, schmale Lichtung gefunden, die von einem bis zum anderen Ende freie Sicht gewährte. Er lehnte das Gewehr an einen Baumstamm, schritt hundertdreißig Meter ab und suchte sich dann einen Baum, von dem aus das zurückgelassene Gewehr sichtbar war. Er entleerte den Rucksack, löste den Deckel von den beiden Farbtöpfen und machte sich an die Arbeit. Rasch hatte er den oberen und den unteren Teil

der Melone braun und die Mitte der Frucht rosa übermalt. Mit dem Finger zeichnete er Augen, Nase, Bärtchen und Mund in die noch nasse Farbe.
Um das Kunstwerk nicht zu verwischen, steckte er das Messer in den oberen Teil der Melone und praktizierte sie so in das Einkaufsnetz. Die Maschen verbargen weder die Form der Melone noch die auf sie gezeichneten Umrisse. Schließlich rammte er das Messer etwa einen Meter neunzig über dem Boden in den Baumstamm und hängte den Griff der Netztasche darüber. Vor der dunklen Borke des Baums nahm sich die rosa und braun bemalte Melone wie ein auf groteske Weise freischwebender menschlicher Kopf aus. Der Schakal trat zurück und betrachtete sein Werk. Auf hundertdreißig Meter Entfernung würde es seinen Zweck erfüllen. Er schloß die beiden Farbtöpfe und schleuderte sie, so weit er konnte, in den Wald hinein, wo sie geräuschvoll im dichten Unterholz landeten. Die Pinsel steckte er mit den Haaren nach oben in den Boden und trampelte die Erde fest, bis nichts mehr von ihnen zu sehen war. Dann nahm er den Rucksack auf und ging zum Gewehr zurück.
Der Schalldämpfer ließ sich mühelos über die Mündung streifen und so lange um den Lauf drehen, bis er festsaß. Das Zielfernrohr rastete in den längs der Oberseite des Laufs eingekerbten Nuten ein. Er zog den Riegel zurück und legte die erste Patrone in die Kammer ein. Durch das Fernrohr blickend, suchte er den gegenüberliegenden Rand der Lichtung nach seinem aufgehängten Ziel ab. Als er es fand, war er überrascht, wie groß und deutlich es erschien. Er konnte die Maschen des Einkaufsnetzes, die sich um die Melone spannten, und die auf ihr mit ein paar Strichen angedeuteten Gesichtszüge so gut erkennen, als sei das Ziel nicht weiter als dreißig Meter von ihm entfernt.
Er lehnte sich gegen einen Baum, um ruhiger visieren zu können, und schaute wieder durch das Fernrohr. Die beiden gekreuzten Linien schienen nicht völlig übereinzustimmen, und er drehte an den Einstellschrauben, bis das Kreuz gänzlich zentriert war. Dann zielte er sorgfältig auf die Mitte der Melone und drückte ab.
Der Rückstoß war schwächer, als er erwartet hatte, der schallgedämpfte Schuß kaum laut genug, um auf der anderen Seite einer stillen Straße gehört zu werden. Mit dem Gewehr unter dem Arm ging er wieder zum hundertdreißig Meter entfernten Ende der Lichtung und untersuchte die Melone. Die Kugel hatte die Schale der Frucht am rechten oberen Rand gestreift und Teile des Ein-

kaufsnetzes zerrissen, bevor sie in den Baumstamm eingedrungen war. Der Schakal marschierte zurück und feuerte, ohne die Einstellung des Zielfernrohrs zu verändern, ein zweites Mal.
Das Ergebnis war das gleiche, mit einem Unterschied von nur anderthalb Zentimetern. Nach zwei weiteren Schüssen, bei denen er die Einstellschrauben des Fernrohrs nicht berührte, war er überzeugt, daß er richtig gezielt, die Optik ihn jedoch zu hoch und leicht nach rechts hatte abkommen lassen. Er stellte die Schrauben entsprechend ein.
Beim nächsten Schuß kam er nach links unten ab. Um ganz sicher zu gehen, begab er sich nochmals zum jenseitigen Rand der Lichtung und betrachtete das Einschußloch. Die Kugel hatte das auf die Melone gemalte Gesicht unterhalb des linken Mundwinkels durchschlagen. Der Schakal gab noch drei weitere Schüsse mit unveränderter Einstellung des Fernrohrs ab, die allesamt dieselbe Gegend trafen. Schließlich drehte er die Schrauben um eine Winzigkeit zurück.
Der neunte Schuß ging mitten durch die Stirn, auf die er auch gehalten hatte. Wiederum machte er sich auf den Weg zum Ziel und holte diesmal ein Stück Kreide aus der Tasche, um die von den vorangegangenen Schüssen getroffenen Partien zu markieren – die Streifschüsse oben rechts, die Einschüsse links neben dem Mund und das saubere Loch in der Mitte der Stirn.
Von da ab traf er nacheinander je ein Auge, die Nasenwurzel, die Oberlippe und das Kinn. Dann drehte er die Melone so, daß sich ihm das »Profil« des aufgemalten Kopfes bot, und erzielte mit den letzten sechs Schüssen Treffer in der Schläfengegend, der Ohrmuschel, der Wange, im Genick, im Unterkiefer und im Hinterkopf.
Mit dem Gewehr zufrieden, merkte er sich die Position der Einstellschrauben des Teleskops, holte eine Tube Balsaholzzement aus der Tasche und spritzte die klebrige Flüssigkeit auf die beiden Schraubenköpfe und die sie unmittelbar umgebende Bakelitfläche. Eine halbe Stunde und zwei Zigarettenlängen später war der Zement hart geworden und die Optik, der Sehschärfe des Schakals entsprechend, genau auf eine Entfernung von hundertdreißig Meter eingestellt.
Aus der anderen Brusttasche holte er das Explosivgeschoß hervor, wickelte es aus dem Seidenpapier und legte es in die Kammer ein. Er zielte mit besonderer Sorgfalt auf das rosa bemalte Zentrum der Melone und drückte ab.
Als sich der blaue Rauch von der Mündung des Schalldämpfers

verzogen hatte, lehnte der Schakal das Gewehr an den Baumstamm und ging zum aufgehängten Einkaufsnetz hinüber. Schlaff und fast leer hing es von dem Baum herab, dessen Borke von Einschüssen durchsiebt war. Die Melone, die von zwanzig Bleikugeln getroffen worden war, ohne dabei ihre Form zu verlieren, war jetzt zerplatzt. Teile waren durch die Maschen des Einkaufsnetzes gepreßt worden und lagen jetzt verstreut im Gras umher. Ihr Saft und ihre Kerne troffen von der Baumrinde herab. Die restlichen Klumpen ihres Fruchtfleisches klebten im unteren Teil des Einkaufsnetzes, das wie ein erschöpftes Skrotum vom Griff des Jagdmessers herabhing.
Er nahm das Netz und warf es in ein nahes Gebüsch. Daß es einmal als Ziel gedient hatte, war den zerfetzten Fruchtfleischresten, die es enthielt, nicht anzusehen. Der Schakal riß das Messer aus der Borke und steckte es in das Lederfutter zurück. Dann nahm er sein Gewehr auf und schlenderte zum Wagen.
Dort umwickelte er alle Einzelteile wieder sorgfältig mit Schaumgummi, bevor er sie zusammen mit den Stiefeln, den Wollsocken, dem Hemd und der Drillichhose in den Rucksack packte. Er zog sich die Stadtkleidung an, schloß den Rucksack im Kofferraum ein und aß gemächlich die mitgebrachten Sandwiches zum Lunch.
Als er satt war, steuerte er den Wagen im Rückwärtsgang aus dem Waldpfad heraus, fuhr den Weg, der zur Straße führte, hinunter und bog dann nach links in Richtung Bastogne, Namur und Brüssel ein. Kurz nach 18 Uhr war er wieder im Hotel, und nachdem er den Rucksack auf seinem Zimmer deponiert hatte, ging er noch einmal in die Halle hinunter, um beim Empfangschef die Rechnung für den Leihwagen zu begleichen. Dann verbrachte er eine Stunde damit, das Gewehr sorgfältig zu reinigen und zu ölen. Den Koffer, in den er die Einzelteile legte, schloß er wieder im Garderobenschrank ein. Später am gleichen Abend – er hatte inzwischen gebadet und diniert – warf er den Rucksack, das restliche Bindfadenknäuel und diverse Schaumgummistreifen in eine städtische Mülltonne und zwanzig leere Patronenhülsen in ein Gully.

Am selben Montag, dem 5. August, fand sich Kowalsky wiederum auf dem Hauptpostamt in Rom ein und erbat die Hilfe eines französisch sprechenden Beamten. Diesmal ging es ihm um einen Anruf beim Alitalia-Auskunftsschalter, wo er die Abflugzeiten der in dieser Woche zwischen Rom und Marseille verkehrenden Maschinen zu erfahren wünschte. Wie sich herausstellte, war es für den

Montagflug bereits zu spät, denn die Maschine startete in einer Stunde vom Flughafen Fiumicino, und ihm blieb nicht mehr genügend Zeit, um sie noch zu erreichen. Der nächste Direktflug fand am Mittwoch statt. Nein, andere Gesellschaften, die Marseille direkt anflogen, gab es nicht. Dann also den Mittwochflug? Gewiß. Abflug um 11 Uhr 15, Ankunft in Marseille auf dem Flughafen Marignane kurz nach 12 Uhr. Rückflug am Donnerstag. Eine Person? Hin- und Rückflug? Gewiß, und der Name? Kowalsky nannte den Namen, auf den die Papiere, die er bei sich trug, ausgestellt waren. Er wurde aufgefordert, sich am Mittwoch eine Stunde vor Abflug am Alitalia-Schalter in Fiumicino einzufinden. Als der Postbeamte den Hörer auflegte, nahm Kowalsky die abholbereiten Briefe entgegen, schloß sie in sein Stahletui und ging ins Hotel zurück.

Am nächsten Vormittag traf der Schakal ein letztesmal mit Goossens zusammen. Er rief ihn vor dem Frühstück an, und der Büchsenmacher schätzte sich, wie er sagte, glücklich, ihm mitteilen zu können, daß die Arbeit fertiggestellt sei. Ob er Monsieur Duggan um 11 Uhr erwarten dürfe? Und Monsieur möge doch bitte daran denken, die zur letzten Anprobe benötigten Gegenstände mitzubringen.
Den kleinen Attachékoffer in einem größeren Fiberkoffer bei sich führend, den er am gleichen Morgen bei einem Trödler erstanden hatte, war der Schakal wiederum eine halbe Stunde vor der vereinbarten Zeit zur Stelle. Dreißig Minuten lang beobachtete er die Straße, in welcher der Büchsenmacher wohnte, bevor er sich zu Goossens Haus begab. Der Belgier ließ ihn ein, und er ging ohne Zögern vor ihm in das kleine Büro. Goossens folgte ihm, nachdem er die Haustür verschlossen hatte, und schloß auch die Bürotür hinter sich.
»Keine weiteren Schwierigkeiten?« fragte der Engländer.
»Nein. Ich glaube, jetzt haben wir es geschafft.«
Hinter seinem Arbeitstisch holte der Belgier eine Anzahl dünner Stahlröhren hervor, die in Hüllen aus grobem Leinen steckten. Die Röhren waren matt poliert und sahen aus, als seien sie aus Aluminium. Goossens legte sie nebeneinander auf den Tisch und bat den Schakal, ihm den Attachékoffer mit dem zerlegten Gewehr zu reichen. Stück für Stück ließ er die Gewehrteile in die Röhren gleiten. Alles paßte auf den Millimeter genau ineinander.
»Wie sind die Zielübungen verlaufen?« erkundigte er sich, ohne seine Tätigkeit zu unterbrechen.

»Sehr zufriedenstellend.«
Als Goossens das Zielfernrohr zur Hand nahm, bemerkte er, daß die Einstellschrauben mit Balsaholzzement verklebt waren.
»Es tut mir leid, daß ich so kleine Schrauben nehmen mußte«, sagte er. »Mit genauen Markierungen arbeitet es sich angenehmer, aber das Fernrohr wäre niemals in der Röhre unterzubringen gewesen, wenn ich die Schrauben in ihrer ursprünglichen Größe belassen hätte.« Er steckte es in die hierzu vorgesehene Stahlröhre, in die es haargenau paßte. Als auf diese Weise alle fünf Teile des Gewehrs unsichtbar geworden waren, sagte Goossens:
»Die Abzugszunge und die fünf Explosivgeschosse mußte ich woanders unterbringen.« Er wies seinem Kunden die mit schwarzem Leder gepolsterte Schulterstütze vor und zeigte ihm, daß sie mit einem Rasiermesser aufgeschlitzt worden war. Er steckte die Abzugszunge in die Polsterung und schloß die Öffnung mit schwarzem Isolierband. Dann holte er einen runden schwarzen Gummipfropfen von etwa vier Zentimeter Durchmesser aus der Schublade. Oben aus dem Pfropfen ragte ein Stahlstift heraus, der mit einem Schraubengewinde versehen und von fünf in das Gummi gebohrten gleich großen Löchern umgeben war. In jedes der Löcher steckte der Belgier ein Geschoß, von dem nur das flache Messingzündhütchen sichtbar blieb.
»Wenn der Pfropfen am unteren Ende der letzten Stahlröhre befestigt ist, sind die Patronen sicher versteckt, und das Gummi läßt das Ganze noch echter aussehen«, erklärte er.
Der Engländer schwieg.
»Was halten Sie davon?« fragte der Belgier, und in seiner Stimme schwang ein Ton ängstlicher Besorgnis mit.
Wortlos nahm der Schakal eine Röhre nach der anderen zur Hand, um sie zu prüfen. Er schüttelte sie, aber da die Röhren innen mit einer doppelten Lage Flanellstoff ausgekleidet waren, löste die Erschütterung keinerlei Geräusche aus. Die längste Röhre war fünfzig Zentimeter lang; sie enthielt den Lauf und den Verschluß des Gewehrs. Die Länge der anderen betrug je etwa dreißig Zentimeter; in ihnen steckten die obere und untere Strebe der Schulterstütze, der Schalldämpfer und das Zielfernrohr. Die Schulterstütze selbst mit dem in ihr befindlichen Abzug wie auch der Gummipfropfen, der die Geschosse enthielt, bildeten selbständige Teile. Daß es sich um das Gewehr eines Mörders, ja überhaupt um eine Waffe handelte, war dem Ganzen nicht anzusehen.
»Perfekt«, sagte der Schakal und nickte. »Genau das, was ich woll-

te.« Der Belgier war erfreut. Als Fachmann auf seinem Gebiet wußte er ein Lob genauso zu schätzen wie jeder Laie, und es war ihm klar, daß dieser Kunde in seinem Gewerbe ebenfalls zur Spitzenklasse gehörte.
Der Schakal steckte die Stahlröhren in die Hüllen, umwickelte sie nochmals sorgfältig mit Sackleinwand und packte sie dann in seinen Fiberkoffer. Den Attachékoffer mit den für die Einzelteile vorgesehenen eingebauten Kästchen gab er dem Büchsenmacher zurück. »Den brauche ich nicht mehr. Das Gewehr bleibt jetzt in diesem Koffer, bis ich Gelegenheit habe, es zu benutzen.«
Er holte die restlichen 200 Pfund, die er dem Belgier noch schuldete, aus der Brieftasche und legte sie auf den Tisch.
»Ich glaube, damit wäre alles erledigt.«
Der Belgier steckte das Geld ein. »Ja, Monsieur, es sei denn, Sie hätten noch weitere Wünsche, bei denen ich Ihnen dienlich sein könnte.«
»Nur einen«, entgegnete der Engländer. »Daß Sie die kleine Predigt nicht vergessen, die ich Ihnen vor vierzehn Tagen über die Weisheit des Schweigens hielt.«
»Ich habe jedes Wort behalten, Monsieur«, sagte der Belgier leise.
Er hatte wieder Angst. Würde ihn dieser elegant gekleidete, gepflegte Killer jetzt kaltmachen wollen, um sich seines Schweigens zu versichern? Gewiß nicht. Bei den Ermittlungen, die ein solcher Mordfall nach sich zöge, würden die wiederholten Besuche, die der hochgewachsene, blonde Engländer diesem Haus abstattete, der Polizei zur Kenntnis kommen, noch ehe der Schakal eine Gelegenheit hatte, das Gewehr zu benützen, das er jetzt in einem Fiberkoffer trug.
Der Engländer schien seine Gedanken gelesen zu haben. Er lächelte flüchtig.
»Sie brauchen sich nicht zu beunruhigen. Ich habe nicht die Absicht, Ihnen auch nur ein Haar zu krümmen. Ich nehme an, daß sich ein Mann von Ihrer Intelligenz gegen die Möglichkeit, von einem seiner Kunden ermordet zu werden, abzusichern weiß. Vielleicht durch einen Anruf, der innerhalb einer Stunde fällig ist? Oder den Besuch eines Freundes, falls der Anruf nicht erfolgt? Möglicherweise auch durch einen Brief, der bei einem Rechtsanwalt hinterlegt und im Falle Ihres plötzlichen Todes zu öffnen ist? Sie umzubringen, würde für mich nicht so viele Probleme lösen, wie es Probleme aufwerfen würde.«
Der Belgier war sprachlos. Er hatte in der Tat bei einem Anwalt

einen Brief hinterlegt, der im Fall seines Todes geöffnet werden sollte. Darin wurde die Polizei instruiert, unter einem bestimmten Stein im Garten nach einer Kassette zu suchen, in der sich eine Liste der Besucher befand, die er im Laufe des betreffenden Tages erwartet hatte. Die Liste pflegte er täglich neu aufzustellen. An diesem Dienstag war auf ihr lediglich ein einziger Kunde vermerkt, der seinen Besuch angesagt hatte, ein schlanker, hochgewachsener Engländer, der sich Duggan nannte und seinem Äußeren nach wohlhabend zu sein schien. Es war ganz einfach eine Art Lebensversicherung.
Der Engländer beobachtete ihn kalt.
»Das hatte ich mir gedacht«, sagte er. »Sie können sich sicher fühlen. Aber ich werde Sie umbringen, wenn Sie irgend jemandem gegenüber meine Besuche bei Ihnen erwähnen oder auch nur ein Wort über das verlieren, was Sie für mich angefertigt haben. Für Sie habe ich aufgehört zu existieren, sobald ich dieses Haus verlasse.«
»Das ist mir völlig klar, Monsieur. Tatsächlich entspricht es den Vereinbarungen, die ich mit allen meinen Kunden zu treffen pflege. Ich darf hinzufügen, daß ich meinerseits die gleiche Diskretion von Ihnen erwarte. Deswegen habe ich auch die Seriennummer auf dem Lauf Ihres Gewehrs mit Säure unkenntlich gemacht. Auch ich muß mich schützen.«
Der Engländer lächelte: »Dann haben wir uns verstanden. Guten Tag, Monsieur Goossens.«
In der nächsten Minute war die Tür hinter ihm ins Schloß gefallen, und der Belgier, der so viel von Waffen verstand und so wenig vom Schakal wußte, seufzte erleichtert und ging in sein Büro zurück, um das Geld nachzuzählen.

Der Schakal wollte nicht von den Angestellten seines Hotels mit dem Fiberkoffer gesehen werden und fuhr daher, obschon es Zeit zum Lunch war, im Taxi direkt zum Hauptbahnhof, wo er den Koffer in der Gepäckaufbewahrung abgab. Den Gepäckschein verwahrte er im inneren Fach seiner schlanken Eidechsenleder-Brieftasche.
Er aß im Cygne teuer und gut zu Mittag, um das Ende der Planungs- und Vorbereitungsphase in Frankreich und Belgien zu feiern, und ging dann in das Amigo zurück, wo er packte und seine Rechnung beglich. Als er das Hotel verließ, trug er den gleichen, vorzüglich geschnittenen Glencheck-Anzug, in dem er ge-

kommen war. Seine beiden Vuitton-Koffer wurden von einem Hausdiener zum wartenden Taxi hinuntergeschafft. Der Schakal war um 1600 Pfund ärmer, besaß aber dafür ein Gewehr, das wohlverpackt in einem unauffälligen Koffer in der Gepäckaufbewahrung des Bahnhofs lag, sowie drei hervorragend gefälschte Ausweise, die er in einer Innentasche seines Anzugs verwahrte.
Die Maschine nach London flog kurz nach 16 Uhr von Brüssel ab. Auf dem Londoner Flughafen wurde einer seiner Koffer, der ohnehin nichts enthielt, was er hätte verbergen müssen, oberflächlich durchsucht. Gegen 19 Uhr duschte er in seiner Wohnung, und anschließend ging er auswärts essen.

Achtes Kapitel

Es war Kowalskys Pech, daß es am Mittwochvormittag auf dem Postamt keine Telefonanrufe zu erledigen gab; wäre dies der Fall gewesen, hätte er seine Maschine verpaßt. Die Post wartete schon auf ihn, und er legte die fünf Briefe in sein an das Handgelenk gekettete Stahletui, ließ es zuschnappen und begab sich eilig auf den Rückweg zum Hotel. Um halb zehn hatte er Oberst Rodin die Post übergeben und war bis zur nächsten Wache, die er um 19 Uhr auf dem Hoteldach übernehmen sollte, dienstfrei.
Normalerweise würde er sich für ein paar Stunden schlafen gelegt haben, aber er ging nur auf sein Zimmer, um sich seinen Colt .45, den auf der Straße zu tragen Rodin ihm nie erlaubt haben würde, in den Achselhalfter zu stecken. Wenn seine Anzuggröße auch nur einigermaßen passend gewesen wäre, hätte man ihm auf hundert Meter Entfernung angesehen, daß er eine Pistole unter der Achsel trug; aber seine Kleidung saß so schlecht, wie sie selbst ein drittklassiger Schneider nicht anzufertigen vermocht hätte, und trotz seiner Unförmigkeit hingen seine Anzüge wie Säcke an ihm herunter. Er steckte die Leukoplastrolle und die Baskenmütze, die er am Tag zuvor erstanden hatte, in seine Jackentasche, das Päckchen 10-Lire- und Francsscheine, das seine Ersparnisse des letzten halben Jahres darstellte, in die andere und schloß die Tür hinter sich.
Der Wachhabende am Empfangstisch blickte auf.
»Jetzt wollen die da oben, daß ich telefonieren gehe«, sagte Kowalsky und wies mit dem Daumen zur Decke hinauf. Der Wachhabende sagte nichts, behielt ihn aber im Auge, bis der Fahrstuhl

kam und Kowalsky einstieg. In der nächsten Minute war er auf der Straße und setzte sich seine dunkle Sonnenbrille auf.
Der Mann, der im gegenüberliegenden Café die Zeitschrift »Oggi«, las, ließ das Blatt ein paar Millimeter sinken und beobachtete den Polen, der nach einem Taxi Ausschau hielt, durch seine dunklen Sonnengläser. Als kein Taxi kam, ging Kowalsky zur nächsten Straßenecke. Der Mann mit dem Magazin verließ die Caféterrasse und stellte sich an den Straßenrand. Ein kleiner Fiat steuerte aus einer Reihe weiter die Straße hinauf geparkter Wagen und hielt ihm gegenüber auf der anderen Seite der Straße. Er stieg ein, und der Fiat folgte Kowalsky im Schrittempo. An der Ecke hielt Kowalsky ein Taxi an.
»Fiumicino«, sagte er dem Fahrer.
Auf dem Flughafen folgte ihm der SDECE-Mann unauffällig und behielt ihn im Auge, als er an den Alitalia-Schalter trat, sein Ticket in bar bezahlte und der jungen Dame erklärte, er habe keinen Koffer und kein Handgepäck bei sich. Man sagte ihm, daß die Passagiere für den Flug nach Marseille in einer Stunde und fünf Minuten aufgerufen werden würden. Der Ex-Legionär schlenderte in die Cafeteria hinüber, bestellte sich an der Theke eine Tasse Kaffee und trug sie zu einem Platz an dem großen Fenster hinüber, von wo aus er die Maschinen landen und starten sehen konnte. Er liebte Flughäfen, obwohl er nicht verstand, wie sie funktionierten. Die meiste Zeit seines Lebens hindurch war das Motorengeräusch von Flugzeugen für ihn gleichbedeutend mit deutschen Messerschmitts, russischen Stormoviks oder amerikanischen Fliegenden Festungen gewesen. Später hatte es Luftunterstützung durch die B-26 oder Skyraiders in Indochina, Mystères oder Fougas in Algerien bedeutet. Aber er liebte es, die Maschinen auf zivilen Flughäfen mit gedrosselten Triebwerken wie große silberne Vögel einschweben und unmittelbar vor dem Aufsetzen wie an unsichtbaren Fäden in der Luft hängend zu sehen. Obgleich er ein scheuer und im Umgang mit Menschen unbeholfener Mann war, fand er es erregend, die unaufhörliche Geschäftigkeit des Lebens und Treibens auf Flughäfen zu beobachten. Vielleicht hätte er, wenn alles anders gekommen wäre, auf einem Flughafen arbeiten können. Aber er war, was er geworden war, und jetzt gab es kein Zurück mehr. Seine Gedanken wanderten zu Sylvie, und seine zusammengewachsenen dichten Brauen runzelten sich zu einem einzigen Gestrüpp, das seinen Blick verfinsterte. Es war nicht recht, sagte er sich, daß sie sterben sollte, während all die verräterischen Hunde in Paris

weiterlebten. Oberst Rodin hatte ihm davon erzählt, wie sie Frankreich im Stich gelassen, die Armee hinters Licht geführt, die Legion betrogen und die Leute in Indochina und Algerien den Terroristen ausgeliefert hatten. Und Oberst Rodin hatte immer recht. Sein Flug wurde aufgerufen, und er trat durch die Glastür auf den gleißendhellen Beton des Vorfelds hinaus, um die hundert Schritte zur Maschine zu gehen. Von der Aussichtsterrasse aus beobachteten die beiden Agenten Oberst Rollands, wie er die Treppe zum Flugzeug hinaufstieg. Er trug jetzt die schwarze Baskenmütze und auf der Wange ein Pflaster. Einer der beiden Agenten wandte sich seinem Kollegen zu und hob gelangweilt die Brauen. Als die Turboprop-Maschine nach Marseille startete, traten die beiden Männer von der Brüstung zurück. Auf ihrem Weg durch die Haupthalle blieb der eine vor einem Zeitungskiosk stehen, während der andere in eine Telefonzelle trat, um ein Ortsgespräch zu führen. Er meldete sich mit einem Vornamen und sagte: »Er ist abgeflogen. Alitalia vier-fünf-eins. Ankunft Marignane um 12 Uhr 10. *Ciao.*« Zehn Minuten später war Paris unterrichtet und nach weiteren zehn Minuten auch Marseille informiert.

Die Viscount der Alitalia flog einen weiten Bogen über der unglaublich blauen Bucht und schwenkte dann zum Anflug auf den Flughafen Marignane ein. Die hübsche römische Stewardeß beendete ihren lächelnden Rundgang, nachdem sie sich davon überzeugt hatte, daß alle Passagiere angeschnallt waren, und setzte sich auf ihren Platz im Heck des Flugzeugs, um sich ihrerseits den Sicherheitsgurt umzulegen.
Ihr fiel auf, daß der Fluggast im Sessel vor ihr unverwandt aus dem Fenster auf die blendendhelle Öde des Rhônedeltas hinabstarrte, als habe er es nie zuvor gesehen. Der große, ungeschlachte Mann sprach kein Italienisch, und sein Französisch verriet seine Herkunft aus irgendeinem osteuropäischen Land. Er trug eine schwarze Baskenmütze auf seinem kurzgeschnittenen schwarzen Haar, einen zerknitterten dunklen Anzug und eine dunkle Sonnenbrille, die er nicht abzunehmen pflegte. Ein riesiges Pflaster verdeckte seine eine Gesichtshälfte; er mußte sich ziemlich arg geschnitten haben, dachte sie.
Sie landeten pünktlich auf die Minute, und da die Maschine unweit des Flughafengebäudes zum Stehen kam, begaben sich die Fluggäste zu Fuß zur Zollkontrolle in die Halle hinüber. Als die ersten Passagiere durch die geöffneten Glastüren traten, stieß ein kleiner,

nahezu kahlköpfiger Mann den neben ihm stehenden Beamten der Paßkontrolle unauffällig an.
»Großer Bursche, schwarze Baskenmütze, Heftpflaster.« Dann schlenderte er weiter und gab den anderen Beamten die gleiche Personenbeschreibung.
Die Fluggäste stellten sich in zwei Reihen auf, um die Kontrolle zu passieren. Die Beamten saßen einander auf drei Meter Entfernung hinter ihren Gittern gegenüber und ließen die Passagiere einzeln zwischen sich hindurch. Die Fluggäste wiesen ihren Paß und die Landekarte vor. Die Beamten gehörten der Sicherheitspolizei an, die über die Kontrolle einreisender Ausländer und zurückkehrender Franzosen hinaus für die gesamte innere Sicherheit Frankreichs verantwortlich war.
Als Kowalsky an der Reihe war, blickte der Mann in der blauen Uniformjacke kaum auf. Er drückte seinen Stempel auf die gelbe Landekarte, nickte und bedeutete dem schwerfälligen großen Mann mit einer Handbewegung, daß er weitergehen könne. Erleichtert begab sich Kowalsky zur Zollkontrolle. Einige der Zollbeamten hatten sich gerade angehört, was ihnen der kleine, nahezu kahlköpfige Mann zu sagen hatte, bevor er sich in das hinter ihnen gelegene verglaste Büro begab. Der dienstälteste Zollbeamte rief Kowalsky zu: »*Monsieur, votre bagage.*«
Er deutete zum Förderband hinüber, an dem die anderen Fluggäste auf ihr Gepäck warteten, das aus dem draußen im Sonnenschein stehenden Wagen entladen wurde. Kowalsky beugte sich zu den Zollbeamten hinunter.
»*J'ai pas de bagage*«, sagte er.
Der Zollbeamte hob die Brauen.
»*Pas de bagage? Eh bien, avez vous quelque chose à déclarer?*«
»*Non, rien*«, sagte Kowalsky.
Der Zollbeamte lächelte freundlich, fast so breit wie sein singsangartiger Marseiller Dialekt.
»*Eh, bien, passez, monsieur.*« Er wies zum Ausgang, der zum Taxistand führte. Kowalsky nickte und trat in den Sonnenschein hinaus. Nicht gewohnt, für seine Bequemlichkeit Geld auszugeben, zog er es vor, den Flughafenbus zu nehmen.
Als er das Gebäude verlassen hatte, umringten einige der Zollbeamten ihren dienstältesten Kollegen.
»Was die wohl von ihm wollen«, sagte einer.
»Sah ziemlich finster aus, der Bursche«, meinte ein zweiter. – »Er wird noch ganz anders aussehen, wenn die Brüder mit ihm fertig

sind«, sagte ein dritter und deutete auf das hinter ihnen gelegene Büro.
»Los, geht wieder an die Arbeit«, unterbrach sie der ältere Beamte. »Unsere Pflicht fürs Vaterland haben wir heute getan.« – »Für Charles den Großen, meinst du wohl«, entgegnete der erste, als die Gruppe sich auflöste, und murmelte leise: »Wenn er doch nur verrecken würde.«
Es war Mittagszeit, als der Bus schließlich vor dem Air-France-Gebäude im Zentrum der Stadt hielt, und zu dieser Stunde sogar noch heißer als in Rom. Die Augusthitze lastete wie eine Krankheit auf der Stadt, kroch in jede Fiber des Körpers, raubte ihm die Kraft und Energie, irgend etwas anderes tun zu wollen, als bei geschlossenen Jalousien mit auf vollen Touren gestelltem Ventilator in einem kühlen Zimmer zu liegen.
Selbst die Cannebière, sonst die unermüdlich pulsierende Verkehrsader der Stadt, war wie ausgestorben. Kowalsky brauchte eine halbe Stunde, um ein Taxi zu finden; die meisten Fahrer hatten ihre Wagen irgendwo im Schatten abgestellt und hielten Siesta.
Die Adresse, die Jo-Jo ihm genannt hatte, gab ein an der in Richtung Cassis aus der Stadt hinausführenden Hauptstraße gelegenes Haus an. Auf der Avenue de la Libération bat er den Fahrer, ihn abzusetzen, weil er das letzte Stück zu Fuß gehen wollte. Dem »*Si vous voulez*« des Taxifahrers war deutlich anzumerken, was er von Ausländern hielt, die bei dieser Hitze mehr als fünf Meter zu Fuß gingen, obwohl ihnen ein Wagen zur Verfügung stand.
Kowalsky sah dem in die Stadt zurückfahrenden Taxi nach, bis es aus der Sicht entschwunden war, und machte sich auf den Weg. Er fand die Seitenstraße, die ihm von einem auf der Terrasse bedienenden Caféhauskellner, den er im Vorbeigehen befragt hatte, genannt worden war, sehr rasch. Der Wohnblock sah ziemlich neu aus, und Kowalsky dachte, daß sich das Geschäft mit dem fahrbaren Erfrischungsstand auf dem Bahnsteig für die Jo-Jos gut entwickelt haben mußte. Vielleicht hatten sie den Kiosk bekommen, mit dem Madame Jo-Jo seit Jahren liebäugelte. Das würde die Verbesserung ihres Lebensstandards hinreichend erklären. Und für die kleine Sylvie war es in jedem Fall besser, in dieser Wohngegend aufzuwachsen als in der Nähe der Docks. Bei dem Gedanken an seine Tochter und die unsinnige Überlegung, die er ihretwegen soeben angestellt hatte, blieb er am Fuß der Treppe, die zu dem Wohnblock hinaufführte, stehen. Was hatte Jo-Jo am Telefon ge-

sagte – eine Woche? Vielleicht vierzehn Tage? Das war doch nicht möglich!
Er rannte die Treppe hinauf und las die Namensschilder an den Briefkästen, die in doppelter Reihe an der linken Wand der Eingangshalle befestigt waren. Auf einem Schild stand »Grzybowski, Apartment 23«. Er beschloß, nicht auf den Aufzug zu warten, denn die Wohnung lag im zweiten Stock.
An der Tür zum Apartment 23 befand sich eine kleine weiße Karte, die in ein für das Namensschild vorgesehenes Rähmchen gesteckt war. In Schreibmaschinenschrift stand »Grzybowski« darauf. Die Tür war am Ende des Korridors und wurde von den Türen der Apartments 22 und 24 flankiert. Kowalsky klingelte. Die Tür öffnete sich, und aus dem Spalt heraus fuhr der Griff einer Spitzhacke auf seinen Schädel nieder. Der Schlag riß ihm die Haut auf, prallte doch mit einem dumpfen Knall von seiner Schädeldecke ab. Gleichzeitig wurden zu beiden Seiten des Polen die Türen der angrenzenden Apartments 22 und 24 aufgerissen, aus denen eine Anzahl Männer herausstürzte. Alles das spielte sich in Bruchteilen von Sekunden ab. Kowalsky sah rot. Obschon seine Reaktionsfähigkeit sonst nicht die schnellste war, gab es eine Technik, die er wie kein zweiter beherrschte – die des Kämpfens.
In der räumlichen Enge des Korridors war ihm aber weder seine Körpergröße noch seine überlegene Kraft von Vorteil. Seine Größe hatte lediglich verhindert, daß der niedersausende Stiel der Spitzhacke die beabsichtigte Wucht erreichte, bevor er seinen Kopf traf. Durch das Blut, das ihm über die Augen lief, sah er, daß vor ihm in der Tür zwei Männer standen und zwei weitere auf jeder Seite. Er brauchte Raum, um sich Bewegungsfreiheit zum Kämpfen zu verschaffen und stürmte, mit angewinkelten Ellbogen Stöße austeilend, vorwärts in das Apartment 23.
Der Mann, der unmittelbar vor ihm stand, taumelte unter dem Anprall zurück. Die anderen drängten von hinten nach und versuchten, ihn am Kragen und am Jackett zu packen. In die Wohnung vorgedrungen, zog er den Colt aus der Achselhalfter, drehte sich auf dem Absatz um und feuerte in Richtung auf die Tür. Im gleichen Augenblick traf ihn ein heftiger Schlag am Handgelenk, und der Schuß wurde nach unten verrissen. Die Kugel zerschmetterte die Kniescheibe eines seiner Gegner, der mit einem schmerzerfüllten Schrei zu Boden ging. Aber nachdem ein weiterer Schlag auf das Handgelenk Kowalskys Finger gefühllos gemacht hatte, wurde ihm die Waffe entrissen. In der nächsten Sekunde

warfen sich die fünf Männer auf den Polen und überwältigten ihn. Der Kampf hatte drei Minuten gedauert. Später erklärte ein Arzt, Kowalsky müsse von unzähligen Schlägen mit den lederumwickelten Knüppeln am Kopf getroffen worden sein, bevor er schließlich das Bewußtsein verlor. Ein abprallender Schlag hatte ihm ein Stück Ohr weggerissen, sein Nasenbein war gebrochen und sein Gesicht eine einzige blutige, verschwollene Masse.
Keuchend und fluchend umstanden die drei Sieger den reglos auf dem Boden liegenden riesigen Körper. Der Mann mit dem Beinschuß saß mit wachsbleichem Gesicht, die blutverschmierten Hände an sein zerschmettertes Knie gepreßt, zusammengesunken neben der Tür an der Wand, während seine schmerzverzerrten, weißen Lippen unaufhörlich Obszönitäten ausstießen. Ein anderer wiegte sich, auf den Knien hockend, langsam hin und her wie ein Jude vor der Klagemauer, und bohrte seine Hände tief in seine von Kowalskys gezieltem Fußtritt getroffene Lendengegend. Der letzte Verwundete lag mit dem Gesicht nach unten neben dem Polen auf dem Teppich. Eine blutunterlaufene Prellung an seiner linken Schläfe zeigte an, wo Kowalsky einen seiner wuchtigen Schwinger gelandet hatte.
Der Anführer der Gruppe drehte den Polen auf den Rücken und hob sein geschlossenes Augenlid. Dann ging er zum Telefon hinüber, drehte eine Ortsnummer und wartete.
»Wir haben ihn«, sagte er, noch immer schwer atmend, als sich die Dienststelle meldete. »Widerstand? Und ob er Widerstand geleistet hat! Einen Schuß hat er abgegeben, Guerinis Kniescheibe ist hinüber. Capetti hat einen Tritt in die Eier bekommen, und Vissart ist noch bewußtlos... Was? Ja, der Pole lebt. Das war doch die Anweisung, oder? Sonst hätte er nicht so viel Unheil anrichten können... Na ja, verletzt ist er schon. Weiß ich nicht, er ist bewußtlos... Hör mal, wir brauchen keine grüne Minna, sondern zwei oder drei Krankenwagen. Und zwar rasch.«
Er schmetterte den Hörer auf die Gabel und murmelte ein offenbar der Welt im allgemeinen geltendes »*Cons*«. Im ganzen Zimmer verstreut lagen die Trümmer zerschlagener Möbelstücke umher. Sie hatten allesamt angenommen, daß der Pole draußen im Hausflur zu Boden gehen würde. Kein einziges Möbelstück war vorsorglich aus dem Weg geräumt und in das Nebenzimmer geschafft worden. Er selbst war mit voller Wucht von einem Lehnsessel, den Kowalsky mit einer Hand geschleudert hatte, am Brustkorb getroffen worden, und die Stelle schmerzte auch jetzt noch

höllisch. Verdammter Pole, dachte er, die Scheißkerle in der Präfektur hatten ihm kein Wort davon gesagt, was für ein Bursche das war.
Eine Viertelstunde später fuhren zwei Citroën-Krankenwagen vor, und der Arzt kam herauf. Er verbrachte fünf Minuten damit, Kowalsky zu untersuchen. Schließlich hob er dem Bewußtlosen einen Ärmel hoch und gab ihm eine Spritze. Als die beiden Krankenträger mit dem riesigen Polen auf der Bahre zum Aufzug stolperten, wandte sich der Arzt dem verwundeten Korsen zu, der ihn, inmitten seiner Blutpfütze an der Wand hockend, mit finsterer Miene anblickte.
Er zog dem Mann die Hände vom Knie weg und stieß einen leisen Pfiff aus.
»Morphium, und ab ins Hospital. Ich gebe Ihnen eine Knockout-Spritze. Weiter kann ich hier nichts für Sie tun. Auf jeden Fall ist Ihre Laufbahn beendet. Sie werden sich einen anderen Beruf zulegen müssen, *mon petit.*«
Guerini stieß einen Schwall obszöner Verwünschungen aus, als ihm die Injektionsnadel unter die Haut fuhr.
Vissart hatte sich aufgesetzt und hielt sich den Kopf. Capetti war jetzt wieder auf die Beine gekommen und lehnte sich röchelnd gegen die Wand. Zwei seiner Kollegen griffen ihm unter die Achseln und führten den Humpelnden in den Treppenhausflur hinaus. Der Anführer der Gruppe half Vissart beim Aufstehen, während die Krankenträger der zweiten Ambulanz den betäubten Guerini mit sich fortschleppten.
Draußen auf dem Treppenhausflur warf der Anführer der sechs einen letzten Blick in den verwüsteten Raum zurück.
»Ein beachtliches Chaos, *hein?*« bemerkte der Arzt.
»Das können die Leute vom örtlichen Polizeirevier in Ordnung bringen«, sagte der Korse und schloß die Tür. »Es ist schließlich deren verdammte Wohnung.« Die Türen der Apartments 22 und 24 standen ebenfalls noch offen, aber die Wohnungen waren unbeschädigt. Er zog beide Türen zu.
»Keine Nachbarn?« fragte der Arzt.
»Keine Nachbarn«, sagte der Korse. »Wir haben die ganze Etage gemietet.«
Hinter dem Arzt führte er den noch immer benommenen Vissart die Treppe hinunter zum wartenden Krankenwagen.

Zwölf Stunden später lag Kowalsky nach einer raschen Fahrt quer durch Frankreich auf der Pritsche einer Zelle, die sich in den Kasematten einer als Kaserne dienenden alten Befestigung außerhalb von Paris befand.

Der Raum hatte fleckige, feuchte Wände, die wie in allen Gefängnissen weiß getüncht und stellenweise mit in das Gemäuer geritzten Obszönitäten und Gebeten bedeckt waren. Die Luft in der heißen, engen Zelle war stickig und roch nach Karbol, Schweiß und Urin. Der Pole lag auf dem Rücken auf einer schmalen Eisenpritsche, deren Füße in den Betonfußboden eingelassen waren. Außer der harten Matratze und einer aufgerollten Decke unter dem Kopf gab es kein Bettzeug. Zwei breite Lederriemen banden seine Fußgelenke, je zwei weitere seine Schenkel und Handgelenke an die Pritsche. Ein einzelner Riemen umspannte seinen Brustkorb. Kowalsky war noch immer bewußtlos, atmete jedoch tief und regelmäßig.

Man hatte ihm das Blut vom Gesicht gewaschen und die Wunden am Ohr und an der Kopfhaut genäht. Ein Pflaster bedeckte die gebrochene Nase, und in dem offenen Mund, durch den der Atem rasselte, waren die Stümpfe zweier ausgeschlagener Schneidezähne zu sehen.

Unter der dichten Wolle schwarzen Haares, die Brust, Schultern und Bauch bedeckte, zeichneten sich Prellungen und Schürfwunden ab, die von Faustschlägen, Fußtritten und Knüppelhieben herrührten. Das rechte Handgelenk war bandagiert und mit Leukoplast umwickelt.

Der Mann im weißen Kittel beendete seine Untersuchung, richtete sich auf und legte das Stethoskop in seine Tasche zurück. Er drehte sich um und nickte dem Mann zu, der hinter ihm stand und gegen die Tür pochte. Sie wurde geöffnet, und die beiden traten in den Gang hinaus. Die Zellentür schlug zu, und der Aufseher legte wieder die beiden schweren Stahlriegel vor.

»Womit haben sie ihn so zugerichtet?« fragte der Arzt, als sie den Gefängniskorridor hinuntergingen.

»Es waren sechs Mann nötig, um das zu schaffen«, erwiderte Oberst Rolland.

»Nun, sie haben ganze Arbeit geleistet. Es fehlte nicht viel, und sie hätten ihm umgebracht. Wäre er nicht ein solcher Bulle von einem Kerl, würden sie es geschafft haben.«

»Es ging nicht anders«, entgegnete der Oberst. »Er hat drei meiner Leute außer Gefecht gesetzt.«

»Muß ja ein beachtlicher Kampf gewesen sein.«

»Das war es. Also, was hat er abbekommen?«
»Möglicherweise eine Fraktur des rechten Handgelenks – geröntgt werden konnte es ja nicht –, Riß- und Platzwunden am linken Ohr und an der Kopfhaut sowie einen Nasenbeinbruch. Verschiedene Schnittwunden und Prellungen, leichte innere Blutungen, die zunehmen und sein Ende bedeuten, aber auch ganz von selbst aufhören können. Was mir Sorge macht, ist sein Kopf. Daß eine Gehirnerschütterung vorliegt, steht außer Zweifel. Ob sie leicht oder schwer ist, läßt sich im Augenblick nicht sagen. Für eine Schädelfraktur gibt es keine Anzeichen, was allerdings nicht das Verdienst Ihrer Leute ist. Aber die Gehirnerschütterung könnte schlimmer werden, wenn er nicht in Ruhe gelassen wird.«
»Ich muß ihm ein paar Fragen stellen«, sagte der Oberst, angelegentlich die Glut seiner Zigarette betrachtend. Zur Gefängnisklinik des Arztes gelangte man, wenn man den Korridor nach links hinunterging, und die rechter Hand gelegene Treppe führte zum Erdgeschoß hinauf. Die beiden Männer blieben stehen. Der Arzt sah den Chef des Aktionsdienstes mit mühsam beherrschtem Widerwillen an.
»Dies ist ein Gefängnis«, sagte er sehr ruhig, »für diejenigen, welche sich gegen die Sicherheit des Staates vergangen haben. So weit, so gut. Aber ich bin noch immer der Gefängnisarzt. Überall woanders in diesem Gefängnis gilt, was ich sage, sobald es die Gesundheit der Gefangenen betrifft. Der Flur –«, er deutete mit einem Kopfnicken in die Richtung, aus der sie gekommen waren –, »ist Ihre Enklave. Man hat mir in höchst eindeutiger Weise zu verstehen gegeben, daß mich das, was dort unten passiert, nichts angeht und ich da nicht hineinzureden habe. Aber eines möchte ich noch klarstellen: Wenn Sie anfangen, dem Mann, wie Sie es nennen, ›Fragen zu stellen‹, und das mit Ihren Methoden, dann wird er entweder krepieren oder binnen kurzem wahnsinnig werden.«
Oberst Rolland lauschte der Prognose des Arztes, ohne eine Miene zu verziehen.
»Wie lange?« fragte er nur. Der Arzt zuckte mit den Achseln.
»Schwer zu sagen. Er kann schon morgen das Bewußtsein wiedererlangen, möglicherweise aber noch tagelang bewußtlos bleiben. Aber wenn er zu sich kommt, wird er, vom ärztlichen Standpunkt aus gesehen, mindestens zwei Wochen lang nicht vernehmungsfähig sein. Vorausgesetzt, es handelt sich nur um eine leichte Gehirnerschütterung.«
»Es gibt gewisse Drogen«, wandte der Oberst ein.

»Ja, die gibt es. Aber ich habe nicht die Absicht, sie zu verschreiben. Sie werden möglicherweise in der Lage sein, sie zu bekommen, sehr wahrscheinlich sogar. Aber nicht von mir. In jedem Fall würde das, was er Ihnen jetzt sagen könnte, überhaupt keinen Sinn ergeben. Es wäre totaler Nonsens. Sein Geist ist verwirrt. Das mag wieder in Ordnung kommen oder auch nicht. Aber wenn es in Ordnung kommt, dann braucht das seine Zeit. Bewußtseinsverändernde Drogen würden ganz einfach einen Kretin aus ihm machen, der weder Ihnen noch sonst jemand anderem nützen kann. Es kann eine Woche dauern, bis auch nur ein erstes Zucken der Lider einsetzt. So lange werden Sie sich schon gedulden müssen.«
Damit drehte er sich auf dem Absatz um und ging auf seine Krankenstation zurück.
Aber der Arzt sollte sich getäuscht haben. Drei Tage später, am 10. August, öffnete Kowalsky die Augen, und noch am gleichen Tag wurde er seinem ersten und einzigen Verhör unterzogen.

Die letzten drei Tage nach seiner Rückkehr aus Brüssel verbrachte der Schakal damit, seine Vorbereitungen für die bevorstehende Mission in Frankreich abzuschließen.
Er steckte seinen auf den Namen Alexander James Quentin Duggan lautenden neuen Führerschein ein und ging zur Hauptgeschäftsstelle der Automobile Association ins Fanum House, wo er sich auf den gleichen Namen einen internationalen Führerschein ausstellen ließ. In einem auf Reiseartikel spezialisierten Gebrauchtwarenladen erstand er eine Anzahl zueinander passender Koffer aus gleichem Leder. In den ersten packte er die Kleidungsstücke, die es ihm gegebenenfalls ermöglichen sollten, sich als Pastor Per Jensen aus Kopenhagen zu maskieren. Bevor er die Sachen in den Koffer legte, trennte er die Schildchen der dänischen Hersteller aus den drei in Kopenhagen gekauften Hemden heraus und nähte sie in das priesterliche Hemd, an dem runden hohen Kragen und dem schwarzen Plastron an, die er in London gekauft hatte. Zu diesen Kleidungsstücken packte er die Sachen – das Unterzeug, die Schuhe, die Socken sowie den schwarzgrauen leichten Anzug –, mit denen er, wenn nötig, das äußere Bild des dänischen Geistlichen vervollständigen konnte. In den gleichen Koffer wanderten die Kleidungsstücke des amerikanischen Studenten Marty Schulberg – Jeans, Sneakers, Socken, T-Shirts und Windjacke.
Er schnitt das Futter des Koffers auf und versteckte die Pässe der

beiden Ausländer, als die er sich eventuell würde ausgeben müssen, zwischen den doppelten Lederschichten, mit denen die Schmalseiten des Koffers verstärkt waren. Das dänische Buch über die französischen Kathedralen, die beiden Brillen – eine für den Dänen, eine für den Amerikaner – und die sorgfältig in Seidenpapier eingewickelten beiden Paare unterschiedlich getönter Kontaktlinsen sowie die Haarfärbemittel vervollständigten den Inhalt des Koffers.

In den zweiten Koffer packte er die Schuhe, die Socken, das Hemd und die Hose, die er zusammen mit dem langen Militärmantel und dem *beret* auf dem Flohmarkt in Paris erstanden hatte. In das Kofferfutter steckte er die falschen Papiere des älteren französischen Staatsbürgers André Martin. Dieser Koffer wurde nicht vollgepackt, sollte er doch in Kürze eine Anzahl schlanker Stahlröhren aufnehmen, die ein vollständiges Scharfschützengewehr nebst Munition enthielten.

Den etwas kleineren dritten Koffer füllten die Kleidungsstücke Alexander Duggans: Schuhe, Socken, Unterzeug, Hemden, Krawatten, Taschentücher und drei elegante Anzüge. Im Futter dieses Koffers deponierte er mehrere Bündel Zehnpfundnoten im Gesamtwert von 1000 Pfund, die er nach seiner Rückkehr aus Brüssel von seinem Privatkonto abgehoben hatte.

Alle drei Koffer wurden vom Schakal sorgfältig abgeschlossen und die Schlüssel an seinem Schlüsselring befestigt. Den taubengrauen Anzug ließ er reinigen und bügeln und hängte ihn dann in den eingebauten Kleiderschrank seiner Wohnung. In der inneren Brusttasche des Anzugs befanden sich sein Paß, sein britischer wie auch sein internationaler Führerschein und seine Brieftasche mit 100 Pfund in bar.

In das letzte Gepäckstück, eine elegante Reisetasche, packte er Rasierzeug, Pyjama, Handtuch und Waschbeutel sowie seine letzten Erwerbungen – einen leichten Gurt aus feingewebtem Material, eine Zweipfundtüte Gips, mehrere Rollen grober baumwollener Binden, ein halbes Dutzend Rollen Leukoplast, drei Päckchen Watte und eine stumpfe, aber kräftige Schere. Die Reisetasche würde er als Handgepäck bei sich führen, denn bei Zollkontrollen auf den verschiedensten Flughäfen hatte er wiederholt die Erfahrung gemacht, daß Reisetaschen im allgemeinen nicht zu den Gepäcktaschen gehören, die sich die Zollbeamten in geöffnetem Zustand vorführen lassen.

Die Tarnungen als Pastor Jensen und Marty Schulberg stellten lediglich Vorsichtsmaßregeln dar, auf die er wahrscheinlich – so hoffte er wenigstens – nicht zurückgreifen brauchte, es sei denn, daß irgend etwas schiefging und die Identität Alexander Duggans aufgegeben werden mußte. Die André Martins dagegen war für das Gelingen seines Plans von entscheidender Bedeutung. Falls die anderen beiden nicht gebraucht wurden, konnte der Koffer, nachdem der Auftrag ausgeführt war, mit dem gesamten Inhalt in einer Gepäckaufbewahrung deponiert und dort zurückgelassen werden. Aber selbst dann, so überlegte er, mochte es sein, daß er sich als eine der beiden Personen würde tarnen müssen, um seine Flucht zu sichern. André Martin und das Gewehr konnten ebenfall aufgegeben werden, sobald der Job erledigt war, da er für sie dann keine Verwendung mehr haben würde.

Mit den letzten Anschaffungen und dem Packen der Koffer war die Planungs- und Vorbereitungsphase abgeschlossen. Jetzt wartete der Schakal nur noch auf das Eintreffen zweier Briefe, die für ihn das Signal zum Aufbruch bedeuteten. Der eine würde ihm die Pariser Telefonnummer bekanntgeben, unter der er sich ständig über den Bereitschaftszustand der den französischen Staatspräsidenten schützenden Sicherungskräfte informieren konnte, der andere die ihm von Herrn Meier in Zürich übermittelte schriftliche Benachrichtigung enthalten, daß 250 000 Dollar auf sein dortiges Bankkonto überwiesen worden seien.

Er verkürzte sich die Wartezeit damit, im Korridor seiner Wohnung einen möglichst glaubwürdig wirkenden hinkenden Gang zu üben. Innerhalb von zwei Tagen lernte er so realistisch zu hinken, daß auch der kritischste Beobachter nicht mehr auf den Gedanken kommen konnte, er habe gar keinen Bein- oder Knöchelbruch.

Der erste der beiden erwarteten Briefe traf am Morgen des 9. August ein. Der in Rom abgestempelte Umschlag enthielt folgende Botschaft: »Ihr Freund kann unter MOLITOR 5901 kontaktiert werden. Melden Sie sich mit den Worten: ›Ici Chacal.‹ Die Antwort wird lauten: ›Ici Valmy.‹ Viel Glück.«

Der Brief aus Zürich kam erst am 11. August. Der Schakal grinste breit, als er die Bestätigung las, daß er, was auch kommen mochte – vorausgesetzt, er ging bei der Sache nicht drauf –, für den Rest seines Lebens ein reicher Mann sein würde. Und ein noch viel reicherer, wenn seine bevorstehende Mission in Frankreich erfolgreich war. Er bezweifelte nicht, daß er Erfolg haben würde. Nichts war dem Zufall überlassen worden.

Er verbrachte den restlichen Vormittag jenes Tages am Telefon, um Flüge zu buchen, und legte das Datum seiner Abreise auf den nächsten Tag, den 12. August, fest.

In dem Kellerraum war nur das schwere, aber kontrollierte Atmen der fünf hinter dem Tisch sitzenden Männer und das rasselnde Keuchen des Gefangenen zu hören, den man auf einen eichenen Stuhl gefesselt hatte. Die einzige Lichtquelle bildete eine einfache Bürotischlampe, aber die Birne war ungewöhnlich stark und hell, was die erstickende Hitze in dem Raum noch steigerte. Die Lampe war am linken Tischrand festgeklemmt und der verstellbare Schirm so gedreht, daß das Licht den keine zwei Meter entfernt sitzenden Gefangenen direkt anstrahlte. Ein Streifen des Lichtkreises fiel auf die fleckige Tischplatte und beleuchtete hier und da Finger, die eine Zigarette hielten, von der blauer Rauch aufstieg, gelegentlich eine ganze Hand oder einen aufgestützten Unterarm. Oberkörper und Schultern der fünf in einer Reihe hinter dem Tisch sitzenden Männer blieben für den Gefangenen unsichtbar. Gepolsterte Lederriemen fesselten seine Fußgelenke eng an die Stuhlbeine. Jedes dieser Stuhlbeine war seinerseits mit einem L-förmigen Winkeleisen aus Stahl an den Fußboden geschraubt. Der Stuhl hatte Armlehnen, an welchen die Handgelenke des Gefangenen, ebenfalls mit gepolsterten Lederriemen, festgebunden waren. Je ein weiterer Riemen umspannte seine Hüften und seinen massigen, behaarten Brustkorb. Die Polsterung der Riemen war schweißdurchnäßt.
Abgesehen von den auf ihr liegenden Händen der fünf Männer war die Tischplatte fast leer. Die einzige sichtbare Besonderheit bildete ein in sie eingelassener Schlitz, dessen messingbeschlagene Ränder eine Anzahl Ziffern aufwiesen. Aus dem Schlitz ragte ein mit einem Bakelitknopf versehener, schmaler Hebel aus Messing heraus, der vorwärts und rückwärts bewegt werden konnte. Daneben befand sich ein simpler Schalter. Die rechte Hand des am Ende des Tisches sitzenden Mannes lag unmittelbar neben dem Schalter. Auf seinen Handrücken sprießten kleine schwarze Haare.
Zwei Kabel verbanden Schalter und Hebel mit einem nahe den Füßen des Gefesselten auf dem Fußboden stehenden Transformator. Von dort führte eine mit Gummi isolierte, dickere schwarze Leitungsschnur zu einer großen Steckdose, die an der Wand hinter der Gruppe angebracht war.
In der gegenüberliegenden Ecke jenseits des Tisches saß ein Mann mit dem Gesicht zur Wand an einem Holztisch. Ein schwacher

grüner Lichtschein verriet, daß das vor ihm stehende Tonbandgerät eingeschaltet war, wenngleich die Spulen stillstanden.
Alle Männer hatten die Ärmel ihrer durchgeschwitzten Hemden aufgekrempelt. Der Gestank nach Schweiß, kaltem Rauch, Metall und Erbrochenem war unerträglich, wurde jedoch von einem noch stärkeren Geruch übertroffen – dem der unverkennbaren Ausdünstung von Angst und Schmerz. Endlich beendete der Mann, der in der Mitte der Gruppe hinter dem Tisch saß, das Schweigen.
»*Ecoute, mon p'tit* Viktor«, sagte er mit sanft überredender Stimme, »du wirst uns schon noch alles erzählen. Vielleicht nicht jetzt gleich, aber irgendwann. Du bist ein tapferer Bursche, das wissen wir. Wirklich, alle Achtung! Aber selbst du kannst nicht mehr lange durchhalten. Warum willst du es uns also nicht sagen? Du meinst, Oberst Rodin würde es dir verbieten, wenn er hier wäre? Aber er kennt sich doch aus in diesen Dingen. Er würde uns sagen, daß wir dir weitere Quälereien ersparen sollen. Du weißt doch selbst ganz genau, zuletzt reden sie immer, *n'est-ce pas*, Viktor? Keiner kann ewig so weitermachen, das hält niemand aus. Also warum nicht gleich reden, *hein*? Und dann zurück ins Bett. Und schlafen, schlafen, schlafen. Niemand wird dich wecken...«
Der Mann auf dem Stuhl hob das schweißglänzende, zerschlagene Gesicht. Ob es an den blutunterlaufenen, von den Fußtritten der Korsen in Marseille herrührenden Quetschungen im Gesicht oder am grellen Licht lag, daß er die Augen geschlossen hielt, war nicht zu erkennen. Eine Weile wandte er das Gesicht dem Tisch und der Dunkelheit vor ihm zu, während er den Mund öffnete und zu sprechen versuchte. Ein dünnes Rinnsal von blutigem Schleim erschien auf seiner Unterlippe und troff über den behaarten Oberkörper in die Pfütze von Erbrochenem, die sich in seinem Schoß gesammelt hatte. Er schüttelte den Kopf und ließ ihn wieder auf die Brust sinken. Vom Tisch her meldete sich die Stimme neuerlich:
»Viktor, *écoute-moi*. Du bist ein harter Mann. Wir alle wissen das. Wir alle kennen das auch an. Du hast den Rekord schon längst gebrochen. Jetzt kannst selbst du nicht mehr. Aber wir können noch, Viktor, und ob wir noch können. Wenn es sein muß, halten wir dich noch tagelang am Leben und bei Bewußtsein. Es gibt gewisse Drogen, *tu sais*. Mit dem dritten Grad ist es vorbei, man ist heute technisch viel weiter. Also rede lieber jetzt als später. Wir verstehen das, mußt du wissen. Wir kennen den Schmerz. Aber die kleinen Elektroden, Viktor, die verstehen das leider ganz

und gar nicht. Und die kennen nichts, die machen nur immer weiter, immer weiter ... Wirst du es uns jetzt erzählen, Viktor? Was tun die da in dem Hotel in Rom? Worauf warten sie?«
Der auf die Brust herabgesunkene große Kopf schwankte langsam von einer Seite zur anderen. Es war, als musterten die geschlossenen Augen erst die eine, dann die andere der beiden an seinen Brustwarzen befestigten kleinen kupfernen Elektroden und schließlich die einzelne größere, deren gezackte Zähne sein Glied von beiden Seiten an der Eichel umfaßten.
Die Hände des Mannes, der gesprochen hatte, lagen schlank, weiß und friedlich vor ihm in dem Lichtstreifen, der von der Lampe her seitlich auf den Tisch fiel. Der Mann wartete noch ein wenig länger. Die Hände trennten sich voneinander, und nur die Rechte blieb, den Daumen gegen die Handfläche gedrückt, vier Finger gespreizt, auf dem Tisch liegen.
Am äußersten Ende der Tischplatte schob die Hand des am elektrischen Schalter sitzenden Mannes den Messinghebel auf der Skala von Ziffer zwei auf Ziffer vier und nahm den Schalterknopf zwischen Daumen und Zeigefinger.
Jetzt krümmte die weiter zur Mitte der langen Tischplatte verbliebene Hand die vier bislang gespreizten Finger und hob und senkte dann einmal den Zeigefinger. Der elektrische Strom wurde eingeschaltet.
Mit leisem Summen schienen die an dem gefesselten Mann befestigten und durch Drähte mit dem Schalter verbundenen kleinen Elektroden zum Leben zu erwachen. Der riesige Körper auf dem Stuhl bäumte sich wie durch Levitation auf, und die Beine und Handgelenke spannten sich gegen die Riemen, bis es schien, als schneide das Leder ungeachtet der Polsterung durch Fleisch und Knochen. Der Mund öffnete sich wie in fassungslosem Staunen, und es dauerte eine halbe Sekunde, bis der Schrei über die Lippen kam, der dann zu einem Schreien wurde und nicht mehr aufhören wollte ...
Um 16 Uhr 10 war Viktor Kowalskys Widerstand gebrochen, und das Tonbandgerät begann zu laufen.
Als er zu sprechen oder vielmehr unzusammenhängend zu stammeln anfing, unterbrach ihn die ruhige Stimme des Mannes hinter dem Tisch mit hartnäckiger Eindringlichkeit:
»Warum sind sie dort in dem Hotel, Viktor – Rodin, Montclair, Casson? Wovor haben sie Angst ...? Wo sind sie gewesen? Wen haben sie gesehen? Und warum sehen sie niemanden, Viktor? Sag

uns das, Viktor. Warum Rom? Und vor Rom – warum Wien? Wo in Wien? In welchem Hotel? Warum waren sie dort, Viktor...?«
Als Kowalsky nach fünfzig Minuten schließlich verstummte, fuhr die Stimme noch eine kurze Zeit lang fort, ihm Fragen zu stellen, bis es sich erwies, daß keine Antworten mehr kommen würden. Der Mann gab seinen Untergebenen ein Zeichen, und das Verhör war beendet.
Das Band wurde aus der Spule genommen und mit einem schnellen Wagen zum Hauptquartier des Aktionsdienstes nach Paris gebracht.

Der strahlende Nachmittag, der die Pariser Bürgersteige erwärmt hatte, ging in eine goldfarbene Dämmerung über, und um 21 Uhr wurde die Straßenbeleuchtung eingeschaltet. An den Ufern der Seine schlenderten wie an allen Sommerabenden Hand in Hand die Liebespaare, und von den Caféterrassen an den Quais klang Stimmengewirr und Gläserklirren herüber.
Von dergleichen sommerlichen Unbeschwertheit war in einem engen Büro des Aktionsdienstes nahe der Porte des Lilas nichts zu spüren. Drei Männer saßen dort um ein Tonbandgerät herum, das auf einem Tisch stand. Einer von ihnen stellte das Gerät auf Weisung eines zweiten wieder und wieder auf »playback« oder »Rückspulen« und dann neuerlich auf »playback«. Der zweite Mann hatte sich Kopfhörer aufgesetzt und lauschte mit vor Anstrengung gerunzelten Brauen dem Wirrwarr von Lauten und Geräuschen, das aus dem Kopfhörer drang. Eine Zigarette, deren Rauch seine Augen tränen machte, zwischen den Lippen, gab er dem Mann am Tonbandgerät ein Fingerzeichen, sobald er eine Passage nochmals hören wollte. Zuweilen lauschte er einer Zehntelsekundenpassage ein halbes dutzendmal, bevor er den anderen aufforderte, das Tonband weiterlaufen zu lassen.
Der dritte, ein jüngerer blonder Mann, saß an einer Schreibmaschine und wartete auf das Diktat. Die Fragen, die in dem Keller unter der Festung gestellt worden waren, kamen klar und deutlich über den Kopfhörer. Die Antworten waren zusammenhangloser. Der Schreiber tippte die Aufzeichnung wie ein Interview, wobei die Fragen stets auf eine neue Zeile kamen, die mit dem Buchstaben »F« begann. Die Antworten standen auf der nächsten, jeweils mit einem »A« gekennzeichnete Zeile. Sie waren wirr, teilweise unverständlich und machten dort, wo sie keinerlei Sinn ergaben den ausgiebigen Gebrauch von Gedankenstrichen erforderlich.

Es war fast Mitternacht, als die drei Männer ihre Arbeit beendet hatten. Müde und zerschlagen standen sie auf, und jeder von ihnen reckte sich in der ihm eigenen Weise, um die schmerzenden Muskeln zu entspannen. Einer der drei griff zum Telefon, verlangte eine Amtsleitung und wählte eine Ortsnummer. Ein anderer spulte das Band auf die ursprüngliche Rolle zurück, während der Schreiber die letzten Blätter aus der Maschine nahm, die Durchschläge aussortierte und die angehäuften Papiere in drei nach Seitenzahlen geordnete Exemplare des Geständnisses trennte. Das Original des Protokolls war für Oberst Rolland bestimmt, eine Kopie für die Akten und die zweite zur Anfertigung von zusätzlichen Fotokopien für Abteilungsleiter, falls der Oberst anordnete, daß sie von dem Inhalt des Protokolls in Kenntnis gesetzt werden sollten.

Der Anruf erreichte Oberst Rolland in dem Restaurant, in dem er mit Freunden und deren Ehefrauen zu Abend gegessen hatte. Wie stets waren die Komplimente, die der unverheiratete Staatsbeamte den anwesenden Damen gemacht hatte, wenn schon nicht von ihren Männern, so doch von ihnen selbst ungemein freundlich aufgenommen worden. Als der Kellner ihn ans Telefon rief, entschuldigte er sich und verließ den Tisch. Das Telefon stand auf der Theke. Der Oberst sagte nur »Rolland« und wartete, bis der Anrufer sich identifiziert hatte.

Rolland seinerseits tat dies ebenfalls, indem er in den ersten Satz der Unterhaltung das vereinbarte Kennwort einflocht. Ein Zuhörer würde erfahren haben, daß Oberst Rollands Wagen repariert sei und jederzeit von ihm abgeholt werden könne. Oberst Rolland dankte seinem Informanten und kehrte an den Tisch zurück. Nach fünf Minuten entschuldigte er sich wortreich, daß ihn morgen ein arbeitsreicher Tag erwarte und er daher seinen Schlaf benötige. Er verabschiedete sich aufs liebenswürdigste und saß wenig später in seinem Wagen, um ihn im raschen Tempo durch die noch immer belebten Straßen in das um diese Zeit stillere Quartier der Porte des Lilas zu fahren. Kurz nach 1 Uhr morgens war er in seinem Büro, zog sich sein untadeliges dunkles Jackett aus, bestellte eine große Kanne Kaffee beim Nachtdienst und klingelte dann nach seinem Assistenten.

Das Original der Niederschrift von Kowalskys Geständnis wurde ihm zugleich mit dem Kaffee gebracht. Zunächst las er das sechsundzwanzigseitige Dossier rasch durch und versuchte dabei, das Wesentliche dessen, was der geistesverwirrte Ex-Legionär gesagt hatte, sogleich zu erfassen. Etwa in der Mitte des Protokolls fiel

ihm irgend etwas auf, was ihn die Brauen runzeln ließ, aber er las ohne Unterbrechung weiter bis zum Ende.
Die zweite Durchsicht erfolgte langsamer und sorgfältiger, wobei er jedem einzelnen Satz größere Aufmerksamkeit zuteil werden ließ. Beim drittenmal nahm er einen schwarzen Filzstift zur Hand und zog einen dicken Strich durch alle Passagen, die sich auf Sylvie, Leuko- oder Leukä-irgendwas, Indochina, Algerien, Jo-Jo, Kovacs, Korsen, Hunde und die Legion bezogen. Sie alle verstand er, und sie interessierten ihn nicht.
Das wirre Gestammel betraf zumeist Sylvie, zum Teil auch eine Frau namens Julie, und beides war für Rolland bedeutungslos. Als er alles das gestrichen hatte, war der Umfang der Aufzeichnung auf etwa sechs Seiten zusammengeschmolzen, und Rolland versuchte, aus den verbleibenden Passagen einen Sinn herauszulesen. Da war Rom. Die drei Führer waren in Rom. Nun, das wußte er ohnehin. Aber warum? Diese Frage war achtmal gestellt worden. Die Antwort hatte immer gleich gelautet. Sie wollten nicht gekidnappt werden wie im Februar Argoud. Einleuchtend genug, dachte Rolland. Hatte er mit der ganzen Kowalsky-Aktion nur seine Zeit verschwendet? Es gab da ein Wort, das der Legionär zweimal erwähnt oder vielmehr undeutlich gemurmelt hatte, als er auf diese acht gleichlautenden Fragen antwortetete. Das Wort war »geheim« oder »Geheimnis«. Das Adjektiv? Ihre Anwesenheit in Rom war alles andere als geheim. Oder hatte er das Substantiv gebraucht? Was für ein Geheimnis?
Oberst Rolland las die Niederschrift zum zehntenmal durch und begann dann nochmals von vorn. Die OAS-Bosse waren in Rom. Sie wollten nicht gekidnappt werden, weil sie ein Geheimnis hatten, von dem niemand etwas erfahren durfte. Rolland lächelte ironisch. Er hatte es besser gewußt als General Guibaud, der glaubte, daß Rodin sich verkroch, weil er Angst hatte.
Sie hatten also ein Geheimnis zu bewahren. Was für ein Geheimnis? Es schien mit irgend etwas zu tun zu haben, was sich in Wien abgespielt hatte. Das Wort »Vienne« tauchte dreimal auf, aber Rolland hatte zunächst angenommen, es müsse sich um die dreißig Kilometer südlich von Lyon gelegene Stadt Vienne handeln. Vielleicht war gar nicht die französische Provinzstadt, sondern die österreichische Hauptstadt gemeint?
Sie hatten in Wien eine Zusammenkunft gehabt. Dann waren sie nach Rom gegangen und hatten Vorkehrungen gegen die Möglichkeit getroffen, gekidnappt und so lange verhört zu werden, bis sie

ihr Geheimnis preisgaben. Das Geheimnis mußte von Wien herrühren.
Die Stunden verstrichen, und bald waren die Zigarettenstummel in der als Aschenbecher dienenden Granathülse nicht mehr zu zählen. Bevor der schmale Streifen von hellerem Grau sich über den düsteren Industrievororten abzuzeichnen begann, die östlich des Boulevard Mortier lagen, wußte Oberst Rolland, daß er auf der richtigen Spur war.
Einzelne Stücke fehlten noch. Fehlten sie wirklich, waren sie für immer verloren, seit er gegen 3 Uhr morgens die telefonische Meldung entgegennahm, daß Kowalsky nie mehr würde verhört werden können, weil er tot war? Oder waren sie irgendwo in dem wirren Text dessen verborgen, was in Kowalskys bedrängtem Hirn vorging, als er die letzten Kraftreserven verbraucht hatte?
Rolland begann die Stücke des Puzzlespiels zu notieren, die er noch nicht hatte unterbringen können. Kleist, ein Mann namens Kleist. Der Pole Kowalsky hatte das Wort richtig ausgesprochen, und Rolland, der von der Kriegszeit her noch über einige Deutschkenntnisse verfügte, notierte es sich in der korrekten Schreibweise, obwohl es von dem französischen Schreiber falsch buchstabiert worden war. Handelte es sich überhaupt um eine Person? Oder um eine Örtlichkeit, eine Firma oder dergleichen? Er rief die Vermittlung an und gab Auftrag, im Wiener Telefonverzeichnis nach einer Person oder einer Örtlichkeit dieses Namens zu suchen. Die Antwort kam nach zehn Minuten. Es gab zwei Spalten mit dem Namen Kleist, allesamt Privatpersonen, ferner die Ewald-von-Kleist-Grundschule für Jungen und die Pension Kleist. Rolland schrieb sie beide auf, unterstrich aber die Pension Kleist. Dann las er weiter.
In dem Text kamen mehrere Hinweise auf einen Fremden vor, dem gegenüber Kowalsky offenbar gemischte Gefühle hegte. Manchmal benutzte er das Wort »*bon*«, wenn er von ihm sprach, dann wieder nannte er ihn einen »*facheur*«, einen lästigen, zudringlichen Menschen. Kurz nach 5 Uhr morgens ließ sich Oberst Rolland Tonband und Gerät bringen und verbrachte die nächste Stunde damit, das Band mehrmals abzuhören. Als er das Gerät schließlich abschaltete, stieß er einen stummen Fluch aus. Dann nahm er einen dünnen Kugelschreiber zur Hand und korrigierte in dem transkribierten Text eine Anzahl offenkundig auf Hörfehler zurückgehender Wörter.
Kowalsky hatte den Fremden nicht als »*bon*«, sondern als »*blond*«

bezeichnet. Und das Wort, das ihm über die blutigen verschwollenen Lippen gekommen war, hieß nicht, wie der französische Schreiber notiert hatte, »*facheur*«, sondern »*faucheur*«, was soviel wie »Killer« bedeutete.
Von da ab war es leicht, den Sinn der wirren Aussage Kowalskys zu rekonstruieren. Das Wort »Schakal«, das, wo immer es auftauchte, gestrichen worden war, weil Rolland es für ein Schimpfwort gehalten hatte, mit dem Kowalsky seine Peiniger bedachte, bekam eine neue Bedeutung. Es wurde zum Decknamen des blonden Killers, der Ausländer war und mit den drei OAS-Bossen drei Tage vor ihrer Abreise nach Rom in der Pension Kleist gesprochen hatte.
Rolland konnte sich jetzt selbst zusammenreimen, warum Frankreich in den letzten acht Wochen von einer Welle organisierter Banküberfälle und Juwelendiebstähle heimgesucht worden war. Der Blonde, wer immer er sein mochte, verlangte Geld für den Job, den er im Auftrag der OAS übernommen hatte. Auf der ganzen Welt gab es nur einen einzigen Job, der diese Art der Finanzierung erforderlich machte. Der Blonde war nicht gerufen worden, um durch sein Eingreifen einen Bandenkrieg zu entscheiden.
Um 7 Uhr früh ließ sich Rolland mit seiner Nachrichtenzentrale verbinden und befahl dem diensttuenden Beamten, unter Umgehung des innerbehördlichen Protokolls, demzufolge Wien in der Zuständigkeit der Abteilung R 3/Westeuropa lag, ein Blitzfernschreiben an das Wiener Büro des SDECE zu richten. Dann verlangte er, daß ihm umgehend sämtliche Kopien der Niederschrift des Kowalskyschen Geständnisses ausgehändigt wurde, und schloß sie in seinen Safe ein. Schließlich setzte er sich, um einen Bericht abzufassen, auf dessen Adressatenliste er lediglich den Namen eines einzigen Empfängers aufführte. Er überschrieb den Bericht mit dem Vermerk »Nur für Sie bestimmt« und schilderte zunächst kurz die Aktion, die auf seine eigene Initiative stattgefunden hatte, um Kowalsky festzunehmen. Er erwähnte, wie der Ex-Legionär durch die Vorspiegelung, eine ihm nahestehende Person läge im Krankenhaus, nach Marseille gelockt worden war; berichtete sodann von Kowalskys Gefangennahme durch Agenten des Aktionsdienstes und ließ nicht unerwähnt, daß der Mann verhört worden war und ein wirres Geständnis abgelegt hatte. Er fühlte sich verpflichtet, die gewagte Erklärung einfließen zu lassen, der Ex-Legionär habe bei seiner Verhaftung Widerstand geleistet

und dabei zwei Agenten erheblich verletzt, sich selbst aber bei einem anschließend versuchten Suizid so bedenklich zugerichtet, daß er nach seiner Überwältigung in das Gefängnishospital eingeliefert werden mußte. Dort, auf seinem Krankenbett, habe er dann sein Geständnis abgelegt.
Der restliche Bericht betraf das Geständnis selbst und Rollands Interpretation desselben. Als er damit fertig war, pausierte er für einen Augenblick und ließ seinen Blick über die Hausdächer im Osten der Stadt schweifen, die jetzt vom Schein der Morgensonne vergoldet wurden. Rolland war sich seines Rufs, niemals zu übertreiben und grundsätzlich zu einer unterkühlten Darstellung der Dinge zu neigen, durchaus bewußt. Sorgfältig formulierte er den letzten Absatz seines Berichts:
»Ermittlungen mit dem Ziel, beweiskräftiges Material für die Existenz dieser Verschwörung beizubringen, sind zur Stunde noch im Gange. Sollten sie den oben geschilderten Tatbestand als wahrheitsgemäß bestätigen, so handelt es sich bei dem erwähnten verbrecherischen Vorhaben meines Erachtens um den denkbar gefährlichsten Plan, den die Terroristen entwickeln konnten, um das Leben des Präsidenten der Republik Frankreich zu bedrohen. Falls der im Ausland geborene und nur unter dem Decknamen ›Der Schakal‹ bekannte Killer tatsächlich für diesen Anschlag auf das Leben des Staatspräsidenten gedungen und gegenwärtig bereits mit den zur Ausführung seiner Untat erforderlichen Vorbereitungen befaßt sein sollte, halte ich es für meine Pflicht, Sie davon in Kenntnis zu setzen, daß wir meinem Dafürhalten nach einen nationalen Notstand zu gewärtigen haben.«
Ganz im Gegensatz zu seinen sonstigen Gepflogenheiten tippte Oberst Rolland die Reinschrift seines Berichts selbst, versah den Umschlag mit seinem persönlichen Siegel, adressierte ihn und drückte den Stempel mit der höchsten Sicherheitsklassifikation des Geheimdienstes darauf. Schließlich verbrannte er die Bogen, auf denen er den handschriftlichen Entwurf notiert hatte, und spülte die Asche in das Abflußrohr des Waschbeckens, das sich in einer Ecke seines Büros in einem Verschlag befand. Nachdem das getan war, wusch er sich Hände und Gesicht. Als er sich abtrocknete, fiel sein Blick auf den Spiegel über dem Waschbecken. Das Gesicht, das ihn daraus anstarrte, war, wie er bekümmert feststellte, nicht mehr das des erfolggewohnten Mannes, den die Frauen in seiner Jugend wie in seinen besten Jahren so anziehend gefunden hatten. Zu viele Erfahrungen, die allzu gründliche Kenntnis der Bestiali-

tät, welcher der Mensch seinem Mitmenschen gegenüber fähig war, sobald es für ihn um das nackte Überleben ging, zu viele Intrigen und Gegenintrigen, zu viele Befehle, mit denen er Männer zum Sterben oder zum Töten hinausgeschickt, in Kellern hatte verenden oder andere zu Tode foltern lassen, hatten sein Gesicht gezeichnet. Zwei scharfe Falten liefen von den Nasenflügeln abwärts bis weit über die Mundwinkel hinaus, dunkle Flecken schienen sich für immer unter den Augen abzeichnen zu wollen, und die dekorativen grauen Schläfen und Koteletten hatten begonnen, weiß zu werden.

»Ende des Jahres«, gelobte er sich, »mache ich endgültig Schluß mit diesem mörderischen Beruf.« Hohläugig starrte ihn das Gesicht aus dem Spiegel an. Skepsis oder Resignation? Vielleicht wußte es das Gesicht besser, als er es sich eingestehen wollte. Nach einer gewissen Anzahl von Jahren kam man von alldem nicht mehr los. Man blieb, was man geworden war, für den Rest seines Lebens. Von der Résistance zur Sicherheitspolizei, dann der SDECE und schließlich der Aktionsdienst. Wie viele Männer und wieviel Blut es in all den Jahren gekostet hatte – und alles für Frankreich. Und womit, fragte er das Gesicht im Spiegel, vergalt Frankreich es ihm? Das Gesicht im Spiegel sah ihn an und blieb stumm. Denn die Antwort darauf wußten sie beide.

Oberst Rolland bestellte einen motorisierten Kurier, der sich persönlich bei ihm melden sollte. Er bestellte auch Spiegeleier, Brötchen und weiteren Kaffee – diesmal eine große Tasse *café au lait* – sowie Aspirintabletten gegen seine Kopfschmerzen. Er gab dem Motorradfahrer seine Anweisungen und händigte ihm den versiegelten Umschlag aus. Nachdem er die Spiegeleier und die Brötchen verzehrt hatte, nahm er seinen Kaffee und trank ihn am offenen Fenster der Westseite seines Büros, von der aus man auf Paris blickte. Über die Dächer des Häusermeers hinweg konnte er in dem warmen Morgendunst, der über der Seine hing, die Türme von Notre-Dame und in noch weiterer Ferne den Eiffelturm sehen. Es war bereits nach 9 Uhr, und die Stadt war an jenem 11. August wie immer um diese Stunde schon von geschäftigem Leben erfüllt. Ob er am Ende des Jahres noch eine Position innehaben würde, von der er sich günstig pensionieren lassen konnte, das, dachte Rolland, hing nicht zuletzt davon ab, ob die Gefahr abgewendet werden konnte, die er in dem Bericht beschrieben hatte, der jetzt in der Meldetasche des Motorradfahrers steckte.

Neuntes Kapitel

Am späten Vormittag des gleichen Tages saß der Minister des Inneren an seinem Schreibtisch und starrte düster aus dem Fenster seines Arbeitszimmers in den sonnenbeschienenen runden Innenhof hinunter. Auf der gegenüberliegenden Seite des Hofes sah man das schmiedeeiserne Portal mit dem Wappen der Republik Frankreich, und dahinter lag die Place Beauvau, in deren Mitte ein Polizist den ihn umtosenden Strom des Verkehrs aus der Rue Faubourg St-Honoré und der Avenue de Marigny regelte.
Aus der Rue Miromesnil und der Rue des Saussaies, den anderen beiden Straßen, die auf den Platz mündeten, brachen auf seinen Pfiff weitere Verkehrsströme hervor, schossen über die Place Beauvau hinweg und verebbten. Der Polizist schien die fünf tödlichen Pariser Verkehrsströme zu dirigieren wie ein Torero den Stier – selbstbewußt, überlegen und würdevoll. M. Roger Frey beneidete ihn um die Überschaubarkeit seiner Aufgabe und das gelassene Selbstvertrauen, mit dem er sie meisterte.
An dem schmiedeeisernen Portal des Ministeriums standen zwei Gendarmen und bewunderten die Virtuosität ihres in der Mitte des Platzes postierten Kollegen. Sie trugen ihre umgehängten Maschinenpistolen auf dem Rücken und blickten, ihrer gesicherten Laufbahn mit dem festen Gehalt und ihres Platzes an der warmen Augustsonne gewiß, durch das schützende schmiedeeiserne Gitter in die Außenwelt hinaus. Der Minister beneidete auch sie um die Schlichtheit ihres Lebens und ihrer Ambitionen.
Er hörte Papier rascheln und wandte sich auf seinem Drehstuhl wieder dem Schreibtisch zu. Durch den breiten Tisch von ihm getrennt, schloß der Mann, der ihm gegenübersaß, das Dossier und legte es vor den Minister auf den Schreibtisch. Die beiden Männer blickten einander stumm an. In der Stille waren nur das Ticken der feuervergoldeten Uhr auf dem Kaminsims und die gedämpft von der Place Beauvau herüberdringenden Straßengeräusche zu hören.
»Nun, was halten Sie davon?«
Kommissar Jean Ducret, Chef der persönlichen Sicherungsgruppe Präsident de Gaulles, war einer der hervorragendsten Experten Frankreichs in allen Fragen der Staatssicherheit, darunter insbesondere solchen, die den Schutz einer einzelnen hochgestellten Person vor Mordanschlägen betrafen. Das war der Grund, weshalb er diese Stellung innehatte, und das war auch der Grund, warum bis zu

jenem Zeitpunkt sechs bekanntgewordene Mordverschwörungen gegen den Präsidenten entweder fehlgeschlagen waren oder rechtzeitig aufgedeckt werden konnten.
»Rolland hat recht«, sagte er schließlich. Seine Stimme war sachlich und unbeteiligt, als gäbe er das zu erwartende Ergebnis eines Fußballspiels bekannt. »Wenn seine Vermutungen zutreffen, stellt die Verschwörung in der Tat eine ungewöhnlich ernste Bedrohung dar. Alle Karteien und Listen der französischen Sicherheitsbehörden wie auch das ganze Netz der in die OAS eingeschleusten Agenten wären angesichts eines Außenseiters – noch dazu eines Ausländers –, der ohne Freunde und Kontakte ganz allein und nur auf sich selbst gestellt arbeitet, nutzlos. Wie Rolland ganz richtig schreibt« – er schlug die letzte Seite des vom Chef des Aktionsdienstes verfaßten Berichts auf und las laut daraus vor –, »handelt es sich um den ›denkbar gefährlichsten Plan‹, den man sich nur vorstellen kann.«
Roger Frey fuhr sich mit der Hand durch das kurzgeschnittene eisengraue Haar und drehte sich auf seinem Stuhl wieder dem Fenster zu. Er war ein Mann, den so leicht nichts aus der Ruhe brachte, aber am Vormittag dieses 11. August war er beunruhigt. In den langen Jahren, in denen er sich als ergebener Anhänger de Gaulles um dessen Sache verdient machte, hatte er sich den Ruf erworben, daß hinter der Intelligenz und liebenswürdigen Verbindlichkeit, die ihm zu dem Ministersessel verholfen hatten, ein harter Mann steckte. Die strahlend blauen Augen, deren Blick von gewinnender Wärme zu eisiger Kälte wechseln konnte, die Männlichkeit des gedrungenen Oberkörpers mit den breiten Schultern und das gutgeschnittene, von rücksichtsloser Willenskraft zeugende Gesicht, das die bewundernden Blicke nicht weniger Frauen auf sich zog, welche die Gesellschaft mächtiger Männer zu schätzen wußten, alles das diente Roger Frey nicht als Ersatz für ein fehlendes Wahlprogramm.
In den alten Zeiten, als die Gaullisten sich noch gegen die feindselige Haltung der Amerikaner, die Indifferenz der Briten, die Ambitionen der Giraudisten und die Skrupellosigkeit der Kommunisten durchsetzen mußten, hatte er seinen politischen Nahkampfstil entwickelt. Irgendwie hatten sie es geschafft, und zweimal innerhalb von achtzehn Jahren war der Mann, dem sie folgten, aus dem Exil zurückgekehrt, um die Macht in Frankreich wieder zu übernehmen. Und in den letzten beiden Jahren war der Kampf neuerlich ausgebrochen, diesmal gegen die Männer, die dem General

zweimal den Weg zur Macht geebnet hatten. Bis vor wenigen Minuten hatte der Minister geglaubt, daß dieser letzte Kampf zu Ende ginge und sich die Feinde abermals in ohnmächtigem Haß und hilfloser Wut geschlagen geben würden.
Jetzt wußte er, daß es noch nicht ausgestanden war. Ein magerer, fanatischer Oberst in Rom hatte einen Plan ausgeheckt, der das ganze Gebäude des Staates zum Einsturz bringen konnte, wenn er den Tod eines einzigen Mannes herbeiführte.
Es gab Länder – das hatte Großbritannien vor achtundzwanzig Jahren bewiesen und sollte Amerika noch im gleichen Jahr ebenfalls beweisen –, deren Institutionen stabil genug waren, um sie den Tod ihres Präsidenten oder die Abdankung ihres Königs überstehen zu lassen. Aber Roger Frey war sich des Zustands der Institutionen Frankreichs im Jahre 1963 nur allzu bewußt, um sich keiner Täuschung darüber hinzugeben, daß der Tod des Präsidenten nichts anderes als den Auftakt für Putsch und Bürgerkrieg bedeuten konnte.
»Nun«, bemerkte er schließlich, ohne den Blick von dem in gleißendem Sonnenlicht daliegenden Innenhof zu wenden, »er muß informiert werden.«
Der Polizeibeamte schwieg. Es gehörte zu den Vorzügen, die der Beruf eines Spezialisten mit sich brachte, daß man seine Arbeit verrichtete und die wichtigen Entscheidungen denen überließ, die dafür bezahlt wurden, sie zu treffen. Der Minister wandte sich ihm wieder zu.
»*Bien. Merci, Commissaire.* Dann werde ich den Präsidenten noch heute nachmittag um eine Audienz ersuchen und ihn unterrichten.«
Die Stimme des Innenministers klang lebhaft und entschlossen.
»Ich brauche Sie nicht erst zu bitten, absolutes Stillschweigen über diese Angelegenheit zu wahren, bis ich Gelegenheit gehabt habe, dem Präsidenten die Lage darzulegen, und er darüber entschieden hat, wie er die Sache gehandhabt wissen will.«
Kommissar Ducret stand auf und verließ das Arbeitszimmer des Innenministers, um in sein keine hundert Schritt entferntes, auf der anderen Seite der Rue Faubourg St-Honoré gelegenes Büro im Palast zurückzukehren. Wieder allein, las der Innenminister nochmals den Bericht durch. Er bezweifelte nicht, daß Rollands Einschätzung der Lage zutreffend war, und Ducrets übereinstimmende Beurteilung ließ ihm für eine lavierende Handhabung der Angelegenheit keinen Spielraum. Die Gefahr war da, sie war ernst, unabwendbar, und der Präsident mußte ins Bild gesetzt werden.

Widerstrebend drückte er auf eine Taste der Haussprechanlage und verlangte den Generalsekretär im Elysée-Palast. Innerhalb einer Minute klingelte das rote Telefon neben der Haussprechanlage. Er nahm den Hörer ab.
»*Monsieur Foccart, s'il vous plaît.*« Nach wenigen Sekunden meldete sich die trügerisch sanfte Stimme eines der mächtigsten Männer Frankreichs. Roger Frey erklärte kurz, was er wollte und warum es ihm so dringlich sei, den Präsidenten zu sprechen. »So rasch wie möglich, Jacques ... Ja, ich weiß, Sie müssen erst nachsehen. Ich warte. Rufen Sie mich bitte zurück, sobald Sie können.«
Der Anruf kam nach einer Stunde. Die Audienz war auf 4 Uhr am selben Nachmittag festgesetzt worden; sobald der Präsident seine Siesta gehalten hatte, würde er für Frey zu sprechen sein. Eine Sekunde lang war der Minister versucht, darauf hinzuweisen, daß das, was er dem Präsidenten zu sagen hatte, wichtiger als dessen Siesta sei, aber er besann sich eines Besseren. Wie jedermann im Gefolge des Präsidenten wußte er, daß es nicht ratsam war, sich mit dem glattzüngigen Beamten anzulegen, der jederzeit das Ohr des Präsidenten hatte und dem Vernehmen nach eine private Kartei mit intimen Informationen angelegt hatte, deren Existenz, obschon niemand Genaues darüber wußte, die Gemüter außerordentlich beunruhigte.

Zwanzig Minuten vor vier verließ der Schakal nach einer der köstlichsten und kostspieligsten Fischmahlzeiten, die auf Meeresfrüchte spezialisierte Londoner Gastronomen zu bieten haben, Cunningham's in der Curzon Street. Schließlich, so sagte er sich, als er in die South Street einbog, war es aller Wahrscheinlichkeit nach auf einige Zeit hinaus sein letzter Lunch in London gewesen, und er glaubte Grund genug gehabt zu haben, diesen Anlaß zu feiern.
Im gleichen Augenblick bog eine aus dem schmiedeeisernen Portal des französischen Ministeriums des Innern kommende schwarze DS-19-Limousine in die Place Beauvau ein. Durch Zurufe seiner das Portal bewachenden Kollegen aufmerksam gemacht, stoppte der in der Mitte des Platzes postierte Polizist den aus den angrenzenden Straßen flutenden Verkehr und salutierte dann mit ruckartiger Geste.
Nach hundert Meter steuerte der Citroën auf den steingrauen Portikus vor dem Elysée-Palast zu. Auch hier hatten die diensttuenden Gendarmen vorsorglich den Verkehr angehalten, um der Limousine den zum Einbiegen in die enge Durchfahrt benötigten Platz zu

sichern. Die Posten der *Garde Republicaine,* die zu beiden Seiten des Portals vor ihren Schilderhäuschen standen, legten grüßend die weißbehandschuhte Rechte an das Magazin ihrer Karabiner, als sie den Wagen des Ministers passieren ließen. Im inneren Torbogen sperrte eine locker gespannte Kette die Durchfahrt in den Vorhof des Palastes. Der diensttuende Inspektor – einer von Ducrets Leuten – schaute kurz in den Wagen und nickte dem Minister zu, der seinerseits ihm zunickte. Auf einen Wink des Inspektors wurde die Kette abgehängt. Sie fiel zu Boden, und der Citroën fuhr knirschend über sie hinweg. Jenseits des etwa vierzig bis fünfzig Meter breiten, mit braunem Kies bestreuten Hofs erhob sich die Fassade des Palastes. Robert, der Chauffeur des Innenministers, lenkte den Wagen nach rechts und fuhr ihn im Gegenuhrzeigersinn um den Hof herum vor die sechs Granitstufen, die zum Eingang hinaufführten.
Einer der beiden befrackten und mit silbernen Ketten behängten Palastdiener öffnete die Tür. Roger Frey eilte die Stufen hinauf und wurde an der Spiegeltür vom dienstältesten Kammerdiener empfangen. Einen Augenblick lang mußte der Minister im Vestibül unter dem an einer langen goldenen Kette von der gewölbten Decke herabhängenden Kronleuchter warten, während der Diener seine Ankunft über das links der Tür auf einem Marmortisch stehende Haustelefon dem diensthabenden Offizier meldete. Als er den Hörer auflegte, lächelte er dem Minister kurz zu und schritt ihm in seinem gewohnten, würdevoll gemessenen Tempo über die teppichbedeckten Granitstufen voran. Im ersten Stock überquerten sie den kurzen, breiten Treppenabsatz, von dem aus sich das Vestibül überblicken ließ, und blieben vor einer Tür zur Linken des Treppenabsatzes stehen. Der Diener klopfte leise. Auf das gedämpft vernehmbare »Entrez« hin öffnete er die Tür und trat zurück, um den Minister in den *Salon des Ordonnances* eintreten zu lassen. Dann schloß er geräuschlos die Tür und begab sich gemächlichen Schrittes wieder treppenabwärts in das Vestibül zurück.
Durch die großen Südfenster auf der gegenüberliegenden Seite des Salons flutete Sonnenlicht herein und badete den Teppich in warmem Gold. Eines der vom Boden bis zur Decke reichenden Fenster stand offen, und aus dem Park des Palastes war das Gurren einer Waldtaube zu hören. Der Lärm des Verkehrs auf den keine fünfhundert Meter entfernten, durch mächtige Linden und Buchen dem Blick jedoch gänzlich entzogenen Champs Elysées war zu einem bloßen Murmeln gedämpft und kaum lauter als die gurren-

de Taube. Wie immer, wenn er sich in einem der nach Süden gelegenen Räume des Elysée-Palastes aufhielt, hatte Roger Frey, der in der Großstadt geboren und aufgewachsen war, das Gefühl, er befände sich in einem irgendwo im Herzen des Landes versteckten Schloß. Der tosende Verkehr der Rue Faubourg St-Honoré zur anderen Seite des Palastes war nur mehr eine Erinnerung.
Diensthabender Offizier war an diesem Tag Oberst Tesseire. Er erhob sich hinter seinem Schreibtisch.
»*Monsieur le Ministre* ...«
»*Colonel* ...« Frey deutete mit einer Kopfbewegung nach links auf die geschlossenen Doppeltüren mit den vergoldeten Türgriffen. »Werde ich erwartet?«
»Aber selbstverständlich, *Monsieur le Ministre.*« Tesseire durchquerte den Raum, klopfte kurz an einer der Doppeltüren, öffnete sie und blieb auf der Schwelle stehen.
»Der Minister des Inneren, *Monsieur le Président.*«
Gedämpft waren Laute der Zustimmung von drinnen zu hören. Tesseire trat einen Schritt zurück, lächelte dem Minister zu, und Roger Frey ging an ihm vorbei in Charles de Gaulles privates Arbeitszimmer. In diesem Raum, das hatte er stets empfunden, gab es nichts, was nicht auf irgendeine Weise etwas über den Mann aussagte, der die Dekoration und das Mobiliar selbst ausgesucht hatte. Rechter Hand befanden sich die drei hohen, eleganten Fenster, die wie diejenigen des *Salon des Ordonnances* auf den Garten hinausgingen. Im Studio war ebenfalls eines von ihnen geöffnet, und auch hier war wieder das Gurren der Taube hörbar.
Irgendwo unter diesen Linden und Buchen waren Männer postiert, die Maschinenpistolen trugen, mit denen sie aus einer Pik-As-Karte noch im Schlaf aus zwanzig Meter Entfernung das As herausschießen konnten. Aber wehe demjenigen unter ihnen, der sich von den Fenstern des ersten Stocks aus sehen ließ. Im und um den Palast herum war der Zorn sprichwörtlich, mit dem der Mann, den sie im Ernstfall fanatisch verteidigen würden, auf jedwede zu seinem Schutz getroffene Maßnahme reagierte, die ihm zu Ohren kam oder sein Privatleben zu beeinträchtigen drohte. Das war das schwerste Kreuz, das Ducret zu tragen hatte, und niemand beneidete ihn um die Aufgabe, einen Mann zu schützen, der jede Form von persönlichem Schutz als seiner unwürdig und daher unzumutbar empfand.
Vor die Wand mit den verglasten Bücherregalen zur Linken war ein Louis-XV-Tisch gerückt, auf welchem eine Louis-XIV-Uhr

stand. Den Boden bedeckte ein Savonnerie-Teppich, der aus der königlichen Teppichweberei in Chaillot stammte und über dreihundert Jahre alt war. Die Weberei, hatte ihm der Präsident einmal erklärt, war ehedem eine Seifenfabrik gewesen, und auf diesen Umstand sei der Name zurückzuführen, den die dort hergestellten Teppiche seither trugen. Es gab nichts in diesem Raum, was nicht einfach, nichts, was nicht würdig und geschmackvoll war, und vor allem nichts, was nicht die Größe Frankreichs illustrierte. Und das, so meinte Roger Frey, schloß auch den Mann hinter dem Schreibtisch ein, der sich jetzt erhob, um ihn mit der ihm eigenen ausgesuchten Höflichkeit zu begrüßen.
Dem Minister fiel wieder ein, daß Harold King, Wortführer der in Paris akkreditierten britischen Journalisten und einziger zeitgenössischer Angelsachse, der sich zu den persönlichen Freunden Charles de Gaulles zählen durfte, ihm gegenüber einmal bemerkt hatte, seinen persönlichen Eigenarten und Angewohnheiten nach gehöre der Präsident nicht ins zwanzigste, sondern ins achtzehnte Jahrhundert. Seither hatte er jedesmal versucht, sich eine hochgewachsene Gestalt in Seide und Brokat vorzustellen, die dieselben Gesten zeremonieller Höflichkeit vollführte. Die Gedankenverbindung leuchtete ihm wohl ein, aber die anschauliche Vorstellung entzog sich ihm. Zudem konnte er die wenigen Male nicht vergessen, wo sich der Große Alte Mann, zornig wegen irgendeines Vorkommnisses, das sein Mißfallen erregt hatte, eines Kasernenhofjargons von derart kraftvoller Drastik bedient hatte, daß die Mitglieder seines Kabinetts vor Verblüffung sprachlos waren.
Wie Roger Frey sehr wohl wußte, gehörte die Frage, welche Maßnahmen er als der für die Sicherheit der Institutionen Frankreichs und damit auch und vor allem für die des Präsidenten verantwortliche Minister treffen zu müssen glaubte, zu den Themen, die mit hoher Wahrscheinlichkeit eine solche Reaktion hervorriefen. Sie hatten über diese Frage nie offen miteinander gesprochen, und vieles, was Frey in jener Hinsicht anordnete, mußte heimlich ausgeführt werden. Wenn er an das Dossier dachte, das er in der Aktenmappe trug, und an das Ansuchen, das er dem Präsidenten würde vortragen müssen, bekam er es fast mit der Angst zu tun.
»*Mon cher Frey.*«
Die hochgewachsene, dunkelgrau gekleidete Gestalt war hinter dem großen Schreibtisch hervorgetreten. Zur Begrüßung wurden beide Hände ausgestreckt.
»*Monsieur le Président, mes respects.*« Er schüttelte die ihm ge-

reichte Hand. Zumindest schien *Le Vieux* guter Laune zu sein. Frey wurde zu einem der beiden mit Beauvais-Tapisserie bespannten Empirestühle geleitet, die vor dem Schreibtisch standen. Nachdem er seiner Pflicht als Hausherr dem Gast gegenüber in so liebenswürdiger Weise genügt hatte, kehrte Charles de Gaulle hinter den Schreibtisch zurück und nahm dort Platz. Mit den Fingerspitzen beider Hände das polierte Holz der Schreibtischplatte berührend, lehnte er sich zurück.
»Ich höre, mein lieber Frey, daß Sie mich in einer dringenden Angelegenheit sprechen wollen. Nun, was haben Sie mir zu sagen?«
Roger Frey holte tief Luft. Der Tatsache wohl bewußt, daß de Gaulle langatmige Reden, sofern sie nicht von ihm selbst stammten, nicht schätzte, erklärte er kurz und bündig, weshalb er gekommen war. Während er sprach, wurde die Haltung des ihm gegenübersitzenden Mannes immer abweisender. Er lehnte sich weiter und weiter zurück, schien zusehends größer zu werden und blickte dabei an seiner alles beherrschenden Nase entlang zu dem Minister hinüber, als sei eine unangenehme Substanz von einem bislang geschätzten Diener in sein Arbeitszimmer eingeschleppt worden. Roger Frey war sich jedoch bewußt, daß sein Gesicht für den Präsidenten, der seine Kurzsichtigkeit bei öffentlichen Gelegenheiten zu verbergen pflegte, indem er – es sei denn, er las eine Rede ab – grundsätzlich keine Brille trug, schon aus der Entfernung von zweieinhalb Meter nur noch ein verschwommener Fleck sein konnte. Der Innenminister beendete seinen Monolog, der kaum länger als eine Minute gedauert hatte, indem er Rollands und Ducrets Kommentare erwähnte, und schloß mit der Bemerkung: »Ich habe den Bericht von Rolland in meiner Aktenmappe.«
Über den Tisch hinweg streckte der Präsident stumm seinen Arm danach aus. Frey holte den Bericht hervor und reichte ihn hinüber. Charles de Gaulle nahm die Lesebrille aus der Brusttasche seines Anzugs, setzte sie sich auf die Nase, schlug das Dossier auf und begann zu lesen. Als habe sie gemerkt, daß dies nicht der rechte Augenblick sei, hatte die Taube aufgehört zu gurren. Roger Frey blickte auf die Bäume hinaus, dann auf die für elektrisches Licht umgearbeitete Tischlampe aus Messing, die neben dem Tintenlöscher auf dem Schreibtisch stand. Es war eine kostbare Flambeau-de-Vermeil-Lampe aus der Restaurationszeit. Tausende von Stunden lang hatte sie in den fünf Jahren der Präsidentschaft de Gaulles die Staatsdokumente erhellt, die über diesen Schreibtisch gewandert waren.

General de Gaulle las ungemein rasch. Er hatte die Lektüre des Rolland-Berichts in drei Minuten beendet, faltete ihn sorgsam zusammen, legte die Hände übereinander und fragte: »Nun, mein lieber Frey, was erwarten Sie von mir?«
Zum zweitenmal holte Roger Frey tief Luft und stürzte sich in eine rasche Aufzählung der Maßnahmen, die er zu treffen beabsichtigte. Zweimal benutzte er die Wendung: »Meiner Auffassung nach, *Monsieur le Président*, wird es zur Abwendung dieser Gefahr unumgänglich sein...« In der dreiunddreißigsten Sekunde seines Vortrags verwendete er die Floskel: »Im Interesse Frankreichs...«
Weiter kam er nicht. Der Präsident schnitt ihm das Wort ab. »Im Interesse Frankreichs, mein lieber Frey, kann es gewiß nicht liegen, den Präsidenten der Republik vor der Drohung eines jämmerlichen Mietlings zurückweichen zu sehen, der« – er machte eine Pause, in der seine Verachtung für den unbekannten Attentäter den Raum zu füllen schien – »noch dazu ein Ausländer ist.«
Roger Frey begriff, daß er verloren hatte. Wie jemand, der Wert darauf legt, beim Zuhörer keinerlei Zweifel über den von ihm vertretenen Standpunkt aufkommen zu lassen, sprach der Präsident, ohne sich – wie Frey befürchtet hatte – zu erregen, klar und unmißverständlich. Einzelne Wendungen drangen bis zu Oberst Tesseire, der bei geöffnetem Fenster im benachbarten Raum saß:
»La France ne saurait accepter ... la dignité et la grandeur assujetties aux misérables menaces d'un ... d'un CHACAL...«
Zwei Minuten später verließ Roger Frey den Präsidenten. Er nickte Oberst Tesseire zu, durchquerte den *Salon des Ordonnances* und ging die Treppe zum Vestibül hinunter.
Dieser Mann – dachte der Diener, der den Minister über die Steinstufen zum wartenden Citroën geleitete und dem davonfahrenden Wagen nachblickte – hat Sorgen. Was *Le Vieux* wohl von ihm gewollt haben mag? – Da er jedoch seinen Dienst bereits seit zwanzig Jahren im Elysée-Palast verrichtete, blieb sein Gesicht so reglos und unwandelbar wie dessen Fassade.

»Nein, so geht das nicht. Der Präsident war in diesem Punkt absolut unnachgiebig.«
Roger Frey wandte den Blick vom Fenster seines Arbeitszimmers weg, um ihn auf den Mann zu richten, dem seine Bemerkung galt. Unmittelbar nach seiner Rückkehr aus dem Elysée-Palast hatte er seinen *chef de cabinet* – den Chef seines persönlichen Stabes – zu

sich bestellt. Alexandre Sanguinetti war Korse und ebenfalls ein fanatischer Anhänger de Gaulles. Als der Mann, dem in den vergangenen zwei Jahren ein Großteil der mit der Überwachung und Leitung der französischen Sicherheitskräfte verbundenen Detailarbeit vom Innenminister delegiert worden war, hatte er sich einen Ruf erworben, der entsprechend der jeweiligen politischen Auffassung des Beurteilers wie auch seiner Einstellung zu den staatsbürgerlichen Rechten sehr unterschiedlich interpretiert wurde. Bei der extremen Linken war er wegen der kurzentschlossen von ihm angeordneten Mobilisierung der CRS-Anti-Aufruhr-Kommandos und der brutalen Kampfmethoden verhaßt und gefürchtet, die diese 45 000 paramilitärischen Schläger anwendeten, sobald sie sich einer Straßendemonstration gegenübergestellt sahen.

Die Kommunisten nannten ihn möglicherweise deswegen einen Faschisten, weil gewisse Praktiken, mit denen es ihm gelungen war, die öffentliche Ordnung aufrechtzuerhalten, an diejenigen erinnerten, welche sich jenseits des Eisernen Vorhangs im Paradies der Werktätigen bewährt hatten. Die extreme Rechte haßte ihn nicht weniger. Sie bediente sich ihrerseits der gleichen Argumente der Unterdrückung von Demokratie und Freiheit wie die Kommunisten – dies vermutlich jedoch nur deswegen, weil die Wirksamkeit seiner rigorosen Maßnahmen den Zusammenbruch von Gesetz und Ordnung verhindert hatte, der ihr als willkommener Vorwand für einen auf die Wiederherstellung eben dieser Ordnung abzielenden Putsch von rechts gedient haben würde.

Und die breite Öffentlichkeit lehnte ihn ab, weil sie von den drakonischen Maßnahmen, die in seinem Amt beschlossen worden waren – Straßensperren, Ausweiskontrollen an allen wichtigen Straßenkreuzungen und die brutale Niederknüppelung jugendlicher Demonstranten durch die Schlagstöcke der CRS, wie sie auf zahllosen in der Presse veröffentlichten Fotos dokumentarisch festgehalten worden war – unmittelbar betroffen wurde. Die Presse hatte ihn bereits zum »*Monsieur Anti-OAS*« gestempelt und verunglimpfte ihn mit Ausnahme der wenigen gaullistischen Blätter aufs massivste. Wenn der Ruf, der bestgehaßte Mann Frankreichs zu sein, ihn beunruhigte, so verstand er es doch, sich dies nicht anmerken zu lassen. Die Gottheit seiner privaten Religion residierte im Elysée-Palast, und in dieser Religion fungierte Alexandre Sanguinetti als leitender Kopf der Kurie. Er blickte finster auf die Schreibunterlage vor ihm, auf welcher der den Rolland-Bericht enthaltende Aktenordner lag.

»Das ist unmöglich. Unmöglich. *Er* ist unmöglich. Wir müssen sein Leben schützen, und er läßt uns nicht. Ich könnte diesen Mann dingfest machen, diesen Schakal. Aber Sie sagen mir, wir dürfen keine Gegenmaßnahmen treffen. Was sollen wir tun? Darauf warten, daß er losschlägt? Bloß herumsitzen und warten?«
Der Minister seufzte. Er hatte von seinem *chef de cabinet* keine andere Reaktion erwartet, aber das machte ihm die Aufgabe nicht leichter. Er setzte sich wieder hinter seinen Schreibtisch.
»Hören Sie, Alexandre. Erstens steht es noch nicht absolut fest, ob der Rolland-Bericht zutrifft. Es handelt sich lediglich um seine eigene Auswertung der wirren Reden dieses – Kowalsky, der inzwischen verstorben ist. Vielleicht täuscht Rolland sich. Die Ermittlungen in Wien sind noch nicht abgeschlossen. Ich habe deswegen mit Gibaud gesprochen, und er erwartet den Bescheid für heute abend. Aber man muß zugeben, daß es unrealistisch wäre, zu diesem Zeitpunkt im ganzen Land Jagd auf einen Ausländer machen zu wollen, von dem uns nur der Deckname bekannt ist. Abgesehen davon handelt es sich um seine Weisung – nein, seine strikte Order. Ich wiederhole sie, damit hierüber bei keinem von uns irgendwelche Unklarheiten herrschen. Die Sache darf unter keinen Umständen publik werden, es darf keine Großfahndung stattfinden, und außerhalb unseres engsten Mitarbeiterkreises darf keinerlei Andeutung darüber gemacht werden, daß Gefahr im Verzug ist. Der Präsident ist der Meinung, daß die Presse, sofern wir ihr gegenüber auch nur das Geringste verlauten ließen, dies als gefundenes Fressen betrachten, die Weltöffentlichkeit hämisch reagieren und jede zusätzliche Sicherheitsmaßnahme, die wir treffen, sowohl hier als auch außerhalb unseres Landes nur als ein unwürdiges Schauspiel auffassen würde, in dem der Präsident der Republik Frankreich sich vor einem einzelnen Mann – und noch dazu einem Ausländer – zu verstecken sucht. Genau dies aber wird er unter keinen Umständen – ich wiederhole: unter keinen Umständen! – zulassen. Tatsächlich« – der Minister unterstrich mit erhobenem Zeigefinger die Bedeutung dieses Punktes – »hat er mir deutlich zu verstehen gegeben, daß Köpfe rollen würden, falls durch unsere Behandlung der Angelegenheit irgendwelche Einzelheiten bekanntwerden oder auch nur vage Andeutungen an die Öffentlichkeit dringen sollten. Glauben Sie mir, *cher ami*, ich habe ihn kaum je so unzugänglich gesehen.«
»Aber das Veranstaltungsprogramm«, protestierte Sanguinetti, »muß auf jeden Fall abgeändert werden. Er darf nicht mehr in der

Öffentlichkeit erscheinen, bis der Mann gefaßt ist. Er muß unbedingt...«
»Er wird nichts absagen. Programmänderungen sind ganz ausgeschlossen, auch solche um eine Stunde oder auch nur um eine Minute. Die ganze Angelegenheit muß unter absoluter Geheimhaltung gehandhabt werden.«
Zum erstenmal seit der Aufdeckung der Verschwörung in der École Militaire im Februar, die zur Verhaftung und Verurteilung der Beteiligten geführt hatte, fühlte sich Alexandre Sanguinetti wieder auf den Punkt zurückgeworfen, von dem er ausgegangen war. In den letzten beiden Monaten hatte er bei der Bekämpfung der Bankraub- und Einbruchswelle schon geglaubt, daß das Schlimmste überstanden sei. Die Auflösungserscheinungen, die der OAS-Apparat unter der doppelten Einwirkung des Aktionsdienstes von innen und der Polizei- und CRS-Kräfte von außen zu zeigen begann, hatten ihn zu dem vorschnellen Schluß verleitet, die Raubüberfälle stellten nichts anderes als die letzten Zuckungen der Geheimarmee dar, bei denen eine Handvoll noch nicht dingfest gemachter Strolche und Abenteurer sich noch einmal austobte, um sich die nötigen Gelder für ein lebenslanges Exil zu verschaffen.
Aber die letzte Seite von Rollands Bericht machte deutlich, daß die ungezählten Doppelagenten, die Rolland in die OAS hatte einschleusen können, wo es ihnen gelungen war, in die höchsten Dienstränge aufzusteigen, durch die Anonymität des Mörders außer Gefecht gesetzt worden waren. Und infolge der simplen Tatsache, daß der Schakal Ausländer war, waren auch die von den Sicherheitsbehörden geführten Karteien über alle einer bestehenden oder früheren Verbindung zur OAS verdächtigten Staatsbürger nutzlos.
»Was sollen wir denn tun, wenn es uns nicht erlaubt ist zu handeln?«
»Ich habe nicht gesagt, daß es uns verboten sei zu handeln«, verbesserte Frey ihn. »Ich sagte lediglich, wir dürfen nicht in aller Öffentlichkeit handeln. Die ganze Sache muß geheim bleiben und entsprechend gehandhabt werden. Es gibt also nur eine einzige Möglichkeit für uns: die Identität des Mörders muß durch geheimzuhaltende Erkundigungen ermittelt, er selbst, wo immer er sich aufhält – sei es in Frankreich oder außerhalb des Landes –, aufgespürt und dann sofort unschädlich gemacht werden.«

»... und sofort unschädlich gemacht werden. Das, meine Herren, ist der einzige Weg, den wir beschreiten können.«
Der Minister des Innern überblickte die im Beratungsraum seines Ministeriums tagende Versammlung, um die volle Bedeutung seiner Worte auf sie einwirken zu lassen. Er selbst mitgezählt, waren insgesamt vierzehn Männer um den Konferenztisch versammelt.
Der Minister stand am oberen Ende des Tisches. Neben ihm zu seiner Rechten saß sein *chef de cabinet*, zu seiner Linken der Polizeipräfekt, die oberste politische Instanz der Polizeikräfte Frankreichs.
Zur Rechten Sanguinettis wiederum saßen General Guibaud, Chef des SDECE, und Oberst Rolland, Chef des Aktionsdienstes und Verfasser des Berichts, von dem jedem Konferenzteilnehmer ein Exemplar ausgehändigt worden war. Ferner Kommissar Ducret von der persönlichen Sicherungsgruppe des Präsidenten und der Oberst der Luftwaffe Saint Clair de Villauban aus dem Stab des Elysée-Palastes, ein fanatischer Gaullist, dem in der engeren Umgebung des Präsidenten nachgesagt wurde, daß ihn ein nicht minder fanatischer persönlicher Ehrgeiz auszeichne.
Links von Maurice Papon, dem Polizeipräfekten, saßen Maurice Grimaud, Generaldirektor der *Sûreté Nationale*, und die Leiter der fünf Abteilungen, aus denen die *Sûreté* besteht.
Obschon von Romanschreibern und Krimiautoren gern als schlagkräftigste aller das Verbrechen bekämpfenden Organisationen gefeiert, stellt die *Sûreté Nationale* nur eine sehr kleine, personell schwach besetzte Dienststelle dar, die den fünf Kriminalabteilungen, welche die eigentliche Arbeit leisten, vorgesetzt ist. Die Aufgaben der *Sûreté* sind, ganz ähnlich wie die der ebensooft irreführend beschriebenen Interpol, verwaltungstechnischer Art, und die *Sûreté* beschäftigt nicht einen einzigen Detektiv in ihrem Stab.
Der Mann, dessen persönlichem Kommando die gesamten Polizeikräfte der französischen Republik unterstellt waren, saß unmittelbar neben Maurice Grimaud. Es war Max Fernet, der Direktor der *Police Judiciaire*. Neben ihrem gewaltigen Hauptquartier am Quai des Orfèvres, das so viel größer ist als das in unmittelbarer Nachbarschaft des Innenministeriums, in der Rue des Saussaies, gelegene der Sûreté, unterhält die *Police Judiciaire* siebzehn regionale Zentralen, das heißt eine in jedem der siebzehn städtischen Polizeidistrikte Frankreichs. Diesen unterstehen die in insgesamt 453 Städten stationierten Polizeikräfte, die ihrerseits in 74 Zentralkommissariate, 253 Wahlbezirkskommissariate und 126 örtliche

Polizeiposten gegliedert sind. Das gesamte Organisationsnetz umfaßt 2000 Städte und Ortschaften Frankreichs. In ländlichen Gebieten und auf Fernverkehrsstraßen obliegt die Aufrechterhaltung von Gesetz und Ordnung der *Gendarmerie Nationale* und den *Gendarmes Mobiles*, der Verkehrspolizei. Aus Gründen der Effektivität benutzen Gendarmen und *agents de police* in manchen Gebieten dieselben Einrichtungen, Unterkünfte und Anlagen. Die Gesamtstärke der Max Fernet unterstehenden *Police Judiciaire* betrug im Jahre 1963 rund 20 000 Mann.

Links von Fernet saßen die Chefs der anderen vier Sektionen der *Sûreté: des Bureau de Sécurité Publique*, der *Renseignements Généraux*, der *Direction de la Surveillance du Territoire* und des *Corps Republicain de la Sécurité*.

Die erstgenannte dieser Sektionen, das BSP, war vor allem für den Schutz öffentlicher Gebäude, Kommunikationseinrichtungen, Fernverkehrsstraßen und allen sonstigen Staatseigentums vor Sabotage oder Beschädigung zuständig. Die zweite, die RG oder Zentralkartei, fungierte als das Gedächtnis der anderen vier Sektionen; in ihrem Archiv verwahrte sie viereinhalb Millionen Dossiers über sämtliche Individuen, die der französischen Polizei seit deren Gründung angezeigt worden waren. Alphabetisch geordnet sowohl nach den Namen der betreffenden Personen als auch nach den Vergehen oder Verbrechen, deren sie verurteilt oder lediglich verdächtig waren, füllten die Dossiers Regale von insgesamt nahezu neun Kilometer Länge. Die Namen von Zeugen, die in Strafprozessen ausgesagt hatten, waren wie die von freigesprochenen Angeklagten ebenfalls erfaßt. Obschon das Karteisystem seinerzeit noch nicht auf Computer umgestellt worden war, rühmten sich die Archivare, innerhalb von Minuten sämtliche Einzelheiten eines vor Jahren in irgendeinem Provinznest verübten Giftmords oder die Namen aller Zeugen beibringen zu können, die in einem von der Presse weitgehend unbeachtet gebliebenen Prozeß aufgetreten waren.

Außer den Dossiers wurden die Fingerabdrücke sämtlicher Personen, die sich in Frankreich jemals dieser Prozedur hatten unterziehen müssen, hier verwahrt, ferner zehneinhalb Millionen Meldezettel einschließlich aller in französischen Hotels außerhalb von Paris ausgefüllten Anmeldeformulare. Sie mußten in verhältnismäßig kurzen Abständen vernichtet werden, um Platz für die gewaltige Anzahl alljährlich neu hinzukommender Meldezettel zu machen. Einzig die Anmeldungen in Pariser Hotels wurden nicht den RG weitergeleitet; sie gingen direkt an die *Préfecture de Police*.

Die DST, deren Chef drei Stühle von Fernet entfernt am Konferenztisch saß, war und ist Frankreichs Spionageabwehr und als solche auch für die Überwachung französischer Häfen, Flughäfen und Grenzstationen verantwortlich. Bevor die Lande- und Grenzübertrittskarten aller nach Frankreich einreisenden Personen in die Archive wandern, werden sie an Ort und Stelle vom DST-Offizier überprüft und die unerwünschter Personen mit Karteireitern versehen. Aus Platzgründen saß der Chef des CRS, jener 45 000 Mann starken Spezialeinheit, die Alexandre Sanguinetti im Verlauf der letzten beiden Jahre in so unpopulärer Weise eingesetzt hatte, am unteren Ende des Konferenztisches. Den Pla+z zwischen ihm und dem am unteren Ende der rechten Seite des Tisches sitzenden Oberst Saint Clair wurde von einem großen, korpulenten Mann eingenommen, dessen Pfeifenrauch den Geruchssinn des aristokratischen Luftwaffen-Obersten zu seiner Linken offenkundig beleidigte. Der Minister hatte Max Fernet ausdrücklich gebeten, ihn zur Sitzung mitzubringen. Es war Kommissar Maurice Bouvier, Chef der *Brigade Criminelle* der PJ.
»Das also ist die Situation, der wir uns gegenübersehen, meine Herren«, fuhr der Innenminister fort. »Sie alle haben nun den Bericht gelesen, der vor Ihnen liegt. Und Sie haben von mir gehört, welche beträchtlichen Einschränkungen der Präsident uns um der Würde Frankreichs willen bei unseren Anstrengungen, diese Gefahr für seine Person abzuwenden, zur Auflage macht. Ich betone nochmals, daß absolute Geheimhaltung sowohl bei der Durchführung der Ermittlungen als auch bei allen weiterhin zu unternehmenden Schritten oberstes Gebot sein muß. Überflüssig zu sagen, daß Sie alle ohne Ausnahme zu striktem Stillschweigen verpflichtet sind und mit keiner außerhalb dieses Raums befindlichen Person, sofern sie nicht inzwischen offiziell in den Kreis der Mitwisser einbezogen wurde, über diese Angelegenheit sprechen dürfen. Ich habe Sie hergebeten, weil ich davon ausgehe, daß wir, was immer wir auch unternehmen, auf die Unterstützung und die Hilfsmittel aller hier vertretenen Abteilungen angewiesen sein werden und ich Sie als die Chefs dieser Abteilungen über die absolute Vorrangigkeit dieser Angelegenheit nicht im Zweifel lassen möchte. Ihr hat jederzeit Ihre uneingeschränkte persönliche Aufmerksamkeit zu gelten. Mit Ausnahme solcher Aufgaben, die den mit ihr verfolgten Zweck nicht erkennen lassen, dürfen keine im Zusammenhang mit dieser Angelegenheit sich ergebenden Aufträge an Untergebene delegiert werden.«

Der Minister schwieg einen Augenblick. Zu beiden Seiten des Konferenztisches nickten einige der Herren nachdenklich. Andere hatten den Blick auf den Sprecher oder auf das vor ihnen liegende Dossier gerichtet. Am unteren Ende des Tisches starrte Kommissar Bouvier zur Decke hinauf und entließ aus dem Mundwinkel heraus kleine Rauchwölkchen. Der neben ihm sitzende Luftwaffen-Oberst zuckte bei jedem neuerlichen Rauchausstoß leicht zusammen.
»Und jetzt«, fuhr der Minister fort, »darf ich Sie um Ihre Vorschläge bitten. Oberst Rolland, haben Ihre Nachforschungen in Wien irgendwelche Resultate ergeben?«
Der Chef des Aktionsdienstes sah von seinem eigenen Bericht auf und warf dem General, der den SDECE leitete, einen raschen Seitenblick zu, ohne von ihm jedoch durch ein Nicken ermuntert oder ein Stirnrunzeln gewarnt zu werden.
General Guibaud, der den halben Tag damit verbracht hatte, dem Leiter der Abteilung R3/Westeuropa wegen Rollands Eigenmächtigkeit, das Wiener Büro für seine Ermittlungen einzuschalten, die Hölle heiß zu machen, starrte unverwandt vor sich auf die Tischplatte. »Ja«, sagte der Oberst. »Heute vormittag haben zwei unserer Agenten in Wien in der Pension Kleist Ermittlungen angestellt. Sie hatten Fotos von Marc Rodin, René Montclair und André Casson bei sich. Die Zeit reichte nicht mehr, ihnen Bilder von Viktor Kowalsky – im Wiener Archiv befinden sich keine – per Funk zu übermitteln. Der Portier der Pension behauptete, zumindest zwei der abgebildeten Männer wiederzuerkennen. Mit Hilfe eines Trinkgeldes konnte er veranlaßt werden, die zwischen dem 12. und dem 18. Juni – dem Datum, an welchem die drei OAS-Chefs gemeinsam das Hotel in Rom bezogen – im Gästebuch vorgenommenen Eintragungen nachzuschlagen. Schließlich meinte er, sich an Rodins Gesicht als das des Mannes zu erinnern, der unter dem Namen Schulze am 15. Juni ein Zimmer bestellt hatte. Der Portier sagte, Schulze habe dort am Nachmittag des gleichen Tages eine Art Geschäftsbesprechung abgehalten, die Nacht in dem Zimmer verbracht und sei am nächsten Morgen abgereist.
Er erinnerte sich, daß Schulze in Begleitung eines sehr großen, mürrischen Mannes erschien und am Vormittag den Besuch zweier weiterer Männer erhielt. Die beiden Besucher könnten Casson und Montclair gewesen sein. Er war sich nicht sicher, aber einen von ihnen glaubte er auf jeden Fall schon einmal gesehen zu haben.
Der Portier sagte, die Männer seien den ganzen Tag über auf dem Zimmer geblieben, mit Ausnahme einer halben Stunde am

späten Vormittag, während der Schulze und der Riese – so nannte er Kowalsky – die Pension verlassen hatten. Keiner von ihnen ging zum Essen aus, und am Mittagstisch der Pension nahmen sie auch nicht teil.«

»Haben sie denn überhaupt den Besuch von einem fünften Mann bekommen?« fragte Sanguinetti ungeduldig. Rolland fuhr fort, in gleichmäßigem Tonfall zu berichten:

»Im Laufe des Abends gesellte sich ihnen noch ein weiterer Mann zu, der etwa eine halbe Stunde lang blieb. Der Portier sagt, daß er sich gut daran erinnere, weil der Mann so rasch zur Tür hereingekommen und die Treppe hinaufgegangen sei, daß er keine Gelegenheit hatte, ihn zu sehen. Er glaubte zunächst, es müsse sich um einen Pensionsgast handeln, der seinen Schlüssel nicht abgegeben hatte. Aber als der Mann die Treppe hinaufeilte, habe er gerade noch einen Zipfel seines Mantels sehen können. Wenige Augenblicke später sei der Mann in die Halle zurückgekehrt. Wegen des Mantels war sich der Portier ganz sicher, daß es derselbe Mann gewesen sei. Der Mann habe sich von ihm über das auf dem Empfangstisch stehende Telefon mit dem von Schulze gemieteten Zimmer 64 verbinden lassen, zwei Sätze auf französisch gesprochen, eingehängt und sei dann hinaufgegangen. Nach einer halben Stunde habe er dann, ohne ein Wort zu sagen, die Pension verlassen. Etwa eine Stunde später seien die beiden anderen Besucher einzeln fortgegangen. Schulze und der Riese seien über Nacht geblieben und anderntags nach dem Frühstück abgereist.

Die einzige Beschreibung, die der Portier von dem abendlichen Besucher geben konnte, war: hochgewachsen, Alter unbestimmt, Gesichtszüge offenbar regelmäßig, trug Sonnenbrille, sprach fließend französisch und hatte blondes, nach hinten gekämmtes, ziemlich langes Haar.«

»Könnte man den Portier nicht dazu bringen, uns bei der Anfertigung einer Zeichnung von dem Mann zu helfen?« fragte Papon, der Polizeipräfekt.

Rolland schüttelte den Kopf.

»Meine – unsere Agenten haben sich als Wiener Kriminalbeamte ausgegeben. Glücklicherweise könnte man den einen wirklich für einen Österreicher halten. Aber eine solche Maskerade läßt sich nicht unbegrenzt lange durchführen. Der Mann mußte am Empfangstisch befragt werden.«

»Wir brauchen unbedingt eine bessere Beschreibung«, protestierte der Leiter der Zentralkartei. »Wurde denn kein Name erwähnt?«

»Nein«, sagte Rolland. »Was Sie soeben gehört haben, ist das Ergebnis einer dreistündigen Befragung. Jeder einzelne Punkt ist wieder und wieder durchgenommen worden. An mehr erinnert er sich nicht. Eine bessere Beschreibung kann er nicht geben.«
»Warum schnappen Sie ihn sich nicht einfach wie Argoud, damit er uns hier in Paris ein Bild von diesem Killer anfertigt?« wollte Oberst Saint Clair wissen.
Der Minister schüttelte den Kopf.
»Ausgeschlossen. Wir stehen mit dem Auswärtigen Amt der Bundesrepublik wegen der Argoud-Entführung noch immer auf Kriegsfuß. So etwas mag einmal funktionieren, aber nicht ein zweites Mal.«
»Sollte es in einem so ernsten Fall wie diesem nicht doch möglich sein, einen Hotelportier unauffälliger verschwinden zu lassen als seinerzeit Argoud?« meinte der Chef des DST.
»Es erscheint mir in jedem Fall zweifelhaft«, wandte Max Fernet ein, »ob das rekonstruierte Porträt eines Mannes, der eine Sonnenbrille trägt, von großem Nutzen sein kann. Nur sehr wenige solcher Bilder, die aufgrund eines nicht sonderlich bemerkenswerten Vorfalls gezeichnet wurden, der zwanzig Sekunden gedauert hat und zwei Monate zurückliegt, sehen dem Verbrecher ähnlich, wenn er schließlich festgenommen wird. Die meisten dieser Bilder könnten ebensogut eine halbe Million beliebiger anderer Leute darstellen, und manche sind ausgesprochen irreführend.«
»Abgesehen von Kowalsky, der tot ist und alles gesagt hat, was er wußte – viel war es nicht –, gibt es nur vier Männer, denen die Identität dieses Schakals bekannt ist«, sagte Kommissar Ducret. »Einer davon ist er selbst, und die anderen drei halten sich in einem Hotel in Rom auf. Wie wäre es, wenn man versuchte, einen von ihnen herzuschaffen?«
Wieder schüttelte der Minister den Kopf.
»Meine Anweisungen sind auch in diesem Punkt ganz eindeutig. Menschenraub kommt nicht mehr in Frage. Die italienische Regierung würde in eine ernste Krise geraten, wenn dergleichen wenige Schritte von der Via Condotti entfernt vorfiele. Ganz abgesehen davon bestehen begründete Zweifel an der technischen Durchführbarkeit eines solchen Unternehmens. General?«
General Guibaud hob den Blick.
»Die Art und das Ausmaß der Sicherheitsvorkehrungen, die Rodin und seine Anhänger zu ihrem Schutz getroffen haben, schließen laut den Berichten meiner Agenten, die sie ständig unter Beobach-

tung halten, ein derartiges Vorgehen auch unter praktischen Gesichtspunken aus. Acht Ex-Legionäre, ausnahmslos erstklassige Leute – oder vielmehr sieben, wenn Kowalsky nicht ersetzt worden ist –, sind ständig einsatzbereit. Alle Aufzüge, Treppenflure, Feuertreppen und auch das Dach werden ständig bewacht. Ein Feuergefecht, bei dem Gasgranaten und Maschinenpistolen verwendet werden müßten, wäre vermutlich unumgänglich, um auch nur einen von ihnen lebend herauszuholen. Selbst dann wären die Chancen, den Mann außer Landes zu bringen, außerordentlich gering. Die Grenze ist mehr als fünfhundert Kilometer entfernt, und die Italiener würden zweifellos alle ihnen verfügbaren Polizei- und Militäreinheiten mobilisieren, um die Entführung zu verhindern. Wir haben einige der besten Experten der Welt für Dinge dieser Art unter unseren Leuten. Sie halten es für praktisch undurchführbar, es sei denn im Rahmen einer regelrechten militärischen Kommandoaktion.«
Wieder breitete sich Schweigen in dem Konferenzraum aus.
»Nun, meine Herren«, sagte der Minister, »irgendwelche anderen Vorschläge?«
»Dieser Schakal muß aufgespürt werden. Soviel steht fest«, bemerkte Oberst Saint Clair. Einige der Konferenzteilnehmer wechselten stumme Blicke, und da und dort zog man die Brauen hoch.
»Soviel steht allerdings fest«, murmelte der Minister. »Was wir hier versuchen, ist, einen Weg zu finden, wie das innerhalb der uns auferlegten Beschränkungen geschehen soll, und auf dieser Basis können wir dann am besten entscheiden, welche der hier vertretenen Abteilungen zur Wahrnehmung dieser Aufgabe am geeignetsten erscheint.«
»Der Schutz des Präsidenten der Republik«, verkündete Saint Clair großsprecherisch, »muß zuletzt, wenn alle anderen versagt haben, der persönlichen Sicherungsgruppe des Präsidenten und seinem engsten Stab obliegen. Wir werden unsere Pflicht zu tun wissen, das versichere ich Ihnen, Herr Minister.«
Kommissar Ducret warf dem Obersten einen Blick zu, der ihn, wenn er hätte töten können, leblos vom Stuhl hätte sinken lassen.
»Weiß er denn nicht, daß *Le Vieux* ihn gar nicht hört?« brummelte Guibaud Rolland zu.
Roger Frey hob den Blick, um dem Höfling aus dem Elysée-Palast in die Augen zu sehen, und demonstrierte, warum er Minister war.
»Der Oberst Saint Clair hat natürlich vollkommen recht«, erklärte er. »Wir alle werden unsere Pflicht tun. Und ich bin mir ganz si-

cher, der Oberst ist sich darüber im klaren, daß den verantwortlichen Leiter der Abteilung, die mit der Zerschlagung der Verschwörung beauftragt wird und ihre Aufgabe nicht erfüllt oder bei der Ausführung ihres Auftrages Methoden anwendet, die entgegen dem ausdrücklichen Wunsch des Präsidenten in der Öffentlichkeit Aufsehen erregen, schärfste Mißbilligung treffen wird.«
Die Drohung schwebte geballter über dem langen Konferenztisch als der blaue Rauch aus Bouviers Pfeife. Saint Clairs schmales, blasses Gesicht war noch blasser geworden, und seinen Augen war Beunruhigung anzusehen.
»Wir alle hier sind uns der begrenzten Möglichkeiten der Sicherungsgruppe des Präsidenten bewußt«, stellte Kommissar Ducret nüchtern fest. »Wir versehen unseren Dienst in der unmittelbaren Umgebung des Präsidenten. Es unterliegt wohl keinem Zweifel, daß die gestellte Aufgabe viel zu weitreichend ist, als daß sie von meinem Stab ohne Vernachlässigung seiner regulären Pflichten wahrgenommen werden könnte.«
Niemand widersprach, denn jeder der anwesenden Abteilungsleiter wußte, daß der Chef der Sicherungsgruppe die Wahrheit ausgesprochen hatte. Aber auch keiner von ihnen wünschte seinerseits das Auge des Ministers auf sich zu ziehen. Roger Frey sah in die Runde und ließ den Blick schließlich auf der rauchverhüllten massigen Gestalt Kommissar Bouviers am unteren Ende des Tisches ruhen.
»Was meinen Sie, Bouvier? Sie haben sich noch nicht geäußert.«
Der Detektiv nahm die Pfeife aus dem Mund, brachte es fertig, einen letzten übelriechenden Schwaden beizenden Rauchs direkt in Oberst Saint Clairs Gesicht wehen zu lassen, und begann mit ruhiger Stimme wie jemand zu sprechen, der ein paar simple Fakten aufzählt, die ihm gerade durch den Kopf gegangen sind.
»Herr Minister, der SDECE kann diesen Mann nicht durch seine Agenten in der OAS ausfindig machen, weil ja nicht einmal die OAS weiß, wer er ist. Der Aktionsdienst kann ihn nicht unschädlich machen, weil er nicht weiß, wen er unschädlich machen soll. Die DST kann ihn nicht an der Grenze festnehmen, weil sie nicht weiß, welche Person sie abfangen soll. Und die RG können uns keine dokumentarische Information über diesen Mann liefern, weil sie keine Ahnung haben, nach welchen Dokumenten sie suchen sollen. Die Polizei kann ihn nicht festnehmen, weil sie nicht weiß, wen sie festnehmen soll, und das CRS kann ihn nicht jagen, weil es keinen Schimmer hat, wen es jagen soll. Die gesamte Organisa-

tion der Sicherheitskräfte Frankreichs ist machtlos, weil ihr ganz einfach ein Name fehlt. Mir scheint daher, daß die erste Aufgabe, ohne deren Lösung alle anderen Vorschläge sinnlos bleiben, darin zu bestehen hat, diesem Mann einen Namen zu geben. Mit einem Namen bekommt er ein Gesicht und mit dem Gesicht einen Paß, und mit einem Paß können wir ihn dingfest machen. Aber den Namen herauszubekommen, und das unter strikter Geheimhaltung, ist reine Detektivarbeit.«
Er verstummte wieder und klemmte sich neuerlich die Pfeife zwischen die Zähne. Was er gesagt hatte, stimmte jeden der an dem Konferenztisch sitzenden Männer nachdenklich. Keiner vermochte begründete Einwände dagegen zu erheben. Sanguinetti nickte stumm.
»Und wer, Kommissar, ist der beste Detektiv in Frankreich?« fragte der Minister schließlich.
Bouvier überlegte ein paar Sekunden lang und nahm dann die Pfeife wieder aus dem Mund.
»*Messieurs*, der beste Detektiv Frankreichs ist mein eigener Stellvertreter, Kommissar Claude Lebel.«
»Lassen Sie ihn holen«, sagte der Minister des Inneren.

Zweiter Teil: Die Jagd

Zehntes Kapitel

Verwirrt und bestürzt verließ Claude Lebel eine Stunde später den Konferenzraum. Fünfzig Minuten lang hatte er ununterbrochen zugehört, während der Minister ihn über die vor ihm liegende Aufgabe unterrichtete.
Bei seinem Eintreten war er gebeten worden, am unteren Ende des Konferenztisches Platz zu nehmen, und hatte sich zwischen den Chef des CRS und seinen eigenen Chef Bouvier gesetzt. Während er den Rolland-Bericht las, hatten die anderen vierzehn Männer geschwiegen, und er war sich der abschätzenden Blicke, die ihn neugierig musterten, bewußt gewesen.
Als er den Bericht aus der Hand legte, begann die Frage, warum sie ihn hatten rufen lassen, ihn zu beunruhigen. Dann sprach der Minister. Es ging weder um eine Konsultation noch um irgendein Ansuchen. Es war eine Verfügung, der eine wortreiche Einweisung folgte. Er könne ein eigenes Büro einrichten; er erhalte uneingeschränkten Zugang zu allen erforderlichen Informationen; ihm stünden die gesamten Hilfsmittel aller Organisationen zur Verfügung, die von den an diesem Tisch sitzenden Männern geleitet wurden. Eine Limitierung für die entstehenden Kosten sei nicht vorgesehen.
Mehrfach wurde die Notwendigkeit absoluter Geheimhaltung, wie sie das Staatsoberhaupt befohlen hatte, hervorgehoben. Lebel hörte zu, und ihm sank der Mut. Sie erwarteten – nein, verlangten – das Unmögliche. Er hatte nichts, wovon er hätte ausgehen können. Es gab kein Verbrechen – noch nicht. Es gab keine Spuren, keine Hinweise. Und abgesehen von den drei Männern, mit denen er nicht sprechen konnte, gab es auch keine Zeugen. Es gab nur einen Namen, einen Decknamen, und die ganze Welt, die er nach diesem Mann absuchen konnte.
Claude Lebel war immer ein guter Polizeibeamter gewesen, gewissenhaft, besonnen und in seiner Arbeitsweise von methodischer Gründlichkeit. Nur gelegentlich hatte er die blitzartige Inspiration gezeigt, die aus einem guten Polizisten einen hervorragenden Detektiv macht. Dabei war er sich jedoch stets der Tatsache bewußt geblieben, daß neunundneunzig Prozent aller Polizeiarbeit Routine

sind und aus unauffällig betriebener Ermittlungstätigkeit, aus Recherchieren, Überprüfen und Gegenprüfen, aus dem geduldigen Verknüpfen einzelner Maschen eines Netzes bestehen, in dem sich der Verbrecher fängt und verstrickt.
In der PJ war er als verbissener Arbeiter bekannt, der für seine Person jegliche Publicity ablehnte und nie Pressekonferenzen von jener Art gegeben hatte, auf der der Ruf mancher seiner Kollegen basierte. Und doch war er, indem er seine Fälle löste und seine Täter überführte, stetig aufgestiegen. Als vor drei Jahren bei der *Brigade Criminelle* die Stelle des Leiters der Mordkommission frei wurde, stimmten selbst seine ebenfalls zur Beförderung anstehenden Kollegen darin überein, daß er der geeignetste Mann war. Er konnte auf eine gleichbleibend erfolgreiche Tätigkeit bei der Mordkommission verweisen, als deren Leiter er drei Jahre hindurch keine einzige Festnahme veranlaßte, die nicht zu einer Verurteilung führte, wenngleich in einem Fall der Angeklagte aus formaljuristischen Gründen freikam.
Als Leiter der Mordkommission erregte er die Aufmerksamkeit Maurice Bouviers, der Chef der gesamten Brigade und ebenfalls ein Polizeibeamter alter Schule war. Als Dupuy vor wenigen Wochen plötzlich verstarb, war es daher Lebel, den Bouvier als seinen neuen Stellvertreter vorschlug.
Es hatte in der PJ zwar Stimmen gegeben, die behaupteten, daß Bouvier, dessen Zeit weitgehend von administrativer Arbeit beansprucht wurde, einen publicityscheuen Kollegen zu schätzen wußte, der die großen, Schlagzeilen hervorrufenden Fälle handhaben konnte, ohne seinem Vorgesetzten die Show zu stehlen. Aber vielleicht urteilten sie zu hart.
Nach der Besprechung im Ministerium wurden die Kopien des Rolland-Berichts eingesammelt und im Safe des Ministers eingeschlossen. Einzig Lebel erhielt die Erlaubnis, ein Exemplar zu behalten, und ließ sich das von Bouvier aushändigen. Er hatte sich lediglich ausbedungen, die Leiter der obersten Kriminalbehörden derjenigen Länder vertraulich um ihre Kooperation zu ersuchen, deren Karteien vermutlich Unterlagen enthielten, die über die Identität eines professionellen Killers wie des Schakals Aufschluß zu geben vermochten. Ohne die Möglichkeit zu solcher Zusammenarbeit, erklärte er, sei es zwecklos, mit der Fahndung zu beginnen.
Sanguinetti hatte wissen wollen, ob man sich darauf verlassen könne, daß diese Leute den Mund hielten. Lebel hatte erwidert, daß er die Leute, mit denen er Verbindung aufnehmen müsse, persönlich

kenne und daß er seine Ermittlungen nicht offiziell, sondern auf Basis des persönlichen Kontakts, wie sie zwischen den meisten Spitzenfunktionären der Polizeikräfte Westeuropas existiert, anzustellen beabsichtige. Nach einigem Hin und Her hatte der Minister seinem Ersuchen stattgegeben.
Und jetzt stand Lebel in der Halle, wo er auf Bouvier wartete, während die Abteilungsleiter auf dem Weg zum Ausgang an ihm vorüberkamen. Einige nickten ihm nur kurz zu und gingen rasch weiter; andere sahen sich zu einem mitfühlenden Lächeln veranlaßt, als sie ihm gute Nacht wünschten. Einer der letzten, der den Konferenzraum verließ, während sich Bouvier noch leise mit Max Fernet besprach, war der aristokratische Oberst aus dem Elysée-Palast. Lebel war der Name Saint Clair de Villauban genannt worden, als man ihn mit den Männern, die an dem Konferenztisch saßen, bekannt machte. Der Oberst blieb vor dem kleinen, dicklichen Kommissar stehen und sah ihn mit unverhohlenem Mißfallen an.
»Ich hoffe, Kommissar, daß Sie mit Ihren Ermittlungen Erfolg haben werden, und das möglichst rasch«, sagte er. »Wir im Palast werden Ihr Vorgehen sehr aufmerksam verfolgen. Falls es Ihnen nicht gelingen sollte, diesen Banditen dingfest zu machen, dürfte das – Folgen haben.«
Er drehte sich auf dem Absatz um und stolzierte die Treppe zum Foyer hinunter. Lebel sagte nichts, blinzelte jedoch mehrmals ganz schnell.
Einer der Gründe für die Erfolge, die er, seit er vor zwanzig Jahren in der Normandie als junger Detektiv bei der Polizei der Vierten Republik anfing, in der Ermittlung von Verbrechen erzielt hatte, war seine Fähigkeit, die Leute durch das Vertrauen, das er ihnen einflößte, zum Sprechen zu bringen. Er besaß nicht die imponierende Größe und Leibesfülle Bouviers, die der traditionellen Vorstellung von der verkörperten Autorität des Gesetzes entsprach. Und er verfügte ebensowenig über die Redegewandtheit, die so viele der jetzt in die Polizei aufgenommenen jungen Detektive auszeichnete, die einen Zeugen mit Wortverdrehungen, Drohungen und Schmeicheleien zu Tränenausbrüchen veranlassen konnten. Er selbst empfand das nicht als Mangel.
Er war sich darüber im klaren, daß in jeder Gesellschaft die Mehrzahl der Verbrechen an kleinen Leuten – Ladenbesitzern, Verkäufern, Briefträgern, Bankangestellten – oder in ihrer Gegenwart begangen wird. Diese Menschen konnte er zum Sprechen bringen, und das wußte er.

Es lag zum Teil daran, daß er klein war und in mancher Hinsicht an den bei Karikaturisten so beliebten Typ des unterjochten Ehemannes erinnerte, der er in der Tat auch war.
Seine Kleidung war nachlässig; zumeist trug er ungebügelte Anzüge und einen unansehnlichen Regenmantel. Seine Umgangsformen waren freundlich, fast ein wenig wie um Nachsicht bittend, und unterschieden sich so grundlegend von denen, die der von ihm um Informationen ersuchte Zeuge bei seiner ersten Begegnung mit dem Gesetz kennengelernt hatte, daß der Zeuge zu dem Detektiv Vertrauen faßte und in ihm so etwas wie eine Zuflucht vor der Brutalität seiner Untergebenen sah.
Aber es kam noch etwas hinzu. Er war Leiter der Mordkommission einer der mächtigsten Polizeiorganisationen Europas und zehn Jahre lang Detektiv in der *Brigade Criminelle* der berühmten *Police Judiciaire* Frankreichs gewesen. Hinter seiner Sanftmut und der fast einfältig wirkenden Schlichtheit seines Auftretens verbarg sich die Schärfe eines geschulten Verstandes und die hartnäckige Weigerung, sich bei der Ausführung eines Auftrags von irgend jemandem einschüchtern oder auch nur irremachen zu lassen. Er war von einigen der gefährlichsten Gangsterbosse Frankreichs bedroht worden, die das rasche Blinzeln, mit dem Lebel auf derartige Ansinnen zu reagieren pflegte, vorschnell als Anzeichen dafür gedeutet hatten, daß ihre Warnung beherzigt worden sei. Erst später – in der Gefängniszelle – hatten sie die Muße gefunden, sich klarzumachen, daß sie den kleinen Mann mit den sanften Augen und dem Zahnbürstenbärtchen unterschätzt haben mußten.
Zweimal war er Einschüchterungsversuchen von seiten reicher und mächtiger Leute ausgesetzt gewesen. Das erstemal, als ein Industrieller einen seiner jüngeren Mitarbeiter der Unterschlagung angeklagt zu sehen wünschte und der felsenfesten Meinung war, der Polizei genüge schon ein flüchtiger Einblick in die Bücher, um seine Festnahme zu rechtfertigen; und das andere Mal, als ein Bursche aus der Society ihn zu bewegen versuchte, die Ermittlungen im Fall einer durch Drogeneinwirkung verstorbenen jungen Schauspielerin einzustellen.
Im erstgenannten Fall hatte die Untersuchung der Geschäftspraktiken des Industriellen zur Aufdeckung anderer und weit beträchtlicherer Unstimmigkeiten geführt, die dem jungen Buchhalter nicht zur Last gelegt werden konnten, es den Industriellen jedoch bereuen ließen, nicht in die Schweiz abgereist zu sein, solange ihm das noch möglich gewesen war. Im zweiten Fall hatte sich der

Playboy für längere Zeit als unfreiwilliger Gast des Staates betrachten dürfen und es gewiß bedauert, sich jemals die Mühe gemacht zu haben, von seinem Penthouse in der Avenue Victor Hugo aus einen Callgirl-Ring aufzuziehen.
Kommissar Lebel hatte sich darauf beschränkt, auf die Bemerkung von Oberst Saint Clair wie ein abgekanzelter Schuljunge mit einem raschen Blinzeln zu reagieren und nichts zu sagen. Aber das sollte ihn bei der Wahrnehmung der ihm übertragenen Aufgabe in keiner Weise beeinflussen.
Maurice Bouvier trat auf ihn zu, als der letzte Mann den Konferenzraum verließ. Max Fernet wünschte ihm Glück, reichte ihm die Hand und ging zur Treppe. Bouvier legte Lebel seine gewaltige Pranke auf die Schulter.
»*Eh bien, mon petit Claude*. Wie das Leben doch spielt, *hein?* Na schön, ich selbst war es, der den Vorschlag machte, daß diese Geschichte der PJ übertragen wird. Es blieb gar nichts anderes übrig. Die Diskussion da drin hätte sich nur immer weiter im Kreis gedreht. Kommen Sie, wir können uns in meinem Wagen unterhalten.« Er ging vor Lebel die Treppe hinunter, und die beiden setzten sich in den Fond der im Hof wartenden Citroën-Limousine.
Es war schon nach 21 Uhr, und ein schmaler purpurner Streifen über Neuilly war alles, was vom entschwundenen Tageslicht noch für eine Weile am Himmel zurückblieb. Bouviers Wagen schoß die Avenue de Marigny hinunter und überquerte die Place Clemenceau. Lebel blickte aus dem Fenster zu seiner Rechten die Champs Elysées hinauf, deren abendliche Pracht ihn immer wieder überraschte und beeindruckte, obgleich es zehn Jahre zurücklag, daß er aus der Provinz in die Hauptstadt versetzt worden war.
»Sie werden alle Fälle abgeben müssen, die Sie im Augenblick bearbeiten«, sagte Bouvier schließlich. »Ich werde veranlassen, daß Favier und Malcoste Ihre Arbeit übernehmen. Brauchen Sie ein neues Büro für diesen Job?«
»Nein, ich bleibe lieber in meinem jetzigen Raum.«
»In Ordnung, aber ab sofort dient er ausschließlich als Hauptquartier der Operation ›Jagt-den-Schakal‹, klar? Gibt es irgend jemanden, den Sie als Gehilfen haben wollen?«
»Ja. Caron«, sagte Lebel. Der junge Inspektor, der schon in der Mordkommission unter ihm gearbeitet hatte, war seine rechte Hand geworden, als er seinen neuen Posten als Stellvertretender Chef der *Brigade Criminelle* antrat.
»O. K., Sie sollen ihn haben. Sonst noch jemanden?«

»Nein, danke. Aber Caron muß eingeweiht werden.«
Bouvier dachte einen Augenblick nach.
»Das sollte keine Schwierigkeiten machen. Schließlich kann man auch von der PJ keine Wunder erwarten. Selbstverständlich muß man Ihnen einen Assistenten zubilligen. Aber sagen Sie ihm noch nichts. Ich rufe Frey an, sobald ich in meinem Büro bin, und bitte ihn um die formelle Unbedenklichkeitserklärung. Aber außer ihm sollte keine weitere Person einbezogen werden. Wenn auch nur irgend etwas durchsickert, steht es morgen, spätestens übermorgen in der Presse.«
»Niemand sonst, nur Caron«, sagte Lebel.
»*Bon*. Und noch etwas. Bevor ich die Sitzung verließ, schlug Sanguinetti vor, daß alle diejenigen, die heute abend anwesend waren, in regelmäßigen Abständen über den weiteren Verlauf der Angelegenheit unterrichtet werden. Frey war sehr dafür, Fernet und ich versuchten, es ihm auszureden, aber wir konnten uns nicht durchsetzen. Von jetzt ab wird jeden Abend im Ministerium eine Sitzung stattfinden, bei der Sie die Herren über den jeweiligen Stand der Dinge auf dem laufenden halten sollen. Beginn Punkt zehn Uhr.«
»O Gott«, stöhnte Lebel.
»Theoretisch«, fuhr Bouvier nicht ohne Ironie fort, »sind die Herren allesamt gehalten, Ihnen mit Vorschlägen und Anregungen zur Seite zu stehen. Aber keine Sorge, Claude, Fernet und ich werden dasein, falls die Wölfe anfangen, nach Ihnen zu schnappen.«
»Gilt das bis auf weiteres?« fragte Lebel.
»Ich fürchte, ja. Der Haken an der Sache ist, daß es keinen Zeitplan für diese Operation gibt. Sie müssen den Killer unter allen Umständen aufspüren, bevor er an Charlemagne herankommt. Wir wissen nicht, ob der Mann seinerseits einen Zeitplan hat und wie der aussieht. Vielleicht schlägt er morgen früh zu, vielleicht auch erst in einem Monat. Sie müssen sich darauf einstellen, so lange unter Hochdruck zu arbeiten, bis er dingfest gemacht oder zumindest identifiziert und lokalisiert worden ist. Ich denke, den Rest kann man getrost den Burschen vom Aktionsdienst überlassen.«
»Dieser Gangsterbande.«
»Zugegeben«, sagte Bouvier leichthin, »aber sie haben auch ihre Meriten. Wir leben in haarsträubenden Zeiten, mein lieber Claude. Neben der enormen Zunahme konventioneller Verbrechen haben wir jetzt außerdem noch das politische Verbrechen. Es gibt

nun einmal Dinge, die erledigt werden müssen. Sie tun es. Wie auch immer, versuchen Sie, um Himmels willen, diesen Burschen aufzuspüren.«

Der Wagen bog in den Quai des Orfèvres ein und passierte die Toreinfahrt zur PJ. Wenige Minuten später war Claude Lebel wieder in seinem Büro. Er trat ans Fenster, öffnete es und sah zum Quai des Grands Augustins auf dem linken Ufer hinüber. Obschon durch die Breite des Seine-Arms von ihnen getrennt, konnte er die Leute, die auf dem anderen Ufer an den vor den Restaurants aufgestellten, weißgedeckten Tischen zu Abend saßen, nicht nur sehen, sondern auch ihre Stimmen und ihr Lachen hören.

Jedem anderen Mann wäre in seiner Lage vermutlich bewußt geworden, daß ihn die Vollmachten, die man ihm vor einer Stunde übertragen hatte, zum mächtigsten Polizeibeamten Europas hatten werden lassen; daß mit Ausnahme des Präsidenten und seines Innenministers niemand sein Recht auf unbeschränkte Inanspruchnahme aller technischen Hilfsmittel und jeglicher Unterstützung von seiten staatlicher Institutionen anfechten konnte; daß er praktisch autorisiert war, die Armee zu mobilisieren, vorausgesetzt, daß dies unter absoluter Geheimhaltung geschah. Vermutlich hätte er sich ebenfalls klargemacht, daß seine Machtfülle, so groß sie auch sein mochte, vom Erfolg abhing; daß der Erfolg ihm die Krönung seiner Karriere bescheren konnte, sein Ausbleiben, wie Saint Clair de Villauban dunkel angedeutet hatte, ihm jedoch mit Gewißheit das Genick brechen würde.

Weil er aber der Mann war, der er war, verschwendete er an Überlegungen dieser Art keinen einzigen Gedanken. Er zerbrach sich lediglich den Kopf darüber, wie er Amélie am Telefon klarmachen konnte, daß er bis auf weiteres nicht nach Hause kommen würde.

Ein Pochen an der Tür schreckte ihn auf.

Die Inspektoren Malcoste und Favier kamen, um die Dossiers über die vier Fälle abzuholen, an denen Lebel gearbeitet hatte, als man ihn am frühen Abend in das Innenministerium rief. Er verbrachte eine halbe Stunde damit, Malcoste in die beiden Fälle einzuweisen, die er ihm übertrug, und Favier in die anderen beiden.

Als sie gegangen waren, klopfte es neuerlich an der Tür. Es war Lucien Caron.

»Ich bin gerade von Kommissar Bouvier angerufen worden«, erklärte er. »Man sagte mir, ich solle mich bei Ihnen melden.«

»Stimmt. Bis auf weiteres hat man mich aller Routinepflichten ent-

bunden und mir eine Sonderaufgabe zugewiesen. Sie sind mir als Assistent zugeteilt worden.«
Er vermied es, Caron dadurch zu schmeicheln, daß er ihn wissen ließ, niemand anderer als er selbst habe ihn als seine rechte Hand angefordert. Das Telefon klingelte. Lebel hob den Hörer ab, lauschte kurz, sagte: »Gut, in Ordnung«, und hängte ein.
»Das war Bouvier«, erklärte er. »Er hat mir gesagt, daß Sie als Geheimnisträger für unbedenklich erklärt worden sind. Ich kann Ihnen also jetzt erzählen, worum es geht. Am besten lesen Sie sich erst einmal dies hier durch.«
Während Caron auf dem Stuhl vor seinem Schreibtisch saß und den Rolland-Bericht las, räumte Lebel die restlichen Aktenordner und Notizen vom Tisch und legte sie auf die unordentlichen Regale, die hinter ihm an der Wand befestigt waren. Das Büro sah nicht so aus, wie man sich die Befehlszentrale der umfangreichsten geheimen Ermittlungsaktion Frankreichs vorstellen würde. Polizeibüros wirken nie sehr beeindruckend, und das von Lebel machte darin keine Ausnahme.
Es maß nicht mehr als vier mal fünf Meter und hatte zwei nach Süden auf den Fluß und das jenseits davon gelegene Quartier Latin gehende Fenster. Neben Lebels quer vor das Fenster gestellten Schreibtisch, an dem er mit dem Rücken zur Aussicht Platz zu nehmen pflegte, enthielt es einen an die östliche Wand geschobenen Arbeitstisch für seine Sekretärin. Die Tür befand sich gegenüber den Fenstern an der Nordseite des Raums.
Außer den beiden Tischen und den dazugehörigen Stühlen gab es noch einen dritten Stuhl sowie einen neben die Tür gestellten Sessel, ferner sechs halbhohe, graugestrichene Aktenschränke, die nahezu die ganze Westwand einnahmen. Diverse Nachschlagewerke und Gesetzesbücher, die auf den zwischen den beiden Fenstern angebrachten Bücherregalen keinen Platz mehr gefunden hatten, standen auf den Aktenschränken.
Die einzige private Note des Zimmers stellte die auf Lebels Schreibtisch stehende gerahmte Fotografie einer entschlossen dreinblickenden Frau mit ihren beiden Kindern dar. Es war Madame Amélie Lebel, flankiert von einem Mädchen mit Stahlbrille und Zöpfen und einem Jungen, dessen sanfter Gesichtsausdruck dem seines Vaters glich.
Caron hatte den Bericht durchgelesen und blickte auf.
»*Merde*«, sagte er.
»*Une énorme merde*, kann man in diesem Fall wohl sagen«, erwi-

derte Lebel, der sich Kraftausdrücke nur selten gestattete. Die meisten leitenden Kommissare der PJ hatten Spitznamen wie *le Patron* oder *le Vieux*, aber Claude Lebel, der nie mehr als einen kleinen Apéritif trank, weder rauchte noch fluchte und seine jüngeren Detektive zwangsläufig an irgendeinen ihrer Schullehrer erinnerte, wurde in den Korridoren des Stockwerks der Brigadeführung seit einiger Zeit *le Professeur* genannt. Wäre er nicht ein so guter Detektiv gewesen, hätte man ihn wahrscheinlich zu einer komischen Figur abgestempelt.

»Aber vielleicht hören Sie mir dennoch zu, wenn ich Ihnen jetzt noch ein paar Einzelheiten nachliefere«, sagte Lebel. »Es wird vermutlich die letzte Gelegenheit sein, daß ich dazu die Zeit habe.«
Dreißig Minuten lang berichtete er Caron von den Ereignissen des Nachmittags, von Roger Freys Unterredung mit dem Präsidenten und der Besprechung im Innenministerium. Er erwähnte die auf Bouviers Empfehlung unvermittelt an ihn ergangene Aufforderung, alles stehen- und liegenzulassen und sich sofort im Ministerium einzufinden, und schilderte, wie es zu der Weisung des Ministers gekommen war, eine eigene Befehlszentrale für die Jagd auf den Schakal einzurichten. Caron lauschte schweigend.

»Verdammt«, sagte er schließlich, als Lebel endete, »die haben Sie aber ganz schön drangekriegt.« Er dachte einen Augenblick nach, und der Blick, mit dem er seinen Chef ansah, verriet Anteilnahme und Besorgnis. »*Mon commissaire*, sehen Sie denn nicht, daß die Ihnen diese Sache nur aufgehalst haben, weil kein anderer sie übernehmen wollte? Wissen Sie, was die mit Ihnen machen werden, wenn Sie diesen Mann nicht rechtzeitig fassen?«
Lebel nickte.

»Ja, Lucien, das weiß ich. Ich kann nichts dagegen machen. Die Sache ist mir nun einmal übertragen worden. Es bleibt jetzt also gar nichts anderes übrig, als zu tun, was man von uns erwartet.«
»Aber wovon, zum Teufel, können wir denn überhaupt ausgehen?«
»Wir können davon ausgehen, daß wir die größten Machtbefugnisse haben, die je zwei Polizisten in Frankreich zugestanden worden sind«, entgegnete Lebel aufgeräumt, »und wir werden sie benutzen. Installieren Sie sich mal gleich an dem Tisch da drüben, nehmen Sie Papier und Bleistift zur Hand und notieren Sie folgendes: Sorgen Sie dafür, daß meine Sekretärin vorübergehend in eine andere Abteilung versetzt wird oder bis auf weiteres bezahlten Urlaub bekommt. Sie werden mein Assistent und Sekretär in einer Person sein müssen. Lassen Sie ein Feldbett, Bettwäsche, Kissen

und Decken heraufschaffen. Besorgen Sie Wasch- und Rasierzeug, Kaffee, Zucker, Milch und einen Filterapparat aus der Kantine. Wir werden eine Menge Kaffee benötigen. Verständigen Sie die Telefonzentrale, daß sie zehn Amtsleitungen und einen Mann in der Vermittlung ständig zu unserer Verfügung halten muß. Berufen Sie sich auf Bouvier, wenn die Leute Schwierigkeiten machen sollten. Wenden Sie sich wegen der anderen Anforderungen immer gleich an den betreffenden Abteilungsleiter und beziehen Sie sich auf mich. Zum Glück hat unser Büro ab sofort auch bei den sonstigen Ausrüstungsdiensstellen kraft Sondererlaß Vorrang gegenüber allen anderen Diensten. Setzen Sie ein Rundschreiben an alle Abteilungsleiter auf, die bei der heutigen Sitzung im Ministerium anwesend waren, und erklären Sie ihnen, daß Sie zu meinem einzigen Assistenten ernannt und bevollmächtigt worden seien, in meinem Namen mit jeder Bitte an sie heranzutreten, die ich, wenn ich nicht verhindert wäre, selbst geäußert hätte. Haben Sie das?«
Caron blickte von seinen Notizen auf.
»Ja, Chef. Das Rundschreiben kann ich heute nacht entwerfen. Was ist das Vordringlichste?«
»Die Telefonvermittlung. Ich brauche einen guten Mann, der das übernimmt – den besten, den sie haben. Rufen Sie den Verwaltungschef in seiner Wohnung an und beziehen Sie sich auch ihm gegenüber auf Bouvier.«
»In Ordnung. Welche Gespräche kommen zuerst dran?«
»Sie müssen mich, so schnell Sie können, mit den Chefs der Mordkommissionen von sieben verschiedenen Ländern verbinden. Glücklicherweise kenne ich die meisten persönlich von den Interpol-Sitzungen her. In manchen Fällen kenne ich ihre Stellvertreter. Verlangen Sie also jeweils den zweiten Mann, wenn Sie seinen Chef nicht bekommen. Die Länder sind die Vereinigten Staaten, das heißt die Mordkommission des FBI in Washington, ferner Großbritannien, Belgien, Holland, Italien, Westdeutschland, Südafrika. Wen Sie nicht im Büro erreichen, den rufen Sie zu Hause an. Vereinbaren Sie eine Serie von Gesprächen, die ich vom Interpol-Kommunikationsraum aus zwischen 7 und 10 Uhr morgens in Abständen von zwanzig Minuten führen werde. Lassen Sie sich mit jedem von ihnen, sobald Sie die persönliche Zusage eines Mordkommissionschefs, daß er sich zur vereinbarten Zeit in seiner Kommunikationszentrale aufhalten wird, erhalten haben, mit Interpol verbinden und buchen Sie das Gespräch. Stellen Sie mir bis morgen früh um sechs eine Liste der vorgemerkten Gespräche in

der geplanten Reihenfolge zusammen. Ich gehe inzwischen zur Mordkommission hinunter, um nachzusehen, ob jemals irgendein ausländischer Killer hier in Frankreich in Aktion getreten ist, ohne gefaßt worden zu sein. Ehrlich gesagt, ist mir kein solcher Fall erinnerlich, und ich müßte es ja schließlich wissen. Zudem nehme ich kaum an, daß Rodin eine so unvorsichtige Wahl getroffen haben wird. Ist Ihnen klar, was Sie zu tun haben?«
Ein wenig benommen dreinblickend, sah Caron von seinen auf mehreren Zetteln vermerkten Notizen auf.
»Ja, Chef, ich weiß Bescheid. *Bon*, dann wird es wohl Zeit, daß ich mich jetzt an die Arbeit mache.« Er griff nach dem Telefon.
Claude Lebel verließ sein Büro und ging zur Treppe.
Die nahen Glocken von Notre-Dame schlugen Mitternacht, und in wenigen Stunden würde die Morgendämmerung des 12. August anbrechen.

Elftes Kapitel

Kurz vor Mitternacht kam Oberst Saint Clair de Villauban nach Hause. Die letzten drei Stunden hatte er damit verbracht, seinen Bericht über die Besprechung im Innenministerium, den der Generalsekretär andertags schon am frühen Vormittag auf seinem Arbeitstisch vorfinden sollte, fein säuberlich auf der Maschine zu schreiben. Er hatte sich mit der Formulierung beträchtliche Mühe gegeben und zwei Entwürfe zerrissen, bevor er daran ging, eigenhändig die Reinschrift der endgültigen Fassung zu tippen. Es irritierte ihn zwar, sich mit der ihm ungewohnten manuellen Tätigkeit des Maschineschreibens abgeben zu müssen, brachte aber den Vorteil mit sich, daß auf diese Weise keine Sekretärin etwas von dem Geheimnis erfuhr – ein Umstand, auf den im Hauptteil seines Berichts hinzuweisen er denn auch nicht versäumt hatte – und das Dokument zudem bereits in aller Frühe vorgelegt werden konnte, was, wie er hoffte, höheren Orts nicht unbemerkt bleiben würde. Mit einigem Glück konnte das Schriftstück schon eine Stunde, nachdem es der Generalsekretär gelesen hatte, auf dem Schreibtisch des Präsidenten liegen, und auch das würde ihm gewiß nicht zum Schaden gereichen.
Er war in der Wahl seiner Worte besonders sorgfältig verfahren, um seine Mißbilligung der Tatsache durchblicken zu lassen, daß

eine so gravierende Angelegenheit wie die Sicherheit des Staatsoberhaupts in die Hände eines einzigen Polizeikommissars gelegt worden war, den Ausbildung und Erfahrung doch wohl eher zum Überführen kleiner Gauner und anderer Übeltäter prädestinierten, denen es an Verstand oder Talent oder auch an beidem mangelte. Es wäre ungeschickt gewesen, allzu deutlich zu werden, denn womöglich fand Lebel seinen Mann sogar. Falls ihm dies jedoch nicht gelang, würde es sich gut ausnehmen, daß es jemanden gab, der alert genug gewesen war, die Klugheit der Wahl Lebels frühzeitig zu bezweifeln.

Während er über den ersten beiden Entwürfen brütete, die er handschriftlich notiert hatte, war er zu dem Schluß gekommen, daß die vorteilhafteste Taktik für ihn die sei, der Ernennung des avancierten Schutzmannes zunächst keinen offenen Widerstand entgegenzusetzen, da sich die Konferenzteilnehmer ohne Einspruch auf ihn geeinigt hatten und er stichhaltige Gründe nennen müßte, wenn er dagegen opponieren wollte, andererseits aber die ganze Unternehmung aus der Sicht und im Auftrag des Präsidialsekretariats aufmerksam zu verfolgen und auf Unzulänglichkeiten der Ermittlung, wann und in welchem Ausmaß auch immer sie sich zeigen sollten, als erster mit gebührendem Ernst hinzuweisen.

Seine Überlegungen, wie er sich am besten über Lebels Vorgehen auf dem laufenden halten könnte, wurden durch Sanguinettis Anruf unterbrochen, der ihn davon unterrichtete, daß der Minister beschlossen habe, unter seinem Vorsitz allabendlich bis auf weiteres Lagebesprechungen abzuhalten, um sich von Lebel über den Fortgang der Aktion informieren zu lassen. Saint Clair war über diese Nachricht hoch erfreut gewesen, hatte sie sein Problem doch für ihn gelöst. Mit einem in den Dienststunden spielend zu bewältigenden Minimalpensum an täglicher Vorbereitung würde er abends in der Lage sein, dem Detektiv unbequeme Fragen zu stellen und den anderen zu beweisen, daß man sich zumindest im Präsidialsekretariat des Ernstes wie der Gefahr der Lage vollauf bewußt war.

Er selbst hielt die Chancen des Mörders, wenn es ihn überhaupt gab, für außerordentlich gering. Die zum Schutz des Präsidenten getroffenen Sicherheitsvorkehrungen waren die wirksamsten der Welt, und zu seinen eigenen Aufgaben im Generalsekretariat gehörte es, die präsidiale Sicherungsgruppe über jedes bevorstehende Erscheinen des Präsidenten in der Öffentlichkeit und die hierfür vorgesehene Route zu unterrichten. Daß dieses engmaschige Netz

bis ins letzte durchorganisierter Sicherungsmaßnahmen von einem ausländischen Attentäter durchbrochen werden könnte, erschien ihm so gut wie ausgeschlossen.
Er schloß die Wohnungstür auf und hörte seine Geliebte, die seit kurzem bei ihm zu Hause wohnte, aus dem Schlafzimmer rufen:
»Bist du es, *chéri*?«
»Ja, Liebling. Natürlich bin ich es. Hast du dich einsam gefühlt?«
Angetan mit einem durchsichtigen schwarzen Baby-Doll-Nighty, kam sie ihm aus dem Schlafzimmer entgegengelaufen. Das indirekte Licht der Nachttischlampe konturierte die Kurven ihres jungen Frauenkörpers. Wie immer, wenn er seine Geliebte sah, empfand Raoul Saint Clair außerordentliche Genugtuung darüber, daß sie ihm gehörte und so heftig in ihn verliebt war.
Sie schlang ihre nackten Arme um seinen Hals und küßte ihn lange mit geöffneten Lippen. Er erwiderte ihren Kuß, so gut er konnte, den Attachékoffer und die Abendzeitung noch immer in der Hand.
»Geh schon ins Bett«, sagte er schließlich, »ich komme gleich.« Er gab ihr einen Klaps aufs Hinterteil, um ihren Abgang zu beschleunigen. Das Mädchen hüpfte ins Schlafzimmer zurück und warf sich auf das Bett, wo sie, die Arme unter dem Nacken verschränkt, die Brüste zu provozierender Modellierung gestrafft, ihre Schenkel spreizte.
Saint Clair betrat das Schlafzimmer ohne seinen Attachékoffer und betrachtete sie zufrieden. Sie erwiderte seinen Blick mit laszivem Grinsen.
In den vierzehn Tagen ihres Beisammenseins hatte sie begriffen, daß nur ein überdeutliches Ausspielen demonstrativster Reize, gepaart mit der Vorspiegelung krudester Sinnlichkeit, seinen saftlosen Lenden zur Lust verhelfen konnte. Insgeheim haßte ihn Jacqueline noch genauso wie an dem Tag, als sie einander erstmals begegnet waren. Aber sie hatte herausgefunden, wie man ihn dazu bringen konnte, seinen Mangel an Männlichkeit mit seiner Redseligkeit, insbesondere was die Bedeutung seiner Stellung im Elysée-Palast anbetraf, zu kompensieren.
»Mach schnell«, flüsterte sie. »Ich will dich.«
Saint Clair lächelte ehrlich entzückt und zog sich die Schuhe aus, die er sorgfältig ausgerichtet nebeneinander vor den stummen Diener stellte. Als nächstes folgte das Jackett, wobei er den Inhalt der Taschen auf die Nachttischplatte entleerte. Dann kam die Hose an die Reihe, die pedantisch gefaltet und über den hierfür vorgesehenen Arm des stummen Dieners gehängt wurde. Seine dürren lan-

gen Beine sahen unter dem Hemd hervor wie zwei dünne weiße Stricknadeln.
»Was hat dich denn so lange aufgehalten?« fragte Jacqueline. »Ich warte schon seit einer Ewigkeit auf dich.«
Saint Clair warf ihr einen tadelnden Blick zu. »Nichts, worüber du dir das Köpfchen zerbrechen solltest, meine Liebe.«
»Oh, du bist gemein.« Sie spielte die Schmollende, wandte sich abrupt ab und rollte sich, ihm den Rücken zukehrend, mit hochgezogenen Knien zusammen. Seine Finger zerrten am Knoten seiner Krawatte, während er auf das kastanienbraune Haar hinuntersah, das ihr über die Schultern und die vollen Hüften fiel, über die sich das kurze Nighty hinaufgeschoben hatte. Nach weiteren fünf Minuten war er endlich soweit, ins Bett zu steigen, und knöpfte sich den mit seinem Monogramm bestickten seidenen Pyjama zu.
Er streckte sich neben ihr auf dem Bett aus und ließ seine Hand von der sanften Mulde ihrer Taille über den Hügel ihrer Hüfte wandern und seine Finger nach der schwellenden Rundung ihrer warmen Gesäßbacke tasten.
»Was hast du denn?«
»Nichts.«
»Ich dachte, du wolltest geliebt werden.«
»Du sagst mir überhaupt nichts. Ich darf dich ja nicht im Amt anrufen. Ich habe stundenlang hier gelegen und Angst gehabt, daß dir irgend etwas zugestoßen sein könnte. Du bist noch nie so spät heimgekommen, ohne mich anzurufen.«
Sie drehte sich auf den Rücken und blickte zu ihm hinauf. Auf den Ellenbogen gestützt, ließ er seine freie Hand unter ihr Nighty gleiten und begann, eine ihrer Brüste zu kneten. »Hör mal, *chérie*, ich habe sehr viel zu tun gehabt. Es hat da so etwas wie eine Krise gegeben, die wir in den Griff bekommen mußten, bevor ich weggehen konnte. Ich hätte dich ja angerufen, aber es waren so viele Leute da, die noch arbeiteten. Einige von denen wissen, daß meine Frau verreist ist, und es würde komisch ausgesehen haben, wenn ich über die Vermittlung zu Hause angerufen hätte.«
Sie steckte ihre Hand in den Schlitz seiner Pyjamahose und umfaßte den schlaffen Penis. Ein schwaches Erbeben belohnte sie. »Es gibt überhaupt nichts, was so wichtig wäre, daß du mich nicht anrufen und mir Bescheid sagen könntest, wann du kommst, Liebling. Ich habe mir den ganzen Abend Sorgen gemacht.«
»Nun, dazu ist ja jetzt kein Grund mehr vorhanden. Nun komm schon und mach's mir, du weißt doch, daß ich das gern habe.«

Sie zog seinen Kopf zu sich herunter und biß ihn ins Ohrläppchen. Nein, er hat es nicht verdient, dachte sie, jedenfalls jetzt noch nicht. Um ihm eine Lehre zu erteilen, kniff sie in sein mählich härter werdendes Glied. Der Oberst atmete merklich rascher. Er fing an, sie mit offenem Mund zu küssen, während seine Hand erst ihre eine, dann ihre andere Brustwarze so fest massierte, daß sie sich wand.
»Mach's mir«, knurrte er.
Sie beugte sich über ihn und löste die Schnur seiner Pyjamahose. Raoul Saint Clair sah die Mähne kastanienbraunen Haars von ihren Schultern herabgleiten und seinen Bauch einhüllen, ließ sich zurückfallen und seufzte genießerisch.
»Die OAS scheint es noch immer auf den Präsidenten abgesehen zu haben«, sagte er. »Heute nachmittag ist die Verschwörung aufgedeckt worden. Wir mußten uns darum kümmern. Deswegen bin ich so spät gekommen.«
Es machte hörbar »Plopp«, als das Mädchen den Kopf wenige Zentimeter hob.
»Sei nicht albern, Liebling. Die sind doch längst erledigt«, sagte sie und setzte ihre Tätigkeit fort.
»Das sind sie ganz und gar nicht. Sie haben jetzt einen ausländischen Killer engagiert, der ihn umlegen soll. Au, beiß mich nicht, du.«
Eine halbe Stunde später war Oberst Saint Clair de Villauban eingeschlafen und erholte sich, das Gesicht halb im Kissen vergraben, sanft schnarchend von seinen Anstrengungen. Seine Geliebte lag neben ihm und starrte in der Dunkelheit zur Zimmerdecke hinauf, die dort, wo das Licht von der Straße durch einen schmalen Spalt zwischen den Vorhängen hereindrang, schwach erhellt wurde.
Sie war entsetzt von dem, was sie gehört hatte. Obschon ihr von einer Verschwörung nichts bekannt gewesen war, konnte sie sich die Folgen von Kowalskys Geständnis selbst ausmalen.
Ohne sich zu rühren, wartete sie, bis das Leuchtzifferblatt des Reiseweckers neben dem Bett 2 Uhr anzeigte. Dann stand sie leise auf und zog die Telefonschnur aus der Steckdose im Schlafzimmer.
Bevor sie zur Tür ging, beugte sie sich über den Obersten und war froh, daß er nicht zu den Männern gehörte, die es liebten, ihre Bettgenossin im Schlaf zu umarmen. Er schnarchte noch immer.
Als sie das Schlafzimmer verlassen hatte, schloß sie leise die Tür, ging durch das Wohnzimmer in die Halle und zog auch hier die Tür hinter sich zu. Von dem Apparat aus, der auf dem Tisch in

der Halle stand, rief sie eine Molitor-Nummer an. Sie mußte ein paar Minuten warten, bis sich eine verschlafene Stimme meldete. Sie sprach zwei Minuten lang so rasch sie konnte, ließ sich bestätigen, daß sie verstanden worden war, und legte auf. Eine Minute später war sie wieder im Bett und versuchte einzuschlafen.

Im Verlauf der Nacht wurden die Spitzenfunktionäre der Kriminalbehörden fünf westeuropäischer Länder sowie der Vereinigten Staaten und Südafrikas durch Anrufe aus Paris geweckt. Die meisten Kripochefs reagierten gereizt oder verschlafen. In Washington war es 9 Uhr abends, als der Anruf durchkam. Der Leiter der Mordkommission beim FBI befand sich auf einer Dinnerparty. Erst beim dritten Versuch gelang es Caron, ihn an den Apparat zu bekommen. Ihre Unterhaltung wurde durch das aus dem Nebenzimmer hereindringende Stimmengewirr der anderen Gäste beeinträchtigt. Aber der Amerikaner verstand die Botschaft und sagte zu, sich um 2 Uhr morgens (Washingtoner Ortszeit) in der Fernsprechzentrale der FBI-Direktion einzufinden, um mit Kommissar Lebel zu sprechen, der ihn um 8 Uhr morgens (Pariser Ortszeit) von der dortigen Interpol-Zentrale aus anrufen würde.
Die Kripochefs Belgiens, Italiens, Westdeutschlands und Hollands waren offenbar allesamt vorbildliche Familienväter; einer nach dem anderen wurden sie geweckt und erklärten sich bereit, zu der ihnen von Caron vorgeschlagenen Zeit einen Anruf Lebels in einer Sache von außerordentlicher Dringlichkeit entgegenzunehmen.
Der Südafrikaner Van Ruys hielt sich zur Zeit des Anrufs außerhalb der Stadt auf und würde in keinem Fall bei Sonnenaufgang wieder in seinem Amt sein können. Caron ließ sich daher mit Andersen, seinem Stellvertreter, verbinden. Lebel war keineswegs unzufrieden, als er das erfuhr, denn er kannte Andersen recht gut, Van Ruys dagegen überhaupt nicht. Zudem vermutete er, daß Van Ruys' Ernennung aus politischen Gründen erfolgt war, während Andersen sich, wie er selbst, von unten heraufgedient hatte.
Mr. Anthony Mallinson, Assistant Commissioner (Crime) von Scotland Yard, erreichte der Anruf kurz vor 4 Uhr morgens in seinem Haus in Bexley. Er brummte protestierend, als der neben seinem Bett stehende Apparat klingelte, langte schlaftrunken nach dem Hörer und murmelte: »Mallinson.«
»Mister Anthony Mallinson?« fragte eine Stimme.
»Am Apparat.« Er zuckte mit den Schultern, um den Oberkörper von der Bettdecke zu befreien, und sah auf die Uhr.

»Hier spricht Inspektor Caron von der *Sûreté Nationale* in Paris. Ich rufe Sie im Auftrag Kommissar Lebels an.«
Die Stimme, die ein gutes, wenngleich nicht akzentfreies Englisch sprach, war so deutlich zu verstehen, als handele es sich um ein Ortsgespräch. Um diese Stunde waren die Leitungen kaum belastet. Mallinson runzelte die Brauen. Konnten die Brüder nicht zu einer zivilisierten Zeit anrufen?
»Ja.«
»Ich glaube, Sie kennen Kommissar Lebel, Mister Mallinson.«
Mallinson überlegte einen Augenblick. Lebel? O ja, der rundliche kleine Mann, der die Mordkommission der PJ geleitet hatte. Sah nicht sonderlich beeindruckend aus, hatte aber Resultate vorzuweisen. War vor zwei Jahren in der Sache mit dem ermordeten englischen Touristen verdammt hilfsbereit gewesen. Hätte damals ein gefundenes Fressen für die Presse werden können, wenn der Killer nicht im Handumdrehen von der PJ gefaßt worden wäre.
»Ja, ich kenne Kommissar Lebel«, sagte er. »Was gibt's denn?«
Lily, seine Frau, murmelte neben ihm im Schlaf.
»Es handelt sich um eine Sache von äußerster Dringlichkeit, die zudem absolute Diskretion erfordert. Ich bin Kommissar Lebel zugeteilt worden, um ihm bei diesem Fall zu assistieren. Es ist ein ganz ungewöhnlicher Fall. Der Kommissar würde Sie gern heute morgen um 9 Uhr im Yard anrufen. Könnten Sie es vielleicht einrichten, sich zu der Zeit in der Fernsprechzentrale sprechbereit zu halten?« Mallinson dachte einen Augenblick nach.
»Geht es um eine übliche Ermittlungssache unter Einschaltung kooperierender Polizeidienststellen?« Wenn das der Fall war, konnten sie das Interpol-Netz in Anspruch nehmen. Um 9 Uhr war Hochbetrieb im Yard.
»Nein, Mister Mallinson. Es handelt sich um ein persönliches Ansuchen, das Kommissar Lebel an Sie hat. Der Kommissar bittet Sie um Ihre diskrete Hilfe in dieser Sache. Es kann durchaus sein, daß sie Scotland Yard gar nicht betrifft. Falls sich das bewahrheitet, ist es besser, wenn kein offizielles Ansuchen gestellt wurde.«
Mallinson überlegte. Er war von Natur aus ein vorsichtiger Mann und hatte kein Interesse daran, von einer ausländischen Polizeibehörde in eine geheime Ermittlungssache hineingezogen zu werden. Wenn ein Verbrechen begangen worden und der Täter nach Großbritannien entflohen war, sah das schon anders aus. Aber wozu dann die Heimlichtuerei? Plötzlich fiel ihm eine andere Geschichte ein, die vor Jahren passiert war. Man hatte ihn

damals ausgeschickt, um die Tochter eines Kabinettsmitgliedes zurückzuholen, die mit einem hübschen jungen Bengel durchgebrannt war. Das Mädchen war noch minderjährig gewesen, so daß eine Klage wegen Entfernung des Kindes aus der elterlichen Obhut hätte erhoben werden können. Aber der Minister hatte die ganze Geschichte so gehandhabt wissen wollen, daß die Presse kein Sterbenswörtchen davon erfuhr. Die italienischen Polizeibehörden waren ungemein kooperativ gewesen, als man das Paar, das sich selbst Romeo und Julia vorspielte, in Verona aufspürte. Na schön, Lebel brauchte ein bißchen Hilfe, die er über den »Old-Boy«-Draht von ihm bekommen konnte. Dazu waren »Old-Boy«-Drähte ja schließlich da.
»Geht in Ordnung. Ich erwarte seinen Anruf. Um 9 Uhr.«
»Haben Sie vielen Dank, Mister Mallinson.«
»Gute Nacht.« Mallinson legte den Hörer auf, stellte den Wecker auf 6 Uhr 30 statt auf 7 Uhr und legte sich wieder schlafen.

Während Paris der Morgendämmerung entgegenschlief, ging ein Schullehrer mittleren Alters ruhelos im engen Wohn-Schlafzimmer einer muffigen kleinen Junggesellenwohnung auf und ab. Um ihn herum herrschte ein Chaos: Bücher, Zeitungen, Zeitschriften und Manuskripte lagen überall auf dem Tisch, den Sesseln und dem Sofa, ja selbst auf der Decke des in einen Alkoven eingebauten schmalen Bettes herum. In einem weiteren Alkoven befand sich ein Spülbecken, in dem schmutziges Geschirr gestapelt war.
Was ihn zu seiner ruhelosen Wanderung trieb, war jedoch nicht der unordentliche Zustand seines Zimmers, denn seit seiner Enthebung vom Posten eines Gymnasialdirektors in Sidi-bel-Abbès und dem Verlust seines schönen Hauses und der beiden Diener, die dazu gehörten, hatte er gelernt, so zu leben, wie er jetzt lebte. Seine Schwierigkeiten waren anderer Art.
Als die Dämmerung über den östlichen Vorstädten anbrach, setzte er sich schließlich und nahm eine der herumliegenden Zeitungen zur Hand. Sein Blick überflog nochmals den Bericht auf der Seite mit den Meldungen aus dem Ausland. Die Überschrift lautete: »OAS-Chefs igeln sich in römischem Hotel ein.« Nachdem er den Artikel ein letztes Mal gelesen hatte, faßte er einen Entschluß, schlüpfte in einen leichten Überzieher, um sich gegen die frühmorgendliche Kühle zu wappnen, und verließ die Wohnung.
Auf dem nahe gelegenen Boulevard hielt er ein Taxi an und ließ sich zur Gare du Nord fahren. Als das Taxi ihn abgesetzt hatte,

wartete er, bis es davongefahren war, und entfernte sich dann vom Bahnhof. Er überschritt die Straße und betrat eines der durchgehend geöffneten Cafés. Nachdem er sich einen Kaffee bestellt und eine Telefonmarke hatte geben lassen, suchte er die im hinteren Teil des Raumes befindliche Telefonzelle auf, wählte die Auskunft, die ihn ihrerseits mit der Auslandsauskunft verband. Er fragte nach der Telefonnummer eines Hotels in Rom, erhielt innerhalb von sechzig Sekunden die gewünschte Auskunft, hängte ein und ging.
Weitere hundert Meter vom Bahnhof entfernt, rief er von einem anderen Café aus abermals die Auskunft an, diesmal, um sich nach dem nächstgelegenen durchgehend geöffneten Postamt zu erkundigen. Man sagte ihm, daß es sich, wie er angenommen hatte, gleich um die Ecke beim Bahnhof befand.
Auf dem Postamt meldete er ein Gespräch mit der Nummer in Rom an, die man ihm gegeben hatte, vermied es jedoch, das Hotel, um dessen Nummer es sich handelte, beim Namen zu nennen. Er wartete zwanzig Minuten lang, bis die Verbindung hergestellt war.
»Ich möchte Signor Poitiers sprechen«, erklärte er der italienischen Stimme am anderen Ende der Leitung.
»*Signor che?*« fragte die Stimme.
»*Il Signor francesi. Poitiers, Poitiers...*«
»*Che?*« wiederholte die Stimme.
»*Francesi, francesi...*« sagte der Mann in Paris.
»*Ah, si, il signor francesi. Momento, per favore...*«
Es klickte ein paarmal, dann meldete sich eine müde Stimme auf französisch.
»*Ouäi...*«
»Hören Sie«, sagte der Mann in Paris beschwörend. »Ich habe nicht viel Zeit. Nehmen Sie Papier und Bleistift und schreiben Sie auf, was ich Ihnen sage. Haben Sie? Also: ›Valmy an Poitiers. Der Schakal ist aufgeflogen. Wiederholen Sie: Der Schakal ist aufgeflogen. Kowalsky wurde geschnappt. Hat gesungen, bevor er starb. Ende.‹ Haben Sie das?«
»*Ouäi*«, sagte die Stimme. »Ich gebe es weiter.«
Valmy hängte ein, zahlte rasch die Gebühren und verließ eilig das Postamt. Innerhalb einer Minute war er in der Menge der Pendler verschwunden, die in diesem Augenblick aus der Bahnhofshalle strömte. Die Sonne stand über dem Horizont und begann das Pflaster und die kühle Morgenluft zu erwärmen.

Zwei Minuten nachdem Valmy gegangen war, fuhr ein Wagen vor dem Postamt vor, und zwei Männer von der DST eilten hinein. Sie ließen sich von dem Beamten in der Telefonvermittlung eine Personenbeschreibung geben, die jedoch auf jedermann gepaßt hätte.

In Rom erwachte Marc Rodin um 7 Uhr 55, als ihn der Mann, der während der Nacht ein Stockwerk tiefer den Dienst am Empfangstisch versehen hatte, an der Schulter rüttelte. Rodin war sofort hellwach, griff nach der Pistole unter seinem Kopfkissen und wollte mit einem Satz aus dem Bett springen. Dann sah er das Gesicht des Ex-Fremdenlegionärs über sich und atmete erleichtert auf. Ein Blick auf seine Armbanduhr belehrte ihn, daß er ohnedies verschlafen hatte. Nach all den in den Tropen verbrachten Jahren war er es gewohnt, zu einer sehr viel früheren Stunde aufzuwachen, und die römische Augustsonne stand schon hoch über den Dächern. Aber die wochenlange Untätigkeit, der gesteigerte Rotweinkonsum und der Mangel an körperlicher Bewegung hatten ihn träge und schläfrig gemacht.
»Eine Meldung, *mon Colonel*. Eben hat jemand angerufen. Schien es eilig zu haben.«
Der Legionär reichte ihm einen aus seinem Meldeblock herausgerissenen Zettel, auf dem Valmys Botschaft gekritzelt war. Rodin überflog sie und sprang dann aus dem nur mit einer leichten Decke versehenen Bett. Er hüllte sich in den Sarong, den zu tragen er sich in Indochina angewöhnt hatte, und las Valmys Meldung ein zweites Mal.
»Schon gut. Abtreten.« Der Legionär verließ das Zimmer und begab sich wieder in das darunterliegende Stockwerk.
Rodin stieß eine Serie stummer Flüche aus und zerknüllte wütend den Zettel in seiner Hand. Ein schwachsinniger Idiot, dieser verdammte Kowalsky!
In den ersten beiden Tagen nach Kowalskys Verschwinden hatte er zunächst angenommen, der Mann sei ganz einfach desertiert. Im gleichen Maß, in dem sich unter den Mannschaften die Überzeugung verbreitete, daß die OAS versagt habe und ihr Ziel, de Gaulle zu beseitigen und die gegenwärtige Regierung Frankreichs zu stürzen, nie erreichen würde, mehrten sich in letzter Zeit die Fälle, in denen OAS-Männer der Sache untreu wurden. Von Kowalsky allerdings hatte er immer angenommen, daß er bis zum letzten Atemzug loyal bleiben würde.

Und hier lag nun der Beweis vor, daß er aus irgendeinem unerklärlichen Grund nach Frankreich zurückgekehrt oder auch in Italien ergriffen und nach Frankreich verschleppt worden war. Offenbar hatte er ausgepackt, unter Druck selbstverständlich.
Der Tod seiner Ordonnanz betrübte Rodin aufrichtig. Zu einem nicht geringen Teil beruhte sein Ruf als Truppenoffizier auf der unermüdlichen Fürsorge, die er seinen Untergebenen gegenüber bewiesen hatte. Eine solche Einstellung wird von kämpfenden Soldaten weit mehr anerkannt, als Militärtheoretiker sich das träumen lassen. Nun war Kowalsky tot, und Rodin machte sich über die Art, wie er gestorben war, keine Illusionen.
Weit wichtiger als alles andere war jetzt allerdings die Frage, was genau Kowalsky zu erzählen gehabt hatte. Die Zusammenkunft in Wien, der Name der Pension. Die drei Männer, die an der Besprechung teilgenommen hatten. Das war keine Neuigkeit für den SDECE. Aber was hatte er über den Schakal gewußt? Daß er nicht an der Tür gelauscht hatte, stand fest. Er mochte ihnen von einem hochgewachsenen, blonden Ausländer erzählt haben, der die drei Männer in der Pension aufgesucht hatte. Für sich genommen, besagte das gar nichts. Der Ausländer konnte ebensogut ein Waffenhändler gewesen sein oder ein Geldgeber. Namen waren nicht genannt worden.
Aber Valmys Meldung erwähnte den Decknamen des Schakals. Wie hatte Kowalsky ihnen den nennen können?
Plötzlich fiel Rodin wieder ein, was sich beim Weggang des Schakals abgespielt hatte, und ein tödlicher Schrecken durchzuckte ihn. Er hatte mit dem Engländer in der offenen Tür gestanden, und der Pole, noch immer verstimmt, weil er von dem Engländer im Alkoven entdeckt worden war, ein paar Schritte entfernt auf dem Korridor, auf Ärger gefaßt, ja ihn herbeiwünschend. Und was hatte er, Rodin, gesagt? »*Bonsoir*, Mister Schakal.« O verflucht, genau das waren seine Worte gewesen. Aber dann fiel ihm ein, daß Kowalsky den Klarnamen des Engländers nie erfahren haben konnte. Er war nur Montclair, Casson und ihm selbst bekannt. Dennoch hatte Valmy recht. Wenn dem SDECE Kowalskys Geständnis vorlag, war der Schaden schon zu groß, als daß er noch hätte repariert werden können. Sie hatten Kenntnis von der Besprechung in Wien, sie wußten den Namen der Pension, und wahrscheinlich hatten sie auch schon mit dem Portier gesprochen. Sie besaßen eine Personenbeschreibung des Mannes und kannten seinen Decknamen. Es konnte keinen Zweifel darüber geben, daß

sie erraten würden, was schon Kowalsky erraten hatte – daß der blonde Mann ein Killer war. Von da ab würde das Netz der zum persönlichen Schutz de Gaulles getroffenen Sicherheitsmaßnahmen noch engmaschiger gezogen werden; alle öffentlichen Veranstaltungen, zu denen sein Erscheinen vorgesehen gewesen war, würden abgesagt werden. Er würde den Elysée-Palast nicht mehr verlassen und damit seinem Mörder jede Chance nehmen, ihn zu erwischen. Es war vorbei, die Aktion geplatzt. Er würde den Schakal zurückpfeifen und auf Erstattung des überwiesenen Geldes, abzüglich aller Unkosten und eines Ausfallhonorars für die investierte Zeit und die aufgewendeten Mühen, bestehen müssen.
Eines hatte sofort zu geschehen. Der Schakal mußte dringend gewarnt und veranlaßt werden, die Aktion abzubrechen. Rodin war noch immer Troupier genug, um keinen Mann auf eine Mission zu schicken, für die jede Aussicht auf Erfolg geschwunden war.
Er befahl den Legionär zu sich, dem seit Kowalskys Verschwinden die Aufgabe übertragen worden war, täglich das Hauptpostamt aufzusuchen, um die für Monsieur Poitiers bestimmten Sendungen abzuholen und, wenn nötig, Ferngespräche zu führen. Rodin instruierte den Mann sorgfältig.
Um 9 Uhr war der Legionär auf dem Postamt und meldete ein Ferngespräch mit London an. Es dauerte zwanzig Minuten, bevor das Telefon am anderen Ende der Leitung zu läuten begann. Der Postbeamte wies dem Franzosen eine Zelle zu, in die er das Gespräch gelegt hatte. Der Franzose hob den Hörer ab und lauschte dem jeweils von einer Pause gefolgten zweimaligen kurzen Summerton, mit dem in England eine freie Leitung signalisiert wird, bis sich nach einer Weile ganz automatisch das Besetztzeichen einschaltete.

An diesem Morgen war der Schakal früh aufgestanden, denn er wollte die Vormittagsmaschine nach Brüssel nehmen. Am Abend zuvor hatte er die drei gepackten Koffer nochmals geöffnet und ihren Inhalt auf seine Vollständigkeit überprüft. Nur die Reisetasche war unverschlossen geblieben, weil sie noch seinen Waschbeutel und sein Rasierzeug aufnehmen sollte. Er trank wie immer zwei Tassen Kaffee, duschte und rasierte sich. Dann packte er die restlichen Toilettensachen in die Reisetasche, schloß sie und trug alle vier Gepäckstücke zur Tür.
In der kleinen, modern eingerichteten Küche bereitete er sich ein aus Orangensaft, Rühreiern und weiterem Kaffee bestehendes

Frühstück, das er am Küchentisch verzehrte. Ordentlich und methodisch, wie er war, schüttete er die restliche Milch in den Ausguß, schlug die beiden übriggebliebenen Eier auf und leerte sie ebenfalls in den Ausguß. Die Orangendose warf er, nachdem er den letzten Saft ausgetrunken hatte, in den Abfalleimer, und die Eierschalen, der Kaffeesatz sowie der Brotrest wanderten in den Müllschlucker. Nichts von dem, was er zurückließ, würde in der Zeit seiner Abwesenheit verderben.

Schließlich zog er sich an, wobei er sich für einen seidenen Sweater mit Rollkragen, den taubengrauen Anzug, in dessen Jackentasche er die auf den Namen Duggan ausgestellten Papiere sowie die 100 Pfund in bar steckte, dunkelgraue Socken und leichte schwarze Mokassins entschied. Die unvermeidliche dunkle Sonnenbrille vervollständigte das Ensemble.

Um 9 Uhr 15 nahm er sein Gepäck auf, ließ die Tür hinter sich ins Schloß fallen und ging, in jeder Hand zwei Gepäckstücke, die Treppen hinunter. Bis zur Ecke Adam's Row und South Audley Street, wo er ein Taxi anhielt, waren es nur ein paar Schritte.

Als das Taxi anfuhr, begann in seiner Wohnung das Telefon zu klingeln.

Es war 10 Uhr, als der Legionär in das nahe der Via Condotti gelegene Hotel zurückkehrte, um Rodin zu melden, daß er dreißig Minuten lang versucht habe, mit der Londoner Nummer zu sprechen, aber niemand abgenommen hätte.

»Was gibt's denn?« erkundigte sich Casson, der die Erklärung des Legionärs mitangehört hatte. Die drei OAS-Bosse saßen im Salon ihrer Hotelsuite. Rodin zog ein Stück Papier aus der inneren Brusttasche und reichte es Casson.

Casson las es und reichte es Montclair weiter. Beide Männer sahen ihren Führer fragend an. Schweigend, mit nachdenklich zusammengezogenen Brauen, starrte Rodin zum Fenster hinaus auf die von gleißendem Sonnenlicht beschienenen Dächer Roms.

»Wann ist das gekommen?« fragte Casson schließlich.

»Heute morgen«, erwiderte Rodin.

»Sie müssen ihn stoppen«, verlangte Montclair. »Die werden halb Frankreich alarmiert haben.«

»Sie werden halb Frankreich wegen eines hochgewachsenen blonden Ausländers alarmiert haben«, bemerkte Rodin gelassen. »Im August halten sich über eine Million Ausländer in Frankreich auf. Soweit wir wissen, haben sie weder einen Namen noch ein Gesicht

oder einen Paß, nach dem sie fahnden können. Als Fachmann, der er ist, wird er vermutlich falsche Papiere besitzen. Die haben ihn noch lange nicht, und es besteht durchaus die Möglichkeit, daß er gewarnt wird, wenn er Valmy anruft. Dann wird er es schon noch schaffen, wieder herauszukommen.«
»Wenn er Valmy anruft, erhält er doch gewiß Anweisung, die Aktion abzubrechen«, meinte Montclair. »Valmy wird sie ihm geben.« Rodin schüttelte den Kopf.
»Dazu ist Valmy nicht befugt. Seine Weisung lautet, Informationen von dem Mädchen zu empfangen und sie dem Schakal weiterzugeben, wenn er von ihm angerufen wird. Genau das wird er tun, und nichts anderes.«
»Aber der Schakal muß sich ja selbst sagen können, daß alles vorbei ist«, wandte Montclair ein. »Sobald er Valmy angerufen hat, wird er machen, daß er aus Frankreich herauskommt.«
»Theoretisch schon«, sagte Rodin nachdenklich. »Wenn er das tut, muß er das Geld zurückgeben. Für uns alle, aber auch für ihn, ist der Einsatz sehr hoch. Es hängt davon ab, wieweit er auf seinen eigenen Plan vertraut.«
»Halten Sie es für möglich, daß er noch eine Chance hat – jetzt, wo dies geschehen ist?« fragte Casson.
»Ehrlich gesagt, nein«, sagte Rodin. »Aber er ist ein Spezialist. In gewisser Weise bin ich das auch. Es ist eine Frage der Einstellung, die man hat oder nicht hat. Eine Aktion, die man bis ins letzte selbst geplant hat, bläst man nicht ohne weiteres ab.«
»Dann pfeifen Sie ihn doch, in Gottes Namen, zurück!« protestierte Casson.
»Das kann ich nicht«, erklärte Rodin. »Ich würde es tun, wenn ich könnte, aber ich kann es nicht. Er ist abgereist. Er ist schon auf dem Weg. Er hat es ja so gewollt, und genauso hat er es jetzt bekommen. Wir wissen nicht, wo er sich aufhält und wie er vorgehen will. Er ist ganz auf sich selbst gestellt. Ich kann noch nicht einmal Valmy anrufen und ihn anweisen, den Schakal zu instruieren, daß die ganze Sache abgeblasen ist. Ich würde Valmy gefährden, wenn ich das täte. Jetzt kann niemand den Schakal mehr aufhalten. Dazu ist es zu spät.«

Zwölftes Kapitel

Kurz vor 6 Uhr morgens war Kommissar Lebel wieder in seinem Büro, wo er Inspektor Caron vorfand, der, müde und ziemlich überanstrengt aussehend, in Hemdsärmeln an seinem Schreibtisch saß.
Vor ihm lag eine Anzahl Notizzettel, die mit handschriftlichen Vermerken bedeckt waren. Im Büro hatten gewisse Veränderungen stattgefunden. Auf dem halbhohen Karteischrank war eine Kaffeemaschine installiert, die das köstliche Aroma frisch gebrauten Kaffees verbreitete. Ein Turm ineinandergeschobener Pappbecher, eine Büchse mit Kondensmilch und eine Tüte Zucker standen griffbereit daneben. Diese Dinge waren noch im Lauf der Nacht aus der Kantine im Keller heraufgeschickt worden.
In der Ecke zwischen den beiden Schreibtischen war ein Feldbett aufgestellt, auf dem eine rauhe Wolldecke lag. Der Papierkorb war geleert und neben den Sessel an der Tür gestellt worden.
Das Fenster stand noch immer offen, und der blaue Dunst der unzähligen Zigaretten, die Caron geraucht hatte, trieb in die kühle Morgenluft hinaus. Jenseits des Flusses färbte das erste Licht des heraufkommenden Tages die Türme von St-Sulpice mit einem schwachen rosa Widerschein.
Lebel trat an seinen Schreibtisch und ließ sich in seinen Sessel fallen. Er war seit vierundzwanzig Stunden auf den Beinen und sah ebenso übermüdet aus wie Caron.
»Nichts«, sagte er. »Ich habe alles durchgesehen, was an Unterlagen über die letzten zehn Jahre vorhanden ist. Der einzige politische Killer aus dem Ausland, der jemals hier zu operieren versuchte, war Degueldre, und der ist tot. Wir hatten ihn in der Kartei, weil er zur OAS gehörte. Rodin wird vermutlich einen Mann ausgesucht haben, der mit der OAS nichts zu tun hat, und damit war er gut beraten. Von den einheimischen Sorten abgesehen, hat es in den letzten Jahren insgesamt nur vier auf Kontraktbasis arbeitende Berufsmörder gegeben, die in Frankreich ins Geschäft zu kommen versuchten, und drei davon haben wir. Der vierte sitzt irgendwo in Afrika lebenslänglich hinter Gittern. Im übrigen waren das allesamt Killer aus der Unterwelt. Das Format, den Präsidenten der Republik Frankreich aufs Korn zu nehmen, hatte keiner von denen. Ich habe mit Bargeron von der Zentralkartei gesprochen, und dort ist man bereits dabei, eine lückenlose Überprüfung zu veranstalten. Aber ich vermute schon jetzt, daß dieser Mann in unseren Akten

nicht zu finden sein wird. Das hat Rodin bestimmt zur Bedingung gemacht, als er ihn engagierte.«
Caron steckte sich eine weitere Gauloise an, stieß den Rauch aus und seufzte.
»Dann müssen wir also von den ausländischen Polizeiarchiven ausgehen?«
»Genau das. Ein Mann seines Kalibers muß schließlich irgendwo Erfahrungen gesammelt und seine Meisterschaft erworben haben. Er würde kaum zur internationalen Spitze zählen, wenn er nicht auf eine Serie erfolgreich absolvierter Jobs verweisen könnte. Vielleicht keine Präsidenten, aber doch wichtige Männer, einflußreiche Figuren aus dem öffentlichen Leben und keine Unterweltbosse. Also muß irgendwo schon einmal irgendwer auf ihn aufmerksam geworden sein. Welche Anrufe haben Sie vorgemerkt?«
Caron nahm einen Zettel zur Hand, auf dem eine Anzahl Namen untereinander geschrieben und links daneben die für die Gespräche jeweils vorgesehene Uhrzeit angegeben war.
»Diese sieben sind angemeldet«, sagte er. »Sie fangen um 7 Uhr 10 mit dem Leiter der Mordkommission beim FBI an. In Washington ist es dann 1 Uhr morgens. Um 7 Uhr 30 kommt Brüssel an die Reihe, danach Amsterdam um 7 Uhr 45 und schließlich Bonn um 8 Uhr 10. Das Gespräch mit Johannesburg ist für 8 Uhr 30 angemeldet, und anschließend, um 9 Uhr, ist Scotland Yard dran. Den Schluß macht Rom um 9 Uhr 30.«
»Werde ich jedesmal mit dem Leiter der Mordkommission verbunden?« fragte Lebel.
»Ja, oder dem Leiter der Abteilung, die der Mordkommission entspricht. Bei Scotland Yard ist es Mister Anthony Mallinson, Assistant Commissioner (Crime). Bei der Londoner Polizeibehörde gibt es offenbar keine Mordkommission. In den anderen Fällen ja, mit Ausnahme von Südafrika. Ich habe Van Ruys nicht erreichen können. Statt seiner werden Sie mit Assistant Commissioner Anderson sprechen.«
Lebel dachte einen Augenblick nach.
»Ausgezeichnet«, sagte er dann. »Er ist mir sogar lieber als Van Ruys. Wir haben einmal einen Fall gemeinsam bearbeitet. Bleibt die Frage der Verständigung. Drei von ihnen sprechen Englisch. Ich nehme an, daß nur der Belgier Französisch spricht. Die anderen werden sicherlich Englisch sprechen, wenn es sein muß...«
»Dietrich, der Deutsche, spricht Französisch«, bemerkte Caron.

»Gut. Mit den beiden, die Französisch sprechen, rede ich dann persönlich, und in den anderen fünf Fällen werden Sie als Dolmetscher fungieren. Kommen Sie, es wird Zeit.«
Es war zehn Minuten vor sieben, als der Polizeiwagen mit den beiden Detektiven vor dem grünen Portal in der engen Rue Paul Valéry hielt, in der sich damals die Pariser Interpol-Zentrale befand.
In den folgenden drei Stunden sprachen Lebel und Caron von der Fernmeldezentrale im Kellergeschoß aus per Funktelefon mit den höchsten Funktionären der Kriminalbehörden von sieben Ländern der westlichen Welt. Lebel machte sich keine Illusionen darüber, daß die Leiter der Mordkommissionen errieten, was er wohl andeuten, aber nicht aussprechen durfte. Es gab in Frankreich nur eine einzige Persönlichkeit, die als das Opfer eines Berufsmörders der internationalen Spitzenklasse in Betracht kam.
»Ja, selbstverständlich«, lautete die Antwort ohne Ausnahme. »Wir werden sämtliche Karteien durchkämmen. Ich will versuchen, Sie noch im Lauf des Tages zurückzurufen. Oh, und übrigens – viel Glück, Claude!«
Als Lebel den Hörer des Funktelefons zum letztenmal auflegte, fragte er sich, wie lange es noch dauern mochte, bis die Außenminister und schließlich auch die Regierungschefs der sieben Länder sich darüber klar wurden, was auf dem Spiel stand. Lange gewiß nicht mehr. Selbst ein Polizist war verpflichtet, seinen politischen Vorgesetzen Vorkommnisse dieser Größenordnung zu melden. Er nahm jedoch an, daß die Minister Stillschweigen bewahren würden. Über alle politischen Differenzen hinweg gab es schließlich auch gemeinsame Interessen, welche die Machthaber der ganzen Welt miteinander verbanden. Sie alle waren Mitglieder des gleichen Klubs – des Klubs der Mächtigen. Gegen gemeinsame Feinde hielten sie allemal zusammen, und was könnte für jeden einzelnen von ihnen bedrohlicher sein als die Existenz eines politischen Meuchelmörders? Dessenungeachtet war sich Lebel durchaus bewußt, daß die Presse, falls sie von seinen Ermittlungen auch nur das geringste erfuhr, die Nachricht schon morgen in die Weltöffentlichkeit hinausposaunen und er ein für allemal erledigt sein würde.
Die einzigen, die ihm ernsthaft Sorge bereiteten, waren die Briten. Wenn es eine Sache gewesen wäre, deren Kenntnis auf die Beamten zweier Kriminalbehörden beschränkt bleiben könnte, hätte er keinen Grund zur Besorgnis gehabt. Aber er wußte, daß Mallinson seine Vorgesetzten würde informieren müssen. Es lag gerade erst

sechs Monate zurück, daß Charles de Gaulle England den Eintritt in den Gemeinsamen Markt brüsk verwehrt hatte, und seit der am 23. Januar vom General abgehaltenen Pressekonferenz hatte sich das britische Auswärtige Amt – das hatte selbst ein so unpolitischer Kopf wie Lebel mitbekommen – in seinen durch politische Korrespondenten ausgestreuten Verlautbarungen über den Kurs des französischen Staatspräsidenten nicht gerade enthusiastisch geäußert. Würden die Engländer die Gelegenheit wahrnehmen, sich an dem alten Mann zu rächen?
Lebel starrte gedankenverloren auf den jetzt stummen Funktelefonapparat. Caron sah ihn fragend an.
»Kommen Sie«, sagte der kleine Kommissar schließlich, »gehen wir frühstücken. Im Augenblick gibt es ohnehin nichts, was wir sonst noch tun könnten.«

Mit nachdenklich gerunzelter Stirn legte Assistant Commissioner Anthony Mallinson den Hörer auf und verließ die Fernmeldezentrale, ohne von dem grüßenden jungen Polizeibeamten, der hereingekommen war, um seinen Dienst anzutreten, Notiz zu nehmen. Noch immer stirnrunzelnd, ging Mallinson in sein geräumiges, aber spärlich möbliertes Büro hinauf, dessen Fensterfront einen panoramaartigen Ausblick über die Themse bot.
Für ihn gab es nicht den geringsten Zweifel. Die französische Polizei hatte von irgendwoher einen Tip bekommen, daß sich ein eminent gefährlicher Berufsmörder auf freiem Fuß und vermutlich auf dem Weg nach Frankreich befand. Wie Lebel vorausgesehen hatte, bedurfte es keines besonderen Scharfsinns, um sich auszurechnen, wer im August 1963 in Frankreich als Zielscheibe eines Killers dieser Sorte einzig und allein in Betracht kam. Dem altgedienten Polizeibeamten Mallinson war Lebels mißliche Lage durchaus gegenwärtig. »Armes Schwein«, sagte er halblaut, während er auf den träge dahinfließenden Strom hinabblickte.
»Sir?« fragte sein persönlicher Assistent, der ihm in das Arbeitszimmer gefolgt war, um die eingegangene Post auf den Nußbaumtisch seines Chefs zu legen.
»Nichts.« Als der Assistent das Zimmer verlassen hatte, starrte Mallinson weiterhin unverwandt aus dem Fenster. Wieviel Verständnis er für Claude Lebel aufbringen mochte, der sich vor die fast unlösbare Aufgabe gestellt sah, seinen Präsidenten schützen zu müssen, ohne eine offizielle Großfahndung in Gang setzen zu dürfen – er, Mallinson, hatte seine eigenen Vorgesetzten. Früher oder

später würde er sie über das heute morgen an ihn ergangene Ansuchen unterrichten müssen. In einer halben Stunde begann die tägliche Besprechung der Abteilungsleiter. Sollte er es bei dieser Gelegenheit erwähnen?
Er entschied sich dafür, es nicht zu tun. Es würde genügen, dem Commissioner ein formelles, aber privates Memorandum zuzuleiten, in welchem er Lebels Ansuchen kurz umriß. Der Hinweis auf die Diskretion, mit der die Sache behandelt werden mußte, würde in jedem Falle erklären, warum er die Angelegenheit nicht bei der morgendlichen Konferenz zur Sprache gebracht hatte. Inzwischen konnte es nicht schaden, wenn er die Ermittlungen in die Wege leitete, ohne die Gründe hierfür anzugeben. Er nahm hinter seinem Arbeitstisch Platz und drückte auf einen Knopf der Haussprechanlage, die auf seinem Schreibtisch stand.
»Sir?« meldete sich die Stimme seines Assistenten aus dem Vorzimmer.
»Kommen Sie doch bitte auf einen Augenblick zu mir herüber, John.«
Mit dem Notizblock in der Hand trat der junge Detektivinspektor ein.
»John, ich möchte, daß Sie zur Zentralkartei gehen und sich gleich an Chief Superintendent Markheim wenden. Sagen Sie ihm, es handle sich um ein persönliches Ansuchen von mir, für das ich ihm aber im Augenblick noch keine Gründe nennen könne. Bitten Sie ihn, die Dossiers aller Berufsmörder zu überprüfen, von denen man weiß, daß sie sich in Großbritannien aufhalten...«
»Berufsmörder, Sir?« Der Assistent sah aus, als habe ihn der Assistant Commissioner aufgefordert, die Akten aller polizeilich gemeldeten Marsmenschen zu überprüfen.
»Jawohl, Berufsmörder. Keine Unterweltfiguren, von denen man entweder weiß oder denen zuzutrauen ist, daß sie irgendwann einmal ein Mitglied einer rivalisierenden Gangsterbande umgelegt haben, sondern politische Meuchelmörder, John. Männer, die imstande sind, einen von erfahrenen Sicherheitsbeamten beschützten Politiker oder Staatsmann gegen Geld umzubringen.«
»Das klingt aber mehr nach der Stammkundschaft des Sicherheitsdienstes, Sir.«
»Ja, ich weiß. Ich will die ganze Sache ohnehin an Special Branch abgeben. Aber vorher müssen wir eine gründliche Routineüberprüfung veranlassen. O ja, fast hätte ich es vergessen: Bis Mittag möchte ich die Auskunft erhalten haben, O. K.?«

»Ja, Sir. Ich werde mich sofort darum kümmern.«
Fünfzehn Minuten später nahm Assistant Commissioner Mallinson auf seinem gewohnten Platz an der Besprechung teil.
In sein Büro zurückgekehrt, überflog er die Post, schob sie dann zur Seite und ließ sich von seinem Assistenten eine Schreibmaschine bringen. Er setzte einen kurzen Bericht an den Commissioner auf, in dem er sowohl den Anruf, der ihn am frühen Morgen in seinem Haus erreichte, als auch das Gespräch erwähnte, das um 9 Uhr über das Interpol-Netz geführt worden war, und Lebels Ansuchen näher erklärte. Dann schloß er das Memoranden-Formblatt, dessen unteren Teil er freigelassen hatte, in seiner Schreibtischschublade ein und wandte sich der täglichen Routinearbeit zu.
Kurz vor zwölf erschien der Assistent.
»Superintendent Markheim hat eben angerufen«, sagte er. »Im Archiv existiert keine Kriminalakte, die auf die Beschreibung paßt. Siebzehn auf Kontraktbasis arbeitende Killer, allesamt aus der Unterwelt, Sir; zehn im Zuchthaus und sieben in Freiheit. Aber sie arbeiten ausschließlich für die organisierten Gangsterbanden, entweder hier in London oder in den anderen großen Städten. Der Super sagt, daß keiner von ihnen für einen Attentatsjob gegen einen Politiker auf Staatsbesuch in Betracht kommt. Auch er schlägt vor, daß Sie sich an Special Branch wenden, Sir.«
»Gut, John, ich danke Ihnen. Das ist alles, was ich wissen wollte.«
Als der Assistent das Zimmer verlassen hatte, holte Mallinson das angefangene Memorandum aus der Schreibtischlade und spannte es nochmals in die Maschine ein.
Auf den freigebliebenen unteren Teil schrieb er: »Das Zentralarchiv meldete auf Anfrage, daß keine Akten oder Unterlagen vorhanden seien, die der von Kommissar Lebel übermittelten Beschreibung des Tätertyps entsprechen. Daraufhin wurde das Ermittlungsersuchen an den Leiter des Sicherheitsdienstes weitergereicht.«
Er unterschrieb das Memorandum und steckte das Original in einen Umschlag, den er an den Commissioner adressierte. Eine Kopie legte er im Geheimkorrespondenz-Ordner ab, den er wieder im Safe einschloß. Die zweite Kopie steckte er in die Innentasche seines Jacketts.
Auf den Notizblock, der auf seinem Schreibtisch lag, kritzelte er eine Nachricht, die folgenden Wortlaut hatte:
»An: Kommissar Claude Lebel, Stellvertretender Generaldirektor, Police Judiciaire, Paris.

Von: Assistant Commissioner Anthony Mallinson, A.C. Crime, Scotland Yard, London.
Meldung: Auf ihre anfrage in hiesigem zentralarchiv erfolgte durchsicht einschlägiger kriminalakten ergab keinerlei anhalt für derartige uns bekannte person stop ansuchen wurde sicherheitsdienst zu weiterer ermittlung zugeleitet stop mallinson.
Datum: 12. 8. 63.«
Es war gerade halb eins durch. Er nahm den Hörer auf, wartete, bis die Vermittlung sich meldete, und ließ sich mit Assistant Commissioner Dixon, dem Leiter des Sicherheitsdienstes, verbinden.
»Hallo, Alec? Tony Mallinson. Können Sie eine Minute für mich erübrigen? Würde ich sehr gern, aber es geht nicht. Werde ich meinen Lunch auf ein Sandwich reduzieren müssen. Ist mal wieder einiges los hier. Nein, ich wollte Sie nur kurz gesprochen haben, bevor Sie gehen. Gut, ich komme gleich hinauf.«
Auf seinem Weg durch das Vorzimmer legte er seinem Assistenten das an den Commissioner adressierte Kuvert auf den Tisch.
»Ich gehe nur rasch zu Dixon 'rauf. Schicken Sie das hier bitte an das Büro des Commissioner, John. Persönlich. Und sehen Sie zu, daß diese Meldung so bald wie möglich abgeht. Am besten, Sie tippen sie selbst ab.«
»Yessir.« Mallinson schaute dem Assistenten, der seinen Bericht an Lebel las, über die Schulter.
»John . . .«
»Sir?«
»Reden Sie bitte nicht darüber.«
»Nein, Sir.«
»Mit niemandem.«
»Kein Wort, Sir.«
Mallinson lächelte ihm kurz zu und verließ das Büro. Sein Assistent las die für Lebel bestimmte Nachricht ein zweites Mal, dachte an die Erkundigungen im Zentralarchiv, die er in Mallinsons Auftrag veranlaßt hatte, reimte sich den Rest selbst zusammen und wurde blaß.
Mallinson blieb zwanzig Minuten bei Dixon und brachte ihn auf diese Weise um seinen Lunch, den er im Klub hatte einnehmen wollen. Er überreichte dem Chef des Sicherheitsdienstes die zweite Kopie seines an den Commissioner gerichteten Memorandums. Im Begriff zu gehen, wandte er sich, die Hand schon auf der Türklinke, nochmals zu Dixon um.
»Entschuldigen Sie, Alec, aber diese Geschichte scheint mir wirk-

lich mehr auf Ihrem als auf unserem Gebiet zu liegen. Wenn Sie mich fragen, würde ich allerdings meinen, daß es hier bei uns vermutlich nichts und niemanden dieses Kalibers gibt und es daher mit einer gründlichen Durchsicht der Akten getan sein dürfte. Geben Sie Lebel so oder so bitte möglichst rasch Bescheid. Ich muß sagen, daß ich ihn um diesen Job wahrhaftig nicht beneide.«

Assistant Commissioner Dixon vom Special Branch, zu dessen Aufgaben es unter anderem gehörte, alle Sonderlinge und Psychopathen – von den unzähligen verbittert im englischen Exil lebenden Ausländern ganz zu schweigen –, denen es einfallen mochte, einen auf Staatsbesuch in Großbritannien weilenden ausländischen Politiker umbringen zu wollen, sicherheitsdienstlich zu überwachen, empfand die Unmöglichkeit dessen, was von Lebel erwartet wurde, sogar noch krasser. Einheimische und durchreisende Politiker vor Fanatikern und Verrückten zu schützen, war schon schwierig genug. Das eigene Staatsoberhaupt als Objekt wiederholter Attentatsversuche zu wissen, die von einer Organisation kampferprobter Ex-Soldaten geplant und ausgeführt wurden, war weit schlimmer. Und doch hatten die Franzosen es geschafft, mit der OAS fertig zu werden, und als Fachmann zollte ihnen Dixon dafür hohen Respekt. Aber das Engagement eines ausländischen Killers war eine andere Sache. Einen Vorteil freilich brachte sie, von Dixons Standpunkt aus gesehen, dennoch mit sich: Sie engte den Kreis möglicher Täter so weit ein, daß sich seine Vermutung, in den Dossiers des Sicherheitsdienstes gäbe es keinen Engländer vom Kaliber des gesuchten Mannes, als zutreffend erweisen mußte.

Als Mallinson gegangen war, las Dixon die Kopie des Memorandums. Dann bestellte er seinen persönlichen Assistenten zu sich.
»Rufen Sie bitte Kriminal-Superintendent Thomas an und sagen Sie ihm, daß ich ihn um –« er warf einen Blick auf seine Armbanduhr und überschlug rasch, wieviel Zeit die Einnahme einer verspäteten Mittagsmahlzeit in Anspruch nehmen würde – »Punkt zwei Uhr gern hier in meinem Büro sprechen möchte.«

Kurz nach zwölf Uhr landete der Schakal auf dem Brüsseler National-Flughafen. Er deponierte seine drei Koffer in einem Schließfach des Flughafengebäudes und nahm lediglich die Reisetasche, die außer seinen Toilettenartikeln den Gips, die Wattepackungen und Binden enthielt, mit in die Stadt. Am Hauptbahnhof entlohnte er den Taxifahrer und ging zur Gepäckaufbewahrung. Der Fiberkoffer mit dem Gewehr stand noch immer auf dem Regal, auf das der Schakal den Mann hinter dem Tresen ihn vor einer Woche hatte stellen sehen. Er wies den Gepäckschein vor und bekam den Koffer ausgehändigt.

Unweit des Bahnhofs fand er ein schmuddeliges kleines Hotel von der Sorte, wie sie auf der ganzen Welt in der näheren Umgebung von Hauptbahnhöfen anzutreffen sind. Er mietete ein Einzelzimmer für die Nacht, zahlte den geforderten Preis mit dem belgischen Geld, das er am Flughafen eingewechselt hatte, im voraus und trug den Koffer selbst in sein Zimmer hinauf. Nachdem er die Tür abgeschlossen hatte, ließ er das Waschbecken vollaufen, legte Gipstüten und Bandagen bereit und machte sich an die Arbeit.

Es dauerte länger als zwei Stunden, bis der Gipsverband getrocknet war. Den schweren, unförmigen Fuß hochgelegt, saß er die Zeit ab, rauchte seine Filterzigaretten und blickte auf das Gewirr rußiger Dächer hinaus, das die Aussicht, die sich vom Fenster seines Zimmers aus bot, beherrschte. Dann und wann prüfte er mit dem Daumen, ob der Gips schon hart geworden war, und beschloß jedesmal, noch ein wenig länger zu warten, bevor er mit dem verbundenen Fuß auftrat.

Der Fiberkoffer, der das Gewehr enthalten hatte, war geleert. Die restlichen Bandagen packte er für den Fall, daß sich die Notwendigkeit etwaiger Ausbesserungen ergab, zusammen mit dem übriggebliebenen Gipspulver in die Reisetasche. Als er schließlich zum Aufbruch bereit war, schob er den billigen Koffer unter das Bett, überprüfte das Zimmer nochmals auf irgendwelche verräterischen Spuren, die er zurückgelassen haben mochte, schüttete den Inhalt des Aschenbechers aus dem Fenster und trat auf den Gang hinaus.

Er stellte fest, daß der Gipsverband ihn ohnehin zwang, auf durchaus glaubwürdige Weise zu humpeln, und ihn damit aller diesbezüglichen Sorge enthob. Am Fuß der Treppe angekommen, bemerkte er erleichtert, daß der schmierige, verschlafen aussehende Portier sich nicht in seiner Loge, sondern offenbar in dem dahinter befindlichen Raum aufhielt, dessen mit einer Milchglasscheibe versehene Tür offenstand.

Nachdem er sich mit einem raschen Blick zur Haustür vergewissert hatte, daß nicht ausgerechnet in diesem Augenblick jemand hereinkam, steckte der Schakal seinen Arm durch den Griff seiner Reisetasche, ließ sich auf alle viere nieder und kroch rasch über den gekachelten Boden zum Ausgang. Wegen der sommerlichen Hitze stand die Haustür offen, und auf der obersten der drei Stufen, die

auf die Straße hinausführten, konnte sich der Schakal wieder aufrichten, ohne in das Blickfeld des Portiers zu geraten.
Er humpelte mühsam die Stufen hinunter und die Straße entlang bis zur nächsten Ecke, an der sie eine Hauptverkehrsstraße kreuzte. Innerhalb einer halben Minute hatte ihn der Taxifahrer erspäht, der ihn zum Flughafen zurückbrachte.
Dort meldete er sich am Alitalia-Schalter und wies seinen Paß vor. Das Mädchen lächelte freundlich.
»Schauen Sie doch bitte nach, ob Sie ein auf den Namen Duggan ausgestelltes Ticket nach Mailand vorliegen haben, das vor zwei Tagen von London aus gebucht wurde«, sagte er.
Sie sah die Liste mit den Buchungen für die Nachmittagsmaschine nach Mailand durch, die in anderthalb Stunden startete.
»Stimmt«, sagte sie strahlend. »Mister Duggan. Das Ticket ist gebucht, aber noch nicht bezahlt. Wollen Sie das gleich erledigen?«
Der Schakal zahlte wiederum bar, erhielt sein Ticket und wurde darauf hingewiesen, daß der Flug in einer Stunde abgerufen werden würde. Mit Hilfe eines Gepäckträgers, der vom Gipsfuß des Schakals viel Aufhebens machte, holte er seine drei Koffer aus dem Schließfach und gab sie bei der Gepäckaufnahme der Alitalia ab. Nachdem er die Paßkontrolle passiert hatte, verbrachte er die bis zum Start verbleibende Zeit damit, in dem an die Abflughalle angrenzenden Restaurant ein spätes Mittagessen einzunehmen.
Eine Bodenhosteß half ihm beim Einsteigen in den Bus, der die Fluggäste zur Maschine beförderte, und als er unter allseitigen Bekundungen der Besorgnis und des Mitgefühls die Treppe erklommen hatte, wurde er von der charmanten italienischen Stewardeß mit einem besonders herzlichen Lächeln belohnt und zu einem unmittelbar hinter dem Cockpit befindlichen Platz geleitet, der es ihm erlaubte, das Bein mit dem Gipsverband bequem auszustrecken. Die mitfliegenden Passagiere waren ungemein bemüht, beim Betreten der Kabine nicht gegen seinen in Gips gelegten Fuß zu treten, während der Schakal sich im Sitz zurücklehnte und tapfer lächelte.
Um 16 Uhr 15 hob die Maschine von der Startbahn ab und erreichte bald die für ihren Nonstopflug nach Mailand vorgesehene Reiseflughöhe.

Als Superintendent Bryn Thomas gegen 15 Uhr das Büro des Assistant Commissioner verließ, fühlte er sich schlechtweg hundsmiserabel. Auch wenn seine Sommererkältung nicht die schwerste und hartnäckigste gewesen wäre, die ihn jemals geplagt hatte,

würde ihm der Auftrag, der ihm soeben aufgehalst worden war, den Tag gründlich verdorben haben.
Wie immer am Montag war der Vormittag verheerend gewesen. Zunächst hatte er erfahren, daß einer seiner Leute von einem Mitglied der sowjetischen Handelsdelegation, das er hätte beschatten sollen, abgehängt worden war; und gegen Mittag hatte er eine interne Beschwerde von MI-5 erhalten, in der seine Abteilung höflich ersucht wurde, die Sowjetdelegation nicht länger zu behelligen – ein unmißverständlicher Hinweis darauf, daß MI-5 der Ansicht war, die ganze Angelegenheit solle besser ihnen überlassen bleiben. Der Montagnachmittag begann unter noch fataleren Vorzeichen. Es gibt kaum etwas, was einem Polizeibeamten, ob er nun dem Sicherheitsdienst angehört oder nicht, unheimlicher ist als das Gespenst des politischen Meuchelmörders. Aber bei dem Auftrag, den ihm sein Vorgesetzter soeben erteilt hatte, existierte noch nicht einmal ein Name, von dem er hätte ausgehen können.
Obschon die Liste der notorisch Verdächtigen alles andere als lang sein würde, machte ihre Aufstellung eine zeitraubende Überprüfung aller Karteikarten, Strafregister und Dossiers politischer Unruhestifter, Umstürzler, Konspiranten und – anders als bei der Kriminalpolizei – sogar solcher Personen erforderlich, die der vorerwähnten Tatbestände bloß verdächtig waren. Es gab nur einen einzigen Lichtblick bei der ganzen Geschichte: Wie Dixon gesagt hatte, mußte der Mann als professioneller Killer auf seinem Spezialgebiet ein As und also nicht dem üblichen Kleinvieh zuzurechnen sein, das dem Sicherheitsdienst vor und während jedes Besuches eines ausländischen Staatsmannes das Leben zur Hölle macht.
Er rief zwei junge Kriminalinspektoren an, von denen er wußte, daß sie an einer kriminalwissenschaftlichen Studie arbeiteten, deren Dringlichkeitsstufe niedrig eingestuft war, und eröffnete ihnen, daß sie alles stehen- und liegenlassen und sich umgehend in seinem Büro einfinden sollten. Ihre Einweisung durch ihn fiel wesentlich kürzer aus als die, welche Dixon ihm hatte zuteil werden lassen. Er beschränkte sich darauf, ihnen lediglich zu erklären, wonach sie suchen sollten, aber nicht, warum. Die Vermutung der französischen Polizei, daß ein solcher Mann es darauf abgesehen haben könnte, General de Gaulle umzubringen, brauchte nicht unbedingt mit der Durchsicht der Archive und Dossiers von Scotland Yards Sicherheitsdienst in Verbindung gebracht zu werden.
Die drei Männer räumten alle Papiere und Akten von den Tischen und gingen an ihre Arbeit.

Kurz nach 18 Uhr setzte die Maschine des Schakals zur Zwischenlandung auf dem Mailänder Flughafen Linate an. Die Stewardeß war ihm beim Verlassen des Flugzeugs behilflich, und eine der Bodenhostessen geleitete ihn über das Vorfeld zum nahe gelegenen Flughafengebäude. Bei der Zollkontrolle machten sich dann mit Zinsen und Zinseszinsen die Mühen bezahlt, die er aufgewendet hatte, um die den Koffern entnommenen Einzelteile des Gewehrs zu einem vergleichsweise unverdächtigen Gerät zusammenzusetzen, wie es Gehbehinderten als Stütze zu dienen pflegt. Die Paßkontrolle war eine reine Formalität, aber als das Förderband zu laufen begann und die ersten Gepäckstücke vor den Zollbeamten abgestellt wurden, setzte das Risiko ein.

Der Schakal winkte einen Gepäckträger herbei, der die drei Koffer ergriff und sorgfältig ausgerichtet nebeneinanderstellte. Der Schakal setzte seine als Handgepäck mitgeführte Reisetasche ab, humpelte schwerfällig zu einer Bank hinüber und nahm Platz. Einer der Zollbeamten trat auf ihn zu.

»*Signor*, ist dies das gesamte Gepäck, das Sie bei sich haben?«
»Äh, ja. Die drei Koffer und die kleine Reisetasche.«
»Haben Sie etwas zu deklarieren?«
»Nein, nichts.«
»Sie sind auf Geschäftsreise, *signor?*«
»Nein, ich wollte eigentlich Ferien machen. Aber es scheint, daß der Urlaub zum großen Teil für die Genesung draufgehen wird. Ich möchte aber unbedingt an die Seen reisen.«

Der Zollbeamte blieb ungerührt.
»Kann ich bitte Ihren Paß sehen, *signor?*«
Der Schakal reichte ihn dem Italiener, der ihn aufmerksam durchblätterte und dann wortlos zurückgab.
»Bitte öffnen Sie diesen hier.«

Er deutete auf einen der beiden größeren Koffer. Der Schakal holte seinen Schlüsselring aus der Tasche und schloß ihn auf. Der Gepäckträger hatte den Koffer zuvor flach hingelegt, um dem gehbehinderten Fluggast behilflich zu sein. Glücklicherweise war es der Koffer, der die Kleidungsstücke für den fiktiven dänischen Geistlichen und den amerikanischen Studenten enthielt. Der Zollbeamte schenkte dem dunkelgrauen Anzug, weißen Hemd, Unterzeug und schwarzen Schuhwerk wie auch der Windjacke, den Blue jeans, Sneakers und Socken, die er lüpfte, keine Beachtung. Das dänische Buch interessierte ihn ebenfalls nicht. Den Umschlag zierte ein Farbfoto von Notre-Dame, und der dänische Titel unterschied sich von der entsprechenden englischen Schreibweise zuwenig, als daß es dem Zollbeamten aufgefallen wäre. Er entdeckte auch nicht den sorgfältig vernähten Schlitz im Kofferfutter, das die falschen Papiere enthielt. Eine eingehendere Überprüfung hätte sie mit Sicherheit zutage gefördert, aber es handelte sich nur um die übliche flüchtige Kontrolle, die erst dann verschärft worden wäre, wenn der Zollbeamte irgend etwas gefunden hätte, was sein Mißtrauen weckte. Die vollzähligen Einzelteile eines zusammensetzbaren Scharfschützengewehrs befanden sich einen knappen Meter von ihm entfernt, auf der anderen Seite des Tresens, aber er schöpfte keinen Verdacht. Er drückte den Kofferdeckel zu und bedeutete dem Schakal mit einer Geste, daß er ihn wieder schließen könne. Dann versah er alle vier Gepäckstücke mit einem raschen Kreidestrich und lächelte nach getaner Arbeit dem Engländer freundlich zu.

»*Grazie, signor.* Ich wünsche recht gute Erholung!«

Der Gepäckträger winkte ein Taxi herbei. Er wurde mit einem großzügigen Trinkgeld belohnt, und wenig später fuhr der Taxichauffeuer den Schakal in raschem Tempo in die Mailänder Innenstadt. Um diese Stunde, zu der sich das Heer der Büroangestellten zur Heimfahrt rüstete, erreichte der Lärm des Straßenverkehrs seinen absoluten Höhepunkt. Der Schakal bat den Taxifahrer, ihn am Hauptbahnhof abzusetzen.

Dort nahm er sich wiederum einen Dienstmann und humpelte ihm zur Gepäckaufbewahrungsstelle nach. Im Taxi hatte er die Stahlschere aus der Reisetasche geholt und in seine Jackentasche gesteckt. Die Reisetasche und zwei Koffer gab er bei der Gepäckaufbewahrung ab, den dritten, den die Kleidungsstücke – darunter der für André Martin vorgesehene französische Militärmantel und die anderen Sachen – keineswegs gänzlich füllten, behielt er.

Nachdem er den Gepäckträger entlohnt hatte, humpelte er zur Bedürfnisanstalt für Männer hinüber, wo er feststellen mußte, daß in der langen Reihe von Waschbecken nur eines in Betrieb war. Er stellte den Koffer ab und wusch sich umständlich die Hände, bis der einzige andere Benutzer die Bedürfnisanstalt verlassen hatte. Der Schakal schloß sich rasch auf einem der Klosetts ein, stellte den Fuß auf den Toilettensitz und säbelte zehn Minuten lang an dem Gipsverband herum, bis dieser aufbrach und die darunter befindlichen Wattelagen sichtbar wurden, die dem Fuß die verdickte Form eines in Gips gelegten Gelenkbruchs verliehen hatten.

Als die letzten Gipsreste von seinem Fuß entfernt waren, zog er sich die seidene Socke und den leichten Mokassin an, den er mit Leukoplaststreifen an der Innenseite seiner Wade befestigt hatte, solange der Fuß in Gips gewesen war. Er sammelte die umherliegenden Wattelagen und Gipsreste auf und warf sie in das Klosettbecken. Nach zweimaligem Abziehen war alles weggespült.
Dann legte er den Koffer auf den Klosettsitz und bettete das Bündel leichter Stahlröhren, in denen sich das Gewehr befand, in die Falten des Militärmantels. Er zog die Innengurte fest, um zu verhindern, daß der Kofferinhalt durcheinandergeschüttelt wurde, und schloß den Deckel. Ein Blick durch die vorsichtig geöffnete Tür zeigte ihm, daß zwei Männer an den Waschbecken standen und zwei weitere an den anderen Becken. Der Schakal verließ das Klosett, wandte sich nach rechts zur Tür und war die Stufen zur Bahnhofshalle schon hinaufgeeilt, bevor noch einer der Männer ihn auch nur bemerkt hatte.
Da er sich der Gepäckaufbewahrungsstelle nicht als sportlich-elastischer, gesunder Mann präsentieren konnte, nachdem er sie erst vor kurzem als Krüppel verlassen hatte, winkte er einen Dienstmann heran, erklärte ihm, er sei in großer Eile und müsse so rasch wie möglich Geld umwechseln, seine Koffer abholen und ein Taxi bestellen. Er drückte dem Mann seinen Gepäckschein nebst einer Tausendlirenote in die Hand und deutete zur Gepäckaufbewahrungsstelle hinüber. Er selbst, erklärte er, werde in der Wechselstube zu finden sein, wo er seine englischen Pfunde in Lire umzutauschen gedenke.
Der Italiener nickte glücklich und machte sich auf den Weg, um das Gepäck abzuholen. Der Schakal ließ sich den Gegenwert der letzten 20 Pfund, die ihm verblieben waren, in italienischer Währung auszahlen und hatte das Bündel knisternder großer Scheine gerade eingesteckt, als der Träger mit den restlichen drei Gepäckstücken zurückkehrte. Zwei Minuten später saß er bereits in einem Taxi, das die Piazza Duca d'Aosta in lebensgefährlichem Tempo überquerte, um ihn zum Hotel Continentale zu befördern.
In der pompösen Hotelhalle wandte er sich an den Empfangschef.
»Haben Sie das Zimmer für Duggan reservieren lassen, das vor zwei Tagen telefonisch von London aus bestellt wurde?«
Gegen 20 Uhr duschte und rasierte sich der Schakal in dem zu seinem Zimmer gehörenden Bad. Zwei seiner Koffer standen sorgsam verschlossen im Kleiderschrank, der dritte, der seine eigenen

Kleidungsstücke enthielt, lag geöffnet auf dem Bett, und der leichte navyblaue Sommeranzug, den er an diesem Abend tragen würde, hing an der Schranktür. Den taubengrauen Anzug hatte er dem Zimmerkellner zum Aufbügeln mitgegeben. Da der morgige Tag – der 13. August – anstrengend sein würde, nahm sich der Schakal vor, nach dem Dinner schon frühzeitig sein Zimmer aufzusuchen.

Dreizehntes Kapitel

»Nichts.«
Der zweite der beiden jungen Kriminalinspektoren, die in Bryn Thomas' Büro arbeiteten, schloß den Aktendeckel des letzten Dossiers, dessen Durchsicht ihm aufgetragen war, und blickte zu seinem Vorgesetzten hinüber.
Sein Kollege war mit seiner Arbeit ebenfalls fertiggeworden, und sein Resümee hatte genauso gelautet. Thomas selbst war fünf Minuten zuvor nach beendeter Durchsicht der Akten, die er sich seinerseits vorgenommen hatte, ans Fenster getreten und hatte seitdem auf den in der sinkenden Dämmerung vorbeiflutenden Verkehr hinuntergestarrt. Im Gegensatz zu Assistant Commissioner Mallinson hatte er kein Zimmer mit Ausblick auf den Fluß, sondern nur ein im ersten Stock gelegenes mit Blick auf den Automobilverkehr, der unaufhörlich die Horseferry Road hinabströmte.
Er fühlte sich halb tot. Seine Kehle war rauh und wund von den vielen Zigaretten, die er bei seiner Erkältung nicht hätte rauchen sollen, aber nicht aufgeben konnte, und schon gar nicht dann, wenn er unter Hochdruck arbeitete.
Den ganzen Nachmittag über hatte er ständig telefoniert, weil sich wieder und wieder die Notwendigkeit zu Rückfragen über die in den Berichten und Akten auftauchenden Namen ergab. Jedesmal war die Auskunft negativ gewesen. Entweder lag ein vollständiges Dossier über den Betreffenden vor, oder er hatte ganz einfach nicht das Kaliber, sich auf eine Unternehmung wie die Ermordung des französischen Präsidenten einzulassen.
»Also gut, Schluß«, sagte er und wandte sich vom Fenster ab. »Wir haben alles getan, was wir tun konnten. Eine Person, die den in der Nachfrage gemachten Angaben entspricht, gibt es ganz einfach nicht.«

»Warum sollte es keinen Engländer geben, der auf diesem Gebiet arbeitet«, meinte einer der Inspektoren. »Aber wir haben ihn nicht in unseren Akten.«
»Hören Sie mal, wir haben sie allesamt in unseren Akten«, knurrte Thomas. Der Gedanke, daß es in seinem Herrschaftsbereich einen professionellen Killer geben könnte, der nicht irgendwo aktenkundig geworden sein sollte, war wenig geeignet, ihn zu erheitern, und infolge der Erkältung und der Kopfschmerzen war seine Laune ohnehin nicht die beste. Immer, wenn er sich gereizt fühlte, machte sich sein walisischer Akzent stärker bemerkbar. In den dreißig Jahren, die er fernab der heimatlichen Täler verbracht hatte, war er ihn nie gänzlich losgeworden.
»Schließlich ist ein politischer Killer ein extrem seltener Vogel«, bemerkte der andere Inspektor. »Hier bei uns existiert so was vermutlich gar nicht. Es verstößt ganz einfach zu sehr gegen den guten englischen Geschmack.«
Thomas sah ihn mißtrauisch an. Er zog das Wort »britisch« als Bezeichnung für die Bewohner des Vereinigten Königreichs vor und vermutete, daß der Inspektor mit dem Gebrauch des Wortes »englisch« womöglich hatte andeuten wollen, die Waliser, Schotten oder Iren könnten sehr wohl einen solchen Mann hervorgebracht haben. Aber natürlich war nichts dergleichen beabsichtigt gewesen.
»Nun, dann schaffen Sie die Akten jetzt wieder in die Registratur zurück. Ich werde melden, daß eine gründliche Suche keinen in Betracht kommenden möglichen Täter zutage gefördert hat. Mehr können wir nicht tun.«
»Von wem kam denn die Anfrage, Super?«
»Darüber würde ich mir an Ihrer Stelle nicht den Kopf zerbrechen, mein Junge. Es scheint, daß jemand in Schwierigkeiten ist, aber es sind, Gott sei Dank, nicht unsere.«
Die beiden jüngeren Männer hatten das gesichtete Material eingesammelt und schickten sich an, es in die Zentralkartei zurückzutragen. Beide wurden zu Hause von ihren Frauen erwartet, und einer von ihnen sollte dieser Tage Familienvater werden. Er war bereits an der Tür. Der andere wandte sich mit nachdenklich gerunzelter Stirn um.
»Super, ich habe mir etwas durch den Kopf gehen lassen, während ich die Akten überprüfte. Wenn tatsächlich ein solcher Mann existiert und dieser Mann britischer Staatsbürger sein sollte, wird er doch sowieso nicht hier operieren. Ich meine, selbst ein Mann wie

er muß irgendwo eine Basis haben. Eine Art Buen Retiro, wo er sich sicher fühlen kann. Wahrscheinlich gilt er in seinem Land als ehrbarer Bürger.«
»Worauf wollen Sie hinaus, auf eine Art Dr. Jekyll und Mr. Hyde?«
»So ungefähr, ja. Ich meine, wenn es einen professionellen Killer des Typs gibt, den wir zu ermitteln versucht haben, und er so viel Format hat, daß irgendwer sich veranlaßt sah, Nachforschungen von diesem Ausmaß in Gang zu setzen, die jemand von Ihrem Dienstrang leitet, dann muß der gesuchte Mann schon ein As sein. Und wenn er das ist, auf seinem Gebiet, meine ich, muß er auch schon ein paar Aufträge dieser Art ausgeführt haben. Sonst wäre es mit seiner Reputation ja nicht weit her, oder?«
»Reden Sie weiter«, sagte Thomas, der ihm aufmerksam zugehört hatte.
»Nun ja, ich dachte nur, daß so ein Mann wahrscheinlich nur außerhalb seines Landes operiert. Solange alles nach Plan verläuft, würde er also die Aufmerksamkeit der internen Sicherungskräfte gar nicht auf sich ziehen. Vielleicht, daß der Geheimdienst irgendwann einmal von ihm Wind bekommen hat...«
Thomas erwog die Theorie des jungen Inspektors und schüttelte dann den Kopf.
»Denken Sie nicht weiter darüber nach und gehen Sie jetzt nach Hause, mein Junge. Ich schreibe den Bericht. Und vergessen Sie, daß wir jemals Nachforschungen angestellt haben.«
Aber als sich der Inspektor verabschiedet hatte, ging Thomas die Idee, die ihm vorgetragen worden war, noch längere Zeit im Kopf herum. Er hätte sich jetzt hinsetzen und seinen Bericht schreiben können. Aber angenommen, an der Geschichte war doch etwas dran? Angenommen, die Franzosen hatten nicht, wie Thomas vermutete, wegen eines bloßen Gerüchts, das die Sicherheit ihres über alles geliebten Präsidenten betraf, den Kopf verloren? Wenn sie tatsächlich so wenig Anhaltspunkte hatten, wie sie behaupteten, und wenn es keinen Hinweis darauf gab, daß der Mann ein Engländer war, dann mußten sie in der ganzen Welt Erkundigungen dieser Art und dieses Umfangs anstellen lassen. Die Wahrscheinlichkeit sprach dafür, daß gar kein solcher Killer existierte, und wenn, daß er aus einem jener Länder kam, in denen der politische Mord eine alte Tradition hatte. Aber was wäre, wenn sich die Vermutungen der Franzosen als zutreffend erwiesen? Und sich herausstellte, daß der Mann die britische Staatsangehörigkeit besaß?

Thomas war ungemein stolz auf den Ruf, den Scotland Yard – und insbesondere der Sicherheitsdienst des Yard – genoß. Schwierigkeiten von der Art, wie sie jetzt aufgetaucht waren, hatte es niemals gegeben. Kein einziges Mal hatten sie einen in England zu Besuch weilenden ausländischen Würdenträger aus den Augen verloren und nie auch nur die Andeutung eines Skandals zu befürchten gehabt. Um den verhaßten kleinen Russen Iwan Serow, den Leiter des KGB, hatte er sich selbst gekümmert, als er im Zug der Vorbereitungen für den Chruschtschow-Besuch nach England gekommen war, und es hatte Tausende von Balten und Polen gegeben, die ihm an den Kragen wollten. Kein einziger Schuß war gefallen, obschon es von Serows Sicherheitsleuten, die eine Pistole bei sich trugen und entschlossen waren, sie gegebenenfalls auch zu benutzen, überall nur so wimmelte.

Superintendent Bryn Thomas hatte noch zwei Jahre abzudienen, bevor er sich pensionieren lassen und mit Meg in das von grünen Wiesen umgebene kleine Haus ziehen konnte, das er wegen seines Ausblicks auf den Bristol-Kanal gekauft hatte. Es war besser, auf Nummer Sicher zu gehen und alle Möglichkeiten in Betracht zu ziehen.

In seiner Jugend war Thomas ein ausgezeichneter Rugbyspieler gewesen, und mancher, der gegen Glamorgan gespielt hatte, erinnerte sich noch heute daran, wie wenig ratsam es gewesen war, am schwachbesetzten Flügel des gegnerischen Feldes vorbei einen Durchbruch zu versuchen, wenn Bryan Thomas im Sturm spielte. Er nahm auch jetzt noch regen Anteil an den Geschicken der London Welsh und fuhr, wann immer er die Zeit dazu fand, zum Old Deer Park nach Richmond hinaus, um sie spielen zu sehen. Er kannte alle Mitglieder der Mannschaft und saß nach dem Spiel meistens noch im Klubhaus mit ihnen zusammen.

Daß einer der Spieler zum Stab des Foreign Office gehörte, war den anderen Klubmitgliedern bekannt – mehr aber auch nicht. Thomas wußte, daß die zwar unter der Schirmherrschaft des Foreign Office stehende, ihm jedoch nicht angegliederte Abteilung, für die Barrie Lloyd arbeitete, der *Secret Intelligence Service* war, der gelegentlich SIS, manchmal auch einfach nur »The Service« – »der Dienst« – und in der Öffentlichkeit vielfach – fälschlich – MI-6 genannt wurde.

Er griff zum Telefon, das auf seinem Tisch stand, und verlangte eine Nummer ...

Die beiden Männer hatten sich zwischen 8 und 9 Uhr zu einem

Bier in einem unten am Fluß gelegenen Pub verabredet. Sie sprachen eine Weile vom Rugby, aber Lloyd konnte sich ausrechnen, daß der Mann vom Sicherheitsdienst des Yard ihn nicht in einem am Flußufer gelegenen Pub hatte treffen wollen, um mit ihm über ein Spiel zu reden, für das die Saison erst in zwei Monaten begann. Als sie ihr Bier bekommen und einander mit »Cheers« zugeprostet hatten, deutete Thomas mit einem Kopfnicken auf die Terrasse hinaus, die zum Kai hinunterführte. Es war ruhiger draußen, denn die jungen Leute aus Chelsea und Fulham hatten größtenteils ihre Gläser geleert und waren im Begriff, zum Dinner aufzubrechen.
»Habe da übrigens so eine Art Problem, wissen Sie«, begann Thomas. »Dachte, daß Sie mir vielleicht ein bißchen weiterhelfen könnten.«
»Wenn ich kann –« sagte Lloyd.
Thomas berichtete ihm von dem Ansuchen aus Paris und der Ergebnislosigkeit aller bisherigen kriminalpolizeilichen und sicherheitsdienstlichen Nachforschungen.
»Mir ist nun der Gedanke gekommen, daß dieser Mann, falls er ein Brite sein sollte, es sich womöglich zum Geschäftsprinzip gemacht haben könnte, sich in England nicht die Hände schmutzig zu machen, sondern grundsätzlich nur im Ausland zu operieren. Wenn er überhaupt je Spuren zurückgelassen hat, könnten sie nur dem Dienst zur Kenntnis gelangt sein.«
»Dem Dienst?« fragte Lloyd befremdet.
»Aber nun tun Sie doch nicht so, Barry. Wir erfahren zwangsläufig so einiges.« Seine Stimme war kaum lauter als ein Flüstern. »Während der Blake-Untersuchung mußten wir eine Menge Aktenmaterial zur Verfügung stellen. Viele Leute vom Foreign Office haben damals Einblick in das bekommen, was die Brüder in Wirklichkeit vorhatten. Ihre Personalakte war auch dabei, denn Sie waren zu der Zeit, in der er in Verdacht geriet, in seiner Sektion. Daher weiß ich, für welche Abteilung Sie arbeiten.«
»Ich verstehe«, sagte Lloyd.
»Hören Sie, im Klub kennt man mich zwar nur als Bryn Thomas. Aber Sie wissen immerhin, daß ich Superintendent vom Sicherheitsdienst beim Yard bin. Schließlich können wir nicht ausnahmslos alle für jeden von uns anonym bleiben, stimmt's?«
Lloyd starrte in sein Bierglas.
»Ist das hier ein offizielles Ersuchen um Informationen?«
»Nein, das kann ich noch nicht stellen. Das französische Ansuchen war inoffiziell. Es stammt von Lebel und erging an Mallinson.

Weil er im Zentralarchiv nichts finden konnte, antwortete er, daß er nicht helfen könne. Aber er hat sich auch mit Dixon unterhalten, der mich dann bat, eine rasche Überprüfung vorzunehmen. Alles ganz inoffiziell und diskret, verstehen Sie? Gewisse Dinge können eben nur so behandelt werden. Sehr heikle Geschichte, das. Die Presse darf unter keinen Umständen davon Wind bekommen. Höchstwahrscheinlich gibt es hier bei uns in Großbritannien überhaupt nichts, was für Lebel von Interesse sein könnte. Ich wollte nur auf Nummer Sicher gehen und alle Möglichkeiten ausschöpfen. Sie waren die letzte.«

»Dieser Mann soll es auf de Gaulle abgesehen haben?«

»Der ganzen Art des Ansuchens nach zu urteilen, zweifellos. Aber die Franzosen sind, was das betrifft, außerordentlich vorsichtig. Sie wollen jedes Aufsehen vermeiden.«

»Offenbar. Aber warum wenden sie sich nicht direkt an uns?«

»Das Ersuchen um Nennung von Namen ist über den ›Old-Boy‹-Draht gekommen, von Lebel direkt an Mallinson. Vielleicht hat der französische Geheimdienst keinen ›Old-Boy‹-Draht zu Ihrer Abteilung.«

Wenn Lloyd die Anspielung auf die notorisch schlechten Beziehungen zwischen dem SDECE und dem SIS nicht entgangen war, so ließ er es sich jedenfalls nicht anmerken.

»Merkwürdig«, sagte Lloyd und blickte nachdenklich auf den Fluß hinaus. »Sie erinnern sich doch noch an den Fall Philby?«

»Selbstverständlich.«

»Das Thema ist in unserer Sektion immer noch tabu«, fuhr Lloyd fort. »Im Januar 1961 ging er von Beirut aus rüber. Natürlich wurde die Geschichte erst später publik, aber die Sache verursachte damals ein Mordsspektakel im Service. Eine Menge Leute wurden versetzt. Mußte sein, denn er hatte den größten Teil unserer arabischen Sektionen und noch ein paar andere Leute dazu platzen lassen. Einer von denen, die ganz schnell ausgetauscht werden mußten, war unser Residenturchef in Westindien. Er war bis vor einem halben Jahr mit Philby zusammen in Beirut gewesen und dann nach Westindien versetzt worden.

Im gleichen Monat, es war im Januar, wurde Trujillo, der Diktator der Dominikanischen Republik, auf einer einsamen Landstraße unweit von Ciudad Trujillo ermordet. Den Berichten zufolge ist er von Partisanen umgebracht worden – er hatte viele Feinde. Unser Mann wurde damals nach London zurückgerufen, und wir arbeiteten eine Weile im gleichen Büro, bis man ihn dann wieder hinausschickte. Er erzählte mir von dem Gerücht, daß Trujillos Wagen durch einen einzigen Gewehrschuß gestoppt worden sei, den ein Scharfschütze abgegeben haben soll – aus hundertzwanzig Meter Entfernung. Durchschlug das kleine dreieckige Fenster neben dem Fahrersitz, das einzige, das nicht kugelsicher war. Der ganze Wagen war gepanzert. Der Schuß traf den Chauffeur in die Kehle, und er verlor sofort die Kontrolle über den Wagen. Das war der Augenblick, in dem die Partisanen in Aktion traten. Das Merkwürdige daran ist, daß das Gerücht besagte, der Schütze sei ein Engländer gewesen.«

Die beiden Männer starrten eine Weile schweigend auf die jetzt schon nachtdunkle Themse hinaus, während ihnen das Bild einer kargen, ausgedörrten Landschaft auf einer fernen, heißen Insel vor Augen stand, in der eine mit hundertzwanzig Stundenkilometern dahinfahrende gepanzerte Limousine von der asphaltierten Straße abkam... Sie stellten sich den alten Mann in der mit Goldlitzen reich bestickten hellbraunen Uniform vor, der sein Land dreißig Jahre lang mit eiserner Faust regiert hatte und jetzt aus den Trümmern des Wagens gezerrt wurde, um unter den Pistolenschüssen der Partisanen neben dem Straßenrand im Staub zu verenden.

»Dieser Mann, von dem das Gerücht wissen will – kennt man seinen Namen?«

»Keine Ahnung. Ich erinnere mich nicht. Wir hatten damals andere Dinge im Kopf, und ein karibischer Diktator war das letzte, worüber wir uns Gedanken machten.«

»Und dieser Kollege, der es Ihnen erzählte – hat er einen Bericht geschrieben?«

»Muß er wohl. Das entspricht der üblichen Praxis. Aber es war nur ein Gerücht, verstehen Sie. Nur ein Gerücht. Nichts, worauf man etwas hätte geben können. Wir befassen uns mit Fakten und stichhaltigen Informationen.«

»Aber aktenkundig wird es doch sicher geworden sein – irgendwo?«

»Ich nehme es an«, sagte Lloyd. »Niedrigste Dringlichkeitsstufe. Lediglich ein Gerücht, das damals da drüben in den Kneipen und Bars kursierte. Muß überhaupt nichts besagen.«

»Aber Sie könnten doch vielleicht rasch einen Blick in die alten Akten werfen und nachsehen, ob der Mann dort namentlich genannt ist?«

Lloyd trat von der Balustrade zurück.

»Sie fahren jetzt am besten nach Hause«, sagte er dem Superintendenten. »Falls ich auf irgend etwas stoßen sollte, was in dieser Sache von Interesse sein könnte, rufe ich Sie an.«
Sie kehrten in das Pub zurück, stellten ihre Biergläser ab und gingen zum Ausgang.
»Ich wäre Ihnen sehr dankbar«, sagte Thomas, als sie sich trennten. »Vermutlich werden sich keine Anhaltspunkte ergeben. Aber auch nur die leiseste Chance dazu scheint mir schon den Versuch wert zu sein.«

Während Thomas und Lloyd sich in dem an der Themse gelegenen Pub unterhielten und der Schakal in einem Dachgartenrestaurant in Mailand den Rest seiner Zabaglione auslöffelte, nahm Kommissar Claude Lebel in Paris an der im Konferenzraum des Innenministeriums stattfindenden Lagebesprechung teil.
Die Sitzordnung war die gleiche wie bei der vierundzwanzig Stunden zurückliegenden ersten Besprechung. Der Innenminister saß am oberen Ende des Tisches, an dessen Längsseiten die Abteilungsleiter Platz genommen hatten. Claude Lebel saß wieder am unteren Ende und hatte einen schmalen Aktenordner vor sich liegen. Mit einem freundlichen Nicken eröffnete der Minister die Sitzung.
Als erster sprach sein *chef de cabinet*. Im Laufe des gestrigen Tages und in der vergangenen Nacht, berichtete er, habe jeder Zollbeamte an jeder Grenzstation Frankreichs Anweisung erhalten, das Gepäck aller einreisenden hochgewachsenen blonden Ausländer männlichen Geschlechts gründlich zu durchsuchen. Pässe seien besonders eingehend zu überprüfen und von den DST-Beamten beim Zoll insbesondere auf etwaige Fälschungen zu untersuchen. (Der Leiter des DST nickte bekräftigend.) Touristen und Geschäftsleuten mochte die so plötzlich gesteigerte Wachsamkeit der Zollbehörden zwar auffallen, aber man hielt es doch für unwahrscheinlich, daß irgendeiner der Betroffenen, deren Gepäck in solcher Weise durchsucht worden war, dahinterkommen könnte, daß diese Maßnahme sich auf blonde, hochgewachsene Männer beschränkte. Sollten von seiten eines alerten Pressevertreters Erkundigungen angestellt werden, so habe die Erklärung zu lauten, daß es sich um routinemäßig vorgenommene Stichproben handle. Aber man bezweifelte, daß es überhaupt zu derartigen Anfragen kommen würde. Und noch etwas hatte Sanguinetti zu berichten. Es war der Vorschlag gemacht worden, die Möglichkeit zu erörtern, ob man

nicht einen der drei zur Zeit in Rom residierenden OAS-Chefs entführen solle. Aus diplomatischen Erwägungen heraus habe der Quai d'Orsay mit aller Entschiedenheit von einer solchen Idee abgeraten (allerdings war er auch nicht in die Schakal-Verschwörung eingeweiht worden) und werde darin vom Präsidenten (der die Hintergründe sehr wohl kannte) unterstützt. Als ein möglicher Ausweg aus dem Dilemma schied der Vorschlag daher aus.
General Guibaud erklärte, daß die inzwischen vorgenommene vollständige Überprüfung einschlägiger Akten des SDECE keinerlei Hinweise auf die Existenz eines außerhalb der OAS oder ihres Sympathisantenkreises selbständig operierenden politischen Killers ergeben habe.
Der Leiter der *Renseignements Généraux* erklärte, die Durchsicht relevanter Kriminalakten habe zum gleichen negativen Resultat geführt, und zwar nicht nur in Hinsicht auf französische Staatsbürger, sondern auch auf Ausländer, die jemals in Frankreich aktiv zu werden versucht hatten.
Als nächster erstattete der Chef der DST Bericht. Um 7 Uhr 30 am Morgen des gleichen Tages war ein Telefongespräch abgehört worden, das von einem in der Nähe der Gare du Nord befindlichen Postamt aus mit der Nummer des römischen Hotels, in welchem die drei OAS-Bosse sich aufhielten, geführt wurde. Seit sie sich dort vor acht Wochen eingemietet hatten, waren alle Bediensteten der internationalen Telefonauskunfts- und -vermittlungsstelle angewiesen, jedes mit dieser Nummer geführte Gespräch zu melden. Der betreffende Beamte, der an diesem Morgen den Dienst am Klappenschrank versah, hatte freilich die Verbindung bereits hergestellt gehabt, bevor er sich darüber klar wurde, daß es sich um die auf seiner Liste befindliche Nummer in Rom handelte. Immerhin brachte er die Geistesgegenwart auf, das Gespräch abzuhören. Die übermittelte Botschaft lautete: »Valmy an Poitiers. Der Schakal ist aufgeflogen. Kowalsky wurde geschnappt. Hat gesungen, bevor er starb. Ende.«
Ein paar Sekunden lang herrschte in dem Konferenzraum absolutes Schweigen.
»Wie haben Sie das herausbekommen?« ließ sich schließlich Lebels Stimme vom unteren Ende des Tisches her vernehmen. Mit Ausnahme von Oberst Rollands, der nachdenklich einen imaginären Punkt auf der ihm gegenüberliegenden Wand anstarrte, richteten alle den Blick auf den Kommissar.
»Verdammt«, sagte Rolland, noch immer auf die Wand starrend,

laut und vernehmlich. Die Blicke wanderten zum Chef des Aktionsdienstes hinüber.
»Marseille«, sagte der Oberst. »Um Kowalsky nach Marseille zu locken, haben wir einen Köder benutzt. Einen alten Freund namens Jo-Jo Grzybowski. Der Mann ist verheiratet und hat eine Tochter. Wir hielten sie alle drei in Schutzhaft, bis sich Kowalsky in unserer Hand befand. Dann erlaubten wir ihnen, nach Hause zurückzukehren. Was ich von Kowalsky wollte, waren lediglich Informationen über seine Chefs. Zu dem Zeitpunkt hatten wir von der Schakal-Verschwörung noch keine Kenntnis. Es bestand daher auch kein Grund, ihnen zu verheimlichen, daß wir Kowalsky gefaßt hatten. Seither hat sich die Situation freilich geändert. Es muß der Pole Jo-Jo gewesen sein, der den Agenten Valmy informiert hat. Tut mir leid.«
»Hat die DST Valmy auf dem Postamt erwischt?« fragte Lebel.
»Nein, infolge der Dummheit des Fernsprechbeamten verfehlten wir ihn um wenige Minuten«, erklärte der Leiter der DST.
»Also gleich eine Serie eklatanter Fehlschläge und Versäumnisse, wie mir scheint«, bemerkte Oberst Saint Clair beißend. Die Blicke, die sich auf ihn richteten, waren nicht gerade freundlich zu nennen.
»Wir tasten im dunkeln – nach einem unbekannten Gegner«, entgegnete General Guibaud. »Wenn es den Obersten drängen sollte, freiwillig die Leitung der Operation zu übernehmen – und selbstverständlich auch die Verantwortung...«
Der Oberst aus dem Elysée-Palast betrachtete angelegentlich die vor ihm liegenden Besprechungsunterlagen, als käme ihnen größere Bedeutung zu als der kaum verhüllten Drohung, die in der Bemerkung des Generals gelegen hatte. Aber er begriff, daß seine Äußerung nicht sonderlich klug gewesen war.
»In gewisser Weise«, gab der Minister zu bedenken, »ist es ebenso gut, wenn sie wissen, daß ihr gedungener Schütze aufgeflogen ist. Immerhin werden sie die Aktion jetzt doch wohl abblasen müssen?«
»Genau das«, sagte Saint Clair, darauf bedacht, wieder an Boden zu gewinnen. »Der Minister hat völlig recht. Die müßten ja verrückt sein, wenn sie jetzt noch weitermachen wollten. Sie werden den Mann zweifellos zurückpfeifen.«
»Er ist nicht wirklich aufgeflogen«, bemerkte Lebel, dessen Anwesenheit man ganz allgemein fast schon vergessen zu haben schien. »Wir kennen den Namen des Mannes noch immer nicht. Die Warnung mag ihn lediglich veranlaßt haben, für zusätzliche Absiche-

rungen zu sorgen, als da sind falsche Papiere, Tarnung durch maskenbildnerische Tricks und so weiter...«
Der Optimismus, den die Bemerkung des Ministers in der Tischrunde hervorgerufen hatte, verflüchtigte sich schlagartig. Roger Frey musterte den kleinen Kommissar respektvoll.
»Ich hielte es für angebracht, wenn wir jetzt Kommissar Lebels Bericht anhörten, meine Herren. Schließlich leitet er diese Ermittlungen, und wir sind hier, um ihm dabei behilflich zu sein, wo immer wir können.«
In dieser Weise dazu aufgefordert, zählte Lebel die Maßnahmen auf, die er seit dem vergangenen Abend eingeleitet hatte; erwähnte die wachsende Überzeugung, in der er sich durch die Überprüfung der einschlägigen französischen kriminalpolizeilichen und sicherheitsdienstlichen Unterlagen bestärkt fühlte, daß der Ausländer, wenn überhaupt, dann nur in irgendeinem anderen Land aktenkundig sein könne. Berichtete von seiner Forderung, durch kooperierende Polizeibehörden anderer Staaten Ermittlungen anstellen zu lassen, und stellte klar, daß die Genehmigung hierzu erteilt worden sei. Schilderte die Gespräche, die er über das Interpol-Netz mit den Polizeichefs sieben verschiedener Länder geführt hatte.
»Die Auskünfte trafen im Laufe des Tages ein«, faßte Lebel zusammen. »Sie lauteten wie folgt: Holland: Nichts. Italien: Mehrere kriminalpolizeilich erfaßte Killer, die auf Kontraktbasis arbeiten, allesamt jedoch ausschließlich im Auftrag der Mafia. Diskrete Rückfragen der Carabinieri beim Capo in Rom wurden mit der Versicherung beantwortet, daß kein Mafia-Killer jemals einen politischen Mord begehe, es sei denn auf Weisung, und daß die Mafia der Ermordung eines ausländischen Staatsmannes nie zustimmen würde.« Lebel blickte auf. »Ich persönlich neige zu der Annahme, daß dies vermutlich der Wahrheit entspricht.
Weiter. Großbritannien: Nichts. Allerdings ist die weitere Ermittlung einer anderen Abteilung – dem Sicherheitsdienst des Yard – übertragen worden.«
»Langsam wie immer«, murmelte Saint Clair halblaut. Lebel hörte die Bemerkung und blickte wiederum auf.
»Aber sehr gründlich, das muß man unseren englischen Freunden lassen. Unterschätzen Sie Scotland Yard nicht.« Er fuhr fort: »Amerika: Zwei Möglichkeiten. Einmal die rechte Hand eines von Miami aus operierenden Waffenhändlers. Der Mann war früher im US-Marine Corps und später CIA-Agent in Westindien. Wur-

de geschaßt, weil er kurz vor dem Desaster in der Schweinebucht einen kubanischen Anti-Castroisten in einem Streit getötet hat. Der Kubaner hätte bei dem Unternehmen eine Abteilung befehligen sollen. Der Amerikaner wurde dann von dem Waffenhändler engagiert, der zu den Leuten gehörte, mit deren inoffizieller Hilfe die CIA die Schweinebucht-Invasionsgruppe bewaffnet hatte. Man nimmt an, daß der Amerikaner für zwei ungeklärte Unfälle verantwortlich ist, denen unliebsame Konkurrenten seines Arbeitgebers zum Opfer fielen. Der Mann heißt Charles ›Chuck‹ Arnold. Das FBI ist jetzt dabei, seinen Aufentsthaltsort zu ermitteln.
Bei Marco Vitellino, dem zweiten Mann, den das FBI nannte, handelt es sich um einen ehemaligen persönlichen Leibwächter von Albert Anastasia, dem New Yorker Gangsterboß. Dieser Capo wurde 1957 in einem Friseurstuhl erschossen, und Vitellino flüchtete außer Landes, weil er um sein eigenes Leben fürchten mußte. Er ließ sich in Caracas, Venezuela, nieder und versuchte dort auf eigene Faust, wieder ins Geschäft zu kommen, jedoch ohne Erfolg. Die Unterwelt boykottierte ihn. Das FBI hält es für möglich, daß er sich, sofern er völlig mittellos sein sollte, bereit erklären könnte, einen ihm von einer ausländischen Organisation angetragenen Mordauftrag auszuführen, vorausgesetzt, das Honorarangebot ist hoch genug.«
Im Konferenzraum des Innenministeriums herrschte Totenstille. Die vierzehn anwesenden Männer waren Lebels Ausführungen gebannt gefolgt.
»Belgien: Eine Möglichkeit. Psychopathischer Mörder, früher im Stab Tschombés in Katanga. 1962 von den Truppen der Vereinten Nationen gefangengenommen und außer Landes verwiesen. Konnte wegen Mordanklage in zwei Fällen nicht nach Belgien zurückkehren. Ein gedungener Mordschütze, aber ein gerissener Kopf. Heißt Jules Béranger. Vermutlich ebenfalls nach Zentralamerika emigriert. Die belgische Polizei hat seinen gegenwärtigen Aufenthaltsort jedoch noch immer nicht zweifelsfrei ermitteln können.
Deutschland: Eine Möglichkeit. Hans-Dieter Kassel, ehemaliger SS-Führer, in zwei Ländern wegen Kriegsverbrechen verurteilt. Lebte nach dem Krieg unter angenommenem Namen in Westdeutschland und war für ODESSA, die Untergrundorganisation ehemaliger SS-Mitglieder, als Kontraktkiller tätig. Der Mittäterschaft an der Ermordung zweier sozialistischer Nachkriegspolitiker verdächtig, die auf eine Intensivierung der Ermittlungen gegen Kriegsverbrecher gedrängt hatten. Später als Kassel identifiziert,

aber dank eines Hinweises, der ihm von einem höheren Polizeibeamten, der daraufhin seinen Posten verlor, gegeben worden war, nach Spanien entkommen. Lebt jetzt vermutlich in Madrid.«
Lebel sah von seinen Papieren auf. »Übrigens scheint mir der Mann für diese Art von Job doch ein wenig zu alt zu sein. Er ist jetzt siebenundfünfzig.« Dann fuhr er fort. »Und schließlich Südafrika: Ein möglicher Täter. Professioneller Söldner. Name: Piet Schuyper. Ebenfalls einer von Tschombés Leuten. In Südafrika liegt offiziell nichts gegen ihn vor, aber er wird als unerwünscht erachtet. Ein Meisterschütze und ein ausgesprochener Spezialist für individuellen Mord. Wurde Anfang dieses Jahres nach dem Zusammenbruch der katangesischen Sezession aus dem Kongo abgeschoben. Hält sich vermutlich irgendwo in Westafrika auf. Die Südafrikaner ermitteln weiter.« Er hielt inne und blickte auf. Die vierzehn Männer, die um den Tisch herumsaßen, sahen ihn ihrerseits unverwandt an.
»Alles das«, meinte Lebel unzufrieden, »ist natürlich noch sehr vage. Einmal, weil ich es zunächst nur bei den sieben Ländern versucht habe, in denen der Schakal möglicherweise bereits aktenkundig geworden sein könnte. Aber selbstverständlich kann er auch Schweizer, Österreicher oder sonst irgend etwas sein. Drei von sieben Ländern meldeten, daß sie keine in Frage kommenden Täter zu nennen wüßten. Das mag eine Fehleinschätzung sein. Der Schakal könnte auch die italienische, die holländische oder die englische Staatsbürgerschaft besitzen. Ebensogut kann er ein Südafrikaner, Belgier, Deutscher oder Amerikaner sein, dessen kriminelle Tätigkeit den Polizeibehörden seines Landes bis dato nicht zur Kenntnis gelangt ist. Man weiß es nicht. Man tastet im dunkeln und kann nur hoffen, daß wir möglichst bald auf einen entscheidenden Hinweis stoßen.«
»Mit der bloßen Hoffnung ist uns nicht gedient«, bemerkte Saint Clair sarkastisch.
»Vielleicht hat der Oberst andere Vorschläge zu machen?« erkundigte sich Lebel höflich.
»Ich persönlich glaube ganz sicher, daß der Mann zurückgepfiffen worden ist«, erklärte Saint Clair eisig. »Es ist völlig ausgeschlossen, daß es ihm jetzt, nachdem seine Absicht bekannt ist, überhaupt noch gelingt, jemals nahe genug an den Präsidenten heranzukommen. Was auch immer Rodin und seine Gesinnungsgenossen diesem Schakal geboten haben mögen, sie werden ihr Geld zurückfordern und die Aktion abblasen.«

»Sie *glauben*, daß der Mann zurückgepfiffen wurde«, wandte Lebel ein, »aber Glauben ist vom Hoffen nicht so weit entfernt. Ich würde es vorziehen, die Ermittlungen zunächst fortzusetzen.«
»Wie steht es mit diesen Ermittlungen, Kommissar?« fragte der Minister.
»Die Polizeibehörden, die uns die erwähnten Namen nannten, haben mit der fernschriftlichen Übermittlung der vollständigen Dossiers bereits begonnen. Bis morgen mittag erwarte ich den letzten Bericht. Funkbilder der Betreffenden erhalten wir ebenfalls. Einige Polizeibehörden setzen ihre Nachforschungen zur Ermittlung der Verdächtigen mit Hochdruck fort, damit wir dann den Fall übernehmen können.«
»Meinen Sie, daß sie den Mund halten werden?« fragte Sanguinetti.
»Ich sehe keinen Grund, warum sie das nicht tun sollten«, entgegnete ihm Lebel. »Hunderte von vertraulichen Anfragen werden alljährlich an höhere Polizeibeamte der Interpol-Länder gerichtet, darunter nicht wenige über persönliche Kontakte und inoffizielle Drähte. Glücklicherweise sind sich ausnahmslos alle Länder ungeachtet ihrer politischen Orientierung in der Bekämpfung des Verbrechens einig. Mit Rivalitäten, wie sie die mit den internationalen Beziehungen befaßten diplomatischen und politischen Organe kennen, haben wir es daher nicht zu tun. Die Zusammenarbeit zwischen den Polizeibehörden ist ausgezeichnet.«
»Auch in der Bekämpfung politischer Verbrechen?« fragte Roger Frey.
»Für Polizisten, Herr Minister, bleibt ein Verbrechen ein Verbrechen. Das ist der Grund, weshalb ich lieber meine ausländischen Kollegen zu Rate ziehen wollte, statt meine Anfrage an die verschiedenen Auswärtigen Ämter zu richten. Zweifellos werden die Vorgesetzten meiner Kollegen darüber unterrichtet werden müssen, daß Nachforschungen angestellt wurden, aber sie haben keinerlei Veranlassung, das Vorgehen ihrer Untergebenen zu mißbilligen oder auch nur irgendein Aufhebens davon zu machen. In der ganzen Welt ist der politische Mörder ein Geächteter.«
»Aber wenn sie schon wissen, daß Ermittlungen angestellt wurden, werden sie sich auch ausrechnen können, worum es sich dreht, und die Gelegenheit wahrnehmen, sich insgeheim über unseren Präsidenten lustig zu machen«, rügte Saint Clair.
»Ich sehe nicht, warum sie das tun sollten«, erwiderte Lebel. »Eines Tages könnten sie selbst an der Reihe sein.«

»Sie wissen nichts von der Politik, wenn Ihnen nicht klar ist, daß manche Leute nur zu glücklich wären, wenn sie erführen, daß ein Killer es auf den Präsidenten der Republik abgesehen hat«, ereiferte sich Saint Clair. »Die öffentliche Kenntnis der Angelegenheit ist genau das, was der Präsident um jeden Preis vermieden wissen wollte.«
»Von öffentlicher Kenntnis kann gar keine Rede sein«, erwiderte Lebel. »Es ist im Gegenteil eine Kenntnis, die auf eine knappe Handvoll Männer beschränkt bleibt. Diese Männer sind in Geheimnisse eingeweiht, deren Preisgabe fünfzig Prozent aller Politiker ihres Landes ruinieren würde. Einige von ihnen kennen die geheimsten Einzelheiten der militärischen Einrichtungen, die Europas Sicherheit garantieren. Sie müssen sie kennen, um sie schützen zu können. Wenn sie nicht verschwiegen wären, würden sie nicht das Amt haben, das sie zum Teil seit Jahren bekleiden.«
»Wenn ein paar Leute wissen, daß wir nach einem Killer fahnden, so ist das immer noch besser, als daß wir ihnen Einladungen zum Begräbnis des Präsidenten schicken müssen«, knurrte Bouvier. »Zwei Jahre lang haben wir die OAS bekämpft. Die Instruktionen des Präsidenten gingen dahin, daß es über diese Dinge keine Schlagzeilen geben und nichts an die breite Öffentlichkeit gelangen dürfe.«
»Aber meine Herren«, schaltete sich der Minister ein, »das genügt jetzt. Ich war es, der Kommissar Lebel ermächtigt hat, mit den Leitern ausländischer Polizeibehörden in dieser Sache Fühlung aufzunehmen. Das geschah« –, er blickte zu Saint Clair hinüber –, »nach Rücksprache mit dem Präsidenten.«
Die allgemeine Belustigung über die Niederlage des Obersten war unverhohlen.
»Sonst noch etwas?« fragte Roger Frey.
Rolland hob die Hand.
»Wir unterhalten ein ständiges Büro in Madrid«, sagte er. »Es gibt eine Anzahl OAS-Flüchtlinge in Spanien, und deswegen haben wir es eingerichtet. Wir könnten über den Nazi Kassel Erkundigungen einziehen, ohne auf die Westdeutschen angewiesen zu sein. Soweit ich weiß, sind unsere Beziehungen zum Bonner Auswärtigen Amt noch immer nicht die allerbesten.«
Seine Anspielung auf die Argoud-Entführung und die daraus resultierende Verärgerung Bonns rief hier und dort ein amüsiertes Lächeln hervor. Frey sah Lebel fragend an.
»Danke«, sagte der Detektiv, »es wäre außerordentlich hilfreich,

wenn Sie den Mann lokalisieren könnten. Im übrigen kann ich alle Abteilungen nur bitten, mir weiterhin die Unterstützung zuteil werden zu lassen, die Sie mir schon während der vergangenen vierundzwanzig Stunden gewährten.«
»Dann also bis morgen, meine Herren«, sagte der Minister, nahm die vor ihm liegenden Papiere und erhob sich. Die Sitzung war beendet.
Draußen auf der Freitreppe atmete Lebel tief die milde Pariser Nachtluft ein. Die Kirchturmuhren schlugen zwölf und läuteten den neuen Tag ein. Es war Donnerstag, der 13. August.

Kurz nach Mitternacht rief Barrie Lloyd Superintendent Thomas in dessen Wohnung in Chiswick an. Thomas war gerade im Begriff gewesen, die Nachttischlampe auszuknipsen, und hatte angenommen, daß der SIS-Mann ihn am anderen Morgen anrufen würde.
»Ich habe den Durchschlag des Berichts gefunden, von dem wir sprachen«, sagte Lloyd. »In gewisser Weise hatte ich recht. Es handelt sich tatsächlich nur um einen Routinebericht über ein Gerücht, das damals auf der Insel umging. Erhielt, kaum daß er eingegangen war, den Vermerk: ›Keine Maßnahme erforderlich‹. Wie ich schon sagte, hatten wir zu der Zeit genügend andere Dinge um die Ohren.«
»Ist irgendein Name erwähnt worden?« fragte Thomas leise, um seine neben ihm liegende Frau nicht im Schlaf zu stören.
»Ja, ein gewisser Charles Calthrop, ein britischer Geschäftsmann, der etwa zu jenem Zeitpunkt verschwand. Er braucht mit der Geschichte nichts zu tun gehabt zu haben, aber das Gerücht bringt seinen Namen damit in Verbindung.«
»Danke, Barrie. Ich gehe der Sache gleich morgen früh nach.« Er legte den Hörer auf und knipste die Nachttischlampe aus.
Als gewissenhafter junger Mann verfaßte Lloyd eine kurze Notiz über das Ansuchen und seine Reaktion hierauf und sandte sie an die zentrale Verteilerstelle. In den frühen Morgenstunden überflog der diensttuende Beamte die Notiz und war einen Augenblick unschlüssig. Da sie Paris betraf, steckte er sie schließlich in den Umschlag, der für das Referat Frankreich des Foreign Office bestimmt war. Den Gepflogenheiten entsprechend, sollte der Umschlag noch im Laufe des Vormittags dem Leiter des Referats persönlich ausgehändigt werden.

Vierzehntes Kapitel

Der Schakal wurde wie immer gegen 7 Uhr 30 wach, trank den ihm ans Bett servierten Tee, wusch, duschte und rasierte sich. Als er angezogen war, holte er die 1000 Pfund aus dem aufgeschlitzten Kofferfutter hervor, steckte die gebündelten Scheine in die Innentasche seines Jacketts und begab sich ins Frühstückszimmer. Um 9 Uhr hatte er das Hotel verlassen und schlenderte, nach Banken Ausschau haltend, die Via Manzoni hinauf und hinunter. Zwei Stunden lang suchte er eine Bank nach der anderen auf und wechselte seine englischen Pfund ein. Zweihundert tauschte er in italienische Lire um, die restlichen achthundert in französische Francs. Gegen elf hatte er die gesamte Summe eingewechselt und nahm auf einer Caféterrasse Platz, um einen Espresso zu trinken. Anschließend begab er sich zum zweitenmal auf die Suche. Nach anfänglichem Umherirren hatte er sich zu einem unweit der Garibaldi-Station befindlichen Arbeiterviertel durchgefragt, wo er in einer Nebenstraße nahe der Porta Garibaldi eine Reihe abschließbarer Garagen entdeckte. Das entsprach genau dem, was er gesucht hatte. Der Besitzer, der auch die Garage an der Straßenecke betrieb, vermietete ihm eine der Boxen. Die Miete für zwei Tage betrug 10 000 Lire und lag damit weit über dem überlicherweise geforderten Preis; aber schließlich war die Mietdauer sehr kurz.

In einem nahen Eisenwarengeschäft kaufte er einen Overall, eine Metallschere, einige Meter dünnen Stahldraht, einen Lötkolben und eine etwa dreißig Zentimeter lange Stange Lötzinn. Er packte alles das in eine Leinwandtasche, die er im gleichen Laden erstanden hatte, und stellte sie in der Garage ab. Dann steckte er den Schlüssel ein und fuhr in die Innenstadt, um in aller Ruhe zu Mittag zu essen.

Am frühen Nachmittag ließ er sich per Taxi zu einer kleinen, offenkundig nicht allzu gutgehenden Autoverleihfirma fahren, der er seinen Besuch von der Stadt aus telefonisch avisiert hatte. Er mietete einen zweisitzigen Alfa-Romeo (Baujahr 1962) und erklärte beiläufig, daß er eine vierzehntägige Italienrundfahrt zu unternehmen und den Wagen anschließend zurückzubringen gedenke.

Sein Paß wie auch sein britischer und sein internationaler Führerschein waren in Ordnung, und die Versicherung konnte innerhalb einer Stunde durch eine nahe Firma, die diese Dinge für den Automobilverleih routinemäßig erledigte, abgeschlossen werden. Die Höhe der Hinterlegungssumme war beträchtlich; sie entsprach dem

Gegenwert von über 100 Pfund. Dafür stand ihm der Wagen ohne weitere Formalitäten sogleich zur Verfügung. Der Zündschlüssel steckte schon im Zündschloß, und der Inhaber der Firma wünschte ihm gute Reise und einen erholsamen Urlaub.
Auf seine vorsorgliche Anfrage bei der Automobile Association in London hatte er die Auskunft erhalten, daß es, da sowohl Frankreich als auch Italien der Europäischen Wirtschaftsgemeinschaft angehörten, keiner umständlichen Formalitäten bedurfte, um mit einem in Italien polizeilich gemeldeten Wagen nach Frankreich zu fahren, vorausgesetzt, die Wagenpapiere, der Leihvertrag und die Versicherungspolice waren in Ordnung.
Am Informationstisch des Automobil Club Italiano am Corso Venezia hatte man ihm eine angesehene Versicherungsgesellschaft empfohlen, die darauf spezialisiert war, Autofahrer auf Auslandsreisen zu versichern. Dort schloß er eine Zusatzversicherung für eine Fahrt nach Frankreich ab und zahlte wiederum in bar. Die Firma, so wurde ihm bedeutet, arbeitete mit einer großen französischen Versicherungsgesellschaft aufs engste zusammen; Verrechnungsschwierigkeiten seien also nicht zu befürchten.
Anschließend fuhr er den Alfa zum Continentale, stellte ihn auf dem für Hotelgäste reservierten Parkplatz ab und suchte sein Zimmer auf, um den Koffer mit den Einzelteilen des zusammenlegbaren Gewehrs zu holen. Kurz nach der Teezeit war er wieder in der kleinen Nebenstraße bei der Porta Garibaldi und fuhr den Wagen in die Garage.
Nachdem er die Lötkolbenschnur in den Kontakt der Deckenbeleuchtung gesteckt und den Lichtstrahl der auf den Boden gelegten Stablampe so gerichtet hatte, daß er die Unterseite des Wagens beschien, machte er sich hinter vorsorglich verschlossenen Türen an die Arbeit. Zwei Stunden lang war er damit beschäftigt, die dünnen Stahlröhren, die das zerlegte Gewehr enthielten, sorgfältig mit den inneren Flanschen des Chassis' zu verlöten. Einer der Gründe, weshalb er sich für einen Alfa entschieden hatte, war die Tatsache, daß der Wagen, wie er schon in London beim Studium italienischer Automobilkataloge hatte feststellen können, ein solides Stahlchassis mit tiefen seitlichen Flanschen besaß.
Die in dünnen Leinenhüllen steckenden Stahlröhren befestigte er mit Stahldraht im Flansch, und den Draht lötete er überall dort fest, wo er das Chassis berührte.
Sein Overall war ölverschmiert, und seine Hände schmerzten vom Festzurren des Stahldrahts. Aber die Arbeit war getan. Die Stahl-

röhren waren so gut wie nicht zu entdecken und würden zudem bald von Staub und Schlamm überkrustet sein.
Er packte den Overall, den Lötkolben und den restlichen Draht in die Leinentasche und begrub sie in der hinteren Ecke der Garage unter einem Haufen alter Putzlappen. Die Drahtschere wanderte in das Handschuhfach des Armaturenbretts.
Der Abend dämmerte bereits, als der Schakal den Wagen aus der Garage lenkte. Er legte den Koffer in den Gepäckraum, schloß die Garagentür ab, steckte den Schlüssel ein und fuhr zum Hotel zurück.
Vierundzwanzig Stunden nach seiner Ankunft in Mailand war er wieder in seinem Hotelzimmer, erholte sich unter der Dusche von den Anstrengungen des Tages und badete seine schmerzenden Hände in kaltem Wasser, bevor er sich zum Abendessen anzog.
Auf dem Weg zur Bar, wo er seinen gewohnten Campari mit Soda trank, ging er zur Rezeption, bat um Ausstellung seiner Rechnung, um sie nach dem Abendessen begleichen zu können, und gab Weisung, am folgenden Morgen bereits um 5 Uhr 30 mit einer Tasse Tee geweckt zu werden.

Die Hände auf dem Rücken verschränkt, stand Sir Jasper Quigley am Fenster seines Büros im Foreign Office und sah auf den Paradeplatz der Horse Guards hinunter. Eine Schwadron House Hold Cavalry trabte in makelloser Ordnung über den Kies auf The Mall zu und schwenkte dann in Richtung Buckingham Palace nach links ein.
Es war ein ungemein erfreuliches und erhebendes Bild. An zahllosen Vormittagen hatte Sir Jasper im Ministerium an seinem Fenster gestanden und auf dieses englischste aller englischen Spektakel hinabgestarrt. Oft wollte es ihm scheinen, daß die bloße Tatsache, hier an diesem Fenster stehen und die »Blauen« vorbeireiten, die Sonne scheinen und die Touristen ihre Hälse recken zu sehen, über den weiten Platz hinweg das metallische Klirren der Kürasse und Kandaren, das Wiehern eines Pferdes, das die Sporen bekam, und die »Aahs« und »Ooohs« der Menge zu hören, all die in anderen, unbedeutenderen Ländern in den Botschaften Ihrer Majestät verbrachten Jahre mehr als reichlich aufwog. Es geschah nur selten, daß ihn dieser Anblick nicht unwillkürlich die Schultern straffen, den Bauch in der gestreiften Hose um ein weniges einziehen und in spontan aufwallendem Stolz das Kinn heben ließ. Zuweilen stand er, sobald das Knirschen der Hufe auf dem Kies hörbar wur-

de, nur deswegen von seinem Platz hinter dem Schreibtisch auf, um sich an das neugotische Fenster zu stellen und sie vorbeidefilieren zu sehen. Und manchmal, wenn er an alle diejenigen jenseits des Kanals dachte, die diese Szenerie zu verändern und das leise Klirren der Sporen durch das Stampfen von *brodequins* aus Paris oder von Schaftstiefeln aus Berlin zu ersetzen trachteten, fühlte er ein leichtes Brennen in den Augen und kehrte eiligst zu seinen Papieren zurück.

Nicht jedoch an diesem Morgen. An diesem Morgen waren seine ohnehin weder vollen noch rosigen Lippen so fest zusammengepreßt, daß sie gänzlich verschwanden. Sir Jasper Quigley hatte eine Mordswut, die sich in dem einen oder anderen winzigen Anzeichen äußerte. Selbstverständlich war er allein.

Er leitete das Frankreich-Referat im Foreign Office, das Büro also, dessen Aufgabe darin bestand, die Affären, Ambitionen und Aktionen dieses verflixten Landes jenseits des Kanals zu studieren und dem Staatssekretär des Äußeren und gelegentlich auch dem Außenminister Ihrer Majestät höchstselbst darüber Bericht zu erstatten.

Er besaß – sonst hätte er den Posten nie bekommen – hierzu alle erforderlichen Qualifikationen: eine lange und ehrenvolle Laufbahn im diplomatischen Dienst und den Ruf eines fundierten politischen Urteilsvermögens, das sich zwar oft genug als fehlbar erwiesen, jedoch stets im Einklang mit dem seiner Vorgesetzten befunden hatte. Er legte sich nie eindeutig fest und hatte daher auch nie nachweislich unrecht gehabt oder in unpassender Weise recht behalten. In seiner ganzen Laufbahn hatte er nicht ein einziges Mal eine unbequeme Ansicht vertreten, noch jemals eine Meinung geäußert, die sich nicht jeweils mit derjenigen gedeckt hätte, die auf höchster Ebene des Diplomatischen Corps gerade vorherrschte.

Seine Ehe mit der anderweitig nicht zu verheiratenden Tochter eines Botschaftsrats in Berlin, der später zur rechten Hand des stellvertretenden Staatssekretärs des Äußeren avancierte, hatte seiner Karriere nicht geschadet. Sie bewirkte im Gegenteil, daß man sein in Berlin formuliertes unglückseliges Memorandum aus dem Jahre 1937, das die Möglichkeit nachteiliger Auswirkungen der deutschen Wiederbewaffnung auf die Zukunft Westeuropas entschieden verneinte, höheren Orts gnädig übersah.

Wieder in London, hatte er während des Krieges eine Zeitlang im Balkan-Referat gearbeitet und sich nachdrücklich für die Unterstützung des jugoslawischen Partisanen Mihailovič und seiner Čet-

niks eingesetzt. Als es der damalige Premierminister unbegreiflicherweise vorzog, auf die Ratschläge eines obskuren jungen Captains namens Fitzroy MacLean zu hören, der mit dem Fallschirm über dem Partisanengebiet abgesprungen war und auf einen dubiosen Kommunisten setzte, der sich Tito nannte, war der junge Quigley in das Frankreich-Referat versetzt worden.
Dort tat er sich als profilierter Fürsprecher der britischen Unterstützung General Girauds in Algerien hervor. Das war oder wäre die einzig richtige Politik gewesen, wenn nicht jener andere, weit weniger bedeutende französische General, der von London aus eine autonome Streitmacht aufzustellen versuchte, die sich »France Libre« nannte, Giraud ausmanövriert hätte. Warum sich Winston jemals mit diesem Mann abgegeben hatte, war allen professionellen außenpolitischen Sachverständigen immer unverständlich geblieben. Nicht, daß auch nur einer von diesen Franzosen jemals zu irgend etwas nütze gewesen wäre.
Niemand konnte behaupten, Sir Jasper, der 1951 für seine Verdienste um die britische Diplomatie geadelt worden war, mangele es an den entscheidenden Voraussetzungen, um einen kompetenten Leiter des Frankreich-Referats abzugeben. Er hatte eine angeborene Abneigung gegen Frankreich und alles, was irgendwie mit dem Land zusammenhing. Diese Gefühle waren jedoch noch milde zu nennen, verglichen mit denjenigen, die er der Person Präsident de Gaulles selbst gegenüber empfand, seit dieser auf seiner Pressekonferenz vom 23. Januar England den Beitritt zur EWG starrsinnig verwehrt hatte – was Sir Jasper eine höchst unangenehme zwanzigminütige Audienz beim Außenminister einbrachte.
Es hatte geklopft. Sir Jasper wandte sich rasch vom Fenster ab, nahm ein auf seinem Schreibtisch liegendes Schriftstück zur Hand und hielt es so, als sei er im Lesen unterbrochen worden.
»Herein.«
Der junge Mann trat ein, schloß die Tür hinter sich und ging auf den Arbeitstisch zu.
Sir Jasper musterte ihn über den Rand seiner Brille hinweg.
»Ah, Lloyd. Lese da gerade den Bericht, den Sie heute nacht erstattet haben. Interessant, interessant. Ein inoffizielles Ersuchen, das ein höherer französischer Polizeibeamter an einen höheren englischen Polizeibeamten richtet. Weitergereicht an einen Superintendenten von Scotland Yards Special Branch, der es seinerseits für richtig hält, einen jungen Beamten des Secret Service – selbstverständlich inoffiziell – zu konsultieren. Hmm?«

»Ja, Sir Jasper.«

Lloyd sah abwartend zu dem spindeldürren Diplomaten hinüber, der am Fenster stand und seinen Bericht studierte, als läse er ihn zum erstenmal. Er kam zu dem Schluß, daß Sir Jasper längst mit dem Inhalt vertraut und seine bemühte Indifferenz wahrscheinlich nichts als Pose war.

»Und dieser junge Beamte wiederum hält es für richtig und angebracht, aus eigenem Ermessen und vermutlich ohne Rücksprache mit seinen Vorgesetzten, dem Special-Branch-Beamten dadurch zu assistieren, daß er ein Gerücht weiterverbreitet. Ein Gerücht zudem, das, ohne auch nur andeutungsweise hierfür einen Beweis zu enthalten, schlankweg impliziert, daß ein britischer Staatsbürger, der als unbescholtener Geschäftsmann gilt, in Wahrheit möglicherweise ein kaltblütiger Mörder sei. Hmmm?«

›Worauf, zum Teufel, mag der alte Geier bloß hinauswollen?‹ fragte sich Lloyd. Er sollte es bald erfahren.

»Was mich bestürzt, mein lieber Lloyd, das ist die Tatsache, daß dieses Ansuchen, obschon es – inoffiziell, versteht sich – bereits gestern morgen ergangen ist, dem Leiter derjenigen Abteilung des Ministeriums, die mit allem, was in Frankreich vorgeht, von Amts wegen aufs intensivste befaßt ist, erst volle vierundzwanzig Stunden später zur Kenntnis gelangt. Ein etwas merkwürdiger Sachverhalt, finden Sie nicht?«

Lloyd begriff, woher der Wind wehte. Rivalitäten und Kompetenzstreitigkeiten zwischen den einzelnen Abteilungen also. Aber er wußte auch, daß Sir Jasper ein einflußreicher Mann und in der Technik der innerhalb der Hierarchie der Ämter ausgetragenen Machtkämpfe, in welche die Beteiligten weit mehr Energien zu investieren pflegten als in die Staatsgeschäfte, seit Jahrzehnten versiert war.

»Bei allem Respekt, Sir Jasper – als Superintendent Thomas gestern abend mit seiner – von Ihnen als inoffiziell bezeichneten – Bitte an mich herantrat, war es 21 Uhr. Der Bericht wurde um Mitternacht erstattet.« – »Zugegeben. Aber ich stelle fest, daß dem Ansuchen schon vor Mitternacht stattgegeben worden ist. Wollen Sie mir vielleicht erklären, wie das geschehen konnte?«

»Ich war der Ansicht, daß die Bitte um Hinweise oder auch nur mögliche Fingerzeige nicht über das vertretbare Maß der zwischen den einzelnen Abteilungen üblichen Zusammenarbeit hinausginge«, entgegnete Lloyd

»So, der Ansicht waren Sie also.« Sir Jasper hatte die Pose nach-

sichtigen Wohlwollens aufgegeben und ließ sich seinen Unwillen jetzt deutlich anmerken. »Aber offenbar doch wohl über das der zwischen Ihrer Abteilung und dem Frankreich-Referat üblichen Zusammenarbeit, hmmmm?«
»Sie halten meinen Bericht in der Hand, Sir Jasper.«
»Ein bißchen spät, mein Lieber. Ein bißchen spät.«
Lloyd entschloß sich zum Gegenangriff. Es war ihm klar, daß er sich, wenn es wirklich ein Fehler gewesen sein sollte, Thomas zu helfen, ohne vorher mit seinen Vorgesetzten zu sprechen, an seinen eigenen Chef hätte wenden müssen und nicht an Sir Jasper. Und der Leiter des Secret Intelligence Service war wegen seiner beharrlichen Weigerung, die eigenen Untergebenen von irgend jemand anderem als ihm selbst zurechtweisen zu lassen, bei seinen Leuten so beliebt wie beim Foreign Office verhaßt.
»Zu spät wofür, Sir Jasper?«
Sir Jasper warf Lloyd einen mißtrauischen Blick zu. Er würde nicht so töricht sein, zuzugeben, daß es zu spät war, um die von Thomas erbetene Zusammenarbeit zu verhindern.
»Sie sind sich doch darüber im klaren, daß hier der unbescholtene Name eines britischen Staatsbürgers in leichtfertiger Weise aufs Spiel gesetzt worden ist – eines Mannes, gegen den keinerlei belastendes Material, geschweige denn auch nur der Schatten eines Beweises vorliegt. Halten Sie es nicht für ein etwas merkwürdiges Verfahren, den Namen und damit – das darf angesichts der Art der Ermittlung wohl gesagt werden – auch den Ruf eines Mannes in dieser Weise ins Zwielicht zu rücken?«
»Ich bin nicht der Meinung, daß es als rufschädigend bezeichnet werden kann, wenn der Name eines Mannes einem Superintendenten vom Sicherheitsdienst als möglicher Anhaltspunkt für eventuelle Ermittlungen genannt wird.«
Der Diplomat versuchte seine Wut zu beherrschen und kniff die Lippen fest zusammen. Unverschämt war dieser Bursche und obendrein auch noch schlau. Höchste Zeit, daß ihm auf die Finger gesehen wurde. Er hatte sich wieder völlig in der Gewalt.
»Ich verstehe, Lloyd, ich verstehe. Halten Sie es für eine Zumutung, wenn man, was Ihre offenkundige Bereitschaft betrifft, mit dem Sicherheitsdienst zu kooperieren – ohne Frage eine durchaus löbliche Bereitschaft –, von Ihnen erwartet, daß Sie sich nicht ohne Rücksprache mit Ihren Vorgesetzten in die Bresche werfen?«
»Soll das heißen, daß Sie wissen wollen, warum man Sie nicht konsultiert hat, Sir Jasper?«

Sir Jasper sah rot.
»Allerdings. Genau das soll es heißen, und nichts anderes.«
»Sir Jasper, bei allem gebührenden Respekt vor Ihrer Anciennität als Abteilungsleiter darf ich Sie darauf hinweisen, daß ich zum Stab des Service gehöre. Wenn Sie mein Verhalten in dieser Sache tadeln zu müssen glauben, wäre es meinem Dafürhalten nach angebrachter, Sie richteten Ihre Beschwerde an meinen Vorgesetzten statt direkt an mich.«
Angebrachter? Wollte dieser junge Schnösel ihm, dem Leiter des Frankreich-Referats, im Ernst klarmachen, was angebracht war und was nicht?
»Genau das werde ich tun«, fuhr Sir Jasper ihn an. »Genau das. Und in schärfster Form.«
Lloyd machte wortlos kehrt und verließ das Zimmer. Er war sich ziemlich sicher daß er sich auf ein Donnerwetter vom Alten gefaßt machen mußte. Alles, was er zu seiner Rechtfertigung vorbringen konnte, war, daß Thomas' Ersuchen den Anschein größter Dringlichkeit erweckt und er den Eindruck gewonnen hatte, die Sache dulde keinerlei Aufschub. Wenn der Alte sich auf den Standpunkt stellte, daß der Dienstweg hätte eingehalten werden müssen, dann würde er, Lloyd, den Rüffel einstecken. Aber zumindest käme er vom Alten und nicht von Quigley.
Sir Jasper war jedoch noch ganz unentschlossen, ob er sich beschweren sollte oder nicht. Rein formal war er im Recht; die Auskunft über Calthrop hätte, obschon sie sich auf längst verjährte Unterlagen bezog, in der Tat mit höheren Beamten abgesprochen werden müssen, wenngleich nicht unbedingt mit ihm selbst. Als Leiter des Frankreich-Referats gehörte er zwar zu dem Personenkreis, der die Geheimberichte des SIS erhielt, aber doch nicht zu denen, die eine über ihre eigene Abteilung hinausgehende Weisungsbefugnis besaßen. Er konnte sich bei dem streitbaren Genie – den Ausdruck hatte ein anderer geprägt –, das den SIS leitete, über den Burschen beschweren und vermutlich erreichen, daß ihm tüchtig der Kopf gewaschen wurde. Aber ebensogut konnte er seinerseits den Unwillen des SIS-Chefs darüber, daß ein Beamter des Geheimdienstes ohne *seine* Zustimmung zur Rechenschaft gezogen worden war, zu spüren bekommen, und der Gedanke behagte ihm keineswegs. Zudem hieß es allgemein, der Leiter des SIS stände mit einigen der wichtigsten Männer an der Spitze auf vertrautem Fuß. Man spielte Bridge miteinander, so wurde behauptet, und gehe gemeinsam auf die Jagd. Und bis zum glorreichen 12. September waren es nur

noch vier Wochen. Er hoffte noch immer, zu der einen oder anderen dieser Partys eingeladen zu werden. Nein, es war klüger, die Sache unter den Tisch fallenzulassen.
Der Schaden ist ohnehin schon angerichtet, dachte er, als er auf den Paradeplatz der Horse Guards hinaussah.

»Der Schaden ist ohnehin schon angerichtet«, bemerkte er, an seinen Lunchgast gewandt, kurz nach 13 Uhr im Klub. »Ich vermute, sie haben die Zusammenarbeit mit den Franzosen bereits aufgenommen. Na, hoffentlich werden sie sich dabei nicht gleich überarbeiten.«
Es war ein guter Witz, und er selbst genoß ihn ungemein. Fatalerweise hatte er seinen Lunchgast, der ebenfalls mit einigen der wichtigsen Leute an der Spitze auf freundschaftlich vertrautem Fuß stand, nicht richtig eingeschätzt.

Sir Jaspers kleines Bonmot gelangte dem Premierminister fast gleichzeitig mit einem persönlichen Bericht des Commissioner der Londoner Polizeibehörde zur Kenntnis, der ihm, als er gegen 16 Uhr nach einer Fragestunde im Parlament zu seinem Amtssitz Downing Street Nr. 10 zurückkehrte, vorgelegt wurde.
Um 16 Uhr 10 klingelte in Superintendent Thomas' Büro das Telefon.
Thomas hatte den Vormittag und den größten Teil des Nachmittags damit verbracht, nach einem Mann zu fahnden, von dem er nichts weiter als den Namen wußte. Wie immer, wenn es um Erkundigungen nach Personen ging, von denen man wußte, daß sie im Ausland gewesen waren, diente das Paßamt im Petty France als Ausgangspunkt.
Thomas hatte es schon um 9 Uhr aufgesucht und sich Fotokopien der Paßanträge von sechs verschiedenen Charles Calthrops aushändigen lassen. Unglücklicherweise hatten sie allesamt weitere Vornamen, die voneinander abwichen. Gegen das Versprechen, die Originale nach Anfertigung von Fotokopien umgehend dem Archiv des Paßamts zurückzusenden, gab man ihm auch die den Anträgen beigefügten Fotos der sechs Männer mit.
Einer der Pässe war erst nach dem Januar 1961 beantragt worden, aber das mußte nicht unbedingt etwas besagen, wenngleich keinerlei Unterlagen dafür existierten, daß dieser betreffende Charles Calthrop schon zu einem früheren Zeitpunkt einmal einen Paß beantragt hatte. Wenn er aber in der Dominikanischen Republik un-

ter einem anderen Namen aufgetreten war, wie kam es dann, daß in den Gerüchten, die von seiner Beteiligung an der Ermordung Trujillos wissen wollten, der Name Calthrop genannt wurde? Thomas war geneigt, diesen späten Paßantragsteller als Möglichkeit auszuschließen.
Von den übrigen fünf schien einer zu alt zu sein; im August 1963 war er fünfundsechzig. Die vier anderen kamen in Betracht.
Dabei spielte es zunächst keine Rolle, ob sie Lebels auf einen hochgewachsenen blonden Mann lautender Beschreibung entsprachen oder nicht, denn Thomas' Aufgabe bestand hauptsächlich im Eliminieren. Wenn alle sechs als unverdächtig ausschieden, um so besser. Dann würde er Lebel ruhigen Gewissens in diesem Sinn unterrichten können.
Auf jedem Antrag war eine Adresse angegeben. Zwei wiesen eine Londoner Anschrift auf, die beiden anderen kamen aus der Provinz. Es war nicht damit getan, die ebenfalls aufgeführten Telefonnummern anzurufen und jeden der vier Gentlemen zu befragen, ob er im Jahre 1961 die Dominikanische Republik besucht habe. Selbst wenn er dort gewesen war, konnte er es jetzt verneinen.
Auch die Tatsache, daß keiner der Antragsteller in der für die Angabe des Berufs vorgesehenen Spalte »Geschäftsmann« vermerkt hatte, war als solche nicht beweiskräftig. Lloyds Bericht über ein seinerzeit in den Kneipen und Bars von Ciudad Trujillo kursierendes Gerücht bezeichnete Calthrop zwar als Geschäftsmann, aber das mußte nicht unbedingt den Tatsachen entsprechen.
Im Lauf des Vormittags hatten die Grafschafts- und Kreisstadt-Polizeiposten auf Thomas' telefonisches Ersuchen den Aufenthaltsort der beiden außerhalb Londons wohnhaften Calthrops ermittelt. Der eine arbeitete noch, beabsichtigte jedoch, am Wochenende mit seiner Familie auf Urlaub zu fahren. Er wurde in der Mittagspause nach Hause eskortiert, wo man seinen Paß überprüfte. Er enthielt kein Ein- oder Ausreisevisum der Dominikanischen Republik und war nur zweimal benutzt worden, einmal für eine Flugreise nach Mallorca, das andere Mal für einen Ferienaufenthalt an der Costa Brava. Erkundigungen an seinem Arbeitsplatz hatten zudem ergeben, daß dieser Charles Calthrop noch immer in der Buchhaltungsabteilung der Suppenfabrik, in der er im Januar 1961 arbeitete, tätig und überdies seit zehn Jahren bei der gleichen Firma beschäftigt war.
Der andere außerhalb Londons wohnhafte Calthrop wurde in

einem Hotel in Blackpool ausfindig gemacht. Er hatte seinen Paß nicht bei sich, erklärte sich jedoch bereit, die Polizeibehörde seines Heimatortes telefonisch zu ermächtigen, seinen Hausschlüssel beim Nachbarn auszuborgen, das oberste Schubfach seines Schreibtisches zu öffnen und den darin befindlichen Paß in Augenschein zu nehmen. Auch dieser Reiseausweis trug keinen Sichtvermerk dominikanischer Behörden, und die Angaben seines Inhabers – daß er Schreibmaschinenmechaniker und mit Ausnahme seines Sommerurlaubs im ganzen Jahr 1961 seiner Arbeit keinen einzigen Tag ferngeblieben sei – konnten durch eine Rückfrage bei seinem Arbeitgeber bestätigt werden.
Einer der beiden Londoner Calthrops erwies sich als Gemüsehändler, den die beiden unauffälligen Herren in Zivil hinter dem Ladentisch seines Geschäfts in Catford antrafen. Da er über seinem Laden wohnte, konnte er seinen Paß innerhalb weniger Minuten vorweisen. Wie die anderen Pässe wies auch dieser kein Anzeichen dafür auf, daß sein Inhaber jemals die Dominikanische Republik besucht hatte. Auf Befragen versicherte der Gemüsehändler glaubhaft, nicht einmal zu wissen, wo die Insel läge.
Die Ermittlung des vierten und letzten Calthrop erwies sich als schwieriger. Seine vier Jahre zuvor auf dem Paßantrag angegebene Adresse stellte sich als ein Wohnblock in Highgate heraus. Laut Auskunft der Hausverwaltung war er im Dezember 1960 verzogen, ohne eine neue Adresse anzugeben.
Aber Thomas wußte wenigstens seinen zweiten Vornamen. Eine Durchsicht der Telefonbücher war ergebnislos geblieben, unter Hinweis auf seine Befugnis als Special-Branch-Superintendent erhielt er vom General Post Office jedoch die Auskunft, daß ein C. H. Calthrop Inhaber einer Geheimnummer in West London sei. Die angegebenen Initialen stimmten mit den Vornamen des Gesuchten – Charles Harold – überein. Daraufhin ließ Thomas sich mit dem Einwohnermeldeamt des Bezirks, in welchem die Telefonnummer registriert war, verbinden.
Ja, antwortete die Stimme aus dem Bezirksamt, ein Mr. Charles Harold Calthrop werde in der Tat als Wohnungsinhaber unter der genannten Adresse sowie als Wähler in den entsprechenden Listen des Bezirks geführt.
Thomas entsandte einen Polizeiwagen mit zwei Beamten zu der Wohnung. Auf wiederholtes Klingeln wurde nicht geöffnet. Niemand im Haus schien zu wissen, wo sich Mr. Calthrop aufhielt. Als der Wagen unverrichteter Dinge zum Yard zurückkehrte, er-

suchte Thomas das zuständige Finanzamt, an Hand der Steuererklärungen eines Charles Harold Calthrop zu eruieren, wo derselbe gegenwärtig angestellt und bei wem er in den letzten drei Jahren beschäftigt gewesen sei.
Gleich darauf klingelte das Telefon. Thomas nahm ab, meldete sich und lauschte ein paar Sekunden. Er hob die Brauen.
«Ich« fragte er. »Was, persönlich? Ja, selbstverständlich. Ich komme rüber. In fünf Minuten. Gut, bis gleich.«
Er verließ das Gebäude und ging zum Parliament Square hinüber. Unterwegs schneuzte er sich heftig, um die blockierten Stirnhöhlen frei zu bekommen. Weit entfernt, abzuklingen, schien seine Erkältung sich ungeachtet des warmen Sommertags noch verschlimmert zu haben.
Vom Parliament Square aus ging er Whitehall hinauf und wandte sich an der ersten Ecke nach links in die Downing Street. Wie immer wirkte die unauffällige Sackgasse, welche die Amtswohnung der Premierminister Großbritanniens beherbergt, düster und trübsinnig. Vor dem Haus Nr. 10 hatte sich eine Anzahl Schaulustiger eingefunden, die von zwei gleichmütigen Polizisten auf die gegenüberliegende Straßenseite gedrängt wurden.
Thomas kreuzte die Fahrbahn und wandte sich nach rechts. Er durchquerte einen kleinen Innenhof, in dessen Mitte sich ein eingefaßtes Rasenstück befand, und stand vor dem hinteren Eingang von Downing Street Nr. 10. Er drückte den Klingelknopf neben der Tür, die sofort geöffnet wurde. Der hünenhafte Polizeisergeant erkannte ihn gleich und salutierte.
»Tag, Sir, Mister Harrowby bat mich, Sie zu ihm zu führen.«
James Harrowby, der Thomas vor wenigen Minuten in dessen Büro angerufen hatte, war der Chef der persönlichen Sicherungsgruppe des Premierministers. Ein gutaussehender Mann von einundvierzig Jahren, der jedoch weit jünger wirkte, hatte er, wie Thomas, den Rang eines Superintendenten inne. Er stand auf, als Thomas eintrat.
»Kommen Sie herein, Bryn. Nett, Sie zu sehen.« Er nickte dem Sergeant zu. »Danke, Chalmers.« Der Sergeant machte kehrt und schloß die Tür hinter sich.
»Was ist los?« fragte Thomas.
Harrowby sah ihn erstaunt an.
»Ich hatte gehofft, das könnten Sie mir sagen. Er rief mich vor einer Viertelstunde an, erwähnte Ihren Namen und sagte, daß er Sie sofort sprechen müsse. Haben Sie irgend etwas angestellt?«

Thomas dachte an die Ermittlungen, die er angestellt hatte und noch anstellte, und war überrascht, daß die Kenntnis davon in so kurzer Zeit bis nach ganz oben gedrungen sein sollte. Wenn es der Premierminister jedoch vorzog, seinen eigenen Sicherheitsbeauftragten nicht ins Vertrauen zu ziehen, so war das seine Sache.
»Nicht daß ich wüßte«, sagte er.
Harrowby griff zum Telefon, das auf seinem Schreibtisch stand, und ließ sich mit dem Arbeitszimmer des Premierministers verbinden. Es knackte in der Leitung, und eine Stimme sagte: »Ja?«
»Harrowby, Premierminister. Superintendent Thomas ist bei mir. Ja, Sir, unverzüglich.« Er legte den Hörer auf.
»Er will Sie sofort sehen. Sie müssen irgend etwas angestellt haben. Es warten noch zwei Minister, die ihn sprechen wollen.«
Harrowby geleitete ihn aus dem Zimmer hinaus und einen Korridor hinunter, der auf eine mit grünem Flanellstoff ausgekleidete Tür zuführte. Ein Sekretär trat heraus, sah die beiden näher kommen und hielt die Tür auf. Harrowby ging voran, sagte ›Superintendent Thomas, Premierminister‹, und verließ das Zimmer, indem er leise die Tür hinter sich schloß.
Thomas stellte fest, daß der elegant möblierte, stille große Raum mit den hohen Wänden, den vielen Büchern und Zeitungen, die sich auf den Tischen stapelten, und dem Duft nach Pfeifentabak und Holztäfelung eher wie das Arbeitszimmer eines Universitätsprofessors als das eines Premierministers wirkte.
Die Gestalt am Fenster wandte sich um.
»Guten Tag, Superintendent. Bitte, setzen Sie sich doch.«
»Guten Tag, Sir.« Thomas entschied sich für einen Stuhl ohne Armlehne, der an den Tisch gerückt war, und nahm auf der Kante Platz. Er hatte nie Gelegenheit gehabt, den Premierminister aus so großer Nähe zu sehen. Sein melancholisch verhangener Blick erinnerte ihn an den eines Bluthundes, der eine lange Hetzjagd hinter sich hat, die für ihn kein Vergnügen gewesen war.
Der Premier begab sich schweigend an seinen Arbeitstisch und setzte sich. Selbstverständlich hatte Thomas von den in und um Whitehall zirkulierenden Gerüchten gehört, daß die Gesundheit des Premiers nicht die allerbeste sei und die nervliche Anspannung, die es ihn gekostet hatte, die Regierung über die durch den Keeler/Ward-Skandal hervorgerufene Krise einigermaßen heil hinwegzubringen, ihren Tribut gefordert habe. Dennoch war er von dem erschöpften und gealterten Aussehen des ihm gegenübersitzenden Mannes betroffen.

»Superintendent Thomas, ich höre, daß Sie gegenwärtig auf ein gestern morgen telefonisch aus Paris ergangenes Ersuchen eines Kriminaldirektors der französischen *Police Judiciaire* mit Ermittlungen befaßt sind...«
»Ja, Sir.«
»... und daß dieses Ersuchen mit der Befürchtung der französischen Sicherheitsbehörden zusammenhängt, ein vermutlich von der OAS gedungener Mann – ein Berufsmörder – könne auf eine Mission nach Frankreich geschickt worden sein?«
»Das wurde uns nicht ausdrücklich mitgeteilt, Sir. Das Ersuchen bezog sich auf Hinweise zur Identifizierung derartiger Berufskiller, soweit sie uns zur Kenntnis gelangt sind. Irgendwelche Gründe dafür, weshalb Hinweise dieser Art erwünscht sind, wurden nicht genannt.«
»Nun gut. Und welche Schlüsse ziehen Sie aus der Tatsache, daß ein solches Ersuchen gestellt worden ist?«
Thomas zuckte kaum merklich mit den Achseln.
»Die gleichen wie Sie, Sir.«
»Genau. Man braucht kein Hellseher zu sein, um den einzig möglichen Grund zu erraten, warum die französischen Behörden ein solches – Subjekt identifizieren wollten. Und wer wäre Ihrer Ansicht nach als Opfer dieses Mannes ausersehen, falls die Vermutung der französischen Polizei, daß es ihn gibt, zu Recht besteht?«
»Nun, Sir, ich nehme an, die Franzosen befürchten, daß ein Berufsmörder gedungen worden ist, einen Anschlag auf den Präsidenten zu verüben.«
»Genau. Das wäre übrigens nicht der erste derartige Versuch.«
»Nein, Sir. Es sind bereits sechs Attentatsversuche unternommen worden.«
Der Premierminister starrte auf die vor ihm liegenden Papiere, als könne er ihnen irgendeinen Hinweis entnehmen, was in den letzten Monaten seiner Amtszeit aus der Welt geworden war.
»Ist Ihnen klar, Superintendent, daß es in diesem Land offenbar eine Reihe von Leuten gibt, Leuten in durchaus achtbaren und einflußreichen Positionen, die keineswegs unglücklich wären, wenn Sie Ihre Ermittlungen etwas weniger energisch betrieben?«
»Nein, Sir.« Thomas war aufrichtig überrascht.»Würden Sie mich bitte über den bisherigen Verlauf und gegenwärtigen Stand Ihrer Ermittlungen unterrichten?«
Thomas begann von Anfang an und schilderte, wie es zur Weitergabe des Ersuchens an den Sicherheitsdienst kam, nachdem eine

gründliche Durchsicht aller einschlägigen Kriminalakten im Zentralarchiv keine relevanten Ergebnisse gezeitigt hatte; er ging kurz auf das Gespräch mit Lloyd ein, der seinerseits einen Mann namens Calthrop erwähnt hatte, von dem es gerüchtweise hieß, er sei an der Ermordung Trujillos beteiligt gewesen, und berichtete dann über die bisher angestellten Nachforschungen.
Als er sein Resümee beendet hatte, erhob sich der Premierminister und trat ans Fenster, das auf den sonnenbeschienenen kleinen Rasen im Innenhof hinausging. Minutenlang starrte er reglos in den Hof hinunter und ließ die Schultern hängen. Thomas fragte sich, woran er wohl denken mochte. Vielleicht dachte er an einen Strand außerhalb von Algier, an dem er sich mit dem hochmütigen Franzosen, der jetzt dreihundertfünfzig Kilometer entfernt in einem anderen Amtsraum saß und die Geschicke seines Landes lenkte, ergangen und lange unterhalten hatte. Damals waren sie beide zwanzig Jahre jünger gewesen und die vielen Dinge, die sich später ereignen sollten, noch nicht zwischen sie getreten.
Vielleicht mußte er daran denken, wie derselbe Franzose vor acht Monaten in wohlabgewogenen, sonor tönenden Sätzen die Hoffnungen des britischen Premierministers zunichte gemacht hatte, seine politische Karriere mit dem Eintritt Großbritanniens in die Europäische Wirtschaftsgemeinschaft zu krönen und sich mit der Genugtuung dessen, der seinen Traum verwirklicht hat, in das Privatleben zurückziehen zu können.
Vielleicht dachte er aber auch an die hinter ihm liegenden quälenden Monate, in denen die Aussagen eines Zuhälters und einer Kokotte fast den Sturz der Regierung Großbritanniens herbeigeführt hatten. Er war ein alter Mann und in einer Welt geboren und aufgewachsen, in der es Maßstäbe für Gut und Böse gab. Er hatte an diese Maßstäbe geglaubt und sie befolgt. In einer Welt, deren Bewohner und Ideen sich gewandelt hatten, gehörte er der Vergangenheit an. Begriff er, daß es jetzt neue Maßstäbe gab, die er vage zu erkennen, aber nicht zu schätzen vermochte?
Vermutlich wußte er, als er auf das sonnenbeschienene kleine Rasenstück hinunterblickte, was bevorstand. Die notwendigen Änderungen – und damit sein Abtritt von der politischen Bühne – konnten nicht mehr auf die lange Bank geschoben werden. Früher oder später würden die neuen Leute die Geschicke der Welt in die Hand nehmen. Auf vielen Gebieten war es schon soweit, daß die Welt sich ihnen auslieferte. Aber sollte sie auch den Zuhältern und Dirnen, Spionen und – Mördern ausgeliefert werden?

Thomas sah, daß der alte Mann die Schultern straffte, bevor er sich zu ihm umwandte.

»Superintendent Thomas, Sie müssen wissen, daß General de Gaule mein Freund ist. Wenn auch nur die leiseste Möglichkeit besteht, daß sein Leben in Gefahr sein könnte und daß ihm diese Gefahr von einem britischen Staatsangehörigen droht, dann muß der Mann unschädlich gemacht werden. Ab sofort werden Sie Ihre Ermittlungen mit verdoppeltem Eifer betreiben. Innerhalb einer Stunde werden Ihre Vorgesetzten von mir persönlich Vollmacht erhalten, Ihnen jede nur mögliche Hilfe zu gewähren. Sie werden weder in finanzieller noch in personeller Hinsicht an irgendwelche Beschränkungen gebunden sein. Sie sind befugt, wen auch immer Sie wollen zur Mitarbeit in ihrem Team zu verpflichten und Einsicht in jedwege Unterlage aller derjenigen Behörden des Landes zu nehmen, deren Archive für Ihre weiteren Ermittlungen von Nutzen sein könnten. Sie werden auf ausdrückliche persönliche Weisung von mir in dieser Angelegenheit uneingeschränkt mit den französischen Behörden zusammenarbeiten. Und erst, wenn Sie absolut sicher sind, daß der Mann, den die Franzosen identifizieren und festnehmen wollen, wer immer er auch sein mag, kein Engländer ist und auch nicht etwa von hier aus operiert, können Sie die Ermittlungen einstellen.

Falls sich herausstellen sollte, daß dieser Calthrop oder irgendein anderer Mann, der einen britischen Paß besitzt, mit einiger Wahrscheinlichkeit als der von den französischen Behörden Gesuchte angesehen werden kann, werden Sie ihn festnehmen. Habe ich mich verständlich ausgedrückt?«

Das hatte er. Wie und über welche Kanäle der Premierminister von seinen Ermittlungen erfahren haben mochte, wußte Thomas nicht. Er vermutete jedoch, daß es in irgendeiner Weise mit seiner rätselhaften Bemerkung über gewisse Personen zusammenhing, die es lieber sähen, wenn seine Ermittlungen weniger energisch betrieben würden. Aber sicher war er sich natürlich nicht.

»Ja, Sir«, sagte er.

Der Premierminister neigte den Kopf, um anzudeuten, daß die Audienz beendet sei. Thomas stand auf und ging zur Tür.

»Da wäre noch etwas, Sir«, sagte er. »Ich bin mir nicht ganz klar darüber, ob Sie es für richtig hielten, wenn ich die Franzosen schon jetzt von den Nachforschungen in Kenntnis setzte, die wir gegenwärtig wegen der vor zwei Jahren in der Dominikanischen Republik über Calthrop verbreiteten Gerüchte anstellen.«

»Glauben Sie, bereits hinlängliche Gründe für die Annahme zu haben, daß die frühere Tätigkeit dieses Mannes zu der Beschreibung desjenigen paßt, den die Franzosen identifizieren wollen?«
»Nein, Sir. Abgesehen von den zwei Jahre zurückliegenden Gerüchten haben wir gegen Calthrop auf der weiten Welt auch nur das geringste vorzubringen. Wir wissen gegenwärtig ja noch nicht einmal, ob der Calthrop, den wir seit heute nachmittag ausfindig zu machen versuchen, derselbe ist, der sich im Januar 1961 in der Dominikanischen Republik aufgehalten hat. Wenn nicht, sind wir wieder bei Null angelangt.«
Der Premierminister dachte einen Augenblick nach.
»Ich fände es wenig sinnvoll«, sagte er dann, »wenn Sie Ihre französischen Kollegen mit Hinweisen behelligten, die auf unbegründeten Gerüchten und bloßem Hörensagen beruhen. Beachten Sie bitte, daß ich das Wort ›unbegründet‹ gebraucht habe, Superintendent. Setzen Sie Ihre Nachforschungen mit aller Energie fort. In diesem Augenblick, so Sie genügend Material zu haben glauben, das diesen oder irgendeinen anderen Charles Calthrop betrifft und geeignet ist, den Verdacht seiner Beteiligung an der Ermordung Trujillos zu bestätigen, werden Sie die Franzosen umgehend informieren und den Mann, wer immer er auch sein mag, dingfest machen.«
»Ja, Sir.«
»Und bitten Sie doch Mister Harrowby, zu mir zu kommen. Ich lasse Ihnen dann gleich die nötigen Vollmachten ausstellen.«

In sein Büro zurückgekehrt, bestellte Thomas sechs der besten Kriminalinspektoren von Scotland Yard Special Branch zu sich. Einer wurde aus dem Urlaub zurückberufen; zwei konnten durch andere Beamte beim Beobachten eines Hauses abgelöst werden, das einem Mann gehörte, der im Verdacht stand, geheime Informationen über die Royal Ordnance Factory, in der er arbeitete, an einen osteuropäischen Militärattaché weitergegeben zu haben. Die beiden Inspektoren, die Thomas am Vortag bei der Durchsicht seiner sicherheitsdienstlichen Akten assistiert hatten, waren ebenfalls dabei, ferner einer ihrer Amtskollegen, der seinen freien Tag hatte und gerade im Garten beschäftigt war, als der Anruf kam, der ihn in die Zentrale beorderte.
Thomas wies sie ausführlich ein, verpflichtete sie zu absoluter Geheimhaltung und nahm die ganze Zeit über unaufhörlich Anrufe entgegen. Es war kurz nach 18 Uhr, als das Finanzamt die Steuer-

akte von Charles Harold Calthrop gefunden hatte. Einer der Detektive wurde sofort losgeschickt, um die Akte mit allen Unterlagen abzuholen. Die restlichen Männer setzten sich mit Ausnahme dessen, der zu Calthrops Adresse entsandt worden war, um bei den Nachbarn und Inhabern umliegender Ladengeschäfte Erkundigungen über den Mann einzuziehen, an die Telefone und begannen eine Reihe fernmündlicher Anweisungen durchzugeben, die mit der weiteren Ermittlung zusammenhingen. Im Fotolabor wurden Abzüge von der Reproduktion, die nach dem vor vier Jahren für den Paßantrag aufgenommenen Foto hergestellt worden war, angefertigt und jedem der sechs an der Ermittlung beteiligten Inspektoren ausgehändigt.

Die Steuererklärungen des Gesuchten wiesen aus, daß er im vergangenen Jahr erwerbslos und zuvor ein Jahr lang im Ausland gewesen war. Im Rechnungsjahr 1960/61 hatte er jedoch größtenteils für eine Firma gearbeitet, deren Name Thomas als der einer der führenden britischen Hersteller und Exporteure von Handfeuerwaffen bekannt war. Innerhalb einer Stunde hatte er erfahren, wie der Generaldirektor der Firma hieß, und festgestellt, daß der Mann sich zur Zeit in seinem Landhaus in Surrey aufhielt. Thomas hatte ihm seinen Besuch telefonisch angekündigt, und bei anbrechender Abenddämmerung raste der Polizei-Jaguar in Richtung Virginia Water über die Themsebrücke. Patrick Monson sah nicht so aus, wie man sich gemeinhin einen Waffenhändler vorstellt. Aber schließlich, dachte Thomas, tun sie das ja alle nicht. Von Monson erfuhr er, daß die Firma Calthrop fast ein volles Jahr beschäftigt und ihn, was weit wichtiger war, im Dezember 1960 nach Ciudad Trujillo geschickt hatte, um einen aus veräußerten britischen Armeebeständen stammenden Posten Waffen an Trujillos Polizeichef loszuschlagen.

Thomas sah Monson voller Widerwillen an.

›Dir ist es herzlich egal, wozu sie benutzt werden, was, Bürschchen?‹ dachte er, unterließ es aber im Interesse der Ermittlung, seinem Abscheu Ausdruck zu geben. Warum hatte Calthrop die Dominikanische Republik so eilig verlassen?

Die Frage schien Monson zu überraschen. Nun, weil Trujillo ermordet worden war, natürlich. Das gesamte Regime war innerhalb weniger Stunden zusammengebrochen. Was hatte ein Mann, der auf die Insel gekommen war, um dem alten Regime eine Ladung Waffen und Munition zu verkaufen, vom neuen zu gewärtigen? Selbstverständlich mußte er sich schleunigst aus dem Staube machen.

Thomas überlegte. Das war zweifellos einleuchtend. Monson berichtete, Calthrop habe später angegeben, im Arbeitszimmer des Präsidenten gesessen und mit dem Polizeichef über den Waffenkauf verhandelt zu haben, als die Nachricht überbracht wurde, daß der General außerhalb der Stadt in einen Hinterhalt geraten und umgebracht worden sei. Der Polizeichef war blaß geworden und sofort zu seiner Hacienda gefahren, wo sein stets aufgetanktes Privatflugzeug startklar für ihn bereitstand. Innerhalb weniger Stunden stürmten die Massen auf der Jagd nach Anhängern des gestürzten Regimes durch die Straßen. Calthrop gelang es, einen Fischer zu bestechen, der ihm die Flucht von der Insel ermöglichte.
Thomas fragte Monson, warum Calthrop die Firma verlassen habe. Er sei entlassen worden, lautete die Antwort. Warum? Monson überlegte längere Zeit. Schließlich sagte er:
»Superintendent, im Handel mit Waffen aus zweiter Hand herrscht ein mörderischer Konkurrenzkampf. Zu erfahren, was ein anderer Händler anbietet und welchen Preis er verlangt, kann für einen Rivalen, der das gleiche Geschäft mit dem gleichen Partner abschließen will, von ausschlaggebender Bedeutung sein. Lassen Sie es mich einmal so ausdrücken: Calthrops Loyalität der Firma gegenüber entsprach nicht ganz unseren Erwartungen.«
Auf der Rückfahrt nach London ließ sich Thomas die Aussagen Monsons noch einmal durch den Kopf gehen. Die seinerzeit von Calthrop für seine Flucht aus der Dominikanischen Republik angegebene Begründung war logisch. Sie bestätigte das vom karibischen Residenturchef des SIS kolportierte Gerücht von seiner Beteiligung am Attentat auf den Präsidenten keineswegs, sondern entkräftete es eher.
Andererseits war Calthrop laut Monson ein Mann, der nicht davor zurückschreckte, ein doppeltes Spiel zu treiben. Könnte er als der bevollmächtigte Vertreter einer Handfeuerwaffenfabrik, der einen Handel abzuschließen hofft, auf der Insel aufgetreten sein und zugleich im Sold der Revolutionäre gestanden haben? Monson hatte etwas erwähnt, was Thomas beunruhigte: Er hatte gesagt, Calthrop habe nicht viel von Gewehren verstanden, als er in die Firma eintrat. Und ein Meisterschütze mußte doch wohl in jedem Fall ein Experte sein. Andererseits konnte er die entsprechenden Kenntnisse ja auch erworben haben, während er für die Firma arbeitete. Aber warum sollten die Anti-Trujillo-Partisanen ihn gedungen haben, den Wagen des Generals mit einem einzigen Schuß auf einer Schnellstraße zum Stehen zu bringen, wenn er als Gewehrschütze

ein Anfänger war? Oder hatten sie ihn gar nicht gedungen? Entsprach Calthrops eigene Darstellung womöglich der Wahrheit?
Thomas zuckte mit den Achseln. Es bewies nichts, und es widerlegte nichts. Also wieder bei Null angelangt, dachte er bitter. Aber in seinem Büro erwartete ihn eine Nachricht, die ihn umstimmte. Der Inspektor, der bei Calthrops Nachbarn Erkundigungen angestellt hatte, war zurückgekehrt. Er hatte eine Nachbarin angetroffen, die als Berufstätige den ganzen Tag über nicht zu Hause gewesen war. Die Frau gab an, daß er nach Schottland fahren wolle. Auf dem Rücksitz seines vor dem Haus geparkten Wagens glaubte die Frau etwas bemerkt zu haben, was wie eine zerlegbare Angelrute aussah.
Eine zerlegbare Angelrute? Superintendent Thomas überkam ein plötzliches Frösteln, obschon es im Büro warm war. Als der Kriminalinspektor seinen Bericht beendet hatte, trat einer seiner Kollegen ein.
»Super?«
»Was gibt's?«
»Mir ist gerade etwas eingefallen.«
»Ja?«
»Sprechen Sie französisch?«
»Nein, Sie?«
»Ja, meine Mutter war Französin. Der Killer, nach dem die PJ fahndet, hat doch den Decknamen Schakal, stimmt's?«
»Na und?«
»Nun, Schakal heißt auf französisch Chacal. C-H-A-C-A-L – fällt Ihnen nichts auf? Vielleicht ist es auch bloß Zufall. Aber der Bursche muß seiner Sache schon verdammt sicher sein, wenn er sich einen Decknamen zulegt, der aus den ersten drei Buchstaben seines Vornamens und den ersten drei Buchstaben seines Nachnamens besteht...«
»Donnerwetter!« sagte Thomas und nieste heftig. Dann griff er nach dem Telefon.

Fünfzehntes Kapitel

Das dritte Treffen im Innenministerium begann erst kurz nach 22 Uhr, weil der Wagen des Ministers auf der Rückfahrt von einem diplomatischen Empfang durch den Verkehr aufgehalten worden

war. Sobald der Minister Platz genommen hatte, bedeutete er den Anwesenden mit eine Geste, daß die Sitzung beginnen könne.
Als erster berichtete General Guibaud vom SDECE. Kassel, der als Killer hervorgetretene ehemalige Nazi-Kriegsverbrecher, war von Agenten der Madrider Residentur des SDECE aufgespürt worden. Er lebte zurückgezogen in seiner Penthouse-Wohnung in der spanischen Hauptstadt, war als Partner in das florierende Geschäft eines anderen ehemaligen SS-Führers eingetreten und stand mit an Sicherheit grenzender Wahrscheinlichkeit nicht mit der OAS in Verbindung. Das Madrider Büro, das dessenungeachtet bereits ein umfängliches Dossier über den Mann angelegt hatte, als die Anweisung aus Paris kam, den Fall Kassel nochmals zu überprüfen, war darüber hinaus der Ansicht, daß er nie etwas mit der OAS zu tun gehabt hatte.
In Anbetracht seines Alters, der zunehmenden Häufigkeit seiner rheumatischen Anfälle, die auch seine Beine in Mitleidenschaft zu ziehen begannen, wie auch seitens beträchtlichen Alkoholkonsums wegen konnte Kassel als mutmaßlicher Attentäter so gut wie ausgeschlossen werden.
Als der General geendet hatte, richteten sich aller Augen auf Kommissar Lebel. Sein Bericht klang entmutigend. Im Lauf des Tages waren bei der PJ die Auskünfte von den Polizeibehörden der drei Länder eingegangen, die bereits vierundzwanzig Stunden zuvor die Namen einer Reihe möglicher Verdächtiger übermittelt hatten. Aus den USA war gemeldet worden, daß Chuck Arnold, der Waffenhändler, sich in Kolumbien aufhielt, wo er dem dortigen Stabschef namens seines amerikanischen Auftraggebers einen Posten aus ehemaligen US-Armeebeständen stammender AR-10-Karabiner zu verkaufen suchte. In Bogotà wurde er ohnehin ständig von der CIA beschattet, und es lagen keinerlei Anzeichen dafür vor, daß er irgend etwas anderes im Sinn hatte, als sein Waffengeschäft, ungeachtet der offiziellen Mißbilligung von seiten der amerikanischen Behörden, unter Dach und Fach zu bringen.
Dennoch war das Dossier dieses Mannes per Fernschreiben nach Paris übermittelt worden – wie übrigens auch das Vitellinos. Aus letzterem ging hervor, daß der ehemalige Cosa-Nostra-Gorilla zwar noch nicht aufgespürt worden war, seine Statur und seine ganze Erscheinung – er war ungemein breitschultrig und untersetzt – sich jedoch vom Aussehen des Schakals, wie es der Hotelangestellte in Wien beschrieben hatte, so sehr unterschieden, daß auch er nach Ansicht Lebels von der Liste der Verdächtigen gestri-

chen werden konnte. Die Südafrikaner hatten in Erfahrung gebracht, daß Piet Schuyper jetzt als Chef einer Privatarmee fungierte, die von einer Diamanten-Bergwerksgesellschaft in einem der westafrikanischen Staaten des Britischen Commonwealth unterhalten wurde. Zu seinen Aufgaben gehörte es, die Grenzen der ausgedehnten Gebiete, die der Gesellschaft gehörten, zu sichern und ständig für eine wirksame Abschreckung der Diamantendiebe zu sorgen. Die Gesellschaft, die sich einzig und allein für den Erfolg, nicht aber für die Art der von ihm praktizierten Abschreckungsmethoden interessierte, hatte auf Rückfrage aus Johannesburg bestätigt, daß er sich in Westafrika befinde und dort seinen Dienst versehe.
Die belgische Polizei hatte Erkundigungen über ihren Ex-Söldner eingeholt. Im Archiv einer der belgischen Botschaften in Westindien war ein Dossier ausgegraben worden, demzufolge der ehedem in katangesischen Diensten stehende Söldner vor drei Monaten bei einer Schlägerei in einer Hafenbar in Guatemala ums Leben gekommen sei.
Als Lebel den letzten Bericht verlesen hatte und von den vor ihm liegenden Dossiers aufblickte, waren vierzehn Augenpaare auf ihn gerichtet, deren Mehrzahl ihn kalt und herausfordernd ansah.
»*Alors, rien?*« fragte Oberst Rolland.
»Nein, nichts«, räumte Lebel ein. »Keiner der uns gegebenen Hinweise scheint irgendwelche Resultate zu erbringen.«
»Ist das alles, was bei Ihrer ›reinen Detektivarbeit‹ herausgekommen ist?« fragte Saint Clair sarkastisch und musterte Bouvier und Lebel mit kalter Verachtung.
»Meine Herren«, sagte der Innenminister, mit Bedacht die Pluralform gebrauchend, damit beide Polizeikommissare sich angesprochen fühlten, »das sieht ja ganz danach aus, als seien wir wieder auf den Ausgangspunkt zurückgeworfen.«
»Das fürchte ich in der Tat«, entgegnete Lebel. Bouvier warf sich für ihn in die Bresche.
»Mein Kollege fahndet praktisch ohne jeglichen Hinweis und ohne auch nur einen einzigen Anhaltspunkt zu haben, nach einem Verbrecher, der vom Typ her kaum zu greifen ist. Diese Sorte pflegt für ihr Geschäft keine Werbung zu betreiben und auch ihre Adresse nicht zu hinterlassen.«
»Darüber sind wir uns durchaus im klaren, mein lieber Kommissar«, bemerkte der Minister eisig, »die Frage ist nur . . .«
Es klopfte an der Tür. Der Minister runzelte die Stirn; er hatte

Anweisung gegeben, die Sitzung nur im dringenden Ausnahmefall zu stören.
»Herein.«
Mit verlegenem Gesicht erschien einer der Portiers des Ministeriums im Türrahmen.
»*Mes excuses, Monsieur le Ministre.* Telefon für Kommissar Lebel. Aus London.« Er spürte den schweigenden Unwillen der Sitzungsteilnehmer und versuchte sich zu rechtfertigen. »Es ist dringend, wurde gesagt.«
Lebel stand auf.
»Wollen Sie mich bitte entschuldigen, meine Herren?«
Nach einer Viertelstunde kam er zurück. Die Atmosphäre in dem Konferenzzimmer war noch so feindselig wie zuvor und die Auseinandersetzung darüber, was als nächstes zu tun sei, in seiner Abwesenheit offenbar fortgesetzt worden. Oberst Saint Clair hatte sich in bitteren Anklagen ergangen und war durch Lebels Rückkehr unterbrochen worden. Als der Kommissar seinen Platz wieder einnahm, schwieg auch er.
Der kleine Kommissar hielt einen Umschlag in der Hand, auf dessen Rückseite er sich etwas notiert hatte.
»Meine Herren, ich glaube, wir haben den Namen des gesuchten Mannes«, sagte er.
Eine halbe Stunde später verließen die Teilnehmer das Konferenzzimmer in geradezu euphorischer Stimmung. Als Lebel ihnen berichtet hatte, was ihm aus London gemeldet worden war, hatten sie einen kollektiven Seufzer der Erleichterung ausgestoßen, der sich wie eine Lokomotive anhörte, die nach langer Fahrt ihre Endstation erreicht hat. Jeder der Männer wußte, daß er von jetzt ab zumindest etwas würde tun können. Innerhalb einer halben Stunde hatte man sich darüber geeinigt, wie man, ohne der Presse gegenüber auch nur ein Wort verlauten zu lassen, ganz Frankreich nach einem Mann namens Calthrop durchkämmen, ihn aufspüren und, wenn nötig, unschädlich machen konnte. Daß mit einer genauen Personenbeschreibung Calthrops erst andertags in der Frühe zu rechnen war, wenn sie aus London per Fernschreiber übermittelt wurde, wußten sie. Aber bis dahin konnten die *Renseignements Généraux* ihre kilometerlangen Archivregale nach einer auf den Namen dieses Mannes ausgestellten Landekarte oder einem Meldeformular durchforschen, das ihn als Gast eines Hotels irgendwo in Frankreich registrierte. Die Polizeipräfektur konnte ihre eigenen Akten überprüfen und feststellen, ob er sich in einem

Hotel im Bereich von Paris aufhielt. Die *Direction de la Surveillance du Territoire* konnte seinen Namen allen Grenzposten, Hafen- und Flughafenverwaltungen Frankreichs mit der Maßgabe übermitteln, den Mann beim Betreten französischen Bodens umgehend festzunehmen.
Falls er noch nicht in Frankreich eingetroffen war, so spielte das keine Rolle. Bis zu seiner Ankunft würde absolutes Stillschweigen gewahrt werden: Um so sicherer konnte man ihn, wenn er kam, sofort fassen.

»Diese erbärmliche Kreatur, der Bursche, der sich Calthrop nennt, ist praktisch schon ein toter Mann«, berichtete Oberst Raoul Saint Clair de Villauban seiner Geliebten, die mit ihm im Bett lag, in der gleichen Nacht.
Als es Jacqueline endlich gelungen war, ihm zu einem verspäteten Höhepunkt zu verhelfen, damit er einschlief, schlug die Uhr unter dem Glassturz Mitternacht, und der 14. August war angebrochen.

Superintendent Thomas lehnte sich in seinem Schreibtischsessel zurück und musterte die sechs Kriminalinspektoren, die er nach Beendigung seines Gesprächs mit Paris von ihren bisherigen Aufgaben entbunden und auf neue angesetzt hatte. Die Turmuhr vom nahen Big Ben schlug Mitternacht.
Die Ausgabe der Orders dauerte eine Stunde. Ein Mann wurde angewiesen, Calthrops Jugend zu recherchieren und festzustellen, wo seine Eltern – sofern sie noch lebten – wohnhaft waren; welche Schulen er besucht hatte und ob er bereits als Schüler ein guter Schütze gewesen war; ob und durch welche sonstigen Leistungen er sich ausgezeichnet hatte usw. Einem zweiten Mann oblag es, Calthrops nächsten Lebensabschnitt von der Schulentlassung über die Ableistung des Militärdienstes (Ausbildung zum Scharfschützen? Charakterliche Beurteilung?) und alle nach der Entlassung in das Zivilleben eingegangenen Arbeitsverhältnisse bis zu dem Zeitpunkt zu durchleuchten, wo er von dem Waffenhändler wegen mangelnder Loyalität gefeuert worden war.
Der dritte und der vierte Kriminalinspektor wären beauftragt, Calthrops Tätigkeit seit der im Oktober 1961 erfolgten Trennung von seinem letzten der Polizei inzwischen bekannten Arbeitgeber zu ermitteln und in Erfahrung zu bringen, wo er sich seither aufgehalten, wen er getroffen, welche Einkünfte er gehabt hatte und aus welchen Quellen sie stammten; da es keine Kriminalakte über

ihn gab und man folglich auch nie Fingerabdrücke von ihm genommen hatte, brauchte Thomas unbedingt Fotos des Mannes, vorzugsweise solche, die in jüngster Zeit aufgenommen worden waren.
Die letzten beiden Inspektoren sollten feststellen, wo sich Calthrop gegenwärtig aufhielt. Sie waren angewiesen, die Möbel und Gebrauchsgegenstände in seiner Wohnung eingehend auf Fingerabdrücke zu untersuchen und darüber hinaus zu eruieren, wo er den Wagen gekauft hatte. Zu diesem Zweck sollten sie sich bei der Londoner County Hall erkundigen, ob dort Unterlagen über die Ausstellung eines Führerscheins vorhanden waren, und sich, wenn das nicht der Fall sein sollte, an die entsprechenden Ämter in den Landkreisen und Grafschaften wenden. Es war ihnen aufgetragen, Fabrikat und Baujahr, Farbe und polizeiliche Kennzeichen des Wagens festzustellen, seine Garage in Augenschein zu nehmen und die von ihm frequentierte Werkstatt aufzusuchen, um herauszufinden, ob er eine längere Autoreise geplant hatte; falls dies zutraf, bei der Reederei der Kanalfähren nachzufragen; und schließlich der Reihe nach alle Luftverkehrsgesellschaften abzuklappern, um zu erfahren, ob er bei einer von ihnen – mit welchem Reiseziel auch immer – einen Flug gebucht hatte.
Alle sechs Männer machten sich ausführliche Notizen. Als Thomas geendet hatte, standen sie auf und verließen das Büro. Auf dem Korridor sahen die beiden letzten einander von der Seite an. »Ist doch merkwürdig«, meinte der eine, »daß der Alte uns nicht sagen will, was der Bursche angestellt haben soll oder womöglich noch vorhat.«
»Eines ist sicher«, entgegnete der andere, »eine Aktion von diesem Ausmaß kann nur auf Anweisung von ganz oben gestartet werden. Man möchte fast glauben, der Kerl hätte die Absicht, den König von Siam umzulegen.«

Es dauerte eine Weile, bis ein Richter geweckt und der Haussuchungsbefehl unterschrieben war. In den ersten Morgenstunden, als Thomas in seinem Schreibtischsessel eingenickt war und Claude Lebel in seinem Büro starken schwarzen Kaffee schlürfte, durchsuchten zwei Agenten von Scotland Yards Special Branch Calthrops Wohnung.
Beide waren Experten. Sie begannen mit den Schubladen, deren Inhalt sie auf ein Bettuch leerten und eingehend untersuchten. Als alle Schubladen ausgeräumt waren, nahmen sie sich den Schreib-

tisch vor, um festzustellen, ob er Geheimfächer enthielt. Anschließend kamen die gepolsterten Möbelstücke an die Reihe, und sehr bald sah die Wohnung aus wie eine Geflügelfarm nach dem Weihnachtsgeschäft. Der eine Agent durchsuchte das Wohnzimmer, der andere das Schlafzimmer. Danach setzten sie ihre Tätigkeit in der Küche und im Bad fort.
Als sie sämtliche Möbel, Kissen, Polster und Matratzen sowie die Mäntel und Anzüge in den Schränken Stück für Stück untersucht hatten, konzentrierten sie sich auf die Fußböden, Wände und Zimmerdecken. Um 6 Uhr morgens war die Wohnung wieder tadellos aufgeräumt. Die Nachbarn standen im Hausflur, beratschlagten flüsternd und blickten argwöhnisch auf die geschlossene Tür der Calthropschen Wohnung. Als sie sich öffnete und die beiden Kriminalinspektoren erschienen, verstummten sie.
Einer der beiden Beamten trug einen Koffer, in dem sich Calthrops Privatkorrespondenz sowie seine persönlichen Dokumente und Papiere befanden. Er verließ das Haus, setzte sich in den vor der Tür wartenden Polizeiwagen und ließ sich zu Thomas in den Yard fahren. Der andere begann umgehend mit der Befragung der Nachbarn, die innerhalb der nächsten beiden Stunden zur Arbeit fahren mußten. Sobald die umliegenden Geschäfte öffneten, würde er die Ladeninhaber interviewen.
Thomas hatte ein paar Minuten mit der Sichtung der aus Calthrops Wohnung mitgenommenen Papiere und Unterlagen verbracht, als der Kriminalinspektor aus der auf dem Fußboden des Büros ausgebreiteten Dokumentensammlung ein kleines blaues Buch herausgriff, zum Fenster ging und die Seiten im Licht der eben aufgehenden Sonne überflog.
»Sehen Sie sich das an, Super«, sagte er und deutete auf einen Stempel, der die aufgeschlagene Seite des Passes in seiner Hand schmückte. »Hier ... ›Republica de Dominica, Aeroporto Ciudad Trujillo, Decembre 1960, Entrada ...‹ Er war also da. Das ist unser Mann.«
Thomas ließ sich den Paß geben, warf einen Blick auf das darin befindliche dominikanische Visum und starrte dann aus dem Fenster.
»Allerdings, das ist er«, sagte er schließlich. »Aber macht es Sie nicht stutzig, daß wir seinen Paß haben?«
»Oh, dieser Hund ...!« fluchte der Inspektor, als er begriffen hatte.
»Sie sagen es«, bemerkte Thomas, der seinerseits nur äußerst sel-

ten Kraftausdrücke zu gebrauchen pflegte. »Wenn er nicht auf seinem eigenen Paß reist, unter welchem Namen reist er dann? Reichen Sie mir das Telefon herüber und verbinden Sie mich mit Paris.«

Zur gleichen Stunde hatte der Schakal Mailand bereits ein gutes Stück weit hinter sich gelassen. Das Verdeck des Alfa war heruntergeklappt, und auf der Autostrada 7 nach Genua spiegelte sich schon der Glanz der Morgensonne. Auf der breiten, geraden Straße drehte der Schakal den Motor voll auf und ließ die Tachonadel unmittelbar unter dem roten Strich tanzen. Der kühle Wind wühlte in seinem langen hellblonden Haar, das seine Stirn wild umflatterte, aber die dunkle Brille schützte seine Augen.
Auf der Straßenkarte war die Entfernung bis zur französischen Grenze bei Ventimiglia mit rund 210 Kilometer angegeben, und er hatte bereits ein gut Teil der von ihm auf eine Fahrzeit von zwei Stunden geschätzten Strecke zurückgelegt. Kurz nach sieben wurde er vorübergehend durch den in Richtung Hafen rollenden Lastwagenverkehr von Genua aufgehalten, aber schon fünfzehn Minuten später befand er sich auf der A 10 nach San Remo und zur französischen Grenze.
Der Straßenverkehr und die Hitze hatten beträchtlich zugenommen, als er um zehn Minuten vor acht die verschlafenste aller Grenzstationen Frankreichs erreichte. Nach einer halbstündigen Wartezeit in der Fahrzeugschlange wurde er aufgefordert, vor der Zollbaracke vorzufahren. Der Polizeibeamte, der ihm den Paß abgenommen und eine Weile darin herumgeblättert hatte, murmelte »*Un moment, monsieur*« und ging in die Baracke.
Nach ein paar Minuten kehrte er mit einem Mann in Zivilkleidung, der seinen Paß in der Hand hielt, zurück.
»*Bonjour, monsieur.*«
»*Bonjour.*«
»Ist dies Ihr Paß?«
»Ja.«
Neuerliches Durchblättern des Passes.
»Was ist der Zweck Ihrer Reise nach Frankreich?«
»Ich will an die Côte d'Azur fahren.«
»Der Wagen gehört Ihnen?«
»Nein. Das ist ein Mietwagen. Ich hatte geschäftlich in Italien zu tun, und es ergab sich überraschend, daß ich erst in einer Woche wieder in Mailand sein muß. Deswegen habe ich mir den Wagen

geliehen, um die Zeit zu nutzen und einen Ausflug nach Frankreich zu machen.«
»Ich verstehe. Kann ich die Wagenpapiere sehen?«
Der Schakal reichte ihm den internationalen und den britischen Führerschein, den Leihvertrag und die beiden Versicherungspolicen. Der Beamte in Zivil prüfte die Dokumente eingehend.
»Haben Sie Gepäck, Monsieur?«
»Ja, drei Stück im Kofferraum und eine Reisetasche.«
»Bringen Sie bitte alles zur Zollkontrolle in die Baracke.«
Der Polizist half dem Schakal beim Ausladen des Gepäcks und faßte auch mit an, als er es in die Zollstation schaffte.
Bevor er von Mailand abgefahren war, hatte er den alten Militärmantel, die abgetragene Hose und die Schnürstiefel von André Martin, dem nichtexistenten Franzosen, dessen Papiere in das Futter des dritten Koffers eingenäht waren, zu einem Bündel zusammengerollt und in die hintere Ecke des Kofferraums geschoben. Die Kleidungsstücke aus den beiden anderen Koffern waren auf alle drei verteilt worden. Die Medaillen befanden sich in seiner Jackentasche.
Zwei Zollbeamte untersuchten jedes Gepäckstück, während der Schakal das übliche Formular für englische Touristen, die nach Frankreich einreisen, ausfüllte. Nichts von dem, was sich in den Koffern befand, erregte besondere Aufmerksamkeit. Einen flüchtigen Augenblick lang schien die Situation kritisch zu werden, als die Zollbeamten die Flaschen mit den Haarfärbemitteln zur Hand nahmen. Er hatte die Vorsichtsmaßnahme getroffen, sie in geleerte Rasierwasserflaschen umzufüllen. Zu jener Zeit war Pre-Shave-Lotion in Frankreich noch nicht im heutigen Umfang eingeführt, und die beiden Beamten wechselten fragende Blicke, bevor sie die Flaschen in die Reisetasche zurücklegten.
Aus dem Augenwinkel sah der Schakal, daß draußen vor dem Fenster ein weiterer Beamter den Kofferraum und den Kühler des Alfa untersuchte. Glücklicherweise schaute er nicht unter den Wagen. Er entrollte den Militärmantel und die Hose, die er im Kofferraum verstaut hatte, und betrachtete sie mit deutlichem Abscheu. Offenbar nahm er jedoch an, der Mantel sei zum Bedecken der Kühlerhaube in kalten Winternächten bestimmt, und legte die Kleidungsstücke, die auch bei unterwegs etwa vorzunehmenden Reparaturen von Nutzen sein mochten, in den Kofferraum zurück. Als der Schakal das Formular ausgefüllt hatte, waren die beiden Zollbeamten dabei, die Kofferdeckel zu schließen. Sie nickten dem

Beamten in Zivil zu, der seinerseits die Einreisekarte zur Hand nahm, die darauf vermerkten Eintragungen mit den Angaben im Paß verglich und diesen dem Schakal zurückgab.
»*Merci, monsieur. Bon voyage.*«
Zehn Minuten später hatte der Alfa den östlichen Stadtrand von Mentone erreicht. Nach einem ausgiebigen Frühstück in einem Café mit Aussicht auf die alte Hafenreede und den Jachthafen setzte er die Fahrt auf der Corniche Littorale in Richtung Monaco, Nizza und Cannes fort.

In seinem Londoner Büro rührte Superintendent Thomas in dem starken schwarzen Kaffee, den er sich hatte heraufbringen lassen, und fuhr sich mit der Hand über sein stoppeliges Kinn. Ihm gegenüber saßen die beiden Kriminalinspektoren, die beauftragt waren, Calthrops derzeitigen Aufenthaltsort ausfindig zu machen. Die drei Männer warteten auf die zur Unterstützung angeforderten sechs Sergeants des Sicherheitsdienstes, die Thomas von ihren üblichen dienstlichen Obliegenheiten befreit hatte.
Nachdem sie sich bei ihren Abteilungen zum Dienst gemeldet und dort erfahren hatten, daß sie ab sofort zeitweilig Thomas' Sonderkommission zugeteilt waren, fanden sie sich einer nach dem anderen in dessen Büro ein. Kurz nach 9 Uhr waren dann schließlich alle zur Stelle, und Thomas begann, ihnen die nötigen Anweisungen zu geben.
»Wir fahnden nach einem Mann. Es ist nicht erforderlich, daß Sie wissen, warum wir das tun. Erforderlich ist einzig und allein, daß wir ihn fassen, und das so rasch wie möglich. Wir wissen inzwischen oder glauben doch zu wissen, daß er sich gegenwärtig im Ausland aufhält, und zwar unter falschem Namen und mit gefälschten Papieren. Hier –«, sagte er und überreichte jedem von ihnen einen vergrößerten Abzug der Reproduktion, die nach dem Foto auf Calthrops Paßantrag angefertigt worden war –, »so sieht er aus. Vermutlich wird er sein Äußeres jedoch durch maskenbildnerische Tricks verändert haben. Sie, meine Herren, werden jetzt zum Paßamt fahren und sich eine vollständige Liste aller kürzlich gestellten Paßanträge geben lassen. Nehmen Sie sich zunächst die letzten hundert Tage vor. Wenn Sie nichts gefunden haben, gehen Sie nochmals um hundert Tage zurück. Es wird, weiß Gott, kein Vergnügen für Sie sein, aber ich kann es Ihnen nicht ersparen.«
Er schilderte ihnen kurz die üblichste Methode, wie man sich fal-

sche Papiere beschafft – es war in der Tat diejenige, deren sich der Schakal bedient hatte – und schloß:
»Wichtig ist vor allem, daß Sie sich nicht mit Geburtsurkunden zufriedengeben. Überprüfen Sie die Totenscheine. Sobald Sie die vollständige Liste vom Paßamt erhalten haben, verlegen Sie die gesamte Aktion ins Somerset House. Verteilen Sie die Namenslisten unter sich und machen Sie sich über die Totenscheine her. Wenn Sie einen Paßantrag finden, den ein Mann gestellt hat, der nicht mehr am Leben ist, dürfte es sich bei dem Betrüger vermutlich um den Gesuchten handeln. Und jetzt vorwärts, meine Herren. An die Arbeit!«
Während die acht Männer den Raum verließen, griff Thomas zum Telefon, um sich mit dem Paßamt und anschließend mit der Zentralregistratur für Geburten, Eheschließungen und Sterbefälle verbinden und von beiden Ämtern zusichern zu lassen, daß seiner anrückenden Sonderkommission bei deren Arbeit jede Hilfe gewährt werden würde.
Zwei Stunden später, als er sich gerade mit einem geborgten Apparat rasierte, meldte sich der dienstältere der beiden Kriminalinspektoren, der als Leiter der Sonderkommission fungierte, telefonisch. Im Zeitraum der letzten hundert Tage seien insgesamt 841 Paßanträge gestellt worden, sagte er. Die hohe Zahl der Anträge sei jahreszeitlich bedingt; im Sommer, wenn die Leute verreisen wollten, pflegte sie immer zu steigen.
Bryn Thomas hängte ein und schneuzte sich in sein Taschentuch.
»Verdammter Sommer«, sagte er.

Kurz nach elf erreichte der Schakal das Stadtzentrum von Cannes. Er hielt nach einem ihm zusagenden Luxushotel Ausschau, und nachdem er ein paar Minuten lang herumgefahren war, steuerte er in den Vorhof des Majestic. Er kämmte sich rasch das windzerzauste Haar und betrat das Foyer.
Zu dieser Tageszeit lagen die meisten Hotelgäste am Strand, und die Halle war menschenleer. Sein eleganter leichter Anzug und sein selbstbewußtes Auftreten machten ihn auf den ersten Blick als englischen Gentleman kenntlich, und dem Hotelpagen, den er fragte, wo die Telefonzellen seien, kam es gar nicht in den Sinn, die Brauen hochzuziehen. Die Dame hinter dem Tresen, der die Telefonzentrale vom Eingang zur Garderobe trennte, blickte auf, als er auf sie zutrat.
»Bitte verbinden Sie mich mit Paris, Molitor 5901«, sagte er. We-

nige Minuten später wies sie ihm eine Telefonzelle zu, deren schalldichte Tür er hinter sich schloß.
»*Allo, ici Chacal.*«
»*Ici Valmy*. Gott sei Dank, daß Sie anrufen. Seit zwei Tagen haben wir versucht, Sie zu erreichen.«
Wer den Engländer durch das Fenster der Telefonzelle beobachtet hätte, würde ihn erstarren und die Stirn runzeln gesehen haben. Während des etwa zehn Minuten dauernden Gesprächs blieb er zumeist stumm. Nur gelegentlich, wenn er eine knappe Zwischenfrage stellte, bewegten sich seine Lippen. Aber es beobachtete ihn niemand. Die Telefondame war in die Lektüre eines Liebesromans vertieft und sah erst wieder auf, als der hochgewachsene Engländer vor ihr stand und durch seine dunkle Brille auf sie hinabstarrte. Sie las die Gebühren für das Gespräch von dem am Klappenschrank angebrachten Zähler ab und nahm den geforderten Betrag entgegen.
Der Schakal trank ein Kännchen Kaffee auf der Terrasse, von der aus man auf die Croisette und das in der Sonne glitzernde Meer hinausblickte, an dessen Strand sich braungebrannte Sommerfrischler tummelten. Nachdenklich zog er an seiner Zigarette.
Wie man Kowalsky nach Frankreich gelockt hatte, konnte er sich zusammenreimen; er erinnerte sich an den bulligen Polen in der Wiener Pension. Was ihm nicht in den Kopf wollte, war dagegen, wie der Leibwächter, der vor der Tür gestanden hatte, seinen Decknamen erfahren haben mochte und woher er wußte, zu welchem Zweck er, der Schakal, engagiert worden war. Vielleicht hatte die französische Polizei das selbst herausbekommen. Vielleicht auch hatte Kowalsky seinerseits geahnt, was er war, denn er war selbst ein Killer gewesen, wenn auch nur einer von der tumben, stümperhaften Sorte.
Der Schakal zog Bilanz. Zwar hatte ihm Valmy dringend geraten, auszusteigen und so rasch wie möglich heimzufahren; aber er hatte auch zugeben müssen, daß er von Rodin nicht ermächtigt worden war, die Aktion abzublasen. Was er dem Schakal zu berichten gewußt hatte, bestätigte dessen Vermutungen über die Laxheit der OAS in Sicherheitsfragen. Aber er wußte etwas, was sie nicht wußten und auch die französische Polizei nicht ahnen konnte: daß er unter falschem Namen reise, einen auf den falschen Namen ausgestellten echten Paß in der Tasche trug und darüber hinaus noch drei weitere gefälschte ausländische Personalausweise mitsamt den dazu passenden Verkleidungen in Reserve hatte.

Eine ungefähre Personenbeschreibung war alles, wovon die französische Polizei ausgehen konnte. Hochgewachsen, blond, ausländischer Nationalität – mehr wußte dieser Kommissar, den Valmy erwähnt hatte, Lebel hieß er, nicht von ihm. Es mußte Tausende und aber Tausende von Ausländern geben, die sich im August in Frankreich aufhielten und dieser Beschreibung entsprachen. Sie konnten sie unmöglich alle verhaften.

Ein weiterer Vorteil für ihn lag in der Tatsache, daß die französische Polizei nach einem Mann fahndete, der den Paß Charles Calthrops trug. Sollte sie nur! Er war Alexander Duggan, und das konnte er jederzeit nachweisen.

Jetzt, wo Kowalsky tot war, wußte niemand mehr – auch Rodin nicht –, wer er war und wo er sich aufhielt. Er war endlich ausschließlich und ganz allein auf sich selbst gestellt, und genau das war es, was er von Anfang an gewollt hatte.

Dessenungeachtet hatten die Risiken zweifellos zugenommen. Da die Tatsache, daß ein Anschlag bevorstand, aufgedeckt worden war, würde er es jetzt mit einem ganzen System zusätzlicher Sicherheitsvorkehrungen aufnehmen müssen. Die Frage war, ob sein bis ins einzelne festgelegter Mordplan sich unter diesen Umständen noch als ausführbar erwies. Je länger er darüber nachdachte, desto überzeugter war er, daß dies der Fall sei.

Aufgeben oder Weitermachen: das blieb dennoch die Frage – und sie mußte beantwortet werden. Aufgeben hieße, sich mit Rodin und seinen Kumpanen auf eine Auseinandersetzung über den Verbleib der auf seinem schweizerischen Konto befindlichen Viertelmillion Dollar einzulassen. Wenn er sich weigerte, ihnen das Geld – oder doch den größten Teil davon – zurückzugeben, würden sie ihn, wo immer er sich vor ihnen verbergen mochte, aufspüren und so lange foltern, bis er die Anweisung zur Rückerstattung der Summe unterschrieb. Und anschließend würden sie ihn dann umbringen. Ihnen zu entkommen, würde viel, viel Geld kosten – ja, vermutlich die Viertelmillion, die er jetzt besaß, gänzlich verschlingen.

Weiterzumachen bedeutete dagegen, erhöhte Gefahren in Kauf zu nehmen, bis der Job erledigt war. Je näher das Datum heranrückte, desto schwieriger würde es werden, in letzter Minute auszusteigen.

Als die Rechnung kam, warf er einen Blick darauf und zuckte zusammen. Mein Gott, die Preise, die diese Leute verlangten! Um

sich ein menschenwürdiges Leben leisten zu können, mußte ein Mann reich sein, Dollars haben, Dollars und nochmals Dollars. Er blickte aufs Meer hinaus und zu den geschmeidigen, braungebrannten Mädchen hinüber, die den Strand bevölkerten, sah die Cadillacs und Jaguars, gesteuert von sonnengebräunten, ständig nach attraktiver Weiblichkeit Ausschau haltenden jungen Herren, über die Croisette rollen. Dies war das Leben, das er sich seit der Zeit, als er seine Nase noch an den Schaufenstern der Reisebüros platt drückte, immer schon gewünscht hatte. Sehnsüchtig hatte er die Plakate angestarrt, die ihm ein anderes Leben zeigten, eine andere Welt als die überfüllter Vorortszüge, dreifach ausgefertigter Konnossemente und aus Pappbechern geschlürften lauwarmen Tees. In den letzten drei Jahren schien er es fast geschafft zu haben; maßgeschneiderte Anzüge, kostspielige Mahlzeiten und elegante Frauen waren ihm zur Gewohnheit geworden. Er hatte sich ein modernes Apartment gemietet und einen Sportwagen gekauft. Aufzugeben hieße, auf alles das verzichten.
Der Schakal beglich die Rechnung und hinterließ ein generöses Trinkgeld. Er setzte sich in den Alfa und steuerte ihn durch den lebhaften Verkehr in nördlicher Richtung aus der Stadt hinaus.

Kommissar Lebel saß an seinem Schreibtisch und fühlte sich, als habe er in seinem ganzen Leben noch nie geschlafen und auch keine Aussicht mehr, es jemals zu tun. Auf dem Feldbett in der Ecke schnarchte Lucien Caron, der die ganze Nacht hindurch die mit der Überprüfung der eingegangenen Einreise- und Meldeformulare angelaufene Fahndung nach Charles Calthrop geleitet hatte. Bei Anbruch der Dämmerung war er von Lebel abgelöst worden.
Vor ihm auf der Schreibtischplatte stapelten sich jetzt die Berichte der diversen Dienste und Dienststellen, die mit der Registrierung nach Frankreich einreisender Ausländer beauftragt waren. Die Meldungen lauteten allesamt gleich. Seit Beginn des Jahres hatte kein Mann dieses Namens die Grenze an irgendeinem offiziellen Übergang legal passiert. Weder in der Provinz noch in Paris war ein Mann dieses Namens oder unter diesem Namen in einem Hotel abgestiegen. Er stand auf keiner Liste unerwünschter Ausländer und war der französischen Polizei bisher auch nie in irgendeiner Weise unliebsam aufgefallen.
Sobald Lebel der Bericht einer Dienststelle vorlag, wies er sie telephonisch an, den Stichtag für die Überprüfung weiter und weiter zurückzuverlegen, bis man auf irgendeinen früheren Aufenthalt

Calthrops in Frankreich stieß. Auf diese Weise würde sich vielleicht feststellen lassen, ob es eine von ihm bevorzugte Unterkunft gab – das Haus eines Freundes oder irgendein Hotel –, wo er sich womöglich auch jetzt unter falschem Namen verborgen hielt.

Superintendent Thomas' Anruf vom gleichen Morgen hatte die Hoffnung auf eine rasche Ergreifung des Killers praktisch zunichte gemacht. Die Teilnehmer der abendlichen Lagebesprechung waren noch nicht darüber unterrichtet worden, daß sich die Verfolgung der Spur Calthrops vermutlich als Fehlschlag erweisen dürfte. Das würde er ihnen heute abend um 10 Uhr beibringen müssen. Und wenn er bis dahin keinen anderen Namen als Ersatz für Calthrop nennen konnte, hatte er neuerliche Ausfälle von seiten Saint Clairs und die stummen Vorwürfe der anderen Konferenzteilnehmer zu gewärtigen.

Es gab nur zwei Dinge, die ihm eine gewisse Genugtuung bereiteten: zum einen die Tatsache, daß sie nun Calthrops Personenbeschreibung sowie ein En-face-Foto von ihm besaßen. Zwar dürfte er seine äußere Erscheinung beträchtlich verändert haben, wenn er mit falschen Papieren reiste, aber es war immerhin besser als nichts. Und zum anderen empfand er die Tatsache als tröstlich, daß niemand in der Konferenzrunde etwas vorzuschlagen wußte, was besser gewesen wäre als das, was er tat – alles zu überprüfen und jeder Spur, die sich ergeben mochte, sofort nachzugehen. Caron hatte die Theorie entwickelt, daß Calthrop zu dem Zeitpunkt, als die britische Polizei seine Wohnung durchsuchte, möglicherweise nur deswegen nicht dagewesen sei, weil er etwas in der Stadt zu erledigen gehabt habe; daß er keinen zweiten Paß besäße; daß er untergetaucht sei und sein Vorhaben aufgegeben habe.

»In dem Fall könnten wir in der Tat von Glück sagen«, hatte Lebel seufzend bemerkt und hinzugefügt: »Aber ich glaube nicht daran. Special Branch hat gemeldet, daß sich sein Wasch- und Rasierzeug nicht im Badezimmer befand und er einer Nachbarin gegenüber erwähnte, er ginge zum Angeln nach Schottland. Wenn Calthrop seinen Paß zurückließ, dann nur, weil er ihn nicht mehr benötigte. Rechnen Sie nicht damit, daß dieser Mann allzu viele Fehler macht. Ich fange langsam an, eine Vorstellung vom Schakal zu bekommen.«

Der Mann, nach dem die Polizeibehörden zweier Länder jetzt fahndeten, hatte beschlossen, die Grande Corniche mit ihren ewigen Verkehrsstauungen links liegenzulassen und sich auch das südliche Ende der RN 7 zu ersparen. Im August, das wußte er, stellten beide Straßen nur wenig gemilderte Formen der Hölle auf Erden dar.

In dem beruhigenden Bewußtsein der Sicherheit, das ihm der angenommene und in seinem Paß vermerkte Name Duggan verschaffte, entschied er sich dafür, von der Küste aus gemächlich nach Norden durch die Alpes Maritimes und weiter in die hügelige Landschaft Burgunds zu fahren. Er hatte keine sonderliche Eile, denn der für den Anschlag festgesetzte Tag war noch nicht gekommen. Auch war er etwas früher als ursprünglich geplant in Frankreich eingetroffen.

Von Cannes aus fuhr er in nördlicher Richtung nach Grasse, der malerischen Stadt betörender Düfte, und dann auf der RN 85 nach Castellane weiter, von wo aus die turbulenten Wasser des Verdon, von dem nur wenige Kilometer weiter flußaufwärts errichteten Staudamm gebändigt, aus den Savoyer Alpen zu Tal strömten, um sich bei Cadarache mit der Durance zu vereinigen.

Von hier fuhr er nach Barrême und Digne weiter. Der kochenden Hitze in der provenzalischen Ebene entronnen, atmete er die linde, erfrischende Luft der Berge in vollen Zügen. Sobald er das Tempo verlangsamte, spürte er, wie die Sonne auf ihn herabbrannte, aber bei zügigem Fahren war der Wind wie eine kühle Brise, die den Duft der Pinien und der Holzfeuer in den Gehöften zu ihm herübertrug.

Bei Volonne fuhr er über die Durance-Brücke und aß in einem hübschen kleinen Gasthof mit Blick auf den Fluß zu Mittag. Zweihundert Kilometer stromabwärts wurde die Durance zu einem schleimiggrauen Rinnsal, das sich zwischen Cavaillon und Plan d'Orgon träge im sonnengebleichten Kies seines Bettes dahinschlängelte. Aber hier oben in der sanften Hügellandschaft war sie noch ein richtiger Fluß mit Fischen und schattigen Ufern, deren Gras ihr sein saftiges Grün verdankte.

Am Nachmittag fuhr er auf der noch immer dem Lauf der Durance folgenden RN 85 über Sisteron hinaus, bis sich die Straße gabelte und die RN 85 sich in nördlicher Richtung von der Durance entfernte. Bei Einbruch der Dämmerung erreichte er die kleine Stadt Gap. Er hätte auch nach Grenoble weiterfahren können, aber da kein Grund zur Eile bestand und die Aussichten, im Ferienmonat August ein Hotelzimmer zu bekommen, in einer kleinen Stadt günstiger waren, sah er sich nach einem ländlichen Hotel um. Knapp außerhalb des Städtchens fand er das Hôtel du Cerf, wel-

ches ehedem einem der Herzöge von Savoyen als Jagdhaus gedient und sich das Air rustikaler Behaglichkeit und ländlicher Tafelfreuden bewahrt hatte.
Es waren noch Zimmer frei. Statt wie gewohnt zu duschen, nahm er zur Abwechslung ein behaglich ausgedehntes Bad und entschied sich dann für den taubengrauen Anzug, zu dem er ein seidenes Hemd und eine gestrickte Krawatte trug. Marie-Louise, das Zimmermädchen, hatte seinen karierten Anzug zum Aufbügeln mitgenommen und zugesagt, in anderntags in der Frühe zurückzubringen.
Das Abendessen wurde in einem holzgetäfelten Raum eingenommen, der eine panoramaartige Aussicht auf die bewaldeten Abhänge bot, die vom Schrillen der Zikaden widerhallten. Die Luft war warm, und erst als der Hauptgang abgetragen wurde, machte eine an einem Einzeltisch speisende Dame, die ein weit ausgeschnittenes, ärmelloses Kleid trug, den *maître d'hôtel* darauf aufmerksam, daß es ihr doch ein wenig kühl sei, und bat ihn, die Fenster zu schließen. Der Schakal wandte sich um, als er gefragt wurde, ob er etwas dagegen habe, wenn das Fenster, an dem er saß, zugemacht würde.
Er warf einen Blick auf die Dame. Es war eine ausgesprochen hübsche Frau. Sie mochte in den späten Dreißigern sein und hatte füllige, weiche Arme und einen tief angesetzten, vollen Busen. Mit einem flüchtigen Nicken gab er dem *maître* sein Einverständnis kund und neigte dann, den Blick der hinter ihm sitzenden Frau suchend, leicht den Kopf. Sie reagierte mit einem kühlen Lächeln.
Das Essen war hervorragend. Er hatte gefleckte Bachforelle, über dem Holzfeuer gegrillt, und auf dem Kohlenfeuer gebratene, mit Fenchel und Thymian gewürzte Tournedos bestellt. Der Wein war ein vollmundiger Côtes du Rhône aus der Gegend, der in einer Flasche ohne Etikett serviert wurde. Er war offenkundig aus einem Faß im Keller abgefüllt und vom Wirt persönlich zum *vin de la maison* bestimmt worden. Die meisten Gäste tranken ihn, und das mit gutem Grund.
Als der Schakal sein Fruchteis löffelte, hörte er, wie die hinter ihm sitzende Dame den *maître*, der sie als »Madame la Baronne« titulierte, mit befehlsgewohnter leiser Stimme wissen ließ, daß sie ihren Kaffee in der Halle zu nehmen wünsche. Wenig später bat auch der Schakal, ihm den Kaffee in der Halle zu servieren, und begab sich auf den Weg dorthin.

Der Anruf aus dem Somerset House erreichte Superintendent Thomas um 22 Uhr 15. Er saß bei offenem Fenster in seinem Büro und blickte auf die um diese Zeit stille Straße hinunter, in die kein Restaurant späte Gäste und Autofahrer lockte. Die Bürohäuser zwischen Millbank und Smith Square waren stumme Klötze, dunkel, blind, gleichgültig. Nur in dem unansehnlichen Block, der die Büros von Scotland Yards Special Branch beherbergte, brannte wie immer noch Licht.

Am etwa eine Meile entfernten Strand war das Licht in dem Flügel des Somerset House, in welchem die Totenscheine von Millionen verstorbener britischer Staatsbürger verwahrt wurden, ebenfalls noch nicht erloschen. Hier hockte Thomas' aus sechs Kriminalsergeants und zwei Kriminalinspektoren gebildete Sonderkommission über Stapeln von Dokumenten und Papieren. Alle paar Minuten stand jemand auf und verließ seinen Platz, um einen der ausgesuchten Beamten des Hauses, die heute abend weitaus länger Dienst tun mußten als ihre glücklicheren Kollegen, auf seinem Marsch an den endlosen Aktenregalen entlang zu begleiten und einen weiteren Namen zu überprüfen.

Es war der mit der Leitung der Sonderkommission beauftragte dienstältere Inspektor, der anrief.

Seine Stimme klang müde, aber zuversichtlich – hoffte er sich und seine Kollegen doch mit dem, was er zu melden hatte, von der Mühsal zu erlösen, weitere Hunderte und aber Hunderte Namen von Paßantragstellern auf die Möglichkeit überprüfen zu müssen, daß es auf sie ausgestellte Totenscheine gab.

»Alexander James Quentin Duggan«, verkündete er, als Thomas sich gemeldet hatte.

»Was ist mit ihm?« fragte Thomas.

»Geboren am 3. April 1929 in Sambourne Fishley in der St.-Markus-Gemeinde. Beantragte in der üblichen Weise und auf dem üblichen Formular am 14. Juli dieses Jahres einen Paß. Der Paß wurde am darauffolgenden Tag ausgestellt und am 17. Juli an die auf dem Antragsformular angegebene Adresse geschickt. Wird sich vermutlich um eine Deckadresse handeln.«

»Warum?« fragte Thomas. Er liebte es nicht, wenn man ihn warten ließ.

»Weil Alexander James Quentin Duggan am 8. November 1931 bei einem Verkehrsunfall in seinem Heimatdorf im Alter von zweieinhalb Jahren ums Leben kam.«

Thomas dachte einen Augenblick lang nach.

»Wie viele in den letzten hundert Tagen ausgestellte Pässe haben Sie noch zu überprüfen?« fragte er.
»Etwa dreihundert«, sagte die Stimme am anderen Ende der Leitung.
»Lassen Sie auch die, für den Fall, daß sich ein weiterer Betrüger darunter befindet, noch überprüfen«, ordnete Thomas an. »Geben Sie die Leitung der Sonderkommission an Ihren Kollegen ab. Ich möchte, daß Sie die Adresse, an die der Paß geschickt wurde, auskundschaften. Rufen Sie mich an, sobald Sie sie gefunden haben. Wenn es ein bewohntes Gebäude ist, verlangen Sie den Besitzer oder den Hauswart zu sprechen. Holen Sie alles, was er über Calthrop weiß, aus ihm heraus und bringen Sie mir auch das für die Akten bestimmte Foto Duggans mit, das seinem Antrag beigefügt war. Ich will mir diesen Calthrop in seiner neuen Verkleidung mal ansehen.«
Es war fast 23 Uhr, als der dienstälteste Inspektor zurückrief. Bei der fraglichen Adresse handelte es sich um ein kleines Tabak- und Zeitungsgeschäft in Paddington. Es war eines von der Sorte, in deren Schaufenster Karten mit den Adressen Prostituierter aushängen. Der Inhaber, der über dem Laden wohnte, war aus dem Schlaf geklingelt worden. Er bestätigte, daß er häufig Postsendungen für Kunden entgegennahm, die keine feste Adresse hatten, und für derartige Dienste eine Gebühr berechnete. An einen Stammkunden namens Duggan konnte er sich nicht erinnern, aber es war möglich, daß Duggan ihn zweimal aufgesucht hatte – einmal, um zu vereinbaren, daß seine Post dort empfangen wurde, und das zweitemal, um die erwartete Sendung abzuholen. Auf der Fotografie von Calthrop, die der Inspektor ihm zeigte, hatte der Ladenbesitzer ihn nicht erkannt. Der Inspektor wies ihm auch Duggans Foto vor, daß dem Paßantrag beigefügt gewesen war, und diesen Mann glaubte der Ladeninhaber gesehen zu haben. Aber sicher war er sich dessen nicht. Es war gut möglich, daß der Mann eine dunkle Brille getragen hatte. Manche Kunden, die sich für erotische Magazine interessierten, trugen dunkle Brillen.
»Bringen Sie ihn auf die Wache«, befahl Thomas, »und kommen Sie so rasch wie möglich her.« Er drückte auf die Gabel, wählte die Telefonzentrale und ließ sich mit Paris verbinden.
Wiederum kam der Anruf mitten in der Konferenz. Kommissar Lebel hatte erklärt, daß sich Calthrop mit an Sicherheit grenzender Wahrscheinlichkeit nicht unter eigenem Namen in Frankreich aufhalte, es sei denn, er habe sich in einem Fischerboot an Land ge-

schmuggelt oder die Grenze an einer unbewachten Stelle überschritten. Er persönlich glaube jedoch nicht, daß ein ›Mann vom Fach‹ dergleichen je tun würde, denn bei jeder Razzia oder Ausweiskontrolle könne er festgenommen werden, weil sein Paß keinen Einreisestempel aufwies.
Auch war kein Charles Calthrop unter seinem eigenen Namen in irgendeinem französischen Hotel abgestiegen.
Diese Fakten wurden sowohl von den Chefs der RG und der DST als auch vom Polizeipräfekten von Paris bestätigt und daher nicht in Zweifel gezogen.
Es gab, so argumentierte Lebel, zwei Möglichkeiten. Die eine bestand darin, daß der Mann sich keine falschen Papiere beschafft hatte, weil er davon ausgegangen war, daß man ihn nicht verdächtigen würde. In dem Fall hatte ihn die Haussuchung durch die Londoner Polizei von seinem Vorhaben abgebracht. Lebel fügte hinzu, er persönlich glaube nicht an diese Möglichkeit, weil Superintendent Thomas' Leute die Garderobenschränke in der Wohnung halb leer vorgefunden und zudem festgestellt hatten, daß das Wasch- und Rasierzeug des Mannes fehlte, was darauf hindeutete, daß er seine Londoner Wohnung mit einem ganz bestimmten Reiseziel verlassen hatte. Das wurde auch durch die Aussage einer Nachbarin bestätigt, derzufolge Calthrop gesagt habe, er wolle mit dem Wagen eine Rundreise durch Schottland unternehmen. Weder die britische noch die französische Polizei hatte Anlaß, dies für die Wahrheit zu halten.
Die zweite Möglichkeit war, daß Calthrop sich falsche Papiere beschafft hatte, und ihr ging die britische Polizei jetzt nach. In diesem Fall konnte es sein, daß er sich entweder noch gar nicht in Frankreich befand, sondern an irgendeinem anderen Ort aufhielt, wo er seine Vorbereitungen abschloß, oder bereits nach Frankreich eingereist war, ohne Verdacht erregt zu haben. Als Lebel an diesem Punkt seiner Darstellung angelangt war, geschah es, daß einigen Konferenzteilnehmern der Kragen platzte.
»Wollen Sie damit sagen, daß er schon in Frankreich, ja womöglich bereits hier in Paris sein kann?« verlangte Alexandre Sanguinetti zu wissen.
»Der springende Punkt ist, daß er einen Zeitplan hat und daß nur er ihn kennt. Wir ermitteln jetzt seit zweiundsiebzig Stunden. Zu welchem Zeitpunkt seines Terminplans wir uns eingeschaltet haben, können wir nicht wissen. Mit Sicherheit läßt sich nur eines sagen – daß der Killer zwar weiß, wir haben Kenntnis von der Existenz

eines Plans zur Ermordung des Präsidenten, daß er aber nicht wissen kann, wie weit unsere Ermittlungen gediehen sind. Deshalb besteht durchaus die Möglichkeit, daß wir einen nichtsahnenden Mann ergreifen, sobald wir ihn unter seinem neuen Namen identifiziert und lokalisiert haben.«

Aber die Versammlung ließ sich mit dieser halbwegs beruhigenden Erklärung nicht abspeisen. Der Gedanke, daß der Killer möglicherweise keinen Kilometer von ihnen entfernt und der Anschlag auf das Leben des Präsidenten auf seinem Zeitplan für morgen vorgesehen war, machte jedem von ihnen heillose Angst.

»Es könnte natürlich auch sein«, gab Oberst Rolland zu bedenken, »daß Calthrop, nachdem er auf Rodins Weisung von dem unbekannten Agenten Valmy über die Aufdeckung der Existenz des Attentatsplans unterrichtet wurde, seine Wohnung verlassen hat, um die Beweise für seine Mordabsichten verschwinden zu lassen. Durchaus denkbar, daß er womöglich in ebendiesem Augenblick seine Waffe und seine Munition in irgendeinem schottischen See versenkt, um sich der Polizei bei seiner Rückkehr unschuldig wie ein neugeborenes Kind zu präsentieren. In diesem Fall wäre es außerordentlich schwierig, Anklage gegen ihn zu erheben.«

Die Konferenzteilnehmer ließen sich Rollands Ausführungen durch den Kopf gehen, und immer mehr stimmten ihm zu.

»Dann sagen Sie uns doch, Oberst«, unterbrach der Minister das Schweigen, »ob auch Sie sich so verhalten würden, wenn Sie in der Haut dieses Killers steckten und erfahren hätten, daß die Verschwörung aufgedeckt wurde, aber auch wüßten, daß Ihre Identität der Polizei noch immer nicht bekannt ist.«

»Ganz gewiß würde ich das tun, *Monsieur le Ministre*«, antwortete Rolland. »Wenn ich ein erfahrener Berufsmörder wäre, wüßte ich, daß ich irgendwo polizeiaktenkundlich geworden sein muß und daß es, nachdem die Verschwörung aufgedeckt ist, nur eine Frage der Zeit sein kann, bis die Polizei bei mir anklopft und eine Haussuchung macht. Ich würde also alle beweiskräftigen Gegenstände loswerden wollen, und welcher Ort wäre dazu geeigneter als ein See in Schottland?«

Das Lächeln, mit dem die Runde auf Rollands Darlegungen reagierte, machte deutlich, daß sich keiner der Versammelten ihrer zwingenden Logik zu verschließen vermochte.

»Das bedeutet jedoch nicht«, fuhr Rolland fort, »daß wir ihn laufenlassen sollen. Ich bin nach wie vor der Ansicht, wir müssen diesem Mister Calthrop das Handwerk legen.«

Die Gesichter waren wieder ernst geworden. Sekundenlang herrschte Schweigen.
»Da kann ich Ihnen nicht folgen, Oberst«, sagte General Guibaud.
»Ich verweise auf unsere Order«, entgegnete Rolland. »Sie lautet dahin, diesen Mann aufzuspüren und unschädlich zu machen. Er mag seinen Plan vorübergehend aufgegeben haben. Aber es ist möglich, daß er seine Ausrüstung nicht zerstört, sondern lediglich versteckt hat, um sie dem Zugriff der britischen Polizeibehörden zu entziehen. Wer hindert ihn, den Versuch zu einem späteren Zeitpunkt wiederaufzunehmen, und das nach einem neuen Plan, der womöglich noch schwerer zu durchkreuzen ist als der alte?«
»Aber wenn er in England ist und die britische Polizei ihn festnimmt, wird sie ihn doch ohnehin nicht wieder freilassen?« bemerkte jemand.
»Das ist keinesfalls sicher«, sagte Rolland. »Ich halte es sogar für sehr unwahrscheinlich. Sie werden vermutlich keine Beweise haben. Unsere britischen Freunde nehmen es mit der Wahrung der Bürgerrechte sehr genau. Wenn sie ihn gefaßt haben, werden sie ihn verhören und mangels Beweisen wieder laufenlassen.«
»Oberst Rolland hat vollkommen recht«, schaltete sich Saint Clair ein. »Die britische Polizei ist durch einen bloßen Zufall auf diesen Mann gestoßen. Die Engländer können in solchen Dingen unglaublich töricht sein. Es ist ihnen glatt zuzutrauen, daß sie einen derart gefährlichen Mann frei herumlaufen lassen. Oberst Rollands Kommando sollte Auftrag erhalten, diesen Mann ein für allemal unschädlich zu machen.«
Dem Minister war nicht entgangen, daß Lebel sich jeder Beteiligung an der Diskussion enthalten und auch nicht gelächelt hatte.
»Nun, Kommissar, und was meinen Sie? Sind auch Sie wie Oberst Rolland der Ansicht, daß Calthrop seinen Plan zeitweilig aufgegeben und sein Mordwerkzeug versteckt oder zerstört hat?«
Lebel blickte auf und sah, daß sich ihm alle Gesichter erwartungsvoll zugewandt hatten.
»Ich hoffe, daß der Oberst recht hat«, sagte er zögernd. »Aber ich fürchte, er täuscht sich.«
»Warum?« fragte der Minister in schneidend scharfem Tonfall.
»Weil seine Theorie auf der Voraussetzung basiert, daß Calthrop sich entschlossen hat, die Operation abzubrechen. Wie aber, wenn das nicht der Fall sein sollte? Wenn er entweder Rodins Botschaft nicht erhalten oder aber sich dennoch für die Ausführung seines Vorhabens entschieden hat?«

Die allgemeine Mißbilligung, die Lebels Äußerung in der konsternierten Runde hervorrief, machte sich in halblauten Kommentaren Luft. Nur Oberst Rolland schwieg. Er blickte nachdenklich zu dem am unteren Ende des Tisches sitzenden Kommissar hinüber. Dieser kleine, dickliche Mann, dachte er, war offenbar ein weit klügerer Kopf, als irgendeiner der hier versammelten Männer zu erkennen vermochte. Lebels Beurteilung der Lage, das mußte er einräumen, mochte sich durchaus als die richtige erweisen.
Die Gemüter hatten sich noch nicht wieder beruhigt, als Lebel ans Telefon gerufen wurde. Diesmal blieb er länger als zwanzig Minuten weg. Als er wiederkam, referierte er seinerseits weitere zehn Minuten lang vor einer gespannt lauschenden Runde, was ihm soeben aus London gemeldet worden war.
»Was machen wir jetzt?« fragte ihn der Minister, als er geendet hatte. In seiner bedächtig-gelassenen Art gab Lebel seine Anweisungen wie ein General, der seine Truppen aufmarschieren läßt, und keiner der im Raum anwesenden Männer, die ausnahmslos höhere Ränge bekleideten als er, machte auch nur den geringsten Versuch, irgendwelche Einwände zu erheben.
»Das also ist die Situation«, schloß er. »Wir werden eine auf das gesamte Staatsgebiet ausgedehnte, ebenso diskret wie umfassend gehandhabte Fahndung nach Calthrop alias Duggan in seiner neuen Tarnung veranstalten, während die britischen Polizeibehörden die Passagierlisten der Fluggesellschaften, Kanalfähren und so weiter überprüfen. Wenn sie ihn lokalisieren, werden sie ihn, sofern er auf britischem Boden angetroffen wird, festnehmen oder aber, sollte er England bereits verlassen haben, uns sofort benachrichtigen. Lokalisieren wir ihn dagegen, wird er, wenn er sich in Frankreich aufhält, sofort verhaftet. Machen wir ihn in einem dritten Land ausfindig, können wir entweder abwarten, bis er sich nichtsahnend anschickt, die Grenze zu überschreiten, und ihn dabei fassen – oder uns für eine andere Art des Vorgehens entscheiden. Zu dem Zeitpunkt freilich wird meine Aufgabe, den Mann zu finden, bereits abgeschlossen sein. Bis dahin jedoch wäre ich allerdings dankbar, wenn Sie, meine Herren, sich weiterhin an meine Empfehlungen hielten.«
Der Affront war so unerhört, die gelassene Selbstverständlichkeit, mit welcher der kleine Kommissar seinen Anordnungen Nachdruck zu verleihen verstand, so überzeugend, daß niemand etwas zu sagen wagte. Sie nickten nur. Selbst Saint Clair hielt den Mund.
Erst als er kurz nach Mitternacht heimkam, fand er ein aufmerksa-

mes Publikum für seinen Wutausbruch über diesen lächerlichen *petit bourgeois*, diese kümmerliche Polizistenseele, die recht behalten hatte, während sich die qualifiziertesten Experten des Landes ausnahmslos getäuscht hatten.
Seine Geliebte lauschte verständnisinnig und voller Mitgefühl, während sie ihm, der bäuchlings auf dem Bett lag, mit kundiger Hand den Nacken massierte. Es begann schon zu dämmern, als er endlich eingeschlafen war und sie sich in die Halle schleichen konnte, um ein kurzes Telefongespräch zu führen.

Superintendent Thomas blickte auf die beiden Paßanträge und zwei Fotografien, die im Lichtkreis der Tischlampe auf der Schreibunterlage ausgebreitet waren.
»Gehen wir alles noch einmal rasch durch«, sagte er. »O. K.?«
»Ja, Sir«, erwiderte der neben ihm sitzende dienstälteste Inspektor.
»Gut. Calthrop: Größe fünf Fuß elf Zoll. Stimmt's?«
»Ja, Sir.«
»Duggan: Größe sechs Fuß.«
»Erhöhte Absätze, Sir. Mit spezialangefertigten Schuhen kann man sich bis zu fünf, sechs Zentimeter größer machen. Im Showgeschäft tun das eine Menge Leute. Im übrigen schaut einem bei der Paßkontrolle niemand auf die Füße.«
»Also gut«, räumte Thomas ein. »Schuhe mit erhöhten Absätzen. Calthrop: Haarfarbe braun. Das besagt nicht viel, denn die kann ebensogut hellbraun wie kastanienbraun sein. Nach dem Foto zu urteilen, hat er dunkelbraunes Haar. Bei Duggan steht auch: Haar braun. Aber es sieht aus, als sei es hellblond.«
»Das stimmt, Sir. Auf Fotos sieht Haar jedoch meistens dunkler aus, als es ist. Es hängt davon ab, von wo das Licht kommt. Außerdem könnte er es heller getönt haben, um Duggan zu werden.«
»Mag sein. Calthrops Augenfarbe: braun. Duggan: Augenfarbe grau.«
»Kontaktlinsen, Sir. Kein Problem.«
»O. K., Calthrop ist siebenunddreißig, Duggan im April vierunddreißig geworden.«
»Er mußte vierunddreißig werden«, erklärte der Inspektor, »weil der echte Duggan, der kleine Junge, der mit zweieinhalb Jahren ums Leben kam, im April 1929 geboren wurde. Daran konnte nichts geändert werden. Und ein Siebenunddreißigjähriger, dessen Alter im Paß mit vierunddreißig angegeben ist, erregt keinen Verdacht. Man glaubt dem, was im Paß steht.«

Thomas betrachtete die beiden Fotos. Calthrops Gesicht wirkte schwerer, voller, wie das eines eher untersetzten Mannes. Aber um Duggan zu werden, konnte er sein Äußeres verändert haben. Vermutlich hatte er es bereits verändert, bevor er mit den OAS-Chefs zusammentraf, und es seither bei dem veränderten Äußeren belassen – auch während der Zeit, in der er seinen Paß beantragte. Männer wie er mußten in der Lage sein, monatelang unter der Tarnung einer zweiten Identität zu leben, wenn sie der Identifizierung entgehen wollten. Eben dieser klugen Vorsicht und gewissenhaften Sorgfalt verdankte es Calthrop vermutlich, daß sein Name in keiner Polizeiakte der Welt zu finden war. Hätte es nicht dieses Gerücht gegeben, das vor ein paar Jahren in Westindien kursierte, wäre man nie auf ihn gekommen.

Aber von jetzt ab war er Duggan. Gefärbtes Haar, getönte Kontaktlinsen, schlankere Figur und überhöhte Absätze – es war Duggans Personenbeschreibung, die er nebst Paßnummer und -foto zur Übermittlung nach Paris in den Telexraum bringen ließ. Lebel würde das Material – er blickte auf seine Armbanduhr – schätzungsweise gegen 2 Uhr morgens erhalten.

»Und alles Weitere ist dann deren Sache«, meinte der Inspektor.

»Irrtum, mein Junge«, klärte Thomas ihn auf, »es gibt noch eine Menge Arbeit für uns. Morgen früh fangen wir als erstes mit der Überprüfung der Fluggesellschaften, Reisebüros und Kartenverkaufsstellen für den Kanalverkehr an. Wir müssen nicht nur herausfinden, wer er jetzt ist, sondern auch, wo er jetzt ist.«

In diesem Augenblick kam der Anruf aus dem Somerset House. Der letzte Paßantrag war überprüft worden.

»O. K., danken Sie den Beamten des Hauses und machen Sie Schluß. Morgen früh pünktlich um 8 Uhr 30 erwarte ich Sie alle sieben in meinem Büro«, sagte Thomas.

Ein Sergeant brachte einen Durchschlag der schriftlichen Erklärung, die der Zeitungs- und Zigarettenhändler auf seiner örtlichen Polizeiwache abgegeben hatte. Thomas überflog die beeidete Aussage, die im wesentlichen wiederholte, was der Mann dem Inspektor schon an der Wohnungstür gesagt hatte.

»Es liegt nichts gegen ihn vor, was uns dazu berechtigen könnte, ihn festzuhalten«, sagte er. »Bestellen Sie den Diensthabenden in Paddington, sie sollen ihn laufenlassen.«

»Ja, Sir«, sagte der Sergeant und trat ab.

Während er mit dem Sergeanten sprach, war es Donnerstag, der 15. August geworden.

Thomas lehnte sich in seinem Schreibtischsessel zurück und versuchte ein wenig zu schlafen.

Sechzehntes Kapitel

Madame la Baronne de la Chalonnière blieb vor ihrer Zimmertür stehen und drehte sich zu dem jungen Engländer um, der sie dorthin begleitet hatte. Im Halbdunkel des Korridors konnte sie sein Gesicht nicht genau erkennen; es war nur ein aufgehellter Fleck im Schatten.
Der Abend war recht amüsant gewesen, und sie hatte sich noch nicht entschieden, ob sie ihn vor ihrer Tür beenden sollte oder nicht. Die Frage beschäftigte sie schon seit einer Stunde.
Einerseits war sie, obwohl sie Liebhaber gehabt hatte, eine achtbare verheiratete Frau; sich von wildfremden Männern verführen zu lassen, sobald sie allein in einem Hotel übernachtete, zählte nicht zu ihren Gewohnheiten. Andererseits war sie in einer Verfassung, in der sie sich Anfechtungen weniger denn je gewachsen fühlte, und ehrlich genug, sich das selbst einzugestehen.
Sie hatte den Tag in den Hochalpen in der Kadettenschule von Barcelonette verbracht, um der Abschlußparade beizuwohnen, an der ihr Sohn als frischgebackener Unterleutnant der Chasseurs Alpins, des alten Regiments seines Vaters, teilnahm. Obschon sie ohne Zweifel die bei weitem reizvollste Mutter unter den Zuschauern der Parade gewesen war, hatte ihr die Zeremonie, bei der ihr Sohn das Offizierspatent erhielt und in die französische Armee aufgenommen wurde, fast schockartig bewußt gemacht, daß sie nahezu vierzig und Mutter eines erwachsenen Mannes war.
Obwohl sie gut und gern fünf Jahre jünger aussah und sich zuweilen zehn Jahre jünger fühlte, hatte sie die Tatsache, daß ihr Sohn zwanzig geworden war, inzwischen vermutlich mit Frauen schlief und in den Ferien nicht mehr heimkommen würde, um in den Wäldern, die das Schloß der Familie umgaben, auf die Jagd zu gehen, in Ratlosigkeit und Panik versetzt.
Sie hatte die marionettenhafte Galanterie des schnarrenden alten Obersten, der die Kadettenanstalt leitete, und die bewundernden Blicke der apfelbäckigen Klassenkameraden ihres Sohnes lächelnd erduldet und sich plötzlich sehr einsam gefühlt. Ihre Ehe, das war ihr seit Jahren klar, bestand nur noch auf dem Papier, denn der

Baron lebte in Paris und war zu sehr damit beschäftigt, den kleinen Mädchen nachzustellen, als daß er den Sommer auf dem Schloß verbracht hätte oder auch nur zur Vereidigung seines Sohnes erschienen wäre.
Während sie in dem schweren Tourenwagen der Familie auf dem Rückweg aus den Hautes Alpes die kurvenreiche Straße nach Gap hinunterjagte, um die Nacht in einem ländlichen Hotel zu verbringen, kam ihr erstmals voll zum Bewußtsein, daß sie hübsch, attraktiv und einsam war. Außer den Aufmerksamkeiten älterer Galane wie des Obersten in der Kadettenschule oder frivolen und unbefriedigenden Flirts mit kleinen Jungen hatte sie nichts mehr zu erwarten, und zu irgendeiner karitativen Tätigkeit fühlte sie sich nicht berufen – noch nicht.
Aber was Alfred in Paris trieb, während die halbe Gesellschaft über ihn und die restliche über sie lachte, war für sie eine einzige Beleidigung und Erniedrigung.
Beim Kaffee, den sie in der Hotelhalle nahm, hatte sie sich über ihre Zukunft Gedanken gemacht und unversehens den Wunsch verspürt, sich von jemandem sagen zu lassen, daß sie eine Frau sei und eine schöne dazu, und nicht bloß Madame la Baronne. In genau diesem Augenblick war es dann geschehen, daß der Engländer auf sie zutrat, um sie zu fragen, ob er, da sie allein in der Halle waren, seinen Kaffee bei ihr trinken dürfe. Er hatte sie überrumpelt, und sie war ganz einfach zu überrascht gewesen, um nein zu sagen. In der nächsten Sekunde hätte sie sich am liebsten geohrfeigt, aber schon zehn Minuten später bedauerte sie es kaum mehr, ihn nicht abgewiesen zu haben. Schließlich war er ihrer Schätzung nach zwischen dreißig und fünfunddreißig, also im denkbar besten Alter. Obschon Engländer, sprach er fließend französisch; er sah recht gut aus und konnte amüsant sein. Seine geschickten Komplimente hatten ihr wohlgetan, und sie hatte ihn sogar zu weiteren ermuntert. Es war fast Mitternacht geworden, ehe sie aufstand und erklärte, andertags in aller Frühe aufbrechen zu müssen.
Er hatte sie die Treppe hinaufbegleitet und vor dem Fenster im Zwischenstock auf die bewaldeten Berghänge hinausgedeutet, die vom hellen Mondlicht beschienen wurden. Sie waren stehengeblieben, um einen Blick auf die schlafende Landschaft zu werfen. Als sie sich vom Fenster wegwandte, mußte sie feststellen, daß seine Augen nicht auf die Aussicht, sondern auf das tiefe Tal zwischen ihren Brüsten gerichtet waren, deren Haut im Mondlicht alabasterweiß erschien.

Er hatte gelächelt, als er ertappt worden war, und, indem er seine Lippen ihrem Ohr näherte, geflüstert: »Bei Mondlicht wird auch der wohlerzogenste Mann zum Halbwilden.« Verstimmung vortäuschend, obschon sie die unverfrorene Bewunderung des Fremden in eine angenehme Erregung versetzte, hatte sie sich auf dem Absatz umgedreht, um die restlichen Stufen zu ihrer Etage hinaufzusteigen.
»Es war ein reizender Abend, Monsieur.«
Die Hand auf der Türklinke, fragte sie sich, ob der Mann sie wohl zu küssen versuchen würde. In gewisser Weise erhoffte sie es. Vielleicht lag es nur am Wein oder an dem feurigen Calvados, den er zum Kaffee bestellt hatte, vielleicht auch an der Szene im Mondlicht – jedenfalls war ihr bewußt, daß sie mit einem solchen Ende des Abends nicht gerechnet hatte.
Sie fühlte, wie sich die Arme des Fremden um sie legten und seine Lippen sich unvermittelt auf ihre preßten. »Das muß aufhören«, sagte ihr eine innere Stimme. Eine Sekunde später erwiderte sie den Kuß mit noch geschlossenen Lippen. Der Wein hatte sie ein bißchen benommen gemacht, ja, es mußte die Wirkung des Weins sein. Sie spürte, wie seine Arme sich fester um sie legten – kraftvolle Arme mit harten Muskeln.
Ihr Schenkel wurde gegen ihn gedrückt, und durch den Satin ihres Kleides fühlte sie die arrogante Härte seines Gliedes. Sie zog ihr Bein schnell zurück und preßte es gleich darauf wieder gegen ihn. Eine bewußte Entscheidung gab es gar nicht; die Gewißheit, daß sie ihn haben wollte, zwischen ihren Schenkeln, in ihrem Schoß, die ganze Nacht, war urplötzlich gekommen.
Als sie merkte, daß seine Hand hinter ihr zur Türklinke tastete, löste sie sich aus der Umarmung, und ohne sich von ihm abzuwenden, trat sie einen Schritt in ihr Zimmer zurück.
»*Viens, primitif.*«
Er folgte ihr und schloß die Tür.

Die ganze Nacht hindurch wurden sämtliche Archive im Pantheon neuerlich durchforscht, diesmal nach dem Namen Duggan und mit mehr Erfolg. Eine Karteikarte fand sich, die besagte, daß Alexander James Quentin Duggan, aus Brüssel kommend, am 22. Juli im Brabant-Expreß nach Frankreich eingereist war. Eine Stunde später wurde ein weiterer Bericht von derselben Zollgrenzwache, die ihren Dienst in den zwischen Brüssel und Paris verkehrenden Expreßzügen versah, gefunden. Er enthielt eine vom 31. Juli datierende Liste der Fahrgäste des Etoile-du-Nord-Expreß, auf der sich auch der Name Duggan befand.

Aus der Polizeipräfektur kam ein auf den Namen Duggan ausgefülltes Anmeldeformular, aus dem hervorging, daß er vom 22. bis einschließlich 30. Juli in einem kleinen Hotel nahe der Place de la Madeleine gewohnt hatte. Die auf der Anmeldung vermerkte Paßnummer stimmte laut Auskunft aus London mit derjenigen überein, die der von ihm beantragte Paß trug. Inspektor Caron war dafür, sofort eine Razzia in dem Hotel zu veranstalten, aber Lebel zog es vor, es in den frühen Morgenstunden allein aufzusuchen und sich mit dem Hotelbesitzer zu unterhalten. Es genügte ihm, zu erfahren, daß der Mann, den er suchte, sich nicht mehr in dem Hotel aufhielt, und der Besitzer war ihm dankbar für die Rücksichtnahme auf seine schlafenden Gäste.

Lebel wies einen Kriminalbeamten an, bis auf weiteres als zahlender Gast im Hotel Quartier zu nehmen und sich, für den Fall, daß Duggan wieder auftauchen sollte, ständig dort aufzuhalten. Der Besitzer wurde informiert und zeigte sich in jeder Weise entgegenkommend.

»Dieser Aufenthalt im Juli war eine Erkundungsreise«, bemerkte Lebel zu Caron, als er morgens um 4 Uhr 30 in sein Büro zurückkam. »Wie immer er vorgehen wird, er hat alles bis ins einzelne geplant und festgelegt.«

Er lehnte sich in seinem Schreibtischsessel zurück, starrte zur Decke hinauf und dachte nach. Warum war er in einem Hotel abgestiegen? Warum nicht im Haus eines OAS-Sympathisanten, wie dies alle flüchtigen OAS-Agenten taten? Weil der sich nicht darauf verließ, daß die OAS-Sympathisanten dichthielten. Recht hatte er. Deswegen arbeitete er allein, vertraute niemandem, plante seine Operation auf seine eigene Weise, benutzte einen gefälschten Paß, verhielt sich unauffällig, erregte keinen Verdacht. Der Besitzer des Hotels, den er soeben befragt hatte, bestätigte dies. »Ein echter Gentleman«, hatte er gesagt. Ein echter Gentleman, dachte Lebel, und gefährlich wie eine Schlange. Echte Gentlemen – für einen Polizisten sind die immer die Schlimmsten. Keiner wagt es, sie zu verdächtigen.

Er blickte auf die beiden Fotos von Calthrop und Duggan, die aus London gekommen waren. Durch Veränderung der Körpergröße, der Haar- und Augenfarbe und vermutlich auch des Auftretens und der Manieren war Calthrop Duggan geworden. Er versuchte sich ein Bild von dem Mann zu machen. Wie würde er auf

einen wirken, wenn man ihm begegnete? Selbstsicher, arrogant, seiner Unangreifbarkeit gewiß. Gefährlich, durchtrieben peinlich genau in seinen Vorbereitungen, nichts dem Zufall überlassend. Selbstverständlich bewaffnet, aber womit? Mit einer Automatic, die in einem Halfter unter der linken Achsel steckte? Einem griffbereit um den Brustkorb geschnallten Wurfmesser? Einem Gewehr? Aber wo sollte er es bei der Zollkontrolle verstecken? Wie wollte er mit einer solchen Waffe in General de Gaulles Nähe gelangen, wenn schon jede zweihundert Meter vom Präsidenten entfernt gesichtete Damenhandtasche Verdacht erregte und man Männer kurzerhand abführte, die mit einem länglichen Paket unter dem Arm im Umkreis der Örtlichkeit angetroffen wurden, wo der Präsident sich der Öffentlichkeit zu zeigen beabsichtigte?
Mon Dieu, und dieser Oberst aus dem Elysée-Palast hielt ihn lediglich für irgendeinen x-beliebigen Gangster! Lebel war sich darüber klar, daß er einen Vorteil hatte: Er wußte den neuen Namen des Killers – und der Killer wußte nicht, daß er ihn wußte. Das war seine einzige Trumpfkarte; in jeder anderen Hinsicht war der Schakal im Vorteil, und keiner von den Teilnehmern an den abendlichen Konferenzen würde das zugeben wollen oder können. Sollte er auf irgendeine Weise Wind davon bekommen, daß du seinen falschen Namen weißt, und seine Identität neuerlich wechseln, dann, Claude, mein Junge, kannst du dich aber auf einiges gefaßt machen.
Laut sagte er: »Auf einiges gefaßt machen.«
Caron sah auf.
»Sie haben recht, Chef. Er ist so gut wie gefaßt.«
Ganz entgegen seiner Gewohnheit reagierte Lebel ihm gegenüber gereizt. Der Mangel an Schlaf fing an, sich bemerkbar zu machen.

Der Lichtstrahl des verblassenden Mondes kroch langsam über das zerwühlte Bettlaken zum Fensterrahmen zurück. Er glitt über das zwischen der Tür und dem Fußende des Bettes zerknüllt am Boden liegende Satinkleid, den abgestreiften Büstenhalter und die Seidenstrümpfe auf dem Teppich. Die beiden nackten Leiber auf dem Bett verblieben im Schatten.
Colette lag auf dem Rücken und sah zur Zimmerdecke hinauf, während ihre Finger durch das blonde Haar des Fremden fuhren, der seinen Kopf auf ihren Bauch gebettet hatte. Ihre Lippen umspielte ein versonnenes Lächeln, als sie an die vergangenen Stunden zurückdachte.

Er war gut gewesen, dieser englische Halbwilde, heftig, aber geschickt. Mit seinen Händen, seiner Zunge und seinem Glied hatte er es verstanden, sie fünfmal zum Höhepunkt zu bringen, während er selbst dreimal gekommen war. Sie hatte eine solche Nacht allzu lange entbehrt und mit einer seit Jahren nicht mehr gekannten Intensität reagiert.
Der kleine Reisewecker neben dem Bett zeigte auf Viertel nach fünf. Sie packte den blonden Schopf fester und beutelte ihn ein paarmal.
»Hallo.«
Der blonde Kopf schüttelte ihre Hand ab und drängte sich zwischen ihre Schenkel. Wieder begann sein heißer Atem und das Zucken der suchenden Zunge sie zu kitzeln.
»Nein, genug jetzt.«
Sie preßte rasch die Schenkel zusammen, setzte sich auf, griff ihm ins Haar und bog seinen Kopf zurück, um ihm in die Augen zu sehen. Er richtete sich halb auf, preßte sein Gesicht gegen eine ihrer vollen, schweren Brüste und begann sie zu küssen.
»Ich habe nein gesagt.«
Er blickte zu ihr hinauf.
»Das reicht, Lover. Ich muß in zwei Stunden aufstehen. Geh jetzt in dein Zimmer zurück. Jetzt, mein kleiner Engländer, jetzt.«
Er gehorchte, schwang sich aus dem Bett und suchte seine Kleidungsstücke zusammen. Sie glättete die zerwühlt am Fußende des Bettes liegende Decke und zog sie sich bis unters Kinn herauf. Mit dem Jackett und der Krawatte über dem Arm trat er angekleidet ans Bett und blickte auf sie hinunter. In der halben Dunkelheit konnte sie seine Zähne schimmern sehen, als er grinste. Er setzte sich auf die Bettkante und umfaßte mit der Rechten ihren Nacken.
»War es gut?«
»Hmmmmmm. Sehr gut. Und für dich?«
Er grinste wieder. »Was denkst du?«
Sie lachte. »Wie heißt du?«
Er überlegte einen Augenblick. »Alex«, log er.
»Ja, Alex, es war sehr gut. Aber es wird jetzt Zeit, daß du in dein Zimmer gehst.«
Er beugte sich zu ihr hinab und küßte sie auf den Mund.
»Dann also gute Nacht, Colette.«
In der nächsten Sekunde war er gegangen und hatte leise die Tür hinter sich geschlossen.

Gegen 7 Uhr früh radelte ein Gendarm zum Hôtel du Cerf hinaus, stieg vom Fahrrad und betrat die Hotelhalle. Der Wirt, der bereits in der Rezeption saß, um die Reihenfolge der von einigen seiner Gäste gewünschten Weckanrufe festzulegen und die *café-complet*-Bestellungen telefonisch entgegenzunehmen, begrüßte ihn.
»*Alors*, so früh schon unterwegs?«
»Wie immer«, entgegnete der Gendarm. »Man muß sich tüchtig abstrampeln, wenn man mit dem Fahrrad zu Ihnen hinausfährt, und ich hebe mir diese Tour immer bis zuletzt auf.«
»Erzählen Sie mir nicht«, sagte der Hotelwirt grinsend, »daß wir den besten Kaffee in der Nachbarschaft kochen. Marie-Louise, bringen Sie Monsieur eine Tasse Kaffee. Wenn ich nicht irre, trinkt er ihn gern mit einem *Trou Normand*.«
Der Gendarm lächelte erfreut.
»Hier sind die Anmeldungen«, sagte der Wirt und händigte ihm die von den am Vortag eingetroffenen Gästen ausgefüllten kleinen weißen Formulare aus. »Gestern hatten wir nur drei neue.«
Der Gendarm steckte die Anmeldungen in seine am Koppel befestigte Ledertasche.
»Lohnt sich kaum, extra deswegen herauszukommen«, meinte er grinsend und nahm auf der Sitzbank vor der Rezeption Platz, um auf seinen Kaffee und den Calvados zu warten. Als Marie-Louise beides brachte, scherzte er noch ein wenig mit ihr, bevor er sich dem Apfelschnaps zuwandte.
Es war 8 Uhr geworden, als er sich mit den eingesammelten Formularen in seiner Ledertasche beim Gendarmerie- und Polizeiposten von Gap zurückmeldete. Der wachhabende Inspektor nahm die Anmeldungen entgegen, überflog sie rasch und legte sie in das Abholfach, damit sie im Lauf des Tages nach Lyon zum regionalen Hauptquartier geschickt wurden, von wo aus sie dann später in die Archive der RG nach Paris wanderten. Nicht, daß er diesen Papierkrieg für sonderlich sinnvoll hielt.
Als der Inspektor die Formulare in das Fach legte, beglich Madame Colette de la Chalonnière ihre Rechnung, setzte sich ans Steuer ihres Wagens und fuhr in Richtung Westen davon. Im Stockwerk darüber schlief der Schakal bis 9 Uhr.

Superintendent Thomas, der in seinem Schreibtischsessel eingenickt war, zuckte heftig zusammen, als das Telefon neben ihm schrillte. Es war der Hausapparat, der sein Büro mit dem auf dem gleichen Stockwerk gelegenen Raum verband, in welchem die sechs

Sergeants und zwei Inspektoren, seit er ihnen um 8 Uhr 30 neue Instruktionen erteilt hatte, ununterbrochen mit Reisebüros, Fluggesellschaften und Reedereien telefonierten.
Er sah auf seine Uhr. Es war zehn. Verdammt, sieht mir gar nicht ähnlich, am Schreibtisch einzudösen. Dann fiel ihm ein, mit wie wenig Schlaf er sich hatte begnügen müssen, seit Dixon ihn am Montagnachmittag zu sich gerufen hatte. Und jetzt war es der Donnerstagmorgen. Das Telefon klingelte erneut.
»Hallo.«
Die Stimme des dienstälteren Inspektors meldete sich.
»Freund Duggan, Sir. Er ist am Montagvormittag mit einer Linienmaschine der BEA von London abgeflogen. Gebucht hat er den Flug am Sonnabend. Der Name steht einwandfrei fest. Alexander Duggan. Das Ticket wurde am BEA-Schalter auf dem Flugplatz bar bezahlt.«
»Wohin? Ist er nach Paris geflogen?«
»Nein, Super. Nach Brüssel.«
Thomas war jetzt hellwach.
»Hören Sie, er kann auch abgereist und wiedergekommen sein. Überprüfen Sie weiterhin alle in den letzten Tagen vorgenommenen Buchungen und stellen Sie fest, ob vielleicht ein weiterer Flug auf seinen Namen gebucht ist – womöglich mit einer Maschine, die London noch gar nicht verlassen hat. Gehen Sie die Vorausbuchungen durch. Ich will wissen, ob er aus Brüssel zurückgekommen ist – was ich übrigens bezweifle. Ich glaube, wir haben ihn verloren. Da er London jedoch schon ein paar Stunden, bevor unsere Ermittlungen begannen, verlassen hat, trifft uns natürlich keine Schuld. O. K.?«
»O. K. Soll die auf das gesamte Gebiet des Vereinigten Königreichs ausgedehnte Suche nach dem richtigen Calthrop weitergehen? Sie bindet starke Polizeikräfte im ganzen Land, und der Yard hat eben angerufen, um uns zu sagen, daß von den Dienststellen in der Provinz ständig Beschwerden eingehen.«
Thomas dachte einen Augenblick nach.
»Blasen Sie die Suche ab«, sagte er dann. »Ich bin sicher, daß er weg ist.«
Er nahm den Hörer des zweiten Telefonapparats zur Hand und ließ sich mit dem Büro von Kommissar Lebel bei der Police Judiciaire verbinden.

Noch ehe der Donnerstagvormittag herum war, fühlte sich Inspektor Caron reif fürs Irrenhaus. Kurz nach zehn hatten die Engländer angerufen. Er selbst war am Apparat gewesen, dann aber, weil Superintendent Thomas darauf bestand, Lebel zu sprechen, aufgestanden und zu dem in der Zimmerecke aufgestellten Feldbett hinübergegangen, um den schlafenden Inspektor wachzurütteln. Obwohl er aussah, als sei er schon vor einer Woche gestorben, hatte Lebel den Anruf entgegengenommen, den Hörer freilich gleich darauf Caron zurückgereicht, um sich von ihm übersetzen zu lassen, was Thomas ihm und was er seinerseits Thomas zu sagen hatte.

»Sagen Sie ihm«, wies er Caron an, als er die Nachricht verdaut hatte, »daß wir uns von hier aus mit den Belgiern ins Einvernehmen setzen. Sagen Sie ihm, daß ich ihm für seine Hilfe sehr, sehr dankbar bin und ihn, falls wir den Killer irgendwo auf dem Kontinent aufspüren sollten, sofort benachrichtigen werde, damit er seine Männer nach Hause schicken kann.«

Sobald der Hörer aufgelegt war, sagte Lebel: »Geben Sie mir die Sûreté in Brüssel.«

Der Schakal wachte auf, als die Sonne schon hoch über den Hügeln stand und einen weiteren sommerlich heißen Tag ankündigte. Er duschte und zog sich den karierten Anzug an, den Marie-Louise, das Zimmermädchen, aufgebügelt hatte.

Kurz nach halb elf fuhr er im Alfa ins Städtchen, um von der Post aus ein Ferngespräch mit Paris zu führen. Als er zwanzig Minuten später das Postamt verließ, hatte er es offenkundig eilig. In einem nahe gelegenen Haushaltsgeschäft kaufe er eine große Dose mitternachtsblauen Hochglanzlack, eine kleinere Dose weißen Lack sowie einen spitzen Rund- und einen breiten Flachpinsel, ferner einen Schraubenzieher. Dann fuhr er zum Hôtel du Cerf zurück und verlangte seine Rechnung.

Während sie ausgestellt wurde, ging er nach oben, packte rasch seine Koffer und trug sie selbst zum Wagen. Er verstaute die drei größeren Gepäckstücke im Kofferraum, legte die Reisetasche auf den Beifahrersitz und ging in die Hotelhalle, um die Rechnung zu begleichen. Der Portier, der den Wirt in der Rezeption abgelöst hatte, sagte wenig später aus, der Engländer habe nervös gewirkt; er schien in großer Eile gewesen zu sein und habe mit einem neuen Hundertfrancschein gezahlt.

Was er nicht erwähnte, weil er es nicht bemerkt hatte, war die

Tatsache, daß der Engländer in seiner Abwesenheit – er war in das Geschäftszimmer gegangen, um den Schein zu wechseln, und hatte das Gästebuch, in das er die Namen der für jenen Tag erwarteten Gäste eintragen wollte, offen liegengelassen – die Eintragungen des Vortages überflogen hatte. Der Engländer hatte eine Seite zurückgeschlagen und sich die hinter dem Namen von Mme. la Baronne de la Chalonnière angegebene Adresse – Haute Chalonnière, Corrèze – gemerkt.

Wenige Minuten nachdem er die Rechnung beglichen hatte, war von der Auffahrt her das dröhnende Motorengeräusch des Alfa zu hören. Es wurde rasch schwächer, und bald hatte es sich gänzlich in der Ferne verloren.

Gegen Mittag rief die Brüsseler Sûreté Lebel in seinem Büro an, um zu melden, daß Duggan am Montag nur vier Stunden in der belgischen Hauptstadt verbracht hatte. Er war mit der BEA-Maschine aus London eingetroffen und am Nachmittag mit der Alitalia nach Mailand weitergeflogen. Das Ticket war am Schalter bar bezahlt, der Flug jedoch bereits zwei Tage zuvor telefonisch von London aus gebucht worden.

Lebel ließ sich sofort mit der Mailänder Polizeibehörde verbinden. Kaum hatte er den Hörer aufgelegt, da klingelte das Telefon wiederum. Diesmal war es die DST, die ihn wissen ließ, daß sie soeben auf dem normalen Dienstweg eine Meldung erhalten hatte, derzufolge sich Alexander James Quentin Duggan unter den am gestrigen Vormittag über die Grenzstation Ventimiglia von Italien nach Frankreich eingereisten Touristen befunden habe.

Lebel bekam einen Tobsuchtsanfall.

»Fast dreißig Stunden«, schrie er, »länger als ein Tag!«

Er schmetterte den Hörer auf die Gabel. Caron zog die Brauen hoch.

»Die Grenzübertrittskarte«, erklärte Lebel resigniert, »hat so lange gebraucht, um von Ventimiglia nach Paris zu gelangen. Die Kollegen sind jetzt dabei, die inzwischen von allen Grenzstationen eingegangenen Karten von gestern morgen zu sortieren. Sie sagen, es sind mehr als fünfundzwanzigtausend. Nur von gestern morgen! Ich hätte sie wohl doch nicht so anbrüllen sollen. Eines wissen wir jetzt wenigstens – er ist in Frankreich. Das steht fest. Wenn ich bei der Besprechung heute abend nicht irgend etwas Konkretes vorzuweisen habe, ziehen die mir die Haut ab. Oh, übrigens – rufen Sie doch bitte nochmals Superintendent Thomas an. Sagen Sie

ihm, daß der Schakal in Frankreich ist und wir die Sache von hier aus handhaben.«
Als Caron das Gespräch mit London beendet hatte, meldete sich die Zentrale des regionalen Dienstes der PJ in Lyon. Lebel lauschte gespannt und sah Caron dann triumphierend an. Er legte die Hand auf die Sprechmuschel.
»Wir haben ihn. Er ist gestern abend im Hôtel du Cerf in Gap abgestiegen und hat offenbar vor, zwei Tage dort zu bleiben.« Er nahm die Hand von der Muschel und sprach weiter mit Lyon.
»Hören Sie, Kommissar, ich kann Ihnen jetzt nicht erklären, warum wir diesen Mann fassen wollen. Sie müssen es mir schon abnehmen, daß es wichtig ist. Sie machen jetzt folgendes ...«
Er sprach zehn Minuten lang, und als er das Gespräch beendete, klingelte der auf Carons Schreibtisch stehende Telefonapparat. Es war nochmals die DST, die meldete, daß Duggan in einem gemieteten weißen Alfa-Romeo-Zweisitzer eingereist sei, der die polizeilichen Kennzeichen MI-61741 trug.
»Soll ich eine Suchmeldung an alle Gendarmerieposten und Polizeikommissariate durchgeben lassen?« fragte Caron.
Lebel überlegte einen Augenblick lang.
»Nein, noch nicht«, sagte er dann. »Wenn er irgendwo in der Gegend herumgondelt, würde er vermutlich von einem Landgendarmen angehalten werden, der meint, die Suche gelte bloß einem gestohlenen Sportwagen. Der Schakal legt jeden um, der sich ihm in den Weg stellt. Das Gewehr muß irgendwo im Wagen versteckt sein. Entscheidend ist, daß er sich für zwei Nächte in dem Hotel einquartiert hat. Wenn er zurückkommt, wird es von einer ganzen Armee umstellt sein. Ich will nicht, daß bei der Aktion jemand zu Schaden kommt, wenn es irgend zu vermeiden ist. Los jetzt, beeilen Sie sich, Caron. Der Hubschrauber wartet.«
Lebel wollte nicht das Leben irgendeines einzelnen motorisierten Polizisten aufs Spiel setzen. Daß es ein Fehler war, sich von solchen Überlegungen leiten zu lassen, sollte er allerdings sehr bald erkennen.
Während Caron und er sich zum Aufbruch anschickten, waren in und um Gap alle verfügbaren Polizeikräfte fieberhaft damit beschäftigt, auf den Ausfallstraßen der Stadt und in der Umgebung des Hotels Straßensperren zu errichten. Die Anweisung dazu war aus Lyon gekommen. Dort und in Grenoble kletterten jetzt mit Maschinenpistolen und Karabinern bewaffnete Bereitschaftspolizisten in schwarze Mannschaftswagen. Und im Polizeilager Satory

außerhalb von Paris wurde für Kommissar Lebel ein Hubschrauber flugklar gemacht.

Am frühen Nachmittag war die Hitze selbst im Schatten der Bäume drückend. Der Schakal hatte das Hemd ausgezogen und sich mit bloßem Oberkörper, Pinsel in der einen, Farbtopf in der anderen Hand, an die Arbeit gemacht.
Unmittelbar hinter Gap war er nach Westen abgebogen und über Veyne nach Aspres-sur-Buëch gefahren. Wie ein achtlos abgestreiftes Band schlängelte sich die zumeist bergab verlaufende Straße zwischen den Bergen hindurch. Er fuhr mit halsbrecherischer Geschwindigkeit und zog den Alfa mit qietschenden Reifen durch die engen Kurven, wobei er um ein Haar einen entgegenkommenden Wagen von der Straße gedrängt und in den Abgrund geschickt hätte. Hinter Aspres setzte er die Fahrt auf der RN 93 fort, die dem Lauf der weiter westlich in die Rhône mündenden Drôme folgte.
Während der nächsten dreißig Kilometer hatte die Straße mehrfach den Fluß gekreuzt. Kurz hinter Luc-en-Diois hielt es der Schakal für an der Zeit, den Wagen in eine der zahlreichen Nebenstraßen zu lenken, die hügelan in die höher gelegenen Dörfer führten. Bei der nächsten Abzweigung bog er ein und folgte nach etwa drei Kilometer einem Pfad, der von der Nebenstraße weg nach rechts in einen Wald führte.
Nach zwei Stunden hatte er es geschafft. Der Wagen war leuchtend dunkelblau gestrichen und der Lack größtenteils schon trocken. Obschon alles andere als eine fachmännische Arbeit, würde sie besonders in der Dämmerung niemandem weiter auffallen, es sei denn, man schaute genauer hin.
Die beiden Nummernschilder waren abgeschraubt und lagen mit der Vorderseite nach unten im Gras. Auf ihre Rückseiten hatte er in Weiß eine fiktive französische Nummer gemalt, die mit der Kennzahl 75 – der Codezahl für Paris – endete. Der Schakal wußte, daß dies auf französischen Straßen die häufigste Wagennummer war.
Daß die auf den weißen italienischen Alfa ausgestellten Leih- und Versicherungspapiere nicht zu dem blauen französischen Alfa paßten, war offenkundig, und wenn er von einer Verkehrsstreife angehalten und ohne Wagenpapiere angetroffen wurde, war er geliefert. Die einzige Frage, die ihn beschäftigte, während er einen Lappen in den Tank tauchte, um sich die Farbflecken von den Händen

zu wischen, war die, ob er jetzt starten und dabei in Kauf nehmen sollte, daß die amateurhafte Übermalung des ursprünglich weißen Wagens im hellen Sonnenlicht auffiel, oder ob es klüger wäre, den Einbruch der Dämmerung abzuwarten.
Er schätzte, daß die Polizei, nachdem sie nun schon seinen falschen Namen in Erfahrung gebracht hatte, in Kürze auch heraushaben dürfte, über welche Grenzstation er nach Frankreich eingereist war, und alsbald nach dem Wagen zu fahnden beginnen würde.
Für den Auftrag in Paris war es noch immer mehr als eine Woche zu früh, und er mußte einen Unterschlupf suchen, wo er sich bis dahin verstecken und vor möglicher Entdeckung sicher fühlen konnte. Das hieß, er mußte gut und gern dreihundertachtzig Kilometer in westlicher Richtung zurücklegen, um das Département Corrèze zu erreichen; und am schnellsten gelangte man mit dem Auto dorthin. Es war zwar riskant, aber er beschloß, es darauf ankommen zu lassen. Je eher er startete, desto besser. Es galt, die Strecke hinter sich zu bringen, noch bevor jeder Verkehrspolizist des Landes nach einem Alfa-Romeo mit einem blonden Engländer am Steuer Ausschau hielt.
Er schraubte die neuen Nummernschilder an, warf die Farbtöpfe mit dem restlichen Lack sowie die beiden Pinsel fort, zog sich den seidenen Rollkragenpullover und das Jackett wieder über und ließ den Motor an. Als er in die RN 93 einbog, blickte er auf seine Uhr. Es war 15 Uhr 41.
Hoch über sich hörte er einen Hubschrauber knattern, der nach Osten flog. Bis nach Die waren es noch zwölf Kilometer. Er hätte den Namen der Ortschaft zwar nie englisch ausgesprochen, aber die Koinzidenz der Schreibweise fiel ihm doch auf. Obwohl er nicht abergläubisch war, preßte er die Lippen zusammen, als er sich dem Städtchen näherte. Vor dem Kriegerdenkmal auf dem Marktplatz stand ein baumlanger motorisierter Polizist mitten auf der Fahrbahn und signalisierte ihm, anzuhalten und scharf rechts heranzufahren. Das Gewehr des Schakals befand sich noch immer in den am Chassis befestigten Röhren. Er trug weder eine Automatic noch ein Messer. Eine Sekunde lang war er unschlüssig, ob er anhalten oder Gas geben, den Polizisten mit dem Kotflügel streifen und davonpreschen sollte, um den Wagen zwanzig Kilometer weiter stehenzulassen, sich ohne Spiegel und Waschbecken als Pastor Jensen herzurichten und mit vier Gepäckstücken zu Fuß durchzuschlagen.
Der Polizist nahm ihm die Entscheidung ab. Sobald der Alfa die

Fahrt verlangsamt hatte, beachtete der Polizist ihn überhaupt nicht mehr, sondern drehte sich um und blickte in die entgegengesetzte Richtung. Der Schakal steuerte den Wagen an den Straßenrand und wartete.
Vom anderen Ende des Ortes her war Sirenengeheul zu hören. Was auch immer geschehen mochte, es war zu spät, um jetzt noch zu entkommen. Vier Citroën-Polizeiwagen und sechs »Schwarze Marias« rasten durch die Ortschaft. Als der Verkehrspolizist zur Seite sprang und grüßend den Arm hob, preschte der Konvoi an dem geparkten Alfa vorbei und die Straße hinunter, die dieser gekommen war. Durch die vergitterten Fenster, die den Wagen im französischen Volksmund die Bezeichnung »Salatschleuder« eingetragen hatten, konnte der Schakal die dichtbesetzten Reihen behelmter Polizisten mit umgehängten Maschinenpistolen sitzen sehen. Fast ebenso schnell, wie er gekommen war, war der Konvoi wieder verschwunden. Der Verkehrspolizist ließ den grüßenden Arm sinken, bedeutete dem Schakal mit gleichmütiger Geste, daß er jetzt weiterfahren dürfe, und stapfte zu seinem Motorrad, das er gegen das Kriegerdenkmal gelehnt hatte. Er trat noch immer auf den Anlasser, als der Alfa bereits um die Ecke gebogen war, um seine Fahrt in Richtung Westen fortzusetzen.

Es war 16 Uhr 50, als sie sich dem umstellten Hôtel du Cerf näherten. Begleitet von Caron, der einen geladenen und entsicherten MAT-49-Schnellfeuerkarabiner unter dem über seinen rechten Arm gelegten Regenmantel trug, ging Claude Lebel, der anderthalb Kilometer entfernt auf der anderen Seite des Ortes gelandet und von einem Polizeiwagen zum Hotel gefahren worden war, zum Haupteingang.
Daß irgend etwas Ungewöhnliches im Gang war, hatte sich inzwischen im ganzen Städtchen herumgesprochen; nur der Besitzer des Hotels wußte von nichts. Es war seit fünf Stunden von der Außenwelt abgeschnitten, und das Ausbleiben des Forellenverkäufers, der täglich seinen frischen Fang abzuliefern pflegte, war in diesem Zeitraum das einzig ungewöhnliche Vorkommnis gewesen. Von seinem Empfangschef herbeigerufen, trat der Hotelbesitzer aus dem Büro, wo er über Rechnungen und Bestellungen gesessen hatte, und beantwortete Carons Fragen, während er mißtrauische Blicke auf das unförmige Bündel warf, das dieser unter dem Arm trug. Lebel hörte zu und ließ enttäuscht die Schultern hängen.
Fünf Minuten später wimmelte das Hotel von uniformierten Poli-

zisten. Sie verhörten die Angestellten, untersuchten das Zimmer des Schakals und kehrten das Unterste zuoberst. Lebel trat allein auf die Auffahrt hinaus und starrte zu den umliegenden Berghängen hinüber. Caron gesellte sich zu ihm.
»Meinen Sie wirklich, daß er uns entwischt ist, Chef?« Lebel nickte.
»Darüber gibt es wohl keinen Zweifel.«
»Aber er hat sich doch für zwei Tage angemeldet. Halten Sie es für möglich, daß der Hotelbesitzer mit ihm unter einer Decke steckt?«
»Nein. Seine Angestellten und er sagen die Wahrheit. Der Schakal hat es sich irgendwann heute vormittag anders überlegt und Reißaus genommen. Die Frage ist, wohin er gefahren sein kann und ob er schon weiß, daß wir wissen, wer er ist.«
»Aber wie sollte er das? Das kann er doch gar nicht wissen. Es muß ein Zufall sein.«
»Hoffen wir es, mein lieber Lucien, hoffen wir es.«
»Dann ist die Autonummer das einzige, wovon wir jetzt ausgehen können.«
»Ja. Das war mein Fehler. Wir hätten eine Suchmeldung nach dem Wagen an alle Gendarmerieposten und Polizeikommissariate ergehen lassen sollen. Laufen Sie zu einem der Streifenwagen hinüber und rufen Sie Lyon. Geben Sie die Suchmeldung an alle durch. Höchste Dringlichkeitsstufe. Weißer Alfa-Romeo, Italien, polizeiliches Kennzeichen MI – 61741. Vorsicht, Fahrer vermutlich bewaffnet und zum Gebrauch der Schußwaffe entschlossen und so weiter und so weiter. Sie kennen ja den in solchen Fällen üblichen Text. Halt, noch eines: Niemand darf der Presse gegenüber auch nur ein Wort verlauten lassen. Erwähnen Sie in der Suchmeldung, daß der Mann vermutlich nicht ahnt, daß nach ihm gefahndet wird, und ich jeden zur Verantwortung ziehen werde, der ihm durch Nichtbefolgung dieser Anweisung die Möglichkeit verschafft, es in der Zeitung zu lesen oder im Radio zu hören. Ich werde Kommissar Gaillard vom Regionaldienst in Lyon mit der Abwicklung der Aktion beauftragen, und dann fliegen wir nach Paris zurück.«

Es war fast 18 Uhr, als der blaue Alfa Valence erreichte, wo ein unaufhörlicher Strom von Automobilen auf der Route Nationale 7, die Paris mit der Côte d'Azur verbindet, am Ufer der Rhône entlangschoß. Der Alfa kreuzte die große Nord-Süd-Straße und den in der Spätnachmittagssonne glitzernden breiten Fluß, um seine Fahrt auf der RN 533 fortzusetzen.

Hinter St-Peray preschte der kleine Sportwagen bei sinkender Dämmerung höher und höher in die Berge des Zentralmassivs und der Provinz Auvergne hinauf. Von Le Puy ab stieg die Straße immer steiler an, wurden die Berge immer höher und schien jedes Nest ein florierender Badeort zu sein, von dessen wundertätigen Quellwassern sich Scharen mit Rheuma und Ekzemen gestrafter Großstädter Heilung erhofften.
Hinter Brioude verließ die Straße das Tal der Allier, und die Nachtluft begann nach Heide und dem trocknenden Heu auf den Wiesen des Hochlandes zu duften. In Issoire hielt der Schakal an, um zu tanken, und jagte dann über Mont Doré nach La Bourdoule weiter. Es war fast Mitternacht, als er das Quellgebiet der Dordogne umrundete, die den Felsen der Auvergne entspringt und über ein halbes Dutzend Staudämme nach Süden und Südwesten fließt, um sich bei Bordeaux in die Gironde zu verströmen.
Hinter St-Sauves fuhr er auf der RN 89 nach Ussel, der Kreisstadt von Corrèze, weiter.

»Sie sind ein Narr, Kommissar, ein Narr. Sie hatten ihn schon so gut wie gefaßt, und Sie haben ihn laufenlassen.« Saint Clair hatte sich halb vom Stuhl erhoben, um seinen Vorhaltungen Nachdruck zu verleihen, und starrte wütend auf den neben ihm am unteren Ende des Konferenztisches sitzenden Kommissar hinunter. Der Detektiv fuhr fort, ungerührt in den mitgebrachten Akten zu blättern, als existiere Saint Clair für ihn überhaupt nicht
Er hatte erkannt, daß dies die einzig richtige Art war, den arroganten Obersten aus dem Palais zu behandeln, und Saint Clair seinerseits war sich nicht sicher, ob die vorgeneigte Kopfhaltung des Kommissars geziemende Zerknirschung oder unverfrorene Gleichgültigkeit ausdrückte. Er zog es vor, das erstere anzunehmen. Als er geendet hatte und sich auf seinen Sessel zurücksinken ließ, hob Lebel den Kopf.
»Wenn Sie die Güte hätten, sich den fotokopierten Bericht einmal anzuschauen, der vor Ihnen liegt, dann würden Sie, verehrter Herr Oberst, sich davon überzeugen können, daß wir ihn zu keinem Zeitpunkt schon ›so gut wie gefaßt‹ hatten«, bemerkte er gelassen. »Die Meldung aus Lyon, daß sich am Abend zuvor ein Mann unter dem Namen Duggan in einem Hotel in Gap eingeschrieben habe, hat die PJ erst heute mittag um 12 Uhr 15 erreicht. Wir wissen inzwischen, daß der Schakal das Hotel um 11 Uhr 05 überraschend verließ. Welche Maßnahmen wir auch immer getroffen

hätten, er würde in jedem Fall einen Vorsprung von einer Stunde gehabt haben. Auch Ihre die Tüchtigkeit der Polizeibehörden dieses Landes generell in Frage stellenden Bemerkungen muß ich entschieden zurückweisen. Ich darf Sie daran erinnern, daß die Order des Präsidenten dahingeht, diese Angelegenheit unter strengster Geheimhaltung zu handhaben. Es war daher nicht möglich, an jeden Gendarmerieposten der Provinz eine Fahndungsmeldung nach einem Mann namens Duggan ergehen zu lassen, denn das würde Aufsehen erregt und die Presse auf den Plan gerufen haben. Das von Duggan ausgefüllte Meldeformular ist pünktlich abgeholt und noch am gleichen Tag nach Lyon weitergeleitet worden. Dort erst stellte sich heraus, daß Duggan gesucht wird. Diese Verzögerung war unvermeidlich, es sei denn, wir hätten eine auf das gesamte Staatsgebiet ausgedehnte Großfahndung gestartet, und das würde meinen Anweisungen widersprochen haben.
Und schließlich und endlich war Duggan für zwei Tage in dem Hotel angemeldet. Was ihn heute vormittag um 11 Uhr veranlaßt hat, es sich anders zu überlegen und wegzufahren, wissen wir nicht.«
»Vermutlich doch Ihr Polizeiaufgebot, das sich in der Gegend herumgetrieben hat«, bemerkte Saint Clair gehässig.
»Ich habe bereits klargestellt, daß die Polizeiaktion erst um 12 Uhr 15 anlief, und zu dem Zeitpunkt befand sich der Mann schon seit siebzig Minuten nicht mehr im Hotel«, entgegnete Lebel.
»Nun gut, wir haben eben Pech gehabt, schreckliches Pech«, schaltete sich der Minister ein. »Aber ich begreife noch immer nicht, warum die Fahndung nach dem Wagen nicht sofort veranlaßt wurde. Kommissar?«
»Ich gebe zu, daß das ein Fehler war. Aber ich hatte Grund zu der Annahme, daß der Mann im Hotel war und die Nacht dort verbringen würde. Wenn er in der Umgebung herumgefahren und von einem motorisierten Streifenpolizisten, der es mit einem Autodieb zu tun zu haben glaubt, gestoppt worden wäre, würde er den nichtsahnenden Polizisten mit großer Wahrscheinlichkeit niedergeschossen haben und uns, auf diese Weise gewarnt, entkommen sein.«
»Und genau das ist ihm ja wohl gelungen«, versetzte Saint Clair.
»Stimmt, aber es gibt keine Anzeichen dafür, daß er gewarnt worden ist, was fraglos der Fall gewesen wäre, wenn ein einzelner Streifenpolizist ihn angehalten hätte. Es kann durchaus sein, daß er aus einer Laune des Augenblicks heraus beschlossen hat, woanders

hinzufahren. Wenn das zutreffen und er heute nacht ein anderes Hotel aufsuchen sollte, wird uns das gemeldet werden. Und wenn sein Wagen gesichtet wird, erhalten wir ebenfalls Meldung.«
»Wann ist die Suchmeldung nach dem weißen Alfa hinausgegangen?« fragte Max Fernet, der Direktor des PJ.
»Ich habe die Anweisungen um 17 Uhr 15 vom Hotel aus gegeben«, antwortete Lebel. »Sie müßten bis 19 Uhr alle auf den Überlandstraßen patrouillierenden motorisierten Streifeneinheiten erreicht haben, und die Polizeibeamten in den Städten finden sie bei Antritt des Nachtdienstes vor. In Anbetracht der Gefährlichkeit dieses Mannes habe ich den Wagen als gestohlen eingestuft und die Beamten instruiert, bei seinem Auftauchen sofort die regionale Zentrale zu unterrichten, jedoch ausdrücklich untersagt, daß ein einzelner Polizeibeamter den Mann stellt. Wenn auf dieser Besprechung eine Änderung meiner diesbezüglichen Anweisungen beschlossen werden sollte, muß ich die Anwesenden bitten, die Verantwortung für alle sich daraus ergebenden Folgen zu übernehmen.«
Längere Zeit herrschte Schweigen.
»Die Sorge um das Leben eines Polizeibeamten darf die zum Schutz des Präsidenten der Republik erforderlichen Maßnahmen nicht beeinträchtigen«, ließ sich Oberst Rolland vernehmen. Seine Bemerkung erntete rund um den Tisch herum beifälliges Nicken.
»Das ist schön und gut und zweifellos sehr richtig«, stimmte ihm Lebel zu, »vorausgesetzt, der Polizeibeamte ist in der Lage, diesen Mann unschädlich zu machen. Aber die wenigsten Polizisten und Gendarmen, die in ihrem Revier Streife gehen oder auf den Überlandstraßen patrouillieren, sind hochtrainierte Scharfschützen wie der Schakal. Wenn er gestellt wird, einen oder zwei Beamte niederschießt und entkommt, haben wir es nicht mehr mit einem Killer zu tun, der nicht weiß, daß wir ihm auf der Spur sind, sondern mit einem, der gewarnt und möglicherweise in der Lage ist, sich mit einer weiteren Identität zu tarnen, die wir noch nicht kennen. Hinzu kommt, daß ein solcher Vorfall in allen Zeitungen Schlagzeilen machen würde und wir das nicht herunterspielen könnten. Wenn der eigentliche Zweck seines Aufenthalts in Frankreich achtundvierzig Stunden lang geheim bleibt, sollte mich das außerordentlich wundern. Die Presse wird innerhalb weniger Tage wissen, daß er es auf den Präsidenten abgesehen hat. Wenn irgendeiner der Anwesenden es auf sich nehmen möchte, das dem General gegenüber zu vertreten, bin ich nur zu gern bereit, die

Leitung dieser Aktion niederzulegen, damit er sie übernehmen kann.«
Niemand meldete sich. Die Sitzung wurde wie üblich um Mitternacht beendet. Ein neuer Tag war angebrochen – Freitag, der 16. August.

Siebzehntes Kapitel

Als der blaue Alfa in die Place de la Gare von Ussel einbog, war es fast 1 Uhr morgens. Gegenüber dem Bahnhof hatte ein Café noch geöffnet, und ein paar Reisende, die auf einen Nachtzug warteten, schlürften heißen Kaffee. Der Schakal fuhr sich rasch mit dem Kamm durchs Haar und ging an den bereits aufeinandergestellten Tischen und Stühlen vorbei zur Theke. Er fröstelte, denn die nächtliche Berglauft war kühl, wenn man mit einer Geschwindigkeit von mehr als hundert Stundenkilometern im offenen Wagen fuhr. Er fühlte sich wie gerädert, und seine Arm- und Beinmuskeln schmerzten, nachdem er den Alfa durch ungezählte enge Kurven gezogen hatte. Zudem war er hungrig, denn seit dem Abendessen vor mehr als achtundvierzig Stunden hatte er außer einem Croissant zum Frühstück nichts mehr zu sich genommen.
Er bestellte sich zwei *tartines beurrées* – der Länge nach von einem schmalen, langgestreckten Brotlaib abgeschnittene und mit Butter bestrichene Scheiben eines kräftigen Landbrotes –, dazu vier hartgekochte Eier und eine große Schale Milchkaffee.
Während das Butterbrot gestrichen und der Kaffee gefiltert wurde, hielt er nach der Telefonzelle Ausschau. Es gab keine, aber am anderen Ende der Theke stand ein Apparat
»Haben Sie ein örtliches Fernsprechverzeichnis?« fragte er den Wirt, der, noch immer mit dem Bestreichen des *tartines* beschäftigt, stumm auf den Stapel der Telefonbücher wies, der auf dem Regal hinter der Theke lag.
Der Baron war unter »Chalonnière, M le Baron de la...« aufgeführt und als Wohnsitz das Schloß in La Haute Chalonnière angegeben. Der Schakal hatte sich die Adresse gemerkt, aber das Dorf war auf seiner Karte nicht eingezeichnet. Die Telefonnummer wurde jedoch unter dem Amt Egletons geführt, und dieser Ort fand sich rasch auf seiner Karte. Er lag dreißig Kilometer hinter Ussel an der RN 89. Der Schakal machte es sich an einem Tisch

bequem, um seine *tartines* mit den hartgekochten Eiern zu verzehren und den Milchkaffee zu trinken.
Kurz vor zwei passierte er ein Schild mit der Aufschrift »Egletons, 6 km« und beschloß, den Wagen in einer der dichten Waldungen, die an die Straße grenzten, stehenzulassen. Die Wälder gehörten vermutlich irgendeinem alteingesessenen Adeligen, dessen Vorfahren, von einer Hundemeute begleitet, hier auf Wildschweinjagd geritten waren. Aber vielleicht war das auch heute noch Brauch, denn weite Teile des Département Corrèze sahen aus, als schriebe man noch die Zeit des Sonnenkönigs.
Ein paar hundert Meter weiter fand er einen in den Wald führenden Weg. Er war mit einem quer über zwei Pfosten gelegten Balken, an dem ein Schild mit der Aufschrift *»Chasse Privée«* hing, zur Straße hin versperrt.
Der Schakal hob den Balken ab, lenkte den Wagen auf den Weg und legte den Balken wieder auf seinen Platz.
Etwa achthundert Meter weit fuhr er auf dem Pfad in den Wald hinein, während die knorrig-bizarren Silhouetten der Bäume, deren Äste wie die knochigen Arme von Gespenstern nach dem Eindringling zu greifen schienen, von den Scheinwerfern des Wagens angeleuchtet wurden. Schließlich stoppte er, schaltete das Licht aus und entnahm dem Handschuhfach Stahlschere und Taschenlampe. Auf dem Rücken liegend, verbrachte er eine Stunde unter dem Wagen, und der betaute Waldboden durchnäßte sein Hemd. Dann waren die das zerlegte Scharfschützengewehr enthaltenden Stahlröhren, die er vor sechzig Stunden mit Lötdraht an ihrem Versteck befestigt hatte, vom Chassis gelöst, und er packte sie in den Koffer mit den alten Kleidungsstücken und dem Armeemantel. Er betrachtete den Wagen ein letztes Mal prüfend von allen Seiten, um sicherzugehen, daß nichts mehr darin verblieben war, was demjenigen, der ihn entdecken würde, auch nur den geringsten Hinweis auf den Fahrer hätte geben können, und steuerte ihn dann mitten in eine nahe Gruppe dichter wilder Rhododendronbüsche hinein.
Dann schnitt er mit der Stahlschere Äste von weiteren Rhododendronbüschen ab und steckte sie überall dort, wo der Alfa das Geäst geknickt hatte, in den Boden. Nach einer Stunde war der kleine Wagen gänzlich der Sicht entzogen.
Er knotete ein Ende seiner Krawatte am Handgriff eines der Koffer fest und das andere an dem zweiten. Auf diese Weise konnte er, indem er sich die Krawatte über die Schulter hängte, so daß er ein Gepäckstück vor der Brust und das andere auf dem

Rücken trug, in jeder Hand einen der beiden restlichen Koffer schleppen und den Rückmarsch zur Straße antreten.
Alle hundert Meter stellte er das Gepäck ab, ging zurück, um mit einem Rhododendronzweig die leichten Spuren zu verwischen, die der Alfa auf dem moosigen Waldboden hinterlassen hatte. Es dauerte eine weitere Stunde, bis er die Straße erreicht hatte, unter dem Schlagbaum hindurchgekrochen war und sich einen Kilometer vom Eingang zum Wald entfernt hatte.
Sein karierter Anzug war von Erde und Öl beschmutzt, der seidene Rollkragenpullover klebte ihm am Rücken und unter den Armen feucht auf der Haut, und er glaubte, seine Muskeln würden nie wieder zu schmerzen aufhören. Er stellte die Gepäckstücke ab, setzte sich auf einen der Koffer und begann zu warten, während der Himmel im Osten langsam heller wurde. Überlandbusse, sagte er sich, starten ja früh.
Er hatte tatsächlich Glück. Ein Traktor, der mit einem Anhänger voll Heu nach Egletons unterwegs war, hielt an.
»Autopanne?« fragte der Fahrer.
»Nein. Ich habe Wochenendurlaub bis Montag früh zum Wecken und will per Anhalter nach Hause. Bin letzte Nacht bis Ussel gekommen und wollte weiter nach Tulle. Da habe ich einen Onkel, der mich im Lastwagen bis Bordeaux mitnehmen kann. Weiter als bis hierher bin ich nicht gekommen.« Er grinste den Fahrer an, der lachend mit den Achseln zuckte.
»Verrückt, nachts in dieser Gegend herumzumarschieren. Nach Dunkelwerden fährt kein Mensch mehr auf dieser Strecke. Klettern Sie auf den Anhänger. Ich bringe Sie bis Egletons, und Sie können versuchen, von da aus weiterzukommen.«
Um Viertel vor sieben rollten sie in die kleine Stadt. Der Schakal dankte dem Bauern, ging um den Bahnhof herum und betrat ein Café.
»Gibt es ein Taxi in der Stadt?« fragte er den Mann hinter der Theke.
Der Mann nannte ihm die Telefonnummer, und er rief den Droschkenbetrieb an. Es gab einen Wagen, erfuhr er, der in einer halben Stunde vorfahren könne. Der Schakal benutzte die Wartezeit, um sich in der Herrentoilette des Cafés das Gesicht und die Hände mit kaltem Wasser zu waschen, die Zähne zu putzen und den Anzug zu wechseln.
Das Taxi – ein klappriger alter Renault – kam um 7 Uhr 30.
»Kennen Sie das Dorf La Haute Chalonnière?« fragte er den Fahrer.

»'türlich.«
»Wie weit?«
»Achtzehn Kilometer.« Der Mann deutete mit dem Daumen zum Gebirge hinüber. »Ist da drüben in den Bergen.«
»Fahren Sie mich hin«, sagte der Schakal und hievte sein Gepäck mit Ausnahme eines Koffers, den er mit sich in den Wagen nahm, in die Gepäckablage auf dem Autodach.
Er bestand darauf, sich vor dem Café de la Poste auf dem Dorfplatz absetzen zu lassen. Der Taxifahrer aus der nahen Kleinstadt brauchte nicht erfahren, daß er zum Château wollte. Als das Taxi weggefahren war, schaffte er seine Koffer in das Café. Draußen auf dem Dorfplatz, wo zwei vor einen Heuwagen gespannte Ochsen nachdenklich wiederkäuten, während fette schwarze Fliegen ihre sanft dreinblickenden Augen umschwirrten, begann es bereits glühend heiß zu werden.
Im Café war es dunkel und kühl. Der Schakal bemerkte, daß sich die Leute an den Tischen nach ihm umwandten. Eine bäuerlich aussehende alte Frau in einem schwarzen Kleid, die eine Gruppe von Landarbeitern bedient hatte, klapperte in Holzpantinen über den Fliesenboden und trat hinter die Theke.
»Monsieur?« krächzte sie.
Er stellte seine Gepäckstücke ab und beugte sich über die Theke. Die Eingesessenen, das hatte er bemerkt, tranken Rotwein.
»*Un gros rouge, s'il vous plaît, madame.*«
»Wie weit ist es bis zum Schloß, Madame?« fragte er, als die Frau ihm den Wein eingoß. Sie sah ihn mit ihren listigen schwarzen Knopfaugen scharf an.
»Zwei Kilometer, Monsieur.«
Er seufzte müde. »Dieser Idiot von einem Taxifahrer hat mir doch einzureden versucht, hier gäbe es kein Schloß, und mich auf dem Marktplatz abgesetzt«
»War er aus Egletons?« fragte sie. Der Schakal nickte
»Die Leute in Egletons sind Narren«, bemerkte sie.
»Ich muß zum Château«, sagte er.
Keiner der Bauern, die rundum an den Tischen saßen und unverwandt herüberblickten, rührte sich. Er zog einen Hundertfrancschein aus der Tasche.
»Wieviel macht der Wein, Madame?«
Die alte Frau betrachtete den Schein mißtrauisch.
»Soviel kann ich nicht wechseln«, sagte sie.
Er hob ratlos die Schultern. »Wenn doch nur jemand mit einem

Wagen da wäre, würde der vielleicht auch wechseln können«, sagte er.
Einer der Bauern stand auf und trat an ihn heran.
»Es gibt einen Wagen im Dorf, Monsieur«, sagte er.
Der Schakal drehte sich in gespielter Überraschung um.
»Gehört er Ihnen, *mon ami?*«
»Nein, Monsieur, aber ich kenne den Mann, dem er gehört. Vielleicht fährt er Sie hinauf.«
Der Schakal nickte nachdenklich, als erwäge er die Vorzüge des Angebots.
»Was trinken Sie inzwischen?«
Der Bauer gab der alten Frau einen Wink. Sie goß ihm ein großes Glas Rotwein ein.
»Und Ihre Freunde? Es ist ein heißer Tag. Ein Tag, der durstig macht.«
Das bartstoppelige Gesicht des Bauern verzog sich zu einem breiten Lächeln. Er nickte der alten Frau nochmals zu, die daraufhin zwei volle Flaschen zu der an dem großen Tisch sitzenden Gruppe hinübertrug.
»Benoit, geh und bring den Wagen her«, befahl der Bauer, und einer der Männer leerte sein Glas in einem Zug und ging hinaus.
Der Vorzug des Landvolks der Auvergne, dachte der Schakal, als er auf dem ratternden und schaukelnden Gefährt die letzten beiden Kilometer zum Schloß hinauf zurücklegte, besteht darin, daß es viel zu abweisend und verschlossen ist, um nicht seinen verdammten Mund zu halten – zumindest Fremden gegenüber.

Colette de la Chalonnière hatte sich im Bett aufgesetzt, um ihren Morgenkaffee auszutrinken und den Brief nochmals zu lesen. Der Ärger, der sie bei dessen erster Lektüre überkommen hatte, war einem verdrossenen Abscheu gewichen.
Sie fragte sich, was in aller Welt sie mit dem Rest ihres Lebens anfangen sollte. Nach der gemächlichen Heimfahrt von Gap war sie gestern nachmittag von der alten Ernestine, dem Hausmädchen, das bereits zu Alfreds Vaters Zeiten auf dem Schloß in Diensten stand, und dem Gärtner Louison, einem ehemaligen Bauernjungen, der Ernestine geheiratet hatte, als sie noch die Gehilfin des Hausmädchens war, begrüßt worden.
Die beiden fungierten jetzt praktisch als die Kuratoren des Schlosses, dessen Räume in der Mehrzahl verschlossen und dessen Möbel zum großen Teil mit Schonbezügen bespannt worden waren.

Sie war, darüber gab sie sich keiner Täuschung hin, die Herrin eines leeren Schlosses, in dessen Park keine Kinder mehr spielten und in dessen Hof kein Schloßherr sein Pferd mehr bestieg.
Sie betrachtete nochmals den Ausschnitt aus einem Pariser Modemagazin, den ihr eine Freundin in so rührender Weise zugeschickt hatte; sah ihren darauf abgebildeten Gatten dümmlich ins Blitzlicht lächeln, während sein leerer Blick zwischen der Kameralinse und dem aufreizenden Busen des Starletts, über dessen Schulter er blinzelte, hin und her irrte. Das Mädchen war eine zur Kabaretttänzerin avancierte vormalige Bardame, die dem Vernehmen nach gesagt haben sollte, sie hoffe, den Baron, mit dem sie »sehr befreundet« sei, »eines Tages« heiraten zu können.
Während sie sich das faltige Gesicht und den dünnen Hals des alternden Barons auf dem Foto ansah, fragte sie sich, was mit dem gutaussehenden jungen Partisanenhauptmann der Résistance geschehen sein mochte, in den sie sich 1942 verliebt und den sie im Jahr darauf, als sie ein Kind – ihren Sohn – von ihm erwartete, geheiratet hatte.
Als sie ihm damals in den Bergen begegnete, war sie ein junges Mädchen von noch nicht zwanzig Jahren gewesen, das für die Résistance Meldungen beförderte. Er war ein unter dem Decknamen »Pegasus« bekannter magerer, habichtgesichtiger, befehlsgewohnter Mann in den Dreißigern gewesen, der sofort ihr Herz gewann. Sie hatte sich in einem als Kapelle hergerichteten Keller von einem der Résistance angehörenden Pfarrer heimlich trauen lassen und ihren Sohn in ihrem Vaterhaus zur Welt gebracht.
Nach dem Krieg wurde ihm dann sein Vermögen und der gesamte Landbesitz wieder zugesprochen. Während des alliierten Vormarsches durch Frankreich war sein Vater einem Herzschlag erlegen, und er kehrte aus der Verbannung zurück, um Baron de la Chalonnière zu werden. Das Bauernvolk hatte ihm begeistert zugejubelt, als er seine junge Frau und seinen Sohn zu sich aufs Schloß holte. Das Leben auf den Besitzungen langweilte ihn jedoch schon bald, und die Lockungen, die Paris bereithielt, wie auch der Drang, sich für die im öden Kolonialdienst und im Untergrund verlorenen Jahre der Jugend und des frühen Mannesalters schadlos zu halten, erwiesen sich als zu stark, als daß er ihnen hätte widerstehen können.
Jetzt war er siebenundfünfzig Jahre alt und sah aus wie siebzig.
Die Baronin warf den Brief und den mitgeschickten Ausschnitt aus dem Magazin auf den Boden. Sie sprang aus dem Bett und stellte

sich vor den großen Ankleidespiegel an der gegenüberliegenden Wand und zog die ihren Morgenrock vorn zusammenhaltenden Bänder auf. Dann hob sie sich auf die Zehenspitzen, um die Muskeln ihrer Schenkel so zu straffen, als trüge sie Pumps mit hohen Absätzen.
Nicht schlecht, dachte sie. Könnte jedenfalls viel schlimmer sein. Ich habe das, was man eine füllige Figur nennt – den Körper einer reifen Frau. Die Hüften waren breit, aber die Taille dank unzähliger im Sattel verbrachter Stunden und langer Spaziergänge in den Bergen glücklicherweise schlank geblieben. Sie umfaßte mit jeder Hand eine ihrer Brüste und prüfte deren Gewicht. Sie waren zu groß und zu schwer, um wirklich schön genannt zu werden, vermochten aber einen Mann im Bett durchaus noch zu erregen.
Nun, Alfred, dachte sie, was du dir erlaubst, kannst du mir nicht verbieten. Sie schüttelte den Kopf, um ihr schulterlanges Haar zu lösen, und eine Strähne fiel ihr über Wange und Brust. Sie nahm ihre Hände vom Busen, ließ sie zwischen ihre Schenkel gleiten und dachte dabei an den Mann, den sie noch vor wenig mehr als vierundzwanzig Stunden dort gespürt hatte. Er war gut gewesen. Sie wünschte jetzt, daß sie in Gap geblieben wäre. Vielleicht hätten sie zusammen Ferien machen und unter falschem Namen im Land umherfahren können wie Liebesleute, die der bürgerlichen Ordnung ihres Lebens zu entfliehen versuchen. Wozu in aller Welt war sie nach Hause zurückgekehrt?
Vom Schloßhof her drang das Rattern eines klapprigen alten Automobils herauf. Sie band sich den Hausmantel zu und trat ans Fenster. Ein Lieferwagen aus dem Dorf stand dort unten, dessen hintere Türen geöffnet waren. Zwei Männer holten etwas aus dem Laderaum. Louison, der eine der ornamental gefaßten Rasenflächen gejätet hatte, trat hinzu, um mit anzupacken.
Einer der vom Lieferwagen verdeckten Männer ging jetzt um diesen herum, kletterte auf den Fahrersitz und betätigte die knirschende Kupplung. Wer lieferte Waren aufs Schloß? Sie hatte nichts bestellt. Der Wagen setzte sich in Bewegung, und sie stieß einen Laut der Überraschung aus. Drei Koffer und eine Reisetasche waren abgeladen worden, und daneben stand ein Mann. Sie erkannte ihn an dem metallischen Glanz des blonden Haars und lächelte freudestrahlend übers ganze Gesicht.
»Du Bestie. Du schöne, primitive Bestie. Du bist mir nachgefahren.«
Sie eilte ins Badezimmer, um sich anzukleiden.

Als sie an die Treppenbrüstung trat, hörte sie von der Halle her Stimmen. Ernestine fragte, was Monsieur wünsche.
»*Madame la baronne, elle est là?*«
Im nächsten Augenblick kam Ernestine, so schnell ihre alten Beine sie zu tragen vermochten, die Treppe heraufgelaufen.
»Ein Herr fragt nach Ihnen, Madame.«

An jenem Freitag war die allabendliche Besprechung im Innenministerium kürzer als üblich. Zu berichten gab es einzig und allein die Tatsache, daß es nichts zu berichten gab. Im Lauf der letzten vierundzwanzig Stunden war die Beschreibung des gesuchten Wagens den Polizeidienststellen in ganz Frankreich zugeleitet worden, und zwar, um keine Spekulationen hervorzurufen, auf dem in solchen Fällen gemeinhin üblichen Weg. Der Wagen war nicht gesichtet worden. Gleichzeitig hatte jedes Regionalkommando der Police Judiciaire alle örtlichen Kommissariate in den Stadt- und Landkreisen seines Bereichs angewiesen, bis spätestens andertags 8 Uhr morgens sämtliche Hotelanmeldeformulare ins Regionalkommando zu schaffen. Dort wurden sie umgehend überprüft. Auf keiner der nach Zehntausenden zählenden Anmeldungen tauchte der Name Duggan auf. Er konnte die letzte Nacht daher nicht in einem Hotel verbracht haben, jedenfalls nicht unter diesem Namen.
»Wir müssen von zwei Möglichkeiten ausgehen«, erklärte Lebel einer schweigenden Zuhörerschaft. »Entweder glaubt er sich noch immer unverdächtigt, und seine Abreise vom Hôtel du Cerf war eine vorher nicht geplante Handlung, mit der er dem Anlaufen unserer Aktion rein zufällig zuvorkam. Dann besteht für ihn kein Grund, nicht ungeniert in aller Öffentlichkeit seinen Alfa zu fahren und seelenruhig unter dem Namen Duggan in Hotels abzusteigen. In diesem Fall muß er früher oder später entdeckt werden. Oder aber er hat auf irgendeine Weise Wind davon bekommen, daß wir ihm auf der Spur sind, und sich entschlossen, den Wagen irgendwo stehenzulassen und sich so durchzuschlagen. Sollte das der Fall sein, gibt es wiederum zwei Möglichkeiten.
Entweder er hat keine weiteren Rollen parat, in die er schlüpfen kann; dann kommt er nicht weit, ohne sich in einem Hotel einzuschreiben oder eine Grenzstation zu passieren. Oder er hat eine weitere gefälschte Identität vorbereitet und bereits angenommen. In diesem Fall ist er nach wie vor ungemein gefährlich.«
»Was veranlaßt Sie zu glauben, daß er eine weitere Identität parat haben könnte?« fragte Oberst Rolland.

»Wir müssen davon ausgehen, daß dieser Mann, dem die OAS eine beträchtliche Summe Geldes für die Ausführung des Attentats geboten hat, zu den raffiniertesten Berufsmördern der Welt gehört. Das setzt voraus, daß er Erfahrung besitzt. Dennoch hat er es fertiggebracht, nie mit dem Gesetz in Konflikt zu geraten und in keiner Kriminalakte verzeichnet zu sein. Das konnte ihm nur gelingen, wenn er seine Aufträge unter falschem Namen und getarnt durch verändertes Äußeres ausführte. Mit anderen Worten, er muß auch in der Verstellung ein Meister sein. Der Vergleich der beiden Fotografien beweist uns, daß Calthrop seine Größe durch Tragen von Schuhen mit überhöhten Absätzen verändert, sein Gewicht um einige Kilo reduziert, seine Augenfarbe mittels Kontaktlinsen und seine Haarfarbe durch Färbemittel gewechselt hat, um Duggan zu werden. Und wenn er das einmal gekonnt hat, dürfen wir uns nicht den Luxus leisten, anzunehmen, er könne das nicht ein zweites Mal tun.«

»Aber es gibt keinen Grund zur Annahme, daß er damit rechnet, entdeckt zu werden, bevor er in die Nähe des Präsidenten gelangt ist«, wandte Saint Clair ein. »Warum sollte er derart weitgehende Vorsichtsmaßregeln getroffen und eine zweite – oder womöglich noch mehrere – Tarnrollen vorbereitet haben?«

»Weil er ganz offenbar grundsätzlich derart weitgehende Vorsichtsmaßregeln zu treffen pflegt«, sagte Lebel. »Täte er das nicht, hätten wir ihn inzwischen längst gefaßt.«

»Ich entnehme dem uns von den britischen Behörden zugeleiteten Dossier Calthrops, daß er seine Militärpflicht gleich nach dem Krieg in einem Fallschirmjäger-Regiment ableistete. Vielleicht macht er sich seine dort erworbene Erfahrung im Überleben unter härtesten Bedingungen zunutze und hält sich in den Bergen versteckt«, gab Max Fernet zu bedenken.

»Vielleicht«, räumte Lebel ein.

»In dem Fall braucht er schwerlich noch als potentielle Gefahr erachtet zu werden.«

Lebel dachte einen Augenblick lang nach.

»Von diesem Mann möchte ich das nicht behauptet haben, ehe er nicht hinter Gittern sitzt«, sagte er dann.

»Oder tot ist«, fügte Rolland hinzu.

»Wenn er auch nur einen Funken Verstand hat«, sagte Saint Clair, »macht er, daß er aus Frankreich herauskommt, solange er noch am Leben ist.«

»Ich wünschte, er täte uns den Gefallen«, bemerkte Lebel, als die

Sitzung beendet und er wieder in sein Büro zurückgekehrt war, zu Caron. »Aber ich glaube nicht daran. Einstweilen ist er noch ganz schön lebendig, bei bester Gesundheit, in Freiheit und bewaffnet. Wir suchen weiter nach dem Wagen. Er hat drei Gepäckstücke, und zu Fuß kann er damit nicht weit gekommen sein. Finden Sie mir den Wagen, und wir haben etwas, wovon wir ausgehen können.«

Der Mann, den sie suchten, streckte sich wohlig auf einem frisch bezogenen Bett aus, das im Schlafgemach eines Schlosses im Herzen von Corrèze stand. Er hatte gebadet und sich an einem Mahl von Landpaté und Hasenpfeffer gestärkt, zu dem ihm Rotwein, Kaffee und Cognac serviert worden waren. Den Blick auf die vergoldeten Stukkaturen an der Zimmerdecke gerichtet, erwog er, wie er die jetzt noch bis zum Zeitpunkt des Attentats verbleibenden Tage verbringen konnte. In etwa einer Woche, rechnete er sich aus, würde er aufbrechen müssen. Zwar mochte es sich als nicht so einfach erweisen, von hier wegzukommen. Aber es würde zu schaffen sein. Er mußte sich einen Grund einfallen lassen, um gehen zu können.
Die Tür öffnete sich, und die Baronin trat ins Zimmer. Das gelöste Haar fiel ihr bis über die Schultern, und sie trug einen Hausmantel, der am Hals geschlossen, im übrigen aber von oben bis unten vorn offen war. Im Gehen schlug er einen flüchtigen Augenblick lang auf. Sie war gänzlich nackt darunter, hatte jedoch die langen Seidenstrümpfe und hohen Pumps, die sie beim Essen trug, anbehalten.
Auf den Ellbogen gestützt, richtete sich der Schakal halb auf, während sie die Tür abschloß und an das Bett trat. Stumm sah sie auf ihn hinunter. Er hob die Arme und löste die Samtschleife, mit der ihr Hausmantel am Hals geschlossen war. Der Mantel öffnete sich und enthüllte ihre Brüste. Der Schakal beugte sich vor und streifte ihr den mit einer Spitzenborte versehenen Mantel vollends ab. Geräuschlos glitt der seidene Stoff zu Boden. Sie faßte den Schakal bei den Schultern und stieß ihn aufs Bett zurück. Dann packte sie seine Handgelenke und drückte sie, während sie sich auf ihn hockte, auf die Kissen nieder. Als ihre Schenkel sich mit hartem Druck gegen seine Rippen preßten, starrte er ihr herausfordernd in die Augen, und sie hielt seinem unverwandten Blick lächelnd stand. Ihr langes Haar war nach vorn geglitten und hing bis zu ihren Brustspitzen herab.

»*Bon, mon primitif*, und jetzt wollen wir doch einmal sehen, was du alles kannst.«
Als sie ihr Gesäß von seinem Brustkorb hob, reckte er ihr den Kopf entgegen und schickte sich an, es ihr zu zeigen.

Drei Tage lang war die Spur unauffindbar geblieben, und bei jeder abendlichen Besprechung hatte sich die Meinung, der Schakal habe Frankreich still und heimlich verlassen, mehr und mehr durchgesetzt. Auf der Konferenz vom 19. August war es nur noch Lebel, der weiterhin die Ansicht vertrat, der Killer halte sich noch immer irgendwo in Frankreich verborgen und warte dort ab, bis der richtige Zeitpunkt für ihn gekommen sei.
»Der richtige Zeitpunkt wozu?« höhnte Saint Clair. »Das einzige, worauf er warten kann, wenn er sich tatsächlich noch auf französischem Boden aufhält, ist eine Gelegenheit, in Richtung Grenze zu fliehen. In dem Augenblick, wo er sich aus seinem Versteck hervorwagt, fassen wir ihn. Wenn es stimmt, was Sie vermuten, und er jede Verbindung mit der OAS und ihren Sympathisanten vermeidet, hat er keine Helfer, an die er sich wenden und bei denen er Unterschlupf finden kann.«
Rund um den Tisch erhob sich beifälliges Gemurmel von seiten all derjenigen Konferenzteilnehmer, die zu dem Schluß gekommen waren, daß die Polizei versagt und Bouviers Diktum, die Lokalisierung des Killers sei reine Detektivarbeit, sich als Irrtum erwiesen hatte.
Lebel schüttelte eigensinnig den Kopf. Die unablässige Nervenanspannung, der fortgesetzte Mangel an Schlaf und nicht zuletzt die Notwendigkeit, sich selbst und seinen Stab gegen die ständigen Nadelstiche und Vorwürfe von Männern verteidigen zu müssen, die ihre hohen Posten weniger ihrer einschlägigen Erfahrung als vielmehr ihrer parteipolitischen Richtung verdankten, hatten ihn ermüdet und erschöpft. Er wußte sehr wohl, daß er erledigt war, wenn er sich täuschte. Dafür würden einige von den Männern, die an diesem Tisch saßen, schon sorgen. Und wenn er sich nicht täuschte? Wenn der Schakal es nach wie vor auf den Präsidenten abgesehen hatte? Wenn er durch die Maschen des Netzes schlüpfte und bis zu seinem Opfer vordrang? Es war ihm klar, daß die in dieser Runde Versammelten dann verzweifelt nach einem Prügelknaben suchen würden. Und den würde er abgeben. So oder so war seine Laufbahn als Polizeibeamter zu Ende. Es sei denn – es sei denn, es gelang ihm, den Mann aufzuspüren und an der Tat zu

hindern. Natürlich hatte er keine Beweise; nur die merkwürdige innere Gewißheit, mit der er diesen Herren natürlich nicht kommen durfte, daß der Mann, den er jagte, ebenfalls ein Profi war, der seinen Auftrag ausführen würde, koste es, was es wolle.
In den acht Tagen, die er diese Geschichte nun am Hals hatte, war er allmählich dazu gelangt, vor dem Mann mit dem Mördergewehr, der sein Vorhaben bis ins einzelne durchdacht und dabei alle nur denkbaren Eventualitäten eingeplant zu haben schien, eine Art widerwilliger Hochachtung zu empfinden. Dergleichen in diesem Kreis von meist durch politische Ernennungen zu Amt und Würden gelangten Funktionären auch nur anzudeuten, wäre jedoch seinem beruflichen Selbstmord gleichgekommen. Lediglich die Anwesenheit Bouviers, der, den massigen Kopf zwischen die Schultern gezogen, neben ihm saß und vor sich auf die Tischplatte starrte, empfand er als einigermaßen tröstlich. Er war wenigstens auch Detektiv.
»Worauf, weiß ich nicht«, entgegnete Lebel. »Aber er wartet auf etwas oder wartet irgend etwas ab, einen bestimmten Tag vielleicht. Ich habe das Gefühl, meine Herren, daß sich das Thema ›Schakal‹ für uns noch nicht erledigt hat. Warum ich dieses Gefühl habe, kann ich freilich selber nicht erklären.«
»Gefühl!« mokierte sich Saint Clair. »Einen bestimmten Tag! Kommissar, Sie lesen offenbar zu viele romantische Abenteuergeschichten. Aber wir haben es nicht mit der Romantik zu tun, sondern mit der Wirklichkeit. Der Mann hat sich aus dem Staub gemacht, mehr gibt es darüber nicht zu sagen.« Er lehnte sich im Sessel zurück und lächelte selbstgewiß.
»Hoffentlich haben Sie recht«, sagte Lebel leise. »In diesem Fall darf ich Sie, *Monsieur le Ministre*, bitten, mich von der Leitung der Ermittlungen zu entbinden und wieder meine normalen kriminalpolizeilichen Obliegenheiten wahrnehmen zu lassen.«
Der Minister sah ihn unschlüssig an.
»Glauben Sie, es hat Sinn, die Ermittlungen fortzusetzen, Kommissar?« fragte er. »Besteht Ihrer Meinung nach noch immer Gefahr?«
»Was die zweite Frage anlangt, so kann ich darauf nur sagen: Ich weiß es nicht. Hinsichtlich der ersten bin ich der Meinung, daß wir mit den Nachforschungen so lange fortfahren sollten, bis wir unserer Sache absolut sicher sind.«
»Also gut. Meine Herren, ich wünsche, daß der Kommissar seine Ermittlungen fortsetzt und wir weiterhin jeden Abend zusammen-

kommen, um uns von ihm laufend berichten zu lassen – vorerst jedenfalls noch.«

Auf der Jagd nach schädlichem Getier verfolgte Marcange Mallet am Morgen des 20. August als Wildhüter der zwischen Egletons und Ussel im Département Corrèze gelegenen Waldungen seines Arbeitgebers eine angeschossene Waldtaube, die in ein dichtes Rhododendrongebüsch gefallen war. In der Mitte des Gebüschs fand er die Waldtaube, die flügelschlagend auf dem Fahrersitz eines Sportwagens hockte, der offenkundig verlassen worden war. Zunächst hatte er, während er dem Vogel den Hals umdrehte, angenommen, daß der Wagen von einem Liebespaar abgestellt worden war, das entgegen dem Verbotsschild, welches er am achthundert Meter entfernten Eingang zum Forst angenagelt hatte, im Wald picknicken wollte. Dann stellte er jedoch fest, daß einige von den Zweigen, die den Wagen vor der Sicht verbargen, in den Boden hineingesteckt waren. Bei näherer Untersuchung entdeckte er an anderen Rhododendronbüschen, die in der unmittelbaren Umgebung des Fundorts wuchsen, die Stümpfe, von denen Äste abgeschnitten worden waren. Er mußte scharf hinschauen, um sie zu sehen, denn die weißen Schnittflächen waren sorgfältig mit Erde beschmiert worden, damit sie nicht auffielen.
Dem Vogeldreck auf den Sitzen nach zu urteilen, mußte der Wagen zumindest schon seit ein paar Tagen dort gestanden haben. Der Wildhüter packte die Taube und sein Gewehr, radelte durch den Wald zu seinem Häuschen zurück und nahm sich vor, auf seinem Gang ins Dorf, wo er im Laufe des späteren Vormittags ein paar weitere Kaninchenfallen besorgen wollte, den Gendarmen auf den Wagen hinzuweisen.
Es war fast Mittag, als der Dorfgendarm die Kurbel des in seinem Haus installierten Diensttelefons drehte und an das Kommissariat in Ussel einen mündlichen Bericht des Inhalts durchgab, daß im nahen Wald ein herrenloser Wagen gefunden worden sei. Ob es ein weißer Wagen sei, wurde er gefragt. Nein, es war ein blauer Wagen. War es ein italienischer Wagen? Nein, er trug französische Kennzeichen, Fabrikat unbekannt. Gut, sagte die Stimme in Ussel, im Laufe des Nachmittags werde man einen Abschleppwagen schicken. Er möge sich bereithalten, um die Leute an die Fundstätte zu führen, denn gerade jetzt, wo es wegen der Suche nach dem weißen italienischen Sportwagen, die auf Weisung der hohen Herren in Paris im Gang war, so viel Arbeit gab, wurde jeder ein-

zelne Mann dringend gebraucht. Der Dorfgendarm versprach, zur Stelle zu sein, wenn der Abschleppwagen eintraf.
Es war später als 4 Uhr nachmittags geworden, bevor der kleine Wagen auf den Hof des Kommissariats geschleppt wurde, und fast 5 Uhr, ehe einem Autoschlosser der Fahrbereitschaft bei der zur Identifikation vorgenommenen Überprüfung des Wagens auffiel, wie miserabel er lackiert war. Er nahm einen Schraubenzieher und kratzte an der Farbschicht eines Kotflügels. Unter dem Blau erschien ein weißer Streifen. Stutzig geworden, begann er die Nummernschilder zu untersuchen und stellte fest, daß sie offenbar umgedreht worden waren. Wenige Minuten später lag das abgeschraubte vordere Schild auf dem Hof. Die nach oben gekehrte Rückseite zeigte in weißen Lettern die Aufschrift MI – 61741, und der Mann von der Fahrbereitschaft rannte zur Wachstube.

Claude Lebel erhielt die Nachricht kurz vor 18 Uhr. Sie kam von Kommissar Valentin vom Regionalkommando der PJ in Clermont-Ferrand, der Hauptstadt der Provinz Auvergne. Lebel war förmlich zusammengefahren, als Kommissar Valentin zu berichten begann.
»Hören Sie, das ist eminent wichtig. Ich kann Ihnen jetzt nicht erklären, warum, sondern nur wiederholen, daß es wichtig ist. Ja, ich weiß, es widerspricht den Vorschriften, aber in diesem Fall liegen die Dinge nun einmal so. Daß Sie regulärer Kommissar sind, weiß ich, mein Bester. Wenn Sie sich meine Befugnis in dieser Sache bestätigen lassen wollen, kann ich Sie sofort mit dem Generaldirektor der PJ verbinden. Also, ich möchte, daß Sie umgehend ein Team nach Ussel 'runterschicken. Die besten Leute, die Sie zusammentrommeln können, und davon so viele wie nur irgend möglich. Beginnen Sie mit den Nachforschungen an dem Punkt, wo der Wagen aufgefunden wurde. Schlagen Sie auf Ihrer Karte einen Kreis um diesen Punkt und bereiten Sie alles für eine planmäßige Durchkämmung des Geländes vor. Befragen Sie jeden Bauern, der regelmäßig die Straße nach Ussel befährt, und holen Sie in jedem Dorfgeschäft, jedem Café und in jeder Holzarbeiterhütte Erkundigungen ein.
Ihre Leute suchen einen hochgewachsenen, schlanken Mann, einen gebürtigen Engländer, der aber ausgezeichnet französisch spricht. Er trug drei Koffer und eine Reisetasche. Er hat eine Menge Geld bei sich und ist gut gekleidet, aber es wird ihm vermutlich anzusehen sein, daß er im Freien genächtigt hat.

Ihre Leute sollen fragen, wo er gesehen wurde, wohin er von dort aus gegangen ist, was er kaufen wollte. Oh, und noch etwas – die Presse muß unter allen Umständen ausgeschlossen werden. Was soll das heißen, das geht nicht? Aber natürlich werden die örtlichen Lokalreporter wissen wollen, was los ist. Nun, dann sagen Sie ihnen doch einfach, es sei ein Autounfall passiert, und man glaube, daß einer der Insassen im Schockzustand in der Gegend umherirre. Ja, eine großangelegte Hilfsaktion, meinetwegen. Von mir aus können Sie ihnen sagen, was Sie wollen – Hauptsache, Sie machen sie nicht mißtrauisch. Sagen Sie ihnen auch, daß es jetzt in der Ferienzeit mit über fünfhundert Verkehrsunfällen pro Tag bestimmt keine Story für die überregionalen Blätter sei. Spielen Sie die Sache herunter, das ist die Hauptsache. Und noch etwas – wenn Sie den Mann irgendwo aufspüren, stellen Sie ihn nur ja nicht. Kreisen Sie ihn lediglich ein und passen Sie auf, daß er nicht entwischt. Ich komme so schnell zu Ihnen 'runter, wie ich kann.«
Lebel legte den Hörer auf und wandte sich an Caron.
»Lassen Sie sich mit dem Minister verbinden und bitten Sie ihn, die Besprechung auf acht Uhr vorzuverlegen.
Ich weiß, das ist die Essenszeit, aber es wird nicht lange dauern. Rufen Sie anschließend in Satory an und lassen Sie den Hubschrauber startklar machen. Diesmal für einen Nachtflug nach Ussel. Und sie sollen uns auf jeden Fall sagen, wo sie zu landen gedenken, damit wir einen Wagen dorthin bestellen können, der mich abholt. Sie werden inzwischen allein hier weitermachen müssen.«

Bei Sonnenuntergang errichteten die motorisierten Polizeieinheiten aus Clermont-Ferrand, verstärkt durch eine Reihe weiterer Einsatzwagen, die Ussel zur Verfügung gestellt hatte, ihr mobiles Hauptquartier auf dem Dorfplatz einer kleinen Ortschaft, die in unmittelbarer Nähe des Waldes lag, in welchem der Wagen aufgefunden worden war. Vom Funkwagen aus gab Valentin Anweisungen an die unzähligen Polizeiautos, die sich in den anderen Dörfern der Umgegend sammelten. Er hatte beschlossen, mit einem Radius von acht Kilometer im Umkreis des Ortes, an dem der Wagen entdeckt wurde, zu beginnen und die Nacht durchzuarbeiten. In den Stunden der Dunkelheit war die Chance, die Leute zu Hause anzutreffen, viel größer. Andererseits bestand durchaus die Möglichkeit, daß sich seine Männer in den unübersichtlichen Tälern und auf den Bergabhängen der Gegend verirrten oder irgendeine Holzfällerbude übersahen, in der sich der Flüchtige versteckt haben mochte.

Erschwerend kam ein weiterer Faktor hinzu, den er Paris am Telefon kaum hatte verständlich machen können, auf den er Lebel jedoch – was ihm alles andere als angenehm war – mündlich würde hinweisen müssen. Ohne sein Wissen sollten einige seiner Leute diesen Faktor noch vor Mitternacht zu spüren bekommen. Sie befragten einen Bauern auf dessen etwa drei Kilometer von der Fundstelle des Wagens entfernten Hof.

Der Mann stand im Nachthemd in der Tür und dachte nicht im entferntesten daran, die Detektive hereinzubitten. Die blakende Paraffinlampe in seiner Hand warf ihren flackernden Schein auf die Gruppe.

»Aber Gaston, Sie fahren doch sehr häufig auf dieser Straße zum Markt. Sind Sie auch am Freitagmorgen auf der Straße nach Egletons gefahren?«

Der Bauer kniff leicht die Augen zusammen.

»Schon möglich.«

»Nun, sind Sie gefahren oder nicht?«

»Weiß ich nicht mehr.«

»Haben Sie einen Mann auf der Straße gesehen?«

»Ich kümmere mich um meine eigenen Angelegenheiten.«

»Danach haben wir Sie nicht gefragt. Haben Sie einen Mann gesehen?«

»Ich habe nichts gesehen. Niemanden.«

»Einen blonden Mann. Groß, athletisch. Mit drei Koffern und einer Reisetasche.«

»Ich habe keinen gesehen. *J'ai rien vue, tu comprends.*«

So ging es zwanzig Minuten lang. Schließlich gaben sie es auf und zogen weiter. Die Hunde rissen knurrend an ihren Ketten und schnappten nach den Hosenbeinen der Detektive, die eiligst einen Schritt zur Seite traten und dabei prompt über den Misthaufen stolperten. Der Bauer sah ihnen nach, bis sie die Straße erreicht hatten und in ihrem Wagen davonfuhren. Dann schloß er die Tür und stieg wieder zu seiner Frau ins Bett.

»Die waren doch sicher wegen des Burschen da, den du neulich mitgenommen hast, stimmt's?« fragte sie. »Was haben sie vor?«

»Keine Ahnung«, sagte Gaston. »Aber niemand soll von Gaston Grosjean je behaupten können, daß er mitgeholfen hat, einen anderen ans Messer zu liefern.« Er räusperte sich und spuckte in das verglimmende Feuer. »*Sales flics.*«

Er schraubte den Docht zurück und blies die Lampe aus, hob die Beine ins Bett und kroch tiefer in die Federn.
»Viel Glück, Kumpel, wo immer du jetzt auch bist.«

Lebel ließ die Papiere sinken und sah auf.
»Meine Herren, sobald die Sitzung zu Ende ist, fliege ich nach Ussel, um die Suchaktion persönlich zu beaufsichtigen.«
Nahezu eine Minute lang herrschte Schweigen.
»Was glauben Sie, Kommissar«, ließ sich der Minister vernehmen, »kann aus alldem geschlossen werden?«
»Zweierlei, *Monsieur le Ministre*. Wir wissen, daß der Schakal Farbe gekauft haben muß, um den Wagen zu überstreichen. Ich nehme an, die Nachforschungen werden ergeben, daß der Alfa in der Nacht vom Donnerstag auf Freitag, als er von Gap nach Ussel gefahren wurde, bereits umgestrichen war. Wenn das zutrifft – und entsprechende Erkundigungen werden gegenwärtig angestellt –, steht zu vermuten, daß er gewarnt worden ist. Entweder hat jemand ihn angerufen, oder er seinerseits hat jemanden – hier oder in London – angerufen, der ihn über die Aufdeckung seines Pseudonyms Duggan unterrichtete. Er konnte sich ausrechnen, daß wir ihm bis Mittag auf der Spur sein und die Verfolgung des Wagens aufnehmen würden. Deswegen machte er, daß er wegkam, und das so rasch wie möglich.«
Er hatte das Gefühl, die Zimmerdecke müsse bersten, so lastete das Schweigen.
»Wollen Sie im Ernst andeuten«, fragte jemand wie aus weiter Ferne, »daß aus diesem Raum hier Dinge nach außen gedrungen sind?«
»Behaupten kann ich das nicht, Monsieur«, entgegnete Lebel. »Es gibt Telefonfräulein, Fernschreiberinnen und mittlere und untere Beamte, über welche die Orders weitergegeben werden müssen. Schon möglich, daß sich jemand darunter befindet, der heimlich für die OAS arbeitet. Aber eines scheint mir immer deutlicher zu werden. Er ist über die Aufdeckung seiner Absicht, den Präsidenten zu ermorden, informiert worden und hat sich dennoch entschlossen, nicht aufzugeben. Und er wurde von seiner Demaskierung als Alexander Duggan unterrichtet. Einen einzigen Kontakt hat er immerhin. Ich vermute, daß es der Mann namens Valmy ist, dessen Meldung an die OAS von der DST abgefangen wurde.«
»Verdammt«, fluchte der Leiter der DST, »wenn wir den Burschen doch nur im Postamt erwischt hätten.«

»Und wie lautet der zweite Schluß, den wir ziehen können, Kommissar?« fragte der Minister.
»Daß er Frankreich, als er erfuhr, Duggan sei aufgeflogen, nicht etwa zu verlassen versucht hat, sondern ganz im Gegenteil ins Zentrum des Landes weitergefahren ist. Mit anderen Worten, er ist von seinem Vorhaben, das Staatsoberhaupt zu ermorden, keineswegs abgerückt. Er hat sich vielmehr entschlossen, es ganz allein mit uns allen aufzunehmen.«
Der Minister erhob sich und raffte seine Papiere zusammen.
»Wir wollen Sie nicht aufhalten, *Monsieur le Commissaire*. Finden Sie ihn noch heute nacht. Machen Sie ihn unschädlich, wenn es sein muß. Das ist meine Weisung, im Namen des Präsidenten.«
Damit verließ er den Konferenzraum.
Eine Stunde später hob Lebels Hubschrauber vom Startplatz in Satory ab und nahm im purpurnen Schein des rasch dunkler werdenden Abendhimmels Kurs nach Süden.

»Unverfrorener Bursche. Wagt es, die Dinge so darzustellen, als seien wir, Frankreichs allerhöchste Staatsdiener, schuld daran. Ich werde das selbstverständlich in meinem nächsten Bericht erwähnen.«
Jacqueline streifte die schmalen Träger ihres dünnen Unterhemdchens von den Schultern und ließ den durchsichtigen Stoff auf ihre Hüften hinabgleiten, um die er sich in weichen Falten schmiegte. Sie spannte die Armmuskeln an, damit sich das Tal zwischen ihren Brüsten zu einem tiefen Spalt verengte, und zog den Kopf ihres Liebhabers an ihren Busen.
»Erzähl mir alles«, girrte sie.

Achtzehntes Kapitel

Auch am Morgen des 21. August war der Himmel so strahlend und klar wie schon an den vorangegangenen vierzehn Tagen der hochsommerlichen Hitzewelle. Von den Fenstern des Château de la Haute Chalonnière aus, die den Blick auf die hügelige Heidelandschaft freigaben, wirkte der Morgen heiter und friedlich und verriet keinerlei Anzeichen der Unruhe, die eben jetzt durch die polizeiliche Großaktion im achtzehn Kilometer entfernten Egletons verursacht wurde.

Nur mit seinem Morgenmantel bekleidet, stand der Schakal im Arbeitszimmer des Barons am Fenster und meldete sein allmorgendliches Routinegespräch mit Paris an. Er hatte seine Geliebte nach einer weiteren wilden Liebesnacht oben in ihrem Zimmer schlafend zurückgelassen.
Als die Verbindung mit Paris hergestellt war, meldete er sich wie gewohnt mit »Ici Chacal«.
»Ici Valmy«, sagte die heisere Stimme am anderen Ende der Leitung. »Die Dinge sind wieder in Bewegung geraten. Sie haben den Wagen gefunden...«
Er lauschte zwei Minuten lang angespannt und stellte nur ab und zu eine knappe Zwischenfrage. Dann legte er mit einem abschließenden »Merci« den Hörer auf und griff nach Zigaretten und Feuerzeug in seine Taschen. Was er soeben erfahren hatte, zwang ihn, seine Pläne, ob er es wollte oder nicht, zu ändern. Er hatte beabsichtigt, noch weitere zwei Tage auf dem Schloß zu bleiben, aber jetzt mußte er von hier verschwinden, und je eher er das tat, desto besser. Außerdem war da noch etwas gewesen, weswegen ihn das Gespräch beunruhigte – etwas, was ihn hätte stutzig machen sollen.
Es war ihm zunächst gar nicht aufgefallen, aber als er jetzt an seiner Zigarette zog, kam es ihm zum Bewußtsein. Kurze Zeit nachdem er den Hörer aufgenommen hatte, war ein leises Klicken in der Leitung vernehmbar gewesen. Bei den Telefongesprächen der letzten drei Tage hatte er nichts dergleichen gehört. In Colettes Zimmer gab es zwar einen Nebenanschluß, aber sie hatte bestimmt ganz fest geschlafen, als er aufstand. Bestimmt... Er drückte die Zigarette aus und warf den Stummel zum offenen Fenster auf den Kiesboden hinaus. Dann drehte er sich abrupt um, rannte lautlos auf bloßen Füßen die Treppe hinauf und stürmte ins Schlafzimmer.
Der Telefonhörer war auf die Gabel zurückgelegt worden. Der Garderobenschrank stand offen, die drei geöffneten Koffer und sein Schlüsselring lagen auf dem Fußboden. Die Baronin hockte inmitten des Durcheinanders auf den Knien und starrte ihn mit weitaufgerissenen Augen an. Um sie herum lag eine Anzahl schlanker Stahlröhren, deren zum Verschluß der offenen Enden bestimmte Kappen abgenommen worden waren. Aus einer der Röhren ragte das Zielfernrohr heraus, aus einer anderen die Mündung des Schalldämpfers. Sie hielt etwas in den Händen – etwas, das sie voll Schrecken angestarrt hatte, als er eintrat.

Sekundenlang blieben beide stumm. Der Schakal faßte sich zuerst.
»Du hast mitgehört.«
»Ich – ich wollte wissen, mit wem du jeden Morgen telefonierst.«
»Ich dachte, du schläfst.«
»Nein. Ich werde immer wach, wenn du aufstehst. Dieses ... Ding – das ist ein Gewehr, eine Mordwaffe.«
Es war mehr eine Feststellung als eine Frage, und doch drückte sich darin die unsinnige Hoffnung aus, er könne erklären, daß es sich um etwas anderes, etwas ganz Harmloses handele. Er sah auf sie hinunter, und zum erstenmal bemerkte sie, daß sich die grauen Flecken in seinen Augen vermehrt und deren Ausdruck wie mit einem wolkigen Schleier überzogen hatten. Sein Blick war kalt und leblos geworden, und sie hatte das Gefühl, als starre eine Maschine sie an.
Sie richtete sich zögernd auf und ließ den Gewehrlauf scheppernd zu Boden fallen.
»Du willst ihn umbringen«, flüsterte sie. »Du bist einer von den OAS-Leuten. Du brauchst dies hier, um de Gaulle damit zu töten.«
Daß er ihr nicht antwortete, war Antwort genug. Sie wollte zur Tür stürzen. Er fing sie mühelos ein und schleuderte sie quer durch den Raum, setzte ihr mit drei raschen Schritten nach und warf sie aufs Bett. Auf das zerwühlte Laken gestreckt, öffnete sie den Mund, um zu schreien. Ein Hieb mit dem Handrücken auf die Halsschlagader würgte den Schrei ab, noch bevor er aus ihrem Mund gedrungen war. Dann packte der Schakal mit seiner Linken ihr Haar und drehte ihr den Kopf mit dem Gesicht nach unten über die Bettkante. Ein Ausschnitt aus dem Teppichmuster war das letzte, was sie wahrnahm, bevor der Handkantenschlag mit voller Wucht auf ihren Nacken niederfuhr.
Der Schakal ging zur Tür, um zu lauschen, aber von unten drang kein Laut herauf. Ernestine war vermutlich in der im hinteren Teil des Schlosses gelegenen Küche, um das Frühstück zu richten, und Louison würde sich in Kürze auf den Weg zum Markt machen. Glücklicherweise waren beide ziemlich schwerhörig.
Er steckte die Einzelteile des Gewehrs wieder in die Stahlrohre zurück, packte diese in den dritten Koffer mit dem Armeemantel und den ungereinigten Kleidungsstücken André Martins und tastete das Kofferfutter nach den Papieren ab, um sicherzugehen, daß sie sich noch an ihrem Platz befanden. Dann schloß er den Koffer zu. Der

zweite Koffer, der die Garderobe des dänischen Pastors Per Jensen enthielt, war geöffnet, aber nicht durchwühlt worden.

Er brauchte fünf Minuten, um sich in dem ans Schlafzimmer angrenzenden Bad zu waschen und zu rasieren. Anschließend nahm er seine Schere zur Hand und verbrachte weitere zehn Minuten damit, sein langes blondes Haar sorgfältig hochzukämmen und es gute fünf Zentimeter kürzer zu schneiden. Alsdann bürstete er genügend Färbemittel hinein, um ihm die eisengraue Haarfarbe eines älteren Mannes zu verleihen. Die Feuchtigkeit des Färbemittels erlaubte es ihm schließlich, es genau in der Weise zu bürsten, wie es auf dem Foto in Pastor Jensens Paß, den er vor sich auf das Bord über dem Waschbecken gelegt hatte, zu sehen war. Zu guter Letzt setzte er sich die Kontaktlinsen ein.

Er spülte alle Spuren des Färbemittels fort, wischte das Waschbecken sorgfältig aus, nahm sein Rasierzeug und kehrte ins Schlafzimmer zurück. Der nackten Leiche auf dem Bett gönnte er keinen weiteren Blick.

Er zog sich die Socken, das Hemd, die Hose und die Weste an, die er in Kopenhagen gekauft hatte, legte den steifen weißen Priesterkragen um und band sich das schwarze Plastron. Schließlich schlüpfte er in die festen schwarzen Schuhe und zog sich die schwarze Anzugjacke über. Er steckte die goldgeränderte Brille in die Brusttasche, packte sein Wasch- und Rasierzeug in die Reisetasche und legte auch das dänische Buch über die französischen Kathedralen dazu. Der Paß des Dänen wanderte in die innere Anzugtasche, ein Bündel Banknoten desgleichen. Seine englischen Kleidungsstücke legte er in den Koffer, aus dem er sie entnommen hatte, und schloß auch diesen ab.

Inzwischen war es fast 8 Uhr geworden, und Ernestine konnte jeden Augenblick mit dem Morgenkaffee kommen. Die Baronin hatte versucht, ihre Affäre vor den Dienstboten zu verheimlichen, denn beide waren in den Baron vernarrt gewesen, als er noch ein kleiner Junge war, und auch dem späteren Schloßherrn rückhaltlos ergeben.

Vom Fenster aus sah der Schakal Louison den breiten Pfad, der zum Portal des Anwesens führte, hinunterradeln, während der leichte Einkaufsanhänger hüpfend hinter dem Rad herrollte. Im gleichen Augenblick hörte er Ernestine an die Tür klopfen. Er gab keinen Laut von sich. Sie pochte nochmals. »*Y a vot' café, madame*«, kreischte sie durch die verschlossene Tür. Der Schakal überlegte kurz und rief dann mit verschlafener Stimme auf französisch:

»Stellen Sie ihn nur ab, wir holen ihn uns, wenn wir soweit sind.« Ernestine sagte nur: »Oh.« Skandalös! Dahin war es also gekommen – und das im Schlafzimmer des Schloßherrn! Sie eilte die Treppe hinab, um Louison von ihrer Entdeckung zu unterrichten, aber da er fortgefahren war, mußte sie sich damit begnügen, dem Küchenausguß über die moralische Verkommenheit der Menschen heutzutage, die so ganz anders waren als zu Zeiten des alten Barons, eine längere Predigt zu halten. So konnte sie auch nicht das dumpfe Poltern hören, mit dem vier an zusammengeknoteten Bettlaken aus dem Fenster herabgelassene Gepäckstücke in dem Blumenbeet vor der Schloßfront aufschlugen.

Sie ahnte nicht, daß auf dem Bett im Stockwerk über ihr der leblose Körper ihrer Herrin zu einer täuschend lebensecht wirkenden Schlummerpose arrangiert und der Toten die Bettdecke bis unters Kinn hinaufgezogen wurde. Sie hörte weder das Geräusch, mit dem der draußen auf dem Gesims hockende grauhaarige Mann den Fensterflügel hinter sich zuzog, noch den gedämpften Aufprall, als er mit einem Sprung auf dem Rasen landete.

Was sie hörte, war das Brummen des Motors, als in dem zur Garage umgebauten Pferdestall neben dem Schloß Madames Renault angelassen wurde. Durchs Küchenfenster konnte sie den Wagen gerade noch um die Ecke biegen und über den vorderen Schloßhof die Auffahrt hinunterjagen sehen.

»Na, was die nur jetzt wieder vorhaben mag?« murmelte sie kopfschüttelnd und stieg neuerlich die Treppe hinauf. Der Kaffee auf dem vor der Schlafzimmertür abgestellten Tablett war noch lauwarm und unberührt. Nachdem sie ein paarmal geklopft hatte, versuchte sie die Tür zu öffnen. Sie war abgeschlossen, und die Tür zum Gästezimmer ebenfalls. Niemand antwortete ihr. Ernestine fand, daß hier außergewöhnliche Dinge vor sich gingen, Dinge von der Art, wie sie sich seit den Tagen, da sich die Boches als Dauergäste im Schloß einquartiert und dem Baron die verrücktesten Fragen nach dem jungen Herrn gestellt hatten, nicht mehr passiert waren.

Sie beschloß, Louison zu konsultieren. Er müßte jetzt auf dem Marktplatz angelangt sein, und jemand aus dem Café würde gehen und ihn ans Telefon holen. Sie wußte nicht, wie der Apparat funktionierte; sie glaubte, wenn man den Hörer aufnahm, müsse sich jemand melden und die gewünschte Person ans Telefon holen. Aber es war alles Unsinn. Sie hielt den Hörer zehn Minuten lang an ihr Ohr, ohne daß jemand das Wort an sie richtete. Daß die Schnur dort, wo sie die Scheuerleiste der Bibliothek berührte, säuberlich durchgeschnitten war, entging ihrer Aufmerksamkeit.

Gleich nach dem Frühstück flog Claude Lebel im Hubschrauber nach Paris zurück. Wie er Caron später berichtete, hatte Valentin trotz der Behinderung durch die Sturheit der Bauern ausgezeichnete Arbeit geleistet. Gegen 8 Uhr war die Spur des Schakals bereits bis zu einem Café verfolgt, wo dieser gefrühstückt hatte, und Valentin suchte nach dem Fahrer eines Taxis, das telefonisch bestellt worden war. In der Zwischenzeit hatte er die Errichtung von Straßensperren in einem Umkreis von zwanzig Kilometer rund um Egletons angeordnet, und bis Mittag würden sie an Ort und Stelle gebracht und das Gebiet abgeriegelt sein.
Valentins Umsicht und Tatkraft hatten Lebel bewogen, ihm innerhin anzudeuten, wieviel von der Ergreifung des Schakals abhing, und Valentin hatte sich seinerseits bereit erklärt, einen Ring um Egletons zu legen, der nach seinen eigenen Worten »so festgeschlossen wie das Arschloch einer Maus« war.

Von Haute Chalonnière aus jagte der Renault in südlicher Richtung durchs Gebirge auf Tulle zu. Der Schakal schätzte, daß die Polizei, wenn sie seit gestern abend im ständig erweiterten Umkreis der Stelle, wo der Alfa gefunden war, Ermittlungen durchführte, bei Einbruch der Dämmerung Egletons erreicht haben müßte. Der Mann hinter der Theke würde schon reden, der Taxifahrer ebenfalls und das Schloß spätestens am Nachmittag umstellt sein, sofern sich das nicht durch irgendwelche unvorhergesehenen Umstände verzögerte.
Aber selbst dann würden sie nach einem blonden Engländer suchen, denn er hatte sorgfältig darauf geachtet, daß ihn niemand als grauhaarigen Pastor zu Gesicht bekam. Dennoch würde er ihnen diesmal nur mit knapper Not entkommen. Er jagte den kleinen Wagen in halsbrecherischem Tempo über die gebirgigen Nebenstraßen und traf schließlich achtzehn Kilometer südwestlich von Egletons auf die RN 8 nach Tulle, wohin es noch zwanzig Kilometer waren. Er warf einen Blick auf seine Armbanduhr: es war zwanzig Minuten vor zehn.
Als er am Ende einer langen Geraden hinter einer Biegung verschwand, kam ein kleiner Polizeikonvoi von Egletons her die Straße heruntergebraust. Er bestand aus einem Streifen- und zwei Mannschaftswagen. Der Konvoi stoppte mitten auf der geraden

Strecke, und sechs Polizisten begannen eine Straßensperre zu errichten.

»Was heißt: ›Er ist unterwegs‹?« schnauzte Valentin die weinende Frau des Taxifahrers in Egletons an. »Wohin ist er gefahren?« »Ich weiß nicht, Monsieur. Ich weiß es nicht. Er wartet jeden Morgen am Bahnhofsplatz auf den Zug aus Ussel. Wenn niemand aussteigt, kommt er hierher zurück und geht in die Werkstatt, um mit den Reparaturarbeiten weiterzumachen. Wenn er nicht zurückkommt, heißt das, daß er einen Fahrgast hat.«
Valentin blickte mißmutig drein. Es hatte keinen Sinn, die Frau anzuschreien. Es war ein Ein-Mann-Taxibetrieb, den ein Bursche leitete, der nebenher auch Autoreparaturen ausführte.
»Hat er am Freitagmorgen irgend jemanden gefahren?« fragte er in ruhigerem Tonfall.
»Ja, Monsieur. Er ist vom Bahnhof zurückgekommen, weil dort niemand war, und dann kam ein Anruf aus dem Café, daß jemand ein Taxi bestellen wollte. Er hatte gerade ein Rad abgenommen und befürchtete, daß der Kunde inzwischen weggehen und ein anderes Taxi nehmen könnte. Deswegen hat er während der ganzen zwanzig Minuten, die es dauerte, bis das Rad wieder dran war, in einem fort geflucht. Dann ist er losgefahren. Er hat den Kunden abgeholt, aber mir nicht gesagt, wohin er mit ihm gefahren ist. Er redet nicht viel mit mir«, fügte sie erklärend hinzu.
Valentin tätschelte ihr die Schulter.
»Schon gut, Madame. Regen Sie sich nicht auf. Wir warten, bis er zurückkommt.« Er wandte sich an einen der Sergeanten. »Schicken Sie einen Mann zum Bahnhof und einen weiteren zum Café gegenüber. Die Nummer von dem Taxi haben Sie. Sobald er auftaucht, will ich ihn sprechen – umgehend.«
Er verließ die Werkstatt und bestieg seinen Wagen.
»Zum Kommissariat«, sagte er. Das Hauptquartier der an der Fahndung beteiligten Einheiten war auf seine Veranlassung in die Polizeiwache von Egletons verlegt worden, die seit Menschengedenken nicht mehr soviel Betriebsamkeit gesehen hatte.

Zehn Kilometer außerhalb Tulles warf der Schakal den Koffer mit seinen englischen Kleidungsstücken und dem Paß Alexander Duggans in eine Schlucht. Der Koffer segelte über das Brückengeländer und verschwand krachend im dichten Unterholz am Fuß des Wasserfalls.

Nach kurzem Suchen hatte er den Bahnhof von Tulle gefunden und parkte den Wagen drei Straßen weiter an unauffälliger Stelle. Er trug seine beiden Koffer und die Reisetasche zum achthundert Meter entfernten Bahnhofsgebäude und trat an den Fahrkartenschalter.
»Einmal zweiter Paris, bitte«, sagte er und blickte über den Rand seiner Brille hinweg durch das kleine Gitterfenster, hinter dem der Bahnangestellte saß. »Wieviel macht das?«
»Siebenundneunzig Neue Franc, Monsieur.«
»Und wann, bitte, geht der nächste Zug?«
»Um 11 Uhr 50. Sie haben fast eine Stunde Zeit. Es gibt ein Restaurant am Ende des Bahnhofs. Bahnsteig eins nach Paris, *je vous en prie.*«
Der Schakal nahm sein Gepäck auf und begab sich zur Sperre. Die Karte wurde gelocht, er ergriff wiederum seine Koffer und trat auf den Bahnsteig. Eine blaue Uniform versperrte ihm den Weg.
»*Vos papiers, s'il vous plaît.*«
Der Mann vom CRS war sehr jung und gab sich alle Mühe, gestrenger dreinzublicken, als seine Jahre es ihm erlaubten. Er trug einen Schnellfeuerkarabiner, dessen Riemen er über die Schulter gehängt hatte. Der Schakal setzte nochmals sein Gepäck ab und zeigte den dänischen Paß vor. Der CRS-Mann blätterte ihn durch, ohne auch nur ein Wort lesen zu können.
»*Vous êtes Danois?*«
»*Pardon?*«
»*Vous ... Danois?*« Er tippte auf den Paß.
Der Schakal strahlte und nickte hocherfreut.
»*Danske ... ja, ja.*«
Der CRS-Mann reichte ihm den Paß zurück und deutete mit einem Kopfnicken zum Bahnsteig. Ohne sich noch weiter für den dänischen Geistlichen zu interessieren, wandte er sich dem nächsten Reisenden zu, der durch die Sperre trat.

Es war fast 13 Uhr, als Louison zurückkam. Er hatte zwei Glas Wein getrunken, vielleicht auch drei. Seine Frau empfing ihn mit einer aufgeregten Schilderung dessen, was in seiner Abwesenheit geschehen war. Louison nahm die Sache in die Hand.
»Ich werde zum Fenster hinaufklettern«, kündigte er an, »und nachsehen.«
Zunächst einmal hatte er Schwierigkeiten mit der Leiter. Sie neigte sich hartnäckig in jede andere als die von Louison erstrebte Richtung. Aber schließlich ließ sie sich doch unterhalb des Schlaf-

zimmerfensters der Baronin gegen das Mauerwerk lehnen, und Louison begann seinen schwankenden Aufstieg zur obersten Sprosse. Fünf Minuten später kletterte er wieder hinunter.
»Madame la Baronne schläft«, verkündete er.
»Aber sie schläft doch sonst nie so lange«, protestierte Ernestine.
»Nun, dann tut sie es eben heute«, entgegnete Louison. »Man darf sie nicht stören.«

Der Zug nach Paris hatte leichte Verspätung. Er lief um 12 Uhr ein. Unter den Reisenden, die ihn bestiegen, befand sich ein grauhaariger protestantischer Geistlicher. Er setzte sich auf einen Fensterplatz in einem Abteil, in dem sich nur zwei ältere Frauen befanden, putzte seine goldgeränderte Brille, holte ein großformatiges Buch über französische Kathedralen aus seiner Reisetasche und begann zu lesen. Wie er aus dem im Bahnhof ausgehängten Fahrplan ersehen hatte, würde der Zug um 20 Uhr 10 in Paris eintreffen.

Charles Bobet stand am Straßenrand neben seinem defekten Taxi, sah auf seine Uhr und fluchte. Es war halb zwei durch, höchste Zeit zum Mittagessen, und er saß hier einsam und allein auf der Straße zwischen Egletons und dem Flecken Lamazière. Mit einer gebrochenen Vorderachse. *Merde* und nochmals *merde*. Er konnte den Wagen stehenlassen, ins nächste Dorf gehen, von dort mit dem Bus nach Egletons fahren und am Abend mit einem Abschleppwagen zurückkehren. Das allein würde ihn die Einnahmen einer Woche kosten. Aber der Wagen war nicht abzuschließen, und Bobets ganze Existenz hing von dem klapprigen Taxi ab. Da war es schon besser, sich in Geduld zu fassen und auf einen Lastwagen zu warten, der ihn – gegen ein Entgelt natürlich – nach Egletons zurückschleppen könnte, als das Auto den diebischen Dorfkindern zu überlassen, die es von vorn bis hinten durchstöbern würden. Nun, mit dem Mittagessen war es heute zwar nichts, aber im Handschuhfach befand sich noch eine Flasche Wein. Na ja, sie war jetzt schon fast alle. Unter dem Taxi herumzukriechen, machte einen halt durstig. Er setzte sich in den Fond des Wagens, um zu warten. Es war glühend heiß auf der Straße, und bevor es nicht ein wenig abkühlte, würde ohnehin kein Lastwagen daherkommen. Und die Bauern hielten ihre Siesta. Er machte es sich auf den Rücksitzen bequem und war kurz darauf eingenickt.
»Wieso ist er denn immer noch nicht zurück?« brüllte Kommissar

Valentin ins Telefon. »Wohin ist der Kerl nur gefahren?« Er saß im Kommissariat von Egletons und sprach mit einem seiner Untergebenen, den er im Haus des Taxifahrers postiert hatte. Die wortreiche Auskunft des Beamten klang beschwichtigend. Valentin schmetterte den Hörer auf die Gabel. Den ganzen Vormittag hindurch und auch während der Mittagsstunde waren Funkberichte von den Streifenwagen eingelaufen, deren Besatzungen die Straßensperren bewachten. Niemand, der einem blonden Engländer auch nur im entferntesten ähnlich sah, hatte den hermetischen Ring um Egletons zu passieren versucht. Jetzt lag das Marktstädtchen wie ausgestorben in der hochsommerlichen Hitze da und döste seelenruhig, als sei es von den zweihundert Polizeibeamten aus Ussel und Clermont-Ferrand nie in seinem Frieden gestört worden.

Bis Ernestine schließlich ihren Willen bekam, war es 4 Uhr nachmittags geworden.
»Du mußt da noch mal hinaufsteigen und Madame wecken«, drängte sie Louison. »Es ist unnatürlich, den ganzen Tag zu verschlafen.«
Der alte Louison, der sich nichts Besseres vorstellen konnte, als genau das zu tun, war zwar anderer Meinung, aber er wußte, daß es zwecklos war, Ernestine etwas ausreden zu wollen, was sie sich in den Kopf gesetzt hatte. So stieg er also nochmals – und diesmal weniger schwankend – die Leiter empor, öffnete das Fenster und trat ins Zimmer. Ernestine schaute von unten zu.
Nach ein paar Minuten erschien der Kopf des alten Mannes im Fenster.
»Ernestine«, rief er heiser, »Madame scheint tot zu sein.«
Er war im Begriff, die Leiter wieder hinunterzusteigen, als Ernestine ihm zurief, er solle die Schlafzimmertür von innen aufschließen. Gemeinsam lugten sie über den Rand der Bettdecke und betrachteten Madames Augen, die starr auf ein nur wenige Zentimeter entferntes Kissen gerichtet waren.
Ernestine übernahm das Kommando.
»Louison.«
»Ja, meine Liebe.«
»Lauf schnell ins Dorf und hole Doktor Mathieu. Beeil dich.«
Wenige Minuten später radelte Louison, so rasch seine alten Beine es erlaubten, die Auffahrt hinunter. Er traf Dr. Mathieu, der seit vierzig Jahren sämtliche Gebrechen, Krankheiten und Unpäßlichkeiten der Leute von Haute Chalonnière behandelte, im Schatten

eines Aprikosenbaums in seinem Garten schlafend an, und der alte Landarzt sagte zu, sogleich zu kommen. Es war 16 Uhr 30, als sein Wagen auf den Schloßhof rollte. Fünfzehn Minuten später richtete er sich nach abgeschlossener Untersuchung der Leiche auf und wandte sich den beiden Hausangestellten zu, die auf der Schwelle der Schlafzimmertür stehengeblieben waren.
»Madame ist tot«, erklärte er mit zitternder Stimme. »Ihr Genick ist gebrochen. Wir müssen den Gendarmen holen.«
Gendarm Caillou war ein Mann von Methode. Er wußte, welcher Ernst seiner Aufgabe, den Arm des Gesetzes zu verkörpern, zukam und wie wichtig es war, alle Tatsachen klarzustellen. Nachdem man sich an den Küchentisch gesetzt hatte, nahm er die Aussagen Ernestines, Louisons und Dr. Mathieus zu Protokoll.
»Es besteht kein Zweifel«, sagte er, als der Doktor seine Erklärung unterschrieben hatte, »daß ein Mord begangen wurde. Verdächtig ist in erster Linie offenkundig der blonde Engländer, der sich hier aufgehalten hat und mit Madames Wagen davongefahren ist. Ich werde die Sache sofort dem Hauptquartier melden.«
Und er radelte den Hügel hinunter ins Dorf zurück.

Um 18 Uhr 30 rief Claude Lebel Kommissar Valentin in Paris an.
»*Alors*, Valentin?«
»Noch nichts«, antwortete Valentin. »Seit dem späten Vormittag haben wir alle Straßen und Wege, die aus der Gegend herausführen, blockiert. Er muß noch im Sperrgebiet sein, es sei denn, er ist sehr weit gekommen, nachdem er den Wagen stehengelassen hat. Dieser dreimal verfluchte Taxifahrer, der ihn am Freitag gefahren hat, ist noch immer nicht aufgetaucht. Ich habe Streifen losgeschickt, damit sie die Straßen in der Umgebung nach ihm absuchen – Augenblick mal, eben kommt gerade eine neue Meldung.«
Lebel konnte Valentin mit jemandem im Hintergrund reden hören, der sehr schnell sprach. Dann meldete sich Valentins Stimme wieder am Apparat.
»Himmelherrgott, was wird denn hier nur gespielt? Es ist ein Mord passiert.«
»Wo?« fragte Lebel mit sofort erwachtem Interesse.
»Auf einem Schloß in der Umgebung. Die Meldung ist gerade eben vom Dorfpolizisten durchgegeben worden.«
»Wer ist das Opfer?«
»Die Schloßherrin. Warten Sie – eine Baronin de la Chalonnière.«
Caron sah Lebel blaß werden.

»Valentin, hören Sie zu. Das war er. Ist er schon aus dem Schloß entkommen?«
Wieder gab es eine kurze Beratung im Polizeikommissariat von Egletons.
»Ja«, sagte Valentin dann. »Er ist heute morgen im Wagen der Baronin weggefahren. Ein kleiner Renault. Der Gärtner hat die Leiche gefunden, aber erst heute nachmittag. Er hatte gedacht, die Baronin schliefe noch. Dann ist er durchs Fenster geklettert und hat sie entdeckt.«
»Haben Sie die polizeilichen Kennzeichen und die Beschreibung des Wagens?« fragte Lebel.
»Ja.«
»Dann geben Sie Großalarm. Zur Geheimhaltung besteht keine Notwendigkeit mehr. Jetzt machen wir regelrecht Jagd auf einen Mörder. Ich werde sofort Alarm für das gesamte Staatsgebiet auslösen lassen. Aber versuchen Sie unbedingt, die Spur noch in der Nähe des Tatorts aufzunehmen. Sehen Sie zu, daß Sie auf jeden Fall seine allgemeine Fluchtrichtung feststellen.«
»Wird gemacht. Jetzt können wir richtig loslegen.«
Lebel hängte ein.
»Mein Gott, ich werde alt. Der Name der Baronin stand auf der Gästeliste des Hôtel du Cerf für die Nacht, die der Schakal dort verbracht hat.«

Der Renault wurde von einem Verkehrspolizisten um 19 Uhr 30 in Tulle in einer Nebenstraße entdeckt. Es war 19 Uhr 45, als er sich im Kommissariat zurückmeldete, und 19 Uhr 55, als Tulle sich mit Valentin in Verbindung setzte. Um 20 Uhr 05 rief der Kommissar der Auvergne Lebel an.
»Etwa fünfhundert Meter vom Bahnhof entfernt«, berichtete er.
»Haben Sie einen Fahrplan zur Hand?«
»Ja, es müßte hier irgendwo einer vorhanden sein.«
»Um welche Zeit ist der Morgenzug nach Paris von Tulle abgefahren, und wann kommt er an der Gare d'Austerlitz an? Beeilen Sie sich, Mann! Um Gottes willen, beeilen Sie sich!«
Am anderen Ende der Leitung fand ein hastiger Disput statt.
»Nur zwei Züge täglich«, sagte Valentin. »Der Morgenzug ging um 11 Uhr 50 von Tulle ab und ist in Paris um – Augenblick, das werden wir gleich haben –, um 20 Uhr 10 ...«
Lebel ließ Tulle in der Leitung hängen. Er rief Caron zu, rasch mitzukommen, und stürzte zur Tür hinaus.

Pünktlich auf die Minute dampfte der 20-Uhr-10-Expreß in die Halle der Gare d'Austerlitz. Er war kaum zum Stillstand gekommen, als den ganzen glitzernden Zug entlang auch schon die Türen aufgestoßen wurden und die Reisenden auf den Bahnsteig strömten, um dort von wartenden Verwandten und Freunden begrüßt zu werden oder den Torbogen zuzustreben, die aus der Wandelhalle zu den Taxis führten. Zu ihnen zählte auch ein hochgewachsener, grauhaariger Geistlicher in steifem, weißem Kragen. Er erreichte den Taxistand als einer der ersten und verstaute seine drei Gepäckstücke im Fond eines Mercedes-Benz-Diesel.

Der Fahrer schaltete die Uhr ein und fuhr langsam die abschüssige Auffahrt hinunter, die in einem halbkreisförmigen Bogen auf das Ausfahrttor zuführte. Chauffeur und Fahrgast fiel ein wehklagender Heulton auf, der das Stimmengewirr der Reisenden, die sich eines Taxis zu bemächtigen versuchten, bevor sie an der Reihe waren, teils untermalte, teils übertönte. Als das Taxi die Straße erreicht hatte und kurz anhielt, bevor es in den Verkehr einscherte, brausten drei Streifenwagen und zwei geschlossene Mannschaftswagen durch das Einfahrtstor und stoppten vor dem Haupteingang des Bahnhofs.

»Na, die Brüder sind ja wieder ganz schön in Fahrt heute abend«, sagte der Taxifahrer. »Wohin soll's denn gehen, *Monsieur l'Abbé?*«

Der Geistliche nannte ihm die Adresse eines kleinen Hotels am Quai des Grands Augustins.

Um 21 Uhr war Claude Lebel wieder in seinem Büro, wo er einen Zettel mit der Nachricht vorfand, daß Kommissar Valentin vom Kommissariat in Tulle um seinen Rückruf bäte. In fünf Minuten war die Verbindung hergestellt. Während Valentin berichtete, machte sich Lebel Notizen.

»Haben Sie Fingerabdrücke am Wagen abgenommen?« fragte er.

»Selbstverständlich. Auch im Schloß, in dem Zimmer. Hunderte von Abdrücken, alle übereinstimmend.«

»Schaffen Sie sie so rasch wie möglich her.«

»Wird gemacht. Wollen Sie, daß ich Ihnen auch den CRS-Mann vom Bahnhof in Tulle hinaufschicke?«

»Nein, nicht nötig. Mehr, als er uns bereits gesagt hat, wird er ohnehin nicht zu berichten haben. Vielen Dank für alles, Valentin. Sie können Ihre Leute nach Hause schicken. Er ist jetzt in unserem Bereich. Wir werden die Sache von hier aus handhaben.«

»Sind Sie sicher, daß es der dänische Geistliche ist?« fragte Valentin. »Es könnte auch eine zufällige Übereinstimmung sein.«
»Nein«, sagte Lebel, »er ist es, verlassen Sie sich darauf. Er hat einen seiner Koffer weggeworfen. Wahrscheinlich werden Sie ihn irgendwo zwischen La Haute Chalonnière und Tulle auffinden. Achten Sie besonders auf die Flüsse und die Schluchten. Aber die anderen drei Gepäckstücke stimmen allzu genau mit der Beschreibung überein. Er ist es garantiert.«
»Ein Pfaffe also diesmal«, bemerkte er bitter zu Caron, als er den Hörer aufgelegt hatte. »Ein dänischer Geistlicher. Name unbekannt, der CRS-Mann konnte sich nicht mehr erinnern, was im Paß stand. Der menschliche Faktor, immer wieder der menschliche Faktor. Ein Taxifahrer schläft am Straßenrand ein, ein Gärtner ist zu ängstlich, um nachzusehen, warum seine Arbeitgeberin sechs Stunden verschläft, ein Polizeibeamter weiß nicht mehr, auf welchen Namen ein Paß ausgestellt war. Eines kann ich Ihnen sagen, Lucien, dies ist mein letzter Fall. Ich werde alt. Alt und langsam. Lassen Sie meinen Wagen vorfahren, ja? Es ist mal wieder Zeit für die Abendvorstellung.«

Die Besprechung im Ministerium verlief in einer gespannten, ja gereizten Atmosphäre. Vierzig Minuten lang lauschten die Konferenzteilnehmer Lebels Bericht, der die Verfolgung der Spur von der Waldlichtung im Département Corrèze nach Egletons, von der Unauffindbarkeit des Taxichauffeurs als des wichtigsten Zeugen, über den Mord im Schloß bis zu dem hochgewachsenen, grauhaarigen dänischen Geistlichen, der in Tulle den Expreßzug nach Paris bestieg, Phase für Phase schilderte.
»Kurz und gut«, erklärte Saint Clair eisig, als Lebel geendet hatte, »der Killer ist jetzt in Paris, unter einem neuen Namen und mit einem neuen Gesicht. Sie scheinen wiederum versagt zu haben, mein lieber Kommissar.«
»Heben wir uns die gegenseitigen Anschuldigungen und Vorwürfe für später auf, meine Herren«, schaltete sich der Minister ein. »Wie viele Dänen übernachten heute in Paris?«
»Vermutlich einige hundert, *Monsieur le Ministre*.«
»Können wir sie überprüfen?«
»Erst morgen früh, wenn die Meldeformulare in die Präfektur gebracht werden«, antwortete Lebel.
»Ich werde veranlassen, daß jedes Hotel um Mitternacht, um 2 und um 4 Uhr morgens kontrolliert wird«, erklärte der Polizeiprä-

fekt. »Als Beruf wird er in der entsprechenden Spalte ›Pastor‹ angeben müssen, wenn er den Hotelportier nicht mißtrauisch machen will.«
Die Mienen der Konferenzteilnehmer hellten sich auf.
»Er wird vermutlich einen Schal über seinem Priesterkragen tragen oder ihn abnehmen und sich als ›Mister Soundso‹ eintragen«, bemerkte Lebel. Mehrere Herren bedachten ihn mit ärgerlichen Blicken.
»Angesichts dieser Situation scheint nur eines noch übrigzubleiben, meine Herren«, sagte der Minister. »Ich werde den Präsidenten um eine weitere Unterredung ersuchen und ihn dringend bitten, jedwedes Erscheinen in der Öffentlichkeit absagen zu lassen, bis dieser Mann aufgespürt und dingfest gemacht worden ist. Inzwischen wird morgen in aller Frühe jeder in Paris registrierte Däne persönlich überprüft werden. Kann ich mich, was das betrifft, auf Sie verlassen, Kommissar? – Und Sie, *Monsieur le Préfet de Police?*«
Lebel und Caron nickten.
»Das wäre dann wohl alles, meine Herren.«

»Was mich wirklich ärgert«, sagte Lebel, als er wieder in seinem Büro war, zu Caron, »ist, daß sie nicht von der Meinung abzubringen sind, es läge alles bloß an seinem Glück und an unserer Dummheit. Nun ja, Glück hat er in der Tat gehabt, aber er ist auch teuflisch schlau. Und wir haben viel Pech gehabt und auch manchen Fehler gemacht. Ich habe sie gemacht. Aber da ist noch etwas. Zweimal haben wir ihn nur um Stunden verfehlt. Einmal ist er uns in Gap im letzten Augenblick in einem übermalten Wagen entwischt. Jetzt bringt er seine Geliebte um und verschwindet wenige Stunden, nachdem der Alfa gefunden wird, aus dem Schloß. Und beide Male hatte ich am Abend zuvor den Teilnehmern der Besprechung im Ministerium erklärt, wir hätten ihn so gut wie gefaßt und mit seiner Verhaftung könne innerhalb der nächsten zwölf Stunden gerechnet werden. Lucien, mein Lieber, ich glaube, ich komme nicht drumherum, von meinen uneingeschränkten Machtbefugnissen Gebrauch zu machen und einen kleinen Telefonabhördienst einzurichten.«
Er lehnte sich ans Fensterbrett und blickte über die gemächlich dahinfließende Seine hinweg zum Quartier Latin hinüber, dessen strahlende Lichter sich im Wasser spiegelten.
Dreihundert Meter von ihm entfernt stand ein anderer Mann am

offenen Fenster und starrte nachdenklich in die sommerliche Nacht hinaus und zu dem wuchtigen Gebäudekomplex der Police Judiciaire hinüber, der sich vor den angestrahlten Türmen von Notre-Dame dunkel abzeichnete. Der Mann trug schwarze Beinkleider und Schuhe sowie einen seidenen Rollkragenpullover, der sein darunter befindliches weißes Hemd und das schwarze Plastron bedeckte. Er rauchte eine englische King-Size-Filterzigarette, und sein junges Gesicht kontrastierte auffallend mit dem eisengrauen Haarschopf, der es krönte.

Während die beiden Männer einander über das Wasser der Seine hinweg nichtsahnend anblickten, begannen die Pariser Kirchenglocken den 22. August einzuläuten.

Dritter Teil: Das Ende

Neunzehntes Kapitel

Claude Lebel verbrachte eine schlechte Nacht. Gegen halb zwei – er war gerade eingeschlafen – rüttelte Caron ihn wach.
»Entschuldigen Sie, Chef, aber mir kommt gerade eine Idee. Dieser Schakal – also der hat doch einen dänischen Paß, nicht wahr?«
Lebel nickte.
»Nun, den muß er schließlich von irgendwoher bekommen haben. Entweder ist er gefälscht, oder er hat ihn gestohlen. Und da der Gebrauch dieses Passes für ihn mit einem Wechsel der Haarfarbe verbunden war, scheint er ihn gestohlen zu haben.«
»Läßt sich hören. Weiter.«
»Abgesehen von der im Juli unternommenen Erkundungsreise nach Paris war er die ganze Zeit in London. Die Wahrscheinlichkeit spricht demnach dafür, daß er ihn in einer der beiden Städte gestohlen hat. Und was macht ein Däne, wenn ihm sein Paß abhanden gekommen oder gestohlen worden ist? Ganz klar – er geht auf sein Konsulat.«
Lebel schlug die Decke zurück und stand vom Feldbett auf.
»Manchmal, mein lieber Lucien, habe ich das Gefühl, daß Sie es noch weit bringen werden. Verbinden Sie mich mit Superintendent Thomas in seiner Privatwohnung und dann mit dem dänischen Generalkonsul in Paris. In dieser Reihenfolge.«
Die nächste Stunde verbrachte er damit, beide Herren telefonisch dazu zu überreden, aufzustehen und sich in ihre diesbezüglichen Büros zu begeben. Er selbst legte sich gegen 3 Uhr morgens wieder aufs Feldbett. Um vier weckte ihn ein Anruf der Polizeipräfektur, der ihn davon unterrichtete, daß mehr als neunhundertachtzig von dänischen Besuchern ausgefüllte Meldeformulare um Mitternacht und um 2 Uhr morgens eingesammelt worden waren und gegenwärtig nach den Gesichtspunkten »dringend verdächtig«, »verdächtig« und »sonstige« sortiert wurden.
Um sechs – er war noch immer wach und trank gerade Kaffee, um es auch zu bleiben – riefen die Fernmeldeingenieure von der DST an, denen er kurz nach Mitternacht seine Weisungen erteilt hatte. Ein aufschlußreiches Gespräch war von ihnen abgehört worden. Er nahm einen Wagen und fuhr mit Caron durch die frühmorgendli-

chen Straßen ins Hauptquartier der DST. In einem im Keller des Gebäudes untergebrachten Fernmeldelabor hörten sie sich eine Bandaufnahme an.
Sie begann mit einem lauten Klicken, dem eine Anzahl schwirrender Geräusche, die klangen, als wähle jemand eine siebenstellige Nummer, dann der Summton der Telefonklingel und schließlich das Klicken, mit dem der Hörer abgenommen wurde, folgten.
Eine heisere Stimme sagte: »*Allo?*«
Eine weibliche Stimme sagte: »*Ici Jacqueline.*«
Die Männerstimme antwortete: »*Ici Valmy.*«
Die Frau sagte: »Sie wissen, daß er als dänischer Geistlicher getarnt ist. Sie überprüfen im Lauf der Nacht die Meldeformulare aller Dänen und sammeln die Anmeldungen um 12, 2 und 4 Uhr in den Hotels ein. Anschließend werden sie jeden einzelnen Dänen vernehmen.«
Ein paar Sekunden herrschte Schweigen. Dann sagte der Mann: »*Merci.*« Er hängte ein und die Frau ebenfalls.
Lebel starrte auf die langsam rotierende Bandspule.
»Sie wissen die Nummer, die sie angerufen hat?« fragte er den Ingenieur.
»Ja. Wir können es aufgrund der Zeit errechnen, welche die Wählscheibe braucht, um sich auf Null zurückzudrehen. Die Nummer war MOLITOR 5901.«
»Haben Sie die Adresse?«
Der Mann reichte ihm einen Zettel. Lebel warf einen Blick darauf.
»Kommen Sie, Lucien. Wir wollen Monsieur Valmy einen Besuch abstatten.«

Um 7 Uhr pochte es an die Wohnungstür. Der Schulmeister kochte sich gerade einen Kaffee. Er runzelte die Stirn, drehte die Gasflamme kleiner und ging quer durchs Wohnzimmer zur Tür, um zu öffnen. Vier Männer standen ihm gegenüber. Er wußte, wer sie waren und was sie wollten, ohne daß man es ihm hätte sagen müssen. Die beiden Polizisten in Uniform sahen aus, als würden sie sich gleich auf ihn stürzen, aber der freundlich dreinblickende kleine Mann bedeutete ihnen mit einem Wink, sich nicht einzumischen.
»Wir haben Ihr Telefon abgehört«, sagte er. »Sie sind Valmy.«
Dem Schulmeister war keinerlei Gefühlsregung anzumerken. Er wich einen Schritt zurück und ließ die vier eintreten.
»Darf ich mich anziehen?« fragte er.

»Ja, selbstverständlich.«
Er brauchte nur wenige Minuten, um sich unter den Augen der beiden uniformierten Polizeibeamten Hemd und Hose überzuziehen; den Pyjama hatte er darunter anbehalten.
Der junge Beamte in Zivil war im Türrahmen stehengeblieben, während der ältere in der Wohnung umherging und die überall aufgeschichteten Stöße von Büchern und Zeitschriften in Augenschein nahm.
»Es wird eine Ewigkeit dauern, bis alles dies hier durchgesehen und aufgenommen ist, Lucien«, sagte er. Der junge Mann im Türrahmen nickte.
»Ist, Gott sei Dank, nicht Sache unserer Abteilung.«
»Sind Sie soweit?« fragte der kleine Mann den Schulmeister.
»Ja.«
»Dann bringen Sie ihn zum Wagen hinunter.«
Der Kommissar blieb allein in der Wohnung zurück, nachdem Valmy abgeführt worden war, und blätterte in den Papieren, an denen der Schulmeister offenbar am Abend zuvor gearbeitet hatte. Es waren jedoch alles korrigierte Schulaufgaben. Der Mann schien vorwiegend von zu Hause aus operiert zu haben; er würde den ganzen Tag in der Wohnung verbleiben müssen, um das Telefon zu bedienen, falls der Schakal sich meldete. Es war zehn Minuten nach sieben, als es klingelte. Lebel starrte den Apparat ein paar Sekunden lang unschlüssig an. Dann streckte er die Hand aus und nahm den Hörer ab.
»*Allo?*«
»*Ici Chacal.*«
Lebel überlegte verzweifelt.
»*Ici Valmy*«, sagte er. Es entstand eine Pause. Ihm fiel nichts ein, was er sonst noch hätte sagen können.
»Was gibt es Neues?« fragte die Stimme am anderen Ende der Leitung.
»Nichts. Sie haben die Spur in Corrèze verloren.«
Seine Stirn hatte sich mit feinem Schweiß bedeckt. Alles hing davon ab, daß der Mann noch ein paar Stunden länger dort blieb, wo er jetzt war. Es klickte in der Leitung, und dann war nichts mehr zu hören. Lebel legte den Hörer auf und rannte die Treppe hinunter zum Wagen, der vor dem Haus auf ihn wartete.
»Zurück in mein Büro«, rief er dem Fahrer zu.

Der Schakal stand in der Telefonzelle im Foyer eines kleinen Hotels am Seineufer und starrte konsterniert durchs Glasfenster hinaus. Nichts? Sie mußten den Taxifahrer in Egletons vernommen und die Spur von dort nach Haute Chalonnière verfolgt haben. Sie mußten die Leiche im Schloß entdeckt und den verschwundenen Renault aufgefunden haben. Sie mußten ...
Er verließ die Telefonzelle und durchquerte mit langen Schritten das Foyer.
»Meine Rechnung, bitte«, rief er dem Empfangschef im Vorbeigehen zu. »Ich bin in fünf Minuten wieder unten.«

Der Anruf von Superintendent Thomas kam um 7 Uhr 30, als Lebel gerade sein Büro betrat.
»Tut mir leid, daß es so lange gedauert hat«, sagte der britische Detektiv. »Ich habe Stunden gebraucht, um die dänischen Konsularbeamten wach zu kriegen und dazu zu bewegen, in ihr Büro zurückzukehren. Sie hatten vollkommen recht. Am 14. Juli hat ein dänischer Pastor den Verlust seines Passes gemeldet. Er vermutete, daß er ihm aus seinem Hotelzimmer im Londoner Westend gestohlen wurde, konnte es aber nicht beweisen. Zur Erleichterung des Hotelmanagers hat er keine Beschwerde eingelegt. Name: Pastor Per Jensen, wohnhaft in Kopenhagen. Personenbeschreibung: einsachtzig groß, Augen blau, Haar grau.«
»Das ist er. Danke, Superintendent.« Lebel hängte ein. »Verbinden Sie mich mit der Präfektur«, rief er Caron zu.
Um 8 Uhr 30 hielten vier geschlossene Mannschaftswagen vor dem Hotel am Quai des Grands Augustins. Die Polizeibeamten durchstöberten Zimmer 37, bis es aussah, als sei es von einem Taifun verwüstet worden.
»Tut mir leid, *Monsieur le Commissaire*«, erklärte der Besitzer dem übernächtigt aussehenden Detektiv, der die Razzia leitete. »Pastor Jensen ist vor einer Stunde abgereist.«

Der Schakal hatte ein Taxi angehalten und sich zur Gare d'Austerlitz, an der er gestern angekommen war, zurückfahren lassen, weil sich die Suche nach ihm inzwischen auf einen anderen Stadtteil konzentriert haben würde. Er gab den Koffer, in dem sich das Gewehr, der Militärmantel und die anderen Bekleidungsstücke des fiktiven Franzosen André Martin befanden, in der Gepäckaufbewahrung ab und behielt lediglich den Koffer mit der Kleidung und den Papieren des amerikanischen Studenten Marty Schulberg so-

wie die Reisetasche, in die er die zum Make-up benötigten Artikel gesteckt hatte, bei sich.
Mit diesen beiden Gepäckstücken und noch immer im schwarzen Anzug – unter dem er jedoch einen Rollkragenpullover trug, der den steifen weißen Kragen und das schwarze Plastron verdeckte – betrat er ein schäbiges kleines Hotel gleich um die Ecke vom Bahnhof. Der Portier ließ ihn das Meldeformular selbst ausfüllen und war zu träge, die Eintragungen, wie es die Vorschrift bestimmte, mit den Angaben im Paß zu vergleichen.
Oben in seinem Zimmer begann der Schakal sofort, sich Gesicht und Haar herzurichten. Der graue Farbton wurde mit Hilfe eines Lösemittels herausgewaschen und das jetzt wieder blonde Haar kastanienbraun gefärbt. Die blauen Kontaktlinsen brauchten nicht entfernt zu werden, aber die goldgeränderte Brille wurde durch eine schwere Hornbrille ersetzt. Die schwarzen Schuhe, die Socken, das Hemd, das Plastron und der Anzug des Geistlichen wanderten zusammen mit dem Paß von Pastor Jensen aus Kopenhagen in den Koffer. Statt dessen zog er die Socken, die Jeans, das T-Shirt, die Sneakers und die Windjacke des amerikanischen College-Boy aus Syracuse im Staat New York an.
Gegen 11 Uhr war er zum Aufbruch bereit. In der linken Brusttasche seiner Windjacke steckte der Paß des Amerikaners, in der rechten ein Packen französischer Banknoten. Den Koffer mit den Sachen Pastor Jensens stellte er in den Garderobenschrank, den Schrankschlüssel warf er in den Abfluß des Bidets. Er verließ das Hotel über die Feuerleiter und gab die Reisetasche wenige Minuten später in der Gepäckaufbewahrung der Gare d'Austerlitz ab. Den Gepäckschein steckte er zu dem des Koffers in seine Gesäßtasche und machte sich auf den Weg. Er nahm ein Taxi, ließ sich zur Ecke des Boulevard Saint-Michel und der Rue de la Huchette fahren und tauchte in den engen Gassen des vorwiegend von Studenten und anderen jungen Leuten bewohnten Quartier Latin unter. Als er in einer verrauchten Gastwirtschaft an einem der hinteren Tische Platz gefunden hatte, um ein billiges Mittagessen einzunehmen, begann er sich zu fragen, wo er die Nacht verbringen würde. Er bezweifelte nicht, daß seine Rolle als Pastor Jensen von Lebel inzwischen aufgedeckt worden war und gab Marty Schulberg nicht mehr als vierundzwanzig Stunden.
Verfluchter Hund, dieser Lebel, dachte er wütend, lächelte jedoch sofort, als die Kellnerin ihm strahlend die Karte reichte.
»Danke, Honey.«

Um 10 Uhr setzte sich Lebel nochmals mit Thomas in Verbindung. Seine Bitte entlockte diesem ein leises Stöhnen, aber er gab die Zusage, daß er alles tun würde, was in seiner Macht stünde.
Als das Gespräch beendet war, bestellte Thomas den dienstältesten Inspektor, der in der vergangenen Woche in die Fahndung eingeschaltet gewesen war, zu sich.
»Setzen Sie sich«, sagte er. »Die Franzmänner haben sich nochmals gemeldet. Er scheint ihnen wiederum entwischt zu sein. Jetzt ist er irgendwo in Paris, und sie befürchten, daß er eine weitere falsche Identität parat hat. Wir beide werden der Reihe nach alle hiesigen Konsulate anrufen und um eine Liste sämtlicher Pässe bitten, die seit dem 1. Juli von Ausländern als verloren oder gestohlen gemeldet wurden. Die Konsulate afrikanischer und asiatischer Staaten können Sie auslassen. Beschränken Sie sich auf die europäischen und amerikanischen Länder und nehmen Sie noch Australien und Südafrika hinzu. In jedem einzelnen Fall muß die Körpergröße des Paßinhabers aufgenommen werden. Alle Männer über einssiebzig sind verdächtig. Los geht's!«

Die tägliche Besprechung im Ministerium war auf 14 Uhr vorverlegt worden.
Lebel erstattete wie immer in seiner nüchtern-monotonen Weise Bericht. Die Reaktion der Konferenzteilnehmer war alles andere als freundlich.
»Verflucht!« rief der Minister mitten im Vortrag aus. »Der Hund hat aber auch wirklich teuflisches Glück!«
»Nein, *Monsieur le Ministre,* das hat nichts mit Glück zu tun. Oder doch nur sehr wenig. Er ist laufend über unsere Maßnahmen informiert worden – in jeder Phase. Das ist auch der Grund, weshalb er Gap in solcher Eile verlassen hat und sich nach dem Mord an der Frau in La Haute Chalonnière gerade noch rechtzeitig, bevor das Netz sich um ihn zusammenzog, aus dem Staub machen konnte.
Abend für Abend habe ich in diesem Kreis über den jeweiligen Stand der Ermittlungen referiert. Dreimal standen wir kurz davor, ihn zu fassen. Heute morgen war es die Verhaftung Valmys und meine Unfähigkeit, Valmys Stimme am Telefon zu imitieren, die ihn veranlaßte, das Hotel überstürzt zu verlassen und eine andere Identität anzunehmen. Aber in den beiden anderen Fällen ist er am frühen Morgen, nachdem ich dieser Versammlung Bericht erstattet hatte, gewarnt worden.«

Eisiges Schweigen herrschte in dem Konferenzzimmer.
»Ich glaube mich zu erinnern«, bemerkte der Minister schließlich in spürbar befremdetem Tonfall, »daß Sie schon einmal etwas derartiges erwähnten. Ich hoffe, Sie können das begründen, Kommissar.«
Statt zu antworten, stellte Lebel ein batteriebetriebenes Tonbandgerät auf den Tisch und betätigte den Startknopf. In dem Schweigen, das im Konferenzraum herrschte, klangen die Stimmen der mitgeschnittenen telefonischen Unterhaltung metallisch und barsch. Als das Gespräch beendet war, starrten alle Konferenzteilnehmer das auf dem Tisch stehende Gerät an. Oberst Saint Clair war aschgrau geworden, und seine Hände zitterten leicht, als er seine Papiere zusammenraffte.
»Wessen Stimme war das?« fragte der Minister schließlich.
Lebel schwieg. Saint Clair erhob sich zögernd, und aller Blicke richteten sich auf ihn.
»Ich bedaure, Ihnen sagen zu müssen, *Monsieur le Ministre*, daß es die Stimme einer – einer Freundin von mir war. Sie wohnt gegenwärtig bei mir ... Verzeihen Sie.«
Er verließ das Konferenzzimmer, um in den Elysée-Palast zurückzukehren und seinen Abschied einzureichen. Rings um den Tisch starrten die Zurückgebliebenen auf ihre Hände.
»Alsdann, Kommissar«, ließ sich die jetzt wieder ganz ruhige Stimme des Ministers vernehmen, »fahren Sie bitte fort.«
Lebel berichtete weiter und erwähnte seine an Superintendent Thomas in London gerichtete Bitte, jeden dort in den letzten fünfzig Tagen gemeldeten Paßdiebstahl oder -verlust zu überprüfen.
»Ich hoffe«, schloß er, »noch heute abend eine kurze Liste mit vermutlich nicht mehr als zwei, drei Fällen zu erhalten, die auf die Beschreibung passen, welche wir vom Schakal haben. Sobald ich sie in Händen halte, werde ich die Behörden der Heimatländer dieser Touristen, denen in London der Paß abhanden gekommen ist, um Fotos der Betreffenden bitten. Denn wir können sicher sein, daß der Schakal inzwischen nicht mehr wie Calthrop oder Duggan oder Jensen aussieht, sondern so, wie es seine neue Identität erfordert. Wenn alles klappt, habe ich morgen mittag die Fotos.«
»Ich meinerseits«, sagte der Minister, »kann Ihnen von der Unterredung berichten, die ich mit Präsident de Gaulle hatte. Er hat sich rundheraus geweigert, von seinem Programm für die nächsten Tage auch nur im geringsten abzugehen und sich auf diese Weise der Gefahr, die ihm droht, zu entziehen. Das war, ehrlich gesagt,

kaum anders zu erwarten. In einem Punkt habe ich den Staatspräsidenten jedoch zu einer Konzession bewegen können. Das strikte Gebot der Geheimhaltung wurde, zumindest in dieser Hinsicht, aufgehoben. Der Schakal ist jetzt ein regulärer Mörder. Er hat die Baronin de la Chalonnière bei einem Einbruch, der ihrem Schmuck galt, auf ihrem Schloß umgebracht. Es wird vermutet, daß er nach Paris geflohen ist und sich dort verborgen hält. Haben wir uns verstanden, meine Herren?
Das ist es, was wir der Presse gegenüber rechtzeitig zur Veröffentlichung in den Nachmittagsblättern, zumindest aber den Spätausgaben, verlautbaren werden. Sie, Kommissar, sind ermächtigt, die Presse, sobald Sie sich, was seine neue Identität oder die Wahl zwischen zwei, drei möglichen Identitäten betrifft, mit denen er sich jetzt tarnt, ganz sicher sind, diesen Namen oder diese Namen zu nennen. Das ermöglicht es den Morgenblättern, die Story mit einem neuen Aufhänger zu aktualisieren.
Wenn das Foto von dem bedauernswerten Touristen, der in London seinen Paß verloren hat, morgen vormittag eintrifft, können Sie es den Abendzeitungen, dem Rundfunk und dem Fernsehen für die zweite Folge der Mörderjagd-Story freigeben. Unabhängig davon wird jeder Polizeibeamte und jeder CRS-Mann in Paris, sobald wir einen Namen wissen, auf der Straße patrouillieren und sich von jedem Passanten, der ihm in den Weg kommt, die Ausweispapiere zeigen lassen.«
Der Polizeipräfekt, der Chef des CRS und der Direktor der PJ machten sich eifrig Notizen. Der Minister faßte zusammen:
»Die DST wird, unterstützt von den RG, jeden ihr als Sympathisanten der OAS bekannten Staatsbürger überprüfen. Ist das klar?«
Die Chefs der DST und der RG nickten lebhaft.
»Die Police Judiciaire wird jeden ihr verfügbaren Detektiv von der Aufgabe, mit der er gegenwärtig befaßt ist, abziehen und auf die Mörderjagd ansetzen.«
Max Fernet, Leiter der PJ, nickte.
»Was den Elysée-Palast selbst betrifft, so werde ich eine vollständige Liste aller Reisen, Exkursionen und öffentlichen Veranstaltungen anfordern, die der Präsident in nächster Zeit plant, selbst wenn er seinerseits über die zu seinem Schutz getroffenen zusätzlichen Maßnahmen im einzelnen nicht unterrichtet sein sollte. Kommissar Ducret, ich kann mich doch darauf verlassen, daß die präsidiale Sicherungsgruppe die Person des Präsidenten hermetischer denn je abriegelt?«

Jean Ducret, Chef der persönlichen Sicherungsgruppe de Gaulles, neigte den Kopf.
»Soviel mir bekannt ist, unterhält die Brigade Criminelle« – der Minister sah zu Kommissar Bouvier hinüber – »zahlreiche Kontakte mit der Unterwelt. Sie muß sie allesamt aktivieren und ihre Verbindungsleute anweisen, die Augen nach diesem Mann offenzuhalten, dessen Name und Personenbeschreibung ihnen noch bekanntgegeben werden. In Ordnung?«
Maurice Bouvier nickte mißvergnügt. Insgeheim war er beunruhigt. Er hatte im Lauf der Jahre nicht wenige Verbrecherjagden miterlebt, aber diese nahm gigantische Ausmaße an. In dem Augenblick, wo Lebel einen Namen und eine Paßnummer bekanntgab, würden nahezu hunderttausend Mann, von den Sicherheitskräften bis zu den Mitgliedern der Unterwelt, die Straßen, Hotels, Bars und Restaurants von Paris nach einem einzigen Mann absuchen.
»Gibt es noch irgendeine Informationsquelle, die ich übersehen habe?« fragte der Minister.
Oberst Rolland warf erst General Guibaud und dann Kommissar Bouvier einen raschen Blick zu. Er hüstelte.
»Nun, da ist natürlich noch die *Union Corse.*«
General Guibaud betrachtete angelegentlich seine Fingerspitzen. Bouvier sah Rolland entsetzt an. Die Mehrzahl der anderen Konferenzteilnehmer blickte betreten drein. Die Korsische Union, welche die Nachfahren der »Brüder von Ajaccio« und »Söhne der Vendetta« in der Bruderschaft der Korsen vereinigte, war und ist auch heute noch das größte Syndikat des organisierten Verbrechens in Frankreich. Schon damals kontrollierte sie Marseille und die Côte d'Azur. Von nicht wenigen Kennern wurde die Union für älter und gefährlicher gehalten als die Mafia. Da sie nicht wie diese zu Beginn unseres Jahrhunderts nach Amerika hatte emigrieren müssen, war es ihr gelungen, die Publizität zu vermeiden, die das Wort »Mafia« seither in der ganzen Welt zu einem Begriff werden ließ.
Zweimal bereits hatte sich der Gaullismus mit der Union verbündet und die Partnerschaft beide Male als nützlich, aber auch ungemein lästig empfunden. Denn die Union pflegte stets ein Entgelt zu fordern, zumeist in Form einer Lockerung der polizeilichen Kontrolle ihrer illegalen geschäftlichen Unternehmungen. Die Union hatte den Alliierten 1944 bei der Landung in Südfrankreich geholfen und seither Marseille und Toulon vollständig kontrol-

liert. Sie hatte den Gaullisten im Kampf gegen die algerischen Siedler und nach dem April 1961 gegen die OAS Beistand geleistet und als Gegenleistung ihre Fühler weit nach Norden und bis nach Paris hinein ausgestreckt.
Maurice Bouvier hatte ihre kriminelle Energie als Polizeibeamter hassen gelernt, aber es war ihm bekannt, daß Rollands Aktionsdienst die Korsen in beträchtlichem Ausmaß für seine Zwecke einspannte.
»Meinen Sie, daß sie uns weiterhelfen können?« fragte der Minister.
»Wenn der Schakal so ausgekocht ist, wie er uns geschildert wird«, entgegnete Rolland, »würde ich annehmen, daß, wenn es überhaupt jemand fertigbringt, ihn in Paris aufzuspüren, dies nur die Union schaffen kann.«
»Wie viele Mitglieder hat sie in Paris?« fragte der Minister zweifelnd.
»Etwa achtzigtausend. Einige sind bei der Polizei, andere beim Zoll, beim CRS oder beim Geheimdienst – und wieder andere gehören natürlich zur Unterwelt. Und die sind organisiert.«
»Schalten Sie sie ein«, sagte der Minister.
Weitere Vorschläge wurden nicht gemacht.
»Also, das wäre es dann für heute. Kommissar Lebel, alles, was wir von Ihnen wollen, ist ein Name, eine Personenbeschreibung und eine Fotografie. Danach gebe ich ihm höchstens noch sechs Stunden, die er auf freiem Fuß ist.«
»Genaugenommen haben wir noch drei Tage«, sagte Lebel, der längere Zeit gedankenverloren aus dem Fenster gestarrt hatte. Seine Zuhörer schauten ihn perplex an.
»Woher wollen Sie das wissen?« fragte Max Fernet.
Lebel blinzelte mehrmals ganz rasch.
»Ich muß um Entschuldigung bitten. Es war schon sehr dumm von mir, das nicht eher zu erkennen. Seit einer Woche ist mir klar, daß der Schakal einen Plan besitzt und den Tag für die Ermordung des Präsidenten längst bestimmt hat. Warum hat er sich, als er Gap verließ, nicht sofort als Pastor Jensen verkleidet? Warum ist er nicht nach Valence gefahren und hat gleich den Expreßzug nach Paris genommen? Warum hat er sich, nachdem er nach Frankreich eingereist war, noch eine ganze Woche lang die Zeit vertrieben?«
»Nun, warum?« fragte jemand.
»Weil er sich für einen bestimmten Tag entschieden hat«, sagte Lebel. »Er weiß, wann er losschlagen wird. Kommissar Ducret,

hat der Präsident heute, morgen oder am Samstag irgendwelche Verpflichtungen außerhalb des Palastes?«
Ducret schüttelte den Kopf.
»Und was ist für Sonntag, den 25. August, vorgesehen?« fragte Lebel. Rund um den langen Tisch war ein Seufzen vernehmbar, das klang, als sei ein Windstoß in ein Getreidefeld gefahren.
»Der Befreiungstag natürlich«, rief der Minister aus. »Und das Verrückte an der Sache ist, daß die meisten von uns jenen Tag 1944 mit ihm zusammen erlebt haben.«
»Genau«, sagte Lebel. »Er ist wahrhaftig kein schlechter Psychologe, unser Schakal. Er weiß, daß es einen Tag im Jahr gibt, den General de Gaulle niemals irgendwo anders als in Paris verbringen wird. Es ist sozusagen sein großer Tag. Und dieser Tag ist es, auf den der Mörder gewartet hat.«
»In dem Fall«, erklärte der Minister zuversichtlich, »haben wir ihn. Ohne seine Informationsquelle findet er keinen Winkel in ganz Paris, wo er sich verstecken könnte, keine Gemeinschaft von Parisern, die ihm, und sei es unwissentlich, Unterschlupf und Schutz gewähren würde. Wir haben ihn. Kommissar Lebel, nennen Sie uns den Namen dieses Mannes.«
Claude Lebel stand auf und ging zur Tür. Die anderen erhoben sich ebenfalls und waren im Begriff, sich zum Essen zu begeben.
»Oh, sagen Sie mir doch eines«, rief der Minister Lebel nach. »Wie sind sie eigentlich darauf gekommen, das Telefon in Oberst Saint Clairs Privatwohnung abzuhören?«
»Ich bin nicht darauf gekommen«, sagte er, »und habe deswegen gestern nacht bei Ihnen allen das Telefon anzapfen lassen. Guten Tag, meine Herren.«

Am gleichen Nachmittag um 5 Uhr kam der Schakal, als er, eine dunkle Brille, wie sie hier jedermann trug, vor den Augen, bei einem Glas Bier auf einer Caféterrasse an der Place de l'Odéon saß, die rettende Idee. Er verdankte sie dem Anblick zweier Männer, die auf dem Bürgersteig vorüberschlenderten. Er zahlte sein Bier, stand auf und ging. Hundert Meter weiter fand er, was er suchte – einen Schönheitssalon für Damen. Er betrat den Laden und tätigte ein paar Einkäufe.

Um sechs änderten die Abendzeitungen ihre Schlagzeilen. Die Spätausgaben trugen in fetten Balken die Überschrift: »*Assassin de la Belle Baronne se rufugie à Paris*«. Darunter prangte ein vor fünf

Jahren auf einer Party in Paris aufgenommenes Foto der Baronin de la Chalonnière. Es war im Archiv einer Bildagentur ausgegraben worden, und alle Blätter brachten das gleiche Foto.
Mit einem Exemplar des »France-Soir« unter dem Arm betrat Oberst Rolland um 18 Uhr 30 ein kleines Café nahe der Rue Washington. Der Barmann mit dem blauschwarzen Schimmer auf Kinnlade und Wangen sah ihn scharf an und nickte dann einem anderen Mann im hinteren Teil des Cafés zu.
Der zweite Mann kam herangeschlendert und trat auf Rolland zu.
»Oberst Rolland?«
Der Chef des Aktionsdienstes nickte.
»Bitte folgen Sie mir.«
Er führte den Oberst durch die Hintertür des Cafés und über eine Treppe in ein kleines Wohnzimmer im ersten Stock hinauf, das vermutlich zu den Privaträumen des Cafébesitzers zählte. Er klopfte, und eine Stimme rief: »*Entrez.*«
Als sich die Tür hinter ihm schloß, drückte Rolland die ausgestreckte Hand des Mannes, der sich aus einem Sessel erhoben hatte.
»Oberst Rolland? *Enchanté.* Ich bin der Capu der *Union Corse.* Ich höre, daß Sie einen bestimmten Mann suchen ...«

Es war 20 Uhr, als Lebel der Anruf aus London durchgestellt wurde. Superintendent Thomas' Stimme klang müde.
Es war kein leichter Tag für ihn gewesen. Einige Konsulate hatten sich entgegenkommend gezeigt, andere in der Zusammenarbeit als ungemein schwierig erwiesen.
Von Frauen, Negern, Asiaten und Männern unter einssiebzig abgesehen, waren in den letzten fünfzig Tagen insgesamt acht ausländischen Touristen die Pässe in London abhanden gekommen oder gestohlen worden, berichtete er. Sorgfältig hatte er sich die Namen, die Paßnummern und Personenbeschreibungen der Betreffenden notiert.
»Lassen Sie uns zunächst diejenigen eliminieren, die nicht in Frage kommen«, schlug er Lebel vor. »Drei haben ihren Paß zu einem Zeitpunkt verloren, zu dem der Schakal, alias Duggan, nachweislich nicht in London war. Wir haben Flugbuchungen und Schiffspassagen ebenfalls bis zum 1. Juli einschließlich überprüft. Offenbar ist er am 18. Juli mit der Abendmaschine nach Kopenhagen geflogen. Laut BEA hat er in Brüssel an ihrem Schalter für ein Ticket bar gezahlt und am 6. August abends die Maschine zurück nach England genommen.«

»Ja, das dürfte stimmen«, sagte Lebel. »Wir haben festgestellt, daß er auf dieser Reise auch in Paris gewesen ist. Vom 22. bis zum 31. Juli.«
»Als er weg war«, sagte Thomas, »sind also drei Pässe gestohlen oder verloren worden. Die können wir ausschließen, ja?«
»Ja«, sagte Lebel.
»Von den übrigen fünf Paßinhabern ist einer extrem groß – mehr als sechs Fuß sechs Zoll, das heißt also in Ihrer Sprache über zwei Meter. Abgesehen davon ist er Italiener und seine Größe daher im Paß in Zentimetern angegeben. Jeder französische Zollbeamte würde es lesen können und den Unterschied sofort bemerken, es sei denn, der Schakal ginge auf Stelzen.«
»Sie haben recht, das muß ja ein Riese gewesen sein. Der Mann kommt nicht in Frage. Was ist mit den anderen vier?«
»Tja, der eine ist enorm dick, wiegt zweihundertzweiundvierzig Pfund, fast zweieinhalb Zentner also. Der Schalkal müßte seinen Anzug so auswattieren, daß er kaum noch darin gehen könnte.«
»Kann also ebenfalls ausgeschlossen werden«, sagte Lebel. »Wer sonst noch?«
»Einer ist Norweger, der andere Amerikaner«, sagte Thomas. »Auf beide paßt die Beschreibung. Hochgewachsen, breitschultrig, zwischen zwanzig und fünfzig. Zwei Dinge sprechen dagegen, daß der Norweger Ihr Mann sein könnte. Zum einen ist er blond, und ich glaube nicht, daß der Schakal, nachdem er als Duggan aufgeflogen ist, zu seiner eigenen Haarfarbe zurückkehren würde. Damit sähe er Duggan allzu ähnlich. Zum anderen hat der Norweger seinem Konsul gemeldet, der Paß müsse ihm abhanden gekommen sein, als er bei einer Bootsfahrt mit seiner Freundin auf dem Serpentine-Teich im Hyde Park in voller Kleidung ins Wasser gefallen sei. Er schwört, daß der Paß in seiner Brieftasche gesteckt habe, als er hineinfiel, und nicht mehr drin war, als er fünfzehn Minuten später an Land kletterte. Der Amerikaner dagegen hat gegenüber der Polizei im Londoner Flughafen unter Eid erklärt, daß ihm seine Reisetasche mit dem darin befindlichen Paß gestohlen wurde, als er in der Haupthalle nur einmal kurz in eine andere Richtung schaute. Was meinen Sie?«
»Schicken Sie mir rasch alle Angaben über den Amerikaner. Ich lasse mir sein Foto vom Paßamt in Washington kommen. Und seien Sie nochmals für Ihre Unterstützung bedankt.«

Am gleichen Tag fand abends um 10 Uhr eine zweite Sitzung statt. Es war die bisher kürzeste. Eine Stunde zuvor hatten alle Abteilungen des Staatssicherheitsapparats bereits Fotokopien mit der genauen Personenbeschreibung des wegen Mordes gesuchten Amerikaners Marty Schulberg erhalten. Eine Fotografie hoffte man noch vor dem nächsten Morgen zu erhalten, rechtzeitig für die ersten Ausgaben der Abendblätter, die um 10 Uhr vormittags an den Kiosken erschienen.

Der Minister erhob sich.

»Meine Herren, als wir uns das erstemal hier zusammensetzten, schlossen wir uns Kommissar Bouviers Auffassung an, daß die Identifizierung des unter dem Decknamen ›Der Schakal‹ bekannten Mörders im wesentlichen die Aufgabe eines Detektivs sei. In der Rückschau erweist sich nun, wie richtig diese Einschätzung gewesen war. Wir können von Glück sagen, daß wir in den vergangenen zehn Tagen über die Dienste Kommissar Lebels verfügten. Ungeachtet des dreimaligen Wechsels der Identität des Mörders, von Calthrop zu Duggan, von Duggan zu Jensen und von Jensen zu Schulberg, und trotz des fortgesetzten Geheimnisverrats, der in diesem Raum seinen Ausgang nahm, ist es gelungen, den gesuchten Mann zu identifizieren und ihn innerhalb der Stadtgrenzen von Paris zu lokalisieren. Wir schulden ihm Dank.« Er verneigte sich leicht vor Lebel, der verlegen dreinblickte.

»Jetzt aber«, fuhr der Minister fort, »ist die Reihe an uns. Wir wissen seinen Namen, haben seine Personenbeschreibung, und seine Paßnummer sowie seine Nationalität sind uns ebenfalls bekannt. In wenigen Stunden werden wir auch sein Foto haben. Ich bin zuversichtlich, daß wir den Mann mit Hilfe der Ihnen zur Verfügung stehenden Mittel und Kräfte rasch fassen. Schon jetzt ist jeder Polizeibeamte in Paris, jeder CRS-Mann und jeder Detektiv unterrichtet. Noch vor dem Morgengrauen, spätestens aber ab morgen mittag wird der Gesuchte sich nirgendwo mehr verborgen halten können.

Und nun lassen Sie mich Ihnen nochmals danken, Kommissar Lebel, und Sie von der schweren Bürde befreien, die Ihnen mit dieser Ermittlung auferlegt war. In den kommenden Stunden werden wir nicht mehr auf Ihre unschätzbare Hilfe angewiesen sein. Ihre Arbeit ist getan, und gut getan. Ich danke Ihnen.«

Er wartete geduldig. Lebel blinzelte rasch ein paarmal und stand auf. Er nickte der Versammlung mächtiger Männer, die über Tausende von Untergebenen und Millionen Francs zu bestimmen hat-

ten, kurz zu. Sie erwiderten seinen Gruß mit einem freundlichen Lächeln. Er wandte sich um und verließ den Raum.
Zum erstenmal seit zehn Tagen ging Kommissar Lebel zum Schlafen nach Hause. Als er den Schlüssel ins Schloß steckte und von seiner Frau die ersten Vorwürfe zu hören bekam, schlug es Mitternacht, und der 23. August war gekommen.

Zwanzigstes Kapitel

Eine Stunde vor Mitternacht betrat der Schakal die Bar. Sie war so dunkel, daß er ein paar Sekunden lang weder die Ausmaße noch die Form des Raums abzuschätzen vermochte. Linkerhand erstreckte sich die Theke vor einer erleuchteten Reihe von Spiegeln und Flaschen. Als die Tür sich hinter ihm schloß, starrte ihn der Barmixer mit unverhohlener Neugier an.
Der Raum war schlauchartig eng und entlang der rechten Wand mit kleinen Tischen ausgestattet. Jenseits der Bar erweiterte er sich zu einem Salon, und dort gab es größere Tische, an denen vier oder sechs Personen Platz finden konnten. Längs der Theke stand eine Anzahl Barhocker. Die meisten Stühle und Barhocker waren von der Stammkundschaft besetzt.
Die Unterhaltung an den Tischen nahe der Tür war verstummt, während die Gäste den Schakal musterten, und die plötzliche Stille dehnte sich rasch bis in die Tiefe des Raums aus, als den etwas weiter entfernt sitzenden Kunden die Blicke ihrer Begleiter auffielen und sie sich ihrerseits umdrehten, um die athletische Gestalt an der Tür in Augenschein zu nehmen. Ein paar geflüsterte Bemerkungen wurden ausgetauscht, hier und dort war kokettes Kichern und leises Lachen vernehmbar. Der Schakal erspähte einen freien Barhocker und drängte sich zwischen der Theke zur Linken und der Reihe kleiner Tische zur Rechten hindurch, um darauf Platz zu nehmen. Das erregte Getuschel in seinem Rücken entging ihm nicht.
»*Oh, regarde-moi ça!* Diese Muskeln! Darüber könnte ich glatt den Verstand verlieren.«
Der Barmixer eilte vom anderen Ende der Theke herbei, um seine Order entgegenzunehmen und ihn näher betrachten zu können. Seine karminroten Lippen verzogen sich zu einem koketten Lächeln. »*Bon soir – monsieur.*«

Hinter dem Schakal wurde mehrstimmiges Prusten und Kichern laut.

»*Donnez-moi un Scotch.*«

Der Barmixer tänzelte entzückt davon. Ein Mann, ein Mann, ein echter Mann! Oh, was für ein tolles Gerangel das heute abend noch geben würde! Er konnte die *petites folles* im hinteren Raum der Bar bereits ihre Krallen schärfen sehen. Die meisten warteten auf ihre »festen« Freier, aber einige waren nicht verabredet und daher »noch zu haben«. Dieser neue Junge würde gewiß Furore machen, dachte der Barmixer.

Der Gast, der unmittelbar neben dem Schakal an der Bar saß, wandte sich ihm zu und betrachtete ihn mit offenkundiger Neugierde. Sein Haar war metallischgolden getönt und wie bei jungen griechischen Göttern auf einem antiken Fries in sorgfältig gedrehten Löckchen in die Stirn gekämmt. Damit jedoch endete die Ähnlichkeit auch schon. Die Augen waren blau untermalt, die Lippen korallenfarben und die Wangen gepudert. Aber das Make-up konnte die scharfen Gesichtsfalten des alternden Lüstlings nicht überdecken, und den Ausdruck nackter Gier in seinen Augen milderte auch die Wimperntusche nicht.

»*Tu m' invites?*« fragte er kokett lispelnd.

Der Schakal schüttelte den Kopf. Achselzuckend wandte sich der Transvestit wieder seinem Gefährten zu. Unter Piepslauten vorgetäuschten Erschreckens setzten sie mit vielem Getuschel ihre Unterhaltung fort. Der Schakal hatte seine Windjacke ausgezogen, und als er jetzt nach dem Drink griff, den ihm der Barmixer servierte, spielte seine Schulter- und Rückenmuskulatur unter dem engen T-Shirt.

Kurz vor Mitternacht begannen die Freier aufzukreuzen. Sie nahmen an den hinteren Tischen Platz, musterten die Umsitzenden und winkten wiederholt den Barmixer zu sich heran, um sich flüsternd mit ihm zu beraten. Dann kehrte er hinter die Theke zurück und gab einer der »Damen« einen Wink.

»Monsieur Pierre möchte sich mit dir unterhalten, Liebste. Sei ein bißchen nett zu ihm und heule, um Gottes willen, nicht gleich los wie das letztemal.«

Der Schakal traf seine Wahl kurz nach Mitternacht. Zwei der Männer im hinteren Teil der Bar schauten seit einiger Zeit zu ihm herüber. Sie saßen an verschiedenen Tischen und warfen einander zwischendurch giftige Blicke zu. Beide waren sie mittleren Alters; der eine war feist und hatte winzige kleine, in konzentrische Fett-

polster gebettete Augen und Speckfalten im Nacken, die ihm über den Kragen quollen. Der andere war dürr, wirkte elegant, hatte den Hals eines Geiers und eine ausgedehnte Glatze unter den quer über den Schädel geklebten spärlichen Haarsträhnen. Er trug einen vorzüglich geschneiderten Anzug mit engen Hosenbeinen und einer Jacke, aus deren Ärmel spitzenbesetzte Manschetten hervorschauten. Um den Geierhals hatte er ein locker geknotetes Foulardtuch geschlungen. Wird sicher was mit Kunst, mit Mode oder Haarmode zu tun haben, schätzte der Schakal.
Der Feiste gab dem Barmixer einen Wink und flüsterte ihm etwas ins Ohr. Der Barmixer ließ den ihm zugesteckten Geldschein in der Gesäßtasche seiner engsitzenden Hose verschwinden und kehrte zur Theke zurück.
»Der Monsieur möchte fragen, ob du ein Glas Champagner mit ihm trinken würdest«, flüsterte er dem Schakal schelmisch lächelnd zu.
Der Schakal setzte sein Whiskyglas ab.
»Bestellen Sie dem Monsieur«, sagte er laut genug, um es alle Umsitzenden hören zu lassen, »daß ich ihn abstoßend finde.«
Entsetzt schnappten die in der Nähe befindlichen »Damen« nach Luft, und einige der zierlichen jungen Männer stiegen von ihren Barhockern und traten näher herzu, um sich nur ja kein Wort entgehen zu lassen. Der Barmixer riß erschrocken die Augen auf. »Er lädt dich zum Champagner ein, Süßer. Wir kennen ihn, er ist steinreich. Du hast einen Haupttreffer erzielt.«
Statt zu antworten, nahm der Schakal sein Glas, verließ seinen Platz an der Bar und schlenderte zu dem alten Beau hinüber.
»Erlauben Sie, daß ich mich zu Ihnen setze?« fragte er. »Man belästigt mich.«
Der kunstvoll Hergerichtete fühlte sich so geschmeichelt, daß ihm fast die Sinne zu schwinden drohten. Ein paar Minuten später brach der Feiste auf und verließ beleidigt das Lokal, während sein Rivale, die magere alte Hand lässig auf die des jungen Amerikaners an seinem Tisch gelegt, seinem neuen Freund bestätigte, wie unmöglich die Manieren gewisser Leute seien.
Der Schakal und sein Begleiter verließen die Bar nach 1 Uhr. Ein paar Minuten zuvor hatte der besorgte väterliche Freund, dessen Name Jules Bernard war, seinen Schützling gefragt, wo er wohne, und dieser ihm verschämt gestanden, daß er keine Unterkunft habe und überdies völlig pleite sei. Was Bernard betraf, so wagte er seinem Glück kaum zu trauen. Das träfe sich gut, erklärte er seinem

jungen Freund. Er nämlich besäße eine schöne Wohnung, hübsch eingerichtet und wundervoll ruhig gelegen. Er lebe allein, niemand störe seinen Frieden, und mit den Nachbarn im Haus vermeide er jeden Kontakt, denn er habe in dieser Beziehung schlechte Erfahrungen gemacht. Er wäre entzückt, wenn Jung Martin für die Dauer seines Pariser Aufenthaltes bei ihm wohnen würde. Unter eindringlichen Beteuerungen überschwenglicher Dankbarkeit hatte der Schakal die Einladung angenommen. Unmittelbar bevor sie aufbrachen, war er rasch auf die Toilette (es gab nur eine) gegangen und wenige Minuten später mit dick untermalten Augen, gepuderten Wangen und karminrot gefärbten Lippen zurückgekehrt. Bernard hatte ganz entsetzt dreingeblickt, aber nichts gesagt, solange sie sich in der Bar befanden.
»In dieser Aufmachung solltest du nicht herumlaufen«, protestierte er, als sie auf die Straße hinaustraten. »Du siehst damit aus wie all die anderen gräßlichen Pupen da drinnen. Du bist ein sehr gut aussehender Junge und hast es nicht nötig, dir das Zeug ins Gesicht zu schmieren.«
»Tut mir leid, Jules. Ich dachte, du fändest mich hübscher so. Wenn wir nach Hause kommen, wische ich es mir gleich ab.«
Wieder versöhnt, führte Bernard den Schakal zu seinem Wagen. Er erklärte sich bereit, seinen neuen Freund zunächst zur Gare d'Austerlitz zu fahren, damit er sein Gepäck abholte, bevor sie in Bernards Wohnung gingen. An der ersten Kreuzung wurden sie von einem Polizisten gestoppt. Als der Beamte sich zum linken Vorderfenster hinunterbeugte, knipste der Schakal die Innenbeleuchtung an. Der Polizist starrte sechzig Sekunden lang entgeistert in den Wagen und zog dann angewidert den Kopf zurück.
»*Allez*«, befahl er, ohne die Insassen eines weiteren Blicks zu würdigen, und murmelte: »*Sales pédés*«, als der Wagen anfuhr. Kurz vor dem Bahnhof wurden sie nochmals angehalten und zum Vorweisen ihrer Papiere aufgefordert. Der Schakal kicherte.
»Ist das alles, was ihr wollt?« fragte er schelmisch.
»Macht, daß ihr weiterkommt«, sagte der Polizist und trat zur Seite.
»Provoziere sie doch nicht so«, warnte ihn Bernard *sotto voce*. »Du bringt uns noch ins Gefängnis.«
Der Schakal löste seinen Koffer und die Reisetasche am Gepäckschalter aus, ohne dabei Schlimmerem als dem verächtlichen Blick des diensttuenden Beamten zu begegnen, und verstaute beide Gepäckstücke im Kofferraum des Wagens.

Auf der Fahrt zu Bernards Wohnung wurden sie wiederum angehalten. Diesmal waren es zwei CRS-Männer, ein Sergeant und ein Gemeiner, die wenige hundert Meter vor dem Haus, in dem Bernard wohnte, auf einer Straßenkreuzung standen und die Ausweise aller Fahrzeuginhaber kontrollierten. Der Gemeine trat an das rechte Fenster, blickte dem Schakal ins Gesicht und zuckte zurück.
»Oh, mein Gott. Wohin wollt denn ihr zwei beiden?«
»Na, was glaubst du wohl, Süßer?«
Der CRS-Mann verzog angewidert das Gesicht.
»Schiebt ab, ihr geilen Pupen! Los, weiterfahren.«
»Sie hätten sie nach ihren Ausweispapieren fragen sollen«, hielt ihm der Sergeant vor, als der Wagen sich entfernte.
»Aber Sergeant«, winkte der Gemeine ab, »wir suchen nach einem Burschen, der eine Baronin erst um und dumm gevögelt und dann totgeschlagen hat – und nicht nach zwei schwulen Tunten.«
Um 2 Uhr morgens betraten Bernard und der Schakal die Wohnung. Der Schakal bestand darauf, im Wohnzimmer auf der Couch zu schlafen, und Bernard erhob keine Einwände, wenngleich er es nicht lassen konnte, durch die Schlafzimmertür zu spähen, als der junge Amerikaner sich auszog. Es würde offenkundig einer geduldigen, aber konsequenten Taktik bedürfen, um den durchtrainierten Studenten aus dem Staat New York zu verführen. In der Nacht sah sich der Schakal in der mit weibisch-betulichem Geschmack dekorierten, im übrigen aber hochmodern eingerichteten Küche um und inspizierte die Lebensmittelvorräte im Kühlschrank. Er kam zu dem Schluß, daß sich eine Person mit den vorhandenen Lebensmitteln drei Tage lang ernähren konnte; für zwei reichten sie jedoch nicht. Am Morgen wollte Bernard frische Milch holen, aber der Schakal beharrte darauf, daß er es vorziehe, seinen Kaffee mit Dosenmilch zu trinken. So verbrachten sie den Vormittag in der Wohnung. Der Schakal schaltete den Fernseher ein, um die Mittagssendung des Nachrichtendienstes zu sehen.
Die erste Meldung betraf die Jagd nach dem Mörder der Baronin de la Chalonnière, deren Leiche vor achtundvierzig Stunden aufgefunden worden war. Jules Bernard schrie entsetzt auf.
»Uuuh, Brutalität kann ich nicht ertragen«, erklärte er.
Im nächsten Augenblick erschien in Großaufnahme ein Gesicht auf dem Bildschirm: ein gutgeschnittenes junges Gesicht mit kastanienbraunem Haar und Hornbrille. Wie der Nachrichtensprecher sagte, handelte es sich um das des Mörders, eines amerikanischen Studenten namens Marty Schulberg. Hatte irgend jemand diesen Mann

gesehen oder Kenntnis von seinem gegenwärtigen Aufenthaltsort erlangt? Sachdienliche Hinweise nahm jedes Polizeikommissariat entgegen ...
Bernard, der auf dem Sofa saß, drehte sich um und blickte auf. Sein letzter Gedanke war, daß der Sprecher sich geirrt haben mußte, denn er hatte gesagt, Schulbergs Augen seien blau. Aber die auf ihn hinunterstarrenden Augen über den stählernen Fingern, die ihm die Kehle zudrückten, waren grau ...
Wenige Minuten später schloß der Schakal den eingebauten Garderobenschrank in der Diele, hinter dessen Tür Jules Bernard mit gebrochenen Augen, verzerrten Gesichtszügen und heraushängender Zunge ins Dunkel starrte. Der Schakal richtete sich auf eine zweitägige Wartezeit ein, nahm ein Magazin aus dem Zeitschriftenständer im Wohnzimmer und machte es sich bequem.

In diesen zwei Tagen wurde ganz Paris gründlicher durchgekämmt als je zuvor in seiner Geschichte. Jedes Hotel, vom elegantesten und teuersten bis hinunter zur schäbigsten Absteige, wurde von Polizeibeamten aufgesucht; jede Gästeliste wurde überprüft; jede Pension, jedes Boardinghouse, jede Herberge Zimmer für Zimmer durchsucht. Bars, Restaurants, Nachtklubs, Kabaretts und Cafés wurden von Razzien heimgesucht, bei denen Detektive Kellnern, Barmixern und Rausschmeißern das Foto des Gesuchten vorhielten. Die Häuser und Wohnungen aller polizeinotorischen OAS-Sympathisanten wurden durchsucht. Man sistierte mehr als siebzig junge Männer, die unleugbar eine gewisse Ähnlichkeit mit dem Mörder aufwiesen, um sie nach langwierigen Verhören mit den in solchen Fällen üblichen Entschuldigungen wieder freizulassen – und das auch nur, weil sie allesamt Ausländer waren und Ausländer höflicher behandelt werden mußten als Einheimische. Auf den Straßen, in Taxis und Bussen wurden Hunderttausende zum Vorweisen ihrer Papiere aufgefordert, auf allen Ausfallstraßen Sperren errichtet und Nachtvögel alle fünfhundert Meter angehalten und nach dem Ausweis befragt.
In der Unterwelt waren die Korsen auf ihre Weise tätig. Sie tauchten in den Schlupfwinkeln der Zuhälter, Prostituierten, Taschendiebe, Strolche, Schwindler und Hehler auf und ließen keinen Zweifel daran, daß jeder, der Informationen verschwieg, mit unnachsichtigen Strafmaßnahmen von seiten der Union zu rechnen hatte.
Vom ranghöchsten Kriminaldirektor über den altgedienten Land-

gendarmen bis zum einfachsten Soldaten hatte der Staat insgesamt hunderttausend Mann aufgeboten. Die auf fünfzigtausend Mitglieder geschätzte Unterwelt behielt alle in ihren Gefilden auftauchenden neuen Gesichter im Auge. Wer nächtens oder bei Tag in der Fremdenverkehrsindustrie tätig war, wurde zur Wachsamkeit angehalten. Jugendlich aussehende Detektive unterwanderten Debattierklubs, studentische Vereinigungen und Gruppen aller Schattierungen. Agenturen, die Adressen für Austauschstudenten vermittelten, wurden aufgesucht und zur Mitarbeit vergattert.
Am 24. August bekam Claude Lebel, der in seiner alten Strickjacke und geflickten Hosen in seinem Garten gewerkelt hatte, spätnachmittags einen Anruf aus dem Innenministerium. Der Minister bestellte ihn zu einer Unterredung in sein privates Arbeitszimmer. Um 18 Uhr holte ihn ein Wagen ab.
Lebel bekam einen Schreck, als er den Minister sah. Der dynamische Chef des gesamten französischen Sicherheitsapparats wirkte müde und abgespannt. Er schien innerhalb der letzten achtundvierzig Stunden merklich gealtert zu sein, und um die Augen hatte der Mangel an Schlaf viele feine Linien eingezeichnet. Er forderte Lebel auf, in dem Sessel vor seinem Schreibtisch Platz zu nehmen, und setzte sich seinerseits auf den Drehstuhl, von dem er sonst gern mit einer halben Wendung nach links auf die Place Beauvau hinausblickte. Heute freilich schaute er kein einziges Mal aus dem Fenster.
»Wir können ihn nicht finden«, sagte er unvermittelt. »Er ist verschwunden, wie vom Erdboden verschluckt. Wir sind überzeugt, daß die OAS-Leute ebensowenig wie wir wissen, wo er ist. In der Unterwelt hat man ihn auch nicht gesichtet. Die *Union Corse* hält es für ausgeschlossen, daß er noch in der Stadt ist.«
Er schwieg, seufzte und richtete den Blick auf den ihm gegenübersitzenden kleinen Detektiv, der mehrmals blinzelte, aber nichts sagte.
»Ich glaube, wir haben uns nie richtig klargemacht, was für ein Mann das ist, den Sie da die letzten beiden Wochen hindurch verfolgt haben. Was meinen Sie?«
»Er ist hier, irgendwo«, sagte Lebel. »Was ist für morgen vorgesehen?«
Der Minister sah aus, als leide er körperliche Schmerzen. »Der Präsident weigert sich, das vorgesehene Programm für die nächsten Tage auch nur im geringsten abzuändern. Ich habe heute morgen mit ihm gesprochen. Er war höchst ungehalten. Also bleibt es

morgen bei dem bereits veröffentlichten Veranstaltungsprogramm. Um 10 Uhr wird er die Ewige Flamme unter dem Arc de Triomphe neu entfachen, um elf die heilige Messe in Notre-Dame besuchen, um 12 Uhr 30 in Montvalérien vor dem Schrein der Märtyrer der Résistance stille Einkehr halten und anschließend zum Lunch in den Elysée-Palast zurückfahren. Nach dem Mittagsschlaf folgt am Nachmittag noch eine weitere Veranstaltung – die Überreichung der *Médailles de la Libération* an zehn Veteranen der Widerstandsbewegung, deren Verdienste um die Sache der Résistance damit eine späte Anerkennung erfahren sollen.
Das wird sich um 16 Uhr auf dem Platz vor der Gare Montparnasse abspielen. Er hat den Ort selbst ausgesucht. Wie Sie wissen, haben die Ausschachtungsarbeiten für den neuen Bahnhof, der fünfhundert Meter vom alten entfernt gebaut wird, bereits begonnen. Wo jetzt noch die Bahnhofsgebäude stehen, soll ein Geschäftshochhaus nebst Shopping-Center errichtet werden. Wenn die Bauarbeiten nach Plan verlaufen, dürfte dies der letzte Befreiungstag sein, an dem die Fassade des alten Bahnhofs noch steht.«
»Welche Sicherungs- und Absperrungsmaßnahmen sind vorgesehen?« fragte Lebel.
»Nun, mit dieser Frage haben wir uns alle gemeinsam ausgiebig befaßt. Die Menge soll bei sämtlichen Kundgebungen sehr viel weiter als bisher üblich vom Schauplatz der jeweiligen Zeremonie entfernt bleiben. Einige Stunden vor Beginn jeder Veranstaltung werden zunächst die Sperrgitter errichtet und dann innerhalb des abgeriegelten Gebiets alle Häuser und Hinterhäuser von oben bis unten durchsucht, Torwege und Innenhöfe inspiziert und selbst die Gullys in Augenschein genommen. Vor und während der Feierlichkeiten postieren wir auf jedem benachbarten Dach bewaffnete Beobachter, die die gegenüberliegenden Dächer und Fenster ständig im Auge behalten. Außer den Kabinettsmitgliedern, den Mitgliedern des Senats und der Deputiertenkammer sowie natürlich den unmittelbaren Teilnehmern an den Feierlichkeiten darf niemand die Absperrung passieren.
Wir haben diesmal außerordentlich weitgehende Sicherheitsvorkehrungen getroffen. Selbst die Gesimse sowohl im Kirchenschiff als auch an der Außenfront von Notre-Dame werden bis unters Dach und zwischen den Türmen mit Polizeibeamten besetzt sein.
Sämtliche Priester, die an der Messe teilnehmen, sollen auf Waffen durchsucht werden, desgleichen die Meßdiener und Chorknaben. Für den Fall, daß er sich als Sicherheitsbeamter tarnen sollte, wer-

den bei Morgengrauen besondere Abzeichen an alle Polizei- und CRS-Kräfte ausgegeben.
In den letzten vierundzwanzig Stunden ist der Citroën, in dem der Präsident fahren wird, heimlich mit kugelsicheren Scheiben ausgerüstet worden. Ich muß Sie übrigens bitten, hierüber kein Sterbenswörtchen verlauten zu lassen. Der Präsident darf davon nichts wissen. Er wäre außer sich, wenn es ihm zu Ohren käme. Wie immer wird Marroux ihn fahren, und er ist angewiesen, ein rascheres Tempo als sonst zu nehmen, für den Fall, daß unser Freund versuchen sollte, auf den fahrenden Wagen zu schießen. Ducret hat ein Aufgebot besonders hochgewachsener Offiziere und Beamter mobilisiert, die sich, ohne daß es dem General auffällt, möglichst eng um ihn scharen werden.
Unabhängig davon soll ausnahmslos jeder, der sich ihm auf zweihundert Meter nähert, durchsucht werden. Das wird uns todsicher Ärger mit dem Diplomatischen Corps einbringen, und die Presse droht bereits mit einem Aufstand. Sämtliche Presse- und Diplomatenausweise werden morgen in aller Frühe überraschend gegen neue ausgetauscht, damit sich der Schakal nicht unter diese Leute schmuggeln kann. Überflüssig zu sagen, daß die Polizei angewiesen ist, jeden, der mit einem Paket oder einem länglichen Gegenstand unter dem Arm angetroffen wird, sofort abzuführen. Nun, Kommissar, haben Sie darüber hinaus irgendwelche Vorschläge zu machen?«
Lebel überlegte einen Augenblick, wobei er wie ein Schuljunge, der sich seinem Direktor gegenüber zu rechtfertigen sucht, seine Hände abwechselnd rieb und zwischen die Knie steckte. In der Tat empfand er als Polizeibeamter, der sich von unten heraufgedient und sein Leben damit verbracht hatte, Gesetzesbrecher zur Strecke zu bringen, indem er seine Augen ein bißchen weiter aufsperrte als andere Leute, manche Errungenschaften der Fünften Republik durchaus eindrucksvoll.
»Ich glaube nicht«, sagte er schließlich, »daß er das Risiko eingehen wird, eventuell selbst bei der Sache draufzugehen. Er ist ein Söldner, er tötet für Geld. Er will mit heiler Haut davonkommen und sein Geld genießen. Und er hat seinen Plan bis ins einzelne ausgearbeitet, als er in der letzten Juliwoche auf seiner Erkundungsreise hier war. Wenn er die Erfolgschancen seines Vorhabens oder die Fluchtmöglichkeiten auch nur im geringsten bezweifelte, wäre er längst aus der Sache ausgestiegen.
Er muß also noch irgend etwas *in petto* haben. Er konnte von

selbst darauf kommen, daß es einen Tag im Jahr gibt – den Tag der Befreiung –, an welchem es dem General der eigene Stolz, gleichgültig, welche Gefahr für sein Leben damit verbunden sein mag, strikt verbietet, zu Hause zu bleiben.
Er dürfte sich auch darüber im klaren sein, daß die Sicherungsmaßnahmen, besonders seit uns seine Anwesenheit zur Kenntnis gelangt ist, so sehr verstärkt worden sind, wie Sie, *Monsieur le Ministre*, es soeben geschildert haben. Und doch hat er nicht aufgegeben.«
Lebel stand auf und begann höchst protokollwidrig im Arbeitszimmer des Ministers auf und ab zu gehen, während er in seinen Überlegungen fortfuhr:
»Er hat nicht aufgegeben. Und er wird auch nicht aufgeben. Warum? Weil er überzeugt ist, daß er seinen Auftrag erledigen und mit heiler Haut davonkommen kann. Folglich muß er auf irgendeine Möglichkeit verfallen sein, an die noch niemand gedacht hat. Vielleicht eine Bombe, die durch Fernzündung zur Explosion gebracht wird, oder ein entsprechendes Gewehr. Aber eine Bombe kann zu leicht entdeckt werden, und damit wäre das Vorhaben gescheitert. Also ist es eine Schußwaffe. Deswegen mußte er im Wagen nach Frankreich einreisen. Das Gewehr war im Wagen, vermutlich ans Chassis geschweißt oder irgendwie in der Auskleidung der Karosserie versteckt.«
»Aber mit einem Gewehr kommt er doch nie an de Gaulle heran!« rief der Minister aus. »Niemand wird in seine Nähe gelassen, außer einigen wenigen ausgesuchten Leuten, und die werden vorher auf Waffen durchsucht. Wie sollte ein Mann mit einem Gewehr jemals durch die Absperrung kommen?«
Lebel unterbrach seine Wanderung durchs Zimmer und blieb vor dem Schreibtisch des Ministers stehen. Er zuckte mit den Achseln. »Ich weiß es nicht. Aber er ist überzeugt, daß er es kann, und bislang hat er recht behalten, obwohl er einiges Pech gehabt hat – aber auch einiges Glück. Obwohl er von zwei der besten Polizeiapparate der Welt ausgemacht und gejagt wurde, ist er hier. Mit einem Gewehr, in einem Schlupfwinkel, womöglich mit einem wieder anderen Gesicht und mit einer weiteren Identitätskarte. Eines ist sicher, *Monsieur le Ministre*. Wo immer er auch ist, morgen muß er auftauchen. Und sobald er das tut, muß er als das erkannt werden, was er ist. Da gibt's nur noch eins – die alte Detektivregel, daß man die Augen offenhalten muß. Mehr, *Monsieur le Ministre*, habe ich, was die Sicherheitsvorkehrungen betrifft, nicht

vorzuschlagen. Sie scheinen mir in der Tat umfassend, ja überwältigend zu sein. Ich kann Sie nur bitten, mich bei jeder der Veranstaltungen umherstreifen und versuchen zu lassen, ob ich ihn entdecke. Das ist alles, was jetzt noch übrigbleibt.«
Der Minister war enttäuscht. Er hatte auf irgendeine Eingebung, eine brillante Idee des Detektivs gehofft, der von Bouvier noch vor vierzehn Tagen als der beste in ganz Frankreich bezeichnet worden war. Und dieser Mann wußte ihm nichts anderes zu sagen, als daß er die Augen aufhalten müsse. Der Minister erhob sich.
»Aber selbstverständlich«, sagte er kalt. »Bitte tun Sie das, *Monsieur le Commissaire.*«

Später am gleichen Abend begann der Schakal in Jules Bernards Schlafzimmer mit seinen Vorbereitungen. Neben die ausgetretenen schwarzen Schuhe hatte er die grauen Wollsocken, die Hose und das kragenlose Hemd, den langen Militärmantel mit einer Reihe angehefteter Orden und Medaillen sowie das schwarze *beret* des Kriegsveteranen André Martin auf das Bett gelegt. Die in Brüssel gefälschten Papiere, die dem Träger der ausgebreiteten Kleidungsstücke eine neue Identität verschafften, warf er dazu.
Auch den leichten Gurt aus dichtgewebtem Material, den er sich in London hatte anfertigen lassen, sowie die fünf Stahlröhren, die wie aus Aluminium aussahen und den Kolben, das Schloß, den Lauf, das Zielfernrohr und den Schalldämpfer des Gewehrs enthielten, legte er auf das Bett, desgleichen den schwarzen Gummipfropfen, in welchem die fünf Explosivgeschosse steckten. Er entnahm dem Pfropfen zwei der Geschosse und knipste ihnen mit der Kneifzange aus dem Handwerkskasten unter dem Küchenausguß vorsichtig die Spitze ab. Dann holte er die beiden in den Geschossen befindlichen Korditstäbchen heraus und legte sie sorgsam zur Seite, während er die entleerten Patronenhülsen in den Aschenkasten warf. Ihm verblieben noch immer drei Geschosse, und das genügte.
Er hatte sich zwei Tage lang nicht rasiert, und ein leichter goldener Stoppelbart wuchs ihm auf Kinn und Wangen. Er würde ihn mit dem Klapprasiermesser, das er bei seiner Ankunft in Paris erstanden hatte, in absichtlich unbeholfener Weise entfernen. Die After-shave-lotion-Flaschen, in denen sich das Haarfärbemittel befand, das er bereits für Pastor Jensen benutzt hatte, wie auch das Lösungsmittel standen ebenfalls auf dem Regal im Badezimmer. Marty Schulbergs Kastanienbraun hatte er sich bereits aus seinem

jetzt wieder blonden Haar herausgespült, das er vor dem Badezimmerspiegel kürzer und kürzer schnitt, bis es in bürstenartigen Büscheln zu Berge stand.
Er überprüfte nochmals seine Vorbereitungen für den kommenden Tag, um sicherzugehen, daß er an alles gedacht hatte. Dann machte er sich ein Omelett, ließ sich vor dem Fernseher bequem nieder und betrachtete eine Varietéschau, bis es Zeit wurde, schlafen zu gehen.

Der 25. August 1963 war ein glühendheißer Sonntag. Wie ein Jahr und drei Tage zuvor, als Oberstleutnant Bastien-Thiry und seine Männer bei dem Überfall in Petit-Clamart versucht hatten, Charles de Gaulle ums Leben zu bringen, bescherte er Paris den Höhepunkt der sommerlichen Hitzewelle. Daß ihre Tat eine Kette folgenschwerer Ereignisse auslöste, die erst am Nachmittag dieses Sommersonntags abreißen sollte, hatte keiner der damaligen Verschwörer ahnen können.
Aber wenn auch Paris seine an diesem Tag neunzehn Jahre zurückliegende Befreiung von den Deutschen feierte, so gab es doch fünfundsiebzigtausend Pariser, die nicht mitfeierten, sondern in blauen Sergehemden und zweiteiligen Uniformen schwitzten und ihre Mitbürger zu Ruhe und Ordnung anhielten. Die von ekstatischen Presseartikeln angekündigten Feierlichkeiten zu Ehren des Tags der Befreiung hatten massenhaften Zulauf. Die Mehrzahl derjenigen, die ihnen beiwohnten, erhielt freilich kaum Gelegenheit, des Staatsoberhauptes auch nur flüchtig ansichtig zu werden, das zwischen dichten Reihen von Polizisten und Sicherheitsbeamten dahinschritt, um die Gedächtnisfeierlichkeiten zu zelebrieren.
Zusätzlich zur Kohorte ausgesuchter Offiziere und Zivilbeamter, die, hoch erfreut ob der überraschenden Ehre, dem unmittelbaren Gefolge des Präsidenten anzugehören, nicht begriffen hatten, daß die einzige ihnen gemeinsame Qualifikation hierzu in ihrer überdurchschnittlichen Körpergröße bestand und jeder von ihnen dem Präsidenten als lebender Schild diente, wurde General de Gaulle von seinen vier Leibwächtern vor den Blicken der Menge abgeschirmt.
Glücklicherweise verhinderte seine Kurzsichtigkeit im Verein mit seiner beharrlichen Weigerung, sich der Öffentlichkeit mit Brille zu präsentieren, daß er die bulligen Gestalten Roger Tessiers, Paul Comitis, Raymond Sasias und Henri d'Jouders zur Kenntnis nahm, die ihn beiderseits auf Tuchfühlung flankierten.

Für die Presseleute waren sie »Gorillas«, und viele glaubten, der Ausdruck bezöge sich lediglich auf das Aussehen dieser Männer. Tatsächlich aber meinte er auch ihre Gangart, für die es übrigens einen konkreten Grund gab. Jeder von ihnen war ein Experte in allen Kampfarten und hatte ungemein muskulöse Schultern und einen entsprechenden Brustkasten. Bei der geringsten Muskelanspannung wurden ihre Arme durch den seitlichen Zug der Rückenmuskulatur vom Körper weggedrängt, so daß sie – in deutlichem Abstand zu ihm – zwangsläufig in die typische Pendelbewegung gerieten. Zudem trugen die vier ihre bevorzugte Automatic unter der linken Achsel, was den gorillahaften Gang noch betonte. Sie gingen mit halbgeöffneten Händen, die blitzschnell zum Halfter greifen und die Waffe hervorziehen konnten, um beim ersten Anzeichen akuter Gefahr das Feuer zu eröffnen.
Aber es gab keinerlei Anlaß für derlei Reflexbewegungen. Die Zeremonie unter dem Triumphbogen verlief genau nach Plan, während rundum auf den Dächern der die Place de l'Etoile umgebenden Häuser Männer mit Feldstechern und Karabinern hinter Schornsteingruppen hockten und die Szenerie wachsam beobachteten. Als die Automobilkolonne des Präsidenten schließlich die Champs Elysées hinunter in Richtung Notre-Dame davonbrauste, atmeten sie allesamt erleichtert auf und kamen wieder herunter.
Vor und in der Kathedrale war es das gleiche. Der Kardinalerzbischof von Paris zelebrierte, flankiert von Prälaten und anderen Geistlichen, die beim Anlegen ihrer Gewänder ausnahmslos überwacht worden waren, die heilige Messe. Auf der Orgelempore hockten zwei mit geladenen Karabinern bewaffnete Männer, von deren Anwesenheit selbst der Erzbischof nichts wußte, und behielten die unten im Kirchenschiff versammelte Menge im Auge. Unter die Andächtigen hatten sich zahllose Polizeibamte in Zivil gemischt, die zwar nicht knieten und die Augen schlossen, aber ebenso inständig wie die Gläubigen ihre Gebete das alte Polizistengebet beteten: »O Herr, gib, daß es nicht geschieht, wenn ich Dienst habe.«
Draußen wurden mehrere Zuschauer, obwohl sie zweihundert Meter vom Portal der Kathedrale entfernt standen, kurzerhand abgeführt, weil sie in ihre Taschen gegriffen hatten. Einer hatte sich unter dem Arm gekratzt, ein anderer seine Zigarettenpackung hervorholen wollen.
Und noch immer geschah nichts. Von keinem Hausdach knallte ein Gewehrschuß, auch krachte keine Bombe. Die Polizisten kontrol-

lierten sich sogar gegenseitig und vergewisserten sich ständig, ob ihre Kollegen auch das Abzeichen auf dem Revers ihrer Uniformjacken trugen, das jeder von ihnen erst an diesem Morgen erhalten hatte, damit der Schakal es sich nicht noch beschaffen oder anfertigen lassen und sich als Polizist kostümieren konnte. Ein CRS-Mann, der sein Abzeichen verloren hatte, wurde auf der Stelle festgenommen und in einen wartenden Polizeiwagen verfrachtet. Man nahm ihm die Maschinenpistole ab, und es wurde Abend, ehe man ihn wieder freiließ – und das auch nur, nachdem insgesamt zwanzig seiner Kollegen ihn persönlich identifiziert und sich für ihn verbürgt hatten.
In Montvalérien erreichte die Spannung dann ihren Höhepunkt. Ob der Präsident sie überhaupt zur Kenntnis nahm, muß dahingestellt bleiben; falls ihm etwas auffiel, ließ er sich doch nichts anmerken. Die Sicherheitsbeamten schätzten, daß dem General, solange er sich in dem zur Gedenkstätte umgewandelten Beinhaus aufhielt, keine Gefahr drohe, daß dagegen die durch die engen Straßen dieses Arbeiterviertels führende Anfahrt zu dem alten Gefängnisbau, bei der die Wagenkolonne vor jeder Straßenecke die Fahrt verlangsamen mußte, dem Mörder sehr wohl Gelegenheit zu dem geplanten Attentatsversuch bieten würde.
Der Schakal aber befand sich zu jenem Zeitpunkt ganz woanders.

Pierre Valremy hatte die Nase voll. Ihm war heiß, die verschwitzte Uniformbluse klebte ihm am Rücken, an der Schulter scheuerte ihm der Gurt des umgehängten Schnellfeuerkarabiners durch den groben Stoff der Bluse hindurch die Haut wund, er hatte Durst, es ging auf Mittag, und auf das Mittagessen mußte er zu alldem auch noch verzichten. Er begann es zu bereuen, dem CRS jemals beigetreten zu sein.
Dabei hatte alles so rosig ausgesehen, als er unter Hinweis auf die Notwendigkeit zu personellen Einsparungsmaßnahmen aus der Fabrik entlassen worden war und ihn der Mann auf dem Arbeitsamt auf das Plakat an der Wand hinwies, das einen strahlenden jungen Mann in der Uniform des CRS zeigte, der aller Welt beteuerte, einen interessanten Job mit Aufstiegsmöglichkeiten und der Aussicht auf ein abenteuerliches Leben gefunden zu haben. Die Uniform auf dem Bild sah aus, als sei sie von Balenciaga persönlich maßgeschneidert. Kurz entschlossen hatte Valremy unterschrieben. Vom Leben in der Kaserne, die wie ein Gefängnis aussah und in der Tat einst genau das gewesen war, hatte ihm keiner etwas er-

zählt. Auch nicht vom ewigen Drill oder von den häufigen Nachtübungen und ebensowenig von dem kratzenden Serge der Uniformbluse und dem stundenlangen Herumstehen an Straßenecken, wo er bei bitterer Kälte wie bei sengender Hitze auf den »großen Fang« gewartet hatte, der niemals kam. Die Papiere der Leute waren immer in Ordnung, und das genügte, um einen in den Suff zu treiben.
Und jetzt diese Reise nach Paris – das erste Mal in seinem Leben, daß er aus Rouen herausgekommen war. Er hatte gedacht, er bekäme etwas von der Stadt des Lichts zu sehen – aber weit gefehlt. Das war nicht drin, nicht mit Sergeant Barbichet als Zugführer. Statt dessen nur das übliche, und davon sogar mehr als üblich.
»Die Absperrung da drüben, Valremy. Da stellen Sie sich jetzt hin und passen auf. Achten Sie darauf, daß die Leute die Barriere nicht wegschieben, und lassen Sie niemanden durch, der nicht dazu befugt ist, klar? Sie haben eine verantwortungsvolle Aufgabe, mein Junge.«
»Verantwortungsvoll« war gut. Mann, die drehten aber wirklich schon ganz schön durch wegen ihrer Pariser Befreiungsfeier. Schafften da Tausende von Soldaten aus der Provinz in die Stadt, um die Pariser Truppen zu verstärken. Männer aus zehn verschiedenen Städten waren letzte Nacht in seinem Quartier untergebracht gewesen, und die aus Paris hatten da so was von einem Gerücht läuten hören, daß irgendeiner von denen da oben glaubte, irgendwas würde noch passieren heute – weswegen denn auch sonst die ganze Aufregung? Na ja, waren ja alles bloß Gerüchte. Es passierte ja doch nie was.
Valremy drehte sich um und blickte die Rue de Rennes hinauf. Die Barriere, die er bewachte, gehörte zu einer Reihe gleichartiger Sperrgatter, die sich etwa zweihundertfünfzig Meter vor dem Place du 18 Juin von Haus zu Haus quer über die Straße erstreckten. In seinem Rücken erhob sich das zweihundertfünfzig Meter jenseits des Platzes befindliche Bahnhofsgebäude, auf dessen Vorplatz die Feierstunde abgehalten werden sollte. Zum Bahnhof zurückblickend, konnte er dort eine Anzahl Männer die Plätze markieren sehen, auf denen die Kriegsveteranen, die in- und ausländischen Würdenträger und die Musikkapelle der *Garde Republicaine* Aufstellung nehmen würden. Noch drei Stunden. Herrgott, wollte die Zeit denn gar nicht verstreichen?
An den Sperrgattern begannen sich die ersten Zuschauer einzufinden. Es gab eben Menschen, die eine sagenhafte Geduld hatten,

dachte er. Das mußte man sich mal vorstellen – freiwillig bei dieser Hitze stundenlang zu warten, bloß um dreihundert Meter weit weg eine Menge Köpfe zu sehen und zu wissen, daß irgendwo mitten darunter Charles de Gaulle sein mußte. Und doch waren sie immer zur Stelle, wenn es hieß, er käme.
Es mochten inzwischen etwa hundert bis zweihundert Personen geworden sein, die einzeln und in Gruppen hinter der Absperrung standen, als er den alten Mann sah. Er kam die Straße hinuntergehumpelt, als würde er keine fünfhundert Meter mehr hinter sich bringen. Das schwarze *beret* war voller Schweißflecken, und der lange Militärmantel hing ihm lappig bis unter das Knie. Von seiner Brust baumelte eine Reihe leise klimpernder Medaillen. Tiefes Mitleid lag in den Blicken, mit denen einige der Leute hinter der Absperrung die jammervolle Gestalt bedachten.
Diese kauzigen Opas bewahrten doch immer noch ihre uralten Medaillen auf, als seien sie das einzige, was das Leben ihnen je beschert hatte, dachte Valremy. Na ja, vielleicht waren sie wirklich das einzige, was einige von ihnen noch besaßen. Besonders, wenn einem ein Bein abgeschossen worden war. Vielleicht hat er sich ja ein bißchen umgetan, als er noch jung war und zwei Beine hatte, auf denen er den Weibern nachlaufen konnte, sagte sich Valremy, während er den langsam heranhumpelnden alten Mann nicht aus den Augen ließ. Jetzt sah er aus wie die am Felsen zerschmetterte alte Seemöwe, die der CRS-Mann einmal am Strand von Kermadec gesehen hatte.
Menschenskind noch mal, das mußte man sich bloß mal vorstellen, wie das wäre, wenn man für den Rest seines Lebens auf einem Bein umherhumpelte und wie der da ohne seine Aluminiumkrücke keinen Schritt mehr vom Fleck käme.
Der Mann humpelte auf ihn zu.
»*Je peux passer?*« fragte er ängstlich.
»Na, dann zeigen Sie mir erst mal Ihren Ausweis, Opa.«
Der Veteran griff fahrig in die Brusttasche seines Hemdes, das dringend der Reinigung bedurft hätte. Er zog zwei Ausweiskarten hervor, die Valremy eingehend in Augenschein nahm. André Martin, französischer Staatsbürger, dreiundfünfzig Jahre alt, geboren in Colmar im Elsaß, wohnhaft in Paris. Die andere Karte war auf denselben Namen ausgestellt und »*Mutilé de Guerre*« – Kriegsversehrter – überschrieben. Allerdings, dachte Valremy, erwischt hat's dich, und das nicht zu knapp.
Er betrachtete die Fotos auf den beiden Ausweisen. Sie zeigten den

gleichen Mann, waren aber zu verschiedenen Zeitpunkten aufgenommen. Er blickte auf.
»Nehmen Sie das *beret* ab.«
Der alte Mann nahm die Mütze ab und knäuelte sie in der Hand zusammen. Valremy verglich das Gesicht vor ihm mit dem auf den Fotos abgebildeten. Es war dasselbe. Der Mann, der vor ihm stand, sah krank aus. Er hatte sich beim Rasieren mehrfach geschnitten und das Blut mit kleinen Fetzen von Toilettenpapier, die auf den Schnittwunden klebten, zu stillen versucht. Sein Gesicht war grau und von einer fettigen Schweißschicht bedeckt. Über der Stirn stand das vom Abnehmen der Mütze durcheinandergebrachte graue Haar büschelweise in alle Himmelsrichtungen vom Schädel ab. Valremy reichte ihm die Ausweise zurück.
»Wozu wollen Sie denn hier durchgehen?«
»Ich wohne da«, sagte der alte Mann. »Ich lebe von meiner Rente. Ich habe eine Mansarde.«
Valremy entriß dem Alten nochmals die Ausweise, um die darauf angegebene Adresse zu überprüfen. Die Identitätskarte gab sie mit 154 Rue de Rennes, Paris 6ième, an. Der CRS-Mann sah zu dem Haus hinauf, vor dem er stand. Das Schild über dem Eingang trug die Nummer 132. 154 mußte sich demnach ein Stück weiter die Straße hinunter befinden. Einen alten Mann passieren zu lassen, der nach Hause wollte, konnte schließlich nicht verboten sein.
»Also gut, gehen Sie. Aber machen Sie mir keinen Ärger. In einer Stunde kommt Charlemagne.«
Der alte Mann lächelte, steckte seine Ausweise ein und wäre auf seinen einen Bein und seiner Krücke womöglich noch ins Stolpern geraten, wenn ihn Valremy nicht hilfreich gestützt hätte.
»Ich weiß. Einer von meinen alten Kameraden bekommt heute seine Medaille. Ich habe meine vor zwei Jahren gekriegt«, er tippte auf die *Médaille de la Libération* auf seiner Brust, »aber nur vom Verteidigungsminister.«
Valremy warf einen Blick auf die Auszeichnung. Also das war die Befreiungsmedaille. Verdammt kleines Ding, was sie einem dafür gaben, daß man sich ein Bein abschießen ließ. Er erinnerte sich plötzlich seiner amtlichen Würde und entließ den Veteran mit einem flüchtigen Nicken. Der alte Mann humpelte mühsam davon. Valremy drehte sich um und drängte einen Passanten zurück, der ebenfalls durch die Absperrung zu schlüpfen versuchte.
»Nichts da, treten Sie hinter die Barriere zurück.«
Das letzte, was er von dem alten Soldaten sah, der ganz am Ende

der Straße unmittelbar vor dem Platz in einem Hauseingang verschwand, waren die langen Schöße des Militärmantels.
Madame Berthe sah überrascht auf, als der Schatten auf sie fiel. Es war ein anstrengender Tag gewesen, mit all den Polizisten in sämtlichen Wohnungen, und sie wagte sich nicht auszumalen, was die Mieter wohl dazu gesagt hätten, wenn sie dagewesen wären. Zum Glück waren sie alle bis auf drei in den Sommerferien.
Als die Polizei abzog, hatte sie sich endlich auf ihrem gewohnten Platz im Hauseingang niederlassen und in Ruhe noch ein wenig stricken können. Die offiziellen Feierlichkeiten, die in zwei Stunden auf dem hundert Meter entfernten Bahnhofsvorplatz beginnen sollten, interessierten sie nicht im mindesten.
»*Excusez-moi, madame*, ich dachte – dürfte ich Sie vielleicht um ein Glas Wasser bitten? Es ist so schrecklich heiß draußen, und wenn man bei der feierlichen Ordensverleihung zuschauen möchte...«
Sie sah das Gesicht und die Gestalt eines alten Mannes vor sich, der in einem Militärmantel steckte, wie ihr verstorbener Mann ihn einst getragen hatte, mit Medaillen, die knapp unterhalb des Kragenaufschlags auf der linken Brustseite hin und her schwangen. Er stützte sich schwer auf seine Krücke, und unter dem Mantelsaum sah nur ein Bein hervor. Sein Gesicht war mager und verschwitzt. Madame Berthe legte ihr Strickzeug zusammen und steckte es in die Schürzentasche.
»*Oh, mon pauv' monsieur*. So herumzulaufen – und bei der Hitze. Die Feier fängt erst in zwei Stunden an. Sie haben noch viel, viel Zeit. Kommen Sie, kommen Sie doch herein.«
Sie eilte ihm geschäftig in ihre durch eine Glastür von der Halle abgetrennte Wohnung voraus. Der Kriegsveteran humpelte ihr nach.
Das Rauschen des Wasserstrahls aus dem Zapfhahn in der Küche ließ sie nicht hören, wie die Tür geschlossen wurde; sie spürte kaum, daß sich die Finger der Linken des Mannes um ihren Unterkiefer legten. Und das Knirschen der unmittelbar hinter ihrem rechten Ohr eingedrückten Knöchelchen am Warzenfortsatz ihres Schläfenbeins kam völlig überraschend. Das Bild des laufenden Wasserhahns mit dem Glas darunter zerplatzte in tausend rote und schwarze Flecken, und ihr Körper glitt schlaff zu Boden.
Der Schakal knöpfte seinen Mantel auf und löste den Gurt, mit dem er sich den rechten Unterschenkel unter das Gesäß gebunden hatte. Als er das verkrampfte Bein abwechselnd streckte und beug-

te, um die Durchblutung anzuregen, verzog sich sein Gesicht vor Schmerz. Es dauerte einige Minuten, bevor er wieder mit dem Bein auftreten und es mit seinem Gewicht belasten konnte.
Fünf Minuten später war Madame Berthe mit der Wäscheleine, die er unter dem Ausguß fand, an Händen und Füßen gefesselt und ihr Mund mit einem großen Heftpflaster zugeklebt. Er schleifte sie in die Waschküche und schloß die Tür. Eine rasche Durchsuchung des Wohnzimmers förderte die in der Tischschublade liegenden Wohnungsschlüssel zutage. Er knöpfte sich den Mantel zu, nahm die Krücke wieder auf – dieselbe, mit der er zwölf Tage zuvor auf den Flughäfen von Brüssel und Mailand durch die Zollkontrolle gehumpelt war – und schaute vorsichtig hinaus. Die Halle war leer. Er verließ das Wohnzimmer der Concierge, schloß hinter sich ab und rannte die Treppen hinauf.
Im sechsten Stock klopfte er an die Wohnungstür von Mlle. Béranger. Nichts. Er wartete ein paar Sekunden und klopfte dann nochmals. Weder aus dieser noch aus der benachbarten Wohnung von M. und Mme. Charrier drang ein Laut. Er holte die Schlüssel aus der Tasche, suchte nach dem Schildchen mit dem Namen Béranger, fand es und betrat die Wohnung. Rasch zog er die Tür hinter sich zu und schloß ab. Er durchquerte den Raum und sah aus dem Fenster. Männer in blauen Uniformen bezogen auf den Dächern der gegenüberliegenden Häuser Posten. Er war gerade noch zur rechten Zeit gekommen. Mit ausgestrecktem Arm entriegelte er leise das Fenster und zog die nach innen zu öffnenden Flügel so weit auf, daß sie die Wohnzimmerwand berührten. Dann trat er ein paar Schritte zurück. Ein breiter Lichtstrahl fiel schräg durchs Fenster auf den Teppich und ließ das restliche Zimmer dunkler erscheinen. Solange er nicht in den Bereich dieses Lichtstrahls trat, würden ihn die Beobachter vom gegenüberliegenden Hausdach aus nicht sehen können.
Im Schatten der zurückgezogenen Gardine schlich er sich dicht neben das Fenster und stellte fest, daß er nach unten und rechts auf den hundertdreißig Meter entfernten Bahnhofsvorplatz sehen konnte.
Er rückte den Wohnzimmertisch von der Seite her bis auf zweieinhalb Meter an das Fenster heran, nahm die Decke und die Vase mit den künstlichen Blumen herunter und legte ein paar Kissen von den Sesseln darauf. Sie sollten ihm als Schießauflage dienen.
Dann zog er den Militärmantel aus und krempelte sich die Ärmel hoch. Die Krücke wurde Stück für Stück auseinandergenommen

und der an ihrem unteren Ende befestigte Gummipfropfen, in welchem die restlichen drei Explosivgeschosse steckten, abgeschraubt. Die von der Einnahme des Schießpulvers aus den anderen beiden Geschossen herrührende Übelkeit, der er sein so überzeugend elendes, schweißfeuchtes Aussehen verdankte, begann erst jetzt abzuklingen.
Er schraubte ein weiteres Teilstück der Krücke auf und ließ den Schalldämpfer herausgleiten. Dem nächsten entnahm er das Zielfernrohr. Dort, wo sich die beiden oberen Streben der Krücke vereinigten, war der Durchmesser der Stahlröhren am größten. Dieser Teil enthielt den Verschluß und den Lauf des Gewehrs. Aus dem ypsilonförmig gegabelten Rahmen holte er die beiden Stahlröhren heraus, die, zusammengesetzt, den Gewehrkolben bildeten. Zuletzt kam die mit einer Lederpolsterung für die Achsel versehene obere Querstrebe der Krücke an die Reihe, in welcher lediglich der Abzug des Gewehrs versteckt war. Über den Gewehrkolben gestülpt, wurde die ausgepolsterte Strebe zur Schulterstütze.
Liebevoll setzte er das Gewehr zusammen – Verschluß und Lauf, obere und untere Kolbenstrebe, Schulterstütze, Schalldämpfer und Abzugszunge. Zu guter Letzt streifte er das Zielfernrohr über den Lauf und drehte es fest.
Er stellte einen Stuhl hinter den Tisch, setzte sich und spähte, leicht über das auf den Kissen aufliegende Gewehr gebeugt, durchs Zielfernrohr. Der sonnenbeschienene Bahnhofsvorplatz jenseits der Place du 18 Juin sprang ihm entgegen. Der Kopf eines der Männer, die noch immer damit beschäftigt waren, die Aufstellungsplätze für die bevorstehenden Feierlichkeiten zu markieren, erschien in gestochener Schärfe im Blickfeld. Er war ebenso groß, wie die Melone auf der Lichtung im Ardenner Wald ausgesehen hatte.
Zufrieden stellte er die drei Patronen, wie Soldaten ausgerichtet, am Rand der Tischplatte auf. Mit Daumen und Zeigefinger zog er den Gewehrriegel zurück und führte das erste Geschoß in die Kammer ein. Eines würde genügen, aber er hatte noch zwei weitere in Reserve. Er schob den Riegel wieder vor und schloß ihn mit einer halben Drehung. Dann legte er das Gewehr sorgsam auf die Kissen zurück und suchte in seinen Taschen nach Zigaretten und Streichhölzern.
Er zog gierig an der ersten Zigarette und lehnte sich zurück, um eindreiviertel Stunden zu warten.

Einundzwanzigstes Kapitel

Kommissar Claude Lebel fühlte sich, als hätte er in seinem ganzen Leben noch nie ein Glas Wasser zu trinken bekommen. Sein Mund war trocken, und seine Zunge klebte ihm am Gaumen, als ob sie dort angeschweißt sei. Aber es war keineswegs nur die Hitze, die ihm dieses Gefühl verursachte. Zum erstenmal seit vielen Jahren bekam er es wirklich mit der Angst zu tun. Heute nachmittag, dessen war er ganz sicher, würde etwas passieren, aber auf das Wie und Wann hatte er noch immer keinen Hinweis entdecken können.

Er war an diesem Morgen sowohl beim Arc de Triomphe als auch in der Kathedrale von Notre-Dame und in Montvalérien gewesen. Nicht der geringste Zwischenfall hatte sich ereignet. Beim gemeinsamen Mittagessen mit einigen der Mitglieder des Sonderkomitees, das bei Morgengrauen zum letztenmal im Innenministerium getagt hatte, war er Zeuge des Stimmungswandels geworden, in dessen Verlauf angstvolle Spannung und ohnmächtiger Zorn unversehens in fast so etwas wie Euphorie umschlugen. Nur eine einzige Feierlichkeit stand jetzt noch aus, und wie man ihm versichert hatte, war die unmittelbare Umgebung der Place du 18 Juin mit beispielloser Gründlichkeit durchkämmt und hermetisch abgeriegelt worden.

»Er ist weg«, sagte Rolland, als er in Begleitung der Männer, mit denen er unweit des Elysée-Palastes, wo der Präsident sein Mittagsmahl einnahm, in einer Brasserie gegessen hatte, auf die sonnenbeschienene Straße hinaustrat. »Und das war zweifellos das Klügste, was er machen konnte. Irgendwann und irgendwo wird er sicher wieder auftauchen, und dann werden ihn meine Männer fassen.«

Jetzt streifte Lebel mutlos am Saum der Menschenmenge entlang, die auf dem Boulevard du Montparnasse zweihundert Meter von der Place du 18 Juin entfernt gehalten wurde – so weit vom Ort der Feierlichkeiten weg, daß niemand etwas von dem zu sehen bekommen würde, was sich dort abspielte. Alle an den Straßensperren postierten Polizeibeamten und CRS-Männer meldeten das gleiche: Keiner hatte auch nur einen einzigen Passanten durchgelassen, seit die Abriegelung um 12 Uhr mittags in Kraft getreten war.

Die Hauptstraßen waren gesperrt, die Nebenstraßen waren gesperrt und alle engen Gassen, Durchgänge und Passagen ebenfalls. Die Hausdächer wurden, sofern sie nicht von Wachen besetzt wa-

ren, ständig beobachtet, und das Bahnhofsgebäude mit seinen zahllosen bahnamtlichen Büros, deren Fenster auf den Vorplatz hinausgingen, wimmelte von Sicherheitsbeamten. Sie hockten auf den Lokomotivschuppen und hoch über den Bahnsteigen, auf deren Gleisen kein Zug einlief; für die Dauer des Nachmittags war der gesamte Eisenbahnverkehr zur Gare St-Lazare umgeleitet worden. Die Polizei hatte jedes Haus im Umkreis vom Keller bis unters Dach durchsucht. Die Mieter waren zum großen Teil verreist, in die Sommerferien an die See oder ins Gebirge gefahren.
Kurz, der Sperrkreis um die Place du 18 Juin war, um mit Valentins Worten zu reden, »so fest geschlossen wie das Arschloch einer Maus«. Bei dem Gedanken an die Ausdrucksweise des Kommissars aus der Auvergne mußte Lebel unwillkürlich lächeln. Dann war das Lächeln auf seinem Gesicht urplötzlich wie weggewischt. Auch Valentin hatte den Schakal nicht fassen können.
Lebel wandte sich nach rechts, ging die Rue de Vaugirard bis zur ersten Straßenecke hinauf, wandte sich abermals nach rechts und stieß, nachdem er mehrfach seinen Polizeiausweis hatte vorzeigen müssen, am Ende der kurzen Rue Littre auf die Rue de Rennes. Auch hier bot sich ihm das gleiche Bild: Zweihundert Meter vor dem Platz war die Straße blockiert, die Menschenmenge hinter die Absperrung zurückgedrängt und die Straße bis auf patrouillierende CRS-Männer leer. Er begann wieder die Posten abzugehen.
Irgendwas Besonderes gewesen? Nein, *Monsieur le Commissaire*. Niemanden durchgelassen, überhaupt niemanden? Nein, Monsieur. Auf dem Bahnhofsvorplatz begann die Musikkapelle der *Garde Republicaine* ihre Instrumente zu stimmen. Lebel sah auf seine Armbanduhr. Der General mußte jetzt jeden Augenblick eintreffen. Keinen passieren lassen? Überhaupt keinen? Nein, Monsieur, niemanden. Gut so, machen Sie weiter.
Vom Vorplatz her drang ein lauter Kommandoruf herüber, und aus dem Boulevard du Montparnasse donnerte eine Motorradkolonne über die Place du 18 Juin. Lebel sah sie in den Bahnhofsvorplatz einschwenken, während die Polizisten straff salutierten. Aller Augen folgten den glänzenden schwarzen Limousinen. Die nur wenige Meter von ihm entfernte Menschenmenge drängte gegen die Absperrung. Lebel sah zu den Hausdächern hinauf. Verläßliche Burschen, diese Posten da oben. Ohne dem Schauspiel hier unten auch nur einen Blick zu schenken, hockten sie dort auf den Balustraden und behielten die Fenster und Dächer der gegenüberliegenden Häuser im Auge.

Lebel hatte die Westseite der Rue de Rennes erreicht. Ein junger CRS-Mann stand breitbeinig in dem engen Durchgang, der zwischen dem letzten der quer über die Fahrbahn errichteten Sperrgatter und dem Haus Nr. 132 verblieben war. Lebel wies ihm seine Karte vor. Der CRS-Mann salutierte.
»Haben Sie irgend jemanden passieren lassen?«
»Nein, *Monsieur le Commissaire.*«
»Wie lange stehen Sie schon hier?«
»Seit zwölf Uhr, Monsieur. Seit die Straße gesperrt wurde.«
»Und durch diese Lücke hier ist niemand durchgelassen worden?«
»Nein, Monsieur. Das heißt, nur der alte Krüppel, der da hinten wohnt.«
»Welcher Krüppel?«
»Älterer Mann, Monsieur. Kriegsversehrter. Sah hundeelend aus. Hat seine Identitätskarte und den Versehrtenausweis vorgezeigt und seine Adresse mit 154 Rue de Rennes angegeben. Also den mußte ich ganz einfach durchlassen, *Monsieur le Commissaire.* Sah wirklich hundsmiserabel aus, richtig krank. Kein Wunder bei dieser Hitze und in dem schweren Wachmantel. Eigentlich verrückt, so was.«
»Wachmantel?«
»Jawohl, Monsieur. Langer, schwerer Mantel. Militärmantel, wie ihn früher mal die alten Soldaten getragen haben. Viel zu heiß für dieses Wetter.«
»Was war los mit ihm?«
»Na ja, dem wird's wohl bißchen zu warm gewesen sein, nehme ich an.«
»Sie sagten, er sei kriegsversehrt. Was fehlte ihm denn?«
»Ein Bein, Monsieur. Kam von ganz da hinten angehumpelt, auf einer Krücke.«
Vom Bahnhofsvorplatz klangen die ersten schmetternden Trompetenstöße herüber. »*Allons, enfants de la patrie, le jour de gloire est arrivé* ...« Einige Zuschauer stimmten die Marseillaise an.
»Krücke?« Lebel selbst meinte die eigene Stimme in diesem Augenblick wie aus weiter Ferne zu hören. Der CRS-Mann sah ihn besorgt an.
»Ja, Monsieur, eine Krücke, wie sie jeder Beinamputierte hat. So eine aus Aluminium, glaube ich ...«
Lebel drehte sich abrupt um, befahl dem CRS-Mann, ihm zu folgen, und rannte die Straße hinunter.

Sie hatten an der Stirnseite des Bahnhofs im strahlenden Sonnenschein Aufstellung genommen. Längs der Bahnhofsfassade waren die Wagen Stoßstange an Stoßstange vorgefahren. Ihnen gegenüber, vor dem schmiedeeisèrnen Gitter, das den Vorplatz von der Place du 18 Juin trennte, standen die zehn Veteranen, um ihre Medaillen aus der Hand des Staatsoberhauptes zu empfangen. Auf der Ostseite des Bahnhofsvorplatzes waren die Mitglieder der Regierung und des Diplomatischen Corps versammelt. In ihren dunklen Anzügen bildeten sie einen massiven schwarzen Block, in dem nur da und dort das Band der Ehrenlegion rot aufleuchtete.
Die *Garde Republicaine* mit den dichten roten Federbüschen auf ihren blitzblanken Helmen war auf der Westseite des Bahnhofsvorplatzes angetreten. Die Musikkapelle stand einen Schritt vor der Front.
Eine Anzahl Protokollbeamter und leitender Funktionäre der Präsidialkanzlei umdrängte eine der am Bahnhofseingang vorgefahrenen Limousinen. Die Musikkapelle intonierte die Marseillaise.
Der Schakal hob das Gewehr und spähte durch das Zielfernrohr auf den Vorplatz hinunter. Er visierte den linken Flügelmann der Kriegsveteranen an, der als erster seine Medaille bekommen würde. Er war klein und untersetzt und hielt sich sehr gerade. Sein Gesicht erschien, nahezu im Vollprofil, scharf durchgezeichnet im Fadenkreuz. In wenigen Minuten würde sich ihm ein anderes hinzugesellen, ein stolzes, arrogantes Gesicht, welches das des Veteranen um gute dreißig Zentimeter überragte und vom Schirm eines vorn mit zwei goldenen Sternen geschmückten Khaki-Képis beschattet wurde.
»Marchons, *marchons à la victoire*...« Wumm-ba-wumm. Die letzten Takte der Nationalhymne waren verklungen, und in die eingetretene Stille hinein gellte das Kommando »Präsentiert das Gewehr!« über den Bahnhofsvorplatz. Ein schlagartiges, dreifach klatschendes Geräusch folgte, als weißbehandschuhte Finger den befohlenen Präsentiergriff im gleichen Takt ausführten. Die um die Limousine versammelte Gruppe teilte sich, und in ihrer Mitte erschien eine einzelne hochgewachsene Gestalt, die jetzt auf die angetretenen Kriegsveteranen zuschritt. Etwa fünfzig Meter vor ihnen blieb die Gruppe stehen. Nur der Minister für die Angelegenheiten ehemaliger Kriegsteilnehmer, der die Veteranen ihrem Präsidenten vorstellen würde, und ein zweiter Mann, der ein Samtkissen trug, auf dem zehn Medaillen und eine gleiche Anzahl farbiger Bänder lagen, folgten Charles de Gaulle.

»Hier?« fragte Lebel. Er war stehengeblieben und deutete keuchend auf einen Hauseingang.
»Ich glaube ja, Monsieur. Ja, hier war es. Der vorletzte Eingang. Hier ist er 'rein.«
Der kleine Detektiv stürzte in den Hauseingang, und Valremy rannte ihm nach. Er war ganz froh, nicht mehr auf der Straße zu sein, wo ihr absonderliches Verhalten Aufsehen erregt und bei einigen der höheren Offiziere auf dem Bahnhofsvorplatz, die jetzt straffe Haltung annahmen, mißbilligendes Stirnrunzeln hervorgerufen hatte. Nun ja, wenn er sich deswegen zum Rapport würde melden müssen, könnte er immer noch sagen, daß der komische kleine Mann sich als Polizeikommissar ausgegeben und er, Valremy, ihn zurückzuhalten versucht habe.
Als er in die Halle stürmte, rüttelte der Detektiv an der Tür zum Zimmer der Concierge.
»Wo ist die Concierge?« schrie er.
»Keine Ahnung, Monsieur.«
Bevor er ihn noch daran hätte hindern können, hatte der kleine Mann die Milchglasscheibe mit dem Ellenbogen eingeschlagen, hindurchgelangt und die Tür geöffnet.
»Kommen Sie!« rief er und rannte hinein.
Und ob ich dir nachkomme! dachte Valremy. Du scheinst mir ja völlig durchzudrehen.
Er fand den kleinen Detektiv in der Waschküche auf dem Fußboden kniend vor. Als er ihm über die Schulter blickte, sah er die Concierge gefesselt am Boden liegen. Sie war noch immer bewußtlos.
»Donnerwetter.« Plötzlich dämmerte ihm, daß der kleine Mann doch kein Spinner, sondern tatsächlich ein Kriminalkommissar war und daß sie beide einen Verbrecher jagten. Dies war der große Augenblick, auf den er immer gewartet hatte, und er wünschte jetzt nur, er wäre schon wieder heil und wohlbehalten in der Kaserne zurück.
»Oberstes Stockwerk«, rief der Detektiv und begann die Treppen in einem Tempo hinaufzuhetzen, das ihm Valremy, der seinen umgehängten Schnellfeuerkarabiner spannte und entsicherte, während er Lebel nachstürzte, nicht zugetraut hätte.

Der französische Staatspräsident blieb vor dem ersten der angetretenen Veteranen stehen und beugte sich ein wenig zu dem Minister hinab, der ihm erklärte, wer der Mann war und welche Verdienste er sich auf den Tag genau vor neunzehn Jahren erworben hatte. Als der Minister seine Ausführungen beendet hatte, wandte sich der Staatspräsident dem Mann mit dem Kissen zu und nahm eine der darauf liegenden Medaillen zur Hand. Während die Kapelle leise »La Marjolaine« zu intonieren begann, heftete der hochgewachsene General dem vor ihm stehenden älteren Mann die Medaille auf die stolzgeschwellte Brust. Dann trat er einen Schritt zurück und salutierte.

Sechs Stockwerke hoch und hundertdreißig Meter entfernt, hielt der Schakal das Gewehr sehr ruhig im Anschlag und visierte durchs Zielfernrohr. Ganz deutlich konnte er die Gesichtszüge erkennen, die vom Schirm des Képis beschatteten Brauen, den ernsten Blick, die bugartig vorspringende gewaltige Nase. Er sah ihn die salutierende Hand vom Mützenschirm nehmen, und jetzt befand sich die dargebotene Schläfe haargenau im Fadenkreuz des Zielfernrohrs. Sachte nahm er Druckpunkt und drückte dann ganz ruhig durch...

Bruchteile von Sekunden später starrte er auf den Bahnhofsvorplatz hinunter, als könne er seinen Augen nicht trauen. Noch bevor das Geschoß den Lauf verließ, hatte der französische Staatspräsident unvermittelt den Kopf vorgebeugt. Während der Killer ihn in ungläubigem Staunen beobachtete, küßte er den Mann, der in straffer Haltung vor ihm stand, feierlich auf beide Wangen. Da er einen Kopf größer war als der Veteran, hatte er sich zu ihm vor- und hinabbeugen müssen, um diese, bei solchen Anlässen in Frankreich und manchen anderen Ländern übliche, für Angelsachsen jedoch immer wieder verblüffende Geste zu vollführen.

Man errechnete später, daß das Geschoß den Kopf des Präsidenten nur um Millimeter verfehlte. Ob er den Peitschenknall hörte, mit dem es auf seiner geneigten Flugbahn die Schallmauer durchschlug, ist nicht bekannt. Anzumerken war ihm jedenfalls nichts. Der Minister und der Mann mit dem Ordenskissen hatten nichts gehört, und diejenigen, die fünfzig Meter entfernt standen, ebensowenig.

Das Geschoß bohrte sich in den von der Sonne aufgeweichten Asphaltboden des Bahnhofsvorplatzes und explodierte, ohne Schaden anzurichten, als es gute zwei Zentimeter tief in die Teerschicht eingedrungen war. »La Marjolaine« wurde weitergespielt. Der Präsident richtete sich wieder auf, nachdem er den zweiten Kuß gegeben hatte, und trat gemessenen Schritts auf den nächsten Veteranen zu.

Hinter seinem Gewehr hockend, begann der Schakal leise haßerfüllt zu fluchen. Nie zuvor in seinem Leben hatte er aus einer Entfernung von hundertdreißig Metern ein unbewegtes Ziel verfehlt. Aber dann fing er sich wieder; es war noch immer Zeit. Er riß den Verschluß des Gewehrs auf, aus dem die leere Patronenhülse heraussprang und auf den Teppich fiel, griff nach dem zweiten Geschoß, legte es in die Kammer ein und verriegelte den Verschluß.

Keuchend erreichte Claude Lebel den sechsten Stock. Er glaubte, gleich müsse ihm das Herz aus der Brust springen und auf dem ganzen Treppenflur umherhüpfen. Es gab zwei Türen zu Wohnungen, die auf die Straßenfront hinausgingen. Er sah unschlüssig von der einen zur anderen, und der CRS-Mann trat mit dem entsicherten Schnellfeuerkarabiner im Arm hinter ihn. Während Lebel noch zögerte, drang aus der Wohnung zur Rechten ein leises, aber unverkennbares Geräusch, das wie »Fffopp!« klang. Lebel deutete mit dem Zeigefinger auf das Türschloß.
»Aufschießen!« befahl er und trat zur Seite. Der CRS-Mann verlagerte sein Gewicht auf beide Beine, senkte das Kinn und gab einen Feuerstoß ab. Holzsplitter, Metall und plattgeschlagene Patronenhülsen flogen in alle Richtungen. Die Tür bog sich und sprang mit einem Ruck auf und schwang nach innen. Valremy drang als erster in die Wohnung ein, Lebel folgte dicht hinter ihm.
Die kurzen grauen Haarbüschel konnte Valremy wiedererkennen, aber das war auch alles. Dieser Mann hier hatte zwei Beine, trug keinen Wachmantel mehr, und die Arme, die das Gewehr hielten, waren die eines noch jungen, kraftvollen Mannes. Der Killer ließ ihm keine Chance; er erhob sich halb vom Stuhl hinter dem Tisch und feuerte mit einer geschmeidigen Drehung zur Tür hin in leichtgebückter Haltung aus der Hüfte.
Der Schuß fiel lautlos. Der Widerhall der eigenen Salve dröhnte Valremy noch immer in den Ohren. Das Geschoß zerschmetterte ihm das Brustbein und explodierte. Er fühlte, wie es ihn von innen heraus zerriß und zerfetzte, und spürte das wütende Zustechen von schneidendem Schmerz; und dann spürte er es nicht mehr. Das Licht schwand, als sei es mitten im Sommer Winter geworden. Der Teppich kam auf ihn zu und schlug gegen sein Gesicht – oder war er es, der mit dem Gesicht auf den Teppich schlug? Fühllosigkeit schwemmte über Oberschenkel und Leib nach oben und erreichte Brust und Hals. Das letzte, was er wahrnahm, war ein salziger Geschmack im Mund, wie er ihn vom Baden im Meer bei

Kermadec her kannte, und eine einbeinige Seemöwe, die auf einem Pfahl hockte. Dann wurde alles dunkel.
Claude Lebel hob den Blick von Valremys Leiche und sah dem anderen Mann in die Augen. Sein Herz machte ihm jetzt keinerlei Schwierigkeiten; es schien gar nicht mehr pumpen zu wollen.
»Schakal«, sagte er. Der andere Mann sagte nur: »Lebel.« Er machte sich an dem Gewehr zu schaffen, dessen Riegel er zurückriß. Lebel sah Metall aufblinken, als die leere Patronenhülse zu Boden fiel. Der Mann griff blitzschnell nach etwas auf der Tischplatte und steckte es in die Gewehrkammer. Noch immer waren seine grauen Augen unverwandt auf Lebel gerichtet.
Er will mich kaltmachen, dachte Lebel, und ein merkwürdiges Gefühl der Unwirklichkeit überkam ihn. Gleich wird er schießen. Er wird mich umbringen.
Er zwang sich, zu Boden zu blicken. Der Junge vom CRS war seitlich hingeschlagen, und der seinen Händen entglittene Karabiner lag Lebel vor den Füßen. Ohne zu überlegen, ließ er sich auf die Knie fallen, packte die MAT 49 und riß sie mit einer Hand hoch, während er mit der anderen nach dem Abzug tastete. Er hörte, wie der Schakal den Verschluß seines Gewehrs zuschnappen ließ, und hatte selbst schon den Abzug des Karabiners gefunden. Er zog ihn durch.
Das ohrenbetäubende Krachen der explodierenden Munition, das den kleinen Raum widerhallend erfüllte, war bis hinaus auf dem Bahnhofsvorplatz zu hören. Den noch am gleichen Tag erfolgten Anfragen der Presse wurde entgegnet, es müsse sich um ein Motorrad mit schadhaftem Auspuff gehandelt haben, das irgendein Kerl nur wenige Straßen vom Schauplatz der Gedenkfeier entfernt angelassen habe.
Eine halbe Magazinladung von 9-mm-Geschossen zerfetzte dem Schakal die Brust, warf ihn empor, drehte ihn in der Luft einmal um sich selbst und schmetterte seinen durchsiebten Körper in die gegenüberliegende Zimmerecke, wo er als blutgetränktes, unordentliches Kleiderbündel nahe dem Sofa liegenblieb. Im Fallen hatte er noch die Stehlampe umgerissen.
Unten auf dem Bahnhofsvorplatz begann die Kapelle »Mon régiment est ma patrie« zu spielen.

Am gleichen Tag erhielt Superintendent Thomas um 18 Uhr einen Anruf aus Paris. Als er aufgelegt hatte, rief er den dienstältesten Inspektor seines engeren Mitarbeiterstabs zu sich.

»Sie haben ihn erwischt«, sagte er. »In Paris. Das hat sich also erledigt. Aber es wäre gut, wenn Sie rasch in seine Wohnung gingen und die dort verbliebenen Sachen nochmals sichteten.«
Es war gegen 20 Uhr. Der Inspektor schickte sich gerade an, Calthrops persönliche Habe einer letzten Prüfung zu unterziehen, als er jemanden durch die offene Wohnungstür kommen hörte.
Ein großer, breitschultriger Mann war eingetreten und betrachtete ihn mit finsterer Miene.
»Was wollen Sie?« fragte der Inspektor.
»Genau das darf ich Sie wohl fragen. Was, zum Teufel, haben Sie hier zu suchen?«
»Jetzt reicht's mir aber«, sagte der Inspektor. »Wie heißen Sie?«
»Calthrop«, sagte der Mann. »Charles Calthrop. Und das hier ist meine Wohnung. Also, was tun Sie hier? 'raus mit der Sprache!«
Der Inspektor wünschte, er hätte eine Waffe bei sich.
»Schon gut«, sagte er leise, ohne den Mann aus den Augen zu lassen. »Am besten, Sie kommen gleich mit mir auf einen Plausch zu Scotland Yard.«
»Mit Vergnügen«, sagte Calthrop. »Sie sind mir eine Erklärung schuldig.«
Tatsächlich war es dann aber Calthrop, der Erklärungen abgab. Man ließ ihn erst nach vierundzwanzig Stunden frei, nachdem nicht weniger als insgesamt drei voneinander unabhängige Bestätigungen aus Frankreich gekommen waren, daß der Schakal tot sei, und die Inhaber fünf abgelegener schottischer Gasthöfe bezeugt hatten, daß Charles Calthrop in den letzten drei Wochen seiner Anglerleidenschaft gefrönt und sich in dieser Zeit als Gast bei ihnen eingemietet hatte.
»Wenn der Schakal nicht Calthrop war«, bemerkte Thomas zu seinem Inspektor, nachdem er Calthrop schließlich hatte gehen lassen, »wer, zum Teufel, war er dann?«

»Es kommt überhaupt nicht in Frage«, erklärte der Commissioner der städtischen Polizeibehörde in London am nächsten Tag gegenüber Assistent Commissioner Dixon und Superintendent Thomas mit allem Nachdruck, »daß die Regierung Ihrer Majestät jemals einräumt, dieses Schakal-Subjekt könne die britische Staatsangehörigkeit gehabt haben. Soweit sich das von hier aus überblicken läßt, wurde in der Tat zeitweilig ein gewisser Engländer verdächtigt. Das hat sich aber jetzt aufgeklärt. Uns ist auch bekannt, daß dieser Bursche, dieser Schakal, sich auf seiner – ähem

– Mission in Frankreich vorübergehend als Engländer ausgegeben und einen ihm aufgrund falscher Angaben ausgestellten Paß besessen hat. Aber er gab sich auch als Däne, als Amerikaner und als Franzose aus, und zwar mit Hilfe zweier gestohlener Pässe und gefälschter französischer Ausweispapiere. Was uns betrifft, so ist festzuhalten, daß es unsere Ermittlungen waren, die es den Franzosen möglich machten, den unter dem falschen Namen Duggan in Frankreich umherreisenden Schakal in diesem Nest da ... in ... äh ... Gap aufzuspüren. Das wäre alles, meine Herren. Der Fall ist damit abgeschlossen.«

Am Tag darauf wurde auf dem Friedhof eines Pariser Vororts in einem nicht näher bezeichneten Grab die Leiche eines Mannes beerdigt. Dem Totenschein zufolge handelte es sich um einen namenlosen ausländischen Touristen unbekannter Nationalität, der am Sonntag, dem 25. August 1963, auf einer Schnellstraße außerhalb der Stadt von einem Automobil, dessen Fahrer flüchtig war, überfahren und getötet wurde. Bei dem Begräbnis waren ein Priester, ein Polizeibeamter, ein Angestellter der Friedhofsverwaltung, zwei Totengräber sowie ein weiterer Mann zugegen, der es ablehnte, seinen Namen zu nennen. Mit Ausnahme des letzteren zeigte keiner der Anwesenden auch nur eine Spur von Teilnahme, als der schlichte Fichtensarg in das ausgehobene Grab gesenkt wurde. Als alles vorüber war, drehte sich der Mann um und ging, eine einsame kleine Gestalt, die lange Friedhofsallee zum Ausgang zurück, nach Hause zu seiner Frau und seinen Kindern.
Der Weg des Schakals war zu Ende.

Von Frederick Forsyth sind außerdem als
Knaur-Taschenbücher erschienen:

»Der Schakal« (Band 377)
»Die Akte Odessa« (Band 419)
»Die Hunde des Krieges« (Band 448)
»Der Lotse« (Band 514)
»Des Teufels Alternative« (Band 799)
»In Irland gibt es keine Schlangen« (Band 1182)

Die Hunde des Krieges

Prolog 7
Erster Teil   Der Kristallberg   21
Zweiter Teil   Die hundert Tage   133
Dritter Teil   Das große Töten   301
Epilog   334

Forsyth' Romane »Der Schakal« und »Die Akte Odessa« wurden Welterfolge. Mit seinem Buch »Die Hunde des Krieges«, in dem er ein Thema von hochbrisantem Zündstoff aufgreift, ist ihm erneut ein großer Wurf gelungen. Hier bringt Forsyth Licht in eines der düstersten Kapitel des heutigen Afrika. Und keiner ist dazu kompetenter als er. Denn er kennt sie alle, die Söldner, die als hochbezahlte Spezialisten in den jungen afrikanischen Staaten ihr zweifelhaftes Spiel treiben. Er brauchte sie nicht zu erfinden, jenen Cat Shannon, den kühlen Organisator und harten Kämpfer des nigerianischen Bürgerkriegs, und die anderen vier Männer aus der internationalen Söldnerclique. Sie arbeiten für Sir James Manson von der Londoner Manson Consolidated, dem es um ein Riesengeschäft geht, um die Ausbeutung der Platinvorkommen im »Kristallberg« in dem afrikanischen Staat Zangaros. Da er die Abbaukonzession von Zangaros Präsident Kimba auf legalem Weg nicht bekommen kann, setzt er auf die Söldner, die die politische Situation seinen Zwecken entsprechend ändern sollen.

Was nun beginnt, ist ein gigantisches Komplott, ein atemberaubendes Unternehmen, das über die Chefbüros Londoner Industrieller und die zwielichtigen Absteigen europäischer Waffenschieber bis auf die heißen Straßen eines gepeinigten afrikanischen Landes führt.

Die Originalausgabe erschien unter dem Titel
»The Dogs of War« 1974 bei Hutchinson & Co. Ltd., London
© by Danesbrook Productions Ltd., 1974
Übersetzung aus dem Englischen von Norbert Wölfl
© der deutschen Übersetzung durch R. Piper & Co. Verlag, München 1974
Alle Rechte vorbehalten durch R. Piper & Co. Verlag, München

Für Giorgio und Christian und Schlee
Und Big Marc und Black Johnny
Und all die Namenlosen in den Gräbern ohne Kreuze.
Wir haben es immerhin versucht.

Und Cäsars Geist befiehlt Verwüstung, Mord,
Laßt los die Hunde des Krieges!

William Shakespeare

Daß ... man dereinst von meinem Tod nichts sage
Und keine Trauer um mich trage,
Daß ich nicht ruhe in geweihter Erde,
Daß keine Glocke für mich läute,
Daß niemand meinen Leichnam sehe,
Kein Trauernder dem Sarge folge,
Daß keine Blume auf dem Grab erblühe,
Kein Mensch sich meiner je erinnere,
Das ist mein letzter Wunsch.

Thomas Hardy

Prolog

In jener Nacht leuchtete über dem Landestreifen im Busch kein Stern und kein Mond. Die Dunkelheit Westafrikas hüllte die einzelnen Gruppen von Menschen ein wie feuchter Sand. Die Wolkendecke berührte fast die Wipfel der Iroko-Bäume, und die wartenden Männer konnten nur beten, daß es noch eine Weile so blieb, weil sie dann vor den Bombern sicher waren.
Für die klapprige alte DC-4 war die Beleuchtung der Rollbahn kurz vor dem Aufsetzen fünfzehn Sekunden lang eingeschaltet worden. Jetzt wendete die Maschine am Ende des Landestreifens und tastete sich im Dunkeln mit hustenden Motoren hinüber zu den palmengedeckten Hütten. Ein MiG-17-Nachtjäger der Regierung jaulte über den Himmel nach Westen davon. Wahrschenlich wurde er von einem der sechs DDR-Piloten gesteuert, die im Laufe der letzten drei Monate heruntergekommen waren, weil die Ägypter einen Horror vor Nachtflügen hatten. Man konnte die MiG über der Wolkendecke nicht sehen, und ebenso war die Landebeleuchtung vor den Augen des Piloten verborgen. Er suchte wahrscheinlich das verräterische Aufblitzen der Lichter bei der Landung einer Maschine, aber diese Lichter waren längst wieder gelöscht.
Der Pilot der ausrollenden DC-4 konnte den Düsenjäger über sich nicht hören. Er schaltete seinen Landescheinwerfer ein, um sich zu orientieren, und aus dem Dunkel schrie überflüssigerweise eine Stimme: »Licht aus!« Es ging ohnehin aus, nachdem sich der Pilot zurechtgefunden hatte, und der Jäger war schon Meilen entfernt. Im Süden grollte Artilleriefeuer. Dort war die Front schließlich zusammengebrochen, da die Männer nach zwei Monaten ohne Proviant und Munition ihre Waffen wegwarfen und sich in den Busch schlugen.
Der Pilot der DC-4 brachte seine Maschine zwanzig Meter von einer bereits wartenden Super-Constellation entfernt zum Stehen, schaltete die Triebwerke ab und sprang auf den Beton des Vorfeldes hinunter. Ein Afrikaner lief auf ihn zu. Die beiden Männer sprachen eine Weile leise miteinander, dann näherten sie sich einer größeren Gruppe von Männern, die als dunkler Fleck vor dem dunklen Hintergrund des Palmenwaldes zu erkennen war. Die Gruppe öffnete sich, und der Weiße, der die

DC-4 gelandet hatte, stand dem Mann gegenüber, der den Mittelpunkt bildete. Der Weiße hatte ihn noch nie gesehen, aber viel von ihm gehört. Selbst im Dunkel erkannte er im matten Aufglimmen einiger Zigaretten den Mann, den er hier suchte.
Da der Pilot keine Mütze trug, salutierte er nicht, sondern neigte nur ein wenig den Kopf. Er hatte das noch nie getan, schon gar nicht vor einem Schwarzen, und er hätte diese Geste auch nicht begründen können.
»Ich bin Captain Van Cleef«, sagte er auf englisch, aber mit südafrikanischem Akzent.
Der Afrikaner nickte. Sein buschiger schwarzer Bart berührte dabei das gestreifte Tarnhemd seiner Uniform.
»Ungemütliches Flugwetter, Captain Van Cleef«, bemerkte er trocken. »Und für Nachschub ein bißchen spät.«
Er hatte eine tiefe, klare Stimme. Seine Aussprache erinnerte an eine teure englische Privatschule. Van Cleef fühlte sich nicht wohl in seiner Haut und fragte sich, wie schon so oft während des Flugs durch die Wolkenbänke von der Küste herüber, warum er überhaupt gekommen war.
»Ich bringe keinen Nachschub, Sir. Den gibt es nicht mehr.«
Schon wieder so ein Ausrutscher. Er hatte sich geschworen, den Mann nicht mit ›Sir‹ anzusprechen. Doch nicht einen Kaffer! Es war ihm nur so herausgerutscht. Aber sie hatten schon recht, die anderen Piloten in der Hotelbar in Libreville, die diesen Mann bereits kannten: er war irgendwie anders.
»Warum sind Sie dann gekommen?« fragte der General leise. »Vielleicht wegen der Kinder? Die Nonnen möchten noch einige in Sicherheit bringen, aber heute abend landet keine Caritas-Maschine mehr.«
Van Cleef schüttelte den Kopf, dann fiel ihm ein, daß der andere diese Geste nicht sehen konnte. Nur gut, daß man in der Dunkelheit auch seine Verlegenheit nicht bemerkte. Ringsum standen die Leibwächter mit Maschinenpistolen in den Händen und starrten ihn an.
»Nein, ich wollte Sie abholen. Das heißt – falls Sie mitkommen wollen.«
Es entstand ein längeres Schweigen. Er spürte, daß der Afrikaner ihn im Dunkeln ansah, und gelegentlich blitzte ein weißer Augapfel auf, wenn einer seiner Begleiter die Zigarette an die Lippe hob.
»Ich verstehe. Sind Sie auf Anweisung Ihrer Regierung hierhergekommen?«
»Nein«, sagte Van Cleef, »das war meine eigene Idee.«
Wieder eine lange Pause. Dicht vor ihm nickte der Bärtige, vielleicht verständnisvoll, vielleicht auch erstaunt.
»Ich bin Ihnen sehr dankbar«, sagte dann die Stimme. »Es muß ein schwieriger Flug gewesen sein. Aber ich habe noch meine Constellation hier und hoffe, daß ich damit ins Exil komme.«
Van Cleef war erleichtert. Er hatte keine Ahnung, welche politischen

Verwicklungen entstanden wären, wenn er den General mit nach Libreville genommen hätte.
»Dann warte ich, bis Sie gestartet sind«, sagte er und nickte wieder. Er hätte gern seine Hand ausgestreckt, wußte aber nicht, ob das richtig war. Und er ahnte nicht, daß der afrikanische General dieselben Zweifel hegte. So machte er nur kehrt und marschierte zu seiner Maschine zurück.
Die Schwarzen standen noch eine Weile stumm beisammen.
»Warum tut ein Südafrikaner so etwas?« fragte dann jemand aus dem Gefolge. Der General ließ in einem kurzen Lächeln seine Zähne aufblitzen.
»Ich glaube, das werden wir nie begreifen«, sagte er.

Ein Stück entfernt saßen im Schutz einer Palme fünf Weiße in einem Landrover und beobachteten die vagen Gestalten, die sich zwischen dem Busch und dem Flugzeug hin und her bewegten. Der Anführer saß vorn neben dem dunkelhäutigen Fahrer, und alle fünf rauchten pausenlos.
»Es muß die Maschine aus Südafrika sein«, sagte der Anführer und drehte sich zu einem der anderen vier Weißen um, die hinter ihm im Landrover hockten. »Janni, geh mal rüber und frag den Skipper, ob er Platz für uns hat.«
Ein großer, grobknochiger Mann kletterte von der Ladefläche des Fahrzeugs. Er trug genau wie die anderen den Kampfanzug des Dschungels, eine grüne Tarnuniform mit braunen Streifen, dazu grüne Leinenstiefel, in die er das untere Ende der Hosenbeine gesteckt hatte. Von seinem Gürtel hingen eine Wasserflasche und ein Bowiemesser sowie drei Beutel für die Magazine des FAL-Karabiners an seiner Schulter, aber die Beutel waren leer. Als er nach vorn kam, rief ihn der Anführer noch einmal herbei.
»Laß den FAL hier«, sagte er und streckte die Hand nach dem Karabiner aus. »Und gib dir Mühe, Janni, verstanden? Wenn wir nämlich mit der Kiste nicht wegkommen, dürften wir in ein paar Tagen Hackfleisch sein.«
Janni nickte, rückte sein Käppi zurecht und marschierte auf die DC-4 zu.
Captain Van Cleef hörte die leisen Gummisohlen hinter sich nicht.
»Naand, meneer.«
Van Cleef fuhr herum, als er die Sprache der Buren hörte. Er musterte die Gestalt, die so plötzlich aufgetaucht war. Selbst im Dunkeln erkannte er das Abzeichen auf der linken Schulter des Mannes, einen Totenschädel mit zwei gekreuzten Knochen in Schwarz und Weiß. Er nickte zurückhaltend.
»Naand jy Africaans?«
Der Hüne nickte.
»Jan Dupree«, sagte er und streckte die Hand aus.
»Kobus Van Cleef.« Der Pilot schüttelte ihm die Hand.
»Waar gaan-jy nou?« fragte Dupree.

»Nach Libreville, sobald wir mit Beladen fertig sind. Und Sie?«
Janni Dupree grinste.
»Meine Kameraden und ich stecken sozusagen fest. Wenn uns die Regierungstruppen finden, sind wir erledigt. Können Sie uns helfen?«
»Wie viele?« fragte Van Cleef.
»Fünf.«
Auch der Flieger Van Cleef war Söldner. Er zögerte nicht.
»In Ordnung, geht an Bord. Aber beeilt euch. Sobald die Connie da drüben weg ist, starten wir.«
Dupree nickte ihm dankend zu und trottete zurück zum Landrover.
Die vier anderen standen um die Kühlerhaube herum.
»Alles okay, aber wir müssen uns beeilen«, meldete der Südafrikaner.
»Gut, dann schmeißt die Schießeisen in den Wagen und macht euch auf die Socken.« Gewehre und Munitionstaschen fielen klappernd auf die Ladefläche. Der Anführer beugte sich hinüber zu dem schwarzen Offizier mit dem Abzeichen eines Leutnants.
»Good bye, Patrick«, sagte er. »Das wär's dann wohl. Laß den Landrover irgendwo stehen, vergrab die Kanonen und markier die Stelle. Zieh die Uniform aus und verschwinde im Busch, verstanden?«
Der Leutnant, vor einem Jahr noch ein schlichter Rekrut, war rasch befördert worden, weil er besser kämpfen als mit Messer und Gabel essen konnte. Er nahm die Anweisung mit einem ernsten Nicken entgegen.
»Good bye, Sir.«
Die anderen vier Söldner riefen ihm einen Gruß zu und gingen hinüber zur DC-4.
Der Anführer wollte ihnen schon folgen, da kamen aus dem dunklen Busch hinter dem Vorfeld zwei Nonnen herbeigeflattert.
»Major!«
Der Söldner drehte sich um und erkannte die vordere der beiden Schwestern: Er hatte sie vor ein paar Monaten kennengelernt, als die Kämpfe in der Umgebung ihres Krankenhauses wüteten und er den ganzen Komplex evakuieren mußte.
»Schwester Mary Joseph? Was machen Sie denn hier?«
Die ältliche irische Nonne hielt ihn am Ärmel der fleckigen Uniform fest und redete ernsthaft auf ihn ein. Er nickte.
»Versuchen will ich's, aber versprechen kann ich es Ihnen nicht«, sagte er, als sie fertig war.
Er ging hinüber zu dem südafrikanischen Piloten, der unter einer Tragfläche seiner DC-4 stand, und sprach ein paar Minuten lang mit ihm. Dann kehrte der Uniformierte schließlich zu den wartenden Nonnen zurück.
»Er ist einverstanden, aber Sie müssen sich beeilen, Schwester. Er will so rasch wie möglich mit seiner Kiste von hier verschwinden.«
»Gott segne Sie«, sagte die weißgekleidete Gestalt und gab ihrer Begleite-

rin ein paar rasche Anweisungen. Die lief zum Heck des Flugzeugs und stieg die kurze Leiter zum Eingang hinauf. Die andere Schwester verschwand im Schatten der Palmengruppe hinter dem Vorfeld des Flughafens. Im Gänsemarsch traten gleich darauf einige Männer aus dem Dunkel. Jeder trug ein Bündel in den Armen. An der DC-4 reichten sie der wartenden Nonne die Bündel hinauf. Der Kopilot sah ihr zu, wie sie die ersten drei nebeneinander auf den Boden legte, dann setzte er sich mürrisch in Bewegung und half ihr, indem er ihr mit ausgestreckten Armen die Bündel abnahm und sie nach innen weiterreichte.
»Gott segne Sie«, flüsterte die irische Nonne. Eines der Bündel bekleckerte den Uniformärmel des Kopiloten mit einem übelriechenden, grünlichen Exkrement.
»Verdammt – auch das noch!« zischte er und arbeitete weiter.
Der Söldnerführer stand allein da und sah hinüber zu der Super-Constellation. Durch deren Hintereingang stiegen gerade die Flüchtlinge ein – hauptsächlich Verwandte des Führers eines geschlagenen Volkes. In dem matten Lichtschein, der aus der Tür des Flugzeugs fiel, sah er den Mann, den er suchte. Er wollte gerade als letzter die Maschine besteigen. Die anderen, die zurückbleiben und im Busch verschwinden sollten, warteten schon darauf, die Einstiegtreppe wegzuziehen. Da trat der Söldner näher.
»Sir, Major Shannon ist da!« rief einer der Männer.
Der General wandte sich um und brachte trotz seiner Lage noch ein Lächeln zustande.
»Shannon, wollen Sie auch mitkommen?«
Shannon blieb stehen und salutierte. Der General erwiderte den Gruß.
»Nein, danke, Sir. Wir werden nach Libreville mitgenommen, ich wollte mich nur verabschieden.«
»Ja, es war ein langer Kampf. Ich fürchte, nun ist er vorüber. Zumindest für einige Jahre. Ich kann mir einfach nicht vorstellen, daß mein Volk immer und ewig in Knechtschaft leben wird. Übrigens – sind Sie und Ihre Kameraden entsprechend dem Vertrag bezahlt worden?«
»Ja, danke, Sir. Wir haben den vollen Sold bekommen«, antwortete der Söldner. Der Afrikaner nickte ernst.
»Also dann, leben Sie wohl. Ich danke Ihnen für alles, was Sie getan haben.«
Die beiden Männer schüttelten einander die Hand.
»Da wäre noch etwas«, sagte Shannon. »Wie meine Jungs und ich im Jeep saßen, haben wir über alles gesprochen. Sollte es soweit kommen... Wenn Sie uns mal wieder brauchen, geben Sie uns nur Bescheid. Wir werden alle kommen. Sie brauchen uns nur zu rufen. Das soll ich Ihnen von den Jungs ausrichten.«
Der General sah ihn sekundenlang an.
»Dieser Abend bringt immer neue Überraschungen«, sagte er bedächtig.

»Sie wissen es vielleicht noch nicht, aber die Hälfte meiner engsten Berater und alle wohlhabenden Leute im Land laufen heute abend zum Feind über. Die meisten anderen werden ihrem Beispiel folgen, bevor ein Monat verstrichen ist. Ich danke für Ihr Angebot, Mr. Shannon. Ich werde es nicht vergessen. Noch einmal good bye – und viel Glück.«
Er drehte sich um und stieg hinauf in die matt beleuchtete Super-Constellation. Stotternd sprang das erste der vier Triebwerke an. Shannon trat zurück und grüßte noch einmal zu dem Mann hinauf, in dessen Diensten er eineinhalb Jahre lang gestanden hatte.
»Viel Glück«, murmelte er leise. »Du wirst es brauchen.«
Dann marschierte er zu der wartenden DC-4 zurück. Nachdem die Tür geschlossen war, ließ Van Cleef die Triebwerke warmlaufen und sah dem undeutlichen Umriß der Super-Constellation nach, die über die Rollbahn rumpelte und schließlich abhob. Keine der beiden Maschinen führte irgendwelche Positionslampen, aber vom Cockpit seiner DC-4 aus sah der Südafrikaner die drei Schwanzflossen der Constellation im Süden zwischen den Palmen verschwinden und in die schützenden Wolken eintauchen. Jetzt erst rollte er die DC-4 mit ihrer wimmernden und weinenden Fracht an den Beginn des Rollfeldes.
Eine Stunde lang hüpfte Van Cleef von Wolkenbank zu Wolkenbank, huschte über dünne Schichten Altostratus hinweg, um wieder in einer dichteren Bank unterzutauchen, und vermied es nach Möglichkeit, sich über der mondbeschienenen Ebene ungedeckt von einer patrouillierenden MiG erwischen zu lassen. Erst als er wußte, daß er weit draußen über dem Golf war und die Küste viele Meilen hinter sich hatte, erlaubte er dem Kopiloten, die Kabinenbeleuchtung einzuschalten.
Die Lampen beschienen eine makabre Szene, wie sie Doré in einer Anwandlung von Trübsinn gemalt haben könnte. Der Fußboden der Maschine war mit durchnäßten und beschmutzten Decken ausgelegt, die vor einer Stunde noch Verpackung gewesen waren – Verpackung für die Bündel, die sich zu beiden Seiten der Ladefläche krümmten und wanden: vierzig kleine Kinder, knochig und eingeschrumpft, entstellt von den Folgen der Unterernährung.
Schwester Mary Joseph hatte an der Kabinentür gehockt. Sie erhob sich und kümmerte sich um ihre Schützlinge. Jedes Kind hatte einen Klebestreifen auf der Stirn, dicht unter dem Haaransatz. Die Haare waren durch Anämie längst ockerrot geworden. Auf dem Pflasterstreifen standen in Kugelschreiberbuchstaben alle wichtigen Angaben für das Waisenhaus bei Libreville: Name und Nummer wie bei einem Soldaten – nur kein Rang.
Hinten im Heck der Maschine hockten die fünf Söldner und blinzelten hinüber. In den letzten Monaten hatten sie das alles oft genug erlebt. Jeder von ihnen empfand Ekel, aber keiner zeigte ihn. Mit der Zeit gewöhnt

man sich an alles. So war es im Kongo, Jemen, Sudan, in Katanga. Immer dasselbe: immer müssen die Kinder dran glauben. Und man kann nichts dagegen tun.
Sie zogen ihre Zigaretten hervor.
Im Schein der Kabinenbeleuchtung konnten sie einander zum ersten Mal seit dem vorangegangenen Abend wieder richtig sehen. Die Uniformen waren fleckig vom Schweiß und von roter Erde, und den Gesichtern merkte man die Erschöpfung an. Der Anführer lehnte mit dem Rücken an der Toilettentür, die Beine gerade ausgestreckt, den Blick nach vorn zur Pilotenkanzel gerichtet. Carlo Alfred Thomas Shannon, 33. Sein blondes Haar war zu einer Art Crewcut gestutzt; streichholzlanges Haar ist in den Tropen praktischer, weil der Schweiß leichter herausläuft und sich in kurzen Haaren kein Ungeziefer hält. Sein Spitzname ›CAT‹ setzte sich aus seinen Initialen zusammen. Er stammte aus der Grafschaft Tyrone in der Provinz Ulster. Da ihn sein Vater der besseren Schulbildung wegen auf eine der kleineren Public Schools in England geschickt hatte, merkte man seiner Aussprache den typischen nordirischen Akzent nicht mehr an. Nach fünf Jahren bei der Königlichen Marine-Infanterie zog er die Uniform aus und arbeitete bis vor sechs Jahren für eine Londoner Handelsgesellschaft in Uganda. An einem sonnigen Morgen klappte er stillschweigend seine Kontobücher zu, bestieg seinen Landrover und fuhr nach Westen zur Grenze des Kongo. Eine Woche später meldete er sich als Söldner bei Mike Hoares Fünftem Kommando in Stanleyville.
Hoare war gegangen, John-John Peters hatte die Einheit übernommen. Shannon überwarf sich mit Peters und fuhr nach Norden, um sich Denard in Paulis anzuschließen. Zwei Jahre später war er an der Meuterei von Stanleyville beteiligt. Nach der Evakuierung des verletzten Franzosen stieß er in Rhodesien zu Black Jacques Schramme, dem belgischen Ex-Pflanzer und Söldnerführer, der den langen Marsch über Bukavu nach Kigali führte. Nach seiner Rückkehr mit Hilfe des Roten Kreuzes hatte er sich sofort freiwillig für einen anderen afrikanischen Krieg gemeldet und schließlich ein eigenes Bataillon übernommen. Aber für den Sieg war es zu spät. Er kam immer zu spät für den Sieg.
Links von ihm saß der wahrscheinlich beste Werferschütze nördlich des Sambesi. Big Jan Dupree war achtundzwanzig Jahre alt und kam aus Paarl in der Kap-Provinz. Er stammte aus einer verarmten Hugenottenfamilie, deren Vorfahren nach der Aufhebung der Religionsfreiheit in Frankreich vor dem Zorn Mazarins zum Kap der Guten Hoffnung geflohen waren. Sein kantiges Gesicht, beherrscht von einer gebogenen Hakennase über dem dünnlippigen Mund, sah noch eingefallener aus als sonst; es war durchzogen von tiefen Linien der Erschöpfung. Die Lider hingen müde über seinen blaßblauen Augen, und die sandgelben Augenbrauen und das Haar waren schmutzverschmiert. Nach einem Blick auf die Kinder am

Boden der Maschine murmelte er »Bliksems« (Bastarde) und meinte damit die Besitzenden, die Privilegierten, die er für alles Leid auf diesem Planeten verantwortlich machte. Dann versuchte er zu schlafen.
Neben ihm lümmelte Marc Vlaminck, wegen seiner hünenhaften Gestalt Tiny Marc – der winzige Marc – genannt. Der Flame aus Ostende maß in Socken, wenn er welche trug, einen Meter neunzig und wog einhundertfünfzehn Kilogramm. Dabei hatte er kein Gramm Fett auf den Rippen. Er war der Schrecken der Polizei von Ostende und der zumeist friedlichen, braven Bürger, die allen Schwierigkeiten am liebsten aus dem Weg gingen, und er verschaffte den Glasern und Schreinern aus der Stadt eine Menge Aufträge. Wenn in irgendeiner Bar morgens Handwerker auftauchten, wußte man, daß Tiny Marc sich einen vergnügten Abend gemacht hatte.
Er war in einem Waisenhaus von Priestern erzogen worden, die sich bemüht hatten, in das Riesenbaby einigen Respekt hineinzuprügeln – so oft, daß Marc schließlich die Geduld verlor und mit dreizehn Jahren einen der geweihten Rohrstockschwinger mit einem einzigen Faustschlag bewußtlos auf die Steinplatten legte.
Danach hatte er verschiedene Erziehungsheime kennengelernt, eine Sonderschule und das Jugendgefängnis. Ein Seufzer der Erleichterung lief durch die ganze Gemeinde, als er sich schließlich zu den Fallschirmjägern meldete. Er gehörte zu den fünfhundert Mann, die mit Oberst Laurent über Stanleyville absprangen, um die Missionare zu retten, die der dortige Simba-Häuptling Christophe Gbenye auf dem Marktplatz bei lebendigem Leib zu rösten drohte.
Tiny Marc war noch keine vierzig Minuten auf dem Flugplatz, da hatte er seine Berufung erkannt. Nach einer Woche wurde er fahnenflüchtig und schloß sich den Söldnern an, um nicht in eine belgische Kaserne zurückgeschickt zu werden. Abgesehen von seinen Fäusten und Schultern verstand Tiny Marc auch die Bazooka, seine Lieblingswaffe, vorzüglich zu gebrauchen. Er handhabte das Raketenrohr so lässig wie eine Schuljunge seine Wasserpistole.
Als er aus der Enklave in Richtung Libreville floh, war er gerade dreißig.
Auf der anderen Seite des Flugzeugrumpfes, dem Belgier gegenüber, saß Jean Baptiste Langarotti. Wie immer, wenn er Zeit totschlagen mußte, ging er seiner Lieblingsbeschäftigung nach. Der kleine, schmächtige, schlanke Mann mit dem olivfarbenen Teint war in Calvi auf Korsika geboren und aufgewachsen. Mit achtzehn Jahren hatte ihn Frankreich zu den Waffen gerufen, und er mußte als einer der hunderttausend ›Appelés‹ im Algerienkrieg kämpfen. Nach der Hälfte seiner achtzehnmonatigen Militärdienstzeit war er Berufssoldat geworden und später zum Zehnten Kolonial-Fallschirmjägerregiment versetzt worden, den gefürchteten Rotmützen unter General Massu, die man schlicht ›Les Paras‹ nannte. Er

war einundzwanzig, als der große Knall kam und sich mehrere Einheiten von kolonialfranzösischen Berufssoldaten für die Sache eines ewig französischen Algeriens einsetzten. Damals verkörperte die OAS dieses Bestreben. Langarotti stieß zur OAS, desertierte und tauchte nach dem fehlgeschlagenen Putsch im April 1961 unter. Drei Jahre später wurde er in Frankreich, wo er unter falschem Namen gelebt hatte, gefaßt und verbrachte vier Jahre im Gefängnis. Er schmachtete zuerst in den dunklen, lichtlosen Zellen der Santé in Paris, dann in Tours und schließlich auf der Ile de Ré. Er war ein widerborstiger Häftling, was zwei Wärter mit ihren Narben bis an ihr Lebensende bezeugen konnten.

Mehrfach wurde er wegen Übergriffen gegen das Gefängnispersonal halb totgeschlagen. Er büßte seine volle Strafe ab. Als er 1968 entlassen wurde, fürchtete er nichts auf der Welt bis auf kleine, geschlossene Räume, Zellen und Löcher. Er hatte sich längst schon geschworen, nie wieder in eine solche Zelle zurückzukehren, und wenn es ihn sein Leben kostete. Sollten ›sie‹ ihn jemals wieder holen wollen, würde er ein halbes Dutzend von ihnen mit in den Tod nehmen. Drei Monate nach seiner Entlassung war er auf eigene Kosten nach Afrika geflogen und hatte sich Shannon als Berufssöldner angeschlossen. In der Fluchtnacht war er einunddreißig. Seit seiner Haftentlassung hatte er ständig an jener Waffe geübt, die er schon als Junge auf Korsika gebraucht und die später in den Straßen Algeriens seinen guten Ruf begründet hatte: Um das linke Handgelenk trug er einen breiten Lederstreifen, der auf den ersten Blick genauso aussah wie die Lederriemen, an denen Friseure ihre Rasiermesser schärfen. Er war mit zwei Druckknöpfen befestigt. Wenn er Zeit hatte, nahm er den Streifen ab, drehte ihn auf die Seite, die keine Druckknöpfe trug, und wickelte ihn um seine linke Faust. Das tat er auch jetzt auf dem Flug nach Libreville. In der rechten Hand hielt er das Messer mit der sechszölligen Klinge im Knochenheft, die er so blitzschnell führte, daß sie schon wieder in der Scheide unter seinem Ärmel steckte, bevor sein Opfer tot war. In gleichmäßigem Rhythmus bewegte sich die Klinge auf dem straff gespannten Lederriemen hin und her, ohnehin schon rasiermesserscharf, und wurde mit jedem Streich noch eine Kleinigkeit schärfer. Diese Bewegung beruhigte seine Nerven. Sie reizte natürlich alle anderen, aber niemand beschwerte sich. Wer ihn kannte, wagte keinen Widerspruch gegen seine sanfte leise Stimme oder das kleine, traurige Lächeln dieses schmächtigen Mannes.

Eingeklemmt zwischen Langarotti und Shannon saß der älteste der Gruppe – der Deutsche. Kurt Semmler mit seinen vierzig Jahren war es, der gleich zu Beginn in der Enklave das Totenkopfabzeichen erfunden hatte, das die Söldner und ihre afrikanischen Rekruten trugen. Er war es auch, der einen fünf Meilen langen Abschnitt der Frontlinie gesäubert hatte, indem er sie mit Pfählen markierte, von denen jeder den Schädel eines gefallenen Soldaten der Regierungstruppen trug. Einen ganzen Monat lang war das daraufhin der ruhigste Frontabschnitt. Semmler war 1930 geboren und im Dritten Reich als Sohn eines Münchner Ingenieurs aufgewachsen, der später als Angehöriger der Organisation Todt an der russischen Front fiel. Mit fünfzehn Jahren hatte der begeisterte Hitlerjunge eine kleine Volkssturmeinheit von Kindern und Greisen befehligt. Sein Auftrag war es, mit einer Panzerfaust und drei alten Karabinern die Panzerkolonnen von General George Patton zum Stehen zu bringen. Das gelang ihm natürlich nicht, und er verbrachte seine Jugend unter der verhaßten amerikanischen Besatzung in Bayern. Er hatte auch wenig für seine Mutter übrig, eine religiöse Fanatikerin, die unbedingt einen Priester aus ihm machen wollte. Mit siebzehn brannte er durch, überquerte bei Straßburg die Grenze nach Frankreich und meldete sich in einem der dortigen Rekrutierungsbüros, die eigens für deutsche und belgische Stromer eingerichtet worden waren, zur Fremdenlegion. Nach einem Jahr in Sidi-bel-Abbes ging er mit der Expeditionsarmee nach Indochina. Er machte acht Jahre Dschungelkrieg und Dien Bien Phu mit, ließ sich von den Ärzten in Tourane (Da Nang) einen Lungenflügel entfernen, brauchte glücklicherweise das bittere Ende in Hanoi nicht mitzuerleben und wurde nach Frankreich zurückgeflogen. Nach seiner Rekonvaleszenz schickte man ihn 1958 als Hauptfeldwebel der Eliteeinheit der französischen Kolonialarmee, des I^{ier} Régiment Etranger Parachutiste, nach Algerien. Er gehörte zu jener Handvoll Männer, die schon zweimal in Indochina die völlige Vernichtung des I^{ier} REP überlebt hatten, einer Einheit, die von Regimentsstärke später auf die Größe eines Bataillons zusammenschmolz. Er verehrte nur zwei Männer: Oberst Roger Faulques, der die Aufreibung der schließlich nur noch kompaniestarken Einheit miterlebt hatte, und Commandant Le Bras, einen anderen Veteranen, der später die Garde Republicaine in der Republik Gabun befehligte und die dortigen Uranvorkommen für Frankreich sicherte. Selbst Oberst Marc Rodin, sein früherer Kommandant, verlor Semmlers Achtung, als die OAS schließlich zusammenbrach.

Semmler war beim I^{ier} REP, als es beim Putsch von Algier bis zum letzten Mann aufgerieben und später von Charles de Gaulle für immer aufgelöst wurde. Er war seinen französischen Offizieren überallhin gefolgt und hatte nachher, als man ihn kurz nach der algerischen Unabhängigkeitserklärung im September 1962 in Marseille aufgriff, zwei Jahre im Gefängnis zugebracht. Vor einem schlimmeren Schicksal hatten ihn seine zahlreichen Tapferkeitsauszeichnungen bewahrt. Als er 1964 zum erstenmal seit zwanzig Jahren seine ersten zögernden Schritte ins Zivilleben tat, kam ein früherer Mitgefangener mit einem Vorschlag zu ihm: Er sollte sich an einem Schmugglerunternehmen im Mittelmeer beteiligen. Drei Jahre lang, mit einem Jahr Unterbrechung in einem italienischen Gefängnis, hatte er Alkohol, Gold und gelegentlich auch Waffen von einem Ende des Mittelmeers zum anderen transportiert. Schließlich verdiente er ein Vermögen beim Zigarettenschmuggel zwischen Italien und Jugoslawien, aber da haute sein Partner Käufer und Verkäufer gleichzeitig übers Ohr, verpfiff Semmler und verschwand mit dem Geld. Semmler, der von mehreren sehr erbosten Herren sehnlichst gesucht wurde, floh auf dem Seeweg nach Spanien, fuhr mit einer Reihe von Bussen weiter nach Lissabon, setzte sich dort mit einem befreundeten Waffenhändler in Verbindung und zog in den afrikanischen Krieg, von dem er gerade in der Zeitung gelesen hatte. Shannon hatte ihn mit Handkuß genommen, denn mit sechzehn Jahren Fronteinsatz verfügte Semmler über größere Erfahrung im Dschungelkrieg als alle anderen. Den Flug nach Libreville verschlief er. Zwei Stunden vor Sonnenaufgang kreiste die DC-4 über dem Flughafen. Durch das Wimmern und Klagen der Kinder war noch ein anderer Ton zu hören: ein Pfeifen. Es war Shannon. Seine Kameraden wußten, daß er immer pfiff, wenn er in den Kampf ging oder gerade von einem Einsatz kam. Sie kannten auch den Namen der Melodie, weil er ihn einmal genannt hatte: Spanish Harlem. Die DC-4 zog zwei Schleifen über dem Flughafen von Libreville, während Van Cleef mit der Bodenkontrolle sprach. Als dann die alte Transportmaschine am Ende des Landestreifens ausrollte, setzte sich ein Militärjeep mit zwei französischen Offizieren vor ihre Nase und lotste Van Cleef von der Piste.

Van Cleef folgte dem Jeep zu einigen Baracken am fernen Ende des Flughafens, weit weg vom Hauptgebäude. Dort wurde der DC-4 bedeutet anzuhalten, aber mit laufenden Triebwerken. Sekunden später wurde eine Treppe an den Ausstieg geschoben, und der Kopilot öffnete von innen die Tür. Ein Käppi tauchte auf, darunter rümpfte sich bei dem üblen Geruch im Inneren der Maschine eine Nase. Dann blieb der Blick des französischen Offiziers an den fünf Söldnern haften. Er winkte sie nach draußen auf die Piste. Als sie die Maschine verlassen hatten, befahl der Offizier dem Kopiloten, die Tür wieder zu schließen, und die DC-4 rollte weiter zum Hauptgebäude, wo einige französische Rotkreuzschwestern und Ärzte schon darauf warteten, die wimmernde Fracht in die Kinderklinik zu bringen. Die fünf Söldner winkten noch einmal dankend zu Van Cleef hinauf. Sie mußten in einer der Baracken eine Stunde lang auf ungemütlich harten Holzstühlen warten, während immer wieder junge französische Soldaten die Nase zur Tür hereinstreckten, um einen Blick auf ›Les Affreux‹ zu werfen, die ›Schrecklichen‹, wie sie im Volksmund genannt wurden. Schließlich hörten sie, wie draußen mit quietschenden Bremsen ein Jeep vorfuhr und auf dem Korridor Hacken zusammenschlugen. Die Tür ging auf und ein hoher Offizier mit sonnenverbranntem, hartem Gesicht trat ein; er trug die übliche Truppenuniform und ein Käppi mit Goldkordel. Shannon bemerkte die scharfen, flinken Augen, das kurzge-

schnittene eisgraue Haar unter dem Käppi und die Schwingen des Fallschirmjägers über fünf Reihen von Ordensbändchen an seiner Uniform. Semmler sprang sofort auf, nahm Haltung an und legte den Mittelfinger an die Stelle, wo sich einst die Hosennaht seines Kampfanzuges befunden hatte. Da wußte Shannon, wer der Besucher war: der legendäre Le Bras. Der Veteran aus Indochina und Algerien drückte jedem die Hand und blieb vor Semmler längere Zeit stehen.
»Alors, Semmler«, sagte er leise mit einem verstohlenen Lächeln, »immer noch der Kämpfer? Aber jetzt nicht mehr Adjutant, sondern Hauptmann, wie ich sehe.«
Semmler wurde verlegen.
»Oui, mon commandant – pardon, Colonel. Nur vorübergehend.«
Le Bras nickte ein paarmal nachdenklich, dann wandte er sich an alle gemeinsam.
»Ich werde für gute Unterbringung sorgen. Zweifellos liegt Ihnen jetzt viel an einem Bad, an Rasierzeug und warmem Essen. Da Sie offenbar nichts mitgebracht haben, wird man Ihnen auch Kleidung zur Verfügung stellen. Leider dürfen Sie vorerst Ihr Quartier nicht verlassen. Eine reine Vorsichtsmaßnahme. Es halten sich eine Menge Presseleute in der Stadt auf, und jeder Kontakt mit Ihnen muß vermieden werden. Sie werden so bald wie möglich nach Europa zurückgeflogen.«
Das war alles, was er zu sagen hatte. Er hob die rechte Hand an den Rand seines Käppis, machte auf dem Absatz kehrt und ging.
Eine Stunde später hatten sie nach einer Fahrt in einem geschlossenen Wagen ihr neues Quartier durch die Hintertür erreicht: fünf Zimmer im obersten Geschoß des ›Gamba-Hotels‹, eines nur fünfhundert Meter vom Flughafen auf der anderen Straßenseite gelegenen Neubaus, meilenweit vom Stadtzentrum entfernt. Ihr junger Begleitoffizier erklärte ihnen, sie müßten ihre Mahlzeiten in den Zimmern einnehmen und sich bis auf weiteres hier zur Verfügung halten. Eine Stunde später kam er mit Handtüchern, Rasierapparaten, Zahnpaste und Bürsten, Seife und Schwämmen zurück. Inzwischen hatte man ihnen ein Tablett mit Kaffee heraufgeschickt, und sie sanken alle dankbar in das heiße, nach guter Seife duftende Bad – das erste seit über sechs Monaten.
Gegen Mittag erschienen ein Militärfriseur und ein Korporal mit Stapeln von Hosen und Hemden, Jacken, Wäsche und Socken, Pyjamas und Leinenschuhen. Sie probierten die Sachen an, behielten, was ihnen paßte, und mit dem Rest zog sich der Korporal wieder zurück. Um ein Uhr kam der Offizier mit vier Kellnern, die das Mittagessen brachten, und befahl ihnen, sich von den Balkons fernzuhalten. Falls sie Gymnastik zu treiben wünschten, habe das in den Zimmern zu geschehen. Bis zum Abend wollte er Bücher und Zeitschriften besorgen, aber er könne nicht versprechen, ob sich welche in Englisch oder Afrikaans auftreiben ließen.

Nach dem besten Mittagessen seit sechs Monaten – damals hatten sie ihren letzten Fronturlaub – fielen die fünf Männer ins Bett und schliefen. Während sie auf ihren ungewohnt bequemen Matratzen zwischen unglaublich kühlen Laken schnarchten, startete Van Cleef in der Abenddämmerung seine DC-4, flog eine Meile entfernt an den Fenstern des ›Gamba-Hotels‹ vorbei und entschwand in südlicher Richtung nach Caprivi und Johannesburg. Auch seine Aufgabe war erfüllt.
Die fünf Söldner verbrachten schließlich vier Wochen im obersten Stockwerk des Hotels, bis sich das Interesse der Presse an ihnen gelegt hatte und die Reporter von ihren Redaktionen zurückbeordert wurden, weil es ohnehin keine Neuigkeit mehr zu erfahren gab.
Eines Abends besuchte sie unvermutet ein französischer Hauptmann von Le Bras' Stab und lächelte breit.
»Messieurs, ich habe eine Neuigkeit für Sie. Noch heute abend fliegen Sie nach Paris zurück. Wir haben für Sie den Flug der Air Afrique um dreiundzwanzig Uhr dreißig gebucht.«
Die fünf Männer hatten sich in Ihrer Abgeschiedenheit zu Tode gelangweilt. Nun jubelten sie.
Der Flug nach Paris mit Zwischenlandungen in Douala und Nizza dauerte zehn Stunden. Am nächsten Vormittag traten sie kurz vor zehn auf dem windigen Flughafen Le Bourget in einen kalten Februartag hinaus. Im Café des Flughafens nahmen sie Abschied. Dupree wollte mit dem Bus nach Orly fahren und von dort aus die nächste SAA-Maschine nach Johannesburg und Kapstadt nehmen. Semmler wollte ihn begleiten und München mindestens einen kurzen Besuch abstatten. Vlaminck erklärte, er werde vom Gare du Nord den ersten Schnellzug nach Brüssel nehmen und von dort nach Ostende weiterfahren. Langarotti reiste vom Gare de Lyon aus mit dem Zug nach Marseille.
»Wir bleiben in Verbindung«, sagten sie und sahen Shannon an. Er war ihr Anführer. Seine Aufgabe war es, sich nach Arbeit umzusehen, nach einem neuen Auftrag, einem neuen Krieg. Sollte einer von ihnen erfahren, daß irgendwo eine Gruppe harter Männer gebraucht wurde, würde er sich seinerseits mit Shannon in Verbindung setzen.
»Ich bleibe für einige Zeit in Paris«, sagte Shannon. »Hier findet man für die Übergangszeit leichter einen Job als in London.«
Sie tauschten Adressen aus, postlagernd, oder die Anschriften von Bars, wo man ihnen eine Nachricht hinterlassen und einen Brief hinterlegen konnte, bis sie wieder auf einen Drink hereinschauten. Dann ging jeder seiner Wege.

Der Rückflug aus Afrika war streng geheimgehalten worden, kein Reporter erwartete sie. Aber einer hatte doch von ihrer Ankunft erfahren. Er wartete auf Shannon, der als letzter von ihnen den Flughafen verließ.

»Shannon.«
Er sprach den Namen nach der Art der Franzosen aus und in keineswegs freundlichem Ton. Shannon drehte sich um. Seine Augen wurden schmaler, als er zehn Meter entfernt die untersetzte Gestalt mit dem mächtigen Schnurrbart stehen sah. Der Mann trug einen dicken Wintermantel und trat dicht an Shannon heran. Sie musterten sich mit Blicken, die verrieten, daß sie wenig füreinander übrig hatten.
»Roux«, sagte Shannon.
»Sie sind also wieder da.«
»Ja, wir sind wieder da.«
»Und besiegt«, sagte der Franzose spöttisch.
»Wir hatten kaum eine Chance«, sagte Shannon.
»Ich gebe Ihnen einen guten Rat, mein Freund: Kehren Sie in Ihre Heimat zurück. Bleiben Sie nicht hier, das wäre unklug. Diese Stadt ist mein Revier. Sollte hier ein Auftrag anfallen, werde ich es zuerst erfahren und ihn abschließen. Wer mitmacht, bestimme ich.«
Shannon ging stumm zum nächstbesten Taxi, öffnete die Tür und setzte sich auf den Rücksitz. Roux folgte ihm mit zorngerötetem Gesicht.
»Hören Sie zu, Shannon. Ich warne Sie.«
Der Ire sah zu ihm hinaus.
»Nein, Roux, hören Sie mir lieber zu: Ich bleibe in Paris, solange es mir paßt. Sie haben mich im Kongo nicht eingeschüchtert, und Sie schaffen es auch jetzt nicht. Ziehen Sie Leine.«
Das Taxi setzte sich in Bewegung. Roux starrte ihm wütend nach. Er murmelte einen Fluch und holte seinen Wagen vom Parkplatz.
Er ließ den Motor an, legte den ersten Gang ein und wartete ein paar Sekunden lang, bevor er die Kupplung kommen ließ.
»Eines Tages bringe ich den Schweinehund um«, murmelte er. Aber dieser Gedanke besserte seine Laune auch nicht.

Erster Teil
Der Kristallberg

1. Kapitel

Jack Mulrooney drehte sich auf seinem Feldbett unter dem Moskitonetz auf die andere Seite und sah die erste graue Morgendämmerung über den Bäumen im Osten heraufschleichen. Es war ein blasser Schimmer, gerade ausreichend, um die Umrisse der Baumriesen erkennen zu lassen, die sich über der Lichtung erhoben. Er zog an seiner Zigarette, verfluchte den Urwald ringsum und fragte sich genau wie alle alten Afrikamänner zum tausendstenmal, warum, zum Teufel, er überhaupt in diesen verpesteten Kontinent zurückgekehrt war.

Wenn er sich wirklich Mühe gegeben hätte, diese Frage zu beantworten, hätte er sich eingestehen müssen, daß er nirgendwo anders leben konnte, ganz bestimmt nicht in London, überhaupt nicht in Großbritannien. Er ertrug die Städte nicht, die Regeln und Vorschriften, die Steuern, die Kälte. Wie alle alten Afrikafahrer liebte und haßte er diesen Kontinent. Und er mußte sich damit abfinden, daß er ihm seit fünfundzwanzig Jahren tief im Blut saß – wie die Malaria, der Whisky und die Millionen von Insektenstichen.

Er war 1945 im Alter von fünfundzwanzig Jahren aus England hierhergekommen. Zuvor hatte er fünf Jahre lang als Mechaniker bei der Royal Air Force gearbeitet, unter anderem auch in Takoradi, wo er in Kisten verpackte Spitfires für den langen Weiterflug nach Ostafrika und den Vorderen Orient zusammengebaut hatte. Das war seine erste Begegnung mit Afrika. Nach der Abmusterung hatte er seine Entschädigung genommen, dem frierenden und hungernden London im Jahre 1945 Lebewohl gesagt und ein Schiff nach Westafrika bestiegen. Dort hatte ihm jemand erzählt, man könne in Afrika ein Vermögen verdienen.

Ein Vermögen war ihm zwar nicht in den Schoß gefallen, aber nach langen Irrfahrten kreuz und quer durch den Kontinent hatte er eine kleine Zinnkonzession auf dem Benue-Plateau erworben, achtzig Meilen von Jos in Nigeria entfernt. Während der malaiischen Krise wurden gute Preise erzielt, und Zinn war teuer. Er hatte neben seinen Tiv-Arbeitern geschuftet, während man im englischen Club, wo die Damen der Kolonialbeamten beim Tee die letzten Tage des Empire verplauderten, von ihm sagte, er sei zu einem Eingeborenen geworden und das gehöre sich nicht.

Es stimmte schon: Mulrooney bevorzugte tatsächlich die afrikanische Lebensart. Er liebte den Busch und er liebte die Afrikaner, denen es offenbar nichts ausmachte, daß er fluchte und brüllte und sie zu noch härterer Arbeit antrieb. Er verwöhnte sie nicht. Seine Zinn-Konzession lief 1960 aus, etwa zur Zeit der Unabhängigkeitserklärung, und er wurde Angestellter bei einer Gesellschaft, die in der Nähe eine größere und lohnendere Konzession betrieb. Als die Grube der Manson Consolidated 1962 ebenfalls erschöpft war, gehörte Mulrooney dort zu den leitenden Leuten.
Mit fünfzig war er immer noch ein großer, kräftiger Mann, grobknochig und stark wie ein Ochse. Er hatte gewaltige Hände, schwielig und vernarbt von der jahrelangen Arbeit im Bergbau. Nun fuhr er sich mit der einen Pranke durch den ungepflegten grauen Haarschopf und drückte mit der anderen seine Zigarette in der feuchten, roten Erde unter der Pritsche aus.
Es war inzwischen noch heller geworden. Er hörte, wie sein Koch drüben auf der anderen Seite der Lichtung ein Feuer anfachte.
Mulrooney bezeichnete sich als Bergingenieur, obwohl er keinerlei Diplom besaß. Er hatte Fachkurse absolviert und das erworben, was keine Universität vermitteln konnte: fünfundzwanzig Jahre harter Erfahrung. Er hatte am Witwatersrand im Goldbergbau, bei Ndola im Kupferbergbau und in Somaliland nach dem kostbaren Wasser gebohrt, in Sierra Leone Diamanten ausgebuddelt. Er konnte einen gefährdeten Stollen mit seinem Instinkt und eine Lagerstätte am Geruch erkennen. Das behauptete er zumindest, und niemand wagte es zu bestreiten, nachdem er abends in den Baracken seine üblichen zwanzig Flaschen Bier getrunken hatte.
Er war einer der letzten Prospektoren der alten Schule. Er wußte, daß ›ManCon‹ ihm die kleineren Jobs zuwies, tief im Busch, im wilden Hinterland, meilenweit von jeder Zivilisation entfernt, und er war damit zufrieden. Er arbeitete am liebsten allein, das war nun einmal seine Art.
Sein neuester Auftrag war ganz von dieser Sorte: Seit drei Monaten erkundete er die Ausläufer der sogenannten ›Kristallberge‹ im Hinterland der Republik Zangaro, einer winzigen Enklave an der westafrikanischen Küste.
Man hatte ihm erklärt, auf welches Gebiet er sich zu konzentrieren hätte, nämlich auf die unmittelbare Umgebung des Kristallbergs. Die Bergkette mit Erhebungen bis zu tausend Metern verlief in gerader Linie quer durch die ganze Republik, parallel zu der rund vierzig Meilen entfernten Küste. Das Gebirge trennte die Küstenebene vom Hinterland. Es wurde nur von einem einzigen Paß durchbrochen, über den die einzige Straße ins Landesinnere führte: ein schmaler Feldweg, im Sommer von der Sonne zementhart gebrannt, im Winter ein einziger Schlammfluß. Hinter den Bergen lebte der Eingeborenenstamm der Vindu etwa auf der Kulturstufe der Eisenzeit, nur daß ihre Geräte aus Holz bestanden. Mulrooney hatte

schon manche wilde Gegend gesehen, aber bestimmt noch nichts so Rückständiges wie das Hinterland Zangaros.
An einer Seite der Bergkette erhob sich der Berg, der dem ganzen Gebirge seinen Namen gab. Es war nicht einmal die höchste Erhebung. Vor vierzig Jahren war ein einsamer Missionar durch den Paß ins Landesinnere vorgedrungen, hatte sich nach Süden gewandt und nach ungefähr zwanzig Meilen einen Berg erblickt, der sich etwas abseits von den anderen erhob. In der vorangegangenen Nacht hatte es geregnet; es war einer der zahlreichen Wolkenbrüche gewesen, die sich für dieses Gebiet in der fünf Monate dauernden Regenzeit immerhin zu gut sieben Meter Niederschlag addierten. Vor den Augen des Priesters glänzte der Berg kristallen in der Morgensonne, daher nannte er ihn den Kristallberg. Er machte eine entsprechende Eintragung in seinem Tagebuch. Zwei Tage später wurde er erschlagen und verspeist. Ein weiteres Jahr später wurde das Tagebuch, von den Dorfbewohnern als heiliges Juju verehrt, von einer Streife Kolonialsoldaten aufgefunden. Die Soldaten radierten in treuer Pflichterfüllung das Dorf von der Landkarte aus, kehrten an die Küste zurück und übergaben das Tagebuch der zuständigen Missionsgesellschaft. So blieb von alldem, was der Priester für eine undankbare Welt getan hatte, nur der Name erhalten, den er diesem Berg gegeben hatte. Später nannte man dann die ganze Gebirgskette die ›Kristallberge‹.
Was der Missionar in der Morgensonne glitzern sah, war kein Kristall – es waren ungezählte Wasserläufe, die sich nach dem nächtlichen Wolkenbruch die Bergflanken hinab ergossen. Das Regenwasser lief auch die anderen Berge hinab, aber die versteckten sich hinter der dichten Vegetation des Dschungels wie unter einer grünen Decke. Von weitem konnte man sie nicht sehen, und drang man in sie ein, befand man sich in einer dampfenden Hölle. Nur der eine Berg glänzte im Licht, weil an seinen Flanken die Vegetation erheblich spärlicher wuchs. Warum das so war, darüber machte sich der Priester ebensowenig Gedanken wie die nächsten zehn oder zwölf Weißen, die den Berg zu Gesicht bekamen.
Aber Mulrooney wußte es, nachdem er drei Monate in der brodelnden Dschungelhölle rings um den Kristallberg zugebracht hatte.
Er hatte gleich zu Beginn den ganzen Berg umkreist und dabei festgestellt, daß es zwischen der seewärts gelegenen Bergflanke und der übrigen Kette tatsächlich eine Lücke gab. Der Kristallberg erhob sich allein östlich von der Hauptkette. Da er niedriger war als die höchsten Gipfel der vorgelagerten Kette, konnte man ihn von der anderen Seite aus nicht sehen. Auch in anderer Hinsicht war der Berg nicht besonders auffallend, nur hatte er pro Quadratmeile mehr Bäche aufzuweisen als die anderen Hügel.
Mulrooney zählte die Bäche gewissenhaft, sowohl am Kristallberg als auch an den umliegenden Erhebungen. Es konnte kein Zweifel bestehen. Nach dem Regen lief auch von den anderen Bergen das Wasser ab, doch

ein Großteil des Niederschlags wurde vom Boden aufgesogen. Die anderen Berge hatten über ihrem felsigen Kern sechs Meter Humus, auf dem Kristallberg gab es kaum Mutterboden. Mulrooney ließ seine Eingeborenen-Arbeiter, an Ort und Stelle angeheuerte Vindu, mit einem transportablen Bohrgerät eine Reihe von Löchern bohren und fand den Unterschied der Humustiefe an zwanzig verschiedenen Stellen bestätigt. Diese Bohrungen gaben ihm über das Warum Aufschluß.

Im Laufe von Jahrmillionen hatte sich die Erdkrume aus der Verwitterung des Felsens und vom Wind herbeigetragenen Staub gebildet. Der Regen hatte zwar einen Teil davon wieder ins Tal gespült, über Bäche und Flüsse in ein flaches Flußdelta, aber etwas Humus war stets in Spalten hängengeblieben, verschont von dem Wasser, das sich inzwischen eigene Mulden gegraben hatte. Diese Rinnen im weichen Gestein waren zu einem Entwässerungssystem geworden, das sich immer tiefer in den Berg einschnitt und einen Teil der Oberfläche unberührt ließ. So hatte sich die Erdschicht aufgebaut, war mit jedem Jahrhundert, jedem Jahrtausend ein wenig dicker geworden. Die Vögel und der Wind hatten Samen herbeigetragen. Pflanzen fanden Halt an geschützten Stellen, und ihre Wurzeln trugen zur Festigung des Hangbodens bei. Als Mulrooney die Hänge zu sehen bekam, war schon genügend fruchtbarer Humus vorhanden, um die mächtigen Bäume und die ineinander verstrickten Schlinggewächse zu ernähren, die alle Gipfel und Hänge bedeckten – bis auf den einen Berg.

An diesem einen Berg konnte sich das Wasser keine Rinnen graben, die zu Flüssen wurden, schon gar nicht an der steilsten Flanke, die landeinwärts im Osten lag. Hier hatte sich der Humus in Falten gesammelt, wo Büsche, Gras und Farne wuchsen. Von diesen Vegetationsinseln aus hatte sich der grüne Teppich ausgebreitet und mit seinen Schlinggewächsen in dünner Schicht den kahlen Fels überzogen, der regelmäßig während der Regenzeit vom Wasser blankgewaschen wurde. Diese schimmernden nassen Flächen mitten im Grün waren es, die der Missionar vor seinem Tode gesehen hatte. Der Unterschied ergab sich aus einem einfachen Grund: der einzelne Berg bestand aus einem anderen Material als die Hauptkette des Gebirges, nämlich aus granithartem Urgestein und nicht aus dem weicheren Material der wesentlich jüngeren Hauptkette.

Diese Tatsache hatte Mulrooney bei seiner Umwanderung des Kristallbergs einwandfrei festgestellt. Dazu brauchte er vierzehn Tage. Er fand dabei heraus, daß nicht weniger als siebzig Wasserläufe den Kristallberg herabstürzten. Die meisten von ihnen sammelten sich in drei größeren Flüssen, die sich nach Osten in das tiefergelegene Tal ergossen. Aber er stellte noch etwas anderes fest. An den Ufern der Flüsse, die von diesem Berg kamen, hatte der Boden eine andere Färbung, und auch die Vegetation war eine andere. Einige Pflanzensorten gab es überall, aber andere fehlten, obgleich sie an den übrigen Berghängen und den anderen Flüssen

üppig gediehen. Durchwegs war die Vegetation entlang der Flüsse, die ihren Ursprung am Kristallberg hatten, dünner und spärlicher als anderswo. Durch einen Mangel an fruchtbarem Humus ließ sich das nicht erklären, denn der war reichlich vorhanden.
Also mußte die Erde selbst etwas enthalten, was das Pflanzenleben entlang der Flußläufe hemmte.
Mulrooney machte sich daran, die siebzig Flüsse, die ihn interessierten, kartographisch aufzunehmen. Er entnahm den Flußbetten bei dieser Gelegenheit Bodenproben, erst an der Oberfläche, dann aus tieferen Schichten bis hinunter auf den gewachsenen Fels.
Die Entnahme der Bodenproben ging so vor sich: Er schüttete jeweils zwei Eimer Kies und Geröll auf eine Zeltplane, baute daraus einen Kegel und viertelte sie mit der Schaufel. Dann nahm er die beiden einander gegenüberliegenden Viertel der Probe, vermischte sie und viertelte den neuen Kegel wieder, bis er am Ende einen echten Querschnitt des Materials im Gewicht von zwei bis drei Pfund gewonnen hatte. Nach dem Trocknen kam diese Probe dann in einen kunststoffbeschichteten Leinenbeutel, der versiegelt und sorgfältig beschriftet wurde. Im Laufe eines Monats hatte er aus den siebzig Fluß- und Bachbetten eintausendfünfhundert Pfund Sand und Geröll in sechshundert Beutel gesammelt. Dann nahm er den Berg selbst in Angriff.
Er wußte jetzt schon, was die Laboruntersuchung ergeben würde: daß seine Bodenproben gewisse Mengen von alluvialem Zinn enthielten, winzige Partikel, die in Zehntausenden von Jahren aus dem Berg gewaschen worden waren – den Beweis, daß der Kristallberg Kassiterit oder anderes Zinnerz enthalten mußte.
Er teilte die Bergflanken in Abschnitte und versuchte dabei, die Einzugsgebiete und Ursprünge der Bäche zu berücksichtigen, die sich hier in der feuchten Jahreszeit sammelten. Nach Ablauf einer Woche wußte er, daß der Fels keine Zinnerzgänge enthielt, sondern höchstwahrscheinlich das, was die Geologen versprengte Ablagerungen nennen. Überall war der Zinngehalt feststellbar. Unter den wuchernden Schlingpflanzen fand er blanke Felsflächen, die von zentimeterbreiten Adern durchzogen wurden wie die Nase eines Trinkers. Sie bestanden aus milchigweißem Quarz, der sich meterweit über den blanken Fels erstreckte.
Was er auch sah, alles deutete auf Zinn hin. Wieder umrundete er dreimal den ganzen Berg, und seine Beobachtungen bestätigten die versprengten Einlagerungen, die überall vorhandenen weißen Adern im dunkelgrauen Fels. Mit Hammer und Meißel schlug er tiefe Löcher in den Stein, und auch hier ergab sich dasselbe Bild. Manchmal glaubte er, im Quarz dunklere Tönungen zu erkennen, die Bestätigung für das Vorhandensein von Zinn.
Dann begann er ernsthaft zu hämmern und genau Karten anzulegen. Er

sammelte Proben der reinweißen Quarzadern und sicherheitshalber auch solche von dem Muttergestein zwischen den Adern. Drei Monate, nachdem er seinen Fuß in den unberührten Dschungel östlich des Berges gesetzt hatte, war er fertig. Er hatte weitere eintausendfünfhundert Pfund Steine gesammelt, die er zur Küste mitnehmen mußte. Diese eineinhalb Tonnen Gesteins- und Erdproben waren alle drei Tage in einzelnen Ladungen aus seinem Arbeitslager ins Hauptlager zurücktransportiert und im Schutze von Zeltplanen gestapelt worden. Hier im Hauptlager erwartete er nun die Morgendämmerung.
Nach dem Frühstück sollten die Träger, die er tags zuvor nach längerem Feilschen angeworben hatte, aus dem Dorf kommen und seine Trophäen über den Pfad, der sich großspurig Straße nannte, zur Küste schaffen. Dort wartete in einem Dorf an der Straße sein Zweitonner, dessen Zündverteiler und Schlüssel er vorsichtshalber in seinem Proviantbeutel stekken hatte. Falls die Eingeborenen den Lastwagen nicht in Stücke geschlagen hatten, mußte er eigentlich noch funktionieren. Er hatte dem Dorfältesten genug Geld dafür gezahlt, sich um die Kiste zu kümmern. Mit dem beladenen Lastwagen und zwanzig Helfern, die das Fahrzeug auf Steigungen ziehen und aus Gräben und Schlaglöchern schieben sollten, gedachte er die Hauptstadt in drei Tagen zu erreichen. Nach einem Telegramm nach London würde er mehrere Tage warten müssen, bis ihn das gecharterte Schiff der Gesellschaft abholte. Er wäre lieber über die Küstenstraße hundert Meilen weit nach Norden in die Nachbarrepublik gefahren, um seine Proben von dem dortigen Flugplatz aus auf dem Luftweg zu verfrachten. Aber die Vereinbarung zwischen ManCon und der Regierung von Zangaro schrieb vor, daß er die Proben in die Hauptstadt mitzubringen hatte.
Jack Mulrooney schwang sich von seinem Feldbett, schlug das Moskitonetz zur Seite und brüllte seinen Koch an: »He, Dingaling, wo bleibt mein verdammter Kaffee?«
Der Vindu-Koch, der außer ›Kaffee‹ kein Wort verstanden hatte, hockte grinsend am Feuer und winkte vergnügt. Mulrooney marschierte über die Lichtung hinüber zu seinem Waschbehälter aus imprägnierter Zeltbahn und begann sich zu schrubben, während sich die Mücken auf seinem verschwitzten Oberkörper niederließen.
»Verfluchtes Afrika«, murmelte er und steckte das Gesicht ins Wasser. Aber er war an diesem Morgen zufrieden. Er war überzeugt, sowohl ausgeschwemmtes (»Seifen«-)Zinn als auch zinnhaltiges Gestein gefunden zu haben. Die Frage war nur, wie hoch pro Tonne der Gehalt sein mochte. Bei einem Weltmarktpreis von etwa dreitausenddreihundert Dollar pro Tonne Zinn mußten die Analytiker und Wirtschaftler ausrechnen, ob Zinn in abbauwürdigen Mengen vorhanden war: Das bedeutete nämlich die Einrichtung eines Minencamps mit komplizierten Maschinen und die

Anwerbung von Arbeitern, ganz zu schweigen von einer Schmalspurbahn, die für den Abtransport des Erzes bis an die Küste gebaut werden mußte. Es war schon ein gottverlassener, schwer zugänglicher Fleck. Wie üblich, würde man alles nach Pfund, Shilling und Penny ausrechnen. Das war nun einmal der Lauf der Welt. Er erlegte noch einen Moskito an seinem Oberarm und zog sich das T-Shirt über.

Sechs Tage später beugte sich Jack Mulrooney über die Reling des von seiner Gesellschaft gecharterten Küstenmotorbootes, spuckte ins Meer und sah hinter sich die Küste Zangaros entschwinden.
»Verdammte Schweinehunde«, murmelte er wütend. Er brachte als Souvenir ein Reihe blauer Flecken an Brust und Rücken und einen Riß an der Backe mit, die Spuren von Gewehrkolben, die ihn bei der Razzia im Hotel getroffen hatten.
Sie hatten zwei Tage gebraucht, um die Proben aus dem unwegsamen Busch bis zur Straße zu schaffen, und einen weiteren Tag und eine ganze Nacht hatte sich der Lastwagen dann über den zerwühlten Trampelpfad aus dem Landesinneren zur Küste gequält. Während der Regenzeit hätte er es nie geschafft. Aber noch lag ein Monat Trockenheit vor ihnen, und die zementharten Rinnen im Schlamm hatten den Mercedes beinahe in Einzelteile zerlegt. Drei Tage zuvor hatte Mulrooney seine Vindu-Arbeiter bezahlt und entlassen. Dann rollte der Lastwagen ächzend das letzte Gefälle zu der Teerstraße hinunter, die erst vierzehn Meilen vor der Hauptstadt begann. Von hier aus war es noch eine Stunde in die Stadt und zum Hotel gewesen.
›Hotel‹ war eigentlich nicht der richtige Ausdruck. Seit der Unabhängigkeit war das beste Haus am Platze zu einer schäbigen Herberge abgesunken, die aber wenigstens einen Parkplatz besaß. Hier hatte er den Lastwagen abgestellt, verriegelt und dann das Telegramm abgeschickt. Gerade noch rechtzeitig, denn sechs Stunden später war die Hölle los. Auf Befehl des Präsidenten wurden Hafen, Flugplatz und alle anderen Verbindungen nach draußen blockiert.
Von dieser Maßnahme erfuhr er erst, als eine Gruppe abgerissener, zerlumpter Soldaten, die ihre Karabiner am Lauf wie Keulen schwangen, das Hotel stürmten und mit der Durchsuchung der Zimmer begannen. Es war zwecklos, sie nach dem Grund zu fragen, denn sie brüllten ihn nur in einer Sprache an, die er nicht verstand. Er glaubte jedoch, den Vindu-Dialekt wiederzuerkennen, den er drei Monate lang bei seinen Arbeitern gehört hatte.
So etwas läßt sich ein Mulrooney nicht bieten. Er hatte zwei Kolbenhiebe eingesteckt und dann zugeschlagen. Der nächststehende Soldat war auf dem Rücken den halben Korridor entlanggerutscht, und die übrige Meute hatte durchgedreht. Daß keine Schießerei entfesselt wurde, war nur ei-

nem gütigen Geschick und dem Umstand zu verdanken, daß die Soldaten ihre Gewehre lieber als Keulen gebrauchten, anstatt mühsam nach komplizierten Mechanismen wie Sicherungshebel und Abzugsbügel zu suchen.
Man hatte ihn zum nächstgelegenen Polizeirevier geschleppt und zwei Tage lang abwechselnd angebrüllt und dann wieder in einer unterirdischen Zelle ignoriert. Er wußte gar nicht, wieviel Glück er hatte. Ein Schweizer Geschäftsmann, einer der seltenen ausländischen Besucher der Republik, hatte Mulrooneys Abtransport beobachtet und um sein Leben gefürchtet. Der Mann hatte sich mit der Schweizer Botschaft in Verbindung gesetzt – insgesamt waren nur sechs europäische Staaten und die USA diplomatisch in Zangaro vertreten –, und die Schweizer Botschaft wiederum hatte ManCon verständigt, weil der Schweizer den Namen der Firma von Mulrooneys Habseligkeiten im Hotel her kannte.
Zwei Tage später war das Küstenmotorboot da. Der Schweizer Konsul hatte sich erfolgreich für Mulrooneys Entlassung eingesetzt. Zweifellos war auch Bestechungsgeld bezahlt worden, für das ManCon geradestehen mußte. Für Jack Mulrooney war der Ärger damit noch nicht ausgestanden. Nach seiner Freilassung hatte man seinen Lastwagen aufgebrochen und die Proben über den ganzen Parkplatz verstreut. Die Gesteinsbrocken waren gekennzeichnet und konnten wieder eingesammelt werden, aber Sand, Geröll und Steinsplitter waren durcheinandergeraten. Glücklicherweise waren die rund fünfzig aufgeschlitzten Säcke noch halbvoll geblieben, so konnte er sie neu versiegeln und zum Boot schaffen. Zoll, Polizei und Militär hatten daraufhin das Boot noch einmal vom Bug bis zum Heck durchsucht und die Mannschaft rüde angebrüllt, ohne zu erklären, was sie eigentlich wollten.
Der verängstigte Schweizer Konsulatsbeamte, der Mulrooney aus dem Revier ins Hotel zurückgebracht hatte, erwähnte etwas von Gerüchten über einen Attentatsversuch gegen den Präsidenten und über einen hohen Offizier, der von den Soldaten als angeblicher Rädelsführer gesucht wurde.

Vier Tage nach dem Auslaufen aus dem Hafen Clarence traf Jack Mulrooney, der seine Gesteinsproben immer noch hütete wie seinen Augapfel, an Bord einer Chartermaschine in Luton in England ein. Ein Lastwagen schaffte seine Proben zur Analyse nach Watford, und er selbst durfte nach einer Untersuchung durch den Firmenarzt einen dreiwöchigen Urlaub antreten. Er fuhr zu seiner Schwester nach Dulwich und langweilte sich schon nach einer Woche zu Tode.

Auf den Tag genau drei Wochen später lehnte sich Sir James Manson, Ritter des British Empire, Vorstandsvorsitzender und Generaldirektor der

Manson Consolidated Mining Company Ltd., im zehnten Stockwerk der Zentralverwaltung der Firma in London in seinem Ledersessel zurück, warf noch einen Blick auf den vor ihm liegenden Bericht und stieß hervor: »Großer Gott!« Keiner gab ihm eine Antwort.
Er stand von seinem mächtigen Schreibtisch auf, trat vor das breite Panoramafenster an der Südseite und sah hinunter auf die Londoner Innenstadt, das Herz eines finanziellen Weltreiches, das trotz aller Unkenrufe immer noch existierte.
Manchen der wimmelnden emsigen Ameisen in nüchternem Grau, mit schwarzen Bowlern auf dem Kopf, erschien es vielleicht nur als ein Arbeitsplatz – langweilig und ermüdend, eine Tretmühle, die jedem das Letzte abforderte, bis er sich schließlich zur Ruhe setzen konnte. Für andere, die jung und noch voller Hoffnung waren, bedeutete diese City ein Land der unbegrenzten Möglichkeiten, in dem Können und harte Arbeit mit Karriere und Sicherheit belohnt wurden. Für Romantiker war die City zweifellos die Heimat der großen Handelsherren, für Pragmatiker der größte Absatzmarkt der Welt und für linksradikale Gewerkschaftler ein Ort, wo nutzlose Müßiggänger einer reichen, privilegierten Oberschicht dem Luxus frönten. James Manson war Zyniker und Realist. Er kannte die City genauer: Sie war nichts weiter als ein schlichter Dschungel, und er war darin einer der Panther.
Er war von Natur aus ein Raubtier und hatte schon früh erkannt, daß es gewisse Regeln gab, zu denen man sich offiziell bekennen mußte, um sie dann insgeheim zu mißachten; daß genau wie in der Politik nur ein Gebot galt, nämlich das elfte: ›Du sollst dich nicht erwischen lassen.‹ Durch strenge Beachtung dieser obersten Grundregel war er vor einem Monat beim Neujahrsempfang geadelt worden. Der Vorschlag stammte von der Konservativen Partei (angeblich wegen seiner Verdienste um die Industrie, in Wirklichkeit jedoch als Gegenleistung für heimliche Zuwendungen zum Wahlkampffonds der Partei) und wurde von der Regierung Wilson wegen seiner Unterstützung der offiziellen Nigeria-Politik befürwortet. Sein Vermögen hatte er gemacht, indem er die zweite Voraussetzung erfüllte; so kam es, daß er jetzt fünfundzwanzig Prozent der Aktien seiner eigenen Bergwerksgesellschaft besaß und in dem Penthouse-Büro als mehrfacher Millionär residierte.
Er war einundsechzig Jahre alt, klein, aggressiv und bullig gebaut wie ein Panzer. Seine unwiderstehliche Kraft und piratenhafte Skrupellosigkeit waren bei den Frauen geschätzt und bei Konkurrenten gefürchtet. Er war gerissen genug, um nach außen hin die etablierte Ordnung der City und der Gesellschaft, des wirtschaftlichen und politischen Lebens zu respektieren, obgleich er genau wußte, daß in beiden Bereichen Männer am Werk waren, die hinter einer Maske von Ansehen und Seriosität eine fast totale moralische Skrupellosigkeit verbargen. Einige dieser Leute hatte er

in seinen Verwaltungsrat berufen, darunter auch zwei frühere Minister aus konservativen Kabinetten. Keiner der beiden hatte etwas gegen eine dicke Tantieme zusätzlich zum Direktorengehalt einzuwenden, zahlbar an ein Konto auf den Cayman-Inseln oder auf den Bahamas, und soviel er wußte frönte einer der Exminister einem absonderlichen Privatvergnügen: Er pflegte bei Tisch mit Häubchen, Dienstmädchenschürze und einem strahlenden Lächeln angetan, drei bis vier ledergekleidete Dominas zu bedienen. In Mansons Augen waren beide Männer recht nützlich, da sie über beträchtlichen Einfluß und erstklassige Beziehungen ohne hinderliches Ehrgefühl verfügten. In der Öffentlichkeit waren beide als verdiente Politiker bekannt. So genoß James Manson großes Ansehen im Rahmen der Spielregeln der City, die mit den sonst üblichen Regeln absolut nichts zu tun hatten.

Das war nicht von jeher so gewesen. Deshalb stießen alle Rechercheure, die sich mit seiner Vergangenheit befaßten, immer wieder gegen Gummiwände. Über den Beginn seiner Karriere war sehr wenig bekannt, und er war klug genug, dafür zu sorgen, daß es so blieb. Er ließ zwar durchsickern, daß er der Sohn eines rhodesischen Lokführers war, aufgewachsen in der Nähe der weitläufigen Kupferminen von Ndola im nördlichen Rhodesien, dem heutigen Sambia. Er bekannte sogar, daß er als Junge vor Ort gearbeitet und später sein erstes Vermögen mit Kupfer verdient hatte. Aber er verlor kein Wort darüber, wie das geschehen war.

In Wirklichkeit hatte er die Bergwerke sehr früh, schon vor seinem zwanzigsten Geburtstag, verlassen und erkannt, daß die Männer, die unter Tage ihr Leben inmitten lärmender Maschinen aufs Spiel setzen, nie Geld verdienen würden – jedenfalls nicht das große Geld. Das lag über der Erde und nicht einmal im Management der Minen. Als junger Mann hatte er sich mit dem Finanzwesen befaßt, mit dem Einsatz und der Manipulation von Geld, und sein Abendstudium hatte ihn gelehrt, daß man binnen einer Woche mit Kupferanteilen mehr verdienen konnte, als ein Bergmann in seinem ganzen Leben nach Hause brachte. Er hatte als kleiner Makler am Witwatersrand begonnen, nebenbei ein paar geschmuggelte Diamanten verkauft und Gerüchte in Umlauf gesetzt, die den Spekulanten die Brieftaschen öffneten, dann leichtgläubigen Mitmenschen einige ausgebeutete Claims verkauft. Daher stammte sein erstes Vermögen. Kurz nach dem Zweiten Weltkrieg tauchte er mit fünfunddreißig Jahren in London auf, besaß die richtigen Beziehungen für ein kupferhungriges Großbritannien, das seine Industrie in Schwung bringen wollte, und 1948 gründete er seine eigene Bergwerksgesellschaft. Sie wurde Mitte der fünfziger Jahre in eine Aktiengesellschaft umgewandelt, und fünfzehn Jahre später erstreckte sich seine Interessensphäre über die ganze Welt. Als einer der ersten erkannte er den frischen Wind, der mit Harold Macmillan durch Afrika wehte und den schwarzen Republiken die Unabhän-

gigkeit brachte. Er machte sich die Mühe, die meisten der neuen machthungrigen afrikanischen Politiker kennenzulernen, während ein Großteil der anderen Geschäftsleute der City immer noch die neuerliche Unabhängigkeit der einstigen Kolonien beklagte.
Er war für die neuen Männer ein guter Partner. Sie durchschauten seine Erfolgsstory, und er durchschaute ihre Beteuerungen, es gehe ihnen nur um ihre schwarzen Landsleute. Dabei wußten sie, was er wollte, und er wußte, was sie wollten. So füllte er die Schweizer Bankkonten auf, und sie erteilten Manson Consolidated Bergwerkslizenzen zu Preisen, die weit unter dem Handelswert lagen. ManCon, wie die Firma kurz genannt wurde, blühte und gedieh.
James Manson hatte auch mehrere Vermögen nebenbei verdient. So zum Beispiel in jüngster Vergangenheit mit den Anteilen einer Nickelmine in Australien. Die Gesellschaft nannte sich Poseidon. Als die Poseidon-Aktien im Spätsommer 1969 bei vier Shilling standen, hatte ihm jemand zugeflüstert, ein Geologenteam habe in Zentralaustralien eventuell etwas in einem Landstrich entdeckt, wo Poseidon die Schürfrechte besaß. Er riskierte eine erkleckliche Summe für einen vertraulichen Auszug aus den Untersuchungsberichten. Darin stand: Nickel, und zwar eine ganze Menge. Nickel war zwar auf dem Weltmarkt nicht knapp, aber das schreckte die Spekulanten nicht ab; sie und nicht die Anleger trieben die Aktienkurse hoch.
Er setzte sich mit seiner Schweizer Bank in Verbindung, einem so diskreten Geldinstitut, daß es sein Vorhandensein nur durch ein Goldtäfelchen von der Größe einer Visitenkarte an der Wand neben einer soliden Eichentür in einer schmalen Züricher Gasse kundtat. In der Schweiz gibt es keinen Börsenmakler. Alle Investitionen werden über die Bank abgewickelt. Manson wies Dr. Martin Steinhofer, den Chef der Investment-Abteilung der Zwingli-Bank, an, in seinem Namen fünftausend Poseidon-Anteile zu erwerben. Der Schweizer Bankier verständigte die angesehene Londoner Firma Joseph Sebag & Co. und gab die Order für das Bankhaus Zwingli weiter. Zum Zeitpunkt der Transaktion notierte Poseidon mit fünf Shilling.
Der Sturm brach los, als Ende September das Ausmaß der australischen Nickelvorkommen bekannt wurde. Die Kurse gerieten in Bewegung, und geschickt plazierte Gerüchte sorgten dafür, daß aus dem Anstieg ein Run wurde. Sir James Manson wollte die Papiere ursprünglich abstoßen, sobald sie fünfzig Pfund pro Anteil erreicht hatten, aber sie kletterten so kräftig, daß er sie noch behielt. Schließlich schätzte er den erreichbaren Höchststand auf etwa einhundertfünfzehn Pfund und wies Dr. Steinhofer an, bei einhundert Pfund mit dem Verkauf zu beginnen. Der diskrete Schweizer Bankier tat es und veräußerte das ganze Aktienpaket zu einem Durchschnittspreis von einhundertdrei Pfund pro Anteil. Das Papier er-

reichte eine Spitzennotierung von einhundertzwanzig Pfund, dann setzte sich die Vernunft durch, und der Kurs sank auf zehn Pfund. Diese Differenz von zwanzig Pfund störte Manson nicht, denn er wußte, daß man dann verkaufen muß, wenn ein Papier noch eine ansteigende Tendenz aufweist und genügend Kaufinteressenten findet. Nach Abzug aller Kosten und Gebühren machte er dabei einen guten Schnitt von netto fünfhunderttausend Pfund, die immer noch beim Schweizer Bankhaus Zwingli lagen.

Einem britischen Staatsbürger ist es natürlich verboten, ohne Kenntnis des Finanzamtes ein ausländisches Bankkonto zu besitzen, und er darf auch nicht innerhalb von sechzig Tagen einen Gewinn von einer halben Million Pfund Sterling machen, ohne dafür Kapitalgewinnsteuern abzuführen. Aber Dr. Steinhofer war in der Schweiz ansässig und ein verschwiegener Mann.

An diesem Februarnachmittag kehrte Sir James Manson nun an seinen Schreibtisch zurück, ließ sich in den weichgepolsterten Ledersessel sinken und griff wieder nach dem vor ihm liegenden Bericht. Er war in einem großen versiegelten Briefumschlag eingetroffen, vertraulich und nur zu seiner persönlichen Kenntnisnahme. Der Bericht trug die Unterschrift von Dr. Gordon Chalmers, dem Leiter von ManCons Abteilung für Untersuchung, Forschung, Kartographie und Probeanalyse außerhalb Londons. Der Bericht bezog sich auf Tests an Proben, die ein gewisser Mulrooney angeblich vor drei Wochen aus einem Land namens Zangaro mitgebracht hatte.

Dr. Chalmers war ein wortkarger Mann. Er faßte das Ergebnis des Berichtes knapp und präzise zusammen. Mulrooney habe einen Berg oder Hügel von rund sechshundert Metern über NN und annähernd tausend Metern Durchmesser entdeckt. Er liege etwas abseits von einer Bergkette im Hinterland Zangaros. Dieser Berg enthalte eine weitversprengte Lagerstätte eines Minerals von offenbar gleichmäßiger Verteilung in einem Muttergestein von eisenhaltigem Typus, mehrere Millionen Jahre älter als der Sandstein der umliegenden Berge.

Mulrooney hatte zahlreiche, gleichmäßig vorkommende Quarzeinsprengungen gefunden und das Vorhandensein von Zinn vorausgesagt. Er war mit Proben des Quarzes, des Muttergesteins und des Bachgerölls aus den am Hügel entspringenden Wasserläufen wiedergekommen. Die Quarzadern enthielten tatsächlich geringfügige Mengen Zinn. Interessant war jedoch das Muttergestein. Verschiedene Untersuchungen hatten ergeben, daß dieses Muttergestein und die Kiesproben kleinere, kaum abbauwürdige Mengen Nickel enthielten. Sie enthielten aber auch einen bemerkenswert hohen Anteil von Platin. Es ließ sich in allen Proben nachweisen, und zwar in sehr gleichmäßiger Verteilung. Das reichste bekannte Platinvorkommen der Welt seien die Rustenburg-Minen in Südafrika, wo die Konzentration oder ›Graduierung‹ bis zu 0,25 Troy-Unzen pro Tonne Material betrage. Die durchschnittliche Konzentration in den Mulrooney-Proben liege bei 0,81. Mit vorzüglicher Hochachtung, Ihr...

Sir James Manson wußte ebensogut wie jeder andere Fachmann, daß Platin das drittkostbarste Metall der Welt war und in diesem Augenblick zu einem Marktpreis von einhundertdreißig Dollar pro Troy-Unze gehandelt wurde. Es war ihm auch klar, daß der Preis bei dem steigenden Weltbedarf im Laufe der nächsten drei Jahre auf mindestens einhundertfünfzig Dollar und innerhalb von fünf Jahren wahrscheinlich bis auf zweihundert Dollar steigen würde. Den Höchstpreis von dreihundert Dollar aus dem Jahr 1968 würde Platin wahrscheinlich nicht mehr erreichen, denn dieser Preis war lächerlich.

Er stellte auf einem Notizblock einige Berechnungen an. Zweihundertfünfzig Millionen Kubikmeter Fels zu zwei Tonnen pro Kubikmeter – das machte fünfhundert Millionen Tonnen. Bei einem Durchschnitt von einer halben Unze pro Tonne Fels kamen zweihundertfünfzig Millionen Unzen heraus. Wenn das Bekanntwerden einer neuen Lagerstätte den Preis auf neunzig Dollar pro Unze drückte und die ungünstige Lage des Kristallberges für Abbau und Verarbeitung Kosten in Höhe von fünfzig Dollar pro Unze erforderte, blieben immer noch...

Sir James Manson lehnte sich in seinem Ledersessel zurück und stieß einen leisen Pfiff aus.

»Großer Gott, zehn Milliarden Dollar auf einem Haufen.«

2. Kapitel

Platin ist ein Metall und hat wie jedes Metall seinen Marktpreis. Dieser Preis wird grundsätzlich von zwei Faktoren bestimmt: Erstens ist das Metall bei gewissen industriellen Verfahren unentbehrlich, und zweitens ist es selten. Platin ist sogar sehr selten. Die gesamte jährliche Weltproduktion beträgt, abgesehen von den heimlich auf Vorrat produzierten Mengen, nur knapp über eineinhalb Millionen Troy-Unzen. Der weitaus größte Teil, wahrscheinlich über fünfundneunzig Prozent, kommt aus Südafrika, Kanada und Rußland. Rußland ist üblicherweise der störrische Partner dieser Dreiergruppe. Die Produzenten würden den Preis auf dem Weltmarkt gern stabil erhalten, um langfristige Investitionen für neue Verarbeitungsanlagen und den Ausbau neuer Bergwerke planen zu können, ohne fürchten zu müssen, daß der Preis plötzlich ins Bodenlose fällt, wenn jemand unerwartet größere Mengen von gehortetem Platin auf den Markt wirft. Die Russen sorgen immer wieder für Unruhe auf dem Platinmarkt, indem sie unbekannte Mengen horten und damit jederzeit nach Belieben große Quantitäten abstoßen können.

Von den eineinhalb Millionen Troy-Unzen, die jährlich auf dem Weltmarkt gehandelt werden, stammen etwa dreihundertfünfzigtausend aus der Sowjetunion. Sie besitzt damit einen Marktanteil von dreiundzwanzig bis vierundzwanzig Prozent, genug, um einen beträchtlichen Einfluß auszuüben. Das Angebot wird über Sojus Prom Export vermarktet. Kanada wirft rund zweihunderttausend Unzen pro Jahr auf den Markt, die restlos aus den Nickelbergwerken der Firma International Nickel stammen, und diese Menge wird Jahr für Jahr fast ausschließlich von den amerikanischen Engelhardt Industries aufgekauft. Sollte der US-Bedarf an Platin unvermittelt steil ansteigen, könnte Kanada wahrscheinlich die zusätzlich benötigten Mengen nicht liefern.

Mit nahezu neunhundertfünfzigtausend Unzen pro Jahr beherrscht Südafrika den Markt. Abgesehen von den Impala-Minen, die gerade erschlossen wurden, als Sir James Manson die Lage auf dem Weltmarkt überdachte, und die seitdem große Bedeutung erlangt haben, sind die Giganten im Platingeschäft die Rustenburg-Minen, die über die Hälfte der ganzen Welterzeugung liefern. Diese werden von der Holdinggesellschaft Johannesburg Consolidated kontrolliert, die ein hinreichend dickes Aktienpaket besitzt, um die Minen praktisch allein zu leiten. Die Verarbeitung und der Vertrieb des Platins aus Rustenburg- Minen besorgt nach wie vor die in London ansässige Firma Johnson-Matthey.

Das wußte James Manson so gut wie jeder andere. Er war zwar nicht im Platingeschäft engagiert, als ihm Chalmers Bericht auf den Schreibtisch flatterte, aber er kannte die Lage auf diesem Markt so gut, wie sich ein Neurochirurg mit den Herzfunktionen auskennt. Er wußte auch, warum gerade zu diesem Zeitpunkt der Chef der amerikanischen Engelhardt Industries, der vielseitige Charlie Engelhardt, in der Öffentlichkeit besser bekannt als der Besitzer des sagenumwobenen Rennpferdes Nijinsky, sich ins südafrikanische Platingeschäft einkaufte: Amerika würde nämlich um die Mitte der siebziger Jahre wesentlich mehr Platin brauchen als Kanada liefern konnte. Dessen war Manson ganz sicher.

Der Grund, aus dem der amerikanische Platinverbrauch sich in der zweiten Hälfte der siebziger Jahre wahrscheinlich verdreifachen mußte, lag in einem schlichten Blechteil, jedem Autofahrer als Auspuff bekannt.

Ende der sechziger Jahre war in Amerika das Smog-Problem zu einem Politikum geworden. Worte wie ›Luftverschmutzung‹, ›Ökologie‹, ›Umweltschutz‹, vor zehn Jahren noch so gut wie unbekannt, gingen nun jedem Politiker glatt über die Lippen und waren zu Modebegriffen geworden. Auf den Gesetzgeber wurde ein zunehmender Druck ausgeübt, die Umweltverschmutzung zu überwachen und schließlich einzuschränken. Ralph Nader ist es zu verdanken, daß dabei das Automobil zur wichtigsten Zielscheibe wurde. Manson war sicher, daß sich dieser Trend zu Beginn der siebziger Jahre noch verstärken würde und daß bis 1975 oder spätestens 1976 jedes amerikanische Auto laut gesetzlicher Vorschrift mit einer Vorrichtung versehen sein mußte, die die Auspuffgase von giftigen Bestandteilen befreite. Er nahm ferner an, daß Städte wie Tokio, Madrid und Rom später diesem Beispiel folgen würden. Doch das große Vorbild war Kalifornien.

Die Abgase eines Motors setzen sich aus drei Bestandteilen zusammen, die sich durchwegs unschädlich machen lassen: zwei davon durch ein chemisches Verfahren namens Oxydation und der dritte durch ein Verfahren namens Reduktion. Bei der Reduktion ist ein sogenannter Katalysator erforderlich, und eine Oxydation erreicht man, indem man entweder die Gase bei sehr hohen Temperaturen unter Zuführung von Frischluft verbrennt oder indem man sie bei niedrigen Temperaturen verbrennt, wie sie in einem Auspuff vorkommen. Die Verbrennung bei niedriger Temperatur erfordert ebenso wie die Reduktion einen Katalysator. Der einzige bisher bekannte brauchbare Katalysator heißt Platin.

Zwei Dinge konnte sich Sir James Manson an den Fingern abzählen: Man würde zwar auch in den siebziger Jahren große Anstrengungen unternehmen, um ein Methode der Abgasreinigung zu finden, die ohne Edelmetall-Katalysator auskommt, aber eine brauchbare Lösung dieses Problems war höchstwahrscheinlich nicht vor 1980 zu erwarten. Daher würde eine auf Platin begründete katalytische Abgasreinigung noch für ein Jahrzehnt die einzige brauchbare Lösung bleiben und man würde für jeden Auspuff eine Zehntelunze reines Platin benötigen.

Der zweite Punkt war, daß bei einer gesetzlichen Vorschrift zur Ausstattung aller Neuwagen mit einer Abgasreinigung, die auch strengsten Anforderungen genügte und von der er glaubte, daß die USA sie bis 1975 verabschieden mußten, ein zusätzlicher jährlicher Bedarf von eineinhalb Millionen Unzen Platin entstehen würde. Das entsprach einer Verdoppelung der Weltproduktion, und die Amerikaner würden nicht wissen, woher sie die zusätzlichen Mengen nehmen sollten.

Diese Frage glaubte James Manson beantworten zu können: Sie konnten bei ihm kaufen. Wenn Platin noch für ein Jahrzehnt für jede Vorrichtung zur Abgasreinigung absolut unentbehrlich war und der Weltbedarf das Angebot bei weitem überstieg, mußte das zu einem recht annehmbaren Preis führen.

Nur ein Problem ergab sich: Er mußte absolut sicher sein, daß er allein die Kontrolle über alle Abbaurechte am Kristallberg ausübte.

Die Frage war nur wie?

Normalerweise wäre die Sache so gelaufen, daß er die Republik besuchte, zu der dieser Berg gehörte, sich um eine Audienz beim Präsidenten bemühte, ihm die Untersuchungsergebnisse zeigte und einen Handel vorschlug, der ManCon die Abbaurechte, der Regierung eine angemessene Gewinnbeteiligung zur Aufbesserung der Staatsfinanzen und dem Präsi-

denten eine regelmäßige fette Tantieme auf ein Schweizer Konto sicherte. Das war der übliche Weg.
Aber ganz abgesehen von der Tatsache, daß jede andere Bergwerksgesellschaft der Welt zur Erlangung dieser Abbaurechte mitbieten würde, wenn sie erfuhr, was der Kristallberg enthielt, gab es noch drei Parteien, die sich mit allen Mitteln einschalten würden – entweder um die Produktion selbst aufzunehmen oder um sie für immer zu verhindern: die Südafrikaner, die Kanadier und vor allem die Russen. Das Auftauchen eines neuen, leistungsfähigen Lieferanten auf dem Weltmarkt würde nämlich den sowjetischen Anteil an diesem Markt so stark beschneiden, daß die Sowjets dann nur noch eine entbehrliche Statistenrolle spielten und im Platingeschäft Machteinfluß und Gewinne einbüßen mußten.
Manson hatte den Namen Zangaro zwar schon irgendwo gehört, aber das war eine so obskure Gegend, daß er praktisch nichts über das Land wußte. Er mußte also vor allen Dingen weitere Informationen sammeln.
Er beugte sich vor und drückte auf einen Knopf seiner Sprechanlage.
»Miss Cooke, würden Sie bitte hereinkommen.«
Er nannte sie immer noch ›Miss Cooke‹, obgleich sie seit sieben Jahren sein Privatsekretärin war, und auch in den zehn Jahren davor, während sie sich von der einfachen Stenotypistin im Schreibsaal bis in den zehnten Stock vorarbeitete, war niemand auf den Gedanken gekommen, daß sie vielleicht einen Vornamen haben könnte. Und doch hatte sie einen: Marjory. Aber sie war einfach nicht der Typ, zu dem man ›Marjory‹ sagen konnte.
Sicher hatte es einmal Männer gegeben, die sie Marjory nannten, vor langer Zeit, schon vor dem Krieg, als sie noch ein junges Mädchen war. Vielleicht hatten manche sogar versucht, mit ihr zu flirten oder sie in die Kehrseite zu zwicken. Aber das war inzwischen lange fünfunddreißig Jahre her. Fünf Jahre Krieg und Sanitätsdienst in den brennenden Straßen Londons, das Bemühen, einen Grenadier zu vergessen, der aus Dünkirchen nicht zurückgekehrt war, danach zwanzig Jahre als Pflegerin einer kranken, ewig greinenden Mutter, einer bettlägerigen Tyrannin, die ihre Schwäche und ihre Tränen als Waffe eingesetzt hatte – das hatte Miss Cooke die Jugend und jeglichen femininen Reiz gekostet. Jetzt war sie vierundfünfzig, sehr gepflegt, tüchtig und ernst, betrachtete ihre Arbeit bei ManCon als ihren Lebensinhalt und den zehnten Stock der Zentrale als höchstes aller erreichbaren Ziele; daneben gab es nur noch den Terrier, der mit ihr die hübsche Wohnung im Vorort Chigwell teilte und der auf ihrem Bett schlafen durfte.
Niemand sagte Marjory zu ihr. Die jüngeren Herren in der Zentrale nannten sie einen verschrumpelten Apfel, die Sekretärinnen sprachen nur von ›dem alten Drachen‹. Alle anderen nannten sie ›Miss Cooke‹, auch ihr Brötchengeber, Sir James Manson, über den sie mehr wußte, als sie

jemals ihm oder einem anderen gegenüber eingestanden hätte. Sie trat durch die Tür in der Buchentäfelung ein, die in geschlossenem Zustand wie ein Teil der Wand wirkte.
»Miss Cooke, ich bin darauf gestoßen, daß wir in den letzten Monaten eine kleine Untersuchung durchgeführt haben – soviel ich weiß, ein Einmannunternehmen –, und zwar in der Republik Zangaro.«
»Ja, Sir James, das stimmt.«
»Ach, Sie wissen Bescheid?«
Natürlich wußte sie Bescheid. Miss Cooke vergaß nie etwas, was über ihren Schreibtisch gegangen war.
»Ja, Sir James.«
»Gut. Dann stellen Sie bitte fest, wer uns die behördliche Genehmigung zur Durchführung der Untersuchung besorgt hat.«
»Das ist sicher bei den Akten, Sir James. Ich sehe sofort nach.«
Zehn Minuten später kam sie wieder, nachdem sie in ihrem Terminkalender mit dem doppelten Index-, Namens-, Sachregister nachgesehen und sich die Bestätigung aus der Personalabteilung geholt hatte.
»Das war Mr. Bryant, Sir James.« Sie hielt eine Karteikarte in der Hand. »Richard Bryant von der Rechtsabteilung Übersee.«
»Ich nehme an, er hat einen Bericht vorgelegt?« fragte Sir James.
»Entsprechend den Vorschriften müßte er's getan haben.«
»Dann schicken Sie mir bitte seinen Bericht herein, Miss Cooke.«
Sie verließ das Büro. Der Chef von ManCon sah durch das Tafelglas hinaus in die frühe Abenddämmerung, die sich über die City von London herabsenkte. In den mittleren Stockwerken gingen die Lichter an – in den unteren hatten sie den ganzen Tag über gebrannt –, aber hier oben in der Skyline reichte das Licht des Wintertages noch aus. Nur zum Lesen genügte es nicht mehr. Sir James knipste die Leselampe auf seinem Schreibtisch an, als Miss Cooke wiederkam, den gewünschten Bericht auf seine Schreibtischunterlage legte und durch die getäfelte Wand entschwand.
Der Bericht, den Richard Bryant vor sechs Monaten eingereicht hatte, war in dem firmenüblichen knappen Stil gehalten: Auf Anweisung des Leiters der Rechtsabteilung Übersee war er nach Clarence geflogen, der Hauptstadt Zangaros, und hatte dort nach einwöchigem Antichambrieren einen Gesprächstermin beim Minister für Bodenschätze erhalten. Im Laufe von sechs Tagen kam es zu drei Gesprächen und schließlich zu einer Vereinbarung, daß ein einzelner Vertreter der Firma ManCon in die Republik einreisen und im Hinterland jenseits der Kristallberge Bodenuntersuchungen durchführen dürfe. Die geographische Festlegung war von der Firma absichtlich sehr vage gehalten, um ihrem Mann die Gelegenheit zu geben, sich möglichst frei im Land zu bewegen. Nach längerem Hickhack wurde dem Minister bedeutet, daß die Gesellschaft nicht im entferntesten daran dächte, eine Gebühr der erwarteten Höhe zu entrichten, da nichts

auf eventuell vorhandene Bodenschätze hinwies; dann hatten sich Bryant und der Minister auf eine bestimmte Summe geeinigt. Die im Vertrag genannte Summe machte natürlich nur gut die Hälfte dessen aus, was tatsächlich bezahlt wurde, denn der Rest ging auf das Privatkonto des Ministers.
Das war alles.
Der einzige Hinweis auf die Landessitten war ein offenbar korrupter Minister. Na und? dachte Sir James Manson, in Washington hätte es Bryant wahrscheinlich nicht anders gemacht. Nur waren die handelsüblichen Preise dort anders.
Er beugte sich wieder über sein Sprechgerät.
»Miss Cooke, Mister Bryant möchte bitte zu mir kommen.«
Er ließ den Knopf los und drückte auf einen anderen.
»Martin, kommen Sie doch bitte gleich mal zu mir.«
Martin Thorpe brauchte für seinen Weg von seinem Büro im neunten Stock genau zwei Minuten. Er sah nicht aus wie das Finanzgenie und der verhätschelte Wunderknabe eines der skrupellosesten Geldmacher in einer bekanntermaßen skrupellosen und raffgierigen Branche, sondern eher wie der Kapitän einer Sportmannschaft aus einer guten Public School – charmant, jungenhaft und ordentlich, mit dunklem welligem Haar und tiefblauen Augen. Die Sekretärinnen nannten ihn sexy, und die Aufsichtsräte, die mit ansehen mußten, wie ihnen an der Börse Optionen vor der Nase weggeschnappt wurden oder wie ihre Gesellschaften unversehens unter die Kontrolle einiger von Martin Thorpe vorgeschobener Strohmänner gerieten, hatten durchaus weniger nette Bezeichnungen für ihn.
Trotz seines Äußeren hatte Thorpe nie eine Public School besucht und war kein Sportler, geschweige denn ein Mannschaftskapitän. Er wußte nichts mit Begriffen wie Konditionstief, Feldüberlegenheit oder Flügelspiel anzufangen, aber dafür hatte er die stündlichen Kursbewegungen sämtlicher Tochtergesellschaften von ManCon für den ganzen Tag im Kopf. Mit neunundzwanzig Jahren war er ehrgeizig und wollte es zu etwas bringen. ManCon und Sir James bedeuteten vielleicht das richtige Sprungbrett für ihn, und seine Firmentreue beruhte ganz auf seinem ungewöhnlich hohen Gehalt, den Kontakten in der City, die ihm seine Position bei Manson eintrug, und der Erkenntnis, daß er von seinem jetzigen Posten aus sehr gut die ›ganz große Chance‹ wahrnehmen konnte.
Als er das Büro betrat, hatte Sir James den Zangaro-Bericht in eine Schublade geschoben. Nur Bryants Bericht lag noch auf seiner Schreibunterlage.
Er bedachte seinen Schützling mit einem freundlichen Lächeln.
»Martin, ich habe für Sie eine Aufgabe, die einige Diskretion erfordert. Die Sache ist eilig und könnte die halbe Nacht in Anspruch nehmen.«

Es war nicht Sir James' Art, sich zu erkundigen, ob Thorpe an diesem Abend etwas vorhatte. Thorpe wußte es und nahm diesen Umstand als Begleiterscheinung seines Spitzengehalts in Kauf.
»Ist schon in Ordnung, Sir James. Was ich vorhatte, läßt sich mit einem Telefongespräch erledigen.«
»Gut. Hören Sie zu: Ich habe ein paar alte Berichte durchgesehen und bin dabei auf diese Sache hier gestoßen. Vor sechs Monaten hat unsere Rechtsabteilung Übersee einen unserer Leute in eine abgelegene Republik namens Zangaro geschickt. Ich weiß nicht, warum, aber ich hätte es gern gewußt. Der Mann hat die Genehmigung der Regierung für ein paar Bodenuntersuchungen nach möglichen Minerallagerstätten in einem unerschlossenen Gebiet erwirkt, das hinter den sogenannten Kristallbergen liegt. Nun möchte ich folgendes erfahren: Wurde diese Sache damals oder noch zuvor oder seit dieser Reise vor sechs Monaten jemals gegenüber dem Aufsichtsrat erwähnt?«
»Dem Aufsichtsrat?«
»Richtig. Hat der Aufsichtsrat etwas von dieser Untersuchung erfahren? Das möchte ich gern wissen. Möglicherweise steht es nicht auf der Tagesordnung. Sie müssen sich also die Protokolle durchsehen. Falls die Angelegenheit irgendwo unter ›Sonstiges‹ gestreift wurde, überprüfen Sie die Protokolle aller Aufsichtsratssitzungen der letzten zwölf Monate. Stellen Sie zweitens fest, wer Bryants Reise vor sechs Monaten bewilligt hat, aus welchem Grund und wer den Ingenieur hingeschickt hat – und warum. Der Mann, der die Untersuchungen durchführte, heißt Mulrooney. Ich möchte auch einiges über ihn erfahren, aber das finden Sie in den Personalunterlagen. Haben Sie verstanden?«
Thorpe war erstaunt. Das alles lag außerhalb seiner Zuständigkeit. »Ja, Sir James, aber Miss Cooke könnte das in der Hälfte der Zeit erledigen oder erledigen lassen.«
»Ja, schon möglich, aber ich möchte, daß Sie es tun. Wenn Sie eine Personalakte oder ein Sitzungsprotokoll anfordern, wird man annehmen, daß es um eine Finanzierungsfrage geht. Man wird sich keine weiteren Gedanken darüber machen.«
Jetzt begann es bei Thorpe zu dämmern.
»Sie meinen... Sie haben da unten etwas gefunden, Sir James?« Manson sah hinaus auf den inzwischen tintenschwarzen Himmel und das strahlende Lichtermeer unter ihm, wo Makler und Händler, Angestellte und Kaufleute, Bankiers und Beamte, Versicherungsagenten und Börsenjobber, Käufer und Verkäufer, Rechtsvertreter und in manchen Büros zweifellos auch Rechtsbrecher ihren Winternachmittag bis zum Feierabend um halb sechs verbrachten.
»Fragen Sie nicht«, sagte er knurrig zu dem jungen Mann, »tun Sie nur, was ich Ihnen sage.«

Grinsend verließ Martin Thorpe das Büro durch die Hintertür und stieg die Treppe hinunter zu seinem eigenen Reich.
»Ein gerissener Hund«, murmelte er vor sich hin.
Sir James Manson wandte sich um, als ein Summton der Sprechanlage die Stille des doppelt verglasten, schalldichten Allerheiligsten störte.
»Mister Bryant ist hier, Sir James.«
Manson durchquerte den Raum und schaltete die Deckenbeleuchtung ein. An seinem Schreibtisch drückte er auf die Ruftaste.
»Schicken Sie ihn herein, Miss Cooke.«
Es gab drei Gründe, aus denen mittlere Angestellte gelegentlich ins Allerheiligste zitiert wurden: entweder ging es um Anweisungen oder Berichte, die Sir James persönlich erteilen oder anhören wollte, also ums Geschäft; oder der Betreffende bekam eine Zigarre verpaßt, bis er nur noch als schweißnasser Putzlumpen dastand, und das war die Hölle; oder der Chef wollte gegenüber einem verdienten Mitarbeiter den gütigen Onkel spielen – eine Auszeichnung.
Auf der Schwelle stand nun Michael Bryant, mit neununddreißig Jahren ein mittlerer Angestellter, der tüchtig und zuverlässig seine Arbeit verrichtete. Aber er war auf diesen Job angewiesen und wußte, daß nicht der erste dieser drei Gründe ihn hierhergeführt haben konnte. Er fürchtete den zweiten Grund und war namenlos erleichtert, als er merkte, daß es sich um den dritten handeln mußte.
Sir James trat ihm mit freundlichem Lächeln entgegen.
»Ah – Bryant! Kommen Sie herein.«
Miss Cooke schloß die Tür hinter ihm und ging zum Schreibtisch zurück. Sir James Manson deutete auf einen der Sessel in der Konferenzecke des geräumigen Büros, weitab vom Schreibtisch. Bryant fragte sich immer noch, was das alles sollte, und ließ sich in die gepflegten Wildlederpolster sinken. Manson trat an die Wand und öffnete zwei Türen seiner gut ausgerüsteten Hausbar.
»Etwas zu trinken, Bryant? Ich denke, es ist nicht mehr zu früh.«
»Danke, Sir, einen Scotch bitte.«
»So ist's recht. Das Zeug mag ich auch am liebsten. Ich schließe mich Ihnen an.«
Bryant sah auf die Uhr. Es war Viertel vor fünf, und an einem Londoner Winternachmittag sicher nicht mehr zu früh für einen Drink. Im übrigen erinnerte er sich an eine Party im Büro, auf der Sir James sich über Sherrytrinker und ähnliche Leute lustig gemacht und den ganzen Abend bei Scotch verbracht hatte. Es lohnt sich, so etwas zu beobachten, überlegte Bryant, während sein Chef von seinem speziellen Glenlivet etwas in zwei schön geschliffene alte Kristallgläser goß. Den Eiskübel rührte er natürlich nicht an.
»Wasser? Oder ein Spritzer Soda?« rief er von der Bar.

Bryant sah sich um und sah die Flasche. »Einfach gemalzt, Sir James? Nein danke, dann lieber pur.«
Manson nickte ein paarmal beifällig und kam mit den Gläsern herüber. Sie prosteten einander zu und kosteten den vorzüglichen Whisky. Bryant wartete immer noch gespannt auf den Beginn des Gesprächs. Manson bemerkte es und setzte die Miene des guten Onkels auf.
»Lassen Sie sich keine grauen Haare wachsen, weil ich Sie zu mir heraufbestellt habe«, begann er. »Ich habe nur einen Stapel alte Berichte aus meiner Schublade durchgesehen und bin dabei auch auf Ihren gestoßen. Ich muß ihn damals gelesen und vergessen haben, ihn Miss Cooke in die Ablage zu geben.«
»Meinen Bericht?« fragte Bryant.
»Jaja, den Bericht, den Sie nach Ihrer Rückkehr abgeliefert haben. Wie hieß das Land doch gleich wieder? War das nicht Zangaro?«
»Ach ja, Sir, Zangaro, das war vor sechs Monaten.«
»Sehr richtig. Natürlich vor sechs Monaten. Beim Durchblättern ist mir aufgefallen, daß Sie es damals mit diesem Minister nicht einfach hatten.«
Bryant begann sich zu entspannen. In dem Büro war es angenehm warm, der Sessel ungewöhnlich bequem, der Whisky beruhigend wie ein guter alter Freund. Er lächelte in der Erinnerung.
»Aber ich habe immerhin die Genehmigung bekommen.«
»Ein verdammtes Kunststück«, beglückwünschte ihn Sir James und lächelte ebenfalls. »Wissen Sie, ich habe das früher auch gemacht. Schwierige Aufträge und die Kastanien aus dem Feuer geholt. Aber in Westafrika war ich noch nie. Damals nicht. Später natürlich schon. Nachdem das alles losging.«
Bei ›das alles‹ deutete er flüchtig auf das luxuriöse Büro.
»Heutzutage bin ich hier oben viel zu sehr mit Papierkram eingedeckt«, fuhr Sir James fort. »Ich beneide oft euch junge Leute, die ihr loszieht und Verträge schließt wie in der guten alten Zeit. Erzählen Sie mir doch von Ihrer Reise nach Zangaro.«
»Nun, das war wirklich wie in der guten alten Zeit. Nachdem ich ein paar Stunden dort war, rechnete ich beinahe damit, ein paar Wilde mit Knochen quer durch die Nase herumlaufen zu sehen.«
»So, wirklich? Großer Gott, eine wilde Gegend, dieses Zangaro.«
Sir James Manson lehnte den Kopf zurück ins Dunkel, und Bryant hatte es sich inzwischen so gemütlich gemacht, daß ihm der Gegensatz zwischen dem scharfen Blick und dem aufmunternden Ton nicht auffiel.
»Ja, wirklich, Sir James. Ein unbeschreibliches Chaos, und seit der Unabhängigkeit vor fünf Jahren auf dem besten Weg, ins finstere Mittelalter zurückzusinken.«
Er erinnerte sich an eine andere beiläufige Bemerkung seines Chefs gegenüber einigen Mitarbeitern.

»Ein klassisches Beispiel für die Vorstellung, daß heute in den meisten afrikanischen Republiken Gruppen an die Macht gelangt sind, deren Leistung sie nicht einmal befähigt, eine Müllkippe zu leiten. Natürlich hat das einfache Volk darunter zu leiden.«

Sir James wußte natürlich auch, wann ihm seine eigenen Worte aufgetischt wurden. Mit stillem Lächeln erhob er sich, trat ans Fenster und sah auf den dichten Feierabendverkehr hinunter.

»Und wer gibt jetzt dort den Ton an?« fragte er leise.

»Der Präsident. Oder vielmehr der Diktator«, antwortete Bryant aus seinem Sessel. Sein Glas war leer. »Ein gewisser Jean Kimba. Er gewann die erste und einzige Wahl kurz vor der Unabhängigkeitserklärung vor fünf Jahren gegen die erklärte Absicht der Kolonialmacht. Durch Anwendung von Terror und Woodoo gegenüber den Wählern, wie manche behaupten. Die Leute sind ziemlich rückständig, müssen Sie wissen. Die meisten hatten keine Ahnung, worum es bei einer Wahl geht. Jetzt brauchen sie sich nicht mehr darum zu kümmern.«

»Also ein harter Bursche, dieser Kimba?« fragte Sir James.

»Nicht nur hart, Sir, sondern regelrecht verrückt. Ein Größenwahnsinniger, und wahrscheinlich auch noch geistesgestört. Er regiert vollkommen eigenmächtig, umgeben von einem kleinen Hofstaat politischer Nullen. Wenn jemand bei ihm in Ungnade fällt oder irgendwie sein Mißtrauen erregt, verschwindet er in den Gefängniszellen der alten Polizeizentrale aus der Kolonialzeit. Angeblich überwacht Kimba dort die Folterungen höchstpersönlich. Noch keiner ist da lebend wieder herausgekommen.«

»Hm, was ist das doch für eine Welt, in der wir leben, Bryant. Und diese Leute haben bei den Vereinten Nationen dieselbe Stimme wie Großbritannien oder Amerika. Von wem läßt sich der Mann in seinen Regierungsgeschäften beraten?«

»Von keinem seiner Leute. Natürlich gibt es da die Stimmen. Das behaupten jedenfalls die wenigen Weißen, die dort ausgeharrt haben.«

»Stimmen?« fragte Sir James.

»Ja, Sir. Er behauptet gegenüber dem Volk, daß er sich von göttlichen Stimmen leiten läßt. Er spricht angeblich mit Gott. Das hat er vor dem Volk und dem kompletten Diplomatischen Corps deutlich gemacht.«

»O Gott, noch einer«, murmelte Manson und sah immer noch auf die Straßen hinunter. »Manchmal glaube ich, daß es ein Fehler war, die Afrikaner mit dem lieben Gott bekannt zu machen. Die Hälfte aller Volksführer will jetzt mit ihm auf du und du stehen.«

»Abgesehen davon herrscht er durch eine Art hypnotische Furcht. Die Leute glauben, er hätte einen mächtigen Juju oder Woodoo oder Zauber. Er sorgt dafür, daß sie in panischer Angst vor ihm leben.«

»Und die ausländischen Vertretungen?« fragte der Mann am Fenster.

»Nun, Sir, die halten sich zurück. Anscheinend fürchten sie sich vor den

Exzessen dieses Verrückten genauso wie die Eingeborenen. Er ist eine Art Kreuzung zwischen Scheich Abeid Karume in Sansibar, Papa Doc Duvalier in Haiti und Sekou Touré in Guinea.«
Sir James wandte sich vom Fenster und fragte mit täuschend leiser Stimme: »Warum Sekou Touré?«
Bryant war nun ganz in seinem Element. Er war froh, seinem Arbeitgeber beweisen zu können, daß er seine Hausaufgaben gelernt und sich ein umfassendes Wissen der politischen Lage in Afrika angeeignet hatte.
»Nun, er ist fast so etwas wie ein Kommunist, Sir James. Seit Beginn seiner politischen Karriere hat er nur einen Mann wirklich verehrt: Lumumba. Deshalb sind dort die Russen so stark. Für die Größe des Landes unterhalten sie eine erstaunlich große Botschaft. Um Devisen zu verdienen, nachdem die Plantagen durch Mißwirtschaft eingegangen sind, verkaufen sie den größten Teil ihrer Rohprodukte an die einlaufenden russischen Frachter. Diese Frachter sind natürlich elektronisch voll ausgerüstete Spionageschiffe oder Mutterschiffe für U-Boote, die sie auf dem offenen Meer mit frischen Nahrungsmitteln versorgen. Aber das Geld, das sie dabei erlösen, bekommt nicht das Volk, sondern es wandert auf Kimbas Bankkonto.«
»Das klingt nicht besonders marxistisch«, warf Manson ironisch ein.
Bryant grinste.
»Beim Geld hört der Marxismus auf«, antwortete er. »Das ist überall so.«
»Aber die Russen sind stark, nicht wahr? Sehr einflußreich? Noch einen Whisky, Bryant?«
Während Bryant antwortete, goß der ManCon-Chef noch zwei Gläser Glenlivet ein.
»Ja, Sir James. Kimba hat praktisch keine Ahnung von Dingen, die seinen unmittelbaren Gesichtskreis überschreiten, denn abgesehen von einigen Besuchen in afrikanischen Nachbarstaaten hat er seine Heimat noch nie verlassen. Deshalb läßt er sich in außenpolitischen Angelegenheiten manchmal beraten. Dafür stehen ihm drei Ratgeber zur Verfügung, Schwarze aus seinem eigenen Stamm. Zwei sind in Moskau ausgebildet, einer in Peking. Oder er setzt sich mit den Russen unmittelbar in Verbindung. Eines Abends unterhielt ich mich in der Hotelbar mit einem Händler, einem Franzosen. Der sagte mir, der russische Botschafter oder einer seiner Berater sei fast täglich im Präsidentenpalast.«
Bryant blieb noch zehn Minuten, aber Manson hatte so ziemlich alles erfahren, was er wissen wollte. Um zwanzig nach fünf schob er Bryant ebenso freundlich und glatt hinaus, wie er ihn empfangen hatte. Dann winkte er Miss Cooke herein.
»Wir haben in der Forschungsabteilung Gesteinsproben einen Ingenieur namens Jack Mulrooney«, sagte er. »Er ist vor drei Wochen von einer dreimonatigen Reise aus Afrika zurückgekommen, mußte dort unter pri-

mitivsten Bedingungen im Busch leben, also könnte er noch Urlaub haben. Versuchen Sie, ihn zu Hause zu erreichen. Ich möchte ihn morgen vormittag um zehn Uhr sprechen. Zweitens dann Dr. Gordon Chalmers, den Laborchef. Sie erwischen ihn vielleicht in Watford, bevor er das Labor verläßt. Wenn nicht, rufen Sie ihn zu Hause an. Ich möchte ihn morgen um zwölf hier haben. Sagen Sie alle anderen Verabredungen ab und richten Sie es so ein, daß ich Chalmers zum Essen mitnehmen kann. Reservieren Sie mir einen Tisch bei ›Wilton‹ in der Bury Street. Das wäre alles, danke. Ich bin in ein paar Minuten fertig. In zehn Minuten soll mein Wagen vorfahren.«

Nachdem sich Miss Cooke zurückgezogen hatte, drückte Manson auf einen Knopf seiner Sprechanlage und sagte: »Simon, kommen Sie doch bitte auf einen Sprung zu mir herauf.«

Simon Endean sah täuschend harmlos aus, genau wie Martin Thorpe, aber auf eine andere Weise: Er stammte aus einer untadeligen Familie und verbarg unter der Politur die moralische Haltung eines Gauners vom Eastend. Zu den guten Manieren und der Skrupellosigkeit gesellte sich eine gewisse Schlauheit. Er brauchte einen James Manson als Stütze, genau wie James Manson früher oder später auf seinem Weg nach oben oder im Überlebenskampf des Großkapitalismus die Dienste eines Simon Endean nötig haben würde.

Endean war ein Mann von der Art, wie man sie dutzendweise in den eleganten Spielclubs des Londoner Westend antrifft – wortgewandte Gekken, die sich vor jedem Millionär verbeugen und die jedes Showgirl kneifen. Der Unterschied war nur, daß Endean durch seine Intelligenz zu einer leitenden Position als Assistent des Chefs eines sehr elitären Spielclubs aufgestiegen war.

Im Gegensatz zu Thorpe hatte er nicht den Ehrgeiz, Multimillionär zu werden. Ihm genügte schon eine Million, und bis dahin fühlte er sich in Mansons Schatten wohl. Er verdiente genug für eine Sechszimmerwohnung, den Corvette und die Mädchen. Auch er hatte sein Büro im neunten Stock und kam über die Verbindungstreppe herauf, die gegenüber von Miss Cookes Tür in der Buchentäfelung mündete.

»Sir James?«

»Simon, morgen mittag esse ich mit einem gewissen Gordon Chalmers. Er tritt kaum in Erscheinung und ist der Chef unseres wissenschaftlichen Labors draußen in Watford. Um zwölf wird er hier sein. Bis dahin brauche ich einen Bericht über ihn. Natürlich die Personalakte, aber auch alles andere, was Sie ausfindig machen können. Sein Privatleben, die Familie, irgendwelche Schwächen und vor allem, ob er in Geldschwierigkeiten steckt, die über den Rahmen seines Gehalts hinausgehen. Seine politische Haltung, falls er eine hat. Die meisten dieser Wissenschaftler sind linksorientiert. Aber nicht alle. Sie können sich vielleicht heute vor Feierabend

noch kurz mit Errington von der Personalabteilung unterhalten. Sehen Sie die Akten durch und legen Sie sie mir morgen früh zurecht. Gleich morgen fangen Sie mit seinem Privatleben an. Rufen Sie mich spätestens bis elf Uhr fünfundvierzig an. Verstanden? Ich weiß, der Termin ist kurz, aber es ist wichtig.«
Endean nahm die Anweisung entgegen, ohne mit der Wimper zu zucken. Er wußte, worum es ging: Sir James Manson brauchte häufig solche Informationen, da er selten einem Mann gegenübertrat, sei es Freund oder Feind, ohne eine Auskunft über ihn einzuholen, die auch sein Privatleben einschloß. Schon mehrfach hatte er Gegner überrumpelt, weil er besser vorbereitet war. Endean nickte und ging schnurstracks zur Personalabteilung, die Martin Thorpe zufällig gerade verlassen hatte. Aber sie begegneten einander nicht.
Ein Rolls-Royce mit Chauffeur brachte Manson vom ManCon-Verwaltungsgebäude zu seiner Wohnung im dritten Stock des Arlington House hinter dem ›Ritz‹, wo ihm ein ausgiebiges warmes Bad und ein im ›Caprice‹ bestelltes Dinner erwarteten. Manson lehnte sich in die Polster zurück und zündete sich die erste Zigarre dieses Abends an. Der Chauffeur reichte ihm die Spätausgabe des *Evening Standard*, und sie passierten gerade den Bahnhof Charing Cross, da fiel sein Blick auf eine kurze Notiz. Sie stand zwischen den Rennergebnissen. Er las sie mehrmals hintereinander, dann starrte er hinaus auf den quirlenden Verkehr und die eiligen Fußgänger, die dem Bahnhof zustrebten oder im kalten Nieselregen des Februars einem Bus nachliefen, der sie nach einem aufreibenden Tag in der City ins traute Heim irgendwo in Eden Bridge oder Seven Oaks bringen sollte.
Dabei begann in seinem Kopf ein Gedanke zu keimen. Jeder andere hätte ihn lachend abgetan, aber Sir James Manson war nicht irgendwer. Er war ein Pirat des zwanzigsten Jahrhunderts und stolz darauf. Die halbfette Schlagzeile über der Kurzmeldung in der Abendzeitung bezog sich auf eine afrikanische Republik – nicht Zangaro, sondern eine andere. Auch von ihr hatte Manson bisher kaum etwas gehört, denn es gab dort keine Bodenschätze. Die Überschrift lautete: ›Neuer Staatsstreich in Afrika.‹

3. Kapitel

Martin Thorpe wartete schon im Vorraum des Chefbüros, als Sir James um fünf nach neun eintraf. Er ging gleich mit hinein.
»Was haben Sie herausgefunden?« fragte Sir James Manson, während er seinen Regenmantel auszog und in den Einbauschrank hängte.
Thorpe zog sein Notizbuch aus der Tasche, klappte es auf und meldete das Ergebnis seiner Ermittlungen vom Abend zuvor.

»Vor einem Jahr hatten wir ein Erkundungsteam in der Republik, die nordöstlich von Zangaro liegt. Es wurde von einem Aufklärungsflugzeug begleitet, das wir bei einer französischen Firma gemietet hatten. Die zu untersuchende Gegend lag in der Nähe und grenzte teilweise an Zangaro. Leider gibt es nur wenige zuverlässige Landkarten dieses Gebietes und überhaupt keine Luftaufnahmen. Ohne den Flughafen Decca und andere Leitstrahlen für die Funkortung mußte sich der Pilot bei seinen Berechnungen nach der Geschwindigkeit und der Flugzeit richten.
Eines Tages war der Rückenwind stärker als vorausgesagt. Er flog den vorgesehenen Landstreifen ab und kehrte zum Stützpunkt zurück. Er wußte aber nicht, daß er mit dem Wind jedesmal die Grenze überschritten und vierzig Meilen nach Zangaro eingeflogen war. Als die Luftaufnahmen entwickelt wurden, zeigte es sich, daß er weit über das Ziel hinausgeschossen war.«
»Wer ist zuerst darauf gekommen? Diese französische Firma?« fragte Manson.
»Nein, Sir. Die hatten den Film nur entwickelt und ihn gemäß dem Vertrag kommentarlos an uns weitergegeben. Es war die Aufgabe unserer eigenen Luftaufklärungsabteilung, die auf den Fotos gezeigten Gebiete zu identifizieren. Dabei merkte man, daß am Ende einer jeden Serie eine Strecke Land folgte, die außerhalb des bezeichneten Gebietes lag. Die Fotos wurden weggeworfen oder zumindest beiseite gelegt. Unsere Mitarbeiter hatten erkannt, daß diese Bilder eine Bergkette zeigten, die außerhalb des vorgesehenen Bereiches lag, da dieser überhaupt keine Erhöhungen enthielt.
Dann sah sich ein kluger Mann die überzähligen Fotos noch einmal an und merkte, daß ein Teil des Berglandes, etwas östlich von der Hauptkette gelegen, Unterschiede in Dichte und Typus der Vegetation aufwies. So etwas sieht man vom Boden aus nicht, aber aus einer Höhe von dreitausend Metern fällt der Unterschied auf wie ein Bierdeckel auf einem grünen Billardtisch.«
»Ich weiß, wie man so etwas macht«, knurrte Sir James. »Weiter, weiter.«
»Verzeihung, Sir, ich wußte es nicht. Für mich war es neu. Ein halbes Dutzend Fotos wurden an einen Spezialisten unserer Abteilung Foto-Geologie weitergereicht, und er bestätigte nach dem Studium meiner Vergrößerung, daß die unterschiedliche Vegetation nur ein kleines Gebiet umfaßt – nämlich einen ungefähr kegelförmigen Berg von etwa sechshundert Meter Höhe. Beide Abteilungen legten dem Chef der Topografischen Abteilung Berichte vor. Er identifizierte die Hügelkette als die Kristallberge und glaubte, in dem etwas abseits gelegenen Berg den eigentlichen Kristallberg zu erkennen. Er schickte die Akte hinüber in die Rechtsabteilung Übersee, und der Abteilungsleiter Willoughby ließ

durch Bryant an Ort und Stelle die Genehmigung zu einer Untersuchung einholen.«

»Davon hat er mir nichts gesagt«, murmelte Manson. Er saß jetzt hinter seinem Schreibtisch.

»Er hat darüber eine Aktennotiz verfaßt, Sir James. Ich habe sie hier. Sie waren damals in Kanada und wurden erst einen Monat später zurückerwartet. Er bringt klar zum Ausdruck, daß er einer Untersuchung dieses Gebietes nur eine geringe Chance einräumt; aber da wir bereits ohne zusätzliche Kosten Luftaufnahmen bekommen hatten und da die Abteilung Foto-Geologie der Meinung war, für die Unterschiede in der Vegetation müßte es Gründe geben, waren die Kosten gerechtfertigt. Willoughby vertrat außerdem die Ansicht, für seinen Mitarbeiter Bryant könnte es eine nützliche Erfahrung sein, zum erstenmal allein eine solche Aufgabe zu übernehmen. Bis dahin hatte ihn immer Willoughby begleitet.«

»Ist das alles?«

»Fast. Bryant bekam sein Visum und fuhr vor sechs Monaten los. Nach drei Wochen kam er mit der Genehmigung wieder zurück. Vor vier Monaten erklärte sich die Abteilung Bodenuntersuchungen damit einverstanden, einen Prospektor namens Jack Mulrooney von den Grabungen in Ghana abzuziehen und ihn zum Kristallberg zu schicken, vorausgesetzt, die Kosten blieben in einem überschaubaren Rahmen. Die Sache war nicht teuer. Er kam vor drei Wochen mit eineinhalb Tonnen an Bodenproben zurück, die sich seitdem im Laboratorium Watford befinden.«

»Ja, natürlich«, sagte Sir James Manson nach einer Pause. »Hat der Aufsichtsrat etwas von der ganzen Sache erfahren?«

»Nein, Sir«, erklärte Thorpe entschieden. »Es war ja nur eine Bagatelle. Ich bin alle Protokolle der Aufsichtsratssitzungen in den letzten zwölf Monaten durchgegangen, jedes vorgelegte Dokument, einschließlich aller Aktennotizen und Briefe an die Aufsichtsratsmitglieder. Es wurde kein Wort davon erwähnt. Die Kosten des Unternehmens sind ganz einfach irgendwo untergegangen. Von der Projektabteilung ist auch kein Anstoß erfolgt, da uns die Luftaufnahmen von der französischen Firma und ihrem alten Navigator geschenkt wurden. Die Sache war von Anfang an improvisiert und für den Aufsichtsrat nie wichtig genug.«

James Manson nickte sichtlich zufrieden.

»Gut. Jetzt zu Mulrooney. Wie klug ist er?«

Thorpe konsultierte Jack Mulrooneys Personalakte.

»Keine Diplome, keine Qualifikationen, aber sehr viel praktische Erfahrung, Sir. Ein alter Hase und ein erfahrener Afrikamann.«

Manson blätterte das Aktenstück durch, überflog den Lebenslauf und studierte den Werdegang des Mannes, seit seinem Eintritt in die Firma.

»Erfahrung hat er«, knurrte Manson. »Diese alten Afrikakenner darf man nicht unterschätzen. Ich hab auch in einem Bergwerkscamp am Rand an-

gefangen. Auf dieser Stufe ist Mulrooney stehengeblieben. Also bitte keine Überheblichkeit, solche Leute sind sehr nützlich und können sehr scharfsinnig sein.«
Er verabschiedete Martin Thorpe und sagte zu sich selbst: »Wollen mal sehen, wie scharfsinnig dieser Mr. Mulrooney ist.«
Er drückte wieder auf einen Knopf seiner Sprechanlage.
»Ist Mr. Mulrooney schon hier, Miss Cooke?«
»Ja, Sir James, er wartet.«
»Führen Sie ihn bitte herein.«
Manson war schon auf dem Weg zur Tür, als sein Mitarbeiter hereingeschoben wurde. Er begrüßte ihn herzlich und führte ihn zu der Sitzgruppe, wo er am Abend zuvor mit Bryant geplaudert hatte. Miss Cooke wurde noch gebeten, Kaffee zu besorgen. Aus der Personalakte ging hervor, daß Mulrooney ein leidenschaftlicher Kaffeetrinker war.
Jack Mulrooney wirkte in der Penthouse-Etage eines Londoner Verwaltungsgebäudes ebenso fehl am Platze wie etwa Thorpe im afrikanischen Busch. Seine Ärmel waren viel zu kurz, und er wußte nicht recht, was er mit seinen Händen anfangen sollte. Sein grauer Haarschopf war mit viel Wasser gebändigt worden, und beim Rasieren hatte er sich geschnitten. Den obersten Boss lernte er heute zum erstenmal kennen. Sir James gab sich redliche Mühe, die Verlegenheit des Mannes zu überspielen. Als Miss Cooke mit dem Kaffeeservice und einer Schale feiner Kekse zurückkam, hörte sie gerade, wie ihr Chef zu dem Iren sagte:
»...Mensch, das ist's ja gerade! Sie besitzen genau das, was man den Grünschnäbeln aus der Universität nie beibringen kann. Fünfundzwanzig Jahre hart erkämpfte Erfahrung, wie man das verdammte Zeug aus dem Boden holt.«
Jedem Menschen tut es gut, anerkannt zu werden, und Jack Mulrooney bildete da keine Ausnahme. Er strahlte und nickte. Als Miss Cooke gegangen war, deutete Sir James auf das Kaffeeservice.
»Sehen Sie sich diese windigen Dinger an. Früher habe ich aus einem anständigen, soliden Becher getrunken, jetzt kriege ich dieses pimplige Zeug. Ich erinnere mich noch, damals am Rand, Ende der dreißiger Jahre, aber das war noch vor Ihrer Zeit...«
Mulrooney blieb eine Stunde. Er verabschiedete sich mit dem Eindruck, daß der Alte, trotz aller gegenteiliger Gerüchte, doch ein anständiger Kerl war. Auch Sir James Manson hatte sich eine Meinung über Mulrooney gebildet: Ein verdammt guter Mann, wenn es darum ging, Steinchen von einem Berg zu klopfen und dabei keine Fragen zu stellen.
Bevor er sich verabschiedete, faßte Mulrooney seine Ansicht noch einmal zusammen.
»Da unten liegt Zinn, Sir James. Darauf verwette ich meinen Kopf. Die Frage ist nur, ob man's einigermaßen wirtschaftlich rausholen kann.«

Sir James klopfte ihm kräftig auf die Schulter.
»Zerbrechen Sie sich darüber nicht den Kopf. Das werden wir wissen, sobald der Bericht aus Watford vorliegt. Und keine Sorge: wenn wir dort auch nur eine Unze Zinn finden, die ich unter dem Marktpreis zur Küste schaffen kann, holen wir uns das Zeug. Und wie steht's mit Ihnen? Wie sieht Ihr nächstes Abenteuer aus?«
»Weiß ich noch nicht, Sir. Ich habe noch drei Tage Urlaub, dann melde ich mich wieder im Büro.«
»Möchten Sie wieder ins Ausland?« Sir James strahlte ihn an.
»Ja, Sir. Ganz ehrlich: ich halte diese Stadt und das Wetter und alles drum herum nicht aus.«
»Also dahin, wo es warm ist, wie? Ich hörte, Sie lieben die Wildnis?«
»Ja, das stimmt. Dort draußen ist man sein eigener Herr.«
»Da haben Sie recht.« Manson lächelte. »So ist es wirklich. Fast beneide ich Sie. Nein, verdammt noch mal, ich beneide Sie wirklich! Mal sehen, was sich machen läßt.«
Zwei Minuten später hatte Jack Mulrooney das Büro verlassen. Manson schickte Miss Cooke mit dem Aktenstück in die Personalabteilung zurück und wies die Buchhaltung an, bis spätestens Montag einen Sonderbonus von tausend Pfund an Mulrooney zu überweisen. Dann rief er den Chef der Abteilung Bodenuntersuchungen an.
»Welche Untersuchungen haben Sie für die nächste Zeit vorgesehen?« fragte er ohne jede Einleitung.
Drei Aktionen waren geplant: Eine in einer abgelegenen Gegend im äußersten Norden Kenias, nahe der Grenze zu Somalia, wo das Hirn in der Mittagssonne austrocknet und nachts das Mark in den Knochen gefriert und wo Shifta-Banden das Land unsicher machen. Dieses Unternehmen sollte fast ein Jahr dauern. Bei dem Versuch, einen Mann für so lange Zeit in eine so unwirtliche Gegend zu schicken, hatte er sich beinahe zwei Kündigungen eingehandelt.
»Schicken Sie Mulrooney hin«, sagte Sir James und legte auf.
Er sah auf die Uhr. Es war elf. Er griff nach der Personalakte über Dr. Gordon Chalmers, die Endean ihm am Abend zuvor auf den Schreibtisch gelegt hatte.
Chalmers hatte mit Auszeichnung die Londoner Bergwerksakademie absolviert, wahrscheinlich die beste Fachuniversität der Welt, obgleich ihr Witwatersrand gern diesen Rang streitig machen möchte. Er hatte sein Staatsexamen erst in Geologie und später in Chemie bestanden und mit etwa fünfundzwanzig Jahren promoviert. Nach fünfjähriger Assistententätigkeit an der Universität war er als Wissenschaftler bei Rio-Tinto-Zinc angestellt und vor sechs Jahren für ein besseres Gehalt von ManCon abgeworben worden. Seit vier Jahren leitete er nun die wissenschaftliche Abteilung der Firma, die am Stadtrand von Watford in Hertfordshire lag,

einer der Grafschaften im Norden Londons. Das Paßfoto in der Personalakte zeigte einen Mann von Ende Dreißig mit einem gelbroten Bart. Er trug eine Tweedjacke und ein rotes Hemd und blickte böse in die Kamera. Der aus Wolle gestrickte Schlips hing schief.

Um elf Uhr fünfunddreißig läutete das Privattelefon. Sir James Manson hob ab und hörte am anderen Ende der Leitung das Fallen einer Münze in einer öffentlichen Fernsprechzelle. Dann meldete sich Endeans Stimme. Er sprach knapp und präzise zwei Minuten lang vom Bahnhof Watford aus. Als er fertig war, brummte Manson zufrieden.

»Das ist gut zu wissen«, sagte er. »Kommen Sie jetzt nach London zurück. Ich habe noch einen Auftrag für Sie. Ich brauche eine lückenlose Auskunft über die Republik Zangaro. Ich will alles darüber wissen. Ja – Zangaro.« Er buchstabierte das Wort.

»Beginnen Sie mit der Entdeckung und gehen Sie chronologisch vor. Ich brauche die Geschichte des Landes, seine Geographie, seine Lage, Wirtschaft, Landwirtschaft und seinen Bergbau, falls es so etwas gibt, die Politik und den Entwicklungsstand. Konzentrieren Sie sich auf die zehn Jahre vor der Unabhängigkeit und ganz besonders auf den Zeitraum danach. Ich will alles wissen, was Sie über den Präsidenten in Erfahrung bringen können, sein Kabinett, das Parlament, falls es eins gibt, die Verwaltung und Exekutive, die Justiz und die politischen Parteien. Wichtig sind vor allem drei Punkte: Erstens die Frage des Einflusses der Russen oder Chinesen beziehungsweise lokaler Kommunisten auf den Präsidenten. Zweitens darf niemand, der auch nur entfernt mit der Republik zu tun hat, ahnen, daß Ermittlungen laufen, und drittens dürfen Sie unter keinen Umständen sagen, daß Sie von ManCon kommen. Geben Sie lieber einen anderen Namen an, verstanden? Gut. Berichten Sie mir sobald wie möglich, spätestens in zwanzig Tagen. Ihre Spesenanweisung für die Buchhaltung unterzeichne ich allein, und seien Sie diskret. Offiziell machen Sie Urlaub. Wir gleichen das später aus.«

Manson legte auf und rief zu Thorpe hinunter, um ihm weitere Anweisungen zu erteilen. Drei Minuten später kam Thorpe ins zehnte Stockwerk herauf und legte seinem Chef das gewünschte Papier auf den Tisch. Es war der Durchschlag eines Briefes.

Zehn Stockwerke tiefer trat Dr. Gordon Chalmers an der Ecke von Moorgate aus einem Taxi und bezahlte. Er fühlte sich in dem dunklen Anzug und Mantel ungemütlich, aber Peggy hatte ihm erklärt, das sei für eine Einladung beim obersten Chef unbedingt erforderlich.

Ein paar Schritte vor dem Hauptportal des Verwaltungsgebäudes fiel ihm an einem Zeitungskiosk der beiden Blätter *Evening News* und *Evening Standard* eine Schlagzeile ins Auge. Er verzog in bitterem Spott die Lippen und kaufte sich beide Zeitungen. Der Text der Meldung stand nicht

auf der Titelseite, sondern weiter hinten. Die Schlagzeile lautete: ›Contergan-Eltern fordern Entschädigung.‹
Die Meldung selbst war etwas ausführlicher, aber nicht sehr lang: Wieder hatte eine Marathon-Konferenz zwischen Vertretern der Eltern von über hundert contergangeschädigten Kindern in England und der Herstellerfirma des Medikaments stattgefunden, und wieder war man nicht zu einer Einigung gelangt. Also wurden die Gespräche ›auf einen späteren Zeitpunkt vertagt‹.
Gordon Chalmers dachte an das Haus bei Watford, das er an diesem Morgen verlassen hatte, an seine Frau Peggy, die gerade dreißig wurde und wie vierzig aussah und an die neunjährige Margaret, das arme Kind, das ohne Beine und mit nur einem Arm geboren war und dringend eine Spezialprothese brauchte – genauso dringend wie das speziell eingerichtete Haus, in dem sie nun endlich lebten und dessen Hypothek ihn ein Vermögen kostete.
»Auf einen späteren Zeitpunkt vertagt«, knurrte er und stopfte die beiden Zeitungen in einen Papierkorb. Er las die Abendblätter ohnehin nur selten. Seine Zeitungen waren der *Guardian*, *Privat Eye* und die linksgerichtete *Tribune*. Nachdem Gordon Chalmers fast zehn Jahre lang zugesehen hatte, wie eine Gruppe fast mittelloser Eltern vergeblich mit einem Riesenkonzern um eine Entschädigung rang, hatte sich bei ihm eine Verbitterung gegenüber allen Großkapitalisten festgesetzt. Zehn Minuten später stand er einem der größten gegenüber.
Chalmers ließ sich von Sir James nicht einwickeln wie Bryant und Mulrooney. Der Wissenschaftler hielt sich an seinem Glas Bier fest und sah seinem Chef trotzig ins Gesicht. Manson überschaute die Lage rasch und kam zur Sache, nachdem Miss Cooke ihm seinen Whisky gereicht und sich zurückgezogen hatte.
»Sie können sich wahrscheinlich denken, weshalb ich Sie hierher gebeten habe, Dr. Chalmers.«
»Ich kann's mir denken, Sir James. Der Bericht über den Kristallberg.«
»Richtig. Es war übrigens sehr vernünftig von Ihnen, ihn in einem versiegelten Umschlag an mich persönlich zu richten. Sehr vernünftig.«
Chalmers zuckte die Achseln. Er hatte es nur getan, weil laut interner Vorschrift alle wichtigen Untersuchungsergebnisse direkt dem Präsidenten der Gesellschaft vorzulegen waren. Sobald ihm klar geworden war, was die Proben enthielten, war das für ihn eine reine Routinesache.
»Ich möchte Ihnen zwei Fragen stellen und bitte um exakte Antworten«, sagte Sir James. »Sind Sie Ihrer Sache absolut sicher, was diese Ergebnisse betrifft? Können die Tests, die an diesen Gesteinsproben vorgenommen wurden, wirklich nicht anders gedeutet werden?«
Chalmers zeigte sich weder schockiert noch gekränkt. Er wußte, daß die Arbeit der Wissenschaftler von Laien immer noch häufig mit Schwarzer

Magie in Verbindung gebracht und daher als ungenau angesehen wurde. Er hatte es längst aufgegeben zu erläutern, welch hoher Grad an Präzision in seinem Handwerk steckte.

»Absolut sicher. Erstens gibt es zum Nachweis von Platin eine ganze Reihe verschiedener Tests, und sie sind bei sämtlichen Proben einheitlich positiv ausgefallen. Zweitens habe ich alle bekannten Analyseverfahren bei sämtlichen Proben nicht nur einmal, sondern sogar zweimal angewandt. Theoretisch wäre es möglich, daß jemand das ausgeschwemmte Material verfälscht hat, aber das gilt auf keinen Fall für die innere Struktur des Gesteins. Das Ergebnis meines Berichts ist in seiner Genauigkeit wissenschaftlich unangreifbar.«

Sir James Manson hörte sich den Vortrag respektvoll an und nickte bewundernd.

»Die zweite Frage: Wie viele Leute außer Ihnen kennen in Ihrem Labor die Ergebnisse der Analyse dieser Proben vom Kristallberg?«

»Niemand«, antwortete Chalmers mit aller Entschiedenheit.

»Niemand?« wiederholte Manson. »Hören Sie, sicher hat doch einer Ihrer Assistenten...«

Chalmers trank einen Schluck Bier und schüttelte den Kopf.

»Sir James, als die Proben eintrafen, wurden sie wie üblich in Kisten verpackt und eingelagert. Mulrooneys Begleitschreiben kündigte das Vorhandensein von Zinn in unbekannter Menge an. Da es sich nur um eine Routine-Untersuchung handelte, beauftragte ich einen jungen Assistenten damit. In seiner Unerfahrenheit beschränkte er sich auf die Tests zum Nachweis von Zinn und sonst nichts. Als sie negativ ausfielen, zog er mich hinzu. Ich zeigte ihm das richtige Verfahren und das Ergebnis war wieder negativ. Darauf erklärte ich ihm, man dürfe sich durch die Meinung eines Prospektors nicht beeindrucken lassen, und erläuterte ihm einige weitere Tests. Auch sie waren negativ. Das übrige Labor hatte schon Feierabend, aber ich machte Überstunden und war allein da, als die ersten positiven Ergebnisse auftauchten. Um Mitternacht wußte ich dann, daß die Geröllprobe aus dem Bachbett, von der ich knapp ein halbes Pfund verwendete, Platin in kleinen Mengen enthielt. Danach fuhr ich nach Hause.

Am nächsten Morgen wies ich dem jungen Mann eine andere Arbeit zu. Ich machte die weitere Analyse selbst. Es waren sechshundert Beutel mit Kies und Geröll, dazu eintausendfünfhundert Pfund Gestein – über dreihundert einzelne Brocken, die von verschiedenen Stellen des Berges stammen. Nach Mulrooneys Foto konnte ich mir den Berg gut vorstellen. Die versprengten Einlagerungen sind in allen Teilen der Gesteinsformation anzutreffen. Das habe ich in meinem Bericht festgestellt.«

In einem Anflug von Trotz trank er sein Glas leer.

Sir James Manson nickte immer noch und sah den Wissenschaftler mit gut gespielter Hochachtung an.

»Unglaublich«, murmelte er schließlich. »Ich weiß, daß ihr Wissenschaftler immer sachlich und reserviert bleiben wollt, aber ich könnte mir denken, daß sogar Sie aufgeregt waren. Hier könnte eine für den Weltmarkt wichtige Platinquelle vorliegen. Wissen Sie, wie oft so etwas bei Edelmetallen vorkommt? Einmal in zehn Jahren, vielleicht sogar einmal im ganzen Leben...«
Natürlich war Chalmers nach seiner Entdeckung aufgeregt gewesen und hatte drei Wochen lang bis tief in die Nacht hinein gearbeitet, um jeden einzelnen Beutel, jeden Stein vom Kristallberg zu untersuchen, aber das hätte er nie zugegeben. Er zuckte nur die Achseln und bemerkte:
»Für ManCon wird das sicherlich sehr gewinnbringend sein.«
»Nicht unbedingt«, sagte James Manson leise. Zum erstenmal reagierte Chalmers betroffen.
»Nein?« fragte er. »Aber das ist doch ein Vermögen.«
»Ein Vermögen unter der Erde, ja«, antwortete Sir James, erhob sich und trat ans Fenster. »Aber es kommt noch sehr darauf an, wer den Schatz hebt, falls überhaupt. Sehen Sie, es steht zu befürchten, daß dieses Platin noch jahrelang nicht verarbeitet wird oder aber es wird verarbeitet und dann gehortet. Ich möchte Ihnen die Zusammenhänge erklären, mein lieber Doktor...«
Dreißig Minuten lang redete er über Finanzen und hohe Politik, zwei Gebiete, auf denen sich Dr. Chalmers nicht sehr firm fühlte.
»So liegen die Dinge«, schloß er. »Wenn wir das Untersuchungsergebnis sofort publizieren, besteht die Gefahr, daß alles der russischen Regierung auf einem Tablett überreicht wird.«
Dr. Chalmers, der eigentlich nichts gegen die russische Regierung einzuwenden hatte, zuckte nur die Achseln.
»An den Tatsachen kann ich nichts ändern, Sir James.«
James hob entsetzt die Augenbrauen. »Du liebe Zeit, Doktor, natürlich können Sie das nicht.« Er sah überrascht auf die Uhr. »Gleich eins!« rief er. »Sie müssen hungrig sein, mir knurrt jedenfalls der Magen. Gehen wir eine Kleinigkeit essen.«
Er hatte daran gedacht, den Royce vorfahren zu lassen, aber nach Endeans Telefonanruf aus Watford und der Information, Chalmers sei auf die *Tribune* abonniert, entschied er sich für ein schlichtes Taxi.
Die ›Kleinigkeit‹ bestand aus Pastete, Omelette mit Trüffeln, geschmortem Hasenrücken in roter Weinsauce und einem Biskuit-Dessert. Manson behielt mit seiner Vermutung recht: Chalmers lehnte einen solchen Überfluß zwar grundsätzlich ab, entwickelte aber gleichzeitig einen gesunden Appetit. Selbst er vermochte nicht ein schlichtes Naturgesetz auf den Kopf zu stellen, das besagt, daß ein gutes Essen ein Gefühl angenehmer Fülle, Zufriedenheit und Euphorie verbreitet und den moralischen Widerstand schwächt. Außerdem hatte Manson darauf spekuliert, daß ein

Biertrinker den schweren Rotwein nicht gewöhnt ist, und zwei Flaschen Côte du Rhône ermutigten Chalmers, über alles zu plaudern, was ihn interessierte: Über seine Arbeit, seine Familie und seine Weltanschauung. Als er auf seine Familie und das neue Haus zu sprechen kam, erwähnte Sir James mit gebührend bekümmerter Miene, er erinnere sich, Chalmers vor einem halben Jahr in einem Fernsehinterview auf offener Straße gesehen zu haben.

»Sie müssen mir verzeihen«, sagte er, »ich habe das nicht gewußt... Ich meine, Ihre kleine Tochter – welch eine Tragödie.«

Chalmers nickte und starrte das Tischtuch an. Erst zögernd, dann mit immer mehr Selbstvertrauen, begann er seinem Chef von Margaret zu erzählen.

»Aber das können Sie doch nicht verstehen«, sagte er einmal.

»Ich kann es versuchen«, antwortete Sir James leise. »Wissen Sie, ich habe selbst eine Tochter. Sie ist natürlich älter.«

Zehn Minuten später entstand eine Gesprächspause. Sir James Manson zog ein zusammengefaltetes Blatt Papier aus der Rocktasche.

»Ich weiß wirklich nicht, wie ich mich da ausdrücken soll«, sagte er mit einem Anflug von Verlegenheit, »aber... nun, ich weiß natürlich genausogut wie jeder andere im Haus, wie sehr Sie sich für unsere Firma einsetzen. Die langen Überstunden und diese privaten Sorgen wirken sich natürlich aus, zweifellos auch bei ihrer Frau. Deshalb habe ich heute morgen diese Anweisung an meine Bank erteilt.«

Er schob Chalmers die Briefkopie zu. Das Schreiben war knapp und unmißverständlich: Der Leiter der Coutts-Bank wurde angewiesen, am ersten Tag eines jeden Monats per Einschreiben fünfzehn Banknoten im Wert von je zehn Pfund an die Privatadresse von Dr. Gordon Chalmers zu senden. Der Dauerauftrag sollte eine Laufzeit von zehn Jahren haben, falls er nicht widerrufen wurde.

Chalmers hob den Kopf. Die Miene seines Arbeitgebers drückte Besorgnis und Mitgefühl aus, daneben eine kleine Verlegenheit.

»Danke«, flüsterte Chalmers.

Sir James griff nach seinem Arm und schüttelte ihn.

»Kommen Sie, reden wir nicht mehr über diese Sache, trinken wir lieber einen Cognac.«

Während der Rückfahrt im Taxi schlug Manson vor, Chalmers am Bahnhof abzusetzen, damit er nach Watford zurückfahren konnte.

»Ich muß noch einmal ins Büro, um mit dieser Zangaro-Angelegenheit und Ihrem Bericht weiterzukommen«, sagte er.

Chalmers sah durch das Fenster des Taxis hinaus auf den Verkehr, der an diesem Freitagnachmittag aus der City von London hinausflutete.

»Was werden Sie nun in dieser Sache unternehmen?« fragte er.

»Ich weiß es wirklich nicht. Am liebsten würde ich das Ding nicht abschik-

ken. Ein Jammer, wenn alles in fremde Hände kommt, und das geschieht unweigerlich, wenn Ihr Bericht Zangaro erreicht. Aber früher oder später muß ich denen irgend etwas vorweisen.«
Wieder entstand eine lange Pause. Das Taxi bog auf den Bahnhofsvorplatz ein.
»Kann ich irgend etwas tun?« fragte der Wissenschaftler.
Sir James Manson stieß einen langen Seufzer aus.
»Ja«, sagte er zurückhaltend. »Beseitigen Sie Mulrooneys Proben genauso, wie Sie andere ausgewertete Proben wegschaffen würden. Vernichten Sie alle Notizen über Ihre Analysen. Nehmen Sie Ihr Exemplar des Berichts und machen Sie eine genaue Abschrift, nur mit einem Unterschied: Aus den Tests soll eindeutig hervorgehen, daß Spuren von geringwertigem Zinn vorhanden sind, aber nicht in abbauwürdigen Mengen. Verbrennen Sie Ihr Exemplar des Originalberichts. Und dann verlieren Sie nie wieder ein Wort darüber.«
Das Taxi hielt an. Als keiner der beiden Fahrgäste Anstalten machte auszusteigen, steckte der Fahrer die Nase durch den Spalt in der Trennscheibe.
»Wir sind da, Chef.«
»Ich gebe Ihnen mein Ehrenwort«, sagte Sir James Manson halblaut. »Früher oder später könnte sich die politische Lage ändern, und dann wird sich ManCon um die Schürfrechte bewerben, genau wie es dem üblichen Verfahren entspricht.«
Dr. Chalmers stieg aus und drehte sich zu seinem Arbeitgeber um, der in seiner Ecke saß.
»Ich weiß nicht, ob ich das kann, Sir«, sagte er. »Ich muß es mir überlegen.«
Manson nickte.
»Selbstverständlich. Ich weiß, daß ich viel von Ihnen verlange. Sprechen Sie doch mit Ihrer Frau darüber. Sie wird es sicher verstehen.«
Dann schloß er die Tür und ließ sich in die City fahren.

An diesem Abend speiste Sir James mit einem Beamten des Foreign Office und nahm ihn mit in seinen Club. Es war nicht einer der exklusivsten Londoner Clubs, da Manson nichts davon hielt, eine solche Bastion des alten Establishment zu erobern und sich von den anderen Mitgliedern schneiden zu lassen. Außerdem hatte er keine Zeit für das Gesellschaftsleben und wenig Verständnis für die eingebildeten Idioten, mit denen man es an der Spitze der gehobenen Gesellschaft zu tun hatte. Diese Angelegenheiten überließ er seiner Frau. Der Adelstitel war nützlich, aber das war auch schon alles.
Er verachtete Adrian Goole und hielt ihn für einen pedantischen Trottel. Deshalb hatte er ihn auch zum Essen eingeladen. Maßgebend dafür war

außerdem die Tatsache, daß dieser Mann in der Abteilung Wirtschaftsinformationen des Außenministeriums beschäftigt war.
Als vor Jahren das wirtschaftliche Engagement seiner Gesellschaft in Ghana und Nigeria einen gewissen Stand erreicht hatte, war er zum inneren Kreis des Londoner Westafrika-Komitees gestoßen. Dieses Organ war und ist eine Art Zusammenschluß aller größeren, in London ansässigen Firmen, die in Westafrika tätig sind. Das Westafrika-Komitee beschäftigt sich weit eingehender mit Handel, und daher auch mit Geld, als beispielsweise das Ostafrika-Komitee, und besprach in regelmäßigen Abständen wirtschaftlich und politisch interessante Ereignisse in Westafrika. Beide Ausschüsse wiesen bestimmte Berührungspunkte auf und berieten sowohl das Außenministerium als auch das Commonwealth-Ministerium, indem sie sagten, was ihrer Ansicht nach für Großbritannien von Vorteil war.
Sir James Manson sah die Sache etwas anders. In seinen Augen hatten die beiden Komitees die Aufgabe, der Regierung das vorzuschlagen, was in diesem Teil der Welt die Profite verbessern konnte. Er hatte damit nicht so unrecht. Während des Bürgerkriegs in Nigeria war er in dem Komitee tätig gewesen und hatte mitangehört, wie die verschiedenen Vertreter von Banken, Bergwerken, Öl- und Handelsgesellschaften zu einer raschen Beendigung des Kriegs rieten; das war gleichbedeutend mit einem beschleunigten Sieg der Regierungstruppen.
Das Komitee hatte, wie nicht anders zu erwarten war, der Regierung empfohlen, die Truppen der nigerianischen Zentralregierung zu unterstützen, falls diese zwei Bedingungen erfüllten: Sie mußten erkennen lassen, daß sie imstande waren, einen raschen Sieg zu erringen, und britische Stellen in Nigeria mußten diesen Umstand einwandfrei bestätigen. Dann sah das Komitee zu, wie die Regierung sich auf Anraten des Foreign Office in Afrika erneut einen gigantischen Schnitzer leistete. Der Krieg dauerte nicht sechs, sondern dreißig Monate. Und Harold Wilson wäre lieber zum Mond geflogen, als von der einmal eingeschlagenen Politik abzuweichen und einzugestehen, daß seinen Beamten vielleicht ein Fehler unterlaufen sein könnte.
Manson mußte große Einbußen hinnehmen, da seine Bergwerke stillagen und das Erz auf Grund der unübersichtlichen Transportverhältnisse nicht per Eisenbahn an die Küste geschafft werden konnte, aber noch viel größer waren die Verluste im Ölgeschäft, die MacFazdean von der Shell-BP einsteckte.
Während dieses Zeitraumes hatte Adrian Goole als Verbindungsmann zwischen dem Außenministerium und dem Komitee fungiert. Nun saß er James Manson in einer Nische gegenüber, mit schneeweißen Manschetten, die sehr korrekt vier Zentimeter aus dem Ärmel hervorlugten, und mit der ernsthaften Aufmerksamkeit eines Musterschülers.

Manson tischte ihm einige Teilwahrheiten auf, erwähnte aber mit keinem Wort das Vorhandensein von Platin. Er sprach über Zinn, übertrieb jedoch die mutmaßliche Ergiebigkeit. Natürlich seien die Vorkommen abbauwürdig, aber – im Vertrauen gesagt – die Abhängigkeit des Präsidenten von den russischen Beratern habe ihn abgeschreckt. Die Gewinnbeteiligung der Regierung von Zangaro könne ein ganz hübsches Sümmchen abwerfen und ihr daher den Rücken stärken, aber da dieser Despot praktisch eine Marionette des Kreml sei, wolle man schließlich Macht und Einfluß dieser Republik nicht noch durch Geld unterstützen. Goole schluckte alles. Seine ernste Miene drückte Besorgnis aus.

»Eine verdammt schwierige Entscheidung«, sagte er voller Sympathie. »Ich kann nicht umhin, Ihre politische Vernunft zu bewundern. Im Augenblick ist Zangaro bankrott und so gut wie unbekannt. Aber wenn das Land reich würde... Ja, Sie haben vollkommen recht. Ein echtes Dilemma. Wann müssen Sie den Bericht mit den Untersuchungsergebnissen abliefern?«

»Früher oder später«, brummte Manson. »Die Frage ist nur: Wie soll ich mich da verhalten? Wenn die russische Botschaft den Bericht zu sehen bekommt, wird dem Handelsattaché sofort klar werden, daß die Zinnvorkommen abbauwürdig sind. Er wird sich dann um die Schürfrechte bemühen. Die bekommt dann ein anderer, der Diktator wird trotzdem reich und wer weiß, welche Probleme daraus für den Westen entstehen? Wir sind damit genauso weit wie zuvor.«

Goole überlegte eine Weile.

»Ich hielt es für richtig, Sie über diese Lage zu informieren«, sagte Manson.

»Ja, ja, besten Dank.« Goole war tief in Gedanken versunken. »Sagen Sie«, fragte er schließlich, »was würde geschehen, wenn Sie die Zahlen einfach halbierten, die sich auf die Zinnmenge pro Tonne Erz beziehen?«

»Halbieren?«

»Ja, wenn Sie die Angaben halbieren und einen Gehalt an reinem Zinn nachweisen, der pro Tonne Gestein nur noch fünfzig Prozent beträgt.«

»Nun, ein solcher Zinngehalt wäre wirtschaftlich nicht mehr auszubeuten.«

»Und die Gesteinsproben könnten doch beispielsweise von einer anderen Stelle stammen, die, sagen wir mal, eine Meile entfernt liegt?« fragte Goole.

»Ja, das müßte gehen. Aber mein Prospektor hat Gesteinsproben mit hohem Zinngehalt gefunden.«

»Wenn er sie aber nicht gefunden hätte«, fuhr Goole fort, »wenn er die Proben an einer anderen Stelle genommen hätte, dann könnte der Zinngehalt doch um fünfzig Prozent niedriger liegen?«

»Ja, schon möglich. Die Proben würden dann höchstwahrscheinlich sogar

weniger als fünfzig Prozent aufweisen. Aber er hat nun mal an der richtigen Stelle gearbeitet.«
»Unter Aufsicht?« fragte Goole.
»Nein, allein.«
»Und er hat bei seiner Arbeit keine echten Spuren hinterlassen?«
»Nein«, antwortete Manson. »Er hat ein paar Steine abgeschlagen, aber die Stellen sind längst überwuchert. Außerdem kommt dort niemand hin. Die Gegend liegt hinter dem Mond.«
Er zündete sich umständlich eine Zigarre an.
»Wissen Sie, Goole, Sie sind ein verdammt schlauer Bursche. Ober, bitte noch einen Cognac.«
Sie verabschiedeten sich auf den Stufen des Clubs mit ein paar Scherzworten. Der Portier winkte für Goole ein Taxi herbei, damit er zu seiner Frau nach Holland Park heimfahren konnte.
»Noch etwas«, sagte der Beamte, als er schon am Taxi stand. »Bewahren Sie über diese Angelegenheit strengstes Stillschweigen. Ich muß natürlich einen vertraulichen Bericht zu den Akten nehmen, aber ansonsten bleibt die Sache ganz unter uns.«
»Selbstverständlich«, sagte Manson.
»Ich bin Ihnen dankbar dafür, daß Sie es für richtig hielten, mich ins Vertrauen zu ziehen. Sie haben ja keine Ahnung, wie sehr unsere Arbeit an den Wirtschaftsproblemen erleichtert wird, wenn man weiß, was vorgeht. Ich werde Zangaro unauffällig im Auge behalten, und sollte sich dort eine Änderung der politischen Lage abzeichnen, werden Sie es als erster erfahren. Gute Nacht.«
Sir James Manson sah das Taxi davonfahren und winkte seinen Rolls-Royce herbei, der ein Stück entfernt parkte.
»Sie werden es als erster erfahren«, ahmte er Goole nach. »Und ob ich das werde, mein Junge. Ich werde die Sache nämlich ankurbeln.«
Er beugte sich durch das offene Fenster am Beifahrersitz zu seinem Chauffeur Craddock hinein.
»Wenn man es solchen pingeligen, kleinen Pinschern überlassen hätte, unser Imperium aufzubauen, Craddock, dann hätten wir bis heute vielleicht gerade die Insel Wight kolonisiert.«
»Sie haben vollkommen recht, Sir James«, erwiderte Craddock.
Der Chauffeur wartete, bis sein Chef hinten eingestiegen war, dann öffnete er die Trennscheibe.
»Gloucestershire, Sir James?«
»Gloucestershire, Craddock.«
Es begann wieder zu nieseln, als die elegante Limousine über den Piccadilly Square und die Park Lane hinauf zur A40 rollte. Sie brachte Sir James Manson nach Westen hinaus zu seiner Villa mit den zehn Schlafzimmern, die ihm seine dankbare Firma vor drei Jahren für zweihundertfünfzigtau-

send Pfund gekauft hatte. Dort warteten auch seine Frau und seine neunzehnjährige Tochter, aber die hatte er sich selbst zugelegt.

Eine Stunde später lag Gordon Chalmers neben seiner Frau im Bett, müde und aufgebracht nach einem zweistündigen Streit. Peggy Chalmers lag auf dem Rücken und sah zur Decke hinauf.
»Ich kann das nicht«, sagte Chalmers zum zehntenmal. »Ich kann doch nicht einfach hingehen und einen Untersuchungsbericht fälschen, nur damit der verdammte Manson noch mehr Geld verdient.«
Das Schweigen zog sich in die Länge. Das alles hatten sie schon dutzende Male durchgekaut, seitdem Peggy Mansons Brief an die Bank gelesen und von ihrem Mann erfahren hatte, wie die Bedingungen für eine finanzielle Besserstellung lauteten.
»Was macht das schon aus«, kam ihre Stimme leise aus dem Dunkel neben ihm, »was macht es schon aus, wenn erst einmal alles erledigt ist. Ob *er* nun die Schürfrechte kriegt oder die Russen oder niemand? Ob die Preise steigen oder fallen? Welche Rolle spielt das? Es geht doch nur um Steinbrocken und kaltes Metall.«
Peggy Chalmers beugte sich über Ihren Mann und betrachtete den vagen Umriß seines Gesichts. Draußen schüttelte der Nachtwind die Äste der alten Ulme, neben der sie das neue Heim mit den Sondereinrichtungen für ihre verkrüppelte Tochter gebaut hatten.
Peggy Chalmers fuhr in leidenschaftlich drängendem Ton fort:
»Aber Margaret ist kein Steinbrocken, und ich bin nicht aus kaltem Metall. Wir brauchen das Geld, Gordon, wir brauchen es jetzt und für die nächsten zehn Jahre. Bitte, Liebling, bitte, schlag dir nur ein einziges Mal den Gedanken an einen Leserbrief an die *Tribune* aus dem Kopf und tu, was er von dir will.«
Gordon Chalmers sah zwischen den Vorhängen durch den schmalen Fensterspalt hinaus, den er zum Lüften offengelassen hatte.
»Na schön«, sagte er schließlich.
»Du wirst es tun?«
»Ja, verdammt noch mal, ich tu's.«
»Du schwörst es, Liebling? Gibst mir dein Ehrenwort?«
Wieder entstand eine lange Pause.
»Du hast mein Wort«, sagte die leise Stimme aus dem Dunkel. Sie grub ihr Gesicht in das Haar auf seiner Brust.
»Danke, Liebling. Und mach dir bitte darüber keine Sorgen. In einem Monat hast du alles vergessen. Du wirst schon sehen.«
Zehn Minuten später war sie eingeschlafen, erschöpft von der allabendlichen Anstrengung, Margaret zu baden und ins Bett zu bringen und von dem ungewohnten Streit mit ihrem Mann. Gordon Chalmers starrte immer noch in die Nacht hinaus.

»Die gewinnen immer«, murmelte er nach einer Weile verbittert. »Die verdammten Schweinehunde sitzen immer am längeren Hebel.«
Am folgenden Tag, einem Samstag, fuhr er in das fünf Meilen entfernte Labor und verfaßte einen vollkommen neuen Bericht für die Republik Zangaro. Dann verbrannte er seine Notizen und den Originalbericht und schaffte die Gesteinsproben hinüber zu dem Abfallhaufen, wo ein nahegelegenes Bauunternehmen Zement und Split für Gartenwege daraus machen würde. Er gab den revidierten Bericht per Einschreiben an Sir James Manson in der Zentralverwaltung auf, fuhr nach Hause und versuchte alles zu vergessen.

Am Montag traf der Bericht in London ein, und der Dauerauftrag zugunsten Chalmers' ging an die Bank. Der Bericht wurde zur Kenntnisnahme an Willoughby und Bryant in die Rechtsabteilung Übersee hinuntergeschickt, und Bryant erhielt Anweisung, gleich am nächsten Tag abzureisen und dem Minister für Bodenschätze in Clarence das Schreiben persönlich auszuhändigen. Ein Begleitbrief der Geschäftsleitung bedauerte das negative Untersuchungsergebnis.

Am Dienstag abend stand Richard Bryant an der Auslandsabfertigung des Londoner Flughafens Heathrow und wartete auf den Flug der BEA nach Paris, um dort das nötige zu besorgen und mit der Air Afrique weiterzufliegen. Fünfhundert Meter entfernt schlängelte sich Jack Mulrooney im Flughafengebäude Nummer drei durch die Paßkontrolle, um den Nachtjumbo der BOAC nach Nairobi zu erwischen. Er war nicht unglücklich darüber. Von London hatte er die Nase voll. Vor ihm lagen Kenia, die Sonne, der Busch, vielleicht sogar die Gelegenheit, einen Löwen vor die Flinte zu bekommen.

Am Ende dieser Woche existierte das Wissen um die geheimen Schätze des Kristallberges nur noch in den Köpfen zweier Männer. Der eine hatte seiner Frau ewiges Stillschweigen geschworen, und der andere plante schon den nächsten Schritt.

4. Kapitel

Simon Endean betrat Sir James' Büro mit einem umfangreichen Aktenstück unter dem Arm. Es enthielt einen hundertseitigen Bericht über die Republik Zangaro, eine Mappe mit großen Fotos und mehreren Landkarten. Er erläuterte, was er mitgebracht hatte. Manson nickte beifällig.
»Und während Sie das zusammenstellten, hat niemand erfahren, wer Sie sind und bei wem Sie arbeiten?« fragte er.

»Nein, Sir James. Ich habe ein Pseudonym benutzt, und keiner hat es angezweifelt.«

»Auch in Zangaro kann niemand erfahren haben, daß eine umfangreiche Auskunft eingeholt wurde?«

»Nein. Ich habe die vorhandenen Archive benutzt, so spärlich sie auch sind, dann einige Universitätsbibliotheken in England und auf dem Kontinent, Nachschlagwerke sowie den einzigen Touristenführer, der von Zangaro selbst herausgegeben wurde, obwohl er noch aus der Kolonialzeit stammt und seit fünf Jahren überholt ist. Ich habe dabei immer vorgegeben, Informationen für eine Doktorarbeit über die Lage Afrikas während der Kolonialzeit und danach zu sammeln. Es wird keine Rückfragen geben.«

»Gut«, sagte Manson, »den Bericht lese ich später. Bitte, die wichtigsten Fakten.«

Endean nahm eine der Landkarten aus dem Ordner und breitete sie auf dem Schreibtisch aus. Sie zeigte einen Ausschnitt der westafrikanischen Küste mit der besonders markierten Republik Zangaro.

»Wie Sie sehen, Sir James, handelt es sich hier um eine Enklave an der Küste, im Norden und Osten von dieser Republik hier und im Süden von dieser begrenzt. Die vierte Seite wird vom Meer gebildet.

Das Land hat die Form eines Rechtecks, das mit einer seiner Schmalseiten ans Meer grenzt.

Die Grenzen wurden in der Kolonialzeit, als man Afrika unter sich aufteilte, vollkommen willkürlich gezogen und sind nichts weiter als Striche auf einer Landkarte. In Wirklichkeit gibt es keine echten Grenzen, und da so gut wie keine Straßen vorhanden sind, existiert nur ein einziger Grenzübergang – hier an der Straße, die nach Norden ins Nachbarland führt. Der gesamte Landverkehr wird über diese eine Straße abgewickelt.«

Sir James Manson betrachtete das Viereck auf der Karte und brummte: »Und was ist mit den Grenzen im Osten und Süden?«

»Keine Straßen, Sir. Vollkommen wegloses Gebiet, es sei denn, man schlägt sich eine Schneise quer durch den Dschungel, und der besteht zumeist aus undurchdringlichem afrikanischen Busch.

Hinter der Hauptstadt liegt eine schmale Küstenebene, das einzige kultivierte Gebiet im Land, abgesehen von den winzigen Dschungellichtungen der Eingeborenen. Hinter der Ebene verläuft der Fluß Zangaro, dann folgen die Ausläufer der Kristallberge, die Bergkette selbst, und dahinter erstreckt sich meilenweit bis zur Ostgrenze der Dschungel.«

»Wie steht es mit anderen Verkehrsverbindungen?« fragte Manson.

»Es gibt praktisch überhaupt keine Straßen«, erklärte Endean.

»Der Fluß Zangaro verläuft von der nördlichen Grenze ziemlich dicht an der Küste entlang, quer durch die ganze Republik und mündet kurz vor

der südlichen Landesgrenze ins Meer. An der Flußmündung gibt es ein paar Stege und Hütten, die einen winzigen Exporthafen für Holz darstellen sollen, aber keine Docks. Das Holzgeschäft ist seit der Unabhängigkeit so gut wie zum Erliegen gekommen. Da der Zangaro fast parallel zur Küste verläuft und sich ihr auf einer Strecke von sechzig Meilen immer mehr nähert, trennt er die Republik praktisch in zwei Teile: Den Streifen der Küstenebene zum Meer hin, mit den Mangrovensümpfen, durch die die ganze Küste für Schiffe und Boote aller Art unzugänglich wird, und das Hinterland auf der anderen Seite des Flusses. Östlich davon erheben sich die Berge und hinter ihnen liegt der Busch. Der Fluß wäre für Kähne schiffbar, aber niemand interessiert sich dafür. Die Republik im Norden besitzt eine moderne Hauptstadt an der Küste mit einem Hochseehafen, und der Zangaro selbst ist an der Mündung versandet und versumpft.«
»Wie war das mit dem Holzexport? Wie lief das ab?«
Endean holte eine Landkarte größeren Maßstabs aus dem Ordner und legte sie auf den Tisch. Mit einem Bleistift tippte er auf die Zangaro-Mündung im Süden der Republik.
»Das Holz wurde flußaufwärts gefällt, entweder unmittelbar an den Ufern oder in den westlichen Ausläufern des Gebirges. Dort gibt es immer noch eine Menge guter Hölzer, aber seit der Unabhängigkeit interessiert sich niemand dafür. Die Baumstämme wurden den Fluß hinuntergeflößt und in der Mündung gestapelt. Wenn Schiffe kamen, ankerten sie vor der Küste, und Schlepper brachten die Flöße zu den Schiffen. Die Stämme wurden mit dem Ladezeug an Bord verladen. Der Holzexport bekam nie einen größeren Umfang.«
Manson betrachtete aufmerksam die Landkarte: die siebzig Meilen Küstenlinie, den fast parallel dazu verlaufenden Fluß, zwanzig Meilen von der Küste entfernt, den undurchdringlichen Mangrovensumpf zwischen Fluß und Meer, und die Berge hinter dem Fluß. Er erkannte den Kristallberg, erwähnte ihn aber nicht.
»Was ist mit größeren Straßen? Es muß doch einige geben.«
Endean kam allmählich in Fahrt.
»Die Hauptstadt liegt am äußersten Ende einer nicht sehr großen Halbinsel, die sich hier in der Mitte der Küstenlinie ins Meer vorschiebt. Zur offenen See hin gibt es einen kleinen Hafen, übrigens den einzigen brauchbaren Hafen im Land, und gleich hinter der Stadt schließt sich die Halbinsel wieder ans Festland an. Es gibt eine Straße, die in der Mitte der Halbinsel verläuft und sich sechs Meilen weit in genau östlicher Richtung landeinwärts fortsetzt. Dann stößt sie hier an diese Kreuzung. Eine Straße zweigt nach rechts, also nach Süden, ab, sie ist sieben Meilen weit geteert und für weitere zwanzig Meilen unbefestigt. Dann verläuft sie sich in den Sümpfen der Zangaro-Mündung. Die andere Straße führt nach links, also nach Norden, durch die Ebene am Westufer des Flusses und weiter bis

zur nördlichen Grenze. Hier gibt es einen Grenzübergang, der von einem Dutzend verschlafener, korrupter Soldaten besetzt ist. Ein paar Reisende haben mir erzählt, daß diese Leute ohnehin keinen Paß lesen können und gar nicht wissen, ob ein Visum drin ist oder nicht. Man drückt ihnen ein paar Geldstücke in die Hand und kommt ohne weiteres durch.«

»Wo ist diese Straße, die landeinwärts führt?« fragte Sir James.

Endean deutete mit dem Finger auf die Karte.

»Die ist so klein, daß sie nicht einmal eingezeichnet ist. Wenn man nach der Kreuzung der Straße nach Norden folgt, kommt man nach zehn Meilen an eine Abzweigung nach rechts, landeinwärts. Es handelt sich um eine unbefestigte Fahrspur. Dieser Weg führt über den östlichen Teil der Ebene und überquert auf einer wackeligen Holzbrücke den Zangaro.«

»Diese Brücke stellt also die einzige Verbindung zwischen den beiden Landesteilen links und rechts vom Fluß dar?« fragte Manson verwundert.

Endean zuckte die Achseln.

»Jedenfalls die einzige Verbindung für den Fahrzeugverkehr. Aber der existiert kaum. Die Eingeborenen überqueren den Zangaro mit Kanus.«

Manson wechselte das Thema, aber sein Blick hing immer noch an der Landkarte.

»Welche Stämme leben hier?«

»Es gibt da zwei Stämme«, sagte Endean. »Am Ostufer des Flusses bis tief in den Busch hinein erstreckt sich das Land der Vindu. Sie leben übrigens auch noch östlich der Landesgrenze. Ich sagte ja schon, daß die Grenzen willkürlich gezogen wurden. Die Vindu sind praktisch in der Steinzeit steckengeblieben. Sie verlassen kaum einmal ihren Busch und überqueren so gut wie nie den Fluß. Die Ebene auf dem Westufer bis zum Meer, einschließlich der Halbinsel mit der Hauptstadt, ist das Land der Caja. Sie hassen die Vindu und umgekehrt.«

»Bevölkerungszahl?«

»Im Landesinneren fast nicht feststellbar. Offiziell wird die Einwohnerzahl mit zweihundertzwanzigtausend angegeben. Darin sind dreißigtausend Caja und schätzungsweise einhundertneunzigtausend Vindu enthalten. Aber bei diesen Zahlen handelt es sich um reine Schätzungen, nur die Caja kann man wahrscheinlich halbwegs genau erfassen.«

»Wie, zum Teufel, haben die Leute dann eine Wahl abgehalten?« fragte Manson.

»Das wird immer ein Geheimnis bleiben«, entgegnete Endean. »Es war ohnehin ein Chaos. Die Hälfte der Bevölkerung wußte nicht einmal, was eine Wahl ist und was sie wählen sollten.«

»Und die Wirtschaft?«

»Von der Wirtschaft ist nicht mehr viel übrig«, antwortete Endean. »Das Vindu-Land produziert nichts. Die Leute leben von dem, was ihre Weiber auf kleinen Lichtungen im Busch an Süßkartoffeln und Manioksträuchern anpflanzen; die Frauen verrichten nämlich die gesamte Arbeit, und das ist schon wenig genug. Wenn man sie gut bezahlt, verdingen sie sich als Lastträger. Die Männer gehen auf die Jagd. Die Kinder sind ein einziges Krankenhaus von Malaria, Trachomeen, Bilharziosen und Unterernährung.

In der Küstenebene wurden während der Kolonialzeit Kakao, Baumwolle, Kaffee und Bananen von geringer Qualität angebaut. Die Plantagen wurden von Weißen mit Hilfe eingeborener Arbeiter betrieben. Das Zeug war nicht viel wert, aber da in Europa mit der Kolonialmacht ein garantierter Abnehmer vorhanden war, reichten die harten Devisen zur Bezahlung der geringfügigen Importe. Nach der Unabhängigkeitserklärung wurden die Plantagen vom Präsidenten verstaatlicht und nach Vertreibung der Weißen an seine Parteigänger verteilt. Inzwischen sind sie erledigt und von Unkraut überwuchert.«

»Haben Sie irgendwelche Zahlen bekommen?«

»Ja, Sir. Im letzten Jahr vor der Unabhängigkeit betrug die gesamte Kakao-Ernte – das wichtigste Landesprodukt – dreißigtausend Tonnen. Im vergangenen Jahr waren es eintausend Tonnen, aber sie fanden keinen Käufer. Die Ernte verrottet.«

»Und wie steht es mit Kaffee, Baumwolle und Bananen?«

»Die Plantagen für Bananen und Kaffee sind buchstäblich an der Mißwirtschaft erstickt. Die Baumwollfelder wurden von einer Seuche befallen, und es gab kein Insektenvertilgungsmittel.«

»Wie sieht die wirtschaftliche Lage jetzt aus?«

»Katastrophal. Das Land ist bankrott, das Geld wertloses Papier, die Exporte sind praktisch auf Null gesunken, und Importe gibt es nicht mehr. Es sind zwar Spenden von der UNO, von den Russen und von der alten Kolonialmacht eingetroffen, aber da die Regierung das Zeug immer hinten herum verkauft und den Erlös in die eigene Tasche steckt, sind sogar diese drei Quellen versiegt.«

»Also eine echte Bananenrepublik«, murmelte Sir James.

»In jeder Hinsicht: korrupt, unberechenbar, brutal. Hinter der Küste gibt es einige fischreiche Seen, aber die Leute können nicht fischen. Die beiden Fischkutter, die sie besaßen, gehörten Weißen. Einer von ihnen wurde von den Soldaten zusammengeschlagen, und beide haben aufgegeben. Die Maschinen sind verrostet, die Boote leck. Deshalb leiden die Eingeborenen unter Eiweißmangel. Die wenigen Ziegen und Hühner reichen nicht aus.«

»Die medizinische Versorgung?«

»Die Vereinten Nationen betreiben ein Krankenhaus in Clarence. Es ist das einzige im Land.«

»Und Ärzte?«

»Es gab unter den Zangaris zwei ausgebildete Ärzte. Einer wurde verhaftet und starb im Gefängnis, der andere floh ins Exil. Die Missionare wurden vom Präsidenten als Imperialisten ausgewiesen. Sie hatten fast durchwegs eine medizinische Ausbildung und waren nicht nur Prediger. Die Nonnen bildeten Krankenschwestern aus, aber auch sie mußten das Land verlassen.«
»Wie viele Europäer?«
»Im Hinterland wahrscheinlich keiner. In der Küstenebene ein paar Landwirtschaftsexperten und Techniker der Vereinten Nationen. In der Hauptstadt ungefähr vierzig Diplomaten, davon zwanzig in der russischen Botschaft, die übrigen in den Vertretungen Frankreichs, der Schweiz, Amerikas, der beiden deutschen Staaten, der Tschechoslowakei und Chinas. Abgesehen davon im Krankenhaus ungefähr fünf Fachkräfte der UNO, dann weitere fünf Techniker für Stromgenerator, Flugkontrolle, Wasserwerk und so weiter. Darüber hinaus muß es noch etwa fünfzig andere geben, Händler, Verwaltungsexperten und Geschäftsleute, die auf eine Besserung der Lage hoffen.
Vor sechs Wochen kam es tatsächlich zu einem Krach, und einer der UNO-Leute wurde halbtot geschlagen. Daraufhin drohten die fünf Techniker mit Kündigung und suchten Asyl in ihren jeweiligen Botschaften. Möglicherweise haben sie inzwischen das Land verlassen. Dann dürfte inzwischen auch die Versorgung mit Wasser und Elektrizität und der Betrieb auf dem Flughafen zusammengebrochen sein.«
»Wo liegt der Flughafen?«
»Hier am Ausgangspunkt der Halbinsel, gleich hinter der Hauptstadt. Er hat keine internationalen Ausmaße, deshalb muß man zunächst mit der Air Afrique hierher in die Republik im Norden fliegen, von da aus mit einer kleinen zweimotorigen Maschine weiter nach Clarence. Sie verkehrt dreimal in der Woche. Eine französische Firma hat diese Konzession bekommen, aber sie ist kaum noch lukrativ.«
»Zu welchen Staaten bestehen freundschaftliche Beziehungen?«
Endean schüttelte den Kopf.
»Zangaro hat keine Freunde mehr. Niemand ist an diesem Trümmerhaufen interessiert. Selbst der Organisation für Afrikanische Einheit ist das Land ein Dorn im Auge. Die Republik ist so obskur, daß niemand sie erwähnt. Die Presse meidet sie, daher steht nichts in den Zeitungen. Die Regierung verhält sich so feindselig gegenüber Weißen, daß niemand einen Vertreter hinschicken will. Es wird kein Geld investiert, weil nichts vor der Konfiszierung durch irgendeinen Parteibonzen sicher ist. Es gibt dort eine Jugendorganisation der führenden Partei, die ungestraft jeden zusammenschlagen darf, deshalb herrschen Angst und Terror.«
»Und die Russen?«
»Sie verfügen über die größte diplomatische Vertretung und wahrschein-

lich in außenpolitischen Fragen, von denen der Präsident nichts versteht, über einen gewissen Einfluß. Seine Berater wurden überwiegend in Moskau geschult, er persönlich allerdings nicht.«

»Gibt es da unten überhaupt ein wirtschaftliches Potential?« fragte Sir James. Endean nickte bedächtig.

»Ich glaube, das Potential ist bei gutem Management ausreichend, um der Bevölkerung einen bescheidenen Wohlstand zu garantieren. Die Bevölkerungszahl ist so klein, die Bedürfnisse sind so gering, daß sich das Land mit Nahrungsmitteln, Kleidung und den wichtigsten Wirtschaftsgütern selbst versorgen könnte, wenn ein paar harte Devisen für die notwendigsten Einfuhren vorhanden wären. Das ließe sich leicht machen. Auf jeden Fall sind die Bedürfnisse so gering, daß karitative Organisationen das Nötigste herbeischaffen könnten, wenn ihre Mitarbeiter nicht ständig belästigt und ihre Einrichtungen nicht dauernd zusammengeschlagen oder geplündert würden. Spenden und Geschenke werden gestohlen und von den Regierungsmitgliedern privat verschoben.«

»Sie sagten vorhin, daß die Vindu an keine Arbeit gewöhnt sind. Wie steht es mit den Cajas?«

»Auch nicht«, sagte Endean. »Die sitzen den ganzen Tag herum und verschwinden im Busch, wenn sie jemand drohend ansieht. Die fruchtbare Flußebene hat immer genug für ihren Lebensunterhalt hervorgebracht, und damit geben sie sich zufrieden.«

»Wer hat dann in der Kolonialzeit die Güter bewirtschaftet?«

»Die Kolonialmacht hat von auswärts ungefähr zwanzigtausend schwarze Arbeiter ins Land geholt. Sie wurden in Zangaro seßhaft und leben noch da. Mit ihren Familienangehörigen zählen sie etwa fünfzigtausend Köpfe. Aber sie wurden von der Kolonialmacht nie erfaßt und waren deshalb auch nicht an der Volksabstimmung über die Unabhängigkeit beteiligt. Soweit überhaupt Arbeit vorhanden ist, tun sie für Geld immer noch alles.«

»Wo leben diese Leute?« fragte Manson.

»Etwa fünfzehntausend von ihnen sind in ihren Hütten auf den Plantagen geblieben, obgleich es für sie dort keine Beschäftigung mehr gibt, da inzwischen alle Maschinen und Einrichtungen kaputt sind. Die übrigen sind nach Clarence ausgewichen und vegetieren dahin. Sie leben in Buden entlang der Straße zum Flughafen.«

Fünf Minuten lang betrachtete Sir James die Landkarte und dachte dabei an einen Berg, einen verrückten Präsidenten, einen Hofstaat von in Moskau geschulten Beratern und eine russische Botschaft. Schließlich seufzte er.

»Welch ein heilloses Durcheinander.«

»Das ist noch milde ausgedrückt«, sagte Endean. »Auf dem Platz in der Hauptstadt finden immer noch in aller Öffentlichkeit Hinrichtungen

statt. Der Delinquent wird mit einer Machete in Stücke gehackt. Sehr liebenswürdige Leute.«
»Und wem hat man nun dieses Paradies auf Erden zu verdanken?«
An Stelle einer Antwort holte Endean ein Foto aus dem Umschlag und legte es auf die Landkarte.
Sir James Manson sah vor sich einen Afrikaner in mittleren Jahren, in schwarzseidenem Zylinderhut, schwarzem Cut und ausgebeulten Hosen. Das Bild war offenbar bei seiner Amtseinführung aufgenommen, denn im Hintergrund standen mehrere Kolonialbeamte auf den Treppenstufen eines Prachtbaus. Das Gesicht unter dem Zylinder war nicht rund, sondern länglich und hager, mit tief eingekerbten Falten beiderseits der Nase. Die Mundwinkel krümmten sich abwärts und riefen so den Eindruck tiefer Mißbilligung hervor. Das Auffallendste waren die Augen. Sie wirkten starr und glasig, wie oft bei Fanatikern.
»Das ist der Mann«, sagte Endean. »Total verrückt und hinterhältig wie eine Klapperschlange. Die westafrikanische Version von Papa Doc. Ein Seher, der sich von Geisterstimmen leiten läßt, der Befreier vom Joch des weißen Mannes, der Erlöser seines Volkes, Schwindler, Räuber und Polizeichef, Folterknecht aller Verdächtigen, Verhörspezialist und verlängerter Arm des Allmächtigen, Empfänger von Visionen, oberster Herr über Leben und Tod – Seine Exzellenz Präsident Jean Kimba.«
Sir James Manson betrachtete eine ganze Weile das Gesicht des Mannes, der, ohne es zu ahnen, auf einem Platinschatz im Wert von zehn Milliarden Dollar saß.
Ob die Welt vom Verschwinden dieses Mannes überhaupt Notiz nehmen würde? dachte er.
Er sagte nichts, aber nach Endeans Bericht war er entschlossen, genau das in die Wege zu leiten.

Vor sechs Jahren hatte sich die Kolonialmacht, die über das heutige Zangaro herrschte, unter dem zunehmenden Druck der Weltöffentlichkeit entschlossen, der Kolonie die Unabhängigkeit zu gewähren. In einem Land, das keinerlei Erfahrung in der Selbstverwaltung besaß, wurden überhastete Vorbereitungen getroffen und für das darauffolgende Jahr allgemeine Wahlen und die Proklamation der Unabhängigkeit festgesetzt. In dem Wirrwarr bildeten sich fünf politische Parteien. Zwei davon waren völlig stammesorientiert: die eine behauptete, die Interessen der Vindu zu vertreten, die andere, die der Caja. Die übrigen drei Parteien entwickelten eigene politische Programme und gaben vor, sich über alle stammesmäßigen Trennlinien hinweg für das Volk einzusetzen. Eine dieser Parteien entstand aus der konservativen Gruppe, geführt von einem Mann, der schon unter den Kolonialherren ein öffentliches Amt innehatte und von ihnen gefördert wurde. Er versprach eine Fortsetzung der engen

Anlehnung an das Mutterland, das wenigstens für eine Deckung der örtlichen Papierwährung sorgte und die exportfähigen Landesprodukte aufkaufte. Die zweite Partei, klein und schwach, stand in der Mitte und wurde von einem Intellektuellen geführt, einem in Europa ausgebildeten Professor. Die dritte war ausgesprochen radikal und wurde von einem Mann geleitet, der mehrere schwere Kerkerstrafen auf dem Kerbholz hatte. Er hieß Jean Kimba.

Lange vor den Wahlen waren zwei seiner späteren Mitstreiter als Studenten in Europa bei antikolonialistischen Straßendemonstrationen aufgefallen, wurden von russischen Agenten angesprochen und bekamen Stipendien zur Beendigung ihrer Ausbildung an der Patrice-Lumumba-Universität bei Moskau; sie verließen später heimlich Zangaro und flogen nach Europa. Dort trafen sie sich mit Abgesandten des Kreml, erhielten eine bestimmte Geldsumme und nahmen einige sehr praktische Ratschläge mit nach Hause.

Mit Hilfe dieses Geldes bauten Kimba und seine Leute aus dem Stamm der Vindu politische Schlägertrupps auf und ignorierten völlig die kleine Minderheit der Caja. Diese politischen Kader machten sich im unkontrollierten Hinterland an die Arbeit. Einige Vertreter der rivalisierenden Parteien fanden ein sehr trauriges Ende, und sämtliche Clan-Häuptlinge der Vindu wurden von den Kadern aufgesucht.

Nachdem verschiedene Leute öffentlich verbrannt worden waren – anderen hatte man die Augen ausgestochen –, kapierten die Häuptlinge. Als die Wahlen näherrückten, handelten sie nach der überzeugenden Logik, daß man sich besser nach den Befehlen der Mächtigen richtet, um qualvolle Vergeltungsmaßnahmen zu vermeiden, als nach den Schwachen und Machtlosen. Sie befahlen ihren Stammesangehörigen, die Stimme für Kimba abzugeben. So errang er unter den Vindu eine klare Mehrheit und siegte eindeutig über Opposition und Caja-Wähler. Hinzu kam noch die Tatsache, daß sich plötzlich die Zahl der wahlberechtigten Vindu fast verdoppelt hatte, denn jeder Dorfhäuptling wurde angehalten, die Zahl der angeblich in seinem Bereich lebenden Menschen wesentlich höher anzugeben. Die oberflächliche Volkszählung durch die Kolonialbeamten stützte sich ja nur auf die zahlenmäßigen Angaben der Dorfältesten.

Nun versagte die Kolonialmacht. Anstatt von der feinen englischen Art abzuweichen und dafür zu sorgen, daß ihr Favorit die erste ausschlaggebende Wahl gewann, um dann mit ihm ein Schutzbündnis zu unterzeichnen und die Machtstellung des prowestlichen Zangaro-Politikers durch Entsendung einer Kompanie weißer Fallschirmjäger zu unterstützen, ließen die Kolonialherren zu, daß ihr schlimmster Feind die Wahl gewann. Einen Monat später wurde Jean Kimba als erster Präsident der Republik Zangaro in sein Amt eingeführt.

Was nun folgte, entsprach ganz dem üblichen Schema: Die vier anderen

Parteien wurden als ›umstürzlerisch‹ verboten und ihre Anführer kurz danach unter fadenscheinigen Vorwänden festgenommen. Sie starben an den Folterungen im Gefängnis, nachdem sie Kimba, dem Befreier, sämtliche Parteigelder übereignet hatten. Militär und Polizei aus der Kolonialzeit wurden aufgelöst, sobald eine halbwegs festgefügte, ausschließlich aus Vindu-Kriegern bestehende Streitmacht aufgebaut war. Die Caja-Soldaten, die unter den Kolonialherren den größten Teil der Polizeitruppe gestellt hatten, wurden gleichzeitig entlassen und auf Lastwagen verladen, um – wie es hieß – nach Hause abgeschoben zu werden. Die sechs Lastwagen verließen die Hauptstadt, hielten an einer einsamen Stelle am Zangaro-Fluß – und dann knatterten die Maschinengewehre. Das war das Ende der ausgebildeten Caja-Truppe.

In der Hauptstadt durften Polizei- und Zollbeamte, überwiegend Caja, zuerst noch bleiben, aber man nahm ihnen die Munition für ihre Waffen weg. Alle Macht lag nun in den Händen der Vindu-Truppe. Das Terror-Regime begann. Diese Entwicklung dauerte achtzehn Monate. Güter, Vermögen und Geschäfte der Kolonisten wurden konfisziert, die Wirtschaft kam allmählich zum Erliegen. Es gab keine ausgebildeten Vindu, die in der Lage gewesen wären, die wenigen Staatsunternehmen auch nur mit bescheidenem Erfolg zu leiten, und die Plantagen waren ohnehin Kimbas Parteigängern übereignet worden. Als die Kolonisten das Land verließen, kamen an ihrer Stelle einige UNO-Techniker zur Aufrechterhaltung der wichtigsten Versorgungsbetriebe, aber die Ausschreitungen, denen sie ausgesetzt waren, veranlaßten die meisten von ihnen, sich früher oder später wieder abberufen zu lassen.

Nach einigen kurzen, brutalen Terrorakten waren die ängstlichen Caja vollends unterworfen, und selbst jenseits des Flusses im Vindu-Land wurden mehrere blutige Exempel statuiert, wenn der eine oder andere Häuptling leise an die Wahlversprechen zu erinnern wagte. Danach resignierten sie und kehrten in den Busch zurück. Sie konnten es sich leisten, denn was in der Hauptstadt vorging, hatte sie ohnehin nie besonders berührt. Kimba und seine Anhänger, unterstützt durch die Vindu-Armee und die unberechenbaren, höchst gefährlichen Polit-Banden der Jugendorganisation, regierten nun von Clarence aus uneingeschränkt und nur auf den eigenen Profit bedacht.

Was den Profit betrifft, kamen unglaubliche Methoden zur Anwendung. Simon Endeans Bericht enthielt die Unterlagen eines solchen Falles: Kimba war verärgert über das Ausbleiben seines Anteils an einem vereinbarten Geschäft, ließ den beteiligten europäischen Geschäftsmann ins Gefängnis werfen und dessen Frau durch einen Abgesandten mitteilen, er werde ihr die Finger und Ohren ihres Mannes per Post zusenden, falls für ihn nicht ein Lösegeld gezahlt würde. Der Verhaftete selbst bestätigte in einem Brief den Ernst dieser Drohung, und der armen Frau blieb nichts

anderes übrig, als bei seinen Geschäftspartnern die geforderte halbe Million Dollar aufzutreiben und zu bezahlen. Der Mann wurde freigelassen, aber seine Regierung verpflichtete ihn zu strengem Stillschweigen, weil sie Verwicklungen mit den schwarz-afrikanischen Ländern in der UNO fürchtete. Die Presse erfuhr nie etwas von dem Vorfall. Ein andermal wurden zwei Staatsangehörige der einstigen Kolonialmacht verhaftet und in der Kaserne der ehemaligen Polizeizentrale zusammengeschlagen. Sie kamen erst frei, nachdem der Justizminister eine hohe Bestechungssumme erhalten hatte, an der offenbar auch Kimba beteiligt war. Ihr Verbrechen bestand darin, daß sie es versäumt hatten, sich zu verneigen, als Kimbas Wagen vorüberfuhr.
In den fünf Jahren seit der Unabhängigkeitserklärung hatte Kimba alle möglichen Gegner ausgelöscht oder ins Exil gejagt – und wer das Land verlassen konnte, durfte noch von Glück sagen. Es gab daher in der Republik keine Ärzte, Ingenieure oder andere Fachkräfte mehr. Sie waren ohnehin rar gewesen, und Kimba sah in seinem Mißtrauen jeden gebildeten Mann als Gegner an.
Im Laufe der Jahre hatte er eine krankhafte Angst vor Attentaten entwickelt und verließ sein Land überhaupt nicht mehr. Er hielt sich fast ausschließlich im Palast auf, und zwar im Schutz einer starken Leibwache. Schußwaffen jeder Art waren eingesammelt und beschlagnahmt worden, darunter auch Jagdgewehre und Schrotflinten, so daß der Mangel an eiweißhaltiger Nahrung noch verschärft wurde. Die Einfuhr von Patronen und Schießpulver war untersagt; kamen Jäger aus dem Vindu-Stamm im Landesinneren an die Küste, um das Schwarzpulver zu kaufen, das sie für die Jagd brauchten, so schickte man sie unverrichteter Dinge wieder nach Hause. Sie konnten ihre nutzlosen Vorderlader nur an den Nagel hängen. Das Tragen von Messern war in der Stadt verboten. Wer dabei erwischt wurde, hatte die Todesstrafe zu erwarten.

Sir James Manson studierte sehr gründlich den ausführlichen Bericht, die Fotos der Hauptstadt, des Palastes und Kimbas, sowie die Landkarten. Dann ließ er Simon Endean noch einmal in sein Büro kommen. Den hatte das Interesse seines Chefs an der obskuren Mini-Republik natürlich sehr neugierig gemacht, und er hatte sich bei Martin Thorpe, dessen Büro im neunten Stock gleich nebenan lag, erkundigt, was das alles zu bedeuten habe. Aber Thorpe hatte sich nur grinsend mit dem Zeigefinger an die Nasenspitze getippt.
Auch Thorpe war seiner Sache nicht ganz sicher, aber er vermutete etwas. Beide Männer wußten jedoch genau, daß man keine Fragen stellen durfte, wenn sich ihr Arbeitgeber etwas in den Kopf gesetzt hatte und Informationen brauchte.
Als sich Endean am nächsten Morgen bei Manson meldete, stand Manson

an seinem Lieblingsplatz, am Fenster des Penthouses, und sah hinunter in die Straße.

»Über zwei Dinge muß ich noch mehr wissen, Simon«, begann Sir James Manson und kehrte an seinen Schreibtisch zurück. »Sie erwähnen hier Unruhen in der Hauptstadt, die vor sechs bis sieben Wochen stattfanden. Ich habe von jemandem, der um diese Zeit dort war, etwas über diese Unruhen erfahren. Er erwähnte ein Gerücht von einem Attentatsversuch auf Kimba. Worum ging es überhaupt?«

Endean war erleichtert. Er hatte das auch von seinen Informanten zu hören bekommen, aber als Bagatelle nicht in den Bericht aufgenommen.

»Immer dann, wenn der Präsident einen bösen Traum hatte, kommt es zu Verhaftungen und zu Gerüchten über Anschläge gegen sein Leben«, sagte Endean. »Normalerweise sucht er nur einen Vorwand, jemanden verhaften und hinrichten zu lassen. Bei den erwähnten Unruhen Ende Januar war es der Armeebefehlshaber Oberst Bobi. Hinter vorgehaltener Hand wurde mir mitgeteilt, daß es bei dem Streit zwischen den beiden Männern in Wirklichkeit darum ging, daß Kimba einen zu geringen Anteil an Schmiergeldern bekam, die Bobi ausgehandelt hatte. Für das UNO-Krankenhaus war eine Sendung Arzneimittel eingetroffen. Die Armee machte sich schon im Hafen über die Ladung her und stahl die Hälfte. Bobi war für die Aktion verantwortlich und verschob die entwendeten Medikamente auf dem Schwarzen Markt. Der Erlös sollte an Kimba weitergegeben werden. Jedenfalls hat der Leiter des UNO-Krankenhauses die wirkliche Höhe des Verlustes erwähnt, als er bei Kimba protestierte und seinen Rücktritt androhte. Der Betrag war wesentlich höher, als Bobi gegenüber Kimba angegeben hatte. Der Präsident wurde wütend und schickte einige Leibwächter los, um Bobi zu suchen. Sie stellten dabei die ganze Stadt auf den Kopf und verhafteten jeden, der ihnen in die Quere kam oder dessen Nase ihnen nicht gefiel.«

»Was wurde aus Bobi?« fragte Manson.

»Er konnte fliehen. Er fuhr in einem Jeep zur Grenze, ließ den Jeep dort stehen und umging zu Fuß die Grenzkontrolle.«

»Zu welchem Stamm gehört er?«

»Er ist seltsamerweise ein Mischling: halb Vindu und halb Caja, vermutlich das Produkt eines Vindu-Überfalls auf ein Caja-Dorf vor vierzig Jahren.«

»Gehörte er zu Kimbas neuer Armee oder zu der alten Kolonialarmee?« fragte Manson.

»Er war Korporal in der Polizeitruppe der Kolonialherren, muß also eine gewisse Grundausbildung gehabt haben. Dann wurde er kurz vor der Unabhängigkeit entlassen – wegen Trunkenheit im Dienst und Befehlsverweigerung. Als Kimba an die Macht kam, holte er ihn zurück, weil er wenigstens einen Mann brauchte, der bei einem Gewehr Lauf und Kolben

unterscheiden konnte. In der Kolonialzeit gab Bobi sich als Caja aus, aber kaum war Kimba am Ruder, schwor er, ein echter Vindu zu sein.«
»Warum hat ihn Kimba behalten? Zählte er vielleicht zu seinen ursprünglichen Parteigängern?«
»Als Bobi merkte, woher der Wind wehte, ging er zu Kimba und schwor ihm ewige Treue. Er war klüger als der Gouverneur der Kolonialherren, der an Kimbas Wahl nicht glauben wollte, bis ihm die endgültigen Zahlen vorlagen. Kimba behielt Bobi und beförderte ihn sogar zum Befehlshaber der Armee, weil es optisch besser wirkte, wenn ein halber Caja die Repressalien gegen die Caja-Opposition durchführte.«
»Was ist das für ein Mann?« fragte Manson nachdenklich.
»Ein Kleiderschrank«, antwortete Endean, »ein Gorilla in Menschengestalt. Wenig Gehirn, aber dafür eine gewisse instinktive Schlauheit. Gleich und gleich gesellt sich gern – zwischen den beiden war es ein Streit unter Dieben.«
»Aber westlich geschult, kein Kommunist?« fragte Manson.
»Nein, Sir, kein Kommunist. Er ist absolut unpolitisch.«
»Bestechlich?«
»Bestimmt. Es muß ihm zur Zeit sehr schlecht gehen. Außerhalb Zangaros hat er sicher nichts auf die hohe Kante gelegt. An das große Geld kam nur der Präsident selbst heran.«
»Wo hält er sich jetzt auf?«
»Das weiß ich nicht, Sir, irgendwo im Exil.«
»Gut«, sagte Manson. »Machen Sie ihn ausfindig, wo er auch sein mag.«
Endean nickte. »Soll ich ihn aufsuchen?«
»Noch nicht«, antwortete Manson. »Dann noch etwas: Der Bericht ist gut und sehr ausführlich, bis auf eine Kleinigkeit. Das ist der militärische Aspekt. Ich brauche eine lückenlose Aufstellung der militärischen Sicherheitsvorkehrungen in und um den Präsidentenpalast und in der Hauptstadt. Anzahl der Soldaten, der Polizisten, der Leibwächter des Präsidenten, ihre Unterbringung und Kampfkraft, Stand ihrer Ausbildung und Erfahrung, mutmaßliche Härte ihres Widerstands im Falle eines Angriffs, welche Waffen tragen sie, können sie damit umgehen, welche Reserven sind vorhanden, wo befindet sich das Waffenlager, wo überall sind Wachen postiert, stehen gepanzerte Fahrzeuge oder Geschütze zur Verfügung, bilden die Russen die Armee aus, existieren außerhalb von Clarence Ausbildungslager – kurzum alles, was damit zu tun hat.«
Endean sah seinen Chef verdutzt an. Der Ausdruck ›im Falle eines Angriffs‹ war ihm aufgefallen. Was in aller Welt hatte der Alte vor, überlegte er. Aber seine Miene blieb ausdruckslos.
»Das würde einen persönlichen Besuch erfordern, Sir James.«
»Ja, das gebe ich zu. Besitzen Sie einen Reisepaß unter einem anderen Namen?«

»Nein, Sir. Außerdem könnte ich diese Angaben nicht beschaffen. Dazu ist eine genaue Kenntnis militärischer Angelegenheiten erforderlich und die Erfahrung mit afrikanischen Soldaten. Für die allgemeine Wehrpflicht war ich damals zu jung. Von Armeen und Waffen verstehe ich nichts.« Manson stand wieder am Fenster und sah über die City hinweg. »Ich weiß«, sagte er leise, »diesen Bericht kann nur ein Soldat liefern.«
»Richtig, Sir James. Sie werden kaum einen Angehörigen unserer Armee bereit finden, einen solchen Auftrag zu übernehmen, auch nicht für ein Vermögen. Außerdem hätte er dann in seinem Paß ›Berufssoldat‹ stehen. Woher soll ich einen Militärexperten nehmen, der bereit ist, nach Clarence zu fliegen, um diese Informationen zu sammeln?«
»Es gibt solche Leute«, sagte Manson. »Man nennt sie Söldner. Sie kämpfen für jeden, der ihnen dafür gutes Geld bezahlt. Und dazu bin ich bereit. Suchen Sie mir also einen Söldner, der Initiative und Köpfchen mitbringt. Den besten Mann in ganz Europa.«

CAT Shannon lag auf seinem Bett in dem kleinen Hotel am Montmartre und sah dem Rauch nach, der sich von seiner Zigarette zur Decke emporkräuselte. Er langweilte sich. In den Wochen seit seiner Rückkehr aus Afrika hatte er den größten Teil seiner Ersparnisse dafür aufgewandt, überall in Europa nach einem neuen Auftrag zu suchen.
In Rom hatte er mit einem Priesterorden konferiert und vorgeschlagen, im Landesinneren des südlichen Sudan einen kleinen Flugplatz für Medikamente und Proviant einzurichten. Er wußte, daß im südlichen Sudan drei verschiedene Gruppen von Söldnern tätig waren und auf der Seite der Neger im Bürgerkrieg gegen den arabischen Norden kämpften. In Wahr-el-Gazar führten zwei andere britische Söldner, nämlich Ron Gregory und Rip Kirby, an der Seite des Dinka-Stammes einen Kleinkrieg, indem sie die von der sudanesischen Armee benutzten Straßen verminten und versuchten, ihre gepanzerten Fahrzeuge in die Luft zu sprengen. In der südlichen Äquatorial-Provinz unterhielt Fritz Paulsen ein Ausbildungslager, in dem er angeblich Eingeborene in der Kriegskunst unterwies, aber man hatte seit Monaten nichts mehr von ihm gehört. Östlich davon, am oberen Nil, gab es ein wesentlich leistungsfähigeres Ausbildungszentrum. Vier Israelis trainierten dort die Stammeskrieger und rüsteten sie mit sowjetischen Waffen aus dem gewaltigen Arsenal aus, das die Israelis den Ägyptern im Jahre 1967 abgenommen hatten. Der Krieg in den drei Provinzen des südlichen Sudan beschäftigte den größten Teil der sudanesischen Armee und Luftwaffe, so daß fünf Geschwader ägyptischer Kampfflugzeuge in der Nähe von Khartum stationiert sein mußten und gegen die Israelis am Suezkanal nicht verfügbar waren.
Shannon hatte die Israelische Botschaft in Paris aufgesucht und ein vierzig Minuten langes Gespräch mit dem Militärattaché geführt. Der Mann

hatte ihm höflich zugehört, sich höflich bedankt und ihn dann ebenso höflich hinausgeschoben. Er ließ lediglich verlauten, daß im südlichen Sudan auf seiten der Rebellen keine israelischen Berater tätig seien und er daher nichts für Shannon tun könne. Zweifellos war die Unterhaltung auf Band aufgenommen und nach Tel Aviv geschickt worden, aber Shannon glaubte kaum, von den Leuten je wieder etwas zu hören. Er gab zu, daß die Israelis erstklassige Kämpfer waren und über einen ausgezeichneten Geheimdienst verfügten, aber nach seiner Meinung wußten sie zuwenig über Schwarz-Afrika und steuerten sowohl in Uganda als auch an anderen Stellen einem Mißerfolg entgegen.

Abgesehen vom Sudan waren die Aussichten gering. Es gingen zwar Gerüchte um, der CIA suche erfahrene Söldner zur Ausbildung der antikommunistischen Meos in Kambodscha und ein paar Scheichs am Persischen Golf hätten die Nase voll von ihrer Abhängigkeit von britischen Militärberatern und suchten nach Söldnern, die in ihrem Auftrag tätig werden sollten. Angeblich brauchte man Männer, die bereit waren, für die Scheichs im Hinterland zu kämpfen oder die Palastwache zu organisieren. Shannon bezweifelte all diese Geschichten. Erstens traute er dem CIA nicht über den Weg, und zweitens waren die Araber, was ihre Entschlußfreudigkeit betraf, auch nicht viel besser.

Außer am Golf, in Kambodscha und im Sudan standen die Chancen schlecht und es gab keine ordentlichen Kriege. Es sah ganz danach aus, als sollte der Friede ausbrechen. Blieb noch die Chance, für einen amerikanischen Waffenhändler als Leibwächter zu dienen, und tatsächlich war schon ein solcher Mann in Paris an ihn herangetreten, weil er sich bedroht fühlte und einen tüchtigen Schutzengel brauchte.

Der Waffenhändler hatte erfahren, daß Shannon sich in der Stadt aufhielt und daß er ein außergewöhnlich geschickter und schneller Mann war; er hatte einen Unterhändler mit einem entsprechenden Vorschlag zu Shannon geschickt. CAT hatte zwar nicht abgelehnt, aber ihm lag nicht viel an diesem Job. Der Händler war durch seine eigene Dummheit in Schwierigkeiten geraten: Er hatte eine Ladung Waffen an die Provisorische Irisch-Republikanische Armee geschickt und dann den Briten einen Tip gegeben, wo diese Waffen an Land gebracht würden. Die Folge waren mehrere Verhaftungen und eine Verärgerung der Freiheitskämpfer. Dann war aus Belfast etwas durchgesickert, und die Republikaner wurden wütend. Ein Leibwächter hat in erster Linie die Aufgabe, die Gegner abzuschrecken, bis sich die Gemüter beruhigt haben und Gras über die Sache gewachsen ist. Ein Shannon als Leibwächter hätte zwar die meisten Profis nachdenklich gestimmt und abziehen lassen, solange sie noch am Leben waren, aber die Rebellen waren tolle Hunde und wahrscheinlich nicht vernünftig genug, die Finger von der Sache zu lassen. Also mußte Shannon mit einer Schießerei rechnen, und die französische Polizei würde sicher nicht sehr erbaut sein, auf ihren Straßen blutende Freiheitskämpfer herumliegen zu haben. Da Shannon außerdem ein Protestant aus Ulster war, würde ihm niemand glauben, er habe dabei nur seine Pflicht getan. Doch das Angebot galt noch.

Inzwischen war der März schon zehn Tage alt, aber das Wetter blieb feuchtkalt, täglich fiel Nieselregen, und Paris zeigte sich von seiner unfreundlichsten Seite. Für ein Leben im Freien war es nicht warm genug, und Hotelzimmer kosten eine Menge Geld. Shannon ging mit seinen restlichen Dollars so sparsam um wie möglich. Er gab etwa einem Dutzend Leuten seine Telefonnummer, von denen er hoffte, sie könnten vielleicht etwas in Erfahrung bringen. Dann verkroch er sich mit ein paar Taschenbüchern in seinem Hotelzimmer.

Nun starrte er zur Decke empor und dachte an zu Hause. Ein echtes Zuhause gab es für ihn zwar nicht mehr, aber in Ermangelung eines treffenderen Begriffs nannte er es so, und er träumte von den weiten Wiesen mit den vereinzelten Bäumen an der Grenze zwischen Tyrone und Donegal, der Gegend, aus der er stammte.

Er war in dem kleinen Dorf Castlederg in der Grafschaft Tyrone, dicht an der Grenze von Donegal, geboren und aufgewachsen. Sein Elternhaus lag eine Meile vom Dorf entfernt auf einem Hügel, mit dem Blick nach Westen über Donegal hinweg.

Donegal war für die Leute dort ein Land, das der liebe Gott vergessen hatte fertigzustellen. Die wenigen Bäume neigten sich nach Osten, gebeugt von dem Wind, der ständig vom Nordatlantik heranfegte.

Sein Vater hatte eine Flachsweberei besessen, die gutes irisches Leinen erzeugte. Für die Gegend war er so etwas wie ein kleiner Graf gewesen. Er war Protestant, während fast alle Arbeiter und Bauern ringsum katholisch waren; da die beiden Konfessionen in Ulster so unverträglich sind wie Feuer und Wasser, hatte der kleine Carlo nie einen Spielkameraden. Aber es war das Land der Pferde. Er konnte früher reiten als radfahren und besaß mit fünf Jahren ein eigenes Pony. Er erinnerte sich gut daran, wie er mit diesem Pony ins Dorf ritt, um sich im Kramladen der alten Mrs. Gailey für einen halben Penny Zuckerwerk zu kaufen.

Mit acht Jahren war er auf Drängen seiner Mutter, einer Engländerin aus reichem Hause, auf ein Internat nach England geschickt worden. Dort hatten sie ihn zehn Jahre lang zu einem echten Englishman erzogen, und er hatte sowohl in seiner Ausdrucksweise wie in seinem ganzen Verhalten alles abgelegt, was irgendwie an Ulster erinnerte. In den Ferien hatte er zwar die Hochmoore und seine Pferde besucht, aber er kannte in der Gegend von Castlederg keine Gleichaltrigen, und so waren seine Ferien zwar gesund, aber einsam – seine einzige Freude blieben wilde Galoppaden gegen den Wind.

Mit zweiundzwanzig Jahren diente er als Sergeant bei der Königlichen

Marine-Infanterie, da starben seine Eltern bei einem Verkehrsunfall auf der Straße nach Belfast. Er war zur Beerdigung gekommen, ein strammer Soldat mit schwarzem Gürtel und Gamaschen, geschmückt mit dem grünen Käppi der gefürchteten Einheit. Dann hatte er den heruntergekommenen, fast bankrotten Betrieb des Vaters verkauft, das Haus verriegelt und war nach Portsmouth zurückgekehrt.

5. Kapitel

Simon Endean wußte genau, daß man irgendwo in London alles in Erfahrung bringen kann, was man wissen will, auch den Namen und die Adresse eines erstklassigen Söldners. Das einzige Problem ist oft die Frage, wo man mit der Suche beginnt und an wen man sich wenden soll. Er ließ sich Kaffee in sein Büro bringen, dachte eine Stunde angestrengt nach und fuhr dann mit dem Taxi in die Fleet Street. Über einen Freund in der Lokalredaktion einer der größten Londoner Tageszeitungen bekam er Zugang zum Ausschnittarchiv des Blattes. Er erklärte dem Archivar, welche Mappen er durchzublättern wünschte. Die nächsten zwei Stunden verbrachte er im Archiv der Agentur über einem Verzeichnis sämtlicher Zeitungsmeldungen, die in den vorangegangenen zehn Jahren irgendwo in Großbritannien über Söldner erschienen waren. Es gab da Artikel über Katanga, den Kongo, Jemen, Vietnam, Kambodscha, Laos, den Sudan, Nigeria und Ruanda; Nachrichten, Kommentare, Leitartikel und Fotos. Er las alle gründlich durch und achtete dabei besonders auf die Namenszeile.
Er suchte dabei nicht in erster Linie nach dem Namen eines Söldners. Es waren ohnehin zu viele Namen angeführt, Pseudonyme, Noms de Guerre und Spitznamen, einige davon zweifellos falsch. Er suchte nach einem Fachmann auf diesem Gebiet, einem Autor oder Reporter, dessen Beiträge erkennen ließen, daß er auf diesem Gebiet bewandert war und es verstand, in einem verwirrenden Labyrinth einander widersprechender Behauptungen und angeblicher Taten den berühmten roten Faden zu finden. Nach zwei Stunden intensiven Studiums stand dieser Name auf Endeans Zettel. Er hatte von dem Mann noch nie etwas gehört.
Im Laufe der letzten drei Jahre waren drei Artikel mit derselben Namenszeile erschienen; bei dem Journalisten handelte es sich offenbar um einen Engländer oder Amerikaner. Er schien sehr gut informiert zu sein und erwähnte Söldner aus einem halben Dutzend verschiedener Länder, wobei er weder ihre Leistungen übertrieb noch ihre Laufbahnen zu haarsträubenden Sensationsberichten machte. Endean notierte sich den Namen und die drei Zeitungen, in denen die Artikel erschienen waren. Schon das deutete auf einen freiberuflich tätigen Autor hin.

Ein zweiter Anruf bei seinem Freund in der Lokalredaktion brachte ihm die Adresse des Journalisten ein: es handelte sich um eine kleine Wohnung im Norden Londons.

Es war schon dunkel, als Endean das Verwaltungsgebäude der ManCon verließ. Er holte seinen Corvette aus der Tiefgarage und fuhr in Richtung Norden. Als er die angegebene Adresse erreichte, war das Haus schon dunkel und er läutete vergebens an der Tür. Endean hoffte nur, daß der Mann nicht verreist war, aber das verneinte die Frau in der Erdgeschoßwohnung. Erfreulicherweise war es kein besonders großes oder schickes Haus; das ließ darauf schließen, daß der Journalist, wie die meisten Freiberufler, einem kleinen Nebenverdienst sicher nicht abgeneigt war. Endean beschloß, am nächsten Morgen wiederzukommen.

Kurz nach acht Uhr morgens drückte Simon Endean wieder auf den Klingelknopf neben dem Namensschild des Journalisten. Eine halbe Minute später ertönte eine blecherne Stimme aus dem kleinen Lautsprecher im Holz des Türrahmens.

»Ja.«

»Guten Morgen!« rief Endean in die Wechselsprechanlage. »Mein Name ist Harris, Walter Harris. Ich bin Geschäftsmann und hätte Sie gern einen Augenblick gesprochen.«

Die Haustür ging auf. Endean stieg zum vierten Stock hinauf, wo eine Wohnungstür halb geöffnet war. Der Gesuchte stand vor ihm. Endean wurde ins Wohnzimmer geführt und kam gleich zur Sache.

»Ich bin in der City geschäftlich tätig«, log er aalglatt. »In gewissem Sinne vertrete ich eine Gruppe von Geschäftsfreunden, die alle eines gemeinsam haben: geschäftliche Interessen in einem bestimmten Staat Westafrikas.«

Der Journalist nickte zurückhaltend und trank einen Schluck Kaffee.

»In letzter Zeit häufen sich die Berichte über die Möglichkeit eines Staatsstreichs. Der Präsident ist für dortige Verhältnisse ein halbwegs vernünftiger Mann und bei seinen Leuten sehr beliebt. Einer meiner Geschäftsfreunde hat nun durch einen seiner Arbeiter erfahren, daß ein eventueller Staatsstreich – falls es überhaupt dazu kommt – von Kommunisten inszeniert sein könnte. Ich hoffe, Sie folgen mir.«

»Ja, weiter.«

»Nun ist man der Ansicht, daß höchstens ein kleiner Teil der Armee einen solchen Staatsstreich unterstützen würde, es sei denn, daß eine Blitzaktion Verwirrung stiftete und die Armee führerlos dastünde. Mit anderen Worten: Wenn vollendete Tatsachen geschaffen würden, könnte das Gros der Armee auf jeden Fall umschwenken, sobald die Offiziere erkennen, daß der Staatsstreich geglückt ist. Sollte es jedoch zu einem halben Fehlschlag kommen, so sind wir alle davon überzeugt, daß sich der größte Teil der Armee hinter den Präsidenten stellen würde. Wie Sie vielleicht wis-

sen, lehrt die Erfahrung, daß die ersten zwanzig Stunden nach einem solchen Staatsstreich die entscheidenden sind.«
»Und was habe ich damit zu tun?« fragte der Journalist.
»Darauf komme ich gleich zu sprechen«, sagte Endean. »Wir sind übereinstimmend der Auffassung, daß der Staatsstreich nur gelingen könnte, wenn die Verschwörer vorher den Präsidenten beseitigen. Bleibt er am Leben, muß der Putsch scheitern oder er kommt gar nicht erst zum Tragen und alles wäre in Ordnung. Dadurch tritt die Frage der Sicherung des Präsidentenpalastes in den Vordergrund. Wir haben uns mit Freunden im Foreign Office in Verbindung gesetzt. Sie halten es für ausgeschlossen, daß man die Entsendung eines britischen Berufsoffiziers als persönlichen Sicherheitsbeauftragten für den Präsidenten befürworten könne.«
»Und?« Der Journalist trank wieder einen Schluck Kaffee und zündete sich eine Zigarette an.
Er mißtraute seinem Besucher. Der Mann war ihm viel zu glatt.
»Deshalb wäre der Präsident bereit, die Dienste eines Berufssoldaten in Anspruch zu nehmen, der ihn auf vertraglicher Basis in allen Sicherheitsfragen, die seine eigene Person betreffen, beraten soll. Er sucht einen Mann, der hinfahren und den Palast sowie alle Sicherheitsvorkehrungen gründlich durchleuchten könnte, um eventuell noch vorhandene Lücken zu schließen. Ich glaube, man nennt solche Männer, tüchtige Soldaten, die nicht unbedingt unter der Fahne des eigenen Vaterlandes kämpfen, Söldner.«
Der Journalist nickte ein paarmal. Er zweifelte nicht daran, daß die Geschichte, die ihm dieser sogenannte Harris aufgetischt hatte, von der Wahrheit weit entfernt war. Erstens hätte die britische Regierung bestimmt nichts gegen die Entsendung eines Fachberaters einzuwenden, wenn es sich tatsächlich um die Sicherung des Palastes handelte. Zweitens gab es in London, in der Sloane Street Nummer 22, eine außerordentlich tüchtige Firma, die genau auf solche Aufgaben spezialisiert war: Watchguard International.
Das machte er Harris mit wenigen Sätzen begreiflich. Aber der Mann ließ sich nicht erschüttern.
»Aha«, sagte er nur. »Ich muß wohl ein wenig offener sein.«
»Das wäre recht nützlich«, entgegnete der Journalist.
»Sehen Sie, es geht doch darum, daß die Regierung Ihrer Majestät vielleicht der Entsendung eines Experten zustimmen würde, wenn es sich lediglich um eine Beratertätigkeit handelte. Aber wenn sein Rat darin bestünde, daß die Palastwache trotz aller politischen Risiken besser ausgebildet werden müßte, könnte das ein offizieller Abgesandter der britischen Regierung nicht mehr übernehmen. Dasselbe gilt auch, falls ihm der Präsident auf Jahre hinaus einen festen Posten anbieten würde. Was die Firma Watchguard betrifft, wäre einer der früheren Luftwaffenspe-

zialisten sicher geeignet, aber wenn er zur Palastwache gehörte und es würde ein Staatsstreich versucht, so könnte es trotz seiner Anwesenheit zum Kampf kommen. Nun wissen Sie selbst, wie das übrige Afrika über einen Sicherheitsbeauftragten von Watchguard denken würde, wo die meisten Schwarzen ohnehin glauben, daß diese Firma irgendwie mit dem Außenministerium in Verbindung steht. Bei einem reinen Außenseiter, der zwar nicht dieses Ansehen genießt, wäre eine solche Haltung noch verständlich und er würde den Präsidenten nicht dem allgemeinen Gespött preisgeben, er sei nur ein Werkzeug der verhaßten Imperialisten.«
»Was wollen Sie also?« fragte der Journalist.
»Den Namen eines guten Söldners«, entgegnete Endean. »Eines Mannes mit Verstand und Initiative, der für sein Geld anständige Arbeit liefert.
»Warum kommen Sie damit zu mir?«
»Weil sich ein Angehöriger unserer Gruppe daran erinnerte, daß Sie vor mehreren Monaten einen einschlägigen Artikel geschrieben haben – offenbar mit sehr viel Sachverstand.«
»Vom Schreiben lebe ich«, sagte der Journalist.
Endean zog zweihundert Pfund in Zehnpfundnoten aus der Tasche und legte sie auf den Tisch.
»Dann schreiben Sie für mich«, sagte er.
»Was? Einen Artikel?«
»Nein, ein Memorandum: eine Liste von Namen und Einsätzen. Sie können Sie mir auch mündlich geben, wenn Sie wollen.«
»Ich mach es schriftlich«, sagte der Journalist. Er ging hinüber in seine Arbeitsecke, die aus Schreibtisch, Schreibmaschine und einem Stapel weißen Papiers darauf bestand. Er spannte ein Blatt in die Maschine ein, blätterte hin und wieder in einem Karteikasten neben dem Schreibtisch und tippte ohne Pause fünfzig Minuten lang. Dann stand er auf und überreichte Endean drei vollgeschriebene Schreibmaschinenbogen.
»Das sind die besten Söldner, die es heute gibt: Die ältere Generation aus dem Kongo von vor sechs Jahren und die neuen Stars. Ich habe alle weggelassen, die nicht in der Lage wären, eine Kompanie zu führen. Reine Schläger nützen Ihnen nichts.«
Endean nahm die Blätter in die Hand und las sie aufmerksam durch.
Sie enthielten folgendes:
Oberst Lamouline. Belgier, vermutlich Staatsbeamter, kam 1964 unter Moise Tschombe in den Kongo. Wahrscheinlich mit voller Billigung der belgischen Regierung. Erstklassiger Soldat, kein Söldner im eigentlichen Sinne des Wortes. Baute das (französisch sprechende) Sechste Kommando auf und befehligte es bis 1965, übergab dann Oberbefehl an Denard und ging.
Robert Denard. Franzose. Ausgebildet bei Polizei, nicht Militär. War während der Abtrennung 1961/62 in Katanga, vermutlich als Polizeibe-

rater. Hat das Land nach Fehlschlag der Abtrennung und Flucht Tschombes verlassen. Befehligte für Jacques Foccart französische Söldnereinheit im Jemen. Kehrte 1964 in den Kongo zurück und schloß sich Lamouline an. Befehligte nach Lamouline das Sechste Kommando bis 1967. Nahm zögernd an der zweiten Stanleyville-Revolte (Meuterei der Söldner) 1967 teil. Schwere Kopfverletzung durch Abpraller von der eigenen Seite. Zur Behandlung nach Rhodesien geflogen. Versuchte Rückkehr in den Kongo durch Söldnerinvasion im November 1967 von Süden aus über Dilolo. Operation wurde verzögert, angeblich durch Bestechungsaktion des CIA, und scheiterte schließlich. Lebt seitdem in Paris.

Jacques Schramme, Belgier, ehemaliger Pflanzer. Spitzname ›Black Jack‹. Baute Anfang 1961 eigene Eingeborenen-Truppe in Katanga auf und spielte beim Unabhängigkeitsversuch eine bedeutende Rolle. Floh nach Mißlingen des Aufstandes als einer der letzten nach Angola. Nahm seine Katanga-Soldaten mit. Wartete in Angola Tschombes Rückkehr ab und marschierte wieder in Katanga ein. Während des Krieges gegen die Simba-Rebellen 1964/65 operierte seine 10. Codo mehr oder weniger selbständig. Hielt sich bei der ersten Stanleyville-Revolte 1966 (Katanga-Meuterei) zurück, worauf seine gemischte Einheit von Söldnern und Katangesen unbehelligt blieb. Inszenierte 1967 die Stanleyville-Meuterei, der sich später Denard anschloß. Übernahm nach Denards Verletzung das gemeinsame Oberkommando und führte den Marsch nach Bukavu an. Heimkehr 1968, seitdem kein Söldner-Einsatz mehr.

Roger Faulques. Hochdekorierter französischer Berufsoffizier. Während der Abtrennung nach Katanga entsandt, vermutlich von der französischen Regierung. Späterer Kommandeur Denards, der die französischen Operationen im Jemen leitete. Am Söldnereinsatz im Kongo nicht beteiligt. Führte im nigerianischen Bürgerkrieg kleinere Operationen im französischen Auftrag durch. Tapferer Draufgänger, aber durch Kriegsverletzungen fast ein Krüppel.

Mike Hoare. Südafrikaner mit britischer Staatsbürgerschaft. Fungierte während der Katanga-Sezession als Militärberater und wurde ein enger, persönlicher Freund Tschombes. 1964, nach Tschombes Rückkehr an die Macht, in den Kongo zurückgerufen; baute das englischsprachige Fünfte Kommando auf. Leitete es während des Kriegs gegen die Simbas, zog sich im Dezember 1965 zurück und übergab die Einheit an Peters. Wohlhabend und sozusagen im Ruhestand.

John Peters. Schloß sich Hoare 1964 im ersten Söldnerkrieg an. Stieg zum stellvertretenden Kommandeur auf. Furchtlos und absolut ohne Skrupel. Mehrere von Hoares Offizieren weigerten sich, unter Peters zu dienen, und wurden versetzt oder schieden aus dem 5. Codo aus. Setzte sich Ende 1966 als reicher Mann zur Ruhe.

PS: Diese sechs zählen zur ›älteren Generation‹, da sie von Anfang an in

den Katanga- und Kongo-Kriegen Berühmtheit erlangten. Die folgenden fünf sind – bis auf den etwa fünfundvierzigjährigen Roux – jünger, bilden aber insofern die ›jüngere Generation‹, als sie im Kongo noch nachgeordnete Posten innehatten oder nach den Kongo-Unruhen berühmt wurden.
Fritz Paulsen. Deutscher. Begann seine Söldnerlaufbahn bei der von Faulques aufgestellten Gruppe, die sich am nigerianischen Bürgerkrieg beteiligte. Blieb im Land und führte die Überreste der Gruppe noch neun Monate lang. Dann entlassen. Ließ sich vom Süd-Sudan anwerben.
George Schroeder. Südafrikaner. Diente unter Hoare und Peters beim 5. Codo im Kongo. Prominenter Mann im südafrikanischen Kontingent dieser Einheit. Von Südafrikanern nach Peters als Anführer vorgeschlagen. Peters war einverstanden und übergab ihm das Kommando. 5. Codo einige Monate danach aufgelöst und nach Hause geschickt. Seitdem verschollen. Dürfte in Südafrika leben.
Charles Roux. Franzose. Als sehr junger Offizier bei Katanga-Sezession. Schied früh aus und ging über Angola nach Südafrika. Blieb bis 1964 dort und kehrte mit Südafrikanern zurück, um unter Hoare zu kämpfen. Meinungsverschiedenheiten mit Hoare, schloß sich Denard an. Rasch befördert und als stellv. Kommandant zum 14. Codo, einer Untereinheit des 6. Codo, versetzt. Nahm 1966 an Revolte in Stanleyville teil, dabei wurde seine Einheit fast aufgerieben. Wurde von Peters heimlich aus dem Kongo herausgeschafft. Kehrte auf dem Luftweg mit mehreren Südafrikanern im Mai 1967 zurück und schloß sich Schramme an. Nahm auch an der 1967er-Revolte in Stanleyville teil. Nach Denards Verwundung als Oberkommandierender der inzwischen zusammengeschlossenen 10. und 6. Kommandos vorgeschlagen. Mißerfolg. Bei Bukavu in Schießerei verletzt und über Kigali nach Hause geschafft. Seitdem keine Aktionen mehr. Lebt in Paris.
Carlo Shannon. Brite. Diente 1964 unter Hoare im 5. Codo. Wollte nicht unter Peters dienen. 1966 zu Denard versetzt, schloß sich 6. Codo an. Machte unter Schramme den Marsch auf Bukavu mit. Kämpfte während der ganzen Belagerung. Im April 1968 als einer der letzten in die Heimat transportiert. Meldete sich freiwillig für den nigerianischen Bürgerkrieg, diente unter Paulsen. Übernahm nach Paulsens Entlassung im November 1968 Überreste der Gruppe. Kommandant bis zum Ende. Lebt angeblich in Paris.
Lucien Brun. Alias Paul Leroy. Franzose, spricht fließend Englisch. Diente als regulärer französischer Offizier im Algerienkrieg. Normale Abmusterung. War 1964 in Südafrika, meldete sich für den Kongo. Traf 1964 mit südafrikanischer Einheit ein, schloß sich Hoares 5. Codo an. Tapferer Kämpfer, Ende 1964 verwundet. Kehrte 1965 zurück. Weigerte sich, unter Peters Dienst zu tun, Anfang 1966 zu Denard und dem 6. Codo versetzt. Verließ angesichts bevorstehender Revolte im Mai 1966 den

Kongo. Diente unter Faulques im nigerianischen Bürgerkrieg. Kam wieder und bemühte sich vergebens um eigenes Kommando. 1968 nach Hause geschickt. Lebt in Paris. Hochintelligent und politisch stark interessiert.

Endean hob den Kopf, nachdem er zu Ende gelesen hatte.
»Diese Männer wären alle für eine solche Aufgabe verfügbar?« fragte er.
Der Journalist schüttelte den Kopf.
»Ich bezweifle es«, sagte er. »Ich habe alle aufgezählt, die eine solche Aufgabe übernehmen könnten. Ob sie es aber wollen, ist eine andere Frage. Es käme auf die Größe der Aufgabe an, auf die Anzahl von Männern, die sie befehligen sollen. Bei den älteren geht es auch ums Prestige. Und darum, wie dringend sie einen Auftrag nötig haben. Einige der älteren Söldner haben sich zur Ruhe gesetzt und sind finanziell gutgestellt.«
»Welche?« fragte Endean.
Der Schreiber fuhr mit dem Zeigefinger die Liste entlang.
»Zunächst einmal die älteren. Lamouline kriegen Sie nie. Er hat in der Praxis immer die offizielle belgische Politik vertreten, ist ein erfahrener Kämpe und wurde von seinen Leuten verehrt. Nun hat er sich zur Ruhe gesetzt. Der andere Belgier, Black Jack Schramme, betreibt als Pensionär eine Hühnerfarm in Portugal. Von den Franzosen ist Roger Faulques vielleicht der höchstdekorierte Offizier der ganzen französischen Armee. Auch er wird von den Leuten, die unter ihm gekämpft haben, verehrt, sei es beim Militär oder in der Fremdenlegion. Andere betrachteten ihn als Gentleman. Aber er ist durch seine Kriegsverletzungen schwer behindert und hat bei seinem letzten Auftrag versagt, weil er den Oberbefehl an einen anderen weitergab, der nicht viel taugte. Wenn der Oberst selbst zur Stelle gewesen wäre, hätte die Sache vermutlich geklappt.
Denard war im Kongo sehr gut, hat sich aber in Stanleyville eine äußerst schwere Kopfverletzung zugezogen. Jetzt ist es aus mit ihm. Die französischen Söldner haben immer noch Kontakt zu ihm und erhoffen sich einen Job, aber seit dem Fiasko bei Dilolo hat er kein Kommando mehr bekommen und wurde auch sonst nicht mehr eingesetzt. Kein Wunder.
Von den Anglosachsen hat sich Mike Hoare zur Ruhe gesetzt. Es geht ihm sehr gut. Vielleicht könnte ihn ein Projekt in der Größenordnung einer Million Pfund locken, aber nicht einmal das ist sicher. Sein letzter Einsatz fand in Nigeria statt, wo er beiden Seiten ein Projekt zum Preis von einer halben Million Pfund vorschlug. Beide Vorschläge wurden übrigens abgelehnt. Auch John Peters hat sich ins Privatleben zurückgezogen und leitet eine Fabrik in Singapur. Alle sechs haben auf dem Höhepunkt ihrer Karriere eine Menge Geld verdient, aber keiner hat sich auf die heute gefragten, mehr technisch orientierten kleineren Aktionen umgestellt. Vielleicht wollen sie es nicht, vielleicht können sie es nicht.«

»Und die fünf anderen?« fragte Endean.
»Paulsen war einmal gut, hat aber ein Formtief. Die Presseberichte sind ihm zu Kopf gestiegen, und das ist für einen Söldner immer schlecht. Zur Zeit ist er viel harmloser, als ihn die Sonntagszeitungen hinstellen. Roux ist verbittert, seit er nach Denards Verwundung das Kommando in Stanleyville nicht bekam. Er nimmt für sich den Oberbefehl über sämtliche französische Söldner in Anspruch, hat aber seit Bukavu keinen Auftrag mehr. Die letzten beiden sind besser: Beide in den Dreißigern, intelligent, gebildet und im Kampf tapfer genug, um andere Söldner anführen zu können. Diese Leute kämpfen übrigens nur unter einem Führer, den sie selbst wählen. Es hat also keinen Zweck, einen schlechten Söldner mit der Rekrutierung einer Truppe zu beauftragen, weil niemand daran denkt, unter einem Mann zu dienen, der selbst einmal davongelaufen ist. Es ist daher sehr wichtig, was sie im Kampf geleistet haben.
Lucien Brun, alias Paul Leroy, käme für diese Sache in Frage. Leider weiß man bei ihm nie, ob er nicht Informationen an den französischen Geheimdienst weiterleitet. Wäre das von Bedeutung?«
»Ja, sehr«, antwortete Endean knapp. »Sie haben den Südafrikaner Schroeder übergangen. Was ist mit ihm? Sie sagten, er hätte das Fünfte Kommando im Kongo befehligt?«
»Ja«, antwortete der Journalist. »Jedenfalls ganz am Ende. Es ist auch unter seinem Kommando zusammengebrochen. Er ist ein erstklassiger Soldat, aber man darf ihn nicht überfordern. Er würde zum Beispiel ein Bataillon Söldner ausgezeichnet führen, vorausgesetzt, ein übergeordneter Brigadestab setzt ihm einen festen Rahmen. Er ist ein guter Kämpfer, denkt aber konventionell. Sehr wenig Phantasie, jedenfalls nicht genug, um eine Aktion von Anfang an selbst zu planen. Er braucht Stabsoffiziere, die ihm das Organisieren abnehmen.«
»Und Shannon? Er ist Brite?«
»Irischer Herkunft. Er ist noch neu im Geschäft und erhielt vor einem Jahr sein erstes Kommando, hat sich aber gut gehalten. Er denkt unkonventionell und hat eine Menge Mut. Außerdem versteht er es, bis ins letzte Detail zu organisieren.«
Endean erhob sich.
Langsam ging er zur Tür.
»Sagen Sie mir noch eines«, fragte er, schon an der Tür. »Wenn Sie ein Unternehmen... Wenn Sie einen Mann suchen würden, der einen Auftrag übernehmen und eine Situation selbständig einschätzen muß – welchen würden Sie dann wählen?«
Der Journalist griff nach seinen Notizen.
»CAT Shannon«, antwortete er, ohne zu zögern. »Wenn ich ein Unternehmen organisieren müßte, würde ich nur CAT nehmen.«
»Wo steckt er?« fragte Endean.

Der Journalist nannte ihm ein Hotel und eine Bar in Paris.
»Sie können es an beiden Adressen versuchen«, bemerkte er.
»Und wenn dieser Shannon aus irgendwelchen Gründen nicht verfügbar wäre oder die Sache nicht übernehmen könnte, wer wäre dann Ihre zweite Wahl?«
Der Journalist überlegte eine Weile.
»Falls es Lucien Brun nicht tut, wäre Roux der einzige andere, der fast sicher zur Verfügung steht und der auch über die nötige Erfahrung verfügt«, sagte er.
»Haben Sie seine Adresse?« fragte Endean.
Der Journalist nahm ein kleines Notizbuch aus der Schreibtischschublade und blätterte es durch.
»Roux hat eine Wohnung in Paris.« Er nannte Endean die Adresse. Ein paar Sekunden später hörte er Endean die Treppe hinuntergehen. Er griff nach dem Telefon und wählte eine Nummer.
»Carrie? Hallo, ich bin's. Wir gehen heute abend ganz groß aus. Ich habe gerade das Honorar für einen Artikel kassiert.«

CAT Shannon schlenderte nachdenklich die Rue Blanche hinauf zur Place Clichy. Die kleinen Bars zu beiden Seiten der Straße hatten bereits geöffnet, Aufreißer standen in den Türen und versuchten ihn zu animieren, sich die schönsten Mädchen von Paris anzusehen. Diese Mädchen, auf die jede andere Bezeichnung wahrscheinlich besser gepaßt hätte, blinzelten durch die Spitzenvorhänge an den Fenstern hinaus auf die dunkle Straße. Es war kurz nach fünf, an einem kühlen Abend Mitte März, und es wehte ein eisiger Wind. Shannons Stimmung entsprach durchaus diesem Wetter.
Er überquerte den Platz und bog in eine andere Seitenstraße ein, um sein Hotel aufzusuchen. Das hatte sonst wenige Vorzüge aufzuweisen, aber von den oberen Stockwerken aus hatte man einen herrlichen Blick, da es fast auf dem höchsten Punkt des Montmartre lag. Er dachte an Dr. Dunois, den er vor einer Woche zu einer Generaluntersuchung aufgesucht hatte. Der frühere Fallschirmjäger und Armeearzt Dunois war Bergsteiger geworden und hatte zwei französische Expeditionen zum Himalaja und in die Anden als Expeditionsarzt begleitet.
Später hatte er sich freiwillig zu einigen besonders harten Einsätzen in Afrika gemeldet und in solchen Krisen zeitweilig für das französische Rote Kreuz gearbeitet. Hier war er den Söldnern begegnet und hatte nach Kämpfen mehrere von ihnen zusammengeflickt. Selbst in Paris hatte er sich einen Ruf als Söldnerarzt erworben, eine Menge Schußwunden zusammengenäht und viele Granatwerfersplitter aus ihren Muskeln geholt. Wenn einer von ihnen einen Arzt brauchte oder sich untersuchen lassen wollte, wandte er sich für gewöhnlich an Dunois' Praxis in Paris. Wer ge-

rade in Geld schwamm, zahlte sofort mit baren Dollars. Bei anderen, die weniger gut dran waren, vergaß Dunois die Rechnung – und das ist bei französischen Ärzten ungewöhnlich.
Shannon betrat sein Hotel und ließ sich den Schlüssel geben. Der Alte machte Dienst am Empfang.
»Ah, Monsieur, Sie sind aus London angerufen worden. Den ganzen Tag lang. Der Mann hat eine Nachricht für Sie hinterlassen.«
Der Alte holte einen Zettel aus dem Schlüsselfach. Die Schrift war ungelenk und zittrig, offenbar Buchstabe für Buchstabe diktiert.
Die Mitteilung lautete schlicht: ›Vorsicht Harris‹ und war mit dem Namen eines Journalisten unterzeichnet, den Shannon aus seinen Afrika-Einsätzen kannte und von dem er wußte, daß er jetzt in London lebte.
»Außerdem wartet im Salon einer auf Sie, Monsieur.«
Der Alte deutete hinüber zu dem kleinen Raum neben der Hotelhalle, wo Shannon durch die Flügeltür einen Mann sitzen sah. Er war ungefähr so alt wie er selbst, trug das nüchterne Grau des Londoner Geschäftsmannes und sah aufmerksam zu ihm herüber. Als Shannon den Salon betrat, erhob sich sein Besucher mit einer Geschmeidigkeit, die nichts von englischer Steifheit an sich hatte, und auch die breiten Schultern paßten schlecht in den grauen Geschäftsanzug. Solchen Männern war Shannon schon öfter begegnet. Sie traten immer im Auftrag älterer und reicherer Leute auf.
»Mr. Shannon?«
»Ja.«
»Mein Name ist Walter Harris.«
»Sie wollten mich sprechen?«
»Auf diese Gelegenheit warte ich schon seit einigen Stunden. Sollen wir uns hier oder in Ihrem Zimmer unterhalten?«
»Wir können hierbleiben, der Alte versteht kein Englisch.«
Die beiden Männer nahmen gegenüber Platz. Endean lehnte sich zurück und schlug die Beine übereinander. Er griff nach einer Packung Zigaretten und hielt sie Shannon hin. Shannon schüttelte den Kopf und holte seine eigene Marke aus der Jackentasche, aber dann steckte er die Packung wieder ein.
»Ich habe gehört, Sie sind Söldner, Mr. Shannon.«
»Ja.«
»Sie wurden mir empfohlen. Ich spreche für eine Gruppe von Londoner Geschäftsleuten. Wir hätten eventuell einen Auftrag zu vergeben. Dazu brauchen wir einen Mann, der in militärischen Dingen bewandert ist und der ins Ausland reisen kann, ohne irgendwelches Aufsehen zu erregen. Einen Mann, der über seine Beobachtungen einen intelligenten Bericht verfassen kann, der eine militärische Lage zu analysieren weiß und der danach den Mund hält.«

»Ich bin kein Berufskiller«, sagte Shannon knapp.
»Den suchen wir auch nicht«, sagte Endean.
»Also gut: Worin besteht der Auftrag? Und wie hoch ist das Honorar?« fragte Shannon. Er hielt nichts davon, viele Worte zu verlieren. Sein Gegenüber machte auch nicht den Eindruck, als ließe er sich durch Direktheit schockieren. Endean lächelte.
»Zunächst müßten Sie zur Unterrichtung nach London kommen. Ihre Reise und die Spesen würden wir selbstverständlich auch dann ersetzen, wenn Sie den Auftrag ablehnen.«
»Warum London? Warum nicht hier?« fragte Shannon.
Endean hüllte sich in eine Rauchwolke.
»Es geht um Landkarten und andere Papiere«, sagte er. »Ich wollte sie nicht mitbringen. Außerdem muß ich meine Geschäftspartner konsultieren und ihnen Bericht erstatten, ob Sie akzeptiert haben oder nicht – je nachdem.«
Es entstand eine Pause. Endean zog ein Bündel von Einhundertfrancnoten aus der Tasche.
»Fünfzehnhundert Franç«, sagte er. »Das sind zur Zeit etwa einhundertzwanzig Pfund. Für Ihren Flug nach London – Einzel- oder Rückflug, wie Sie wünschen. Außerdem die Hotelkosten. Sollten Sie unseren Vorschlag ablehnen, nachdem sie ihn gehört haben, erhalten Sie für Ihre Bemühungen weitere einhundert Pfund. Wenn Sie akzeptieren, werden wir uns über Ihr künftiges Gehalt schon einigen.«
Shannon nickte.
»In Ordnung, ich hör' mir die Sache an – in London. Wann?«
»Morgen«, antwortete Endean und erhob sich. »Kommen Sie irgendwann im Laufe des Tages und steigen Sie im Posthouse Hotel am Haverstock Hill ab. Ich lasse dort noch heute abend nach meiner Rückkehr Ihr Zimmer reservieren. Übermorgen früh um neun rufe ich Sie in Ihrem Hotel an und verabrede mich mit Ihnen? Alles klar?«
Shannon nickte wieder und nahm die Geldscheine an sich.
»Reservieren Sie mir das Zimmer auf den Namen Keith Brown«, sagte er. Der Mann, der sich Harris nannte, verließ das Hotel, ging langsam den Montmartre hinunter und suchte nach einem Taxi.
Er sah keinen Anlaß, gegenüber Shannon zu erwähnen, daß er am selben Nachmittag, vor drei Stunden, mit einem anderen Söldner gesprochen hatte, einem gewissen Charles Roux. Er sagte auch nichts davon, daß er den Franzosen trotz dessen offenkundiger Bereitwilligkeit nicht für den richtigen Mann hielt: Er hatte sich von ihm mit dem vagen Versprechen verabschiedet: »Sie hören wieder von uns.«

Vierundzwanzig Stunden später stand Shannon am Fenster seines Hotelzimmers im Posthouse und beobachtete durch den Londoner Regen den

Feierabendverkehr, der von Camden Town den Haverstock Hill heraufflutete, um sich den in Richtung Hampstead und die anderen Wohnstädte im Grünen zu verteilen. Er war heute morgen mit der ersten Maschine eingetroffen und hatte dabei seinen Paß auf den Namen Keith Brown benutzt. Schon vor langer Zeit war er gezwungen gewesen, sich auf dem in Söldnerkreisen üblichen Weg einen falschen Paß zu besorgen. Ende 1967 hatte er mit Black Jack Schramme in Bukavu gelegen, monatelang umzingelt und belagert von der kongolesischen Armee. Schließlich hatten die Söldner diese Stadt am Seeufer unbesiegt, aber ohne einen Schuß Munition geräumt, waren über die Brücke in das benachbarte Ruanda hinübermarschiert und hatten sich dort entwaffnen lassen, wobei das Rote Kreuz Garantien abgab, die es unmöglich halten konnte.

Danach hatten sie fast sechs Monate lang untätig in dem Internierungslager Kigali gesessen, während das Rote Kreuz mit der Regierung von Ruanda über ihre Rückführung nach Europa verhandelte. Präsident Mobutu vom Kongo verlangte ihre Auslieferung, um sie hinrichten zu lassen, aber die Söldner hatten gedroht, im Falle einer solchen Entscheidung die Armee von Ruanda mit bloßen Händen zu überfallen, ihre Waffen zurückzuerobern und sich den Heimweg freizukämpfen. Die Regierung von Ruanda war klug genug gewesen, diese Drohung ernst zu nehmen.

Als schließlich die Entscheidung fiel, die Männer nach Europa zurückzufliegen, hatte der britische Konsul das Lager aufgesucht und den sechs britischen Söldnern nüchtern erklärt, er müsse ihre Pässe einziehen. Sie hatten ebenso nüchtern erwidert, sie hätten im See von Bukavu alles verloren. Auf dem Heimflug nach London war Shannon und den anderen vom Foreign Office mitgeteilt worden, jeder von ihnen habe dreihundertfünfzig Pfund für den Flug zu bezahlen und keinem würde je wieder ein Reisepaß ausgestellt werden.

Alle Männer mußten sich vor Verlassen des Lagers fotografieren, registrieren und ihre Fingerabdrücke abnehmen lassen. Sie mußten außerdem eine eidesstattliche Erklärung unterschreiben, den afrikanischen Kontinent nie wieder zu betreten. Kopien dieser Dokumente sollten allen afrikanischen Regierungen zugehen.

Die Reaktion der Söldner war vorauszusehen. Jeder von ihnen trug einen üppigen Bart und Schnurrbart, die Haare waren im Lager monatelang nicht geschnitten worden, da Scheren und alle gefährlichen Instrumente verboten waren. Man konnte die Männer auf den Fotos daher kaum erkennen. Sie tauschten nun die Namen und gaben auch ihre Fingerabdrücke jeweils für einen anderen ab. Das Ergebnis war, daß jeder Steckbrief das unkenntliche Foto eines Mannes enthielt, dazu die Fingerabdrücke eines zweiten und den Namen eines dritten. Ihre eidesstattlichen Erklärungen, Afrika für immer verlassen zu wollen, unterzeichneten sie mit fingierten Namen wie Sebastian Weetabix oder Neddy Segoon.

Auch Shannon reagierte auf die Forderung des Auswärtigen Amtes nicht entgegenkommender. Er hatte seinen Paß natürlich nicht verloren und reiste damit wohin er wollte, bis er abgelaufen war. Dann unternahm er die erforderlichen Schritte, sich einen neuen zu beschaffen, ausgestellt vom Paßamt, aber aufgrund einer Geburtsurkunde für ein Baby, das in Yarmouth, etwa um die Zeit von Shannons Geburt, an Meningitis gestorben war. Diese Geburtsurkunde bekam er vom Standesamt im Somerset House für die übliche Gebühr von fünf Shilling*.

Bei seiner Ankunft in London hatte er sich an diesem Morgen mit dem Journalisten in Verbindung gesetzt, den er noch aus Afrika kannte, und erfahren, wie Walter Harris an ihn herangetreten war. Er bedankte sich für die freundliche Empfehlung und bat den Journalisten um die Adresse einer guten Privatdetektei. Die suchte er am Spätnachmittag auf, leistete eine Anzahlung von zwanzig Pfund und versprach, am nächsten Morgen nähere Anweisungen zu erteilen.

Endean rief am folgenden Morgen vereinbarungsgemäß pünktlich um neun Uhr an und wurde sofort mit Mr. Brown verbunden.

»In der Sloane Avenue liegt ein Wohnblock, der sich Chelsea Cloisters nennt«, sagte er ohne weitere Einleitung. »Ich habe die Wohnung dreihundertsiebzehn für uns reserviert, damit wir uns in Ruhe unterhalten können. Bitte seien Sie pünktlich um elf Uhr dort und erwarten Sie mich in der Halle, ich bringe den Schlüssel mit.«

Dann legte er auf. Shannon schlug die Adresse im Telefonbuch nach und rief die Detektei an.

»Ihr Detektiv soll um zehn Uhr fünfzehn in der Halle der Chelsea Cloisters in der Sloane Avenue sein«, sagte er. »Er braucht einen eigenen Wagen.«

»Bringt er mit«, versprach der Chef des Detektivbüros.

Eine Stunde später traf Shannon den Detektiv in der Empfangshalle des modernen Wohnblocks. Zu seiner Überraschung handelte es sich um einen jungen Mann von kaum zwanzig Jahren mit langem Haar. Shannon musterte ihn mißtrauisch.

»Verstehen Sie denn etwas von Ihrem Job?« fragte er.

Der Junge nickte. Shannon konnte nur hoffen, daß seine Geschicklichkeit nicht allzu weit hinter seinem Enthusiasmus zurückblieb.

»Lassen Sie Ihren Sturzhelm lieber draußen beim Motorrad«, sagte er. »Leute, die in diesem Haus zu tun haben, tragen keine Sturzhelme. Dann setzen Sie sich dort drüben hin und lesen eine Zeitung.«

---

* Dieser Trick, der auch bei einem fehlgeschlagenen Attentat auf General De Gaulle vom Täter angewandt wurde, ist in dem Roman *Der Schakal* ausführlich beschrieben.

Da der Junge keine bei sich hatte, gab ihm Shannon eine Morgenzeitung.
»Ich setze mich hier drüben auf die andere Seite. Ungefähr um elf wird ein Mann hereinkommen und mir zunicken. Dann besteigen wir gemeinsam den Lift. Merken Sie sich den Mann genau, damit Sie ihn später wiedererkennen. Etwa eine Stunde später müßte er das Haus wieder verlassen. Sie sitzen dann drüben auf der anderen Straßenseite, startbereit auf ihrem Motorrad, haben den Helm auf und tun so, als hätten Sie eine kleine Panne, verstanden?«
»Ja, verstanden.«
»Wenn der Mann irgendwo in der Nähe seinen eleganten Wagen besteigt, notieren Sie sich die Nummer. Oder er nimmt ein Taxi. In beiden Fällen fahren Sie ihm nach und stellen Sie fest, was er vor hat. Beschatten Sie ihn, bis Sie einigermaßen sicher sind, daß er sein endgültiges Ziel erreicht hat.«
Der junge Mann hörte aufmerksam zu und verschanzte sich dann in der äußersten Ecke der Halle hinter seiner Zeitung.
Der Portier warf ihm einen mißbilligenden Blick zu, ließ ihn aber in Ruhe. Er war hier in der Halle schon Zeuge der eigentümlichsten Verabredungen geworden.
Vierzig Minuten später kam Simon Endean herein. Shannon bemerkte, daß er vor der Haustür ein Taxi bezahlte und hoffte, daß der junge Detektiv es auch gesehen hatte. Er stand auf und nickte ihm zu, aber Endean marschierte an ihm vorbei und drückte auf den Knopf neben dem Lift. Shannon stellte sich neben ihn und bemerkte, wie der junge Mann über den Rand seiner Zeitung hinwegblinzelte.
Heiliger Strohsack, dachte Shannon und machte eine Bemerkung über das schlechte Wetter, um zu verhindern, daß der Mann, der sich Harris nannte, die Halle allzu genau musterte.
In der Wohnung Nummer dreihundertsiebzehn ließ sich Endean in einen Sessel sinken, öffnete seine Aktenmappe und nahm eine Landkarte heraus. Er breitete sie auf dem Bett aus und forderte Shannon auf, sich die Karte genau anzusehen. Nach drei Minuten hatte Shannon sich alle wichtigen Einzelheiten eingeprägt. Dann begann Endean mit seinen Instruktionen.
Es handelte sich um eine sorgfältig überlegte Mischung aus Dichtung und Wahrheit. Er behauptete immer noch, ein Konsortium britischer Geschäftsleute zu vertreten, die irgendwelche Geschäfte mit der Republik Zangaro tätigten, und die durch Präsident Kimba Einbußen erlitten hatten, teilweise bis an den Rand des Bankrotts.
Dann referierte er über den Werdegang der Republik, angefangen bei der Unabhängigkeitserklärung. Was er sagte, entsprach der Wahrheit und stammte größtenteils aus seinem eigenen Bericht an Sir James Manson. Der springende Punkt kam zum Schluß.

»Eine Gruppe von Offizieren der Armee hat sich mit einigen ortsansässigen Geschäftsleuten in Verbindung gesetzt, von denen es übrigens nicht mehr viele gibt. Sie haben die Absicht angedeutet, Kimba im Handstreich zu stürzen. Einer der dortigen Kaufleute verständigte unsere Gruppe und erläuterte uns das Problem. Es geht in erster Linie darum, daß diese Leute trotz ihres Offiziersranges von militärischen Dingen praktisch nichts verstehen und nicht wissen, wie sie den Mann stürzen sollen, weil er sich überwiegend hinter den dicken Mauern seines Palastes aufhält, umgeben von seiner Leibwache.

Offen gesagt würden wir das Abtreten dieses Mannes ebensowenig bedauern wie sein eigenes Volk. Eine neue Regierung wäre wirtschaftlich von Vorteil und täte auch der Republik gut. Wir brauchen einen Mann, der hinfährt, um die militärische Lage und die Sicherheitseinrichtungen im Palast, in seiner unmittelbaren Umgebung und bei den wichtigsten öffentlichen Einrichtungen zu durchleuchten. Was wir brauchen, ist ein vollständiger Bericht über Kimbas militärische Stärke.«

»Wollen Sie diesen Bericht an Ihre Offiziere weiterleiten?« fragte Shannon.

»Das sind nicht unsere Offiziere, das sind Zangari. Aber wenn sie wirklich losschlagen, sollten sie wenigstens wissen, was sie tun.«

Shannon glaubte zwar die erste Hälfte der Informationen, nicht aber die zweite. Wenn die Offiziere an Ort und Stelle nicht fähig waren, die Lage richtig einzuschätzen, dann war ihnen auch kein Staatsstreich zuzutrauen. Aber er schwieg.

»Ich müßte als Tourist hinfahren«, sagte er. »Ein anderes Alibi käme kaum in Betracht.«

»Richtig.«

»Wahrscheinlich kommen dort herzlich wenig Touristen hin. Könnte ich nicht als Geschäftsbesuch bei einem Ihrer dortigen Freunde auftauchen?«

»Das ist unmöglich«, entgegnete Endean. »Wenn etwas schiefgeht, wäre die Hölle los.«

Du meinst, wenn man mich schnappt, dachte Shannon, sprach es aber nicht aus. Er wurde schließlich dafür bezahlt, daß er Risiken einging. Das und seine Erfahrung bildeten sein Kapital.

»Da wäre noch die Frage des Honorars«, sagte er.

»Sie sind also bereit?«

»Wenn die Bezahlung stimmt, ja.«

Endean nickte beifällig.

»Morgen wird man Ihnen ein Rückflugticket von London zur Hauptstadt der Nachbarrepublik ins Hotel schicken«, sagte er. »Das Visum für diese Republik müssen Sie sich in Paris besorgen. Zangaro ist ein so armes Land, daß es in Europa nur eine Botschaft unterhält, und die befindet sich ebenfalls in Paris. Aber es dauert einen Monat, ehe man von dort ein

Visum bekommt. In der Hauptstadt der Nachbarrepublik unterhält Zangaro ein Konsulat. Dort können Sie gegen Barzahlung das Visum kriegen, und zwar innerhalb einer Stunde, wenn Sie dem Konsul ein paar Geldscheine zustecken. Sie wissen doch, wie so etwas geht?«
Shannon nickte. Er wußte es nur zu gut.
»Sie holen sich also das Visum in Paris und fliegen mit der Air Afrique weiter. Nach der Landung besorgen Sie sich an Ort und Stelle das Visum für Zangaro und nehmen die Anschlußmaschine nach Clarence. Visum und Flug werden in bar bezahlt. Ich lasse Ihnen zusammen mit dem Ticket dreihundert Pfund in französischen Francs als Spesenvorschuß ins Hotel schicken.«
»Ich brauche fünfhundert«, sagte Shannon. »Ich werde mindestens zehn Tage unterwegs sein, vielleicht auch länger, wenn die Verbindungen schlecht sind und das Visum Zeit kostet. Bei dreihundert habe ich keine Reserve für eventuelle Schmiergelder oder eine Verzögerung.«
»Also schön, dann fünfhundert in französischen Francs. Plus fünfhundert für Sie persönlich«, sagte Endean.
»Tausend«, sagte Shannon.
»Dollar? Ich habe mir sagen lassen, daß Sie nach US-Dollar rechnen.«
»Pfund«, entgegnete Shannon. »Das macht zweitausendfünfhundert Dollar oder das Grundgehalt für zwei Monate, falls ich normal unter Vertrag stünde.«
»Aber Sie werden doch nur zehn Tage unterwegs sein«, protestierte Endean.
»Sie vergessen den Risikozuschlag«, erwiderte Shannon. »Wenn die Zustände nur halb so schlimm sind, wie Sie berichten, wird jeder, der bei einem solchen Auftrag gefaßt wird, langsam und sehr qualvoll zu Tode gefoltert. Wenn ich schon für Sie den Kopf hinhalten soll, dann müssen Sie auch dafür bezahlen.«
»Okay, tausend Pfund. Fünfhundert als Anzahlung und fünfhundert nach Ihrer Rückkehr.«
»Woher soll ich wissen, ob Sie sich nach meiner Rückkehr überhaupt noch einmal mit mir in Verbindung setzen werden?« fragte Shannon.
»Und woher soll ich wissen, ob Sie überhaupt nach Zangaro fliegen?« konterte Endean.
Shannon überlegte. Dann nickte er.
»Also gut: die Hälfte jetzt, die andere Hälfte später.«
Zehn Minuten später hatte Endean die Wohnung verlassen. Er wies Shannon an, ihm fünf Minuten Vorsprung zu geben.

Um drei Uhr nachmittags war der Chef der Detektei von der Mittagspause zurück. Shannon rief ihn um Viertel nach drei an.
»Ach ja, Mr. Brown«, sagte die Stimme am Telefon. »Ich habe mit mei-

nem Beauftragten gesprochen. Er hat entsprechend Ihrer Anweisung vor dem Gebäude auf die betreffende Person gewartet und ist ihr gefolgt. Der Mann winkte ein Taxi heran, und mein Mitarbeiter fuhr ihm bis in die City nach. Dort hat der Betreffende ein Gebäude betreten.«
»Was für ein Gebäude?«
»Das ManCon House. Die Zentralverwaltung der Manson Consolidated Mining.«
»Wissen Sie, ob er bei dieser Firma beschäftigt ist?«
»Scheint so«, antwortete der Detektiv. »Mein Mitarbeiter konnte ihm natürlich nicht ins Haus folgen, aber er bemerkte, wie der Portier den Mann grüßte und ihm die Tür offenhielt. Das hat er für ein paar Sekretärinnen und kleinere Angestellte, die später das Haus verließen, nicht getan.«
»Der Junge ist klüger, als er aussieht«, gab Shannon zu. »Das war gut beobachtet.« Shannon erteilte noch einige Anweisungen und überwies am Nachmittag fünfzig Pfund an das Detektivbüro. Außerdem eröffnete er mit einer Einlage von zehn Pfund ein Bankkonto. Am nächsten Morgen zahlte er weitere fünfhundert Pfund ein und flog am Abend nach Paris.

Dr. Gordon Chalmers war nicht sehr trinkfest. Er rührte nur selten härtere Sachen als Bier an, und wurde dann immer gleich gesprächig, wie Sir James Manson, sein Arbeitgeber, bei dem Mittagessen im Restaurant ›Wilton‹ schon festgestellt hatte. An dem Abend, als CAT Shannon auf dem Flughafen Le Bourget in die DC-8 der Air Afrique nach Westafrika umstieg, aß Dr. Chalmers mit einem alten Studienfreund, der jetzt ebenfalls als Wissenschaftler in der Industrie tätig war.
Für das Abendessen gab es keinen besonderen Anlaß. Chalmers hatte seinen früheren Kommilitonen zufällig vor ein paar Tagen auf der Straße getroffen und sich mit ihm zum Essen verabredet.
Vor fünfzehn Jahren hatten sie gemeinsam für ihr Staatsexamen gebüffelt, ernsthaft und engagiert, wie es nun einmal die Art vieler junger Naturwissenschaftler ist. Um die Mitte der fünfziger Jahre standen die Atombombe und der Kolonialismus im Vordergrund. Sie hatten gemeinsam mit Tausenden anderer für nukleare Abrüstung demonstriert und noch für verschiedene andere Bewegungen, die eine sofortige Auflösung des britischen Weltreiches und die Unabhängigkeit forderten. Sie waren beide empört und echt engagiert gewesen, und sie hatten sich in diesem Punkt nicht geändert. Aber in ihrer Empörung über die politische Weltlage waren sie mit der kommunistischen Jugendbewegung in Berührung gekommen. Chalmers war ihr wieder entwachsen, hatte geheiratet und eine Familie gegründet, eine Hypothek auf sein Haus aufgenommen und sich allmählich dem Lebensstil der gutsituierten Mittelschicht angepaßt. Die Sorgen, die ihn während der vergangenen vierzehn Tage heimgesucht

hatten, veranlaßten ihn, beim Essen mehr als nur das gewohnte Glas Wein zu trinken, erheblich mehr sogar. Sein Freund, ein sympathischer Mensch mit sanften braunen Augen, merkte, daß ihn etwas drückte. Er erkundigte sich, ob er ihm nicht irgendwie helfen könne.
Beim Cognac spürte Dr. Chalmers, daß er sich irgendeinem Menschen anvertrauen mußte – nicht seiner Frau, sondern einem Berufskollegen, der auch Wissenschaftler war und ihn besser verstehen würde. Natürlich unter dem Siegel strengster Verschwiegenheit, wie er seinem verständnisvollen und mitfühlenden Freund einschärfte.
Als der alte Studienfreund von der verkrüppelten Tochter erfuhr und hörte, wieviel Geld es kostet, die teuren Einrichtungen für sie anzuschaffen, sprach Mitgefühl aus seinem Blick, und er legte Doktor Chalmers tröstend die Hand auf den Arm.
»Mach dir darüber keine Sorgen, Gordon, das ist durchaus verständlich. Jeder andere hätte genauso gehandelt«, sagte er. Chalmers fühlte sich erleichtert, als sie das Restaurant verließen und sich auf den Heimweg machten.
Er hatte seinen alten Freund zwar gefragt, wie es ihm in den Jahren seit dem Staatsexamen ergangen sei, aber der war ihm geschickt ausgewichen. Chalmers, gebeugt von der Last seiner Sorgen und leicht benebelt vom schweren Wein, wollte nicht aufdringlich werden. Aber selbst wenn er sich genauer erkundigt hätte, wäre kaum anzunehmen gewesen, daß ihm sein Freund die Wahrheit gesagt hätte: Er hatte sich nicht von der Bourgeoisie vereinnahmen lassen; er war überzeugter und aktiver Parteigenosse geblieben.

6. Kapitel

Die Convair 440, die den Zubringerdienst versah, beschrieb eine enge Kurve über der Bucht und setzte auf dem Flugplatz von Clarence zur Landung an. Shannon hatte sich absichtlich auf die linke Seite der Kabine gesetzt, weil er von hier aus beim Anflug einen besseren Blick über die Stadt hatte. Aus einer Höhe von rund dreihundert Metern sah er, daß die Hauptstadt Zangaros die Spitze der Halbinsel einnahm, an drei Seiten umgeben vom palmengesäumten Wasser des Golfs, an der vierten Seite, wo sich die gedrungene, nur acht Meilen lange Halbinsel ins Meer vorschob, von einem Landstreifen begrenzt.
Die Landspitze war an der Stelle, wo sie aus den Mangrovensümpfen der Küste ragte, drei Meilen breit und an der Spitze, wo die Stadt lag, nur noch eine Meile. Auch die beiden Flanken waren mit Mangroven bewachsen, und nur an der Spitze der Halbinsel wichen die Sümpfe einem steinigen Strand.

Die Stadt nahm die ganze Breite der Halbinsel ein und erstreckte sich etwa eine Meile tief landeinwärts. Von hier aus führte eine einzige Straße zwischen bestellten Feldern hindurch, sieben Meilen weit bis zur eigentlichen Küstenlinie.

Die vornehmeren Gebäude lagen offenbar an der äußersten Landspitze, wo der Seewind etwas Kühlung versprach, denn aus der Vogelschau sah man die weitverstreuten Gebäude auf riesigen Grundstücken liegen. Landeinwärts schlossen sich anscheinend die ärmeren Stadtviertel an, mit schmalen, dreckigen Gassen zwischen Tausenden wellblechgedeckter Buden. Shannon konzentrierte sich auf den wohlhabenden Teil von Clarence, einst bewohnt von den Kolonialherren, denn hier mußten die wichtigsten Gebäude liegen, und er hatte nur für wenige Sekunden Gelegenheit, sie aus diesem günstigen Blickwinkel zu überschauen.

Ganz am Kap lag ein kleiner Hafen an einer Stelle, wo sich ohne ersichtlichen geologischen Grund zwei lange, gebogene Geröllmolen ins Meer hinausschoben wie die Fühler eines Hirschkäfers oder die Zangen eines Ohrwurms. An der landeinwärts gelegenen Seite dieser Bucht befand sich der Hafen. Shannon sah, wie der Wind außerhalb der Molen die See kräuselte, während der Wasserspiegel in dem zu drei Vierteln umschlossenen Hafenbecken blank und unbewegt dalag. Dieser sichere Ankerplatz an der Spitze der Halbinsel, eine Laune der Natur, hatte zweifellos die ersten Seefahrer angelockt.

Im Zentrum des Hafens – genau gegenüber der Einfahrt – dominierte ein betonierter Kai mit einer Art Lagerhaus dahinter, an dem aber kein einziges Schiff lag. Links vom Kai schien der Fischereihafen der Eingeborenen zu liegen. Der steinige Strand war übersät von langen Kanus und zum Trocknen aufgespannten Netzen. Rechts vom Kai befand sich der alte Hafen, eine Ansammlung baufälliger Holzstege, die ins Wasser ragten.

Hinter dem Lagerschuppen folgte ein etwa zweihundert Meter breiter, verwilderter Grasstreifen, der bis an die Uferstraße reichte. Jenseits der Straße begannen dann die Häuser der Stadt. Shannon erblickte flüchtig eine weiße Kirche im Kolonialstil und ein imposantes Gebäude, vielleicht den Gouverneurspalast vergangener Tage, von einer hohen Mauer umgeben. Die Mauer umschloß außer den Hauptgebäuden einen weiten Hofraum, gesäumt von niedrigen Hütten, die offenbar neueren Datums waren.

Nun richtete die Convair ihre Nase auf, die Stadt verschwand aus seinem Blickfeld, und die Maschine setzte auf.

Seine erste Begegnung mit Zangaro hatte Shannon bereits am Tag zuvor bei der Beantragung des Touristenvisums erlebt. Der Konsul in der Hauptstadt der Nachbarrepublik hatte ihn mit einiger Überraschung empfangen, da er derlei Anträge nicht gewöhnt war. Shannon mußte ein fünf Seiten langes Formular ausfüllen und die unmöglichsten Fragen be-

antworten, angefangen von den Vornamen seiner Eltern (die er einfach erfand, weil er nicht die leiseste Ahnung hatte, wie Keith Browns Eltern geheißen haben mochten).
Als er dann seinen Reisepaß überreichte, lag zwischen dem ersten und dem zweiten Blatt ganz zufällig eine ansehnliche Banknote. Sie verschwand in der Tasche des Konsuls. Dann kontrollierte der Mann den Paß von allen Seiten, las ihn von vorn bis hinten durch, hielt ihn gegen das Licht, drehte ihn mehrmals um und überprüfte die Devisengenehmigung auf der letzten Seite. Nach fünf Minuten begann sich Shannon ernsthafte Gedanken zu machen – stimmte etwas nicht? War dem britischen Außenministerium etwa ausgerechnet bei diesem Paß ein Fehler unterlaufen? Dann sah ihn der Konsul an und sagte:
»Sie sind also Amerikaner.«
Voller Erleichterung wurde Shannon klar, daß der Herr Konsul Analphabet war. Fünf Minuten später besaß er sein Visum. Doch auf dem Flugplatz von Clarence hörte der Spaß auf.
Er hatte kein Begleitgepäck bei sich, sondern nur eine kleine Reisetasche. Die Hitze im größten (und einzigen) Abfertigungsraum war unbeschreiblich, und es wimmelte von Fliegen. Etwa ein Dutzend Soldaten und zehn Polizisten lungerten herum. Man sah ihnen die unterschiedliche Stammeszugehörigkeit an. Die Polizisten gaben sich zurückhaltend, sprachen kaum miteinander und lehnten nur lässig an der Wand. Die Soldaten waren es, die Shannons Aufmerksamkeit auf sich zogen. Er behielt sie ständig im Auge, während er einen endlos langen Fragebogen ausfüllte – übrigens denselben, den er schon gestern im Konsulat ausgefüllt hatte – und die Paß- und Gesundheitskontrolle über sich ergehen ließ. Die Beamten hier schienen wie die Polizisten zum Stamm der Caja zu gehören. Bei der Zollkontrolle ging der Ärger dann los. Ein Zivilist erwartete ihn und winkte ihn mit einer knappen Handbewegung in einen Nebenraum. Shannon gehorchte und nahm seine Reisetasche mit. Vier Soldaten schoben sich hinter ihm herein. Sie hatten etwas an sich, was bei ihm unangenehme Erinnerungen wachrief.
Diese Haltung hatte er schon einmal gesehen, vor langer Zeit im Kongo: Die nackte unmittelbare Drohung, die von einem Afrika auf primitivster Kulturstufe ausgeht, wenn es bewaffnet ist und über Macht verfügt – vollkommen unberechenbar, mit absolut unlogischen Reaktionen auf eine bestimmte Situation, gefährlich wie eine tickende Zeitbombe. Kurz vor den schlimmsten Blutbädern, die Kongolesen unter Katanganern, Simbas unter Missionaren und die kongolesische Armee unter den Simbas angerichtet hatten, war ihm genau dieser bedrohliche Stumpfsinn aufgefallen, dieses Gefühl ungezügelter Macht, das sich urplötzlich und ohne ersichtlichen Grund in Gewalttätigkeiten äußern kann. Das hatten auch die Vindu-Soldaten von Präsident Kimba an sich.

Der Zollbeamte in Zivil befahl Shannon, seine Reisetasche auf den wackeligen Tisch zu stellen, und begann sie zu durchsuchen. Es war eine sehr gründliche Durchsuchung, als fahndete er nach versteckten Waffen, bis er den elektrischen Rasierapparat entdeckte. Er nahm ihn aus seinem Etui, betrachtete ihn und knipste ihn an. Der vollaufgeladene Remington Lektronic begann emsig zu summen. Der Zollbeamte schob ihn in seine Tasche, ohne im geringsten die Miene zu verziehen.
Nachdem er mit der Reisetasche fertig war, bedeutete er Shannon, seine Anzugtaschen zu entleeren. Schlüssel, Taschentuch, Münzen, Brieftasche und Paß wurden auf den Tisch gelegt. Der Zollbeamte griff zuerst nach der Brieftasche, nahm die Reiseschecks heraus, betrachtete sie und gab sie brummend zurück. Die Münzen steckte er sofort ein. Unter den Banknoten befanden sich zwei Scheine über je fünftausend afrikanische Francs und mehrere Hunderter. Die Soldaten hatten sich näher herangeschoben. Außer ihrem gleichmäßigen Atmen in dem stickigen Raum gaben sie immer noch kein Geräusch von sich und hielten ihre Karabiner am Lauf fest wie Keulen. Aber jetzt ließen sie Neugier erkennen. Der Zivilist hinter dem Tisch steckte auch die beiden Fünftausend-Francs-Noten ein, und einer der Soldaten griff nach den kleineren Scheinen.
Shannon sah den Beamten an. Der erwiderte den Blick. Dann hob er bedeutsam sein Trikothemd hoch und zeigte Shannon den Griff eines kurzen Browning, neun Millimeter, oder vielleicht einer 7,65, die im Hosenbund steckte. Er tippte mit dem Zeigefinger darauf.
»Polizei«, sagte er und starrte Shannon ins Gesicht. Shannon juckte es in den Fingern, und er hätte dem Kerl am liebsten die Zähne eingeschlagen, aber sein Verstand sagte ihm immer wieder: Ruhe bewahren, Junge, bleib vollkommen ruhig!
Sehr langsam und vorsichtig deutete er auf seine übrigen Habseligkeiten, die noch auf dem Tisch lagen und hob fragend die Augenbrauen. Der Zivilist nickte und Shannon steckte alles wieder ein. Er spürte, wie sich die Soldaten hinter seinem Rücken zurückzogen, aber ihre Waffen hielten sie immer noch am Lauf gepackt, um vielleicht schon im nächsten Augenblick einen Kolbenhieb auszuteilen, wenn ihnen danach war.
Eine Ewigkeit schien zu vergehen, bis der Zivilist eine Kopfbewegung in Richtung Tür machte und Shannon gehen durfte. Er spürte, wie ihm der Schweiß über das Rückgrat hinablief und sich im Hosenbund sammelte. Draußen in der Abfertigungshalle war der einzige andere weiße Fluggast eine junge Amerikanerin. Sie war von einem katholischen Priester abgeholt worden, der in Pidgin-English wortreich auf die Soldaten einredete und dem Mädchen damit größere Scherereien ersparte. Er hob den Kopf und sah Shannon an. Shannon verzog eine Augenbraue. Der Priester sah über Shannons Schulter hinweg auf die Tür im Zollraum und nickte unmerklich.

Draußen auf dem kleinen sonnendurchglühten Platz vor dem Flughafengebäude gab es keinen Bus, kein Taxi. Shannon wartete. Fünf Minuten später hörte er hinter sich eine angenehm leise Stimme mit weichem, irischen Akzent.
»Kann ich Sie in die Stadt mitnehmen, mein Sohn?«
Sie setzten sich in den Volkswagenkäfer des Priesters, der sicherheitshalber im Schatten einer Palmengruppe, ein paar Meter vor dem Tor, geparkt hatte. Die junge Amerikanerin war außer sich und beschwerte sich mit schriller Stimme, jemand habe ihre Handtasche geöffnet und durchsucht. Shannon schwieg dazu, denn er wußte genau, daß er mit knapper Not einer Schlägerei entgangen war. Der Priester gehörte zum UNO-Krankenhaus und fungierte dort gleichzeitig als Pfarrer, Verwalter und Arzt. Er warf Shannon einen verständnisvollen Blick zu.
»Man hat Sie gefilzt.«
»Und wie«, sagte Shannon. Der Verlust von fünfzehn englischen Pfund war zu verschmerzen, aber ihm, wie auch dem Priester, war die bedrohliche Stimmung der Soldaten aufgefallen.
»Hier muß man vorsichtig sein, sehr, sehr vorsichtig«, sagte der Priester leise. »Haben Sie schon ein Hotelzimmer?«
Shannon verneinte. Der Priester fuhr ihn zum ›Independence‹, dem einzigen Hotel in Clarence, das Europäer beherbergen durfte.
»Der Geschäftsführer heißt Gomez, ein recht anständiger Kerl«, sagte der Priester.
Wenn in einer afrikanischen Stadt ein neues Gesicht auftaucht, hagelt es meist von den anderen Europäern Einladungen in den Club, auf einen Drink in den Privatbungalow oder zu einer Party am Abend. Darauf verzichtete der Priester trotz seiner Hilfsbereitschaft. Auch diese Eigenart Zangaros begriff Shannon rasch: die gedrückte Stimmung sprang auch auf die Weißen über. Im Laufe der nächsten Tage sollte er noch mehr lernen, und zwar größtenteils von Gomez.
Noch am selben Abend lernte er diesen Gomez kennen, den einstigen Besitzer und jetzigen Geschäftsführer des ›Independence-Hotel‹. Gomez war fünfzig und ein *pied noir*, ein Franko-Algerier. In den letzten Tagen der französischen Herrschaft über Algerien vor fast zehn Jahren hatte er seinen blühenden Landmaschinenhandel noch kurz vor dem endgültigen Zusammenbruch verkauft, denn später konnte man ein Geschäft nicht einmal mehr verschenken. Mit dem Erlös war er nach Frankreich zurückgekehrt, aber schon nach einem Jahr war ihm klargeworden, daß er in der Enge Europas nicht mehr leben konnte.
So hatte er sich nach einer neuen Heimat umgesehen und sich fünf Jahre vor der Unabhängigkeitserklärung, als noch niemand an so etwas dachte, in Zangaro niedergelassen. Mit seinen Ersparnissen hatte er das Hotel erworben und im Laufe der Jahre immer weiter ausgebaut.

Nach der Ausrufung der Republik änderte sich die Lage. Vor drei Jahren hatte man Gomez eröffnet, das Hotel werde verstaatlicht, und er bekäme eine Entschädigung in Landeswährung. Er sah niemals auch nur einen Pfennig davon und außerdem wäre es doch nur wertloses Papier gewesen. Aber er blieb als Geschäftsführer im Hotel, von der vagen Hoffnung beseelt, eines Tages könnte alles wieder besser werden, und es würde ihm von seinem einzigen Besitz auf Erden vielleicht doch noch etwas für einen geruhsamen Lebensabend übrigbleiben. Als Geschäftsführer arbeitete er auch am Empfang und in der Bar. Dort fand ihn Shannon.
Es wäre Shannon leichtgefallen, sofort Gomez' Freundschaft zu gewinnen, indem er einige Namen ehemaliger OAS-Männer, Fremdenlegionäre und Paras erwähnte, mit denen er im Kongo zusammengewesen war. Aber damit hätte er seine Tarnung als schlichter englischer Tourist preisgegeben, der vom Norden hergeflogen war, weil er zufällig fünf Tage Zeit übrig hatte und aus purer persönlicher Neugier einmal die obskure Republik Zangaro etwas genauer kennenlernen wollte. Er blieb lieber seiner Touristenrolle treu.
Doch später, als die Bar schon geschlossen hatte, lud er Gomez auf einen Drink in sein Zimmer ein. Aus unerfindlichen Gründen hatten ihm die Soldaten auf dem Flughafen eine Flasche Whisky, die er bei sich trug, nicht weggenommen. Beim Anblick der Flasche machte Gomez große Augen. Den Import von Luxusartikeln wie Whisky konnte sich das Land nicht leisten. Als er andeutete, er sei aus purer Neugier nach Zangaro gekommen, schnaubte Gomez nur.
»Neugier, ja, es ist schon verdammt komisch. Komisch und unheimlich.«
Sie sprachen zwar französisch und waren allein im Zimmer, aber trotzdem senkte Gomez seine Stimme und beugte sich vor. Wieder spürte Shannon die unbeschreibliche Angst, von der hier alle beherrscht wurden, bis auf die brutalen Schläger in Uniform und den Geheimpolizisten, der sich auf dem Flugplatz als Zollbeamter ausgegeben hatte. Nachdem Gomez die Flasche etwa zur Hälfte geleert hatte, wurde er ein wenig redseliger. Behutsam horchte ihn Shannon aus. Gomez bestätigte fast alles, was Shannon schon von dem angeblichen Walter Harris erfahren hatte, und er fügte noch ein paar sehr makabre Anekdoten hinzu.
Er bestätigte, daß sich Präsident Kimba in der Stadt aufhielt, daß er sie kaum noch verließ, es sei denn für einen kurzen Besuch in seinem Heimatort, drüben im Vindu-Land, und daß er sich im Präsidentenpalast verschanzte, dem großen, mauerumgebenen Gebäude, das Shannon aus der Luft gesehen hatte.
Als Gomez schließlich gute Nacht sagte und um zwei Uhr morgens in sein eigenes Zimmer schwankte, hatte Shannon noch einige weitere wichtige Informationen aus seinem Gerede herausgesiebt. Die Angehörigen der zivilen Polizei, der Gendarmerie und des Zolls trugen zwar Handfeuer-

waffen, aber ohne Munition, wie Gomez beteuerte. Da sie Caja waren, traute man ihnen nicht über den Weg, und Kimba ließ in seiner krankhaften Angst vor einem Putsch nicht zu, daß sie auch nur eine einzige Patrone bekamen. Er wußte, daß sie niemals an seiner Seite kämpfen würden, und mußte verhindern, daß sie sich eventuell gegen ihn stellten. Die Revolver und Pistolen waren reine Dekoration.
Gomez verbürgte sich weiterhin dafür, daß die Macht in der Stadt ausschließlich in den Händen von Kimbas Vindu lag. Die gefürchtete Geheimpolizei trug für gewöhnlich Zivil und war mit automatischen Pistolen bewaffnet, die Karabiner der Armee hatte Shannon schon am Flughafen gesehen, und die Palastwache des Präsidenten besaß Maschinenpistolen. Sie hielt sich nur im Bereich des Palastes auf, war Kimba mehr als getreu ergeben und begleitete ihn auf Schritt und Tritt mindestens in Zugstärke.
Am nächsten Morgen machte Shannon einen Spaziergang. Sekunden später hüpfte schon ein kleiner Junge von zehn oder elf Jahren neben ihm her, den Gomez ihm nachgeschickt hatte. Den Grund der Maßnahme erfuhr er erst später. Er glaubte zunächst, der Kleine sollte als Fremdenführer fungieren, obgleich das ziemlich sinnlos war, da sie kein Wort miteinander wechseln konnten. In Wirklichkeit handelte es sich um einen Service, den Gomez allen seinen Gästen angedeihen ließ, ob sie nun darum baten oder nicht: Sollte ein Tourist aus irgendwelchen Gründen verhaftet und abtransportiert werden, hatte sich der Knirps in die Büsche zu schlagen und Gomez Meldung zu machen. Der gab die Meldung dann heimlich an die Botschaft der Schweiz oder der Bundesrepublik weiter, damit Verhandlungen über die Freilassung des Betreffenden eingeleitet werden konnten, bevor man ihn halbtot geprügelt hatte. Der Junge hieß Boniface.
An diesem Vormittag legte Shannon Meile um Meile zurück, immer dichter gefolgt von dem Jungen. Niemand hielt sie an. Es gab kaum ein Fahrzeug auf den Straßen, und die Gegend um das Regierungsviertel wirkte menschenleer. Shannon hatte von Gomez einen kleinen Stadtplan bekommen, der noch aus der Kolonialzeit stammte. An Hand dieses Planes identifizierte er die wichtigsten Gebäude von Clarence. Vor der einzigen Bank, dem einzigen Postamt, dem halben Dutzend Ministerien, dem Hafen und dem UNO-Krankenhaus lungerten jeweils Gruppen von sechs oder sieben Soldaten herum. Bei der Einlösung eines Reiseschecks sah er in der Schalterhalle Schlafsäcke liegen, und während der Mittagspause bemerkte er zweimal, wie ein Soldat seine Kameraden aus einem Topf mit Essen versorgte. Daraus schloß Shannon, daß die Wachen fest in den betreffenden Gebäuden stationiert waren. Spät am Abend wurde ihm diese Beobachtung durch Gomez bestätigt.
Vor jeder der sechs Botschaften, an denen er vorüberkam, sah er einen

Posten. Drei der Soldaten hockten schlafend im Staub. Bis Mittag zählte er schätzungsweise hundert Soldaten, die sich in zwölf Gruppen über das ganze Stadtgebiet verteilten. Sie waren mit alten Karabinern vom Typ Mauser 7,92 bewaffnet, aber die meisten Waffen wirkten verrostet und ungepflegt. Die Soldaten trugen schmutziggrüne Hosen und Hemden, Leinenschuhe, geflochtene Gürtel und Schildmützen, die an die Kappen amerikanischer Baseball-Spieler erinnerten. Der äußere Eindruck war durchwegs schäbig, verlottert, ungewaschen und heruntergekommen. Ihren Ausbildungsstand, die Vertrautheit im Umgang mit den Waffen, ihre Disziplin und Kampfkraft schätzte Shannon auf Null. Sie waren eine undisziplinierte Horde von Schlägern, die es zwar fertigbrachten, die ängstlichen Caja durch ihre Waffen und ihre Brutalität einzuschüchtern, die aber wahrscheinlich noch nie im Ernst einen Schuß abgefeuert hatten und sicherlich noch nie auf einen Gegner gestoßen waren, der sein Handwerk verstand. Hauptaufgabe der Posten war es offenbar, zivile Unruhen zu verhindern, aber bei einem ernsthaften Schußwechsel würden sie wahrscheinlich Hals über Kopf türmen.

Das Interessanteste an ihnen waren die flachen Munitionstaschen am Gürtel, in denen nicht ein einziges Reservemagazin steckte. Natürlich besitzt jede Mauser ein Originalmagazin, aber es enthält nur fünf Patronen.

Am Nachmittag kontrollierte Shannon den Hafen. Vom Festland her war der Eindruck ganz anders. Die beiden Molen aus Sand und Stein, die den natürlichen Seehafen bildeten, ragten an ihrem Beginn etwa sieben Meter und an der Spitze noch zwei Meter aus dem Wasser. Er ging beide Molen bis zu ihrem äußersten Ende ab. Sie waren mit knie- bis hüfthohem Buschwerk bedeckt, das am Ende der langen Trockenzeit braun, verdorrt und aus der Luft nicht zu sehen war. An der Spitze hatten die Molen noch eine Breite von etwa zwölf Metern, am Uferansatz ungefähr vierzig Metern. Von den äußersten Enden her konnte man das gesamte Hafengebiet gut überblicken.

Genau in der Mitte lag der zementierte Kai, dahinter der Lagerschuppen. Nördlich davon schoben sich die alten hölzernen Stege ins Wasser vor, einige längst in sich zusammengebrochen, mit Pfosten, die wie Zahnstummel im Wasser standen. Südlich vom Lagerschuppen erstreckte sich das steinige Strandstück mit den Fischerbooten. Von der Spitze der einen Geröllmole aus war der Präsidentenpalast nicht zu sehen, weil er hinter dem Lagerschuppen verschwand, aber von der anderen Spitze aus konnte man die obersten Stockwerke des Palastes deutlich sehen. Shannon schlenderte zum Hafen zurück und sah sich die Fischerboote an. Dieser Strand wäre eine gute Landestelle mit leichtem Gefälle zum Wasser hin, dachte er beiläufig.

Hinter dem Lagerhaus hörte die zementierte Fläche auf, und der sanfte Uferhang erstreckte sich mit seinem hüfthohen Buschwerk, das von zahl-

reichen Fußwegen und einer befestigten Fahrstraße durchschnitten wurde, bis an den Palast. Shannon ging diese Straße entlang. Als er den höchsten Punkt der Uferböschung erreicht hatte, lag die ganze Fassade des alten Gouverneurspalastes zweihundert Meter entfernt vor ihm. Nach weiteren hundert Metern zweigte nach links und rechts die Uferstraße ab. An dieser Kreuzung erwartete ihn eine Gruppe von vier Soldaten, besser und korrekter gekleidet als die übrigen, bewaffnet mit Sturmgewehren vom Typ Kalaschnikow Ak47. Schweigend sahen sie ihn an, als er nach rechts abbog und in Richtung Hotel zurückging. Er nickte ihnen zu, aber sie verzogen keine Miene. Die Palastwache!
Beim Gehen sah er nach links hinüber und prägte sich alle Einzelheiten des Palastes ein. Das Gebäude war dreißig Meter lang, die Fenster im Erdgeschoß waren zugemauert und in der selben stumpfweißen Farbe getüncht wie das übrige Mauerwerk; die Fassade wurde beherrscht von einem hohen und breiten Tor aus dicken Balken – zweifellos erst nachträglich eingebaut. Vor den zugemauerten Fenstern erstreckte sich eine Terrasse, die jetzt nutzlos geworden war, da es keinen Zugang mehr gab. Das erste Stockwerk hatte sieben Fenster, eins über dem Haupteingang und je drei links und rechts davon. Das zweite Obergeschoß hatte zehn wesentlich kleinere Fenster. Gleich darüber setzte mit der Dachrinne das rotgedeckte Giebeldach an.
Er bemerkte weitere Männer der Palastwache in der Nähe des Haupteingangs, und an den Fenstern im ersten Stock waren geschlossene Jalousien, die vielleicht aus Stahl bestanden (genau konnte er es aus dieser Entfernung nicht erkennen). Unbefugte durften sich dem Palast anscheinend nur bis an diese Straßenkreuzung nähern.
Die Zeit bis zum Sonnenuntergang verbrachte er mit einer Besichtigung des Palastes aus der Ferne. Zu beiden Seiten verlief eine fast drei Meter hohe neue Mauer von den Ecken des Hauptgebäudes etwa achtzig Meter landeinwärts, wo eine querlaufende Mauer den Hofraum abschloß. Interessanterweise gab es zu dem ganzen Komplex keine anderen Zugänge. Die Mauer hatte gleichmäßig eine Höhe von knapp drei Metern – das konnte er durch den Vergleich mit der Größe eines Postens abschätzen, der dicht davorstand – und war auf der Oberkante mit Glassplittern gespickt. Er wußte, daß man ihm nie einen Blick hinter diese Mauern gewähren würde, aber er erinnerte sich noch gut an den Anblick von oben. Fast hätte er laut gelacht.
Er grinste Boniface an.
»Weißt du, Junge, der verdammte Narr fühlt sich sicher hinter einer mächtigen Mauer mit Glasscherben obendrauf und nur einem Eingang. In Wirklichkeit hockt er in einer Falle aus Ziegelsteinen, in einem riesigen hermetisch abgeschlossenen Hinrichtungsgelände.«
Der Junge grinste breit, verstand aber kein Wort. Er deutete an, daß er

nach Hause gehen und etwas essen wolle. Shannon nickte, und sie kehrten mit brennenden Füßen und schmerzenden Beinmuskeln ins Hotel zurück. Shannon machte sich weder Notizen noch Zeichnungen, aber er prägte sich jede Einzelheit ein. Er gab Gomez den Stadtplan zurück und setzte sich nach dem Abendessen zu dem Franzosen an die Bar.
Weiter hinten tranken zwei Chinesen aus der Botschaft schweigend ihr Bier. Deshalb sprachen die Europäer kaum miteinander. Außerdem standen die Fenster offen. Aber später nahm Gomez, der sich nach Gesellschaft sehnte, ein Dutzend Flaschen mit und lud Shannon in sein Zimmer im obersten Stock ein. Dort saßen sie auf dem Balkon und sahen hinaus auf die nachtschlafene Stadt, die wegen eines Stromausfalls fast ganz im Dunkeln lag.
Shannon wußte nicht recht, ob er Gomez ins Vertrauen ziehen sollte. Er entschied sich dagegen. Er erwähnte, daß er in der Bank Schwierigkeiten gehabt hätte, einen Scheck über fünfzig Pfund einzulösen. Gomez schnaubte.
»Das ist immer schwierig«, sagte er. »Reiseschecks kennen die hier nicht, und Devisen bekommt man kaum zu sehen.«
»Aber doch bestimmt an der Bank?«
»Nur für kurze Zeit. Kimba hat den gesamten Staatsschatz der Republik im Palast eingeschlossen.«
Shannons Interesse erwachte sofort. Während der nächsten zwei Stunden erfuhr er ratenweise, daß Kimba auch den gesamten Munitionsvorrat des Landes im alten Weinkeller des Gouverneurspalastes persönlich unter Verschluß hielt, und daß er die Rundfunkstation dorthin verlegt hatte, um sich von seinem eigenen Studio direkt an die Nation und an die Welt wenden zu können, ohne eine Einmischung von außen befürchten zu müssen. Die lokalen Radiostationen spielen immer eine entscheidende Rolle bei Staatsstreichen. Shannon erfuhr weiterhin, daß keine gepanzerten Fahrzeuge und keine Artillerie vorhanden war, und daß es außer den hundert Soldaten in der Hauptstadt weitere hundert außerhalb der Stadt gab, dazu ein gutes Dutzend in dem Eingeborenenlager an der Flughafenstraße und noch ein paar Einheiten in den Caja-Dörfern zwischen der Halbinsel und der Brücke über den Zangaro. Diese zweihundert Mann machten die Hälfte der nationalen Streitmacht aus. Die andere Hälfte war in einer Kaserne untergebracht, die eigentlich gar keine richtige Kaserne war; es handelte sich um die Baracken der alten Kolonialpolizei, vierhundert Meter vom Palast entfernt – winzige Wellblechbuden, von einem Schilfzaun umgeben. Diese vierhundert Mann stellten die gesamte Armee dar. Die persönliche Palastwache des Präsidenten war vierzig bis sechzig Mann stark und in den Buden innerhalb der Umfassungsmauer untergebracht.
An seinem dritten Tag in Zangaro sah sich Shannon die Polizeibaracken

an, in denen die zweihundert Soldaten lebten, die gerade nicht Dienst taten. Der Zaun bestand, wie Gomez schon gesagt hatte, aus Schilf, aber es gelang Shannon, bei einer Besichtigung der nahegelegenen Kirche unbemerkt den Glockenturm zu erklimmen, und von dort aus einen Blick über den hohen, dichten Zaun zu werfen. Die Wellblechbaracken waren in zwei Reihen angeordnet, zwischen denen Wäscheleinen gespannt waren. Auf der einen Seite dampften Kessel auf niedrigen, gemauerten Feuerstellen. Zwei Dutzend Männer lungerten gelangweilt umher und waren durchweg unbewaffnet. Sie mochten ihre Gewehre in den Baracken gelassen haben, aber Shannon hielt es für wahrscheinlicher, daß alle Waffen im Arsenal aufbewahrt wurden, einem kleinen, runden Steingebäude, etwas abseits von den Baracken. Das gesamte Lager wirkte außerordentlich primitiv.

An diesem Abend hatte er seinen ersten Zusammenstoß mit einem Uniformierten. Er schlenderte eine Stunde lang durch die dunklen Straßen, die glücklicherweise noch nie eine Beleuchtung gesehen hatten, und versuchte, näher an den Palast heranzukommen. Die Rückfront und die beiden Seitenmauern hatte er bereits kontrolliert und sich davon überzeugt, daß es hier keine Patrouillen gab. An der Vorderseite der Mauer waren ihm zwei Mann der Palastwache entgegengetreten und hatten ihn brüsk abgewiesen. Er hatte festgestellt, daß drei Mann an der Straßenkreuzung auf halben Weg zwischen dem Hügel zum Hafen hin und dem Hauptportal hockten. Wichtig für ihn war, daß sie von ihrem Posten aus den Hafen nicht sehen konnten. Von dieser Straßenkreuzung aus reichte das Blickfeld der Soldaten über die Hügelkuppe hinweg hinaus aufs Meer außerhalb der Enden der beiden Molen, und wenn der Mond nicht sehr hell schien, konnten sie das fünfhundert Meter entfernte Wasser nicht einmal sehen. Ein Licht da draußen würden sie jedoch zweifellos erkennen. Im Dunkeln konnte Shannon von der Straßenkreuzung aus das hundert Meter entfernte Tor nicht ausmachen, vermutete jedoch, daß dort wie üblich zwei weitere Posten standen. Er bot den Soldaten, die ihn angehalten hatten, Zigaretten an und ging wieder. Auf dem Rückweg zum Hotel ›Independence‹ kam er an mehreren Bars vorbei, die von Laternen erleuchtet wurden, und ging dann auf der dunklen Straße weiter. Nach hundert Metern stieß er auf den Soldaten. Der Mann war offenbar angetrunken und hatte in den Graben am Straßenrand sein Wasser abgeschlagen. Er schwankte auf Shannon zu und packte seinen Karabiner an Lauf und Kolben. Im hellen Mondschein konnte Shannon ihn deutlich erkennen. Der Soldat knurrte etwas. Shannon verstand ihn nicht, nahm aber an, daß der Mann Geld haben wollte.

Er hörte ein paarmal das Wort ›Bier‹ und noch einige andere Laute, die er nicht verstand. Bevor Shannon nach der Geldbörse greifen oder weiter gehen konnte, fauchte ihn der Kerl plötzlich an und stieß mit dem Lauf

der Waffe nach ihm. Alles andere spielte sich schnell und lautlos ab. Shannon drückte mit einer Hand die Mündung des Karabiners von seinem Bauch weg und zog mit einem Ruck an der Waffe. Der Soldat verlor das Gleichgewicht. Diese ungewohnte Reaktion schien ihn zu verblüffen. Er erholte sich rasch wieder, stieß ein Grunzen aus, drehte den Karabiner um, packte ihn am Lauf und schwang ihn wie eine Keule. Shannon trat dicht an den Soldaten heran, unterlief den Schlag, indem er den Mann an beiden Oberarmen packte, und riß sein Knie hoch.
Nun war es für einen Rückzug zu spät. Das Gewehr fiel zu Boden, Shannon hob waagerecht die Hand, machte den Arm steif und schlug dem Soldaten die Handkante an den Unterkiefer. Ein scharfer Schmerz fuhr ihm durch den Arm, als er das Knacken der Nackenwirbel hörte. Später stellte er fest, daß er sich in der Schulter einen Muskelriß zugezogen hatte. Der Schwarze sackte in sich zusammen.
Shannon sah sich nach allen Seiten um, aber es kam niemand. Er rollte den Toten in den Straßengraben und untersuchte den Karabiner. Einzeln drückte er die Patronen aus dem Magazin. Es waren nur drei – keine in der Kammer. Dann zog er den Bolzen zurück und visierte durch den Lauf den Mond an. Er sah monatealte Partikel von Dreck, Staub, Sand, Ruß und Erde. Er schob den Bolzen wieder vor, steckte die drei Patronen ins Magazin, warf die Waffe zu dem Toten in dem Graben und ging nach Hause.
»Das wird ja immer besser«, murmelte er, schlich heimlich ins Hotel und legte sich ins Bett. Er glaubte kaum an intensive polizeiliche Ermittlungen. Das gebrochene Genick würde man zweifellos einem Sturz in den Straßengraben zuschreiben, und von Fingerabdrücken hatte man hier sicher noch nichts gehört.
Trotzdem schützte er am nächsten Tag Kopfschmerzen vor, blieb im Hotel und unterhielt sich mit Gomez. Am darauffolgenden Morgen fuhr er zum Flughafen und bestieg die Convair 440 nach Norden. Während die Republik Zangaro unter der Tragfläche verschwand, schoß ihm eine Bemerkung von Gomez durch den Kopf.
Es gab in Zangaro keinen Bergbau – und es hatte auch früher keinen gegeben.
Vierzig Stunden später war er wieder in London.

Bei seinem allwöchentlichen Gespräch mit Präsident Kimba fühlte sich Botschafter Leonid Dobrovolsky immer ein wenig ungemütlich. Wer den Diktator persönlich kannte, zweifelte kaum an seiner Unzurechnungsfähigkeit. Aber im Gegensatz zu den meisten anderen Diplomaten hatte Leonid Dobrovolsky von seiner Dienststelle in Moskau ausdrückliche Anweisung, sich nach besten Kräften um eine vernünftige Zusammenarbeit mit dem unberechenbaren Afrikaner zu bemühen. Er stand vor dem

massigen Mahagonischreibtisch im Arbeitsraum des Präsidenten im ersten Stock des Palastes und wartete auf eine Reaktion Kimbas.
Aus der Nähe gesehen wirkte Präsident Kimba längst nicht so groß und markant wie auf den offiziellen Porträts. Der gewaltige Schreibtisch ließ ihn fast zwergenhaft erscheinen, zumal er vollkommen unbeweglich in seinem Sessel kauerte. Dobrovolsky wartete darauf, daß diese Starrheit vorüberging. Er wußte, was dann folgen konnte: Entweder sprach der Mann, der Zangaro regierte, klar und vernünftig wie ein absolut normaler Mann, oder auf die fast lähmende Stille folgte ein lauter Wutausbruch wie von einem Besessenen – und genau das bildete er sich ja ein.
Kimba nickte bedächtig.
»Bitte fahren Sie fort«, sagte er.
Dobrovolsky atmete erleichtert auf. Offenbar war der Präsident bereit, zuzuhören. Aber die schlechte Nachricht kam erst noch, und er konnte sie dem Mann nicht ersparen. Möglich, daß sich dann alles änderte.
»Herr Präsident, meine Regierung hat mich davon unterrichtet, daß nach einer kürzlich eingegangenen Information der geologische Bericht einer britischen Frima an die Republik Zangaro unkorrekt sein könnte. Ich meine die Bodenuntersuchungen, die vor mehreren Wochen durch die Londoner Firma Manson Consolidated vorgenommen wurden.«
Die etwas vorstehenden Augen des Präsidenten starrten den Botschafter immer noch ohne jeden Ausdruck an. Kimba ließ mit keinem Wort erkennen, ob er sich an den Zweck von Dobrovolskys Besuch im Palast erinnerte.
Der Botschafter umriß mit wenigen Worten die von ManCon durchgeführten Untersuchungen und den Abschlußbericht, den ein gewisser Mr. Bryant dem Minister für Bodenschätze überreicht hatte.
»Kurzum, Euer Exzellenz: Ich bin beauftragt, Sie davon zu unterrichten, daß der Bericht nach Auffassung meiner Regierung nicht wahrheitsgemäß wiedergibt, was in dem fraglichen Gebiet tatsächlich gefunden wurde, nämlich im Bereich der Kristallberge.«
Er wartete wieder, weil es nicht mehr viel zu sagen gab. Als sich Kimba endlich regte, sprach er zu Dobrovolskys Erleichterung ruhig und vernünftig.
»In welcher Hinsicht soll dieser Bericht unkorrekt sein?«
»Wir sind über Einzelheiten nicht genau orientiert, Euer Exzellenz, aber man darf durchaus annehmen, daß der vorgelegte Bericht im fraglichen Gebiet keine abbauwürdigen Bodenschätze aufweist, da sich diese britische Firma anscheinend in keiner Weise um Schürfrechte bemüht hat. Hierin dürfte wahrscheinlich die Ungenauigkeit des Berichts bestehen. Mit anderen Worten: Die Bodenproben, die der britische Ingenieur mitgenommen hat, enthalten offenbar mehr, als die Briten Ihnen mitteilen wollen.«

Es folgte ein längeres Schweigen, und der Botschafter war schon auf einen Wutausbruch gefaßt. Aber er unterblieb.

»Sie haben mich betrogen«, flüsterte Kimba.

»Natürlich, Euer Exzellenz«, warf Dobrovolsky rasch ein, »gibt es nur eine einzige Möglichkeit, sich vollkommene Gewißheit zu verschaffen: Andere Experten müßten aus demselben Bereich Gesteins- und Bodenproben entnehmen. In diesem Zusammenhang bin ich von meiner Regierung angewiesen, Euer Exzellenz untertänigst um Erlaubnis zu ersuchen, einem Forschungsteam des Bergtechnischen Instituts von Swerdlowsk die Einreise nach Zangaro zu gestatten, um dasselbe Gebiet zu untersuchen, in dem der britische Ingenieur gearbeitet hat.«

Kimba ließ sich viel Zeit zum Nachdenken. Schließlich nickte er.

»Gewährt«, sagte er. Dobrovolsky verbeugte sich. Sein Begleiter Volkov, offiziell Zweiter Botschaftssekretär, in Wirklichkeit jedoch der für Zangaro zuständige Agent des KGB, warf ihm einen Seitenblick zu.

»Zweitens geht es um die Frage Ihrer persönlichen Sicherheit«, sagte Dobrovolsky. Endlich erreichte er bei dem Diktator eine Reaktion. Dieses Thema nahm Kimba immer außerordentlich ernst. Er fuhr hoch und sah sich argwöhnisch im Zimmer um. Die drei Zangari, die hinter den beiden Russen standen, zitterten.

»Meine Sicherheit?« fragte Kimba im gewohnten Flüsterton.

»Wir erlauben uns, in gebührendem Respekt noch einmal darauf hinzuweisen, welche Bedeutung die sowjetische Regierung dem Umstand beimißt, daß Euer Exzellenz auch in Zukunft Zangaro auf dem Weg zu Frieden und Fortschritt führen, den Euer Exzellenz in so beispielhafter Weise eingeschlagen haben«, sagte der Russe. Diese orientalisch anmutenden Schmeicheleien wirkten nicht übertrieben; Kimba erwartete sie ganz selbstverständlich, wenn jemand das Wort an ihn richtete.

»Um auch weiterhin die Sicherheit der hochgeschätzten Person Eurer Exzellenz zu garantieren, möchten wir gerade angesichts des kürzlich erfolgten äußerst gefährlichen Verrats durch einen Ihrer Offiziere mit gebührendem Respekt noch einmal vorschlagen, einem Angehörigen meiner Botschaft den Aufenthalt im Palast zu gestatten, damit er der Sicherungstruppe Euer Exzellenz mit Rat und Tat beistehen kann.«

Der Hinweis auf den ›Verrat‹ von Oberst Bobi riß Kimba aus seiner Trance. Er zitterte am ganzen Körper, wobei dem Russen allerdings verborgen blieb, ob aus Angst oder Wut. Dann begann er zu sprechen, erst langsam im üblichen Flüsterton, dann immer schneller und lauter. Dabei funkelte er die drei Zangaris am anderen Ende des Arbeitsraumes an. Nach wenigen Sätzen verfiel er in den Vindu-Dialekt, den nur die Zangari verstanden, aber den Sinn seiner Worte hatten die Russen bereits mitbekommen: Er fühlte sich immer und überall von Hinterlist und Verrat umgeben, sei von den Geistern vor Verschwörungen in allen Ecken und

Enden gewarnt worden und wisse ganz genau, wer ihm nicht absolut treu ergeben sei und wer heimlich böse Gedanken im Herzen trage, aber er werde sie ausrotten, jeden einzelnen von ihnen, mit allen ihm zur Verfügung stehenden Mitteln. So ging es eine halbe Stunde weiter, dann beruhigte er sich allmählich wieder und kehrte zu einer europäischen Sprache zurück, die auch von den Russen verstanden wurde.
Als die beiden Männer wieder in die Sonne hinaustraten und den Wagen der Botschaft bestiegen, waren sie schweißbedeckt – teils von der Hitze, weil die Klimaanlage im Palast wieder einmal nicht funktionierte, teils aber auch von der Wirkung, die Kimba wie immer auf sie ausgeübt hatte.
»Ich bin froh, daß wir das hinter uns haben«, sagte Volkov zu seinem Kollegen, als sie zur Botschaft zurückfuhren. »Auf jeden Fall haben wir die Genehmigung in der Tasche. Morgen setze ich meinen Agenten ein.«
»Und ich sorge dafür, daß die Bergwerksingenieure möglichst bald hergeschickt werden«, sagte Dobrovolsky. »Hoffen wir, daß an dem geologischen Bericht der Briten wirklich etwas nicht astrein ist. Wenn wir uns irren, weiß ich nicht, wie ich es dem Präsidenten erklären soll.«
Volkov knurrte.
»Besser Sie als ich«, sagte er dann.

Shannon bezog ein Zimmer im Lowndes Hotel in der Nähe von Knigthsbridge, wie er es vor seiner Abreise aus London mit Walter Harris vereinbart hatte. Nach Ablauf der für die Reise veranschlagten zehn Tage sollte Harris jeden Morgen um neun im Hotel anrufen und sich nach Mr. Keith Brown erkundigen. Shannon traf mittags ein und erfuhr, daß er vor drei Stunden zum erstenmal angerufen worden war. Das bedeutete, daß er die Zeit bis morgen früh neun Uhr ganz für sich hatte.
Nachdem er ausgiebig gebadet, sich umgezogen und etwas gegessen hatte, rief er zunächst die Detektei an. Der Besitzer erinnerte sich nach kurzem Überlegen an Keith Brown und schien in Akten zu blättern, wie Shannon aus dem Rascheln von Papier schloß. Dann fand er den gesuchten Bericht.
»Ja, Mr. Brown, ich habe alles hier. Soll ich es Ihnen zuschicken?«
»Lieber nicht«, sagte Shannon. »Ist der Bericht lang?«
»Nein, nur etwa eine Seite. Soll ich ihn am Telefon vorlesen?«
»Ja, bitte.«
Der Detektiv räusperte sich und begann:
»Am Morgen nach Auftragserteilung durch den Mandanten wartete mein Beauftragter in der Nähe des Eingangs zur Tiefgarage unter dem ManCon House. Er hatte insofern Glück, als die Person, die er am Tag zuvor nach dem Gespräch mit unserem Mandanten in der Sloane Avenue mit einem Taxi hier eintreffen sah, mit seinem Wagen kam. Bei der Einfahrt in die Garage konnte mein Beauftragter das Gesicht der Person deutlich erkennen. Die Identität steht unzweifelhaft fest. Bei dem Fahrzeug handelte es

sich um einen Chevrolet Corvette. Der Detektiv notierte die Nummer des Fahrzeugs. Später wurden bei der Zulassungsstelle Erkundigungen eingezogen. Das Fahrzeug ist auf den Namen Simon John Endean, wohnhaft in South Kensington, zugelassen.« Kurze Pause. »Brauchen Sie die Adresse, Mr. Brown?«
»Nicht unbedingt«, sagte Shannon. »Wissen Sie, welche Funktion dieser Endean im ManCon House hat?«
»Ja«, antwortete der Privatdetektiv. »Das habe ich von einem befreundeten Journalisten erfahren. Er ist persönlicher Assistent und die rechte Hand von Sir James Manson, dem Aufsichtsratvorsitzenden und Generaldirektor der Firma Manson Consolidated.«
»Danke«, sagte Shannon und legte auf.
»Das wird ja immer seltsamer«, murmelte er, als er die Hotelhalle verließ und zur Jermyn Street hinüberschlenderte, um einen Scheck einzulösen und ein paar Hemden zu kaufen. Es war der 1. April, die Sonne schien warm, und auf dem Rasen am Hyde Park Corner blühten die Narzissen.

Während Shannons Abwesenheit war auch Simon Endean nicht müßig gewesen. Das Ergebnis seiner Bemühungen teilte er an diesem Nachmittag im Penthouse oberhalb von Moorgate Sir James Manson mit.
»Es geht um Oberst Bobi«, sagte er zu seinem Chef, als er das Büro betrat.
»Um wen?«
»Oberst Bobi, den früheren Armeekommandeur von Zangaro. Jetzt im Exil, von Präsident Jean Kimba auf Lebenszeit verbannt. Er hat ihn übrigens durch Dekret in Abwesenheit wegen Hochverrats zum Tode verurteilt. Sie wollten wissen, wo er steckt.«
Manson ließ sich hinter seinem Schreibtisch nieder und nickte. Er erinnerte sich genau – den Kristallberg hatte er nicht vergessen.
»Also – wo steckt er?« fragte er.
»Er lebt im Exil in Dahomey«, sagte Endean. »Es war verdammt schwer, ihn aufzuspüren, ohne dabei aufzufallen. Aber er hat sich in Cotonou, der Hauptstadt von Dahomey, niedergelassen. Anscheinend hat er ein wenig Geld, wenn auch nicht sehr viel, denn sonst hätte er sich wie die anderen reichen Staatsflüchtlinge bei Genf eine Villa mit einer hohen Mauer drum herum gemietet. Er lebt sehr zurückgezogen in einem kleinen, gemieteten Haus, weil das vermutlich die sicherste Garantie dafür ist, daß ihn die Regierung von Dahomey nicht ausweist. Angeblich hat Kimba die Auslieferung beantragt, aber niemand kümmert sich darum. Außerdem ist er weit genug weg, um Kimba nie wieder bedrohlich zu werden.«
»Und Shannon, der Söldner?« fragte Manson.
»Muß morgen oder übermorgen zurückkommen«, antwortete Endean. »Ich habe ihm sicherheitshalber ab gestern im Lowndes Hotel ein Zimmer reserviert. Heute morgen um neun war er noch nicht wieder hier. Ich

werde es morgen um dieselbe Zeit vereinbarungsgemäß wieder versuchen.«

»Versuchen Sie es jetzt«, sagte Manson.

Das Hotel bestätigte Endean, Mr. Brown sei eingetroffen, aber derzeit nicht im Hotel. Sir James Manson hörte das Gespräch am Nebenapparat mit.

»Lassen Sie ihm ausrichten, daß Sie ihn heute abend um sieben anrufen«, knurrte er.

Endean gab die Nachricht durch, dann legten beide ihre Hörer auf.

»Ich brauche seinen Bericht so schnell wie möglich«, sagte Manson. »Bis morgen mittag muß er fertig sein. Dann treffen Sie sich mit ihm und lesen den Bericht. Stellen Sie fest, ob er alle gewünschten Antworten auf meine Fragen enthält. Dann bringen Sie ihn mir. Legen Sie Shannon für zwei Tage auf Eis, damit ich seine Angaben studieren kann.«

Shannon erhielt Endeans Mitteilung kurz nach fünf und wartete um sieben Uhr in seinem Zimmer auf den Anruf. Den Rest des Abends bis zum Schlafengehen verbrachte er damit, seine Notizen und Eindrücke von Zangaro zu ordnen: Einige Skizzen auf einem Block Linienpapier, das er zufällig auf dem Flughafen in Paris gekauft hatte, maßstabgetreue Zeichnungen mit Entfernungsangaben in Clarence, die er selbst abgeschritten hatte, einen Fremdenführer durch Zangaro mit ›Sehenswürdigkeiten‹ aus dem Jahre 1959, von denen jedoch nur ›die Residenz Seiner Exzellenz des Gouverneurs der Kolonie‹ wirklich von Interesse war, und ein außerordentlich schmeichelhaftes Porträt von Kimba – übrigens einer der wenigen Artikel, die in der Republik nicht knapp waren.

Am nächsten Morgen schlenderte er zur Knightsbridge hinunter, als die Geschäfte gerade öffneten, kaufte sich eine Reiseschreibmaschine und weißes Papier und verbrachte den Vormittag mit seinem Bericht. Er war in drei Abschnitte gegliedert: Eine knappe Schilderung seines Besuchs, eine detaillierte Beschreibung aller wichtigen Gebäude der Hauptstadt mit Zeichnungen und eine ebenso detaillierte Darstellung der militärischen Lage. Er erwähnte den Umstand, daß er von einer Luftwaffe oder Marine nichts bemerkt habe, und Gomez' Bestätigung, daß beide nicht existierten. Was er nicht erwähnte, war sein Ausflug in die Eingeborenenslums am hinteren Ende der Halbinsel, wo er die Hütten der ärmeren Cajas und noch weiter landeinwärts die Wellblechbuden von Tausenden von eingewanderten Arbeitern und ihren Familien gesehen hatte, die sich immer noch in ihrer Muttersprache unterhielten.

Er schloß den Bericht mit einer Zusammenfassung:

»Das Grundproblem, Kimba zu stürzen, wurde durch den Betroffenen selbst vereinfacht. Der überwiegende Teil der Landfläche der Republik Zangaro, das Vindu-Land jenseits des Flusses, ist in jeder Hinsicht ohne politische oder wirtschaftliche Bedeutung. Sollte Kimba jemals die Kon-

trolle über die Küstenebene verlieren, die den Großteil der ohnehin geringen landeseigenen Produktion liefert, dann verliert er auch das ganze Land. Man kann auch einen Schritt weitergehen: Es wäre ihm und seinen Männern unmöglich, die Ebene gegen die feindseligen und verbitterten Caja zu halten, wo Zorn zwar durch Angst gedämpft wird, aber unter der Oberfläche schwelt und ausbrechen würde, sobald er die Halbinsel verloren hat. Diese Halbinsel wiederum ist für die Vindu-Streitkräfte unhaltbar, wenn erst einmal die Stadt Clarence verloren ist. Schließlich besitzt er keinen Rückhalt in der Stadt Clarence, wenn er und seine Streitkräfte den Palast eingebüßt haben. Kurzum: Durch seine Politik absoluter Zentralisierung reduziert sich die Anzahl der Ziele, die zum Zweck der Übernahme der Staatsgewalt eingenommen werden müssen, auf eins, nämlich den Palastkomplex mit dem Präsidenten, seiner Palastgarde, dem Waffenlager, dem Staatsschatz und der Rundfunkstation.
Das Palastgebäude kann auf Grund der geschlossenen Umfassungsmauer nur im Sturm genommen werden.
Das Haupttor könnte vielleicht durch einen sehr schweren Lastwagen oder Bulldozer eingedrückt werden, wenn der Fahrer bereit ist, für diesen Versuch sein Leben einzusetzen. Ein solcher Geist ist mir weder in der Bürgerschaft noch in der Armee aufgefallen, und auch ein geeignetes Fahrzeug scheint es nicht zu geben. Andererseits könnte der Palast auch durch die Opferbereitschaft von Hunderten mutiger Männer mit Kletterleitern genommen werden. Aber auch diese Opferbereitschaft scheint nicht zu existieren. Realistischer wäre es, den Palast und die ganze Anlage bei geringem Blutvergießen nach vorherigem Trommelfeuer einzunehmen. Gegen Mörser oder Granatwerfer würde die Mauer keinerlei Schutz bieten, sondern für alle, die sich in ihrem Inneren befinden, zu einer tödlichen Falle werden. Das Tor ließe sich durch eine Bazooka-Rakete sprengen. Ich sah keinerlei Anzeichen von solchen Waffen und habe auch von keiner einzigen Person erfahren, die sie bedienen könnte. Aus diesen Überlegungen läßt sich folgender Schluß ableiten:
Eine Partei oder Gruppe innerhalb der Republik, die Kimba stürzen und dann an die Macht gelangen möchte, muß ihn und seine Leibwache im Bereich des Palastes vernichten. Dazu wäre die Hilfe technischer Experten erforderlich, eine Hilfe, die mitsamt der erforderlichen Ausrüstung aus dem Ausland kommen müßte. Unter diesen Voraussetzungen könnte man Kimba durch ein Feuergefecht stürzen und vernichten, das kaum eine Stunde dauern dürfte.«

»Ist Shannon bekannt, daß es in Zangaro keine Gruppe gibt, die die Absicht erkennen läßt, Kimba stürzen zu wollen?« fragte Sir James Manson am nächsten Morgen, als er den Bericht las.
»Von mir hat er es nicht erfahren«, antwortete Endean. »Ich habe ihn ge-

mäß Ihrer Anweisung informiert. Ich habe nur erwähnt, es gäbe innerhalb der Armee eine Gruppe, und die von mir vertretenen Geschäftsleute seien bereit, auf ihre Kosten die Erfolgsaussichten eines Staatsstreichs durch diese Gruppe untersuchen zu lassen. Aber er ist nicht dumm. Er muß selbst gesehen haben, daß dort niemand in der Lage wäre, so etwas zu unternehmen.«

»Dieser Shannon gefällt mir«, sagte Manson und klappte den Bericht zu. »Die Art und Weise, wie er mit diesen Soldaten umgesprungen ist, läßt auf Mut schließen. Der Bericht ist gut geschrieben, knapp und präzise. Die Frage ist nur: Könnte er diese Aufgabe allein übernehmen?«

»Er hat da eine interessante Bemerkung gemacht«, warf Endean ein. »Als ich ihn ausfragte, sagte er, die Kampfkraft der Armee von Zangaro sei so minimal, daß technische Berater ohnehin praktisch die ganze Arbeit selbst tun müßten, um dann den Staat auf einem silbernen Tablett dem neuen Mann zu übergeben.«

»So, hat er das gesagt«, murmelte Manson. »Dann vermutet er wohl bereits, daß er nicht aus den angegebenen Gründen hingeflogen ist.«

Er überlegte eine Weile, dann meldete sich Endean: »Darf ich Ihnen eine Frage stellen, Sir James?«

»Welche?«

»Ganz einfach: Warum ist Shannon hingeflogen? Wozu brauchen Sie einen militärischen Bericht darüber, wie man Kimba stürzen und töten könnte?«

Sir James Manson sah eine Weile zum Fenster hinaus. Schließlich sagte er: »Holen Sie mir Martin Thorpe herauf.« Während Thorpe gerufen wurde, blieb Manson an dem breiten Fenster stehen und sah auf London hinab, wie immer, wenn er angestrengt nachdachte.

Er hatte die beiden jungen Männer persönlich eingestellt und ihnen ohne Rücksicht auf ihre Jugend Spitzenpositionen und Spitzengehälter gegeben. Sein Beweggrund war nicht nur ihre Intelligenz, die sich bei beiden nicht bestreiten ließ. Er hatte es hauptsächlich deshalb getan, weil er bei diesen beiden eine Skrupellosigkeit gespürt hatte, die durchaus seiner eigenen entsprach, eine Bereitschaft, für den Erfolg alle sogenannten moralischen Grundsätze außer acht zu lassen. Sie waren Söldner – wie Shannon, und wie er selbst. Was die vier unterschied war lediglich das Ausmaß des Erfolges und die Frage des öffentlichen Ansehens. Er hatte sie zu seinen persönlichen Assistenten gemacht, die zwar von der Firma bezahlt wurden, aber in jeder Hinsicht nur ihm unterstellt waren. Nun fragte er sich: Durfte er ihnen bei diesem einen riesigen Projekt trauen? Ich muß es tun, beschloß er, als Thorpe das Büro betrat. Er glaubte auch zu wissen, wie er sich ihrer Loyalität versichern konnte.

Er bat sie, Platz zu nehmen, blieb aber selbst mit dem Rücken zum Fenster stehen. Dann sagte er:

»Ich möchte, daß Sie beide sehr gründlich überlegen, bevor Sie mir Ihre Antwort geben. Nehmen Sie an, jemand würde jedem von Ihnen auf einem Schweizer Bankkonto ein Vermögen von fünf Millionen Pfund garantieren – wie weit wären Sie bereit, dafür zu gehen?«
Zehn Stockwerke tiefer summte der Verkehr wie ein ferner Bienenschwarm und unterstrich noch die Totenstille im Raum. Endean sah seinen Chef an und nickte bedächtig.
»Sehr, sehr weit«, antwortete er leise.
Thorpe gab keine Antwort. Genau aus diesem Grund war er ja in die City gekommen, deshalb hatte er sich Manson angeschlossen, sich umfassende Kenntnisse auf dem Gebiet des Finanzwesens angeeignet. Da war er also, der Haupttreffer, der nur alle zehn Jahre einmal vorkam. Er nickte zustimmend.
»Wieso...?« stieß Endean hervor. Anstatt einer Antwort trat Manson an seinen Banksafe und holte zwei Berichte heraus, der dritte Bericht von Shannon lag bereits auf dem Schreibtisch. Er nahm dahinter Platz.
Manson redete ohne Unterbrechung eine Stunde lang. Er fing ganz von vorn an und las dann die letzten sechs Absätze von Dr. Chalmers Bericht über die Proben vom Kristallberg vor. Thorpe stieß einen langen Pfiff aus und flüsterte: »Großer Gott!«
Endean brauchte noch einen Zehnminutenvortrag über Platin, dann hätte auch er begriffen und reagierte mit einem langgezogenen Seufzer.
Manson berichtete, wie er Mulrooney nach Nordkenia ins Exil geschickt und Chalmers zum Schweigen verpflichtet hatte; dann folgte der zweite Besuch Bryants in Clarence und die Annahme des fingierten Berichts durch Kimbas Minister. Er wies auf den sowjetischen Einfluß in Zangaro hin und die kürzlich erfolgte Ausweisung von Oberst Bobi, der bei entsprechenden Voraussetzungen in Zangaro durchaus an die Macht gelangen könnte. Er las Thorpe einen Großteil von Endeans allgemeinem Bericht über Zangaro vor und schloß mit der Zusammenfassung von Shannons Bericht.
»Wenn die Sache überhaupt klappen soll«, erklärte Manson abschließend, »dann nur mit Hilfe zweier streng geheimer Operationen, die parallel ablaufen. Die eine Maßnahme besteht darin, daß Shannon unter Simons Leitung ein Unternehmen aufzieht, das zur völligen Vernichtung des Palastes mit allem Drum und Dran und zu Bobis Rückkehr führt; dieser übernimmt, von Simon begleitet, am nächsten Morgen die Macht im Staate und wird der neue Präsident. Gleichzeitig müßte Martin einen Firmenmantel kaufen, ohne durchblicken zu lassen, wer dahintersteckt oder warum.«
Endean runzelte die Stirn.
»Den Sinn der ersten Maßnahme sehe ich ein, aber wozu die zweite?« fragte er.

»Sagen Sie's ihm, Martin«, forderte Manson. Thorpe grinste, denn sein Scharfsinn hatte bereits Mansons Absicht erfaßt.

»Ein Firmenmantel, Simon, ist eine Firma, meist sehr alt und ohne nennenswertes Vermögen, die praktisch keine Geschäfte mehr abwickelt und deren Anteile daher sehr billig sind – nun, sagen wir einen Shilling pro Stück.«

»Warum kauft man sie dann?« fragte Endean, der immer noch nicht durchblickte.

»Nehmen wir an, Sir James besitzt die Mehrheit einer Firma, über eine Schweizer Bank heimlich und ganz legal gekauft durch Strohmänner, und diese Firma hat eine Million Anteile zu je einem Shilling. Ohne Wissen der übrigen Aktionäre, des Aufsichtsrates oder der Börse besitzt Sir James nun über die Schweizer Bank sechshunderttausend dieser einen Million Anteile. Nun verkauft Oberst Bobi – Verzeihung, Präsident Bobi – dieser Firma für zehn Jahre die exklusiven Schürfrechte einer bestimmten Gegend im Hinterland Zangaros. Eine hochangesehene Spezialfirma entsendet ein neues Forschungsteam und entdeckt den Kristallberg. Was geschieht mit den Aktien der Firma X, wenn der Aktienmarkt von dieser Sache erfährt?«

Endean kapierte.

»Sie steigen«, antwortete er lächelnd.

»Und zwar steil«, sagte Thorpe. »Wenn man ein wenig nachhilft, können sie von einem Shilling bis auf über einhundert Pfund pro Anteil klettern. Nun rechnen Sie mal: Sechshunderttausend Anteile zu einem Shilling pro Stück kann man für dreißigtausend Pfund kaufen. Wenn Sie sechshunderttausend Aktien zu je einhundert Pfund verkaufen – das dürfte der Mindesterlös sein – was ziehen Sie dann an Land? Ansehnliche sechzig Millionen Pfund auf einer Schweizer Bank. Stimmt's, Sir James?«

»Richtig.« Manson nickte grimmig. »Wenn man natürlich die Hälfte der Anteile in kleinen Paketen an sehr viele Interessenten verkauft, bleibt die Kontrolle der Firma, die über die Schürfrechte verfügt, in den Händen der alten Eigentümer. Aber es könnte ja eine größere Gesellschaft die ganzen sechshunderttausend Anteile en bloc erwerben wollen.«

Thorpe nickte nachdenklich.

»Ja, die kontrollierende Mehrheit einer solchen Firma wäre für sechzig Millionen ein gutes Geschäft. Aber wessen Angebot würden Sie akzeptieren?«

»Mein eigenes«, antwortete Manson. Thorpe blieb der Mund offen stehen.

»Ihr Angebot?«

»ManCon würde das einzige akzeptable Angebot abgeben. Auf diese Weise bleiben die Schürfrechte fest in britischer Hand, und für ManCon wäre das ein sehr erheblicher Vermögenszuwachs.«

Endean fragte: »Aber dann würden Sie sich doch selbst sechzig Millionen Pfund bezahlen?«
»Nein«, sagte Thorpe ruhig. »Die Aktionäre von ManCon würden Sir James sechzig Millionen bezahlen, allerdings ohne es zu wissen.«
»Und wie nennt man das in der Sprache der Börsianer?« fragte Endean.
»Tja, an der Börse gibt's dafür einen Ausdruck«, gab Thorpe zu.
Sir James Manson bot ihnen Whisky an. Dann griff er nach seinem eigenen Glas.
»Sind Sie dabei, meine Herren?« fragte er.
Die beiden jungen Männer tauschten einen Blick, dann nickten sie.
»Also dann – auf den Kristallberg.«
Sie tranken.
»Melden Sie sich morgen früh um Punkt neun Uhr bei mir«, sagte Manson, als sie sich verabschiedeten. An der Tür zur Hintertreppe blieb Thorpe stehen.
»Wissen Sie, Sir James, die Sache wird verdammt gefährlich. Wenn ein einziges Wort durchsickert...«
Sir James Manson stand mit dem Rücken zum Fenster, und die Sonne malte einen hellen Streifen auf den Teppich zu seinen Füßen. Er stand breitbeinig da, die Fäuste in die Hüften gestemmt.
»Wenn man eine Bank oder einen Geldtransport überfällt«, sagte er, »ist das lediglich rüde. Eine ganze Republik einzusacken hat für mich schon einen gewissen Stil.«

7. Kapitel

»Sie wollen damit praktisch sagen, daß es in der Armee keine Gruppe von Unzufriedenen gibt, und daß Ihres Wissens nie jemand daran gedacht hat, Präsident Kimba zu stürzen?«
CAT Shannon und Simon Endean saßen in Shannons Hotelzimmer und tranken eine Tasse Kaffee. Endean hatte Shannon wie vereinbart um neun angerufen und ihn angewiesen, einen zweiten Anruf abzuwarten. Nach Rücksprache bei Sir James Manson hatte er sich dann für elf Uhr mit Shannon verabredet.
Endean nickte.
»Stimmt. In diesem einen Punkt wurde die Information geändert. Aber ich sehe darin keinen Unterschied. Sie sagten selbst, die Kampfkraft der Armee sei so gering, daß die technischen Helfer ohnehin die ganze Arbeit allein machen müßten.«
»Und ob das etwas ausmacht«, sagte Shannon. »Wenn man den Palast angreift und erobert, ist noch lange nicht gesagt, daß man ihn auch halten kann. Durch die Vernichtung des Palastes und Kimbas entsteht in der

Staatsführung ein Vakuum. Jemand muß einspringen und diese Macht übernehmen. Die Söldner darf man bei Tag nicht einmal sehen. Wer also übernimmt die Regierung?«
Endean nickte wieder. Er hatte bei einem Söldner kein politisches Verständnis vorausgesetzt.
»Wir haben da einen Mann im Auge«, sagte er vorsichtig.
»Hält er sich in der Republik auf oder im Exil?«
»Im Exil.«
»Dann müßte man ihn in den Palast bringen, damit er bis zum Mittag nach dem Angriff auf den Palast über Rundfunk bekanntgibt, er hätte durch einen internen Staatsstreich die Macht übernommen.«
»Das ließe sich machen.«
»Dann wäre da noch etwas.«
»Was?« fragte Endean.
»Das neue Regime braucht eine loyale Truppe, Soldaten, die am Abend angeblich den Handstreich durchführen und am Tag darauf bei Sonnenaufgang als Wachen in Erscheinung treten. Geschieht das nicht, sitzen wir in der Falle, eine Gruppe weißer Söldner, die im Palast hockt und sich aus politischen Gründen nicht blicken lassen darf und der im Falle eines Gegenangriffs sogar der Rückzug abgeschnitten ist. Besitzt unser Mann im Exil treu ergebene Soldaten, die er mitbringen kann, oder ließe sich eine solche Truppe rasch in der Hauptstadt aufstellen?«
»Ich glaube, das sollten Sie uns überlassen«, sagte Endean sehr zurückhaltend. »Von Ihnen verlangen wir die Vorbereitung und Durchführung der militärischen Seite eines solchen Angriffs.«
»Das kann ich schon machen«, sagte Shannon ohne zu zögern, »aber was ist mit den Vorbereitungen der Organisation, der Anwerbung von Männern, Beschaffung von Waffen und der Munition?«
»Das alles wäre Ihre Angelegenheit. Sie fangen ganz von vorne an und sind bis zur Besetzung des Palastes und zum Tod Kimbas verantwortlich.«
»Kimba muß dran glauben?«
»Selbstverständlich«, sagte Endean. »Glücklicherweise hat er längst alle beseitigt, die genug Initiative und Verstand mitbringen, um als Rivalen gefährlich zu werden. Infolgedessen ist er der einzige, der eventuell eine Streitmacht für einen Gegenangriff neu zusammenstellen könnte. Wenn er tot ist, erlischt mit ihm auch seine hypnotische Macht über das Volk.«
»Jaja, der Juju stirbt mit dem Menschen.«
»Wer bitte?«
»Ach nichts, das würden Sie doch nicht verstehen.«
»Versuchen Sie es«, sagte Endean kalt.
»Der Mann besitzt einen Juju«, erklärte Shannon. »Zumindest glauben das die Leute. Das ist ein von den Geistern verliehener mächtiger Zauber, der ihn gegen seine Feinde schützt, ihm die Unbesiegbarkeit garantiert,

ihn vor Angriffen bewahrt und auch vor dem Tod. Im Kongo glaubten noch die Simbas, daß ihr Anführer Pierre Mulele einen ähnlichen Juju besessen hätte. Er hat ihnen weisgemacht, er könnte ihn an seine Anhänger weitergeben und sie damit unsterblich machen. Alle glaubten ihm. Sie waren überzeugt, daß Kugeln einfach wie Wassertropfen von ihnen abgleiten müßten. So rannten sie reihenweise gegen uns an, benebelt von Dagga und Whisky, sahen ihre Vordermänner wie die Fliegen sterben und griffen trotzdem immer wieder an. Genauso ist es bei Kimba. Solange sie ihn für unsterblich halten, ist er es auch. Niemand würde es wagen, einen Finger gegen ihn zu erheben. Wenn sie erst einmal seine Leiche gesehen haben, ist derjenige ihr neuer Anführer, der ihn getötet hat. Er besitzt den stärkeren Juju.«
Endean machte ein überraschtes Gesicht.
»Ist das Land wirklich so rückständig?«
»Es ist nicht rückständig. Wir machen es doch genauso mit Amuletts, Heiligenreliquien und dem Glauben an eine göttliche Vorsehung, die unsere Sache beschirmt. Aber bei uns nennen wir das Religion, bei den anderen primitiven Aberglauben.«
»Schon gut«, sagte Endean knapp. »Wenn es so ist, muß Kimba erst recht sterben.«
»Das heißt, daß er sich im Palast aufhalten muß, wenn wir angreifen. Die Sache wird sinnlos, wenn er irgendwo anders ist. Solange Kimba lebt, wird niemand Ihren Strohmann unterstützen.«
»Ich habe gehört, daß er ohnehin meistens im Palast ist.«
»Stimmt«, sagte Shannon, »aber wir brauchen eine Garantie dafür. Die ist an einem Datum gegeben: am Unabhängigkeitstag. Am Vorabend des Unabhängigkeitstages wird er sich todsicher im Palast aufhalten.«
»Wann ist das?«
»In dreieinhalb Monaten.«
»Ist diese Zeitspanne für das Projekt ausreichend?« fragte Endean.
»Ja, bei einigem Glück schon. Allerdings hätte ich lieber ein paar Wochen mehr zur Verfügung.«
»Das Projekt ist noch nicht akzeptiert worden«, bemerkte Endean.
»Das nicht. Aber wenn Sie einen neuen Mann in den Palast bringen wollen, geht das nur durch einen Angriff von außen. Soll ich Ihnen die ganze Sache ausarbeiten, einschließlich der geschätzten Kosten und des Zeitplans?«
»Ja. Die Kosten sind sehr wichtig. Meine Geschäftsfreunde wollen wissen, wie hoch ihr Einsatz ist.«
»Na schön«, sagte Shannon, »die Sache kostet sie fünfhundert Pfund.«
»Sie wurden bereits bezahlt«, sagte Endean kalt.
»Ich wurde für eine Reise nach Zangaro und einen Bericht über die dortige militärische Lage bezahlt«, antwortete Shannon. »Was Sie jetzt verlan-

gen, ist ein neuer Bericht, der nichts mit unserer ursprünglichen Vereinbarung zu tun hat.«
»Fünfhundert Pfund sind ein bißchen happig für ein paar beschriebene Seiten Papier.«
»Quatsch. Sie wissen doch ganz genau, daß Sie Gebühren und Honorare bezahlen müssen, wenn Ihre Firma einen Anwalt, einen Architekten, einen Buchprüfer oder einen anderen Experten engagiert. Ich bin ein technischer Experte für Kriegsfragen. Was Sie bezahlen, ist mein Wissen, meine Erfahrung: Woher Sie die besten Leute, die besten Waffen bekommen, wie man sie hintransportiert und so weiter. Dafür bezahlen Sie fünfhundert Pfund, und es würde Sie zweimal soviel kosten, wenn Sie in den nächsten zwölf Monaten versuchten, das alles selbst herauszufinden. Außerdem könnten Sie es gar nicht, weil Sie die Verbindungen nicht haben.«
Endean erhob sich.
»Gut, der Betrag wird Ihnen heute nachmittag durch einen Boten überbracht. Morgen ist Freitag. Meine Geschäftspartner würden diesen Bericht gerne über das Wochenende studieren. Arbeiten Sie ihn bitte bis morgen nachmittag drei Uhr aus. Ich werde ihn dann hier abholen.«
Nachdem er die Tür hinter sich geschlossen hatte, hob Shannon seine Kaffeetasse zu einem ironischen Toast.
»Bis bald, Mr. Walter Harris alias Simon Endean«, sagte er leise.
Nicht zum erstenmal dankte er seinem Glücksstern für den liebenswürdigen und redseligen Hotelier Gomez. Während einer der langen nächtlichen Unterhaltungen hatte ihm Gomez die Geschichte des jetzt im Exil lebenden Oberst Bobi erzählt. Er hatte auch erwähnt, daß Bobi ohne den Rückhalt Kimbas ein Nichts war – verhaßt bei den Cajas wegen des grausamen Vorgehens seiner Soldaten auf Kimbas Befehl, unfähig, die Vindu-Soldaten zu kommandieren. Es war also an Shannon, für eine Streitmacht mit schwarzen Gesichtern zu sorgen, die am Morgen nach dem Überfall die Macht im Lande übernehmen konnte.

Endeans großer, brauner Umschlag mit den fünfzig Zehnpfundnoten traf kurz nach drei mit einem Taxi ein und wurde am Empfang des Lowndes Hotels abgegeben. Shannon zählte die Banknoten, schob sie in die Innentasche seiner Jacke und machte sich an die Arbeit. Er brauchte dazu den Rest des Nachmittags und fast die ganze Nacht.
Er saß in seinem Zimmer am Tisch, grübelte über seinen Zeichnungen und Skizzen der Stadt Clarence, des Hafens, des Wohnviertels mit dem Präsidentenpalast und der Kaserne.
Nach der klassischen militärischen Taktik hätte man eine Streitmacht in der Nähe der Stelle landen müssen, wo die Halbinsel ans Festland stieß, um nach kurzem Marsch über die Verbindungsstraße Clarence vom Land

her zu erreichen. Dabei wäre die T-Kreuzung zu besetzen gewesen. Auf diese Weise hätte man die Halbinsel und die Hauptstadt von allen Nachschubwegen abgeschnitten. Aber damit wäre der Überraschungseffekt verlorengegangen.

Shannons besondere Begabung bestand darin, daß er Afrika und die Mentalität der afrikanischen Soldaten kannte und in seinem Denken unkonventionell war. Dieselbe Einstellung hatte Hoare den Spitznamen ›verrückter Mike‹ eingebracht. Die Taktik der Söldner im Kongo ließ sich unverändert auf jeden schwarzafrikanischen Gegner übertragen, wo die Verhältnisse den europäischen fast genau entgegengesetzt waren.

Jeder konventionell denkende europäische Militärexperte hätte Shannons Pläne als tollkühn und aussichtslos bezeichnet. Er verließ sich darauf, daß Sir James Manson nie in der britischen Armee gedient hatte – im *Who's Who* fand sich jedenfalls kein Hinweis darauf – und den Plan akzeptierte. Shannon jedenfalls wußte, daß er durchführbar war und daß es auf andere Weise gar nicht ging.

Sein Kriegsplan stützte sich auf drei typisch afrikanische Umstände, die er am eigenen Leib erfahren hatte: Erstens kämpft der europäische Soldat bei guter Geländekenntnis im Dunkeln tapfer und zuverlässig, während der afrikanische Soldat, selbst auf eigenem Terrain, aus Furcht vor dem unsichtbaren Feind ringsum im Dunkeln oft so gut wie hilflos ist. Zweitens braucht der afrikanische Soldat, wenn er völlig die Orientierung verloren hat, länger als der europäische Soldat, um sich zu fassen und zum Gegenangriff neu zu gruppieren, was den Überraschungseffekt noch wirksamer macht. Drittens kann man afrikanische Soldaten durch Feuerkraft – sprich Krach – in Panik und kopflose Furcht treiben, mag die Zahl der Gegner in Wirklichkeit auch noch so klein sein.

Shannon sah deshalb einen völlig überraschenden Nachtangriff mit ohrenbetäubendem Krach und konzentriertem Trommelfeuer vor.

Er arbeitete langsam und methodisch und tippte jedes Wort mühsam mit zwei Fingern in die Maschine. Um zwei Uhr morgens hielt es der Zimmernachbar nicht mehr länger aus, klopfte mit den Fäusten an die Trennwand und jammerte, er möchte jetzt endlich schlafen. Shannon schrieb seinen Satz zu Ende und machte fünf Minuten später Feierabend. Abgesehen vom Klappern der Schreibmaschine war da noch ein anderes Geräusch, das den empfindlichen Zimmernachbarn störte. Bei der Arbeit und auch später im Bett pfiff der Schreiber eine traurige Melodie vor sich hin. Wäre sein schlafloser Nachbar musikalisch gewesen, hätte er in Shannons Pfeifen die Melodie von ›Spanish Harlem‹ erkannt.

Auch Martin Thorpe fand in dieser Nacht keinen Schlaf. Er wußte, daß er ein anstrengendes Wochenende vor sich hatte und an den nächsten zweieinhalb Tagen rund viertausendfünfhundert Karteikarten studieren mußte. Jede dieser Karten enthielt die wesentlichsten Angaben über eine der in London registrierten Aktiengesellschaften.

In London gibt es zwei Agenturen, die ihren Abonnenten derartige Informationen über alle britischen Gesellschaften liefern: Moodies und Exchange Telegraph, kurz ›Extel‹ genannt. Thorpe hatte die Extel-Kartei in seinem Büro, denn ManCon brauchte die Angaben häufig für den normalen Geschäftsverkehr. Aber zum Zweck der Suche nach einem Firmenmantel hatte Thorpe beschlossen, die entsprechenden Unterlagen von Moodies zu kaufen und sich nach Hause schicken zu lassen, weil Moodies erstens gründlicher über die kleineren Aktiengesellschaften Großbritanniens unterrichtete – und zweitens aus Sicherheitsgründen.

An diesem Donnerstag war er nach Sir James Mansons Instruktionen sofort zu einer Anwaltsfirma gegangen. Ohne seinen Namen preiszugeben, hatten die Anwälte einen kompletten Satz von Moodies-Karten bestellt. Er hatte den Anwälten die Gebühr von zweihundertsechzig Pfund für die Karten plus fünfzig Pfund für drei Karteischränke sowie die Anwaltsgebühr bezahlt. Nachdem er erfahren hatte, daß die Kartei am Freitagnachmittag abgeholt werden könne, hatte er eine kleine Möbelspedition damit beauftragt.

Während er in seiner ruhigen, elegant eingerichteten Wohnung in dem Vorort Hampstead Garden im Bett lag, plante auch er seinen Feldzug – nicht so detailliert wie Shannon, da er noch zu wenig über die Sache wußte, sondern in großen Zügen. Er setzte dabei Strohmänner und Aktienpakete genauso ein wie Shannon seine Maschinengewehre und Granatwerfer.

Shannon überreichte Endean am Freitagnachmittag um drei Uhr seinen kompletten Operationsplan. Dieser umfaßte vierzehn Seiten, darunter vier Seiten mit Zeichnungen und zwei Listen mit Ausrüstungsgegenständen. Er hatte den Plan nach dem Frühstück fertiggestellt, als er annahm, daß sein schlafbedürftiger Nachbar das Hotel verlassen hatte. Nun steckte alles in einer braunen Mappe. Er hatte der Versuchung widerstanden, auf den Umschlag ›Sir James Manson – persönlich‹ zu schreiben. Es war ja nicht nötig, die Sache absichtlich platzen zu lassen, denn wenn ihm der Bergwerksbaron den Auftrag erteilte, war das für ihn ein gutes Geschäft. Also sagte er weiterhin ›Mr. Harris‹ zu Endean und sprach von ›Ihren Geschäftsfreunden‹ anstatt von ›Ihrem Chef‹. Endean nahm die Mappe in Empfang und wies Shannon an, über das Wochenende in der Stadt zu bleiben und sich ab Sonntag mitternacht zur Verfügung zu halten.

Den Rest des Nachmittags verbrachte Shannon mit Einkäufen, aber seine Gedanken waren bei dem, was er in *Who's Who* über seinen neuen Auftraggeber gelesen hatte, den Selfmademan und Millionär Sir James Manson. Teils aus Neugier, teils auch aus dem Gefühl heraus, daß solche In-

formationen eines Tages wichtig werden könnten, wollte er mehr über den Menschen Manson erfahren und darüber, warum ein Söldner für ihn in Zangaro Krieg führen sollte.
Eine Angabe aus Who's Who ging Shannon nicht aus dem Kopf: Der Hinweis auf eine Tochter, die jetzt etwa zwanzig sein mußte. So betrat er am Nachmittag eine Telefonzelle in der Nähe der German Street und rief den Privatdetektiv an, der Endean bei ihrem ersten Treffen in Chelsea gefolgt war und ihn als Mansons Assistenten identifiziert hatte.
Der Chef der Detektei war sehr herzlich, als er die Stimme seines früheren Mandanten am Telefon hörte. Er wußte ja, daß dieser Mr. Brown prompt und in bar bezahlte. Solche Kunden sind Gold wert. Wenn es Brown beliebte, sich immer nur am Telefon zu melden, so war das seine Angelegenheit.
»Haben Sie Zugang zu einem möglichst umfassenden Zeitungsausschnittarchiv?« fragte Shannon.
»Ließe sich machen«, antwortete der Agenturchef.
»Ich brauche kurze Angaben über eine junge Dame, die sicher in der Londoner Presse irgendwo in den Gesellschaftsspalten erwähnt wurde. Ich möchte nur wissen, was sie tut und wo sie wohnt. Aber ich brauche die Angaben rasch.«
Es entstand eine Pause.
»Es gibt solche Archive und ich könnte die Erkundigungen wahrscheinlich telefonisch einholen«, sagte der Detektiv dann. »Wie ist der Name?«
»Miss Julie Manson, die Tochter von Sir James Manson.«
Der Detektiv überlegte. Er erinnerte sich, daß schon bei dem früheren Auftrag dieses Mandanten die Spur zu Sir James Mansons Assistenten geführt hatte. Er wußte auch, daß er Mr. Browns Wunsch innerhalb einer Stunde erfüllen konnte.
Die beiden einigten sich auf ein bescheidenes Honorar, und Shannon versprach, den Betrag sofort per Einschreiben zu schicken. Damit gab sich der Detektiv zufrieden und ersuchte seinen Mandanten, kurz vor fünf noch einmal anzurufen.
Shannon beendete seine Einkäufe und rief um Punkt fünf zurück. Innerhalb weniger Sekunden erfuhr er, was er wissen wollte. Tief in Gedanken schlenderte er zum Hotel zurück und rief den Journalisten an, der ihn mit dem angeblichen Mr. Harris bekannt gemacht hatte.
»Hallo«, sagte er knurrig. »Ich bin's, CAT Shannon.«
»Hallo, CAT«, kam die überraschte Antwort. »Wo haben Sie gesteckt?«
»Ich war unterwegs«, sagte Shannon. »Ich wollte mich nur dafür bedanken, daß Sie mich diesem Harris empfohlen haben.«
»Keine Ursache. Hat er Ihnen einen Job angeboten?«
Shannon blieb vorsichtig.
»Ja, eine kleine Sache für ein paar Tage. Ist schon erledigt. Aber ich bin

im Augenblick einigermaßen bei Kasse. Wie wär's mit einem ordentlichen Abendessen?«
»Warum nicht«, antwortete der Journalist.
»Sagen Sie«, fragte Shannon, »sind Sie immer noch mit dem Mädchen von damals zusammen?«
»Ja, immer noch mit demselben, warum?«
»Sie arbeitet doch als Modell, nicht wahr?«
»Ja.«
»Hören Sie«, sagte Shannon, »Sie finden das vielleicht albern, aber ich möchte furchtbar gern ein Mädchen kennenlernen, das auch als Modell arbeitet, an das ich aber nicht herankomme. Die Kleine heißt Julie Manson. Könnten Sie Ihre Freundin fragen, ob sie beruflich schon einmal mit ihr zu tun hatte?«
Der Journalist überlegte.
»Ja, ich rufe Carrie an und frage sie. Wo erreiche ich Sie?«
»Ich rufe in einer halben Stunde zurück.«
Shannon hatte Glück: Die beiden Mädchen kannten einander und hatten gemeinsam die Mannequinschule besucht. Sie wurden auch durch dieselbe Agentur vertreten. Schon eine Stunde später erfuhr Shannon, diesmal direkt von der Freundin des Journalisten, daß Julie Manson mit einem Abendessen zu viert einverstanden war. Sie verabredeten sich für kurz nach acht in Carries Wohnung, und auch Julie Manson wollte dorthinkommen.
Sie war schon da, als kurz nacheinander Shannon und der Journalist in Carries Wohnung in der Nähe von Maida Vale erschienen. Dann machten sie sich zu viert auf den Weg. Der Journalist hatte in einem kleinen Kellerrestaurant in Marylebone, das sich ›Baker and Oven‹ nannte, einen Tisch reserviert. Die Küche war ganz nach Shannons Geschmack: es gab gewaltige Portionen, halbrohes Steak mit Gemüse, dazu zwei Flaschen Beaujolais. Mindestens ebensogut wie das Essen gefiel ihm Julie.
Sie war nur wenig über einen Meter fünfzig groß, trug hohe Absätze und hielt sich sehr aufrecht, um etwas eindrucksvoller zu wirken. Nach ihren eigenen Angaben war sie neunzehn und hatte ein niedliches rundes Gesicht, das engelsgleiche Unschuld ausdrücken konnte, aber ungeheuer sexy wirkte, wenn sie sich unbeobachtet glaubte.
Shannon hatte den Eindruck, daß eine allzu nachsichtige Erziehung dieses Mädchen an den Gedanken gewöhnt hatte, daß alles nach ihrer Nase gehen müßte. Aber sie war amüsant und hübsch, und mehr verlangte Shannon von einem Mädchen nicht. Sie trug ihr hüftlanges, dunkelbraunes Haar offen und schien unter ihrem Kleid eine recht vielversprechende Figur zu verbergen. Auch sie war von dem Rendezvous anscheinend sehr angetan.
Shannon hatte seinen Freund zwar gebeten, nichts über seinen Beruf zu

sagen, aber Carrie hatte eine unbedachte Bemerkung darüber gemacht, daß er ein Söldner sei. Während des Essens wurde darüber nicht gesprochen. Shannon blieb wie üblich wortkarg, was nicht schwierig war, da Julie und die große kastanienbraune Carrie die Unterhaltung allein bestritten.

Als sie das Restaurant verlassen hatten und wieder draußen in der kalten Nachtluft standen, sagte der Journalist, er werde mit seiner Freundin nach Hause fahren. Für Shannon winkte er ein Taxi herbei und bat ihn, Julie auf dem Weg ins Hotel an ihrer Wohnung abzusetzen. Als der Söldner einstieg, zwinkerte ihm der Journalist verstohlen zu.

»Ich glaube, Sie haben's geschafft«, flüsterte er.

Shannon brummte nur.

Das Taxi hielt vor Julies Wohnung in Mayfair. Sie lud ihn auf eine Tasse Kaffee ein, also bezahlte er das Taxi und begleitete sie hinauf in ihr offenbar sehr teures Apartment. Erst als sie auf dem Sofa saßen und Julies extrastarken Mokka tranken, kam sie wieder auf seinen Beruf zu sprechen. Er lehnte in der Sofaecke, während sie ein Stück entfernt vorn auf der Kante saß und sich zu ihm umdrehte.

»Haben Sie schon Menschen getötet?« fragte sie.

»Ja.«

»Im Krieg?«

»Manchmal, meistens.«

»Wie viele?«

»Ich weiß es nicht. Ich hab' sie nie gezählt.«

Julie schluckte ein paarmal.

»Mir ist noch kein Mann begegnet, der schon Menschen getötet hat.«

»Da wäre ich nicht so sicher«, konterte Shannon. »Wer einen Krieg mitgemacht hat, dürfte auch Menschen getötet haben.«

»Haben Sie irgendwelche Narben?« Auch das war eine dieser Routinefragen. Shannon hatte tatsächlich über ein Dutzend Narben an seinem Körper, Andenken an Gewehrkugeln, Granatsplitter und andere Eisenstücke. Er nickte.

»Einige.«

»Herzeigen«, verlangte sie.

»Nein.«

»Zeigen Sie mir die Narben, sonst glaub' ich's Ihnen nicht.«

Sie stand auf. Er hob den Kopf und lächelte sie an.

»Ich zeig' dir meine, und du zeigst mir deine«, stichelte er.

»Ich hab' doch keine«, sagte Julie empört.

»Herzeigen«, sagte Shannon knapp und wandte sich ab, um seine leere Kaffeetasse auf das Tischchen hinter dem Sofa zu stellen. Er hörte etwas rascheln. Als er sich wieder umwandte, wäre er beinahe an seinem letzten Schluck Kaffee erstickt. Sie hatte kaum eine Sekunde dazu gebraucht, den

Reißverschluß an ihrem Kleid zu öffnen und es an sich heruntergleiten zu lassen. Darunter trug sie nichts als ein Paar Strümpfe und ein dünnes, goldenes Kettchen um die Taille.
»Sieh mal«, sagte sie leise, »keine Spur von einer Narbe.«
Sie hatte recht. Ihr zierlicher, vollerblühter Körper war von den Füßen bis hinauf zu der dunklen Mähne, die beinahe bis an das goldene Kettchen reichte, von einem makellosen, milchigen Weiß. Shannon schluckte.
»Und ich hab' dich für Papas braves Mädchen gehalten«, sagte er. Sie kicherte.
»Das glauben alle, ganz besonders Daddy«, antwortete sie. »Und jetzt bist du dran.«

Um dieselbe Zeit saß Sir James Manson in der Bibliothek seines Landhauses, nahe dem Dorf Notgrove im Hügelland von Gloucestershire, Shannons Mappe auf dem Knie und ein Glas Brandy-Soda neben sich. Es war fast Mitternacht, und Lady Manson hatte sich längst zur Ruhe begeben. Er hatte sich das Projekt Shannon für die ungestörte Lektüre in seiner Bibliothek aufgespart und der Versuchung widerstanden, den Umschlag schon unterwegs im Wagen zu öffnen oder sich vorzeitig vom Dinner davonzustehlen. Für konzentriertes Arbeiten bevorzugte er die Nachtstunden, und auf dieses Dokument wollte er sich wirklich voll konzentrieren. Er klappte die Mappe auf und legte die Landkarten und Skizzen beiseite. Dann vertiefte er sich in den Bericht:

»*Vorwort.* Grundlagen des folgenden Plans sind der von Mr. Walter Harris ausgearbeitete Bericht über die Republik Zangaro, mein eigener Besuch in Zangaro und der darüber erstattete Bericht sowie die Informationen, die mir Mr. Harris hinsichtlich der angestrebten Ziele gegeben hat. Punkte, die Mr. Harris bekannt, mir aber nicht mitgeteilt wurden, können darin nicht berücksichtigt werden. Darunter fällt vor allem das Nachspiel des Angriffs und die Errichtung der Nachfolgeregierung. Dieses Nachspiel dürfte unter Umständen Vorbereitungen erfordern, die in den Angriffsplan eingebaut werden müssen und die ich leider nicht berücksichtigen konnte.
Zweck der Unternehmung. Die Vorbereitung und Durchführung eines Angriffs auf den Präsidentenpalast in Clarence, der Hauptstadt von Zangaro, die Eroberung und Besetzung dieses Palastes sowie die Liquidation des Präsidenten und seiner im Palast wohnenden Leibwache. Außerdem die Inbesitznahme des Waffenlagers der Republik, des Staatsschatzes und der Rundfunkstation, die sich ebenfalls im Palast befinden. Schließlich muß dafür gesorgt werden, daß eventuelle bewaffnete Überlebende der Leibwache oder der Armee im Gebiet außerhalb der Stadt keinerlei Möglichkeit zu einem Gegenangriff erhalten.

Angriffsmethode. Nach Durchleuchtung der militärischen Lage in Clarence muß der Angriff zweifellos von der See her erfolgen, und zwar mit Stoßrichtung auf den Palast selbst. Der Gedanke an eine Landung auf dem Flugplatz muß als undurchführbar zurückgewiesen werden. Erstens würden die Behörden am Ausgangsflughafen den Start einer Chartermaschine mit der erforderlichen Anzahl von Männern und Waffen nicht gestatten, ohne den Zweck des Unternehmens zu vermuten. Selbst wenn sich die Genehmigung zum Start erreichen ließe, bestünde bei diesen Behörden die Gefahr der Verhaftung oder einer vorzeitigen Warnung. Zweitens bietet ein Angriff vom Land her keine zusätzlichen Vorteile, dafür aber viele Nachteile. Die Einschleusung einer bewaffneten Truppe über die nördliche Grenze würde bedeuten, daß Männer und Waffen in die Nachbarrepublik eingeschmuggelt werden müssen, die über tüchtige Polizei- und Sicherheitskräfte verfügt. Die Gefahr einer vorzeitigen Entdeckung und Festnahme wäre über Gebühr hoch. Ebenso unrealistisch wäre die Landung an einem anderen Ort an der Küste Zangaros und ein Marsch nach Clarence. Der größte Teil dieser Küste besteht aus Mangrovensümpfen, die für Boote unerreichbar sind, und die kleinen vorhandenen Landestellen wären in der Dunkelheit unauffindbar. Außerdem hätte der Stoßtrupp ohne geeignete Transportmittel einen langen Weg bis zur Hauptstadt zurückzulegen, und die Verteidiger wären rechtzeitig gewarnt. Schließlich würde am Tage die geringe zahlenmäßige Stärke des Angriffstrupps sichtbar, was die Verteidiger zu hartem Widerstand veranlassen würde.

Schließlich wurde der Gedanke erwogen, Waffen und Männer heimlich in die Republik einzuschleusen, und sie dort bis zum Abend des Angriffs zu verbergen. Auch dieser Plan ist unrealistisch, teils wegen des erheblichen Gewichts der erforderlichen Waffen, teils auch deshalb, weil ein solches Arsenal und so viele ungewohnte Besucher unweigerlich auffallen müßten; teils aber auch deshalb, weil dieser Plan eine in Zangaro nicht vorhandene Unterstützung durch Sympathisanten voraussetzen würde. Daraus geht hervor, daß der einzig durchführbare Plan in einem Angriff mit Hilfe leichter Boote besteht, die von einem größeren, vor der Küste ankernden Schiff abgesetzt werden, direkt den Hafen von Clarence anlaufen und deren Besatzung unmittelbar nach der Landung den Palast angreift.

Voraussetzungen des Angriffs. Die Kampftruppe sollte aus mindestens zwölf Mann bestehen und mit Granatwerfern, Bazookas und Handgranaten bewaffnet sein sowie mit Schnellfeuergewehren für den Nahkampf. Der Angriff sollte zwischen zwei und drei Uhr morgens von der See her erfolgen, weil um diese Zeit ganz Clarence schläft und der Zeitpunkt weit genug vor dem Sonnenaufgang liegt, um bis dahin alle sichtbaren Spuren weißer Söldner zu verwischen.«

Auf weiteren sechs Seiten beschrieb Shannon genau seine Vorstellungen von Planung, Personaleinsatz, Bewaffnung und Munition, Hilfsmitteln wie Funkgeräten, Sturmbooten mit Außenbordern, Leuchtkugeln, Material der Uniformen, Proviant und Frischkost. Er kalkulierte die Kosten aller Artikel und beschrieb, wie er den Palast zerstören und die Armee in die Flucht jagen wollte.

Zur Frage des Transportschiffes für die Einheit schrieb er: »Abgesehen von der Bewaffnung dürfte die Bereitstellung des Schiffes die schwierigste Aufgabe sein. Nach genauer Überlegung bin ich gegen das Chartern eines Fahrzeugs, weil man es dann mit einer eventuell unzuverlässigen Mannschaft und einem Kapitän zu tun hätte, der jederzeit die Seiten wechseln könnte. Außerdem bestünde ein hohes Sicherheitsrisiko, da Fahrzeuge, die sich zu einer solchen Charter bereitfinden würden, vermutlich den Behörden der Mittelmeerländer bekannt sind. Ich empfehle daher den zusätzlichen finanziellen Aufwand für den Kauf eines kleinen Frachters und für eine Besatzung, die eigens angeheuert wird und den Auftraggebern treu ergeben ist. Ein solches Schiff ließe sich später wieder veräußern und wäre auf lange Sicht vermutlich billiger.«

Shannon betonte besonders die Notwendigkeit der strikten Geheimhaltung.

Er erklärte: »Da mir die Identität der Auftraggeber mit Ausnahme von Mr. Harris unbekannt ist, empfiehlt es sich, im Falle der Annahme meiner Vorschläge Mr. Harris als einziges Bindeglied zwischen ihnen und mir einzusetzen. Die erforderlichen Geldbeträge sollten mir durch Mr. Harris ausgehändigt werden, und alle Kostenbelege würden auf demselben Weg übermittelt. Ich würde zwar vier Helfer benötigen, aber keiner von ihnen würde, solange wir uns nicht auf hoher See befinden, die Art des Auftrags erfahren und gewiß nicht den Bestimmungsort. Selbst die Seekarten der betreffenden Küstengebiete sollten dem Kapitän erst unterwegs überreicht werden. Der obige Plan berücksichtigt die Geheimhaltung, da alle Käufe soweit wie möglich legal auf dem offenen Markt getätigt werden sollen und nur die Waffen illegal zu erwerben sind. In jedem einzelnen Stadium des Plans würde jegliche Ermittlung völlig ins Leere laufen, und ferner würde in jedem Stadium die notwendige Ausrüstung unabhängig voneinander in verschiedenen Staaten von verschiedenen Personen gekauft. Der Gesamtplan wäre nur mir selbst, Mr. Harris und den Auftraggebern bekannt. Schlimmstenfalls wäre ich nicht einmal in der Lage, die Auftraggeber zu benennen, und ich könnte wahrscheinlich nicht einmal Mr. Harris identifizieren.«

Sir James Manson nickte und brummte während der Lektüre mehrmals zustimmend. Um ein Uhr morgens goß er sich noch einen Cognac ein und wandte sich dann den gesonderten Bogen mit Kosten- und Zeitangaben zu:

»Erkundungsfahrt nach Zangaro, 2 Berichte,
sonstige bisherige Ausgaben (erledigt) £ 2.500,–
Salär des Kommandanten £ 10.000,–
Alle übrigen Personalkosten £ 10.000,–
Gesamtkosten für Verwaltung, Reisen, Hotels etc. £ 10.000,–
Ankauf der Waffen £ 25.000,–
Ankauf des Frachters £ 30.000,–
Zusätzliches Gerät £ 7.500,–
Sonstiges £ 5.000,–

Summe £ 100.000,–

Das zweite Blatt enthielt den vorläufigen Zeitplan:

1. Stadium – Vorbereitung:	Personalbeschaffung und Bereitstellung, Errichtung des Bankkontos. Kauf einer Firma mit Sitz im Ausland.	20 Tage
2. Stadium – Beschaffung:	In diesem Zeitraum wird das gesamte benötigte Material in Partien gekauft.	40 Tage
3. Stadium – Bereitstellung:	Verbringung von Mannschaft und Material auf den Frachter bis zum Tag des Ablegens.	20 Tage
4. Stadium – Transport:	Überführung von Mannschaft und Material auf dem Seeweg vom Einschiffungshafen bis vor die Küste von Zangaro.	20 Tage

Der Tag X wäre der Unabhängigkeitstag in Zangaro. Das wäre nach obigem Zeitplan, der spätestens am kommenden Mittwoch anlaufen müßte, der einhundertste Tag.«
Sir James Manson las den ganzen Bericht zweimal und verbrachte dann eine volle Stunde damit, eine seiner teuren Importe zu rauchen und die Holztäfelung sowie die ledergebundenen Buchrücken an seinen Wänden anzustarren. Nach der Zigarre schloß er das Aktenstück in den Wandsafe und ging zu Bett.

CAT Shannon lag in dem abgedunkelten Schlafzimmer auf dem Rücken und strich mit der Hand spielerisch über den Mädchenkörper, der halb auf ihm lag. Es war ein zierlicher, aber ungemein erotischer Körper, wie er in der vergangenen Stunde feststellen konnte. Was immer Julie in den zwei Jahren seit ihrem Schulabschluß gelernt haben mochte – mit Steno und Schreibmaschine hatte es sicher nicht viel zu tun. Ihr Appetit auf sexuelle Abwechslung war unersättlich und wurde nur noch durch ihre Energie und ihre sagenhafte Redseligkeit überboten.
Sie räkelte sich und begann mit ihm zu spielen.

»Komisch«, murmelte er nachdenklich, »die Zeiten müssen sich geändert haben. Wir treiben's jetzt schon die halbe Nacht miteinander und ich weiß gar nichts über dich.«
Sie hielt einen Augenblick inne und fragte: »Was zum Beispiel?«
»Zum Beispiel wo du zu Hause bist«, antwortet er. »Abgesehen von dieser Wohnung.«
»In Gloucestershire.«
»Und was macht dein alter Herr?« fragte er leise. Er bekam keine Antwort. Da packte er ihr Haar und zog ihren Kopf herum.
»Au, das tut weh! Er arbeitet in der City. Warum?«
»Makler?«
»Nein. Er leitet eine Firma, die irgendwie mit Bergwerken zu tun hat. Das ist seine Spezialität. Und das hier ist meine – jetzt paß mal auf.«
Eine halbe Stunde später ließ sie von ihm ab und fragte: »War's schön?«
Shannon lachte. Seine weißen Zähne blitzten im Dunkeln.
»O ja«, sagte er leise, »das war wirklich schön. Erzähl mir was über deinen alten Herrn.«
»Daddy? Ach, der ist nur ein langweiliger Geschäftsmann. Er hockt den ganzen Tag in einem stickigen Büro in der City.«
»Manche Geschäftsleute können ganz interessant sein. Was ist dein Vater für ein Mensch?«

An diesem Samstagvormittag trank Sir James Manson gerade seinen Kaffee auf der Sonnenterrasse an der Südseite des Landhauses, als Adrian Goole anrief. Der Beamte hielt sich in seinem Haus in Kent auf.
»Hoffentlich störe ich nicht Ihr Wochenende«, begann er.
»Überhapt nicht, mein Lieber«, log Manson. »Für Sie bin ich jederzeit erreichbar.«
»Ich hätte noch gestern abend im Büro angerufen, aber ich wurde durch eine Besprechung aufgehalten. Wir haben uns doch neulich über die Ergebnisse Ihrer Untersuchungen in Afrika unterhalten. Erinnern Sie sich?«
Manson vermutete, daß Goole über eine normale Amtsleitung nicht offen sprechen wollte.
»Ach ja«, sagte er. »Ich habe Ihre Anregungen aufgegriffen, die Sie mir beim Essen machten. Die fraglichen Zahlen wurden leicht verändert, so daß die Mengen aus wirtschaftlicher Sicht uninteressant erscheinen. Der Bericht wurde abgeschickt; er ist auch angekommen, aber ich habe nichts mehr darüber gehört.«
Gooles nächste Worte rissen Sir James Manson aus seiner Beschaulichkeit.
»Wir aber«, sagte die Stimme am anderen Ende der Leitung. »Die Sache ist nicht gerade beunruhigend, aber doch seltsam. Unser dortiger Bot-

schafter ist in vier kleinen Republiken akkreditiert, wohnt aber nicht dort, wie Sie wissen. Er schickt regelmäßig Berichte und erfährt vieles aus den verschiedensten Quellen, unter anderem auch von befreundeten Diplomaten. Gestern bekam ich aus seinem letzten Bericht einen Auszug auf den Schreibtisch, der sich mit wirtschaftlichen Fragen befaßt. Es scheinen Gerüchte im Umlauf zu sein, nach denen die sowjetische Regierung die Erlaubnis erhalten hat, ein eigenes Team hinzuschicken. Es kann natürlich sein, daß es sich nicht um dieselbe Gegend handelt, in der Ihre Leute...«

Sir James Manson starrte das Telefon an, während Gooles Stimme an seinem Ohr vorbeiglitt. In seiner linken Schläfe begann es zu hämmern.

»Ich dachte nur, daß die Russen bei ihren Untersuchungen in demselben Gebiet zu etwas anderen Ergebnissen gelangen könnten. Aber glücklicherweise geht es ja nur um kleinere Mengen von Zinn. Trotzdem wollte ich Sie für alle Fälle unterrichten... Hallo, hallo? Sind Sie noch da?«

Manson nahm sich zusammen. Es kostete ihn einige Mühe, aber dann klang seine Stimme völlig normal.

»Ja, ich bin noch da. Entschuldigen Sie, aber ich war gerade in Gedanken. Nett von Ihnen, daß Sie mich angerufen haben, Goole. Ich glaube nicht, daß es sich um den Bereich handelt, in dem wir recherchiert haben. Aber trotzdem ist es ganz nützlich, solche Dinge zu wissen.«

Sie tauschten die üblichen Floskeln aus und legten auf. Manson schlenderte langsam auf die Sonnenterrasse hinaus. Seine Gedanken rasten. Ein Zufall? Durchaus möglich. Wenn die sowjetischen Experten ein Gebiet durchkämmten, das meilenweit von den Kristallbergen entfernt lag, dann wäre es reiner Zufall. Wenn sie andererseits gleich den Kristallberg aufs Korn nähmen, ohne zuvor durch Luftaufnahmen die unterschiedliche Vegetation entdeckt zu haben – dann wäre es kein Zufall mehr. Das wäre Sabotage. Und es gab keine Möglichkeit, die Wahrheit herauszufinden, ohne die eigenen Interessen aufs Spiel zu setzen.

Manson dachte an Chalmers und knirschte mit den Zähnen. Habe ich den Kerl nicht mit Geld zum Schweigen gebracht? Hat er doch geredet? Wissentlich? Oder unwissentlich? Er war drauf und dran, den Fall Chalmers durch Endean oder einen seiner Freunde erledigen zu lassen. Aber das würde nichts an der Sache ändern. Ein Beweis für die undichte Stelle war auf diese Weise nicht zu erlangen.

Er dachte sogar daran, das Vorhaben sofort abzublasen und zu vergessen. Aber wo dieser schillernde Regenbogen die Erde berührte, da wartete eine Goldgrube auf ihn. James Manson war kein Feigling. Er hatte sich seinen Platz im Leben nur erobert, weil er nie vor einem Risiko zurückgeschreckt war, schon gar nicht vor einem unbewiesenen.

Er setzte sich in den Liegestuhl neben seinen inzwischen kalt gewordenen Kaffee und dachte nach. Er wollte zwar planmäßig weitermachen, mußte

aber davon ausgehen, daß das russische Forschungsteam auf dasselbe Gebiet wie Mulrooney stoßen würde und daß den russischen Fachleuten auch die Veränderung der Vegetation auffallen würde. Damit war ein neues Moment im Spiel: ein Zeitlimit. Er überschlug im Kopf ein paar Daten und kam auf drei Monate. Wenn die Russen erfuhren, was der Kristallberg enthielt, würden bald eine Menge ›technischer Berater‹ dort auftauchen. Über die Hälfte dieser Männer würden geschulte KGB-Agenten sein.
Shannons knappster Zeitplan umfaßte hundert Tage, aber er hatte Endean schon zuvor mitgeteilt, daß zusätzliche vierzehn Tage die Verwirklichung des Projekts erleichtern würden. Diese vierzehn Tage standen nun nicht mehr zur Verfügung. Wenn die Russen schneller handelten als sonst, waren vielleicht auch hundert Tage schon zu weit gespannt.
Er ging zum Telefon und rief Simon Endean an. Für ihn war das Wochenende ruiniert, und da sollte Endean ruhig auch etwas tun.

Endean rief Shannon am Montagmorgen im Hotel an und verabredete sich für vierzehn Uhr mit ihm in einem kleinen Wohnblock in St. John's Wood. Er hatte am selben Morgen auf Anweisung von Sir James Manson diese Wohnung gemietet; vorangegangen war eine ausführliche Unterredung am Sonntagnachmittag im Landhaus. Er hatte sich unter dem Namen Harris vorgestellt, die Miete in bar vorausbezahlt und als Empfehlung eine fiktive Adresse genannt, die niemand kontrollierte. Der Grund war ganz einfach: diese Wohnung besaß eine direkte Amtsleitung, die nicht über eine Telefonzentrale lief.
Shannon erschien pünktlich und fand den Mann, den er immer noch Harris nannte, bereits vorbereitet. Das Telefon war an einem Schreibtischmikrofon angeschlossen, so daß die im Raum Anwesenden mit dem Teilnehmer am anderen Ende der Leitung konferieren konnten.
»Der Chef unseres Konsortiums hat Ihren Bericht gelesen«, sagte er zu Shannon. »Er möchte gern mit Ihnen sprechen«.
Um halb drei läutete das Telefon. Endean schaltete den Verstärker ein, und Sir James Mansons Stimme kam aus dem Lautsprecher. Shannon ließ sich nicht anmerken, daß er wußte, mit wem er da sprach.
»Sind Sie da, Shannon?« fragte die Stimme.
»Ja, Sir.«
»Ich habe Ihren Bericht gelesen und stimme sowohl mit Ihrer Einschätzung der Lage als auch Ihren Schlußfolgerungen überein. Wären Sie bereit, diesen Auftrag zu übernehmen?«
»Ja, Sir, ich würde ihn übernehmen.«
»Dann möchte ich einige Punkte mit Ihnen durchsprechen. Sie haben in der Kostenaufstellung für sich selbst ein Honorar von zehntausend Pfund eingesetzt.«

»Stimmt, Sir. Offen gesagt glaube ich nicht, daß jemand für weniger Geld den Auftrag übernehmen würde. Die meisten würden sogar mehr verlangen. Sollte jemand einen Kostenvoranschlag mit einem niedrigeren Honorar vorlegen, so dürfte der Betreffende trotzdem auf mindestens zehn Prozent kommen, indem er diese Summe einfach in den unkontrollierbaren Kosten für den Ankauf der Ausrüstung unterbringt.«
Es entstand eine Pause, dann sagte die Stimme:
»Also gut, akzeptiert. Was bekomme ich für mein Geld?«
»Meine Erfahrung, meine Kontakte, meine Verbindung zu Waffenhändlern, Schmugglern und Söldnern. Außerdem mein Stillschweigen für den Fall, daß etwas schiefgeht. Für mich sind das drei Monate verdammt harter Arbeit und des ständigen Risikos, verhaftet zu werden. Außerdem setze ich bei dem Angriff mein Leben aufs Spiel!«
Ein Brummen kam aus dem Lautsprecher.
»In Ordnung. Nun zur Finanzierung. Die hunderttausend Pfund werden auf ein Schweizer Konto überwiesen, das Mr. Harris in dieser Woche eröffnen wird. Er bezahlt Ihnen während der nächsten zwei Monate daraus die erforderlichen Summen in Raten entsprechend den anfallenden Kosten. Die Form der Fühlungnahme mit ihm müssen Sie untereinander vereinbaren. Wenn für etwas Geld ausgegeben wird, muß er entweder anwesend sein oder Quittungen bekommen.«
»Das wird nicht in allen Fällen möglich sein, Sir. Waffenhändler stellen keine Quittungen aus, schon gar nicht auf dem Schwarzmarkt, und die meisten Leute, mit denen ich zu tun haben werde, dürften Mr. Harris nicht dabeihaben wollen. Für sie kommt er aus einer anderen Welt. Ich möchte vorschlagen, größtenteils mit Reiseschecks und Überweisungen von Bank zu Bank zu arbeiten. Und noch etwas: Wenn Mr. Harris anwesend sein muß, um jede Abhebung und jeden Scheck über tausend Pfund gegenzuzeichnen, muß er mir entweder auf Schritt und Tritt folgen, was ich aus Gründen meiner eigenen Sicherheit ablehne, oder wir schaffen die Vorbereitungen niemals innerhalb von hundert Tagen.«
Diesmal war die Pause länger.
»Was meinen Sie mit Ihrer eigenen Sicherheit?« fragte die Stimme.
»Ich meine damit, Sir, daß ich Mr. Harris nicht kenne. Ich bin nicht damit einverstanden, wenn er soviel über mich erfährt, daß er mich in jeder europäischen Stadt verhaften lassen kann. Sie haben Ihre Sicherheitsvorkehrungen getroffen. Ich muß es auch tun. Meine Sicherheit ist nur garantiert, wenn ich allein und ohne Überwachung reisen und arbeiten kann.«
»Sie sind ein vorsichtiger Mann, Mr. Shannon.«
»Das muß ich sein, sonst wäre ich nicht mehr am Leben.«
Ein grimmiges Lachen drang aus dem Lautsprecher. »Und woher soll ich wissen, ob man Ihnen so hohe Beträge anvertrauen kann?«

»Das können Sie nicht wissen, Sir. Bis zu einem gewissen Grad kann Mr. Harris die Beträge aufgliedern. Aber Waffen müssen in bar bezahlt werden, und zwar nur vom Käufer allein. Ich sehe nur eine einzige andere Möglichkeit: Entweder Sie bitten Mr. Harris, das Unternehmen persönlich zu leiten, oder Sie engagieren einen anderen Profi. Dann wüßten Sie aber wieder nicht, ob Sie ihm trauen können.«
»Einverstanden, Mr. Shannon. Mr. Harris?«
»Ja, Sir«, antwortete Endean sofort.
»Bitte kommen Sie nach Ihrer Besprechung sofort zu mir zurück. Mr. Shannon, der Auftrag ist hiermit erteilt. Sie haben hundert Tage Zeit, eine Republik zu klauen, Mr. Shannon. Einhundert Tage!«

Zweiter Teil
Die hundert Tage

1. Kapitel

Nachdem Sir James Manson aufgelegt hatte, saßen Simon Endean und CAT Shannon minutenlang da und sahen sich nur an. Shannon faßte sich zuerst wieder.
»Da wir von nun an zusammenarbeiten müssen, wollen wir eines klarstellen«, sagte er zu Endean. »Wenn irgend jemand, egal wer, Wind von diesem Projekt bekommt, wird über kurz oder lang der eine oder andere Geheimdienst einer Großmacht davon erfahren: wahrscheinlich der CIA oder das britische SIS oder vielleicht der französische SDECE. Die werden uns dann gründlich die Suppe versalzen. Weder Sie noch ich können verhindern, daß dann die ganze Sache ins Wasser fällt. Wir müssen daher auf strikteste Geheimhaltung achten.«
»Wem sagen Sie das«, zischte Endean. »Für mich steht hier viel mehr auf dem Spiel als für Sie.«
»Okay. Nun zum Geld. Ich fliege morgen nach Brüssel und eröffne irgendwo in Belgien ein neues Konto. Morgen abend bin ich wieder hier. Setzen sie sich dann mit mir in Verbindung. Ich werde Ihnen sagen, bei welcher Bank und unter welchem Namen ich das Konto eröffnet habe. Dann brauche ich einen Kreditspielraum in der Größenordnung von mindestens zehntausend Pfund. Morgen abend bekommen Sie eine vollständige Liste der Ausgaben, die davon bezahlt werden müssen. In der Hauptsache handelt es sich um Gehälter für meine Assistenten, um Bankgarantien und so weiter.«
»Wo erreiche ich Sie?« fragte Endean.
»Das ist der zweite Punkt«, entgegnete Shannon. »Ich brauche eine Operationsbasis, an der ich telefonisch und brieflich gefahrlos erreichbar bin. Wie steht's mit dieser Wohnung hier? Könnte man Sie als Mieter identifizieren?«
Daran hatte Endean noch nicht gedacht. Er überlegte.
»Ich habe sie auf meinen Namen gemietet und für einen Monat im voraus bezahlt«, murmelte er.
»Spielt es denn eine Rolle, wenn der Name Harris unter dem Mietvertrag steht?« fragte Shannon.
»Nein.«

»Dann werde ich sie übernehmen. Es wäre zu schade, eine Monatsmiete verfallen zu lassen. Die weiteren Zahlungen leiste ich dann. Haben Sie einen Schlüssel?«
»Ja, natürlich. Ich bin ja hereingekommen.«
»Wie viele Schlüssel existieren?«
Anstatt einer Antwort holte Endean einen Ring mit vier Schlüsseln aus der Tasche. Zwei davon waren offenbar Hausschlüssel, die anderen zwei Wohnungsschlüssel. Shannon nahm sie ihm ab.
»Nun zur Frage der Verständigung«, fuhr er fort. »Sie können mich hier telefonisch jederzeit erreichen. Kann sein, daß ich manchmal nicht hier bin. Ich werde viel im Ausland reisen. Da Sie mir vermutlich Ihre Telefonnummer nicht geben wollen, sollten Sie auf einem Postamt, das in der Nähe Ihres Büros oder Ihrer Wohnung liegt, zweimal täglich nach postlagernden Telegrammen fragen. Wenn ich Sie dringend brauche, telegrafiere ich Ihnen, unter welcher Telefonnummer ich erreichbar bin.«
»Ja. Das läßt sich bis morgen abend erledigen. Noch etwas?«
»Für die Dauer des Unternehmens werde ich den Namen Keith Brown benutzen. Alles, was mit ›Keith‹ unterschrieben ist, kommt von mir. Wenn Sie mich in meinem Hotel anrufen, fragen sie nach Keith Brown. Wenn ich mich mit den Worten melde: ›Hier spricht Mr. Brown‹, dann legen Sie sofort auf. Dann herrscht dicke Luft. Sagen Sie ›falsch verbunden‹ oder ich sei der falsche Brown. Das wäre im Augenblick alles. Sie müssen jetzt ins Büro zurück. Rufen Sie mich heute abend um acht hier an, dann informiere ich Sie über den letzten Stand.«
Wenige Minuten später stand Endean am Straßenrand und sah sich nach einem Taxi um.
Glücklicherweise hatte Shannon die fünfhundert Pfund, die er von Endean für die Ausarbeitung des Plans erhalten hatte, noch nicht zur Bank gebracht. Er besaß immer noch vierhundertfünfzig Pfund von dem Geld. Die Hotelrechnung in Knightsbridge konnte er später erledigen.
Er rief die Fluggesellschaft BEA an und buchte für die Morgenmaschine in der Touristenklasse einen Flug nach Brüssel und den Rückflug für sechzehn Uhr. Dann konnte er bis sechs Uhr wieder in dieser Wohnung sein. Danach gab er telefonisch vier Auslandstelegramme auf, eins nach Paarl in der Kap-Provinz Südafrikas, eins nach Ostende, eins nach Marseille und eins nach München. Der Text lautete: ›Erbitte dringend Anruf London 507/0041 an einem der drei nächsten Tage um Mitternacht. Shannon‹. Anschließend fuhr er mit einem Taxi ins Lowndes Hotel zurück, bezahlte seine Rechnung und verließ das Hotel ebenso anonym, wie er gekommen war.
Um acht Uhr rief Endean wie vereinbart an. Shannon berichtete, was er bisher unternommen hatte. Sie vereinbarten den nächsten Anruf für den folgenden Tag um zweiundzwanzig Uhr.

Dann verbrachte Shannon zwei Stunden damit, sich den ganzen Wohnblock und die nähere Umgebung genau anzusehen. Er entdeckte mehrere kleine Restaurants, davon zwei ganz in der Nähe in der St. John's Wood High Street, und aß in einem davon gemütlich zu abend. Um elf Uhr war er wieder zu Hause.
Er zählte sein Geld. Es waren noch über vierhundert Pfund übrig. Dreihundert Pfund legte er für das Flugticket und die übrigen Reisekosten beiseite. Dann kontrollierte er seine Habseligkeiten. Sämtliche Kleidungsstücke waren unauffällig und weniger als drei Monate alt; die meisten Sachen hatte er während der letzten zehn Tage in London gekauft. Wegen einer Waffe brauchte er sich keine Sorgen zu machen, da er keine besaß. Aus Sicherheitsgründen verbrannte er das Farbband, mit dem er seine Berichte getippt hatte, und fädelte ein neues Band in die Schreibmaschine ein.

In London wurde es an diesem Abend zwar schon früh dunkel, aber für die Kap-Provinz war es noch ein lauer, sonniger Sommerabend, als Janni Dupree mit seinem Wagen an Seapoint vorbei nach Kapstadt fuhr. Auch er besaß einen Chevrolet wie Endean, nur älter, aber größer und auffälliger; er hatte den Wagen vor vier Wochen, nach seiner Rückkehr aus Paris, mit einem Teil seiner Dollars aus zweiter Hand gekauft. Nachdem er den Tag auf dem Boot eines Freundes in Simonstown mit Schwimmen und Fischen verbracht hatte, fuhr er nun heim nach Paarl. Er kehrte nach einem Einsatz immer wieder gern nach Paarl zurück, aber genauso schnell wurde es ihm hier wieder langweilig wie damals vor zehn Jahren.
Er war in Paarl Valley aufgewachsen und als kleiner Junge durch die ärmlichen Weinberge gestreift, die Leuten wie seinen Eltern gehörten. In diesem Tal hatte er zusammen mit Pieter, seinem Klonkie, Vögel fangen und schießen gelernt; weiße Jungen dürfen mit Farbigen spielen, bis sie groß genug sind, um die Bedeutung der Hautfarbe zu begreifen.
Pieter, mit seinen riesigen braunen Augen, dem verfilzten schwarzen Wuschelkopf und der mahagonifarbenen Haut, war zwei Jahre älter als Janni und sollte auf ihn aufpassen. In Wirklichkeit waren die beiden aber gleich groß, weil Janni seinen Jahren immer voraus war. Bald hatte er die Führungsrolle übernommen. An Sommertagen wie diesem waren die beiden barfüßigen Jungen vor zwanzig Jahren mit dem Bus an der Küste entlang zum Kap Agulhas hinausgefahren, wo sich Atlantischer und Indischer Ozean treffen. Dort hatten sie nach Gelbschwanz-Galjoen und Roten Steinbrassen gefischt.
Nach Abschluß der Oberschule in Paarl war Janni zu einem Problem geworden: Er war zu groß, zu aggressiv und rastlos, kam mit seinen gewaltigen Fäusten immer wieder in Schwierigkeiten und landete zweimal vor dem Richter. Er hätte den Weinberg seiner Eltern übernehmen kön-

nen und zusammen mit seinem Vater die spärlichen Reben bearbeiten sollen, aus denen ein dünner Wein gemacht wurde. Aber er hielt nichts davon, krumm und alt zu werden und das ganze Leben in einem landwirtschaftlichen Kleinbetrieb mit nur vier farbigen Hilfsarbeitern zu verbringen. Mit achtzehn meldete er sich freiwillig zum Militär, absolvierte seine Grundausbildung in Potchefstroom und wurde dann zu den Fallschirmjägern nach Bloemfontein versetzt. Hier war es auch, wo er seinen eigentlichen Lebensberuf entdeckte – hier und beim harten Spezialtraining im Busch rund um Pietersburg. Auch das Militär hielt ihn für gut geeignet, bis auf eine Ausnahme: Seine Neigung, mit den falschen Leuten Krach anzufangen. Bei einer Prügelei hatte Korporal Dupree einen Sergeanten bewußtlos geschlagen und war vom Befehlshaber seiner Einheit zum einfachen Soldaten degradiert worden.
Verbittert verließ er unerlaubt seine Einheit, wurde in einer Bar in East London, Südafrika, erwischt, schlug zwei Militärpolizisten krankenhausreif und verbüßte sechs Monate im Militärgefängnis. Nach seiner Entlassung entdeckte er ein Inserat in einer Zeitung, meldete sich in einem kleinen Büro in Durban und wurde zwei Tage später von Südafrika aus nach Kamina in Katanga geflogen.
Mit zweiundzwanzig war er Söldner geworden. Das war vor sechs Jahren. Während er über die vielfach gewundene Straße durch Franshoek nach Paarl Valley fuhr, überlegte er, ob nicht Shannon oder einer der Kameraden bald irgendeinen Auftrag besorgen könnten. Aber am Postamt wartete keine Nachricht für ihn. Vom Meer zogen Wolken auf, ein Gewitter lag in der Luft.
Heute abend wird es regnen, dachte er, eine hübsche kalte Dusche. Er sah hinauf zum Paarl Rock, diesem Naturphänomen, das dem Tal und der Stadt vor langer Zeit, als seine Vorfahren ins Land gekommen waren, den Namen gegeben hatte. Schon als Junge hatte er den Fels immer bewundert. In trockenem Zustand war er stumpfgrau, aber nach einem Regen leuchtete er im Mondlicht immer wie eine gewaltige Perle. Dann beherrschte er ganz die winzige Stadt zu seinen Füßen. Hier war Janni zu Hause, obgleich ihm sein Heimatort nie seinen Lebenstraum erfüllen konnte. Wenn er vor sich den Perlenfelsen aufleuchten sah, wußte er, daß er wieder heimgekehrt war. Doch an diesem Abend wünschte er sich nichts sehnlicher, als weit weg von hier zu sein, in einen neuen Krieg zu ziehen.
Er wußte noch nicht, daß ihn schon am nächsten Morgen Shannons Telegramm in einen neuen Krieg rufen würde.

Tiny Marc Vlaminck lehnte an der Bartheke, in der Hand einen Krug mit schäumendem flämischem Bier. Vor dem Fenster des Lokals, das von seiner Freundin betrieben wurde, lag das Kneipenviertel Ostendes fast ver-

lassen da. Vom Meer her wehte ein rauher Wind, und die Sommertouristen waren noch nicht gekommen. Er langweilte sich.
Im ersten Monat nach seiner Rückkehr aus den Tropen hatte er sich gefreut, wieder zu Hause zu sein, sich in einem heißen Bad zu räkeln und mit alten Freunden zu plaudern, die ihn häufig besuchten. Sogar die Lokalpresse hatte sich für ihn interessiert, aber er hatte die Reporter zum Teufel gejagt. Er wollte unter keinen Umständen Ärger mit den Behörden bekommen und wußte, daß man ihn in Ruhe lassen würde, solange er nichts tat oder sagte, was gegenüber den afrikanischen Botschaften in Brüssel hätte peinlich sein können.
Aber nach ein paar Wochen ging ihm die Untätigkeit auf die Nerven. Vor ein paar Tagen hatte es eine kleine Abwechslung gegeben: Er hatte einen Seemann zusammengeschlagen, der versuchte, Anna in den Hintern zu zwicken; dieses Gebiet betrachtete Tiny Marc als seine ureigenste Domäne. Die Erinnerung daran brachte ihn auf einen neuen Gedanken. Er hörte Anna oben in der kleinen gemeinsamen Wohnung über der Bar bei der Hausarbeit rumoren. Er rutschte von seinem Hocker, trank den Krug leer und rief: »Wenn jemand reinkommt, soll er sich selbst bedienen!« Dann trampelte er die Hintertreppe hinauf. In diesem Augenblick kam der Telegrammbote.

Es war ein klarer Frühlingsabend mit einem Hauch von Kühle in der Luft, und das Wasser des alten Hafens von Marseille lag wie eine Glasscheibe da. Die Bars und Cafés ringsum spiegelten sich darin, bis ein einzelner heimkehrender Trawler seine Bugwelle aufwarf, die durch das ganze Hafenbecken wanderte und schließlich glucksend an den Rümpfen der schon festgemachten Boote erstarb. Entlang der Cannebière waren alle Autos fest verschlossen, aus tausend Fenstern duftete es nach gebratenem Fisch, die alten Männer nippten an ihrem Anisette, die Heroinhändler huschten mit ihrer lukrativen Ware durch die engen, dunklen Gassen. Es war ein Abend wie jeder andere.
In diesem vielsprachigen Hexenkessel, der sich Le Panier nennt, saß Jean Baptiste Langarotti an einem Ecktisch in einer kleinen Bar, ein großes Glas mit kühlem Ricard in der Hand.
Er langweilte sich nicht wie Janni Dupree oder Marc Vlaminck. Seine Jahre im Gefängnis hatten ihn gelehrt, sich auch für die kleinen Dinge im Leben zu interessieren, und er konnte lange Perioden der Untätigkeit besser durchstehen als die meisten anderen Menschen.
Darüber hinaus hatte er es geschafft, Arbeit zu finden und seinen Lebensunterhalt zu verdienen. Er brauchte seine Ersparnisse nicht anzugreifen. Niemand wußte etwas von dem Konto in der Schweiz, das von Monat zu Monat beständig wuchs. Eines Tages wollte er damit die kleine Bar in Calvi kaufen, die er sich schon lange wünschte.

Vor einem Monat war ein guter Freund aus dem Algerienkrieg wegen einer Kleinigkeit geschnappt worden. Es handelte sich um einen Koffer mit zwölf alten 45er-Colts der französischen Armee. Er hatte Jean Baptiste aus Les Baumettes einen Brief geschrieben und ihn gebeten, sich um das Mädchen ›zu kümmern‹, von deren Einkünften der eingesperrte Freund normalerweise lebte. Er wußte, daß ihn der Korse nicht betrügen würde. Sie war ein braves, liebes Mädchen namens Marie-Claire und trat unter dem Namen Lola allabendlich in einer Bar im Stadtteil Tubano auf. Bald hatte sie an Langarotti – vermutlich wegen seiner Figur – einen Narren gefressen und beklagte sich nur darüber, daß er sie nicht genauso hernahm wie ihr gefangener Freund. Die übrige Unterwelt, die vielleicht Ansprüche auf Lola angemeldet hätte, kannte Langarotti und ließ ihn in Ruhe.

So war Lola vielleicht das bestbehütete Mädchen in der Stadt, und Jean Baptiste wartete ohne besondere Eile auf seinen nächsten Einsatz. Er hatte sich mit einigen Leuten in der Branche in Verbindung gesetzt, verließ sich aber mehr auf eine Mitteilung des erfahreneren Shannon. An ihn würden sich mögliche Kunden eher wenden als an die viel jüngeren Grünschnäbel.

Kurz nach seiner Rückkehr nach Frankreich war Charles Roux aus Paris mit einem Vorschlag an ihn herangetreten: Der Korse sollte einen Exklusivvertrag mit ihm abschließen und würde dafür als erster berücksichtigt, falls ein neuer Auftrag in Sicht war. Roux hatte mit einem halben Dutzend Eisen geprahlt, die er angeblich im Feuer hatte, aber der Korse war unverbindlich geblieben.

Später hatte er Erkundigungen eingezogen und dabei festgestellt, daß Roux ein Schwätzer war. Seit er im Herbst 1967 mit einer Kugel im Arm aus Bukavu zurückgekehrt war, hatte er selbst keinen Auftrag mehr bekommen.

Mit einem Seufzer sah Langarotti auf die Uhr, trank sein Glas leer und erhob sich. Es wurde Zeit, Lola in ihrer Wohnung abzuholen und sie zur Arbeit zu begleiten, um dann in einem durchgehend geöffneten Postamt nachzusehen, ob nicht doch ein Telegramm von Shannon mit der Ankündigung eines neuen Jobs angekommen war.

In München war es noch kälter als bei Marc Vlaminck in Ostende. Kurt Semmler, dessen Blut durch die langen Jahre im Fernen Osten, in Algerien und Afrika dünner geworden war, fröstelte in seinem knielangen schwarzen Ledermantel, als er das Postamt ansteuerte. Er fragte regelmäßig jeden Morgen und jeden Abend am Schalter für postlagernde Sendungen nach und gab die Hoffnung nicht auf, mit einem Brief oder Telegramm zur Besprechung mit einem möglichen Kunden eingeladen zu werden, der einen Söldner brauchte.

Er hatte die Zeit seiner Rückkehr aus Afrika als furchtbar langweilig empfunden. Wie die meisten alten Soldaten haßte er das zivile Leben, fühlte sich in Zivilkleidung unwohl, verachtete die Politiker und sehnte sich nach dem festen Halt militärischer Disziplin – nach einem Einsatz. Schon die Rückkehr in die Heimat hatte ihn entmutigt. Überall begegneten ihm langhaarige Jugendliche, schlampig gekleidet und undiszipliniert, mit Transparenten in den Händen und Schlagworten auf den Lippen. Was er vermißte, war jedes Gefühl für Zielstrebigkeit, für die Hingabe an den Gedanken eines Großdeutschen Reiches und seinen Führer, wie er ihn in seiner Jugend gekannt hatte, das Gefühl für Ordnung und Disziplin im militärischen Leben.
Selbst das Dasein als Schmuggler im Mittelmeer, so frei und ungebunden es auch gewesen war, hatte ihn mit dem Gefühl beseelt, aktiv etwas zu tun, Gefahr zu wittern, einen Einsatz planen und ausführen zu können. Wenn er mit einem schnellen Boot und zwei Tonnen amerikanischen Zigaretten an Bord auf die italienische Küste zuglitt, konnte er sich zumindest einbilden, wieder auf dem Mekong zu sein und mit der Fremdenlegion einen Einsatz gegen die Flußpiraten des Xoa Binh zu fahren.
München hatte ihm nichts zu bieten. Er trank zuviel, rauchte zuviel, gab sich mit leichten Mädchen ab und wurde immer mißmutiger.
Im Postamt fand er an diesem Abend nichts. Aber schon am nächsten Morgen würde das anders sein: Shannons Telegramm war quer durch das nachtschlafene Europa bereits unterwegs zu ihm. Um Mitternacht rief Marc Vlaminck aus Ostende in London an. In Belgien werden Telegramme bis zehn Uhr abends ausgeliefert. Shannon gab Vlaminck nur die Nummer seines Flugs und wies ihn an, ihn am nächsten Morgen mit einem Wagen am Flughafen abzuholen.

Für jemanden, der ein diskretes, aber ganz legales Bankkonto braucht, hat Belgien gegenüber dem vielgepriesenen Schweizer Bankensystem mancherlei Vorzüge aufzuweisen. Belgien ist zwar nicht annähernd so reich oder mächtig wie Deutschland oder so neutral wie die Schweiz, aber es gestattet die Ein- und Ausfuhr unbegrenzter Geldbeträge ohne Einmischung oder Kontrolle durch die Regierung. Das Bankgeheimnis wird hier genauso groß geschrieben wie in der Schweiz; deshalb ist es den Banken in Belgien, Luxemburg und Liechtenstein in den letzten Jahren gelungen, ihren Umsatz auf Kosten der Schweiz ständig zu steigern.
Am nächsten Morgen ließ sich Shannon von Marc Vlaminck zur Kredietbank in Brügge fahren, siebzig Minuten von Brüssel entfernt. Der hünenhafte Belgier ließ sich nichts von seiner brennenden Neugier anmerken. Als sie die Landstraße nach Brügge erreicht hatten, bemerkte Shannon nur, er habe einen Auftrag bekommen und brauche vier Männer. Ob Vlaminck interessiert sei?

Natürlich war Tiny Marc interessiert. Shannon teilte ihm mit, über die Operation selbst könne er ihm nur sagen, daß es sich nicht bloß um einen Kampfauftrag handle, sondern um ein Projekt, das von Anfang an aufgebaut werden müsse. Für die nächsten drei Monate sei er bereit, die üblichen eintausendzweihundertfünfzig Dollar pro Monat plus Spesen zu bieten, und zwar für eine Tätigkeit, die in diesen drei Monaten noch keine Abwesenheit von zu Hause erfordere, wohl aber einige riskante Stunden innerhalb Europas. Das sei zwar nicht direkt Söldnerarbeit, müsse aber erledigt werden. Marc brummte:

»Für dieses Geld raube ich keine Banken aus.«

»Darum geht es auch nicht. Wir müssen Waffen auf ein Boot schaffen. Später geht es dann nach Afrika in einen hübschen kleinen Krieg.«

Marc griente.

»Ist das ein längerer Feldzug, oder geht die Sache ruck-zuck?«

»Ein Überfall«, antwortete Shannon. »Wenn alles klappt, könnte ein langfristiger Vertrag drin sein. Versprechen kann ich's dir nicht, aber es sieht ganz danach aus. Dazu eine dicke Erfolgsprämie.«

»Okay, ich mache mit«, sagte Marc. Inzwischen hatten sie den Marktplatz von Brügge erreicht.

Das Hauptbüro der Kredietbank liegt in der Vlamingstraat Nr. 25, einer schmalen Hauptstraße mit Häusern im typisch flämischen Stil des achtzehnten Jahrhunderts, durchweg erstklassig erhalten. Die Erdgeschosse waren meistens zu Läden umgebaut, aber darüber sehen die Fassaden genauso aus wie auf dem Gemälde eines alten Meisters.

Shannon stellte sich dem Leiter der Abteilung Auslandskonten vor, einem Herrn Goossens, und wies sich mit seinem Paß als Keith Brown aus. Vierzig Minuten später hatte er mit einer Bareinlage in Höhe von einhundert Pfund Sterling ein laufendes Konto eröffnet und Herrn Goossens mitgeteilt, in den nächsten Tagen würden aus der Schweiz zehntausend Pfund überwiesen; die Hälfte dieses Betrags sollte unverzüglich auf sein Londoner Konto weitergeleitet werden. Er hinterlegte seine Unterschriftsprobe – Keith Brown – und vereinbarte als Kode für telefonische Aufträge, daß er die zwölf Ziffern seiner Kontonummer in umgekehrter Reihenfolge nennen und jeweils das Datum des Vortages anfügen sollte. Auf diese Weise hatte er die Möglichkeit, Überweisungen und Abhebungen zu veranlassen, ohne selbst nach Brügge kommen zu müssen. Er unterschrieb ein Formular, das die Bank von jeder Haftung aus dieser Methode des Zahlungsverkehrs befreite, und erklärte sich bereit, bei schriftlichen Anweisungen zum Nachweis der Echtheit jeweils mit roter Tinte seine Kontonummer unter seine Unterschrift zu schreiben. Um halb eins war er fertig und traf sich mit Vlaminck vor der Bank. Sie aßen ausgiebig im Café des Arts am Marktplatz gegenüber dem Rathaus, dann fuhr ihn Vlaminck zurück zum Flughafen Brüssel. Bevor sich Shannon von dem Flamen verabschiedete, gab er ihm fünfzig Pfund in bar und bat ihn, am nächsten Tag mit der Fähre Ostende–Dover nach England zu kommen und sich um sechs Uhr abends bei ihm in seiner Londoner Wohnung zu melden. Er mußte noch eine Stunde auf seine Maschine warten und war pünktlich zum Tee wieder in London.

Auch Simon Endean verbrachte einen hektischen Tag. Er flog mit der ersten Maschine nach Zürich und landete kurz nach zehn auf dem Flughafen Kloten. Eine Stunde später stand er in der Hauptgeschäftsstelle der Zürcher Handelsbank in der Talstraße 58 und eröffnete ein Kontokorrentkonto auf seinen Namen. Auch er hinterlegte mehrere Unterschriftsproben und vereinbarte dann mit dem Bankbeamten, alle schriftlichen Anweisungen an die Bank einfach mit der Kontonummer zu unterschreiben und das jeweilige Datum darunterzusetzen. Die Kontonummer sollte in schwarzer Farbe, das Datum grün geschrieben werden. Er zahlte die mitgebrachten fünfhundert Pfund in bar ein und kündigte für die nächsten Tage eine Überweisung von einhunderttausend Pfund an. Schließlich beauftragte er die Bank, sofort nach Gutschrift zehntausend Pfund auf ein Konto in Belgien zu überweisen, das er später schriftlich benennen wollte. Er unterschrieb einen langen Vertrag, der die Bank aus jeglicher Haftung bis hin zur groben Fahrlässigkeit entließ und ihm praktisch keinerlei rechtlichen Schutz gewährte. Aber er wußte ohnehin, daß es keinen Sinn hatte, vor einem Schweizer Gericht gegen eine Schweizer Bank zu klagen. Dann nahm er in der Talstraße ein Taxi und warf bei der Zwingli-Bank einen versiegelten Umschlag ein, bevor er zum Flughafen zurückfuhr. Der Brief, den Dr. Martin Steinhofer eine halbe Stunde später in Händen hielt, stammte von Sir James Manson. Er trug Mansons Signatur in der mit der Zürcher Bank vereinbarten Form. Dr. Steinhofer wurde angewiesen, sofort einhunderttausend Pfund auf das Konto von Mr. Simon Endean bei der Handelsbank zu überweisen; Sir James werde ihn morgen, am Mittwoch, in seinem Büro aufsuchen.
Kurz vor sechs Uhr landete Endean wieder in London.

Martin Thorpe war erschöpft, als er am Dienstagvormittag ins Büro kam. Er hatte das Wochenende und den ganzen Montag damit verbracht, methodisch die viertausendfünfhundert Karten von Moodies Verzeichnis der bei der Londoner Börse zugelassenen Aktiengesellschaften durchzuarbeiten.
Er hatte sich ganz auf die Suche nach einem geeigneten Firmenmantel konzentriert und dabei kleine Firmen aussortiert, deren Gründungsjahr möglichst weit zurücklag, die möglichst heruntergekommen und kapitalschwach waren und die in den vergangenen drei Jahren entweder mit Verlust oder mit einem Gewinn von höchstens zehntausend Pfund gear-

beitet hatten. Außerdem sollten die betreffenden Firmen ein Aktienkapital von weniger als zweihunderttausend Pfund aufweisen.
Martin Thorpe hatte schließlich zwei Dutzend Firmen gefunden, die diesen Bedingungen entsprachen. Er legte sie Sir James Manson vor. In der Rangfolge ihrer offensichtlichen Eignung hatte er sie von eins bis vierundzwanzig durchnumeriert.
Aber damit war seine Arbeit noch nicht getan. Am Nachmittag betrat er das Companies House in der City Road E.C. 2.
Er legte dem Archiv eine Liste seiner ersten acht Gesellschaften vor, entrichtete für jeden Namen auf der Liste die vorgeschriebene Gebühr und erwarb damit – wie jeder Bürger – das Recht, die kompletten Firmenunterlagen einzusehen. Während er darauf wartete, daß ihm die acht umfangreichen Aktenstücke in den Lesesaal gebracht wurden, warf er einen Blick auf die neuesten Börsenkurse und stellte zufrieden fest, daß keine seiner acht Gesellschaften mit mehr als drei Shilling pro Stück notierte.
Als die Unterlagen eintrafen, machte er sich sofort an die Durchsicht. Dreierlei interessierte ihn, was der Zusammenfassung der Moodies-Karten nicht zu entnehmen war: Er wollte sich über die Streuung der Aktien informieren und sichergehen, daß die Vorstandsmitglieder nicht zusammen über die Mehrheit verfügten, schließlich wollte er sich vergewissern, daß in letzter Zeit nicht von einem einzelnen Aktionär oder von einer Gruppe Anteile gekauft worden waren. Das hätte darauf hingewiesen, daß ein anderes Raubtier in der City auf Beute aus war.
Als man im Companies House Feierabend machte, hatte er sieben der acht Aktenstücke durchgearbeitet. Die übrigen siebzehn nahm er sich für den folgenden Tag vor. Aber der dritte Posten auf seiner Liste fesselte bereits seine Aufmerksamkeit. Auf dem Papier sah alles von seinem Standpunkt aus großartig aus – zu schön, um wahr zu sein. Es wunderte ihn nur, daß ihm nicht ein anderer längst diesen fetten Brocken weggeschnappt hatte. Irgendwo mußte die Sache einen Haken haben, aber selbst dieser ließ sich durch Martin Thorpes Einfallsreichtum bestimmt zurechtbiegen. Falls diese Möglichkeit bestand, war alles perfekt.

Simon Endean rief CAT Shannon um zehn Uhr abends in dessen Wohnung an. Beide berichteten sich gegenseitig über die Ergebnisse des Tages. Endean teilte Shannon mit, die besprochenen einhunderttausend Pfund müßten eigentlich noch am Nachmittag auf sein neues Schweizer Konto überwiesen worden sein, und Shannon ersuchte Endean, die ersten zehntausend Pfund für Keith Brown auf die Kredietbank in Brügge zu überweisen.
Endean legte auf und schrieb sofort seine Anweisung an die Handelsbank. Er verlangte, die angeforderte Summe unverzüglich zu transferieren, die belgische Bank dürfe jedoch unter keinen Umständen den Namen des

Schweizer Kontoinhabers erfahren. Die Telex-Überweisung solle lediglich die Kontonummer ausweisen. Kurz vor Mitternacht gab er den Brief per Eilboten auf dem durchgehend geöffneten Postamt am Trafalgar Square auf.
Um Viertel vor zwölf läutete wieder das Telefon in Shannons Wohnung. Semmler rief aus München an. Shannon teilte ihm mit, er habe für sie alle Arbeit, könne aber nicht nach München kommen. Semmler solle am folgenden Tag einen einfachen Flug nach London buchen und um sechs Uhr abends da sein. Shannon gab ihm seine Adresse und versprach, auf jeden Fall die Reisekosten zu erstatten, auch den Rückflug nach München, falls Semmler den Auftrag ablehne. Semmler war einverstanden, und Shannon legte auf.
Als nächster meldete sich Langarotti aus Marseille. Er hatte inzwischen Shannons Telegramm an seiner Postlageradresse gefunden und sagte zu, ebenfalls um sechs Uhr in London zu sein.
Janni Duprees Anruf kam erst eine halbe Stunde nach Mitternacht durch. Auch er war sofort bereit, seine Koffer zu packen und die dreizehntausend Kilometer nach London zu fliegen; allerdings konnte er erst in zweieinhalb Tagen da sein. Er versprach, sich am Freitagabend in Shannons Wohnung zu melden.
Nachdem der letzte Anruf erledigt war, las Shannon noch eine Stunde. Dann schaltete er das Licht aus. Tag eins war zu Ende.

Sir James Manson flog natürlich erster Klasse und nicht in der Touristenklasse. An diesem Mittwochmorgen genehmigte er sich im ›Trident‹ in Zürich ein englisches Frühstück und wurde kurz vor Mittag respektvoll in Dr. Martin Steinhofers holzgetäfeltes Büro geführt.
Die beiden Männer kannten sich seit zehn Jahren. Im Laufe dieser Zeit hatte die Zwingli-Bank mehrfach Geschäfte in Situationen abgewickelt, die einen Strohmann erforderten, weil die zu erwerbenden Aktien im Wert um das Dreifache gestiegen wären, wenn man erfahren hätte, daß Manson hinter dem Kauf steckte. Manson war für Dr. Steinhofer ein hochgeschätzter Kunde. Der Schweizer erhob sich, drückte seinem englischen Gast die Hand und bot ihm einen bequemen Sessel an.
Dann wurden Zigarren, Kaffee und kleine Gläser Kirschwasser serviert. Erst als der Sekretär gegangen war, kam Sir James auf das Geschäftliche zu sprechen.
»Ich werde im Laufe der nächsten Wochen versuchen, die Aktienmehrheit einer kleinen englischen Gesellschaft zu erlangen. Den Namen der Firma kann ich im Augenblick noch nicht nennen, weil ich noch kein für meine Zwecke geeignetes Instrument gefunden habe. Aber ich hoffe, das wird bald der Fall sein.«
Dr. Steinhofer nickte schweigend und trank einen Schluck Kaffee.

»Für den Anfang wird es sich um eine recht bescheidene Transaktion handeln, die nur relativ wenig Geld erfordert. Was die weitere Entwicklung betrifft, habe ich Grund zu der Annahme, daß gewisse Nachrichten an der Börse sich recht interessant auf die Notierungen dieser Gesellschaft auswirken werden.«
Manson brauchte dem Schweizer Bankier nichts über die Spielregeln der Londoner Börse zu erzählen, der kannte sie genausogut wie er selbst; schließlich war er an allen wichtigen Börsen der Welt zu Hause.
Nach dem britischen Firmenrecht muß sich jede Person, die zehn Prozent oder mehr an frei auf dem Markt gehandelten Aktien einer Firma erwirbt, innerhalb von vierzehn Tagen gegenüber dem Vorstand identifizieren. Zweck dieses Gesetzes ist es, die Öffentlichkeit davon zu unterrichten, wer in welcher Aktiengesellschaft welchen Anteil besitzt.
Aus diesem Grund wird jeder angesehene Londoner Makler, der für einen Klienten Aktien aufkauft, entsprechend diesem Gesetz dem Aufsichtsrat der betreffenden Firma den Namen des Klienten nennen, sobald die Zehn-Prozent-Grenze überschritten wird; unter dieser Grenze bleibt der Käufer anonym.
Sucht ein Spekulant heimlich die Majorität einer Aktiengesellschaft zu erwerben, kann er dieses Gesetz mit Hilfe von Strohmännern umgehen. Aber auch in diesem Fall würde jeder seriöse Londoner Börsenmakler sofort dahinterkommen, wer der eigentliche Aufkäufer der Aktien ist, und entsprechend dem Gesetz den Namen des Auftraggebers preisgeben.
Aber eine Schweizer Bank hat nicht dem englischen Gesetz, sondern der eigenen Schweigepflicht zu gehorchen. Sie lehnt es einfach ab, Fragen nach eventuellen Hintermännern ihrer Kunden zu beantworten, und gibt auch sonst nichts preis, selbst wenn sie insgeheim vermutet, daß die Strohmänner gar nicht existieren.
Über die Feinheiten solcher Transaktionen waren sich beide Männer einig, die an diesem Vormittag in Dr. Steinhofers Büro beisammensaßen.
Sir James fuhr fort: »Für den beabsichtigten Aktienkauf habe ich mich mit sechs Geschäftspartnern zusammengetan. Sie werden in meinem Auftrag die Aktien erwerben. Alle sechs haben den Wunsch geäußert, kleine Konten bei der Zwingli-Bank zu eröffnen und Sie zu bitten, den Aktienkauf freundlicherweise in ihrem Namen abzuwickeln.«
Dr. Steinhofer stellte die Kaffeetasse hin und nickte. Als guter Schweizer vertrat er den Standpunkt, daß es sinnlos ist, Regeln zu brechen, die man auch großherzig umgehen kann, vorausgesetzt, es handelt sich nicht um Schweizer Gesetze. Er hielt es auch für sinnlos, Aktienkurse absichtlich in die Höhe zu treiben, auch wenn es sich nur um ein kleines Geschäft handelte. Wer den Rappen nicht ehrt, ist den Franken nicht wert.
» Es ist kein Problem«, sagte er vorsichtig. »Werden die Herren zur Eröffnung ihrer Konten persönlich hier erscheinen?«

Sir James blies eine aromatisch duftende Rauchwolke zur Decke. »Es kann durchaus sein, daß ihr Terminkalender sie an einem persönlichen Erscheinen hindert. Was mich betrifft, habe ich meinen Finanzberater bevollmächtigt, für mich zu handeln. Das spart Zeit und Mühe, verstehen Sie? Es könnte sein, daß die anderen sechs Geschäftspartner auch diesen Weg einschlagen. Sie haben doch nichts dagegen?«
»Selbstverständlich nicht«, murmelte Dr. Steinhofer. »Und wer ist bitte Ihr Finanzberater?«
»Mr. Martin Thorpe.« Sir James zog einen dünnen Briefumschlag aus der Tasche und reichte ihn dem Bankier.
»Hier ist meine Vollmacht, von einem Notar vor Zeugen ausgefertigt und von mir unterschrieben. Meine Unterschriftsproben zum Vergleich haben Sie ja vorliegen. Sie finden in dem Schriftstück Mr. Thorpes vollen Namen und die Nummer seines Passes, mit dem er sich ausweisen wird. Er wird in den nächsten acht bis zehn Tagen nach Zürich kommen, um alles weitere zu regeln. Von da an ist er mein Handlungsbevollmächtigter, und seine Unterschrift gilt soviel wie meine eigene. Ist das in Ordnung?«
Dr. Steinhofer überflog das Schriftstück und nickte.
»Gewiß, Sir James. Ich sehe keine Probleme.«
Manson stand auf und legte seine Zigarre auf den Aschenbecher. »Dann werde ich mich jetzt von Ihnen verabschieden, Dr. Steinhofer, und alles weitere Mr. Thorpe überlassen. Er wird mich natürlich bei jedem einzelnen Schritt konsultieren.«
Nach einem Händedruck wurde Sir James Manson hinausgeführt. Als hinter ihm die schwere Eichentür leise und dezent ins Schloß fiel, stellte er den Mantelkragen auf, denn in der Schweiz wehte immer noch ein rauher Wind. Dann stieg er in den wartenden Mietwagen und ließ sich zum Essen ins ›Baur au Lac‹ fahren. Dort ißt man wenigstens gut, dachte er, aber ansonsten ist Zürich ein trauriges Kaff. Nicht mal ein ordentliches Bordell gibt es hier.

Unterstaatssekretär Sergei Golon war an diesem Morgen nicht sehr gut gelaunt. Mit der Morgenpost war ein Brief auf seinem Frühstückstisch gelandet, der ihn davon unterrichtete, daß sein Sohn die Aufnahmeprüfung in die Verwaltungsakademie nicht bestanden und daß es daraufhin einen Familienkrach gegeben habe. Die Folge war, daß sich sofort sein hartnäckiges Sodbrennen wieder meldete und einen qualvollen Tag ankündigte. Außerdem war seine Sekretärin krank geschrieben.
Vor den Fenstern seines kleinen Büros in der Westafrikaabteilung des Außenministeriums lagen Moskaus spätwinterliche Straßen noch immer mit Schneematsch bedeckt da; im trüben Morgenlicht wartete das schmutzige Grau darauf, vom Frühling weggetaut zu werden.
Ein scheußliches Wetter, nicht Winter und nicht Frühling, hatte der

Wärter bemerkt, als er seinen Moskwitsch in der Tiefgarage unter dem Ministerium geparkt hatte.
Golon hatte ihm brummig zugestimmt und war dann mit dem Lift in den achten Stock hinaufgefahren, um mit der täglichen Arbeit zu beginnen. Er hatte sich vom Schreibtisch seiner fehlenden Sekretärin den Stapel mit den Akten geholt, die hier aus verschiedenen Teilen des Gebäudes zusammengelaufen waren, und mit der Durcharbeitung begonnen. Dabei lutschte er langsam eine Tablette gegen das Sodbrennen.
Die dritte Akte war ihm vom Büro des Staatssekretärs zur besonderen Aufmerksamkeit empfohlen worden. Auf dem Deckblatt stand in penibler Beamtenschrift: ›Nach eigenem Ermessen das Erforderliche veranlassen.‹ Mißgelaunt begann Golon zu blättern und sah, daß die Sache mit einem Aktenvermerk des Auslands-Nachrichtendienstes begonnen hatte; sein Ministerium hatte sodann Botschafter Dobrovolsky bestimmte Instruktionen erteilt, die nach dem letzten Telegramm von Dobrovolsky auch ausgeführt worden waren. Das Ansuchen sei bewilligt, berichtete der Botschafter und drängte auf sofortige Maßnahmen.
Golon schnaubte. Da man ihn selbst bei der Verteilung von Botschafterposten übergangen hatte, vertrat er die feste Überzeugung, daß die Diplomaten im Ausland durchwegs dazu neigten, ihren eigenen Amtsbereich viel zu wichtig zu nehmen.
»Als ob wir keine anderen Sorgen hätten«, knurrte er. Sein Blick fiel bereits auf die nächste Aktenmappe. Er wußte, daß sie die Republik Guinea betraf, von wo der sowjetische Botschafter laufend in Telegrammen über die Zunahme des chinesischen Einflusses in Conakry berichtete. Das ist wirklich wichtig, dachte er. Im Vergleich dazu erschien es ihm belanglos, die Frage zu klären, ob es im Hinterland Zangaros Zinn in abbauwürdigen Mengen gab oder nicht. Außerdem hatte die Sowjetunion ja selbst genug Zinn.
Immerhin waren die Maßnahmen von oben genehmigt, und als guter Beamter veranlaßte er sie. Er lieh sich eine Sekretärin aus dem Schreibsaal aus und diktierte ihr einen Brief an den Direktor des Bergbauinstituts Swerdlowsk: Er möge ein kleines Team von Geologen und Ingenieuren auswählen, um eine mutmaßliche Zinnlagerstätte in Afrika zu erkunden; sobald Forschungsteam und Ausrüstung vorbereitet seien, möge er ihn unterrichten.
Insgeheim befürchtete er, die Frage des Transports nach Westafrika über das zuständige Amt selbst regeln zu müssen, aber dann schob er diesen Gedanken beiseite. Das qualvolle Brennen in der Kehle ließ nach, und er bemerkte zum erstenmal die hübschen Knie der Stenotypistin.

CAT Shannon verbrachte einen ruhigen Tag. Er schlief lange und fuhr dann zu seiner Bank im Westend, um den größten Teil der tausend Pfund

von seinem Konto abzuheben. Er wußte ja, daß dieses Loch mehr als gestopft würde, sobald die Überweisung aus Belgien eintraf.
Nach dem Mittagessen rief er seinen Journalistenfreund an. Der fragte überrascht: »Ich dachte, Sie seien verreist?«
»Warum sollte ich?«
»Nun, die kleine Julie hat nach Ihnen gesucht. Sie müssen einen großen Eindruck auf sie gemacht haben. Carrie sagt, sie redet nur noch von Ihnen. Aber im Lowndes Hotel hat sie erfahren, daß sie mit unbekanntem Ziel verreist seien.«
Shannon versprach, sich um Julie zu kümmern. Er nannte seine Telefonnummer, aber nicht seine Adresse. Nach dem Austausch der üblichen Floskeln kam er auf die Information zu sprechen, die er brauchte.
»Ich glaube, das ließe sich machen«, sagte sein Freund zögernd. »Aber ich sollte ihn wirklich vorher anrufen und fragen, ob er einverstanden ist.«
»Tun Sie das«, sagte Shannon. »Sagen Sie ihm, daß ich ihn sprechen muß und daß ich bereit bin, für ein paar Stunden mit ihm hinzufahren. Und sagen Sie ihm auch, ich würde ihn nicht belästigen, wenn die Sache in meinen Augen nicht so wichtig wäre.«
Der Journalist versprach, anzurufen und dann Shannon die Telefonnummer und Adresse des Mannes durchzugeben, mit dem Shannon sprechen wollte – falls der Mann zu einem solchen Gespräch bereit war.
Am Nachmittag schrieb Shannon einen Brief an Herrn Goossens bei der Kreditbank in Brügge: Er werde zwei oder drei Geschäftspartnern die Kreditbank als seine Postanschrift mitteilen und sich regelmäßig telefonisch erkundigen, ob eventuell schriftliche Nachrichten für ihn eingetroffen seien. Er werde auch gewisse Briefe an Geschäftsfreunde über die Kreditbank leiten und ersuche Herrn Goossens, in solchen Fällen die fertig adressierten, jedoch nicht frankierten Briefe zu entnehmen und von Brügge aus weiterzubefördern. Alle Porto- und sonstigen Spesen möge Herr Goossens seinem Konto belasten.
Um fünf Uhr nachmittags rief ihn Endean an. Shannon gab ihm einen Lagebericht, erwähnte aber nichts vom Gespräch mit dem Journalisten, dessen Existenz er Endean bisher verschwiegen hatte. Er sagte jedoch, daß er noch an diesem Abend drei der vier von ihm ausgewählten Männer zu getrennten Besprechungen in London erwarte und daß der vierte bis spätestens Freitagabend ankommen werde.

Nach fünf erschöpfenden Tagen war die Suche für Martin Thorpe endlich abgeschlossen. Er hatte in der City Road die Unterlagen von weiteren siebzehn Firmen durchgeackert und eine Liste aufgestellt, die nur noch fünf Gesellschaften enthielt. An der Spitze stand die Firma, die ihm schon am Tag zuvor aufgefallen war. Am Nachmittag hatte er die Lektüre beendet. Da Sir James Manson noch nicht aus Zürich zurückgekehrt war, beschloß Thorpe, sich für den Rest des Tages freizunehmen. Er konnte seinem Chef ja immer noch am nächsten Morgen Bericht erstatten und anschließend die betreffende Gesellschaft vorsichtig durchleuchten, um festzustellen, warum die Aktien zu einem so erstaunlichen Preis zu haben waren. Am späten Nachmittag war er wieder draußen in Hampstead Garden und mähte seinen Rasen.

2. Kapitel

Als erster der vier Söldner traf Kurt Semmler mit der Lufthansa aus München auf Londons Flughafen Heathrow ein. Gleich nachdem er die Zollkontrolle passiert hatte, versuchte er Shannon anzurufen, bekam aber keine Antwort. Da es für seine Verabredung noch zu früh war, beschloß er auf dem Flughafen zu warten. Er fand im Restaurant einen Fensterplatz gegenüber dem Gebäude Nummer zwei, trank Kaffee und rauchte nervös eine Zigarette nach der anderen, während die Jets zum Kontinent starteten.
Marc Vlaminck meldete sich bei Shannon kurz nach fünf. CAT nahm ein Blatt mit den Namen einiger Hotels in der Umgebung seiner Wohnung zur Hand und nannte ihm eines davon. Der Belgier notierte sich in seiner Telefonzelle in der Victoria Station den Namen des Hotels Buchstabe für Buchstabe. Ein paar Minuten später winkte er ein Taxi herbei und zeigte dem Fahrer den Zettel.
Zehn Minuten nach Vlaminck telefonierte Semmler. Auch er bekam von Shannon ein Hotel genannt, schrieb sich den Namen auf und nahm vor dem Flughafengebäude ein Minicar.
Langarotti meldete sich als letzter kurz vor sechs von der Haltestelle des Flughafenbusses in der Cromwell Road aus. Auch er fuhr mit einem Taxi in sein Hotel.
Um sieben rief Shannon sie der Reihe nach an und bestellte sie für halb acht in seine Wohnung.
Erst bei der Begrüßung erfuhr jeder, daß auch die anderen eingeladen worden waren. Ihre Gesichter strahlten. Das lag teilweise an der Wiedersehensfreude, teilweise auch daran, daß Shannon über Geld verfügen mußte, wenn er sie alle nach London kommen ließ und ihnen die Rückerstattung der Kosten versprochen hatte. Vielleicht machten sie sich Gedanken über den möglichen Auftraggeber, aber natürlich fragte keiner danach.
Ihr erster Eindruck wurde noch durch Shannons Mitteilung verstärkt, er habe zu denselben Bedingungen auch Dupree ersucht, aus Südafrika zu kommen. Ein Flugticket für fünfhundert Pfund bedeutete, daß es Shannon ernst war. Sie setzten sich hin und spitzten die Ohren.

»Bei dem vorliegenden Auftrag«, begann er, »handelt es sich um ein Projekt, das von Grund auf organisiert werden muß. Wir müssen praktisch alles selbst erledigen. Zweck des Unternehmens ist ein blitzartiger Überfall auf eine Küstenstadt in Afrika. Wir müssen ein Gebäude zerschießen, es stürmen und besetzen, jeden erledigen, der uns in die Quere kommt und uns dann wieder zurückziehen.«
Die Reaktion fiel so aus, wie er es sich erhofft hatte: Die Männer tauschten beifällige Blicke. Vlaminck kratzte sich mit breitem Grinsen an der Brust. »Klasse«, murmelte Semmler und zündete sich eine neue Zigarette an. Er hielt auch Shannon die Packung hin, aber der schüttelte bedauernd den Kopf. Langarotti betrachtete Shannon mit ausdruckslosem Gesicht und wetzte dabei sein Messer an dem schwarzen Lederriemen über seiner linken Faust.
Shannon breitete eine Landkarte auf dem Fußboden aus. Begierig beugten sich die Männer darüber. Es war eine handgezeichnete Karte, die einen Küstenabschnitt und einige Gebäude zeigte. Sie war nicht einmal sehr genau, denn es fehlten die beiden weitgeschwungenen Hafenmolen, die Wahrzeichen von Clarence. Aber sie genügte, um die Grundzüge der Operation zu erläutern.
Der Söldnerführer sprach zwanzig Minuten lang und erklärte die überfallartige Aktion, die er schon gegenüber seinem Auftraggeber als einzig mögliche Lösung des Problems bezeichnet hatte. Die drei Kameraden stimmten ihm zu. Niemand fragte nach dem Namen des Bestimmungsortes. Sie wußten, daß Shannon ihn nicht preisgeben würde, und sie brauchten ihn auch nicht zu wissen. Dabei ging es nicht um Mangel an Vertrauen, sondern schlichtweg um die Sicherheit. Sollte die Geheimhaltung einen Riß bekommen, wollte keiner von ihnen in Verdacht geraten.
Shannon sprach ein hartes Französisch, das er beim Sechsten Kommando im Kongo gelernt hatte. Er wußte, daß Vlaminck, wie jeder Barmixer in Ostende, einigermaßen Englisch sprach und daß Semmler über ein Vokabular von ungefähr zweihundert Worten verfügte. Nur Langarotti verstand sehr wenig Englisch, deshalb bedienten sie sich zur Verständigung der französischen Sprache, wobei jedoch alles übersetzt werden mußte, wenn Dupree dabei war.
»So, das wär's«, sagte Shannon, als er mit seiner Erklärung fertig war. »Die Bedingungen sehen folgendermaßen aus: Ab morgen früh bezieht jeder von euch ein monatliches Gehalt von eintausendzweihundertfünfzig Dollar plus Spesen und Reisekosten innerhalb Europas. Das Budget ist großzügig bemessen. Im Stadium der Vorbereitung sind nur zwei illegale Aufgaben zu bewältigen, weil ich großen Wert darauf legte, die Vorbereitungen weitgehend im gesetzlichen Rahmen zu halten. Eine dieser Aufgaben ist ein Grenzübertritt von Belgien nach Frankreich, die andere das Verladen einiger Kisten auf ein Schiff irgendwo in Südeuropa. In bei-

den Fällen sind wir alle dabei. Ihr bekommt für drei Monate euer Gehalt garantiert plus fünftausend Dollar pro Kopf als Erfolgsprämie. Was haltet ihr davon?«
Die drei Männer sahen einander an. Vlaminck nickte.
»Ich mache mit«, sagte er. »Sieht gut aus, wie ich gestern schon sagte.«
Langarotti wetzte sein Messer.
»Werden irgendwie französische Interessen verletzt?« fragte er. »Möchte nicht ins Exil wandern.«
»Ich gebe dir mein Wort, daß die Aktion nicht gegen Franzosen in Afrika gerichtet ist.«
»D'accord«, sagte der Korse schlicht.
»Kurt?« fragte Shannon.
»Wie steht's mit der Versicherung?« fragte der Deutsche. »Mir kann das egal sein, ich habe keine Angehörigen, aber was ist mit Marc?«
Der Belgier nickte.
»Ja, ich möchte Anna nicht auf dem trockenen sitzen lassen«, murmelte er.
Söldner werden bei einem Einsatz durch ihre Auftraggeber für gewöhnlich mit zwanzigtausend Dollar im Todesfall und sechstausend bei schwerer Verletzung versichert.
»Die Versicherung müßt ihr selbst abschließen, aber die Höhe bleibt euch überlassen. Wenn einem etwas zustößt, beschwören die anderen, daß er auf hoher See durch einen Unfall über Bord ging. Sollte jemand schwer verletzt werden, beschwören wir alle, es sei durch einen Betriebsunfall an Bord geschehen. Gegenüber der Versicherung seid ihr Passagiere eines kleinen Frachters auf einer Vergnügungsreise von Europa nach Südafrika. Okay?«
Die drei nickten.
»Ich mache mit«, sagte Semmler.
Die Abmachung wurde durch Handschlag besiegelt. Dann teilte Shannon jedem seine Aufgaben zu.
»Kurt, du bekommst am Freitag deinen ersten Gehaltsscheck und tausend Pfund Spesenvorschuß. Dann siehst du dich in der Mittelmeergegend nach einem geeigneten Boot um. Ich brauche einen kleinen Frachter mit einwandfreien Papieren. Wohlgemerkt: Das Boot darf noch nie in eine krumme Sache verwickelt gewesen sein. Das Schiff muß mit sauberen Papieren zum Verkauf stehen. Ich denke an hundert bis zweihundert Tonnen, einen Küstenfrachter oder umgebauten Trawler, notfalls ein umgebautes Marinefahrzeug, das aber nicht nach Kriegsschiff aussehen darf. Verläßlichkeit ist wichtiger als Geschwindigkeit. Das Schiff muß in der Lage sein, in einem Mittelmeerhafen unauffällig eine Ladung an Bord zu nehmen, selbst wenn diese Ladung aus Waffen besteht. Es soll als Frachtschiff auf den Namen einer kleinen Firma oder eines Besitzers registriert

sein. Preis: bis zu fünfundzwanzigtausend Pfund, einschließlich eventuell notwendiger Reparaturen. Spätestens heute in sechzig Tagen muß das Schiff voll gebunkert und verproviantiert für eine Reise nach Kapstadt auslaufbereit sein. Alles klar?«
Semmler nickte und ging in Gedanken sofort seine Beziehungen zu Seeleuten durch.
»Jean Baptiste: Welche Stadt im Mittelmeerraum kennst du am besten?«
»Marseille«, antwortete Langarotti ohne zu zögern.
»Okay. Du kriegst am Freitag dein Gehalt und fünfhundert Pfund. Fahr nach Marseille, miete dich in einem kleinen Hotel ein und sieh dich dann vorsichtig um. Ich brauche drei große, halbsteife Schlauchboote von der Art, wie Zodiac sie herstellt. Sie wurden für Sportzwecke aus Landungsbooten der Marine-Infanterie weiterentwickelt. Kauf sie bei drei verschiedenen Lieferanten und übergib sie einer angesehenen Exportfirma zur Ausfuhr nach Marokko. Der Zweck: Wasserskilauf und Tauchen in einem Ferienzentrum. Farbe: Schwarz. Dazu drei kräftige Außenborder mit Batterie-Anlasser. Die Boote müssen bis zu einer Tonne Zuladung vertragen. Mit diesem Gewicht müssen die Maschinen mindestens zehn Knoten schaffen. Unter Berücksichtigung einer ausreichenden Reserve brauchst du etwa sechzig PS. Wichtig ist die Ausstattung mit einem sehr leisen Unterwasserauspuff. Sollte das nicht zu bekommen sein, so laß dir von einem Mechaniker drei Auspuffverlängerungen mit den nötigen Ventilen anbauen. Die Maschinen übergibst du mit derselben Zweckbestimmung wie die Schlauchboote der Exportfirma: Wassersport in Marokko. Die fünfhundert Pfund werden dafür nicht reichen. Richte ein Bankkonto ein und schreib mir den Namen der Bank und die Kontonummer an diese Adresse hier. Ich lasse dann das Geld überweisen. Aber du mußt alles getrennt kaufen und mir die Preisliste per Post hierher schikken. Okay?«
Langarotti nickte und wetzte wieder sein Messer.
»Marc, du erinnerst dich doch, daß du mir einmal erzählt hast, du kennst einen Mann in Belgien, der neunzehnhundertfünfundvierzig aus deutschen Lagerbeständen tausend nagelneue Schmeisser-Maschinenpistolen geklaut und die Hälfte davon noch in Besitz hat? Fahr am Freitag mit deinem Gehalt und fünfhundert Pfund Spesen nach Ostende zurück und mach diesen Mann ausfindig. Frag ihn, ob er verkaufen will. Ich brauche hundert Maschinenpistolen in erstklassigem Zustand. Ich bezahle einhundert Dollar pro Stück, das ist weit mehr als der gängige Preis. Sobald du den Mann gefunden hast, schreib mir an meine hiesige Adresse, wann und wo ich mich mit ihm treffen kann. Kapiert?«
Um halb zehn waren sie fertig. Jeder hatte seine Instruktionen im Kopf.
»So, wie wär's jetzt mit einem Happen zu essen?« fragte Shannon seine Kameraden. Der Vorschlag wurde begeistert aufgenommen, weil allen

der Magen knurrte; sie hatten seit einem kleinen Imbiß im Flugzeug nichts mehr gegessen. Shannon lud sie gleich an der nächsten Ecke ins ›Paprika‹ ein. Sie sprachen immer noch französisch, aber die anderen Gäste beachteten sie nur, wenn ihr Gelächter einmal zu laut wurde. Offensichtlich befanden sie sich in angeregter Stimmung, aber niemand von den anderen Gästen wäre darauf gekommen, was die kleine Gruppe in der Ecke so in Schwung brachte: Die Aussicht, wieder einmal unter CAT Shannons Führung in einen Krieg zu ziehen.

Auch jenseits des Kanals dachte jemand intensiv an Carlo Alfred Thomas Shannon, doch waren seine Gedanken nicht sehr liebenswürdig. Er wanderte in seinem Wohnzimmer des Apartments nahe der Place de la Bastille auf und ab und dachte über die Informationen nach, die er seit einer Woche sammelte; erst vor wenigen Stunden war der Hinweis aus Marseille eingetroffen.
Hätte der Journalist, der in seinem Gespräch mit Simon Endean als zweiten möglichen Kandidaten den Söldner Charles Roux vorgeschlagen hatte, mehr über den Franzosen gewußt, dann wäre seine Beschreibung kaum so schmeichelhaft ausgefallen. Aber er kannte nur die wichtigsten Daten aus dem Lebenslauf dieses Mannes und wußte kaum etwas über seinen Charakter. Was er nicht ahnte, konnte er auch Endean nicht mitteilen: Daß Roux den anderen von ihm empfohlenen Söldner, nämlich CAT Shannon, erbittert haßte.
Nach Endeans Besuch bei Roux hatte der Franzose volle vierzehn Tage auf eine zweite Fühlungnahme gewartet. Als sie ausblieb, sah er sich zu der Folgerung gezwungen, daß entweder das Projekt seines Besuchers Walter Harris aufgegeben worden war – oder daß ein anderer den Auftrag bekommen hatte.
Was die zweite Möglichkeit betraf, zog er Erkundigungen ein, vor allem unter den Männern, die für den Engländer als Partner vielleicht noch in Frage gekommen wären. Bei dieser Gelegenheit erfuhr er, daß CAT Shannon in Paris gewesen war und unter seinem eigenen Namen in einem kleinen Hotel am Montmartre gewohnt hatte. Für Roux war das ein harter Schlag, da er Shannons Spur seit dem Zusammentreffen auf dem Flugplatz Le Bourget verloren und angenommen hatte, Shannon sei nicht mehr in Paris.
Vor über einer Woche hatte er einen Mann, den er für vertrauenswürdig hielt, mit näheren Erkundigungen nach Shannon beauftragt. Es war ein gewisser Henry Alain, ebenfalls früherer Söldner.
Alain hatte sich schon vierundzwanzig Stunden später mit seinem Bericht gemeldet: Shannon sei aus dem Hotel auf dem Montmartre verschwunden und nicht wieder aufgetaucht. Er konnte Roux darüber hinaus noch zweierlei berichten: Shannons Abreise sei am Morgen nach dem Besuch

des Engländers in Roux' Wohnung erfolgt, und zweitens habe auch Shannon an diesem Nachmittag Besuch gehabt. Der Hotelangestellte konnte sich nach einer kleinen finanziellen Ermunterung noch genau an Shannons Besucher erinnern. Nach der Beschreibung zweifelte Roux nicht daran, daß es sich um denselben Mann handelte, der auch ihn aufgesucht hatte.
Mr. Harris aus London hatte also in Paris Gespräche mit zwei Söldnern geführt, obgleich er nur einen brauchte. Als Ergebnis war Shannon verschwunden, während er, Roux, als Ladenhüter zurückblieb. Daß ausgerechnet Shannon den Auftrag bekommen hatte, vertiefte noch Roux' Wut, da es keinen anderen Menschen gab, den Roux mehr gehaßt hätte. Er ließ das Hotel vier Tage lang durch Henry Alain überwachen, aber Shannon war nicht zurückgekehrt. Dann versuchte er es auf andere Weise. Er erinnerte sich an Zeitungsberichte, nach denen Shannon die letzten Tage in der Enklave mit dem Korsen Langarotti zusammengewesen war. Wenn Shannon wieder etwas zu tun hatte, galt das wahrscheinlich auch für Langarotti. So hatte er Henry Alain nach Marseille geschickt, um den Korsen ausfindig zu machen und etwas über Shannon zu erfahren. Alain war gerade mit der Mitteilung zurückgekehrt, Langarotti habe Marseille an diesem Nachmittag verlassen. Sein Ziel: London.
Roux wandte sich an seinen Informanten. »Bon, Henry, das wäre alles. Ich sag dir Bescheid, wenn ich dich brauche. Der Hotelmensch vom Montmartre verständigt dich doch, falls Shannon zurückkommt?«
»Klar«, sagte Alain und erhob sich.
»Dann ruf mich sofort an.«
Nachdem Alain gegangen war, überlegte Roux: Daß sich Langarotti ausgerechnet nach London abgesetzt hatte, bedeutete sicher, daß er sich dort mit Shannon traf. Das wiederum hieß, daß Shannon Männer suchte und infolgedessen einen Auftrag haben mußte. Roux zweifelte nicht daran, daß es sich um Walter Harris' Auftrag handelte, der eigentlich ihm gehörte. Er empfand es als niederträchtig, auf französischem Boden, den er für seine ausschließliche Domäne hielt, keinen Franzosen zu rekrutieren. Harris' Auftrag war ihm noch aus einem anderen Grunde wichtig. Er hatte seit Bukavu nicht mehr gearbeitet und würde höchstwahrscheinlich bald seinen Einfluß auf die französische Söldnergruppe einbüßen, wenn es ihm nicht gelang, diese Leute irgendwie zu beschäftigen. Wenn Shannon ausfiel, wenn er beispielsweise für immer verschwand, mußte dieser Mr. Harris wahrscheinlich auf Roux zurückgreifen und ihn engagieren – wie es sich ohnehin gehört hätte.
Ohne zu zögern führte er in Paris ein Ortsgespräch.

Das Abendessen in London näherte sich seinem Ende. Die Männer hatten eine Menge kräftigen Landwein getrunken, den sie wie fast alle Söldner den feineren Sorten vorzogen. Tiny Marc hob sein Glas und brachte den Toast der Kongo-Veteranen aus:

» Vive la Mort, vive la guerre,
Vive le sacré mercenaire.«

Im Gegensatz zu den anderen hatte CAT Shannon einen klaren Kopf behalten. Er lehnte sich zurück und dachte darüber nach, was wohl passieren würde, wenn er diese Meute auf Kimbas Palast losließ. Dann hob er schweigend sein Glas und trank auf die Hunde des Krieges.

Charles Roux war achtundvierzig und nicht ganz normal; beide Tatsachen hatten allerdings nichts miteinander zu tun. Man konnte ihn nicht als verrückt einstufen, aber die meisten Psychiater hätten bei ihm zumindest eine geistige Labilität festgestellt. Eine solche Diagnose hätte sich auf das Vorhandensein eines gewissen Größenwahns gestützt; aber es laufen genug Größenwahnsinnige frei herum, da man bei ihnen diese Störung beschönigend als übertriebenes Selbstbewußtsein bezeichnet.
Die besagten Psychiater hätten wahrscheinlich bei dem französischen Söldner auch einen Anflug von Paranoia entdeckt und bei genauerer Untersuchung eventuell sogar psychopathische Züge gefunden. Aber da Roux niemals von einem erfahrenen Psychiater untersucht worden war und da er seine Labilität normalerweise hinter einer Fassade von Intelligenz und großer Schläue tarnte, kam dieses Thema nie zur Sprache.
Als äußerliche Merkmale seiner Gemütsverfassung war nur seine Fähigkeit anzuführen, der eigenen Person eine völlig illusorische Bedeutung beizumessen und voller Selbstmitleid die Überzeugung zu vertreten, er habe nie einen Fehler begangen, sondern schuld seien immer die anderen. Er konnte Menschen, die ihm nach seiner Meinung unrecht getan hatten, mit erbittertem Haß verfolgen.
Die Opfer dieses Hasses hatten häufig nichts weiter getan, als Roux zu frustrieren. Nur in Shannons Fall gab es dafür handfeste Gründe.
Roux war schon Ende Dreißig und immer noch Stabsfeldwebel, als er aus der französischen Armee entlassen wurde. Es ging damals um ein paar verschwundene Geldbeträge.
1961 war er auf eigene Kosten nach Katanga gereist und hatte sich Moise Tschombe, dem Führer der abtrünnigen Provinz, als qualifizierter Militärberater empfohlen. In diesem Jahr erreichte der Kampf um die Loslösung der an Bodenschätzen reichen Provinz Katanga aus der gerade selbständig gewordenen, von Unruhen geschüttelten Republik Kongo ihren Höhepunkt. Die Karriere mehrerer Männer, die sich später als Söldnerführer einen Namen machten, begann damals in Katanga. Auch Hoare, Denard und Schramme gehörten zu ihnen. Trotz seines Dranges zu Höherem spielte Roux bei den Auseinandersetzungen um Katanga nur eine

Nebenrolle. Als es der mächtigen UNO schließlich gelang, die kleinen Söldnerbanden, wenn schon nicht militärisch, so doch politisch an die Wand zu drängen, war Roux unter denen, die mit einem blauen Auge davonkamen.

Das war 1962. Als der Kongo zwei Jahre später wie ein Kartenhaus unter dem Ansturm der von den Kommunisten unterstützten Simbas einzustürzen drohte, wurde Tschombe aus dem Exil geholt, um nicht nur Katanga, sondern den gesamten Kongo zu führen. Er ließ Hoare nachkommen, und mit ihm kam Roux zurück. Für einen Franzosen wäre eigentlich das französisch sprechende Sechste Kommando die richtige Einheit gewesen, aber da sich Roux gerade in Südafrika aufgehalten hatte, stieß er zum Fünften Kommando. Man übertrug ihm den Befehl über eine Kompanie, und sechs Monate später bekam er als Unterführer einen jungen Anglo-Iren namens Shannon zugeteilt.

Drei Monate später überwarf sich Roux mit Hoare. Roux war schon damals von seinen überragenden militärischen Führerqualitäten überzeugt. Er hatte Auftrag, eine Straßensperre der Simbas zu sprengen. Dazu entwickelte er einen eigenen Plan und erlebte ein Desaster. Vier weiße Söldner und über ein Dutzend Katanga-Soldaten kamen ums Leben. Das lag teils an der falschen Planung, teils an dem Umstand, daß Roux sinnlos betrunken war. Seine Trunkenheit war wohl auf den Umstand zurückzuführen, daß Roux trotz aller Prahlerei keine Kämpfernatur war.

Oberst Hoare verlangte von Roux einen Bericht und bekam ihn auch. Er stimmte nicht ganz mit den wohlbekannten Tatsachen überein. Da ließ Hoare den einzigen Überlebenden, Zugführer Carlo Shannon, kommen und befragte ihn eingehend.

Das Ergebnis war so, daß er sofort Roux zu sich zitierte. Er warf ihn fristlos hinaus.

Roux ging nach Norden und schloß sich bei Paulis dem Sechsten Kommando unter Denard an. Seine Entlassung aus dem Fünften Kommando erklärte er mit der Voreingenommenheit beschränkter Briten gegenüber einem überlegenen französischen Offizier. Es war eine Interpretation, die Denard ohne weiteres schluckte. Er versetzte Roux als stellvertretenden Befehlshaber zu einem kleineren Kommando, das nominell dem Sechsten unterstand, aber praktisch unabhängig operierte. Es handelte sich um das Vierzehnte Kommando bei Watsa unter Kommandant Tavernier.

1966 hatte sich Hoare zur Ruhe gesetzt und auch Tavernier war gegangen. Das Vierzehnte Kommando wurde von Kommandant Wautier befehligt, einem Belgier wie Tavernier. Roux war immer noch Stellvertreter und haßte Wautier. Dabei hatte ihm der Belgier nichts getan. Der einzige Grund für die Abneigung bestand darin, daß Roux nach Taverniers Ablösung selbst mit diesem Posten gerechnet hatte. Aber er hatte ihn nicht bekommen. Deshalb haßte er Wautier.

Das überwiegend aus Katanga-Soldaten bestehende Vierzehnte Kommando bildete 1966 bei der Meuterei gegen die Kongo-Regierung eine Art Speerspitze. Die Meuterei war von Wautier gut vorbereitet und hätte wahrscheinlich auch Erfolg gehabt. Black Jack Schramme hielt sein ebenfalls aus Katanga-Soldaten bestehendes Zehntes Kommando zurück, um den Lauf der Ereignisse abzuwarten. Unter Wautiers Führung wäre die Revolte vermutlich geglückt. Dann hätte höchstwahrscheinlich auch Black Jack mit seinem Zehnten Kommando eingegriffen und die Regierung des Kongo wäre wohl gestürzt worden. Zur Einleitung der Revolte hatte Wautier seine Soldaten nach Stanleyville gebracht, wo sich auf dem linken Kongoufer ein riesiges Waffenlager befand. Die Munition hätte ausgereicht, die mittleren und östlichen Teile des Kongo jahrelang zu halten.

Zwei Stunden vor dem Angriff wurde Kommandant Wautier erschossen. Wie es dazu kam, wurde nie offiziell bewiesen, aber tatsächlich war es Roux, der seinen Vorgesetzten mit einem Genickschuß ermordete. Ein klügerer Mann hätte die Aktion daraufhin abgeblasen. Aber Roux bestand darauf, den Oberbefehl zu übernehmen, und die Meuterei scheiterte. Es gelang seinen Soldaten nicht, den Fluß zu überqueren, und die Regierungsstreitkräfte bekamen die Oberhand, als sich herausstellte, daß das Waffenlager noch in ihren Händen war. Roux' Einheit wurde bis auf den letzten Mann aufgerieben. Schramme war froh darüber, mit seinen Leuten an dem Fiasko nicht beteiligt gewesen zu sein. In panischer Flucht wandte sich Roux an John Peters, den neuen Kommandanten des englisch sprechenden Fünften Kommandos, das ebenfalls abseits gestanden hatte. Peters schmuggelte den verzweifelten Roux außer Landes, indem er ihn als verwundeten Engländer maskierte.

Die einzige Fluchtmöglichkeit war eine Maschine nach Südafrika, und diese Gelegenheit nahm Roux wahr. Zehn Monate später kehrte er wieder in den Kongo zurück, diesmal in Begleitung von fünf Südafrikanern. Er hatte Wind von der bevorstehenden Revolte bekommen und stieß im Hauptquartier des Zehnten Kommandos bei Kindu zu Schramme. Als die neue Meuterei ausbrach, war er wieder in Stanleyville und diesmal beteiligten sich sowohl Schramme als auch Denard. Schon wenige Stunden später war Denard durch eine Kopfverletzung außer Gefecht gesetzt. Die abprallende Kugel eines eigenen Mannes hatte ihn getroffen. Im entscheidenden Augenblick fiel der Oberkommandierende des vereinigten Sechsten und Zehnten Kommandos aus. Roux erklärte, als Franzose habe er den Vortritt vor dem Belgier Schramme und außerdem sei er der beste Offizier am Platz. Nur er könne die Söldner kommandieren und daher sei er der richtige Mann für den Oberbefehl.

Die Wahl fiel auf Schramme, und zwar nicht deshalb, weil er der geeignetste Anführer der Weißen war, sondern weil er als einziger die Ka-

tanga-Soldaten befehligen konnte; ohne diese Hilfstruppen wären die wenigen Europäer hoffnungslos unterlegen gewesen.
Roux' Anspruch wurde aus zwei Gründen abgewiesen. Die Katangesen haßten ihn und mißtrauten ihm, weil sie sich nur zu gut daran erinnerten, wie er ein Jahr zuvor eine Einheit ihrer Kameraden in den Tod geführt hatte. Und im Rat der Söldner, der am Abend vor Denards Evakuierung nach Rhodesien stattfand, sprach sich einer von Denards Kompaniechefs, nämlich Shannon, gegen Roux' Nominierung aus. Shannon hatte achtzehn Monate zuvor das Fünfte Kommando verlassen und sich dem Sechsten angeschlossen, weil er nicht unter Peters dienen wollte.
Ein zweites Mal mißlang es den Söldnern, das Arsenal zu erobern. Schramme entschied sich für den langen Marsch von Stanleyville nach Bukavu, einem Urlaubsort am See Bukavu, von wo aus die Flucht in die benachbarte Republik Ruanda möglich war, falls etwas schiefging.
Schon damals hatte Roux' Haß auf Shannon einen Höhepunkt erreicht. Um die beiden Streithähne auseinanderzuhalten, bekam Shannons Kompanie von Schramme die gefährliche Aufgabe der Vorhut zugeteilt, die für Söldner, Katangesen und Tausende von Begleitern, die sich ihren Weg zum See quer durch den Kongo freikämpften, einen Weg zu bahnen hatte. Roux bildete die Nachhut. So begegneten sich beide nicht.
Erst in Bukavu sahen sie sich wieder, nachdem die Söldner von drei Seiten eingeschlossen waren und ihnen nur noch der Fluchtweg über den See im Rücken der Stadt offen blieb. Das war im September 1967. Roux verlor in betrunkenem Zustand beim Kartenspiel und warf Shannon Betrügereien vor. Shannon erwiderte, Roux habe sich beim Pokern genauso dilettantisch verhalten wie bei seinen Angriffen auf Straßensperren der Simbas, und er habe aus demselben Grund wie damals verloren: Weil er keine Nerven besaß. Die Männer rings um den Tisch verharrten in tödlichem Schweigen, die umstehenden Söldner zogen sich vorsichtshalber bis an die Wand zurück. Aber Roux gab nach. Er funkelte Shannon an, ließ aber zu, daß der junge Ire aufstand und zur Tür ging. Erst als er ihm den Rücken zukehrte, griff Roux nach seinem 45er-Colt und zielte. Shannon reagierte schneller. Er wirbelte herum, riß seine Automatik heraus und feuerte quer durch den langgestreckten Raum. Für einen Schuß aus der Hüfte, noch dazu aus der Drehung heraus, war es ein Glückstreffer. Die Kugel erwischte Roux unterhalb der rechten Schulter und durchschlug seinen Bizeps. Sein Arm hing schlaff herab, und Blut tropfte von den Fingern auf den Colt, der neben ihm auf dem Fußboden lag.
»Ich erinnere mich an noch etwas«, rief Shannon durch den Raum, »nämlich an die Sache mit Wautier!«
Nach der Schießerei war Roux erledigt. Er floh über die Brücke nach Ruanda, ließ sich in die Hauptstadt Kigali fahren und flog nach Frankreich zurück. So wurde ihm der Fall Bukavus erspart, als im November schließ-

lich die Munition ausging und die Beteiligten in Kigali für fünf Monate interniert wurden. Er hatte aber auch keine Gelegenheit mehr, mit Shannon abzurechnen.

Als erster Rückkehrer aus Bukavu gab Roux in Paris mehrere Interviews. Er prahlte mit seinen Verdiensten, wies auf seine Kriegsverletzung hin und beteuerte, er würde am liebsten sofort an die Spitze seiner Männer zurückkehren. Das Fiasko von Dilolo, bei dem schlecht vorbereiteten Versuch des gerade wiedergenesenen Denard, im Süden von Angola aus in den Kongo einzudringen, um seine hart kämpfenden Männer in Bukavu zu entlasten, und die nachfolgende Pensionierung des einstigen Anführers des Sechsten Kommandos, riefen bei Roux die Überzeugung hervor, er beanspruche mit vollem Recht die führende Rolle unter den französischen Söldnern. Er hatte bei Beutezügen im Kongo eine Menge Geld verdient und beiseite gelegt.

Mit diesem Geld konnte er gegenüber den kleinen Säufern und Ganoven angeben, die sich gern als ehemalige Söldner ausgaben. Sie brachten ihm auch ein gewisses Maß an Loyalität entgegen – allerdings nur, soweit man Treue mit Geld erkaufen kann.

Zu dieser Sorte gehörten sowohl Henry Alain als auch Roux' nächster Besucher, den er telefonisch herbeizitiert hatte. Auch dieser Mann war ein Söldner, allerdings von ganz anderem Typ: Raymond Thomard war von Natur aus ein Berufskiller. Auch er hatte einmal im Kongo gekämpft, als er vor der Polizei fliehen mußte, und Roux hatte ihn zu seinem Helfershelfer gemacht. Thomard war ihm so treu ergeben, wie man das von einem Heuerling nur erwarten kann, weil Roux mit ein paar Trinkgeldern und seiner Prahlerei den Eindruck zu erwecken wußte, als sei er ein wichtiger Mann.

»Ich habe einen Job für dich«, sagte Roux zu Thomard. »Der Auftrag ist mir fünftausend Dollar wert. Interessiert?«

Thomard grinste. »Klar, Chef. Wer ist der Kerl, den ich abknipsen soll?«

»CAT Shannon.«

Thomard machte ein langes Gesicht. Roux kam seinem Einwand zuvor.

»Ich weiß, wie gut er ist, aber du bist besser. Außerdem ahnt er nichts. Du bekommst seine Adresse, sobald er sich wieder in Paris blicken läßt. Du brauchst nur abzuwarten, bis er das Haus verläßt. Dann nimmst du ihn aufs Korn. Kennt er dich vom Sehen?«

Thomard schüttelte den Kopf.

»Wir sind uns noch nie begegnet«, sagte er.

Roux klopfte ihm auf die Schulter.

»Dann mach dir mal keine Sorgen. Wir bleiben in Verbindung und ich sage dir Bescheid, wann und wo du ihn triffst.«

3. Kapitel

Simon Endeans Brief vom Dienstagabend ging am Donnerstagmorgen um zehn Uhr bei der Handelsbank in Zürich ein. Die Anweisung, zehntausend Pfund auf das Konto von Mr. Keith Brown bei der Kredietbank in Brügge zu überweisen, wurde sofort telegrafisch ausgeführt.
Gegen Mittag bekam Herr Goossens das Telex vorgelegt und telegrafierte unverzüglich fünftausend Pfund an Mr. Browns Konto im Westend von London. Kurz vor vier Uhr nachmittags erfuhr Shannon bei einem Kontrollanruf, er könne jetzt über das Geld verfügen. Er ließ sich mit dem Direktor persönlich verbinden und bat ihn, dafür zu sorgen, daß er am nächsten Morgen bis zu dreitausendfünfhundert Pfund in bar abheben könne. Man sagte ihm, das Bargeld liege ab elf Uhr dreißig zur Abholung bereit.

Am selben Morgen meldete sich Martin Thorpe kurz nach neun Uhr bei Sir James Manson und legte ihm alles vor, was er seit dem vergangenen Samstag ausfindig gemacht hatte.
Die beiden sahen gemeinsam die kurze Liste durch und studierten die fotokopierten Dokumente, die Thorpe am Dienstag und Mittwoch im Companies House besorgt hatte. Als sie damit fertig waren, lehnte sich Sir James in seinem Sessel zurück und starrte zur Decke empor.
»Was die Bormac betrifft, haben Sie zweifellos recht, Martin«, sagte er. »Aber warum hat nicht längst jemand den Hauptaktionär ausgekauft?«
Mit dieser Frage hatte sich auch Martin Thorpe den ganzen vergangenen Tag und die letzte Nacht beschäftigt.
Die Bormac Trading Company Ltd. war 1904 zur Ausbeutung einiger Gummiplantagen gegründet worden. Die Plantagen waren mit Hilfe chinesischer Kulis in den letzten Jahren des vergangenen Jahrhunderts entstanden.
Schöpfer des Unternehmens war ein skrupelloser Ire namens Ian Macallister, der 1921 geadelt wurde. Seine Besitzungen lagen auf Borneo – daher auch der Name der Firma.
Macallister war mehr Pionier als Geschäftsmann. 1903 schloß er sich mit einigen Londoner Kaufleuten zusammen; ein Jahr später wurde die Bormac gegründet und mit einer halben Million Stammaktien flottgemacht. Macallister hatte im Jahr zuvor ein siebzehnjähriges Mädchen geheiratet. Er bekam hundertfünfzigtausend Anteile, einen Sitz im Aufsichtsrat und auf Lebenszeit die Leitung der Gummiplantagen.
Zehn Jahre nach der Gründung hatten die Londoner Kaufleute Verträge mit Firmen abgeschlossen, die der britischen Rüstungsindustrie Gummi lieferten. Der Kurs pro Aktie war von ursprünglich vier Shilling auf über zwei Pfund geklettert. Die Kriegsgewinner kassierten bis 1918. Unmittel-

bar nach dem Ersten Weltkrieg folgte für die Firma eine Flaute, dann setzte in den zwanziger Jahren die hektische Motorisierung ein, und der Bedarf an Autoreifen ließ den Kurs des Papiers wieder steigen. Nun erfolgte eine Aktienemission im Verhältnis eins zu eins, wodurch das Aktienkapital der Firma auf eine Million und Sir Ians Paket auf dreihunderttausend aufgestockt wurden. Später wurden keine Aktien mehr ausgegeben.
Die Depression ließ Preise und Kurse wieder in den Keller sinken. Um 1937 begann sich die Firma erneut zu erholen. In diesem Jahr lief einer der chinesischen Kulis Amok und richtete den schlafenden Sir Ian mit einem Parang, einem großen malaiischen Messer, übel zu. Seltsamerweise starb er an Blutvergiftung. Sein bisheriger Stellvertreter übernahm die Leitung der Plantagen. Doch ihm fehlte die Energie seines verstorbenen Chefs, und bei steigenden Preisen sank die Produktion. Der Zweite Weltkrieg hätte der Firma neuen Auftrieb gegeben, aber die japanische Invasion von 1941 schnitt den Nachschub ab.
Das letzte Stündchen hatte für die Firma geschlagen, als die indonesischen Nationalisten im Jahre 1948 den Holländern die Kontrolle über die ostindischen Inseln und Borneo abnahmen. Als man schließlich die Grenzlinie zwischen Indonesisch-Borneo und Britisch-Nordborneo zog, lagen die Plantagen auf der indonesischen Seite und wurden sofort entschädigungslos enteignet.
Seit über zwanzig Jahren hatte sich die Firma nun weitergequält. Ihre Anlagevermögen waren unwiederbringlich verloren, ergebnislose Prozesse gegen das Regime Präsident Sukarnos zehrten an den Barbeständen, die Preise fielen. Als Martin Thorpe die Akte der Firma in die Hand bekam, stand der Aktienkurs auf einem Shilling pro Aktie und der Höchststand der letzten zwölf Monate war ein Shilling und drei Pence gewesen.
Der Vorstand bestand aus fünf Herren, von denen zur Verabschiedung eines Beschlusses laut Gesellschaftsvertrag zwei ein Quorum bilden mußten. Der angegebene Firmensitz war identisch mit der Adresse einer alteingesessenen Londoner Anwaltsfirma, die einen ihrer Teilhaber als geschäftsführendes Vorstandsmitglied stellte. Die früheren Büros hatte man auf Grund der steigenden Kosten längst aufgegeben. An den seltenen Vorstandssitzungen nahmen gewöhnlich der Vorsitzende, ein älterer Herr, der in Sussex lebte – der jüngere Bruder von Sir Ians früherem Stellvertreter, der im Krieg gefallen war und seinem Bruder seine Anteile vermacht hatte –, sowie der Sekretär, nämlich der erwähnte Londoner Anwalt, und gelegentlich einer der drei jüngeren Vorstandsmitglieder teil, die durchwegs weit von London entfernt lebten. Es gab nur selten etwas Geschäftliches zu besprechen, und das Einkommen der Firma bestand hauptsächlich aus unregelmäßigen Entschädigungszahlungen der neuen indonesischen Regierung unter General Suharto.

Die fünf Vorstandsmitglieder gemeinsam verfügten nur über achtzehn Prozent des Aktienkapitals. Zweiundfünfzig Prozent befanden sich in den Händen von sechseinhalbtausend Kleinaktionären im ganzen Land, darunter vielen Hausfrauen und Witwen. Zweifellos schlummerten seit vielen Jahren längst vergessene Aktien in irgendwelchen Banksafes und Anwaltkanzleien überall im Land.

Aber das war es nicht, wofür sich Thorpe und Manson so sehr interessierten. Wenn sie versucht hätten, auf dem freien Markt ein ausreichend großes Aktienpaket zusammenzukaufen, hätte das erstens Jahre gedauert, und zweitens jeden Beobachter in der City mit der Nase darauf gestoßen, daß jemand mit der Bormac etwas im Sinne hatte. Ihr Interesse galt dem geschlossenen Aktienpaket von dreihunderttausend Anteilen, das sich im Besitz der verwitweten Lady Macallister befand.

Rätselhaft war nur, warum ihr nicht längst jemand das ganze Paket abgekauft und damit den Mantel der einst blühenden Gummigesellschaft übernommen hatte. In jeder anderen Hinsicht war die Firma für Mansons Absicht ideal, denn der zweck des Unternehmens war so weit gespannt, daß die Ausbeutung von Rohstoffen aller Art in irgendeinem Land außerhalb Großbritanniens darunterfiel.

»Sie muß inzwischen fünfundachtzig sein«, sagte Thorpe schließlich. »Sie lebt in einem tristen, alten Wohnviertel in Kensington und wird von einer altgedienten Gesellschafterin versorgt.«

»Bestimmt hat man ihr Angebote gemacht«, überlegte Sir James. »Warum klammert sie sich an die Aktien?«

»Vielleicht will sie einfach nicht verkaufen«, meinte Thorpe. »Oder sie mochte die Leute nicht, von denen die Angebote stammten. Alte Leute sind manchmal komisch.«

Es sind nicht nur die alten Leute, die bei Aktiengeschäften manchmal unlogisch handeln. Die meisten Börsenmakler haben die Erfahrung gemacht, daß sehr vernünftige und vorteilhafte Angebote zuweilen von einem Klienten einfach deshalb abgelehnt werden, weil ihm der Makler nicht gefällt.

Sir James Manson beugte sich plötzlich vor und stemmte beide Ellbogen auf den Schreibtisch.

»Martin, erkundigen Sie sich nach der alten Dame. Stellen Sie fest, wer sie ist, wo sie lebt, was sie denkt, was sie mag und was nicht, finden Sie ihre Eigenarten und vor allen Dingen ihre schwachen Punkte heraus. Sie muß einen schwachen Punkt haben, irgendeine Kleinigkeit, die für sie eine so gewaltige Versuchung darstellen würde, daß sie dafür ihr Aktienpaket verkauft. Wahrscheinlich ist es nicht Geld, denn Geld hatte man ihr bereits angeboten. Aber es muß etwas geben – und das sollen Sie herausbekommen.«

Thorpe stand auf. Manson bat ihn mit einer Handbewegung, sich noch

einmal zu setzen. Er holte sechs vorgedruckte Formulare aus seiner Schreibtischlade: Anträge auf die Einrichtung eines Nummernkontos bei der Zwingli-Bank in Zürich.
Seine Anweisungen waren knapp und präzise. Thorpe nickte.
»Nehmen Sie die Morgenmaschine, dann können Sie morgen abend wieder zurück sein«, sagte Manson und verabschiedete seinen Assistenten.

Simon Endean rief Shannon kurz nach zwei in dessen Wohnung an und erhielt den neuesten Bericht über alles, was der Söldner inzwischen veranlaßt hatte. Mansons Assistent war von Shannons Exaktheit erfreut und notierte sich die Einzelheiten auf einem Block, um später selbst Sir James berichten zu können.
Als Shannon fertig war, kam er auf Geld zu sprechen.
»Ich brauche telegrafisch fünftausend Pfund direkt von Ihrer Schweizer Bank auf mein auf Keith Brown lautendes Konto beim Stammhaus der Banque de Credit in Luxemburg selbst, und zwar bis Montag mittag«, sagte er zu Endean. »Dann weitere fünftausend per Telex auf mein Konto bei der Hauptstelle der Landesbank in Hamburg bis Mittwoch morgen.«
Er erklärte, ein Großteil der fünftausend Pfund in London sei bereits verfügt, und die anderen fünftausend in Brügge brauche er als Reserve. Die beiden gleichhohen Summen in Luxemburg und Hamburg seien in erster Linie dazu bestimmt, seinen Kontaktleuten vor den Verhandlungen mit einem beglaubigten Scheck seine Zahlungsfähigkeit beweisen zu können. Später werde der größere Teil des Geldes nach Brügge transferiert und der Rest voll durch Quittungen belegt.
»Ich kann Ihnen selbstverständlich eine vollständige Abrechnung der bisher ausgegebenen oder verfügten Summen geben«, sagte er zu Endean. »Aber dazu brauche ich Ihre Postanschrift.«
Endean gab ihm die Adresse einer Brief-Service-Firma, bei der er an diesem Morgen unter dem Namen Walter Harris ein Postfach eröffnet hatte.
Er versprach, die Überweisung der beiden Beträge an Keith Brown in Luxemburg und Hamburg von Zürich aus sofort zu veranlassen.

Janni Dupree meldete sich um fünf Uhr vom Londoner Flughafen aus. Er hatte die längste Reise hinter sich: Am Vortag von Kapstadt nach Johannesburg, Übernachtung im Holiday Inn und dann den langen SAA-Flug über Luanda in Portugiesisch-Angola mit Zwischenlandung auf der Isla do Sol, um nicht das Territorium irgendeines schwarzafrikanischen Staates überfliegen zu müssen.
Shannon befahl ihm, sofort mit dem Taxi in seine Wohnung zu kommen. Während Dupree unterwegs war, beorderte Shannon auch die drei anderen Söldner aus ihren Hotels herbei.
Um sechs Uhr kam es zu einem zweiten Treffen. Alle begrüßten den Süd-

afrikaner und hörten dann schweigend zu, wie Shannon ihm gegenüber alles wiederholte, was sie vom Abend zuvor schon wußten. Janni strahlte, als Shannon die Bedingungen nannte.
»Also werden wir wieder kämpfen, CAT, ich bin dabei.«
»Gut. Für dich hab ich folgenden Auftrag: Du bleibst hier in London und besorgst dir eine kleine Wohnung. Dabei helfe ich dir morgen. Wir sehen gemeinsam den *Evening Standard* durch und erledigen das bis zum Abend.
Du wirst unsere Klamotten einkaufen. Wir brauchen fünfzig T-Shirts, fünfzig Unterhosen, fünfzig Paar leichte Nylonsocken. Mit einer Reservegarnitur pro Mann macht das hundert. Die Liste bekommst du später. Außerdem fünfzig Uniformhosen, nach Möglichkeit in Tarnfarbe und möglichst passend zu den Jacken. Weitere fünfzig Uniformblusen mit Reißverschluß, ebenfalls in Tarnfarbe.
Das alles kannst du ganz offen in einschlägigen Sportgeschäften bekommen. Hier in der Stadt tragen allmählich sogar die Hippies und die Sonntagsjäger Kampfanzüge.
Bei denselben Großhändlern bekommst du Westen, Socken und Unterhosen, aber kauf die Hosen und Uniformblusen bei einem anderen. Weiter fünfzig grüne Käppis und fünfzig Paar Stiefel. Bei den Hosen nimmst du die größte Nummer, wir können sie ja nachher kürzen. Die Hälfte der Blusen in groß, die Hälfte in mittelgroß. Die Stiefel besorg dir in einem Campinggeschäft. Ich brauche keine schweren britischen Armeestiefel, sondern grüne Leinenstiefel, wasserdicht und vorn geschnürt.
Nun zum Koppelzeug: Ich brauche fünfzig Leinengürtel, Munitionstaschen, Proviantbeutel und Campingbeutel mit einer kreisrunden Verstärkung. Wenn man die ein wenig umbaut, passen die Bazookas hinein. Schließlich fünfzig leichte Schlafsäcke aus Nylon. Okay? Wie gesagt: Eine schriftliche Liste bekommst du später.«
Dupree nickte. »Alles okay. Und wieviel wird das Zeug kosten?«
»Etwa tausend Pfund. Beim Einkauf gehst du folgendermaßen vor: Im Branchentelefonbuch findest du über ein Dutzend Läden mit Waren aus Armeebeständen. Kauf die Jacken, Blusen, Koppel, Käppis, Proviant- und Campingbeutel sowie die Stiefel in verschiedenen Geschäften, bezahl alles in bar und nimm die Sachen gleich mit. Es wird dich zwar kaum jemand danach fragen, aber du nennst weder deinen richtigen Namen noch deine richtige Adresse. Wenn du alles beisammen hast, schaffst du es in ein ganz normales Lagerhaus, läßt es exportgerecht verpacken und verständigst vier verschiedene Spediteure, die sich mit Exportgeschäften auskennen. Du bezahlst alles im voraus und läßt die vier getrennten Ladungen versiegelt an eine Speditionsfirma in Marseille zu Händen von Jean Baptiste Langarotti verschiffen.«
»Wie heißt der Spediteur in Marseille?« fragte Dupree.

»Das wissen wir noch nicht«, antwortete Shannon und wandte sich an den Korsen.

»Jean, sobald du die Speditionsfirma weißt, über die du die Schlauchboote und Außenborder verschiffen willst, schickst du Namen und Adresse per Post nach London, und zwar eine Kopie an meine Anschrift und eine zweite an Jan Dupree, postlagernd, Postamt Trafalgar Square, London, verstanden?«

Langarotti notierte sich die Anschrift, während Shannon die Anweisung für Dupree übersetzte.

»Janni, du besorgst dir die Postlageradresse in den nächsten Tagen und fragst wöchentlich nach Jeans Brief. Dann weist du die Speditionsfirma an, die Kisten unter Zollverschluß in seemäßiger Verpackung auf Langarottis Namen nach Marseille zu transportieren. Nun zum Geld: Ich habe gerade erfahren, daß die Überweisung aus Brüssel da ist.«

Die drei Europäer kramten Zettel aus ihren Taschen, während sich Shannon von Dupree das Flugticket geben ließ. Dann holte Shannon aus seinem Schreibtisch vier Briefe, die an Herrn Goossens bei der Kreditbank gerichtet waren. Sie hatten ungefähr denselben Wortlaut: Die Kreditbank solle eine Summe von X US-Dollars von Mr. Keith Browns Konto auf das Konto von Mr. X überweisen.

In die Lücken setzte Shannon den Gegenwert eines Flugtickets ein, und zwar jeweils von Ostende, Marseille, München und Kapstadt nach London und zurück.

In den Briefen wurde Herr Goossens außerdem ersucht, gleich nach Erhalt des Briefes auf die angegebenen Konten jeweils eintausendzweihundertfünfzig Dollar zu überweisen, und Überweisungen in derselben Höhe noch einmal am 5. Mai und am 5. Juni vorzunehmen. Der Reihe nach diktierten die Söldner Shannon den Namen der jeweiligen Bank. Sie lagen fast alle in der Schweiz. Shannon trug sie mit Schreibmaschine in den Brief ein.

Als er fertig war, las jeder seinen Brief durch, dann unterschrieb sie Shannon, steckte sie in getrennte Umschläge, klebte sie zu und gab jedem sein Schreiben zum Aufgeben.

Zuletzt zahlte er jedem der Söldner fünfzig Pfund in bar für die Spesen des zweitägigen Aufenthalts in London und forderte sie auf, ihn am nächsten Vormittag um elf vor dem Eingang seiner Londoner Bank zu erwarten.

Als sie gegangen waren, setzte er sich hin und schrieb einen langen Brief an einen Mann in Afrika. Er rief den Journalisten an, der sich inzwischen telefonisch vergewissert hatte, daß er die Postadresse des Afrikaners weitergeben durfte. Am Abend brachte Shannon den Eilbrief zur Post und speiste allein in einem Restaurant.

Kurz vor Mittag wurde Martin Thorpe von Dr. Steinhofer in der Zwingli-Bank empfangen. Da Sir James Manson seinen Besuch angekündigt hatte, wurde Thorpe dieselbe Sonderbehandlung zuteil.
Er legte dem Bankier die sechs Antragsformulare auf Nummernkonten vor. Sie waren vorschriftsmäßig ausgefüllt und unterzeichnet. Getrennte Karten wiesen die beiden vorgeschriebenen Unterschriftsproben der Antragsteller auf. Sie lauteten auf den Namen: Adams, Ball, Carter, Davis, Edwards und Frost.
Jedem Formular waren zwei Schreiben beigefügt: Eine unterschriebene Bankvollmacht der Herren Adams, Ball, Carter, Davis, Edwards und Frost für Mr. Martin Thorpe, und ein von Sir James Manson unterzeichneter Brief, in dem Dr. Steinhofer aufgefordert wurde, auf jedes der neuen Konten den Betrag von fünfzigtausend Pfund aus Sir James' Guthaben zu übertragen.
Dr. Steinhofer war natürlich klug und erfahren genug, um sofort über den bemerkenswerten Zufall zu stolpern, daß die Namen der sechs ›Geschäftsfreunde‹ mit den ersten sechs Buchstaben des Alphabets begannen. Aber er sagte sich, daß es ihn nichts anginge, ob diese sechs Personen nun tatsächlich existierten oder nicht. Wenn ein reicher britischer Geschäftsmann es für richtig hielt, die lästigen Vorschriften seines Aktiengesetzes zu umgehen, dann war das seine Angelegenheit. Außerdem wußte Dr. Steinhofer genug über eine ganze Reihe von Geschäftsleuten der Londoner City, um das britische Handelsministerium bis ans Ende des Jahrhunderts mit Ermittlungsverfahren vollauf zu beschäftigen.
Daß er die Antragsformulare von Thorpe widerspruchslos entgegennahm, hatte noch einen anderen guten Grund. Wenn die Aktien der Gesellschaft, die Sir James heimlich zu erwerben suchte, von ihrem heutigen Stand zu astronomischen Höhen emporkletterten – einen anderen Zweck der Übung vermochte Dr. Steinhofer nicht einzusehen –, dann hinderte einen Schweizer Bankier nichts daran, auf seinen Namen ebenfalls einige dieser Anteile zu kaufen.
»Die Gesellschaft, die wir ins Auge gefaßt haben, nennt sich Bormac Trading Company Ltd.«, sagte Thorpe leise. Er erwähnte die derzeitige Situation der Firma und den Umstand, daß die alte Lady Macallister mit ihren dreihunderttausend Anteilen dreißig Prozent der Firma besaß.
Er fuhr fort: »Wir haben Grund zu der Annahme, daß früher schon Versuche unternommen wurden, die alte Dame zu einem Verkauf zu bewegen. Sie scheinen erfolglos gewesen zu sein. Wir werden es trotzdem versuchen. Sollte es uns nicht gelingen, werden wir uns nach einem anderen Firmenmantel umsehen.«
Dr. Steinhofer hörte ihm schweigend zu und rauchte eine Zigarre.
»Wie Sie wissen, Dr. Steinhofer, müßte ein einzelner Käufer dieser Aktien seine Identität preisgeben. Deshalb werden als Käufer die vier Herren

Adams, Ball, Carter und Davis auftreten und je siebeneinhalb Prozent der Firma erwerben. Wir möchten Sie bitten, dieses Geschäft für alle vier abzuwickeln.«
Dr. Steinhofer nickte. Das war so üblich.
»Selbstverständlich, Mr. Thorpe.«
»Ich werde versuchen, die alte Dame zur Unterzeichnung von Übertragungsurkunden zu bewegen, in denen der Name des Käufers offen gelassen ist. Das geschieht einfach deshalb, weil in England manche Leute, besonders alte Damen, gegenüber Schweizer Banken gewisse Vorbehalte hegen.«
»Das kann ich mir denken«, sagte Dr. Steinhofer ungerührt. »Ich verstehe Sie vollkommen. Verbleiben wir also so: Sobald Sie mit dieser Dame gesprochen haben, sehen wir zu, wie sich alles zum besten regeln läßt. Aber bitten Sie Sir James, sich keine Sorgen zu machen. Es werden vier verschiedene Käufer auftreten, und das britische Aktiengesetz wird in keiner Weise verletzt.«
Am Abend war Thorpe wieder in London und konnte sein Wochenende genießen.

Die vier Söldner warteten auf dem Bürgersteig, als Shannon kurz vor zwölf seine Bank verließ. Er hielt vier braune Briefumschläge in den Händen.
»Marc, das hier ist deiner. Es sind fünfhundert Pfund drin. Da du zu Hause wohnen wirst, fallen bei dir die geringsten Spesen an. Du hast mit diesen fünfhundert Pfund einen Lieferwagen zu kaufen und eine verschließbare Garage zu mieten. Es sind noch ein paar andere Anschaffungen nötig. Eine Liste findest du in deinem Umschlag. Mach den Mann ausfindig, der die Schmeisser-MPs zu verkaufen hat, und arrangiere eine Zusammenkunft zwischen ihm und mir. Ich rufe dich in etwa zehn Tagen in deiner Bar an.«
Der hünenhafte Belgier nickte und winkte ein Taxi herbei. Dann ließ er sich zur Victoria Station fahren, um per Eisenbahn die nächste Fähre nach Ostende zu erreichen.
»Kurt, das ist dein Umschlag. Es sind tausend Pfund drin, weil du wesentlich mehr reisen wirst. Du mußt innerhalb von vierzig Tagen das Schiff auftreiben. Die Verbindung zu mir hältst du per Telefon und per Telegramm aufrecht, aber drück dich kurz und vorsichtig aus. In Briefen an meine hiesige Adresse kannst du ganz offen schreiben. Wenn meine Post überwacht wird, sind wir ohnehin erledigt.
Jean Baptiste, hier sind fünfhundert Pfund für dich. Das Geld muß vierzig Tage reichen. Vermeide jeden Ärger und mach einen weiten Bogen um deine alten Stammkneipen. Sieh dich nach den Schlauchbooten und Motoren um und gib mir brieflich Nachricht. Eröffne ein Bankkonto und

schreib mir die Adresse. Wenn ich mit dem Zeug und auch mit dem Preis einverstanden bin, werde ich dir das Geld überweisen. Und vergiß den Spediteur nicht. Achte darauf, daß alles sauber und gesetzlich abläuft.«
Der Franzose und der Deutsche nahmen ihr Geld und ihre Anweisungen entgegen und fuhren dann mit einem zweiten Taxi zum Londoner Flughafen. Semmler wollte nach Neapel, Langarotti nach Marseille.
Shannon nahm Dupree beim Arm und schlenderte mit ihm den Piccadilly hinunter.
Auch Dupree bekam seinen Briefumschlag.
»Ich habe dir fünfzehnhundert Pfund hineingesteckt, Janni. Tausend Pfund müßten für alle Einkäufe und Lagergebühren sowie für die Verpakkungs- und Transportkosten nach Marseille bequem reichen. Mit den fünfhundert Pfund kannst du leicht vier bis sechs Wochen auskommen. Ich möchte, daß du gleich am Montagmorgen mit Einkaufen beginnst. Bereite dir über das Wochenende aus dem Branchentelefonbuch eine Liste der Läden und Lagerhäuser vor. In dreißig Tagen mußt du fertig sein, weil in fünfundvierzig Tagen alles in Marseille bereitstehen muß.«
Er kaufte eine Abendzeitung, schlug die Vermietungen auf und zeigte Dupree die spaltenlangen Angebote von Wohnungen und Apartments, die man möbliert und unmöbliert mieten konnte.
»Such dir bis heute abend eine kleine Wohnung und laß mich morgen die Adresse wissen.«
Kurz vor Hyde Park Corner verabschiedeten sie sich.

Shannon verbrachte den Abend mit einer kompletten Kostenaufstellung für Harris. Er wies darauf hin, daß damit der Großteil der aus Brügge transferierten fünftausend Pfund aufgebraucht sei. Die wenigen hundert Pfund, die noch übrig waren, wolle er als Reserve auf dem Londoner Konto stehen lassen.
Zuletzt erklärte er, von den ihm selbst zustehenden zehntausend Pfund habe er noch nichts entnommen; er schlage Harris vor, das Honorar entweder direkt von Harris' Schweizer Konto auf Shannons Schweizer Konto zu überweisen oder den Betrag Keith Browns Konto in Belgien gutschreiben zu lassen.
Diesen Brief brachte er noch Freitagabend zur Post.

Das Wochenende hatte er frei. Er rief Julie Manson an und lud sie zum Abendessen ein. Sie wollte gerade über das Wochenende ins Landhaus ihrer Eltern fahren, sagte den Besuch aber sofort ab. Da es ohnehin schon spät geworden war, holte sie Shannon in ihrem knallroten MGB-Buggy ab. Sie sah an diesem Abend ziemlich niedlich und verdorben aus.
»Hast du irgendwo Plätze bestellt?« fragte sie.
»Ja. Warum?«

»Weil ich mit dir in eins meiner Stammlokale gehen wollte. Dann mache ich dich mit ein paar Freunden bekannt.«
Shannon schüttelte den Kopf.
»Kommt nicht in Frage«, sagte er. »Es wäre nicht das erste Mal, daß mich die Leute den ganzen Abend wie ein Tier im Zoo anstarren und mir alberne Fragen über Mord und Totschlag stellen. Das ist ekelhaft.«
Sie schmollte.
»Bitte, CAT!«
»Nein.«
»Ich sag auch kein Wort darüber, wer du bist und was du machst. Das bleibt geheim. Komm doch. Vom Sehen kennt dich doch niemand.«
Shannon wurde weich.
»Aber unter einer Bedingung: Ich heiße Keith Brown. Verstanden? Keith Brown. Sonst kein Wort über mich und meinen Beruf. Hast du das verstanden?«
Sie kicherte.
»Prima«, sagte sie. »wirklich prima! Der große Unbekannte höchstpersönlich. Steigen Sie ein, Mr. Keith Brown.«
Sie führte ihn ins ›Tramps‹, wo man sie anscheinend gut kannte. Johnny Gold erhob sich von seinem Platz neben der Tür und begrüßte sie überschwenglich mit einem Kuß auf beide Wangen. Sie machte die beiden Männer miteinander bekannt. Johnny gab Shannon die Hand.
»Nett, daß Sie mitgekommen sind, Keith. Viel Spaß!«
Zum Essen nahmen sie an der langen Tafel Platz, die parallel zur Bar aufgestellt war. Die Vorspeise bestand aus Hummercocktail nach Art des Hauses, serviert in ausgehöhlten Ananas. Shannon saß mit dem Gesicht zum Lokal und nahm die anderen Gäste unter die Lupe. Nach dem langen Haar und der lässigen Kleidung zu urteilen, stammten die meisten direkt oder indirekt aus der Showbranche. Einige der Männer sahen nach Jungmanagern aus, die entweder ›in‹ sein oder ein hübsches Starlet aufreißen wollten. Bei diesen Mädchen entdeckte er auf der anderen Seite des Raums, außerhalb Julies Blickfeld, ein bekanntes Gesicht.
Nach der Vorspeise bestellte Shannon Spießchen auf Pürree, entschuldigte sich und stand auf. Langsam schlenderte er in die Halle hinaus, als suche er die Toiletten. Sekunden später spürte er eine schwere Hand auf seiner Schulter, drehte sich um und stand Simon Endean gegenüber.
»Sind Sie verrückt geworden?«
Shannon spielte den Erstaunten und sah ihn aus großen, unschuldigen Augen an.
»Verrückt? Ich glaube nicht. Warum?«
Endean hätte sich beinahe verplappert, faßte sich aber gerade noch rechtzeitig. Er war bleich vor Wut. Er kannte seinen Chef gut genug, um zu wissen, wie sehr Manson an seinem vermeintlich so braven Töchterchen

hing. Er konnte sich leicht ausmalen, wie er reagieren würde, wenn er erführe, daß Shannon die Kleine ausführte oder vielleicht gar mit ihr schlief.
Aber er mußte sich zurückhalten. Er ging immer noch davon aus, daß Shannon weder seinen richtigen Namen noch den seines Arbeitgebers kannte. Wenn er ihm Vorhaltungen machte, weil Shannon mit einer gewissen Julie Manson ausging, verriet er nicht nur sich und Mansons Namen, sondern gleichzeitig auch ihrer beider Rollen als Shannons Auftraggeber. Er konnte Shannon nicht einmal befehlen, das Mädchen in Ruhe zu lassen, weil sich Shannon dann bei ihr erkundigen würde, wer Endean war. Also schluckte er seinen Zorn.
»Was machen Sie überhaupt hier?« fragte er lahm.
»Essen«, antwortete Shannon sichtlich verdutzt. »Hören Sie, Harris, wenn ich zum Essen ausgehen will, ist das wohl meine Privatangelegenheit. Über das Wochenende habe ich nichts Wichtiges zu erledigen. Und nach Luxemburg kann ich erst am Montag fliegen.«
Endean wurde noch wütender. Er konnte Shannon nicht gut begreiflich machen, daß es ihm gar nicht um eventuelle Versäumnisse hinsichtlich des Auftrags ging.
»Wer ist das Mädchen?« fragte er.
Shannon zuckte die Achseln.
»Sie heißt Julie. Ich habe sie vor zwei Tagen in einem Café kennengelernt.«
»Einfach so aufgerissen?« fragte Endean entsetzt.
»Ja, so könnte man es nennen. Warum?«
»Ach – nichts. Aber seien Sie vorsichtig, was Mädchen betrifft – alle Mädchen. Sie sollten lieber für einige Zeit die Finger davon lassen.«
»Harris, zerbrechen Sie sich nicht den Kopf über meine Sicherheit. Es werden keine Indiskretionen vorkommen, auch nicht im Bett. Außerdem habe ich ihr gesagt, daß ich Keith Brown heiße, im Ölgeschäft tätig bin und in London Urlaub mache.«
Anstelle einer Antwort drehte sich Endean auf dem Absatz um, rief einem Kellner zu, er solle ihn bei den anderen mit einem plötzlichen Termin entschuldigen, und rannte hinaus, bevor sich Julie Manson umdrehen und ihn vielleicht erkennen konnte. Shannon sah ihm nach.
»Leck mich am Arsch«, sagte er leise. »Du und dein verdammter Sir James Manson!«
Endean blieb draußen auf dem Bürgersteig stehen und fluchte leise vor sich hin. Es blieb ihm nichts anderes übrig als zu beten, daß Shannon sich tatsächlich als Keith Brown vorgestellt hatte und daß Julie Manson ihrem Vater nichts über ihren neuen Freund erzählte.
Shannon und Julie tanzten bis kurz vor drei. Auf dem Heimweg in Shannons Wohnung hatten sie den ersten Krach. Er brachte ihr bei, daß es bes-

ser sei, ihrem Vater nichts davon zu erzählen, daß sie mit einem Söldner ausging, vor allem aber seinen Namen nicht zu erwähnen.
»Nach allem, was du mir bisher über ihn erzählt hast, scheint er sehr an dir zu hängen. Er würde dich vermutlich wegschicken oder der Jugendfürsorge übergeben.«
Sie tat sehr ernst und meinte, mit ihrem Vater werde sie schon fertig, das sei ihr bisher immer gelungen, und außerdem fände sie es lustig, der Fürsorge übergeben zu werden. Dann stünde ihr Name wenigstens in allen Zeitungen. Außerdem sei dann immer noch er, Shannon, da. Er könne sie mit Gewalt aus dem Heim holen und mit ihr fliehen.
Shannon wußte nicht so recht, ob das ernst gemeint war oder nicht. Er fürchtete, an diesem Abend gegenüber Endean zu weit gegangen zu sein; andererseits war es gar nicht seine Absicht gewesen, sich mit ihm zu treffen. Sie stritten immer noch, als sie sein Wohnzimmer betraten.
»Außerdem lasse ich mir von niemandem vorschreiben, was ich zu tun und zu lassen habe«, erklärte das Mädchen und warf den Mantel über eine Sessellehne.
»Von mir schon«, knurrte Shannon. »Du wirst gegenüber deinem Vater den Schnabel halten, kapiert?«
Als Antwort streckte sie ihm die Zunge heraus.
»Ich mache immer, was mir paßt!« verkündete sie und stampfte mit dem Fuß auf. Shannon wurde wütend. Er packte sie, drehte sie herum, zog sie zum nächsten Sessel, setzte sich hin und legte sie übers Knie. Fünf Minuten lang waren in der Wohnung nur zweierlei Geräusche zu hören: das protestierende Kreischen des Mädchens und das laute Klatschen seiner Hand. Als er sie losließ, rannte sie laut schluchzend ins Schlafzimmer und warf hinter sich die Tür ins Schloß.
Shannon zuckte die Achseln. Die Würfel waren gefallen, und er konnte nichts daran ändern. Er goß sich in der Küche eine Tasse Kaffee auf und trat damit ans Fenster. Während er an seiner Tasse nippte, sah er hinaus über die Gärten auf die Rückseiten der Häuser. Es brannte kaum noch ein Licht, denn die braven Leute von St. John's Wood lagen längst im Bettchen.
Im Schlafzimmer war es dunkel, als er eintrat. Am äußersten Rand seines Doppelbettes sah er einen dunklen Umriß. Es war kein Laut zu hören, als hielte sie die Luft an. Auf halbem Wege zum Bett verfing sich sein Fuß in ihrem Kleid, und zwei Schritte weiter stieß er gegen einen abgestreiften Schuh. Er setzte sich auf die Bettkante. Als sich seine Augen an die Dunkelheit gewöhnt hatten, erkannte er auf dem Kissen ihr Gesicht mit zwei dunklen Augen, die ihn unverwandt beobachteten.
»Du bist ein Ekel«, flüsterte sie.
Er beugte sich vor, schob seine Hand zwischen Kinn und Hals und begann sie zärtlich, aber fest zu streicheln.

»Mich hat noch nie jemand geschlagen.«
»Drum ist auch das aus dir geworden.«
»Was?«
»Ein verzogenes kleines Mädchen.«
»Bin ich nicht.« Pause. »Doch, das bin ich.«
Er streichelte weiter.
»CAT?«
»Ja.«
»Glaubst du wirklich, daß mich Dad wegschickt, wenn ich ihm etwas sage?«
»Ja, das glaube ich.«
»Und du glaubst, ich hätte es ihm tatsächlich erzählt?«
»Warum nicht?«
»Bist du deshalb so böse geworden?«
»Ja.«
»Dann hast du mich also nur geprügelt, weil du mich liebst?«
»Wahrscheinlich.«
Sie drehte ihren Kopf herum. Gleich darauf spürte er ihre Zunge, die eifrig über die Innenfläche seiner Hand huschte.
»Komm zu mir ins Bett, Liebling. Ich bin so scharf, daß ich es kaum abwarten kann.«
Er war erst halb ausgezogen, da schleuderte sie die Bettdecke weg, kniete auf der Matratze und strich ihm mit beiden Händen über die Brust. »Mach schnell«, flüsterte sie zwischen Küssen.
Du bist ein elender Lügner, Shannon, dachte er, als er sich auf den Rücken drehte und die Zärtlichkeiten des verliebten jungen Mädchens über sich ergehen ließ.
Im Osten über Camden Town wurde der Himmel schon grau, als sie zwei Stunden später still nebeneinander lagen. Er hätte jetzt gern eine Zigarette geraucht. Julie lag zusammengerollt in seinem Arm, und ihre Sehnsucht war zumindest für den Augenblick gestillt.
»Sag mal ...« begann sie.
»Ja?«
»Warum führst du eigentlich dieses Leben? Warum bist du Söldner geworden? Warum führst du gegen andere Leute Krieg?«
»Ich führe doch keinen Krieg – das heißt, ich fange ihn nicht an. Schuld ist die Welt, in der wir leben, dirigiert von Männern, die sich furchtbar moralisch und integer aufführen, während die meisten von ihnen in Wirklichkeit egoistische Schweinehunde sind. Sie fangen die Kriege an – für Geld oder Macht. Ich bin nur ein einfacher Soldat, weil mir dieses Leben gefällt.«
»Aber warum kämpfst du dann für Geld? Das tun Söldner doch, nicht wahr?«

»Es geht nicht nur ums Geld. Natürlich gibt es unter uns Typen, die nichts anderes im Sinn haben. Aber wenn es ernst wird, ziehen diese Pseudo-Söldner meistens den Schwanz ein und kneifen. Die besten von uns kämpfen aus denselben Gründen wie ich: sie lieben das harte Soldatenleben, den Kampf.«

»Aber warum muß es überhaupt Kriege geben? Warum können nicht alle in Frieden miteinander leben?«

Er starrte im Dunkeln zur Decke empor.

»Weil es auf dieser Welt nur zwei Sorten von Menschen gibt: Raubtiere und Pflanzenfresser. Die Raubtiere schaffen immer den Weg nach oben, weil sie bereit sind zu kämpfen, Menschen und Dinge aufzufressen, die sich ihnen in den Weg stellen. Den anderen fehlt der Nerv dazu, oder der Mut, oder der Hunger – oder die Rücksichtslosigkeit. Deshalb wird die Welt von den Raubtieren regiert. Sie werden zu Machthabern. Und Machthaber geben sich nie zufrieden. Sie wollen immer noch mehr Macht anhäufen.

In der kommunistischen Welt – glaub ja nicht, die führenden Kommunisten seien friedliebend! – heißt die gängige Währung Macht. Macht, Macht und noch mehr Macht, egal, wie viele Menschen dafür sterben müssen. In der kapitalistischen Welt ist Geld die gängige Währung. Geld und noch mehr Geld. Öl, Gold, Aktien und Wertpapiere, immer mehr davon, darauf haben sie es abgesehen. Und wenn sie dafür lügen und betrügen, stehlen und bestechen müssen. Solche Leute verdienen viel Geld, und Geld verleiht ihnen Macht. So geht eigentlich doch alles wieder auf Machtgelüste zurück. Wenn sie glauben, daß irgendwo genug davon zu bekommen ist, aber nur durch einen Krieg – dann führen sie eben Krieg. Alles andere, der sogenannte Idealismus, ist nur leeres Geschwätz.«

»Manche kämpfen aus Idealismus. Die Vietkong zum Beispiel. Das hab' ich in der Zeitung gelesen.«

»Ja, manche Leute kämpfen aus Idealismus, und neunundneunzig Prozent davon werden betrogen. Auch die anderen zu Hause, die den Krieg verherrlichen. Wir sind stets im Recht – die anderen im Unrecht. So heißt es in Washington und Peking, in London und Moskau. Und was ist wirklich? Die Leute werden betrogen! Oder glaubst du vielleicht, die amerikanischen Soldaten in Vietnam sterben für die Grundrechte der Menschheit? Sie sterben für den Dow-Jones-Index in der Wallstreet. So ist es immer schon gewesen. Auch bei den britischen Soldaten, die in Kenya, auf Zypern und in Aden gefallen sind. Glaubst du wirklich, sie sind mit dem Ruf nach Gott, König und Vaterland auf den Lippen in den Kampf gezogen? Sie waren dort, weil ihr Oberst es ihnen befohlen hatte, und der bekam seine Befehle vom Verteidigungsminister, und dieser vom Kabinett. Um die Beherrschung der Wirtschaft ging es, sonst um nichts! Und was war? Die Wirtschaft dieser Länder ist wieder an die Leute gefallen,

denen sie ohnehin gehörte. Wen scherten schon die Leichen, die von der britischen Armee zurückgelassen wurden? Das alles ist ein einziger großer Betrug, Julie. Bei mir ist das insofern anders, als niemand mir befiehlt, wo und für welche Seite ich zu kämpfen habe. Deshalb sind wir Söldner bei den Politikern, beim Establishment, so verhaßt. Es geht nicht darum, daß wir härter oder gefährlicher wären als andere – das sind wir nicht, ganz im Gegenteil. Aber sie können uns nicht kontrollieren, wir lassen uns von ihnen nichts befehlen. Wir schießen nicht den nieder, den sie weggeräumt haben wollen, wir beginnen nicht, wenn sie ›los‹ sagen, und wir hören nicht auf, wenn einer ›halt‹ schreit. Deshalb sind wir gesetzlos, vogelfrei. Wir kämpfen nur auf Grund eines Vertrags, und wir suchen uns die Vertragspartner genau aus.«
Julie setzte sich auf und fuhr mit der Hand über seine harten, festen Muskeln. Sie war konventionell erzogen worden. Wie so viele aus ihrer Generation begriff sie kaum einen Bruchteil dessen, was um sie herum geschah.
»Was ist mit den Kriegen, in denen Menschen für eine echte Überzeugung kämpfen?« fragte sie. »Zum Beispiel der Krieg gegen Hitler – der war doch gerecht, wie?«
Shannon nickte seufzend.
»Ja, das schon. Gegen Hitler zu kämpfen, war richtig. Nur haben ihm die Magnaten der westlichen Welt bis zum Kriegsausbruch Stahl verkauft, und dann haben sie wieder ein Vermögen verdient, indem sie anderen Stahl verkauften, um damit Hitlers Stahl zu zermalmen. Die Kommunisten waren auch nicht besser. Stalin schloß einen Pakt mit Hitler und wartete dann darauf, daß sich Kapitalismus und Nazismus gegenseitig vernichteten, um als lachender Dritter von den Trümmern zu profitieren. Erst als Hitler Rußland angriff, kamen die ach so idealistisch gesinnten Kommunisten der ganzen Welt dahinter, daß der Nationalsozialismus doch nicht das Wahre sei. Außerdem kostete es dreißig Millionen Menschenleben, Hitler zu besiegen. Ein Söldner hätte das mit einer Kugel geschafft, die noch nicht mal einen Shilling wert ist.«
»Aber wir haben doch gesiegt, oder nicht? Wir haben das Richtige getan und gewonnen.«
»Wir haben gesiegt, mein Schatz, weil Russen, Briten und Amerikaner gemeinsam über mehr Kanonen, Panzer, Flugzeuge und Schiffe verfügten als Hitler. Nur deshalb haben wir den Krieg gewonnen. Hätte Hitler mehr davon gehabt, wäre er der Sieger gewesen. Soll ich dir etwas sagen? Dann hätte die Geschichte ihm recht gegeben und uns ins Unrecht gesetzt. Der Sieger hat immer recht. Es gibt da einen hübschen Spruch: ›Gott ist auf seiten der stärkeren Bataillone.‹ Das ist das Evangelium der Reichen und Mächtigen, der Zyniker und der Einfaltspinsel. Die Politiker glauben an dieses Evangelium, und die sogenannten seriösen Zeitungen predigen

es. In Wahrheit ist aber das Establishment auf seiten der größeren Bataillone, die es überhaupt erst geschaffen und bewaffnet hat. Anscheinend geht den Millionen, die solchen Quatsch lesen, nie auf, daß Gott – falls es ihn überhaupt gibt – eher etwas mit Wahrheit, Gerechtigkeit und Nächstenliebe zu tun haben könnte als mit brutaler Gewalt, und Wahrheit und Gerechtigkeit auch mal auf seiten des Schwächeren zu finden sein könnten. Aber auch das würde nichts ändern. Die stärkeren Bataillone siegen immer, die ›seriöse‹ Presse ist immer dafür, und die Einfältigen glauben es immer.«

»CAT, du bist ein Rebell«, murmelte sie.

»Klar. Ich war es immer schon. Nein, nicht immer. Erst seit ich auf Zypern sechs meiner Kameraden begraben habe. Damals begann ich an der Weisheit und Integrität unserer Führer zu zweifeln.«

»Abgesehen davon, daß du Menschen tötest, könntest du doch selbst ums Leben kommen. Du könntest in einem dieser sinnlosen Kriege fallen.«

»Ja – und auf der anderen Seite könnte ich weiterleben wie ein eierlegendes Huhn im Käfig einer sinnlosen Großstadt. Ich könnte sinnlose Formulare ausfüllen, sinnlose Steuern bezahlen und damit unfähigen Politikern und Staatsmännern die Möglichkeit geben, mein Geld sinnlos zu verplempern. Ich könnte mit einer sinnlosen Tätigkeit ein sinnloses Gehalt verdienen und bis zu meiner sinnlosen Pensionierung genauso sinnlos morgens und abends mit einem Zug hin und her fahren. Da ziehe ich es schon vor, nach meinem eigenen Rezept zu leben und zu sterben.«

»Denkst du manchmal an den Tod?« fragte sie.

»Natürlich. Oft sogar. Du nicht?«

»Doch. Aber ich will nicht sterben. Ich will nicht, daß du stirbst.«

»Der Tod ist gar nicht so schlimm. Man gewöhnt sich an den Gedanken, wenn man oft genug nur knapp davongekommen ist. Ich will dir etwas sagen. Neulich habe ich hier die Schubladen ausgeräumt. Eine davon war mit einer Zeitung ausgelegt, über ein Jahr alt. Ich entdeckte eine Meldung und begann zu lesen. Sie stammte aus dem vorletzten Winter. Es ging um einen alten Mann, der allein in einer Kellerwohnung hauste. Eines Tages fand man ihn tot auf. Er war schon eine Woche vorher gestorben. Bei der Untersuchung ergab sich, daß der Alte nie Besuch bekam und selbst kaum noch die Wohnung verlassen konnte. Der Gerichtsarzt stellte fest, daß der Mann seit mindestens einem Jahr unterernährt war. Weißt du, was man in seiner Kehle fand? Ein Stück Pappe. Er hatte an einem Karton genagt, um satt zu werden. Nein, das ist nichts für mich! Wenn ich einmal abtrete, dann auf meine Weise. Ich will nicht in einem Keller krepieren, halb verhungert, mit einem Stück Pappe zwischen den Zähnen. Lieber gehe ich mit einer Kugel in der Brust, mit Blut im Mund und einem Revolver in der Hand. Mit stolzer Verachtung im Herzen und dem Ruf: ›Der Teufel soll euch alle holen!‹«

Er sah sie an.
»Laß uns jetzt schlafen, Julie, es wird schon hell.«

4. Kapitel

Shannon traf am Montag kurz nach ein Uhr in Luxemburg ein und fuhr mit einem Taxi vom Flugplatz zur Banque de Credit. Er wies sich mit seinem Reisepaß als Keith Brown aus und erkundigte sich nach den fünftausend Pfund, die für ihn bereitliegen müßten.
Es gab eine Verzögerung, weil erst im Fernschreibraum nachgefragt werden mußte, aber dann stellte sich heraus, daß die Gutschrift gerade aus Zürich angekommen war. Shannon hob nicht die ganze Summe in bar ab, sondern ließ sich den Gegenwert von tausend Pfund in Luxemburger Francs auszahlen und überschrieb die restlichen viertausend Pfund der Bank. Dafür wurde ihm ein beglaubigter Bankscheck über den Gegenwert ausgestellt.
Er hatte gerade noch Zeit für einen raschen Imbiß, dann war er in der Hougstraat mit der Firma Lang & Stein, Wirtschaftsprüfer, verabredet. Luxemburg bietet ebenso wie Belgien und Liechtenstein einem Geldanleger die Möglichkeit, äußerst diskret Bankgeschäfte und andere Transaktionen abzuwickeln. Bei einem Strafverfahren im Ausland ist hier kaum Auskunft zu bekommen. Wenn eine in Luxemburg registrierte Firma nicht gegen die Gesetze des Großherzogtums verstoßen hat oder wenn nicht der einwandfreie Nachweis geführt wird, daß sie in illegale internationale Geschäfte von höchst unschöner Art verwickelt war, begegnet man im großen und ganzen jeder Frage nach den Besitzverhältnissen einer solchen Firma mit Achselzucken. Genau das brauchte Shannon.
Er hatte sich schon vor drei Tagen telefonisch mit Herrn Emil Stein, einem Mitinhaber dieses sehr angesehenen Hauses, verabredet. Shannon trug zu diesem Anlaß einen neuen schwarzen Anzug, ein weißes Hemd und eine Krawatte in den Farben einer großen englischen Universität. Außer einer Aktentasche trug er die *Times* unter dem Arm. Diese Zeitung vermittelte in manchen Ländern seltsamerweise den Eindruck, ihr Leser sei ein sehr seriöser Engländer. Shannon sagte zu dem grauhaarigen Luxemburger: »Eine Gruppe britischer Geschäftsleute, der ich angehöre, möchte in den kommenden Monaten Geschäfte im Mittelmeerraum abwickeln, wahrscheinlich in Spanien, Frankreich und Italien. Zu diesem Zweck würden wir gern eine Holding-Firma in Luxemburg gründen. Wie sie sich vorstellen können, dürften Geschäftsbeziehungen zu verschiedenen Ländern mit unterschiedlichen Finanzgesetzen für einen britischen Staatsbürger sehr kompliziert werden. Da erscheint eine Holding-Firma in Luxemburg allein schon aus steuerlichen Gründen als ratsam.«

Herr Stein nickte. Dieses Anliegen überraschte ihn nicht. In dem winzigen Großherzogtum waren bereits viele derartige Holding-Firmen registriert, und sein Unternehmen bekam Tag für Tag entsprechende Anfragen.
»Das dürfte kein Problem sein«, sagte er zu seinem Besucher. »Sie sind sich natürlich im klaren darüber, daß alle Vorschriften unseres Landes gewissenhaft beachtet werden müssen. Ist das geschehen, kann die Holding-Gesellschaft die Aktienmehrheiten einer ganzen Reihe von Firmen besitzen, die in anderen Ländern registriert sind, ohne daß auswärtige Steuerprüfer Einblick in die Geschäftsunterlagen erhalten würden.«
»Sehr freundlich von Ihnen. Würden Sie mir bitte erklären, wie man eine solche Gesellschaft in Luxemburg gründet?« bat Shannon.
Stein betete die Voraussetzungen wie einen gut gelernten Text herunter. »Im Gegensatz zu den Gepflogenheiten in anderen Ländern muß jede Gesellschaft mit beschränkter Haftung in Luxemburg mindestens sieben Teilhaber und mindestens drei Mitglieder in der Geschäftsführung aufweisen. Häufig übernimmt jedoch der Wirtschaftsprüfer, der bei der Errichtung einer solchen Firma behilflich ist, den Posten des Geschäftsführers, und seine Kompagnons stellen die beiden anderen Mitglieder, während seine Mitarbeiter mit einem rein nominellen Betrag an der Firma beteiligt werden. Bei dieser Regelung ist die Person, die eine solche Firma gründen möchte, lediglich der siebente Anteilseigner, aber sie kontrolliert aufgrund der Majorität die Gesellschaft.
Normalerweise werden Firmenanteile und Ihre Inhaber registriert, aber es besteht auch die Möglichkeit der Ausgabe von Inhaberpapieren, die eine Preisgabe der Identität des Mehrheitseigners überflüssig macht. Wer die Mehrzahl der Anteile besitzt, kontrolliert die Firma. Sollten die Anteilscheine verlorengehen oder gestohlen werden, würde ihr neuer Besitzer automatisch die Firma kontrollieren, ohne nachweisen zu müssen, auf welche Weise er in den Besitz der Anteile gelangt ist. Können Sie mir folgen, Mr. Brown?«
Shannon nickte. Genau diese Konstellation hatte er sich erhofft, damit Semmler das Schiff über eine nicht identifizierbare Briefkastenfirma kaufen konnte.
Stein fuhr fort: »Eine Holding-Gesellschaft darf, wie der Name schon sagt, keinerlei Geschäfte abwickeln. Sie kann nur an anderen Firmen beteiligt sein. Besitzt Ihre Gruppe von Geschäftsleuten Anteile an anderen Firmen, die sie gern nach Luxemburg transferieren möchte?«
»Nein, noch nicht«, antwortete Shannon. »Wir hoffen, bereits bestehende Firmen in unserem neuen Betätigungsgebiet aufkaufen oder weitere Gesellschaften mit beschränkter Haftung gründen und die Anteilsmehrheit nach Luxemburg verlegen zu können.«
Nach einer Stunde war alles geregelt. Shannon hatte Herrn Stein zum

Beweis seiner Zahlungsfähigkeit den beglaubigten Scheck über viertausend Pfund gezeigt und fünfhundert Pfund in bar hinterlegt.
Herr Stein war bereit, sofort die Gründung und Eintragung einer Holding-Gesellschaft namens ›Tyrone Holdings S. A.‹ in die Wege zu leiten. Zuvor hatte er sich in dem umfangreichen Verzeichnis bereits registrierter Firmen vergewissert, daß dieser Name noch frei war. Das gesamte Firmenkapital sollte vierzigtausend Pfund betragen, von denen aber zunächst nur eintausend Pfund in Einzelanteilen von je einem Pfund ausgegeben werden sollten. Herr Stein sollte einen Anteil und den Vorsitz der Geschäftsführung übernehmen. Je einen weiteren Anteil erhielten Herr Lang und ein jüngerer Kompagnon der Firma. Diese drei Männer bildeten die Geschäftsführung. Die übrigen drei Angestellten – Sekretärinnen und Buchhalterinnen – wurden jeweils mit einem Anteil bedacht, während die restlichen neunhundertvierundneunzig Anteile in Mr. Browns Besitz verblieben. Er kontrollierte damit die Firma, und die Geschäftsführung hatte sich nach seinen Wünschen zu richten.
Die Gründungsversammlung sollte in zwölf Tagen stattfinden, gegebenenfalls auch zu einem späteren Termin, den Mr. Brown noch schriftlich mitteilen wollte.
Damit verabschiedete sich Shannon.
Noch vor Schalterschluß war er wieder in der Bank, gab den Scheck zurück und ließ die viertausend Pfund auf sein Konto in Brügge überweisen. Er mietete sich im ›Excelsior‹ ein und verbrachte die Nacht in Luxemburg. Seinen Weiterflug nach Hamburg hatte er für den nächsten Morgen schon gebucht und ließ ihn sich über das Hotel telefonisch bestätigen. In Hamburg ging es ihm um Waffen.

Der Waffenhandel ist nach dem Rauschgifthandel das lukrativste Geschäft der Welt. Natürlich sind auch die Regierungen intensiv daran beteiligt. Seit 1945 ist es beinahe zu einer Frage des nationalen Prestiges geworden, eine eigene Rüstungsindustrie zu besitzen. Diese Entwicklung nahm einen solchen Aufschwung, daß Anfang der siebziger Jahre nach einer offiziellen Schätzung für jeden Bewohner unseres Planeten, ob Mann, Frau, Greis oder Kind, eine Schußwaffe militärischer Art existierte. Man kann die Waffenherstellung einfach nicht dem Verbrauch anpassen, es sei denn in Kriegszeiten, und die logische Folge ist, daß man entweder den Überschuß exportiert oder Kriege anheizt – oder beides tut. Da kaum eine Regierung selbst in einen Krieg verwickelt werden möchte, aber andererseits aus Sicherheitsgründen auch die Rüstungsindustrie nicht gedrosselt werden soll, verlegt man seit Jahren das Schwergewicht auf den Waffenexport. Aus diesem Grund verfügen alle Großmächte über gutbezahlte Verkäufer, die den ganzen Globus bereisen und jeden Potentaten, bei dem sie eine Audienz bekommen können, davon zu überzeugen

versuchen, daß er nicht genügend Waffen besitzt oder daß sein Waffenarsenal veraltet ist und erneuert werden müßte.
Es interessiert diese Verkäufer nicht, daß beispielsweise fünfundneunzig Prozent aller in Afrika vorhandenen Waffen nicht zum Schutz gegen Aggressoren verwendet werden, sondern zur Unterwerfung der Bevölkerung unter den Willen eines Diktators. Natürlich ging es beim Waffenhandel ursprünglich um die Profite rivalisierender westlicher Nationen, aber das Erscheinen Rußlands und Chinas auf dem Exportmarkt für Waffen hat das Schwergewicht auf die Rivalität um Macht verlegt.
In den Hauptstädten der Großmächte wird täglich gegeneinander abgewogen, was geschäftlich wünschenswert und was politisch wünschenswert ist. Daraus entstehen komplizierte Überlegungen: Die eine Macht verkauft Waffen an die Republik A, aber nicht an B. Darauf beeilt sich eine rivalisierende Macht, Waffen an B, jedoch nicht an A zu verkaufen. Dieses Spiel nennt man Herstellung eines Gleichgewichts der Macht und daher Erhaltung des Friedens. Vom geschäftlichen Standpunkt aus ist der Waffenhandel immer wünschenswert, weil er immer gewinnbringend bleibt. Einschränkungen ergeben sich nur aus Überlegungen der politischen Opportunität, also der Frage, ob dieses oder jenes Land diese oder jene Waffen besitzen sollte. Auf diesem schwankenden Boden des Zusammenspiels von Zweckmäßigkeit und Profitüberlegungen ist überall auf der Welt eine enge Zusammenarbeit zwischen Außen- und Verteidigungsministerien entstanden.
Die Errichtung einer landeseigenen Rüstungsindustrie ist nicht schwierig, wenn man sich auf die Grundausrüstung beschränkt. Es ist relativ einfach, Gewehre und Maschinenpistolen, die Munition dafür sowie Handgranaten und Pistolen herzustellen. Das erfordert nur ein geringes Maß an Technologie, industrieller Entwicklung und Rohmaterial. Aber die kleineren Länder kaufen gewöhnlich ihre Waffen von den größeren, weil ihr Bedarf zu gering ist und weil sie wissen, daß sie auf technischer Ebene gegen die Großmächte keine Chance beim Exportgeschäft hätten. Dennoch haben in den vergangenen Jahrzehnten immer mehr mittlere Mächte ihre eigene, wenn auch auf die Grundausrüstung beschränkte Waffenindustrie entwickelt. Je komplizierter die Waffen werden, um so schwieriger ist ihre Herstellung und um so kleiner daher die Anzahl der im Wettbewerb miteinander stehenden Länder. Es ist leicht, Handfeuerwaffen zu machen, schwieriger wird es schon bei Artillerie, Panzern und anderem schweren Gerät. Sehr schwierig ist die Errichtung von Anlagen zum Bau moderner Kriegsschiffe, am allerschwierigsten die Produktion moderner Düsenjäger und Bomber. Den Entwicklungsstand der einheimischen Rüstungsindustrie kann man daran ablesen, an welchem Punkt sie ihre technische Grenze erreicht hat und von wo an Waffen und Waffensysteme importiert werden müssen.

Die bedeutendsten Waffenhersteller und Waffenexporteure sind die Vereinigten Staaten, Kanada, Großbritannien, Frankreich, Italien, die Bundesrepublik (mit gewissen Einschränkungen auf Grund der Pariser Verträge von 1954), Schweden, die Schweiz, Spanien, Belgien, Israel und Südafrika in der westlichen Welt. Schweden und die Schweiz sind neutrale Länder, die aber trotzdem hervorragende Waffen produzieren und exportieren, während Israel und Südafrika ihre Rüstungsindustrien auf Grund ihrer prekären politischen Lage ausbauten: Sie wollen im Falle einer Krise von niemandem abhängig sein. Beide Länder exportieren nur geringe Mengen Waffen. Alle übrigen gehören der NATO an und betreiben eine gemeinsame Verteidigungspolitik. In bezug auf Waffengeschäfte kommt es hier auch zu einer nicht genau definierten gegenseitigen Abstimmung in der Außenpolitik.
Jeder Kaufantrag für Waffen in einem dieser Länder wird üblicherweise genau überprüft, bevor man ihm entspricht. Ebenso hat das kleinere Käuferland sich stets schriftlich zu verpflichten, daß es die gelieferten Waffen nur mit ausdrücklicher Genehmigung des Lieferanten an dritte weitergibt. Mit anderen Worten: Es werden viele Fragen gestellt, bevor das Außenministerium ein Waffengeschäft genehmigt, und so kommen Geschäfte fast ausschließlich von Regierung zu Regierung zustande.
Die Ostblock-Waffen sind weitgehend standardisiert und stammen überwiegend aus Rußland und der Tschechoslowakei. Der Neuling China produziert jetzt ebenfalls Waffen, die technisch so ausgereift sind, daß sie den Anforderungen der maoistischen Theorie des Guerilla-Kriegs genügen. Die kommunistischen Staaten verfolgen bei Waffengeschäften eine andere Politik. Bei ihnen stehen nicht Geld, sondern politischer Einfluß im Vordergrund, und viele sowjetische Waffenlieferungen sind keine normalen Geschäfte, sondern Geschenke zur Erhaltung der Freundschaft. Aus der Überzeugung heraus, daß Gewehre Macht verleihen, verkaufen die kommunistischen Länder ihre Waffen nicht nur an andere souveräne Regierungen, sondern auch an ›Befreiungsorganisationen‹, die sie politisch unterstützen. Hier handelt es sich meist um Geschenke und nicht um Verkäufe. So darf jede kommunistische, marxistische, extrem links gerichtete oder revolutionäre Bewegung fast überall auf der Welt einigermaßen sicher sein, daß es ihr nie an Schießeisen für den Guerilla-Krieg fehlen wird.
In der Mitte stehen die neutralen Länder Schweiz und Schweden, die sich hinsichtlich ihrer Waffenlieferungen selbst Beschränkungen auferlegt haben. Das tut sonst niemand.
Da die Russen nichts dagegen haben, Waffen an nicht staatliche Empfänger zu verkaufen und zu verschenken, der Westen aber davor zurückscheut, treten private Waffenhändler auf. In Rußland gibt es keine privaten Waffenhändler; sie füllen in westlichen Ländern eine Lücke aus. Der

Waffenhändler ist ein Privatunternehmer, an den sich jeder wendet, der Waffen kaufen möchte, aber um im Geschäft zu bleiben, muß er eng mit dem Verteidigungsministerium seines Landes zusammenarbeiten, sonst verliert er seine Existenz. Es liegt in seinem eigenen Interesse, sich den Wünschen seiner Regierung zu fügen: Der Staat ist seine Lieferquelle, die sofort versiegen kann, wenn er unbequem wird, und darüber hinaus gibt es auch noch unerfreulichere Methoden, ihn kaltzustellen.

Deshalb verkauft der lizenzierte Waffenhändler, zumeist Bürger und gleichzeitig Einwohner seines Landes, Waffen nur dann an einen Einkäufer, wenn seine Regierung dieses Geschäft genehmigt hat. Solche Händler sind zumeist große Firmen mit eigenen Lagerbeständen.

Dies ist die oberste Etage des privaten Waffengeschäftes. In trüben Gewässern tummeln sich zweifelhaftere Fische. Auf der nächsten Stufe steht der lizenzierte Händler ohne eigenes Waffenlager, der mit einer großen staatseigenen oder zumindest vom Staat kontrollierten Herstellerfirma zusammenarbeitet. Er vermittelt das Geschäft und bekommt seinen Anteil. Seine Lizenz hängt davon ab, daß er gegen bestimmte Richtlinien seiner Regierung nicht verstößt. Das hindert manche Waffenhändler nicht daran, gelegentlich dubiose Geschäfte zu machen; zwei angesehene Waffenhändler wurden allerdings in den letzten Jahren von ihren Regierungen dabei ertappt und kaltgestellt.

Ganz unten in dem schmutzigen Tümpel schwimmen die Schwarzhändler. Sie operieren auf eigene Faust und ohne Lizenz. Deshalb dürfen sie auch keine legalen Lagerbestände unterhalten. Ihre geschäftliche Grundlage besteht darin, daß sie für heimliche Käufer da sind, für Leute oder Organisationen, die keine Regierung repräsentieren und die daher mit dem Staat auch keine Geschäfte abschließen können. Sie haben keine Möglichkeit, eine kommunistische Regierung zur Unterstützung ihrer Politik zu bewegen. Trotzdem brauchen sie Waffen.

Das entscheidende Dokument bei einem Waffengeschäft ist das Endverbraucherzertifikat. Darin wird bestätigt, daß der Waffenkauf vom Endverbraucher oder in seinem Namen getätigt wird, und in der westlichen Welt hat das fast ausnahmslos eine souveräne Regierung zu sein. Das Endverbraucherzertifikat spielt nur dann keine Rolle, wenn es sich um das Geschenk eines Geheimdienstes an eine irreguläre Armee oder um ein reines Schwarzmarktgeschäft handelt. So hat beispielsweise der CIA kostenlos die Castro-Gegner beim Schweinebucht-Unternehmen ausgerüstet und später die Söldner im Kongo bewaffnet. Auf Schwarzmarktgeschäften beruhen die Waffenlieferungen aus verschiedenen privaten europäischen und amerikanischen Quellen für die illegale Irisch-Republikanische Armee. Das Endverbraucherzertifikat wird als internationales Dokument formlos ausgestellt. Es enthält eine schriftliche Bescheinigung des Bevollmächtigten einer Nationalregierung, die entweder den Über-

bringer oder den Händler ermächtigt, bei der Regierung des Lieferlandes einen Antrag auf Kauf *und* Export einer bestimmten Menge Waffen zu stellen.
Entscheidend im Umgang mit Endverbraucherzertifikaten ist die Tatsache, daß manche Länder die Echtheit dieses Dokuments sehr streng überprüfen, während andere die Kontrolle lasch handhaben. Selbstverständlich kann man Endverbraucherzertifikate wie jedes andere Dokument fälschen.
Über all diese Umstände war Shannon längst informiert, als er seine Maschine nach Hamburg bestieg.
Es war ihm klar, daß er keine Chance hatte, von irgendeiner europäischen Regierung die Genehmigung für einen Waffenkauf zu erhalten. Auch würde keine kommunistische Regierung die Freundlichkeit besitzen, ihm die Waffen zu schenken, da ein Sturz Kimbas den kommunistischen Interessen zuwiderlief. Jeder offene Antrag hätte das gesamte Unternehmen mit Sicherheit vorzeitig aufgedeckt und vereitelt.
Aus denselben Gründen war er nicht in der Lage, sich an einen der führenden staatlichen Waffenhersteller zu wenden, weil jeder staatliche Rüstungsbetrieb eine solche Anfrage direkt an die zuständige Regierung weitergeleitet hätte.
Er konnte auch nicht zu einem der großen privaten Waffenhändler gehen wie Cogswell & Harrison in London oder Parker & Hale in Birmingham. Zu derselben Gruppe gehören Bofors in Schweden, Oerlikon-Bührle in der Schweiz, CETME in Spanien, Werner und andere in Deutschland, Omnipol in der Tschechoslowakei und Fiat in Italien. Sie alle kamen nicht in Frage.
Er hatte außerdem die besonderen Umstände des beabsichtigten Waffenkaufs zu berücksichtigen. Der Umfang des Geschäftes war zu gering, um einen der großen lizenzierten Waffenhändler zu interessieren, die normalerweise in Millionenbeträgen rechneten. Das wäre nichts für den einstigen König der privaten Waffenhändler Sam Cummings von der Firma Interarmco gewesen, der nach dem Krieg zwei Jahrzehnte lang von seinem Penthouse in Monaco aus ein privates Rüstungsimperium dirigierte und sich inzwischen zur Ruhe gesetzt hatte; auch nicht für Dr. Strakaty in Wien, den Bevollmächtigten der Prager Firma Omnipol in der Washingtonstraße Nr. 11; nichts für Dr. Langenstein in München, Dr. Peretti in Rom oder M. Cammermundt in Brüssel.
Er mußte sich auf das Niveau jener Männer begeben, die mit kleineren Summen und Mengen arbeiteten. In Deutschland kannte er Günther Leinhauser, einen früheren Teilhaber von Cummings, in Paris die Namen Pierre Lorez, Maurice Herscu und Paul Favier. Aber nach gründlicher Überlegung hatte er sich dafür entschieden, zwei Männer in Hamburg aufzusuchen.

Die Schwierigkeit bestand darin, daß man dem Waffensortiment, das er suchte, seine Bestimmung genau ansah: die Ausrüstung für eine Blitzaktion, in der es darum ging, ein bestimmtes Gebäude im Handstreich zu nehmen. Der mengenmäßige Spielraum war so gering, daß man keinem Berufssoldaten etwas vormachen konnte: Hinter der Bestellung konnte kein Verteidigungsministerium stehen, auch nicht das eines sehr kleinen Landes.

Shannon hatte daher beschlossen, die Bestellung weiter zu unterteilen und bei jedem einzelnen Lieferanten einen in sich geschlossenen Posten aufzugeben. Eine Gesamtbestellung hätte die Art des Unternehmens verraten.

Von einem der Männer, die er aufsuchen wollte, brauchte er vierhunderttausend Schuß Neun-Millimeter-Standardmunition, die sowohl für automatische Pistolen als auch für Schnellfeuergewehre verwendbar war. Eine solche Bestellung war zu umfangreich, um sie auf dem Schwarzmarkt aufzugeben und ohne komplizierte Schmuggeleien an Bord eines Schiffes zu schaffen. Aber es war eine Bestellung, die ohne weiteres von der Polizei irgendeines kleinen Landes stammen konnte und die insofern unverdächtig war, als keine dazugehörigen Waffen geordert wurden. Bei einer Überprüfung konnte es so aussehen, als sollten lediglich Munitionsbestände ergänzt werden.

Um die Patronen zu bekommen, brauchte Shannon einen lizenzierten Waffenhändler, der eine so kleine Bestellung bei größeren Orders dazwischenmogeln konnte. Trotz seiner Lizenz mußte der Händler bereit sein, ein ›krummes‹ Geschäft mit einem gefälschten Endverbraucherzertifikat abzuwickeln. Dazu war es erforderlich, genau zu wissen, in welchen Ländern keine strengen Kontrollen üblich waren.

Noch zehn Jahre zuvor lagen überall in Europa riesige Mengen an überzähligen Waffen herum. Diese ›schwarzen‹ Bestände in Privathand waren aus Kolonialkriegen übriggeblieben: von den Franzosen in Algerien, den Belgiern im Kongo und so weiter.

Aber diese Überschüsse waren im Laufe der sechziger Jahre bei einer ganzen Serie kleiner Operationen und Kriege aufgebraucht worden, insbesondere im Jemen und in Nigeria. Shannon brauchte deshalb einen Händler, der ein nicht ganz astreines Endverbraucherzertifikat akzeptierte und bereit war, es einem staatlichen Lieferanten vorzulegen, der kaum neugierige Fragen stellte. Noch vor wenigen Jahren war die tschechoslowakische Regierung dafür bekannt, die auch unter kommunistischem Regime ihre alte Tradition fortsetzte, Waffen an jeden zu verkaufen, der des Weges kam. Noch vor wenigen Jahren hätte er mit einem Koffer voller Dollars zur Zentrale der Omnipol in Prag gehen, sich seine Ladung aussuchen und mitsamt den gekauften Waffen ein paar Stunden später in einer Chartermaschine Prag wieder verlassen können. So einfach war das. Aber

seit der sowjetischen Intervention von 1968 kontrollierte der KGB jeden Kaufantrag, und es wurden viel zuviele neugierige Fragen gestellt.
Noch zwei andere Länder waren dafür bekannt, daß dort kein Hahn nach der Herkunft der vorgelegten Endverbraucherzertifikate krähte. Das eine war Spanien, immer schon an ausländischer Währung interessiert; die Fabriken der CETME stellten ein großes Sortiment aller möglichen Waffen her, die vom spanischen Armeeministerium praktisch an jedermann verhökert wurden. Das andere Land war neu auf dem Markt: Jugoslawien.
Jugoslawien hatte erst vor wenigen Jahren die eigene Rüstungsproduktion aufgenommen und bald den Punkt erreicht, wo die eigenen Streitkräfte hinreichend mit einheimischen Waffen ausgerüstet waren. Der nächste logische Schritt war eine Überproduktion, da man ja Fabriken, die erst vor wenigen Jahren mit hohem Kostenaufwand errichtet worden waren, nicht wieder stillegen konnte – und damit der Wunsch nach Exporten. Als Neuling auf dem internationalen Waffenmarkt hatte Jugoslawien noch keinen guten Ruf für Qualität vorzuweisen und zog es daher vor, Waffenkäufer nicht allzu genau unter die Lupe zu nehmen. Jugoslawien stellte einen ordentlichen leichten Granatwerfer und eine recht brauchbare Bazooka her, die eng an das tschechoslowakische Modell RPG-7 angelehnt war.
Die jugoslawischen Waffen waren erst kurz auf dem Markt, und so hielt es Shannon für möglich, daß sich Belgrad von einem Waffenhändler auch zur Lieferung kleinster Mengen überreden ließ: zwei Sechzig-Millimeter-Granatwerfer mit hundert Granaten, dazu zwei Bazookas und vierzig Raketen. Dabei sollte mit dem Vorwand operiert werden, daß es sich um einen neuen Kunden handle, der diese Waffen erst erproben und dann eine wesentlich umfangreichere Nachbestellung aufgeben wolle.
Wegen der ersten Bestellung wollte sich Shannon an einen Händler wenden der offiziell mit der CETME in Madrid zusammenarbeitete, von dem man aber wußte, daß er durchaus bereit war, auch ein nicht ganz astreines Endverbraucherzertifikat durchzuboxen. Für die zweite Bestellung hatte Shannon einen Namen in Hamburg ausfindig gemacht, einen Mann, der es verstanden hatte, schon sehr früh die Beziehungen zu den jugoslawischen Waffenschmieden zu pflegen und sich mit ihnen gutzustellen, obgleich er keine Lizenz besaß.
Normalerweise hat es keinen Sinn, zu einem nicht lizenzierten Waffenhändler zu gehen. Falls er den Auftrag nicht aus eigenen illegalen Beständen erfüllen kann – dann aber ohne Exportgenehmigung –, ist er nur dann nützlich, wenn er ein geschickt gefälschtes Endverbraucherzertifikat besorgen kann. Danach muß man versuchen, einem lizenzierten Waffenhändler dieses Papier anzudrehen. Der lizenzierte Händler kann den Auftrag dann mit staatlicher Genehmigung aus seinem ganz legalen

Lagerbestand ausführen und eine Exportgenehmigung dafür einholen, oder er legt das falsche Zertifikat irgendeiner Regierung vor und steht mit seinem Namen dafür gerade. Aber gelegentlich kann der illegale Händler noch aus einem anderen Grund nützlich werden: wegen seiner intimen Marktkenntnis, weil er eben weiß, wo man zu einem bestimmten Zeitpunkt was bekommen kann. Das war der Grund, aus dem Shannon auch noch einen zweiten Mann in Hamburg besuchen wollte.
Nach seiner Ankunft in der Hansestadt fuhr Shannon bei der Landesbank vorbei und stellte fest, daß seine fünftausend Pfund bereits eingetroffen waren. Er ließ sich von der Bank für die ganze Summe einen Scheck auf seinen Namen ausstellen und fuhr damit zum Hotel ›Atlantik‹, wo er sein Zimmer gebucht hatte.

Johann Schlinker, ein kleiner, rundlicher, jovialer Mann, empfing Shannon etwas später in seinem kleinen, bescheiden eingerichteten Büro. Die Begrüßung fiel so überschwenglich aus, daß Shannon ihm auf Anhieb nicht über den Weg traute. Die beiden sprachen englisch miteinander und nannten ihre Preise in Dollar, wie das im Waffenhandel üblich ist.
Shannon bedankte sich bei Schlinker für die Gelegenheit zu dieser Unterredung und legte ihm seinen Reisepaß auf den Namen Keith Brown vor. Der Deutsche blätterte ihn aufmerksam durch und gab ihn zurück.
»Und was führt Sie hierher?« fragte er.
»Herr Schlinker, Sie wurden mir als außerordentlich zuverlässiger Geschäftspartner in der Waffenbranche empfohlen.«
Schlinker nickte lächelnd, aber das Kompliment hinterließ bei ihm keinen Eindruck.
»Von wem, wenn ich fragen darf?«
Shannon erwähnte den Namen eines Mannes in Paris, der in Afrika eng mit einer gewissen geheimen Dienststelle zusammenarbeitete. Die beiden waren sich einmal in Afrika begegnet, und vor einem Monat hatte Shannon in Paris die alte Bekanntschaft erneuert. Er hatte den Mann vor einer Woche angerufen, und es stimmte tatsächlich, daß dieser ihm Schlinker als Lieferanten für die gewünschten Waren empfohlen hatte. Der Mann wußte, daß Shannon den Namen Brown benutzen würde.
Schlinker hob die Augenbrauen.
»Würden Sie mich bitte für einen Augenblick entschuldigen«, murmelte er und verließ den Raum. Nebenan hörte Shannon einen Fernschreiber klappern. Nach einer Viertelstunde kam Schlinker zurück. Er lächelte.
»Ich mußte wegen einer dringenden Sache einen Geschäftsfreund in Paris anrufen«, erklärte er strahlend. »Bitte fahren Sie fort.«
Shannon wußte genau, daß Schlinker über Fernschreiber einen Kollegen in Paris gebeten hatte, sich bei dem Agenten über Keith Brown zu informieren. Anscheinend war die Bestätigung gerade eingetroffen.

»Ich möchte eine bestimmte Menge Neun-Millimeter-Munition kaufen«, sagte Shannon ohne Umschweife. »Ich weiß, daß es sich um einen kleinen Auftrag handelt, aber die Munition geht an eine Gruppe von Leuten in Afrika und dient einem ganz bestimmten Zweck. Wenn alles klappt, bin ich überzeugt, daß größere Aufträge folgen werden.«
»Um welche Größenordnung handelt es sich?« fragte der Deutsche.
»Vierhunderttausend Schuß.«
Schlinker verzog das Gesicht.
»Das ist wirklich nicht viel«, sagte er schlicht.
»Ich weiß. Im Augenblick steht nur ein begrenzter Etat zur Verfügung. Man hofft, mit einer kleinen Investition ein größeres Ziel anzusteuern.«
Schlinker nickte. Er war das gewöhnt. Der erste Auftrag fällt meist nur klein aus.
»Welche Rolle spielen Sie dabei? Sie sind doch kein Waffenhändler?«
»Ich fungiere für diese Leute ganz allgemein als technischer und militärischer Berater. Als die Frage nach einem neuen Lieferanten auftauchte, hat man mich gebeten, deswegen nach Europa zu reisen«, antwortete Shannon.
»Und Sie haben kein Endverbraucherzertifikat?«
»Nein, leider nicht. Ich hatte gehofft, so etwas ließe sich arrangieren.«
»Natürlich geht das«, sagte Schlinker, »das ist kein Problem. Es dauert nur länger und kostet mehr Geld. Aber machen läßt es sich. Man könnte diese Bestellung ab Lager ausführen, doch das befindet sich in Wien. Auf diese Weise wäre ein Endverbraucherzertifikat erforderlich. Oder man könnte ein solches Dokument besorgen und ganz normal auf dem üblichen Weg die Exportgenehmigung beantragen.«
»Der zweite Weg wäre mir lieber«, sagte Shannon. »Der Transport erfolgt auf dem Seeweg, und es wäre gefährlich, einen solchen Posten quer durch Österreich und Italien bis auf das Schiff zu transportieren. Das ist ein Gebiet, mit dem ich nicht vertraut bin. Außerdem würde eine Entdeckung lange Gefängnisstrafen für diejenigen bedeuten, bei denen man die Munition findet. Und man könnte herausfinden, daß die Ware von Ihnen stammt.«
Schlinker lächelte. Er wußte, daß ihm von dieser Seite keine Gefahr drohte, aber hinsichtlich der Grenzkontrollen hatte Shannon recht. Die neuerdings aufgetauchte Gefahr von seiten gewisser Terroristengruppen hatte die österreichischen, deutschen und italienischen Behörden gegenüber bedenklichen Warensendungen sehr mißtrauisch gemacht.
Shannon traute Schlinker durchaus zu, daß er ihm heute die Munition verkaufte und ihn morgen anzeigte. Bei Verwendung eines gefälschten Endverbraucherzertifikates mußte Schlinker zu der Vereinbarung stehen; er war es schließlich, der dieses Papier den Behörden vorzulegen hatte.

»Sie könnten recht haben«, meinte Schlinker schließlich. »Also gut. Ich kann Ihnen Neun-Millimeter-Standardmunition zu fünfundsechzig Dollar pro Tausend anbieten. Für das Zertifikat muß ich einen Aufschlag von zehn Prozent berechnen und weitere zehn Prozent bei Lieferung frei Schiff.«
Shannon rechnete rasch nach. Frei Schiff – das bedeutete die Lieferung mit Exportgenehmigung, fertig verzollt auf das zum Auslaufen klar gemachte Schiff. Der Preis würde sich auf sechsundzwanzigtausend Dollar plus fünftausendzweihundert Dollar Aufschlag belaufen.
»Wie stellen Sie sich die Bezahlung vor?« fragte er.
»Die fünftausendzweihundert Dollar brauche ich im voraus«, sagte Schlinker. »Daraus müssen die Kosten für das Zertifikat sowie sämtliche Reise- und Verwaltungskosten gedeckt werden. Der volle Kaufpreis wäre hier in meinem Büro zu entrichten, sobald ich Ihnen das Zertifikat vorlegen kann, aber noch vor Kaufabschluß. Als lizenzierter Händler würde ich die Ware im Namen meines Kunden erwerben, nämlich der auf dem Zertifikat angeführten Regierung. Ist das Geschäft erst einmal abgeschlossen, dürfte kaum damit zu rechnen sein, daß der staatliche Lieferant die Ware wieder zurücknimmt und den Kaufpreis erstattet. Deshalb brauche ich die ganze Summe im voraus. Für den Antrag auf Exportgenehmigung müßte ich außerdem den Namen des Schiffes wissen. Es muß sich dabei um ein Fahrzeug im normalen Linienverkehr oder um einen Frachter im Besitz einer eingetragenen Schiffahrtsgesellschaft handeln.«
Shannon nickte. Die Bedingungen waren hart, aber Schlinker saß am längeren Hebel. Wäre Shannon tatsächlich der Beauftragte einer Regierung gewesen, so säße er jetzt überhaupt nicht hier.
»Wie lang wird es von der Bezahlung bis zur Auslieferung dauern?« fragte er.
»Höchstens vierzig Tage.«
Shannon stand auf. Er zeigte Schlinker den beglaubigten Scheck, um seine Zahlungsfähigkeit zu beweisen, und versprach, in spätestens einer Stunde fünftausendzweihundert Dollar in bar oder den Gegenwert in Mark abzuliefern. Schlinker entschied sich für Mark und gab Shannon, als er das Geld brachte, dafür eine normale Quittung.
Während Schlinker die Quittung ausstellte, blätterte Shannon einige Broschüren durch, die auf dem Kaffeetisch lagen. Sie enthielten das Angebot einer anderen Firma, die sich offenbar auf Pyrotechnische Erzeugnisse spezialisierte, die nicht unter die Rubrik ›Waffen‹ fielen. Außerdem lieferte sie alle möglichen Dinge, wie Wach- und Schließgesellschaften sie brauchten: Schlagstöcke, Gummiknüppel, Walkie Talkies, Tränengaswerfer, Fackeln, Leuchtraketen und so weiter.
Shannon nahm seine Quittung entgegen und fragte: »Haben Sie etwas mit dieser Firma zu tun, Herr Schlinker?«

Schlinker lächelte breit.
»Sie gehört mir«, sagte er. »Ihr verdanke ich meinen Namen in der Öffentlichkeit.«
Außerdem ist das eine verdammt praktische Tarnung für ein ganzes Lagerhaus voller Kisten mit der Aufschrift ›Vorsicht! Explosionsgefahr!‹, dachte Shannon. Aber die Sache interessierte ihn.
Er stellte rasch eine Liste zusammen und zeigte sie Schlinker.
»Könnten Sie aus Ihren eigenen Beständen diesen Exportauftrag ausführen?« fragte er.
Schlinker überflog die Liste: zwei Raketenwerfer, wie sie von der Küstenwacht für Notsignale verwendet wurden, zehn Magnesium-Leuchtraketen von äußerster Brenndauer und Leuchtkraft an Fallschirmen, zwei starke Nebelhörner mit Druckluftzylindern, vier Nachtgläser, drei Walkie Talkies mit Detektor-Kristallen und einer Reichweite von maximal acht Kilometern und fünf Armband-Kompasse.
»Gern«, sagte Schlinker. »Das hab' ich alles vorrätig.«
»Dann bestell' ich diese Gegenstände bei Ihnen. Da sie nicht als Waffen betrachtet werden können, dürfte es mit dem Export wohl keine Probleme geben.«
»Ganz und gar nicht. Ich kann Ihnen die Waren überallhin ausliefern, selbstverständlich auch auf ein Schiff.«
»Gut«, sagte Shannon. »Wie hoch belaufen sich die Gesamtkosten einschließlich Fracht bis zu einer Exportfirma in Marseille?«
Schlinker konsultierte seinen Katalog und die Preisliste und addierte zehn Prozent für Frachtkosten.
»Viertausendachthundert Dollar«, sagte er.
»Ich melde mich in zwölf Tagen wieder«, versprach Shannon. »Bitte lassen Sie bis dahin alles frachtmäßig verpacken. Ich gebe Ihnen dann den Namen der Exportfirma in Marseille und schicke Ihnen einen beglaubigten Scheck über viertausendachthundert Dollar. In spätestens dreißig Tagen bekommen Sie die restlichen sechsundzwanzigtausend Dollar für die Munitionslieferung sowie den Namen des Schiffes.«
Mit seinem zweiten Gesprächspartner traf er sich zum Abendessen im ›Atlantik‹. Alan Baker, ein Kanadier, war nach dem Krieg in Deutschland geblieben und hatte eine Deutsche geheiratet. Der einstige Royal Engineer hatte in den ersten Nachkriegsjahren zunächst Nylonstrümpfe, Uhren und Flüchtlinge über die innerdeutschen Grenzen geschmuggelt und später ungezählte kleine Widerstandsgruppen mit Waffen versorgt. Diese nationalistisch orientierten Freiheitskämpfer waren aus dem Krieg übriggeblieben und leisteten in Zentral- und Osteuropa immer noch Widerstand – mit dem einzigen Unterschied, daß sie während des Krieges gegen die Deutschen und später gegen die Kommunisten kämpften.
Die meisten Waffenlieferungen wurden von den Amerikanern finanziert.

Baker benutzte seine Kenntnisse der Sprache und der Guerillataktik für seine Geschäfte: Er lieferte ihnen heimlich Waffen und wurde von den Amerikanern dafür fürstlich bezahlt. Als sich diese Widerstandsgruppen allmählich auflösten, hielt er sich Anfang der fünfziger Jahre in Tanger auf. Die im Krieg und gleich danach erworbene Erfahrung als Schmuggler befähigte ihn, aus dem damaligen internationalen Freihafen an der Nordspitze Marokkos Parfüms und Zigaretten nach Italien und Spanien zu schaffen. Dieses Geschäft fand ein abruptes Ende, als sein Schiff in einem internen Bandenkrieg gesprengt und versenkt wurde. Er kehrte nach Deutschland zurück und handelte mit jeglicher Ware, für die er Käufer und Verkäufer fand. Sein neuester Coup war die Vermittlung einer Lieferung jugoslawischer Waffen für die Baskenbewegung im nördlichen Spanien.
Shannon hatte ihn kennengelernt, als Baker im April 1968 Waffen nach Äthiopien lieferte und Shannon selbst nach der Rückkehr aus Bukavu arbeitslos war. Baker kannte Shannons richtigen Namen.
Der kleine, drahtige Mann mit seinen unsteten Augen hörte sich schweigend an, was Shannon wollte.
»Ja, das läßt sich machen«, sagte er, als Shannon fertig war. »Die Jugoslawen werden durchaus verstehen können, daß ein neuer Kunde als Probelieferung für Testzwecke zwei Granatwerfer und zwei Bazookas haben will, bevor er eine größere Bestellung aufgibt. Das klingt plausibel. Kein Problem – die Dinger kann ich leicht besorgen. Ich habe erstklassige Beziehungen zu den Leuten in Belgrad. Und sie liefern schnell. Meine Schwierigkeiten liegen im Augenblick woanders, wie ich zugeben muß.«
»Wo?«
»Beim Endverbraucherzertifikat«, antwortete Baker. »Ich hatte einen Mann in Bonn sitzen, einen Diplomaten aus Ostafrika, der für einen bestimmten Preis und ein paar hübsche deutsche Mädchen jede gewünschte Unterschrift leistete. Aber er wurde vor zwei Wochen von seinem Posten abberufen. Einen entsprechenden Ersatz habe ich noch nicht gefunden.«
»Sind die Jugoslawen sehr pingelig, was die Dokumente betrifft?«
Baker schüttelte den Kopf.
»Nein. Wenn die Papiere einen legalen Eindruck machen, prüfen sie nicht weiter nach. Aber ein Zertifikat mit dem entsprechenden amtlichen Stempel muß vorhanden sein. So weit geht die Schlamperei eben doch nicht.«
Shannon überlegte eine Weile. Er kannte in Paris einen Mann, der einmal behauptet hatte, er könne über einen Freund bei einer Botschaft Endverbraucherzertifikate besorgen.
»Und wenn ich Ihnen einen verläßlichen Mann besorge«, fragte Shannon, »würden Sie den akzeptieren?«
Baker zog an seiner Zigarre.

»Selbstverständlich«, antwortete er. »Was den Preis betrifft, so kostet ein Sechzig-Millimeter-Granatwerfer eintausendeinhundert Dollar. Die Granaten dazu machen vierundzwanzig Dollar pro Stück. Schwierig ist nur, daß es sich wirklich um sehr kleine Summen handelt. Könnten Sie nicht wenigstens die Stückzahl der Granaten von hundert auf dreihundert erhöhen? Dann wäre alles einfacher. Einhundert Granaten – das genügt nicht einmal für Testzwecke.«
»In Ordnung«, sagte Shannon, »ich nehme dreihundert, aber mehr nicht. Sonst überschreite ich meinen Etat und muß aus eigener Tasche zulegen.«
Das stimmte zwar nicht, weil er sich für Mehrausgaben einen Spielraum gelassen hatte und sein eigenes Gehalt nicht angreifen mußte. Aber er wußte, daß Baker dieses Argument akzeptieren würde.
»Gut«, sagte Baker, »das macht also siebentausendzweihundert Dollar für die Granaten. Die Bazookas kosten pro Stück eintausend Dollar, die dazugehörige Rakete zweiundvierzig Dollar fünfzig. Bei vierzig Stück macht das ... Augenblick ...«
»Siebzehnhundert Dollar«, sagte Shannon. »Der gesamte Auftrag beläuft sich auf dreizehntausendeinhundert Dollar.«
»Plus zehn Prozent für den Transport frei Schiff, CAT. Ohne das Endverbraucherzertifikat. Ich hätte es Ihnen für zwanzig Prozent besorgt. Bleiben Sie realistisch: Die Bestellung ist winzig, aber meine eigenen Spesen bleiben dieselben. Also macht die Gesamtsumme vierzehntausendvierhundertzehn Dollar. Sagen wir vierzehneinhalb, einverstanden?«
»Sagen wir vierzehntausendvierhundert«, erklärte Shannon. »Ich besorge das Dokument und schicke es Ihnen zusammen mit einer Anzahlung von fünfzig Prozent. Weitere fünfundzwanzig Prozent bezahle ich, sobald die Ware in Jugoslawien versandfertig liegt, und die restlichen fünfundzwanzig Prozent bei Ablegen des Schiffes. Sind Sie mit Reiseschecks in Dollar einverstanden?«
Baker hätte gern alles im voraus gehabt, aber als illegaler Händler besaß er im Gegensatz zu Schlinker kein Lager und keine eigene Postanschrift. Er konnte nur als Vermittler fungieren, während als Käufer ein befreundeter Waffenhändler auftrat. Wer auf dem Schwarzmarkt arbeitet, muß auch ungünstigere Bedingungen, einen geringeren Profit und eine niedrigere Vorauszahlung akzeptieren.
Zu den ältesten Tricks des Gewerbes gehört es, eine Waffenlieferung zuzusagen, sehr zuversichtlich zu tun, den Kunden hinsichtlich der Integrität des Vermittlers in Sicherheit zu wiegen und dann mit einer möglichst großen Anzahlung zu verschwinden. Diese Erfahrung mußte so mancher farbige Waffeneinkäufer in Europa machen. Aber Baker wußte, daß Shannon nie auf diesen Trick hereinfallen würde. Außerdem waren fünfzig Prozent von vierzehntausendvierhundert Dollar eine zu geringe Summe, um dafür unterzutauchen.

»Okay«, sagte Baker. »Sobald mir Ihr Endverbraucherzertifikat vorliegt, mache ich mich an die Arbeit.«
Sie bezahlten und standen auf.
»Wie lange dauert es dann noch bis zur Verschiffung?« fragte Shannon.
»Dreißig bis fünfunddreißig Tage«, entgegnete Baker. »Haben Sie übrigens schon ein Schiff?«
»Noch nicht. Ich nehme an, Sie müssen den Namen des Schiffes wissen. Den teile ich Ihnen zusammen mit dem Zertifikat mit.«
»Ich wüßte ein sehr ordentliches Schiff, das Sie chartern können. Zweitausend Mark pro Tag alles inklusive: Mannschaft, Proviant und so weiter. Es bringt Sie mitsamt Ihrer Ladung überall hin und natürlich absolut diskret.«
Shannon überlegte: Zwanzig Tage im Mittelmeer, zwanzig Tage im Einsatz und zwanzig Tage zurück: einhundertzwanzigtausend Mark oder fünfzehntausend Pfund. Billiger als der Kauf eines eigenen Schiffes. Sehr verlockend. Aber es behagte ihm nicht, daß ein Außenstehender einen Teil des Waffengeschäftes und das Schiff kontrollieren und außerdem das Ziel kennen sollte. Damit würde Baker oder der Schiffseigner praktisch zu einem Partner in dem Unternehmen.
»Na gut«, sagte Shannon vorsichtig, »wie heißt das Schiff?«
»*San Andrea*.«
Shannon zuckte zusammen. Den Namen hatte er schon von Semmler gehört.
»Auf Zypern registriert?« fragte er.
»Ja, stimmt.«
»Vergessen wir's«, sagte er nur.
Als sie den Speisesaal verließen, sah Shannon den Waffenhändler Johann Schlinker in einer Nische sitzen. Er glaubte erst, der Mann sei ihm nachgegangen, aber dann merkte er, daß er noch jemanden bei sich hatte. Anscheinend speiste er mit einem wichtigen Kunden. Er wandte den Kopf ab und ging rasch vorbei.
Am Ausgang reichte er Baker die Hand.
»Sie hören wieder von mir«, sagte er. »Und – lassen Sie mich nicht sitzen.«
»Keine Sorge, CAT. Sie können mir vertrauen«, antwortete Baker.
Er ging eilig die Straße hinunter. »Da kann ich auch des Teufels Großmutter vertrauen«, murmelte Shannon und ging ins Hotel zurück.
Auf dem Weg hinauf zu seinem Zimmer ging ihm dauernd das Gesicht des Mannes durch den Kopf, den er bei Schlinker gesehen hatte. Dieses Gesicht kannte er von irgendwoher. Er wußte es nur nicht unterzubringen. Erst beim Einschlafen fiel es ihm ein: Es war der Stabschef der illegalen IRA.

Am nächsten Morgen, einem Mittwoch, flog er nach London zurück. Damit begann der neunte Tag des Unternehmens.

5. Kapitel

Martin Thorpe betrat etwa um dieselbe Zeit Sir James Mansons Büro, als CAT Shannon von Hamburg startete.
»Lady Macallister«, sagte er als Einleitung. Sir James deutete auf einen Sessel. »Ich habe sie mit einem Staubkamm bearbeitet«, fuhr Thorpe fort. »Es sind tatsächlich schon zweimal Leute an sie herangetreten, die daran interessiert waren, ihre dreißig Prozent an der Firma Bormac zu erwerben. Sie müssen etwas falsch gemacht haben und bekamen eine Abfuhr. Sie ist sechsundachtzig, halb senil und sehr launisch. Das behauptet man zumindest von ihr. Sie ist außerdem stolz auf ihre schottische Abstammung und läßt alle ihre Angelegenheiten durch einen Anwalt in Dundee erledigen. Hier haben Sie meinen kompletten Bericht.«
Er reichte Sir James einen Schnellhefter. Der Chef von Manson Consolidated las den Bericht in wenigen Minuten durch. Er brummte einige Male und fluchte gelegentlich. Als er fertig war, hob er den Kopf.
»Ich möchte trotzdem diese dreihunderttausend Bormac-Anteile«, sagte er. »Was haben die anderen bei ihr falsch gemacht?«
»Nur eines im Leben scheint ihr wichtig zu sein – und das ist nicht das Geld. Sie ist recht wohlhabend. Als sie heiratete, war sie nur die Tochter eines schottischen Landedelmannes mit mehr Landbesitz als Bargeld. Zweifellos wurde die Heirat zwischen den beiden Familien verabredet. Nachdem ihr alter Herr gestorben war, erbte sie alles: viele Hektar trostloses Hochmoor. Aber in den letzten zwanzig Jahren haben die Fischerei- und Jagdrechte, die sie an Stadtbewohner verpachtete, ein kleines Vermögen eingebracht, und mit einigen Parzellen, die sie an Industriebetriebe verkaufte, verdiente sie noch mehr. Das Geld wurde von ihrem Makler sehr geschickt angelegt. Von ihrem Einkommen kann sie bequem leben. Ich vermute, daß man ihr eine Menge Geld geboten hat – aber sonst nichts. Und das interessierte sie nicht.«
»Was zum Teufel würde sie denn interessieren?« fragte Sir James.
»Sehen Sie sich bitte den zweiten Absatz auf Seite zwei an, Sir James. Verstehen Sie nun, was ich meine? Bei jedem Geburtstag eine Notiz in der *Times* über den vom Londoner Stadtrat vereitelten Versuch, eine Statue errichten zu lassen. Das Denkmal, das sie in ihrem Heimatort aufgestellt hat. Ich glaube, darin besteht ihr einziger Ehrgeiz: im Andenken an den alten Sklaventreiber, den sie einst heiratete.«
»Ja, da könnten Sie recht haben. Was schlagen Sie vor?«
Thorpe erläuterte seine Vorstellungen. Manson hörte genau zu.

»Es könnte gehen«, sagte er schließlich. »Es sind schon seltsamere Dinge geschehen. Die Schwierigkeit besteht nur darin, daß der erste Versuch klappen muß. Wenn die alte Dame ablehnt, brauchen Sie gar nicht wiederzukommen. Auf ein reines Geldangebot würde sie vermutlich genauso reagieren wie in den beiden ersten Fällen. Schön – machen Sie es so. Sie muß auf jeden Fall ihre Anteile verkaufen.«
Mit dieser Anweisung machte sich Thorpe auf den Weg.

Shannon war kurz nach zwölf wieder in seiner Londoner Wohnung. Auf der Fußmatte lag ein Telegramm von Langarotti aus Marseille. Es war an Keith Brown adressiert und schlicht mit ›Jean‹ unterschrieben. Der Text bestand nur aus der Adresse eines Hotels, etwas abseits vom Stadtzentrum, in das der Korse unter dem Namen Lavallon abgestiegen war. Diese Vorsichtsmaßnahme fand Shannon gut. Wer in einem französischen Hotel absteigt, muß eine Anmeldung ausfüllen, die später von der Polizei abgeholt wird. Und die Polizei hätte sich darüber Gedanken machen können, warum ihr alter Freund Langarotti so weit abseits von seinem früheren Jagdrevier wohnte.
Shannon brauchte zehn Minuten, um die Telefonnummer des Hotels zu erfahren, dann meldete er ein Gespräch an. Im Hotel erfuhr er, Monsieur Lavallon sei ausgegangen. Er hinterließ für ihn eine Nachricht, er möge gleich nach seiner Rückkehr Mr. Brown in London anrufen. Er hatte seine vier Kameraden veranlaßt, seine Telefonnummer auswendig zu lernen. Ebenfalls telefonisch gab er ein Telegramm an die Postlageradresse Endeans unter dem Namen Walter Harris auf: Er sei wieder in London und habe etwas mit ihm zu besprechen. Ein weiteres Telegramm forderte Janni Dupree auf, sich sofort bei Shannon zu melden.
Er rief seine Schweizer Bank an und erfuhr, daß die Hälfte seines Honorars in Höhe von fünftausend Pfund an ihn überwiesen worden war. Die Gutschrift stammte von einem ungenannten Konteninhaber bei der Handelsbank. Es konnte nur Endean sein. Er zuckte die Achseln. Daß in einem so frühen Stadium nur das halbe Honorar ausbezahlt wurde, war üblich. Beim Umfang des ManCon-Konzerns, der Kimba unbedingt stürzen wollte, bestand keine Gefahr, daß er die übrigen fünftausend Pfund nicht erhalten würde.
Im Laufe des Nachmittags tippte er einen Bericht über seine Reise nach Luxemburg und Hamburg. Er ließ dabei nur die Namen des Wirtschaftsprüfers in Luxemburg und der beiden Waffenhändler aus. Dann legte er eine Spesenabrechnung bei.
Erst nach vier Uhr war er fertig. Seit dem Imbiß in der Lufthansa-Maschine hatte er nichts mehr gegessen. Im Kühlschrank fand er noch ein halbes Dutzend Eier, verpfuschte ein Omelett, warf es weg und legte sich schlafen.

Kurz nach sechs stand Janni Dupree an der Tür und weckte ihn. Fünf Minuten später läutete das Telefon: Endean hatte sein Telegramm abgeholt. Endean merkte bald, daß Shannon nicht offen sprechen konnte.
»Ist jemand bei Ihnen?« fragte Endean.
»Ja.«
»Geschäftlich?«
»Ja.«
»Sollen wir uns treffen?«
»Es wäre mir lieber«, sagte Shannon. »Morgen vormittag?«
»Okay. Paßt Ihnen elf Uhr?«
»Natürlich«, sagte Shannon.
»Bei Ihnen?«
»Einverstanden.«
»Ich bin um elf dort«, versprach Endean und legte auf.
Shannon wandte sich an den Südafrikaner.
»Wie kommst du voran, Janni?«
Dupree hatte in den Tagen seit der Übernahme des Auftrages schon einiges erreicht. Die hundert Paar Socken, fünfzig Blusen und Unterhosen waren bestellt und konnten am Freitag abgeholt werden. Er hatte auch einen Lieferanten für die fünfzig Uniformblusen gefunden und die Bestellung aufgegeben. Dieselbe Firma hätte auch passende Hosen liefern können, aber Dupree hatte Anweisung, die Hosen bei einer anderen Firma zu bestellen. Kein Lieferant sollte merken, daß jemand komplette Uniformen kaufte. Dupree erwähnte, es sei ohnehin niemand mißtrauisch geworden, aber Shannon hielt es trotzdem für richtiger, die ursprüngliche Regelung beizubehalten.
Die Leinenschuhe hatte Janni bisher noch nicht aufgetrieben. Er wollte es weiter versuchen und dann nach Käppis, Proviantbeuteln, Koppelzeug und Schlafsäcken fahnden. Shannon riet ihm, die erste Sendung Wäsche so rasch wie möglich nach Marseille zu schicken. Er versprach, bei Langarotti innerhalb der nächsten achtundvierzig Stunden die Adresse des Exportagenten zu erfragen.
Bevor sich der Südafrikaner verabschiedete, tippte Shannon noch einen Brief an Langarotti und adressierte ihn unter seinem richtigen Namen an die Hauptpost von Marseille. Darin erinnerte er den Korsen an eine Unterhaltung, die sie vor sechs Monaten unter einer Gruppe von Palmen geführt hatten. Das Thema war Waffenkauf. Der Korse hatte dabei erwähnt, er kenne einen Mann in Paris, der von einem dortigen Botschaftsangestellten Endverbraucherzertifikate beschaffen könne. Shannon erkundigte sich nach dem Namen dieses Mannes und danach, wo man ihn erreichen könne.
Als er fertig war, gab er Dupree den Brief mit der Anweisung, ihn noch an diesem Abend per Eilboten am Trafalgar Square aufzugeben. Er wäre

selbst zur Post gegangen, sagte er, wenn er nicht auf Langarottis Anruf aus Marseille warten müßte.

Sein Magen knurrte, als Langarotti endlich um acht anrief. Die Telefonverbindung war so miserabel, als wäre die betreffende Leitung noch vom Begründer des Telefondienstes höchstpersönlich gelegt worden.

Shannon erkundigte sich sehr vorsichtig nach Langarottis Fortschritten. Auch er richtete sich nach der Anweisung, die er den anderen Söldnern erteilt hatte: Niemals am Telefon offen sprechen!

»Ich wohne in einem Hotel und habe dir die Adresse geschickt«, sagte Langarotti.

»Ich hab' sie bekommen!« schrie Shannon.

»Ich habe einen Motorroller gemietet und alle Läden abgeklappert, in denen man die betreffenden Artikel bekommt«, fuhr die undeutliche Stimme fort. »Für jedes Sortiment gibt es drei Hersteller. Bei den drei Schlauchboot-Lieferanten habe ich Prospekte angefordert. Sie müßten in einer Woche hier sein. Dann kann ich bei einem hiesigen Händler die am besten geeignete Marke bestellen.«

»Gut gemacht«, lobte Shannon, »und der zweite Artikel?«

»Hängt davon ab, was wir in den angeforderten Prospekten aussuchen. Keine Sorge, diese Dinger können wir überall an der Küste in jedem Laden kriegen. Weil das Frühjahr vor der Tür steht, führen die Sportgeschäfte die neuesten Modelle.«

»Gut!« schrie Shannon. »Jetzt hör mir zu: Ich brauche die Adresse eines guten Exportagenten, und zwar früher als beabsichtigt. Von hier aus werden einige Kisten abgehen und auch eine aus Hamburg.«

»Leicht zu machen«, antwortete Langarotti, »aber ich halte Toulon für besser. Den Grund kannst du dir denken.«

Shannon wußte Bescheid. In seinem Hotel konnte Langarotti einen falschen Namen angeben, aber wenn er von einem Hafen aus Waren exportieren wollte, mußte er seinen Ausweis vorlegen. Außerdem wurde gerade der Hafen von Marseille seit etwa einem Jahr sehr viel strenger überwacht, und der neue Leiter des Zolls war gefürchtet. Zweck dieser Maßnahme war die Eindämmung des Heroinhandels, aber wenn man ein Schiff nach Rauschgift durchsuchte, konnten dabei leicht auch Waffen auftauchen. Es wäre wirklich lächerlich gewesen, wegen einer ganz anderen Sache aufzufallen.

»Einverstanden«, sagte Shannon, »du kennst das Gebiet am besten. Gib mir die Adresse so rasch wie möglich telegrafisch durch. Und noch etwas: Ich habe heute abend einen Eilbrief für dich an die Hauptpost von Marseille geschickt. Darin steht alles weitere. Gib mir die Adresse telegrafisch durch, sobald du den Brief bekommst. Das müßte am Freitagmorgen sein.«

»Okay«, sagte Langarotti. »War das alles?«

»Im Augenblick schon. Schick mir die Prospekte und die Preise mit deinen Vorschlägen. Wir dürfen den Etat nicht überschreiten.«
»Gut. Wiederhören!« schrie Langarotti.
Shannon legte auf. Er speiste allein im ›Bois de St. Jean‹ und ging früh zu Bett.

Endean kam am nächsten Vormittag pünktlich um elf, studierte eine Stunde lang den Bericht und die Abrechnung und besprach beides mit Shannon.
»In Ordnung«, sagte er schließlich. »Wie kommen Sie voran?«
»Gut«, antwortete Shannon. »Natürlich stehen wir noch ganz am Anfang. Ich arbeite ja erst seit zehn Tagen. Ich möchte bis zum zwanzigsten Tage alle Bestellungen unter Dach und Fach haben, dann bleiben vierzig Tage zur Auslieferung. Anschließend brauchen wir eine Sicherheitsspanne von zwanzig Tagen, um alles zu sammeln und diskret an Bord zu bringen. Wenn wir den Terminplan einhalten, müßten wir am achtzigsten Tag ablegen. Übrigens brauche ich bald wieder Geld.«
»Sie haben doch dreieinhalbtausend in London und siebentausend in Belgien«, protestierte Endean.
»Ja, ich weiß, aber es kommen eine Menge Zahlungen auf uns zu.«
Er erklärte Endean, daß er dem Hamburger Waffenhändler ›Johann‹ die noch offenen sechsundzwanzigtausend Dollar innerhalb von zwölf Tagen bezahlen müsse, um ihm vierzig Tage Zeit für die Formalitäten in Madrid zu geben. Dann hatte ›Johann‹ weitere viertausendachthundert Dollar für die restlichen Ausrüstungsgegenstände zu bekommen. Sobald aus Paris das Endverbraucherzertifikat vorlag, mußte er es zusammen mit siebentausendzweihundert Dollar an ›Alan‹ schicken, das waren fünfzig Prozent des Preises der jugoslawischen Waffen.
»Es läppert sich zusammen«, sagte er. »Die größten Posten sind natürlich die Waffen und das Schiff. Sie machen zusammen über die Hälfte des Etats aus.«
»Na gut«, sagte Endean, »Ich werde rückfragen und Ihrer belgischen Bank weitere zwanzigtausend Pfund überweisen lassen. Sobald Sie das Geld brauchen, kann alles telefonisch erledigt werden.«
Er stand auf. »Noch etwas?«
»Nein«, antwortete Shannon. »Am Wochenende muß ich wieder verreisen. Ich werde fast eine Woche unterwegs sein. Ich möchte mich um die Suche nach dem Schiff kümmern, um die Auswahl der Boote und der Außenborder in Marseille und die Maschinenpistolen in Belgien.«
»Sobald sie zurück sind, schicken Sie mir ein Telegramm an die übliche Adresse«, sagte Endean.

Das geräumige Wohnzimmer in der Nähe von Cottesmore Gardens, nicht weit von der Kensington High Street entfernt, wirkte äußerst düster. Schwere Vorhänge sperrten die Frühlingssonne aus. Nur durch einen schmalen Spalt kam etwas Tageslicht durch die dichten Stores herein. Zwischen den vier spätviktorianischen Polstersesseln standen viele kleine Tischchen mit Nippes und Krimskrams. Knöpfe von alten Uniformen, Orden aus längst vergessenen Kämpfen gegen längst ausgerottete Eingeborenenstämme, Briefbeschwerer und zierliche Püppchen aus Meißener Porzellan, alte Miniaturen und Fächer aus Ballsälen, deren Musik längst verklungen war. An der verblichenen Brokatverkleidung der Wände hingen Porträts von Ahnen, die sicherlich nicht alle zu einer Familie gehören konnten. Aber bei Schotten war man nie ganz sicher.
Über dem niemals benutzten offenen Kamin zeigte ein riesiges Bild in einem Barockrahmen einen Mann im Kilt. Es war neueren Datums als die anderen Gemälde, aber auch schon vom Alter nachgedunkelt. Aus dem Gesicht, das von rötlichem Haar eingerahmt wurde, starrte ein scharfes Augenpaar ins Zimmer, als hätte der Mann gerade einen Kuli entdeckt, der vor Überarbeitung zusammengebrochen war. Darunter stand: ›Sir Ian Macallister, K.B.E.‹
Martin Thorpe konzentrierte sich wieder auf Lady Macallister, die zusammengesunken in einem Sessel saß und ständig an dem Hörapparat an ihrer Brust drehte. Es fiel ihm schwer, ihr undeutliches Gemurmel zu verstehen.
»Sie sind nicht der erste, Mr. Martin«, sagte sie. Er hatte sich zweimal deutlich vorgestellt, aber sie nannte ihn trotzdem ›Mr. Martin‹. »Ich sehe einfach nicht ein, warum ich verkaufen sollte. Verstehen sie, es war immerhin die Firma meines Mannes. Sein persönliches Werk, seine Gründung. Nun kommt jemand daher und möchte etwas ganz anderes mit der Firma machen: Häuser bauen und so weiter. Das begreife ich überhaupt nicht. Ich werde auch nicht verkaufen.«
»Aber Lady Macallister...«
Sie redete einfach weiter, denn sie hatte seinen Einwand tatsächlich nicht gehört. Ihr Hörgerät funktionierte nie richtig, weil sie ständig daran herumspielte. Thorpe begriff allmählich, warum sich seine Vorgänger nach einem anderen Firmenmantel umgesehen hatten.
»Verstehen Sie, Mr. Martin, mein verstorbener Mann, Gott sei seiner armen Seele gnädig, konnte mir nicht sehr viel hinterlassen. Als diese schrecklichen Chinesen ihn umbrachten, war ich auf Urlaub in Schottland und bin nie wieder zurückgekehrt. Aber man sagte mir, daß der Grundbesitz immer noch zur Firma gehörte und daß ich einen großen Teil dieser Firma besaß. Für mich war das ein Vermächtnis, begreifen Sie das nicht? Ich kann doch nicht einfach hingehen und sein Vermächtnis an mich veräußern.«

Thorpe hätte ihr am liebsten klargemacht, daß dieses Vermächtnis wertlos war, aber er sagte nur noch einmal: »Lady Macallister...«
»Sie müssen direkt in das Hörgerät sprechen, sie ist stocktaub«, sagte Lady Macallisters Gesellschafterin.
Thorpe bedankte sich bei ihr und nahm die Frau zum erstenmal richtig wahr. Sie war Ende sechzig und machte den vergrämten Eindruck einer Frau, die einst bessere Zeiten gesehen hatte, und die sich nun mit einer launischen, zänkischen, aber wohlhabenden Herrin herumschlagen mußte.
Thorpe stand auf und trat auf die Greisin zu. Er beugte sich über ihr Hörrohr.
»Lady Macallister, meine Auftraggeber wollen an der Firma nichts verändern. Im Gegenteil: Sie wollen eine Menge Geld investieren und die Gesellschaft wieder reich und berühmt machen. Die Plantagen sollen das werden, was sie zu Lebzeiten von Sir Ian einmal waren.«
Zum erstenmal seit dem Beginn des Gesprächs vor einer Stunde leuchtete etwas in den Augen der Frau auf.
»Wie damals, als mein seliger Mann sie noch führte?« fragte sie.
»Ja, Lady Macallister!« schrie Thorpe und deutete auf den alten Tyrannen an der Wand. »Wir wollen sein Lebenswerk wiedererwecken, ganz in seinem Sinne, und ihm in den Macallister-Gründungen ein bleibendes Denkmal setzen.«
Aber ihr Interesse war schon wieder verflackert.
»Sie haben ihm nie ein Denkmal gesetzt«, nörgelte sie. »Ich habe es wirklich versucht. Ich habe an die Behörden geschrieben, ich habe mich bereit erklärt, die Statue zu bezahlen, aber angeblich war kein Platz da. Es werden so viele Statuen aufgestellt, aber nicht von meinem Ian.«
»Man wird ihm ein Denkmal errichten, wenn die Gesellschaft zu neuem Ruhm kommt«, brüllte Thorpe. »Wenn die Firma wieder reich wäre, könnte sie darauf bestehen. Sie könnten eine Stiftung gründen, die seinen Namen trägt, damit die Welt ihn nicht vergißt.«
Diesen Köder hatte er schon einmal ausgeworfen, aber offenbar hatte sie ihn nicht verstanden.
Diesmal begriff sie.
»Das würde eine Menge Geld kosten«, sagte sie mit zitternder Stimme. »Ich bin nicht so reich.«
Vermutlich ahnte sie selbst nicht, wie reich sie war.
»Sie brauchen das nicht zu bezahlen, Lady Macallister«, sagte er. »Das würde die Gesellschaft übernehmen. Aber sie müßte erst neu belebt werden. Und das kostet Geld. Meine Freunde wären bereit, die erforderlichen Mittel zu investieren.«
»Ich weiß nicht, ich weiß nicht«, jammerte sie und zog ein Spitzentüchlein aus dem Ärmel. »Ich verstehe von diesen Dingen nichts. Wenn nur

mein lieber Ian hier wäre. Oder Mr. Dalgleish. Er hat mich immer gut beraten und alle Papiere für mich unterschrieben. Mrs. Barton, ich möchte in mein Zimmer zurück.«
»Wird auch Zeit«, sagte die Gesellschafterin brüsk. »Kommen Sie, ruhen Sie sich aus und nehmen Sie Ihre Medizin.«
Sie half der alten Dame auf die Füße und führte sie aus dem Wohnzimmer. Durch die offene Tür hörte Thorpe ihre scharfe Kommandostimme und die Proteste der Greisin.
Nach einer Weile kam Mrs. Barton ins Wohnzimmer zurück.
»Sie muß sich eine Weile ausruhen«, erklärte sie.
Thorpe lächelte und sagte traurig: »Anscheinend ist es mir nicht gelungen. Wissen Sie, diese Aktien sind so lange wertlos, wie die Gesellschaft nicht durch eine neue Leitung und entsprechendes Bargeld wiederbelebt wird. Meine Partner wären bereit, viel dafür aufzuwenden.«
Er wandte sich zum Gehen.
»Entschuldigen Sie die Störung«, murmelte er.
»Ich bin Störungen gewöhnt«, sagte Mrs. Barton, aber ihr Widerstand schmolz dahin. Es war lange her, seit sich jemand bei ihr entschuldigt hatte. »Möchten Sie vielleicht eine Tasse Tee? Ich trinke um diese Zeit immer Tee.«
Ein Instinkt veranlaßte Thorpe, die Einladung anzunehmen. Als sie beim Tee in Mrs. Bartons Küche saßen, fühlte er sich fast wie zu Hause. Die Küche seiner Mutter in Battersea hatte ganz ähnlich ausgesehen. Mrs. Barton erzählte ihm von Lady Macallister, ihren Quengeleien, ihrem Starrsinn und den ständigen Schwierigkeiten mit der Taubheit, hinter der sie sich verschanzte.
»Sie begreift Ihre vernünftigen Gründe gar nicht, Mr. Thorpe, nicht einmal Ihr Angebot, dem alten Scheusal da draußen ein Denkmal zu errichten.«
Thorpe war überrascht. Mrs. Barton schien durchaus eine eigene Meinung zu haben, wenn ihre Arbeitgeberin nicht zuhörte.
»Sie tut alles, was sie ihr raten«, bemerkte er.
»Möchten Sie noch eine Tasse Tee?« Beim Eingießen sagte sie leise: »Ja, sie tut, was ich ihr sage. Sie weiß, daß sie von mir abhängig ist. Wenn ich wegginge, bekäme sie nie eine neue Gesellschafterin. Das ist heutzutage schwer.«
»Ist das für Sie überhaupt ein Leben, Mrs. Barton?«
»Nein«, antwortete sie kurz angebunden. »Aber ich habe ein Dach über dem Kopf und mein Auskommen. Man muß für alles im Leben bezahlen.«
»Dafür, daß man verwitwet ist?« fragte Thorpe mitfühlend.
»Ja.«
Auf dem Kaminsims neben der Uhr stand das Foto eines jungen Mannes in der Uniform eines Piloten der Royal Air Force. Er trug eine Pelzjacke,

einen gepunkteten Schal und sah von der Seite Martin Thorpe gar nicht unähnlich.
»Ihr Sohn?« fragte er.
Mrs. Barton nickte und sah das Bild an.
»Ja, er wurde neunzehnhundertdreiundvierzig über Frankreich abgeschossen.«
»Das tut mir leid.«
»Es ist lange her, man gewöhnt sich an alles.«
»Aber dann haben Sie niemanden, der sich um Sie kümmert?«
»Nein, ich komme schon zurecht. Sie wird mir zweifellos etwas Geld vermachen. Ich versorge sie seit sechzehn Jahren.«
»Natürlich wird sie. Ihr Lebensabend wird bestimmt gesichert sein.«
Er verbrachte eine Stunde in der Küche und ging viel zuversichtlicher als er gekommen war. Von einer Telefonzelle aus rief er die ManCon-Zentrale an, und zehn Minuten später hatte Endean das erledigt, worum ihn sein Kollege gebeten hatte.
Im Westend erklärte sich ein Versicherungsagent bereit, Überstunden zu machen und Mr. Thorpe am nächsten Morgen um zehn Uhr zu empfangen.

An diesem Donnerstagabend kam Johann Schlinker mit dem Flugzeug aus Hamburg nach London. Er hatte schon am Vormittag telefonisch seine Verabredung getroffen, aber nicht im Büro, sondern in der Wohnung seines Gesprächspartners.
Um neun Uhr abends traf er sich mit dem Diplomaten der Irakischen Botschaft zum Essen. Es wurde ein kostspieliges Dinner, zumal der deutsche Waffenhändler seinem Gast einen Umschlag überreichte, der in D-Mark den Gegenwert von tausend Pfund enthielt. Dafür bekam er von dem Araber einen anderen Umschlag ausgehändigt. Er enthielt einen Brief auf dem offiziellen Botschaftspapier. Der Brief war an keine bestimmte Person adressiert und besagte, daß der Unterzeichnete als Angehöriger der Londoner Botschaft der Republik Irak vom Innen- und Polizeiministerium seines Landes beauftragt sei, mit Herrn Johann Schlinker über den Ankauf von vierhunderttausend Schuß normaler Neun-Millimeter-Munition für die Polizeieinheiten des Irak zu verhandeln. Das Schreiben war von dem Diplomaten unterzeichnet, und es trug das Siegel der Republik Irak, das sich normalerweise auf dem Schreibtisch des Botschafters befand. Der Brief bescheinigte außerdem, die Munition sei ausschließlich für den Gebrauch innerhalb der Republik Irak bestimmt und werde unter keinen Umständen ganz oder teilweise an ein anderes Land weitergegeben. So sah ein Endverbraucherzertifikat aus.
Der Deutsche verbrachte die Nacht in London und flog am nächsten Morgen zurück.

Am Freitagmorgen um elf rief CAT Shannon Marc Vlaminck in der Wohnung über der Bar in Ostende an.
Er nannte seinen Namen und fragte: »Hast du den Mann aufgespürt, über den wir gesprochen haben?« Auch der Belgier wußte, daß er sich am Telefon vorsichtig auszudrücken hatte.
»Ja, ich habe ihn gefunden«, antwortete Tiny Marc. Er saß im Bett, während Anna neben ihm leise schnarchte. Die Bar schloß normalerweise zwischen drei und vier Uhr morgens, und die beiden standen selten vor der Mittagszeit auf.
»Ist er bereit, über die Ware zu verhandeln?« fragte Shannon.
»Ich denke schon«, sagte Vlaminck. »Ich habe ihm gegenüber das Thema noch nicht angeschnitten, weiß aber von einem hiesigen Geschäftsfreund, daß er nach entsprechender Empfehlung durch einen gemeinsamen Bekannten normalerweise zu einem Geschäft bereit ist.«
»Und die erwähnten Waren besitzt er noch?«
»Ja«, antwortete die Stimme aus Belgien. »Die Ware ist noch verfügbar.«
»Gut«, sagte Shannon, »setz dich zunächst allein mit ihm in Verbindung und sag ihm, du hättest einen Kunden, der mit ihm ins Geschäft kommen möchte. Er soll sich am nächsten Wochenende für eine Verhandlung zur Verfügung halten. Sag ihm, es sei ein guter und verläßlicher Kunde, ein Engländer namens Brown. Du mußt ihn für das Geschäft interessieren. Sag ihm, der Kunde möchte bei der Besprechung ein Muster sehen und gleich über die Lieferung verhandeln, wenn es seinen Vorstellungen entspricht. Ich rufe dich vor dem Wochenende noch einmal an und sage dir, wann und wo wir uns treffen können. Kapiert?«
»Klar«, sagte Marc, »ich werde das morgen oder übermorgen erledigen.«
Sie beendeten das Gespräch mit den üblichen guten Wünschen.

Um halb drei kam ein Telegramm aus Marseille. Es enthielt eine Adresse in Frankreich und die Mitteilung, Langarotti werde den Mann anrufen und Shannon persönlich empfehlen. Die Suche nach einem Exportagenten sei im Gang, und Shannon bekäme innerhalb von fünf Tagen den Namen mitgeteilt.
Shannon buchte telefonisch bei der U.T.A. für den folgenden Sonntag um Mitternacht von Le Bourget in Paris aus einen Flug nach Afrika. Bei der BEA ließ er sich für die erste Maschine am nächsten Morgen, also Samstag, einen Platz nach Paris reservieren. Noch am selben Nachmittag bezahlte er beide Flugkarten in bar.
Er steckte zweitausend Pfund von dem Geld, das er aus Deutschland mitgebracht hatte, in einen Briefumschlag und verstaute ihn hinter dem Futter seiner Reisetasche. Der britische Zoll sieht es nämlich nicht gern, wenn Bürger das Land mit größeren Beträgen als den erlaubten fünfundzwanzig Pfund in bar und dreihundert Pfund in Reiseschecks verlassen.

Sir James Manson rief kurz nach der Mittagspause Simon Endean in sein Büro. Er hatte Shannons Bericht gelesen und war angenehm überrascht von den guten Fortschritten der Vorbereitungen. Er hatte die Spesenabrechnung geprüft und genehmigt. Was ihn noch mehr freute, war der ausführliche Telefonbericht von Martin Thorpe, der die halbe Nacht und den halben Vormittag bei einem Versicherungsagenten verbracht hatte.
»Shannon wird also den größten Teil der kommenden Woche unterwegs sein«, sagte er zu Endean, als dieser eintrat.
»Ja, Sir James.«
»Gut, ich habe hier noch etwas, das ohnehin früher oder später erledigt werden muß. Nehmen Sie einen unserer üblichen Anstellungsverträge, wie wir sie für Afrika-Repräsentanten verwenden. Überkleben Sie den Firmenkopf mit einem Stück Papier und setzen Sie den Namen Bormac ein. Antoine Bobi soll zunächst für die Dauer eines Jahres bei einem Monatsgehalt von fünfhundert Pfund als unser Vertreter für Westafrika eingestellt werden. Zeigen Sie mir den Vertrag, wenn Sie ihn fertig haben.«
»Sie meinen Oberst Bobi?« fragte Endean.
»Genau. Ich möchte nicht, daß uns der künftige Präsident von Zangaro davonläuft. Gleich am nächsten Montag reisen Sie nach Cotonou und überzeugen den Oberst davon, daß die von Ihnen repräsentierte Bormac Trading Company von seinem Scharfsinn und seiner Geschicklichkeit beeindruckt sei und ihn gern als ständigen Berater in Westafrika gewinnen möchte. Keine Sorge, er wird nicht nachprüfen, ob es die Bormac überhaupt gibt und ob Sie zu Verhandlungen befugt sind. Wenn ich diese Leute richtig einschätze, interessiert sie nur das Geld: Falls er ohnehin knapp dran ist, wird er das Gehalt als Geschenk des Himmels betrachten. Sagen Sie ihm, seine Aufgaben würden ihm später mitgeteilt und vorerst bestünde die einzige Bedingung für den Vertrag darin, daß er sich während der nächsten drei Monate oder bis zu Ihrem nächsten Besuch in seinem Haus in Dahomey zur Verfügung hält. Versprechen Sie ihm dafür ruhig eine Prämie. Sagen Sie ihm, wir würden das Geld in der Währung von Dahomey auf sein dortiges Konto überweisen. Auf keinen Fall bekommt er eine harte Währung in die Finger. Sonst taucht er unter. Noch etwas: Wenn der Vertrag fertig ist, lassen Sie ihn fotokopieren, damit die Briefkopfänderung nicht auffällt und nehmen nur die Fotokopien mit. Die letzte Zahl des Datums müssen Sie so verwischen, daß sie unleserlich wird.«
Endean hatte verstanden und bereitete alles vor, um Oberst Antoine Bobi unter falschen Voraussetzungen zu engagieren.

Am Freitagnachmittag kurz nach vier verließ Thorpe die düstere Wohnung im Bezirk Kensington. Er hatte die vier Aktientransfers in der Tasche, ordnungsgemäß unterschrieben von Lady Macallister und Mrs.

Barton als Zeugin. Außerdem besaß er eine von der alten Dame unterzeichnete Vollmacht, mit der Rechtsanwalt Dalgleish in Dundee beauftragt wurde, Mr. Thorpe die Originalaktien gegen Vorlage des Briefes und des Personalausweises und eines entsprechenden Schecks auszuhändigen. Lady Macallister war nicht aufgefallen, daß der Name des Empfängers auf den Dokumenten offen gelassen war.
Was sie viel mehr beschäftigte, war der Gedanke, daß Mrs. Barton demnächst ihre Koffer packen wollte.
In die Lücken sollten noch am selben Tag die Namen der Strohmänner der Zwingli-Bank eingetragen werden, die für die Herren Adams, Ball, Carter und Davis auftraten. Nach einem Besuch in Zürich am nächsten Morgen würden die Stempel der Bank und die Gegenzeichnung Dr. Steinhofers die Formulare vervollständigen und vier beglaubigte Schecks auf die Konten der vier Strohmänner für je siebeneinhalb Prozent des Bormac-Aktienkapitals ausgestellt sein.
Sir James Manson hatte für jeden der dreihunderttausend Anteile, die an der Börse mit einem Shilling und einem Penny gehandelt wurden, zwei Shilling bezahlen müssen. Das machte insgesamt dreißigtausend Pfund. Das Geschäft hatte ihn noch weitere dreißigtausend Pfund gekostet, die an diesem Vormittag durch drei Bankkonten gewandert, einmal in bar abgehoben und eine Stunde später auf ein weiteres Konto eingezahlt worden waren; sie garantierten einer betagten Haushälterin und Gesellschafterin einen sorgenfreien Lebensabend.
Alles in allem betrachtete Thorpe den Preis als nicht überzogen. Wichtiger war die Verwischung aller Spuren. Auf keinem Dokument erschien der Name Thorpe, die Lebensversicherung war von einem Rechtsanwalt eingezahlt worden, und Rechtsanwälte haben von Berufs wegen zu schweigen. Thorpe war sicher, daß such Mrs. Barton den Mund halten würde. Und außerdem war noch alles vollkommen legal über die Bühne gegangen.

6. Kapitel

Benoit Lambert, seinen Freunden und der Polizei unter dem Spitznamen ›Benny‹ bekannt, war ein kleiner Gauner und gab sich gern als Söldner aus. In Wirklichkeit hatte er nur einmal eine ganz kurze Gastrolle als Söldner gespielt – als ihn die Polizei im Gebiet Paris suchte, war er nach Afrika geflohen und hatte sich im Kongo bei Denards Sechstem Kommando gemeldet.
Aus unerfindlichen Gründen hatte der Söldnerführer einen Narren an dem ängstlichen Männchen gefressen und ihm fernab vom Schuß einen Posten in der Schreibstube gegeben. Dort hatte er sich bewährt, weil er

sein einziges Talent voll ausspielen konnte. Er war nämlich ein Tausendsassa im Organisieren der unmöglichsten Dinge. Er organisierte Eier, wo es gar keine Hühner gab, und Whisky, wo weit und breit keine Destille stand. Jede militärische Einheit braucht einen solchen Organisator. Er war fast ein Jahr lang bei dem Sechsten Kommando geblieben, dann witterte er im Mai 1967 Schwierigkeiten, als sich Schrammes Zehntes Kommando zur Revolte gegen die kongolesische Regierung anschickte. Er fürchtete – zu Recht, wie sich später herausstellte –, daß auch Denards Sechstes in den Tumult verwickelt werden könnte, und daß dann kein Druckposten in der Schreibstube mehr sicher genug war. Für Benny Lambert war es das Signal, sich sofort abzusetzen.
Zu seiner eigenen Überraschung ließ man ihn laufen.
Nach seiner Rückkehr spielte er nun in Frankreich den Söldner und nannte sich später einen Waffenhändler. Ein echter Söldner war er sicher nicht, aber was den Handel mit Waffen anbetraf, versetzten ihn seine guten Beziehungen in die Lage, gelegentlich ein Schießeisen zu besorgen, meist Faustfeuerwaffen für die Unterwelt oder gelegentlich eine Kiste Karabiner. Er kannte auch einen afrikanischen Diplomaten, der gegen eine angemessene Gebühr bereit war, ein halbwegs brauchbares Endverbraucherzertifikat zu liefern: einen persönlichen Brief des Botschafters mit dem amtlichen Siegel. Vor achtzehn Monaten hatte er in einer Bar mit einem gewissen Langarotti darüber gesprochen.
Dennoch war er überrascht, als ihm Freitagabend der Korse am Telefon mitteilte, daß CAT Shannon ihn morgen oder übermorgen besuchen werde. Er hatte von Shannon schon gehört, wußte aber auch, wie abgrundtief Charles Roux den irischen Söldnerkollegen haßte. Nach einigem Überlegen war Lambert bereit, Shannon bei sich zu erwarten.

»Ja, ich denke schon, daß ich das Zertifikat beschaffen kann«, sagte er, nachdem ihm Shannon seinen Wunsch erläutert hatte. »Mein Kontaktmann ist noch in Paris. Ich habe mit ihm recht häufig zu tun.«
Das war eine Lüge, weil er ihn kaum zu sehen bekam, aber er hoffte trotzdem, das Geschäft über die Bühne zu bringen.
»Wieviel?« fragte Shannon knapp.
»Fünfzehntausend Franc«, sagte Lambert.
Shannon antwortete mit einem Ausdruck, der in keinem feinen Wörterbuch stand. »Ich zahle Ihnen dafür tausend Pfund, und das liegt schon über der normalen Taxe.«
Lambert rechnete. Nach dem Tageskurs waren das etwas mehr als elftausend Franc.
»Okay«, sagte er.
»Wenn Sie ein Sterbenswörtchen darüber verlauten lassen, werde ich Sie ausweiden wie ein Suppenhuhn«, versprach Shannon. »Oder ich über-

lasse es dem Korsen, der versteht sich besser darauf, wie Sie vielleicht wissen.«
»Ehrlich, ich sage kein Wort«, beteuerte Benny. »Tausend Pfund, und Sie kriegen den Brief innerhalb von vier Tagen. Absolut diskret.«
Shannon legte fünfhundert Pfund auf den Tisch.
»Die Hälfte jetzt, die zweite Hälfte bei Ablieferung.«
Lambert wollte widersprechen, wußte aber, daß es sinnlos gewesen wäre. Der Ire traute ihm nicht.
»Ich bin am Mittwoch wieder hier«, sagte Shannon. »Halten Sie den Brief bereit, dann zahle ich die restlichen fünfhundert aus.«
Nachdem er gegangen war, überlegte Benny Lambert, wie er sich verhalten sollte. Am Ende beschloß er, den Brief zu beschaffen, das Geld zu kassieren und Roux erst danach zu verständigen.
Am nächsten Tag nahm Shannon die Mitternachtsmaschine nach Afrika und landete am Montag im Morgengrauen.

Es wurde eine lange Fahrt querfeldein. In dem Taxi war es heiß und stikkig. Die Trockenzeit hatte ihren Höhepunkt erreicht. Tiefblau und wolkenlos spannte sich der afrikanische Himmel über den Kokospalmen. Shannon machte die Hitze nichts aus. Trotz des sechsstündigen Flugs ohne Schlaf tat es gut, wieder einmal in Afrika zu sein.
Hier fühlte er sich wohler als in den westeuropäischen Städten. Die Geräusche und Gerüche waren ihm vertraut, der Anblick der Frauen, die mit ihren Lasten auf den Köpfen in langer Reihe am Straßenrand entlang zum nächsten Markt marschierten.
In jedem Dorf, das sie passierten, war unter den Palmdächern der Buden wie an jedem Morgen der Markt im Gange. Es wurde gehandelt und getratscht, gekauft und verkauft. Während sich die Frauen um die Stände kümmerten, hockten die Männer im Schatten und rückten die Welt zurecht. Nackte braune Kinder spielten im Staub.
Shannon hatte beide Fenster heruntergedreht. Er lehnte sich zurück und atmete den Geruch der Palmen ein, der qualmenden Holzkohlenfeuer und der braunen, brackigen Wasserläufe, die sie überquerten. Er hatte vom Flugplatz aus die Telefonnummer angerufen, die ihm der Journalist verraten hatte und wußte, daß er erwartet wurde. Kurz vor Mittag erreichten sie die kleine Villa, die in einem bescheidenen Park etwas abseits von der Straße lag.
Die Wachen am Tor durchsuchten ihn von Kopf bis Fuß, ehe er das Taxi bezahlen und eintreten durfte. Eines der Gesichter kannte er. Es gehörte einem Leibwächter des Mannes, den er aufsuchen sollte. Der Diener grinste ihn an und nickte. Er geleitete Shannon in eines der drei Gebäude in dem Park und bat ihn, in einem leeren Wohnzimmer zu warten. Eine halbe Stunde blieb er allein.

Shannon stand am Fenster und spürte, wie der kühle Luftzug der Klimaanlage seine Kleidung trocknete. Dann hörte er den leisen Schritt von Sandalen auf den Fliesen und drehte sich um.
Der General hatte sich seit ihrer letzten Begegnung auf dem dunklen Landestreifen nicht verändert. Der üppige Bart, die tiefe Baßstimme waren immer noch dieselben.
»So rasch sehen wir uns also wieder, Major Shannon. Haben Sie es nicht mehr ausgehalten?«
Sein Ton war scherzhaft wie immer. Die beiden Männer gaben sich die Hand.
»Ich bin hergekommen, Sir, weil ich etwas mit Ihnen besprechen möchte.«
»Als armer Exilpolitiker habe ich Ihnen nicht viel zu bieten«, sagte der General. »Aber ich bin immer bereit, Ihnen zuzuhören. Wenn ich mich recht erinnere, sind manche Ihrer Ideen nicht schlecht gewesen.«
Shannon sagte: »Selbst im Exil besitzen Sie etwas, das ich brauchen könnte: die Loyalität Ihres Volkes. Ich brauche ein paar zuverlässige Männer.«
Die beiden Männer diskutierten den ganzen Nachmittag. Als es dunkel wurde, saßen sie immer noch über Shannons Zeichnungen gebeugt. Da Shannon beim Zoll mit einer Leibesvisitation rechnen mußte, hatte er nichts weiter mitgebracht als weißes Papier und bunte Fettstifte.
Bei Sonnenuntergang hatten sie sich über die wichtigsten Punkte geeinigt. Während der Nacht wurde der Plan ausgearbeitet. Erst um drei Uhr morgens riefen sie den Wagen, der Shannon zur Frühmaschine nach Paris bringen sollte.
Als sie sich auf der Terrasse verabschiedeten, schüttelten sie sich wieder die Hände.
»Ich melde mich wieder, Sir«, sagte Shannon.
»Und ich muß sofort meine Leute losschicken«, antwortete der General. »Aber in sechzig Tagen werden meine Männer bereitstehen.«
Shannon war todmüde. Die Anstrengungen der vielen Reisen machten sich bemerkbar, die ununterbrochene Folge von Flughäfen und Hotels, Besprechungen und Verhandlungen pumpte ihn aus. Auf der Rückfahrt zum Flugplatz bekam er den ersten Schlaf seit zwei Tagen, und während des Fluges nach Paris döste er wieder ein. Die vielen Zwischenlandungen machten ein richtiges Schlafen unmöglich: erst eine Stunde in Ouagadougou, dann auf einem abgelegenen Rollfeld in Mauretanien, schließlich in Marseille. Kurz vor achtzehn Uhr landete er in Le Bourget.
Es war der Abschluß des fünfzehnten Tags.

Während Shannon in Paris landete, bestieg Martin Thorpe den Nachtzug nach Glasgow, Stirling und Perth. Von dort aus bekam er einen Anschluß

nach Dundee, dem Sitz der altehrwürdigen Anwaltskanzlei Dalgleish & Dalgleish. In seinem Aktenkoffer lagen das Dokument, das Lady Macallister und Mrs. Barton als Zeugin in der vergangenen Woche unterschrieben hatten, sowie die Schecks der Zwingli-Bank in Zürich über je siebentausendfünfhundert Pfund.
Vierundzwanzig Stunden, dachte er und zog die Vorhänge in seinem Schlafwagen zu. In vierundzwanzig Stunden mußte alles erledigt sein, und drei Wochen später saß ein neuer Mann im Aufsichtsrat, eine Marionette, an deren Fäden er und Sir James Manson zogen. Martin Thorpe machte es sich im Bett bequem, schob die Aktenmappe unter das Kopfkissen und genoß das Gefühl seiner Macht.

Am späten Dienstagabend bezog Shannon im Herzen des 8. Arrondissement von Paris, nicht weit von der Madeleine entfernt, ein Hotel. Da er den Namen Keith Brown benutzte, durfte er sich in seinem alten Revier Montmartre nicht blicken lassen, da man ihn dort als Carlo Shannon kannte. Aber er fühlte sich auch im ›Plaza Surene‹ sehr wohl. Er badete, rasierte sich und wollte gerade zum Essen ausgehen. Er hatte telefonisch einen Tisch in seinem Lieblingslokal, im Restaurant ›Mazagran‹, bestellt, und Madame Michelle hatte ihm ein Filet Mignon genau nach seinem Geschmack versprochen, mit gemischtem Salat und einer Flasche Pot de Chirouble zum Hinunterspülen.
Die beiden angemeldeten Gespräche kamen fast gleichzeitig. Der erste Anrufer war ein gewisser Monsieur Lavallon aus Marseille, den er besser unter dem Namen Jean Baptiste Langarotti kannte.
»Hast du den Exportagenten schon?« fragte Shannon nach der üblichen Begrüßung.
»Ja«, antwortete der Korse. »Die Firma liegt in Toulon. Seriös und tüchtig. Sie haben im Zollhafen ein eigenes Lager.«
Shannon griff nach Papier und Bleistift und bat: »Buchstabieren.«
»Agence Maritime Duphot«, buchstabierte Langarotti und diktierte dazu die Adresse. »Schick die Frachtpapiere an diese Agentur und laß die Sendung als Eigentum von Monsieur Langarotti kennzeichnen.«
Shannon legte auf, aber er wurde sofort mit einem Mr. Dupree aus London verbunden.
»Ich hab' gerade dein Telegramm bekommen«, knurrte Janni Dupree.
Shannon diktierte ihm den Namen und die Adresse der Exportfirma in Toulon, und Dupree notierte sich alles.
»Gut«, sagte er schließlich, »die ersten vier Kisten stehen fertig unter Zollverschluß bereit. Ich werde den Londoner Spediteur anweisen, das Zeug so schnell wie möglich wegzuschicken. Übrigens habe ich auch die Stiefel bekommen.«
»Gut gemacht«, lobte Shannon.

Dann rief er eine Bar in Ostende an. Er mußte fünfzehn Minuten warten, ehe er Marcs Stimme hörte.
»Ich bin in Paris«, sagte Shannon, »es geht um den Mann mit der Warenprobe...«
»Ja«, unterbrach ihn Marc, »ich habe mit ihm gesprochen. Er ist bereit, mit dir über Preise und Bedingungen zu verhandeln.«
»In Ordnung. Am Donnerstagabend oder Freitagmorgen bin ich in Belgien. Schlag' ihm als Treffpunkt den Freitagmorgen vor, dann können wir beim Frühstück in meinem Zimmer im ›Holiday Inn‹ am Flughafen in Brüssel verhandeln.«
»Ich kenn's«, sagte Marc. »In Ordnung, ich sag' ihm Bescheid und rufe wieder zurück.«
»Morgen zwischen zehn und elf«, sagte Shannon und legte auf.
Nun zog er endlich seine Jacke über, um vernünftig zu essen und einmal wieder eine ganze Nacht zu schlafen.

Während Shannon schlief, flog Simon Endean mit der Nachtmaschine nach Afrika. Er war am Montag mit der ersten Maschine in Paris eingetroffen und sofort mit einem Taxi zur Botschaft von Dahomey in der Avenue Victor Hugo gefahren. Und dort hatte er auf einem umfangreichen rosa Formular ein Touristenvisum für sechs Tage beantragt. Kurz vor Büroschluß am Dienstagnachmittag konnte er es im Konsulat abholen und bekam gerade noch die Mitternachtsmaschine über Niamey nach Cotonou. Shannon wäre nicht sonderlich überrascht gewesen, daß auch Endean nach Afrika reiste, weil er ohnehin vermutete, daß der im Exil lebende Oberst Bobi in Sir James Mansons Plänen eine gewisse Rolle spielte und daß sich der frühere Kommandant der Armee von Zangaro irgendwo an der Mangrovenküste versteckt hielt. Aber hätte Endean gewußt, daß Shannon gerade von einem Geheimbesuch bei dem General im selben Teil Afrikas zurückgekehrt war, hätte das sicherlich seinen Schlaf gestört – trotz der Tablette, die er an Bord der DC-8 genommen hatte.

Am nächsten Morgen um Viertel nach zehn rief Marc Vlaminck bei Shannon an.
»Er ist mit dem Termin einverstanden und bringt das Muster mit«, sagte der Belgier. »Soll ich auch mitkommen?«
»Natürlich«, antwortete Shannon. »Frag beim Empfang nach Mr. Brown. Noch etwas: Hast du schon den Lieferwagen gekauft?«
»Ja, warum?«
»Hat ihn unser Geschäftsfreund schon gesehen?«
Vlaminck überlegte, dann antwortete er: »Nein.«
»Dann bring ihn nicht mit nach Brüssel. Nimm dir einen Mietwagen. Hol ihn unterwegs ab. Verstanden?«

207

»Ja«, sagte Vlaminck ziemlich perplex. »Wie du willst.«
Shannon blieb noch eine Weile im Bett liegen und fühlte sich schon wesentlich wohler. Er bestellte sein Frühstück, verbrachte wie immer fünf Minuten unter der Dusche – vier unter siedend heißem Wasser und eine Minute unter dem eiskalten Wasserstrahl –, und danach frühstückte er gemütlich. Dabei telefonierte er mit Benny Lambert in Paris und Herrn Stein von der Firma Lang & Stein in Luxemburg.
»Haben Sie den Brief für mich?« fragte Lambert.
Die Stimme des kleinen Gauners klang gepreßt.
»Ja, ich habe ihn gestern gekriegt. Zum Glück hatte mein Kontaktmann am Montag Dienst, und ich konnte ihn erwischen. Gestern abend hat er den Empfehlungsbrief besorgt. Wann brauchen Sie ihn?«
»Heute nachmittag.«
»Gut. Und mein Honorar?«
»Keine Sorge, das hab' ich hier.«
»Dann kommen Sie gegen drei zu mir«, sagte Lambert.
Shannon überlegte eine Weile.
»Nein, wir treffen uns hier«, sagte er und nannte Lambert den Namen des Hotels. Mit einem solchen Kerl traf er sich lieber in aller Öffentlichkeit. Zu seiner Überraschung erklärte sich Lambert sofort bereit, ins Hotel zu kommen. Seinem Ton war anzumerken, daß irgend etwas nicht stimmte, doch Shannon kam nicht gleich dahinter. Er wußte nicht, daß Lambert die Absicht hatte, ihn an Roux zu verraten.
Herr Stein telefonierte gerade und wollte zurückrufen. Das tat er dann eine Stunde später.
»Es geht um die Gründungsversammlung meiner Holding-Gesellschaft, der Tyrone Holdings«, begann Shannon.
»Ach, Mr. Brown!« rief Stein. »Es ist alles in Ordnung. Was schlagen Sie vor?«
»Morgen nachmittag«, antwortete Shannon. Die Versammlung wurde für drei Uhr in Steins Büro anberaumt. Shannon ließ sich durch das Hotel für den D-Zug kurz nach neun am nächsten Morgen einen Platz von Paris nach Luxemburg reservieren.

»Ich muß schon sagen, daß ich das sehr, sehr seltsam finde.«
Mr. Duncan Dalgleish senior paßte vom Aussehen her genau in den altmodischen, würdevollen Rahmen seiner Kanzlei.
Er studierte umständlich die vier Übertragungsurkunden, die von Lady Macallister und Mrs. Barton als Zeugin unterschrieben waren. »Ja, ja«, hatte er mehrmals in sorgenvollem Ton gemurmelt und dabei seinem Besucher aus London mißbilligende Blicke zugeworfen. Beglaubigte Schecks einer Züricher Bank waren ihm offenbar ungewohnt. Er hielt sie mit spitzen Fingern, als sei das Papier heiß.

»Sie müssen verstehen, daß man früher schon an Lady Macallister wegen des Verkaufs dieser Anteile herangetreten ist. In der Vergangenheit hat sie in solchen Fällen stets meine Kanzlei konsultiert, und ich habe es für richtig gehalten, ihr von einem Verkauf abzuraten«, fuhr er fort.
Thorpe war überzeugt davon, daß Mr. Dalgleishs Mandanten auf seinen Rat hin bestimmt ganze Stapel wertloser Aktien verwahrten, aber er blieb höflich.
»Mr. Dalgleish, Sie müssen doch zugeben, daß meine Geschäftsfreunde Lady Macallister fast den doppelten Tageswert der Aktien bezahlen. Sie hat die Urkunden aus freien Stücken unterschrieben und mich bevollmächtigt, die Zertifikate gegen Vorlage ihres Schreibens und beglaubigter Schecks im Gesamtwert von dreißigtausend Pfund abzuholen. Beides halten Sie in Händen.«
Der alte Herr seufzte.
»Es ist nur so eigenartig, daß sie mich nicht vorher um Rat gefragt hat«, sagte er traurig. »Ich berate sie doch sonst in allen Finanzfragen.«
»Die Unterschrift dürfte einwandfrei sein«, erklärte Thorpe.
»Ja, natürlich. Die mir erteilte Handlungsvollmacht schränkt Lady Macallisters Handlungsfreiheit in keiner Weise ein.«
»Dann wäre ich Ihnen dankbar, wenn Sie mir die Zertifikate aushändigen würden, damit ich nach London zurückfahren kann.«
Der alte Herr erhob sich mühsam.
»Entschuldigen Sie mich bitte, Mr. Thorpe«, sagte er würdevoll und zog sich in sein Allerheiligstes zurück. Thorpe wußte, daß er mit London telefonieren wollte. Er hoffte nur, daß Lady Macallister wegen Ihrer Schwerhörigkeit gezwungen sein würde, Mrs. Barton – sofern sie überhaupt noch da war – als Vermittlerin dazwischenzuschalten. Es dauerte eine halbe Stunde, bis der Anwalt zurückkam. In der Hand hielt er ein dickes Bündel alter, vergilbter Aktienzertifikate.
»Lady Macallister hat Ihre Aussagen bestätigt, Mr. Thorpe. Das soll natürlich nicht heißen, daß ich daran gezweifelt hätte. Aber vor so einer umfangreichen Transaktion fühle ich mich zu einer Rückfrage bei meiner Mandantin verpflichtet.«
»Selbstverständlich«, sagte Thorpe, stand auf und streckte die Hand aus. Dalgleish trennte sich so ungern von den Urkunden als seien es seine eigenen.
Eine Stunde später rollte Thorpe im Zug durch die frühlingshafte Landschaft zurück nach London.

Sechstausend Meilen vom blühenden Heidekraut der schottischen Berge entfernt saß Simon Endean mit dem massigen Oberst Bobi in einem kleinen Mietshaus von Cotonou. Er war mit der Morgenmaschine gelandet und hatte sich im ›Hotel du Port‹ eingemietet. Der Geschäftsführer war

ihm behilflich gewesen, die Adresse des im Exil lebenden Offiziers ausfindig zu machen.
Bobi war ein Hüne von einem Mann, mit grob-brutalen Gesichtszügen und gewaltigen Händen. Eine gute Kombination, dachte Endean. Ihm war es gleichgültig, ob Bobi als Nachfolger von Jean Kimba das Land ins Unglück stürzen würde oder nicht. Ihm ging es lediglich darum, daß dieser Mann gegen eine entsprechende Gebühr und eine saftige Bestechung der Bormac Trading Company die Abbaurechte am Kristallberg überschrieb. Für ein monatliches Gehalt von fünfhundert Pfund war der Oberst gern bereit, für die Bormac als Berater in Westafrika zu fungieren. Er hatte so getan, als studiere er sorgfältig den vorbereiteten Vertrag, aber Endean bemerkte mit Vergnügen, daß Bobi nicht mit der Wimper zuckte, als er auf Seite drei stieß, die Endean absichtlich auf dem Kopf stehend eingeheftet hatte. Vermutlich konnte der Mann kaum lesen und schreiben.
Endean erklärte die Vertragsbedingungen in einem Mischmasch von simplem Französisch und Pidgin-Englisch. Bobi nickte dazu, während seine kleinen blutunterlaufenen Augen an dem Vertrag hafteten. Endean betonte, daß sich Bobi für die nächsten zwei bis drei Monate in seiner Villa aufzuhalten habe und daß er, Endean, ihn dann noch einmal hier aufsuchen werde.
Der Engländer erfuhr, daß Bobi immer noch einen gültigen Diplomatenpaß der Republik Zangaro besaß, seit er vor längerer Zeit zusammen mit dem Verteidigungsminister, Kimbas Vetter, einen Auslandsbesuch gemacht hatte.
Kurz vor Sonnenuntergang kritzelte Bobi seine Unterschrift unter das Dokument. Sie war nicht besonders wichtig. Erst später sollte Bobi erfahren, daß die Bormac ihn als Gegenleistung für die Abbaurechte wieder an die Macht bringen wollte. Endean war sicher, daß Bobi keine Einwände erheben würde, wenn nur der Preis stimmte.
Am nächsten Morgen flog Endean über Paris nach London zurück.

Die Besprechung mit Benny Lambert fand wie verabredet im Hotel statt. Sie war kurz und sachlich. Shannon öffnete den Briefumschlag, den ihm Lambert überreichte. Der Umschlag enthielt zwei identische Papiere mit dem Briefkopf der Botschaft der Republik Togo in Paris.
Einer der Bogen trug lediglich die Unterschrift und das Siegel der Botschaft. Der andere war die Bescheinigung, daß Herr ... im Auftrage der Regierung von Togo berechtigt sei, bei der Regierung von ... den Kauf der auf beiliegendem Blatt angeführten Waffen zu beantragen. Der Brief enthielt ferner die übliche Zusicherung, daß die genannten Waffen ausschließlich für die Streitkräfte der Republik Togo bestimmt seien und an keinen Dritten weitergegeben würden. Auch dieses Schreiben trug das Amtssiegel der Republik.

Shannon nickte. Er war überzeugt davon, daß Alan Baker es fertigbringen würde, seinen Namen als den des bevollmächtigten Zwischenhändlers und das Land Jugoslawien so einzusetzen, daß niemand es bemerkte. Er überreichte Lambert die vereinbarten fünfhundert Pfund und ging dann.
Lambert gehörte zu jenen Charakteren, die ungern eine Entscheidung treffen. Seit drei Tagen zögerte er immer wieder, Charles Roux anzurufen und ihm zu sagen, daß Shannon in Paris nach einem Endverbraucherzertifikat suche. Er wußte, daß diese Information den französischen Söldner sehr interessieren würde, auch wenn er den Grund nicht kannte. Wahrscheinlich betrachtet Roux den Bereich von Paris als seine höchstpersönliche Domäne, dachte Lambert. Da paßte es ihm nicht, daß ein Fremder hier eindrang, ohne Roux an dem Geschäft zu beteiligen. Roux wäre von sich aus nie auf den Gedanken gekommen, daß er nur deshalb keine Aufträge mehr erhielt, weil er schon zu viele Unternehmen verpfuscht, zu viele Bestechungsgelder angenommen und zu viele Leute um ihren Sold betrogen hatte.
Aber Lambert hatte Angst vor Roux und fühlte sich verpflichtet, ihn zu verständigen. Eigentlich wollte er es an diesem Nachmittag tun, aber da bekam er von Shannon die restlichen fünfhundert Pfund. Eine Warnung an Roux hätte ihn dieses Geld gekostet, denn Lambert war sicher, daß Roux ihm für einen schlichten Hinweis keine so hohe Summe gezahlt hätte. Er wußte nicht, daß Roux auf den Iren einen Kopfpreis ausgesetzt hatte. Deshalb legte er sich einen anderen Plan zurecht.
Benny Lambert war nicht sehr schlau, aber er glaubte, die perfekte Lösung seines Problems gefunden zu haben. Er brauchte nur von Shannon die fünfhundert Pfund zu kassieren und dann Roux zu sagen, der Ire hätte sich bei ihm vergeblich um ein Endverbraucherzertifikat bemüht. Nur ein Haken war an der Sache: Er kannte Shannons Ruf und hatte auch vor ihm Angst; deshalb fürchtete er, Shannon könnte den Ursprung einer Warnung an Roux erraten, falls Lambert sich unmittelbar nach dem Gespräch an Roux wandte. Er beschloß, bis zum nächsten Morgen zu warten.
Als er Roux endlich den Hinweis gab, war es zu spät. Roux rief sofort unter einem fingierten Namen im Hotel an und erkundigte sich nach Mr. Shannon. Vom Empfang wurde ihm wahrheitsgemäß mitgeteilt, dieser Name sei im Hotel nicht bekannt.
Im Kreuzverhör gab der eingeschüchterte Lambert zu, er sei selbst nicht im Hotel gewesen, sondern nur von Shannon vom Hotel aus angerufen worden.
Kurz nach neun stand Roux' Beauftragter Henry Alain am Empfang des ›Plaza Surene‹ und stellte fest, daß auf den einzigen Engländer, der die Nacht im Hotel verbracht hatte, genau die Beschreibung CAT Shannons paßte. Er erfuhr ferner, daß dieser Mann einen Paß auf den Namen Keith

Brown besaß und daß er für den Neun-Uhr-Zug nach Luxemburg eine Fahrkarte bestellt hatte. Noch etwas hörte Henry Alain: Mr. Brown habe sich in der Halle des Hotels am vorangegangenen Nachmittag mit einem Franzosen getroffen, der nach der Beschreibung nur Lambert sein konnte. Henry Alain erstattete genauen Bericht.
Später fand in der Wohnung des französischen Söldnerführers ein Kriegsrat zwischen Roux, Henry Alain und Raymond Thomard statt. Danach traf Roux eine Entscheidung.
»Henry, diesmal ist er uns durch die Lappen gegangen, aber er ahnt wahrscheinlich immer noch nichts. Es kann durchaus sein, daß er wieder dieses Hotel wählen wird, wenn er in Paris zu tun hat. Ich möchte, daß du dich mit irgendeinem Hotelangestellten anfreundest. Sobald er dort wieder absteigt, muß ich es sofort erfahren. Verstanden?«
Alain nickte.
»Natürlich, Patron. Ich werde dafür sorgen, daß wir gleich benachrichtigt werden, wenn er ein Zimmer reserviert.«
Roux wandte sich an Thomard.
»Wenn er wiederkommt, Raymond, schnappst du dir den Schweinehund. Bis dahin habe ich noch einen kleinen Auftrag für dich. Dieser Scheißkerl von Lambert hat uns angelogen. Er hätte mich schon gestern abend warnen können. Vermutlich hat er Geld von Shannon genommen und dann versucht, noch etwas aus mir herauszuquetschen. Sorg dafür, daß Benny Lambert für die nächsten sechs Monate aus dem Verkehr gezogen wird.«

Die Gründungsversammlung der Firma Tyrone Holdings war kürzer, als Shannon es je für möglich gehalten hätte. Kaum hatte die Prozedur begonnen, war sie auch schon vorbei. Er wurde in Herrn Steins Privatbüro geführt, wo bereits Herr Lang und ein jüngerer Mitarbeiter warteten. An einer Wand standen die Sekretärinnen der drei Herren. Damit waren die vom Gesetz vorgeschriebenen sieben Teilhaber vorhanden, und Herr Stein gründete innerhalb von fünf Minuten die Firma. Shannon überreichte ihm die restlichen fünfhundert Pfund, dann wurden tausend Anteile ausgegeben. Jeder nahm gegen Quittung eine Aktie in Empfang und deponierte sie bei Herrn Stein. Auf einem anderen Dokument wurden Shannon in einem Block neunhundertvierundneunzig Anteile überschrieben. Er quittierte sie und steckte sie ein. Dann unterzeichneten der Vorsitzende und der Schriftführer die Statuten der Gesellschaft, die beim Firmenregister des Großherzogtums Luxemburg hinterlegt werden mußten. Die drei Sekretärinnen wurden wieder an die Arbeit geschickt, die dreiköpfige Geschäftsführung trat zusammen und billigte den Firmenzweck. Das Protokoll wurde aufgesetzt, vom Schriftführer verlesen und vom Vorsitzenden unterzeichnet. Das war alles. Die Tyrone Holdings S. A. war damit ins Leben gerufen.

Die beiden anderen Mitgeschäftsführer schüttelten Shannon die Hand, Herr Stein führte ihn zur Tür.
»Sollten Sie und Ihre Teilhaber eine Firma kaufen wollen, die in den Besitz der Tyrone Holdings gelangen soll«, erklärte er Shannon, »kommen Sie einfach hierher, überreichen einen Scheck über den entsprechenden Betrag und kaufen die neu ausgegebenen Anteile zum Preis von einem Pfund pro Stück. Alle Formalitäten können Sie uns überlassen.«
Shannon begriff: Weiter als bis zum geschäftsführenden Teilhaber Stein konnte keine Anfrage vordringen. Zwei Stunden später flog er mit der Abendmaschine nach Brüssel und war kurz vor acht im ›Holiday Inn‹.

Der Mann, den Tiny Marc Vlaminck am nächsten Vormittag kurz nach zehn in Shannons Hotelzimmer führte, wurde Monsieur Boucher genannt. Die beiden machten einen komischen Eindruck. Marc war groß und muskulös, sein Begleiter ungewöhnlich dick und wesentlich kleiner. Er hatte fast die Figur eines Fußballs. Erst bei genauerem Hinsehen bemerkte man unterhalb der Masse von Fett zwei winzige Füße in hochpolierten Schuhen und darüber zwei kurze Beine.
Bouchers Kopf war für den kugelrunden Rumpf viel zu klein geraten. Das massige Doppelkinn ruhte auf den Schultern. Nach einigen Sekunden merkte Shannon, daß die Kugel auch zwei Ärmchen besaß und daß unter einem Arm ein Diplomatenkoffer steckte.
»Bitte, treten Sie ein«, sagte Shannon.
Boucher schob sich seitlich durch die Tür, dann folgte ihm Marc mit einem Augenzwinkern für Shannon. Er machte die beiden miteinander bekannt. Shannon gab ihm und Boucher die Hand und deutete auf einen Sessel, doch Boucher setzte sich vorsichtshalber auf die Bettkante. Aus dem Sessel wäre er vielleicht nicht wieder hochgekommen.
Shannon goß Kaffee ein und kam gleich zur Sache. Tiny Marc schwieg dazu.
»Monsieur Boucher, wie mein Freund Ihnen vielleicht schon mitgeteilt hat, ist mein Name Brown. Ich bin britischer Staatsbürger und spreche im Auftrag einer Gruppe von Freunden, die gern eine gewisse Anzahl automatischer Karabiner oder Maschinenpistolen erwerben möchten. Monsieur Vlaminck war so freundlich, diesen Kontakt für mich einzuleiten. Wenn ich ihn richtig verstanden habe, dreht es sich um neuwertige Maschinenpistolen, Typ Schmeisser, neun Millimeter, aus der Kriegszeit. Mir ist klar, daß eine Exporterlaubnis für diese Waffen nicht zu erlangen ist, und meine Partner sind selbstverständlich bereit, in dieser Hinsicht jede Verantwortung zu übernehmen. Habe ich mich klar genug ausgedrückt?«
Boucher nickte mühsam.
»Ich bin eventuell imstande, eine gewisse Anzahl dieser Waffen zu besor-

gen«, sagte er vorsichtig. »Was die Exportgenehmigung betrifft, haben Sie recht. Genau deshalb kann ich die Identität meiner Geschäftsfreunde nicht preisgeben. Ein eventueller Abschluß kommt nur gegen Barzahlung in Betracht und unter strengsten Sicherheitsvorkehrungen für meine Freunde.«
Er lügt, dachte Shannon. Es gibt keine Freunde. Er ist der Besitzer der Maschinenpistolen, und er arbeitet ganz allein.
Monsieur Boucher war in früheren Jahren, als er noch schön und schlank war, tatsächlich Koch bei der belgischen SS in Namur gewesen. Seine Begeisterung für gutes Essen hatte ihn zu diesem Beruf geführt, und schon vor dem Krieg waren ihm nacheinander einige Posten verlorengegangen, weil er mehr aß als servierte. Während der Hungerzeit in Belgien hatte er sich als Koch bei der SS gemeldet, weil er annahm, daß es dort genügend zu essen gab. Als sich die Deutschen 1944 aus Namur zurückzogen, war ein Lastwagen mit fabrikneuen Schmeisser-MPs zusammengebrochen. Da keine Zeit war, den Lastwagen zu reparieren, verlud man die Waffen in einen nahegelegenen Bunker und sprengte den Zugang. Boucher sah zu. Jahre später kam er zurück, schaufelte den Schutt beiseite und brachte die tausend Maschinenpistolen an sich.
Sie ruhten seitdem unter einer Falltür im Fußboden der Garage seines Landhauses, das ihm seine Eltern nach ihrem Tod um die Mitte der fünfziger Jahre vermacht hatten. Ungefähr die Hälfte seines Waffenbestands hatte er in kleineren Posten verkauft.
»Falls sich die genannten Waffen in gutem Zustand befinden, würde ich eventuell hundert Stück kaufen«, sagte Shannon. »Selbstverständlich wird bar bezahlt, und zwar in jeder beliebigen Währung. Was die Übergabe der Ladung betrifft, werden wir gern jede von Ihnen gewünschte Vorsichtsmaßnahme beachten. Dafür erwarten wir auch unsererseits völlige Diskretion.«
»Was den Zustand der Waffen betrifft, Monsieur, sind sie nagelneu: eingefettet und immer noch in der versiegelten Werksverpackung. Sie sind im selben Zustand, in dem sie vor achtundzwanzig Jahren die Fabrik verlassen haben, und dürften trotz ihres Alters noch immer die besten Maschinenpistolen sein, die produziert wurden.«
Shannon hatte keine Vorlesung über die Neun-Millimeter-Schmeisser notwendig. Er selbst hielt zwar die israelische Uzi für besser, aber dafür war sie schwerer. Die Schmeisser war der Sten haushoch überlegen und mindestens ebenso gut wie die moderne britische Sterling. Von den automatischen Waffen amerikanischer, sowjetischer oder chinesischer Herkunft hielt er nicht viel. Aber Uzis und Sterlings sind in brauchbarem Zustand so gut wie nicht zu bekommen.
»Kann ich das Muster sehen?« fragte er.
Heftig schnaufend hob Boucher den schwarzen Koffer auf seine Knie,

drehte an dem Kombinationsschloß und klappte den Deckel auf. Er versuchte gar nicht erst, sich zu erheben.

Shannon durchquerte das Zimmer und nahm ihm den Koffer ab. Er legte ihn auf den Tisch und hob die MP heraus.

Die Schmeisser war hervorragende Handwerksarbeit. Shannon strich behutsam über das blauschwarz glänzende Metall, packte den Pistolengriff und spürte, wie leicht die Waffe in der Hand lag. Er klappte den Schulteranschlag heraus, betätigte mehrmals das Schloß und blinzelte in den Lauf hinein. Die Innenseite war glänzend und ohne Rostflecken.

»Das ist mein Muster«, schnaufte Boucher. »Es wurde natürlich entfettet und nur leicht eingeölt. Aber die anderen Stücke entsprechen diesem Muster. Sie sind fabrikneu.«

Shannon legte die MP weg.

»Die Neun-Millimeter-Standardmunition ist leicht zu bekommen«, fuhr Boucher fort.

»Danke, das weiß ich«, murmelte Shannon. »Und wie steht's mit Magazinen? Die liegen nicht auf der Straße herum.«

»Ich kann zu jeder Waffe fünf Stück liefern.«

»Fünf?« Shannon tat erstaunt. »Ich brauche mindestens zehn.«

Nun begann das Tauziehen. Shannon beklagte sich darüber, daß der Belgier nicht genügend Magazine liefern könne, und der behauptete, fünf sei für ihn die oberste Grenze. Shannon bot bei Abnahme von hundert Maschinenpistolen fünfundsiebzig Dollar pro Stück an. Boucher erklärte, diesen Preis könne er nur bei Abnahme von mindestens zweihundertfünfzig Stück einräumen; bei hundert müsse er mindestens einhundertfünfundzwanzig Dollar verlangen. Zwei Stunden später einigten sie sich auf hundert Schmeisser-MPs zum Stückpreis von hundert Dollar. Am nächsten Mittwochabend sollte die Übergabe erfolgen, und zwar auf eine genau festgelegte Weise. Als sie fertig waren, bot Shannon dem Händler an, daß ihn Vlaminck wieder mit zurücknehmen könne, aber der Dicke nahm lieber ein Taxi. Er war sicher, daß Shannon der IRA angehörte, und wollte nicht riskieren, an einer abgelegenen Stelle so lange bearbeitet zu werden, bis er die Lage seines Schatzes preisgab. Boucher tat gut daran: bei Schwarzmarktgeschäften mit Waffen ist Vertrauen nichts anderes als eine unverantwortliche Schwäche.

Vlaminck begleitete den Dicken mit seinem schwarzen Koffer hinunter zum Taxi.

Als er wieder das Zimmer betrat, war Shannon beim Packen.

»Verstehst du jetzt, wozu ich den Lieferwagen brauche?« fragte Shannon.

»Nein.«

»Für die Waffenübernahme am Mittwoch«, erklärte Shannon. »Ich hielt es nicht für richtig, Boucher die echten Nummernschilder zu zeigen. Du hast doch bis Mittwoch die Ersatzschilder fertig? Wir brauchen sie nur

für eine Stunde, aber falls Boucher uns anzeigen will, wird man den falschen Wagen jagen.«
»Okay, CAT, ich bereite alles vor. Die Garage habe ich vor zwei Tagen gemietet. Auch alles andere ist geregelt. Kann ich dich irgendwo hinbringen? Ich habe den Mietwagen noch bis heute abend.«
Shannon ließ sich von Vlaminck nach Brügge fahren. Dort wartete der Belgier in einem Café, während Shannon zur Bank ging. Herr Goossens machte Mittagspause, und Shannon mußte noch einmal wiederkommen. Keith Browns Konto wies noch ein Guthaben von siebentausend Pfund auf, dabei waren allerdings in neun Tagen zweitausend Pfund als Monatsgehalt für die vier Söldner fällig. Er ließ sich einen beglaubigten Scheck auf den Namen Johann Schlinker ausstellen und steckte ihn in einen Briefumschlag zu dem Schreiben, das er am vergangenen Abend im Hotelzimmer getippt hatte. Schlinker wurde darin mitgeteilt, die anliegenden viertausendachthundert Dollar seien als Zahlung für die diversen vor einer Woche bestellten Artikel bestimmt, und die Sendung solle unter Zollverschluß an Monsieur Jean Baptiste Langarotti per Adresse der Spedition in Toulon verschickt werden. Nächste Woche werde er Schlinker noch einmal anrufen, um sich zu erkundigen, ob das Endverbraucherzertifikat für die bestellten Neun-Millimeter-Patronen in Ordnung sei.
Der andere Brief war an Alan Baker in Hamburg gerichtet. Ihm lag ein Scheck über siebentausendzweihundert Dollar bei, die vereinbarte fünfzigprozentige Anzahlung für das vor einer Woche im Hotel ›Atlantik‹ besprochene Geschäft. Er legte das Endverbraucherzertifikat der Regierung von Togo und den neutralen Briefbogen bei. Er wies Baker an, das Geschäft abzuwickeln, und versprach, sich in regelmäßigen Abständen telefonisch zu melden.
Beide Briefe wurden in Brügge als eingeschriebene Eilsache aufgegeben. Danach ließ sich Shannon von Vlaminck weiter nach Ostende fahren. In einer kleinen Bar am Hafen trank er mit dem Belgier ein paar Gläser Bier, dann kaufte er sich eine Fahrkarte für die Abendfähre nach Dover.
Um Mitternacht kam er in der Victoria Station an. Am Samstagmorgen um eins lag er wieder im Bett. Kurz zuvor hatte er Endean an dessen Postlageradresse telegrafisch mitgeteilt, er sei wieder in London und hätte ihn gern gesprochen.

Am Samstagmorgen kam mit der Post ein Eilbrief aus Malaga in Südspanien. Er war an Keith Brown adressiert, begann aber mit der Anrede ›Lieber CAT!‹ Kurt Semmler teilte darin mit, er habe einen umgebauten Fischkutter gefunden, vor zwanzig Jahren auf einer englischen Werft gebaut und in London auf den Namen eines britischen Bürgers registriert. Das Schiff segle unter britischer Flagge, sei 90 Fuß lang und habe ein Eigengewicht von 80 Tonnen, einen großen Laderaum mittschiffs und einen

kleineren achtern. Es sei zwar als Privatjacht klassifiziert, könne aber als Küstenmotorschiff umgemeldet werden. Es sei für zwanzigtausend Pfund zu haben. Zwei Mann der Besatzung könnten auch vom neuen Eigner beibehalten werden, und für die beiden anderen hoffe er geeigneten Ersatz zu finden.
Semmler halte sich im Hotel ›Palacio‹ in Malaga auf und erbitte Shannons Mitteilung, wann er zur Besichtigung des Schiffes eintreffen werde.
Der Name des Bootes war *Albatros*.
Shannon rief bei der BEA an und buchte für Montagmorgen einen Flug nach Malaga. Das Datum des Rückflugs ließ er offen. Dann teilte er Semmler telegrafisch Flugnummer und Ankunftszeit mit.

Am Nachmittag kontrollierte Endean sein Postfach und rief sofort Shannon an. Sie trafen sich am Abend in Shannons Wohnung. Shannon legte seinen dritten ausführlichen Tätigkeitsbericht und eine neue Abrechnung vor.
»Sie müssen weitere Geldsummen bereitstellen, wenn wir in den kommenden Wochen Fortschritte erzielen wollen«, sagte Shannon. »Jetzt kommen als größte Posten das Schiff und die Waffen auf uns zu.«
»Wieviel brauchen Sie per sofort?« fragte Endean.
»Zweitausend für Gehälter, viertausend für Boote und Motoren, viertausend für Maschinenpistolen und über zehntausend für die Neun-Millimeter-Munition. Das sind über zwanzigtausend. Sagen wir lieber dreißigtausend, sonst komme ich nächste Woche schon wieder.«
Endean schüttelte den Kopf.
»Sie bekommen zwanzigtausend«, erklärte er. »Wenn Sie mehr benötigen, können Sie mich jederzeit erreichen. Übrigens hätte ich gern etwas von dem Zeug gesehen. Sie haben dann innerhalb eines Monats fünfzigtausend Pfund verbraucht.«
»Geht nicht«, antwortete Shannon. »Munition, Boote und so weiter sind noch nicht gekauft. Solche Geschäfte kann man nur machen, wenn man das Geld bar auf den Tisch des Hauses legt – im voraus. Das habe ich in meinem ersten Bericht an Ihre Geschäftsfreunde erklärt.«
Endean sah ihn kalt an.
»Hoffentlich wurde von dem vielen Geld tatsächlich etwas gekauft«, knurrte er.
Shannon sah ihn an, bis Endean den Blick senkte.
»Harris, solche Drohungen mag ich nicht. Das haben schon andere Leute versucht – es kostet ein Vermögen für Blumen. Was ist mit dem Geld für das Schiff?«
Endean stand auf.
»Geben Sie mir den Namen des Schiffes und den Verkäufer durch. Die Überweisung erfolgt dann direkt von meiner Schweizer Bank aus.«

»Wie Sie wünschen«, sagte Shannon.
An diesem Abend aß er allein und legte sich frühzeitig schlafen. Den Sonntag hatte er frei, aber er wußte, daß Julie Manson schon zu ihren Eltern nach Gloucestershire gefahren war. Er trank einen Cognac und malte sich in Gedanken den Angriff auf den Regierungspalast von Zangaro aus.

Am Sonntagvormittag kam Julie Manson auf den Gedanken, in der Wohnung ihres neuen Liebhabers anzurufen und festzustellen, ob er zu Hause war. Draußen fiel der Frühjahrsregen wie ein Schleier auf Gloucestershire herab. Sie hatte gehofft, einmal den hübschen Wallach satteln zu können, den ihr Vater ihr vor einem Monat geschenkt hatte. Ein scharfer Galopp durch die parkähnliche Umgebung des Familiensitzes würde vielleicht ihre Gefühle für diesen Mann etwas dämpfen, dachte sie. Aber bei dem heftigen Regen kam ein Ausritt nicht in Frage. Ihr blieb nichts anderes übrig, als durch das weitläufige Haus zu schlendern, sich das Gerede ihrer Mutter über Wohltätigkeitsfeste anzuhören und zum Fenster hinauszustarren.
Ihr Vater hatte in seinem Zimmer gearbeitet, aber vor einigen Minuten war er hinausgegangen, um mit dem Chauffeur zu sprechen. Da ihre Mutter alles mithören konnte, was in der Halle gesprochen wurde, benutzte Julie das Telefon im Arbeitsraum.
Sie hatte gerade den Hörer abgehoben, da fiel ihr Blick auf einen geschlossenen Aktenordner. Als sie den Titel las, warf sie einen raschen Blick auf die erste Seite. Ein Name ließ sie zusammenzucken: Shannon.
Wie die meisten jungen Mädchen hatte auch sie sich im Internat manchmal in eine Phantasierolle hineingeträumt, wenn sie im dunklen Schlafsaal lag und sich vorstellte, wie sie den Mann ihrer Träume aus finsteren Gefahren errettete, um dann bis ans Lebensende von ihm geliebt zu werden. Aber im Gegensatz zu den meisten anderen Mädchen war sie nie ganz erwachsen geworden. Da Shannon sich so nachdrücklich nach ihrem Vater erkundigt hatte, war sie sich ohnehin schon halb wie eine Agentin vorgekommen. Aber sie kannte ihren Vater nur in der Rolle des nachsichtigen Daddy oder des langweiligen Geschäftsmannes. Von seinen Unternehmungen wußte sie herzlich wenig. Hier an diesem verregneten Sonntagmorgen sah sie auf einmal ihre große Chance.
Sie überflog die erste Seite und verstand nichts von den Zahlen, Kostenaufstellungen und Bankangaben, die sie da sah. Der Name Shannon wurde noch einmal erwähnt, außerdem zweimal ein gewisser Clarence. Weiter kam sie nicht. Ein Geräusch an der Tür unterbrach sie.
Erschrocken klappte sie den Ordner zu, trat einen Schritt zurück und begann albernes Zeug in die tote Leitung zu plappern. In der Tür erschien ihr Vater.

»Ja, fein, Christine, das wäre wirklich wunderbar! Wir sehen uns also am Montag. Tschüs!«
Sie legte auf.
Die Miene ihres Vaters entspannte sich etwas, als er seine Tochter sah. Er setzte sich hinter den Schreibtisch.
»Was soll denn das?« fragte er mit gespielter Strenge.
Anstatt einer Antwort legte sie ihm von hinten ihre weichen Arme um den Hals und gab ihm einen Kuß auf die Backe.
»Ich habe nur eine Freundin in London angerufen, Daddy«, sagte sie mit ihrer Kleinmädchenstimme. »Mami läuft dauernd durch die Halle, da habe ich von hier aus telefoniert.«
»Hm, du hast doch in deinem Zimmer auch ein Telefon. Bitte, führ deine Privatgespräche von dort aus.«
»Mach' ich, Daddylein.« Sie warf einen Blick auf die Papierbogen, die unter der Mappe lagen, aber die Schrift war zu klein, und es handelte sich hauptsächlich um Zahlenaufstellungen. Nur die Überschriften konnte sie entziffern. Es waren Rohstoffpreise. Da drehte sich ihr Vater herum.
»Willst du nicht die langweilige Arbeit einfach liegenlassen und mit mir Tamerlane satteln?« fragte sie. »Sicher hört es bald zu regnen auf, dann kann ich ausreiten.«
Er lächelte Julie an.
»Zufällig leben wir alle von dieser langweiligen Arbeit. Aber geh schon voraus in den Stall, ich komme gleich nach.«
Vor der Tür blieb Julie stehen und holte tief Luft. Mata Hari hätte es nicht besser gemacht, davon war sie fest überzeugt.

7. Kapitel

Die spanischen Behörden sind gegenüber Touristen weitaus toleranter, als man gemeinhin annimmt. Bedenkt man, wie viele Millionen von Skandinaviern, Deutschen, Franzosen und Briten jedes Frühjahr und jeden Sommer ins Land einfallen, und überlegt man ferner, daß sich unter ihnen ein gewisser Prozentsatz von Taugenichtsen befinden muß, so haben es die Behörden schon schwer. Kleinere Verstöße gegen die Vorschriften übersieht man in Spanien: wenn beispielsweise zwei Stangen Zigaretten anstatt der erlaubten einen importiert werden.
Grundsätzlich muß sich ein Tourist schon große Mühe geben, wenn er sich mit den spanischen Behörden anlegen will, aber hat er das erst einmal geschafft, dann können sie ihm das Leben sehr sauer machen. Es gibt vielerlei, was sie im Touristengepäck nicht finden dürfen: Waffen und Sprengstoff, Rauschgift, Pornografie und kommunistische Propagandaschriften. Andere Länder haben vielleicht etwas gegen zwei Flaschen un-

verzollten Schnaps, dafür dulden sie ein Magazin mit nackten Mädchen. In Spanien ist das anders. Das gibt jeder Spanier offen zu.
Der Zollbeamte auf dem Flughafen von Malaga warf an diesem strahlenden Montagnachmittag einen flüchtigen Blick auf die tausend Pfund in gebrauchten Zwanzigpfundnoten, die er in Shannons Gepäck entdeckt hatte. Er zuckte mit den Achseln. Dieses Geld mußte durch den englischen Zoll geschmuggelt worden sein. Falls der Mann wirklich wußte, daß die Ausfuhr von Landeswährung verboten war, ließ er sich nichts davon anmerken. Da er weder pornografische Schriften noch kommunistische Flugblätter fand, ließ er Shannon anstandslos passieren.
Kurt Semmler sah braungebrannt und erholt aus. Er war zwar hager und rauchte eine Zigarette nach der anderen, aber im Einsatz bewies er stets kaltes Blut. Sein kurzgeschnittenes helles Haar und die eisblauen Augen stachen auffällig von der gesunden Bräune ab.
Semmler wartete auf dem Flughafen von Malaga mit einem Taxi. Auf dem Weg in die Stadt erzählte er Shannon, er sei in Neapel, Genua, La Valetta, Marseille, Barcelona und Gibraltar gewesen, er habe sich bei alten Freunden nach kleinen Schiffen erkundigt, die Verkaufslisten seriöser Schiffsmakler durchgesehen und einige ankernde Fahrzeuge besichtigt. Es waren mindestens ein Dutzend, aber keines davon geeignet. Ein weiteres Dutzend hatte er sich gar nicht erst angesehen, weil schon die Namen der Skipper suspekt waren. So war schließlich eine Liste von sieben Schiffen entstanden; die *Albatros* war Nummer drei. Sie schien ihm in Ordnung zu sein.
Er hatte im ›Palacio‹ für Shannon ein Zimmer unter dem Namen Brown reserviert. Dorthin brachte er ihn zunächst. Kurz nach vier Uhr nachmittags schlenderten sie durch das breite Tor am Südende des Acera de la Marina in den Hafen.
Die *Albatros* lag drüben auf der anderen Seite des Hafens, längsseits an einer Kaimauer. Ihr weißer Anstrich leuchtete in der Sonne. Sie gingen an Bord. Semmler machte Shannon mit dem Eigner und Kapitän bekannt, einem George Allen. Er führte ihn durch das Schiff. Shannon merkte bald, daß es für seine Zwecke zu klein war. Es gab da eine Kapitänskajüte mit zwei Schlafgelegenheiten, zwei Einzelkabinen und einen Salon, wo man Luftmatratzen und Schlafsäcke auf den Boden legen konnte.
Die Luke achtern ließ sich verhältnismäßig leicht zu einer Kabine für weitere sechs Mann umbauen, aber es wurde doch sehr eng, wenn man vier Mann Besatzung und fünf Leute von Shannon rechnete. Er ärgerte sich, weil er Semmler nicht mitgeteilt hatte, daß noch weitere sechs Mann mit an Bord genommen werden mußten.
Die Schiffspapiere waren in Ordnung. Die *Albatros* war in Großbritannien registriert. Shannon sprach eine Stunde lang mit Allen über den Zahlungsmodus, er ließ sich Rechnungen und Quittungen von Arbeiten

zeigen, die in den letzten Monaten an der *Albatros* vorgenommen worden waren, und er kontrollierte das Logbuch.
Kurz vor sechs Uhr ging er mit Semmler von Bord und schlenderte nachdenklich zum Hotel zurück.
»Was ist los?« fragte Semmler. »Das Boot ist sauber.«
»Darum geht es nicht«, sagte Shannon. »Das Schiff ist zu klein und als Privatjacht registriert. Es gehört keiner Schiffahrtsgesellschaft. Die Ausfuhrbehörde könnte uns untersagen, eine Ladung Waffen an Bord zu nehmen.

Kurz vor neun am nächsten Morgen rief Shannon vom Hotel aus Lloyd in London an und bat um eine Überprüfung des Jachtregisters. Dort war die *Albatros* als Hilfsfahrzeug von 74 Nettoregistertonnen verzeichnet, und zwar mit dem Heimathafen Milford.
Was, zum Teufel hat der Kahn hier zu suchen, überlegte er und ließ sich die geforderte Zahlungsweise durch den Kopf gehen. Nach seinem zweiten Gespräch, diesmal mit Hamburg, wußte er Bescheid.
»Nein, bitte keine Privatjacht«, sagte Johann Schlinker am Telefon. »Die Gefahr ist zu groß, daß man sie keine Handelsware an Bord nehmen läßt.«
»Okay. Bis wann müssen Sie den Namen des Schiffes wissen?«
»Sobald wie möglich. Übrigens ist Ihre Überweisung für die bestellten Gegenstände eingetroffen. Sie werden verpackt und unter Zollverschluß an die Spedition in Frankreich geschickt. Zweitens habe ich den Papierkram für die andere Bestellung erledigt und kann sie ausführen, sobald der Rest der Zahlung eingeht.«
»Bis wann müssen Sie spätestens den Namen des Frachters wissen?« schrie Shannon.
Schlinker überlegte eine Weile.
»Wenn ich Ihren Scheck in fünf Tagen erhalte, kann ich sofort um die Kaufgenehmigung ansuchen. Für die Exporterlaubnis brauche ich den Namen des Schiffes. In weiteren fünfzehn Tagen.«
»Ich sorge dafür«, sagte Shannon und legte auf. Er drehte sich zu Semmler um und erklärte ihm alles.
»Tut mir leid, Kurt, wir brauchen eine Firma, die für den Mittelmeerhandel zugelassen ist, und einen Frachter, keine Privatjacht. Du mußt weitersuchen. Aber in spätestens zwölf Tagen muß ich den Namen wissen. Der Mann in Hamburg braucht ihn allerspätestens in zwanzig Tagen.«
Am Abend verabschiedeten sich die beiden am Flughafen. Shannon kehrte nach London zurück, Semmler flog über Madrid weiter nach Rom und Genua.
Shannon war erst spät zu Hause. Vor dem Schlafengehen bestellte er bei der BEA einen Platz in der morgigen Mittagsmaschine nach Brüssel. Dann bat er Marc Vlaminck, ihn dort am Flughafen abzuholen und ihn

erst nach Brügge zur Bank und von da zu dem Treffen mit Boucher zu fahren. So endete der zweiundzwanzigste Tag.

Harold Roberts war ein nützlicher Mann. Der Vater des Zweiundsechzigjährigen war Brite, seine Mutter Schweizerin; nach dem frühen Tod des Vaters war er in der Schweiz aufgewachsen und besaß beide Staatsangehörigkeiten. Er machte eine Banklehre durch, arbeitete zwanzig Jahre in der Hauptverwaltung einer großen Züricher Bank und wurde dann als stellvertretender Geschäftsführer nach London geschickt.
Das war kurz nach dem Krieg. Er stieg zum Leiter der Investmentabteilung auf, wurde später Direktor der Londoner Niederlassung und setzte sich mit sechzig Jahren zur Ruhe. Seinen Lebensabend wollte er in England verbringen.
Seit seiner Pensionierung stellte er sich nicht nur dem früheren Arbeitgeber, sondern auch anderen Schweizer Banken für gewisse delikate Geschäfte zur Verfügung. Auch an diesem Mittwochnachmittag war er mit einer solchen Aufgabe beschäftigt.
Die Zwingli-Bank hatte Mr. Roberts offiziell beim Vorstandsvorsitzenden und beim Schriftführer der Bormac eingeführt; er wies sich durch ein Beglaubigungsschreiben als Bevollmächtigter der Zwingli-Bank in London aus.
Danach hatten zwischen Mr. Roberts und dem Schriftführer der Gesellschaft zwei weitere Besprechungen stattgefunden; beim zweiten Mal war auch der Vorstandsvorsitzende Major Luton anwesend, der jüngere Bruder des einstigen Mitarbeiters von Sir Ian Macallister.
Im Stadtbüro des Schriftführers fand eine außerordentliche Vorstandssitzung statt. Außer dem Rechtsanwalt und Major Luton selbst war ein weiteres Vorstandsmitglied dafür nach London gekommen. Zu dritt waren sie beschlußfähig. Sie beratschlagten über die Dokumente, die Ihnen der Schriftführer vorgelegt hatte. Die vier anwesenden Aktionäre, die durch die Zwingli-Bank repräsentiert wurden, besaßen unzweifelhaft dreißig Prozent des Firmenkapitals. Es war nicht zu bestreiten, daß sie die Zwingli-Bank mit der Wahrnehmung ihrer Geschäfte beauftragt hatten, und ebenso unbezweifelbar war Mr. Roberts, der Bevollmächtigte dieser Bank.
Wenn sich ein Konsortium von Geschäftsleuten dazu entschloß, ein so großes Paket von Bormac-Aktien zu erwerben, mußte man der Erklärung ihrer Bank Glauben schenken, daß sie die Gesellschaft durch beträchtliche Finanzspritzen neu beleben wollten. Das war nicht ungünstig für den Aktienkurs, und alle drei Vorstandsmitglieder waren gleichzeitig Aktionäre.
So wurde ohne große Schwierigkeiten beschlossen, Mr. Roberts als Treuhänder für die Bank mit in den Vorstand aufzunehmen. Niemand dachte daran, die Statuten zu ändern, nach denen zwei Vorstandsmitglieder

schon in der Lage waren, Beschlüsse zu verabschieden, obgleich sich der
Vorstand nunmehr aus sechs anstatt wie bisher aus fünf Mitgliedern zu-
sammensetzte.

Mr. Keith Brown war für die Kredietbank in Brügge inzwischen ein hochgeschätzter Dauerkunde geworden. Er wurde von Herrn Goossens mit
großer Freundlichkeit empfangen und ließ sich bestätigen, daß an diesem
Morgen eine Gutschrift über zwanzigtausend Pfund aus der Schweiz eingetroffen sei. Shannon hob zehntausend Dollar in bar ab und ließ sich einen beglaubigten Scheck auf den Namen Johann Schlinker in Hamburg
ausstellen.
Auf dem Postamt nebenan gab er den Scheck per Einschreiben an Schlinker auf und beauftragte ihn in dem Begleitschreiben, das Geschäft mit
Spanien voranzutreiben.
Bis zu dem Treffen mit Boucher hatten er und Marc Vlaminck noch vier
Stunden Zeit. Zwei davon verbrachten sie in einem Café in Brügge, dann
machten sie sich kurz vor der Abenddämmerung auf den Weg.
Zwischen Brügge und dem vierundvierzig Kilometer entfernten Gent
liegt eine recht einsame Wegstrecke. Da sich die Straße in unendlichen
Windungen zwischen Wiesen und Feldern hindurchschlängelt, ziehen die
meisten Autofahrer die neue E5 von Ostende nach Brüssel vor. An der
fast verlassenen alten Landstraße fanden die beiden Söldner den aufgege-
benen Bauernhof, den ihnen Boucher beschrieben hatte. Die Gebäude
selbst waren hinter einer Baumgruppe versteckt, aber eine verblaßte Tafel
kennzeichnete die Abzweigung.
Shannon fuhr an der Stelle vorbei und stellte den Wagen ab. Marc stieg
aus, um den Bauernhof zu überprüfen. Zwanzig Minuten später kam er
zurück und bestätigte, daß hier offenbar seit langer Zeit niemand mehr
gewesen war. Nichts deutete auf irgendeine unangenehme Überraschung
hin.
Shannon sah auf die Uhr. Sie hatten noch eine Stunde Zeit, aber es war
schon dunkel. »Geh in Deckung«, befahl er. »Ich behalte von hier aus den
Vordereingang im Auge.«
Als Marc verschwunden war, kontrollierte Shannon noch einmal den
Lastwagen. Er war alt und klapprig, aber ein guter Mechaniker hatte die
Maschine überholt. Shannon überklebte die Zulassung mit zwei falschen
Nummernschildern. Sie ließen sich später leicht wieder entfernen. Er
wollte nicht, daß Boucher die richtige Nummer zu sehen bekam. Auch
die auffälligen Werbesprüche auf beiden Seiten des Wagens konnte man
schnell entfernen. Auf der Ladefläche lagen sechs Säcke mit Kartoffeln,
die Vlaminck auf seine Anweisung mitgebracht hatte, und ein breites
Holzbrett, das man vor die rückwärtige Klappe schieben konnte. Zufrieden bezog Shannon seinen Posten am Straßenrand.

Um fünf vor acht tauchte der erwartete Lastwagen auf. Als er langsam in die Einfahrt zu dem Bauernhof einbog, erkannte Shannon neben dem Fahrer einen kugelrunden Umriß mit einem winzigen Kopf darauf. Das konnte nur Boucher sein. Die roten Schlußlichter verschwanden zwischen den Bäumen. Boucher schien keine krumme Tour zu planen. Shannon ließ ihm drei Minuten Zeit, dann fuhr er mit seinem Lastwagen hinterher. Als er den Hof erreichte, stand Bouchers Lastwagen mit brennendem Standlicht genau in der Mitte. Shannon schaltete den Motor aus und stieg aus. Auch sein Standlicht brannte, die Kühlerhaube seines Wagens war drei Meter von Bouchers Lastwagen entfernt.
»Monsieur Boucher!« rief er ins Dunkle. Auch er selbst hielt sich etwas außerhalb des Lichtscheins.
»Monsieur Brown«, hörte er Bouchers schnaufende Stimme. Der Dicke kam herangewatschelt. Er hatte einen Helfer mitgebracht, ein gewaltiges Muskelpaket, dessen Bewegungen aber recht langsam wirkten. Marc konnte sich flink und elegant wie ein Ballett-Tänzer bewegen, wenn er wollte. Shannon fühlte sich einigermaßen sicher.
»Haben Sie das Geld?« fragte Boucher und trat näher.
Shannon deutete auf den Fahrersitz seines Lastwagens.
»Da drin. Und Sie haben die Maschinenpistolen?«
Boucher zeigte auf seinen Wagen.
»Ich schlage vor, daß wir beide unsere Sachen aus dem Wagen holen«, sagte Shannon.
Boucher rief seinem Begleiter einige Worte in flämischer Sprache zu, die Shannon nicht verstand. Der Mann trat hinter den Lastwagen und öffnete die Klappe. Shannons Muskeln spannten sich. Wenn eine Überraschung geplant war, würde sie jetzt erfolgen. Aber es kam nichts. In dem matten Licht seiner eigenen Scheinwerfer sah Shannon nur zehn flache Kisten und einen offenen Karton.
»Ihr Freund ist nicht hier?« fragte Boucher.
Shannon pfiff. Tiny Marc trat hinter einer Scheune hervor. Es wurde still, dann räusperte sich Shannon.
»Bringen wir die Übergabe hinter uns«, sagte er und holte einen braunen Briefumschlag aus der Fahrerkabine. »Bargeld, wie vereinbart. Zwanzig-Dollar-Noten zu je fünfzig gebündelt. Zehn Bündel.«
Er blieb in Bouchers Nähe, als der Dicke die Banknoten mit erstaunlicher Geschicklichkeit nachzählte und sie in die Manteltaschen stopfte. Als er damit fertig war, zog er die Bündel noch einmal heraus und entnahm jedem einen beliebigen Geldschein. Im Licht einer kleinen Taschenlampe untersuchte er das Geld auf seine Echtheit. Dann nickte er.
»Alles in Ordnung«, schnaufte er und rief seinem Helfer etwas zu. Der entfernte sich einen Schritt von der Ladefläche des Lastwagens. Auf ein Zeichen von Shannon trat Marc an den Wagen heran und wuchtete die

erste Kiste heraus. Shannon zog ein Stemmeisen aus der Tasche und öffnete den Deckel. Im Licht seiner Lampe kontrollierte er die zehn Schmeisser-MPs, die nebeneinander in der Kiste lagen. Er nahm eine der Waffen heraus und überprüfte Zündschloß und Funktion. Dann legte er die Maschinenpistole wieder in die Kiste und klopfte den Deckel fest.
Nach zwanzig Minuten hatte er alle Kisten kontrolliert. Bouchers Muskelmann hielt sich immer in der Nähe auf. Der offene Karton enthielt fünfhundert Magazine für die Maschinenpistolen. Marc vergewisserte sich, daß die Magazine tatsächlich zu den Waffen paßten, dann nickte er Shannon zu.
»Alles in Ordnung!« rief er.
»Könnten Sie Ihren Freund bitten, meinem Begleiter beim Umladen zu helfen?« fragte Shannon.
Der Dicke gab die Anweisung weiter. Nach weiteren fünf Minuten waren die zehn Kisten und der offene Karton in Marcs Lastwagen verschwunden. Vorher hatten die beiden Belgier natürlich die Kartoffelsäcke ausgeladen. Marc machte eine Bemerkung auf flämisch, und beide lachten.
Als sie damit fertig waren, schob Marc das breite Holzbrett in einigem Abstand von der hinteren Klappe senkrecht vor die Kisten. Dann schlitzte er einen Kartoffelsack auf und schüttete den Inhalt hinten in den Lastwagen. Die losen Kartoffeln rollten in die Zwischenräume zwischen den Kisten. Lachend half ihm der andere Flame dabei. Nach kurzer Zeit waren die Kisten so mit Kartoffeln bedeckt, daß man nichts mehr sehen konnte. Die Säcke wurden weggeworfen.
»Fertig, fahren wir«, sagte Marc.
Shannon wandte sich an Boucher. »Wenn Sie nichts dagegen haben, fahren wir zuerst. Schließlich haben wir jetzt die gefährliche Ladung an Bord.«
Er wartete, bis Marc den Motor angelassen und den Lastwagen gewendet hatte. Dann erst verließ er Boucher und kletterte in die Kabine hinauf. Etwa in der Mitte der Einfahrt war ein besonders tiefes Schlagloch, über das man sehr vorsichtig und langsam fahren mußte. An dieser Stelle ließ Shannon sich von Marc das Messer geben, sprang vom Wagen und versteckte sich zwischen den Büschen.
Zwei Minuten später kam Bouchers Fahrzeug vorbei. Natürlich mußte es ebenfalls im Schrittempo durch das Schlagloch fahren. Shannon glitt zwischen den Büschen hervor, bückte sich und stieß das Messer in einen Hinterreifen. Er hörte ein giftiges Zischen, aber da hockte er schon wieder in seinem Versteck. Bald darauf erreichte er auf der Hauptstraße Tiny Marc. Der Belgier hatte inzwischen die Reklameaufkleber an beiden Seiten und die falschen Nummernschilder entfernt.
Shannon hatte zwar nichts gegen Boucher, aber er wollte lieber eine halbe Stunde Vorsprung haben.

Um halb elf waren die beiden wieder in Ostende. Der Lastwagen mit den Frühkartoffeln wurde in der verschließbaren Garage abgestellt, die Vlaminck auf Shannons Anweisung gemietet hatte. Die beiden setzten sich in Marcs Bar in der Kleinstraat und warteten bei einem Glas schäumenden Biers auf das Abendessen, das ihnen Anna richtete. Shannon sah bei dieser Gelegenheit zum erstenmal die recht ordentlich gebaute Geliebte seines Freundes und behandelte sie mit ausgesuchter Höflichkeit, wie das bei Söldnern gegenüber dem weiblichen Anhang von Freunden alte Tradition war.
Vlaminck hatte ihm zwar ein Hotelzimmer in der Innenstadt bestellt, aber die beiden hockten noch lange beisammen, tranken und tauschten Kriegserlebnisse aus, lachten über Zwischenfälle, die ihnen rückblickend komisch erschienen, und nickten düster vor sich hin, wenn traurige Ereignisse erwähnt wurden. Die anderen Gäste saßen um sie herum und hörten zu.
Der Morgen dämmerte schon fast, als sie endlich ins Bett kamen.

Am Vormittag holte ihn Tiny Marc im Hotel ab. Gemeinsam nahmen sie ein spätes Frühstück zu sich. Shannon erklärte dem Belgier, daß er die Schmeisser-Maschinenpistolen so verpacken sollte, daß man sie zur Verladung in einem südfranzösischen Hafen über die belgische Grenze nach Frankreich schmuggeln konnte.
»Vielleicht in Kisten mit Frühkartoffeln«, schlug Marc vor. Shannon schüttelte den Kopf.
»Kartoffeln verlädt man in Säcke und nicht in Kisten«, erklärte er. »Es braucht nur beim Verladen eine Kiste umzukippen, und wir sind geliefert. Ich habe eine bessere Idee.«
Eine halbe Stunde erklärte er Vlaminck seinen Plan.
Der Belgier nickte.
»Gut«, sagte er. »Ich kann morgens, wenn die Bar geschlossen hat, in der Garage arbeiten. Wann fahren wir das Zeug nach Süden?«
»Um den fünfzehnten Mai«, antwortete Shannon. »Wir wählen die Route durch die Champagne. Ich schicke Jean Baptiste zum Helfen her, und in Paris laden wir alles auf einen Wagen mit französischer Nummer um. Jedenfalls muß die Ware am fünfzehnten Mai versandfertig sein.«
Marc begleitete ihn in einem Taxi hinunter zum Hafen, denn der Lastwagen sollte vor seiner letzten Fahrt von Ostende nach Paris nicht mehr benutzt werden. Shannon kaufte sich eine Fahrkarte für die Autofähre nach Dover. Am frühen Abend war er wieder in London.
Den Rest des Tages verbrachte er mit einem ausführlichen Bericht für Endean, gab aber nicht an, von wem er die Waffen gekauft und wo er sie gelagert hatte. Dem Bericht fügte er eine Spesenabrechnung und den Kontoauszug der Bank in Brügge bei. Dann steckte er alles in einen Um-

schlag und schickte es an die Postlageradresse, die er mit Endean vereinbart hatte.

Am Freitag kam mit der Morgenpost ein großes Päckchen von Jean Baptiste Langarotti. Es enthielt einen Stapel Prospekte von drei europäischen Firmen, die Schlauchboote der gesuchten Art herstellten. Sie wurden als Rettungsboote, Motorboote, Zugboote für Wasserski, als Sportboote für Taucher und als schnelle Tender für Luxusjachten angepriesen. Daß diese Fahrzeuge ursprünglich als rasche und sehr bewegliche Landungsboote für die Marine-Infanterie entwickelt worden waren, wurde mit keinem Wort erwähnt.
Shannon las die Prospekte mit großem Interesse. Sie stammten von einer italienischen, einer britischen und einer französischen Firma. Die italienische Firma hatte an der Côte d'Azur sechs Niederlassungen und schien für Shannons Zwecke am besten geeignet zu sein. Von dem größten Modell mit einer Länge von fünfeinhalb Metern waren zwei Stück sofort lieferbar. Eins lag in Marseille, das andere in Cannes. Langarotti schrieb in seinem Brief, auch die französische Firma habe ein Fünfmeterboot in einem Fachgeschäft in Nizza zur Verfügung. Die britischen Modelle müßten erst bestellt werden und seien nur in leuchtenden Farben lieferbar. Alle Boote seien für Außenborder mit Leistungen von über fünfzig PS eingerichtet, und solche Motoren von sieben verschiedenen Typen könnte er sofort besorgen.
Shannon schrieb einen langen Antwortbrief. Er wies Langarotti an, die beiden italienischen Schlauchboote und das dritte von der französischen Firma zu kaufen. Der Korse solle gleich nach Eingang des Briefes die Händler anrufen, einen festen Auftrag erteilen und jeweils zehn Prozent der Kaufsumme als Anzahlung überweisen. Er bat ihn, auch drei der besten Motoren zu kaufen, aber in drei verschiedenen Geschäften.
Allein die Kosten für Boote und Motoren beliefen sich etwas über viertausend Pfund. Das bedeutete, das er seinen Etat für Hilfsgeräte mit allem, was sonst noch dazukam, überziehen mußte, aber darüber zerbrach er sich nicht den Kopf. Dafür blieb er bei den Waffen und hoffentlich auch bei dem Schiff unter dem Kostenvoranschlag. Er kündigte Langarotti die Überweisung des Gegenwerts von viertausendfünfhundert Pfund an und bat ihn, mit dem restlichen Geld einen guten gebrauchten Zweitonner, versteuert und versichert, zu kaufen.
Mit diesem Wagen sollte er die Küste entlangfahren, die drei Schlauchboote und die drei Außenborder kaufen und sie persönlich bei seinem Spediteur in Toulon abliefern. Alles müsse spätestens am fünfzehnten Mai zur Verschiffung bereitliegen. Am Morgen dieses Tages sollte sich Langarotti in Paris in dem gewohnten Hotel mit Shannon treffen und den Lastwagen mitbringen. Noch am selben Tag wies der Söldnerführer die

Kreditbank in Brügge schriftlich an, viertausendfünfhundert Pfund in französischen Francs auf das Konto von Jean Baptiste Langarotti bei der Zentralstelle der Societée Generale in Marseille zu überweisen. Beide Briefe gingen noch am Nachmittag mit Eilpost ab.

Als CAT Shannon fertig war, legte er sich auf sein Bett und starrte die Decke an. Er fühlte sich abgespannt, denn die Anstrengung der letzten dreißig Tage machte sich bemerkbar. Bisher verlief alles planmäßig. Es würde Alan Baker sicher gelingen, die Granatwerfer und Bazookas so rechtzeitig in Jugoslawien zu kaufen, daß sie Anfang Juni geholt werden konnten; Schlinker kaufte inzwischen in Madrid für die Schmeisser-Maschinenpistolen genügend Munition für ein Jahr. Der einzige Grund für die Bestellung einer so unvernünftig großen Menge bestand darin, daß man den spanischen Behörden eine plausible Erklärung dafür geben mußte. Die Exportbewilligung müßte in der zweiten Junihälfte vorliegen, vorausgesetzt, er konnte bis Mitte Mai den Namen des Schiffes mitteilen, und ferner vorausgesetzt, daß das Schiff und seine Reederei den Beamten in Madrid paßte.

Vlaminck hatte bis dahin bestimmt schon die Maschinenpistolen für den Transport nach Marseille verstaut. Um dieselbe Zeit sollten Schlauchboote und Motoren in Toulon verladen werden, dazu die anderen Dinge, die er bei Schlinker bestellt hatte.

Abgesehen davon, daß die MPs über die Grenze geschmuggelt werden mußten, verlief alles ganz legal. Trotzdem konnte einiges schiefgehen. Es war zum Beispiel denkbar, daß Spanier oder Jugoslawen die Formalitäten hinauszögerten oder Schwierigkeiten mit den Papieren machten.

Dupree war in London noch immer dabei, Uniformen zu kaufen. Auch die sollten spätestens Ende Mai in Toulon lagern.

Das große ungelöste Problem war das Schiff. Semmler suchte bereits seit fast einem Monat vergeblich danach.

Shannon stand auf, griff nach dem Telefon und diktierte ein Telegramm: Dupree sollte sich bei ihm melden. Als er den Hörer auflegte, läutete der Apparat.

»Hallo, ich bin's.«

»Hallo, Julie«, sagte er.

»Wo hast du gesteckt, CAT?«

»Ich war verreist.«

»Bist du dieses Wochenende in der Stadt?«

»Ja, höchstwahrscheinlich.« Es gab für ihn tatsächlich nichts mehr zu tun, solange Semmler kein geeignetes Schiff aufgetrieben hatte. Er wußte nicht einmal, wo sich der Deutsche um diese Zeit aufhielt.

»Fein«, sagte das Mädchen am Telefon, »dann unternehmen wir doch etwas.«

Wahrscheinlich lag es an seiner Müdigkeit, daß er nicht gleich begriff.

»Was?« fragte er.
Sie erklärte es ihm so genau und detailliert, daß er sie schließlich unterbrach und aufforderte, sofort zu einer praktischen Demonstration in seine Wohnung zu kommen.

Noch vor einer Woche hätte Julie vor Aufregung kaum an sich halten können, aber jetzt freute sie sich viel zu sehr, ihren Liebhaber wiederzusehen. Sie hatte vergessen, was sie ihm sagen wollte. Erst gegen Mitternacht fiel es ihr wieder ein. Shannon schlief schon halb, und Julie sagte:
»Übrigens habe ich neulich deinen Namen gelesen.«
Shannon brummte.
»Auf einem Stück Papier«, fuhr sie fort. Er zeigte immer noch keinerlei Interesse und lag entspannt da, das Gesicht auf den verschränkten Armen.
»Soll ich dir sagen, wo?«
Seine Reaktion war enttäuschend. Er brummte nur.
»In einer Aktenmappe auf dem Schreibtisch meines Vaters.«
Die Überraschung gelang ihr. Mit einer katzenhaften Bewegung fuhr er hoch und packte sie schmerzhaft bei den Armen. Sein durchdringender Blick erschreckte sie.
»Du tust mir weh«, sagte sie kläglich.
»Was war das für eine Aktenmappe?«
»Na, eben ein Ordner.« Sie war den Tränen nahe. »Ich wollte dir doch nur helfen.«
Seine Aufregung ließ sichtlich nach.
»Warum hast du herumgestöbert?« fragte er.
»Du hast mich doch dauernd nach ihm gefragt, und da habe ich eben nachgeblättert, als ich den Ordner sah. Dein Name ist mir aufgefallen.«
»Erzähl mir alles von Anfang an«, bat er sie.
Als sie fertig war, schlang sie ihm beide Arme um den Hals.
»Ich liebe dich, CAT«, flüsterte sie, »nur deshalb hab' ich's getan. War das nicht richtig?«
Shannon überlegte eine Weile. Sie wußte ohnehin schon zuviel, und es gab nur zwei Möglichkeiten, ihre Verschwiegenheit zu garantieren.
»Liebst du mich wirklich?« fragte er.
»Ja, ganz wirklich.«
»Möchtest du, daß mir etwas zustößt, nur weil du irgend etwas sagst oder tust?«
Sie beugte den Kopf zurück und sah ihm ernsthaft ins Gesicht. Das war eine Szene wie aus ihren Jungmädchenträumen.
»Niemals«, antwortete sie voller Überzeugung. »Ich würde nie etwas sagen. Sie könnten mit mir machen, was sie wollen.«
Shannon blinzelte erstaunt.
»Niemand wird dir etwas antun«, sagte er. »Du darfst nur deinem Vater

nichts davon sagen, daß du mich kennst oder daß du in seinen Akten geblättert hast. Verstehst du: er hat mir den Auftrag gegeben, für ihn Informationen über die Aussichten eines Bergbauvorhabens in Afrika zu sammeln. Wenn er wüßte, daß wir beide uns kennen, würde er mich hinauswerfen. Dann müßte ich mir einen anderen Job suchen. Man hat mir zwar einen angeboten, aber weit weg in Afrika. Deshalb müßte ich dich verlassen, wenn er jemals etwas über uns erführe.«
Das saß. Sie wollte ihn nicht verlieren. Natürlich wußte er, daß er ohnehin bald gehen mußte, aber das brauchte er ihr noch nicht zu sagen.
»Ich werde schweigen wie ein Grab«, versprach sie.
»Noch ein paar Kleinigkeiten«, sagte Shannon. »Du hast die Überschrift auf dem Blatt mit den Rohstoffpreisen gelesen. Wie lautete die Überschrift?«
Sie legte angestrengt die Stirn in Falten und versuchte, sich an das Wort zu erinnern.
»Es ist das Zeug, das man in Füllfedern hineintut. Es kommt in Anzeigen für teure Füllfederhalter vor.«
»Tinte?« fragte Shannon.
»Nein, Platin«, antwortete sie.
»Aha, Platin«, murmelte er sehr nachdenklich. »Und wie lautete der Titel des Aktenstücks?«
»Das weiß ich noch genau«, sagte sie erleichtert. »Es war wie die Überschrift eines Märchens: Der Kristallberg.«
Shannon stieß einen tiefen Seufzer aus.
»Sei lieb und mach mir bitte einen Kaffee.«
Während er drüben in der Küche die Tassen klappern hörte, lehnte er sich an das Kopfende des Bettes und blickte hinaus auf London.
»So ein gerissener Hund«, murmelte er. »Aber so billig kriegst du das nicht, Sir James, so billig nicht!«
Dann lachte er leise.

An diesem Samstagabend schwankte Benny Lambert heimwärts, nachdem er mit ein paar Freunden in seinem Stammcafé getrunken hatte. Das Geld, das er von Shannon erhalten hatte, war inzwischen in Francs umgewechselt worden, und er hatte davon viele Runden für seine Kumpane geschmissen. Es tat ihm gut, von dem großen ›Ding‹ zu sprechen, das er gerade gedreht hatte, und den Barmädchen Champagner zu spendieren. Er selbst hatte mehr als genug getrunken und merkte nicht, daß ihm im Abstand von zweihundert Metern im Schrittempo ein Wagen folgte. Eine halbe Meile vor seinem Zuhause holte dieser Wagen in Höhe eines unbebauten Grundstücks auf, aber auch davon merkte er kaum etwas.
Als er endlich aufmerksam wurde und protestieren wollte, zerrte ihn der Hüne, der aus dem Wagen gesprungen war, schon über das leere Grund-

stück und hinter einen Bretterzaun, der zehn Meter von der Straße entfernt war.
Seine Proteste verstummten, denn der Hüne packte ihn an der Gurgel, drehte ihn herum und rammte ihm die Faust in den Solarplexus. Benny Lambert sackte in sich zusammen und ging zu Boden, als der Fremde losließ. Im dunklen Schatten hinter dem Bretterzaun beugte sich die Gestalt über ihn und zog ein Eisenstück von etwa einem halben Meter Länge aus dem Gürtel. Der Riese griff nach Lamberts linkem Oberschenkel und riß ihn hoch. Es gab einen dumpfen Laut, als die Eisenstange die Kniescheibe traf und sie auf der Stelle zersplitterte. Lambert schrie einmal schrill auf und wurde ohnmächtig. Das Zertrümmern seiner rechten Kniescheibe spürte er schon nicht mehr.
Zwanzig Minuten später rief Thomard von einem fast zwei Kilometer entfernten Café aus seinen Auftraggeber an. Roux ließ sich Bericht erstatten und nickte. »Gut«, sagte er, »ich habe auch eine Neuigkeit für dich. Es geht um das Hotel, in dem Shannon für gewöhnlich übernachtet. Henry Alain berichtet mir gerade, daß ein Brief von einem gewissen Mr. Keith Brown angekommen ist. Er hat für den fünfzehnten ein Zimmer bestellt. Verstanden?«
»Ja, am Fünfzehnten«, sagte Thomard. »Dann kommt er also.«
»Und du wirst auch dort sein«, sagte die Stimme am Telefon. »Henry bleibt mit seinem Kontaktmann im Büro in Verbindung, und du hältst dich schon am Nachmittag in der Nähe des Hotels auf.«
»Bis wann?« fragte Thomard.
»Bis er das Hotel allein verläßt«, antwortete Roux. »Dann holst du ihn dir, für fünftausend Dollar.«
Thomard lächelte, als er die Telefonzelle verließ. Er trank an der Bar noch ein Bier und spürte unter der linken Achsel den Druck seines Revolvers. Ein angenehmes Gefühl. In ein paar Tagen würde ihm das Schießeisen ein kleines Vermögen einbringen. Er war seiner Sache ganz sicher. Er stellte es sich sehr einfach vor, einen Mann zu erledigen, der ihn nie gesehen hatte und der von seiner Existenz und seiner Absicht nichts ahnte. Selbst wenn es sich um CAT Shannon handelte.

Am Sonntagvormittag rief Kurt Semmler an. Shannon lag noch nackt im Bett, während Julie in der Küche das Frühstück richtete.
»Mr. Keith Brown?« fragte das Fräulein vom Amt.
»Ja, am Apparat.«
»Ich habe für Sie eine Voranmeldung von einem Mr. Seminola in Genua.« Shannon saß sofort auf der Bettkante und preßte den Hörer ans Ohr.
»Stellen Sie durch«, befahl er.
Kurt Semmlers Stimme klang schwach, aber einigermaßen verständlich.

»Carlo?«
»Ja, Kurt.«
»Ich bin jetzt in Genua.«
»Ich weiß. Was gibt es Neues?«
»Ich hab's. Diesmal bin ich ganz sicher. Genau, was du haben willst. Aber es ist noch ein anderer Kaufinteressent hier. Wenn wir das Schiff haben wollen, werden wir ihn überbieten müssen. Es ist für unsere Zwecke ausgezeichnet. Kannst du herkommen und dir das ansehen?«
»Bist du ganz sicher, Kurt?«
»Ja, ganz sicher. Ein registrierter Frachter im Besitz einer Reederei aus Genua. Wie maßgeschneidert.«
Shannon überlegte.
»Dann komme ich morgen. In welchem Hotel wohnst du?«
Semmler sagte es ihm.
»Ich komme mit der nächsten erreichbaren Maschine. Wann das sein wird, weiß ich noch nicht. Bleib nachmittags im Hotel, dann melde ich mich, sobald ich eintreffe. Laß mir ein Zimmer reservieren.«
Wenige Minuten später telefonierte er mit der BEA und erfuhr, die nächste erreichbare Verbindung sei ein Alitalia-Flug nach Mailand um neun Uhr fünf am kommenden Morgen mit Anschluß nach Genua und Ankunft dort kurz nach dreizehn Uhr. Shannon buchte sofort einen Einzelflug.
Er lachte vor sich hin, als Julie mit dem Kaffee kam. Wenn das Schiff in Ordnung war, konnte er das Geschäft innerhalb der nächsten zwölf Tage abschließen, und am Fünfzehnten rechtzeitig zu seiner Verabredung mit Langarotti wieder in Paris sein. Er wußte, daß Semmler alles zum Auslaufen vorbereiten würde und bis zum 1. Juni eine gute Mannschaft und genügend Treibstoff beschaffen konnte.
»Wer war das?« fragte das Mädchen.
»Ein Freund.«
»Was für ein Freund?«
»Ein Geschäftsfreund.«
»Was wollte er?«
»Ich muß ihn besuchen.«
»Wann?«
»Morgen früh in Italien.«
»Wie lange bleibst du weg?«
»Das weiß ich noch nicht. Vielleicht vierzehn Tage, vielleicht auch länger.«
Sie schmollte über ihrer Kaffeetasse.
»Und was soll ich die ganze Zeit machen?« fragte sie.
Shannon grinste. »Es wird dir schon etwas einfallen. Es gibt ja so viele Möglichkeiten.«

»Du bist ein Mistkerl«, sagte sie ganz ruhig. »Aber wenn du weg mußt, läßt sich daran wahrscheinlich nichts ändern. Wir haben nur noch bis morgen früh Zeit, und diese paar Stunden, mein lieber Kater, werde ich nach besten Kräften ausnutzen.«
Während sich sein Kaffee über das Kopfkissen ergoß, überlegte Shannon, daß der Kampf um Kimbas Palast ein Kinderspiel sein würde, verglichen mit dem Versuch, Sir James Mansons Tochter zufriedenzustellen.

8. Kapitel

Der Hafen von Genua lag friedlich in der Spätnachmittagssonne da, als CAT Shannon und Kurt Semmler aus dem Taxi stiegen. Der Deutsche führte seinen Chef an den Kaimauern entlang zu der Stelle, wo das Motorschiff *Toscana* lag. Das alte Küstenboot verschwand beinahe zwischen den beiden Dreitausend-Tonnen-Frachtern links und rechts, aber das machte nichts. Für Shannons Zwecke war es groß genug.
Von dem winzigen Vordeck ging es gut einen Meter tief auf das Hauptdeck hinunter, wo eine große Luke zu dem einzigen Laderaum des Schiffs führte. Achtern unter der kleinen Brücke waren offenbar die Mannschaftsunterkünfte und die Kapitänskajüte untergebracht. Das Schiff hatte einen kurzen gedrungenen Mast mit einem fast senkrecht hochgezogenen einzelnen Ladebaum. Über dem Heck war das einzige Rettungsboot befestigt.
Das Schiff war verrostet, die Farbe an vielen Stellen von der Sonne in Blasen abgesprengt, an anderen vom Salzwasser weggefressen. Es war klein, alt und vergammelt, vor allem aber unscheinbar. Und das war es genau, wonach Shannon suchte. Es gibt tausende kleine Frachter dieser Art an den Küsten von Haifa bis Gibraltar, Tanger bis Dakar, Monrovia bis Simonstown. Alle sehen einander ähnlich, keines der Schiffe fällt irgendwie auf, und man traut ihnen nicht zu, daß sie etwas anderes an Bord haben als kleine Ladungen für den Verkehr von Hafen zu Hafen.
Semmler führte Shannon an Bord. Sie fanden den Niedergang zum Mannschaftsquartier, und Semmler rief ins Dunkle hinab. Dann stiegen sie hinunter. Unten erwartete sie ein muskulöser, eckig wirkender Mann von Mitte Vierzig, der Semmler zunickte und Shannon fragend ansah. Semmler gab ihm die Hand und machte ihn mit Shannon bekannt.
»Carl Waldenberg, der Erste Maat.«
Waldenberg nickte knapp und drückte Shannon die Hand.
»Sie wollen sich also unsere alte *Toscana* ansehen?« fragte er.
Shannon stellte erfreut fest, daß Waldenberg trotz seines Akzents ein recht gutes Englisch sprach und so aussah, als sei er durchaus bereit, eine nicht ganz astreine Ladung an Bord zu nehmen, wenn nur der Preis

stimmte. Daß sich der Deutsche für ihn interessierte, war klar. Semmler hatte ihn bereits in großen Zügen unterrichtet und ihm gesagt, sein Chef werde sich das Schiff ansehen und es vielleicht kaufen. Für den Ersten Maat mußte der neue Eigner ein interessanter Mann sein. Abgesehen von allem anderen dachte Waldenberg natürlich auch an die eigene Zukunft. Der jugoslawische Ingenieur war irgendwo an Land, aber den Moses lernten sie kennen, einen halbwüchsigen Italiener, der in seiner Koje lag und in einem Sexmagazin blätterte. Ohne die Rückkehr des italienischen Kapitäns abzuwarten, führte sie der Erste Maat durch die *Toscana*. Dreierlei interessierte Shannon: Die Möglichkeit, an Bord irgendwo zwölf Mann unterzubringen, selbst wenn sie auf dem offenen Deck schlafen mußten, die Hauptladeluke und die Möglichkeit, unten in den Bilgen ein paar Kisten verschwinden zu lassen – und schließlich die Zuverlässigkeit der Maschinen.

Waldenbergs Augen wurden ein wenig eng, als Shannon seine Fragen stellte, aber er beantwortete sie höflich. Er konnte sich leicht denken, daß es keine zahlenden Passagiere waren, die an Bord der *Toscana* in Decken gewickelt unter freiem Himmel auf dem Lukendeckel schlafen mußten. Für eine Fahrt bis zum anderen Ende Afrikas würde die *Toscana* auch nicht viel Ladung an Bord nehmen. Auf so große Entfernungen werden Frachten mit größeren Fahrzeugen transportiert. Der Vorteil des kleinen Küstenfrachters besteht darin, daß er kurzfristig Ladung an Bord nehmen und sie zwei Tage später ein paar hunter Meilen entfernt abliefern kann. Große Schiffe haben längere Liegezeiten. Aber auf einer langen Fahrt vom Mittelmeer bis nach Südafrika gleicht ein großes Schiff durch seine höhere Geschwindigkeit die Liegezeit im Hafen aus. Für Entfernungen von mehr als fünfhundert Seemeilen sind Schiffe wie die *Toscana* für Exporteure uninteressant.

Nach der Besichtigung des Schiffes gingen sie nach oben. Waldenberg bot ihnen Flaschenbier an, und sie setzten sich damit in den Schatten einer aufgespannten Zeltbahn hinter der Brücke. Jetzt erst begannen die eigentlichen Verhandlungen. Die beiden Deutschen unterhielten sich in ihrer Muttersprache, wobei Waldenberg offenbar fragte und Semmler antwortete. Schließlich warf Waldenberg einen scharfen Blick auf Shannon, wandte sich wieder an Semmler und nickte bedächtig.

»Durchaus möglich«, sagte er auf englisch.

Semmler übersetzte Shannon die Unterhaltung.

»Waldenberg möchte gern wissen, warum ein Mann wie du, der offenbar nichts vom Frachtgeschäft versteht, einen generell zugelassenen Frachter kaufen möchte. Ich hab ihm gesagt, du bist Geschäftsmann und nicht Seemann. Er meint, das Frachtgeschäft sei zu riskant für einen reichen Mann, der Geld investieren möchte, falls er nicht ganz besondere Absichten verfolgt.«

Shannon nickte.

»Durchaus verständlich, Kurt, ich möchte dich unter vier Augen sprechen.«

Sie gingen nach achtern und lehnten sich an die Reling, während Waldenberg sein Bier trank.

»Was hältst du von diesem Mann?« fragte Shannon leise.

»Er ist in Ordnung«, sagte Semmler ohne zu zögern. »Der Kapitän ist gleichzeitig der Schiffseigner – ein alter Mann, der sich zur Ruhe setzen möchte. Der Erlös aus dem Schiffsverkauf soll seinen Lebensabend sichern. Damit wird der Posten des Kapitäns frei. Ich glaube, Waldenberg möchte ihn gern haben, und ich wäre durchaus einverstanden. Er besitzt sein Kapitänspatent und kennt das Boot wie seine eigene Westentasche. Auch auf dem Meer kennt er sich aus. Bleibt nur die Frage, ob er eine Fracht an Bord nimmt, die ein gewisses Risiko mit sich bringt. Ich glaube aber, er würde auch das tun, wenn der Preis stimmt.«

»Er vermutet schon etwas?« fragte Shannon.

»Klar. Er nimmt an, daß du illegale Einwanderer nach England bringen willst. Er möchte natürlich nicht ins Gefängnis wandern, wird das Risiko aber eingehen, wenn er genug Geld dafür bekommt.«

»In erster Linie müssen wir das Schiff kaufen. Er kann sich dann immer noch entscheiden, ob er bleiben will oder nicht. Wenn er geht, suchen wir uns einen anderen Kapitän.«

Semmler schüttelte den Kopf.

»Nein, wir müßten ihn im voraus soweit informieren, daß er den Auftrag ungefähr kennt. Und das wäre ein hohes Sicherheitsrisiko.«

»Wenn er erfährt, worum es geht, und dann aussteigt, gibt es für ihn nur den einen Weg«, sagte Shannon und deutete auf die Ölpfützen im Brackwasser unter dem Heck.

»Noch etwas ist zu berücksichtigen, CAT. Es wäre vorteilhaft, ihn auf unserer Seite zu haben. Er kennt das Schiff, und wenn er sich entschließt, bei uns zu bleiben, wird er auf den Kapitän einwirken, daß er die *Toscana* uns verkauft und nicht der örtlichen Reederei, die sich auch dafür interessiert. Sein Wort hat bei dem Kapitän großes Gewicht, denn der alte Knabe will die *Toscana* in guten Händen wissen, und er vertraut Waldenberg.«

Das sah Shannon ein. Die Zeit wurde knapp, und er wollte die *Toscana* haben. Der Erste Maat konnte ihn dabei unterstützen, und er war bestimmt in der Lage, das Schiff zu kommandieren. Außerdem würde er dafür sorgen, daß sein neuer Erster Maat ein Gleichgesinnter war. Doch abgesehen davon muß man bei Bestechungen einen nützlichen Grundsatz beachten: Man darf niemals versuchen, alle zu bestechen, sondern nur den Mann an der Spitze, der dann seine Untergebenen in Schach zu halten hat. Shannon beschloß, Waldenberg nach Möglichkeit zu seinem Verbündeten zu machen. Sie kehrten unter die Zeltbahn zurück.

»Ich will Ihnen gegenüber offen sein, Mr. Waldenberg«, sagte Shannon. »Wenn wir die *Toscana* kaufen, werden wir damit natürlich keine Erdnüsse transportieren. Es trifft auch zu, daß mit der vorgesehenen Ladung ein gewisses Risiko verbunden sein dürfte. Das Löschen wird ungefährlich sein, weil das Schiff dabei außerhalb irgendwelcher Hoheitsgewässer bleibt. Ich brauche einen guten Kapitän, und Kurt Semmler hat Sie mir empfohlen. Kommen wir also zur Sache. Wenn ich die *Toscana* bekomme, biete ich Ihnen den Posten des Kapitäns an. Sie erhalten einen Sechsmonatsvertrag, der Ihnen das Doppelte Ihres jetzigen Gehalts garantiert, zusätzlich eine Prämie von fünftausend Dollar für die erste Fahrt, fällig heute in zehn Wochen.«
Waldenberg hörte ihm zu, ohne ein Wort zu sagen. Dann grinste er und stand auf. Er streckte die Hand aus.
»Mister, Sie haben Ihren Kapitän.«
»Gut«, sagte Shannon. »Nur müssen wir vorher das Schiff kaufen.«
»Kein Problem«, entgegnete Waldenberg. »Wieviel würden Sie dafür anlegen?«
»Was ist die *Toscana* wert?« konterte Shannon.
»Das hängt von Angebot und Nachfrage ab«, erklärte Waldenberg. »Die andere Seite bietet fünfundzwanzigtausend Pfund und keinen Pfennig mehr.«
»Ich gehe bis sechsundzwanzigtausend«, sagte Shannon. »Wird der Kapitän damit einverstanden sein?«
»Natürlich. Sprechen Sie Italienisch?«
»Nein.«
»Spinetti spricht kein Wort Englisch. Ich werde für Sie dolmetschen. Ich mache das mit dem Alten schon klar. Bei diesem Preis und mit mir als Kapitän bekommen Sie das Schiff. Wann können Sie sich mit ihm treffen?«
»Vielleicht morgen früh?« fragte Shannon.
»In Ordnung. Um zehn Uhr hier an Bord.«
Nach einem weiteren Händedruck verließen die beiden Söldner das Schiff.

Marc Vlaminck arbeitete zufrieden in der gemieteten Garage, während der Lastwagen abgeschlossen draußen in der Einfahrt parkte. Marc hatte auch die Tür der Garage verschlossen, weil er bei der Arbeit nicht gestört werden wollte. Er verbrachte nun schon den zweiten Nachmittag allein in der Garage und hatte den ersten Teil seiner Aufgabe fast beendet.
Entlang der Hinterwand der Garage hatte er aus soliden Brettern einen Arbeitstisch aufgebaut und ihn mit den notwendigen Werkzeugen ausgestattet. Wie den Lastwagen hatte er alles übrige von Shannons fünfhundert Pfund gekauft. An der anderen Wand standen fünf große Fässer. Sie waren leuchtend grün gestrichen und trugen das Firmenzeichen ›Castrol‹.

Sie waren leer; Marc hatte sie sehr billig von einem größeren Transportunternehmen im Hafen bekommen. Auf den Fässern stand zu lesen, daß sie einmal schweres Schmieröl enthalten hatten.
Aus dem Boden des ersten Fasses hatte Marc eine kreisrunde Scheibe herausgeschnitten. Das Faß stand nun mit dem Loch nach oben auf dem Fußboden. Ein fünf Zentimeter breiter Rand rings um das Loch war alles, was von dem ursprünglichen Faßboden übriggeblieben war.
Von dem Lastwagen hatte Tiny Marc zwei Kisten mit Schmeisser-Maschinenpistolen abgeladen und die zwanzig Waffen für das neue Versteck vorbereitet. Jede einzelne Maschinenpistole war von oben bis unten mit Isolierband umwickelt, und an jeder Waffe waren fünf Magazine befestigt. Nach dem Einwickeln hatte er jede MP einzeln in eine kräftige Plastiktüte gesteckt, die Luft abgesaugt und die Tüten mit Kordel zugebunden. Dann kam noch ein zweiter äußerer Plastikbeutel darum, der ebenfalls zugebunden wurde. Marc war sicher, daß die Waffen in dieser Verpackung bis zu ihrer Verwendung trocken bleiben würden.
Er nahm die zwanzig gedrungenen Pakete und rollte sie mit kräftigem Gurtband zu einem großen Bündel zusammen. Dieses Bündel schob er von oben her in das Faß und ließ es auf den Boden hinab. Die Zweihundert-Liter-Fässer waren groß genug für je zwanzig Schmeisser-MPs samt zugehöriger Magazine, und an der Wand blieb noch etwas Luft.
Nachdem das erste Bündel versteckt worden war, verschloß Marc das Faß wieder. Er hatte sich in einer Spenglerei am Hafen neue Blechscheiben schneiden lassen und paßte die erste Scheibe in die Öffnung des Fasses ein. Eine halbe Stunde lang feilte er an den Rändern, dann paßte die Scheibe genau in die Faßöffnung. Sie berührte rundherum den Rand und bedeckte den fünf Zentimeter breiten Rest des alten Faßbodens. Mit Hilfe eines gasbetriebenen Brenners verlötete Marc das Blech.
Metall kann man normalerweise schweißen und bekommt damit die dauerhafteste Verbindung. Aber in einem Faß, das einmal Öl oder Brennstoff enthalten hat, bleibt auf dem Metall immer ein Ölfilm zurück. Bei den hohen Temperaturen, die durch das Schweißen entstehen, kann der Film verdampfen, und die Explosionsgefahr ist hoch. Durch Löten erhält man bei Blech zwar keine so dauerhafte Verbindung, aber man kann mit niedrigen Temperaturen arbeiten. Solange die Fässer nicht gekippt und gerüttelt wurden, mußten sie auch so jeder normalen Belastung standhalten.
Als Marc fertig war, füllte er alle noch verbliebenen Fugen mit Lötzinn, wartete, bis alles abgekühlt war, und übersprühte die ganze Fläche mit einer Farbe, wie sie auf der ganzen Welt bei Castrol-Öl verwendet wird.
Er ließ die Farbe trocknen, stellte dann das Faß vorsichtig auf seine neue Bodenfläche, schraubte den jetzt nach oben weisenden Verschluß auf und goß aus mehreren bereitstehenden Kanistern Schmieröl hinein.
Die zähe smaragdgrüne Flüssigkeit suchte sich gurgelnd ihren Weg bis

zum Boden des Fasses. Allmählich füllte sie alle Luftlöcher entlang der Faßwand aus und bedeckte das Bündel mit den Maschinenpistolen. Gleichzeitig wurden Gewebe und Kordeln imprägniert. Marc hatte zwar die Luft aus den Plastikbeuteln abgesaugt, aber in den Magazinen, Läufen und Schlössern waren doch Luftblasen zurückgeblieben. Sie glichen das Gewicht des Metalls aus, so daß beim allmählichen Füllen des Fasses das ganze Bündel fast gewichtslos wurde, in dem dicken Öl nach oben stieg wie eine Leiche im Wasser und schließlich langsam auf den Boden sank. Der Belgier verbrauchte zwei Kanister Öl. Als das Faß randvoll war, schätzte er, daß es etwa zu sieben Zehntel mit dem Bündel und zu drei Zehntel mit Öl gefüllt war. Er hatte in das Zweihundert-Liter-Faß sechzig Liter eingefüllt. Zuletzt nahm er eine kleine Stablampe und leuchtete die Oberfläche des Öls ab. Sie schimmerte gleichmäßig glatt und grün, durchsetzt von goldenen Reflexen. Von dem, was auf dem Boden des Fasses ruhte, war keine Spur zu sehen. Marc wartete eine Stunde, dann kontrollierte er den unteren Rand des Fasses. Es gab keine undichte Stelle, der neue Fußboden hatte gehalten.
In bester Laune schob Marc das Tor der Garage auf und setzte den Lastwagen rückwärts herein. Er mußte noch die beiden Kisten mit den deutschen Aufschriften verbrennen und die alte Blechscheibe fortwerfen, am besten in den Hafen. Nun wußte er, daß er auf diese Weise in jeweils zwei Tagen ein Ölfaß umbauen konnte. Am 15. Mai würde alles bereitstehen, wie er es Shannon versprochen hatte. Es tat gut, wieder eine Aufgabe zu haben.

Dr. Iwanow war außer sich – nicht zum erstenmal und ganz sicher auch nicht zum letztenmal.
»Diese Bürokratie!« fauchte er über den Frühstückstisch hinweg seine Frau an. »Diese dämliche, borniere, vernagelte Bürokratie in unserem Land ist einfach nicht zu fassen!«
»Du hast sicherlich recht, Michail Michailowitsch«, sagte seine Frau beruhigend. Sie goß zwei neue Tassen Tee ein, stark, schwarz und bitter, wie ihr Mann ihn bevorzugte. Als vorsichtige, ruhige Frau wünschte sie sich nur, daß ihr Mann, dieser unberechenbare Wissenschaftler, seine Temperamentsausbrüche besser kontrollierte oder sie wenigstens auf das eigene Heim beschränkte.
»Wenn die Kapitalisten wüßten, wie lange es in unserem Land dauert, ein paar Schrauben und Bolzen zu beschaffen, würden sie sich kugeln vor lachen!«
»Psst, Liebling«, flüsterte sie und nahm sich Zucker. »Du mußt eben Geduld haben.«
Es war schon Wochen her, seit ihn der Direktor des riesigen Komplexes von Labors und Wohnungen in sein fichtengetäfeltes Büro gerufen hatte, das Herz dieses Instituts in den Weiten Sibiriens, um ihm mitzuteilen,

daß man ihm die Leitung einer wissenschaftlichen Exkursion nach Westafrika anvertraut habe. Um die Einzelheiten müsse er sich selbst kümmern.
Die Übernahme dieses Auftrags bedeutete, daß er ein hochinteressantes Projekt und zwei vielversprechende junge Kollegen im Stich lassen mußte. Er hatte die für das afrikanische Klima erforderliche Ausrüstung beantragt, seine Anforderungen an ein halbes Dutzend zuständiger Stellen weitergereicht, kleinliche Rückfragen so höflich wie möglich beantwortet und dann endlich gewartet, bis alles Gerät eingetroffen und verpackt war. Er wußte von einem früheren Auftrag in Ghana unter Nkrumah, was man zur Arbeit im afrikanischen Busch brauchte.
»Meinetwegen kann es schneien, soviel es will«, hatte er zu seinem Assistenten gesagt. »Wir werden schon fertig, das Winterwetter macht mir nichts aus.«
Er hatte es trotz allem termingerecht geschafft. Sein Team stand bereit, alles Zubehör bis hinunter zu den Trinkwassertabletten und den Feldbetten war seegerecht verpackt. Er hatte gehofft, mit etwas Glück seinen Auftrag auszuführen und mit den Gesteinsproben wieder zurückzukehren, bevor die wenigen Tage des strahlenden sibirischen Sommers dem herbstlichen Kälteeinbruch weichen mußten. Der Brief, den er in der Hand hielt, durchkreuzte alle seine Hoffnungen.
Er stammte vom Direktor persönlich. Gegen ihn hegte er keinen Groll, weil er ja wußte, daß er lediglich Anweisungen aus Moskau weiterreichte. Das dortige Transportministerium habe wegen des vertraulichen Charakters der Mission leider verfügt, daß keine öffentlichen Verkehrsmittel benutzt werden dürften, andererseits sehe sich das Außenministerium aber nicht imstande, dem Forscherteam eine Maschine der Aeroflot zur Verfügung zu stellen. Angesichts der weiterhin angespannten Lage im Nahen Osten sei es auch nicht möglich, einen Militärfrachter vom Typ Antonow einzusetzen.
Infolgedessen erachte man es in Moskau angesichts des großen Umfangs der benötigten Ausrüstung und des noch größeren Volumens des zu erwartenden Rücktransports aus Westafrika als angebracht, auf dem Seeweg zu reisen. Es sei die beste Lösung, das Forscherteam von einem sowjetischen Frachter mitnehmen zu lassen, der auf seinem Weg in den Fernen Osten die westafrikanische Küste passieren mußte. Was die Rückreise anbetreffe, sei einfach Botschafter Dobrovolsky vom Abschluß der Unternehmungen zu verständigen, und er werde einen auf der Heimreise befindlichen sowjetischen Frachter veranlassen, den kleinen Abstecher zu machen, und das dreiköpfige Team sowie die Gesteinsproben an Bord zu nehmen. Zu gegebener Zeit würden noch Termin und Ort der Abreise bekanntgegeben sowie die zur Benutzung staatlicher Verkehrsmittel erforderlichen Reisedokumente zugestellt.

»Der ganze Sommer ist futsch!« schrie Iwanow, während ihm seine Frau in den pelzgefütterten Mantel half und ihm die Pelzmütze reichte. »Ich werde den ganzen verdammten Sommer versäumen. Und dort unten komme ich mitten in die Regenzeit.«

CAT Shannon und Kurt Semmler suchten am folgenden Morgen wieder das Schiff auf und lernten Kapitän Alessandro Spinetti kennen, einen verhutzelten alten Mann mit einem Gesicht, das an eine vertrocknete Walnuß erinnerte. Er trug ein T-Shirt über seiner immer noch kräftigen Brust und eine flotte weiße Kapitänsmütze auf dem Kopf.
Die Verhandlungen begannen gleich an Ort und Stelle. Später suchten sie den Anwalt des Schiffseigners auf, einen gewissen Giulio Ponti, der seine Kanzlei in einer der schmalen, steilen Nebengassen der geräuschvollen Via Gramsci betrieb. Um dem werten Signor Gerechtigkeit angedeihen zu lassen, muß man sagen, daß er am vornehmeren Ende der Via Gramsci residierte; je näher man seiner Kanzlei kam, um so ansehnlicher und teurer wurden die käuflichen Mädchen in den Bars.
Alles, was mit der Justiz zu tun hat, geht in Italien so langsam wie eine fußkranke Schnecke.
Über die Bedingungen war man sich bereits einig geworden. Kapitän Spinetti hatte Shannons Angebot, das von Carl Waldenberg übersetzt wurde, akzeptiert: sechsundzwanzigtausend Pfund in bar für das Schiff, zahlbar in jeder gewünschten Währung und in dem vom Kapitän angegebenen Land; die Übernahme des bisherigen Ersten Maates als neuen Kapitän des Schiffes mit einem Vertrag über mindestens sechs Monate und zum Doppelten seines bisherigen Gehalts; für den Schiffsingenieur und den Moses die freie Wahl, entweder zum bisherigen Gehalt für weitere sechs Monate an Bord zu bleiben oder abzuheuern, wobei dem Jungen eine Entschädigung in Höhe von fünfhundert Pfund und dem Ingenieur eine von tausend Pfund in Aussicht gestellt wurde.
Insgeheim hatte Shannon bereits beschlossen, den italienischen Jungen zum Abmustern zu bewegen, aber den Ingenieur unter allen Umständen zu halten. Er war ein wortkarger Serbe, der es nach Waldenbergs Aussage verstand, den altersschwachen Maschinen ungeahnte Leistungen zu entlocken; er redete wenig und stellte keine Fragen; seine Papiere waren höchstwahrscheinlich nicht in Ordnung, so daß er den Job vermutlich dringend brauchte.
Aus steuerlichen Gründen hatte der Kapitän schon vor langer Zeit mit einem Kapital von hundert Pfund eine kleine Reederei gegründet, die ›Spinetti Maritimo‹. Von den einhundert Stammaktien befanden sich neunundneunzig Prozent in Spinettis Besitz; das restliche Prozent sowie den Posten des Schriftführers hatte Rechtsanwalt Ponti inne. Der Verkauf der MS *Toscana*, der einzigen Wertanlage dieser Gesellschaft, zog daher auch

den Verkauf der Reederei Spinetti Maritimo nach sich. Das paßte gut in Shannons Konzept.
Was ihm weniger behagte, war die Tatsache, daß zur Regelung aller Details mehrtägige Besprechungen mit dem Anwalt nötig waren. Und das betraf nur die erste Etappe der Transaktion.
In der ersten Maiwoche, am 31. Tag auf Shannons privatem Terminkalender, konnte Ponti endlich mit der Formulierung der Verträge beginnen. Da das Geschäft in Italien abgewickelt werden mußte, weil die *Toscana* ein in Italien registriertes Schiff war, mußte der Vertrag den verwickelten italienischen Gesetzen entsprechen. Drei verschiedene Verträge mußten aufgesetzt werden: einer über den Verkauf der Firma Spinetti Maritimo an die Firma Tyrone Holdings in Luxemburg, ein zweiter Vertrag verpflichtete die Tyrone Holdings, Carl Waldenberg für die Dauer von mindestens sechs Monaten mit dem vereinbarten Gehalt den Posten des Kapitäns zu geben, und der dritte Vertrag garantierte den beiden anderen Besatzungsmitgliedern wahlweise entweder ihr gegenwärtiges Gehalt oder eine Abstandssumme. Diese Abwicklung dauerte fünf Tage. Dabei benahm sich Ponti, als breche er sämtliche Geschwindigkeitsrekorde. Natürlich war allen Beteiligten daran gelegen, das Geschäft so rasch wie möglich abzuschließen.

Zufrieden mit sich und der Welt verließ Janni Dupree an diesem sonnigen Maimorgen das Geschäft für Campingartikel, in dem er gerade seine letzte Bestellung aufgegeben hatte. Er hatte für die benötigten Proviantbeutel und Schlafsäcke eine Anzahlung hinterlegt. Die Lieferung war ihm für den folgenden Tag versprochen worden. Noch an diesem Nachmittag wollte er zwei große Kartons voller Armee-Wäschesäcke und Käppis aus einem Lager im Londoner East End abholen.
Drei umfangreiche Lieferungen mit allen möglichen Ausrüstungsgegenständen waren schon nach Toulon abgegangen. Nach Duprees Schätzung mußte die erste Sendung inzwischen angekommen sein, die beiden anderen dürften noch unterwegs sein. Morgen nachmittag sollte die vierte Sendung seegerecht verpackt und dem Spediteur übergeben werden. Somit hatte er noch eine Woche übrig. Am Tag zuvor hatte ihn Shannon brieflich angewiesen, zum 15. Mai seine Londoner Wohnung aufzugeben und nach Marseille zu fliegen. Er sollte sich dort im französischen Hafen in einem bestimmten Hotel einmieten und auf weitere Nachrichten warten. So gefiel es Dupree: Präzise Anweisungen, bei denen kaum ein Irrtum möglich war – und ging doch einmal etwas schief, traf die Schuld nicht ihn. Er besorgte sich eine Flugkarte und konnte es kaum erwarten, bis diese letzte Woche verstrichen war. Endlich war wieder etwas los!

Als Signor Ponti den notwendigen Papierkram vorbereitet hatte, schickte CAT Shannon von seinem Hotel in Genua aus mehrere Briefe ab. In seinem ersten Schreiben teilte er Johann Schlinker mit, das für den Transport der Waffen aus Spanien bestimmte Schiff sei die MS *Toscana*, im Besitz der Reederei Spinetti Maritimo in Genua. Er forderte von Schlinker Details über den angeblichen Bestimmungsort der Waffen an, damit der Kapitän des Schiffes eine entsprechende Frachtliste erstellen könne.
Er legte seinem Brief genaue Angaben über die *Toscana* bei und hatte sich bereits vom britischen Vizekonsul in Genua ein Exemplar von Lloyds Schiffahrtsverzeichnis vorlegen lassen, um sich davon zu überzeugen, daß die *Toscana* darin aufgeführt war. Er teilte Schlinker mit, er werde sich innerhalb fünfzehn Tagen wieder mit ihm in Verbindung setzen.
Ein weiterer Brief ging an Alan Baker, damit auch er den jugoslawischen Behörden Name und Bezeichnung des betreffenden Schiffes für die Erteilung der Ausfuhrgenehmigung mitteilen konnte. Was in der Frachtliste zu stehen hatte, wußte er bereits: die jugoslawische Ladung war für Lome, die Hauptstadt Togos, bestimmt.
Er schrieb einen langen Brief an Herrn Stein als dem Vorstandsvorsitzenden der Tyrone Holdings und wies ihn an, alle Unterlagen für eine in vier Tagen in seinem Büro anzuberaumende Vorstandssitzung mit zwei Tagesordnungspunkten vorzubereiten. Erstens sollte beschlossen werden, die Spinetti Maritimo einschließlich sämtlicher Wertanlagen für sechsundzwanzigtausend Pfund zu kaufen; zweitens sollten an Mr. Keith Brown weitere sechsundzwanzigtausend Inhaberaktien im Wert von je einem Pfund gegen Hinterlegung eines beglaubigten Schecks über sechsundzwanzigtausend Pfund ausgegeben werden.
In kurzen Mitteilungen verschob er die Übernahme der Ladung bei Marc Vlaminck in Ostende auf den 20. Mai und das Treffen mit Langarotti in Paris auf den 19. Mai.
Schließlich schrieb er Simon Endean in London noch einen Brief: Mr. Harris möge sich in fünf Tagen mit ihm in Luxemburg treffen und sechsundzwanzigtausend Pfund für den Ankauf des Schiffes für die geplante Operation bereitstellen.

Der Abend des 13. Mai war angenehm kühl. Nach einer Fahrt von mehreren hundert Kilometern entlang der Küste lenkte Jean Baptiste Langarotti seinen Lastwagen das letzte Stück von Hyères westwärts nach Toulon. Er hatte die Fenster heruntergedreht, und von rechts wehte der Duft nach Harz und Macchia herein. Langarotti freute sich des Lebens, genau wie Dupree in London, der sich an diesem Abend auf seinen Flug nach Marseille vorbereitete, oder Vlaminck in Ostende, der das letzte seiner fünf Ölfässer mit den Maschinenpistolen fertigmachte.
Auf der Ladefläche lagen die letzten beiden Außenborder, ausgerüstet mit

schalldämpfendem Unterwasserauspuff und bar bezahlt. Er wollte sie in Toulon im Zollager abliefern. Drei schwarze Schlauchboote, einzeln seemäßig verpackt, und die dritte Maschine lagerten bereits bei Maritime Duphot. Im Laufe der letzten vierzehn Tage waren ferner aus London vier große Kisten mit verschiedenen Kleidungsstücken auf Langarottis Namen eingetroffen. Auch er würde termingerecht fertig sein.
Schade, daß er sein Hotel verlassen mußte. Vor drei Tagen hatte er beim Verlassen des Hotels zufällig einen alten Bekannten aus der Unterwelt getroffen und sich gezwungen gesehen, am folgenden Morgen unter einem Vorwand rasch auszuziehen. Nun wohnte er in einem neuen Hotel und hätte Shannon gern von dem Umzug verständigt, aber er wußte leider nicht, wo sich Shannon gerade aufhielt. Macht nichts, dachte er. In achtundvierzig Stunden, am 15. Mai, wollte er sich ohnehin mit seinem Chef im Pariser Hotel ›Plaza Surene‹ treffen.

Die Sitzung in Luxemburg am 14. Mai war überraschend kurz. Shannon nahm nicht daran teil. Er hatte Herrn Stein schon zuvor in dessen Büro aufgesucht und ihm die Dokumente des Verkaufs der Firma Spinetti Maritimo mitsamt ihrem Schiff, der *Toscana*, sowie einen beglaubigten Scheck über sechsundzwanzigtausend Pfund, zahlbar an die Tyrone Holdings S. A., übergeben.
Dreißig Minuten später kam Herr Stein aus der Vorstandssitzung und überreichte Shannon sechsundzwanzigtausend Inhaberstammaktien der Tyrone Holdings. Er zeigte ihm außerdem einen Umschlag, der die Dokumente über den Verkauf des Schiffes an die Firma Tyrone und einen Scheck zugunsten von Signor Alessandro Spinetti enthielt. Er versiegelte den an Signor Giulio Ponti in Genua adressierten Briefumschlag und gab ihn Shannon mit. Zuletzt händigte er Kurt Semmlers Ernennungsurkunde zum geschäftsführenden Direktor der Reederei Spinetti Maritimo aus.

Drei Tage später wurde in der Kanzlei des italienischen Rechtsanwalts der Handel unter Dach und Fach gebracht. Nach der Bestätigung des Schecks für den Kauf der *Toscana* war die Firma Tyrone Holdings nunmehr zu hundert Prozent Besitzerin der Reederei Spinetti Maritimo. Signor Ponti konnte per Einschreiben die hundert Anteile der Reederei an den Firmensitz der Tyrone in Luxemburg schicken. Daß Signor Ponti von Shannon ein Paket entgegennahm und in seinem Safe einschloß, hatte nichts mit der Transaktion zu tun. Shannon hinterließ zwei Unterschriftsproben des Namens Keith Brown, die Ponti später in die Lage versetzen sollten, die Echtheit einer Anweisung zur Auslieferung des Paketes zu kontrollieren. Ponti wußte nicht, daß dieses Paket die siebenundzwanzigtausendvierundneunzig Aktien der Tyrone Holdings enthielt.

Der neue Kapitän Carl Waldenberg bekam einen Sechsmonatsvertrag, ebenso der serbische Ingenieur. Beiden wurde ein Monatsgehalt in bar ausgezahlt; die restlichen fünf Gehälter nahm Signor Ponti in Verwahrung.
Der italienische Schiffsjunge ließ sich ohne Schwierigkeiten dazu überreden, gegen eine Abstandszahlung von fünfhundert Pfund plus hundert Pfund Prämie abzumustern. Semmler wurde zum Direktor der Reederei bestellt.
Shannon ließ sich aus Brügge weitere fünftausend Pfund auf sein Konto in Genua überweisen und bezahlte daraus die Gehälter der beiden Männer, die auf der *Toscana* blieben. Vor seiner Abreise aus Genua am 18. Mai gab er Semmler den Rest des Geldes und erteilte ihm einige Anweisungen.
»Wie steht es mit den zwei neuen Besatzungsmitgliedern?«
»Waldenberg kümmert sich schon darum«, antwortete Semmler. »Er meint, hier im Hafen laufen genug Leute herum, die nur auf eine Anmusterung warten. Er kennt sich hier aus, und er weiß genau, was wir brauchen: Ordentliche, harte Männer, die keine überflüssigen Fragen stellen und genau das tun, was man ihnen sagt. Besonders dann, wenn sie hinterher eine fette Prämie zu erwarten haben. Keine Sorge, bis Ende der Woche hat er zwei brauchbare Leute gefunden.«
»Gut, in Ordnung. Ich möchte folgendes erledigt haben. Die *Toscana* wird reisefertig gemacht. Komplette Überholung der Maschinen. Alles muß erledigt sein – Liegegebühren bezahlt, Schiffspapiere auf dem laufenden, der Name des neuen Kapitäns muß eingetragen sein. Dann die Ladeliste für die Ladung, die wir aus Toulon für Marokko abholen. Schiff vollbunkern und verproviantieren. Die Vorräte müssen für die Mannschaft und ein Dutzend Passagiere reichen. Zusätzlich Frischwasser, Bier, Wein, Zigaretten. Sobald alles bereit ist, überführst du das Schiff nach Toulon. Du mußt spätestens am 1. Juni dort sein. Ich werde dich mit Marc, Jean Baptiste und Janni erwarten. Du kannst mich über die Spedition Agence Maritime Duphot erreichen. Das Büro liegt im Hafengebiet. Also bis dann. Und viel Glück!«

9. Kapitel

Daß Jean Baptiste Langarotti noch am Leben war, hatte er zumindest teilweise seiner Fähigkeit zu verdanken, Gefahren im voraus zu spüren. An seinem ersten Tag in dem Pariser Hotel saß er zur vereinbarten Stunde still in der Halle und las eine Zeitschrift. Er wartete zwei Stunden auf Shannon, doch der ließ sich nicht blicken.
Für alle Fälle erkundigte sich der Korse an der Reception. Shannon hatte

zwar nichts von Übernachtung gesagt, aber vielleicht war er schon früher eingetroffen und hatte sich ein Zimmer genommen. Der Hotelangestellte sah im Verzeichnis nach und antwortete Langarotti, Monsieur Brown aus London sei noch nicht eingetroffen. Also nahm Langarotti an, daß Shannon aufgehalten worden war und morgen um dieselbe Zeit zum Treffpunkt kommen würde.

So saß der Korse am 16. Mai um dieselbe Zeit wieder in der Hotelhalle. Shannon ließ sich immer noch nicht blicken, aber etwas anderes bemerkte er: Ein Angehöriger des Hotelpersonals sah zweimal herein und verschwand, sobald Langarotti den Kopf hob. Als Shannon nach zwei Stunden immer noch nicht da war, verließ er das Hotel wieder. Er ging die Straße entlang und sah an der nächsten Ecke einen Mann stehen, der ein geradezu übertriebenes Interesse für ein Schaufenster mit Damenkorsetts bewies. Langarotti hatte das Gefühl, daß dieser Mann in einer frühlingshaft stillen Nebenstraße ein Fremdkörper war.

Im Laufe der nächsten vierundzwanzig Stunden hörte sich der Korse in den Bars um, in denen für gewöhnlich Söldner verkehrten, und nutzte einige alte Kontakte zur Unterwelt aus. Er ging immer noch jeden Vormittag in das Hotel und stieß beim fünften Versuch am 19. Mai auf Shannon. Shannon war am Abend zuvor per Flugzeug aus Genua über Mailand angekommen und hatte die Nacht im Hotel verbracht. Er war bester Laune und erzählte beim Kaffee seinem Kameraden, er hätte nun das Schiff für das Unternehmen gekauft.

»Ohne weitere Probleme?« fragte Langarotti.

Shannon schüttelte den Kopf.

»Keinerlei Probleme.«

»Aber hier in Paris haben wir Schwierigkeiten.«

Da der kleingewachsene Korse nicht in aller Öffentlichkeit sein Messer wetzen konnte, lagen seine Hände untätig im Schoß. Shannon stellte die Kaffeetasse hin. Er sah Langarotti aufmerksam an.

»Welcher Art?« fragte er leise.

»Auf deinen Kopf ist ein Preis ausgesetzt«, sagte Langarotti.

Die beiden Männer schwiegen eine Weile, und Shannon dachte nach. Sein Freund störte ihn nicht dabei. Er war es gewohnt, Fragen seines Chefs abzuwarten.

»Weißt du, wer der Auftraggeber ist?« fragte Shannon.

»Nein, ich weiß auch nicht, wer den Auftrag übernommen hat. Aber der Preis ist hoch: fünftausend Dollar.«

»Erst neuerdings?«

»Angeblich wurde der Preis schon vor sechs Wochen ausgesetzt. Es scheint unklar zu sein, ob der Auftraggeber, der in Paris ansässig sein muß, persönlich dahintersteckt, oder ob noch ein anderer die Sache bezahlt. Man sagt, einen solchen Mordauftrag gegen dich würde nur ein

sehr tüchtiger Mann übernehmen oder ein sehr dummer. Aber irgend jemand hat den Auftrag übernommen. Man erkundigt sich nach dir.«
Shannon fluchte leise. An der Richtigkeit von Langarottis Beobachtung war kaum zu zweifeln. Der Korse war ein viel zu vorsichtiger Mann, um solche Gerüchte ungeprüft weiterzuerzählen. Shannon überlegte, welcher Vorfall in der Vergangenheit wohl Anlaß gewesen sein könnte, einen Preis auf seinen Kopf auszusetzen. Aber dafür gab es zu viele mögliche Anlässe, die sich teilweise sogar seiner Kenntnis entzogen.
Er ging systematisch jede Möglichkeit durch, die ihm einfiel. Der Mordauftrag stand entweder im Zusammenhang mit der augenblicklichen Operation, oder das Motiv war irgendwo in der Vergangenheit zu suchen. Er begann mit der ersten Möglichkeit.
War in der Geheimhaltung eine Lücke entstanden? Hatte irgendein Geheimdienst einen Hinweis erhalten, daß Shannon in Afrika einen Coup plante? Wollte man das Unternehmen im Keim ersticken, indem man den Kopf beseitigte? Ihm kam sogar der Gedanke, daß vielleicht Sir James Manson von seinem Verhältnis zu seiner Tochter erfahren haben könnte. Aber er verwarf diese Überlegungen wieder. Es konnte sein, daß er jemanden in den trüben Gewässern der Waffen-Schwarzhändler beleidigt hatte, und daß dieser nun endgültig mit ihm abrechnen wollte, während er selbst im Hintergrund blieb. Aber es war bei keiner Verhandlung zu einer Auseinandersetzung, zu Streitigkeiten wegen des Geldes oder zu Drohungen gekommen.
Er kramte weiter in seiner Erinnerung und dachte an vergangene Kriege und Kämpfe. Leider weiß man nie, ob man sich nicht versehentlich irgendwann mit einer wichtigen Organisation angelegt hat. Vielleicht war einer der Männer, die er niedergeschossen hatte, ein Geheimagent des CIA oder KGB gewesen. Beide Organisationen galten als sehr nachtragend und waren mit den skrupellosesten Typen der Welt besetzt, die auch dann noch alte Rechnungen beglichen, wenn es dafür außer schlichter Rachlust kein Motiv mehr gab. Er wußte, daß zum Beispiel der CIA immer noch einen Mordauftrag gegen Bruce Rossiter laufen hatte, der einst in einer Bar in Léopoldville einen Amerikaner niedergeschossen hatte, nur weil der Mann ihn anstarrte. Später stellte sich dann heraus, daß der Amerikaner ein CIA-Agent war, aber das konnte Rossiter nicht wissen. Unkenntnis schützt vor Strafe nicht. Der Auftrag galt immer noch, und Rossiter war immer noch auf der Flucht.
Genauso schlimm waren die KGB-Leute. Sie schickten ihre Attentäter bis an das andere Ende der Welt, um Flüchtlinge zu liquidieren, fremde Agenten, die ihnen geschadet hatten und die dann entlarvt worden waren; so genossen sie keinen Schutz mehr von seiten ihrer einstigen Auftraggeber. Es kam den Russen nicht darauf an, ob der Betreffende irgendeine Information besaß, die es zu vertuschen galt. Sie mordeten aus Rache.

Blieben noch der französische SDECE und der britische SIS. Die Franzosen hätten ihn während der letzten zwei Jahre hundertmal erwischen können, auch in den Dschungeln Afrikas. Sie hätten einen solchen Kopfpreis nicht ausgerechnet in Paris ausgesetzt und eine undichte Stelle riskiert. Außerdem brauchten sie keine gedungenen Mörder, da sie selbst genug gute Leute besaßen. Noch weniger kamen die Briten in Frage. Sie waren so pedantisch, daß sie für die Liquidierung eines Gegners praktisch eine Entscheidung auf Kabinettsebene brauchten und wandten derart harte Methoden nur im äußersten Notfall an, um gefährliche Indiskretionen zu verhindern, für andere Leute in ihren Diensten ein warnendes Exempel zu statuieren, oder auch gelegentlich, um einen der eigenen Leute zu rächen, der wissentlich von einem identifizierbaren Mörder umgelegt worden war. Shannon war ganz sicher, niemals einen britischen Geheimdienstler getötet zu haben – blieb also nur noch das Motiv der Vermeidung von Peinlichkeiten. Für die Russen und Franzosen wäre das ein Anlaß zum Töten gewesen, nicht jedoch für die Briten. Sie hatten Stephen Ward am Leben gelassen, und er hatte später bei der Gerichtsverhandlung beinahe die Regierung MacMillan gestürzt; sie hatten Philby nach seiner Entlarvung am Leben gelassen und auch Blake; in Frankreich oder Rußland wären beide Verräter einem Verkehrsunfall zum Opfer gefallen.

Oder irgendeine private Gruppe? Vielleicht die Korsen? Nein, denn in diesem Fall hätte es Langarotti bei ihm nicht ausgehalten. Soweit Shannon wußte, hatte er niemals die Mafia in Italien oder das Syndikat in Amerika verärgert. So kam eigentlich nur noch ein Privatmann in Betracht, der einen Groll gegen ihn hegte. Wenn es sich nicht um einen Geheimdienst oder eine große private Gruppe handelte, konnte es nur ein einzelner sein. Aber wer in aller Welt?

Langarotti beobachtete ihn immer noch stumm und abwartend. Shannons Miene blieb unbewegt, er tat gelangweilt.

»Weiß man, daß ich hier in Paris bin?«

»Ich glaube schon. Sie scheinen dieses Hotel zu kennen. Du wohnst immer hier. Das ist ein Fehler. Ich habe vier Tage hier gewartet, wie du gesagt hast...«

»Ich habe dir doch geschrieben und das Treffen auf heute verlegt.«

»Ich mußte vor einer Woche aus meinem Hotel aus Marseille ausziehen.«

»Ach so. Weiter!«

»Als ich das zweite Mal herkam, hat jemand das Hotel beobachtet. Ich hatte bereits nach Mr. Brown gefragt. Die undichte Stelle muß sich also im Hotel selbst befinden. Der Mann hat uns gestern und heute beobachtet.«

»Also werde ich das Hotel wechseln«, sagte Shannon.

»Vielleicht schüttelst du ihn ab, vielleicht auch nicht. Irgend jemand

kennt den Namen Keith Brown. Damit kann man dich auch anderswo finden. Mußt du in den nächsten Wochen öfter in Paris sein?«
»Ziemlich oft«, gab Shannon zu. »Ich habe hier noch einiges zu erledigen, und in zwei Tagen müssen wir Marcs Sachen aus Belgien über Paris nach Toulon schaffen.«
Langarotti zuckte die Achseln.
»Möglich, daß sie dich nicht finden. Wir wissen nicht, wie viele es sind und wie gut sie sind. Wir wissen auch nicht, wer dahintersteckt. Aber es kann sein, daß sie dich auch ein zweites Mal auftreiben. Dann könnte es Schwierigkeiten mit der Polizei geben.«
»Das kann ich mir nicht erlauben. Gerade jetzt nicht, wo Marcs Lieferung schon verladen ist«, sagte Shannon.
Als vernünftiger Mensch hätte er am liebsten mit dem Mann verhandelt, der den Preis auf seinen Kopf ausgesetzt hatte. Aber wer das auch sein mochte, er schien nicht verhandeln zu wollen.
Shannon hätte es trotzdem versucht, aber vorher mußte er ihn ausfindig machen. Das war nur auf dem Weg über den gedungenen Mörder möglich. Als er dem Korsen sein Vorhaben erklärte, nickte dieser.
»Ja, mon ami, ich glaube, du hast recht. Wir müssen den Kerl schnappen. Aber vorher müssen wir ihn aus der Reserve locken.«
»Hilfst du mir dabei, Jean Baptiste?«
»Selbstverständlich«, versprach Langarotti. »Er gehört bestimmt nicht zur Korsischen Union. Sonst könnte ich es nicht tun.«
Sie studierten fast eine Stunde lang eine Straßenkarte von Paris, dann ging Langarotti.
Während des Tages parkte er seinen in Marseille zugelassenen Lastwagen an einer vereinbarten Stelle. Am Spätnachmittag erkundigte sich Shannon an der Reception seines Hotels nach einem bekannten Restaurant, das etwa einen Kilometer entfernt lag. Der verdächtige Hotelangestellte, den ihm Langarotti beschrieben hatte, hielt sich in Hörweite auf. Der Empfangschef beschrieb ihm den Weg.
»Kann man zu Fuß hingehen?« fragte Shannon.
»Gewiß, Monsieur. Es sind nur fünfzehn bis zwanzig Minuten.«
Shannon bedankte sich und bestellte über das Telefon am Empfang für zehn Uhr abends einen Tisch auf den Namen Brown. Er blieb den ganzen Tag im Hotel.
Genau um einundzwanzig Uhr vierzig verließ er das Hotel, seine Reisetasche in einer Hand und einen leichten Regenmantel über dem anderen Arm und machte sich auf den Weg zu dem Restaurant. Er nahm nicht die direkte Route, sondern ging durch zwei Straßen, die noch schmaler waren als die Gasse, in der das Hotel lag. Von anderen Passanten war bald nichts mehr zu sehen. Im 1. Arrondissement betrat er Straßen, die um diese Zeit schlecht beleuchtet und menschenleer waren. Er ließ sich un-

terwegs Zeit, blieb immer wieder stehen, betrachtete erleuchtete Schaufenster und sah sich nicht ein einziges Mal um, bis es lange nach zehn Uhr war. Manchmal hörte er in der Stille der Nacht irgendwo hinter sich den leisen Schritt weicher Sohlen. Das konnte unmöglich Langarotti sein. Der Korse bewegte sich so geschickt und lautlos, daß er kein Staubkorn aufwirbelte.
Es war schon nach elf Uhr, als er die unbeleuchtete Nebenstraße erreichte, für die er sich entschieden hatte. Sie zweigte nach links ab und hatte keinerlei Straßenlampen. Ein paar in den Boden eingelassene Pfosten sperrten die Straße am anderen Ende ab. Die Mauern zu beiden Seiten waren hoch und fensterlos. Auch vom anderen Ende her konnte kein Lichtschein in die Gasse fallen, weil dort der französische Lastwagen parkte. Er war leer, aber die hinteren Türen standen offen. Shannon ging auf die gähnende Rückwand des Lastwagens zu und drehte sich um, als er sie erreicht hatte.
Wie die meisten erprobten Kämpfer sah er einer Gefahr lieber ins Auge, anstatt sie irgendwo hinter sich zu wissen. Es war eine alte Erfahrung, daß es immer sicherer ist, eine mögliche Gefahrenquelle im Auge zu behalten. Auf dem Weg durch die finstere Straße hatten ihm die Haare im Nacken zu Berge gestanden. Wenn er sich verrechnete, konnte das seinen Tod bedeuten.
Aber seine Psychologie stimmte. Auf dem Weg durch die menschenleeren Straßen hatte sich sein Gegner im Hintergrund gehalten und genau auf die Gelegenheit gewartet, die sich ihm nun bot.
Shannon warf seine Reisetasche und den Regenmantel auf den Boden und starrte den dunklen Umriß einer Gestalt an, die sich gegen das vom Ende der Straße her einfallende Licht abhob. Er wartete. Er hoffte nur, daß es hier mitten in Paris keinerlei ungewohnte Geräusche geben würde. Der Schatten hielt inne – der Mann überlegte offenbar, ob Shannon bewaffnet war. Aber der Anblick des geöffneten Lastwagens beruhigte den Attentäter. Er nahm an, daß Shannon ihn aus Sicherheitsgründen geparkt hatte, und daß er immer wieder hierher zurückkehrte.
Leise setzte sich der Schatten in Bewegung. Shannon konnte jetzt ausmachen, daß der Mann die rechte Hand aus der Tasche des Regenmantels nahm und einen Gegenstand hielt. Die Gesichtszüge waren nicht zu erkennen; es war überhaupt nur eine Silhouette, aber die eines großen, kräftigen Mannes. Er blieb mitten auf dem Kopfsteinpflaster der finsteren Sackgasse stehen und hob seine Waffe. Sekundenlang zielte er mit ausgestrecktem Arm, dann ließ er ihn wieder sinken, als hätte er es sich anders überlegt.
Der Mann starrte Shannon immer noch unverwandt an, dann sank er langsam in die Knie. Manche Pistolenschützen tun das, um ein sicheres Ziel zu haben. Der Mann räusperte sich, beugte sich noch weiter vor und

stützte beide Hände auf die Pflastersteine. Man hörte das metallische Klappern des 45er-Colts. Bedächtig wie ein Moslem während der Gebetsstunde neigte der Revolvermann den Kopf vor und sah zum erstenmal seit zwanzig Sekunden nicht Shannon an, sondern die Pflastersteine. Ein seltsames Geräusch war zu hören, wie von einer rasch auslaufenden Flüssigkeit, dann gaben Arme und Beine des Mannes nach. Er fiel nach vorn in eine Pfütze seines eigenen Blutes und schlief sanft wie ein Kind ein.
Shannon lehnte immer noch an der hinteren Tür des Lastwagens. Jetzt, wo der Mann zu Boden gegangen war, fiel vom beleuchteten Ende der Straße das Licht herein. Man sah den glänzend schwarzen Beingriff eines vierzölligen Messers, der aus dem Rücken des Mannes ragte, ein Stück links von der Mitte, genau zwischen der vierten und fünften Rippe. CAT Shannon hob den Blick. Gegen den Lampenschein war noch eine andere Gestalt zu erkennen, klein und regungslos, fünfzehn Meter von dem Toten entfernt. Von dort aus hatte er das Messer geworfen. Shannon zischte leise. Geräuschlos kam Langarotti über die Pflastersteine heran.
»Ich dachte schon, du kommst zu spät«, knurrte Shannon.
»Ich komme nie zu spät. Seit du das Hotel verlassen hast, konnte er an keiner anderen Stelle seinen Colt abdrücken.«
Auf der Ladefläche des Lastwagens war bereits eine kräftige Plastikplane über eine Zeltbahn ausgebreitet. Die Zeltbahn hatte ringsum Löcher, damit man sie rasch zusammenschnüren konnte, und daneben lagen in genügender Menge Schnüre und Steine bereit. Die beiden packten den Toten jeweils an einem Arm und einem Bein und hievten ihn hinauf. Während Shannon die hinteren Türen schloß, kletterte Langarotti hinauf, um sein Messer zu bergen. Er verriegelte die Türen von innen.
Dann stieg Langarotti auf den Fahrersitz und ließ den Motor an. Im Schrittempo stieß er den Wagen zurück aus der Sackgasse und erreichte die Straße. Bevor er abfuhr, erschien Shannon neben seinem Fenster.
»Hast du ihn dir genau angesehen?«
»Klar.«
»Kennst du ihn?«
»Ja, er heißt Raymond Thomard. Er war mal kurz im Kongo, ist aber mehr ein Stadtmensch. Ein professioneller Killer. Aber kein sehr guter, wie ihn die großen Auftraggeber einsetzen würden. Er scheint nur für seinen Boss zu arbeiten.«
»Und wer ist das?« fragte Shannon.
»Charles Roux«, antwortete Langarotti.
Shannon fluchte leise und wütend.
»Dieser Schweinehund, dieser Pfuscher, dieser Dummkopf! Er hätte uns leicht die ganze Operation vermasseln können, nur weil man ihn nicht daran beteiligt hat.«
Er schwieg und überlegte eine Weile. Man mußte Roux den Schneid ab-

kaufen, aber so, daß er ein für allemal die Finger von dem Unternehmen Zangaro lassen würde.
»Beeil dich«, sagte der Korse und trat behutsam aufs Gas. »Ich möchte unseren Kunden zu Bett bringen, bevor jemand kommt.«
Shannons Entschluß stand fest. Ein paar Sekunden lang sprach er auf Langarotti ein, dann nickte der Korse.
»In Ordnung. Ja, das gefällt mir gut. Das wird dem Hund für einige Zeit das Maul stopfen. Aber es kostet fünftausend Francs extra.«
»Gemacht«, sagte Shannon. »Fahr los. Wir sehen uns in drei Stunden an der Metro-Station Porte de la Chapelle.«

Sie trafen sich mit Marc Vlaminck in der kleinen südbelgischen Stadt Dinant zum Mittagessen. Shannon hatte ihn am Tag zuvor angerufen und ihm die notwendigen Anweisungen erteilt. Am Morgen hatte sich Tiny Marc von Anna verabschiedet und außer einem liebevoll gepackten Koffer ein Freßpaket mit einem halben Laib Brot, etwas Butter und einem Stück Käse für die Frühstückspause mitbekommen. Natürlich auch den Rat, gut auf sich aufzupassen.
Er hatte den Lastwagen mit den fünf Zweihundert-Liter-Fässern Castrol-Öl quer durch Belgien gesteuert, ohne angehalten zu werden. Dafür gab es auch keinen Grund. Führerschein und Fahrzeugpapiere waren ja in Ordnung.
Nun saßen die drei Männer beim Mittagessen in einem Restaurant an der Hauptstraße. Shannon fragte den Belgier: »Wann gehen wir über die Grenze?«
»Morgen früh, kurz vor Sonnenaufgang. Das ist die ruhigste Zeit. Habt ihr beide letzte Nacht gut geschlafen?«
»Nein.«
»Dann ruht euch jetzt aus«, sagte Marc. »Ich bewache die beiden Lastwagen. Bis Mitternacht könnt ihr euch aufs Ohr legen.«

Auch Charles Roux war an diesem Tag sehr müde. Den ganzen vergangenen Abend hatte er auf Nachricht gewartet, seit Henry Alain ihn telefonisch davon verständigt hatte, daß Shannon zu Fuß das Restaurant aufsuchen wolle. Spätestens bis Mitternacht hätte Thomard die Vollzugsmeldung erstatten müssen. Aber auch am Morgen lag noch keine Nachricht von ihm vor.
Roux war unrasiert und verstört. Er wußte, daß Thomard normalerweise Shannon nicht gewachsen war, aber er war sicher, daß sein Mann den Iren in irgendeiner stillen Seitenstraße mit einem Schuß in den Rücken erledigen konnte.
Um dieselbe Zeit, als Langarotti und Shannon vormittags mit ihrem leeren Lastwagen ohne Schwierigkeiten nördlich von Valenciennes die

Grenze nach Belgien passierten, zog Roux schließlich Hose und Hemd an und fuhr mit dem Lift die fünf Stockwerke hinunter zur Halle, um nach seiner Post zu sehen.
Sein Briefkasten war ein Blechbehälter, genau wie die der zwölf oder fünfzehn anderen Mieter: etwa dreißig Zentimeter hoch, fünfundzwanzig breit und fünfundzwanzig tief, fest mit der Wand verschraubt.
Dem Blechkasten war nichts anzumerken, daß sich jemand daran zu schaffen gemacht hatte, und trotzdem mußte ihn ein Unbefugter geöffnet haben.
Roux zog seinen Schlüssel aus der Tasche, steckte ihn ins Schloß und öffnete die Tür.
Zehn Sekunden lang stand er regungslos da. Er bewegte keinen Muskel, nur sein Gesicht wurde kalkgrau.
Dann murmelte er: »Mon dieu, mon dieu...« Es klang fast wie eine Litanei. Der Magen drehte sich ihm um, und er kam sich vor wie damals im Kongo, als er mitanhören mußte, daß die kongolesischen Soldaten Zweifel an seiner Identität hegten, während er von Kopf bis Fuß bandagiert auf einer Trage lag und John Peters versuchte, ihn vor dem sicheren Tod zu retten. Er wäre am liebsten davongerannt, aber nur der kalte Schweiß brach ihm aus. Aus dem Inneren des Briefkastens sahen ihn mit einem unsagbar traurigen Ausdruck die halbgeschlossenen Augen von Raymond Thomard an.
Roux war nicht gerade empfindlich, aber ein Held war er auch nicht. Er schloß den Briefkasten wieder ab, kehrte in seine Wohnung zurück und griff zur Schnapsflasche. Er brauchte jetzt eine Menge von dieser Medizin.

Alan Baker trat aus dem Büro der staatlichen jugoslawischen Waffenfirma in den hellen Belgrader Sonnenschein hinaus und war mit dem Verlauf der Dinge sehr zufrieden. Nachdem er Shannons Anzahlung in Höhe von siebentausendzweihundert Dollar und das Endverbraucherzertifikat erhalten hatte, war er zu einem lizenzierten Waffenhändler gegangen, mit dem er früher schon gelegentlich zusammengearbeitet hatte. Genau wie Schlinker hatte dieser Mann den Umfang der Bestellung als lächerlich empfunden, sich aber schließlich Bakers Argument gebeugt, daß diese erste Bestellung weitere sehr große Aufträge nach sich ziehen könnte, falls die Auftraggeber zufrieden seien.
Er hatte Baker seine Fiatmaschine für den Flug nach Belgrad geliehen, damit er dort das entsprechend ausgefüllte Zertifikat der Republik Togo und eine persönliche Vollmacht des Waffenhändlers vorlegen und den Kaufantrag stellen konnte.
Baker büßte auf diese Weise einen Teil seiner Provision ein, aber es gab für ihn keine andere Möglichkeit, in Belgrad zu den richtigen Leuten vor-

zudringen. Außerdem hatte er einen so kleinen Auftrag ohnehin sicherheitshalber mit einem Aufschlag von einhundert Prozent kalkuliert.
Seine fünftägigen Verhandlungen mit Herrn Pavlovic waren fruchtbar verlaufen; gemeinsam mit ihm hatte er das staatliche Waffenlager besucht und zwei Granatwerfer sowie zwei Bazookas ausgewählt. Die Munition für beide Waffen war genormt und wurde in Kisten zu je zwanzig Bazooka-Raketen und zehn Werfer-Granaten geliefert.
Die Jugoslawen hatten das Endverbraucherzertifikat aus Togo widerspruchslos akzeptiert, und obgleich Baker, der zugelassene Waffenhändler und wahrscheinlich auch Herr Pavlovic sich im klaren waren, daß diese Urkunde nichts weiter war als ein Stück Papier, tat man doch so, als wartete die togolesische Regierung ungeduldig darauf, jugoslawische Waffen erproben zu können. Herr Pavlovic hatte auf Vorauszahlung bestanden, und Baker war gezwungen gewesen, alles auf den Tisch zu legen, was nach Abzug der Reisekosten von Shannons siebentausendzweihundert Dollar noch übriggeblieben war, plus eintausend Dollar aus seiner eigenen Tasche. Er war sicher, daß Shannon anstandslos die zweiten siebentausendzweihundert Dollar bezahlen würde, so daß nach Abzug der Provision für den lizenzierten Waffenhändler noch etwa viertausend Dollar Gewinn verblieben.
Bei dem Gespräch an diesem Morgen war ihm zugesichert worden, daß die Waren mit einer gültigen Ausfuhrerlaubnis auf Armeelastwagen und unter Zollverschluß in den Freihafen von Ploce im Nordwesten Jugoslawiens, nicht weit von den Ferienorten Dubrovnik und Split entfernt, transportiert würden.
Hier sollte die *Toscana* nach dem 10. Juni anlegen, um die Ladung an Bord zu nehmen. Erleichtert flog Baker über München nach Hamburg zurück.

Am Morgen des 20. Mai hielt sich Johann Schlinker in Madrid auf. Er hatte schon vor einem Monat seinem spanischen Geschäftspartner über Fernschreiber alle Einzelheiten über die gewünschte Neun-Millimeter-Munition mitgeteilt und war später mit seinem irakischen Endverbraucherzertifikat selbst in die spanische Hauptstadt geflogen, nachdem die sechsundzwanzigtausend Dollar von Shannon angekommen waren.
Die Formalitäten in Spanien waren umständlicher als für Alan Baker in Belgrad. Zwei verschiedene Anträge mußten gestellt werden: einer für den Kauf der Munition und der zweite für den Export. Der Kaufantrag war vor drei Wochen eingereicht und während der vergangenen zwanzig Tage von den drei für diese Angelegenheiten zuständigen staatlichen Behörden in Madrid geprüft worden. Zuerst mußte das Finanzministerium bescheinigen, daß der volle Kaufpreis in Höhe von achtzehntausend Dollar in harter Währung bei der entsprechenden Bank eingegangen war. Bis vor wenigen Jahren wurden bei solchen Geschäften nur US-Dollar akzep-

tiert, aber neuerdings nahm man in Madrid nur zu gern auch D-Mark an. Dann mußte das Außenministerium bestätigen, daß es sich bei dem Bestimmungsland um einen mit Spanien befreundeten Staat handelte. Im Falle des Irak ergaben sich hier keine Schwierigkeiten, da Spanien seit jeher zu den arabischen Ländern sehr freundschaftliche Beziehungen unterhält und in den Arabern den Hauptabnehmer seiner Waffen und Munition hat. Das Außenministerium erhob gegen den Irak als Empfänger spanischer Neun-Millimeter-Munition also keine Einwände.
Schließlich mußte noch das Verteidigungsministerium bescheinigen, daß die beantragten Waren nicht der Geheimhaltung unterlagen oder für den Export verboten waren. Bei einfacher Munition für Handfeuerwaffen ergaben sich keinerlei Probleme.
Trotzdem waren achtzehn Tage vergangen, bis der Antrag die drei Ministerien passiert hatte. Als endlich der Genehmigungsstempel unter das letzte Schriftstück gesetzt wurde, hatte sich eine dicke Mappe von Papieren angesammelt. Die Munitionskisten wurden nun aus der CETME-Fabrik in ein Lagerhaus der spanischen Armee am Stadtrand von Madrid verfrachtet. Von hier an war das Armeeministerium zuständig, genauer gesagt Oberst Antonio Salazar, Chef der Abteilung für Waffenexporte. Schlinker war nach Madrid gekommen, um den Antrag auf Erteilung einer Exportgenehmigung persönlich zu stellen. Er hatte alle erforderlichen Angaben über die MS *Toscana* bei sich und füllte den sieben Seiten umfassenden Fragebogen aus. Als er dann in seinem Zimmer im Hotel ›Mindanao‹ saß, rechnete er nicht mehr mit Schwierigkeiten. Die *Toscana* war ein unverdächtiges Schiff, klein, aber im Besitz der ordnungsgemäß registrierten Reederei Spinetti Maritimo und im Schiffsregister von Lloyd verzeichnet. Laut Antrag sollte sie zwischen dem 16. und 20. Juni in Valencia anlegen, die Ladung an Bord nehmen und von da aus direkt nach Latakia an der syrischen Küste fahren; dort sollte die Lieferung den Irakern übergeben und auf Lastwagen nach Bagdad transportiert werden. Die Ausstellung der Exportbewilligung würde kaum länger dauern als zwei Wochen, dann konnte der Transportantrag gestellt werden, damit die Kisten aus dem Lager der Armee in Begleitung einer Militäreskorte, bestehend aus einem Offizier und zehn Soldaten, bis zum Kai in Valencia transportiert werden konnten. Diese Vorsichtsmaßnahme war vor drei Jahren eingeführt worden, damit solche Transporte nicht unterwegs von baskischen Terroristen überfallen wurden. Die Regierung des Caudillo wollte verhindern, daß in Madrid hergestellte Kugeln gegen die Guardia Civil in La Coruña verwendet wurden.
Als sich Schlinker zur Rückreise nach Hamburg rüstete, glaubte er es seinem Geschäftspartner in Madrid überlassen zu können, im Einvernehmen mit dem Armeeministerium die Kisten rechtzeitig vor der Ankunft der *Toscana* nach Valencia zu schaffen.

In London fand eine dritte Besprechung statt, die scheinbar nichts mit den beiden anderen zu tun hatte. Während der vergangenen drei Wochen hatte sich Mr. Harold Roberts, Vorstandsmitglied der Bormac Trading Company und Treuhänder von dreißig Prozent des Stammkapitals, sehr um den Vorsitzenden, Major Luton, bemüht. Er hatte ihn mehrmals zum Essen eingeladen und auch einmal in Guildford besucht. So hatten sich die beiden angefreundet.

Im Laufe der Gespräche hatte Roberts deutlich gemacht, daß die Gesellschaft nur mit Hilfe einer kräftigen Kapitalspritze wieder ins Geschäft kommen könne, sei es wieder in der Gummibranche oder auf einem anderen Sektor.

Major Luton sah das ein. Als die Zeit dafür reif war, schlug Roberts dem Vorstandsvorsitzenden eine neue Anteilsemission im Verhältnis eins zu eins vor – insgesamt sollten also eine halbe Million neuer Anteile aufgelegt werden.

Der Major war zunächst über die Kühnheit eines solchen Schrittes betroffen, aber Roberts versicherte ihm, daß die Bank, die er repräsentierte, die erforderlichen Mittel beschaffen werde. Roberts fügte hinzu, daß die Zwingli-Bank alle überzähligen Anteile, die eventuell nicht bei den bisherigen oder neuen Aktionären untergebracht werden konnten, selber zum vollen Nennwert übernehmen würde.

Roberts brachte ein zwingendes Argument vor: Sobald an der Börse die Nachricht von der Kapitalerhöhung bekannt würde, mußte der Wert der Stammaktien der Bormac steigen, vielleicht sogar auf das Doppelte der jetzigen Notierung von einem Shilling und drei Pence. Major Luton dachte an seine eigenen 100.000 Anteile und stimmte zu. Nachdem sein Widerstand erst einmal aufgeweicht war, folgte er ohne zu murren Mr. Roberts' Vorschlag.

Der neue Kollege wies darauf hin, daß sie zu zweit ein Quorum bilden, eine Vorstandssitzung abhalten und für die Gesellschaft verbindliche Beschlüsse fassen könnten. Auf Drängen des Majors wurde trotzdem ein Brief an die vier anderen Vorstandsmitglieder geschickt. Er enthielt nur die schlichte Mitteilung, es sei eine Sitzung vorgesehen, um geschäftliche Dinge zu besprechen, unter anderem auch die Frage einer Ausgabe neuer Aktien.

Zu der Sitzung erschien lediglich der Schriftführer, der Anwalt aus der Londoner City. Der Beschluß wurde gefaßt, die neuen Aktien konnten aufgelegt werden. Eine Hauptversammlung war nicht erforderlich, da in ferner Vergangenheit einmal eine Kapitalerhöhung genehmigt, aber nie ausgeführt worden war.

Zuerst wurde den derzeitigen Aktionären die Gelegenheit geboten, im Verhältnis eins zu eins neue Anteile aus der Kapitalaufstockung zu erwerben. Zusammen mit der entsprechenden Zuweisung teilte man ihnen

mit, sie hätten auch das Recht, auf Antrag Aktien aus nicht ausgenutzten Optionen zu kaufen.
Innerhalb einer Woche waren die Dokumente und Schecks, unterschrieben von den Herren Adams, Ball, Carter und Davis, von der Zwingli-Bank eingetroffen und in den Händen des Schriftführers. Jeder dieser Herren optierte auf 50.000 der neuen Aktien, einschließlich jener, die ihnen aufgrund ihrer eigenen Pakete ohnehin zustanden.
Die Aktien mußten zu pari ausgegeben werden, also zum Stückpreis von vier Shilling. Das war bei einem Kurswert von weniger als einem Drittel kein sehr attraktives Angebot. Zwei Spekulanten in der City sahen die Zeitungsnotiz und versuchten die Emission aufzukaufen, da sie annahmen, daß etwas in der Luft lag. Ohne Mr. Roberts wäre es ihnen auch geglückt. Sein eigenes Angebot im Namen der Zwingli-Bank lag bereits vor: Ankauf aller Aktien, die bei Ablauf der Optionsfrist von den derzeitigen Aktionären der Bormac nicht übernommen worden waren.
Irgendein Idiot in Wales war bereit, trotz des überzogenen Preises 1.000 Anteile zu erwerben, und weitere 3.000 wurden von achtzehn anderen Aktionären in Stadt und Land gekauft, die entweder nicht rechnen konnten oder Hellseher waren. Mr. Roberts konnte als Treuhänder für sich selbst keine Aktien erwerben, da er nicht am Stammkapital beteiligt war. Aber er unterschrieb am 20. Mai nachmittags um fünfzehn Uhr, dem Schlußtermin der Option, im Namen der Zwingli-Bank eine Subskription über die restlichen 296.000 Anteile. Die Bank kaufte im Namen zweier ihrer Kunden. Diese hießen zufällig Edwards und Frost. Das Geschäft lief wiederum über Konten der Treuhänderfirma.
Die Offenlegungsvorschriften des Firmengesetzes wurden in keinem einzigen Fall verletzt. Die Herren Adams, Ball, Carter und Davis besaßen nun je 75.000 Anteile aus der ersten Übernahme und 50.000 aus der zweiten. Aber da nun nicht mehr eine Million, sondern eineinhalb Millionen Anteile im Umlauf waren, machte das Paket eines jeden einzelnen immer noch weniger als zehn Prozent aus und blieb von der Anmeldevorschrift unberührt. Die Herren Edwards und Frost verfügten über je 148.000 Anteile und blieben damit ebenfalls knapp unter der Zehn-Prozent-Grenze. Was der Öffentlichkeit und sogar dem Vorstand verborgen blieb, war der Umstand, daß Sir James Manson mit 796.000 Bormac-Aktien eine überwältigende Mehrheit besaß. Er kontrollierte über Martin Thorpe die sechs nicht existierenden Aktionäre, die so große Pakete gekauft hatten. Sie konnten über Martin Thorpe das Verhalten der Zwingli-Bank gegenüber der Aktiengesellschaft dirigieren, und die Bank wiederum hatte Mr. Roberts unter Vertrag. Durch ihre Bevollmächtigten waren die sechs unsichtbaren Männer hinter der Zwingli-Bank über Harold Roberts imstande, die Firma zu jeder gewünschten Maßnahme zu veranlassen.
Sir James Manson hatte 60.000 Pfund für den Kauf der ursprünglichen

300.000 Anteile und weitere 100.000 Pfund zum Erwerb der Mehrheit der neu ausgegebenen halben Million aufgewandt. Aber sobald der Kurs der Aktien die prophezeite Höhe von 100 Pfund erreichte, was nach seiner Überzeugung schon bald nach der zufälligen ›Entdeckung‹ des Kristallberges im Herzen des Bormac-Schürfgebietes der Fall sein mußte, würde er glatte achtzig Millionen Pfund verdienen.

Mr. Roberts machte ein sehr zufriedenes Gesicht, als er das Büro der Bormac verließ und erfahren hatte, wie viele Anteile seinen sechs in der Schweiz ansässigen Aktionären zugeteilt worden waren. Er wußte, daß für ihn ein hübscher Bonus abfallen würde, sobald er Dr. Martin Steinhofer die Urkunden in die Hand drückte. Er war ohnehin kein armer Mann, aber nun war sein Lebensabend gesichert.

In Dinant rüttelte Marc seine Kameraden Shannon und Langarotti kurz nach Einbruch der Dunkelheit wach. Beide lagen ausgestreckt auf der Ladefläche des leeren französischen Lastwagens.
»Es wird Zeit«, sagte der Belgier. Shannon sah auf die Uhr.
»Du hast doch gesagt, kurz vor Sonnenaufgang«, knurrte er.
»Dann überqueren wir die Grenze«, sagte Marc. »Wir müssen die Lastwagen aus der Stadt schaffen, bevor sie auffallen. Für den Rest der Nacht können wir sie irgendwo am Straßenrand abstellen.«
Sie taten es, aber keiner der drei Männer konnte mehr schlafen. Sie saßen rauchend beisammen und spielten Karten; Vlaminck hatte immer ein Spiel in seinem Handschuhfach liegen. Während sie so im Dunkeln unter den Bäumen neben einer belgischen Landstraße hockten und auf die Morgendämmerung warteten, spürten sie den Nachtwind auf ihren Gesichtern und glaubten fast wieder im afrikanischen Busch zu sein, kurz vor einem Einsatz; nur gehörten die Lichter, die hinter dem Schutz der Bäume an ihnen vorbeihuschten, zu Autos, die nach Süden in Richtung Frankreich fuhren.
Als ihnen dann in den frühen Morgenstunden die Lust am Kartenspiel verging und ihre angespannten Nerven den Schlaf vertrieben, verfielen sie wieder in ihre alten Gewohnheiten. Tiny Marc kaute auf den Resten von Brot und Käse herum, die Anna ihm mitgegeben hatte. Langarotti wetzte die ohnehin schon rasiermesserscharfe Klinge seines Messers. Shannon sah hinauf zu den Sternen und pfiff leise vor sich hin.

10. Kapitel

Es ist nicht sehr schwierig, eine Warenladung illegal über die belgisch-französische Grenze zu schaffen, nicht einmal eine verbotene Waffensendung.

Zwischen dem Meer bei La Panne und der luxemburgischen Grenze bei Longwy verläuft diese Grenze im Südosten Belgiens meilenweit durch dicht bewaldete Jagdgebiete. Sie wird von Dutzenden kleiner Landstraßen und Waldwegen gekreuzt, die keineswegs alle beaufsichtigt sind.
Beide Staaten bemühen sich, durch sogenannte *douanes volantes* oder ›fliegende Zollkontrollen‹ eine gewisse Aufsicht auszuüben. Es handelt sich dabei um Gruppen von Zollbeamten, die willkürlich einmal hier und einmal da an Waldwegen provisorische Grenzposten errichten. An den regulären Übergängen muß man damit rechnen, daß etwa jedes zehnte Fahrzeug angehalten und kontrolliert wird. Wenn an einem normalerweise unbesetzten Grenzübergang für einen Tag die fliegende Zollkontrolle eingerichtet wird, kontrolliert man jedes durchfahrende Fahrzeug. Man kann es sich aussuchen...
Die dritte Möglichkeit besteht darin, eine Straße zu wählen, an der es mit Sicherheit keinen Grenzposten gibt, und einfach durchzufahren. Diese Methode des Grenzübertritts wird vor allem von den Schmugglern französischen Champagners bevorzugt, die nicht einsehen, warum ihr freudenspendendes Getränk von humorlosen belgischen Beamten mit einem Einfuhrzoll belastet werden sollte. Als Barbesitzer kannte Marc Vlaminck diese Route. Man nennt sie nicht umsonst ›Champagnerstrecke‹. Von Namur, der alten belgischen Festungsstadt, fährt man nach Süden über die Maas, erreicht zuerst Dinant und von hier aus eine Straße, die fast genau südwärts über die Grenze zum ersten französischen Ort, Givet, verläuft. An dieser Strecke ragt wie ein Finger französisches Territorium in den Bauch des belgischen Staatsgebietes hinein, ein Korridor, der auf drei Seiten von belgischem Territorium eingeschlossen wird. Dieses Jagdrevier wird von Dutzenden schmaler Wege und Pfade durchkreuzt. An der Hauptstraße von Dinant nach Givet existieren zwei Grenzposten, ein belgischer und ein französischer, vierhundert Meter voneinander entfernt, aber in Sichtweite.
Kurz vor Tagesanbruch holte Marc seine Straßenkarte hervor und erklärte Shannon und Jean Baptiste, wie er unbemerkt über die Grenze gelangen wollte.
Dann setzte sich der Konvoi in Bewegung. Voraus fuhr der belgische Lastwagen mit Marc am Steuer, zweihundert Meter dahinter folgten die beiden anderen in dem französischen Fahrzeug.
Südlich von Dinant liegen entlang der Straße mehrere Dörfer, die beinahe ineinander übergehen. Sie wirkten in der ersten grauen Dämmerung finster und verlassen. Sechs Kilometer südlich von Dinant bog Marc auf eine Seitenstraße nach rechts ab. Hier entfernten sie sich von der Maas. Viereinhalb Kilometer weit führte die Straße zwischen gleichförmigen dichtbewaldeten Hügeln hindurch. Sie verlief parallel zur Grenze, mitten in das Jagdgebiet hinein. Dann bog Vlaminck plötzlich nach links ab, hielt

wieder genau auf die Grenze zu und stoppte sein Fahrzeug nach drei- bis vierhundert Metern am Straßenrand. Er stieg aus und kam zu dem französischen Lastwagen zurück.

»Beeilt euch«, sagte er. »Ich will hier nicht endlos herumsitzen. Mit meinen Nummernschildern aus Ostende falle ich hier zu sehr auf.« Er zeigte die Straße entlang.

»Die Grenze ist genau eineinhalb Kilometer entfernt. Ich gebe euch zwanzig Minuten Zeit, während ich so tue, als wollte ich einen Reifen wechseln. Dann fahre ich nach Dinant zurück, und wir treffen uns in dem Café.«

Der Korse nickte und ließ die Kupplung los. Wenn entweder der belgische oder der französische Zoll hier eine fliegende Kontrolle eingerichtet hatte, läßt sich der erste Wagen anhalten und durchsuchen. Da bei ihm alles in Ordnung ist, fährt er weiter nach Süden, erreicht wieder die Hauptstraße, biegt hinter Givet nach Norden ab und kehrt über die normale Zollkontrolle nach Dinant zurück. Wenn auf einer der beiden Seiten kontrolliert wird, kann er nicht innerhalb von zwanzig Minuten die Straße zurückkommen.

Eineinhalb Kilometer entfernt sahen Shannon und Langarotti die belgische Zollstation. Links und rechts von der Straße waren senkrechte Stahlschienen in den Beton eingelassen. Neben dem Posten auf der rechten Seite stand eine kleine Bude aus Glas und Holz, die den Zollbeamten Unterschlupf bot, während die Fahrer ihre Papiere zum Fenster hereinreichten. Wenn der Posten besetzt war, mußten die beiden Schienen durch eine rot-weiß-gestreifte Schranke verbunden sein. Die Schranke fehlte. Langarotti fuhr im Schrittempo durch, während Shannon die Bude beobachtete. Nichts rührte sich. Auf der französischen Seite war es schwieriger. Einen halben Kilometer weit wand sich die Straße um den Berg herum, und zwar außer Sichtweite des belgischen Postens. Dann erst kam die französische Grenze. Hier gab es keine Schranke und keine Hütte, sondern nur einen Parkplatz auf der linken Seite, auf dem der Dienstwagen der Zollbehörde abgestellt wurde. Auch hier war niemand. Sie waren inzwischen fünf Minuten unterwegs. Shannon bedeutete dem Korsen, bis hinter die übernächste Biegung weiterzufahren, aber die Luft schien rein zu sein. Am östlichen Horizont stieg über den Bäumen der erste Lichtstreifen auf.

»Umkehren!« rief Shannon. »Allez!«

Langarotti schlug scharf ein, schaffte die Wende beinahe, setzte ein Stück zurück und schoß in Richtung Belgien davon wie der Korken aus einer Flasche vom besten Champagner. Von nun an war jede Sekunde kostbar. Sie rasten an dem französischen Kontrollpunkt vorbei, passierten den belgischen Posten und hatten eintausendfünfhundert Meter dahinter den dunklen Umriß von Marcs Lastwagen vor sich. Langarotti blendete auf

– zweimal kurz, einmal lang –, und Marc ließ seinen Motor an. Eine Sekunde später donnerte er an ihnen vorbei in Richtung Frankreich.
Jean Baptiste wendete gemächlicher und folgte ihm. Wenn sich Marc beeilte, konnte er trotz einer Tonne Ladung innerhalb von vier Minuten die Gefahrenzone passiert haben. Sollte in dieser Zeitspanne ein Zollbeamter auftauchen, dann hatten sie eben Pech. Marc mußte in einem solchen Fall versuchen zu bluffen und behaupten, er hätte sich verfahren. Er konnte nur hoffen, daß die Ölfässer einer gründlichen Untersuchung standhielten.
Auch bei der zweiten Durchfahrt ließen sich keine Beamten blicken. Hinter dem französischen Kontrollpunkt folgt eine fünf Kilometer lange schnurgerade Strecke. Manchmal patrouilliert hier die französische Gendarmerie, aber an diesem Morgen schlief sie. Langarotti holte den belgischen Lastwagen ein und folgte ihm im Abstand von zweihundert Metern. Marc bog nach etwa fünf Kilometern nach rechts ab, folgte weitere sechs Kilometer weit mehreren Nebenstraßen und erreichte schließlich wieder eine breite Hauptverkehrsader. Am Straßenrand stand ein Schild. Shannon sah, wie Marc Vlaminck den Arm aus seinem Fenster streckte und darauf deutete. Der Wegweiser ›Givet‹ zeigte ihnen entgegen, und auf dem anderen Schild, das in ihre Richtung wies, stand das Wort ›Reims‹. Ein gedämpfter Jubelruf ertönte aus dem vorderen Lastwagen. Auf einem zementierten Parkplatz neben einer Raststätte, gleich südlich von Soissons, luden sie um. Sie öffneten die Türen, setzten die Rückseiten der beiden Lastwagen dicht aneinander, dann rollte Marc vorsichtig die fünf Fässer aus dem belgischen Wagen in den französischen. Shannon und Langarotti hätten dafür gemeinsam alle ihre Kraft aufwenden müssen, zumal der beladene Lastwagen sich in den Federn senkte und beide Ladeflächen nicht mehr dieselbe Höhe hatten. In den leeren Wagen führte eine fünfzehn Zentimeter hohe Stufe. Marc schaffte es ganz allein, indem er jedes Faß mit seinen riesigen Händen am oberen Rand packte und es im Rollen auf dem unteren Rand balancierte.
Jean Baptiste holte das Frühstück aus der Raststätte: lange, frische Weißbrotstangen, Käse, Obst und Kaffee. Sie benutzten alle Marcs Messer. Shannon hatte keins bei sich, und Langarotti hätte sein Messer nie für diesen Zweck hergegeben. In seinen Augen wäre es schon eine Art Entweihung gewesen, damit auch nur eine Apfelsine zu schälen.
Kurz nach zehn brachen sie wieder auf. Der alte, langsame belgische Lastwagen wurde bald darauf in eine Kiesgrube gefahren und einfach stehengelassen. Nummernschilder und Fensterkleber hatte Marc zuvor abgenommen, um sie in einen Fluß zu werfen. Der Wagen stammte ursprünglich ohnehin aus Frankreich. Zu dritt fuhren sie in dem Lkw weiter, der auf Langarottis Namen zugelassen war. Er besaß einen gültigen Führerschein. Sollte er angehalten werden, würde er angeben, daß

er fünf Fässer Schmieröl einem Freund bringen wolle, der in der Nähe von Toulon eine Landwirtschaft und drei Traktoren besaß. Die beiden ›Anhalter‹ hätte er unterwegs mitgenommen.
Sie verließen die A1, nahmen die Umgehungsstraße an Paris vorbei und stießen dann auf die A6, die südwärts nach Lyon, Avignon, Aix-en-Provence und Toulon führt.
Südlich von Paris zeigte schon bald ein Wegweiser nach rechts zum Flughafen Orly. Shannon stieg aus. Sie gaben sich die Hand.
»Ihr wißt, was ihr zu tun habt?« fragte er.
Die beiden nickten.
»Keine Sorge«, antwortete Langarotti. »Wo ich die Kiste verstecke, ist sie sicher. Niemand wird sie finden, bis du nach Toulon kommst.«
»Die *Toscana* muß spätestens am 1. Juni einlaufen, wahrscheinlich schon früher. Bis dahin bin ich wieder bei euch. Den Treffpunkt kennt ihr? Dann viel Glück!«
Er nahm seine Tasche und ging. Der Lastwagen fuhr weiter nach Süden. Von einer nahegelegenen Tankstelle aus bestellte er ein Taxi und erreichte eine Stunde später den Flughafen. Er bezahlte sein Ticket nach London in bar und war bei Sonnenuntergang wieder in seiner Wohnung in St. John's Wood.
Von den hundert Tagen waren sechsundvierzig verstrichen.

Bei seiner Ankunft schickte er Endean ein Telegramm, aber es war Sonntag und Endean rief ihn erst vierundzwanzig Stunden später in der Wohnung an. Sie verabredeten sich für den Dienstagmorgen.
Eine Stunde lang erläuterte Shannon alles, was seit ihrer letzten Begegnung geschehen war. Er brachte Endean bei, daß er sowohl sein Bargeld in London als auch das Guthaben des belgischen Kontos aufgebraucht hätte.
»Und wie geht es weiter?« fragte Endean.
»Ich muß spätestens in fünf Tagen wieder nach Frankreich zurück und die erste Verladung auf die *Toscana* überwachen«, antwortete Shannon. »Alles an dieser Lieferung ist legal, bis auf den Inhalt der Ölfässer. Die vier Kisten mit verschiedenen Uniformstücken und Koppelzeug dürften wir ohne alle Schwierigkeiten durch den Zoll bekommen. Dasselbe gilt für die nichtmilitärische Ausrüstung, die ich in Hamburg gekauft habe. Es sind durchwegs Dinge, wie sie ein Schiff für den eigenen Bedarf an Bord nimmt: Signalleuchtkugeln, Nachtgläser und so weiter.
Die Schlauchboote und Außenborder sind für Marokko bestimmt, jedenfalls steht das in der Ladeliste. Auch diese Sendung ist absolut legal. Die fünf Ölfässer müssen als Notvorrat an Bord genommen werden. Die Menge ist sehr groß, aber trotzdem dürfte es keine Schwierigkeiten geben.«

»Und wenn doch?« fragte Endean. »Wenn der Zoll in Toulon die Fässer zu genau untersucht?«

»Dann fliegen wir auf«, sagte Shannon schlicht. »Das Schiff wird beschlagnahmt, falls der Kapitän nicht nachweisen kann, daß er keine Ahnung hatte. Der Exporteur wird verhaftet, unser Unternehmen ist geplatzt.«

»Verdammt riskant«, bemerkte Endean.

»Haben Sie einen anderen Vorschlag? Die Waffen müssen irgendwie an Bord. Die Ölfässer sind dafür so ziemlich die beste Möglichkeit. Ein Risiko ist mit einem solchen Unternehmen immer verbunden.«

»Wir hätten die Maschinenpistolen doch legal über Spanien kaufen können«, sagte Endean.

»Schon möglich«, gab Shannon zu. »Aber dann hätte man den Auftrag wahrscheinlich abgelehnt. Waffen und Munition passen zusammen. Man hätte klar erkannt, daß es um die Ausrüstung einer Kompanie ging, also um ein kleines Unternehmen. Deshalb hätte Madrid den Auftrag wahrscheinlich abgelehnt oder das Endverbraucherzertifikat zu genau kontrolliert. Ich hätte die Waffen in Spanien und die Munition auf dem Schwarzmarkt kaufen können. Aber dann hätte ich die Patronen an Bord schmuggeln müssen, und das wäre ein wesentlich größerer Posten gewesen. So oder so ging es nicht ohne Schmuggel und damit auch nicht ohne Risiko ab. Wenn alles schiefgeht, werden meine Leute und ich geschnappt, aber nicht Sie. Ihnen kann man nichts anhaben.«

»Trotzdem paßt mir die Sache nicht«, sagte Endean scharf.

»Was ist los«, spottete Shannon. »Gehen Ihnen die Nerven durch?«

»Nein.«

»Dann beruhigen Sie sich. Sie haben nichts weiter zu verlieren als ein bißchen Geld.«

Endean war drauf und dran, Shannon zu erklären, wieviel er und sein Arbeitgeber zu verlieren hatten, aber er verzichtete lieber darauf. Die Vernunft gebot ihm, so vorsichtig wie nur möglich zu sein, wenn die Gefahr bestand, daß der Söldner ins Gefängnis wanderte.

Eine weitere Stunde sprachen sie über Geldangelegenheiten. Shannon erklärte Endean, mit der vollen Bezahlung an Johann Schlinker, der fünfzigprozentigen Anzahlung an Alan Baker, dem zweiten Monatsgehalt für die Söldner und den fünftausend Pfund, die er zur Ausrüstung der *Toscana* nach Genua überwiesen hatte, sowie seinen eigenen Reisekosten sei das Konto in Brügge leergeräumt.

»Außerdem verlange ich die zweite Hälfte meines Gehalts«, fügte er hinzu.

»Warum jetzt schon?« fragte Endean.

»Weil ich ab kommendem Montag mit einer Verhaftung rechnen muß und deshalb nicht mehr nach London zurückkehren werde. Wenn die Be-

ladung des Schiffes glatt verläuft, fährt die *Toscana* nach Brindisi, während ich mich um die Übernahme der jugoslawischen Waffen kümmere. Danach holen wir die spanische Munition aus Valencia. Von dort aus geht es direkt ins Einsatzgebiet. Sollten wir unserem Terminplan voraus sein, möchte ich die gewonnenen Tage lieber auf hoher See als in einem Hafen zubringen. Sobald die Schießeisen an Bord sind, werde ich mich so wenig wie möglich in Häfen blicken lassen.«
Endean setzte sich mit diesem Argument auseinander.
»Ich werde mit meinen Geschäftspartnern darüber sprechen«, sagte er.
»Bis zum Wochenende möchte ich den Betrag auf meinem Schweizer Konto haben und die Überweisung des vereinbarten Restbetrags auf das Konto in Brügge«, erklärte Shannon bestimmt.
Sie rechneten aus, daß nach der Zahlung von Shannons vollem Gehalt noch zwanzigtausend Pfund von der ursprünglichen Summe auf der Schweizer Bank vorhanden waren. Shannon erklärte, warum er das ganze Geld brauchte.
»Von jetzt an muß ich ständig ein paar größere Reiseschecks in US-Dollar bei mir tragen. Falls irgend etwas schiefgeht, dürfte man es in Ordnung bringen können, wenn man sofort mit einem entsprechenden Schmiergeld zur Hand ist. Ich möchte alle noch vorhandenen Spuren verwischen, damit nichts zurückbleibt, falls wir alle geschnappt werden. Außerdem könnte es notwendig sein, der Schiffsbesatzung eine Prämie in bar auszubezahlen, wenn sie auf hoher See dahinterkommt, was wir in Wirklichkeit beabsichtigen. Da die zweite Hälfte der Kaufsumme für die jugoslawischen Waffen noch zu entrichten ist, werde ich diese zwanzigtausend Pfund brauchen.«
Endean versprach, auch diese Forderung an seine ›Geschäftspartner‹ weiterzuleiten und Shannon wieder Bescheid zu geben.
Am nächsten Tag rief er an und teilte mit, beide Überweisungen seien bewilligt worden, und die schriftliche Anweisung an die Schweizer Bank sei schon abgegangen.
Shannon buchte für den folgenden Freitag einen Flug London–Brüssel und für den Samstagvormittag den Weiterflug von Brüssel über Paris nach Marseille.
Er hatte diese Nacht und auch den Donnerstag sowie die darauffolgende Nacht mit Julie verbracht. Dann packte er seine Koffer, schickte seine Wohnungsschlüssel mit ein paar erklärenden Worten an das Maklerbüro und machte sich auf den Weg.
Julie fuhr ihn in ihrem roten MGB zum Flugplatz.
»Wann kommst du zurück?« fragte sie, während sie im Gebäude Nummer zwei vor dem Eingang zu dem Warteraum für Auslandsfluggäste warteten.
»Ich komme nicht wieder«, antwortete er und gab ihr einen Kuß.

»Dann laß mich mitkommen.«
»Nein.«
»Du wirst wiederkommen! Ich habe dich nicht gefragt, wohin du fährst, aber ich weiß, daß es gefährlich sein wird. Es handelt sich nicht um eine ganz einfache Geschäftsreise. Aber du wirst bestimmt wiederkommen. Du mußt wiederkommen.«
»Ich komme nicht zurück«, sagte er leise. »Such' dir 'nen anderen, Julie.«
Sie begann zu schluchzen.
»Ich will aber keinen anderen. Ich liebe dich. Aber du liebst mich nicht. Deshalb sagst du auch, du willst mich nicht wiedersehen. Sicher hast du schon eine andere. Du fliegst jetzt zu einer anderen Frau...«
»Es gibt keine andere Frau«, sagte er und strich ihr zärtlich übers Haar. Ein Flughafenpolizist wandte sich diskret ab. Abschiedstränen sind da, wo Menschen verreisen, kein ungewohnter Anblick. Shannon wußte, daß er keine andere Frau mehr in seinen Armen halten würde. Nur einen automatischen Karabiner, dessen blauen Stahl er in der kühlen Nacht an die Brust drücken konnte. Sie weinte immer noch, als er ihr einen Kuß auf die Stirn gab und zur Paßkontrolle ging.
Dreißig Minuten später zog die Düsenmaschine der Sabena ihre letzte Schleife über den südlichen Stadtteil Londons und nahm dann Kurs auf ihren Heimatflughafen Brüssel. Unter der Steuerbordschwinge breitete sich in der hellen Sonne die Grafschaft Kent aus. Es war ein wunderschöner Mai. Durch die Fenster sah man meilenweit die rosa und weiß blühenden Apfel-, Birnen- und Kirschbäume.
Entlang der Landstraßen, die sich durch die Gegend zogen, würde jetzt der Weißdorn seine Blüten ansetzen, die Roßkastanien steckten in dem üppigen Grün ihre weißen Kerzen auf, und Tauben gurrten zwischen den Eichen. Er kannte die Gegend gut, denn als er vor Jahren in Chatham stationiert war, hatte er sich ein altes Motorrad gekauft und die Landgasthöfe zwischen Lamberhurst und Smarden erkundet. Eine schöne Gegend, um hier seßhaft zu werden – vorausgesetzt man zählt zum seßhaften Typ. Zehn Minuten später rief ein Fluggast im rückwärtigen Teil der Maschine eine Stewardeß und beschwerte sich über jemanden, der ein Stück weiter vorn ständig eine monotone kleine Melodie pfiff.

Am Freitagnachmittag verbrachte CAT Shannon zwei Stunden damit, das aus der Schweiz überwiesene Geld abzuheben und sein Konto aufzulösen. Er ließ sich zwei beglaubigte Schecks über je fünftausend Pfund ausstellen, mit denen er jederzeit bei irgendeiner Bank ein Konto eröffnen konnte, um sich eventuell weitere Reiseschecks geben zu lassen. Die übrigen zehntausend Pfund bekam er in Form von fünfzig Fünfhundert-Dollar-Schecks ausgehändigt, die bei der Einlösung nur gegengezeichnet werden mußten.

Die Nacht verbrachte er in Brüssel, und am nächsten Morgen flog er nach Paris und Marseille weiter.
Ein Taxi brachte ihn vom Flugplatz in das kleine Hotel am Stadtrand, wo Langarotti einmal unter dem Namen Lavallon abgestiegen war. Dort sollte vereinbarungsgemäß Janni Dupree auf ihn warten. Er war gerade ausgegangen und kam erst am Abend ins Hotel zurück. Dann fuhren sie zusammen in einem Mietwagen weiter nach Toulon. Der ausgedehnte französische Hafen glänzte im warmen Sonnenschein.
Das war das Ende des vierundfünfzigsten Tages.

Am Sonntag hatte das Speditionsbüro nicht geöffnet, aber das spielte keine Rolle. Wie vereinbart stießen Shannon und Dupree um Punkt neun Uhr vor dem Büro auf Marc Vlaminck und Langarotti. Zum ersten Mal seit Wochen waren sie wieder beisammen, und nur Kurt Semmler fehlte. Er mußte mit der *Toscana* noch ungefähr hundert Meilen entfernt an der Küste entlang nach Toulon tuckern.
Auf Shannons Vorschlag rief Langarotti von einem nahegelegenen Café aus bei der Hafenmeisterei an und ließ sich bestätigen, daß die Agenten der *Toscana* in Genua telegrafisch die Ankunft für Montagmorgen gemeldet und einen Liegeplatz reserviert hatten.
Da es an diesem Tag nichts weiter zu erledigen gab, fuhren sie in Shannons Mietwagen die Küstenstraße entlang in Richtung Marseille und verbrachten die restlichen Stunden mit Faulenzen und Sonnenbaden am steinigen Strand des Fischerdorfes Sanary. Trotz der Wärme und der friedlichen Feiertagsstimmung in dem malerischen kleinen Dorf wurde Shannon die innere Spannung nicht los. Dupree kaufte sich eine Badehose und sprang vom Ende der Mole in den Jachthafen. Er meinte später, das Wasser sei doch noch verdammt kalt. Im Juni und Juli, wenn die Touristen von Paris aus nach Süden strömten, würde es sich etwas erwärmt haben. Aber dann rüsteten sie sich schon zum Angriff auf ein anderes Hafenstädtchen, das nicht viel größer war, aber viele Meilen entfernt lag.
Shannon saß fast den ganzen Tag mit dem Belgier und dem Korsen auf der Terrasse von Charleys Bar, der ›Pot d'Etain‹, genoß die Sonne und dachte an morgen früh. Die Sendungen aus Jugoslawien und Spanien konnten sich verzögern oder von den Bürokraten aus unerfindlichen Gründen zurückgehalten werden, in Jugoslawien oder Spanien war eine Verhaftung zu befürchten. Vielleicht hielt man sie ein paar Tage lang fest, während das Schiff durchsucht wurde, aber das war auch schon alles. Die Sache morgen früh war riskanter. Wenn jemand darauf bestand, sich die Ölfässer genauer anzusehen, dann konnten sie Monate oder gar Jahre in Les Baumettes schmoren, dem gewaltigen festungsähnlichen Gefängnis, das sie am Samstag auf der Fahrt von Marseille nach Toulon gesehen hatten.

Das Warten zerrt immer am meisten an den Nerven, dachte Shannon, während er bezahlte und seine drei Kameraden zum Wagen rief.
Alles ging viel glatter als erwartet. Toulon ist als riesiger Marinestützpunkt bekannt, und das Bild des Hafens wird von den Aufbauten der vor Anker liegenden französischen Kriegsschiffe bestimmt. Die Hauptattraktion für Touristen und Spaziergänger war an diesem Montag das Schlachtschiff *Jean Bart*, das von einer Reise durch die Karibische See zurückgekommen war; die Matrosen hatten ihre Heuer erhalten und suchten nun nach Mädchenbekanntschaften.
Entlang der ganzen Esplanade am Jachthafen waren die Cafés gefüllt mit Menschen, die sich der Lieblingsbeschäftigung aller Mittelmeerbewohner hingaben: sie saßen da und ließen das Leben an sich vorbeiströmen. Grellbunte Markisen schützten sie vor der Sonne, und sie bewunderten die Jachten, die, angefangen von kleinen Booten mit Außenbordern bis hin zu den schneeweißen Luxusschiffen der Millionäre, auf dem Wasser an ihren Bojen schaukelten.
Weiter ostwärts lagen ein Dutzend Fischerboote, die an diesem Tag nicht ausgelaufen waren, und dahinter die weitläufigen einstöckigen Anlagen der Zolldienststellen, Lagerhäuser und Hafenbüros.
Noch ein Stück dahinter, in dem kleinen, wenig beachteten Handelshafen, machte die *Toscana* am Montag kurz vor zwölf Uhr fest.
Shannon wartete, bis das Schiff vertäut war. Er saß auf einem Poller, fünfzig Meter entfernt, und beobachtete, wie Semmler und Waldenberg an Deck hin und her liefen. Von dem serbischen Ingenieur war nichts zu sehen. Wahrscheinlich beschäftigte er sich unten mit seiner geliebten Maschine. Aber an Deck waren noch zwei andere Gestalten, die an den Tauen arbeiteten. Das mußten die beiden neuen Besatzungsmitglieder sein, die Waldenberg angeworben hatte.
Ein kleiner Renault summte den Kai entlang und hielt an der Gangway. Ein rundlicher Franzose in dunklem Anzug stieg aus und ging an Bord der *Toscana*: der Beauftragte der Firma Agence Maritime Duphot. Wenige Minuten später kam er, gefolgt von Waldenberg, zurück. Die beiden Männer schlenderten hinüber zum Zoll. Es dauerte fast eine Stunde, bis sie wieder auftauchten. Der Speditionsagent setzte sich in seinen Wagen und fuhr in die Stadt zurück, der deutsche Kapitän begab sich wieder auf sein Schiff.
Shannon wartete noch weitere dreißig Minuten, dann betrat er über die Gangway die *Toscana*. Semmler begrüßte ihn und führte ihn durch den Niedergang in den Mannschaftsraum.
»Was war los?« fragte Shannon, nachdem sie beide Platz genommen hatten. Semmler grinste.
»Alles ging wie geschmiert«, berichtete er. »Ich ließ die Papiere auf den neuen Kapitän umschreiben und die Maschine gründlich überholen, ich

habe unglaublich viele Decken und ein Dutzend Schaumgummimatratzen gekauft. Aber niemand stellte mir irgendeine Frage, und der Kapitän glaubt immer noch, wir wollten illegale Einwanderer nach England bringen.
Ich habe die *Toscana* über die Agentur in Genua hier anmelden lassen. Laut Ladeliste übernehmen wir hier diverse Sportartikel und Freizeitgeräte für ein Feriendorf an der marokkanischen Küste.«
»Und was ist mit dem Schmieröl?«
Semmler griente.
»Es war schon bestellt, aber ich habe die Bestellung telefonisch rückgängig gemacht. Als das Öl nicht ankam, wollte Waldenberg erst einen Tag später auslaufen und darauf warten. Ich habe mein Veto eingelegt und ihm gesagt, daß wir es hier in Toulon übernehmen.«
»Gut«, sagte Shannon, »aber paß auf, daß Waldenberg kein Öl bestellt. Sag ihm, du hättest das schon getan. Dann erwartet er die Sendung, wenn sie eintrifft. Dieser Mann, der vorhin an Bord war...«
»Der Speditionsagent. Er hat alles im Zollager und auch die Papiere vorbereitet. Heute nachmittag schickt er uns die Sachen mit zwei Lastwagen her. Die Kisten sind so klein, daß wir sie mit unserem eigenen Ladegeschirr an Bord nehmen können.«
»Gut, er und Waldenberg sollen sich um den Papierkram kümmern. Wenn alles an Bord ist, kommt eine Stunde später der Lastwagen der Ölgesellschaft mit Langarotti am Steuer. Hast du noch genug Geld, um das Zeug zu bezahlen?«
»Ja.«
»Dann bezahl das Öl in bar und laß dir eine Quittung geben. Sorg dafür, daß die Fässer beim Verladen nicht hart herumgestoßen werden. Es wäre zu dumm, wenn uns ein Faßboden herausfallen würde. Ich möchte nicht, daß auf dem Kai Schmeisser-Maschinenpistolen herumliegen.«
»Wann kommen die Männer an Bord?«
»Wenn es dunkel ist. Sie kommen einzeln. Nur Marc und Janni. Jean Baptiste lasse ich noch für eine Weile hier. Er hat mit dem Lastwagen hier noch etwas zu erledigen. Wann kannst du ablegen?«
»Jederzeit. Auch heute abend schon. Das läßt sich einrichten. Geschäftsführer ist übrigens ein hübscher Posten.«
»Gewöhn dich nicht zu sehr daran. Dein Job ist nur eine Tarnung.«
»Schon gut, CAT. Wohin geht es übrigens von hier aus?«
»Nach Brindisi. Kennst du die Stadt?«
»Natürlich. Ich habe von Jugoslawien aus schon mehr Zigaretten nach Italien geschmuggelt, als du dir vorstellen kannst. Was nehmen wir dort an Bord?«
»Nichts. Du wartest mein Telegramm ab. Ich werde in Deutschland sein und dir über das Hafenbüro von Brindisi den nächsten Bestimmungsort

und den Termin mitteilen, an dem du dort sein mußt. Du gehst dann zu einem Schiffahrtsagenten und läßt telegrafisch in dem betreffenden jugoslawischen Hafen einen Liegeplatz reservieren. Kannst du dich in Jugoslawien blicken lassen?«

»Ich denke schon. Außerdem brauche ich das Schiff nicht zu verlassen. Nehmen wir noch weitere Waffen an Bord?«

»Ja. Zumindest habe ich das vor. Ich kann nur hoffen, daß mein Waffenhändler und die jugoslawischen Behörden alles geregelt haben. Sind die nötigen Seekarten an Bord?«

»Ja, die habe ich nach deiner Anweisung in Genua gekauft. Waldenberg wird bestimmt merken, was wir in Jugoslawien übernehmen. Spätestens dann erfährt er, daß wir keine illegalen Einwanderer transportieren. Schlauchboote, Außenborder, Funksprechgeräte und Kleidungsstücke empfindet er noch als normal, aber Waffen sind etwas ganz anderes.«

»Ich weiß«, sagte Shannon. »Es wird uns eine schöne Stange Geld kosten, aber ich denke doch, daß er begreifen wird. Bis dahin sind wir beiden sowie Janni und Marc an Bord. Außerdem können wir ihm dann sagen, was die Ölfässer wirklich enthalten. Er steckt dann schon so tief mit drin, daß er nicht mehr aussteigen kann. Wie sind die beiden neuen Besatzungsmitglieder?«

Semmler nickte und drückte seine fünfte Zigarette aus. Blauer Dunst hing in der kleinen Kabine.

»In Ordnung. Es sind zwei Italiener. Harte Burschen, aber sie gehorchen. Ich glaube, beide werden aus irgendwelchen Gründen von den Carabinieri gesucht. Sie konnten es kaum erwarten, unter Deck zu verschwinden und wieder in See zu stechen.«

»Sehr gut. Dann wollen die Jungs sicher nicht irgendwo im Ausland an Land gesetzt werden. Das würde nämlich bedeuten, daß man sie ohne Papiere erwischt und sie der italienischen Polizei übergibt.«

Waldenberg hatte eine gute Wahl getroffen. Shannon lernte die beiden Männer kurz kennen und nickte ihnen zu. Semmler stellte ihn einfach als Beauftragten der Zentrale vor, und Waldenberg übersetzte. Der Erste Maat Norbiatto und der Leichtmatrose Cipriani bekundeten kein weiteres Interesse an Shannon. Er erteilte Waldenberg noch ein paar Anweisungen und ging wieder.

Im Laufe des Nachmittags rollten zwei Lastwagen der Agence Maritime Duphot heran und hielten am Liegeplatz der *Toscana*. Sie wurden von dem Mann begleitet, der am Vormittag schon da war. Aus der Baracke trat ein französischer Beamter, mit einer Liste in der Hand, und beobachtete, wie die Kisten vom Ladebaum des Schiffs an Bord genommen wurden: Vier Kisten mit diverser Arbeitskleidung, mit Gürteln, Stiefeln und Mützen für die marokkanischen Arbeiter in dem Feriendorf, drei große verpackte Schlauchboote für Sportzwecke, dazu drei Außenbord-

motoren, zwei Kisten mit diversen Leuchtkugeln, Feldstechern, einem gasbetriebenen Nebelhorn, Radioteilen und Magnetkompaß. Diese beiden Kisten waren als Schiffszubehör gekennzeichnet.
Der Zollbeamte hakte die einzelnen Posten ab und ließ sich von dem Beauftragten der Spedition versichern, daß die Waren entweder unter Zollverschluß zum Wiederexport aus Deutschland oder Großbritannien gekommen oder in Frankreich gekauft und mit keiner Ausfuhrsteuer belegt waren. Den Inhalt der Kisten wollte der Zollbeamte überhaupt nicht sehen. Er hatte tagtäglich mit der Speditionsfirma zu tun und kannte ihre Zuverlässigkeit.
Als alles an Bord war, drückte der Zollbeamte seinen Stempel unter die Ladeliste des Schiffes. Waldenberg sagte auf deutsch etwas zu Semmler und der übersetzte: Er erklärte dem Agenten, Waldenberg brauche noch Schmieröl für seine Maschinen. Es sei schon in Genua bestellt, aber nicht rechtzeitig geliefert worden.
Der Speditionsvertreter machte sich eine Notiz.
»Wieviel brauchen Sie?«
»Fünf Fässer«, sagte Semmler auf französisch.
Waldenberg verstand ihn nicht.
»Das ist sehr viel«, wandte der Agent ein.
Semmler lachte. »Der alte Kasten braucht fast so viel Öl wie Dieseltreibstoff. Außerdem wollen wir uns hier für längere Zeit eindecken.«
»Wann brauchen Sie das Öl?« fragte der Agent.
»Geht es bis heute nachmittag fünf Uhr?« fragte Semmler.
»Sagen wir sechs Uhr«, schlug der Mann vor und notierte in seinem Bestellbuch Art und Menge sowie den Liefertermin. Er warf dem Zollbeamten einen Blick zu. Der nickte nur. Gleichgültig schlenderte er ins Büro zurück. Kurz danach fuhr der Speditionsvertreter mit seinem Wagen weg, gefolgt von den zwei Lkws.
Um fünf Uhr verließ Semmler die *Toscana*, rief von einem Café im Hafen aus die Agentur an und bestellte das Öl wieder ab. Er sagte, der Kapitän hätte ganz hinten in seinem Laderaum noch ein volles Faß entdeckt, das für die nächsten Wochen reiche. Der Spediteur war verärgert, erhob aber keine Einwände.
Um sechs Uhr kam ein unauffälliger Lastwagen heran und hielt gegenüber der *Toscana*. Am Steuer saß Jean Baptiste Langarotti in einem leuchtend grünen Overall mit dem Firmenzeichen ›Castrol‹ auf dem Rücken.
Er öffnete die hintere Tür des Lastwagens und rollte fünf große Ölfässer von der Ladefläche über ein breites Brett herunter. Der Zollbeamte warf einen Blick aus seinem Fenster.
Waldenberg sah es und winkte ihm zu. Er zeigte auf die Fässer und dann auf sein Schiff.

»Okay?« rief er fragend hinüber und fügte mit schwerem Akzent hinzu: »Ça va?«
Von seinem Fenster aus nickte der Zollbeamte und zog sich zurück, um seinen Akten eine kurze Notiz anzufügen. Waldenberg wies die beiden Italiener an, Paletten unter die Fässer zu schieben und sie nacheinander an Bord zu hieven. Semmler war dabei ein ungewohnt eifriger Helfer. Er hielt die Fässer fest, als sie über die Reling herüberschwangen und schrie Waldenberg zu, an der Winsch vorsichtig zu sein. Dann verschwanden sie in der dunklen, kühlen Ladeluke der *Toscana*. Bald darauf war der Deckel wieder befestigt.
Langarotti war nach der Lieferung mit seinem Lastwagen längst wieder abgefahren. Ein paar Minuten später stopfte er irgendwo in der Stadt seinen grünen Overall tief in eine Mülltonne. Shannon hatte am anderen Ende des Kais auf einem Poller gesessen und mit angehaltenem Atem die Übernahme beobachtet. Es wäre ihm viel lieber gewesen, wie Semmler Hand mit anzulegen, denn das Warten bedeutete eine größere Anstrengung als harte körperliche Arbeit.
Als das Verladen vorüber war, wurde es auf der *Toscana* still. Der Kapitän und seine drei Leute hielten sich unter Deck auf; der Ingenieur war einmal ums Schiff gegangen, um eine Brise salzige Seeluft zu schnuppern und dann wieder in seine Dieseldämpfe zurückgekehrt. Semmler wartete eine halbe Stunde, dann schlich er über die Gangway hinunter zu Shannon. Erst drei Ecken weiter trafen sie sich an einer Stelle, wo man sie vom Hafen aus nicht mehr beobachten konnte.
Semmler strahlte.
»Ich hab's dir ja gesagt: Keinerlei Probleme.«
Shannon nickte und grinste erleichtert. Er wußte besser als Semmler, was auf dem Spiel stand, und im Gegensatz zu dem Deutschen war er mit den Gepflogenheiten in einem Hafen nicht vertraut.
»Wann kannst du die Männer an Bord nehmen?«
»Das Zollamt schließt um neun. Sie sollen zwischen Mitternacht und ein Uhr kommen. Um fünf legen wir ab. Es ist schon alles geregelt.«
»Gut«, sagte Shannon. »Dann gehen wir jetzt zu ihnen und trinken einen Schluck. Ich möchte, daß du bald wieder an Bord gehst und zur Stelle bist, falls irgendwelche Rückfragen kommen.«
»Es werden keine kommen.«
»Trotzdem wollen wir auf Nummer Sicher gehen. Du mußt die Ladung bewachen wie eine Glucke ihre Küken. Laß niemand an die Fässer heran, bis ich es selbst erlaube. Das wird in einem jugoslawischen Hafen sein, und dann sagen wir Waldenberg, was er tatsächlich an Bord hat.«
Sie trafen sich wie verabredet in einem Café mit den anderen drei Söldnern und erfrischten sich mit einigen Gläsern kühlem Bier. Die Sonne ging schon unter, und das Meer in der riesigen Bucht von Toulon wurde

von einer leisen Brise gekräuselt. Vor dem Hafen drehten ein paar Jachten, die von ihrer Besatzung in den Wind gebracht wurden.
Um acht Uhr verabschiedete sich Semmler und kehrte auf die *Toscana* zurück.
Zwischen Mitternacht und ein Uhr schlichen Janni Dupree und Marc Vlaminck heimlich an Bord. Um fünf Uhr lief die *Toscana* aus. Shannon und Langarotti sahen ihr vom Kai aus nach.
Langarotti fuhr Shannon am Vormittag zum Flughafen, damit Shannon rechtzeitig seine Maschine bekam. Er hatte dem Korsen beim Frühstück die letzten Instruktionen erteilt und ihm genügend Geld gegeben.
»Ich möchte viel lieber mitkommen«, sagte Jean Baptiste, »oder wenigstens auf dem Schiff sein.«
»Ich weiß«, entgegnete Shannon, »aber was du hier zu erledigen hast, ist außerordentlich wichtig. Es ist entscheidend für das ganze Unternehmen. Ich brauche einen zuverlässigen Mann, und du hast noch den Vorteil, Franzose zu sein. Außerdem kennst du zwei der Leute recht gut, und einer von ihnen spricht etwas Französisch. Janni könnte mit seinem südafrikanischen Paß dort niemals einreisen. Marc brauche ich an Bord, damit er die Besatzung einschüchtert, falls sie meutern sollte. Ich weiß, daß du mit deinem Messer besser bist als er mit seinen Fäusten, aber ich will keinen Streit, sondern den Leuten nur klarmachen, daß sie ihre Befehle auszuführen haben. Kurt brauche ich als Navigator für den Fall, daß Waldenberg nicht mitspielt. Sollte es zum Schlimmsten kommen, wird Waldenberg über Bord gehen, und Kurt muß das Schiff übernehmen. Also bleibst nur du.«
Langarotti erklärte sich bereit, den Auftrag zu übernehmen.
»Es sind anständige Burschen«, sagte er etwas zugänglicher. »Ich freue mich darauf, sie wiederzusehen.«
Als sie sich auf dem Flughafen verabschiedeten, erinnerte ihn Shannon:
»Alles kann in die Binsen gehen, wenn wir eintreffen und keinen Rückhalt vorfinden. Wir müssen uns darauf verlassen können, daß du keinen Fehler machst. Es ist alles vorbereitet. Tu nur das, was ich dir gesagt habe. Sollte es Schwierigkeiten geben, mußt du eben improvisieren. Wir sehen uns in einem Monat wieder.«
Er gab dem Korsen die Hand, ging durch die Zollkontrolle und bestieg seine Maschine über Paris nach Hamburg.

11. Kapitel

»Nach meinen Informationen können Sie die Granatwerfer und Bazookas nach dem zehnten Juni jederzeit abholen«, sagte Alan Baker. »Das wurde mir gestern per Fernschreiben noch einmal bestätigt.«

Shannon hatte den Waffenhändler am Tag nach seiner Ankunft in Hamburg angerufen und sich mit ihm zum Essen verabredet.
»Welcher Hafen?« fragte Shannon.
»Ploce.«
»Wie bitte?«
»Ploce. Ich buchstabiere: P-L-O-C-E. Das ist ein kleiner Hafen, ziemlich genau in der Mitte zwischen Split und Dubrovnik.«
Shannon überlegte. Er hatte Semmler angewiesen, in Genua die Seekarten für die gesamte jugoslawische Küste einzukaufen, aber doch angenommen, daß die Auslieferung der Waffen über einen größeren Hafen erfolgen würde. Er konnte nur hoffen, daß der Deutsche die Seekarte für den Bereich um Ploce besaß oder sie beschaffen konnte.
»Wie klein ist der Ort?«
»Sehr klein und sehr diskret. Ein halbes Dutzend Molen und zwei große Lagerhäuser. Die Jugoslawen benutzen den Hafen häufig für ihre Waffenexporte. Meine letzte Lieferung erfolgte auf dem Luftweg, aber man sagte mir gleich, daß Verschiffungen grundsätzlich von Ploce aus erfolgen würden. Je kleiner der Hafen, um so besser. Man findet immer einen freien Liegeplatz, und die Verladung erfolgt schneller. Außerdem gibt es dort nur einen kleinen Zollposten mit einem hoffnungslos unterbezahlten Chef. Wenn er sein Geschenk bekommt, sorgt er dafür, daß alles innerhalb weniger Stunden an Bord ist.«
»Okay, dann also Ploce am elften Juni«, sagte Shannon, und Baker notierte sich das Datum.
»Ist die *Toscana* in Ordnung?« fragte er Shannon. Es wäre ihm immer noch lieber gewesen, für seinen Freund das Geschäft mit der *San Andrea* perfekt zu machen, aber er beschloß, sich für spätere Gelegenheiten die *Toscana* zu merken. Er war sicher, daß Shannon das Schiff nach seiner derzeitigen Operation nicht mehr brauchen würde, und Baker war stets auf der Suche nach einem geeigneten Fahrzeug, das seine Warenlieferungen in entlegene Winkel der Erde bringen konnte.
»Sie ist in Ordnung«, sagte Shannon. »Die *Toscana* läuft gerade einen italienischen Hafen an, und ich muß sie per Fernschreiben oder schriftlich umdirigieren. Hatten Sie irgendwelche Schwierigkeiten?«
Baker rutschte auf seinem Stuhl hin und her.
»Doch, eine«, sagte er. »Den Preis.«
»Was ist damit?«
»Ich weiß, daß ich Ihnen Festpreise in Höhe von insgesamt vierzehntausendvierhundert Dollar angeboten habe. Aber im Laufe der letzten sechs Monate hat sich in Jugoslawien an der Abwicklung einiges geändert. Ich mußte einen jugoslawischen Partner hinzunehmen, um den Papierkrieg zeitgerecht zu bewältigen. Im Grunde genommen handelt es sich nur um einen weiteren Mittelsmann.«

»Na und?« fragte Shannon.

»Er bekommt dafür, daß er die verwaltungstechnische Abwicklung in Belgrad übernimmt, eine Gebühr oder ein Honorar. Alles in allem war das für Sie wahrscheinlich günstiger, weil auf diese Weise die Sendung rechtzeitig und ohne Störungen durch die Bürokratie abgefertigt wurde. Deshalb war ich auch bereit, diesen Partner in das Geschäft einzuschalten. Er ist der Schwager des zuständigen Beamten im Handelsministerium. Eine moderne Form der Vetternwirtschaft. Doch was kann man bei den Leuten schon erwarten? Sie sind nur geschickter geworden, aber der Balkan ist derselbe geblieben.«

»Wie hoch sind die zusätzlichen Kosten?«

»Tausend Pfund.«

»In Dinar oder Dollar?«

»In Dollar.«

Shannon überlegte. Vielleicht sagte Baker die Wahrheit, vielleicht versuchte er auch nur, etwas mehr Geld aus ihm herauszuquetschen. Falls es die Wahrheit war, wäre Baker im Falle einer Weigerung gezwungen gewesen, den Jugoslawen aus seinem eigenen Anteil zu bezahlen. Das hätte Bakers Gewinn sosehr geschmälert, daß er eventuell das Interesse an dem Geschäft verlor und sich nicht weiter um die Abwicklung kümmerte. Shannon brauchte Baker zumindest so lange, bis er die *Toscana* aus dem Hafen von Ploce in Richtung Spanien abdampfen sah.

»Na gut«, sagte er. »Wer ist dieser Geschäftspartner?«

»Ein gewisser Ziljak. Im Augenblick sorgt er persönlich dafür, daß die Lieferung pünktlich in das Lager in Ploce gebracht wird. Sobald das Schiff einläuft, schafft er das Zeug aus dem Lager an Bord und kümmert sich um die Zollabfertigung.«

»Ich dachte, daß wäre Ihre Aufgabe.«

»Ist es auch, aber leider muß ich jetzt dafür einen jugoslawischen Partner einschalten. Ehrlich, CAT: Es blieb mir nichts anderes übrig.«

»Dann werde ich den Mann auszahlen, und zwar mit Reiseschecks.«

»Das würde ich nicht tun«, sagte Baker.

»Warum nicht?«

»Empfänger der Sendung ist doch angeblich die Republik Togo, nicht wahr. Das sind Schwarze. Nun tritt noch ein Weißer auf, ganz offenkundig der Zahlmeister, und die Jugoslawen könnten allmählich den Braten riechen. Wenn Sie wollen, fahren wir zusammen nach Ploce, oder ich fahre allein hin. Aber falls Sie mitkommen wollen, müssen Sie sich für meinen Assistenten ausgeben. Außerdem müssen Reiseschecks bei einer Bank eingewechselt werden, und das heißt in Jugoslawien, daß man sich Namen und Ausweisnummer des Einreichers notiert. Ist der Einreicher ein Jugoslawe, stellt man unbequeme Fragen. Es wäre besser, Ziljaks Wunsch nachzukommen und in bar zu bezahlen.«

»In Ordnung«, sagte Shannon. »Ich werde hier in Hamburg einige Reiseschecks einlösen und mit Dollarnoten bezahlen. Aber Sie bekommen Ihr Geld in Schecks. Ich schleppe nie riesige Dollarbeträge mit mir herum. Bestimmt nicht nach Jugoslawien. Man erregt sonst leicht Aufmerksamkeit, und der Geheimdienst beginnt sich zu interessieren. Es könnte der Verdacht entstehen, man wollte eine Spionageorganisation finanzieren. Deshalb werden wir uns wie Touristen benehmen und Reiseschecks bei uns tragen.«
»Mir ist es recht«, sagte Baker. »Wann soll es losgehen?«
Shannon sah auf seine Uhr. Morgen war der dritte Juni.
»Übermorgen«, antwortete er. »Wir fliegen nach Dubrovnik und gönnen uns eine Woche Urlaub in der Sonne. Ich brauche ohnehin eine Ruhepause. Sie können am Achten oder Neunten nachkommen, aber keinen Tag später. Ich miete einen Wagen, und wir fahren am zehnten Juni die Küste hinauf nach Ploce. An diesem Abend oder spätestens am frühen Morgen des elften Juni läuft die *Toscana* ein.«
»Fliegen Sie allein hin«, sagte Baker, »ich habe in Hamburg viel zu erledigen und komme am Neunten nach.«
»Aber unbedingt«, schärfte ihm Shannon ein. »Sollten Sie nicht auftauchen, werde ich Sie holen. Und dann können Sie etwas erleben.«
»Ich komme bestimmt«, versprach Baker. »Vergessen Sie nicht, daß ja noch den Rest meines Geldes haben will. Bisher habe ich bei diesem Geschäft nur zugelegt. Ich bin an der pünktlichen Abwicklung genauso sehr interessiert wie Sie.«
Das war die Einstellung, die Shannon bei ihm erzeugen wollte.
»Ich nehme doch an, daß Sie über das Geld verfügen?« fragte Baker und griff nach einem Stück Würfelzucker.
Shannon hielt ihm ein Bündel von Dollar-Schecks über hohe Beträge unter die Nase. Der Waffenhändler lächelte.
Sie standen auf und riefen vor Verlassen des Restaurants eine Hamburger Chartergesellschaft an, die sich auf Pauschalreisen für Tausende von deutschen Urlaubern an der Adriaküste spezialisiert hatte. Von dieser Gesellschaft ließen sie sich die drei besten Hotels in dem jugoslawischen Urlaubsort nennen. Baker bekam Anweisung, in diesen Hotels nach einem gewissen Keith Brown zu fragen.

Johann Schlinker war, was die Abwicklung seines Auftrags anbetraf, genauso zuversichtlich wie Baker, nur ahnte er natürlich nicht, daß Shannon auch von Baker beliefert wurde. Höchstwahrscheinlich kannten sich die beiden, aber es bestand keinerlei Gefahr, daß sie miteinander über Geschäfte sprachen.
»Der Verladehafen sollte Valencia sein, aber das muß noch festgelegt werden und wird ohnehin von den spanischen Behörden entschieden«,

erklärte Schlinker. »Ich habe aus Madrid erfahren, daß die Verladung zwischen dem sechzehnten und zwanzigsten Juni erfolgen soll.«
»Der zwanzigste Juni wäre mir lieber«, sagte Shannon. »Ich möchte, daß die *Toscana* am Abend des Neunzehnten anlegt und am nächsten Morgen beladen wird.«
»Gut«, sagte Schlinker. »Ich werde meinen Geschäftsfreund in Madrid benachrichtigen. Für gewöhnlich kümmert er sich selbst um Transport und Verladung und arbeitet in Valencia mit einem erstklassigen Spediteur zusammen, der die Zollbeamten persönlich sehr gut kennt. Dort dürfte kaum mit Schwierigkeiten zu rechnen sein.«
»Es darf keine Schwierigkeiten geben«, sagte Shannon drohend. »Das Schiff ist schon einmal aufgehalten worden, und wenn ich die Lieferung am zwanzigsten Juni an Bord nehme, bleibt mir für meinen eigenen Schlußtermin kein zeitlicher Spielraum mehr.«
Das stimmte zwar nicht, aber er sah keine Veranlassung, Schlinker nicht in diesem Glauben zu lassen.
»Ich möchte bei der Verladung selbst zugegen sein«, sagte er zu dem Waffenhändler.
Schlinker schob die Lippen vor. »Sie können den Vorgang natürlich aus der Ferne beobachten«, sagte er, »davon kann ich Sie nicht abhalten. Aber da es sich bei dem Kunden angeblich um einen arabischen Staat handelt, dürfen Sie nicht als Käufer der Ware auftreten.«
»Ich möchte außerdem in Valencia an Bord gehen«, sagte Shannon.
»Das wird noch schwieriger sein. Das ganze Hafengebiet ist hermetisch abgeriegelt. Unbefugten ist der Zutritt verboten. Wenn Sie das Schiff betreten wollen, müssen Sie durch die Paßkontrolle. Außerdem wird ein Mann der Guardia Civil am Fuß der Gangway stehen, da die *Toscana* Munition befördert.«
»Was ist, wenn der Kapitän noch einen Matrosen braucht? Könnte er nicht in Valencia einen Mann anheuern?«
Schlinker überlegte.
»Ich denke schon. Haben Sie etwas mit der Reederei zu tun, der das Schiff gehört?«
»Auf dem Papier nicht«, antwortete Shannon.
»Der Kapitän müßte beim Einlaufen der Hafenbehörde mitteilen, er hätte im letzten Hafen einem Besatzungsmitglied erlaubt, zur Beerdigung seiner Mutter nach Hause zu fliegen und in Valencia wieder an Bord zu kommen. In diesem Fall dürfte es keinen Ärger geben. Aber Sie müßten sich als Berufsmatrose ausweisen können, Mister Brown. Sie brauchen dafür eine Heuerkarte, die auf Ihren Namen ausgestellt ist.«
Shannon überlegte einige Minuten.
»Okay, die kann ich mir besorgen«, sagte er.
Schlinker blätterte in seinem Terminkalender.

»Zufällig bin ich am Neunzehnten und Zwanzigsten auch in Madrid«, sagte er. »Ich habe dort noch etwas anderes zu erledigen. Ich wohne im Hotel ›Mindanao‹. Dort können Sie mich erreichen, wenn Sie mich brauchen. Wenn das Schiff am Zwanzigsten beladen werden soll, wird der Konvoi mit einer Eskorte der spanischen Armee im Laufe der Nacht die Ladung zur Küste bringen und in der ersten Morgendämmerung eintreffen. Wenn Sie überhaupt an Bord wollen, sollten Sie auf das Schiff gehen, bevor der Militärkonvoi den Hafen erreicht.«

»Ich könnte schon am Neunzehnten in Madrid sein«, sagte Shannon. »Ich würde mich dann bei Ihnen vergewissern, daß der Konvoi tatsächlich pünktlich abgefahren ist. Wenn ich schnell fahre, bin ich vor den Lastwagen in Valencia und besteige die *Toscana* als der aus einem Urlaub zurückgekehrte Seemann, bevor die Ladung ankommt.«

»Das liegt ganz bei Ihnen«, sagte Schlinker. »Ich meinerseits werde über meine Beauftragten auf ganz normalem Weg die Abfertigung und Verladung für den frühen Morgen des Zwanzigsten vorbereiten lassen. Dazu bin ich vertraglich verpflichtet. Es ist Ihre eigene Angelegenheit, wenn Sie im Hafen das Schiff betreten und damit ein Risiko eingehen. Dafür kann ich keinerlei Verantwortung übernehmen. Ich kann Sie nur darauf hinweisen, daß alle Schiffe, die Waffen aus Spanien transportieren, von der Armee und vom Zoll durchsucht werden. Wenn Ihretwegen beim Verladen oder bei der Abfertigung des Schiffes etwas schiefgeht, ist das nicht meine Angelegenheit. Und noch etwas: Nach der Übernahme von Waffen hat jedes Schiff innerhalb von sechs Stunden aus einem spanischen Hafen auszulaufen und darf erst nach dem Löschen der Ladung wieder spanische Hoheitsgewässer berühren. Außerdem muß die Ladeliste vollkommen in Ordnung sein.«

»Das wird sie«, versprach Shannon. »Wir sehen uns am Morgen des Neunzehnten in Madrid.«

Kurt Semmler hatte vor der Abreise aus Toulon einen Brief an die Schiffahrtsagenten der *Toscana* in Genua geschrieben und Shannon gebeten, ihn aufzugeben. Darin wurde mitgeteilt, daß sich eine kleine Veränderung der Reiseroute ergeben hätte: Die *Toscana* werde von Toulon aus nicht auf direktem Weg nach Marokko laufen, sondern vorher in Brindisi weitere Ladung aufnehmen. Semmler teilte der Agentur ferner mit, er hätte die Ladung in Toulon selbst besorgt und sie sei als Eilsendung sehr lukrativ, während die Mischladung aus Toulon nach Marokko nicht so eilig sei. Semmlers Worte als geschäftsführender Direktor der Spinetti Maritimo hatten Gewicht. Er forderte die Agenten in Genua auf, für den siebenten und achten Juni telegrafisch einen Liegeplatz in Brindisi zu reservieren und das Hafenbüro zu ersuchen, eventuelle Postsendungen für die *Toscana* bis zum Tag der Ankunft zurückzubehalten.

Dazu gehörte ein Brief, den Shannon von Hamburg aus abschickte. Er war an Signore Kurt Semmler MS *Toscana*, c/o Hafenbüro Brindisi, Italien gerichtet.
Er teilte Semmler mit, daß er von Brindisi aus nach Ploce an der jugoslawischen Adriaküste weiterzufahren hätte und sich unbedingt Seekarten des schwierigen Küstenstrichs nördlich der Insel Korcula an Ort und Stelle besorgen sollte, falls er sie noch nicht hätte. Die *Toscana* müßte am Abend des zehnten Juni in Ploce einlaufen, ein Liegeplatz sei reserviert. Die Agenten in Genua brauchten von dem kurzen Abstecher Brindisi–Ploce nicht unterrichtet zu werden.
Seine letzte Anweisung an Kurt Semmler war besonders wichtig. Er bat den ehemaligen Schmuggler um die Beschaffung einer gestempelten und gültigen Heuerkarte für einen Leichtmatrosen namens Keith Brown, ausgestellt von den italienischen Behörden. Zweitens sei eine Ladeliste erforderlich, aus der hervorgehe, daß die *Toscana* von Brindisi aus ohne Zwischenaufenthalt nach Valencia gefahren sei, und daß sie von Valencia aus, nach Übernahme der Ladung, den Hafen Latakia in Syrien anlaufen werde. Zur Besorgung dieser Dokumente sollte Semmler seine alten Verbindungen in Brindisi spielen lassen.
Bevor Shannon von Hamburg aus nach Jugoslawien reiste, schrieb er noch einen Brief an Simon Endean in London. Endean wurde darin ersucht, sich am sechzehnten Juni mit Shannon in Rom zu treffen und bestimmte Seekarten mitzubringen.

Etwa um dieselbe Zeit tuckerte die *Toscana* mit ruhiger Fahrt durch den Bocche di Bonifazio, die strahlend blaue Wasserstraße zwischen der Südspitze Korsikas und dem nördlichsten Punkt Sardiniens. Die pralle Sonnenhitze wurde durch einen leichten Wind gemildert. Marc Vlaminck lag mit bloßem Oberkörper auf dem Deckel der großen Ladeluke, unter sich ein feuchtes Handtuch; mit seiner ölglänzenden Haut erinnerte er an ein rosarotes Nilpferd. Janni Dupree, der in der Sonne immer gleich feuerrot anlief, hockte unter einer Markise gleich hinter den Aufbauten und trank an diesem Vormittag schon seine zehnte Flasche Bier. Der Leichtmatrose Cipriani strich die Reling am Bug weiß an, und der Erste Maat Norbiatto schnarchte nach einer langen Nachtwache unten in seiner Koje.
Der Ingenieur Grubic hielt sich unten im stinkenden Maschinenraum auf und ölte irgendwelche beweglichen Teile, die nur er richtig kannte, die aber zweifellos von lebenswichtiger Bedeutung waren, wenn die *Toscana* gleichmäßig mit ihren acht Knoten durch das Mittelmeer dampfen sollte. Im Ruderhaus tauschten Kurt Semmler und Karl Waldenberg bei kühlem Bier Erinnerungen aus ihrem bewegten Leben aus.
Jean Baptiste Langarotti wäre jetzt gern hier gewesen. Er hätte dann von der Backbordreling aus beobachten können, wie die grauweiße, sonnen-

verbrannte Küste seiner Heimat in kaum vier Meilen Entfernung vorüberglitt. Aber er war viele Meilen entfernt in Westafrika, wo die Regenzeit schon eingesetzt hatte und wo trotz der Fieberhitze bleigraue Wolken am Horizont hingen.

Alan Baker betrat am Abend des neunten Juni Shannons Hotel in Dubrovnik. Er wirkte müde.
Im Gegensatz dazu ging es CAT Shannon, der gerade vom Strand zurückkam, erheblich besser. Eine Woche lang hatte er sich in dem jugoslawischen Urlaubsort wie jeder andere Tourist benommen: Er lag viel in der Sonne und schwamm jeden Tag mehrere Meilen. Er war schmaler geworden, aber von der Sonne gebräunt und gut in Form. Außerdem war er in optimistischer Laune.
Nach der Ankunft im Hotel hatte er nach Brindisi telegrafiert und Semmler gebeten, die Ankunft des Schiffes sowie den Empfang des postlagernden Briefes aus Hamburg zu bestätigen. An diesem Morgen war Semmlers Antworttelegramm eingetroffen. Die *Toscana* war sicher in Brindisi angekommen, und was den Inhalt des Briefes betraf, werde alles wunschgemäß erledigt. Am Morgen des neunten Juni wollten sie wieder auslaufen und am zehnten Juni um Mitternacht den Bestimmungsort erreichen.
Das teilte Shannon dem Waffenhändler bei einem Drink auf der Hotelterrasse mit. Er hatte Baker für diese Nacht ein Zimmer reservieren lassen. Baker nickte und lächelte zufrieden.
»Sehr schön. Vor zwei Tagen hat mir Ziljak aus Belgrad telegrafiert. Die Kisten sind in Ploce eingetroffen und liegen unter strenger Bewachung in einem staatlichen Lagerhaus gleich am Kai.«
Sie verbrachten die Nacht in Dubrovnik und fuhren am nächsten Morgen mit einem Taxi die rund fünfzig Kilometer hinauf nach Ploce. Der Klapperkasten schien viereckige Räder und Federn aus Schmiedeeisen zu haben, aber trotzdem war die Fahrt entlang der Küste sehr erfreulich. Meilenweit erstreckte sich hier unberührtes Land, noch nicht verdorben vom Tourismus. Auf halbem Wege hielten sie in dem kleinen Ort Slano an, um eine Tasse Kaffee zu trinken und sich die Beine zu vertreten.
Um die Mittagszeit erreichten sie ihr Hotel und warteten auf der schattigen Terrasse, bis das Hafenbüro um vier Uhr nachmittags wieder öffnete. Der Hafen liegt an einem breiten Becken von tiefblauem Wasser, zur See hin geschützt durch die langgestreckte Halbinsel Peljesac, die südlich von Ploce ins Meer hinausragt und parallel zur Küste nach Norden verläuft. Oben im Norden wird die Durchfahrt zwischen der Spitze der Halbinsel und der Küste selbst von der Felseninsel Hvar fast versperrt; nur eine schmale Wasserstraße führt zu der Salzwasserlagune, an der Ploce liegt. Diese fast fünfzig Kilometer lange Lagune, zu neun Zehnteln von Land umgeben, ist ein Paradies für Schwimmer, Angler und Segler.

Als sie sich dem Hafenbüro näherten, hielt wenige Meter entfernt mit quietschenden Bremsen ein klappriger Volkswagen an und hupte laut. Shannon erstarrte. Sein Instinkt meldete Gefahr. Das hatte er die ganze Zeit befürchtet: Irgendeinen Fehler im Papierkram, ein plötzliches Eingreifen der Behörden, langwierige Verhöre auf der hiesigen Polizeiwache. Der Mann, der aus dem Käfer kletterte und vergnügt winkte, konnte nicht gut ein Polizist sein, da den Polizeibeamten in allen totalitären Staaten des Ostens und des Westens offenbar von ihrer Dienstvorschrift das Lächeln streng verboten wird. Shannon warf Baker einen Blick zu und sah, wie dieser erleichtert aufatmete.

»Ziljak«, murmelte er mit halb geschlossenen Lippen und ging auf den Jugoslawen zu. Der Mann erinnerte an einen großen, zottigen, liebenswürdigen Bären mit schwarzem Haar. Er umarmte Baker herzlich. Bei der Vorstellung erfuhr Shannon, daß sein Vorname Kemal war. Der Mann schien türkisches Blut in den Adern zu haben – ein weiterer Pluspunkt in Shannons Augen. Diese Leute sind für gewöhnlich tapfere Kämpfer und gute Kameraden, und außerdem besitzen sie eine gesunde Abneigung gegen jegliche Bürokratie.

»Mein Assistent«, sagte Baker.

Ziljak schüttelte Shannon die Hand und murmelte ein paar unverständliche Worte, vermutlich auf serbokroatisch. Da viele Jugoslawen ein paar Brocken Deutsch sprechen, verständigten sich Baker und Ziljak in dieser Sprache. Englisch konnte Ziljak nicht.

Mit Ziljaks Hilfe machten sie den Leiter des Zollamtes ausfindig und wurden zu einer ersten Besichtigung in das Lagerhaus geführt. Der Zollbeamte sagte ein paar Worte zu dem Posten an der Tür. In einer Ecke des Gebäudes fanden sie ihre Kisten. Es waren dreizehn: Eine enthielt anscheinend die beiden Bazookas, zwei weitere je einen Granatwerfer mitsamt Bodenplatten und Zielvorrichtung. Die restlichen Kisten waren mit Munition gefüllt: Vier enthielten je zehn Bazooka-Raketen, die anderen sechs die bestellten dreihundert Bomben für die Granatwerfer. Die Kisten waren aus frischem Holz gezimmert und trugen keinerlei Inhaltsangabe, sondern lediglich aufgemalte Seriennummern und das Wort *Toscana*.

Ziljak und der Chef des Zollamtes schienen glücklicherweise denselben Dialekt zu sprechen. Das erleichterte die Abwicklung; denn manchmal ergeben sich Verständigungsschwierigkeiten daraus, daß in Jugoslawien sieben Hauptsprachen und dutzende Dialekte gesprochen werden.

Nach einer Weile wandte sich Ziljak an Baker und sagte einige Sätze in seinem stockenden Deutsch. Baker antwortete, und Ziljak übersetzte die Antwort für den Zollbeamten. Lächeln, allgemeines Händeschütteln, dann ging man wieder. Die Sonnenhitze draußen traf Shannon mit der Wucht eines Vorschlaghammers.

»Was war denn eigentlich los?« fragte Shannon.

»Der Zollbeamte fragte Kemal, ob nicht ein kleines Geschenk für ihn drin sei«, antwortete Baker. »Kemal hat ihm ein schönes Bakschisch versprochen, falls beim Papierkrieg keine Schwierigkeiten auftreten und das Schiff morgen früh pünktlich beladen wird.«
Shannon hatte Baker bereits die erste Hälfte der tausend Pfund ausgehändigt, die als Ziljaks Prämie für seine Unterstützung bei der Abwicklung des Geschäftes bestimmt waren. Baker nahm nun den Jugoslawen beiseite und steckte ihm das Geld zu. Die Freundschaft des schwarzhaarigen Bären wurde daraufhin noch herzlicher. Sie gingen ins Hotel, um den Abschluß mit einem Slibowitz zu begießen. Zumindest hatte Baker von einem gesprochen. Doch Ziljak schien mengenmäßig andere Vorstellungen zu haben. Glückliche Jugoslawen trinken Slibowitz nie in kleinen Mengen. Mit fünfhundert Pfund in der Tasche bestellte Ziljak eine ganze Flasche von dem erstklassigen Pflaumenschnaps und dazu immer neue Schüsselchen mit Mandeln und Oliven. Als die Sonne unterging und der milde adriatische Abend sich über das Städtchen senkte, wurden Ziljaks Erinnerungen an die Kriegsjahre wach, die er mit Titos Partisanen in den bosnischen Bergen im Norden zugebracht hatte.
Baker wurde mit der Übersetzung sehr strapaziert. Kemal erzählte begeistert von seinen Streifzügen durch die Berge Montenegros, gleich hinter Dubrovnik an der Küste der Herzegowina entlang und in der kühleren, fruchtbaren Waldgegend nördlich von Split in Bosnien. Er sonnte sich in der Vorstellung, daß man ihn früher auf der Stelle erschossen hätte, wenn er sich in eine der Städte gewagt hätte, die er jetzt im Auftrag seines Schwagers, des Beamten, bereiste. Shannon fragte ihn, ob er als ehemaliger Partisan ein überzeugter Kommunist sei. Baker gebrauchte in der Übersetzung das Wort ›guter Kommunist‹. Ziljak schlug sich mit beiden Fäusten an die Brust.
»Guter Kommunist!« rief er mit weit aufgerissenen Augen und zeigte auf sich. Dann zwinkerte er Shannon zu, warf den Kopf in den Nacken, brüllte vor Lachen und goß sich ein weiteres Glas Slibowitz hinter die Binde. Hinter seinem Gürtel steckten die zusammengefalteten Banknoten der ersten Hälfte seiner tausend Pfund Prämie. Shannon mußte ebenfalls lachen und wünschte sich, daß der Hüne sie nach Zangaro begleiten könnte. Mit solchen Männern war er gern beisammen.
Sie verzichteten auf das Abendessen und schwankten um Mitternacht zurück zum Kai, um die Ankunft der *Toscana* zu beobachten. Sie passierte gerade die Hafeneinfahrt und hatte eine Stunde später an der einzigen Mole aus roh behauenem Stein festgemacht. Am Bug stand Semmler und sah hinunter auf den schlecht beleuchteten Kai. Sie nickten einander zu. Waldenberg sprach am oberen Ende der Gangway mit seinem Ersten Maat. Nach Shannons Instruktionen war er angewiesen worden, das Reden Semmler zu überlassen.

Nachdem Baker und Ziljak ins Hotel zurückgekehrt waren, mogelte sich Shannon unbemerkt die Laufplanke hinauf und verschwand in der winzigen Kapitänskajüte. Semmler holte Waldenberg herein, dann schlossen sie die Tür hinter sich ab.
Shannon brachte Waldenberg schonend bei, was die *Toscana* hier in Ploce tatsächlich an Bord nehmen sollte. Der deutsche Kapitän zuckte nicht mit der Wimper. Seine Miene blieb ausdruckslos, bis Shannon fertig war.
»Ich habe noch nie Waffen befördert«, sagte er dann. »Sie behaupten, daß diese Ladung legal ist?«
»Absolut legal«, antwortete Shannon. »Die Waffen wurden in Belgrad gekauft, per Lastwagen hierher transportiert, und natürlich wissen die Behörden, was die Kisten enthalten. Sonst bekämen wir keine Ausfuhrgenehmigung. Die Genehmigung ist nicht gefälscht, niemand wurde bestochen. Nach jugoslawischem Gesetz handelt es sich um eine absolut legale Warensendung.«
»Und nach dem Gesetz des Bestimmungslandes?« fragte Waldenberg.
»Die *Toscana* wird die Hoheitsgewässer des Landes, in dem die Waffen benutzt werden sollen, niemals berühren«, sagte Shannon. »Nach Ploce werden wir noch zwei weitere Häfen anlaufen. Es geht jeweils um die Übernahme weiterer Ladungen. Sie wissen, daß Schiffe niemals durchsucht werden, wenn sie einen Hafen nur anlaufen, um Ladung aufzunehmen, es sei denn, die Behörden hätten einen Hinweis erhalten.«
»Trotzdem kommt das vor«, sagte Waldenberg. »Wenn ich diese Dinge an Bord habe, die nicht in der Ladeliste stehen, und sie werden bei einer Durchsuchung gefunden, wird das Schiff beschlagnahmt, und ich lande im Gefängnis. Von Waffen war nie die Rede. Seit den Zwischenfällen mit der Organisation Schwarzer September und der IRA fahndet man überall nach Waffensendungen.«
»Aber nicht in Häfen, wo nur Ladung an Bord genommen wird«, sagte Shannon.
»Von Waffen war nie die Rede«, wiederholte Waldenberg.
»Sie dachten wohl an illegale Einwanderer nach Großbritannien?« fragte Shannon.
»Solange sie ihren Fuß nicht auf britischen Boden setzen, sind sie nicht illegal«, erklärte der Kapitän. »Die *Toscana* würde außerhalb der britischen Hoheitszone bleiben. Die Leute könnten in Motorbooten an Land gebracht werden. Bei Waffen ist das anders. Sie befinden sich illegal auf diesem Schiff, weil sie nicht auf der Ladeliste stehen. Warum setzen wir sie nicht darauf? Erklären Sie einfach, daß diese Waffen ganz legal von Ploce nach Togo transportiert werden. Niemand kann uns etwas nachweisen, wenn wir später vom Kurs abweichen.«
»Das hat seinen Grund: Wenn sich bereits Waffen an Bord befinden, werden die spanischen Behörden niemals erlauben, daß die *Toscana* Va-

lencia oder einen anderen spanischen Hafen anläuft. Nicht einmal im Transit. Und ganz bestimmt nicht, um weitere Waffen aufzunehmen. Deshalb dürfen sie nicht auf der Ladeliste stehen.«
»Woher kommen wir also nach Spanien?« fragte Waldenberg.
»Aus Brindisi«, antwortete Shannon. »Wir wollten dort Ladung an Bord nehmen, aber sie wurde nicht termingerecht fertig. Daraufhin befahl Ihnen die Reederei, nach Valencia zu laufen und eine neue Ladung für Latakia an Bord zu nehmen. Natürlich haben Sie dieser Anweisung gehorcht.«
»Und wenn die spanische Polizei das Schiff durchsucht?«
»Dafür gibt es nicht den geringsten Anlaß«, sagte Shannon. »Für den Fall, daß es trotzdem geschieht, müssen wir die Kisten unter Deck in den Bilgen verschwinden lassen.«
»Wenn man sie dort findet, gibt es für uns keine Rettung mehr«, erklärte Waldenberg. »Sie werden glauben, daß das Zeug für die baskischen Terroristen bestimmt ist. Wir kämen nie mehr aus dem Gefängnis heraus.«
Sie diskutierten bis drei Uhr morgens. Die Sache kostete Shannon eine Prämie von fünftausend Pfund, fällig je zur Hälfte vor dem Verladen und nach dem Auslaufen aus Valencia. Der Zwischenaufenthalt in dem afrikanischen Hafen kostete keine weitere Gebühr; dort waren keine Schwierigkeiten zu erwarten.
»Sie kümmern sich um die Mannschaft?« fragte Shannon.
»Um die kümmere ich mich schon«, versprach Waldenberg mit einer Entschiedenheit, die keine Zweifel offen ließ.
Nach seiner Rückkehr ins Hotel traf sich Shannon noch mit Baker und zahlte ihm das dritte Viertel der Rechnungssumme in Höhe von dreitausendsechshundert Dollar aus. Dann versuchte er, ein wenig Schlaf zu bekommen. Das war nicht leicht. Die schwüle Nachtluft preßte ihm den Schweiß aus allen Poren, und er hatte ständig die *Toscana* vor Augen, die unten im Hafen lag, während sich die Waffen noch im Schuppen befanden. Jetzt durfte einfach nichts mehr schiefgehen. Er war seinem Ziel so nahe – nur durch drei kurze Formalitäten von dem Punkt getrennt, von dem an ihn keine Macht der Welt mehr aufhalten konnte.
Die Sonne stand schon ein ganzes Stück über dem Horizont, als um sieben Uhr das Beladen begann. Ein Zollbeamter, mit einem Karabiner bewaffnet, begleitete jede der Kisten, die auf Handwagen an den Kai gerollt und dann mit dem Ladegeschirr der *Toscana* an Bord gehievt wurden. Keine der Kisten war sehr groß. Vlaminck und Cipriani konnten sie unten in der Luke leicht an Ort und Stelle rücken, bevor sie auf dem Boden des Laderaumes vertäut wurden. Um neun Uhr war alles ausgestanden, und die Luke schloß sich wieder.
Waldenberg hatte seinem Ingenieur befohlen, das Schiff klar zum Auslaufen zu machen. Das ließ sich Grubic nicht zweimal sagen. Später erfuhr Shannon, daß der Ingenieur plötzlich unsichtbar geworden war, als er drei

Stunden nach dem Auslaufen von Brindisi erfahren hatte, daß sein Heimatland angesteuert wurde. Offenbar wurde er dort aus irgendeinem Grund gesucht. Er versteckte sich in seinem Maschinenraum, und niemand kümmerte sich um ihn.

Während die *Toscana* aus dem Hafenbecken hinausdampfte, erhielt Baker von Shannon die restlichen dreitausendsechshundert Dollar sowie die zweiten fünfhundert Pfund für Ziljak. Keiner der beiden ahnte, daß Vlaminck auf Shannons Anweisung bei der Übernahme der Kisten in fünf Fällen heimlich die Deckel gelockert und Stichproben gemacht hatte. Die Ladung war in Ordnung. Vlaminck hatte Semmler zugewinkt, der oben auf Deck stand, und Semmler hatte sich die Nase geputzt. Shannon sah dieses Zeichen und wußte nun, daß die Kisten kein Alteisen enthielten. Solche Tricks kamen im Waffenhandel nicht selten vor.

Nachdem Baker sein Geld bekommen hatte, steckte er Ziljak die zweiten fünfhundert Pfund zu und tat, als stammten sie aus seiner eigenen Tasche. Der Jugoslawe sorgte dafür, daß der Chef des Zollamtes ein anständiges Mittagessen bekam. Dann verließen Alan Baker und sein britischer ›Assistent‹ unauffällig die Stadt.

Shannon strich auf seinem Kalender den siebenundsechzigsten Tag der Hundert-Tage-Frist ab, die ihm Sir James Manson für die Ausführung des Unternehmens gesetzt hatte.

Kaum befand sich die *Toscana* wieder draußen auf hoher See, da machte Kapitän Waldenberg klar Schiff. Die drei übrigen Besatzungsangehörigen wurden zu Unterredungen unter vier Augen in seine Kajüte geholt. Keiner von ihnen ahnte, daß ihm ein verhängnisvoller Betriebsunfall drohte, sollte er den weiteren Dienst auf der *Toscana* verweigern. Wenn man einen Menschen spurlos verschwinden lassen will, gibt es dafür keine bessere Gelegenheit als eine Neumondnacht auf hoher See; Vlaminck und Dupree wären durchaus imstande gewesen, jeden ausgewachsenen Mann im hohen Bogen über Bord zu werfen. Möglicherweise wirkte ihre Anwesenheit überzeugend. Jedenfalls gab es keine Weigerung.

Waldenberg verteilte tausend der zweieinhalbtausend Pfund, die er von Shannon in Form von Reiseschecks erhalten hatte. Der jugoslawische Ingenieur war heilfroh, seiner Heimat wieder den Rücken kehren zu können; er steckte kommentarlos seine zweihundertfünfzig Pfund ein und kehrte zu seinen Maschinen zurück. Der Erste Maat Norbiatto regte sich bei dem Gedanken an ein spanisches Gefängnis furchtbar auf, aber seine sechshundert Pfund in Dollarnoten beruhigten ihn wieder und verbesserten seine Chance, jemals ein eigenes Schiff zu erwerben, ganz beträchtlich. Den Leichtmatrosen Cipriani schien der Gedanke, auf einem Schiff voller Konterbande Dienst zu tun, fast zu beglücken. Er nahm seine einhundertfünfzig Pfund mit einem begeisterten *molto grazie* entgegen und

murmelte beim Weggehen: »Ist das ein Leben!« Seine Phantasie war beschränkt, und von spanischen Gefängnissen wußte er nichts.
Nachdem dieser Punkt erledigt war, wurden die Kisten aufgebrochen. Die Männer waren den ganzen Nachmittag über damit beschäftigt, den Inhalt zu kontrollieren, in Plastikbeutel zu wickeln und alles tief unter den Planken des Laderaumes in den Bilgen des Schiffes zu verstauen. Dann wurden die Planken wieder aufgelegt und mit einer harmlosen Ladung, bestehend aus Kleidungsstücken, Schlauchbooten und Außenbordmotoren, bedeckt.
Zuletzt sagte Semmler zu Waldenberg, er sollte die Fässer mit dem Castrol-Öl lieber in die hinterste Ecke des Vorratsraumes schieben. Als Waldenberg den Grund erfuhr, verlor er doch die Fassung. Er gebrauchte Ausdrücke, die man auch beim besten Willen nur als bedauerlich bezeichnen kann.
Semmler beruhigte ihn wieder. Sie tranken ein Bier miteinander, während die *Toscana* nach Süden in Richtung auf den Otranto-Kanal und das Ionische Meer dampfte. Zuletzt begann Waldenberg zu lachen.
»Schmeisser-MPs«, rief er. »Die verdammten Schmeisser! Mensch, lange nicht mehr gehört!«
»Nun, man wird sie bald wieder hören«, sagte Semmler.
Waldenberg wurde nachdenklich.
»Wissen Sie was«, murmelte er dann. »Am liebsten möchte ich mit Ihnen an Land gehen.«

12. Kapitel

Als Shannon ankam, las Simon Endean gerade die *Times*. Er hatte die Zeitung morgens vor dem Abflug nach Rom in London gekauft. Die Halle des Hotels ›Excelsior‹ war fast leer, da die meisten Gäste mit ihrem Vormittagskaffee draußen auf der Terrasse saßen, zusahen, wie sich der chaotische römische Verkehr zentimeterweise an ihnen vorbeischob, und dabei versuchten, sich miteinander zu verständigen.
Shannon hatte diesen Treffpunkt nur gewählt, weil er von Dubrovnik aus leicht erreichbar war und auf gerader Linie nach Madrid lag. Er hielt sich zum erstenmal in Rom auf und fand die Lobhudeleien der Reiseführer sehr übertrieben. Es liefen mindestens sieben verschiedene Streiks gleichzeitig, unter anderem auch bei der Müllabfuhr, und so stank die Stadt zum Himmel. Überall auf den Bürgersteigen und in den Seitengassen lagen ganze Haufen von verwesendem Obst und anderen Abfällen.
Shannon nahm neben dem Mann aus London Platz und genoß nach der Hitze der anstrengenden Taxifahrt, die eine Stunde gedauert hatte, die angenehme Kühle der Hotelhalle. Endean betrachtete ihn.

»Sie haben lange nichts von sich hören lassen«, sagte er kalt. »Meine Geschäftsfreunde glaubten schon fast, Sie hätten sich verdrückt. Das war unklug von Ihnen.«
»Es hatte wenig Sinn, mich zu melden, wenn es nichts mitzuteilen gab. Dieses Schiff fliegt schließlich nicht übers Wasser. Es braucht seine Zeit, um von Toulon nach Jugoslawien zu kommen, und während dieses Zeitraumes gab es nichts zu berichten«, sagte Shannon. »Übrigens – haben Sie die Seekarten mitgebracht?«
»Selbstverständlich.«
Endean deutete auf die prallgefüllte Aktentasche neben seinem Sessel. Endean hatte Shannons Brief aus Hamburg bekommen und dann mehrere Tage bei drei führenden Fachverlagen für Seekarten in der Leadenhall Street in London zugebracht. In mehreren Partien hatte er Spezialkarten der Zufahrtswege für die gesamte Afrikaküste von Casablanca bis Kapstadt erstanden.
»Warum zum Teufel brauchen Sie so viele?« fragte er verärgert. »Ein bis zwei Karten hätten doch genügt.«
»Aus Sicherheitsgründen«, sagte Shannon knapp. »Falls Sie oder ich beim Zoll durchsucht werden, oder falls das Schiff in einem Hafen kontrolliert werden sollte, würde uns eine einzelne Karte von unserem Zielgebiet verraten. Nun kann niemand – nicht einmal Kapitän und Mannschaft – herausfinden, welcher Abschnitt der Küste mich wirklich interessiert. Ich brauche es ihnen erst im allerletzten Augenblick zu sagen, und dann ist es schon zu spät. Haben Sie die Dias auch mit?«
»Ja, natürlich.«
Endean hatte von sämtlichen Fotos, die Shannon aus Zangaro mitgebracht hatte, sowie von den Landkarten und Skizzen der Stadt Clarence und der gesamten Küste Zangaros Diapositive anfertigen lassen.
Shannon selbst hatte bereits auf dem Flughafen in London zollfrei einen Diaprojektor gekauft und ihn für die *Toscana* nach Toulon geschickt.
Nun erstattete er Endean einen umfassenden Bericht, der mit seiner Abreise aus London begann. Er streifte den Aufenthalt in Brüssel, das Verladen der Schmeisser-Maschinenpistolen und der übrigen Ausrüstung in Toulon, die Gespräche mit Schlinker und Baker in Hamburg und die vor wenigen Tagen in Ploce erfolgte Verladung der jugoslawischen Waffen. Endean hörte ihm schweigend zu und machte sich einige Notizen für den Bericht, den er später Sir James Manson zu erstatten hatte.
»Wo hält sich die *Toscana* jetzt auf?« fragte er schließlich.
»Sie müßte auf dem Weg nach Valencia ein Stück südöstlich von Sardinien sein.«
Shannon fuhr mit den weiteren Plänen fort: In drei Tagen sollten die vierhunderttausend Schuß Neun-Millimeter-Munition für die Maschinenpistolen in Valencia an Bord genommen werden, dann konnte das

Schiff nach Afrika in See stechen. Daß sich einer seiner Leute bereits in Afrika aufhielt, erwähnte er nicht.
»Etwas müssen Sie mir noch erklären«, sagte er zu Endean. »Was geschieht nach dem Überfall? Wie geht es in der Morgendämmerung weiter? Wir können uns nämlich nicht allzulange halten, bis ein neues Regime die Macht ergreift, den Palast besetzt und die Nachricht von dem Handstreich und der Regierungsumbildung über Rundfunk verbreitet.«
»Das wurde alles genau überlegt«, antwortete Endean. »Die Errichtung einer neuen Regierung ist ja der eigentliche Zweck der Übung.«
Er nahm aus seiner Aktenmappe drei eng beschriebene Blätter Papier.
»Das hier sind Ihre Anweisungen von dem Augenblick an, wo Sie den Palast besetzt und die Armee sowie die Palastwache vernichtet oder versprengt haben. Lesen Sie diesen Text hier in Rom, solange wir noch beisammen sind, lernen Sie ihn auswendig und vernichten Sie dann die Blätter. Sie müssen alles im Kopf haben.«
Shannon überflog rasch die erste Seite. Sie enthielt für ihn wenig Überraschendes. Er hatte schon vermutet, daß es Mansons Absicht war, Oberst Bobi zum neuen Präsidenten zu machen; dieser wurde in dem Schriftstück zwar nur als X bezeichnet, aber Shannon zweifelte nicht daran, daß Bobi der neue starke Mann werden sollte. Der übrige Plan war von seinem Standpunkt aus sehr simpel.
Er hob den Kopf und sah Endean an.
»Wo werden Sie sich aufhalten?« fragte er.
»Hundert Meilen nördlich von Ihnen«, antwortete Endean.
Shannon wußte, was Endean meinte: Er wollte in der Hauptstadt der Nachbarrepublik nördlich von Zangaro warten, weil von dort aus eine direkte Küstenstraße bis zur Grenze und von da nach Clarence führte.
»Sind Sie ganz sicher, daß Sie meine Meldung empfangen werden?« fragte er.
»Ich werde ein ziemlich starkes tragbares Empfangsgerät von großer Reichweite bei mir haben. Brown baut die besten Apparate, die es auf diesem Gebiet gibt. Damit kann man auf diese Entfernung alles aufnehmen, wenn auf dem richtigen Kanal und mit der richtigen Frequenz gefunkt wird. Ein Schiffssender müßte stark genug sein, um mindestens die doppelte Entfernung zu überbrücken.«
Shannon nickte und las weiter. Als er fertig war, legte er die Blätter auf den Tisch.
»Klingt ganz gut«, sagte er. »Aber lassen Sie mich eines klarstellen. Ich werde auf dieser Frequenz zur angegebenen Zeit von der *Toscana* aus funken, während das Schiff irgendwo fünf bis sechs Meilen vor der Küste ankert. Aber machen Sie mich nicht dafür verantwortlich, wenn Sie mich nicht verstehen oder wenn der Funkverkehr gestört ist. Das Auffangen des Funkspruchs ist ganz allein Ihre Angelegenheit.«

»Kümmern Sie sich nur darum, daß Sie die Meldung absetzen«, sagte Endean. »Die Frequenz wurde bereits praktisch erprobt. Mein Gerät muß einen Funkspruch der *Toscana* auf mindestens hundert Meilen Entfernung aufnehmen können. Vielleicht nicht gleich beim ersten Mal, aber wenn Sie die Meldung dreißig Minuten lang wiederholen, muß ich sie empfangen.«
»In Ordnung«, sagte Shannon. »Noch ein letzter Punkt: Was sich in Clarence ereignet hat, dürfte sich dann noch nicht bis zum Grenzposten von Zangaro herumgesprochen haben. Das bedeutet, daß dieser Posten von Vindus besetzt sein wird. Sie müssen irgendwie an diesem Posten vorbeikommen. Auf der Straße nach Clarence dürften dann noch versprengte Vindus unterwegs sein, die in den Busch fliehen, aber trotzdem gefährlich sind; was geschieht, wenn Sie nicht durchkommen?«
»Wir kommen durch«, versicherte Endean. »Wir werden Unterstützung bekommen.«
Shannons Vermutung war richtig: Das Unternehmen sollte von einem kleinen Trupp von Bergwerksingenieuren und Arbeitern unterstützt werden, den Manson in der Nachbarrepublik unterhielt. Sie würden einem leitenden Angestellten der Firma einen Lastwagen oder einen Jeep und vielleicht ein paar Repetiergewehre zur Verfügung stellen. Zum ersten Mal wurde ihm bewußt, daß dieser Endean nicht nur ein hinterhältiger Gauner war, sondern sicher auch Mut besaß.
Shannon lernte den Code und die Funkfrequenz auswendig, dann verbrannte er die drei Bogen in Endeans Gegenwart auf der Herrentoilette. Eine Stunde später trennten sie sich.

Fünf Stockwerke über den Straßen von Madrid saß Oberst Antonio Salazar, Leiter der Exportabteilung im spanischen Armeeministerium, an seinem Schreibtisch und blätterte in den vor ihm liegenden Papieren. Er war ein grauhaariger, pflichtgetreuer Beamter, unkompliziert und kompromißlos. Seine ganze Treue galt seinem geliebten Vaterland Spanien. Für ihn verkörperte einzig und allein der kleine alternde Generalissimo drüben im Prado alles, was richtig und gut und wahrhaft spanisch war. Antonio Salazar war ein Franco-Anhänger vom Scheitel bis zur Sohle.
Mit achtundfünfzig hatte er bis zu seiner Pensionierung noch zwei Jahre Dienst vor sich. Er hatte zu jenen Männern gehört, die mit Francisco Franco am Sandstrand von Fuengirola gelandet waren, vor mehr als drei Jahrzehnten, als der spätere Caudillo noch ein Rebell gewesen war, ein Vogelfreier, der unter Mißachtung aller Befehle zurückkehrte, um der republikanischen Regierung in Madrid den Krieg zu erklären. Sie waren damals nur wenige gewesen, von Madrid zum Tode verurteilt, und fast hätte sie es auch alle erwischt.
Sergeant Salazar war ein guter Soldat. Er führte seine Befehle aus, wie

immer sie auch lauten mochten, ging zwischen Schlachten und Exekutionen in die Kirche und glaubte aus tiefstem Herzen an Gott, die Jungfrau Maria, an Spanien und an Franco.
In einer anderen Armee oder in einer anderen Epoche wäre er als Stabsfeldwebel verabschiedet worden. Aber nach dem Ende des Bürgerkrieges war er Capitán, einer der ›Ultras‹, Mitglied des engeren Führungskreises. Er stammte aus einer braven, bäuerlichen Familie und hatte so gut wie keine Schulbildung genossen. Dennoch wurde er zum Oberst befördert und war dankbar dafür. Man vertraute ihm einige Aufgaben an, die so streng geheim waren, daß man in Spanien darüber nicht sprach. Kein Spanier darf jemals erfahren, daß Spanien in großen Mengen Waffen exportiert, und zwar praktisch an jeden, der des Weges kommt. In der Öffentlichkeit verurteilt Spanien den internationalen Waffenhandel aus ethischen Gründen und auch deshalb, weil er in einer ohnehin schon von Kriegen zerrissenen Welt zu immer neuem Blutvergießen führt. Insgeheim verdient der spanische Staat aber eine Menge Geld daran. Antonio Salazar genoß volles Vertrauen. Er kontrollierte die Papiere, entschied über Bewilligung oder Ablehnung der Anträge auf Ausfuhrgenehmigungen und hielt im übrigen den Mund.
Das Aktenstück, das vor ihm lag, bearbeitete er nun schon seit vier Wochen. Einzelne Papiere daraus waren vom Verteidigungsministerium überprüft worden, das, ohne den Grund der Anfrage zu kennen, bescheinigte, daß Neun-Millimeter-Patronen nicht auf der schwarzen Liste standen; das Außenministerium hatte ebenfalls, ohne den Grund zu kennen, versichert, die Lieferung von Neun-Millimeter-Munition an die Republik Irak widerspreche nicht der derzeitigen Außenpolitik; das Finanzministerium bescheinigte schlicht, daß eine bestimmte Dollarsumme auf einem bestimmten Konto der Banco Popular ordnungsgemäß eingegangen sei. Das oberste Blatt in der Mappe war ein Antrag auf die Transportgenehmigung für eine bestimmte Anzahl von Kisten aus Madrid nach Valencia, wo sie auf ein Schiff namens MS *Toscana* verladen werden sollten. Die Ausfuhrgenehmigung lag darunter und trug seine eigene Unterschrift. Er sah den vor ihm stehenden Beamten an.
»Warum die Änderung?« fragte er.
»Herr Oberst, im Hafen Valencia ist für die nächsten zwei Wochen einfach kein Liegeplatz mehr frei. Der Hafen ist restlos belegt.«
Oberst Salazar knurrte. Diese Erklärung klang plausibel. Wenn in den Sommermonaten aus dem umliegenden Gebiet von Gandia Millionen von Orangen exportiert wurden, war Valencia immer voll belegt. Aber nachträgliche Änderungen behagten ihm nicht. Er liebte einen reibungslosen Ablauf. Auch diese Bestellung gefiel ihm nicht. Für eine ganze Polizeitruppe war sie viel zu klein. Tausend Polizisten würden die Patronen allein schon bei einer Stunde Übungsschießen verbrauchen. Er traute auch

Militäreskorte ab und richtet die Fahrzeit so ein, daß er morgens um sechs gleich zur Öffnung im Hafen von Castellón eintrifft. Wenn die *Toscana* pünktlich ist, müßte sie im Laufe der Nacht anlegen. Der Transport wird von einer Spedition durchgeführt, mit der ich viel zusammenarbeite. Sie ist zuverlässig und sehr erfahren. Ich habe den Lademeister gebeten, mich sofort hier anzurufen, wenn der Konvoi von dem Lagerhaus abgegangen ist.«
Shannon nickte. Nach menschlichem Ermessen konnte nichts mehr schiefgehen.
»Ich werde da sein«, sagte er und ging.
Am Nachmittag mietete er bei der Madrider Niederlassung eines internationalen Autoverleihs einen schnellen Mercedes.
Am nächsten Abend um zehn war er wieder bei Schlinker im Hotel ›Mindanao‹. Sie warteten auf den Telefonanruf. Beide Männer waren natürlich nervös, denn Erfolg oder Scheitern eines sorgfältig vorbereiteten Plans hingen nun von der Leistung anderer ab. Schlinker machte sich ebenso große Sorgen wie Shannon, wenn auch aus anderen Gründen. Wenn etwas wirklich schiefging, wußte er, daß eventuell eine gründliche Überprüfung des von ihm vorgelegten Endverbraucherzertifikats angeordnet werden konnte, und einer solchen Überprüfung, zu der auch eine Rückfrage beim Innenministerium in Bagdad gehörte, würde das Dokument niemals standhalten. Platzte dieses Geschäft, dann wurden auch andere, für ihn weitaus lukrativere Abschlüsse mit Madrid durchkreuzt. Er machte sich nicht zum ersten Mal Vorwürfe, weil er den Auftrag überhaupt angenommen hatte, aber andererseits war er, wie die meisten Waffenhändler, so habgierig, daß er Geld einfach nicht zurückweisen konnte. Das hätte ihm fast körperliche Schmerzen bereitet.
Es wurde Mitternacht, und der Anruf blieb immer noch aus. Um halb eins lief Shannon ungeduldig im Zimmer auf und ab und beschimpfte den dicken Deutschen, der mit einem Glas Whisky in der Hand auf der Bettkante hockte. Um null Uhr vierzig läutete das Telefon.
Schlinker sprang auf und griff nach dem Hörer. Er sagte einige Worte auf spanisch und wartete dann.
»Was gibt's?« rief Shannon.
»Moment«, sagte Schlinker und bat mit einer Handbewegung um Ruhe. Es wurde weiterverbunden, dann folgte wieder ein kurzer Wortwechsel in spanischer Sprache, die Shannon nicht verstand. Endlich grinste Schlinker und rief ein paarmal erleichtert: »Gracias, gracias.«
»Der Transport ist unterwegs«, sagte er, nachdem er den Hörer aufgelegt hatte. »Vor fünfzehn Minuten hat der Konvoi in Richtung Castellón das Depot verlassen.«
Shannon stand schon in der Tür.
Der Mercedes war weitaus schneller als der Konvoi, obgleich dieser auf

der langen Autobahn von Madrid nach Valencia mit einer Dauergeschwindigkeit von 100 Stundenkilometern fahren konnte. Shannon brauchte vierzig Minuten, bis er die ausgedehnten Vororte Madrids hinter sich gelassen hatte. Er nahm an, daß der Leiter des Konvois sich wesentlich besser auskannte. Aber auf der Autobahn schaffte der Mercedes bis zu 180 Stundenkilometern Spitze. Shannon hielt die Augen offen, während er Hunderte von Lastwagen überholte, die durch die Nacht in Richtung Küste fuhren; den gesuchten Konvoi entdeckte er kurz hinter Requena, siebzig Kilometer westlich von Valencia.
Im Scheinwerferlicht tauchte zunächst ein Armeejeep auf. Dann folgte ein gedeckter Achttonner, und im Vorbeifahren las er den Firmennamen an der Seite des Lkw. Es war die Spedition, die Schlinker ihm genannt hatte. Vor dem Lastwagen fuhr ein weiteres Armeefahrzeug, eine viertürige Limousine mit einem einzelnen Offizier auf dem Rücksitz. Shannon gab Gas, und der Mercedes raste weiter zur Küste.
Bei Valencia wählte er die Umgehung um die schlafende Stadt und folgte den Wegweisern zur E 26 Richtung Barcelona. Ein Stück nördlich von Valencia hört die Autobahn auf, und er mußte hinter Lkws voller Orangen und landwirtschaftlichen Fahrzeugen herkriechen, an der herrlichen römischen Festung Sagunto vorbei, die von den Legionären aus dem gewachsenen Fels herausgehauen und später von den Mauren in eine Zitadelle des Islams verwandelt worden war. Kurz nach vier Uhr morgens erreichte er Castellón und folgte den Wegweisern mit der Aufschrift ›Puerto‹.
Der Hafen von Castellon liegt fünf Kilometer von der eigentlichen Stadt entfernt. Eine schmale, schnurgerade Straße führt von dem Ort zum Meer. Am Ende der Straße kann man unmöglich den Hafen verfehlen, weil es dort einfach nichts anderes gibt.
Wie fast überall am Mittelmeer existieren drei verschiedene Häfen: einer für Frachter, einer für Jachten und Sportboote und ein dritter für Fischereifahrzeuge. Steht man mit dem Blick zum Meer, liegt der Handelshafen von Castellon auf der linken Seite, und er ist wie alle spanischen Häfen von einem Zaun umgeben, der Tag und Nacht von bewaffneten Männern der Guardia Civil bewacht wird. Im Zentrum liegt das Büro der Hafenmeisterei, daneben der glänzende Jachtclub mit seinem Speisesaal, der nach der einen Seite den Handelshafen und nach der anderen Seite den Jachthafen und den Fischereihafen überblickt. Landeinwärts von der Hafenmeisterei erstrecken sich die Lagerschuppen.
Shannon bog nach links ab, parkte den Wagen am Straßenrand, stieg aus und ging zu Fuß weiter. Etwa in der Mitte des Zauns, der das Hafengebiet umgab, fand er das Haupttor mit einer Wache, die in dem Schilderhäuschen daneben schlief. Das Tor war verschlossen. Er ging noch ein Stück weiter, blieb dann an der Sperrkette stehen und sah voller Erleichterung

die *Toscana*, die drüben am anderen Ende des Hafenbeckens festgemacht hatte. Nun richtete er sich darauf ein, bis sechs Uhr zu warten.
Um Viertel vor sechs stand er am Haupteingang und nickte lächelnd dem Posten der Guardia Civil zu. Der Mann sah ihn nur kühl an. Im Schein der aufgehenden Sonne entdeckte er das Armeefahrzeug, den Lastwagen und den Jeep sowie sieben oder acht Soldaten, die sich zwischen den Fahrzeugen bewegten. Der Konvoi war etwa hundert Meter entfernt geparkt. Zehn Minuten nach sechs traf ein Zivilwagen ein, hielt am Tor und hupte. Ein kleiner, eleganter Spanier stieg aus. Shannon trat auf ihn zu.
»Señor Moscar?«
»Si.«
»Mein Name ist Brown. Ich bin der Matrose, der hier wieder an Bord gehen sollte.«
Der Spanier runzelte die Stirn. »Por favor, qué?«
»Brown«, wiederholte Shannon. »*Toscana*.«
Die Miene des Spaniers erhellte sich.
»Ah, si! El marinero, kommen Sie bitte.«
Das Tor war inzwischen geöffnet worden. Moscar zeigte seinen Passierschein. Er redete auf den Posten und den Zollbeamten ein, die das Tor geöffnet hatten, und zeigte auf Shannon. CAT schnappte mehrfach das Wort *marinero* auf, dann wurden sein Paß und seine Heuerkarte kontrolliert. Er folgte Moscar zum Zollamt. Eine Stunde später war er an Bord der *Toscana*.
Um neun Uhr begann ganz unvermittelt die Durchsuchung. Die Ladeliste des Kapitäns war vorgelegt und kontrolliert worden. Sie war in bester Ordnung. Unten am Kai parkte der Lastwagen aus Madrid neben dem Zivilfahrzeug und dem Jeep. Der Capitán der Militäreskorte, ein hagerer, düsterer Mann mit schmalen Lippen und dem Gesicht eines Mauren, beriet sich mit zwei Zollbeamten. Dann kamen die beiden an Bord. Moscar folgte ihnen. Sie kontrollierten die Ladung, um festzustellen, ob sie mit der Ladeliste übereinstimmte – mehr nicht. Sie warfen einen Blick in alle Ecken und Winkel, aber nicht unter die Bodenplatten der Hauptladeluke. Sie betrachteten den Vorratsraum, das Durcheinander von Ketten, Ölfässern und Farbdosen und schlossen die Tür wieder. Das alles dauerte eine Stunde. Am meisten interessierte sie die Frage, warum Kapitän Waldenberg für ein so kleines Schiff sieben Mann Besatzung brauchte. Es wurde ihnen erklärt, Dupree und Vlaminck seien Angestellte der Reederei, die in Brindisi ihr Schiff versäumt hatten und auf dem Weg nach Latakia in Malta abgesetzt werden sollten. Das Fehlen ihrer Heuerkarten wurde damit erklärt, daß sie ihre Sachen an Bord ihres Schiffes gelassen hatten. Auf die Frage des Zollbeamten nannte Waldenberg den Namen eines Schiffes, das er im Hafen von Brindisi gesehen hatte. Die Spanier antworteten mit einem längeren Schweigen und sahen ihren Chef fragend an.

Der warf einen Blick auf den Armeeoffizier, zuckte die Achseln und verließ das Schiff. Zwanzig Minuten später begann das Beladen.
Um zwölf Uhr dreißig lief die *Toscana* aus dem Hafen von Castellon aus und steuerte nach Süden auf das Cap San Antonio zu. CAT Shannon spürte erst jetzt, wo alles vorüber war, die Reaktion. Er wußte, daß man ihn von nun an praktisch nicht mehr anhalten konnte, lehnte achtern an der Reling und sah hinüber zu den grünen, flachen Orangenhainen südlich von Castellon, die an ihm vorbeiglitten. Kapitän Waldenberg trat hinter ihn.
»War das der letzte Zwischenaufenthalt?« fragte er.
»Der letzte Hafen, in dem wir unsere Luken öffnen müssen«, antwortete Shannon. »An der afrikanischen Küste müssen wir noch ein paar Männer an Bord nehmen, aber wir werden vor dem Hafen ankern. Die Männer kommen mit einer Barke zu uns heraus. Es sind eingeborene Decksarbeiter – zumindest offiziell.«
»Meine Seekarten reichen nur bis zur Straße von Gibraltar«, widersprach Waldenberg.
Shannon öffnete den Reißverschluß seiner Windjacke und holte ein paar Seekarten heraus, etwa die Hälfte des Stapels, den Endean ihm in Rom übergeben hatte.
»Hier«, sagte er und reichte sie dem Kapitän. »Damit kommen sie bis Freetown in Sierra Leone. Dort gehen wir vor Anker und nehmen die Männer an Bord. Sorgen Sie dafür, daß wir um die Mittagszeit des zweiten Juli dort sind. Das ist der vereinbarte Termin.«
Der Kapitän kehrte in seine Kajüte zurück, um Kurs und Geschwindigkeit zu berechnen. Shannon blieb allein an der Reling zurück. Möwen segelten um das Heck der *Toscana* und tauchten nach Küchenabfällen, die Cipriani aus der Kombüse warf; kreischend und streitend schlugen sie sich in der Gischt um ein Stückchen Brot oder Gemüse.
Ein aufmerksamer Zuhörer hätte trotz ihres Lärms noch einen anderen Laut gehört – die leise gepfiffene Melodie von ›Spanish Harlem‹.

Im fernen Norden lichtete noch ein anderes Schiff seine Anker und verließ unter dem Kommando eines Lotsen den Hafen von Archangelsk. Das Motorschiff *Komarov* war nur zehn Jahre alt und gut fünftausend Tonnen groß.
Auf der Brücke war es warm und gemütlich. Während Molen und Lagerhäuser an der Backbordseite zurückblieben, standen Kapitän und Lotse nebeneinander und behielten den Kanal im Auge, der ins offene Meer hinausführte. Jeder der beiden hielt eine Tasse dampfenden Kaffee in der Hand. Der Steuermann hielt das Fahrzeug auf dem Kurs, den der Lotse ihm angegeben hatte, und links von ihm zuckte in gleichmäßigen Abständen grünlich der Radarschirm auf, dessen Strahl bei jeder Umdrehung den

stark befahrenen Ozean und die Eisbarriere dahinter erfaßte, die auch im Hochsommer niemals schmolz.
Am Heck lehnten zwei Männer über der Reling unter dem Emblem von Hammer und Sichel und sahen ebenfalls hinüber zu dem Hafen in der russischen Arktis. Dr. Iwanow biß auf das Pappmundstück seiner schwarzen Zigarette und hob die Nase in die kühle, salzige Luft. Beide Männer waren warm eingepackt, denn selbst im Juni war der Wind des Weißen Meeres zu kühl für Hemdsärmel. Einer der jüngeren Techniker, der sich auf seine erste Auslandsreise freute, trat näher.
»Genosse Doktor«, begann er.
Iwanow nahm die Kippe seiner Papirossi aus dem Mund und schnippte sie in die schäumende Heckwelle.
»Mein Freund«, sagte er, »da wir nun an Bord sind, können Sie mich ebensogut Michail Michailowitsch nennen.«
»Aber im Institut...«
»Wir sind jetzt nicht im Institut, sondern an Bord eines Schiffes. Und in den nächsten Monaten werden wir hier und im Dschungel sehr aufeinander angewiesen sein.«
»Ich verstehe«, sagte der Jüngere zögernd. »Waren Sie schon einmal in Zangaro?«
»Nein«, antwortete sein Chef.
»Aber doch in Afrika?« fragte der Jüngere.
»Ja, in Ghana.«
»Und wie sieht es dort aus?«
»Dschungel, Sümpfe, Moskitos, Schlangen und Leute, die kein Wort von dem verstehen, was man sagt.«
»Aber sie verstehen doch Englisch«, sagte der Assistent. »Wir sprechen beide Englisch.«
»In Zangaro versteht man das nicht.«
»Ach...« Der junge Techniker hatte in den Handbüchern des Instituts alles über Zangaro nachgelesen, was er bekommen konnte, und das war nicht viel.
»Der Kapitän hat mir gesagt, daß wir bei guter Fahrt in zweiundzwanzig Tagen Clarence erreichen werden. Das ist dann genau der Unabhängigkeitstag der Republik.«
»Na wie schön für Sie«, knurrte Iwanow und ging weg.

Gleich hinter Kap Spartel, auf dem Weg vom Mittelmeer in den Atlantik, gab die *Toscana* über Gibraltar ein Telegramm auf. Es war an Mr. Walter Harris gerichtet und lautete schlicht: ›Teile mit, daß ihr Bruder völlig genesen.‹
Diese verschlüsselte Meldung besagte, daß die *Toscana* pünktlich unterwegs war. Kleinere Variationen hinsichtlich des Gesundheitszustandes

von Mr. Harris' Bruder hätten bedeuten können, daß sie verspätet auf Kurs gegangen oder irgendwelche Schwierigkeiten angetroffen hatte. Ein Ausbleiben jeglichen Telegramms hätte besagt, daß sie die spanische Hoheitszone nicht verlassen konnte.
Am Nachmittag fand in Sir James Mansons Büro eine Besprechung statt.
»Sehr gut«, sagte Manson, als Endean ihm die Nachricht überbracht hatte. »Wie lange wird das Schiff bis zum Ziel unterwegs sein?«
»Zweiundzwanzig Tage, Sir James. Von der Hunderttagefrist unseres Projektes sind jetzt achtundsiebzig Tage verstrichen. Shannon hat den achtzigsten Tag als spätesten Termin für die Abreise aus Europa festgesetzt, dann wären ihm noch zwanzig Tage verblieben. Die Dauer der Seereise beträgt nach seiner Schätzung sechzehn bis achtzehn Tage, wobei durch schlechtes Wetter schon eine zweitägige Verzögerung berücksichtigt ist. Selbst nach seinem vorsichtigen Zeitplan verfügt er über vier Tage Reserve.«
»Wird er vorher zuschlagen?«
»Nein, Sir, es bleibt beim hundertsten Tag. Notfalls wird er die Seereise verzögern.«
Sir James Manson schritt in seinem Büro auf und ab.
»Und die gemietete Villa?« fragte er.
»Alles erledigt, Sir James.«
»Dann sehe ich keinen Grund, warum Sie in London noch mehr Zeit vertrödeln. Fliegen Sie hinüber nach Paris, besorgen Sie sich ein Visum für Cotonou, fliegen Sie hin und bringen Sie unseren neuen Mitarbeiter, Oberst Bobi, in die Nachbarrepublik von Zangaro. Sollte er kneifen, bieten Sie ihm mehr Geld.
Richten Sie sich ein, besorgen Sie den Lastwagen und die Jagdgewehre, und sobald Sie Shannons Meldung von dem bevorstehenden Angriff erhalten, weihen Sie Bobi ein.
Sorgen Sie dafür, daß er in seiner Eigenschaft als Präsident die Abbaurechte unterschreibt, datieren Sie den Vertrag um einen Monat vor und schicken Sie mir alle drei Exemplare per Einschreiben in drei getrennten Umschlägen.
Bobi muß praktisch hinter Schloß und Riegel bleiben, bis Shannons zweite Meldung vom Erfolg der Aktion eintrifft. Dann greifen Sie ein. Übrigens fällt mir gerade Ihr Leibwächter ein, der Sie begleiten soll: Hat er akzeptiert?«
»Ja, Sir James. Für diese Summe tut er alles.«
»Was ist das für ein Mann?«
»Ein gemeiner Hund. Genau das, was ich suchte.«
»Es könnte für Sie trotzdem schwierig werden. Shannon wird seine Leute bei sich haben, zumindest jene, die den Kampf überleben. Er könnte aufmucken.«

Endean grinste.
»Shannons Leute werden ihm bedingungslos gehorchen«, sagte er. »Und mit ihm werde ich fertig. Jeder Söldner hat seinen Preis. Den werde ich ihm anbieten – aber in der Schweiz, weit weg von Zangaro.«
Nachdem er gegangen war, sah Sir James Manson hinunter auf die Stadt und überlegte: Jeder Mensch hat seinen Preis. Man kann ihn entweder mit Geld oder mit Angst kaufen. Ein Unbestechlicher war ihm noch nie begegnet. Einer seiner Lehrer hatte einmal zu ihm gesagt: »Jeden kann man kaufen, und wer sich nicht kaufen läßt, den kann man zerbrechen.« Diese Auffassung vertrat Manson immer noch, nachdem er viele Jahre lang Politiker, Generäle, Journalisten, Redakteure, Geschäftsleute, Geistliche, Unternehmer und Aristokraten, Arbeiter und Gewerkschaftsführer, Schwarze und Weiße genau beobachtet hatte.

Vor vielen Jahren erblickte ein spanischer Seefahrer, als er landwärts schaute, einen Berg, der ihn mit der aufgehenden Sonne dahinter an einen Löwenkopf erinnerte. Er nannte den Küstenabschnitt ›Löwenberg‹ und fuhr weiter.
Der Name blieb, und das Land wurde Sierra Leone genannt.
Später sah ein anderer denselben Berg in einer anderen Beleuchtung und mit anderen Augen; er nannte ihn ›Mount Aureole‹. Auch dieser Name blieb hängen. In seinem Schatten wurde eine Stadt gegründet, die noch später ein anderer Weißer aus einer Laune heraus ›Freetown‹ nannte. Und so heißt die Stadt heute noch.
Am zweiten Juli, dem neunundachtzigsten Tag auf Shannons privatem Kalender, ging die *Toscana* kurz nach Mittag eine Drittelseemeile vor der Küste von Freetown in Sierra Leone vor Anker.
Während der ganzen Fahrt von Spanien hierher hatte Shannon darauf bestanden, die Ladung unberührt und ungeöffnet zu lassen. Es konnte ja sein, daß in Freetown eine Durchsuchung stattfand, obgleich das sehr ungewöhnlich gewesen wäre, da hier keine Ladung gelöscht und keine an Bord genommen werden sollte.
Von den Munitionskisten waren die spanischen Aufschriften entfernt worden. Mit einer Polierscheibe war das Holz dann geschliffen worden, bis es sauber und weiß glänzte. Die neuen mit Schablonen aufgetragenen Buchstaben besagten, daß die Kisten Ersatzteile für die Bohrtürme vor der Küste von Kamerun enthielten.
Nur eines hatte er für den Weg nach Süden gestattet: Die verschiedenen Kleidungsstücke waren sortiert und die Kiste mit den Brotbeuteln und dem Koppelzeug war geöffnet worden. Cipriani, Vlaminck und Dupree hatten die letzten Tage damit verbracht, die Beutel auseinanderzuschneiden und sie mit Hilfe von Nadel und Faden so umzuändern, daß sie jetzt lange schmale Taschen enthielten; in jede dieser Taschen paßte eine Ba-

zooka-Rakete. Diese formlosen, schwer definierbaren Bündel wurden zwischen den Putzlappen im Farbenschrank verstaut.
Auch die kleineren Proviantbeutel waren umgeändert worden. Die Behälter selbst waren weggeschnitten, so daß nur die Schultergurte mit den Verbindungsstücken über Brust und Taille blieben. Daran sollte später jeweils eine Kiste mit Granatwerfer-Bomben befestigt werden. Auf diese Art und Weise konnte man immer zwanzig Granaten gleichzeitig befördern.
Die *Toscana* hatte sich aus einer Entfernung von sechs Meilen vor der Küste bei der Hafenmeisterei von Freetown gemeldet und die Erlaubnis erhalten, einzulaufen und in der Bucht zu ankern. Da es nichts zu löschen oder zu laden gab, brauchte sie am Kai des Hafens, der nach Königin Elisabeth II. benannt war, keinen kostbaren Liegeplatz in Anspruch zu nehmen. Es sollten hier nur ein paar Decksarbeiter übernommen werden. Wer diese kräftigen Arbeiter braucht, die mit Ladezeug und Winden umzugehen verstehen, läuft an der westafrikanischen Küste am liebsten Freetown an. So machen es die meisten Frachter, die in kleineren Häfen Nutzholz laden. Sie nehmen die Arbeiter auf dem Hinweg in Freetown an Bord, zahlen sie aus und lassen sie auf der Rückfahrt wieder an Land gehen. In hundert kleinen Buchten und Flüßchen entlang der Küste gibt es kaum Kräne und andere Einrichtungen, so daß die Schiffe eigenes Ladegeschirr verwenden müssen. In der tropischen Hitze ist das harte Knochenarbeit, für die weiße Seeleute sich zu gut sind. Da es nicht sicher ist, ob man an Ort und Stelle Arbeitskräfte bekommen kann, die dann vielleicht doch nicht mit der Ladung umzugehen verstehen, nimmt man lieber geschulte Leute aus Sierra Leone mit. Sie schlafen während der Fahrt im Freien auf Deck, kochen sich ihr eigenes Essen und verrichten ihre Notdurft über das Heck ins Wasser. Deshalb war in Freetown niemand überrascht, als die *Toscana* ihren Wunsch bekanntgab.
Während noch die Ankerkette rasselte, beobachtete Shannon die Küste. Fast die ganze Bucht war mit Buden und Wellblechhütten bebaut, die zur Hauptstadt des Landes gehörten.
Der Himmel war bedeckt. Es regnete nicht, aber unter der Wolkendecke herrschte eine schwüle Treibhaushitze. Das Hemd klebte ihm schweißnaß am Körper. Von hier an war kaum noch anderes Wetter zu erwarten. Sein Blick wanderte hinüber zum Mittelpunkt der Stadtsilhouette, wo ein großes Hotel die Bucht beherrschte. Dort wartete jetzt wahrscheinlich Langarotti und blickte aufs Meer hinaus. Aber vielleicht war er noch gar nicht eingetroffen. Sie konnten nicht ewig auf ihn warten. Falls er bis Sonnenuntergang nicht hier war, mußten sie eine Ausrede erfinden, um ihren Aufenthalt zu verlängern, vielleicht ein defekter Kühlschrank. Ein Schiff kann unmöglich weiterfahren, wenn die Kühlung an Bord nicht funktioniert. Shannon riß sich vom Anblick des Hotels los und beob-

achtete die Schlepper und Tender rings um den großen weißen Dampfer am Kai.
Der Korse hatte vom Ufer aus die *Toscana* schon gesehen, bevor sie den Anker auswarf, und eilte in die Stadt zurück. Er hielt sich seit einer Woche hier auf und hatte die Männer bei sich, die Shannon brauchte. Sie gehörten nicht derselben Stammesgemeinschaft an wie die übrigen Leoner, aber das störte niemanden. Die Decksarbeiter rekrutierten sich aus den unterschiedlichsten Stämmen.
Kurz nach zwei Uhr näherte sich vom Zollamt her eine kleine Pinasse mit einem Uniformierten. Es war der stellvertretende Zollchef. In weißleuchtenden Strümpfen, messerscharf gebügelten Khaki-Shorts und Hemd mit funkelnden Aufschlägen und einer genau waagrecht aufgesetzten Mütze kam er an Bord. Seine Knie leuchteten ebenholzschwarz, sein Gesicht strahlte. Shannon begrüßte ihn, stellte sich als Beauftragter der Reederei vor, schüttelte ihm herzlich die Hand und geleitete ihn zur Kapitänskajüte.
Die drei Flaschen Whisky und zwei Stangen Zigaretten standen schon bereit. Der Zollbeamte fächelte sich Kühlung zu, trank sein Bier und genoß den Luxus der Klimaanlage. Er warf einen gleichgültigen Blick auf die neue Ladeliste, die angab, daß die *Toscana* in Brindisi Maschinenteile für die Ölgesellschaft Agip an Bord genommen hatte und sie zu den Bohrtürmen der Gesellschaft vor der Küste Kameruns transportieren sollte. Jugoslawien oder Spanien wurde nicht erwähnt. Als weitere Ladung wurden deklariert: Boote (Schlauch), Motoren (Außenborder) und tropische Kleidung (diverse), alles für die Ölmänner. Auf dem Rückweg sollte die *Toscana* in San Pietro an der Elfenbeinküste eine für Europa bestimmte Ladung Kakao und Kaffee an Bord nehmen. Der Mann hauchte auf seinen Stempel, um ihn anzufeuchten, und drückte ihn unter die Ladeliste. Eine Stunde später zog er mit seinen Geschenken in der Tasche wieder ab.
Abends wurde es ein wenig kühler. Kurz nach sechs sah Shannon, wie ein Ruderboot vom Strand ablegte. In der Mitte saßen pullend die beiden Männer, die Passagiere zwischen dem Ufer und wartenden Schiffen hin und her brachten. Achtern hockten sieben Afrikaner mit Bündeln auf ihren Knien. Vorn im Bug saß allein ein Europäer. Als das Boot in elegantem Bogen längsseits ging, turnte Jean Baptiste Langarotti geschickt die Strickleiter der *Toscana* hinauf.
Nacheinander wurden die Bündel aus dem tanzenden Boot über die Reling des Frachters gehievt, dann folgten die sieben Afrikaner. Vlaminck, Dupree und Semmler schüttelten ihnen die Hände und klopften ihnen auf die Schultern, obgleich das in Sichtweite der Küste unklug war. Die Afrikaner strahlten über das ganze Gesicht und schienen sich ebenso zu freuen wie die Söldner. Waldenberg und seine Leute standen verdutzt dabei. Dann gab Shannon dem Kapitän das Zeichen zum Auslaufen.

Nach Einbruch der Dunkelheit saßen sie in kleineren Gruppen auf dem Hauptdeck und genossen die kühle Brise, während die *Toscana* weiter nach Süden dampfte. Shannon machte seine schwarzen Kameraden mit Waldenberg bekannt. Sechs der Afrikaner waren junge Männer; sie hießen Johnny, Patrick, Jinja, Sunday, Bartholomew und Timothy.
Sie alle hatten schon früher an der Seite der Söldner gekämpft und waren von den europäischen Soldaten ausgebildet worden. Sie alle waren bewährte Kämpfer, die vor keiner Gefahr zurückschreckten. Und sie waren ihrem Anführer treu ergeben. Der siebente war Doktor Okoye, ein Mann voller Würde, der nicht soviel lächelte wie die anderen und der von Shannon respektvoll mit ›Doktor‹ angesprochen wurde. Auch er war seinem Anführer und seinem Volk treu ergeben.
»Wie steht es zu Hause?« fragte ihn Shannon. Dr. Okoye schüttelte betrübt den Kopf.
»Nicht sehr gut«, sagte er.
»Morgen beginnt die Arbeit«, kündigte Shannon an. »Morgen laufen die Vorbereitungen an.«

Dritter Teil
Das große Töten

1. Kapitel

Bis zum Ende der Seereise arbeitete CAT Shannon pausenlos mit seinen Männern. Nur Dr. Okoye nahm an dem Training nicht teil. Die übrigen wurden in Gruppen eingeteilt, die verschiedene Aufgaben zu erledigen hatten.
Marc Vlaminck und Kurt Semmler öffneten die fünf grünen Castrol-Fässer, indem sie den falschen Boden wegschlugen. Sie entnahmen jedem Faß ein großes Bündel mit zwanzig Schmeisser-Maschinenpistolen und hundert Magazinen. Schmieröl wurde in kleinere Behälter umgefüllt und für die Maschinen des Schiffs aufbewahrt.
Unterstützt von den sechs afrikanischen Soldaten, entfernten die beiden die schützende Verpackung von den hundert Maschinenpistolen. Jede Waffe wurde dann gründlich gereinigt. Als sie damit fertig waren, hatten sich die sechs Afrikaner mit der Funktionsweise der Schmeisser-Maschinenpistolen besser vertraut gemacht, als irgendein Schulungskurs das vermocht hätte. Die ersten zehn Munitionskisten wurden aufgebrochen. Dann saßen die acht Männer an Deck und schoben in jedes Magazin dreißig Neun-Millimeter-Patronen, bis die ersten fünfzehntausend Schuß in den verfügbaren fünfhundert Magazinen untergebracht waren. Achtzig Maschinenpistolen wurden beiseite gelegt, während Jean Baptiste Langarotti unten im Laderaum die Uniformen zusammenstellte. Jede Ausrüstung bestand aus zwei Unterhemden, zwei Unterhosen, zwei Paar Socken, einem Paar Stiefel, einer Hose, einem Käppi, einer Uniformbluse und einem Schlafsack. Das Bündel wurde zusammengewickelt, eine Schmeisser und fünf volle Magazine wurden in ein geöltes Tuch gepackt und in einen Plastikbeutel geschoben, dann stopften sie alles in den Schlafsack. Diesen konnte man am oberen Ende zubinden. Er enthielt dann Uniform und Bewaffnung für einen Soldaten.
Zwanzig Uniformen und zwanzig Schmeisser-Maschinenpistolen mit je fünf Magazinen wurden reserviert. Das eigentliche Einsatzkommando bestand zwar nur aus elf Mann, aber Shannon wollte genügend Ersatz zur Verfügung haben. Langarotti hatte in der Armee und im Gefängnis mit Nadel und Faden umzugehen gelernt. Er änderte jede der elf Uniformen, bis sie wie angegossen paßten.

Janni Dupree und der Leichtmatrose Cipriani, der sich als geschickter Zimmermann entpuppte, zerlegten einige der Munitionskisten und nahmen sich dann die Außenbordmotoren vor. Es waren 60-PS-Maschinen vom Typ Johnson. Die beiden Männer konstruierten Holzkästen, die genau über den oberen Teil des Motors paßten, und verkleideten die Kästen innen mit Schaumgummi aus den mitgebrachten Matratzen. Die Auspuffgeräusche wurden durch die Unterwasseranlage ohnehin schon gedämpft. Die Holzverkleidung der Motoren mußte auch die übrigen Geräusche auf ein leises Brummen zurückdämmen.

Als Vlaminck und Dupree mit diesen Aufgaben fertig waren, wandten sie ihre Aufmerksamkeit den Waffen zu, die sie am Abend des Handstreichs gebrauchen würden. Dupree packte seine beiden Granatwerfer aus und machte sich mit der Zielvorrichtung vertraut. Er hatte noch nie zuvor ein jugoslawisches Modell in der Hand gehabt, stellte aber erleichtert fest, daß die Bedienung denkbar einfach war. Er bereitete siebzig Granaten vor, kontrollierte den Zünder in der Nase einer jeden Granate und machte sie dann scharf.

Die scharfen Bomben wurden wieder in die Kisten gepackt. Dupree befestigte zwei Kisten übereinander an den Gurten der umgewandelten Proviantbeutel, die er vor zwei Monaten in London gekauft hatte.

Vlaminck konzentrierte sich auf seine beiden Bazookas, von denen beim Angriff nur eine verwendet werden sollte. Auch hier setzte der Gewichtsfaktor gewisse Grenzen. Alle Lasten mußten auf den Rücken von Menschen transportiert werden. Er stand auf dem Vordeck, benutzte die Spitze einer Fahnenstange im Heck als Fixpunkt und stellte die Zieleinrichtung der Waffe so genau ein, daß er ganz sicher war, auf eine Entfernung von zweihundert Metern jedes Faß mit höchstens zwei Schüssen zu treffen. Er hatte sich bereits Patrick zu seinem Helfer erkoren, weil sich die beiden von früher her kannten und gut aufeinander eingespielt waren. Auf seinem Rücken mußte der Afrikaner zusätzlich zu seiner eigenen Maschinenpistole zehn Bazooka-Raketen schleppen. Seiner eigenen Ladung fügte Vlaminck noch zwei weitere Raketen hinzu, die er in eigens von Cipriani genähten Säcken an seinem Gürtel befestigen konnte.

Shannon beschäftigte sich mit der übrigen Ausrüstung. Er überprüfte die Magnesium-Leuchtraketen und erklärte Dupree, wie sie funktionierten. Dann teilte er jedem Söldner einen Kompaß zu, probierte das gasbetriebene Nebelhorn aus und überprüfte die tragbaren Funkgeräte.

Da Shannon genügend Zeit zur Verfügung hatte, ließ er die *Toscana* weit draußen auf hoher See für zwei Tage beidrehen. Auf dem Radarschirm des Schiffes war in zwanzig Meilen Umkreis kein anderes Fahrzeug zu sehen. Während die *Toscana* leise auf der Dünung schaukelte, probierte jeder seine Schmeisser aus. Die Weißen hatten dabei keine Schwierigkeiten. Jeder von ihnen hatte im Laufe der Zeit mindestens ein halbes Dutzend verschiedener Maschinenwaffen in der Hand gehalten, und die Unterschiede zwischen den Typen sind nur geringfügig. Die Afrikaner gewöhnten sich nicht so leicht an die Schmeisser-Maschinenpistolen, da sie bisher nur 7,92-mm-Mauser-Gewehre oder das Standardmodell der NATO vom Kaliber 7,62 kannten. Eine der Maschinenpistolen hatte dauernd Ladehemmung. Shannon warf sie über Bord und gab dem Mann eine andere. Jeder der Afrikaner mußte neunhundert Schuß abgeben. Dann hatte er sich an das Gefühl der Schmeisser in seiner Hand gewöhnt und auch die ärgerliche Angewohnheit vieler afrikanischer Soldaten abgelegt: beim Abdrücken die Augen zu schließen.

Die fünf leeren, an einem Ende offenen Ölfässer waren noch vorhanden. Sie wurden jetzt über Bord geworfen und dienten als Zielscheiben. Bald waren alle Soldaten, Schwarze wie Weiße, imstande, ein Faß auf hundert Meter Entfernung zu durchlöchern. Auf diese Weise wurden vier der Ölfässer versenkt. Das fünfte brauchte Marc Vlaminck. Er wartete, bis die Entfernung etwa zweihundert Meter betrug, dann stellte er sich breitbeinig ans Heck der *Toscana*, nahm die Bazooka über die rechte Schulter und drückte das rechte Auge ans Visier. Er kalkulierte das leichte Schaukeln des Schiffes mit ein, wartete einen Augenblick und feuerte die erste Rakete ab. Sie jaulte über den Rand des Fasses hinweg und explodierte in einer Gischtwolke beim Aufprall auf das Wasser. Seine zweite Rakete traf das Faß genau in der Mitte. Das Donnern der Explosion hallte über das Meer. Blechfetzen flogen umher, wo eben noch das Ölfaß geschwommen war. Die Zuschauer an Bord spendeten lautstark Beifall. Mit breitem Grinsen drehte sich Vlaminck zu Shannon um, nahm die Brille ab, die er zum Schutz seiner Augen aufgesetzt hatte, und wischte sich einen Schmierflecken vom Gesicht.

»Du hast gesagt, ich soll ein Tor sprengen, CAT?«

»Richtig. Ein kräftiges hölzernes Tor, Tiny.«

»Ich werde es dir in Streichholzgröße überreichen, das versprech' ich dir«, sagte der Belgier.

Da sie so viel Lärm verursacht hatten, befahl Shannon am nächsten Tag die Weiterfahrt. Zwei Tage später wurde wieder haltgemacht. Inzwischen hatten die Männer die drei Schlauchboote aufgepumpt und startklar gemacht. Sie lagen nebeneinander auf dem Hauptdeck. Die Boote selbst waren zwar dunkelgrau, hatten aber eine leuchtend orange Nase und trugen auf beiden Seiten, ebenfalls in derselben Leuchtfarbe, die Firmenbezeichnung des Herstellers. Diese Stellen wurden mit schwarzer Farbe überpinselt.

Nachdem die *Toscana* das zweite Mal beigedreht hatte, erprobten sie alle drei Schlauchboote. Wenn die schalldämpfenden Kisten nicht über die Motoren gestülpt waren, konnte man die Johnsons noch aus einer Entfernung von vierhundert Metern deutlich hören. Mit aufgesetzten Kästen

und gedrosselter Motorleistung auf weniger als ein Viertel der Spitzendrehzahl war aus dreißig Metern Entfernung kaum etwas zu vernehmen. Bei halber Kraft neigten die Motoren nach zwanzig Minuten zur Überhitzung, aber wenn man die Leistung noch weiter reduzierte, ließ sich diese Frist auf dreißig Minuten strecken. Shannon erprobte eines der Boote zwei Stunden lang und fand das günstige Verhältnis zwischen Geschwindigkeit und Geräusch heraus. Da die starken Außenborder ihm eine erhebliche Kraftreserve gaben, brauchte er mit der Gaszufuhr nie ein Drittel der Höchstleistung zu überschreiten. Er riet seinen Männern, bei der Annäherung an die vorgesehene Landestelle auf den letzten zweihundert Metern auf weniger als ein Viertel der Leistung zurückzugehen.
Auch die Walkie-Talkies wurden auf vier Meilen Entfernung erprobt. Trotz schwerer atmosphärischer Störungen und gedämpften Donnergrollens in der drückend schwülen Luft waren die Durchsagen noch deutlich aufzunehmen, wenn langsam und klar gesprochen wurde. Um die Afrikaner an die Schlauchboote zu gewöhnen, nahm Shannon sie am Tage und auch bei Nacht bei wechselnden Geschwindigkeiten mit. Die Nachtübungen waren am wichtigsten.
Einmal führte Shannon die anderen vier Weißen und die sechs Afrikaner nachts drei Seemeilen weit hinaus. Die *Toscana* zeigte nur ein kleines Licht an der Mastspitze. Während der Fahrt hatten die zehn Männer ihre Augen verbunden. Nachdem die Masken abgenommen waren, hatte jeder zehn Minuten Zeit, sich in der Dunkelheit, so gut es ging, zu orientieren. Mit gedrosseltem Motor und ohne das geringste Geräusch an Bord näherte sich das Schlauchboot wieder dem Lichtpunkt über der *Toscana*. Shannon saß am Steuer und ließ den Motor gleichmäßig mit einem Drittel der Höchstleistung laufen. Als er dann auf dem letzten Stück das Gas noch weiter zurücknahm, spürte er die innere Spannung der vor ihm sitzenden Männer. Genauso würde auch die Landung verlaufen, und es gab keine zweite Chance, das wußten sie.
Sie stiegen wieder an Bord. Karl Waldenberg trat neben Shannon. Gemeinsam beobachteten sie, wie das Schlauchboot bei Lampenlicht mit der Winsch an Deck genommen wurde.
»Ich habe kaum etwas gehört«, sagte Waldenberg. »Und ich habe meine Ohren verdammt angestrengt. Erst auf den letzten zweihundert Metern war ein Geräusch auszumachen. Wenn die Posten nicht ungewöhnlich scharf aufpassen, müßte es Ihnen überall gelingen, unbemerkt den Strand zu erreichen. Wo geht es übrigens hin? Wenn wir noch weiterfahren, brauche ich neue Seekarten.«
»Ich denke, Sie sollten jetzt alle Bescheid wissen«, antwortete Shannon. »Wir werden heute nacht alles miteinander durchsprechen.«
Die Mannschaft (mit Ausnahme des Ingenieurs, der unten bei seinen Maschinen schlief), die sieben Afrikaner und die vier Söldner lauschten ge-

spannt bis zum Morgengrauen, als ihnen Shannon unten im Mannschaftsraum den gesamten Angriffsplan erläuterte. Er hatte seinen Projektor aufgebaut und die Dias zurechtgelegt. Einige davon zeigten Schnappschüsse, die er in Zangaro selbst gemacht hatte, andere die Karten und Skizzen, die er gekauft oder gezeichnet hatte.
Als er fertig war, wurde es in dem drückend heißen Raum totenstill. Bläuliche Rauchringe zogen durch die offenen Bullaugen hinaus in die ebenso schwüle Nacht.
Schließlich sagte Waldenberg: »Gott im Himmel!« Dann legten alle auf einmal los. Es dauerte eine Stunde, bis alle Fragen beantwortet waren. Waldenberg nahm Shannon das Versprechen ab, daß die Überlebenden im Falle eines Fehlschlags schnellstens auf das Schiff zurückkehren würden, damit die *Toscana* noch vor Sonnenaufgang verschwinden konnte.
»Wer garantiert uns, daß sie keine Marine, keine Kanonenboote haben?« fragte Waldenberg.
»Sie müssen mir schon glauben, wenn ich Ihnen sage, daß keine Marine existiert«, antwortete Shannon.
»Nur weil Sie nichts davon gesehen haben?«
»Sie haben keine Schiffe«, sagte Shannon scharf. »Ich habe stundenlang mit Leuten gesprochen, die seit Jahren dort leben. Es gibt kein einziges Kanonenboot.«
Die sechs Afrikaner hatten keine Fragen. Jeder von ihnen würde sich an den Söldner halten, dem er zugeteilt war, und ihm blindlings vertrauen. Dr. Okoye fragte nur, wo er sich aufhalten sollte. Er war damit einverstanden, an Bord der *Toscana* zu bleiben. Die vier Söldner erkundigten sich nach technischen Einzelheiten, die Shannon in einem Fachkauderwelsch beantwortete.
Als sie wieder an Deck gingen, streckten sich die Afrikaner auf ihren Schlafsäcken aus und schliefen ein. Shannon hatte sie schon oft um ihre Fähigkeit beneidet, jederzeit an jedem Ort und praktisch in jeder Lebenslage schlafen zu können. Der Doktor zog sich in seine Kajüte zurück. Auch Norbiatto, der die nächste Wache hatte, verschwand. Waldenberg stieg hinauf ins Ruderhaus, dann setzte sich die *Toscana* wieder in Bewegung. Ihr Ziel war nur drei Tage entfernt.
Die fünf Söldner saßen auf dem Achterdeck hinter den Mannschaftsunterkünften beisammen und redeten, bis die Sonne schon hoch am Himmel stand. Alle waren mit dem Angriffsplan einverstanden und verließen sich darauf, daß Shannon die Lage gründlich und exakt studiert hatte. Sie wußten, daß es ihren Tod bedeuten konnte, falls sich seitdem etwas verändert hatte, oder falls die Verteidigung von Stadt und Palast verbessert worden war. Für eine solche Aufgabe war ihre Zahl klein, gefährlich klein sogar, und es durfte nichts schiefgehen. Aber sie akzeptierten die beiden Alternativen: entweder sie errangen innerhalb von zwanzig Minuten ei-

nen Sieg oder sie mußten schleunigst mit ihren Booten abhauen, sofern sie das noch konnten. Sie wußten, daß sich niemand um Verwundete kümmern würde und daß jeder, der einen Kameraden schwer verletzt und bewegungsunfähig vorfand, ihm die letzte Gnade eines Söldners erweisen würde. Ein rascher Tod war immer noch besser als Gefangenschaft und Folter. Das gehörte mit zu den feststehenden Regeln, und jeder von ihnen war schon gezwungen gewesen, danach zu handeln.
Kurz vor Mittag legten auch sie sich aufs Ohr.

Am Morgen des neunundneunzigsten Tages waren alle schon sehr früh wach. Shannon hatte die halbe Nacht bei Waldenberg gesessen und die Küste beobachtet, die sich auf dem winzigen Radarschirm im Ruderhaus abzeichnete.
»Ich möchte, daß Sie südlich der Hauptstadt in Sichtnähe der Küste kommen«, sagte er zu dem Kapitän, »und dann vormittags parallel zur Küste nach Norden fahren, damit wir um die Mittagszeit diesen Punkt hier erreichen.«
Sein Finger deutete auf eine Stelle vor der Küste Zangaros nördlich der Hauptstadt. In den dreiundzwanzig Tagen auf See hatte er gelernt, dem deutschen Kapitän zu vertrauen. Nachdem Waldenberg im Hafen von Ploce sein Geld bekommen hatte, hatte er seinen Teil der Vereinbarung eingehalten und alles nur Erdenkliche getan, um zum Erfolg der Operation beizutragen. Shannon verließ sich darauf, daß der erfahrene Seemann sein Schiff genau vier Meilen vor der Küste, etwas südlich von Clarence, bereithalten würde, während drüben der Kampf tobte; im Falle eines Notrufs über das Walkie-Talkie würde er bestimmt warten, bis die Überlebenden mit ihren Booten die *Toscana* wieder erreicht hatten, bevor er dann mit voller Kraft voraus davondampfte. Shannon konnte es sich nicht leisten, einen Mann auf dem Schiff zurückzulassen. Er mußte also Waldenberg vertrauen.
An dem Sender des Schiffes hatte er bereits die Frequenz eingestellt, über die er um die Mittagszeit seine erste Mitteilung an Endean absetzen sollte. Der Vormittag verging nur langsam. Durch das starke Fernglas des Schiffes beobachtete Shannon, wie die Küstenebene Zangaros vorüberglitt, ein langer schmaler Strich von Mangroven-Bäumen am Horizont. Dann war in der grünen Linie eine Unterbrechung zu erkennen: die Hauptstadt Clarence. Er ließ auch Vlaminck, Langarotti, Dupree und Semmler durch das Fernrohr sehen. Jeder von ihnen betrachtete schweigend die verschwommene weiße Silhouette. Sie rauchten mehr als gewöhnlich und drückten sich auf Deck herum. Jetzt, wo das Ziel so nahe lag, ging ihnen das Warten auf die Nerven. Am liebsten hätten sie sofort losgeschlagen. Um zwölf Uhr begann Shannon mit seiner Durchsage. Sie bestand nur aus dem einen Wort ›Planklar‹. Fünf Minuten lang sprach er dieses Wort

alle zehn Sekunden langsam und deutlich ins Mikrophon, dann machte er fünf Minuten Pause und begann von neuem. Im Laufe einer halben Stunde sendete er jeweils fünf Minuten lang dieses Kode-Wort und konnte nur hoffen, daß Endean es auffing. Es besagte nichts weiter, als daß Shannon und seine Leute planmäßig eingetroffen waren und in den frühen Morgenstunden des folgenden Tages die Stadt Clarence und Kimbas Palast angreifen würden.

Zweiundzwanzig Meilen entfernt, jenseits des Wassers, saß Simon Endean an seinem Brown-Transistor-Radio. Er hörte das Stichwort, klappte die lange Peitschenantenne ein und zog sich vom Balkon des Hotels ins Schlafzimmer zurück. Dann brachte er dem früheren Oberst der Armee von Zangaro schonend bei, daß er, Antoine Bobi, in vierundzwanzig Stunden Präsident der Republik sein werde. Um vier Uhr nachmittags hatte der Oberst seinen Handel mit Endean besiegelt. Er rieb sich lachend die Hände bei dem Gedanken an die Vergeltungsmaßnahmen, die er gegen alle ergreifen würde, die bei seiner Ausweisung mitgewirkt hatten. Er unterschrieb ein Dokument, das der Bormac Trading Company für zehn Jahre gegen Entrichtung eines jährlichen Pauschalpreises exklusiv die Abbaurechte in den Kristallbergen gewährte, wobei für den Staat eine winzige Gewinnbeteiligung abfiel. Vor seinen Augen steckte Endean das Papier in einen Briefumschlag, dann zeichnete er den beglaubigten Scheck einer Schweizer Bank über eine halbe Million Dollar zugunsten von Antoine Bobi gegen.

In Clarence wurden während des ganzen Nachmittags die Vorbereitungen für die Feierlichkeiten zum morgigen Unabhängigkeitstag getroffen. Sechs Gefangene lagen zusammengeschlagen in den Zellen unter der Polizeistation der früheren Kolonialmacht und lauschten dem Geschrei der Patriotischen Kimba-Jugend, die oben durch die Straßen marschierte; sie wußten, daß man sie während der von Kimba vorbereiteten Feiern oben auf dem Marktplatz zu Tode prügeln würde. An allen öffentlichen Gebäuden prangten große Plakate mit dem Bild des Präsidenten, und die Diplomatenfrauen pflegten ihre Migränen, um sich bei den Zeremonien entschuldigen zu können.
In dem streng isolierten Palast saß Präsident Jean Kimba, umgeben von seiner Leibwache, an seinem Schreibtisch und dachte an das nun beginnende sechste Jahr seiner Amtszeit.

Im Laufe des Nachmittags änderte die *Toscana* mit ihrer tödlichen Fracht den Kurs und fuhr gemächlich entlang der Küste wieder zurück.
Im Ruderhaus trank Shannon einen heißen Kaffee und erklärte Waldenberg, wo die *Toscana* beidrehen sollte.

Schlinker nicht, den er gut kannte. Der Hamburger hatte diesen Auftrag, zusammen mit einem Stapel anderer Aufträge, darunter einem über zehntausend Sprenggranaten für Syrien, durch sein Ministerium geschleust.
Er blätterte die Papiere noch einmal durch. Eine Kirchturmuhr schlug eins. Mittagspause. Die Papiere schienen in Ordnung zu sein, auch das Endverbraucherzertifikat. Alle Dokumente trugen die richtigen Stempel. Wenn er wenigstens eine einzige Unstimmigkeit entdeckt hätte, entweder an dem Zertifikat oder an dem Schiff oder an der Reederei. Aber es war alles in Ordnung. Er gab sich einen Ruck und setzte seine Unterschrift unter den Transportbefehl. Dann reichte er die Akte dem wartenden Beamten.
»In Ordnung«, knurrte er. »Castellón.«

»Wir mußten die Übernahme der Waren von Valencia nach Castellón verlegen«, sagte Johann Schlinker zwei Abende später. »Es gab keine andere Möglichkeit, wenn der Verladetermin am 20. Juni eingehalten werden sollte. Valencia war auf Wochen hinaus belegt.«
CAT Shannon saß im Zimmer des deutschen Waffenhändlers im Hotel ›Mindanao‹.
»Wo liegt Castellón?« fragte Shannon.
»Vierzig Meilen die Küste entlang. Der Hafen ist kleiner und ruhiger. Für Ihre Zwecke eignet er sich wahrscheinlich besser als Valencia. Ihr Schiff dürfte rascher abgefertigt werden. Der Spediteur in Valencia wurde bereits unterrichtet und kommt persönlich nach Castellón, um das Verladen zu beaufsichtigen. Sobald sich die *Toscana* über Funk mit der Hafenmeisterei von Valencia in Verbindung setzt, wird man ihr den neuen Bestimmungshafen mitteilen. Geht sie dann sofort auf den neuen Kurs, sind es nur zwei Stunden Fahrt mehr.«
»Und wie komme ich an Bord?«
»Das ist Ihre Angelegenheit«, sagte Schlinker. »Ich habe unserem Agenten jedenfalls mitgeteilt, daß ein Seemann der *Toscana* vor zehn Tagen in Brindisi zurückgelassen wurde und nun wieder zur Besatzung stoßen soll. Seinen Namen habe ich mit Keith Brown angegeben. Wie steht's mit Ihren Papieren?«
»Alles in Ordnung«, antwortete Shannon. »Paß und Heuerkarte.«
»Sie finden den Agenten der Spedition im Zollamt von Castellón, sobald es am Morgen des Zwanzigsten öffnet«, sagte Schlinker. »Es ist ein gewisser Senor Moscar.«
»Und wie sieht die Sache in Madrid aus?«
»Laut Transportbefehl wird die Ware unter militärischer Aufsicht am neunzehnten Juni, also morgen, zwischen zwanzig Uhr und Mitternacht auf Lastwagen verladen. Der Transport geht um Mitternacht mit einer

»Bleiben Sie bis Sonnenuntergang knapp nördlich der Grenze«, sagte er zu seinem Kapitän. »Ab einundzwanzig Uhr laufen Sie diagonal auf die Küste zu. Zwischen Sonnenuntergang und einundzwanzig Uhr bringen wir die fertig beladenen Schlauchboote achtern zu Wasser. Das muß bei Lampenlicht geschehen, aber mindestens zehn Meilen vom Land entfernt.
Etwa um neun setzen Sie sich ganz langsam in Bewegung, damit Sie um zwei Uhr morgens diesen Punkt hier erreichen: vier Meilen vor der Küste und eine Meile nördlich der Halbinsel. In dieser Position liegen Sie außer Sichtweite der Stadt. Wenn alle Lichter gelöscht werden, kann eigentlich niemand Sie sehen. Soviel ich weiß, gibt es auf der Halbinsel keinen Radar, es sei denn, ein Schiff liegt im Hafen.«
»Und selbst dann dürfte das Gerät nicht eingeschaltet sein«, knurrte Waldenberg. Er beugte sich über das Blatt der Küstenkarte und maß die Entfernungen mit Zirkel und Lineal. »Wann wird das erste Boot in Richtung Land ablegen?«
»Um zwei. Es hat Dupree und seine Granatwerfereinheit an Bord. Die beiden anderen Boote machen ebenfalls los und laufen eine Stunde später den Strand an. Alles klar?«
»Alles klar«, bestätigte Waldenberg. »Ich bringe Sie pünktlich hin.«
»Sie müssen die Position sehr genau einhalten«, bekräftigte Shannon. »Solange wir die Halbinsel nicht umrundet haben, können wir in Clarence keine Lichter sehen, selbst wenn Lampen eingeschaltet sind. Wir sind einzig und allein auf Kompaß und Geschwindigkeit angewiesen, bis wir die Küste erkennen können, und dann dürften wir bis auf hundert Meter herangekommen sein. Es hängt davon ab, ob der Himmel bewölkt ist, oder ob Mond und Sterne scheinen.«
Waldenberg nickte. Alles andere wußte er bereits. Sobald die Schießerei einsetzte, sollte er die *Toscana* vier Meilen vor Land an der Hafeneinfahrt vorbeiführen und zwei Meilen südlich von Clarence – vier Meilen von der Spitze der Halbinsel entfernt – wieder beidrehen. Von da an durfte er das Walkie-Talkie nicht mehr aus der Hand legen. Wenn alles glattging, hatte er diese Position bis Sonnenaufgang beizubehalten. Sollte etwas schiefgehen, würde er an der Mastspitze, an Bug und Heck Lichter setzen, um die Rückkehrer zur *Toscana* zu dirigieren.

An diesem Abend wurde es früh dunkel, denn der Himmel war bedeckt und der Mond würde erst in den Morgenstunden aufgehen. Es hatte bereits zu regnen begonnen. Während der letzten drei Tage mußten sie zweimal starke Wolkenbrüche über sich ergehen lassen. Der Wetterbericht, der sehr aufmerksam verfolgt wurde, kündete während der Nacht für den Küstenbereich vereinzelte Böen an, aber keine Stürme. Sie konnten nur darum beten, daß sie von Wolkenbrüchen verschont wurden, während sich die Männer in den offenen Booten befanden oder während der Palast gestürmt wurde.

Vor Sonnenuntergang wurden die Zeltbahnen über den Ausrüstungsgegenständen, die in langen Reihen auf dem Hauptdeck gestapelt waren, eingerollt. Als es dann dunkel wurde, bereiteten Shannon und Norbiatto alles für die Abfahrt der Sturmboote vor. Als erstes wurde Duprees Boot zu Wasser gelassen. Es war sinnlos, dafür den Ladebaum zu verwenden. Die niedrigste Stelle des Decks lag nur zweieinhalb Meter über der Wasserfläche. Die Männer brachten das voll aufgepumpte Boot von Hand zu Wasser, dann stiegen Semmler und Dupree in das Schlauchboot, das im leichten Wellengang neben der *Toscana* tanzte.

Die beiden holten den schweren Außenborder herüber und schraubten ihn fest. Bevor der Schalldämpfer aufgesetzt wurde, ließ Semmler die Johnson-Maschine zwei Minuten lang laufen. Der serbische Schiffsingenieur hatte alle drei Motoren gründlich durchgesehen. Der Außenborder schnurrte wie eine Nähmaschine. Nur noch ein leises Summen war zu hören, nachdem der schalldämpfende Holzkasten aufgesetzt war.

Semmler stieg wieder aus. Dupree bekam seine Sachen hinuntergereicht: die Bodenplatten und Zielgeräte für beide Granatwerfer, dann die Rohre selbst. Dupree nahm vierzig Granaten für den Palast und zwölf für die Baracken mit. Sicherheitshalber erhöhte er die Stückzahl auf sechzig Granaten, alle scharf gemacht und mit Aufschlagzündern versehen.

Er nahm außerdem beide Leuchtraketen und die zehn Magnesiumfackeln mit, eins der Nebelhörner, ein Walkie-Talkie und sein Nachtglas. Über der Schulter hing seine Schmeisser-Maschinenpistole, in seinem Gürtel steckten fünf volle Magazine. Zuletzt stiegen Timothy und Sunday in das Sturmboot, die beiden Afrikaner, die ihn begleiten sollten.

Als alles fertig war, sah Shannon hinunter auf die drei Gesichter, die ihm im gedämpften Lampenlicht entgegenleuchteten.

»Viel Glück!« rief er leise. Als Antwort hob Dupree den Daumen und nickte. Semmler ging mit der Leine des Schlauchboots in der Hand entlang der Reling nach achtern, während Dupree unten das Boot vom Schiffsrumpf abstieß. Als es achtern in der Dunkelheit verschwand, befestigte Semmler das Tau an der Heckreling; die drei Männer schaukelten nun in der Dünung auf und ab.

Beim zweiten Boot hatten die Männer schon Übung, und das Manöver ging rasch vonstatten. Marc Vlaminck und Semmler kletterten hinunter, um den Außenborder anzubringen, Denn dies war ihr Boot. Vlaminck nahm eine Bazooka und zwölf Raketen mit, zwei davon an seinem Gürtel, die anderen zehn auf dem Rücken seines Helfers Patrick. Semmler hatte seine Schmeisser umhängen und fünf volle Magazine in den Patronentaschen an seinem Gürtel stecken. An seinem Hals baumelte ein Nachtglas, und das zweite Walkie-Talkie war an seinen Oberschenkel geschnallt. Da er als einziger Deutsch, Französisch und etwas Englisch sprach, mußte er während des Angriffs zusätzlich die Aufgabe des Funkers übernehmen. Als die beiden Weißen in ihrem Schlauchboot Platz genommen hatten, turnten auch Patrick und Jinja, die Semmler zugeteilt waren, von der *Toscana* über die Jakobsleiter hinunter.

Auch das zweite Schlauchboot wurde achtern ins Schlepptau genommen. Duprees Tau wurde an Semmler weitergereicht, der es an seinem eigenen Boot befestigte. Nun schlingerten die beiden Fahrzeuge in einer Linie hintereinander im Kielwasser der *Toscana*, durch eine Taulänge voneinander getrennt. Keiner der Männer sprach ein Wort.

Langarotti und Shannon nahmen das dritte und letzte Boot. Sie wurden von Bartholomey und Johnny begleitet, einem muskulösen, immer fröhlichen Kämpfer, der beim letzten Einsatz auf Shannons Betreiben zum Hauptmann befördert worden war. Johnny hatte sich jedoch geweigert, eine Kompanie zu übernehmen, obwohl sein Rang ihn dazu berechtigt hätte. Er wollte lieber in CAT Shannons Nähe bleiben.

Kurz bevor Shannon als letzter ins Boot steigen wollte, erschien Kapitän Waldenberg von der Brücke her und zupfte ihn am Ärmel. Der Deutsche nahm den Söldner beiseite und sagte leise: »Es könnte Ärger geben.«

Shannon blieb regungslos stehen, betroffen von dem Gedanken, daß in letzter Minute etwas schiefgegangen sein sollte.

»Was gibt's?« fragte er.

»Ein Schiff. Es liegt vor Clarence, aber noch weiter draußen als wir.«

»Wann haben Sie es bemerkt?«

»Schon vor einiger Zeit«, antwortete Waldenberg. »Aber ich dachte, es fährt die Küste nach Süden hinunter wie wir, oder vielleicht nach Norden. Doch das Schiff macht keine Fahrt, es hat beigedreht.«

»Ganz bestimmt? Kein Zweifel möglich?«

»Auf keinen Fall. Wir sind mit so wenig Fahrt die Küste heruntergekommen, daß das andere Schiff längst weg wäre, wenn es in dieselbe Richtung dampfte. Nach Norden zu hätte es uns inzwischen passiert. Seine Position ist unverändert.«

»Irgendein Hinweis darauf, was es für ein Schiff sein könnte und wem es gehört?«

Der Deutsche schüttelte den Kopf.

»Der Größe nach ist es ein Frachter. Wenn wir wissen wollen, wer es ist, müssen wir uns mit ihm in Verbindung setzen.«

Shannon überlegte einige Minuten lang.

»Wenn es ein Frachter wäre, der eine Ladung nach Zangaro bringt – würde er dann bis zum Morgen ankern, bevor er in den Hafen einfährt?« fragte er.

Waldenberg nickte. »Durchaus möglich. In manchen kleineren Häfen entlang dieser Küste ist das Einlaufen während der Nacht nicht erlaubt.

Wahrscheinlich wartet das Schiff bis zum Morgen, bevor es um Erlaubnis ersucht, den Hafen anzulaufen.«
»Wenn Sie das Schiff gesehen haben, wurden wir wahrscheinlich auch gesehen«, meinte Shannon.
»Sicherlich«, sagte Waldenberg. »Sie müssen uns auf dem Radarschirm haben.«
»Kann das Radar unsere Schlauchboote ausmachen?«
»Das ist unwahrscheinlich«, antwortete der Kapitän. »Sie liegen vermutlich zu tief im Waser.«
»Wir machen weiter«, entschied Shannon. »Jetzt ist es zu spät. Wir müssen einfach davon ausgehen, daß es sich um einen Frachter handelt, der draußen den Morgen abwartet.«
»Man wird auf dem Schiff den Schußwechsel hören«, sagte Waldenberg
»Was kann dann passieren?«
Der Deutsche griente.
»Viel nicht. Wenn Sie Pech haben und wir vor Sonnenaufgang nicht von hier fort sind, wird man die *Toscana* durch die Ferngläser erkennen.«
»Dann dürfen wir eben kein Pech haben. Es läuft alles so ab wie befohlen.«
Waldenberg kehrte auf die Brücke zurück. Dr. Okoye, der schweigend zugehört hatte, trat nun vor.
»Viel Glück, Major«, sagte er in sehr gepflegtem Englisch. »Gott sei mit Ihnen.«
Shannon hätte beinahe geantwortet, ein rückstoßfreier Womwat-Karabiner in der Hand sei ihm lieber, aber er hielt den Mund. Er wußte, wie religiös diese Leute waren. So nickte er nur, murmelte: »Ja, sicher«, und ging von Bord.
Draußen im Dunkeln herrschte bis auf das leise Gurgeln des Wassers um das Schlauchboot absolute Stille. Gelegentlich hörte man ein Geräusch hinter dem Ruder des Schiffes. Vom Land her war nichts zu hören, da sie weit genug vom Ufer entfernt lagen; erst lange nach Mitternacht würden sie sich dem Ufer genügend nähern, um Schreien und Lachen zu hören, aber bei einigem Glück schliefen dann alle bereits. In Clarence gab es ohnehin nicht viel zu lachen. Shannon wußte, wie weit in der Stille der Nacht ein einzelnes, scharfes Geräusch über dem Wasser zu hören ist, und hatte deshalb alle Männer auf der *Toscana* und in den Booten zu völligem Schweigen verpflichtet. Auch das Rauchen war untersagt.
Er sah auf die Uhr. Viertel vor neun.
Er lehnte sich zurück und wartete.

Um neun Uhr drang ein leises Rumpeln aus dem Rumpf der *Toscana*. Das Wasser unter dem Heck sprudelte, ein phosphoreszierender weißer Streifen klatschte gegen die stumpfe Nase von Shannons Sturmboot. Sie waren aufgebrochen. Wenn er die Hand über Bord hielt, spürte er an den

Fingern das leise Streicheln des vorbeiströmenden Wassers. Fünf Stunden Zeit für achtundzwanzig Seemeilen.
Der Himmel war immer noch bedeckt, und die Luft stand still wie in einem Treibhaus. Aber ein Loch zwischen den Wolken ließ ein wenig bleiches Sternenlicht durch. Er konnte das Boot mit Vlaminck und Semmler am Ende des sieben Meter langen Taus ausmachen, und noch ein Stück weiter bewegte sich Janni Dupree im Kielwasser der *Toscana*.
Die fünf Stunden glichen einem Alptraum. Es gab nichts zu tun. Sie hielten Augen und Ohren offen, sahen aber nichts als das dunkel glitzernde Wasser, hörten nichts als das leise Stampfen der alten Kolben in dem verrosteten Rumpf der *Toscana*. Trotz des einlullenden Schaukelns der kleinen Boote konnte niemand schlafen, denn die Ruhe vor dem Sturm ließ bei allen Beteiligten die innere Spannung ständig wachsen.
Irgendwie ging die Zeit doch herum. Auf Shannons Uhr war es fünf nach zwei, als das Maschinengeräusch in der *Toscana* verstummte und sie antriebslos über das Wasser glitten. Hoch oben vom Heck ertönte ein leiser Pfiff: Waldenbergs Signal, daß die Position zum Ablegen erreicht war. Shannon wollte das Zeichen an Semmler weitergeben, aber Dupree schien es gehört zu haben, denn wenige Sekunden später sprang hustend sein Motor an, und sein Boot glitt dem Ufer entgegen. Sie sahen ihn nicht, hörten aber, wie sich das leise Summen des schallgedämpften Außenborders entfernte.
Am Steuerruder seines Sturmbootes kontrollierte Janni Dupree mit der Rechten am Drehgriff das Handgas und hielt das linke Handgelenk mit dem Kompaß so ruhig wie möglich dicht vor seine Augen. Er wußte, daß er viereinhalb Meilen zu bewältigen hatte und versuchen mußte, die Küste schräg anzufahren, um sie außerhalb der weitgeschwungenen nördlichen Mole zu erreichen. Wenn Kurs und Geschwindigkeit stimmten, mußte er das Land in dreißig Minuten erreichen. Nach fünfundzwanzig Minuten würde er den Motor fast bis zum Leerlauf drosseln und nach Sicht navigieren. Wenn ihm die anderen eine Stunde Zeit ließen, um seine Granat- und Raketenwerfer aufzubauen, würden sie die Spitze der Mole in Richtung auf die Landestelle genau dann umrunden, wenn er gerade fertig war. Aber diese eine Stunde lang waren er und seine beiden Afrikaner allein an der Küste Zangaros. Um so mehr Anlaß, beim Aufbau der Batterie vollkommen lautlos zu arbeiten.
Zweiundzwanzig Minuten nach dem Ablegen von der *Toscana* hörte Dupree vom Bug seines Schlauchbootes ein leises Zischen. Das war Timothy, der Ausguck. Dupree hob den Blick von seinem Kompaß. Was er sah, ließ ihn rasch das Gas zurücknehmen. Sie waren kaum noch dreihundert Meter vom Ufer entfernt. Im fahlen Sternenlicht, das durch das Wolkenloch über ihnen fiel, konnten sie genau voraus einen dunkleren Streifen ausmachen. Dupree kniff die Augen zusammen und bugsierte sein Boot noch

weitere zweihundert Meter landwärts. Hier lag Mangroven-Dschungel, das hörte er am Gluckern des Wassers zwischen den Wurzeln. Weit drüben auf der rechten Seite hörte die Vegetation auf, und die gerade Linie des Horizonts zwischen Meer und Nachthimmel erstreckte sich bis ins Unendliche. Er hatte das Ufer drei Meilen nördlich von der Halbinsel erreicht.

Er wendete sein Boot und fuhr mit immer noch stark gedrosseltem und praktisch unhörbarem Motor wieder vom Ufer weg. Er steuerte so, daß er das Ufer der Halbinsel auf eine halbe Meile Entfernung noch sehen konnte, bis er den Landstreifen erreichte, an dessen Ende sich die Stadt Clarence befand. Dann hielt er langsam wieder auf das Ufer zu. Aus zweihundert Metern Entfernung machte er endlich den langgestreckten, flachen Kiesstreifen aus, den er suchte, schaltete achtunddreißig Minuten nach dem Ablegen von der *Toscana* die Maschine aus und ließ das Schlauchboot treiben. Mit leisem Knirschen lief es auf die Steine auf.

Dupree stieg vorsichtig über die mitgebrachten Ausrüstungsgegenstände hinweg, schwang ein Bein über den Bug und betrat den sandigen afrikanischen Boden. Er hielt das Boot am Tau fest, damit es nicht abtrieb. Fünf Minuten lang regte sich keiner der Männer. Sie horchten angestrengt auf das geringste Geräusch, das von der Stadt herüberdringen konnte, die, wie sie wußten, vierhundert Meter halblinks vor ihnen jenseits eines flachen Hügels lag. Aber es war nichts zu hören. Sie waren tatsächlich unbemerkt gelandet.

Als Dupree seiner Sache sicher war, zog er einen metallenen Hering aus dem Gürtel, rammte ihn tief in den Kiesboden und machte das Tau daran fest. Dann lief er geduckt und leichtfüßig die vor ihm liegende Böschung hinauf. Sie hatte eine Höhe von kaum fünf Metern über dem Meeresspiegel und war mit kniehohem Gestrüpp bedeckt, das raschelnd gegen seine Stiefelschäfte schlug. Dieses Geräusch bereitete ihm keine Sorgen, denn es wurde von der Brandung auf dem steinigen Strand übertönt und konnte in der Stadt ohnehin nicht gehört werden. Dupree duckte sich hinter den Hügel, der einen Arm des Hafenbeckens bildete, und spähte über die Kuppe hinweg. Auf der linken Seite verlor sich die natürliche Mole im Dunkel, und genau vor ihm lag wieder Wasser: die spiegelglatte Fläche des geschützten Hafenbeckens. Zehn Meter rechts von ihm endete die Kiesmole.

Er kehrte zu dem Landungsboot zurück und befahl flüsternd den beiden Afrikanern, vollkommen lautlos die Geräte auszuladen. Er hob die einzelnen Bündel auf und trug sie nacheinander zur höchsten Stelle des Hügels empor. Alle Metallstücke waren mit Sackleinen umwickelt, damit nichts klirren konnte. Als sämtliche Teile an Land waren, begann er mit dem Zusammenbau. Er arbeitete rasch und leise. Einen Granatwerfer brachte er am Ende der Mole in Stellung, wo sich nach Shannons Angabe ein kreisrundes, flaches Terrain befand. Das Shannons Entfernungsangaben stimmten, wußte er genau; von der Landspitze bis zum Mittelpunkt des Palasthofes betrug die Luftlinie siebenhunderteinundzwanzig Meter. Mit Hilfe seines Kompasses richtete er den Granatwerfer genau auf den Präsidentenpalast aus und stellte den Neigungswinkel des Rohres so ein, daß schon die erste Granate beim Einschießen möglichst mitten im Hof aufschlug.

Er wußte, daß er nicht den ganzen Palast überblicken konnte, wenn die Leuchtraketen hochgingen, sondern nur das obere Stockwerk. Den Einschlag der Bombe konnte er daher nicht beobachten. Aber es genügte ihm, wenn er den Lichtschein der Explosion jenseits der Hügelkuppe hinter dem Lagerhaus am anderen Ende des Hafens sah.

Als er mit dem ersten Granatwerfer fertig war, baute er den zweiten auf. Er war auf die Militärbaracken gerichtet und wurde auf der Mole zehn Meter weiter landeinwärts in Stellung gebracht. Er kannte sowohl die Entfernung als auch die genaue Richtung, aber bei dem zweiten Granatwerfer spielte die Treffsicherheit keine entscheidende Rolle, da die Bomben nur irgendwo im Bereich der früheren Polizeiunterkünfte niedergehen und die Soldaten zu panikartiger Flucht veranlassen sollten. Timothy, der schon beim letzten Einsatz als Sergeant bei ihm gewesen war, sollte diesen zweiten Granatwerfer allein bedienen.

Dupree stapelte ein Dutzend Granaten neben dem zweiten Rohr auf, holte Timothy herbei und flüsterte ihm letzte Instruktionen ins Ohr.

Zwischen den beiden Granatwerfern stellte er die zwei Abschußgeräte für die Leuchtraketen auf, schob je eine Rakete in die Rohre und legte die acht anderen griffbereit. Jede Rakete sollte angeblich eine Brenndauer von zwanzig Sekunden haben; wenn er sowohl seinen Granatwerfer als auch die Raketenwerfer allein bedienen wollte, müßte er schnell und fehlerfrei arbeiten. Sundays Aufgabe war es, ihm die Granaten von dem Stapel anzureichen, den er neben seinem Werfer errichtet hatte.

Als er mit allem fertig war, sah er auf die Uhr. Drei Uhr zweiundzwanzig. Die beiden anderen Boote mit Shannon mußten sich jetzt irgendwo auf dem Weg zum Hafen befinden. Dupree griff nach seinem Walkie-Talkie, zog die Antenne zur vollen Länge aus, schaltete das Gerät ein und wartete die vorgeschriebenen dreißig Sekunden ab, die zum Aufwärmen erforderlich waren. Dann drückte er dreimal in Abständen von je einer Sekunde auf den Signalgeber. Von nun an sollte das Gerät nicht mehr ausgeschaltet werden.

Shannon saß eine Meile vom Ufer entfernt am Steuer seines Landungsbootes und spähte angestrengt in die Finsternis. Links von ihm glitt Semmler mit seinem Boot in gleichmäßigem Abstand durch die Nacht. Er war es, der aus dem Walkie-Talkie auf seinen Knien die drei Summzeichen auffing. Behutsam steuerte er sein Schlauchboot an Semmlers Fahr-

zeug heran, bis sich die Rundungen berührten. Shannon sah hinüber zu dem anderen Boot. Semmler zischte leise und ging wieder auf eine Entfernung von zwei Metern. Shannon war erleichtert. Er wußte jetzt, daß Semmler über die Breite des Hafenbeckens hinweg Duprees Signal empfangen hatte und daß der schlaksige Südafrikaner vorschriftsmäßig in Stellung gegangen war. Zwei Minuten später und tausend Meter vom Ufer entfernt, sah Shannon kurz das Aufleuchten von Duprees Handlampe, die bis auf einen winzigen Lichtpunkt abgeblendet war. Das Licht kam von seiner rechten Seite, also wußte er, daß er zu weit nach Norden geraten war. Gemeinsam schwenkten die beiden Boote nach Steuerbord ab. Shannon versuchte, sich an die genaue Stelle zu erinnern, von der das Lichtzeichen gekommen war, um einen Punkt etwa hundert Meter rechts davon anzuvisieren. Das mußte dann die Hafeneinfahrt sein. Der Lichtpunkt flackerte wieder auf, als Dupree das leise Summen der beiden gedämpften Außenborder hörte. Zu diesem Zeitpunkt waren sie noch dreihundert Meter von der Spitze der Mole entfernt. Shannon sah die Stelle jetzt genauer und änderte seinen Kurs um einige Winkelgrade.
Zwei Minuten später glitten die beiden Schlauchboote mit stark gedrosselten Motoren, nicht lauter summend als Hummeln, in einer Entfernung von fünfzig Metern an der Spitze der Mole vorbei, wo Dupree am Boden hockte. Der Südafrikaner sah das Kielwasser glitzern, die silbernen Luftblasen aus den Auspuffen an die Wasseroberfläche steigen – dann waren sie durch die Hafeneinfahrt verschwunden und glitten über das unbewegte Wasser auf das große Lagerhaus zu.
Vom Ufer her war immer noch kein Geräusch zu hören, als Shannon mit einiger Anstrengung die Silhouette des Lagerhauses gegen den etwas helleren Himmel ausmachte. Er steuerte ein Stück nach rechts und ließ sein Boot auf dem steinigen Strand des Fischereihafens zwischen Eingeborenenkanus und trocknenden Fischnetzen auflaufen.
Ein paar Schritte entfernt brachte Semmler sein Boot an Land. Beide Außenborder verstummten gleichzeitig. Wie schon Dupree und seine Männer, blieben auch sie mehrere Minuten lang regungslos sitzen und warteten auf einen eventuellen Alarm. Sie versuchten, zwischen den kaum erkennbaren Umrissen der umgedrehten Kanus Anzeichen für irgendeinen Hinterhalt auszumachen. Aber da war nichts.
Shannon und Semmler gingen an Land. Jeder von ihnen stieß einen Hering in den Boden und vertäute sein Schlauchboot. Die anderen folgten ihnen. Mit einem leisen »Los geht's! Marsch!« führte Shannon die anderen über den Strand und die Böschung des zweihundert Meter breiten Plateaus empor, das zwischen dem Hafen und dem schlafenden Palast von Präsident Jean Kimba lag.

2. Kapitel

Die Männer kletterten tief geduckt zwischen dem Gestrüpp den Hang hinauf und erreichten oben die freie, ebene Fläche. Es war gleich vier, und im Palast brannte kein einziges Licht. Shannon wußte, daß sie auf halbem Wege zwischen dem Plateau und dem Palast, zweihundert Meter entfernt, auf die Küstenstraße stoßen würden und daß dort an der Kreuzung mindestens zwei Mann der Palastwache stationiert waren. Er rechnete nicht damit, daß es ihm gelingen würde, die beiden geräuschlos außer Gefecht zu setzen. Wenn die Schießerei erst begonnen hatte, mußten sie die letzten hundert Meter bis zur Mauer des Palastes robbend zurücklegen. Er sollte recht behalten.
Jenseits des Hafenbeckens wartete Janni Dupree auf den ersten Schuß, der für ihn das Signal zum Eingreifen bedeutete. Seine Anweisung lautete: Wer immer den Schuß auch abfeuert und wo das auch sein mochte, dieser erste Schuß war das Zeichen für ihn. Er hockte neben dem Werfer, bereit, jederzeit eine Leuchtrakete abzufeuern. In der freien Hand hielt er die erste Werfergranate.
Shannon und Langarotti hatten einen Vorsprung vor den übrigen sechs Soldaten, als sie die Straßenkreuzung vor dem Palast erreichten. Beide waren schon jetzt schweißnaß. Ihre mit Erdfarbe beschmierten dunklen Gesichter waren streifig vom herunterrinnenden Schweiß. Der Riß in der Wolkendecke wurde immer größer, immer mehr Sterne zeigten sich, und obgleich sich der Mond immer noch versteckte, lag über der freien Fläche vor dem Palast ein ungewisses Licht. Auf hundert Meter Entfernung konnte Shannon die Silhouette des Daches vor dem Himmel ausmachen. Aber den Posten entdeckte er erst, als er buchstäblich über einen Mann stolperte, der schlafend am Boden saß.
Er stieß mit dem Messer in seiner rechten Hand nicht schnell genug zu. Er stolperte, fand zwar rasch das Gleichgewicht wieder, aber ebenso schnell sprang der Vindu auf und stieß einen kurzen Überraschungsschrei aus. Sein Kamerad, der einige Schritte entfernt im hohen Gras lag, wurde aufmerksam. Er raffte sich auf, gurgelte einmal, als ihm das Messer des Korsen die Kehle von der Halsschlagader bis zur großen Vene öffnete, kippte wieder um und würgte seinen letzten Atemzug heraus. Shannons Gegner wurde von dem Bowiemesser in die Schulter getroffen. Er stieß einen zweiten Schrei aus und wandte sich zur Flucht. Hundert Meter weiter vorn, dicht am Tor zum Palast, ertönte noch ein Ruf, dann klickte das Schloß eines Karabiners. Wer den ersten Schuß abgab, wurde nie restlos geklärt. Es krachte drüben am Palasttor, und genau gleichzeitig zerfetzte ein kurzer Feuerstoß aus Shannons Waffe den Flüchtenden. Weit hinter ihnen zischte und jaulte etwas zum Himmel empor, dann zerplatzte zwei Sekunden später über ihren Köpfen ein grellweißes Licht. Shannon nahm

den vor ihm liegenden Palast wahr und sah die zwei Gestalten am Tor, dann merkte er, wie seine sechs Mann nach links und rechts ausschwärmten. Alle acht lagen schließlich mit ihren Gesichtern im nachtkühlen Gras und robbten auf dem Bauch vorwärts.
Janni Dupree trat vom Raketenwerfer zurück, sobald er die Abzugsleine der ersten Leuchtrakete abgerissen hatte, und schob die Granate in das Rohr des Werfers, als die Rakete emporjaulte. Mit einem dumpfen Schlag begab sich die Bombe auf ihre parabolische Flugbahn hinüber zum Palast; gleichzeitig explodierte die Magnesiumfackel über der Stelle, von der Dupree hoffte, daß seine Kameraden sie inzwischen erreicht hatten. Er nahm die zweite Granate zur Hand, blinzelte durch das grelle Licht hinüber zum Palast und wartete auf den Einschlag des ersten Geschosses. Nach seiner Berechnung brauchte jede Granate eine Flugzeit von fünfzehn Sekunden, und er hatte sich vier Granaten zum Einschießen zurechtgelegt. Danach konnte er im Abstand von zwei Sekunden feuern, wenn ihm Sunday schnell und in gleichmäßigem Rhythmus die Munition einzeln anreichte. Seine erste Granate traf die rechte vordere Ecke des Daches. Der Einschuß lag so hoch, daß Dupree die Stelle schon sehen konnte. Sie durchschlug das Dach nicht, sondern zerfetzte nur die Dachziegel dicht über der Regenrinne. Er beugte sich vor, drehte den Knopf der Zielvorrichtung ein paar Millimeter nach links und schob die zweite Granate ins Rohr, als die Leuchtkugel gerade verlosch. Dann sprang er hinüber zu dem zweiten Raketenwerfer, riß an der Abzugsschnur und steckte zwei neue Raketen in die Rohre, bevor er wieder den Kopf hob. Die zweite Leuchtkugel explodierte hoch über dem Palast, und vier Sekunden später schlug auch die zweite Granate ein. Die Richtung stimmte jetzt genau, aber der Einschlag lag etwas zu kurz, da er nur die Ziegel über dem Haupttor zerschlug. Auch an Dupree lief der Schweiß in Bächen herab. Die Schraube der Höheneinstellung rutschte ihm zwischen den Fingern durch. Er verringerte ein wenig den Neigungswinkel und senkte die Mündung der Waffe um eine Kleinigkeit, damit die Reichweite größer wurde. Anders als bei der Artillerie muß man das Rohr von Granatwerfern senken, wenn man eine größere Reichweite erzielen will. Duprees dritte Granate war schon unterwegs, bevor die Leuchtkugel verlosch. Er hatte volle fünfzehn Sekunden Zeit, um die dritte Leuchtkugel hochzujagen, ein Stück die Mole entlangzulaufen, das Nebelhorn zu betätigen und dann von seinem alten Posten aus den Einschlag der Granate zu beobachten. Sie flog über das Dach des Palastes hinweg und explodierte auf dem Hof dahinter. Für den Bruchteil einer Sekunde flammte ein roter Feuerschein auf, dann verschwand er wieder. Das genügte Dupree. Er wußte jetzt, daß die Einstellung haargenau stimmt. Seine eigenen Kameraden vor dem Palast konnten nicht mehr gefährdet werden.
Shannon und seine Männer preßten die Gesichter ins Gras, als die drei

Leuchtraketen aufflammten und Jannis Granaten einschlugen. Keiner dachte daran, den Kopf zu heben, solange der Südafrikaner seine Geschosse nicht über das Dach hinweg in den Hof beförderte.
Zwischen der zweiten und dritten Explosion riskierte Shannon einen kurzen Blick. Er wußte, daß er fünfzehn Sekunden Zeit hatte, bis die dritte Granate detonierte. Der Palast erstrahlte im Licht der dritten Magnesiumfackel, und zwei Fenster im Obergeschoß waren jetzt erleuchtet. Nachdem die zweite Explosion verklungen war, konnte man innerhalb der Festung laute Schreie hören. Es war das erste und einzige Geräusch, das die Verteidiger von sich gaben, bevor der Donner der Detonationen alles andere auslöschte.
Fünf Sekunden später heulte das Nebelhorn los. Das grausige Getöse drang von der Spitze der Mole über die stille Hafenbucht herüber. Die afrikanische Nacht war von einem Kriegsgeschrei erfüllt, das aus tausend wilden Kehlen zu stammen schien. Es übertönte fast noch die Explosion des Einschlags auf dem Hof – und erst recht alle anderen Schreie. Als Shannon den Kopf wieder hob, sah er keinen neuen Schaden an der Fassade des Palastes und nahm an, daß Janni seine Granate über das Dach hinweggejagt hatte. Es war vereinbart, daß Janni nach dem ersten Volltreffer das Einschießen abbrechen und sofort in rascher Folge feuern sollte. Von der Mole her, weit hinter seinem Rücken, hörte Shannon das gleichmäßige dumpfe Dröhnen der Granatwerfer, das ihm wie ein lauter Herzschlag in den Ohren klang, unterstützt vom Blöken des Nebelhorns, dessen Gasflasche für siebzig Sekunden reichte.
Zum Abfeuern von vierzig Granaten würde Janni achtzig Sekunden brauchen. Da niemand die Detonationen mitzählen konnte, war vereinbart worden, daß Janni das Feuer sofort einstellen sollte, falls aus technischen Gründen eine Pause von mehr als zehn Sekunden eintreten sollte. Shannon wußte, daß er sich auf Janni Dupree verlassen konnte.
Als fünfzehn Sekunden nach den ersten dumpfen Abschüssen der Geschoßhagel auf den Palast niederging, hatten die acht Männer im Gras einen Logenplatz. Leuchtkugeln wurden nicht mehr benötigt. Die Granaten, die im Abstand von zwei Sekunden mit ohrenbetäubendem Donner auf die Steinplatten des Hofes hinter dem Palastgebäude trafen, jagten rote Lichtblitze in die Höhe. Nur Marc Vlaminck hatte keine Zeit, das Schauspiel zu bewundern.
Er befand sich an der linken Flanke der weit auseinandergezogenen Schützenlinie fast genau vor dem Haupttor. Er stellte sich breitbeinig hin, zielte sorgfältig und jagte seine erste Rakete los. Aus dem hinteren Ende der Bazooka züngelte eine sechs Meter lange Flamme, dann raste der ananasgroße Sprengkopf auf das Eingangstor zu. Er explodierte hoch oben in der rechten Ecke des doppelten Tors, riß eine Angel aus dem Mauerwerk und hinterließ im Holz ein metergroßes Loch.

Patrick kniete neben Vlaminck, breitete die Raketen aus seinem Rucksack auf dem Boden aus und reichte sie hinauf. Der zweite Schuß explodierte an den Steinen über dem Torbogen. Der dritte traf genau das Schloß in der Mitte. Beide Türflügel schienen sich unter der Wucht des Aufpralls aufzubäumen, dann klafften sie an ihren verbogenen Angeln auseinander und gingen nach innen auf.

Janni Dupree hatte etwa die Hälfte seiner Munition verschossen. Hinter dem Palast leuchtete ununterbrochen ein roter Feuerschein. Auf dem Hof brannte etwas, vermutlich das Haus der Wachen, wie Shannon annahm. Als das Tor gesprengt war, konnten die im Gras hockenden Männer durch den Torbogen den roten Schein sehen und zwei schwankende Gestalten, die sich davor abzeichneten; sie stürzten zu Boden, bevor sie dem Inferno entrinnen konnten.

Marc jagte noch vier weitere Raketen durch das offene Tor in den brennenden Durchgang dahinter, der anscheinend direkt zum Hof führte. Zum ersten Mal konnte Shannon einen Blick auf das werfen, was sich hinter den schweren Torflügeln verbarg.

Der Söldnerführer schrie Vlaminck den Befehl zur Feuereinstellung zu. Sieben von den zwölf Bazooka-Raketen waren verschossen, und Shannon konnte nicht wissen, ob sich nicht trotz Gomez' Behauptung irgendwo in der Stadt doch ein gepanzertes Fahrzeug befand. Aber der Belgier war nicht zu stoppen. Er jagte weitere vier Raketen in Höhe des Erdgeschosses und des ersten Stocks durch die Mauern des Palastes und stand schließlich jubelnd da, sein Bazooka-Rohr und die letzte Rakete schwenkend, während Duprees Granaten über ihn hinwegjaulten.

In diesem Augenblick wurde das Nebelhorn leiser und verstummte. Shannon ignorierte Vlaminck und schrie den anderen zu: »Vorwärts!« Er selbst, Semmler und Langarotti rannten geduckt durch das hohe Gras, die Schmeisser-MPs schußbereit in beiden Händen, die Zeigefinger um den Abzug gespannt. Sie wurden von Johnny, Jinja, Bartholomew und Patrick gefolgt; dieser war heilfroh, keine Raketen mehr auf dem Rücken herumschleppen zu müssen. Er nahm die MP von der Schulter und schloß sich den anderen an.

Zwanzig Meter vor dem gesprengten Tor hielt Shannon inne und wartete, bis Duprees letzte Granaten detoniert waren. Er hatte nicht mitgezählt, aber die plötzlich eintretende Stille nach dem letzten Einschlag sagte ihm, daß das Bombardement nun vorüber war. Zwei Sekunden lang wirkte diese Stille selbst ohrenbetäubend. Nach dem Höllenlärm, verursacht durch Nebelhorn und Granatwerfer, dem Splittern und Krachen der Bazooka-Raketen war das Fehlen eines jeden Geräusches unheimlich. Man konnte sich kaum vorstellen, daß der ganze Feuerüberfall weniger als fünf Minuten gedauert hatte.

Einen Augenblick lang überlegte Shannon, ob Timothy seine zwölf Granaten zu den Mannschaftsunterkünften hinübergejagt hatte. Waren die Soldaten versprengt, wie er gehofft hatte? Und was dachten sich wohl die anderen Bewohner der Stadt bei dem Inferno, das ihnen fast die Trommelfelle zerrissen hatte? Als über Shannon die nächsten beiden Magnesiumfackeln explodierten, sprang er hoch und schrie: »Los, vorwärts!« Die letzten zwanzig Meter bis zu dem qualmenden Palasttor legte er im Laufschritt zurück.

Pausenlos feuernd durchquerte er das Tor. Die Gestalten von Jean Baptiste Langarotti zu seiner Linken und Kurt Semmler dicht rechts von ihm spürte er mehr, als er sie sehen konnte. Der Anblick, der sich ihnen hinter dem Torbogen bot, genügte, um jeden Mann auf der Stelle erstarren zu lassen. Die gewölbte Einfahrt reichte durch das ganze Gebäude hindurch bis zum Hof. Über dem Innenhof verbreiteten die Magnesiumraketen ein grelles, unwirkliches Licht.

Kimbas Wachen waren von den ersten Probeschüssen im Schlaf überrascht worden. Sie mußten aus ihren Baracken auf den Hof herausgetaumelt sein. Dort ereilte sie ihr Schicksal, als nach der dritten Granate in rascher Folge vierzig Einschläge auf dem Plaster explodierten. Auf der einen Seite war eine Leiter an die Wand gelehnt. An ihren Sprossen hingen vier verstümmelte Leichen, beim verzweifelten Fluchtversuch über die Begrenzungsmauer von Granatsplittern im Rücken getroffen. Die auf dem harten Boden einschlagenden Geschosse hatten nach allen Seiten hin Tod und Verderben verbreitet.

Ein paar Männer lebten noch, die meisten waren tot und zerfetzt. An der Rückwand lagen aufgerissen zwei Armeelastwagen und drei Zivilfahrzeuge, darunter der Mercedes des Präsidenten. Mehrere Diener aus dem Palast hatten offenbar versucht, dem Inferno zu entfliehen. Sie hatten sich wohl gerade hinter dem Haupttor versammelt, als es von Vlamincks Raketen gesprengt wurde. Ihre Leichen lagen auf dem Boden des halbdunklen Durchgangs verstreut.

Nach links und rechts führten zwei Bogengänge zu Treppen nach oben. Ohne auf eine Aufforderung zu warten, übernahm Semmler die rechte Treppe, Langarotti die linke. Sekunden später kündigten Feuerstöße aus den Maschinenpistolen an, daß die beiden Söldner das obere Stockwerk stürmten.

Gleich hinter den Treppen ins Obergeschoß befanden sich auf jeder Seite ebenerdig zwei Türen. Shannon mußte sich anstrengen, um das Geschrei der verletzten Vindu-Soldaten und das Knattern der Schüsse oben zu übertönen; er befahl den vier Afrikanern, das Erdgeschoß zu besetzen. Daß sie auf alles zu schießen hatten, was sich bewegte, brauchte er nicht hinzuzufügen. Keuchend warteten sie nur auf sein Zeichen.

Ganz langsam und vorsichtig drang Shannon durch den Torbogen bis an die Schwelle des Innenhofs vor. Falls von seiten der Palastwache überhaupt noch Widerstand zu erwarten war, mußte er von dort kommen. Als er ins Freie trat, rannte von links laut schreiend eine Gestalt mit einem Gewehr in der Hand auf ihn zu. Vielleicht war es ein Vindu, der in heller Panik einen Ausbruchsversuch unternehmen wollte; jedenfalls hatte Shannon keine Zeit, Fragen zu stellen. Er wirbelte herum und schoß. Der Mann klappte in der Mitte zusammen wie ein Taschenmesser und spuckte aus seinen Lippen rötlichen Blutschaum. Der gesamte Palast roch nach Blut und Angst, Schweiß und Tod. Über allem hing der Duft von Cordit. Die Schritte im Torbogen hinter sich ahnte Shannon mehr, als daß er sie hörte. Er fuhr herum. Aus einer der Seitentüren war ein Mann aufgetaucht. Dort hatte Johnny begonnen, das Erdgeschoß von überlebenden Vindus zu säubern. Was dann geschah, als der Mann unter dem Torbogen mitten auf den Steinplatten stand, hatte Shannon später nur noch als eine kaleidoskopartige Folge von Bildern vor Augen. Der Mann erblickte Shannon im selben Augenblick, in dem dieser ihn sah. Aus der Hüfte feuerte er einen Schuß auf ihn ab.

Shannon spürte den leisen Luftzug der Kugel, als sie an seiner linken Backe vorbeizischte. Eine halbe Sekunde später drückte er ab, doch der Mann war sehr beweglich. Nach seinem Schuß ging er zu Boden, vollführte eine Rolle und kam ein zweites Mal schußbereit hoch. Die fünf Kugeln aus Shannons Schmeisser gingen über den Kopf des Mannes hinweg, dann war das Magazin leer. Bevor ihn der Mann unter dem Torbogen noch einmal anvisieren konnte, ging Shannon blitzschnell hinter einer steinernen Säule in Deckung. Er warf das alte Magazin aus und setzte ein neues ein. Dann sprang er feuernd ins Freie. Der Mann war verschwunden.

Erst jetzt wurde ihm voll bewußt, daß sein Gegner, nackt bis zur Hüfte und barfuß, kein Afrikaner gewesen war. Selbst im düsteren Licht unter dem Torbogen hatte sein Oberkörper hell geschimmert. Sein Haar war dunkel und glatt.

Fluchend rannte Shannon zurück zu dem immer noch glimmenden Haupttor. Er kam zu spät.

Während der Schütze aus dem zerstörten Palast floh, kam Marc Vlaminck gerade auf die Toreinfahrt zu. Er hielt das Rohr seiner Bazooka mit beiden Händen an die Brust gedrückt und hatte seine letzte Rakete vorn eingesetzt. Der Gegner blieb nicht einmal stehen. Im Laufen jagte er die beiden letzten Patronen aus seinem Magazin. Die leergeschossene Waffe fanden sie später im hohen Gras. Es war eine Neun-Millimeter-Makarow.

Der Belgier wurde von beiden Kugeln in die Brust getroffen. Eine davon durchschlug seine Lungen. Dann war der andere schon an ihm vorbei und versuchte, sich außerhalb des Lichtkreises der Magnesiumfackeln, die Dupree immer noch hochjagte, in Sicherheit zu bringen. Vor Shannons Augen drehte sich Vlaminck im Zeitlupentempo zu dem Fliehenden um,

hob seine Bazooka, stemmte sie bedächtig gegen die rechte Schulter, zielte sorgfältig und schoß.
Daß ein Sprengkörper von der Größe der Raketen für die jugoslawische RPG-7 einen Mann ins Kreuz trifft, bekommt man aus der Nähe nicht oft zu sehen. Später fanden sie nur noch ein kleines Stückchen Stoff von seiner Hose.
Shannon mußte sich noch einmal flach hinwerfen, damit ihn die Flammenzunge vom letzten Schuß des Belgiers nicht erfaßte. Er lag noch acht Meter entfernt am Boden, als Marc seine Waffe fallenließ und mit ausgebreiteten Armen vor dem Tor auf den harten Boden kippte.
Da erlosch die letzte Leuchtrakete.

Janni Dupree richtete sich auf, nachdem er seine zehnte Magnesiumfackel abgeschossen hatte.
»Sunday!« rief er. Er mußte dreimal schreien, bevor ihn der Afrikaner auf eine Entfernung von zehn Metern verstand. Das Donnern der Abschüsse, das Brüllen des Nebelhorns hatte alle drei Männer halb taub gemacht. Er befahl Sunday, zur Bewachung der Granatwerfer und des Bootes zurückzubleiben, und winkte Timothy zu sich heran. Im Laufschritt rannten die beiden durch das kniehohe Gestrüpp auf dem Kamm der langgestreckten Mole landeinwärts. Dupree hatte zwar mehr Sprengstoff verschossen als die anderen vier Söldner zusammengenommen, aber er sah nicht ein, warum er von dem Kampf ausgeschlossen sein sollte.
Außerdem hatte er noch eine Aufgabe zu erfüllen: die Soldaten in den Militärbaracken. Von Shannons Karten her wußte er ungefähr, wo die Unterkünfte lagen. Die beiden brauchten zehn Minuten bis zur Straße, die quer über die Halbinsel verlief, und bogen nicht nach rechts zum Palast ab, sondern nach links in Richtung auf die Baracken. Im Schrittempo arbeiteten sich Janni und Timothy links und rechts neben der geteerten Straße vor. Die Maschinenpistolen hielten sie schußbereit unter dem Arm, darauf gefaßt, im nächsten Augenblick kämpfen zu müssen.
Gleich hinter der ersten Straßenbiegung stießen sie auf die Gegner. Vor zwanzig Minuten waren Timothys erste Granaten zwischen den Baracken eingeschlagen und hatten die zweihundert Mann von Kimbas Armee in blinder Panik in die Nacht hinausgetrieben. Aber etwa ein Dutzend von ihnen hatte sich im Dunkel neu formiert. Sie standen nun am Straßenrand und unterhielten sich flüsternd. Dupree und Timothy hätten sie viel früher gehört, wenn sie nicht von dem Bombardement so taub gewesen wären. Aber nun stolperten sie beinahe in den Soldatentrupp hinein, bevor sie die Schatten unter den Palmen wahrnahmen. Zehn der Männer waren nackt, weil der Feuerüberfall sie im Schlaf überrascht hatte. Die anderen beiden, die gerade Wache gehabt hatten, waren uniformiert und bewaffnet.

Durch den sintflutartigen Regen in der vorangegangenen Nacht war der Boden so weich, daß die meisten von Timothys zwölf Granaten sich tief eingewühlt und nicht ihre volle Wirkung entfaltet hatten. Die Vindu-Soldaten, die hinter der Wegbiegung lauerten, waren noch einigermaßen bei Sinnen. Einer von ihnen hatte eine Handgranate mitgenommen. Eine plötzliche Bewegung lief durch die Gruppe, als sie Duprees Gesicht weiß schimmern sahen. Der Schweiß hatte die dunkle Farbe längst abgewaschen. Durch diese Bewegung wurde der Südafrikaner aufmerksam. Er schrie: »Feuer!« und begann sofort zu schießen. Vier der Vindus gingen unter den Kugeln aus der Schmeisser zu Boden. Die übrigen acht wandten sich zur Flucht. Bevor sie die Bäume erreichten, brachte Dupree noch zwei weitere zu Fall. Im Lauf drehte sich einer von ihnen um und schleuderte das Ding, das er in der Halt hielt. Er hatte keine Ahnung, wie man mit einer Handgranate umging. Aber er hatte immer gehofft, eines Tages so ein gefährliches Ding werfen zu dürfen.

Die Handgranate flog steil in die Luft und verschwand aus dem Blickfeld. Als sie wieder herunterkam, traf sie Timothy voll gegen die Brust. Der erfahrene afrikanische Soldat hielt in einer instinktiven Reaktion das Ding fest, das ihn getroffen hatte, während er hinten überkippte, dann saß er auf dem Boden und erkannte, daß es sich um eine Handgranate handelte.

Und er sah außerdem, daß der Idiot, der sie geworfen hatte, dabei den Abzug vergessen hatte. Timothy hatte schon einmal beobachtet, wie ein Söldner eine geworfene Handgranate auffing. Sie war dem Gegner postwendend zurückgeschickt worden. Nun stand Timothy auf, riß den Ring aus der Handgranate und schleuderte sie mit aller Kraft hinter den flüchtenden Vindu-Soldaten her.

Ein zweites Mal segelte sie hoch durch die Lüfte, aber diesmal traf sie einen Baum. Es gab einen dumpfen Aufprall, und die Granate fiel weit vor dem Ziel zu Boden. Im gleichen Augenblick nahm Janni Dupree, der ein neues Magazin in seine Waffe geschoben hatte, die Verfolgung auf. Timothy schrie ihm eine Warnung zu, aber Dupree hielt sie für einen Schrei der Begeisterung. Ständig aus der Hüfte feuernd, rannte er acht Schritte auf die Bäume zu und war zwei Meter von der Handgranate entfernt, als sie explodierte.

An dieser Stelle setzte seine Erinnerung aus. Er registrierte noch den grellen Feuerblitz, den Krach, das Gefühl, wie eine Stoffpuppe durch die Luft geschleudert zu werden. Dann wurde er ohnmächtig. Als er wieder zu sich kam, lag er ausgestreckt auf der Teerstraße und merkte, daß jemand neben ihm kniete und seinen Kopf festhielt. Von seinem Hals ging ein Gefühl der Wärme aus, wie damals, als er als kleiner Junge einmal hohes Fieber hatte – ein angenehmes, wohliges Gefühl des Zustandes zwischen Schlafen und Wachen. Er hörte, wie eine Stimme immer wieder

auf ihn einredete, aber er verstand die Worte nicht: »Tut mir leid, Janni, es tut mir so sehr leid, es tut mir leid...«
Er verstand noch seinen Namen, sonst nichts. Es war eine andere Sprache, fremdartig und fern. Er richtete den Blick auf die Gestalt, die seinen Kopf festhielt, und machte in der Dunkelheit unter den Bäumen ein schwarzes Gesicht aus. Da lächelte er und sagte ganz deutlich auf Afrikaans: »Hallo, Pieter.«
Er starrte hinauf durch eine Lücke zwischen den Palmwedeln, als endlich die Wolken abzogen und der Mond auftauchte. Er sah riesengroß aus, wie immer über der afrikanischen Erde, leuchtend weiß und schimmernd. Aus der fruchtbaren Erde neben der Straße roch es nach Regen, und über allem hing der Mond wie eine gewaltige, schimmernde Perle – wie der Perlenfelsen nach einem Regen. Es ist schön, wieder zu Hause zu sein, dachte er. Janni Dupree war sehr still und zufrieden, als er die Augen schloß und starb.

Um halb sechs kroch die erste silbergraue Morgendämmerung vom Horizont herauf. Die Männer im Palast konnten ihre Lampen ausschalten. Bei Tage sah die Szene auf dem Innenhof auch nicht erfreulicher aus. Aber der Auftrag war erledigt.
Sie hatten Vlamincks Leiche hereingetragen und sie in einem Zimmer, im Erdgeschoß aufgebahrt. Neben ihm lag Janni Dupree, den drei der Afrikaner von der Uferstraße herbeigetragen hatten. Auch Johnny war tot. Offenbar hatte ihn der weiße Leibwächter, der nur Sekunden später von Vlamincks letzter Bazooka-Rakete zerrissen worden war, überrascht und niedergeschossen. Die drei Toten lagen nebeneinander.
Semmler hatte Shannon in das Schlafzimmer in den ersten Stock heraufgerufen und ihm im Licht seiner Taschenlampe den Mann gezeigt, den er niedergeschossen hatte, als er gerade aus dem Fenster fliehen wollte.
»Das ist er«, sagte Shannon.
Unter der Dienerschaft des toten Präsidenten gab es sechs Überlebende. Sie waren in einem der Kellerräume gefunden worden. Shannon befahl ihnen, mit dem Aufräumen zu beginnen.
Jeder einzelne Raum im Hauptteil des Palastes wurde durchsucht, die Leichen aller Freunde Kimbas und seiner Diener, die überall in den Zimmern herumlagen, in den Hof hinuntergetragen und dort nebeneinandergelegt. Da sich das Tor nicht mehr reparieren ließ, hatte man einen großen Vorhang aus einem der Empfangsräume vor die Einfahrt gehängt, damit niemand hineinsehen konnte.

Um fünf Uhr war Semmler mit einem der Schlauchboote zur *Toscana* zurückgefahren und hatte die beiden anderen Boote in Schlepp genommen. Vorher hatte er sich über sein Walkie-Talkie mit der *Toscana* in Verbin-

dung gesetzt und die verschlüsselte Mitteilung durchgegeben, daß alles in Ordnung sei.
Um halb sieben kam er mit Dr. Okoye wieder zurück. Die drei Boote waren jetzt mit Vorräten, den übrigen Granaten, den achtzig verpackten Schmeisser-MPs und fast einer Tonne Neun-Millimeter-Munition beladen.
Gemäß einer schriftlichen Anweisung von Shannon an Kapitän Waldenberg hatte die *Toscana* um sechs begonnen, drei Worte auf der Frequenz durchzugeben, die Endean abhörte. Es waren die Worte: ›Paw-Paw‹, ›Cassava‹ und ›Mango‹. Sie bedeuteten: Operation planmäßig durchgeführt, Überfall erfolgreich beendet, Kimba tot.
Der afrikanische Doktor besichtigte das Schlachtfeld auf dem Innenhof des Palastes, seufzte und sagte: »Das ließ sich wahrscheinlich nicht vermeiden.«
»Nein, es war unvermeidbar«, versicherte ihm Shannon und bat ihn, nun die Aufgabe in Angriff zu nehmen, zu deren Erledigung er mitgekommen war.
Um neun Uhr hatte sich in der Stadt immer noch nichts geregt. Die Aufräumungsarbeiten waren fast beendet. Die Beisetzung der Vindu-Soldaten mußte auf später verschoben werden. Zwei der Schlauchboote waren zur *Toscana* zurückgekehrt, an Bord genommen und verstaut worden. Das dritte wurde in einer Flußmündung, nicht weit vom Hafen entfernt, versteckt. Alle Spuren der Granatwerfer-Batterie auf der Spitze der Hafenmole waren beseitigt, Rohre und Bodenplatten verstaut, Raketenwerfer und Packkisten ins Meer versenkt. Alles übrige hatte man in den Palast gebracht, der innen zwar sehr ramponiert war, aber nach außen hin nur durch ein paar zersplitterte Dachziegel, drei zerbrochene Fenster an der Vorderseite und das gesprengte Tor verriet, daß ein Überfall stattgefunden hatte.
Um zehn Uhr kamen Semmler und Langarotti zu Shannon in den großen Speisesaal. Dort beendete der Söldnerführer gerade sein Frühstück. Brot und Marmelade hatte er noch in der Küche des Präsidenten gefunden. Die beiden meldeten das Ergebnis ihrer Suchaktionen. Von Semmler erfuhr Shannon, daß die Radiostation bis auf ein paar Kugellöcher in der Wand unversehrt war und daß der Sender jederzeit benutzt werden konnte. Kimbas Privatkeller unter dem Gebäude hatte mehreren Geschoßgarben nicht standgehalten. Der Staatsschatz befand sich offenbar in einem Safe ganz unten im Keller, und an den Wänden entlang war das Arsenal der Republik aufgestapelt: ausreichend Waffen und Munition, um eine Armee von zwei- bis dreihundert Mann für einen mehrmonatigen Kampf zu versorgen.
»Was geschieht nun?« fragte Semmler, als er fertig war.
»Wir warten ab«, antwortete Shannon.

»Worauf warten wir?«
Shannon brach ein Streichholz ab und benutzte es als Zahnstocher. Er dachte an Janni Dupree und Tiny Marc, die unten in dem Zimmer lagen, und an Johnny, der nun keine Ziege mehr für sein Abendessen organisieren würde. Langarotti wetzte bedächtig sein Messer an dem Ledergurt, den er um die linke Faust trug.
»Wir warten auf die neue Regierung«, sagte Shannon.

Der amerikanische Eintonner mit Simon Endean traf kurz nach dreizehn Uhr ein. Am Steuer saß ein anderer Europäer. Endean hielt ein großkalibriges Jagdgewehr zwischen den Knien.
Shannon hörte schon das Brummen des Motors, als der Lastwagen von der Uferstraße abbog und langsam bis vor den Eingang zum Palast rollte. Dort hing vor dem klaffenden Loch an Stelle des hölzernen Tors der Teppich bewegungslos in der feuchten Luft.
Von seinem Fenster aus beobachtete Shannon, wie Endean voller Mißtrauen ausstieg, den Teppich und die Kampfspuren an der Fassade des Palastes betrachtete und dann die acht schwarzen Soldaten musterte, die stramm vor dem Tor standen.
Endeans Reise war nicht ganz ohne Zwischenfälle verlaufen. Nach dem Empfang des Funkspruchs von der *Toscana* an diesem Morgen hatte Endean zwei Stunden gebraucht, um Oberst Bobi dazu zu überreden, so kurz nach dem erfolgreichen Staatsstreich in seine Heimat zurückzukehren. Persönlicher Mut war offenbar nicht die Eigenschaft, die ihm zu seinem hohen Rang verholfen hatte.
Endean selbst mangelte es nicht an Courage, er hatte allerdings auch ein starkes Motiv; den Geldsegen, der ihn erwartete, sobald das Platin im Kristallberg in zwei bis drei Monaten ›zufällig entdeckt‹ wurde.
Um neun Uhr dreißig waren sie aus der Hauptstadt der Nachbarrepublik aufgebrochen und hatten sich auf die einhundertachtzig Kilometer lange Fahrt nach Clarence gemacht. In Europa braucht man für eine solche Strecke vielleicht zwei Stunden; in Afrika viel länger. Im Laufe des Vormittags erreichten sie die Grenze und mußten nach mühsamen Verhandlungen die Vindu-Soldaten bestechen, die von dem nächtlichen Handstreich in der Hauptstadt noch nichts erfahren hatten. Oberst Bobi versteckte sich unter einer sehr großen und dunklen Sonnenbrille und trug ein flatterndes weißes Gewand, das wie ein Nachthemd aussah; er gab sich als persönlicher Diener des Europäers aus und brauchte als solcher in Afrika für einen Grenzübertritt nirgendwo Papiere. Endeans Paß war in Ordnung, ebenso der Ausweis seines Begleiters, eines stämmigen Gorillas aus Londons Eastend, der Endean als einer der gefürchtetsten Schläger von Whitechapel und als früherer Killer der Kray-Bande empfohlen worden war. Ernie Locke bekam ein hübsches Sümmchen dafür,

daß er Endean gesund und wohlbehalten ablieferte. Unter seinem Hemd trug er eine Pistole, die er über das örtliche ManCon-Büro in der Nachbarrepublik erstanden hatte. Das viele Geld verleitete ihn ebenso wie Endean zu der irrigen Annahme, daß ein harter Bursche vom Eastend sich automatisch auch in Afrika leicht durchsetzen müßte.

Nach dem schwierigen Grenzübertritt war der Lastwagen gut vorangekommen, bis fünfzehn Kilometer vor Clarence ein Reifen platzte. Endean hielt mit seinem Gewehr Wache, während Locke den Reifen wechselte und Bobi sich auf der Ladefläche unter einer Zeltbahn versteckte. Von hier an wurde es schwierig. Eine Handvoll Vindu-Soldaten, die sich auf der Flucht aus Clarence befanden, entdeckten den Lastwagen und gaben ein paar Schüsse ab. Alle Kugeln bis auf eine gingen daneben. Diese traf ausgerechnet den Reifen, den Locke gerade gewechselt hatte. So mußte die Reise mit einem platten Reifen im ersten Gang beendet werden.

Shannon beugte sich aus dem Fenster und rief: »Harris!« Endean hob den Kopf.

»Alles okay?« rief er zurück.

»Klar«, sagte Shannon. »Aber machen Sie sich unsichtbar. Noch scheint sich nichts zu rühren, aber bestimmt beginnen bald ein paar Leute herumzuschnüffeln.«

Endean führte Oberst Bobi und Locke hinter den Teppichvorhang. Sie stiegen zum ersten Stock hinauf, wo sie von Shannon erwartet wurden. Nachdem sie im Speisesaal des Präsidenten Platz genommen hatten, bat Endean um einen ausführlichen Bericht über den nächtlichen Kampf. Shannon erzählte kurz und knapp, was geschehen war.

»Und Kimbas Palastwache?« fragte Endean.

An Stelle einer Antwort führte ihn Shannon zum rückwärtigen Fenster, dessen stählerne Jalousien geschlossen waren. Er stieß einen Fensterflügel auf und zeigte hinunter auf den Innenhof, über dem in Schwärmen die Fliegen schwirrten. Endean zuckte zurück.

»Alle?« fragte er.

»Alle«, antwortete Shannon. »Bis zum letzten Mann.«

»Und die Armee?«

»Zwanzig Mann gefallen, die übrigen versprengt. Bis auf ein rundes Dutzend alter Mauser-Karabiner wurden sämtliche Waffen zurückgelassen. Wir haben sie eingesammelt und in Sicherheit gebracht. Von dieser Seite her gibt es keinerlei Probleme.«

»Was ist mit dem Arsenal des Präsidenten?«

»Es liegt unten im Keller und wird von unseren Leuten bewacht.«

»Und die Radiostation?«

»Unten im Erdgeschoß. Alles intakt. Um die Stromversorgung haben wir uns noch nicht gekümmert, aber der Sender scheint einen eigenen Dieselgenerator zu haben.«

Endean nickte zufrieden.

»Dann bleibt wohl nichts weiter zu tun, als daß der neue Präsident den erfolgreichen Staatsstreich der vergangenen Nacht, die Bildung einer neuen Regierung und die Übernahme der Macht bekanntgibt«, sagte er.

»Wie steht es mit der Sicherheit?« fragte Shannon. »Vorläufig ist die Armee restlos zerschlagen, aber falls sich die versprengten Vindu-Soldaten sammeln, werden vielleicht nicht alle unter dem neuen Mann dienen wollen.«

Endean grinste.

»Sie werden zurückkommen, sobald sich die Machtübernahme herumspricht. Und sie werden ihm gehorchen, wenn sie erfahren, wer der Chef ist. Bis dahin dürfte die Einheit genügen, die Sie mitgebracht haben. Es sind schließlich Schwarze dabei, und den hiesigen europäischen Diplomaten wird der Unterschied zwischen einem Schwarzen und einem anderen kaum auffallen.«

»Fällt Ihnen der Unterschied auf?« fragte Shannon.

Endean zuckte die Achseln.

»Nein«, gestand er, »aber das spielt keine Rolle. Übrigens möchte ich Ihnen den neuen Präsidenten der Republik Zangaro vorstellen.« Er deutete auf den Oberst, der sich mit breitem Grinsen in dem vertrauten Raum umgesehen hatte.

»Der einstige Befehlshaber der Armee von Zangaro, für die Welt draußen der Sieger des nächtlichen Handstreichs – der neue Präsident von Zangaro, Oberst Antoine Bobi.«

Shannon stand auf und verbeugte sich vor dem Oberst. Bobis Grinsen wurde noch um eine Spur breiter. Shannon deutete auf die Tür an der Schmalseite des Speisesaals.

»Vielleicht möchte der Herr Präsident seine Amtsräume besichtigen?« sagte er.

Bobi nickte und marschierte über den Fliesenboden auf die Tür zu. Shannon folgte ihm und schloß die Tür hinter sich. Fünf Sekunden später krachte ein einzelner Schuß.

Shannon kam zurück. Endean saß eine ganze Weile regungslos da und starrte ihn an.

»Was war das?« fragte er überflüssigerweise.

»Ein Schuß«, antwortete Shannon.

Endean sprang auf und rannte durch den Saal zur offenen Tür des Arbeitszimmers. Er blieb stehen, drehte sich aschfahl um und brachte kaum ein Wort über die Lippen.

»Sie – haben ihn erschossen«, flüsterte er. »All das Blutvergießen, und nun haben Sie ihn erschossen. Sie sind verrückt geworden, Shannon. Vollkommen verrückt!«

Seine Stimme wurde schrill vor Wut und Fassungslosigkeit.

»Sie wissen ja gar nicht, was Sie da angerichtet haben, Sie verdammter Bluthund, Sie Vollidiot, Sie hirnloser Söldner...«

Shannon nahm in dem Lehnstuhl Platz und betrachtete Endean ohne sonderliches Interesse. Nur der Eßtisch trennte sie. Aus den Augenwinkeln bemerkte er, wie der Leibwächter seine Hand unter das lose Flanellhemd schob.

Der zweite Schuß krachte Endean noch lauter in den Ohren, weil die Entfernung viel geringer war. Ernie Locke wurde von seinem Stuhl hochgerissen und überschlug sich rückwärts. Ausgestreckt blieb er auf dem Boden liegen. Das kostbare Fliesenmuster überzog sich mit einer roten Lache. Ernie war auf der Stelle tot. Die Kugel war in seinen Bauch eingedrungen und hatte ihm das Rückgrat zerschmettert.

Shannon zog die Hand unter der dicken Eichenplatte hervor und legte die Neun-Millimeter-Makarov auf den Tisch. Aus dem Lauf der Waffe kräuselte ein bläulicher Rauchfaden.

Endean sackte kraftlos in sich zusammen. Er hatte nicht nur das Vermögen eingebüßt, das ihm Sir James Manson für Bobis Einsetzung in das Präsidentenamt versprochen hatte – ihm war darüber hinaus in dieser Sekunde klargeworden, daß ihm noch nie in seinem Leben ein so gefährlicher Mann begegnet war wie dieser Shannon. Nur kam die Erkenntnis reichlich spät.

Semmler erschien in der Tür des Arbeitsraumes hinter Endean, und vom Flur her stahl sich lautlos Langarotti herein. Beide hielten entsicherte Schmeisser-MPs in den Fäusten, die Mündungen fest auf Endean gerichtet.

Shannon stand auf.

»Kommen Sie«, sagte er. »Ich fahre Sie zur Grenze zurück. Von dort aus können Sie laufen.«

Der einzige noch unversehrte Reifen der beiden Militärfahrzeuge, die auf dem Hof gestanden hatten, war inzwischen an Endeans Lastwagen montiert worden. Die Zeltbahn hinter dem Führerhaus hatte man entfernt. Drei afrikanische Soldaten hockten, mit Maschinenpistolen bewaffnet, auf der Ladefläche. Weitere zwanzig Mann, voll uniformiert und bewaffnet, traten vor dem Palast in einer Reihe an.

Auf dem Flur in der Nähe des zerschossenen Tors begegneten sie einem älteren Afrikaner in Zivil. Shannon nickte ihm zu, und sie wechselten ein paar Worte.

»Alles in Ordnung, Doktor?«

»Bis jetzt schon. Ich habe mit meinen Leuten abgesprochen, daß sie hundert Freiwillige zum Aufräumen herschicken. Weitere fünfzig Soldaten werden heute nachmittag erwartet, um eingekleidet und ausgerüstet zu werden. Sieben der Würdenträger auf unserer Liste konnten wir in ihren Wohnungen erreichen, sie haben sich bereit erklärt, wieder dem Staat zu dienen. Und heute abend treffen sie zu einer ersten Besprechung zusammen.«

»Gut. Vielleicht sollten Sie sich jetzt um den Wortlaut der ersten offiziellen Botschaft der neuen Regierung kümmern. Sie müßte so rasch wie möglich gesendet werden. Mr. Semmler soll versuchen, den Sender in Gang zu bringen. Sollte es nicht möglich sein, verwenden wir dafür den Sender des Schiffes. Sonst noch etwas?«

»Ja, eine Kleinigkeit«, antwortete Dr. Okoye. »Mr. Semmler berichtet mir, daß es sich bei dem Schiff, das draußen vor der Küste liegt, um den russischen Frachter *Komarov* handelt. Er hat wiederholt um Erlaubnis gebeten, in den Hafen einlaufen zu dürfen.«

Shannon überlegte. Dann sagte er:

»Mr. Semmler soll an die *Komarov* funken: ›Ersuchen endgültig abgelehnt!‹«

Sie verabschiedeten sich. Shannon führte Endean zu seinem Lastwagen zurück. Er übernahm selbst das Steuer und erreichte bald die Straße, die durch das Hinterland Zangaros zur Grenze führte.

»Wer war das?« fragte Endean mürrisch, während der Wagen über die Halbinsel rollte.

»Das war Dr. Okoye.«

»Vermutlich so ein Stammeszauberer.«

»Nein, er hat seinen Doktor in Oxford gemacht.«

»Ein Freund von Ihnen?«

»Ja.«

Dann brach die Unterhaltung ab, bis sie die nach Norden führende Hauptstraße erreicht hatten.

»Also gut«, sagte Endean. » *Was* Sie getan haben, weiß ich. Sie haben einen der größten und lukrativsten Coups durchkreuzt, der jemals geplant wurde. Aber das können Sie natürlich nicht wissen. Dafür sind Sie zu vernagelt. Nur hätte ich gern gewußt, *warum* Sie das getan haben. Warum, um Himmels willen?«

Shannon dachte eine Weile nach, während er geschickt den Schlaglöchern auswich.

»Sie haben zwei Fehler begangen, Endean«, sagte er. Endean zuckte zusammen, als er aus Shannons Mund seinen richtigen Namen hörte.

»Sie haben mich von vornherein für dumm gehalten, nur weil ich Söldner bin. Anscheinend ist Ihnen nicht aufgegangen, daß wir beide Söldner sind – und auch Ihr Sir James Manson und alle Leute, die auf dieser Welt Macht ausüben. Der zweite Fehler bestand in Ihrer Annahme, daß alle Schwarzen gleich seien, nur weil Sie keinen Unterschied erkennen können.«

»Was soll das heißen?«

»Sie haben über Zangaro sehr eingehende Erkundigungen eingeholt. Sie

sind dabei sogar auf die Zehntausende von Einwanderern gestoßen, die durch ihre Arbeit die Republik praktisch am Leben erhielten. Aber niemals ist Ihnen der Gedanke gekommen, daß diese Arbeiter eine selbständige Gemeinschaft bilden. Sie sind ein dritter Stamm im Land, sie sind die intelligentesten und fleißigsten Arbeiter. Wenn man ihnen nur eine kleine Chance einräumt, können sie durchaus auch eine Rolle im politischen Leben des Landes spielen. Schlimmer noch: Sie haben nicht daran gedacht, daß man die neue Armee und damit die neue Macht im Lande aus den Reihen dieses dritten Stammes rekrutieren könnte. Genau das ist bereits geschehen. Die Soldaten, die Sie gesehen haben, gehörten weder den Caja noch den Vindus an. Fünfzig Mann, fertig eingekleidet und bewaffnet, haben Sie im Palast schon gesehen. Bis heute abend werden weitere fünfzig da sein. In fünf Tagen wird es in Clarence mehr als vierhundert neue Soldaten geben, natürlich noch nicht ausgebildet, aber allein durch ihr Vorhandensein werden sie Gesetz und Ordnung aufrechterhalten. Von nun an stellen sie die eigentliche Macht in diesem Lande dar. In der vergangenen Nacht wurde ein Staatsstreich ausgeführt, das stimmt – aber nicht für Oberst Bobi!«
»Für wen dann?«
»Für den General.«
»Welchen General?«
Shannon nannte ihm den Namen. Endean starrte ihn an. Vor Entsetzen war ihm der Mund offen stehengeblieben.
»Doch nicht *der!* Er wurde geschlagen und verbannt!«
»Ja – vorübergehend. Aber nicht für immer. Die in Zangaro eingewanderten Arbeiter gehören zu seinem Volk. Man nennt sie die Juden Afrikas. Sie zählen eineinhalb Millionen, über den ganzen Kontinent verstreut. In vielen Gegenden sind sie es, die den Hauptteil der Arbeit verrichten, die am bildungsfähigsten sind. Hier in Zangaro leben sie in der Budenstadt hinter Clarence.«
»Dieser verfluchte Schweinehund von einem Idealisten...«
»Vorsicht!« warnte Shannon.
»Warum?«
Shannon deutete mit einer Kopfbewegung über die Schulter.
»Auch das sind Soldaten des Generals.«
Endean drehte sich um und musterte die drei ausdruckslosen schwarzen Gesichter über den Läufen der Schmeisser-MPs.
»Soviel Englisch verstehen sie doch wohl nicht, wie?«
Shannon antwortete leise: »Der mittlere von ihnen war früher Chemiker. Dann wurde er Soldat, weil ein Saladin-Panzer seine Frau und seine vier Kinder umbrachte. Wie Sie wissen, werden diese Panzerfahrzeuge von Alvis in Coventry hergestellt. Er mag die Leute nicht, die dafür verantwortlich sind.«

Einige Meilen weit schwieg Endean.
»Wie geht es nun weiter?« fragte er dann.
»Das Komitee für Nationale Einigung übernimmt die Macht«, antwortete Shannon. »Vier Mitglieder der Vindu, vier von den Caja, zwei Vertreter der Einwanderer. Aber die Armee wird sich aus solchen Männern zusammensetzen, wie sie jetzt hinter Ihnen sitzen. Dieses Land wird ihnen als Stützpunkt, als Hauptquartier, dienen. Vor hier aus werden eines Tages gutausgebildete Soldaten aufbrechen, um das Unrecht zu rächen, das man ihnen angetan hat. Vielleicht wird der General hier seinen Wohnsitz aufschlagen und die Republik regieren.«
»Und Sie glauben, das klappt alles?«
»Sie haben doch sogar geglaubt, es klappt mit Ihrem Halbaffen von Bobi, den Sie zum neuen Präsidenten machen wollten. Im übrigen: die neue Regierung wird durchaus fair sein. Und die Bodenschätze, hinter denen Sie her waren? Zufällig weiß ich, daß es sich um Platin handelt. Im Kristallberg liegt ein Vermögen. Zweifellos wird die neue Regierung irgendwann diese Rohstoffe finden. Und zweifellos wird man das Platinvorkommen ausbeuten. Aber wenn Sie die Rechte haben wollen, werden Sie dafür bezahlen müssen – einen fairen, marktgerechten Preis. Sagen Sie das Sir James, wenn Sie wieder zu Hause sind.«
Hinter der nächsten Wegbiegung tauchte der Grenzposten auf. In Afrika verbreitet sich eine Neuigkeit, auch ohne Telefone, sehr schnell. Die Vindu-Soldaten waren von der Grenzstation verschwunden.
Shannon hielt an und deutete geradeaus.
»Von hier aus gehen Sie zu Fuß«, befahl er.
Endean kletterte aus der Kabine. Er sah mit seinem Blick voll unverhohlenen Hasses zu Shannon hinauf.
»Das Warum haben Sie mir noch immer nicht erklärt«, sagte er. »Sie haben über das Was und Wie gesprochen, aber nicht über den eigentlichen Grund.«
Shannon blickte die Straße entlang.
»Fast zwei Jahre lang habe ich zugesehen, wie zwischen fünfhunderttausend und einer Million kleiner Kinder verhungern mußten, weil es Leute wie Sie und Manson gibt«, sagte er nachdenklich. »Im Grunde genommen ging es immer nur darum, daß Sie und Ihresgleichen durch eine bösartige, völlige korrupte Diktatur noch mehr Geld verdienen konnten. Alles geschah im Namen des Gesetzes – alles war legal und verfassungsmäßig gedeckt. Vielleicht bin ich ein Kämpfer, vielleicht auch ein Killer, aber ich bin kein blutrünstiger Sadist. Ich bin dahintergekommen, wie und warum das alles geschieht und wer in Wirklichkeit dahintersteckt. Als Aushängeschild dienen immer ein paar Politiker und Diplomaten, aber sie sind nichts weiter als ein Käfig voller arroganter Affen. Über die Grenzen ihrer Abteilung und über das Datum der nächsten Wahl denken sie nicht hin-

aus. Hinter ihnen stehen unsichtbare Profitgeier wie Ihr werter James Manson. Deshalb habe ich es getan. Sagen Sie es Sir James, wenn Sie ihn wieder treffen. Ich möchte, daß er es weiß. Sagen Sie es ihm – mit einem schönen Gruß von mir. Und jetzt hauen Sie ab!«

Nach etwa zehn Schritten drehte sich Endean noch einmal um.

»Wagen Sie sich nie mehr nach London!« rief er. »Mit Leuten wie Ihnen, Shannon, werden wir dort schon fertig!«

»London? Bestimmt nicht!« rief Shannon zurück. Leise fügte er hinzu: »Das habe ich Gott sei Dank nicht mehr nötig.«

Dann wendete er den Lastwagen und fuhr nach Clarence zurück.

Epilog

Die neue Regierung wurde ordnungsgemäß gebildet. Nach letzten Berichten ist das Regime gut und menschlich. In den europäischen Tageszeitungen wurde der Staatsstreich kaum erwähnt. Nur *Le Monde* berichtete in einem kurzen Absatz, rebellierende Einheiten der Armee von Zangaro hätten den Präsidenten am Vorabend des Unabhängigkeitstages gestürzt und bis zu den angekündigten allgemeinen Wahlen werde die Republik von einem Staatsrat regiert.
Etwas war in dem Zeitungsbericht nicht zu lesen: daß einer Gruppe sowjetischer Geologen die Landung und Einreise verweigert worden sei; zu gegebener Zeit würden weitere Maßnahmen zur Erkundung des fraglichen Gebietes in Aussicht genommen.
Janni Dupree und Marc Vlaminck wurden an der Landspitze begraben, wo der Seewind in den Palmen raschelt. Auf Shannons Wunsch blieben die Gräber namenlos. Johnnys Leiche wurde zu seinem Volk übergeführt, das ihn nach eigenem Ritus betrauerte und beisetzte.
Simon Endean und Sir James Manson schwiegen über ihre Beteiligung an der Affäre. Was hätten sie auch in der Öffentlichkeit dazu sagen sollen?
Shannon schenkte Jean Baptiste Langarotti die restlichen fünftausend Pfund aus dem Operationsetat, die noch in seinem Gürtel steckten. Damit kehrte der Korse nach Europa zurück. Wie man hört, fuhr er bald darauf nach Burundi, um die Hutu-Partisanen auszubilden, die gegen Micomberos Tutsi-Diktatur rebellierten.
Beim Abschied an der Küste hatte er zu Shannon gesagt: »Eigentlich geht es mir gar nicht um das Geld. Das war mir nie so wichtig.«
Shannon schrieb unter dem Namen Keith Brown einen Brief an Signor Ponti in Genua und wies ihn an, seine Inhaberaktien der Reederei des Motorschiffes *Toscana* zu gleichen Teilen auf Kapitän Waldenberg und Kurt Semmler zu übertragen. Ein Jahr später verkaufte Semmler seinen Anteil an Waldenberg. Der Kapitän nahm eine Hypothek auf das Schiff auf, um seinen Partner auszahlen zu können.
Semmler zog wieder in den Krieg. Er starb im südlichen Sudan, als er zusammen mit Ron Gregory und Rip Kirby eine Mine legte, um ein sudanesisches Panzerfahrzeug vom Typ Saladin in die Luft zu jagen. Die Mine

ging hoch, tötete Kirby auf der Stelle und verletzte Semmler und Gregory schwer. Gregory konnte mit Hilfe der britischen Botschaft in Äthiopien heimkehren, aber Semmler starb im afrikanischen Busch.

Shannons letzte Tat bestand darin, daß er über Langarotti einige Briefe an seine Schweizer Bank schickte. Er ordnete darin eine Überweisung in Höhe von fünftausend Pfund an die Eltern von Janni Dupree in Paarl in der Kap-Provinz an; dieselbe Summe sollte an eine Frau namens Anna ausgezahlt werden, die in der Kleinstraat im Dirnenviertel von Ostende eine Bar betrieb.

Shannon starb einen Monat nach dem Handstreich genauso, wie er es einmal zu Julie gesagt hatte: Mit einer Waffe in der Faust und Blut im Mund und einer Kugel in der Brust. Nur stammte die Kugel aus seiner eigenen Waffe. Nicht der Kampf oder die Gefahren des Söldnerdaseins hatten ihn besiegt, sondern die kleinen weißen Stäbchen mit dem Filtermundstück. Das war es nämlich, was er in der Praxis des Pariser Arztes Dr. Dunois erfahren hatte: Höchstens noch ein Jahr, wenn er sich sehr schonte, knapp sechs Monate bei körperlicher Anstrengung, und der letzte Monat könnte sehr schlimm werden. Deshalb ging er, als ihm der Husten immer mehr zusetzte, mit seiner Pistole in der Hand und einem dicken Umschlag mit maschinenschriftlichen Aufzeichnungen in der Tasche allein in den Dschungel hinaus. Der Umschlag wurde einige Wochen danach einem Freund in London zugesandt.

Die Eingeborenen, die ihn hinausgehen sahen und die ihn später auch zurückbrachten, sagten aus, er hätte dabei gepfiffen. Den schlichten Bauern, die nichts kannten als ihre Yamwurzeln und ihre Cassava, bedeutete die Melodie natürlich nichts. Es war das alte, traurige Lied ›Spanish Harlem‹.

Taschenbücher

<u>Knaur-Aktionstitel:</u> Unglaublich viel Lesestoff zu einmalig günstigen Preisen

2mal Lilli
»Dicke Lilli – gutes Kind« und »Der rote Rabe« in einem Band. Die autobiographischen Bestseller von Lilli Palmer.
512 Seiten. TB 1163

Axline/D'Ambrosio/Killilea/Lund
Eric, Laura, Karen, Dibs
Vier junge Menschen meistern ihre Behinderung. Vier Berichte, geschrieben aus der Sicht der Betroffenen.
832 Seiten. TB 2322

Farmer/Silverberg/McIntyre
Exotische Welten
Drei preisgekrönte SF-Romane über wahrhaft exotische Welten in einem Band.
624 Seiten. TB 5778

Philip José Farmer
Die Welt der tausend Ebenen
Die Höhepunkte farbiger Fabulierkunst der Fantasy und spannend-abenteuerlichen SF.
964 Seiten. TB 5766

Knaur LeseFestival
Berühmte und beliebte Knaur-Autoren geben hier Kostproben ihres Könnens.
600 Seiten. TB 1074